सोफी का संसार

जॉस्टिन गार्डर

अनुवाद एवं सम्पादन
सत्यपाल गौतम

सहयोग
बृजभूषण पालीवाल

राजकमल पेपरबैक्स

मूल कृति : 'Sophie's World' का हिन्दी अनुवाद

राजकमल पेपरबैक्स में
पहला संस्करण : 2016
चौदहवाँ संस्करण : 2026

राजकमल पेपरबैक्स : उत्कृष्ट साहित्य के जनसुलभ संस्करण

राजकमल प्रकाशन प्रा.लि.
1-बी, नेताजी सुभाष मार्ग, दरियागंज
नई दिल्ली-110 002
द्वारा प्रकाशित

शाखाएँ : अशोक राजपथ, साइंस कॉलेज के सामने, पटना-800 006
पहली मंजिल, दरबारी बिल्डिंग, महात्मा गांधी मार्ग, प्रयागराज-211 001
1, अनमोल सोराबजी सन्तुक लेन, धोबी तलाव, मरीन लाइंस, मुम्बई-400 002

वेबसाइट : www.rajkamalprakashan.com
ई-मेल : info@rajkamalprakashan.com

विकास कंप्यूटर एंड प्रिंटर्स
ट्रॉनिका सिटी-201 102
द्वारा मुद्रित

मूल्य : ₹399

SOPHIE KA SANSAR (Sophie's World)
by Jostein Gaarder
Edited and Translated by Satya P. Gautam
Co-Translated by Brijbhushan Paliwala

ISBN : 978-81-267-2933-3

जॉस्टिन गार्डर

जॉस्टिन गार्डर का जन्म नॉर्वे की राजधानी ओस्लो में 8 अगस्त, 1952 को एक शिक्षक परिवार में हुआ था। लेखक बनने का निर्णय उन्होंने 19 वर्ष की आयु में लिया और बाल-साहित्य की रचना प्रारम्भ कर दी। जॉस्टिन गार्डर का कहना है कि वह दोस्तोयेव्स्की, हरमन हैस, जार्ज लुई बोर्गेस तथा नॉर्वेजियन लेखक नुत हैमसन से प्रभावित हुए। उनका पहला कहानी-संग्रह 'निदान तथा अन्य कहानियाँ' 1986 में प्रकाशित हुआ। तदुपरान्त उनके दो उपन्यास—'द फ्रॉग कैसल' (1988) तथा 'द सॉलिटेयर मिस्ट्री' (1990) प्रकाशित हुए।

वे लगभग दो दशकों के लिए ओस्लो के एक कॉलेज में दर्शनशास्त्र के अध्यापक रहे। 'सोफी का संसार' की अभूतपूर्व सफलता के पश्चात उन्होंने अपना पूरा समय लेखन को समर्पित करने का निर्णय लिया। तब से अब तक उनके 13 से अधिक उपन्यास तथा बाल-साहित्य कृतियाँ प्रकाशित हुई हैं।

उन्हें 'सोफी का संसार' तथा अन्य पुस्तकों के लिए अनेक अन्तर्राष्ट्रीय पुरस्कारों से सम्मानित किया जा चुका है।

सत्यपाल गौतम

सत्यपाल गौतम का जन्म सन् 1951 में हुआ। पंजाब विश्वविद्यालय, चंडीगढ़ में तीन दशक (1974-2004) तक दर्शनशास्त्र में शोध-कार्य एवं अध्यापन के उपरान्त दिसम्बर 2004 से जवाहरलाल नेहरू विश्वविद्यालय के दर्शन-अध्ययन केन्द्र में आचार्य के पद पर कार्यरत रहे। 2009 से 2012 तक महात्मा जोतिबा फुले रोहिलखंड विश्वविद्यालय में कुलपति रहे।

फिलॉसफी सेंटर, ऑक्सफोर्ड में फैकल्टी विजिटर (1996), चार्ल्स वैलेस फैलो, यू.के. (1998), विजिटिंग ऐक्सचेंज स्कॉलर, फ्रांस (2003), सैक्शनल प्रेजीडेंट (ऐथिक्स एंड सोशल फिलॉसफी), इंडियन फिलोसॉफिकल कांग्रेस (1996), सैक्शनल प्रेजीडेंट (फिलॉसफी), इंडियन सोशल साइंस कांग्रेस (1998), अध्यक्ष (कर्म-दर्शन खंड), वर्ल्ड फिलॉसफी कांग्रेस, एथेन्स (2003), ऑस्ट्रिया, हंगरी, पोलैंड, हॉलैंड, तुर्की, यूनान, जर्मनी, फ्रांस, यू.के., दक्षिणी कोरिया, यू.एस.ए. इत्यादि अनेक देशों में आमंत्रित।

हिन्दी, पंजाबी एवं अंग्रेजी में अनेक लेखों तथा पुस्तकों का प्रकाशन। दर्शन, साहित्य एवं सामाजिक अध्ययन में विशेष रुचि।

आभार

सिरी डैनेविग की सहायता एवं प्रोत्साहन के बिना इस पुस्तक का लिखना सम्भव नहीं था। मैकेन इम्स भी धन्यवाद के पात्र हैं जिन्होंने पुस्तक की पांडुलिपि पढ़ी और उपयोगी सुझाव दिये; साथ ही मैं ट्रोंड बर्ग एरिक्सेन को वर्षों से उनकी पैनी टिप्पणियों तथा सुविज्ञ सहायता के लिए धन्यवाद देता हूँ।

–जॉ. गा.

प्रस्तावना

1980 के दशक के अन्तिम वर्षों का समय था। जॉस्टिन गार्डर ओस्लो, नॉर्वे के एक जूनियर कॉलेज में दर्शनशास्त्र के अध्यापक थे। वह अपने दर्शन शिक्षण कार्य के प्रति सम्पूर्णतया समर्पित थे। किशोर छात्रों में दर्शन के अमूर्त प्रश्नों के प्रति बढ़ रही अरुचि और उदासीनता उनके लिए स्वाभाविक चिन्ता का विषय थी। एक दिन उन्होंने अपनी हताशा तथा उद्विग्नता के क्षणों में अपने छात्रों से प्रश्न किया कि वे क्या पढ़ना पसन्द करते हैं? छात्रों ने समवेत स्वर में उत्तर दिया कि उनका मन रहस्यमय उपन्यास (Mystery Novels) पढ़ने में लगता है। यह सुनकर निराश होने की अपेक्षा गार्डर ने तत्काल निश्चय किया कि एक रहस्यमय उपन्यास लिखकर वह अपने किशोर छात्रों में मानवीय जीवन से सम्बन्धित अपरिहार्य एवं गूढ़ प्रश्नों में रुचि जगाने का प्रयास करेंगे। उनकी मान्यता थी कि इन जटिल एवं अमूर्त दार्शनिक प्रश्नों की महत्ता को नकारने से तथा इनसे भागकर हम समृद्ध मानवीय विरासत में अपनी भागीदारी के दावे का अधिकार खो देते हैं।

इस तरह, गार्डर ने रहस्यात्मक उपन्यास 'सोफी का संसार' लिखकर पाश्चात्य दर्शन के विकास का सजीव चित्रण निहायत मौलिक रूप में प्रस्तुत किया है। इस उपन्यास की रचना में उन्होंने जादुई कथा–संरचना, सांस्कृतिक इतिहास-लेखन तथा दार्शनिक चिन्तन की विधाओं का एक अद्‌भुत सर्जनात्मक संयोजन किया है। 'सोफी का संसार' के लेखन में गार्डर ने पाश्चात्य दर्शन के विकास के इतिहास के महत्त्वपूर्ण प्रसंगों की चर्चा के माध्यम से विश्व, जीवन और मानवीय अस्तित्व से जुड़े रहस्यों पर अपनी गहन विवेचना को पाठकों के सम्मुख विचार हेतु प्रस्तुत किया है।

उपन्यास का प्रारम्भ विद्यालय से घर लौटने पर 14 वर्षीय सोफी को लेटर-बॉक्स (पत्र-डिब्बे) में एक विचित्र रहस्यपूर्ण लिफाफा मिलने के साथ होता है जिसमें कागज के एक छोटे से पुर्जे (परची) पर उसके लिए एक निराला प्रश्न है : 'तुम कौन हो?' 'सोफी' अथवा 'सोफिया' यूनानी भाषा का वह शब्द है जिसका प्रयोग पाश्चात्य दर्शन की प्रत्येक परिचयात्मक टैक्स्ट बुक (पाठ्यपुस्तक) में दर्शन की प्राथमिक परिभाषा या परिचय देने के लिए किया जाता है। 'फिलो-सोफी' दो यूनानी शब्दों के योग से बना शब्द है। 'सोफी' का अर्थ है : 'प्रज्ञा', 'बुद्धिमत्ता' (Wisdom) और 'फिलो' का अर्थ है : 'प्रेमी' (Lover)। सारांश यह कि 'फिलो-सोफी' का अभिप्राय प्रज्ञा अथवा बुद्धिमत्ता से प्रेम है। दूसरे शब्दों में कह सकते हैं कि सोफी का संसार बुद्धिमत्ता और प्रज्ञा का

संसार है और जिसे भी इस संसार से प्रेम है वह दार्शनिक (फिलॉस्फर) है। 'मैं कौन हूँ?' प्रश्न का उत्तर आत्म-ज्ञान प्राप्त किए बिना सम्भव नहीं है। सोफी के लिए इस प्रश्न का उत्तर ढूँढ़ना सरल तो नहीं लेकिन महत्त्वपूर्ण हो जाता है। उसे यह विलक्षण प्रतीत होता है कि वह यह भी नहीं जानती कि वह कौन है। इसी उधेड़बुन में वह फिर से बाहर लेटर-बॉक्स को देखने जाती है और इस बार उसे अपने लिए एक और लिफाफा मिलता है जिसके भीतर एक छोटे पुर्जे पर एक नया प्रश्न है : "यह संसार कहाँ से आया?" जीवन में पहली बार सोफी को महसूस होने लगता है कि इन प्रश्नों का उत्तर खोजे बिना उसके लिए ज़िन्दा रहना उचित नहीं है। यह दो अजीब पत्र सोफी के लिए उसके पन्द्रहवें जन्मदिन के उपलक्ष्य में उपहार-स्वरूप मिलनेवाले पत्रों की एक ऐसी शृंखला की शुरुआत है जो उसके जन्मदिवस तक निरन्तर चलती है।

दर्शनशास्त्र के इतिहास पर इस पत्राचार-पाठ्यक्रम का संचालन दर्शन के एक विचित्र रहस्यमयी शिक्षक द्वारा किया जाता है जिसका नाम एल्बर्टो नौक्स है। इस अजब पत्राचार-पाठ्यक्रम में प्राचीन यूनानी दार्शनिकों द्वारा उठाए गए प्रश्नों और उनकी युक्तियों की चर्चा से प्रारम्भ करके बीसवीं शताब्दी के दार्शनिकों द्वारा विचारित समस्याओं तथा स्थापित सिद्धान्तों एवं तर्कों की सुस्पष्ट विवेचना की गई है। इस पुस्तक के हिन्दी भाषा में उपलब्ध होने से हिन्दी-भाषी छात्रों तथा अध्यापकों के लिए पाश्चात्य दर्शन पर एक अत्यन्त रोचक और महत्त्वपूर्ण पुस्तक के माध्यम से मूलभूत दार्शनिक प्रश्नों और तर्कों के साथ एक विवेकपूर्ण साक्षात्कार का अवसर प्राप्त हो रहा है। हिन्दी भाषा में पाश्चात्य दर्शन पर सरल परन्तु विचारोत्तेजक पुस्तकों की कमी को देखते हुए इस पुस्तक को एक अद्वितीय प्रेरक कृति के रूप में पढ़ा जा सकता है।

अपनी विचार-विलास-क्रीड़ा में 'सोफी का संसार' जादुई अन्दाज के साथ दार्शनिकों द्वारा दी गई युक्तियों-प्रतियुक्तियों, संवाद-प्रतिसंवाद, तर्क-वितर्क का सुयोजित अन्वेषण, विश्लेषण तथा मूल्यांकन की गाथा है। इस पुस्तक में तीन विशिष्ट मानवीय क्षमताओं, स्मृति (इतिहास), कल्पना (गल्प) तथा विवेक (दर्शन) का ताना-बाना अनूठे ढंग से बुना गया है। यह उपन्यास पाठक को मानवीय जीवन के उद्देश्य और सार्थकता सम्बन्धी प्रश्नों पर विचार करने की ललक को प्रोत्साहित करता है। पाश्चात्य जगत में विकसित दर्शन को सम्पूर्ण मानवीय बौद्धिक परम्पराओं का एक अंश स्वीकार करते हुए गार्डर यूरोपोन्मुखी व्याधि से अपने आपको मुक्त रखने के प्रयास में काफी हद तक सफल रहे हैं।

'सोफी का संसार' हमें अपने विचार करने की क्षमता और महत्ता के प्रति अधिक सजग और संवेदनशील बनाने में सहायक है। ज्ञान, संस्कृति, नैतिकता, सौन्दर्यबोध सम्बन्धी पुराने और समकालीन विवादों की विवेचना, विशेषतया हमारे दैनिक जीवन के लिए उनकी प्रासंगिकता और सार्थकता को बड़े रोचक एवं सुबोधगम्य आख्यानों में प्रस्तुत किया गया है। इस उपन्यास की रहस्यात्मकता की विशिष्टता इसकी कथा की अद्भुत संरचना में है। कथानक की संरचना इस ढंग से विकसित की गई है कि पाठक के लिए कल्पित तथा वास्तविक संसार और चरित्रों में भेद करना आसान नहीं रहता।

प्रतीति और यथार्थ में भेद करने की कठिनाई को इस उपन्यास में दार्शनिक चिन्तन और साहित्यिक सत्य के पारस्परिक जटिल सम्बन्धों की विवेचना करते हुए प्रस्तुत किया गया है। इस पुस्तक से पहले बिल ड्यूरान्त द्वारा लिखित पुस्तक 'ए स्टोरी ऑफ फिलॉसफी' (दर्शन की कहानी) पाठकों में बहुत लोकप्रिय हुई थी। इस पुस्तक में उन्होंने चुनिन्दा दार्शनिकों की जीवनियों में से दिलचस्प हवाले लेकर दर्शन के इतिहास को एक कहानी की भाँति लिखने पर बल दिया था। तुलना में कहा जा सकता है कि जॉस्टिन गार्डर ने अस्तित्वात्मक तथा प्रत्ययात्मक स्तर पर प्रस्तुत जटिल उलझनों के मूल स्रोतों तथा दार्शनिक युक्तियों की तार्किक संरचनाओं को स्पष्ट करते हुए सुकरात पूर्व-चिन्तकों से लेकर बीसवीं शताब्दी के विख्यात दार्शनिक सार्त्र तक पाश्चात्य दर्शन की लम्बी यात्रा का वृत्तान्त प्रस्तुत किया है। इस वृत्तान्त से यह स्पष्ट होता है कि मानवीय परिस्थिति को बेहतर ढंग से समझने के लिए दार्शनिक चिन्तन में शामिल होने और बने रहने के लिए विचार-मीमांसा एक अनिवार्य बौद्धिक कर्म है।

पिछले दो दशकों में मैंने इस पुस्तक के अंग्रेज़ी संस्करण का उपयोग अपने छात्रों के साथ दर्शन और साहित्य सम्बन्धी पाठ्यक्रमों में पंजाब विश्वविद्यालय चंडीगढ़ तथा जवाहरलाल नेहरू विश्वविद्यालय दिल्ली में किया है। मैं अपने उन सभी छात्रों का धन्यवाद करना चाहता हूँ जिन्होंने पुस्तक को न सिर्फ पूरी रुचि से पढ़ा बल्कि मुझे निरन्तर आश्वस्त किया कि उन्होंने इसे दार्शनिक अध्ययन और चिन्तन के लिए एक अत्यन्त उपयोगी प्रेरणा स्रोत पाया। यहाँ यह भी उल्लेखनीय है कि पंजाब, हिमाचल, हरियाणा, दिल्ली, राजस्थान, उत्तर प्रदेश, उत्तराखंड और मध्य प्रदेश के अनेक विश्वविद्यालयों में विश्वविद्यालय अनुदान आयोग (UGC) द्वारा संचालित महाविद्यालयों तथा विश्वविद्यालयों के शिक्षकों के लिए आयोजित ओरिएन्टेशन तथा रिफ्रेशर कोर्सों में भी दर्शन में रुचि लेने वाले विभिन्न विषयों के अध्यापकों के साथ समय-समय पर मुझे इस पुस्तक की चर्चा के अनेक अवसर निरन्तर प्राप्त हुए तथा मैंने उन्हें इसके पाठ की संस्तुति की। मानविकी विषयों तथा सामाजिक अध्ययनों के इन सभी विद्वानों से मुझे प्रायः जानकारी मिली कि इस पुस्तक को उन्होंने अपनी दर्शन-सम्बन्धी जिज्ञासाओं के समाधान के अतिरिक्त अपने विशिष्ट-विषय को एक नई दृष्टि से उच्चतर गहन अध्ययन के लिए भी अत्यन्त उपयोगी पाया। विशेष धन्यवाद मेरे साथ मातृत्व और स्त्री-विमर्श पर कार्य कर रही शोध-छात्रा ज़ैरूनिशा का जिसके साथ अनुवाद कार्य के समय अक्सर चर्चा का लाभ मिला—अनुवाद का शीर्षक भी उसी चर्चा का परिणाम है। मुझे आशा और विश्वास है कि प्रस्तुत अनुवाद हिन्दी माध्यम से दर्शनशास्त्र पढ़नेवाले छात्रों में पाश्चात्य दर्शन की सम्यक समझ विकसित करने के लिए उपयोगी सिद्ध होगा।

—सत्यपाल गौतम

दर्शन अध्ययन केन्द्र

जवाहरलाल नेहरू विश्वविद्यालय, दिल्ली

जो तीन हजार वर्षों के अनुभव से कोई प्रेरणा प्राप्त नहीं करता, वह [बस कैसे न कैसे अपनी जीविका चला रहा है] पानी पीने के लिए रोज़ कुआँ खोद रहा है।

–गेटे

अनुक्रम

ईडन की बगिया

किसी क्षण अवश्य ही कुछ शून्य से निकलकर आया होगा...

सोफी एमंडसन स्कूल से अपने घर की ओर आ रही थी। वापसी के शुरूवाले हिस्से में जोआना उसके साथ थी। वे रोबोट्स पर चर्चा कर रही थीं। जोआना सोचती थी कि मनुष्य का मस्तिष्क एक उन्नत कम्प्यूटर जैसा ही है, पर सोफी उससे पूरी तरह सहमत नहीं थी। निश्चय ही एक व्यक्ति महज मशीन ही तो नहीं होता न!

सुपर मार्केट पहुँचने के बाद वे अपने अलग-अलग रास्तों पर चल पड़ीं। सोफी एक पसर रहे उपनगर के बाहरी हिस्से में रहती थी, और वहाँ से स्कूल की दूरी, जोआना की तुलना में, दुगुनी थी। उसके घर के आगेवाले बाग से परे कोई और मकान नहीं थे, जिससे ऐसा लगता था कि उनका मकान दुनिया के आखिरी छोर पर है, जहाँ से आगे वन शुरू हो जाते थे।

नुक्कड़ से घूमकर वह क्लोवर क्लोज में आ गई। सड़क के आखिरी सिरे पर एक तीखा मोड़ था, जिसे कैप्टेन्स बैन्ड्ड कहते थे। सप्ताहान्त को छोड़कर लोग उस तरफ अक्सर नहीं जाते थे।

मई के शुरुआती दिन थे। कुछ बागों में फलदार वृक्ष डैफोडिल्स के घने गुच्छों से घिरे हुए थे। बर्च के वृक्षों पर पहले से ही हलके हरे पत्ते आने लगे थे।

कितनी अद्भुत बात थी कि वर्ष के इस समय न जाने कैसे हर चीज फूट निकलती थी। क्या बात थी कि बर्फ के आखिरी निशान गायब होते और मौसम में हलका गुनगुनापन आते ही, मरी हुई धरती से हरी वनस्पति का विशाल कलेवर बाहर उमड़ पड़ता था!

जैसे ही सोफी ने अपने बाग का दरवाजा खोला, उसने मेल-बॉक्स में झाँका। प्रायः भारी मात्रा में बेकार की डाक होती और कुछ बड़े लिफाफे उसकी माँ के नाम होते। एक ऐसा ढेर जिसे वह रसोई की मेज पर पटक देती और फिर ऊपर अपने कमरे में होमवर्क शुरू करने के लिये जा पहुँचती।

कभी-कभी उसके पिता के नाम बैंक से भी कुछ पत्र होते पर उसके पिता एक साधारण पिता नहीं थे। सोफी के पिता एक बड़े तेलवाहक जहाज के कैप्टन थे और वर्ष का अधिकतर समय बाहर यात्रा पर ही रहते थे। जब कभी कुछ सप्ताहों के लिए वह घर पर होते, तो सोफी और उसकी माँ के लिए घर को सुखद और आरामदेह बनाने

के लिए घर में चीजों को सजाते-सँवारते रहते। किन्तु जब वह समुद्री अभियान पर होते तो कहीं बहुत दूर जा चुके प्रतीत होते।

मेल-बॉक्स में केवल एक ही पत्र था और वह था सोफी के नाम। सफेद लिफाफे पर लिखा था : 'सोफी एमंडसन, 3 क्लोवर क्लोज'। बस इतना ही, भेजनेवाला कौन है, यह कहीं नहीं लिखा था। इस पर कोई डाक टिकट भी नहीं थी।

सोफी ने गेट बन्द करते ही लिफाफा खोला। अन्दर लिफाफे के साइज के बराबर कागज की एक स्लिप थी। लिखा था : **तुम कौन हो**?

और कुछ नहीं, केवल तीन शब्द, हाथ से लिखे हुए, और उनके बाद एक बड़ा प्रश्नचिह्न?

उसने लिफाफे को दोबारा देखा। पत्र तो निश्चय ही उसी के लिए था। आखिर मेल-बॉक्स में इसे किसने डाला होगा?

सोफी जल्दी-जल्दी लाल मकान में चली आई। हमेशा की तरह आज भी उसकी बिल्ली, शेरेकन, फुर्ती से झाड़ियों से निकलकर आगे बढ़ती पैड़ी पर कूदी और इससे पहले कि सोफी घर का दरवाजा बन्द करती अन्दर आ गई।

जब सोफी की माँ का मूड ठीक नहीं रहता, तो वह घर को मैनेजरी, जंगली जानवरों का संग्रहालय कहती। निश्चय ही सोफी के पास यह संग्रहालय था और वह इससे काफी खुश थी। इसकी शुरुआत हुई थी तीन सुनहरी मछलियों से—गोल्डटॉप, रैड राइडिंग हुड और ब्लैक जैक। उसके बाद वह दो ऑस्ट्रेलियाई बजरीगर मिट्ठू ले आई, जिनके नाम स्मिट और स्म्यूल थे, फिर गोविन्दा नामक कछुआ आया और अन्त में मार्मालेड जैसी बिल्ली, शेरेकन। यह सब उसे इसलिए दिए गए थे, क्योंकि उसकी माँ कभी भी अपने काम से दोपहरी बीतने के भी काफी देर तक घर नहीं लौट पाती थी और उसके पिता तो अधिकांश समय बाहर ही रहते थे, सारी दुनिया में समुद्री यात्राएँ करते हुए।

सोफी ने अपना स्कूल-बैग फर्श पर एक कोने में लटका दिया और एक बड़े कटोरे में कैट-फूड भरकर शेरेकन के सामने रख दिया। फिर वह रहस्यमय पत्र अपने हाथ में लिये हुए रसोई में स्टूल पर बैठ गई।

तुम कौन हो?

उसे इसकी कोई समझ नहीं थी। हाँ, वह सोफी एमंडसन, अवश्य थी, किन्तु सच में वह थी कौन? वास्तव में इसका सुराग नहीं लगा पाई थी अब तक। अगर उसे कोई दूसरा नाम दे दिया गया होता, तो क्या होता? जैसे ऐनी नटूसेन, तो तब क्या वह कोई और हो जाती?

तब अचानक उसे याद आया कि शुरू में उसके पिता चाहते थे कि उसे लिलेमोर के नाम से जाना जाए। सोफी ने कल्पना करने का प्रयास किया कि वह लिलेमोर एमंडसन के रूप में अपना परिचय दे रही है और हाथ मिला रही है, किन्तु उसे यह सब गलत लगा। वह तो कोई और थी जो सबको अपना परिचय दिए जा रही थी।

वह कूद कर बाथरूम में चली गई, उस विचित्र पत्र को अपने हाथ में लिये हुए। अब वह दर्पण के सामने खड़ी रहकर अपनी आँखों की प्रतिछाया को एकटक देख रही थी।

'मैं सोफी एमंड्सन हूँ,' उसने कहा।

दर्पण में मौजूद लड़की ने कोई भी प्रतिक्रिया नहीं की कि थोड़ा-सा भी हिलती-डुलती। जो कुछ भी सोफी करती, वह भी हूबहू वैसा ही करती। सोफी ने दर्पण में अपनी प्रतिछाया को चपल गति से हराने की चेष्टा की, किन्तु वह भी उतनी ही तेज निकली।

'तुम कौन हो,' सोफी ने पूछा।

सोफी को इसका भी कोई प्रत्युत्तर नहीं मिला, हाँ उसे क्षणिक भ्रम तो जरूर हुआ कि यह प्रश्न उसने पूछा था या उसकी प्रतिछाया ने।

सोफी ने अपनी वर्तनी शीशे में नाक पर लगाई और कहा, 'तुम मैं हो।'

जब उसे इसका भी कोई उत्तर नहीं मिला, तो उसने वाक्य को पलटा कर कहा, 'मैं तुम हूँ।'

सोफी एमंडसन प्रायः अपनी शक्ल-सूरत से असन्तुष्ट रहती थी। उसे अक्सर बतलाया जाता कि उसकी आँखें सुन्दर हैं बादाम के आकार-सी, किन्तु लोग शायद सिर्फ ऐसा इसलिए कहते थे क्योंकि उसकी नाक कुछ ज्यादा ही छोटी थी और मुँह ज्यादा बड़ा। उसके कान भी आँखों के कुछ ज्यादा नजदीक थे। सबसे खराब थे उसके सीधे लटकते बाल, जिनके साथ कुछ भी करना असम्भव था। कभी-कभी उसके पिता उसके बालों को सहलाते और उसे क्लॉड डेबुसी के एक संगीत रचना की तरज़ पर 'अलसी जैसे बालोंवाली लड़की' कहते। पिताजी के लिए तो यह ठीक था, क्योंकि उन्हें ऐसे सीधे-सपाट केशों के साथ जीने की कोई मजबूरी नहीं थी। सोफी के केशों पर न तो किसी खुशबूदार क्रीम और न ही किसी स्टाइलिंग जेल का कोई प्रभाव पड़ता। कभी-कभी सोफी सोचती कि वह कितनी भद्दी है, कहीं ऐसा तो नहीं कि वह जन्म से ही ऐसी बदशक्ल हो। उसकी माँ सदैव उसे जन्म देते समय हुई अपनी प्रसव-पीड़ा का ज़िक्र करती रहती थी। किन्तु क्या उसकी बदसूरती इसी कारण थी?

कितना अजीब था कि उसे यह भी नहीं मालूम कि वह असल में कौन थी? और क्या यह अनुचित नहीं था कि उससे इस बारे में कभी भी नहीं पूछा गया कि वह कैसी दिखना चाहती है? उसकी छवि तो बस उस पर मढ़ दी गई थी। वह अपने मित्रों को तो चुन सकती थी, किन्तु यह निश्चित था कि उसने स्वयं को खुद नहीं चुना था। उसने तो यह भी नहीं चुना था कि वह एक मानुषी बनेगी।

मनुष्य होना क्या है?

सोफी ने एक बार फिर से शीशे में खड़ी लड़की पर निगाह डाली।

'मैं सोचती हूँ अब ऊपर जाकर जीव-विज्ञान का होमवर्क करूँगी,' उसने लगभग क्षमायाचना के भाव से कहा। पर बाहर हॉल में आई, तो फिर सोचने लगी। 'नहीं, इससे तो बेहतर होगा कि मैं बाग में जाऊँ।'

'किट्टी, किट्टी, किट्टी।'

सोफी ने बिल्ली को भगाकर दरवाजे की पैड़ियों पर निकाल दिया और बाहर का दरवाजा बन्द कर दिया।

अब सोफी बाहर बजरीवाले रास्ते पर उस रहस्यमय पत्र को हाथ में लिये खड़ी थी कि एक बड़ा ही विचित्र भाव उसके शरीर में दौड़ गया। उसे लगा जैसे वह एक गुड़िया है जिसे कोई जादुई छड़ी घुमाकर अचानक सजीव बना दिया गया है।

क्या यह अद्‌भुत नहीं था कि ठीक इस पल वह इस दुनिया में मौजूद है आश्चर्यजनक जोखिमपूर्ण संसार में इधर-उधर घुमते हुए!

शेरेकन कँकरीले रास्ते को हलके से फुदककर पार कर गई और लाल करांट की घनी झाड़ियों में जा छुपी। सफेद मूँछों जैसे बालों से लेकर हिलती पूँछ तक प्राणवान ऊर्जा से भरी हुई, एक चपल छरहरी बिल्ली, यहाँ बाग में थी, पर उसके मन में सोफी जैसे विचार नहीं थे।

जैसे ही सोफी ने अपने ज़िन्दा होने के बारे में सोचना शुरू किया, तुरन्त ही उसके मन में यह भी आया कि वह सदैव जीवित नहीं रहेगी। अभी मैं दुनिया में मौजूद हूँ, उसने सोचा, किन्तु एक दिन तो मैं यहाँ से चली जाऊँगी।

क्या मृत्यु के बाद जीवन है? यह एक अन्य प्रश्न था जिसके विषय में बिल्ली अपनी अनभिज्ञता में प्रसन्न थी।

सोफी की दादी माँ का देहान्त हुए कोई ज्यादा समय नहीं हुआ था। छः महीने से अधिक समय तक सोफी उन्हें हर रोज याद किया करती थी। कितना अनुचित है कि जीवन को समाप्त होना ही पड़ता है।

सोफी कँकरीले रास्ते पर सोचती हुई खड़ी थी। अपने जीवित होने को लेकर उसने और भी जोर से सोचने की चेष्टा की ताकि भूल सके कि वह सदैव जीवित नहीं रहेगी। किन्तु यह असम्भव था। जैसे ही वह अपने जीवित होने के अहसास पर ध्यान एकाग्र करती उसी क्षण अपने मरने की बात भी दिमाग में आ जाती। दूसरी तरह से सोचने की कोशिश करने पर भी वैसा ही हुआ। एक दिन वह मर जाएगी, इस बारे में तीव्रता से सोचने पर ही वह अभी अपने जीवित होने की अद्‌भुत सुन्दरता और अच्छाई का भरपूर आनन्द महसूस कर सकती थी। यह अनुभूति एक सिक्के के दो पहलुओं जैसी थी, जिसे वह बराबर उलट-पुलट रही थी। और जैसे ही सिक्के का एक पहलू बड़ा और ज्यादा साफ होता वैसे ही दूसरा पहलू भी उतना ही बड़ा और साफ नजर आने लगता।

उसे लगा कि जीवित होने का अनुभव आप यह महसूस किए बिना नहीं कर सकते कि आप को मरना है। यह महसूस करना कि आपको मर जाना है तब तक नामुमकिन है जब तक आप यह न सोचें कि जीवित होना कितना अद्‌भुत है, कितना अविश्वसनीय रूप से विस्मयकारी।

सोफी को याद आया कि दादी माँ भी उस दिन कुछ ऐसा ही कहा था जब डॉक्टर ने उन्हें बताया था कि वह बीमार हैं। 'मैंने आज से पहले यह कभी महसूस नहीं किया कि जीवन कितना अद्भुत है।' दादी ने कहा था।

कैसी विडम्बना है! यह समझने के लिए कि जीवित रहना कैसा सुन्दर उपहार है लोगों को बीमार होना पड़ता है या फिर उन्हें अपने मेल-बॉक्स में एक रहस्यमय पत्र को प्राप्त करना होता है।

शायद उसे जाकर देखना चाहिए कि कोई और पत्र तो नहीं आए हैं। सोफी जल्दी-जल्दी गेट के पास गई और हरे रंग के मेल-बॉक्स में झाँका। यह देखकर वह चौंक गई कि उसमें एक सफेद लिफाफा और पड़ा था, बिलकुल पहले जैसा। किन्तु जब उसने पहला लिफाफा निकाला था, तब तो मेल-बॉक्स बिलकुल खाली हो गया था। इस लिफाफे पर भी उसका नाम लिखा था। उसने इसे फाड़कर खोल लिया और अन्दर से एक कागज निकाला, यह भी बिलकुल पहलेवाले साइज का था।

दुनिया कहाँ से आई? इस कागज पर लिखा था।

मुझे नहीं मालूम! सोफी ने सोचा। सच तो यह है इस बारे में कोई कुछ भी नहीं जानता फिर भी उसे लगा कि यह प्रश्न उचित ही था। उसने अपने जीवन में पहली बार अनुभव किया कि कम-से-कम यह पूछे बिना कि दुनिया कहाँ से आई, दुनिया में रहना उपयुक्त नहीं है।

इन रहस्यमय पत्रों से सोफी का दिमाग चकराने लगा। उसने फैसला किया कि वह अपनी माँद में जाकर बैठेगी।

माँद सोफी की छिपने की सबसे अधिक गुप्त जगह थी। जब वह बहुत गुस्से में होती या बहुत दुखी होती या फिर अत्यन्त प्रसन्न होती थी तो वह आकर इसी जगह छिप जाती थी। आज तो वह पूरी तरह दिग्भ्रमित थी।

लाल मकान के चारों ओर बहुत बड़ा बाग था, उसमें बहुत-सी फूलों की क्यारियाँ, फलों की झाड़ियाँ, विभिन्न प्रकार के फलों के वृक्ष, एक लम्बा-चौड़ा लॉन था जिसमें एक झूला और एक समर हाउस था जिसे दादाजी ने दादी माँ के लिए बनवाया था, यह उन दिनों की बात है जब उनकी पहली बच्ची जन्म के कुछ सप्ताहों के अन्दर ही चल बसी थी। उस बच्ची का नाम मेरी था। उसकी कब्र के पत्थर पर यह शब्द लिखे थे : 'छोटी मेरी हमारे पास आई, हमारा अभिवादन किया, और फिर चली गई।'

बाग के एक कोने में रसभरी की झाड़ियों के पीछे एक घना झुरमुट था जहाँ न फूल लगते थे और न ही बेरियाँ। वास्तव में यह वह एक पुरानी बाड़ थी जो किसी समय बाग की बाउंड्री के रूप में लगाई गई थी, पर क्योंकि इसे पिछले बीस वर्षों से काटा-छाँटा नहीं गया था, यह बढ़ती-बढ़ती इतनी घनी और उलझ गई थी कि कुछ भी इसके आरपार नहीं जा सकता था। दादी माँ कहा करती थीं कि पिछले युद्ध के

दौरान इसी झाड़ी के कारण लोमड़ियों के लिए चूजे उठा ले जाना बेहद कठिन हो गया था, जबकि वे बाग में खुले घूमते थे।

सोफी को छोड़कर बाकी सबके लिए यह झाड़ी उतनी ही बेकार थी जितना बाग के दूसरे छोर पर खरगोशों का बाड़ा। किन्तु ऐसा इसलिए था कि कोई भी सोफी का गोपनीय भेद जानता नहीं था।

सोफी को झाड़ियों में बने छोटे से छेद की बहुत पहले से जानकारी थी। वह रेंगती हुई छेद के पार निकली तो झाड़ियों के बीच बनी एक बड़ी खोखर में जा पहुँची। यह जगह एक छोटी माँद जैसी थी। वह निश्चिन्त थी कि यहाँ उसे कोई भी नहीं ढूँढ़ सकेगा।

दोनों लिफाफों को हाथ में थामे सोफी बाग में दौड़ती गई, फिर हाथों और पाँवों के बल घुटनियों चलती हुई वह झाड़ियों में घुस गई। इस गुप्त माँद में इतनी जगह थी कि सोफी उसमें सीधी खड़ी हो सकती थी, किन्तु आज वह टेढ़ी-मेढ़ी जड़ों के एक ढेर पर बैठ गई। वहाँ बैठकर वह पत्तों और टहनियों के बीच बने छोटे-छोटे छिद्रों से बाहर देख सकती थी। हालाँकि कोई भी छेद किसी छोटे सिक्के से बड़ा नहीं था, फिर भी वह सारे बाग पर अच्छी नजर रख सकती थी। जब वह छोटी थी तो उसे वहाँ पेड़ों के बीच उसे ढूँढ़ते फिरते से माता-पिता को देखने में बड़ा मजा आता था। उसके लिए यह एक खेल था।

सोफी सदा ही यह सोचती थी कि यह बाग एक अलग ही दुनिया है। जब भी वह बाइबिल में ईडन की बगिया की बात सुनती तो उसे लगता कि यह गुप्त स्थान भी वैसा ही है जहाँ बैठकर वह छोटे से स्वर्ग का सर्वेक्षण कर रही है।

दुनिया का निर्माण कैसे हुआ?

इस बारे में वह कुछ भी नहीं जानती थी। सोफी को इतना मालूम था कि धरती अन्तरिक्ष में एक छोटा-सा ग्रह है। लेकिन अन्तरिक्ष कहाँ से आया?

ऐसा सम्भव था कि अन्तरिक्ष सदा से ही रहा हो, इस सूरत में उसे यह पता लगाने की जरूरत नहीं है कि यह कहाँ से आया। पर क्या कोई चीज हमेशा से ही होती है और हमेशा ही बनी रह सकती है? उसके मन की गहराई में इस विचार के विरोध का भी कोई आधार था। निश्चय ही दुनिया में मौजूद हर चीज का आरम्भ कभी न कभी तो हुआ ही होगा। इसलिए अन्तरिक्ष भी सम्भवतया किसी समय किसी दूसरी चीज से बनाया गया होगा।

किन्तु यदि अन्तरिक्ष किसी दूसरी चीज से बना, तो वह दूसरी चीज भी किसी अन्य चीज से बननी चाहिए। सोफी ने महसूस किया कि वह मूल समस्या को सिर्फ टालती जा रही है। किसी बिन्दु पर कोई चीज शून्य से बनी होनी चाहिए। क्या यह बात उस असम्भव विचार की तरह नहीं है कि इस संसार का अस्तित्व सदा से रहा है बिना किसी प्रारम्भ के?

उन्होंने स्कूल में सीखा था कि ईश्वर ने दुनिया को बनाया है। सोफी ने स्वयं को सान्त्वना देने का प्रयास किया कि सम्भवतः यही इस समस्या का सबसे बढ़िया समाधान है। किन्तु उसने फिर से सोचना शुरू कर दिया। वह यह तो स्वीकार कर सकती थी

कि ईश्वर ने अन्तरिक्ष बनाया, किन्तु फिर स्वयं ईश्वर कहाँ से आया? क्या उसने स्वयं को शून्य से बनाया था? एक बार फिर उसके मन की गहराई में कुछ था जो इस विचार का विरोध कर रहा था। माना कि ईश्वर सब प्रकार की चीजें बना सकता है किन्तु वह स्वयं को तब तक नहीं बना सकता जब तक उसके पास बनाने के लिए 'स्व' न हो। तो बस एक सम्भावना शेष बची रह जाती है : ईश्वर का अस्तित्व सदा रहा है। ईश्वर स्वयंभू है। किन्तु इस सम्भावना को तो वह पहले ही अस्वीकार कर चुकी थी। हर चीज का, जो भी अस्तित्ववान है, एक आरम्भ तो होना ही चाहिए।*

उफ, कैसी उलझन है!

उसने दोनों लिफाफे फिर खोल डाले :

तुम कौन हो?

दुनिया कहाँ से आई?

नाहक परेशान करनेवाले सवाल? और हाँ, यह पत्र कहाँ से आया, यह बात भी लगभग उतनी ही रहस्यमय थी।

वह कौन है जिसने सोफी के जीवन को झँझोड़ कर रख दिया था और अचानक ही उसे विश्व की सबसे गूढ़ पहेलियों के सामने ला खड़ा किया था?

सोफी तीसरी बार फिर अपने मेल-बॉक्स के पास गई। कुछ क्षण पहले ही डाकिया आज की डाक डाल गया था। सोफी ने इसमें से बेकार चिट्ठियों का बड़ा-सा ढेर बाहर निकाला, जिसमें कुछ पत्र-पत्रिकाएँ थीं और कुछेक पत्र उसकी माँ के लिए थे। एक पोस्टकार्ड था, उष्णकटिबन्धीय समुद्री तट का चित्र बना था इस पर। उसने कार्ड को उलटा। इस पर नॉर्वे की डाक-टिकट लगी थी और इस पर डाक-चिह्न था 'यू एन बटालियन।' क्या इसे पापा ने भेजा था? किन्तु वह तो इस समय एकदम किसी दूसरी जगह पर थे? और हैंडराइटिंग (हस्त-लेखन) भी उनकी नहीं थी।

जब सोफी ने देखा कि पोस्टकार्ड पर लिखा है–'हिल्डे मोलर नैग, मार्फत सोफी एमंडसन, 3 क्लोवर क्लोज...' तो उसकी नब्ज तेज चलने लगी। बाकी पता बिलकुल सही था। कार्ड पर लिखा था :

'प्रिय हिल्डे, 15वें जन्मदिन की शुभकामनाएँ। मुझे भरोसा है तुम यह समझ जाओगी कि मैं तुम्हें ऐसा उपहार देना चाहता हूँ जो तुम्हारे बड़े होने में मदद करेगा। इस कार्ड को सोफी की मार्फत भेजने के लिए क्षमा करना। यह सबसे आसान तरीका था। पिता की ओर से प्यार।

सोफी दौड़ती हुई वापस मकान में पहुँची और रसोई में चली गई। उसके दिमाग में गहन उथल-पुथल हो रही थी। यह हिल्डे कौन थी, जिसका पन्द्रहवाँ जन्मदिन उसके अपने जन्मदिन से एक महीने पहले पड़ रहा था?

---

* **वैदिक नासदीय सूक्ति भी इसी प्रकार की जिज्ञासाओं के परस्पर विरोधी समाधानों की सिद्धि-असिद्धि की सम्भावनाओं पर सन्देह व्यक्त करती है।**

सोफी ने टेलीफोन डायरेक्टरी निकाली। मोलर नाम के बहुत सारे आदमी थे, और कई नैग नाम के भी। किन्तु पूरी डायरेक्टरी में मोलर नैग के नाम से कोई नहीं था।

उसने रहस्यमय कार्ड को दोबारा ध्यान से देखा। कार्ड तो **सही** लगता था। इस पर टिकट भी लगा था और डाकखाने की मुहर भी थी।

आखिर कोई पिता अपनी बेटी के जन्मदिन की बधाई का कार्ड सोफी के पते पर क्यों भेजेगा जबकि कार्ड किसी दूसरे पते पर जाना चाहिए था। किस तरह एक पिता जानबूझकर उसके जन्मदिन का कार्ड दूसरी जगह भेजकर अपनी बेटी को धोखा देना चाहेगा? यह सबसे आसान तरीका कैसे हो सकता है? और सबसे बड़ी बात यह थी कि वह 'हिल्डे' नाम की लड़की का पता कैसे लगा पाएगी?

सोफी के सामने चिन्ता करने के लिए अब एक और समस्या खड़ी हो गई थी। उसने अपने गड्डमड्ड विचारों को व्यवस्थित करने की कोशिश की।

आज तीसरे पहर, दो घंटों की छोटी समयावधि में, उसके सामने तीन उलझनें परोस दी गई थीं। पहली समस्या थी—वे दो सफेद लिफाफे उसके मेल-बॉक्स में किसने रखे। दूसरी पहेली वे कठिन प्रश्न थे जो इन लिफाफों में रखे कागजों में लिखे थे। तीसरी परेशानी थी, यह हिल्डे मोलर नैग कौन हो सकती है, और उसका जन्मदिन बधाई कार्ड सोफी को नॉर्वे से क्यों भेजा गया है। उसे विश्वास था कि यह तीनों समस्याएँ किसी-न-किसी रूप में आपस में जुड़ी हुई हैं। ऐसा होना ही चाहिए, क्योंकि आज तक तो वह पक्की तरह से एक साधारण जीवन ही जीती आ रही थी।

जादुई टोपी

अच्छा दार्शनिक होने के लिए हमें चाहिए सिर्फ विस्मित होने की क्षमता...

सोफी को पक्का विश्वास था कि गुमनाम पत्र-लेखक उसे फिर पत्र लिखेगा। उसने फैसला किया कि इन पत्रों के विषय में वह फिलहाल किसी से कुछ नहीं कहेगी।

स्कूल में अध्यापकों द्वारा पढ़ाए जा रहे विषयों पर अपना ध्यान केन्द्रित करने में उसे काफी कठिनाई आई। उसे लगा जैसे वे केवल फालतू विषयों पर ही बात कर रहे थे। आखिर वह इस बारे में बात क्यों नहीं करते कि मानव होना क्या है—या कि दुनिया क्या है और कैसे अस्तित्व में आई?

उसने पहली बार यह महसूस करना शुरू किया कि स्कूल में ही नहीं बल्कि सभी अन्य जगहों पर भी लोगों का मन छोटी-छोटी हल्की-फुल्की चीजों की चर्चा करने में ही रमता है। बड़ी-बड़ी भारी महत्त्वपूर्ण समस्याएँ भी हैं जिनका समाधान किया जाना आवश्यक है।

क्या किसी के पास इन प्रश्नों के उत्तर थे? सोफी ने महसूस किया कि विषम क्रियाओं को याद करने की तुलना में इन पर विचार करना कहीं अधिक महत्त्वपूर्ण था।

अन्तिम क्लास के बाद जैसे ही घंटी बजी, वह स्कूल से इतनी तेजी से बाहर आई कि जोआना को उसके साथ-साथ चलने के लिए दौड़ना पड़ा।

थोड़ी देर बाद जोआना ने पूछा, 'क्या आज शाम तुम ताश खेलना पसन्द करोगी?'

सोफी ने अपने कन्धे उचका दिए।

'अब ताश के खेलों में मेरी कोई रुचि नहीं रही है।'

जोआना को इस पर आश्चर्य हुआ।

'ठीक है, ताश में रुचि नहीं है तो चलो, बैडमिंटन खेलते हैं।'

सोफी ने फुटपाथ टकटकी लगाकर देखा और ऊपर अपनी सहेली की ओर नज़र उठाई।

'नहीं, अब मुझे नहीं लगता कि मेरी बैडमिंटन में भी कोई रुचि है।'

'मजाक मत करो।'

सोफी जोआना की वाणी में कड़वाहट का स्पर्श भाँप गई।

'क्या तुम मुझे बताओगी कि वह क्या है जो अचानक इतना महत्त्वपूर्ण हो गया है?'

सोफी ने सिर्फ अपना सर हिला दिया, 'यह...यह एक रहस्य है।'

'कहीं तुम्हें किसी से प्यार तो नहीं हो गया है?' दोनों लड़कियाँ थोड़ी देर बिना कुछ कहे, साथ-साथ चलती रहीं। जब वे फुटबॉल मैदान के पास पहुँचीं, तो जोआना ने कहा, 'मैं इस मैदान से होकर जाऊँगी।'

मैदान के पार! यह जोआना के लिए सबसे छोटा रास्ता था, किन्तु वह इस रास्ते से तभी जाती थी जब किसी मेहमान के लिए उसे जल्दी घर पहुँचना हो या दाँतों के डॉक्टर के साथ उसका अपॉइंटमेंट होता।

सोफी को पछतावा हुआ कि उसने जोआना के साथ सही बर्ताव नहीं किया। लेकिन इसके सिवाय वह कह भी क्या सकती थी? यह कि वह अचानक इस खोज में डूब गई थी कि वह स्वयं कौन है? और दुनिया कैसे बनी, और इसीलिए अब उसके पास बैडमिंटन खेलने के लिए समय नहीं था? क्या जोआना यह सब समझ सकती थी?

सबसे मार्मिक, सजीव और जरूरी, और एक अर्थ में, सर्वाधिक स्वाभाविक प्रश्नों पर गम्भीर होना इतना कठिन क्यों था?

मेल-बॉक्स खोलते समय, उसने अपने हृदय को तेज-तेज धड़कते पाया। पहले तो उसे बैंक का एक पत्र और अपनी माँ के लिए कई बड़े ब्राउन लिफाफे दिखे। धत् तेरे की! वह तो उत्सुकता से प्रतीक्षा कर रही थी कि अज्ञात पत्र भेजनेवाले से उसे एक पत्र और मिलेगा।

जैसे ही उसने गेट बन्द किया, तो बड़े लिफाफों में से एक पर उसे अपना नाम दिखा। जैसे ही इसे पलटा, तो पीछे लिखा देखा : 'दर्शनशास्त्र का कोर्स, ध्यान से संभालें।'

सोफी बजरी बिछे रास्ते पर दौड़ती गई और अपना स्कूल बैग पैड़ियों पर ही फेंक दिया। दूसरे पत्रों को पायदान के नीचे सरका कर वह दौड़ती हुई बाग में पीछे जाकर अपने गुप्त स्थान की शरण लेने चल दी। इतना बड़ा पत्र खोलने के लिए यही एकमात्र ठीक जगह थी।

शेरेकन उसके पीछे-पीछे दौड़ती चली आई किन्तु अब तक सोफी उसके इस व्यवहार की आदी हो चुकी थी। वह निश्चिन्त थी कि बिल्ली कभी भी उसका रहस्य किसी को भी नहीं बता पाएगी।

लिफाफे के अन्दर टाइप किए हुए तीन पृष्ठ थे जिन्हें एक क्लिप से जोड़ा गया था। सोफी ने पढ़ना शुरू किया।

दर्शनशास्त्र क्या है?

प्रिय सोफी,

अनेक लोगों के अपने-अपने शौक होते हैं। कुछ लोग पुराने सिक्के या विदेशी डाक-टिकट इकट्ठा करते हैं, तो कुछ सुई से कशीदाकारी करते हैं। और कुछ ऐसे हैं जो अपना खाली समय किसी ख़ास खेल में लगाते हैं।

बहुत से लोग पढ़ने का आनन्द लेते हैं। किन्तु पढ़ने की रुचियों में अनेक भिन्नताएँ हैं। कुछ लोग केवल समाचार-पत्र या कॉमिक्स पढ़ते हैं, कुछ उपन्यास पढ़ते हैं, जबकि कई अन्य लोग खगोल विज्ञान, वन्य जीवन या तकनीकी आविष्कारों के बारें में पुस्तकें पसन्द करते हैं।

यदि मेरी रुचि घोड़ों या बहुमूल्य पत्थरों में है तो मैं यह अपेक्षा नहीं कर सकता कि दूसरे लोग भी इन रुचियों के प्रति मेरी ही तरह उत्साहित होंगे। यदि मैं टी.वी. पर खेलों के सारे कार्यक्रमों को बड़ी प्रसन्नता से देखता हूँ तो मुझे यह सच्चाई भी स्वीकार कर लेनी चाहिए कि कुछ लोगों के लिए यह बोरियत भरे भी होंगे।

क्या कुछ ऐसा नहीं है जिसमें हम सबकी रुचि हो? क्या ऐसा कुछ भी नहीं है जिससे हर किसी का सरोकार हो–इससे कोई फर्क नहीं पड़ता कि वे कौन लोग हैं और दुनिया में कहाँ रहते हैं? हाँ, प्रिय सोफी, कुछ ऐसे प्रश्न हैं जिनमें निश्चय ही प्रत्येक की रुचि होनी चाहिए। निश्चित रूप से उन्हीं प्रश्नों के बारे में यह कोर्स है।

जीवन में सबसे महत्त्वपूर्ण क्या है? यदि हम यह प्रश्न किसी ऐसे व्यक्ति से पूछें जो भुखमरी का शिकार हो, तो उत्तर होगा भोजन। यदि यही प्रश्न किसी ठंड से मरनेवाले व्यक्ति से किया जाए तो उत्तर होगा, गरमाहट। यदि हम यही प्रश्न किसी ऐसे आदमी से करें जो अकेला, अलग-थलग, नितान्त एकाकी है, तो सम्भवतः उत्तर होगा लोगों की संगत और उनका साथ।

किन्तु ऐसी आधारभूत जरूरतें पूरी हो जाने के बाद भी क्या कुछ और भी है जिसे सब पाना चाहें, जिसकी सबको जरूरत है? दार्शनिक सोचते हैं कि ऐसा उनका विश्वास है कि आदमी केवल रोटी से जिन्दा नहीं रह सकता। ठीक है, भोजन सबको चाहिए। और सभी को प्यार और देखभाल भी। किन्तु कुछ और भी है, इस सबसे अलग, जिसकी हम सभी को जरूरत है, और वह है यह पता लगाना कि हम कौन हैं और यहाँ क्यों मौजूद हैं?

हम यहाँ क्यों हैं? इस प्रश्न में रुचि लेना डाक-टिकट इकट्ठे करने में रुचि लेने जैसा नहीं है। जो लोग ऐसे प्रश्न पूछते हैं वे सभी एक ऐसी चर्चा में भाग ले रहे हैं जो इस ग्रह पर उस समय से चली आ रही है जब से मनुष्य यहाँ रह रहा है। यह ब्रह्मांड, यह पृथ्वी और जीवन अस्तित्व में कैसे आए? यह प्रश्न इस प्रश्न से भी बड़ा और अधिक महत्त्वपूर्ण है कि पिछले ओलिम्पिक्स में सबसे ज्यादा स्वर्ण पदक किसने जीते? दर्शनशास्त्र की ओर बढ़ने या पहुँचने का सबसे बढ़िया रास्ता है कुछ दार्शनिक प्रश्नों को पूछना।

दुनिया कैसे बनी? जो घटित होता है, क्या उसके पीछे कोई इच्छा या अर्थ है? क्या मृत्यु के बाद जीवन है? हम इन प्रश्नों के उत्तर कैसे दे सकते हैं? और सबसे महत्त्वपूर्ण कि हमें अपना जीवन कैसे जीना चाहिए? लोग इन प्रश्नों को युगों-युगों से पूछते आए हैं। दुनिया में ऐसी कोई संस्कृति नहीं जिसमें इन प्रश्नों को कभी न कभी न उठाया गया हो कि आदमी क्या है, दुनिया कहाँ से आई।

पूछने के लिए मूल रूप से बहुत अधिक प्रश्न दार्शनिक नहीं हैं। सर्वाधिक महत्त्व के कुछ प्रश्न हम पहले ही पूछ चुके हैं। किन्तु इतिहास हमें इनमें से प्रत्येक प्रश्न के अलग ढंग से भिन्न-भिन्न उत्तर प्रदान करता है। अतः उत्तर ढूँढ़ने और पाने की अपेक्षा दार्शनिक प्रश्नों को पूछना कहीं अधिक आसान है।

आज भी हर व्यक्ति को इन्हीं प्रश्नों के अपने निजी उत्तर खोजने हैं। क्या ईश्वर का अस्तित्व है? मृत्यु के बाद जीवन है? आप इन प्रश्नों के उत्तर विश्व-ज्ञानकोश में देखकर नहीं पा सकते। और न ही विश्व-ज्ञानकोश हमें यह बतला सकता है कि हमें अपना जीवन कैसे जीना चाहिए। यह जान कर कि अन्य लोगों ने अपने विश्वास कैसे विकसित किए हैं, हमें सहायता मिलती है। अपने जीवन-दर्शन की रचना कर पाने में।

दार्शनिकों द्वारा सत्य की खोज किसी जासूसी कहानी जैसी है। कुछ लोग सोचते हैं कि एंडरसन हत्यारा था, कई अन्य सोचते हैं कि हत्यारा नीलसन या जेनसन था। पुलिस कभी-कभी किसी वास्तविक जुर्म की पहेली को सुलझा लेती है। किन्तु यह भी सम्भव है कि वह कभी इसकी जड़ तक पहुँच ही न पाए, यद्यपि कहीं न कहीं समाधान मौजूद होता है। इस तरह यद्यपि किसी प्रश्न का उत्तर देना कठिन हो, फिर भी उसका एक–और केवल एक–सही उत्तर हो सकता है। मृत्यु के बाद या तो किसी प्रकार का अस्तित्व है–या नहीं है।

युगों पुरानी अनेक पहेलियों को विज्ञान ने सुलझा दिया है। एक समय था जब चाँद का अँधेरा हिस्सा रहस्य में छिपा हुआ था। यह कोई उस तरह की समस्या नहीं थी जिसका समाधान चर्चा से निकल सके या उसे एक आदमी की कल्पना पर ही छोड़ दिया जाए। किन्तु आज हमें सही-सही मालूम है कि चाँद का अँधेरा हिस्सा कैसा दिखता है और अब कोई भी 'विश्वास नहीं कर सकता' कि चाँद में आदमी रहते हैं या यह कि चाँद कच्चे पनीर का बना हुआ है।

दो हजार से अधिक वर्ष पूर्व एक यूनानी दार्शनिक हुआ था। उसका विश्वास था कि दर्शनशास्त्र का स्रोत मनुष्य की विस्मय करने की क्षमता में है। मनुष्य ने सोचा कि जीवित रहना ऐसा अद्‌भुत अनुभव है कि उससे दार्शनिक प्रश्न अपने आप उभरने लगते हैं।

यह एक जादुई करिश्मा देखने की तरह है। हम समझ नहीं पाते कि यह कैसे होता है या किया जाता है। इसलिए हम पूछते हैं–कोई जादूगर दो सफेद रेशमी रुमालों को जिन्दा खरगोश में कैसे बदल देता है?

अनेक लोग दुनिया का अनुभव उसी अविश्वसनीयता से करते हैं जैसे तब करते हैं जब एक जादूगर टोपी को खाली दिखलाकर फिर उसी में से अचानक एक खरगोश निकालकर दिखला देता है।

खरगोश के मामले में तो हम जानते हैं कि जादूगर ने हमारे साथ कोई चाल खेली है। हम जानना यह चाहते हैं कि आखिर उसने इसे किया कैसे? किन्तु जब दुनिया की बात आती है, तो मामला थोड़ा भिन्न होता है। हम जानते हैं कि दुनिया हाथ की सफाई का खेल या धोखा नहीं है क्योंकि हम यहाँ दुनिया के अन्दर मौजूद हैं, हम इसका एक अंग हैं। वास्तव में, हम वह सफेद खरगोश हैं जिसे जादूगर द्वारा टोपी से बाहर निकाला जाता है। हमारे और सफेद खरगोश के बीच इतना अन्तर है कि खरगोश को मालूम नहीं होता कि वह एक जादुई खेल में भाग ले रहा है जबकि हम महसूस करते हैं कि हम किसी गहन रहस्य का अंग हैं और यह जानना चाहते हैं कि यह सब कैसे हो रहा है।

पुनश्च : जहाँ तक सफेद खरगोश की बात है बेहतर यह होगा कि उसकी तुलना पूरे विश्व से की जाए। विश्व में हमारी स्थिति उन सूक्ष्म कीटाणुओं की तरह हैं जो खरगोश के चिकने रोएँदार बालों में गहरे नीचे रहते हैं। किन्तु दार्शनिक लोग सदैव ही फर के बारीक रेशों के ऊपर चढ़कर जादूगर की आँखों में गहरे झाँकने की कोशिश करते रहे हैं और कर रहे हैं।

सोफी, क्या तुम अभी भी यहीं हो? शेष आगे...

सोफी थककर चूर हो चुकी थी। अभी भी यहीं हो? उसे यह भी ध्यान नहीं रहा कि वह लगातार उस पत्र को पढ़ती गई थी, एक पल भी श्वास लेने के लिए रुके बिना। आखिर यह पत्र कौन लाया था? यह वह आदमी नहीं हो सकता जिसने हिल्डे मोलर नैग के लिए जन्मदिनवाला कार्ड भेजा था क्योंकि उस कार्ड पर डाक-टिकट और डाक

की मुहर दोनों थे। ब्राउन लिफाफा मेल-बॉक्स में बिलकुल उसी तरह डाला गया था जैसे पहले के दो सफेद लिफाफे।

सोफी ने घड़ी की ओर देखा। पौने तीन बजे थे। उसकी माँ तो अगले दो घंटे से भी अधिक समय तक काम से घर पहुँचनेवाली नहीं थी।

सोफी रेंग कर बाग में लौट आई और मेल-बॉक्स की ओर दौड़ पड़ी। शायद उसमें कोई और पत्र हो।

उसे अपने नाम वाला एक और ब्राउन लिफाफा मिला। इस बार उसने इधर-उधर देखा किन्तु वहाँ कोई भी दिखलाई नहीं दिया। सोफी दौड़ती हुई जंगल के छोर तक जा पहुँची और रास्ते पर दूर तक नजर डाली।

वहाँ कोई नहीं था। अचानक उसे ऐसा लगा कि जंगल में कहीं एक टहनी टूटी हो। किन्तु वह पूरे विश्वास के साथ कुछ नहीं कह सकती थी और यूँ भी किसी ऐसे के पीछे दौड़ना बेकार था जो भाग जाने पर उतारू था।

सोफी घर में चली आई। फिर जल्दी-जल्दी सीढ़ियाँ चढ़कर अपने कमरे में गई और बिस्किट्स वाला वह डिब्बा निकाल लिया जिसमें सुन्दर-सुन्दर नग रखे थे। उसने उन्हें फर्श पर डाल दिया और दोनों बड़े लिफाफों को टिन में रख दिया। फिर, टिन को दोनों हाथों से मजबूती से पकड़े हुए, बाग में दौड़ गई। बाहर जाने से पहले उसने शेरेकन के लिए कुछ खाना रख दिया।

'किट्टी, किट्टी, किट्टी।'

अपने गुप्त स्थान पर एक बार फिर पहुँचकर उसने दूसरा ब्राउन लिफाफा खोला और उसमें से टाइप किए हुए नए पृष्ठ निकाल लिये और पढ़ने लगी।

एक विचित्र प्राणी

हैलो अगेन, जैसे कि तुम देख सकती हो दर्शनशास्त्र का यह छोटा कोर्स आसान किस्तों में आएगा। कुछ और प्रारम्भिक टिप्पणियाँ यह हैं :

मैंने पहले भी कहा कि अच्छा दार्शनिक होने के लिए जिस एकमात्र चीज की जरूरत है वह है विस्मित होने की क्षमता। यदि मैंने नहीं कहा, तो मैं इसे फिर से कहता हूँ : अच्छा दार्शनिक होने के लिए हमारे पास होनी चाहिए सिर्फ विस्मित होने की क्षमता।

शिशुओं में यह क्षमता होती है। इसमें आश्चर्य की कोई बात नहीं है। कुछ महीने गर्भ में रहने के बाद, वे रपटते हुए एक बिलकुल नए यथार्थ-जगत में बाहर आ जाते हैं। पर जैसे जैसे वे बड़े होते हैं उनमें विस्मय की यह क्षमता क्षीण होने लगती है। ऐसा क्यों होता है? क्या तुम जानती हो?

अगर कोई शिशु पैदा होते ही बातचीत कर सकता तो संभवतया हमें बता सकता कि वह किस अद्भुत दुनिया में आ गया है। उसकी तरह हम भी अपने इर्द-गिर्द विस्मय से देखते।

जैसे वह धीरे-धीरे शब्द प्राप्त करता है, बच्चा सिर उठाकर देखता है और हर बार कुत्ता देखने पर कहता है 'बाउ-वाऊ'। वह अपने वाकर में उछलता-कूदता है, अपनी बाँहें लहराता है : 'बाउ-वाऊ! बाउ-वाऊ!' हम जो उम्र में बड़े और अधिक बुद्धिमान हैं, बच्चे के उत्साह

से कुछ परेशान हो जाते हैं। 'ठीक है, ठीक है, यह एक बाउ-वाऊ हैं,' हम कहते हैं। 'अब कृपया शान्त हो जाओ।' हम मुग्ध नहीं होते। हमने पहले भी कुत्ता देखा है।

थोड़ा और बड़ा होने पर वह अब कुत्ते के पास से गुजरता है तो अब उत्तेजित नहीं होता। पर इससे पहले वह शायद सैकड़ों बार 'बाउ-वाऊ' के आश्चर्य मिश्रित आनन्द को दोहरा चुका होता है। यही बात हाथी या एक हिप्पोपोटेमस के बारे में भी होती है किन्तु बच्चे के ठीक से बोलना सीखने से बहुत पहले—और दार्शनिक रूप से सोचना सीखने से बहुत पहले—दुनिया उसके लिए मात्र एक आदत बन गई होती है।

यदि तुम मुझसे पूछो, तो मैं कहूँगा—यह एक बड़ी दुखद स्थिति है।

मेरी चिन्ता यही है प्रिय सोफी, तुम बड़ी होकर उन लोगों जैसी न बन जाओ जो दुनिया को, जैसी यह है, वैसी ही स्वीकार करके चलते हैं। अतः इसे सुनिश्चित करने के लिए हम विचारों के विषय में कुछ प्रयोग करेंगे और उसके बाद ही इस कोर्स में आगे चलेंगे।

तुम सोचोगी मैं तो एक असाधारण प्राणी हूँ। हाँ, मैं एक रहस्यमय प्राणी हूँ।

तुम्हें लगता है मानो तुम एक वशीकरण नींद से जागी हो। मैं कौन हूँ, तुम पूछती हो। तुम जानती हो कि तुम इस ब्रह्मांड में एक ग्रह पर इधर-उधर भटक रही हो। किन्तु यह ब्रह्मांड है क्या?

यदि तुम स्वयं को इस तरह खोज निकालो तो, समझ लो मंगलग्रह वासी जैसे रहस्यमय प्राणी को खोज लोगी। तुम न केवल बाह्य अन्तरिक्ष के एक प्राणी को देख पाओगी, तुम्हें अपने अन्दर गहरे कहीं यह अनुभव होगा कि तुम स्वयं भी एक असाधारण प्राणी हो!

मेरी बात समझ में आई न सोफी? अच्छा आओ हम विचार का दूसरा प्रयोग करते हैं।

वैसे ऐसा कभी नहीं होगा कि तुम किसी दूसरे ग्रह के प्राणी से मिलो! हमें तो यह भी नहीं मालूम कि अन्य ग्रहों पर जीवन है भी या नहीं। किन्तु शायद किसी दिन तुम्हारा स्वयं से सामना हो जाए। एक दिन अचानक तुम ठिठक जाओ और स्वयं को पूरी तरह एक नई रोशनी में देखो। एक दिन जंगल में चलते हुए। यह भी हो सकता है तुम्हारे साथ।

किन्तु एक दिन सबेरे, मम्मी, पापा और दो या तीन साल का छोटा टॉमस रसोई में बैठे नाश्ता कर रहे हैं। थोड़ी देर बाद मम्मी उठकर सिंक की तरफ जाती है और पापा हाँ, पापा—ऊपर उड़ने लगते हैं और छत के नीचे हवा में तैरते हैं जबकि छोटा टॉमस उन्हें देख रहा है। सोचो, तब टॉमस ने क्या कहा होगा? शायद वह अपने पापा की ओर इशारा करके कहता है : 'पापा उड़ रहे हैं।' टॉमस निश्चय ही इस दृश्य से आश्चर्यचकित होगा, लेकिन वह तो प्रायः चकित हो जाता है। पापा हर रोज इतनी अजीब-अजीब चीजें करते हैं कि नाश्ते की मेज पर थोड़ी-सी उड़ान में उनको कोई अन्तर नहीं पड़ता। हर दिन पापा एक अजीब मशीन द्वारा दाढ़ी बनाते हैं, कभी-कभी वह छत पर चढ़ जाते हैं और टी.वी. एरियल को घुमाते हैं—या वह गाड़ी का बोनेट खोल, अपना सिर उसमें धँसा देते हैं और जब सिर बाहर निकालते हैं तो मुँह पर कालिख लगी होती है।

अब मम्मी की बारी है। वह टॉमस की सुनकर एकदम तेजी से मुड़ती है। तुम सोचो, पापा को रसोई की मेज के ऊपर तैरते देखकर उनकी प्रतिक्रिया क्या होगी?

मुरब्बे का मर्तबान उसके हाथ से छूट जाता है और वह डरकर चीखती हैं। पापा के अपनी कुर्सी पर वापस आ जाने पर सम्भवतः उन्हें डॉक्टरी देखभाल की जरूरत पड़े। (उन्हें अब तक बेहतर टेबल मैनर्स सीख लेने चाहिए थे) तुम सोचो, टॉमस और उसकी माँ की प्रतिक्रिया अलग-अलग क्यों है?

इस सबका कुछ सम्बन्ध आदत से है। (इस पर ध्यान दो) मम्मी ने यही सीखा है कि लोग उड़ नहीं सकते जबकि टॉमस को अभी यह जानना है। वह अभी यह नहीं जानता कि आप दुनिया में क्या कर सकते हैं और क्या नहीं कर सकते।

किन्तु सोफी, दुनिया की बात करें? क्या खयाल है तुम्हारा, क्या दुनिया वह सब कर सकती है जो वह कर रही है? दुनिया भी तो अन्तरिक्ष में तैर रही है।

दुख की बात तो यही है कि हम जैसे-जैसे बड़े होते हैं, न केवल गुरुत्वाकर्षण की शक्ति के ही आदी होते जाते हैं अपितु बहुत थोड़े समय में ही दुनिया हमारे लिए एक आदत बन जाती है। ऐसा लगता है कि बड़े होने की लालसा में हम दुनिया के प्रति आश्चर्य करने की क्षमता खो देते जाते हैं। और ऐसा होने के दौरान हम महत्त्वपूर्ण, मूलभूत केन्द्रीय क्षमता खो बैठते हैं–'ऐसी क्षमता जिसे दार्शनिक पुनः स्थापित करने का प्रयास करते हैं। कहीं हमारे अन्दर कोई चीज हमें बतलाती रहती है कि जीवन एक बहुत बड़ा रहस्य है। इसका हमने एक समय अनुभव किया था, यह उस समय की बात है जब हमने अभी विचार करना तक नहीं सीखा था।

मैं इसे और संक्षेप में कहता हूँ : यद्यपि दार्शनिक प्रश्नों से हम सभी का सरोकार है, किन्तु इससे हम सब दार्शनिक नहीं बन जाते। अनेक कारण से अधिकांश लोग रोजमर्रा के जीवन में इतना उलझ जाते हैं कि संसार के प्रति उनका विस्मयकारी भाव पृष्ठभूमि में खो जाता है। (वे रेंगते हुए खरगोश के मुलायम फर में गहरे अन्दर तक उतर जाते हैं, वहाँ आराम से खो जाते हैं, और फिर सारा जीवन वहीं बने रहते हैं) जैसे-जैसे वे बड़े होते जाते हैं आश्चर्यचकित होने की उनकी क्षमता घटती प्रतीत होती है। ऐसा क्यों होता है? क्या तुम इसका कारण जानती हो?

कल्पना करो तुम एक दिन जंगल में घूमने निकलती हो। अचानक तुम्हें अपने सामने एक अन्तरिक्ष यान दिखलाई देता है। एक छोटा-सा मंगलग्रह वासी उस अन्तरिक्ष यान से बाहर आता है और तुम्हारे सामने खड़ा हो जाता है। अब वह तुम्हें देख रहा है...

उस स्थिति में तुम्हारे मन में क्या विचार आएँगे? कोई बात नहीं, इसे भूल जाओ, यह महत्त्वपूर्ण नहीं है। किन्तु क्या तुमने कभी इस तथ्य पर विचार किया है कि तुम स्वयं एक मंगलग्रह वासी हो?

बच्चों के लिए यह दुनिया और इसकी हर चीज नई है, कुछ ऐसी जो आश्चर्य को जन्म देती है। वयस्कों के साथ ऐसा नहीं है। अधिकांश वयस्क लोग इस दुनिया को जैसी है वैसी ही स्वीकार करके सन्तुष्ट हो जाते हैं।

लेकिन निसंदेह दार्शनिक इसके उल्लेखनीय अपवाद हैं। दार्शनिक कभी भी दुनिया का बिलकुल आदी नहीं होता। उसे दुनिया कुछ अनुचित–चौंकानेवाली, एक पहेली जैसी दिखती है। इस प्रकार दार्शनिकों और बच्चों में एक महत्त्वपूर्ण समान क्षमता है। तुम चाहो तो कह सकती हो कि एक दार्शनिक जीवन भर एक नन्हें बच्चे जैसा जिज्ञासु बना रहता है।

सोफी इसलिए अब तुम्हें स्वयं तय करना है। क्या तुम ऐसी बच्ची हो जो अभी तक दुनिया से ऊबी नहीं है? या तुम एक ऐसी दार्शनिक हो जो प्रण कर चुकी है कि वह कभी ऐसी नहीं बनेगी?

यदि तुम अपना सिर झटक दो, और अपने आपको बच्ची और दार्शनिक दोनों में से कोई भी न मानो तो इसका मतलब यह हुआ कि तुम दुनिया की इतनी आदी हो चुकी हो कि अब यह तुम्हें आश्चर्य-चकित नहीं करती। सावधान! तुम खतरे में हो। और यही कारण है कि तुम्हें दर्शनशास्त्र का यह कोर्स प्राप्त हो रहा है। दुनिया के किसी भी दूसरे लोगों की तरह मैं तुम्हें कभी भी जिज्ञासाहीन, उदासीन नहीं बनने दूँगा। मैं चाहता हूँ कि तुम्हारा जिज्ञासु मन सदैव सक्रिय रहे।

इसकी कोई फीस नहीं लगेगी इसलिए यदि तुम इसे पूरा नहीं करती तो तुम्हें कोई पैसा वापस भी नहीं मिलेगा। फिर भी किसी भी समय यदि तुम इस कोर्स को छोड़ना चाहो तो

तुम ऐसा करने के लिए स्वतन्त्र हो। उस सूरत में तुम्हें मेरे लिए एक सन्देश मेल-बॉक्स में छोड़ना होगा। एक जीवित मेढक से काम हो जाएगा। कोई हरी चीज रहे तो ठीक, नहीं तो डाकिया डर जाएगा।

सार रूप में कहूँ : एक जादूई टोपी से एक सफेद खरगोश बाहर निकाला जाता है। चूँकि यह बहुत बड़ा खरगोश है, इसलिए जादू के करतब को दिखाने में अरबों वर्ष लग गए हैं। सभी नश्वर प्राणी खरगोश के बालों के बिलकुल किनारों पर पैदा होते हैं जहाँ वे ऐसी स्थिति में होते हैं कि जादू के करतब की असम्भवता पर आश्चर्य कर सकते हैं। किन्तु जैसे ही उनकी उम्र बढ़ती जाती है वे फर के अन्दर गहरे जाने में लग जाते हैं। और अन्दर पहुँचकर वे वहीं बने रहते हैं। वे वहाँ इतने आराम में होते हैं कि धीरे-धीरे वापस बाहर आने की जोखिम कभी नहीं उठाते। केवल दार्शनिक ही भाषा और अस्तित्व के बाहरी छोरों की चरम सीमा पर पहुँचने के जोखिम भरे अभियान पर निकलते हैं। उनमें से कुछ रास्ते में गिर पड़ते हैं, किन्तु कुछ दुस्साहसपूर्वक इस अभियान में डटे रहते हैं और उन लोगों पर चिल्लाते रहते हैं, जो आराम की कोमल नींद में गहरे पड़े हुए हैं, जिन्होंने स्वयं को जायकेदार भोजन और पेय-पदार्थों से ठोंस लिया है।

'देवियो और सज्जनो,' दार्शनिक चिल्लाकर कहते हैं, 'हम अन्तरिक्ष में तैर रहे हैं।' किन्तु नीचे रहनेवालों में से कोई भी उनकी परवाह नहीं करता।

चरम आराम की स्थिति में नीचे पाताल की गहराई में रहनेवाले लोग चिढ़कर कहते हैं कि 'कैसे परेशानी पैदा करनेवाले लोग हैं ये?' कृपया मक्खन इधर सरका दीजिए? आज हमारे शेयरों के भाव कितना ऊपर चढ़े? आज टमाटरों का भाव क्या है? क्या आपने सुना है कि राजकुमारी डायना फिर माँ बननेवाली हैं?

उस दिन तीसरे पहर जब सोफी की माँ घर लौटी तो सोफी किसी गहरे मानसिक आघात की स्थिति में थी। उसने रहस्यमय दार्शनिक के पत्रों वाला डिब्बा गुप्त स्थान पर सुरक्षित छिपा दिया था। सोफी ने अपना होमवर्क शुरू करने की कोशिश की किन्तु वह बैठी-बैठी केवल वही सोचती रही कि उसने पढ़ा क्या था।

इतनी जोर से उसने पहले कभी नहीं सोचा था। अब वह बच्ची नहीं रह गई थी– किन्तु वह अभी इतनी बड़ी भी नहीं हुई थी। सोफी ने महसूस किया कि उसने खरगोश की आरामदेह फर के अन्दर जाना पहले ही शुरू कर दिया था, बिलकुल वही खरगोश जो विश्व की जादुई टोपी से बाहर निकाला गया था। किन्तु दार्शनिक ने उसे रोक दिया था। उसने–क्या यह कोई स्त्री थी–सोफी की गरदन को पीछे से पकड़ लिया था और उसे ऊपर उठाकर फर के छोर पर लाकर छोड़ दिया था जहाँ वह बच्ची के रूप में खेला करती थी। और वहाँ से एक बार वह फिर दुनिया देख रही थी मानो बिलकुल पहली बार देख रही हो।

इसमें कोई सन्देह नहीं कि दार्शनिक ने उसे बचा लिया था। अज्ञात पत्र लेखक ने उसे दैनिक जीवन की छोटी-छोटी निरर्थक हल्की-फुल्की बातों से बचा दिया था।

जब पाँच बजे मम्मी घर आई, तो सोफी ने उसे खींच कर लिविंग रूम की आरामकुर्सी में धकेल दिया।

'मम्मी, क्या तुम ऐसा नहीं सोचती कि जीवित होना कितना आश्चर्यजनक है!' उसने शुरुआत की।

सोफी की बात सुनकर माँ एकदम चौंक गई कि एकाएक उसने कोई उत्तर नहीं दिया। रोज जब वह घर आती थी तो सोफी प्रायः होमवर्क कर रही होती थी।

'हाँ मुझे भी कभी-कभी ऐसा लगता है।' माँ ने कहा।

'कभी-कभी? हाँ, किन्तु क्या तुम यह नहीं सोचती कि दुनिया का इस तरह बने रहना कितना अद्भुत है।'

'अच्छा, सोफी, इस तरह बोलना बन्द करो।'

'क्यों? शायद तुम यह सोचती हो कि दुनिया बिलकुल सामान्य है?'

'क्यों, क्या यह नहीं है?'

सोफी ने महसूस किया कि दार्शनिक सही था। बड़े होने पर लोग यह मान लेते हैं कि दुनिया सदा से ऐसी ही थी और फिर अपने नीरस अस्तित्व के वशीकरण में ऐसे सो जाते हैं जैसे लोरी गाकर सुला दिए गए हों।

'तुम दुनिया की इतनी आदी हो गई हो कि अब तुम्हें कुछ भी आश्चर्य-चकित नहीं करता।'

'तुम यह सब क्या बोल रही हो?'

'मैं कह रही हूँ कि तुम सब चीजों की बेहद आदी हो गई हो।' दूसरे शब्दों में 'एकदम मन्द।'

'तुम्हारा मेरे साथ इस तरह बात करना मुझे पसन्द नहीं।'

'ठीक है। मैं इसे दूसरी तरह से कहती हूँ। तुमने अपने आपको उस सफेद खरगोश की फर में बहुत गहराई में लाकर रख दिया है, जिसे इस समय भी विश्व की जादुई टोपी से बाहर निकाला जा रहा है। और एक मिनट में तुम आलू उबलने रख दोगी उसके बाद तुम अखबार पढ़ोगी, और फिर आधे घंटे की नींद के बाद तुम टी.वी. पर खबरें देखने लगोगी।'

उसकी माँ के चेहरे पर चिन्ता का भाव उभर आया। वह वाकई रसोई में गई और आलू उबलने रख दिए। कुछ देर बाद वह लिविंग रूम में आ गई और इस बार माँ थी जिसने सोफी को आरामकुर्सी में धकेल दिया।

'देखो कुछ है जिसके बारे में मुझे तुमसे आवश्यक बात करनी है।' माँ ने शुरू किया। माँ की आवाज से सोफी समझ गई कि यह कोई गम्भीर मामला था।

'तुमने कोई नशीली दवा वगैरह तो नहीं ली है, ली है बेटी?'

सोफी का मन हँसने को हुआ किन्तु फिर वह समझ गई कि इस समय यह सवाल क्यों उठाया जा रहा था।

'तुम्हारा दिमाग फिर गया है क्या?' सोफी ने कहा। 'नशीली दवा तो तुम्हें और भी मन्द कर देती है।'

इसके बाद उस शाम नशीली दवाओं या सफेद खरगोशों की कोई चर्चा नहीं हुई।

पौराणिक कथाएँ (मिथक)

अच्छाई और बुराई की शक्तियों के बीच अनिश्चित अस्थिर सन्तुलन...

अगली सुबह सोफी के लिए कोई पत्र नहीं था। खत्म न हो रहे दिन भर वह स्कूल में सारा समय बुरी तरह बोर रही। रीसेस के दौरान उसने जोआना के साथ अच्छी-भली होने की ओर विशेष ध्यान दिया। घर लौटते समय उनकी चर्चा का विषय था कि जंगल में मिट्टी सूख जाने पर वे शीघ्र ही वहाँ जाकर कैम्प लगाकर रहेंगी।

कुछ समय बाद, जो अनन्त काल जैसा लम्बा लग रहा था, वह एक बार फिर मेल-बॉक्स के सामने थी। पहले उसने वह पत्र खोला जिस पर मैक्सिको की डाक-मुहर लगी थी। यह उसके पिताजी ने भेजा था। उन्होंने लिखा था कि उन्हें घर आने की कितनी तीव्र इच्छा हो रही थी, और उन्होंने कैसे अपने चीफ ऑफिसर को शतरंज में पहली बार हराया था। इस सबके अतिरिक्त उन्होंने लगभग उन सारी किताबों को पढ़ डाला था जिन्हें वह अपने साथ शरद अवकाश के बाद जहाज पर ले आए थे।

और फिर, वहाँ था–वह ब्राउन लिफाफा जिस पर उसका नाम लिखा था। अपने स्कूल बैग और बाकी डाक को घर में पटककर, सोफी सीधे अपनी माँद की ओर दौड़ गई। लिफाफे से उसने टाइप किए पन्ने बाहर निकाले और पढ़ना शुरू किया–

संसार का पौराणिक कथा-चित्र

हैलो, सोफी! हमें बहुत-कुछ करना है, इसलिए आओ बिना कोई देर किए शुरू करें।

दर्शनशास्त्र से हमारा अभिप्राय सोचने के उस नितान्त नए तरीके से है जिसका विकास ईसा से छह सौ वर्ष पूर्व यूनान में हुआ। तब तक लोगों ने अपने सभी प्रश्नों के उत्तर अपने विभिन्न धर्मों से प्राप्त किए थे। लोगों को यह धार्मिक स्पष्टीकरण पीढ़ी-दर-पीढ़ी पौराणिक कथाओं के रूप में मिलते रहे थे। एक पौराणिक कथा (मिथक) देवताओं के बारे में ऐसी कहानी होती है जो यह स्पष्ट करने या समझाने का प्रयास करती है कि जीवन के वर्तमान स्वरूप का कारण क्या है।

हजारों वर्षों की अवधि में दार्शनिक प्रश्नों के मिथकीय अथवा पौराणिक कथाओं रूपी स्पष्टीकरणों का सारी दुनिया में प्रचुर मात्रा में प्रसार हुआ। यूनानी दार्शनिकों ने यह सिद्ध करने का प्रयास किया कि इन मिथकीय स्पष्टीकरणों पर विश्वास नहीं किया जा सकता।

यह समझने के लिए कि प्रारम्भिक दार्शनिकों ने विचार करने के किस तरीके को अपनाया यह आवश्यक है कि पहले हम संसार के पौराणिक कथा-चित्र को समझने की चेष्टा करें। उदाहरण के लिए हम कुछ नार्डिक (नॉर्वे, स्वीडन, डेनमार्क, फिनलैंड आदि) पौराणिक कथाएँ ले सकते हैं (उलटे बॉस बरेली को ले जाने की जरूरत नहीं है)।

तुमने शायद थोर और उसके हथौड़े के विषय में सुना होगा। नॉर्वे में ईसाई धर्म के आगमन के पूर्व लोग विश्वास करते थे कि थोर दो बकरियों द्वारा खींचे जानेवाले रथ में बैठकर आकाश में भ्रमण किया करता था। जब वह मारने के लिए अपने हथौड़े को ऊपर उठाता था तो उससे बादलों में गरज होती थी और बिजली कड़कती थी। नॉर्वे की भाषा में *थंडर* (Thunder)—Thor-don का अर्थ होता है थोर की दहाड़। स्वीडन की भाषा में *थंडर* (Thunder), आस्का (aska), मूल रूप *आस-अका* (as-aka) है जिसका अर्थ आकाश में 'देवताओं की यात्रा' है।

जब बादलों की गड़गड़ाहट होती है और बिजली कड़कती है तो वर्षा भी होती है, जो वाइकिंग के किसानों के लिए बहुत आवश्यक थी। इसलिए थोर की पूजा उपजाऊपन के देवता के रूप में होती थी।

अतः वर्षा सम्बन्धी पौराणिक-कथावाला (मिथकीय) स्पष्टीकरण यह था कि थोर अपना हथौड़ा घुमा रहा है। और जब बारिश होती है तो खेतों में दाना अंकुरित होता है और खुशहाली आती है।

खेत में पौधे कैसे उगते हैं और फसल कैसे तैयार होती है—यह नहीं समझा गया था। किन्तु यह स्पष्टतः किसी रूप में वर्षा से जुड़ा था। और चूँकि हर कोई विश्वास करता था कि वर्षा का कुछ लेना-देना थोर से है, अतः थोर नोर्स देवताओं में सबसे महत्त्वपूर्ण बन गया था।

थोर के महत्त्वपूर्ण होने का एक कारण और भी था, वह कारण था कि वह सारी दुनिया की व्यवस्था से जुड़ा था।*

वाइकिंग लोग मानते थे कि आबाद दुनिया एक द्वीप है जिसके लिए बाहरी खतरों की धमकी बराबर बनी रहती है। दुनिया के इस हिस्से को वे मिडगार्ड कहते थे, जिसका अर्थ होता है बीच का राज्य। मिडगार्ड के बीच में था असगार्ड, यानी देवताओं का साम्राज्य।

मिडगार्ड के बाहर उतगार्ड्स का राज्य था, यानी धोखेबाज दैत्यों का साम्राज्य, जो दुनिया को नष्ट करने के लिए हर समय मक्कारी की चालें चलते रहते थे। इस प्रकार के बुराई के राक्षसों को प्रायः 'अराजकता की शक्तियाँ' कहकर भी जाना जाता था। न केवल नोर्स पौराणिक कथाओं में अपितु लगभग सभी सभ्यताओं में, लोगों ने पाया कि अच्छाई और बुराई की शक्तियों के बीच एक नाजुक सन्तुलन है।

राक्षसों द्वारा मिडगार्ड का विनाश करने का एक तरीका यह हो सकता था कि वे उर्वरता की देवी फ्रेजा का अपहरण कर लें। यदि उन्होंने ऐसा कर डाला तो खेतों में कुछ भी पैदा नहीं होगा और फिर औरतों के बच्चे भी नहीं होंगे। इसलिए इन राक्षसों पर नियन्त्रण रखना बहुत जरूरी था।

राक्षसों से इस युद्ध में थोर एक महत्त्वपूर्ण पात्र था। थोर का हथौड़ा वर्षा लाने के अलावा और भी बहुत-कुछ कर सकता था; यह अराजकता की खतरनाक ताकतों के खिलाफ लड़ाई में सबसे महत्त्वपूर्ण हथियार था। इससे उसे लगभग असीमित शक्ति मिलती थी। उदाहरण के लिए,

* भारतीय पौराणिक कथाओं के सन्दर्भ में देवराज इन्द्र का चरित्र और महत्त्व सम्भवतया थोर के समानान्तर ही है। सुर (देव)-असुर संग्राम भी अच्छाई-बुराई के संघर्ष ही कहे जा सकते हैं।

थोर इसे राक्षसों पर फेंक सकता था और उन्हें कत्ल कर सकता था। और उसे इसके खो जाने का डर भी नहीं था क्योंकि यह सदा ही वापस उसी के पास आ जाता था, बूम-रेंग की तरह।

यह इस बात का एक मिथकीय स्पष्टीकरण था कि प्रकृति का सन्तुलन कैसे बनाए रखा जाता है और अच्छाई और बुराई के बीच लगातार ही संघर्ष क्यों बना रहता है। और बिलकुल इसी स्पष्टीकरण को दार्शनिकों ने अस्वीकार कर दिया।

किन्तु यह सिर्फ स्पष्टीकरणों का ही प्रश्न नहीं था।

प्लेग या दुर्भिक्ष जैसी महामारी फैलने पर मनुष्य हाथ पर हाथ धरे ठाली बैठे नहीं रह सकते थे और न ही देवताओं के हस्तक्षेप की प्रतीक्षा कर सकते थे। उन्हें बुराई के विरुद्ध संघर्ष में कुछ न कुछ काम तो करना ही पड़ता था। यह उन्होंने किया विभिन्न धार्मिक संस्कार या अनुष्ठान करके यानी कर्मकांड के रूप में।

नोर्स काल में सबसे महत्त्वपूर्ण धार्मिक अनुष्ठान होता था भेंट। एक देवता को भेंट चढ़ाने का परिणाम यह होता था कि आप उस देवता की शक्ति बढ़ा रहे हैं। उदाहरण के लिए, मनुष्यों को देवताओं की शक्ति बढ़ाने के लिए उन्हें भेंट चढ़ानी होती थी ताकि वे अराजकता की ताकतों पर विजय प्राप्त कर सकें। अपने उद्‌देश्य की पूर्ति वे देवता के लिए एक जानवर की बलि चढ़ाकर कर सकते थे। थोर को प्रायः एक बकरी की भेंट चढ़ाई जाती थी। ओडिन को दी गई भेंटें कभी-कभी नर-बलि का रूप ले लेती थीं।

नोर्डिक देशों की सर्वाधिक ख्यात पौराणिक कथा 'द ले ऑफ थ्रिम' नामक ऐडिक कविता है। यह बताती है कि एक बार जब थोर नींद से जागा तो उसने देखा कि उसका हथौड़ा गायब था। यह देखकर वह इतना क्रुद्ध हुआ कि उसकी दाढ़ी हिलने लगी और क्रोध से उसके हाथ काँपने लगे। अपने एक परम भक्त लोकी को साथ लेकर वह फ्रेजा के पास गया और उससे पूछा कि क्या वह अपने पंख लोकी को उधार दे देगी ताकि वह जोतनहैम, यानी राक्षसों के देश में जाकर यह पता लगा सके कि उन लोगों ने थोर का हथौड़ा तो नहीं चुरा लिया है।

जोतनहैम पहुँचकर लोकी राक्षसों थ्रिम के राजा से मिलता है जो निश्चय ही गर्वपूर्वक शेखी बघारता है कि उसने हाथौड़ा जमीन में इक्कीस मील नीचे छिपा दिया है। साथ ही वह यह भी कह देता है कि देवताओं को हथौड़ा तब तक नहीं मिलेगा जब तक वे फ्रेजा को उसकी दुलहन के रूप में नहीं दे देंगे।

क्या तुम इसकी तसवीर बना सकती हो, कल्पना कर सकती हो, सोफी? अचानक अच्छे देवता अपने आपको पूरी तरह बन्धक की स्थिति में पाते हैं। राक्षसों ने देवताओं के सबसे उपयोगी, स्वरक्षा के अस्त्र पर कब्जा कर लिया है। यह स्थिति कतई भी स्वीकार किए जाने योग्य नहीं है। जब तक राक्षसों के पास थोर का हथौड़ा है, तब तक उनके पास देवताओं और मानवों पर पूरा नियन्त्रण है। हथौड़े के बदले में वे फ्रेजा की माँग कर रहे हैं। किन्तु यह भी समान रूप से अस्वीकार्य है। यदि देवताओं को अपनी उर्वरता की देवी राक्षसों को देनी पड़ जाती है–देवी, जो सारे जीवन की रक्षक है–तो खेतों से हरियाली यानी वनस्पति गायब हो जाएगी और सारे देवता तथा प्राणी मर जाएँगे। यह तो एक ऐसे घातक गतिरोध की स्थिति है जिससे बाहर निकलने का रास्ता लगभग नहीं है।

पौराणिक कथा बतलाती है कि लोकी असगार्ड वापस आ जाता है और फ्रेजा से कहता है कि वह शादी का जोड़ा पहन ले क्योंकि उसे (बड़े शोक की बात है) राक्षसों के राजा से शादी करनी है। फ्रेजा को बहुत गुस्सा आता है, और वह कहती है कि यदि वह एक राक्षस से शादी करने के लिए राजी हो जाती है तो लोग कहेंगे कि वह तो बिलकुल पागल हो गई है मर्दों को हासिल करने के लिए।

तब हैमडाल नामक देवता के मन में एक विचार आता है। वह सुझाव देता है कि थोर एक दुलहन जैसी पोशाक पहन ले। सर पर बाल लगाकर और अपनी चोली में दो पत्थर लगा ले ताकि वह बिलकुल स्त्री लगे। जाहिर था, थोर इस विचार के प्रति उत्साहित नहीं हुआ, किन्तु अन्ततः वह इसे स्वीकार कर लेता है, क्योंकि यह ही वह तरीका है जिससे उसका हथौड़ा उसे वापस मिल सकता है।

इस प्रकार थोर दुलहन की पोशाक पहन लेता है और लोकी उसकी सेविका का वेश धारण कर लेती है।

यदि इसे वर्तमान शब्दावली में रखें, तो थोर और लोकी देवताओं का 'आतंक-विरोधी दस्ता' है। स्त्रियों के वस्त्रों में रूप बदलकर उनका लक्ष्य राक्षसों के गढ़ में सेंध लगाना है और थोर के हथौड़े को वापस प्राप्त करना है।

जब देवता जोतनहैम में पहुँचते हैं तो राक्षस शादी की दावत तैयार करने में लग जाते हैं। किन्तु दावत के दौरान, दुलहन–(यानी थोर)–पूरा एक बैल और आठ सामन मछलियाँ खा जाती है। वह तीन बैरल बीयर पी जाती है। इससे थ्रिम को आश्चर्य होता है। इन 'कमांडो' का सच्चा रूप लगभग पूरी तरह सामने आ जाता है। किन्तु लोकी यह स्पष्ट करके खतरे को टलवा देती है कि फ्रेजा जोतनहम आने की बड़ी उत्सुकता से प्रतीक्षा कर रही थी और इसीलिए उसने पिछले एक सप्ताह में कुछ नहीं खाया।

किन्तु जब थ्रिम चूमने के लिए दुलहन के चेहरे से घूँघट उठाता है तो वह थोर की जलती हुई आँखों को देखकर भौचक्का रह जाता है। एक बार फिर लोकी स्थिति को सँभाल लेती है, वह कहती है कि शादी के प्रति लालायित होने के कारण दुलहन एक हफ्ते से सोई ही नहीं है। इस पर थ्रिम आदेश देता है कि हथौड़े को सीधे वहाँ लाया जाए और विवाह संस्कार के समय दुलहन की गोद में रख दिया जाए।

जब थोर को हथौड़ा मिलता है तो वह अट्टहास कर उठता है। वह पहले तो हथौड़े से थ्रिम को मार डालता है, और फिर सभी राक्षसों और उनके सम्बन्धियों का खात्मा कर देता है और इस तरह इस बीभत्स बन्धक नाटक का सुखद अन्त होता है। थोर–जो देवताओं का बैटमैन या जेम्स बॉण्ड है–एक बार फिर बुराई की शक्तियों पर विजय पा लेता है।

पौराणिक कथा के विषय में इतना ही, सोफी। किन्तु इसके पीछे सच्चा अर्थ क्या है? यह कथाएँ केवल मनोरंजन के लिए नहीं बनाई गई थी। पौराणिक कथा कुछ स्पष्ट भी करना चाहती है। एक सम्भाव्य अर्थ यह हो सकता है :

जब अकाल पड़ता था तो लोग यह जानना चाहते थे कि वर्षा क्यों नहीं हुई। क्या राक्षसों ने थोर का हथौड़ा तो नहीं चुरा लिया था?

शायद ऐसी पौराणिक कथाएँ यह समझने का एक प्रयास थी कि वर्ष में मौसम कैसे बदलते हैं। जाड़ों में *प्रकृति* मर जाती है क्योंकि थोर का हथौड़ा जोतनहैम में है। किन्तु बसन्त ऋतु में वह इसे वापस पा जाने में सफल हो जाता है। इस प्रकार यह पौराणिक कथा लोगों को मौसम परिवर्तन के बारे में कुछ स्पष्टीकरण देने का प्रयास करती थी जिसे वे समझ नहीं पा रहे थे।

किन्तु मिथक साधारण स्पष्टीकरण नहीं थे। लोग मिथकों से जुड़े धार्मिक संस्कार भी सम्पन्न करते रहते थे। हम कल्पना कर सकते हैं कि अकाल पड़ने या फसल सूख जाने की हालत में लोगों की प्रतिक्रिया क्या होती होगी; वे पौराणिक कथाओं में वर्जित घटनाओं के इर्द-गिर्द कुछ नाटक बुन लेते थे। शायद गाँव का एक आदमी एक दुलहन जैसी पोशाक पहन लेता था–स्तनों

के स्थान पर पत्थर लगा लेता था—ताकि राक्षसों से हथौड़ा वापस जीता जा सके। ऐसा करके, लोग बारिश लाने के लिए कुछ उद्यम कर रहे थे ताकि उनके खेतों में फसलें पैदा हो सकें।

दुनिया के दूसरे हिस्सों से ऐसे और भी अनेक उदाहरण हैं जो बतलाते हैं कि लोगों ने मौसमों से जुड़ी पौराणिक कथाओं को कैसा नाटकीय रूप दे दिया ताकि प्रकृति की प्रक्रियाओं की गति तेज की जा सके।*

अभी तक हमने नोर्स पौराणिक कथाओं की दुनिया की एक संक्षिप्त झलक देखी है। किन्तु थोर और ओडिन, फ्रेयर और फ्रेजा, होडर और बाल्डर और कई अन्य देवताओं सम्बन्धी अनगिनत पौराणिक कथाएँ हैं। इस प्रकार के पौराणिक कथा सम्बन्धी विचार सारी दुनिया में फले-फूले, किन्तु बाद में दार्शनिकों ने आकर उनकी तोड़फोड़ करनी शुरू कर दी।

पौराणिक कथाओं की दुनिया की एक तसवीर उस समय यूनान में भी विद्यमान थी जब पहली बार वहाँ दर्शनशास्त्र विकसित हो रहा था। यूनानी देवताओं की कहानियाँ कई सदियों से पीढ़ी-दर-पीढ़ी लोगों तक पहुँचती रही थी। मैं यदि थोड़े से ही यूनानी देवताओं के नाम लूँ तो उनमें जियस और अपोलो, हेरा और ऐथेने, डायोनीसस और ऐस्लेपियस, हिरेक्लीज और हैफेस्टोस के नाम प्रमुख कहे जा सकते हैं।

ईसा से 700 वर्ष पूर्व, यूनान की अधिकांश पौराणिक कथाएँ होमर और हीशियड द्वारा लिखी जा चुकी थीं। इससे एक बिलकुल नई स्थिति पैदा हो गई। अब चूँकि पौराणिक कथाएँ लिखित रूप में उपलब्ध थीं, उन पर चर्चा करना सम्भव था।

प्रारम्भिक यूनानी दार्शनिकों ने होमर की पौराणिक कथाओं की आलोचना इसलिए की क्योंकि इनमें देवता नश्वर प्राणियों से बहुत मिलते-जुलते थे और वे उन्हीं की तरह अहंकारी और धोखेबाज थे। इसलिए पहली बार यह आलोचना की गई कि पौराणिक कथाएँ महज़ मानवीय विचार ही तो हैं।

इस दृष्टिकोण का प्रणेता दार्शनिक ज़ेनोफेन्स था, जो ईसा से 570 वर्ष पूर्व हुआ था। उसने कहा, मनुष्यों ने देवताओं को अपनी ही छवि के अनुरूप बनाया है। उसका मानना था कि देवता पैदा होते हैं, उनके शरीर होते हैं और हमारी तरह ही सम्प्रेषण के लिए भाषा और पहनने के लिए कपड़े भी होते हैं। इथियोपियावासियों का मानना था कि देवता काले होते हैं और उनकी नाक चपटी होती है। थ्रेशियावासी की कल्पना अनुसार देवताओं की आँखें नीली होती हैं और उनके बाल बढ़िया होते हैं। यदि बैल, घोड़े और शेर चित्र बना सकते तो वे देवताओं को बैलों, घोड़ों और शेरों की तरह ही चित्रित करते।

इसी काल में यूनानियों ने कई शहर-राज्यों की स्थापना यूनान और यूनानी उपनिवेशों दक्षिण इटली तथा एशिया माइनर में की, जहाँ शारीरिक परिश्रम दास करते थे, तथा नागरिक अपना सारा समय संस्कृति और राजनीति में लगाने के लिए स्वतन्त्र थे।

ऐसे शहरी वातावरणों में लोग पूरी तरह से बिलकुल नए तरीके से सोचने लगे? मात्र अपने लिए ही सही, कोई भी नागरिक यह प्रश्न उठा सकता था क्रि समाज का संगठन किस प्रकार किया जाए। इस तरह बिना प्राचीन पौराणिक कथाओं का आश्रय लिये नागरिक दार्शनिक प्रश्न पूछ सकते थे।

---

* भारतीय पौराणिक कथाओं की यूनानी पौराणिक कथाओं से तुलना करने पर स्पष्ट होता है कि पुरातन काल में मानव-प्रकृति, मानव-समाज तथा मानव-मानव के पारस्परिक सम्बन्धों पर चिन्तन मिथकीय था और सम्भवतया अन्य संस्कृतियों में भी मिथकीय चिन्तन का वर्चस्व था। मिथकीय चिन्तन मानवीय चिन्तन की प्रारम्भिक चेष्टाओं में से एक है।

हम इस विकास क्रम को पौराणिक कथाओं के माध्यम से मिथकीय सोचने के तरीके को त्यागकर अनुभव और तर्क पर आधारित चिन्तन के तरीके को अपनाने की प्रवृति कह सकते हैं। प्रारम्भिक यूनानी दार्शनिकों का मुख्य लक्ष्य प्राकृतिक प्रक्रियाओं की प्राकृतिक, न कि अलौकिक, व्याख्याएँ ढूँढ़ना था।

सोफी अपनी माँद से बाहर आई और बाग में इधर-उधर टहलती रही। उसने स्कूल में मिली सीख, विशेषतः कक्षा में सीखा विज्ञान, भूल जाने की कोशिश की।

यदि वह इस बाग में प्रकृति के विषय में कुछ भी जाने बिना, बड़ी हुई होती तो बसन्त ऋतु का अनुभव उसके लिए कैसा होता?

किसी दिन अचानक बारिश क्यों होने लगती है? क्या वह इस विषय में किसी प्रकार के स्पष्टीकरण को ढूँढ़ने का कोई प्रयास करती? क्या वह कोई फन्तासी बुनती कि पहाड़ों की बर्फ कहाँ चली गई और सूरज सबेरे क्यों उगा?

हाँ, वह निश्चय ही फन्तासी बनाएगी। उसने एक कहानी गढ़ना शुरू कर दिया।

जाड़े ने सारी जमीन को अपनी बर्फीली पकड़ में इसलिए ले लिया क्योंकि शैतान मुरियत ने सुन्दर राजकुमारी सिकिता को ठंडे कारागार में बन्दी बनाकर डाल दिया है। किन्तु एक दिन सबेरे बहादुर राजकुमार ब्रेवेटो आया और उसने उसे छुड़ा लिया। मुक्त होने पर सिकिता इतनी प्रसन्न हुई कि वह घास के मैदानों में नाचने लगी और वह गाना गाने लगी जो उसने नम कारागार में बनाया था। पृथ्वी और पेड़ उससे इतने अभिभूत हुए कि सारी बर्फ आँसुओं में बदल गई। किन्तु तभी सूरज आया और उसने सारे आँसू पोंछ डाले। चिड़ियों ने सिकिता के गाने की नकल की, और जब सुन्दर राजकुमारी ने अपने सुनहरे बालों के लच्छे खोले तो उनमें से कुछ लच्छे जमीन पर गिर पड़े और वे पृथ्वी पर खेतों में लिली के फूल बन गए।

सोफी को अपनी सुन्दर कहानी पसन्द आई। यदि बदलते मौसमों का कोई अन्य स्पष्टीकरण उसे मालूम न होता, तो निश्चय ही अन्त में वह अपनी ही कहानी में विश्वास कर लेती।

उसने समझ लिया कि लोगों ने हमेशा ही प्रकृति की प्रक्रियाओं को स्पष्ट करने की आवश्यकता का अनुभव किया है। लगता था कि वे शायद ऐसे स्पष्टीकरणों के बिना रह नहीं सकते थे। और यह कि हमारे पूर्वजों ने विज्ञान नाम की प्रयोगात्मक चिन्तन-विधि के अस्तित्व से पहले ही ऐसी अनेक पौराणिक कथाएँ बना डालीं थी।

प्राकृतिक दार्शनिक

शून्य से केवल शून्य ही प्रकट हो सकता है...

जब दोपहर बाद माँ काम से घर लौटी तो सोफी ग्लाइडर में बैठी विचार कर रही थी कि दर्शनशास्त्र के कोर्स तथा हिल्डे मोलर नैग, जिसे अपने पिता से जन्मदिन शुभ कामना सन्देश प्राप्त नहीं होगा, के बीच सम्भावित सम्बन्ध क्या हो सकता है।

माँ ने बाग के दूसरे छोर से पुकारा, 'सोफी! तुम्हारे लिए एक पत्र है।'

यह सुनकर उसकी साँस ऐसी रुकी कि रुकी ही रह गई। वह तो पहले ही मेल-बॉक्स खाली कर चुकी थी, इसलिए यह पत्र दार्शनिक का ही होना चाहिए। हाय, अब वह अपनी माँ को क्या कहेगी!

'इस पर कोई मुहर नहीं लगी है। यह सम्भवतः एक प्रेम-पत्र है।'

सोफी ने पत्र ले लिया।

'तुम इसे खोल नहीं रही हो?'

उसे कोई बहाना ढूँढ़ना था।

'क्या कभी तुमने किसी ऐसी लड़की के बारे में सुना है जो तब प्रेम-पत्र खोल रही हो जब उसकी माँ उसे कनखियों से देख रही हो?'

चलिए, माँ को सोचने देते हैं कि यह एक प्रेम-पत्र था। हालाँकि यह बहुत ही असमंजस भरा था, किन्तु यह और भी ज्यादा खराब होता कि उसकी माँ को पता चल जाता कि वह एक नितान्त अजनबी के साथ एक पत्राचार कोर्स कर रही है, एक ऐसे दार्शनिक के साथ जो उसके साथ आँख-मिचौनी खेल रहा था।

यह छोटे सफेद लिफाफों में से एक था। जब सोफी ऊपर अपने कमरे में पहुँची तो उसके लिए तीन नए प्रश्न थे :

क्या कोई ऐसा सार-तत्व है जिससे सब चीजें बनी हैं?
क्या पानी मदिरा में बदल सकता है?
मिट्टी और पानी जीवित मेढक कैसे पैदा कर सकते हैं?

सोफी को ये सवाल यूँ तो काफी बेवकूफाना लगे, किन्तु फिर भी वे सारी शाम उसके दिमाग में भिनभिनाते रहे। अगले दिन वह स्कूल में पूरे दिन भर यही सोचती रही, एक-एक को लेकर बारी-बारी से।

क्या कोई 'सार-तत्त्व' है जिससे सब चीजें बनी हैं? यदि कोई ऐसा सार-तत्त्व है, तो वह अचानक बदल कर कैसे एक फूल या एक हाथी बन जाता है?

वही आपत्ति दूसरे प्रश्न पर भी लागू होती थी कि क्या पानी मदिरा में बदल सकता है। सोफी को वह नीति कथा मालूम थी कि किस प्रकार यीशु ने पानी को मदिरा में बदल दिया था, किन्तु उसने इसे कभी भी गम्भीरता से नहीं लिया था। और यदि यीशु ने वास्तव में पानी को मदिरा में बदल दिया था तो यह एक चमत्कार के रूप में किया गया था, जो सामान्यतया नहीं किया जाता। सोफी जानती थी कि न केवल मदिरा में, अपितु बहुत सारी दूसरी बढ़नेवाली चीजों में भी बहुत-सा पानी होता है। किन्तु यदि एक खीरे में 95% पानी होता है तो इसमें इसके अतिरिक्त कोई दूसरी चीज और भी है क्योंकि खीरा खीरा होता है, सिर्फ पानी नहीं।

और फिर इसके अलावा मेढक वाला प्रश्न भी तो था। उसके दर्शनशास्त्र के अध्यापक ने मेढकों के बारे में वास्तव में यह अनोखा प्रश्न उठाया था।

सोफी सम्भवतः यह तो स्वीकार कर सकती थी कि एक मेढक में मिट्टी और पानी होता है, ऐसी हालत में मिट्टी में एक से अधिक (सार) तत्त्व होने चाहिए। यदि मिट्टी में अनेक भिन्न प्रकार के तत्त्व होते हैं तो स्पष्टतः यह सम्भव था कि मिट्टी और पानी मिलकर एक मेढक पैदा कर सकते हैं। यानी कि मिट्टी और पानी मेढक के अंडे और टैडपोल के रास्ते से होकर गुजरते हैं। क्योंकि एक मेढक पत्तागोभी की क्यारी से पैदा नहीं हो सकता, भले ही आप इसमें कितना भी पानी डालें।

उस दिन सोफी जब स्कूल से घर लौटी तो मेल-बॉक्स में एक भारी लिफाफा उसका इन्तजार कर रहा था। सोफी उसे लेकर अपनी माँद में जा छुपी, जैसे उसने पिछले दिनों किया था।

दार्शनिकों की जिज्ञासा (प्रोजेक्ट)

हम फिर वहीं आ गए। हम सफेद खरगोश या ऐसी ही चीजों के चक्कर में न पड़ते हुए सीधे अपने पाठ पर आते हैं।

मैं संक्षेप में प्राचीन यूनानियों के समय से अभी तक लोगों ने दर्शनशास्त्र के विषय में जो भी सोचा है कि एक मोटी-मोटी रूपरेखा रखूँगा किन्तु हम इन विचारों को उनके व्यवस्थित रूप में बारी-बारी से लेंगे।

चूँकि यह दार्शनिक हम से बिलकुल ही भिन्न युग में रहते थे—और सम्भवतः उनकी संस्कृति भी हमारी संस्कृति से पूरी तरह भिन्न थी—अच्छा यह होगा कि हम प्रत्येक दार्शनिक का प्रोजेक्ट देखें यानी उसकी जिज्ञासा को पहचानने तथा समझने का प्रयास करें। इससे मेरा अर्थ है कि हमें यह देखने का प्रयास करना चाहिए कि एक विशिष्ट दार्शनिक खासतौर पर क्या जानना

चाहता था उसकी विशिष्ट जिज्ञासा क्या थी? एक दार्शनिक यह जानना चाह सकता है कि पौधे और जानवर कैसे अस्तित्व में आए। दूसरा शायद यह जानना चाहे कि ईश्वर है कि नहीं या यह कि क्या मनुष्य में कोई अमर आत्मा होती है?

एक बार यह सुनिश्चित कर लेने पर कि किसी एक विशेष दार्शनिक की जिज्ञासा क्या है, उसकी विचारधारा का अनुगमन करना आसान होगा, क्योंकि यह आवश्यक नहीं है कि कोई भी एक दार्शनिक दर्शनशास्त्र की समग्रता से अपना सरोकार बनाए।

दार्शनिक को सन्दर्भित करते हुए, मैंने कहा उसकी (पुरुष की) विचारधारा क्योंकि यह मनुष्यों की कहानी भी है। अतीत में पुरुषों ने स्त्रियों को दोनों ही रूपों में, यानी स्त्री रूप में, और एक चिन्तनशील प्राणी के रूप में भी, अपने अधीनस्थ रखा था/है, यह एक दुख की बात है क्योंकि इसके परिणामस्वरूप मानवीय सभ्यता के अत्यन्त महत्त्वपूर्ण अनुभव का बहुत बड़ा भाग खो या लुप्त हो गया है। वर्तमान (बीसवीं) शताब्दी के आगमन के पहले स्त्रियों को दर्शन के इतिहास में अपने लिए स्थान बनाने के अवसर से वंचित रखा गया।

मेरा इरादा तुम्हें कोई होम-वर्क देने का नहीं है—न तो गणित के कठिन प्रश्न, और न ही कोई ऐसी अन्य चीज! और अंग्रेजी भाषा की क्रियाओं का मिलान करना मेरी रुचि के क्षेत्र के बाहर है। हाँ, मैं तुम्हें समय-समय पर करने के लिए कुछ थोड़ा काम देता रहूँगा। यदि तुम इन शर्तों को स्वीकार करो, तो हम शुरू करेंगे।

प्राकृतिक दार्शनिक

आदिकालीन यूनानी दार्शनिकों को कभी-कभी प्राकृतिक दार्शनिक कहा जाता है क्योंकि वे मुख्यतः प्राकृतिक जगत और इसकी प्रक्रियाओं से सरोकार रखते थे।

हम पहले ही यह पूछ चुके हैं कि कोई भी वस्तु कहाँ से आई। आजकल बहुत से लोग यह सोचते हैं कि किसी एक समय कोई चीज शून्य से बाहर निकलकर आई। यह विचार यूनानियों के बीच इतना प्रचलित नहीं था। किसी न किसी कारणवश वे यह मानकर चलते थे कि 'कुछ ऐसा' है जो सदैव से ही अस्तित्ववान है।

इसलिए, शून्य से कोई चीज कैसे प्रकट हो सकती है, यह उनके लिए सबसे महत्त्वपूर्ण प्रश्न नहीं था। इसके विपरीत, दूसरी ओर, वे यह देखकर चकित थे कि पानी में जीवित मछली कैसे पैदा हो जाती है, और मृत जमीन से बड़े-बड़े पेड़ और चमकीले रंग के फूल कैसे पैदा होते हैं। इसका ज़िक्र किया जाना तो ज़रूरी ही नहीं कि यह कैसा अचम्भा है कि एक शिशु अपनी माँ के गर्भ में उपस्थित और पैदा हो जाता है।

दार्शनिकों ने स्वयं अपनी आँखों से देखा कि प्रकृति निरन्तर ही एक रूपान्तरण की अवस्था में रहती है। किन्तु यह रूपान्तरण होता कैसे है?

उदाहरण के लिए, एक चीज कैसे किसी सार-तत्व से बदलकर एक सजीव प्राणी बन जाती है?

सभी प्रारम्भिक दार्शनिकों का लगभग एक जैसा विश्वास था कि सारे परिवर्तन के मूल में एक विशिष्ट मौलिक सार-तत्व होना चाहिए। यह कहना कठिन है कि वे ऐसे विचार तक कैसे पहुँचे? हमें केवल इतना मालूम है कि इस विचार का क्रमशः विकास हुआ कि कोई एक ऐसा आधारभूत सार-तत्व होना चाहिए जो प्रकृति में हो रहे सभी परिवर्तनों के पीछे प्रच्छन्न कारण के रूप में बना रहता है। ऐसी 'कोई चीज' होनी चाहिए जिससे सब चीजें निःसृत होती हैं और वापस उसी में लौट जाती हैं।

हमारे लिए, रोचक विषय वास्तव में यह नहीं है कि प्रारम्भिक दार्शनिक किन समाधानों तक पहुँचे, अपितु यह कि उन्होंने कौन से प्रश्न किए और वे किस प्रकार के उत्तर तलाश रहे थे। हमारी रुचि वास्तव में इसमें ज्यादा है कि वे किस ढंग से सोचते थे बजाय इसके कि वे क्या सोचते थे।

हमें मालूम है कि उन्होंने भौतिक जगत में जिन रूपान्तरणों को होते हुए देखा उन्होंने उन्हीं से सम्बन्धित प्रश्न उठाए। वे प्रकृति में अन्तर्निहित नियमों की तलाश कर रहे थे। वे बिना पौराणिक कथाओं की ओर लौटे वह सब कुछ समझ लेना चाहते थे जो उनके चारों ओर घटित हो रहा था। और सबसे महत्त्वपूर्ण, वे स्वयं प्रकृति का अध्ययन करके इसकी वास्तविक प्रक्रियाओं को समझना चाहते थे। यह लक्ष्य देवताओं की कहानियाँ कहकर बादलों की गरज और बिजली के कौंधने, शिशिर और वसन्त ऋतु को मिथकीय प्रतीकों की सहायता या माध्यम से समझने या स्पष्ट करने के कार्य से बिलकुल भिन्न था।

इस प्रकार धीरे-धीरे दर्शन ने स्वयं को धर्म से जुड़े मिथकीय कल्पनात्मक बिम्बों से मुक्त कर लिया। हम यह कह सकते हैं कि प्राकृतिक दार्शनिकों ने वैज्ञानिक तर्क की दिशा में प्रारम्भिक कदम उठाए और इस प्रकार वे उस अध्ययन के अग्रदूत बन गए जो बाद में विज्ञान बनने जा रहा था।

प्राकृतिक दार्शनिकों ने क्या सोचा और क्या लिखा, हमारे पास इसके कुछ टुकड़े ही बचे हैं। जो भी थोड़ा-सा हम जानते हैं वह अरस्तू के लेखों में पाया जाता है; अरस्तू का जीवन-काल इन दार्शनिकों से दो शताब्दी बाद का है। वह केवल उन निष्कर्षों की ओर संकेत करता है जिन तक यह दार्शनिक पहुँचे थे। किन्तु जो हम अब जानते हैं वह हमें यह स्थापित करने में सक्षम बनाता है कि सबसे प्रारम्भिक यूनानी दार्शनिकों की जिज्ञासा (प्रोजेक्ट) आधारभूत विधायी सार-तत्त्व और प्रकृति में परिवर्तन सम्बन्धी प्रश्नों से सम्बन्धित थी।

मिलेटस के तीन दार्शनिक

जिस प्रथम दार्शनिक की जानकारी हमें मिलती है उसका नाम थेल्स है, वह एशिया माइनर के एक यूनानी उपनिवेश, मिलेटस का रहनेवाला था। उसने मिस्र समेत कई देशों की यात्रा की थी; कहा जाता है कि मिस्र में उसने पिरामिड की ऊँचाई की गणना की। इसके लिए उसने पिरामिड की छाया को उस समय (क्षण) नापा जब उसकी छाया पिरामिड की अपनी लम्बाई के बराबर थी। उसने 585 वर्ष ईसा पूर्व एक सूर्य ग्रहण की, सही गणना के आधार पर, सत्य भविष्यवाणी की थी।

थेल्स का विचार था कि हर चीज का स्रोत पानी है। हमें स्पष्ट तो मालूम नहीं कि ऐसा कहने से उसका अभिप्राय क्या था; हो सकता है उसका विश्वास हो कि सभी प्रकार के जीवन का उद्गम जल से है—और यह कि समाप्त होने पर जीवन और अस्तित्व पानी की ओर लौट जाता है।

मिस्र में अपनी यात्रा के दौरान उसने निश्चय ही अवलोकन किया होगा कि नील नदी के डेल्टा में, बाढ़ के पानी के उतरते ही फसलें उगना शुरू कर देती हैं। शायद उसने यह भी देखा होगा कि जहाँ भी बारिश होती रहती है वहाँ मेढक और कीड़े-मकोड़े निकल आते हैं।

यह भी सम्भव है थेल्स ने विचार किया हो कि पानी कैसे बर्फ या भाप बन जाता है—और फिर वापस पानी बन जाता है।

यह सम्भावना भी व्यक्त की गई है कि थेल्स कहता था—'सब चीजों में देवता समाए हुए हैं।' हम केवल अनुमान ही लगा सकते हैं कि ऐसा कहने से उसका अभिप्राय क्या था। शायद,

यह देखकर कि कैसे फूलों, फसलों से लेकर कीड़ों और कॉक्रोचों तक हर चीज का स्रोत काली मिट्टी है, उसने कल्पना की हो कि सारी मिट्टी (पृथ्वी) अत्यन्त सूक्ष्म, अदृश्य 'जैव-कीटाणुओं' से भरी हुई है। यह निश्चित है कि देवताओं के बारे में अपनी धारणा प्रस्तुत करते हुए थेल्स होमर के देवताओं की बात न करके कुछ अलग कह रहा था।

अगला दार्शनिक जो सुनने में आता है, ऐनाक्सीमान्दर था, जो मिलेटस का निवासी था और उसका जीवनकाल भी लगभग थेल्स का समय ही था। उसका विचार था कि हमारी दुनिया उन अनन्त दुनियाओं में से एक है जिनका विकास होता है और जो किसी असीम कहलाने वाली सत्ता में तिरोहित हो जाती हैं। यह समझा पाना आसान नहीं है कि उसका असीम से क्या अभिप्राय था, किन्तु यह साफ है कि वह किसी ज्ञात सार-तत्त्व की बात उस तरह नहीं सोच रहा था जिसकी परिकल्पना थेल्स ने की थी। शायद उसका मतलब था कि सब चीजों का स्रोत होनेवाला सार-तत्त्व कोई ऐसी चीज होगी जो उसकी निर्मित चीजों से भिन्न और असीम है। क्योंकि सभी निर्मित वस्तुएँ सीमित हैं, अतः उनके पहले और उनके बाद आनेवाली चीज 'असीम' होनी चाहिए। उसके लिए यह साफ था कि यह बुनियादी सामग्री पानी जैसी कोई साधारण चीज नहीं हो सकती।

मिलेटस का तीसरा दार्शनिक ऐनाक्सीमेनीज (570-526 ई.पू.) था। उसका विचार था कि सब चीजों का स्रोत 'हवा' या 'भाप' होना चाहिए। ऐनाक्सीमेनीज थेल्स के पानी के सिद्धान्त की अच्छी जानकारी रखता था। किन्तु पानी कहाँ से आता है? ऐनाक्सीमेनीज का विचार था कि पानी गाढ़ी की हुई हवा है। हम देखते हैं कि जब वर्षा होती है, तो पानी हवा के दाब से निकलता है। उसके विचारानुसार जब पानी को और भी दबाया जाता है तो यह धरती या मिट्टी हो जाता है, हो सकता है उसने देखा हो कि किस प्रकार पिघलती हुई बर्फ के साथ मिट्टी और रेत दबकर निकलते हैं। उसका यह भी विचार था कि अग्नि परिशुद्ध हवा थी। ऐनाक्सीमेनीज के अनुसार, इसलिए धरती, पानी और अग्नि का उद्गम हवा थी।

पानी और धरती के फलों के बीच की दूरी सम्भवतया अधिक नहीं है। शायद ऐनाक्सीमेनीज सोचता था कि धरती, हवा और अग्नि, यह सब चीजें जीवन के निर्माण के लिए आवश्यक थीं, किन्तु सभी चीजों का स्रोत हवा अथवा भाप ही थी। अतः थेल्स के समान ही, वह भी सोचता था कि सभी प्राकृतिक परिवर्तनों के पीछे, स्रोतस्वरूप, एक अन्तर्निहित सार-तत्व था।

शून्य से शून्य ही प्रकट हो सकता है

मिलेटस के यह तीनों ही दार्शनिक सब चीजों के स्रोत के रूप में केवल एक आधारभूत सार-तत्व के अस्तित्व में विश्वास रखते थे। किन्तु कोई सार-तत्व अचानक ही कैसे बदल सकता था? हम इसे *परिवर्तन की समस्या* कह सकते हैं।

ईसा से लगभग 500 वर्ष पूर्व, दक्षिणी इटली में ईलिया नामक यूनानी उपनिवेश में दार्शनिकों का एक समूह था। यह 'ईलियावासी' उपर्युक्त प्रश्न में रुचि रखते थे।

इनमें सबसे महत्त्वपूर्ण दार्शनिक परमेनीडीज (540-480 ई.पू.) था। परमेनीडीज सोचता था कि हर अस्तित्ववान चीज सदा से ही अस्तित्व में रही है। यूनानियों के लिए यह विचार अजनबी नहीं था। वे कमोबेश यह मानकर चलते थे कि दुनिया की प्रत्येक अस्तित्ववान वस्तु सदैव ही बनी रही है। शून्य से कुछ भी निकलकर नहीं आ सकता, परमेनीडीज का यह विचार था। और जो अस्तित्ववान है वह कभी शून्य नहीं हो/बन सकता।

परमेनीडीज इस विचार को और आगे लेकर चला। वह सोचता था ऐसी कोई चीज नहीं है जो वास्तव में बदलती हो। ऐसी कोई चीज नहीं है जो (अपने स्वरूप/स्वभाव से) बदलकर दूसरी बन जाए।

परमेनीडीज ने अवश्य ही यह अनुभव किया होगा कि प्रकृति निरन्तर परिवर्तन की अवस्था में बनी रहती है। उसने अपनी ज्ञानेन्द्रियों से प्रत्यक्ष देखा कि चीजें बदलती रहती हैं। किन्तु वह इसे उसके समकक्ष नहीं रख पाया जो उसका तर्क उसे बतलाता था। जब उसके सामने अपनी ज्ञानेन्द्रियों या अपने तर्क के बीच किसी एक का चयन करने की विवशता प्रस्तुत हुई तो उसने तर्क का वरण किया।

तुम यह कथित वाक्य तो जानती हो 'मैं इस पर तभी विश्वास करूँगा जब मैं इसे देख लूँगा।' किन्तु परमेनीडीज ने चीजों को देखकर भी उन पर विश्वास नहीं किया। वह मानता था कि अनेक अवसरों पर हमारी ज्ञानेन्द्रियाँ हमारे सम्मुख दुनिया की गलत तसवीर पेश करती हैं, एक ऐसी तसवीर जो हमारे तर्क से मेल नहीं खाती। उसने माना कि दार्शनिक के नाते उसका मुख्य कार्य अनुभूत भ्रम के सभी ढकोसलों की कलई खोलना है।

मानव तर्क में इस अडिग आस्था को तर्कवाद (रेशनलिज्म) कहते हैं। एक तर्कवादी ऐसा व्यक्ति है जो यह मानता है कि दुनिया में हमारे ज्ञान का मूल स्रोत मानवीय तर्क है।

सभी चीजें बहती हैं

परमेनीडीज का एक समकालीन हिरेक्लिटस (540-480 ई.पू.) था; वह एशिया माइनर में इफीसस का रहनेवाला था। उसका विचार था कि निरन्तर परिवर्तन या बहाव, वास्तव में प्रकृति का सबसे आधारभूत लक्षण था। हम शायद यह कह सकते हैं कि अनुभूत सत्य में हिरेक्लिटस की आस्था परमेनीडीज से कहीं अधिक थी।

'हर चीज बहती है,' हिरेक्लिटस कहता था। हर चीज निरन्तर परिवर्तनशील और गतिशील है, सदा (एक-सी) बनी रहनेवाली कोई चीज नहीं है। अतः हम 'उसी नदी में दूसरी बार पैर नहीं रख सकते।' जब मैं दूसरी बार नदी में पैर रखता हूँ तो न तो मैं और न ही नदी पहले जैसी होती है।

हिरेक्लिटस के अनुसार विपरीतताएँ दुनिया के लक्षण हैं। यदि हम कभी बुरे नहीं होते तो हमें यह कभी ज्ञात नहीं होगा कि अच्छा होना क्या होता है। यदि हमने कभी भूख नहीं जानी तो हम तृप्ति में आनन्द नहीं ले पाते। यदि कभी युद्ध न हो, तो हम शान्ति की महत्ता नहीं जान पाएँगे। और यदि कभी शिशिर ऋतु नहीं होती है, तो बसन्त ऋतु भी कभी नहीं देख पाते।

दुनिया की व्यवस्था में, अच्छाई और बुराई दोनों का ही अवश्यम्भावी स्थान है, ऐसा हिरेक्लिटस का विश्वास था। विपरीतताओं की इस निरन्तर अन्तर्क्रिया, अन्तर्खेल के बिना दुनिया अस्तित्ववान् नहीं रह सकती।

'ईश्वर दिन और रात है, जाड़ा और गरमी है, युद्ध और शान्ति है, भूख और तृप्ति है,' वह कहता था। यद्यपि उसने 'ईश्वर' शब्द का प्रयोग किया यह किन्तु साफ था कि वह पौराणिक कथाओं के देवताओं की बात नहीं कर रहा था। हिरेक्लिटस के लिए, ईश्वर–या देवता–कोई ऐसी शक्ति थी जिसने सारी दुनिया को अपने अन्दर समाहित किया हुआ था। प्रकृति के निरन्तर रूपान्तरणों और अन्तरों में ईश्वर को बिलकुल स्पष्ट देखा जा सकता था।

'ईश्वर' शब्द प्रयोग करने के बजाय हिरेक्लिटस प्रायः यूनानी शब्द *'लोगोस'* का प्रयोग करता था, जिसका अर्थ तर्क होता है। यद्यपि हम मनुष्य सदैव एक-सा नहीं सोचते या समान मात्रा में तर्क नहीं करते, लेकिन हिरेक्लिटस का मानना था कि एक 'विश्वव्यापी या सर्वव्यापक तर्क' जैसा कुछ होना चाहिए जो प्रकृति में होनेवाली हर चीज को दिशा-निर्देश दे रहा है।

यह 'विश्वव्यापी तर्क' या सर्वव्यापक कानून कुछ ऐसा है जो हम सब में समान रूप में है और यह क्षमता ही सबका दिशा-निर्देश करती है। किन्तु फिर भी हिरेक्लिटस को लगता था कि अधिकांश लोग अपने निजी तर्क के अनुसार जीते रहते हैं, कुल मिलाकर वह अपने साथी मनुष्यों का तिरस्कार करता था। वह कहा करता था, 'अधिकांश लोगों की राय शिशुओं के खिलौनों जैसी हैं।'

अतः सारी प्रकृति के निरन्तर परिवर्तनों और विपरीतताओं के बीच हिरेक्लिटस एक सत्ता अथवा एकता देखता था। इस 'कुछ वस्तु/सत्ता' को, जो हर वस्तु/स्थिति का स्रोत थी, वह उसे ईश्वर अथवा *लोगोस* कहता था।

चार मूल तत्त्व

एक तरह से, परमेनीडीज और हिरेक्लिटस एक-दूसरे के सीधे-सीधे विलोम थे। परमेनीडीज के तर्क ने यह स्पष्ट कर दिया कि कोई चीज बदल नहीं सकती। हिरेक्लिटस के इन्द्रिय-जनित ज्ञान ने भी इतना तो स्पष्ट कर दिया कि प्रकृति निरन्तर परिवर्तन की अवस्था में बनी रहती है। इनमें से सही कौन था? क्या हम तर्क से शासित हों या हमें अपनी ज्ञानेन्द्रियों पर निर्भर होना चाहिए?

परमेनीडीज और हिरेक्लिटस दोनों ही दो बातें कहते हैं।

परमेनीडीज कहता है :

(अ) कोई चीज बदल नहीं सकती, और

(ब) हमारा इन्द्रियजनित अनुभव, इसलिए भरोसे के लायक नहीं है।

हिरेक्लिटस दूसरी ओर कहता है :

(अ) प्रत्येक चीज बदलती है (सब चीजें बहाव में हैं) और

(ब) हमारे इन्द्रियजनित अनुभव निर्भर करने योग्य हैं।

दार्शनिकों में आपस में इससे अधिक असहमति नहीं हो सकती। किन्तु सही कौन था? सिसली के एम्पीडोक्लीज (490-430 ई.पू.) ने यह तय करने की जिम्मेदारी अपने ऊपर ली कि जिस उलझन में हम आ पड़े हैं, उससे बाहर निकलने का रास्ता दिखलाए।

उसका विचार था कि परमेनीडीज़ और हिरेक्लिटस दोनों ही अपने एक-एक दावे पर जोर देने में सही थे, किन्तु दूसरे में गलत।

एम्पीडोक्लीज के अनुसार उनकी आधाभूत असहमति का कारण यह था कि दोनों ही दार्शनिकों ने केवल एक तत्त्व की उपस्थिति को ही माना था। यदि यह बात सही होती तो इन दो के बीच की दूरी (यानी तर्क क्या आदेश देता है और 'हम अपनी आँखों से क्या देखते हैं') पाटी नहीं जा सकती।

पानी स्पष्टतः बदलकर एक मछली या तितली नहीं बन सकता। वास्तव में पानी बदल ही नहीं सकता। शुद्ध पानी शुद्ध पानी ही बना रहेगा। अतः परमेनीडीज यह मानने में सही था कि 'कुछ भी नहीं बदलता।'

किन्तु इसके साथ ही एम्पीडोक्लीज हिरेक्लिटस से इस विचार पर सहमत था कि हमें अपनी इन्द्रियों से प्राप्त प्रमाण पर विश्वास करना चाहिए। जो हम देखते हैं हमें उस पर विश्वास करना चाहिए और जो हम देख रहे हैं वह यही तो है कि प्रकृति बदलती रहती है।

एम्पीडोक्लीज ने निष्कर्ष निकाला कि मात्र एक आधारभूत सार-तत्त्व के बिचार को अस्वीकार करना अनिवार्य था। अकेले न तो पानी और न हवा बदलकर झाड़ी का गुलाब या तितली बन सकते हैं। प्रकृति का स्रोत सम्भवतः अकेला एक 'तत्त्व' नहीं हो सकता।

एम्पीडोक्लीज का मानना था कि कुल मिलाकर प्रकृति चार तत्त्वों या 'जड़ों' से बनी है, जैसा वह उन्हें परिभाषित करता था। यह चार जड़ें थीं : *पृथ्वी, हवा, अग्नि* और *पानी।*

सारी प्राकृतिक क्रियाएँ इन चार तत्त्वों के एक साथ मिल जाने या अलग हो जाने के कारण होती थीं। क्योंकि सब चीजें पृथ्वी, हवा, अग्नि और पानी के मिश्रण से ही तो बनी थीं। हाँ, उनका अनुपात भिन्न-भिन्न होता है। वह कहता था जब एक फूल या एक जानवर मरता है तो चारों तत्त्व फिर अलग-अलग हो जाते हैं। किन्तु हम इन परिवर्तनों को अपनी खुली आँखों से नोट कर सकते हैं। किन्तु पृथ्वी (मिट्टी) और पानी, अग्नि और पानी बराबर बने रहते हैं, यह उन यौगिकों से 'अछूते' रहते हैं जिनका यह भाग होते हैं। इसलिए यह कहना सही नहीं है कि 'हर चीज' बदलती है। मूल रूप से, कुछ भी नहीं बदलता। होता यह है कि चारों तत्त्व मिलते हैं और अलग हो जाते हैं—केवल कभी फिर से दुबारा मिलने के लिए।

हम इसकी तुलना एक पेंटिंग से कर सकते हैं। यदि पेंटर के पास एक ही रंग है—उदाहरण के लिए, लाल—तो वह हर पेड़ पेंट नहीं कर सकता। किन्तु यदि उसके पास पीला, लाल, नीला और काला रंग है तो वह सैकड़ों अलग-अलग रंगों की पेंटिंग बना सकता है, क्योंकि वह इन रंगों को कम या अधिक मात्रा एवं अनुपात में मिला सकता है।

रसोई से एक उदाहरण भी इसी चीज को स्पष्ट करता है। यदि मेरे पास केवल आटा है और मुझे बनाना है केक; तो केवल आटे से केक बनाने के लिए मुझे जादूगरी आनी आवश्यक है। किन्तु यदि मेरे पास अंडे, आटा, दूध और चीनी हैं, तब मैं कितने ही प्रकार के अलग-अलग केक बना सकता हूँ।

यह कोई केवल आकस्मिक बात नहीं थी कि एम्पीडोक्लीज ने पृथ्वी, हवा, अग्नि और पानी को प्रकृति की 'जड़ों' की तरह चुना। उससे पहले के कई दार्शनिकों ने यह दिखलाने का प्रयास किया था कि आदि सार-तत्व पानी, हवा या अग्नि में से ही कोई एक होना चाहिए। थेल्स और ऐनाक्सीमेनीज ने यह इशारा किया था कि पानी और हवा दोनों ही भौतिक जगत के आवश्यक तत्त्व थे। यूनानी मानते थे कि अग्नि भी अत्यावश्यक है। उन्होंने उदाहरण के लिए सब जीवित प्राणियों के लिए सूर्य के महत्त्व को पहचाना था और वे यह भी जानते थे कि जानवर और मनुष्य दोनों ही के शरीर में ऊष्मा होती है।

एम्पीडोक्लीज ने लकड़ी के एक टुकड़े को जलते हुए देखा होगा। कोई चीज विखंडित होती है। हम इसे चटखते और छितराते देखते हैं। यह 'पानी' है। कोई चीज धुआँ बनकर ऊपर जाती है। यह 'हवा' है। 'अग्नि' को तो हम देख सकते हैं। आग के बुझ जाने के बाद भी कोई चीज शेष रह जाती है। यह राख है—या 'पृथ्वी'।

एम्पीडोक्लीज द्वारा प्रकृति के रूपान्तरणों का 'जड़ों' के मेल-मिश्रण और विच्छेदन के रूप में सफाई देने के बाद भी कुछ शेष था जिसका स्पष्टीकरण किया जाना आवश्यक था। यह तत्त्व किस प्रक्रिया से मिलते हैं ताकि नए जीवन का प्रादुर्भाव हो सके? और उदाहरण के लिए, फूल का 'मिश्रण' फिर किस कारण विखंडित हो जाता है?

एम्पीडोक्लीज ने माना कि प्रकृति में दो भिन्न शक्तियाँ कार्यरत हैं। वह उन्हें *प्रेम* और *संघर्ष* कहता है। *प्रेम* चीजों को जोड़कर इकट्ठा करता है और *संघर्ष* उन्हें अलग-अलग कर देता है।

वह 'सार-तत्व' और 'शक्ति' के बीच भेद करता है। यह ध्यान देने योग्य है। आज भी वैज्ञानिक तत्त्वों और प्राकृतिक शक्तियों के बीच विभेद करते हैं। आधुनिक विज्ञान यह मानता है कि सारी प्राकृतिक प्रक्रियाओं को विभिन्न तत्त्वों और अनेक प्राकृतिक शक्तियों के बीच अन्तर्क्रिया के रूप में स्पष्ट किया जा सकता है।

एम्पीडोक्लीज ने यह प्रश्न भी उठाया कि जब हम किसी चीज का ज्ञानानुभव करते हैं तो क्या होता है। मैं फूल को कैसे 'देख' सकता हूँ, उदाहरण के लिए—वह क्या है जो होता है? क्या तुमने कभी इस विषय में सोचा है, सोफी?

एम्पीडोक्लीज का मानना था कि प्रकृति में अन्य चीजों के समान ही, आँखें भी पृथ्वी, हवा, अग्नि और पानी की बनी होती हैं। अतः मेरी आँख में 'पृथ्वी,' मेरे चारों ओर वातावरण में समाहित पृथ्वी को महसूस करती है, 'हवा' उसे महसूस करती है जो हवा का बना है, 'अग्नि' उसे महसूस करती है जो (मेरे वातावरण में) अग्नि का बना है, और 'पानी' उसे महसूस करता है जो पानी का बना है। यदि मेरी आँखों में इन चार सार-पदार्थों में से किसी एक की भी कमी होती तो मैं सारी प्रकृति नहीं देख सकता था।

हर चीज में हर चीज का कुछ

एनेक्सागोरस (500-428 ई.पू.) एक अन्य दार्शनिक था जो इस बात से सहमत नहीं था कि किसी विशेष मूल सार-तत्व को—(उदाहरणार्थ, पानी)—हम हर उस चीज में रूपान्तरित कर सकते हैं जिसे हम प्राकृतिक जगत में देखते हैं। न ही वह यह स्वीकार करता था कि पृथ्वी, हवा, अग्नि और पानी को रक्त और हड्डी में रूपान्तरित किया जा सकता है।

एनेक्सागोरस मानता था कि प्रकृति समूर्त सूक्ष्म कणों की अनन्त संख्या से बनी है, जो आँखों के लिए अदृश्य हैं। इसके अतिरिक्त हर पदार्थ को और भी सूक्ष्म भागों में विभक्त किया जा सकता है, किन्तु छोटे-से-छोटे भागों में भी दूसरी सारी चीजों के कण होते हैं। वह सोचता था कि यदि त्वचा और हड्डी किसी अन्य चीज का रूपान्तरण नहीं है तो जो दूध हम पीते हैं और जो खाना हम खाते हैं उनमें भी आवश्यक रूप से त्वचा और हड्डी होनी चाहिए।

वर्तमान समय के कुछ उदाहरण एनेक्सागोरस की चिन्तनधारा को सचित्र प्रस्तुत कर सकते हैं। आधुनिक लेसर टेक्नोलॉजी तथाकथित होलोग्राम पैदा कर सकती है। यदि इनमें से एक होलोग्राम, उदाहरण के लिए, एक कार चित्रित करता है और होलोग्राम के टुकड़े हो जाते हैं, तब भी हम पूरी कार का चित्र ही देखेंगे, भले ही हमारे पास होलोग्राम का केवल वह भाग हो जो बम्पर दिखलाता है। ऐसा इसलिए है कि सम्पूर्ण विषय इसके छोटे-से-छोटे भाग में विद्यमान है।

एक अर्थ में, हमारे शरीर भी इसी प्रकार बने होते हैं। यदि मैं अपनी उँगली से त्वचा की एक कोशिका को ढीला करता हूँ, तो केन्द्रक में न केवल मेरी त्वचा के लक्षण होंगे, अपितु वही कोशिका यह भी दर्शाएगी कि मेरी आँखें किस प्रकार की हैं, मेरे बालों का रंग कैसा है, मेरी उँगलियाँ कितनी और किस प्रकार की हैं आदि- आदि। मानव शरीर की हर कोशिका में उस तरीके का मानचित्र (ब्लूप्रिंट) है जिस तरह अन्य कोशिकाएँ बनाई गई हैं। अतः प्रत्येक कोशिका में 'हर चीज का कुछ अंश' है। सम्पूर्ण हर सूक्ष्म अंश में विद्यमान है।

इन अतीव छोटे कणों को, जिनमें हर चीज की कुछ चीज होती है, एनेक्सागोरस *बीज* कहता है।

याद रखना, एम्पीडोक्लीज सोचता था कि यह 'प्रेम' है जो सम्पूर्ण शरीरों में तत्त्वों को जोड़े रखता है। एनेक्सागोरस ने एक ऐसी शक्ति के रूप में 'व्यवस्था' की कल्पना की, जो सभी मानवों और जानवरों, फूलों और पेड़ों की रचना करती है। उसने इस शक्ति को मनस या बुद्धि (Nous) कहा।

एनेक्सागोरस इसलिए भी दिलचस्प है कि वह पहला दार्शनिक है जिसके बारे में हम एथेंस में कुछ सुनते हैं। वह एशिया माइनर का रहनेवाला था किन्तु चालीस वर्ष की आयु में वह एथेंस आ गया था। बाद में उस पर नास्तिक होने का दोषारोपण किया गया और उसे शहर छोड़ देने के लिए विवश किया गया। अन्य बातों के साथ-साथ उसने यह भी कहा था कि सूर्य एक देवता नहीं बल्कि लाल-तपता हुआ पत्थर है और वह सारे पेलोपोनेसियन प्रायद्वीप से बड़ा है।

एनेक्सागोरस खगोल विज्ञान में विशेष रुचि रखता था। उसका विश्वास था कि सारे आकाशीय ग्रह उसी सार-तत्व के बने थे जिससे पृथ्वी बनी है। एक गिरी हुई उल्का के पत्थर का अध्ययन करके वह इस निष्कर्ष पर पहुँचा था। इसी तथ्य से उसे यह विचार भी प्राप्त हुआ कि सम्भवतया अन्य ग्रहों पर भी मानव जीवन हो सकता है। उसने यह भी दावा किया था कि चन्द्रमा का अपना कोई प्रकाश नहीं है–इसका प्रकाश पृथ्वी से आता है। उसने सूर्य ग्रहण के स्पष्टीकरण के विषय में भी अपने विचार बनाए थे।

***पुनश्च :* सोफी, तुमने जितने ध्यान से यह सब पढ़ा है, उसके लिए धन्यवाद! इस अध्याय को तुम अच्छी तरह समझ लो, इसके लिए तुम्हें इसे दो या तीन बार पढ़ना पड़ सकता है। कुछ भी समझने के लिए तो हमेशा ही कुछ मेहनत की आवश्यकता होती है। हर विषय में दक्ष अपने मित्र की तुम सम्भवतः कभी प्रशंसा नहीं करती यदि उसे ऐसा होने के लिए कोई मेहनत नहीं करनी पड़ती।**

मूल सार-तत्व और प्रकृति में रूपान्तरणों के प्रश्न के श्रेष्ठ समाधान के लिए तुम्हें कल तक प्रतीक्षा करनी पड़ेगी, जब तुम डिमॉक्रिटस से मिलोगी। अभी मैं इससे अधिक कुछ नहीं कहूँगा।

सोफी अपनी माँद में बैठी-बैठी घनी हरियाली के छोटे छेद से बाग में देख रही थी। यह सब पढ़ लेने के बाद उसे अपने विचारों को, एक-एक को अलग करके व्यवस्थित करने का प्रयास करना था।

ये तो दिन की रोशनी की तरह साफ था कि सादा पानी बर्फ या भाप के अलावा कभी किसी दूसरी चीज में नहीं बदल सकता था। पानी तो बदलकर तरबूज भी नहीं बन सकता क्योंकि तरबूजों में भी पानी के अलावा और दूसरी चीजें होती हैं। किन्तु यहाँ तक तो वह चीजों के विषय में आश्वस्त थी, क्योंकि यह उसने पढ़ लिया था, सीख लिया था। यदि उसने पढ़ा और सीखा न होता तो क्या वह उदाहरण के लिए इस विषय में आश्वस्त हो सकती थी कि बर्फ केवल पानी है। कम-से-कम उसे इसका तो बहुत बारीकी से अध्ययन करना पड़ा ही था कि कैसे पानी जमकर बर्फ बनता है और फिर पिघल जाता है।

सोफी ने एक बार फिर अपनी सामान्य सूझबूझ का प्रयोग करने का प्रयास किया और उस बारे में उसने नहीं सोचा जो उसने दूसरों से जाना था।

परमेनीडीज ने किसी भी रूप में परिवर्तन के विचार को स्वीकार करने से मना कर दिया था। और जितना भी अधिक उसने इसके विषय में सोचा, उतना ही वह आश्वस्त हुई कि एक अर्थ में, वह सही था। उसकी बुद्धि यह स्वीकार नहीं कर सकती थी कि 'कोई चीज' अचानक अपने आपको 'किसी दूसरी पूरी तरह भिन्न चीज' में रूपान्तरित कर सकती थी। उसे बाहर आने और यह कहने के लिए अच्छी मात्रा में हिम्मत भी जुटानी पड़ी होगी, क्योंकि इसका अर्थ था उन सब प्राकृतिक परिवर्तनों को मना कर देना जिन्हें लोग स्वयं देख सकते थे। दुनिया भर के लोग उस पर हँसे होंगे।

और एम्पीडोक्लीज भी खूब, चतुर होना चाहिए, जब उसने यह सिद्ध किया कि दुनिया एक से अधिक सार-तत्वों से बनी है। इसने किसी चीज को वास्तव में बदले बिना ही प्रकृति के सारे रूपान्तरणों को सम्भव बना दिया।

इस प्राचीन यूनानी दार्शनिक ने यह केवल तर्क के द्वारा ही ढूँढ़ निकाला था। निश्चय ही उसने प्रकृति का अध्ययन किया था, किन्तु उसके पास रासायनिक विश्लेषण के वे सब उपकरण नहीं थे जिनका उपयोग/इस्तेमाल आज के वैज्ञानिक करते हैं।

सोफी इस विषय में निश्चित नहीं थी कि वह वास्तव में यह विश्वास कर सकती है कि हर चीज का स्रोत–पृथ्वी, हवा, अग्नि और पानी है। किन्तु अन्ततोगत्वा, इसका महत्त्व क्या था? सिद्धान्त रूप से एम्पीडोक्लीज सही था। हम अपनी आँखों से–और बिना तर्क को छोड़े–जिन रूपान्तरणों का घटित होना देखते हैं उन्हें स्वीकार करने का एकमात्र तरीका एक से अधिक आधारभूत सार-तत्वों के अस्तित्व को स्वीकार करना है।

सोफी ने पाया कि दर्शनशास्त्र उसके लिए दुगना प्रोत्साहक और आनन्ददायी था क्योंकि वह अपनी साधारण सूझबूझ के प्रयोग से ही सभी विचार समझ सकती थी–उसे वे सब चीजें याद करने की जरूरत नहीं थी जो उसने स्कूल में सीखी थी। वह इस निष्कर्ष पर पहुँची कि **दर्शनशास्त्र एक ऐसा विषय नहीं है जिसे आप सीख सकते हैं; किन्तु शायद आप दार्शनिक ढंग से सोचना सीख सकते हैं।**

डिमॉक्रिटस

दुनिया का सबसे कुशल खिलौना...

सोफी ने अज्ञात दार्शनिक से प्राप्त सारे टाइप किए हुए पन्ने अपने बिस्किटवाले डिब्बे में वापस रख दिए और उसका ढक्कन बन्द कर दिया। वह रेंगती हुई अपनी माँद से बाहर आई और थोड़ी देर खड़ी रह कर बाग में दूर दूसरे छोर तक देखा। उसने थोड़ी देर इस पर विचार किया कि कल क्या हुआ था। उसकी माँ ने सबेरे नाश्ता लेते समय फिर 'प्रेम-पत्र' की बात कहकर उसे चिढ़ाया था। वह जल्दी से चलकर मेल-बॉक्स तक पहुँची ताकि उस दुर्घटना से बच सके जो उसके साथ कल हुई थी। यदि दो दिन बराबर प्रेम-पत्र प्राप्त होते रहे तो असमंजस दुगुना हो जाएगा।

मेल-बॉक्स में एक और छोटा सफेद लिफाफा था। इन पत्रों के पहुँचाए जाने में सोफी ने एक क्रम और देखना शुरू कर दिया : हर दिन तीसरे पहर उसे एक बड़ा ब्राउन लिफाफा मिलता था। जब वह इसमें लिखी सामग्री को पढ़ती होती, तो दार्शनिक दबे पाँव मेल-बॉक्स तक आता और एक नया छोटा सफेद लिफाफा उसमें डाल देता।

तो अब सोफी यह पता लगा सकेगी कि वह कौन था यदि यह एक पुरुष था। वह अपने कमरे से मेल-बॉक्स पर अच्छी तरह से नजर रख सकती थी। यदि वह खिड़की पर खड़ी रहे तो वह इस रहस्यमय दार्शनिक को देख लेगी। सफेद लिफाफे भी कहीं हवा में ऐसे ही नहीं प्रकट हो जाते।

सोफी ने तय किया कि अगले दिन वह पूरी सावधानी से निगरानी रखेगी। अगला दिन शुक्रवार था और इसके बाद सप्ताहान्त का पूरा समय उसके पास था।

वह अपने कमरे में गई और उसने लिफाफा खोला। आज केवल एक ही प्रश्न था, किन्तु यह पिछले तीन प्रश्नों की तुलना में अधिक अवाक् कर देनेवाला था।

'लेगो' (Lego) दुनिया में सबसे कुशल खिलौना क्यों है?

शुरूआत में तो सोफी यही स्वीकार नहीं कर रही थी कि 'लेगो' एक कुशल खिलौना है। यह वर्षों पहले की बात है जब वह प्लास्टिक के छोटे ब्लॉक्स से खेला करती थी।

इसके अतिरिक्त, उसके लिए यह कल्पनातीत था कि लेगो का दर्शनशास्त्र से कोई लेना-देना हो सकता है।

किन्तु वह एक कर्तव्यनिष्ठ विद्यार्थी थी। अच्छी तरह खोजते हुए उसने अपनी अलमारी के सबसे ऊपर के खाने में वह थैला ढूँढ़ निकाला जिसमें अलग-अलग शक्लों और आकारों के लेगो भरे पड़े थे।

उसने वर्षों बाद फिर से पहली बार उन्हें खेल-खेल में बनाना शुरू कर दिया। जैसे ही उसने बनाना शुरू किया, उसके दिमाग में ब्लॉक्स के बारे में कुछ विचार उभरने लगे।

इन्हें इकट्ठा करके जोड़ना आसान है। उसने सोचा। हालाँकि वे सब भिन्न हैं, वे सब आपस में फिट हो जाते हैं। वे तोड़े भी नहीं जा सकते। वह किसी टूटे हुए लेगो को देखने को याद नहीं कर सकी। कई वर्षों पहले खरीदे, यह ब्लॉक्स आज भी उतने ही नए और चमकीले दिखते थे जितने वे खरीदने के समय थे। लेगो के साथ सबसे बढ़िया बात यह थी कि वह उनसे कोई भी चीज बना सकती थी। और फिर वह उन ब्लॉक्स को अलग-अलग कर सकती थी, और फिर से कोई और नई चीज बना सकती थी।

एक खिलौने से इससे अधिक और क्या आशा की जा सकती है? सोफी ने महसूस किया कि लेगो वास्तव में दुनिया का सबसे कुशल खिलौना कहा जा सकता है। किन्तु इसका दर्शनशास्त्र से क्या लेना-देना था, यह अभी भी उसकी समझ से बाहर था।

उसने एक बड़ा गुड़िया-घर बनाने का काम लगभग पूरा कर लिया था। भले ही यह मान लेना उसे बेहद नापसन्द हो, उसे ऐसा आनन्द युगों-युगों से कभी नहीं आया था।

लोग बड़े होकर खेल खेलना क्यों छोड़ देते हैं?

जब उसकी माँ घर पहुँची और उसने सोफी को यह सब करते देखा तो वह तत्काल बोलीं, 'क्या मज़ा है। मुझे यह देखकर बड़ी खुशी हुई कि तुम अभी इतनी बड़ी नहीं हुई कि खेलना छोड़ दो।'

'मैं खेल नहीं रही हूँ,' सोफी ने गुस्से में भर कर पलटवार किया। 'मैं एक बेहद पेचीदा दार्शनिक प्रयोग कर रही हूँ।'

उसकी माँ ने एक गहरी साँस ली। सम्भवतः वह सफेद खरगोश और जादुई टोपी के बारे में सोच रही थी।

अगले दिन जब सोफी स्कूल से घर आई तो एक बड़े ब्राउन लिफाफे में उसके लिए कई और पन्ने थे। वह उन्हें अपने कमरे में ऊपर ले गई। उन्हें पढ़ने के लिए वह प्रतीक्षा नहीं कर सकती थी, किन्तु साथ ही साथ उसे अपने मेल-बॉक्स पर भी नजर टिकाए रखनी थी।

अणु सिद्धान्त

लो मैं फिर आ गया सोफी। आज तुम्हें महान प्राकृतिक दार्शनिकों में से आखिरी दार्शनिक के बारे में कुछ बतलाऊँगा। उसका नाम डिमॉक्रिटस (460-370) था। और वह उत्तरी एजियन के समुद्र तट के पास के एक छोटे से कस्बे एबडेरा का रहनेवाला था।

यदि तुम्हें लेगो ब्लॉक्स से सम्बन्धित प्रश्न का उत्तर बिना किसी कठिनाई के आता है तो तुमको इस दार्शनिक के जिज्ञासा को समझने में कोई कठिनाई नहीं होगी।

डिमॉक्रिटस अपने पूर्ववर्ती विचारकों से सहमत था कि प्रकृति में रूपान्तरण इस कारण होते हैं कि कोई चीज वास्तव में 'बदली है।' इसलिए उसने यह परिकल्पना की कि हर चीज बहुत सूक्ष्म, अदृश्य ब्लॉक्स से बनी है और इनमें से प्रत्येक शाश्वत है और अपरिवर्तनशील है। डिमॉक्रिटस इन में सबसे छोटी इकाइयों को अणु कहता था।

'a-tom' (एटम, अणु) शब्द का अर्थ है, 'un-cuttable' अविभाज्य, यानी काटा न जा सकनेवाला। डिमॉक्रिटस के लिए सबसे महत्त्वपूर्ण यह स्थापित करना था कि हर चीज के विधायी अंग (भाग), जिनसे यह बनी है, ऐसे हैं कि उन्हें अनन्त रूप से विभक्त करते हुए उनसे और छोटे भाग नहीं बनाये जा सकते। यदि यह सम्भव है, तब उन्हें ब्लॉक्स की भाँति प्रयोग नहीं किया जा सकता। यदि अणुओं को निरन्तर तोड़ते हुए और भी छोटे और छोटे भागों में बदला जा सकता है तो प्रकृति घुलते-घुलते निरन्तर पतले हो रहे सूप जैसी हो जाएगी।

इसके अतिरिक्त, प्रकृति के ब्लॉक्स शाश्वत होने चाहिए—क्योंकि शून्य से शून्य के अतिरिक्त और कुछ नहीं प्रकट हो सकता। इस विषय में वह परमेनीडीज और ईलियावासियों से सहमत था। साथ ही, वह यह विश्वास भी करता था कि सारे अणु मजबूत और ठोस हैं। किन्तु वे सब एक जैसे नहीं हो सकते। यदि सारे अणु एक जैसे होते तो इस बात का कोई सन्तोषप्रद स्पष्टीकरण नहीं मिल सकता था कि वे कैसे इकट्ठे होकर मिलते हैं और पॉपीज तथा जैतून के पेड़ों से लेकर बकरी की खाल और मानवीय बाल तक भी बनाते हैं।

डिमॉक्रिटस का मानना था कि प्रकृति अणुओं की असीमता और विविधता से बनी हुई है। उनमें कुछ गोल और चिकने थे, अन्य ऊबड़-खाबड़ और विषम थे। और उनके इस प्रकार एक-दूसरे से भिन्न होने के कारण ही वे आपस में मिलकर विभिन्न प्रकार की चीजें एवं रूपाकार बनाते थे। किन्तु संख्या और रूप में वे कितने ही असीम क्यों न हों, वे सब शाश्वत, अपरिवर्तनशील और अविभाज्य है।

जब एक देह, उदाहरण के लिए एक जानवर या एक पेड़, मर जाती है और विखंडित हो जाती है तो अणु अलग-अलग हो जाते हैं और उनका उपयोग नई देह बनाने के लिए किया जा सकता है। अणु (रिक्त) स्थान में घूमते रहते हैं, किन्तु उनमें 'हुक' और 'काँटे' होने के कारण वे आपस में मिलकर एक होकर उन सब चीजों को बनाते हैं जिन्हें हम अपने चारों ओर देखते हैं।

अब तुमने देख लिया होगा कि मेरा लेगो ब्लॉक्स से क्या अभिप्राय था। उनमें लगभग वे सारे गुण-लक्षण हैं जिन्हें डिमॉक्रिटस अणुओं में देखता था। और इसी कारण उनसे चीजें बनाने में मजा आता है। सर्वप्रथम तो वे अविभाज्य हैं। फिर उनकी शक्लें और कद अलग-अलग हैं। वे ठोस और अविभेद्य हैं। उनमें 'हुक' और 'काँटे' होते हैं ताकि उन्हें जोड़ा जा सके और उनसे हर सम्भव चीज बनाई जा सके। इन जोड़ों को बाद में तोड़ा भी जा सकता है ताकि फिर उन्हीं ब्लॉक्स से नई आकृतियाँ बनाई जा सकें।

लेगो की लोकप्रियता का मुख्य कारण यह है कि इन्हें बार-बार प्रयोग किया जा सकता है। कोई भी एक लेगो ब्लॉक आज एक ट्रक का भाग, और कल एक महल का भाग हो सकता है। हम यह भी कह सकते हैं कि लेगो ब्लॉक्स 'शाश्वत' हैं। बच्चे आज उन्हीं ब्लॉक्स से खेल सकते हैं जिनसे कल उनके माता-पिता अपनी छोटी उम्र में खेलते थे।

हम चीजें मिट्टी से भी बना सकते हैं किन्तु मिट्टी को बार-बार प्रयोग नहीं किया जा सकता, क्योंकि इसे तोड़कर इसके छोटे-छोटे टुकड़े बनाए जा सकते हैं। इन छोटे-छोटे टुकड़ों को कोई दूसरी चीज बनाने के लिए फिर कभी जोड़ा नहीं जा सकता।

आज हम यह सिद्ध कर सकते हैं कि डिमॉक्रिटस का अणु सिद्धान्त मोटा- मोटी ठीक था। प्रकृति वास्तव में विभिन्न 'अणुओं' से बनी है जो मिलकर एक हो जाते हैं और फिर अलग हो जाते हैं। सम्भवतया मेरी नाक के एक किनारे पर कोशिका में एक उद्जन अणु एक समय एक हाथी की सूँड़ का भाग था। मेरे हृदय की मांसपेशी में एक कार्बन अणु किसी समय शायद एक दिनासौर की पूँछ में था।

किन्तु हमारे समय में वैज्ञानिकों ने यह खोज निकाला है कि अणुओं को तोड़ा जा सकता है और इस प्रकार उन्हें और भी छोटे 'तात्त्विक कणों' का रूप दिया जा सकता है। इन तात्त्विक कणों को हम प्रोटोन, न्यूट्रोन और इलेक्ट्रोन कहते हैं। शायद किसी दिन इन्हें तोड़कर और भी छोटे कण बनाए जा सकें। किन्तु भौतिकशास्त्री इस बारे में सहमत हैं कि इस शृंखला की अन्ततः कहीं न कहीं कोई एक सीमा होगी। एक 'न्यूनातिन्यून भाग' होना चाहिए जिससे प्रकृति बनी है।

डिमॉक्रिटस के समय आधुनिक इलेक्ट्रॉनिक उपकरण उपलब्ध नहीं थे। उसका सबसे उचित उपकरण उसका अपना दिमाग था। किन्तु तर्क ने उसके पास कोई वास्तविक विकल्प नहीं छोड़ा। यदि एक बार यह स्वीकार कर लिया जाए कि कोई चीज बदल नहीं सकती कि शून्य से शून्य के अतिरिक्त कोई चीज प्रकट नहीं हो सकती कि कभी कोई चीज खोती नहीं है, तब प्रकृति उन अतीव छोटे ब्लॉक्स की बनी होनी चाहिए, जो जुड़ते रहते हैं और फिर अलग हो जाते हैं।

डिमॉक्रिटस का किसी 'ऐसी शक्ति' अथवा 'आत्मा' में विश्वास नहीं था, जो प्राकृतिक प्रक्रियाओं में किसी तरह का हस्तक्षेप कर सकती थी। उसका विश्वास था कि अस्तित्ववान केवल अणु और शून्यता अथवा खालीपन हैं। चूँकि उसका विश्वास भौतिक वस्तुओं के अतिरिक्त और किसी चीज में नहीं था, हम उसे *भौतिकतावादी* कहते हैं।

डिमॉक्रिटस के अनुसार, अणुओं की गतिशीलता में कोई सचेतन 'डिजाइन' (योजना) नहीं है। प्रकृति में, हर चीज बिलकुल यन्त्रवत् होती रहती है। इसका यह अर्थ नहीं है कि हर चीज बेतरतीब या अनियमित ढंग से होती रहती है, क्योंकि हर चीज अवश्यम्भावी रूप से आवश्यकता के नियम का पालन करती है। हर चीज, जो होती है उसका कोई प्राकृतिक कारण होता है, एक ऐसा कारण जो स्वयं उस चीज में निहित है। डिमॉक्रिटस ने एक बार कहा था कि वह फारस का राजा बनने के बजाय प्रकृति का कोई नया कारण खोजना पसन्द करेगा।

डिमॉक्रिटस का सोचना था कि अणु सिद्धान्त हमारे इन्द्रियजन्य बोध को भी स्पष्ट करता है। हमें जब भी कोई ऐन्द्रिक अनुभव होता है तो ऐसा स्थान में घूमते अणुओं के कारण होता है। जब मैं चाँद देखता हूँ तो ऐसा इसलिए होता है कि 'चाँद अणु' मेरी आँख में आ जाते हैं।

किन्तु फिर 'आत्मा' के बारे में क्या कहा जा सकता है? निश्चय ही वह भौतिक अणुओं की नहीं बनी है। वास्तव में यह कुछ ऐसी हो सकती थी। डिमॉक्रिटस का विश्वास था कि आत्मा विशिष्ट गोल, चिकने 'आत्म अणुओं' की बनी थी। जब एक मनुष्य की मृत्यु होती

है, आत्म अणु विभिन्न दिशाओं में उड़ जाते हैं और फिर से एक नए आत्मा निर्माण का भाग बन सकते हैं।

इसका अर्थ यह हुआ कि मनुष्यों की आत्मा अमर नहीं है, यह एक अन्य विश्वास है जिसे आज बहुत से लोग मानते हैं। यह लोग भी डिमॉक्रिटस की तरह यह मानते हैं कि 'आत्मा' मस्तिष्क से जुड़ी हुई है, और यह कि एक बार मस्तिष्क का विघटन होने पर हमारे अन्दर किसी प्रकार की चेतना नहीं रहती।

फिलहाल के लिए डिमॉक्रिटस का अणु सिद्धान्त यूनानी प्राकृतिक दार्शनिकों के अन्त का चिह्न है। हिरेक्लिटस की तरह उसका भी यह विश्वास था कि प्रकृति में हर चीज 'बहती जा रही है', क्योंकि रूप-आकार आते और जाते रहते हैं। किन्तु हर बहनेवाली चीज के पीछे कुछ शाश्वत एवं अपरिवर्तनशील चीजें थीं, जो बहती नहीं हैं। डिमॉक्रिटस उन्हें अणु कहता था।

पढ़ने के दौरान सोफी ने कई बार खिड़की के बाहर यह देखने के लिए निगाह डाली कि रहस्यमय पत्राचार-संचालक मेल-बॉक्स में कुछ डालने के लिए तो नहीं आया है। अब वह सड़क पर टकटकी लगाए बैठी हुई थी, और जो पढ़ा था उस पर विचार कर रही थी।

उसने महसूस किया कि डिमॉक्रिटस के विचार कितने सरल, किन्तु फिर भी कितने बढ़िया थे। उसने 'मूल सार-तत्व' और 'रूपान्तरण' की समस्या का वास्तविक समाधान खोज लिया था। यह समस्या इतनी पेचीदा थी कि दार्शनिकों की कई पीढ़ियाँ इस समस्या के इर्द-गिर्द उलझन से भरी हुई घूमती रही थीं। और अन्त में डिमॉक्रिटस ने इसे अपने आप केवल अपनी साधारण सूझबूझ का सहारा लेकर हल कर डाला था।

सोफी मुस्कुराए बिना न रह पाई। यह बात सच **होनी ही चाहिए** कि प्रकृति कुछ ऐसे छोटे-छोटे अत्यन्त सूक्ष्म अविभाज्य कणों की बनी हुई है जो कभी नहीं बदलते। किन्तु इसके साथ ही साथ यह भी साफ था कि हिरेक्लिटस यह सोचने में सही था कि प्रकृति में सब रूप-आकार 'बहते रहते हैं', क्योंकि हर चीज नष्ट होती है, जानवर मरते हैं, यहाँ तक कि पर्वतों की श्रेणियाँ भी धीरे-धीरे क्षरित होती रहती हैं। खास बात या बिन्दु यह था कि पर्वत श्रेणियाँ बहुत छोटे, अविभाज्य अंशों की बनी होती हैं, जो कभी और खंडित नहीं होते।

इसके साथ ही साथ डिमॉक्रिटस ने कुछ प्रश्न भी उठाए थे। उदाहरण के लिए, उसने कहा था कि हर चीज यन्त्रवत् घटित हो रही है। एम्पीडोक्लीज और एनेक्सागोरस के विपरीत, उसने यह स्वीकार नहीं किया कि जीवन में कोई आध्यात्मिक शक्ति होती है। डिमॉक्रिटस का यह भी विश्वास था कि मनुष्य की आत्मा अमर नहीं होती।

क्या सोफी इस विषय में निश्चित हो सकती थी?

उसे मालूम नहीं था। दर्शनशास्त्र का कोर्स तो उसने बस अभी ही शुरू किया था।

नियति

'भविष्यवक्ता' किसी ऐसी चीज का पूर्व-दर्शन करने का प्रयास कर रहा है जो वास्तव में बिलकुल पूर्व-दर्शनीय नहीं है...

डिमॉक्रिटस के विषय में पढ़ते समय सोफी की आँख मेल-बॉक्स पर ही लगी हुई थी। फिर भी उसने यूँ ही बाग के गेट तक चहलकदमी करने का फैसला किया।

जब उसने सामने का दरवाजा खोला, तो पहली पैड़ी पर ही उसने एक छोटा लिफाफा देखा। बिलकुल स्पष्ट दिखाई देता था—यह सोफी एमंडसन को सम्बोधित था।

इसके मायने वह आज फिर चाल चल गया। और दिनों की बात छोड़िए, आज जब वह मेल-बॉक्स पर बड़ी सावधानी से निगरानी रख रही थी, यह रहस्यमय आदमी किसी दूसरी तरफ से चलकर घर के अन्दर तक आ गया और पैड़ियों पर चिट्ठी डालकर फिर जंगल में गायब हो गया। धत् तेरे की!

उसे यह कैसे पता लगा कि सोफी आज मेल-बॉक्स पर निगाह रख रही थी? क्या उसने सोफी को खिड़की के पास बैठे देख लिया था? चलो कोई बात नहीं, अब उसे खुशी इस बात की थी कि माँ के आने से पहले पत्र उसके हाथ लग गया था।

सोफी वापस कमरे में गई और पत्र खोला। सफेद लिफाफा किनारों पर थोड़ा सा गीला था और इसमें दो छोटे-छोटे छेद थे। यह भीगा क्यों था? कई दिनों से तो बारिश भी नहीं हुई थी।

अन्दर रखे छोटे से नोट पर लिखा था :

क्या तुम नियति में विश्वास करती हो?
क्या बीमारी देवताओं द्वारा दिया गया दंड है?
इतिहास की धारा को कौन-सी ताकतें संचालित करती हैं?

क्या उसका नियति में विश्वास था? वह पक्की तरह तो कुछ नहीं कह सकती थी। किन्तु वह ऐसे बहुत से लोगों को जानती थी जो नियति में विश्वास करते थे। उसकी क्लास में एक लड़की थी जो पत्रिकाओं में जन्मपत्रियाँ पढ़ती थी। यदि वे ज्योतिष में विश्वास करते थे, तो वे सम्भवतः नियति में भी विश्वास करते थे, क्योंकि

ज्योतिषियों का दावा था कि नक्षत्रों की स्थिति पृथ्वी पर लोगों के जीवनों को प्रभावित करती थी।

यदि आप यह विश्वास करते हैं कि एक काली बिल्ली द्वारा आपका रास्ता काटने का मतलब दुर्भाग्य होता है–ठीक तब आप नियति में विश्वास करते हैं, नहीं करते क्या? जैसे ही उसने इस विषय में विचार करना शुरू किया तो उसके दिमाग में भाग्यवाद के कई उदाहरण आए। उदाहरणार्थ, इतने सारे लोग पेड़ों को क्यों खटखटाते हैं? और तेरहवाँ शुक्रवार का दिन अपशकुन क्यों माना जाता है? सोफी के सुनने में आया था कि बहुत सारे होटलों में 13 नम्बर का कमरा नहीं होता। ऐसा इसलिए था क्योंकि बहुत से लोग अन्धविश्वासी हैं।

'अन्धविश्वासी'। क्या अजीब शब्द है। यदि आप ईसाई धर्म या इस्लाम धर्म में विश्वास करते हैं तो इसे 'आस्था' कहा जाता है। किन्तु यदि आप ज्योतिष में या शुक्रवार 13 में विश्वास करते हैं तो यह अन्धविश्वास है। क्या किसी को दूसरे लोगों के विश्वास को अन्धविश्वास कहने का अधिकार हो सकता है?

हाँ, सोफी को पूरा भरोसा था कि डिमॉक्रिटस नियति में विश्वास नहीं करता था। वह भौतिकवादी था। वह केवल अणुओं और रिक्त अन्तरिक्ष में विश्वास करता था।

नोट में लिखे अन्य प्रश्नों के बारे में भी सोफी ने विचार किया।

'क्या बीमारी देवताओं द्वारा दिया गया दंड है?' एक बात साफ थी, आजकल कोई इसमें विश्वास नहीं करता। किन्तु उसे याद आया कि बहुत से लोगों का यह विचार था कि प्रार्थना करने से स्वस्थ होने में सहायता मिलती है; इसके मायने यह हुए कि कहीं न कहीं उनका यह विश्वास होना चाहिए कि ईश्वर लोगों के स्वास्थ्य पर कुछ नियन्त्रण-शक्ति रखता है।

आखिरी प्रश्न का उत्तर देना अपेक्षाकृत कठिन था। सोफी ने इस बारे में भी ज्यादा नहीं सोचा था कि इतिहास की धारा पर किसका नियंत्रण अथवा शासन है। लोगों का होना चाहिए, निश्चय ही! यदि यह शासन ईश्वर या नियति का है, तो फिर लोगों की स्वतन्त्र इच्छा नहीं है।

स्वतन्त्र इच्छा की धारणा सोफी की सोच को कहीं और ले गई। वह इस रहस्यमय दार्शनिक के कुत्ते-बिल्लीवाले (आँख-मिचौनी) खेल को क्यों बर्दाश्त कर रही है? वह **उसे** पत्र क्यों नहीं लिख सकती? वह (स्त्री या पुरुष) बहुत सम्भव है आज रात को या कल सबेरे मेल-बॉक्स में एक और बड़ा लिफाफा रख देगा। वह इसका इन्तजाम करेगी कि इस आदमी/औरत के लिए एक पत्र तैयार रहे।

बस तभी उसने लिखना शुरू कर दिया। किसी अनजान आदमी को लिखना कुछ कठिन था। उसे तो यह भी पता नहीं था कि वह आदमी है या औरत। या यह कि वह युवा या बूढ़ा है। या यह भी तो हो सकता है कि रहस्यमय दार्शनिक कोई ऐसा व्यक्ति निकले जिसे वह पहले से ही जानती है।

उसने लिखा :

परम आदरणीय दार्शनिक, यहाँ हम आपके दर्शनशास्त्र के विशद कॉरेस्पॉण्डेंस कोर्स (पत्राचार-पाठ्यक्रम) की बड़ी प्रशंसा करते हैं। किन्तु हमें परेशानी यह सोचकर हो रही है कि हम नहीं जानते कि आप कौन हो? इसलिए हमारी आपसे प्रार्थना है कि आप अपने पूरे नाम का प्रयोग करें। प्रत्युत्तर में हमें आपका सत्कार करने में प्रसन्नता होगी। क्या आप हमारे साथ कॉफी लेना पसन्द करेंगे? किन्तु बेहतर रहेगी कि आप तब आएँ जब मेरी माँ भी घर पर हों। वह सोमवार से लेकर शुक्रवार तक प्रतिदिन सबेरे 7.30 बजे से शाम 5.00 बजे तक काम पर रहती हैं। इन्हीं दिनों मैं स्कूल में रहती हूँ, और बृहस्पतिवार को छोड़कर मैं प्रतिदिन 2.15 बजे वापस घर आ जाती हूँ। मैं कॉफी बढ़िया बनाती हूँ।

आपको अग्रिम धन्यवाद देती हुई, मैं हूँ–

आपकी दत्तचित्त विद्यार्थी
सोफी एमंडसन (आयु-14)

पन्ने के एकदम नीचे उसने लिखा, 'उत्तरापेक्षी'

सोफी ने महसूस किया कि पत्र कुछ अधिक ही औपचारिक हो गया था। किन्तु जब आप किसी ऐसे व्यक्ति को लिख रहे हैं जिसका चेहरा भी आपके ध्यान में नहीं है तो आप तय नहीं कर पाते कि कौन से शब्द चुनें। उसने पत्र एक गुलाबी लिफाफे में रखा और इस पर पता लिखा :

'सेवा में–
दार्शनिक'

समस्या यह थी कि इसे रखा कहाँ जाए ताकि यह माँ के हाथ न लगे। इसे मेल-बॉक्स में रखने के पहले उसे माँ के आने तक प्रतीक्षा करनी होगी। और फिर उसे अगले दिन मेल-बॉक्स को सबेरे अखबार आने से पहले जल्दी देखना होगा। यदि आज शाम या रात को उसके लिए कोई नया पत्र नहीं आता है तो उसे अपना गुलाबी लिफाफा उठाकर अन्दर ले आना होगा।

ये सब कुछ इतना पेचीदा क्यों है?

उस शाम सोफी अपने कमरे में ऊपर जल्दी चली गई, हालाँकि आज शुक्रवार था। उसकी माँ ने उसे पिज्जा और टी.वी. पर एक थ्रिलर का लालच देकर रोकना चाहा किन्तु सोफी ने कहा कि वह थक गई है और अपने बिस्तर पर लेटना और पढ़ना चाहती है। जब उसकी माँ बैठी हुई टी.वी. देख रही थी, सोफी चुपके से अपने पत्र के साथ बाहर मेल-बॉक्स तक जा पहुँची।

स्पष्ट था कि उसकी माँ परेशान थी। सफेद खरगोश और जादुई टोपी वाले सिलसिले के बाद से सोफी के साथ बातचीत करने का उसका अन्दाज़ बदल गया था। सोफी को बिलकुल अच्छा नहीं लगता था कि उसकी माँ चिन्तित हो, किन्तु उसे तो ऊपर जाकर मेल-बॉक्स पर नजर बनाए रखनी थी।

रात को ग्यारह बजे के करीब जब उसकी माँ ऊपर आई, सोफी खिड़की में बैठी हुई सड़क पर टकटकी लगाए हुए थी।

'तुम अभी भी वहाँ बैठी हुई मेल-बॉक्स पर नजर लगाए हुए हो।' उसने कहा।

'मैं जहाँ भी मुझे अच्छा लगे वहाँ देख सकती हूँ।'

'मुझे यह पक्का लगता है कि तुम्हें किसी से प्यार हो गया है, सोफी! किन्तु यदि वह तुम्हारे लिए एक और पत्र ला रहा है, तो वह आधी रात को तो आएगा नहीं।'

ऊँह, सोफी को प्यार को लेकर इस तरह चुग्गा फेंकनेवाली बात बिलकुल पसन्द नहीं थी। किन्तु उसे अपनी माँ को इसी तरह की सच्चाई में विश्वास करते रहने देना था।

'क्या यह वही है जो तुमसे खरगोश और जादुई टोपी की बात कर रहा था,' उसकी माँ ने पूछा।

सोफी ने सिर हिलाकर हाँ कर दिया।

'वह ड्रग्स वगैरह तो नहीं लेता, लेता है क्या?'

अब सोफी को अपनी माँ के लिए वास्तव में अफसोस हुआ। वह अपनी माँ को इस प्रकार चिन्ता करते रहने देना नहीं चाहती थी किन्तु उसकी माँ का ऐसा सोचना बिलकुल सिरफिरापन था कि एक आदमी की सोच में कुछ बेतुकेपन का मतलब यह है कि वह कोई नशा करता है या ड्रग्स वगैरह लेता है। कभी-कभी उमरयाफ्ता या अधेड़ भी बिलकुल मूर्ख होते हैं।

उसने कहा, 'मॉम, मैं एक बार और हमेशा के लिए वादा करती हूँ कि मैं ऐसा-वैसा कुछ नहीं करूँगी...और वह भी कोई नशा वगैरह नहीं करता है। किन्तु उसकी दर्शनशास्त्र में गहरी दिलचस्पी है।'

'वह तुमसे बड़ा है?'

सोफी ने अपने सिर को हिलाकर मना कर दिया।

'तुम्हारी जितनी ही उम्र का है?'

सोफी ने सहमति में सिर हिलाया।

'ठीक है, तब तो मुझे भरोसा है वह बड़ा प्यारा है, डार्लिंग। अच्छा अब मेरा खयाल है कि तुम्हें कोशिश करके सो जाना चाहिए।'

किन्तु सोफी खिड़की में ही बैठी रही, लगता है घंटों। आखिर में उसके लिए अपनी आँखें खुली रखना भी मुश्किल हो गया। रात के एक बज गए थे।

वह बस बिस्तर पर जाने ही वाली थी कि उसकी नजर अचानक जंगल से निकलती एक छाया पर पड़ी। हालाँकि बाहर बिलकुल अँधेरा था, वह पहचान रही थी कि आदमी

की आकृति है। यह एक आदमी था और सोफी को लगा कि वह काफी बूढ़ा था। वह निश्चित रूप से उसकी अपनी उमर का नहीं था। वह कोई टोपी पहने हुए था।

सोफी यह बात विश्वासपूर्वक कह सकती थी कि उसने सिर उठाकर घर पर निगाह डाली, किन्तु सोफी की बत्ती जली हुई नहीं थी। आदमी सीधा मेल-बॉक्स के पास पहुँचा और एक बड़ा लिफाफा इसमें डाल दिया। जैसे ही वह इसे छोड़ रहा था, उसने सोफी का पत्र मेल-बॉक्स में देखा। उसने मेल-बॉक्स में अन्दर हाथ डालकर इसे निकाल लिया। अगले ही क्षण वह तेजी से वापस जंगल की ओर मुड़ गया। वह जंगल के फुटपाथ पर बड़ी जल्दबाज़ी से नीचे उतरा और गायब हो गया।

सोफी ने अपने दिल को उछलते पाया। शुरू में तो यकायक उसके मन में आया कि वह अपने पाजामे में ही दौड़कर उसका पीछा करे, किन्तु वह आधी रात को किसी अजनबी के पीछे दौड़ने की हिम्मत न कर सकी। फिर भी बाहर जाकर उसे लिफाफा तो लाना ही था।

एक या दो मिनट बाद वह दबे पाँव सीढ़ियों से नीचे उतरी, धीरे से सामने का दरवाजा खोला और मेल-बॉक्स की ओर दौड़ी। पलक झपकते-झपकते हाथ में वह लिफाफा लिये वापस अपने कमरे में आ गई। वह अपने बिस्तर पर बैठ गई और साँस रोक ली। कुछ मिनट गुजर जाने के बाद यह देखकर कि घर में सब कुछ शान्त था उसने लिफाफा खोला और पढ़ना शुरू किया।

वह जानती थी कि यह उसके पत्र का जवाब नहीं होगा। उसका उत्तर तो कल से पहले नहीं आएगा।

नियति

मेरी प्रिय सोफी, एक बार फिर गुडमॉर्निंग! इसके पहले कि तुम कुछ सोचो, मैं एक बात तुम्हें साफ कर दूँ कि तुम कभी भी मुझे जानने या पहचानने की कोशिश मत करना। एक दिन हम मिलेंगे, पर इसका फैसला मैं करूँगा कि हम कब और कहाँ मिल रहे हैं। और यह बिलकुल फाइनल है। तुम मेरी अवज्ञा नहीं करोगी, नहीं करोगी न?

चलिए, फिर दार्शनिकों की ओर लौटते हैं। हमने देखा कि उन्होंने कैसे प्रकृति में होनेवाले रूपान्तरणों की प्राकृतिक व्याख्याएँ प्राप्त करने की चेष्टा की। इससे पहले इन परिवर्तनों को पौराणिक कथाओं द्वारा स्पष्ट किया जाता था।

अन्य क्षेत्रों से भी पुराने अन्धविश्वासों को हटाना जरूरी था। हम इन्हें स्वास्थ्य और रोग सम्बन्धी मामलों तथा राजनीतिक घटनाओं में कार्यरत और प्रभाव डालते देखते हैं। इन दोनों ही क्षेत्रों में यूनानी लोग भाग्यवाद में परम आस्था रखते थे।

भाग्यवाद यह विश्वास है कि जो कुछ भी होता है, वह सब पूर्व निर्धारित है। हमें ऐसे विश्वास सारी दुनिया में देखने को मिलते हैं, न केवल पूरे इतिहास में वरन् आज अपने समय में भी। हमारे नार्डिक देशों में हम भाग्यवाद अथवा 'लग्नदान' में आइसलैंड ऐड्डा सम्बन्धी पुरानी गाथाओं में बड़ा मजबूत विश्वास देखते हैं।

हम प्राचीन यूनान और दुनिया के अनेक अन्य भागों में एक विश्वास और भी पाते हैं कि लोग अपना भाग्य या भविष्य का पूर्वज्ञान किसी देववाणी द्वारा प्राप्त कर सकते हैं। दूसरे शब्दों में, यह ये हुआ कि एक व्यक्ति या एक देश के भाग्य को कई तरीकों से, पहले ही जाना जा सकता है।

आज भी ऐसे बहुत सारे लोग मिल जाते हैं जिनका विश्वास है कि वे भाग्य-काड्र्स के जरिए, आपकी हस्तरेखाएँ देखकर या नक्षत्रों की स्थिति देखकर आपका भविष्य बतला सकते हैं।

इसी सबका एक विशिष्ट नॉर्वे संस्करण कॉफी कप्स द्वारा आपका भविष्य बतलाता है। जब कॉफी का कप खाली होता है तो कॉफी के कुछ बारीक, पिसे हुए कण कप में लगे रह जाते हैं। इनसे एक खास छवि या नमूना बन जाता है—कम-से-कम यह तो होता ही है, यदि हम अपनी कल्पना को खुला छोड़ दें। यदि बचे हुए कॉफी कण कार जैसी आकृति दिखते हैं, तो इसका अर्थ यह हो सकता है कि वह व्यक्ति कार में लम्बी यात्रा करेगा।

इस प्रकार 'भविष्यवाणी करनेवाला' व्यक्ति किसी ऐसी चीज का पूर्व-दर्शन, पूर्व-अनुमान करने का प्रयास करता है जिसका पूर्वानुमान बिलकुल नहीं हो सकता। यह बात सभी प्रकार की भविष्यवाणी करनेवालों में समान रूप से पाई जाती है। और चूँकि जो वह देखते हैं वह इतना अस्पष्ट और धूमिल होता है कि 'भविष्यवाणी करनेवालों' के दावों को झुठलाना अत्यन्त कठिन होता है।

जब हम ऊपर सितारों पर नजर डालते हैं तो हमें टिमटिमाते, झिलमिलाते बिन्दुओं का निश्चित घाल-मेल दिखलाई देता है। फिर भी, सभी युगों में हमेशा ही ऐसे लोग रहे हैं जिनका विश्वास था कि सितारे पृथ्वी पर हमारे जीवन के विषय में कुछ बतला सकते हैं। आज भी ऐसे राजनेता हैं जो महत्त्वपूर्ण फैसले करने से पहले ज्योतिषियों की सलाह लेते हैं।

डैल्फी की देववाणी

प्राचीन यूनानियों का विश्वास था कि वे अपनी नियति जानने के लिए प्रसिद्ध डैल्फी की देववाणी से सलाह ले सकते थे। देववाणी का देवता, अपोलो, अपनी पुजारिन पाइथिया के माध्यम से बोलता था। यह पुजारिन जमीन की दरार के ऊपर रखे एक स्टूल पर बैठती थी। इस दरार से निकलनेवाली भाप पाइथिया को एक सम्मोहनकारी तन्द्रा में ले जाती थी और उसे अपोलो का प्रवक्ता बनने की शक्ति प्रदान करती थी।

जो लोग डैल्फी आते थे उन्हें अपने प्रश्न देववाणी के पुजारियों के सम्मुख रखने होते थे। यह पुजारी उन प्रश्नों को पाइथिया तक पहुँचा देते थे। उसके उत्तर इतने दुरूह या अस्पष्ट होते थे कि पुजारियों को उनके अर्थ लगाने पड़ते थे। इस प्रकार लोगों को अपोलो की बुद्धिमत्ता का लाभ प्राप्त होता था। लोगों का विश्वास था कि वह सब कुछ जानता है, यहाँ तक कि वह उनके भविष्य के विषय में भी जानता है।

कई राज्यों के अध्यक्ष डैल्फी की देववाणी की राय लिये बिना युद्ध करने अथवा निर्णायक कदम उठाने की हिम्मत नहीं कर पाते थे। अपोलो के पुजारी इस प्रकार कमोबेश कूटनीतिज्ञों अथवा सलाहकारों की तरह काम करते थे। ये लोग विशेषज्ञ थे जो लोगों और देश के विषय में असीम ज्ञान रखते थे।

डैल्फी के मन्दिर के प्रवेश द्वार पर प्रसिद्ध लेख खुदा हुआ था : *'स्वयं को जानो।'* यह वहाँ आनेवालों को याद दिलाता था कि मनुष्य को अपने नाशवान होने से अधिक और किसी चीज में विश्वास नहीं करना चाहिए—और यह कि कोई भी व्यक्ति अपनी नियति से बच नहीं सकता।

यूनानियों में ऐसी अनेक कहानियाँ प्रचलित थीं जो बताती थीं कि किस प्रकार नियति मनुष्य तक हर हाल में पहुँच जाती है। जैसे-जैसे समय बीतता गया, इन 'शोकाकुल' लोगों के बारे में कई नाटक—दुखान्तिकाएँ—लिखे गए। इनमें सबसे प्रसिद्ध किंग ईडीपस पर लिखी गई दुखान्तिका है।

इतिहास और चिकित्साशास्त्र

नियति केवल व्यक्तियों के जीवन को ही शासित नहीं करती थी। यूनानियों का विश्वास था कि विश्व इतिहास भी नियति द्वारा शासित होता है, और यह कि युद्ध का रुख भी देवताओं के हस्तक्षेप से बदल सकता है। आज भी यह विश्वास करनेवाले बहुत से लोग हैं कि ईश्वर अथवा कोई रहस्यमय शक्ति इतिहास को निर्दिष्ट कर रही है।

किन्तु उसी समय, जब यूनानी दार्शनिक प्रकृति की प्रक्रियाओं की प्राकृतिक व्याख्याएँ प्राप्त करने की चेष्टा कर रहे थे, प्रथम इतिहासकार इतिहास की दिशा अथवा धारा की प्राकृतिक व्याख्याओं की खोज की शुरुआत कर रहे थे। जब एक देश युद्ध में हार जाता था तो वे यह स्वीकार करने के लिए तैयार नहीं थे कि ऐसा देवताओं के प्रकोप या उन द्वारा कोई बदला लेने के कारण हुआ है। यूनान के सबसे प्रसिद्ध इतिहासकार हिरोडोटस (484-424 ई.पू.) एवं थ्यूसी डाइडस (460-400 ई.पू.) थे।

यूनानी यह विश्वास भी करते थे कि बीमारी का कारण दैविक हस्तक्षेप हो सकता है। दूसरी ओर, देवता लोगों को फिर से स्वस्थ भी कर सकते थे यदि लोग उनके लिए उचित बलि-भेंट चढ़ा दें।

ऐसा नहीं था कि यह विचार केवल यूनानियों की ही विशिष्टता हो। आधुनिक चिकित्साशास्त्र के विकास के पहले, अधिकांश लोगों में यह मत प्रचलित था कि बीमारी आधिदैविक कारणों से होती है। 'इन्फ्लुएंजा' शब्द का वास्तविक अर्थ नक्षत्रों का हानिकारक प्रभाव होता है।

आज भी, ऐसे बहुत से लोग हैं जो यह विश्वास करते हैं कि कुछ रोग, उदाहरण के लिए एड्स, ईश्वर द्वारा दिया दंड है। बहुत से लोग यह मानते हैं कि रोगियों को अलौकिक शक्तियों की सहायता से ठीक किया जा सकता है।

यूनानी दर्शनशास्त्र की नई दिशा-दृष्टि के साथ ही, यूनानी चिकित्सा-विज्ञान का भी विकास हुआ जिसमें रोग और स्वास्थ्य की प्राकृतिक व्याख्याएँ ढूँढ़ने की चेष्टा की गई। यूनानी चिकित्सा पद्धति का संस्थापक हिप्पोक्रैटीज माना जाता है, जो 460 वर्ष ई.पू. कोस द्वीप में जन्मा था।

हिप्पोक्रैटीज की चिकित्सकीय परम्परा के अनुसार, अतियाँ न करके सरल-सहज और स्वस्थ जीवन शैली रोगों की रोकथाम के लिए सबसे बढ़िया सुरक्षा है। जब किसी को कभी कोई रोग हो जाता है, तो यह इस बात का चिह्न है कि शारीरिक अथवा मानसिक असन्तुलन के कारण प्रकृति अपने रास्ते से विचलित हो गई है। हर एक के लिए स्वस्थ बने रहने का मार्ग है कम मात्रा में खाना-पीना, समन्वय और 'स्वस्थ शरीर में स्वस्थ मन'।

आजकल 'चिकित्सकीय नैतिकता' की भी बहुत चर्चा सुनने में आती है, जो यह कहने का दूसरा ढंग है कि एक डॉक्टर को नैतिक नियमों का पालन करते हुए चिकित्सा करनी चाहिए। उदाहरण के लिए, एक डॉक्टर स्वस्थ लोगों के लिए नशीली दवाओं का नुस्खा नहीं लिख सकता। एक डॉक्टर को पेशेवर गोपनीयता बनाए रखनी चाहिए जिसका अर्थ है कि एक रोगी ने अपने रोग के बारे में जो उसे बतलाया है, वह उसे अन्य लोगों पर उजागर न

करे। यह विचार हिप्पोक्रैटीज के समय से चले आ रहे हैं। उसने अपने शिष्यों के लिए निम्न शपथ लेना आवश्यक बना दिया था :

मैं उस प्रणाली या व्यावस्था का अनुसरण करूँगा जिसे अपनी योग्यता एवं विवेक के अनुसार मैं अपने रोगियों के लिए हितकर मानता हूँ, और मैं उन सब चीजों से बचूँगा जो हानिकारक हैं। मैं किसी के माँगने या किसी की सलाह पर भी किसी को अति उग्र या घातक दवा नहीं दूँगा, और इसी प्रकार मैं किसी स्त्री को ऐसी दवा नहीं दूँगा जिससे गर्भपात हो जाता हो। जब मैं किसी के घर जाऊँगा तो मैं रोगी व्यक्ति के हित के लिए ही वहाँ जाऊँगा और किसी भी प्रकार के शरारती और भ्रष्ट स्वैच्छिक कार्य से बचूँगा और इससे भी आगे चलकर मैं स्त्रियों या पुरुषों को बहकाने या पथभ्रष्ट करने के कार्य में नहीं शामिल हूँगा, चाहे वे स्वतन्त्र व्यक्ति या दास हों। मैं अपने पेशेवर चलन के सम्बन्ध में जिस किसी भी चीज के विषय में यह सोचूँ कि इस विषय में चर्चा करना उचित नहीं है, मैं उस विषय में चुप रहूँगा और गोपनीयता बरतूँगा। जब तक मैं इस पथ को अक्षुण्ण बनाए रखता हूँ, तब तक मुझे जीवन-सुख मिले और मेरी चिकित्सा कला चलती रहे, और मैं सब लोगों का सभी समय आदर-सम्मान प्राप्त करता रहूँ। किन्तु यदि मैं इस शपथ को तोड़ता हूँ, तो मेरे जीवन और भाग्य इसके विपरीत हो जाएँ।

शनिवार को सबेरे सोफी एक झटके के साथ उठी। क्या यह कोई सपना था या उसने वास्तव में दार्शनिक को देखा था?

उसने एक हाथ से बिस्तर के नीचे टटोला। हाँ—वह पत्र वहीं पड़ा था जो रात को आया था। यह केवल सपना नहीं था।

निश्चित रूप से उसने दार्शनिक को देखा था। इससे भी और आगे, उसने अपनी आँखों से देखा था कि वह उसका (सोफी का) पत्र मेल-बॉक्स से निकाल रहा था।

वह नीचे फर्श पर सिमटकर बैठ गई और बिस्तर के नीचे से सारे टाइप-पन्नों को बाहर निकाल लिया। किन्तु यह क्या था? दीवार के बिलकुल सहारे कोई लाल चीज थी। एक स्कॉर्फ, शायद।

सोफी टेढ़ी होकर बिस्तर के नीचे गई और लाल रेशम का स्कॉर्फ बाहर निकाल लाई। यह उसका अपना तो नहीं था, यह बात वह अच्छी तरह से जानती थी।

उसने इसे और नजदीक से, बारीकी से देखा, और जब इसके एक जोड़ पर उसने रोशनाई से हिल्डे लिखा देखा, तो वह अवाक् रह गई।

हिल्डे! किन्तु हिल्डे कौन थी? उन दोनों के रास्ते ऐसे कैसे एक-दूसरे को काट रहे थे?

सुकरात

सबसे बुद्धिमान वह (स्त्री) है जो यह जानती है कि उसे कुछ नहीं मालूम...

सोफी ने गर्मियों की पोशाक पहन ली और जल्दी से रसोई में जा पहुँची। उसकी माँ रसोई की मेज के बराबर खड़ी थी। सोफी ने निश्चय किया कि वह रेशमी स्कॉर्फ के बारे में कोई बात नहीं करेगी।

'आप अखबार लाईं?' उसने पूछा।

उसकी माँ उसकी ओर मुड़ी।

'जरा तुम ले आओ, मेरे लिए?'

पलक झपकते ही सोफी दरवाजे से बाहर निकल गई और बजरी बिछे रास्ते से होती हुई मेल-बॉक्स के पास जा पहुँची।

केवल अखबार। वह इतनी जल्दी उत्तर की आशा नहीं कर सकती, उसने अनुमान लगाया। अखबार के पहले पृष्ठ पर उसने लेबनान में नॉर्वे की यू.एन. बटालियन के विषय में कुछ पढ़ा।

यू.एन. बटालियन...क्या हिल्डे के पिता द्वारा भेजे कार्ड पर यह डाक का निशान नहीं था? किन्तु डाक-टिकट नॉर्वे के ही थे। हो सकता है कि नॉर्वे के यू.एन. सिपाहियों के पास अपना पोस्ट ऑफिस हो।

'आजकल अखबार में तुम्हारी रुचि बहुत बढ़ती जा रही है,' उसकी माँ ने सोफी के रसोईघर में लौटने पर बड़े रूखे स्वर में कहा।

गनीमत यह रही कि उस दिन न तो नाश्ते की मेज पर और न ही दिन में बाद में उसने मेल-बॉक्सों या उनमें रखी चीजों के बारे में कोई जिक्र किया। जब वह खरीदारी के लिए निकल गई, तो सोफी नियतिवाले अपने पत्र को अपने साथ माँद में ले गई।

उसे बिस्किट के डिब्बे के बराबर में दार्शनिक के अन्य पत्रों के साथ ही एक छोटा सफेद लिफाफा देखकर आश्चर्य हुआ। सोफी अच्छी तरह जानती थी कि उसने यह वहाँ नहीं रखा था।

यह लिफाफा भी किनारों पर गीला था। और इसमें कई गहरे गड्ढे थे, वैसे ही जैसे कल प्राप्त हुए पत्र में थे।

क्या दार्शनिक यहाँ तक पहुँच गया है? क्या उसे उसके छिपने की माँद का भी पता है? लिफाफा गीला क्यों था?

इन सब सवालों से उसका सिर चकराने लगा। उसने पत्र खोला और लिखा हुआ नोट पढ़ा :

प्रिय सोफी! मैंने तुम्हारा पत्र बड़े मन से पढ़ा—और कुछ अफसोस के साथ भी। मैं तुम्हें निमन्त्रण के विषय में दुर्भाग्यवशात् निराश करूँगा। हम एक दिन मिलेंगे, किन्तु इसमें अभी कुछ समय लगेगा और उसके बाद ही मैं स्वयं कैप्टेन बैन्डूड आ सकूँगा।

साथ ही एक बात और बतला दूँ कि तुम तक पत्र पहुँचाने के लिए अब मैं स्वयं नहीं आ पाऊँगा। दूरन्देशी के लिहाज से इसमें खतरा ज्यादा है। भविष्य में मेरा छोटा सन्देशवाहक पत्र तुम तक पहुँचाएगा। अब वे सीधे बाग में तुम्हारी माँद के अड्डे पर पहुँचा दिए जाएँगे।

जब भी तुम जरूरत समझो, मुझसे सम्पर्क कर सकती हो। जब भी तुम ऐसा करना चाहो, तब एक गुलाबी लिफाफे के साथ कुकी या चीनी की एक डली रख देना। जब भी सन्देशवाहक कुछ ऐसा पाएगा तो वह इसे लेकर सीधा मेरे पास आएगा।

पुनश्च : एक युवा महिला के कॉफी के निमन्त्रण को ठुकराना अच्छा तो नहीं लगता, किन्तु कभी-कभी यह आवश्यक हो जाता है।

पुनः पुनश्च : यदि तुम्हें कहीं कोई लाल रेशमी स्कॉर्फ मिले तो उसका ध्यान रखना। कभी-कभी व्यक्तिगत चीजें इधर-उधर गड्ड-मड्ड हो जाती हैं। खासतौर पर स्कूल या ऐसी ही जगहों पर और यह दर्शनशास्त्र का स्कूल है।

तुम्हारा
ऐल्बर्टो नॉक्स

सोफी अब लगभग पन्द्रह वर्षों की हो गई है और अपनी इस छोटी आयु में उसने बहुत सारे पत्र प्राप्त किए हैं। कम-से-कम क्रिसमस के और जन्मदिन के। किन्तु अब तक मिले पत्रों में यह पत्र सबसे अजीब था।

इस पर कोई डाक मुहर नहीं थी। इसे मेल-बॉक्स तक में नहीं डाला गया था। यह तो सीधे-सीधे पुरानी बाड़ से सोफी के प्रिय अड्डे पर पहुँचा दिया गया था। और बसन्त के सूखे मौसम में भी इसके किनारों का गीला होना इसे सबसे अजीबो-गरीब बना रहा था।

और सबसे विचित्र चीज तो रेशमी स्कॉर्फ था, निश्चय ही दार्शनिक का कोई और भी शिष्य होगा। यह ही बात है। और इस अन्य शिष्य का लाल रेशमी स्कॉर्फ खो गया होगा। किन्तु वह इसे सोफी के बिस्तर के नीचे कैसे खो सकती है?

और ऐल्बर्टो नॉक्स...ये कैसा नाम है?

हाँ, एक बात तो पक्की, पुष्ट हो गई थी—हिल्डे मोलर नैग और दार्शनिक के बीच सम्बन्ध। किन्तु यह कि हिल्डे का पिता स्वयं पतों के बारे में विभ्रमित में था—यह बिलकुल समझ में नहीं आ रहा था।

सोफी बैठ गई और देर तक सोचती रही कि उन दोनों के बीच यानी उसके और हिल्डे के बीच क्या सम्बन्ध सम्भव है। आखिर में उसने यह सब सोचना छोड़ दिया, उसकी समझ में कुछ नहीं आ रहा था। दार्शनिक ने लिखा था कि एक दिन वह दार्शनिक से मिलेगी। शायद वह हिल्डे से भी मिले।

उसने पत्र को उलटकर दूसरी ओर देखा। उसने अब देखा कि पीछे की ओर भी कुछ वाक्य लिखे हुए हैं :

क्या स्वाभाविक शालीनता जैसी कोई चीज है?
सबसे बुद्धिमान वह (स्त्री) है जो यह जानती है कि उसे कुछ नहीं मालूम...
सच्ची अन्तर्दृष्टि अन्दर से ही आती है।
जिसे सही चीज मालूम है वह सही काम ही करेगा।

सोफी अब तक जान गई थी कि सफेद लिफाफे में आनेवाले ये छोटे वाक्य अगले बड़े लिफाफे की तैयारी के लिए हैं, जो इसके बाद शीघ्र ही आनेवाला था। अचानक एक विचार उसके दिमाग में आया। यदि 'सन्देशवाहक' उसके अड्डे पर ब्राउन लिफाफा देने आता है तो सोफी वहाँ बैठकर उसकी प्रतीक्षा कर सकती है। या क्या यह एक लड़की थी? जो भी हो लड़की या लड़का, वह निश्चित रूप से उसकी ताक में रहेगी और उससे दार्शनिक के विषय में और जानकारी लेकर ही मानेगी। पत्र कहता था कि 'सन्देशवाहक' छोटा-सा है। क्या यह बच्चा हो सकता है?

'क्या स्वाभाविक शालीनता जैसी कोई चीज है?'

सोफी जानती थी कि 'शालीनता' एक पुराने फैशन का शब्द है लज्जा के लिए—उदाहरण के लिए, नंगे होने के विषय में। किन्तु क्या इस बारे में सकते में आ जाना वास्तव में स्वाभाविक था? यदि कोई चीज स्वाभाविक है, तो उसका मानना था कि वह सभी के लिए एक जैसी ही होगी। दुनिया के कई भागों में नंगा रहना या होना पूरी तरह स्वाभाविक माना जाता है। इसका मतलब यह हुआ कि **समाज** निर्धारित करता है कि आप क्या कर सकते हैं और क्या नहीं कर सकते। जब दादी माँ जवान थी तब आप शरीर के ऊपरी भाग से कपड़े उतारकर (यानी टॉपलेस होकर) धूप सेवन नहीं कर सकते थे। किन्तु आज इसे अधिकांश लोग 'स्वाभाविक' मानते हैं, हालाँकि बहुत सारे देशों में इस पर अभी भी सख्त पाबन्दियाँ हैं। क्या यही दर्शनशास्त्र था? सोफी अनुमान लगा रही थी।

अगला वाक्य था : 'सबसे बुद्धिमान वह (स्त्री) है जो यह जानती है कि उसे कुछ नहीं मालूम।'

किससे अधिक बुद्धिमान? यदि दार्शनिक का मतलब ऐसी स्त्री थी जो यह महसूस करती थी कि दुनिया में उसे कुछ नहीं मालूम तो वह उससे अधिक बुद्धिमान थी जो कुछ थोड़ा-बहुत जानती थी, किन्तु फिर भी यह सोचती थी कि उसे तो बहुत-कुछ आता है—ठीक है, इससे सहमत होने में तो कोई कठिनाई नहीं थी। सोफी ने इस बात पर पहले कभी विचार नहीं किया था। किन्तु उसने जितना ही अधिक सोचा, उतना ही यह बात उसे साफ दिखने लगी कि अपने अज्ञान का ज्ञान भी ज्ञान है। सबसे अधिक मूर्खतापूर्ण तो उसे यह लगा कि ऐसे लोग हैं जो अपने आपको कुछ चीजों के बारे में सर्वज्ञ होने का झूठा विश्वास लेकर काम करते हैं जबकि वे उनके बारे में कुछ नहीं जानते।

अगला वाक्य सच्ची अन्तर्दृष्टि के विषय में था, जो अन्दर से आती है। किन्तु क्या लोगों के मस्तिष्क में सारा ज्ञान बाहर से नहीं आता? दूसरी ओर, सोफी को वे स्थितियाँ याद आ रही थीं जब उसकी माँ या स्कूल में अध्यापक उसे कुछ ऐसा पढ़ाने की कोशिश कर रहे थे जिसे उसका दिमाग ग्रहण करने को तैयार नहीं था। और जब भी उसने कुछ सीखा, ऐसा तभी हुआ जब उसने सीखने के लिए कुछ योगदान स्वयं किया था।

यदा-कदा, ऐसा भी हुआ है कि कोई विषय जिसके बारे में वह बिलकुल कोरी थी, अचानक समझ में आ गया। शायद यह ही वह योग्यता या कुशलता थी जिसे लोग 'अन्तर्दृष्टि' कहते थे।

चलो, यहाँ तक तो ठीक है। सोफी सोच रही थी कि पहले तीन प्रश्नों पर तो उसने ठीक ही कहा या किया है। किन्तु अगला कथन इतना अजीब था कि वह मुस्कुराए बिना न रह सकी : 'जिसे सही चीज मालूम है वह सही काम ही करेगा।'

क्या इसका मतलब यह था कि जब एक बैंक का लुटेरा बैंक को लूटता है तो ऐसा इसलिए होता है कि वह इससे बेहतर और कुछ नहीं जानता। सोफी ऐसा नहीं सोचती थी।

इसके विपरीत, वह यह भी सोचती थी कि बच्चे और वयस्क, दोनों ही मूर्खतापूर्ण कार्य करते थे और बाद में शायद उन्हें अफसोस भी होता हो, निश्चिततः इसलिए कि उन्होंने अपने सद्विचारों की अनसुनी करके ऐसा किया है।

जब वह बैठी हुई सोच रही थी, उसने बाड़ की दूसरी ओर, जंगल के बहुत नजदीक, बाड़ के नीचे उगी घास के सूखे पत्तों में कुछ सरसराहट की आवाज सुनी। क्या यह सन्देशवाहक था? उसका दिल तेजी से धड़कने लगा। ऐसा लगा, कोई जानवर तेज़ी से साँस लेता हुआ चला आ रहा हो।

अगले क्षण ही एक बड़ा लैब्रेडोर कुत्ता उसकी माँद में घुसता चला आया।

इसके मुँह में एक बड़ा ब्राउन लिफाफा था जो इसने सोफी के पैरों के सामने डाल दिया। यह सब इतनी जल्दी में हुआ कि सोफी को प्रतिक्रिया के लिए भी कोई समय नहीं मिला। अगले ही क्षण वह अपने हाथ में बड़ा लिफाफा लिये बैठी थी—और सुनहरी लैब्रेडोर दौड़ता हुआ फिर जंगल की ओर चला गया था।

एक बार जब यह सब हो गया तो उसने प्रतिक्रिया में रोना शुरू कर दिया।

कुछ क्षणों के लिए वह ऐसे ही बैठी रही, उसे समय का कतई भान न था।

फिर उसने अचानक ऊपर की ओर देखा।

तो यह उसका प्रसिद्ध सन्देशवाहक था। सोफी ने राहत की साँस ली। अवश्य ही यही कारण था कि ब्राउन लिफाफे किनारों पर भीगे हुए थे और उनमें छेद तथा गड्ढे थे। उसने यह बात पहले क्यों नहीं सोची? अब इस बात का अर्थ समझ में आया कि दार्शनिक को कुछ लिखकर भेजने के लिए लिफाफे में कुकी या चीनी का ढेला रखना जरूरी क्यों था।

वह हमेशा तो इतनी चुस्त-चालाक नहीं हो सकती थी जितना वह होना चाहती थी, किन्तु क्या इसका अनुमान कोई लगा सकता था कि सन्देशवाहक एक प्रशिक्षित कुत्ता होगा। प्रायः ऐसा होता नहीं है, इसे कितने ही सरल शब्दों में रखें। अब उसे यह तो बिलकुल भूल जाना ही होगा कि ऐल्बर्टो नॉक्स के विषय में साधारण बातें जानने के लिए वह सन्देशवाहक से जोर-जबरदस्ती कर सकती थी।

सोफी ने बड़ा लिफाफा खोला और पढ़ना शुरू कर दिया :

एथेंस का दर्शनशास्त्र

प्रिय सोफी!

जब तुम इसे पढ़ोगी, तो इसके पहले ही हरमीज़ से मिल चुकी होगी। यदि तुम नहीं मिली हो तो मैं तुम्हें बतला दूँ वह एक कुत्ता है। किन्तु परेशान होने की जरूरत नहीं है। उसका स्वभाव बहुत अच्छा है और इससे भी बड़ी बात यह है कि वह बहुत से लोगों से कहीं अधिक बुद्धिमान है। खैर, वह किसी भी हालत में, जितना बुद्धिमान है उससे अधिक दिखने की कोशिश नहीं करता।

तुम यह भी नोट कर लो, उसे यह नाम यूँ ही नहीं दिया गया है।

यूनानी पौराणिक कथाओं में, हरमीज़ देवताओं का सन्देशवाहक था। इसके अलावा वह समुद्री यात्राएँ करनेवालों का देवता भी था; किन्तु हमें अभी उसकी चिन्ता नहीं, कम-से-कम इस समय। अधिक महत्त्व इस बात का है कि हरमीज़ ने अपना नाम 'हरमेटिक' (Hermetic) शब्द को दिया, जिसका अर्थ होता है—गुप्त अथवा दुर्गम—और यह अनुचित भी नहीं है क्योंकि देखो हरमीज़ किस तरह हम दोनों को एक-दूसरे से गुप्त रख रहा है।

अब सन्देशवाहक का तो मैंने तुमसे परिचय करा दिया। यदि उसका नाम पुकारो, तो स्वाभाविक है कि वह उत्तर देगा और कुल मिलाकर उसका व्यवहार अच्छा, बढ़िया है।

चलिए फिर दर्शनशास्त्र की ओर चलते हैं। कोर्स का पहला भाग तो हमने पहले ही पूरा कर लिया है। मैं प्राकृतिक दार्शनिकों और उनके उस निर्णायक मोड़ की ओर इशारा कर रहा हूँ जब उन्होंने पौराणिक कथाओं की विश्वव्यापी तसवीर से नाता तोड़ लिया। अब हम तीन महान शास्त्रीय (क्लासिकल) दार्शनिकों—सुकरात, अफलातून (प्लेटो) और अरस्तू (अरिस्टोटल) से मिलने जा रहे हैं। इन तीनों दार्शनिकों ने, हर एक ने, अपने-अपने ढंग से पूरी यूरोपीय सभ्यता को प्रभावित किया है।

प्राकृतिक दार्शनिकों को सुकरात-पूर्व दार्शनिक भी कहा जाता है, क्योंकि वे सुकरात से पहले हुए थे। यद्यपि डिमॉक्रिटस की मृत्यु सुकरात के कुछ वर्षों बाद हुई, किन्तु उसके विचार सुकरात-पूर्व प्राकृतिक दर्शनशास्त्र के हैं। सुकरात एक नए युग का प्रतिनिधि है, सभी तरह से, भौगोलिक एवं सामयिक रूप से भी। वह उन महान दार्शनिकों में से एक था जिनका जन्म एथेंस में हुआ था, वह और उसके दो उत्तरवर्ती दार्शनिक वहाँ पैदा हुए थे, रहे थे और वहाँ काम करते थे। तुम्हें याद होगा कि ऐनेक्सागोरस भी एथेंस में कुछ समय रहा था, किन्तु उसके द्वारा सूरज को लाल- गरम-पत्थर कह देने के कारण लोग उसके पीछे पड़ गए और उसे वहाँ से निकालकर ही दम लिया। (सुकरात का हाल तो इस से भी बुरा हुआ)

सुकरात के समय में एथेंस यूनानी सभ्यता का केन्द्र था। दार्शनिक जिज्ञासा (प्रोजेक्ट) के स्वरूप में भी प्राकृतिक दार्शनिकों से सुकरात की ओर बढ़ते हुए जो परिवर्तन हुए वे ध्यान देने योग्य हैं। किन्तु सुकरात से मुलाकात करने से पहले आइए थोड़ा सा तथाकथित सोफिस्टों को सुनते हैं। ये लोग सुकरात के समय में एथेंस के परिदृश्य पर छाए हुए थे।

परदा उठता है, सोफी! विचारों का इतिहास भी कई अंकों के नाटक जैसा ही है।

केन्द्रबिन्दु : आदमी

लगभग 450 वर्ष ई.पू. के बाद के समय में एथेंस यूनानी दुनिया का सांस्कृतिक केन्द्र था। इस समय से दर्शनशास्त्र ने एक नई दिशा पकड़ी।

प्राकृतिक दार्शनिक मुख्यतः भौतिक जगत के स्वरूप से सरोकार रखते थे। इससे उनका विज्ञान के विकास के इतिहास में केन्द्रीय स्थान बन जाता है। एथेंस में अब व्यक्ति, और समाज में व्यक्ति के स्थान पर ध्यान दिया जा रहा था। धीरे-धीरे प्रजातन्त्र का विकास हुआ, इसके साथ लोकप्रिय विधानसभाएँ और कानून की अदालतें भी आईं।

प्रजातन्त्र काम कर सके, इसके लिए एथेन्स के नागरिकों को शिक्षित किया जाना था ताकि वे प्रजातन्त्रीय प्रक्रिया में भाग ले सकें। हमने स्वयं अपने समय में देखा है कि किसी युवा प्रजातन्त्र को किस प्रकार व्यापक प्रबोधन की आवश्यकता है। एथेंसवासियों के लिए प्रथम एवं सर्वाधिक आवश्यक वक्तृत्व कला थी, जिसका अर्थ हुआ अपनी बात विश्वसनीय यानी युक्तियुक्त तरीके से कहना।

यूनानी उपनिवेशों से घुमन्तू अध्यापकों और दार्शनिकों का एक समूह एथेंस पहुँचा। वे अपने आपको सोफिस्ट्स कहते थे। 'सोफिस्ट' (Sophist) का अर्थ एक बुद्धिमान' और जानकार व्यक्ति होता है। एथेंस में लोगों से शिक्षा के बदले पैसा लेकर सोफिस्ट्स अपनी आजीविका चलाते थे।

सोफिस्ट्स का एक चारित्रिक लक्षण प्राकृतिक दार्शनिकों के समान था : वे परम्परागत पौराणिक गाथाओं के बड़े आलोचक थे। किन्तु इसके साथ ही सोफिस्ट बेकार दार्शनिक चिन्तन को भी अस्वीकार करते थे। उनकी राय थी कि दार्शनिक प्रश्नों के उत्तर यद्यपि हो सकते हैं, फिर भी मनुष्य के लिए प्रकृति और ब्रह्मांड की पहेलियों के विषय में सत्य जान पाना सम्भव नहीं है। दर्शनशास्त्र में इस प्रकार के मत को संशयवाद कहा जाता है।

भले ही हम प्रकृति की सारी पहेलियों के उत्तर न जानते हों, फिर भी हमें मालूम है कि लोगों को एक साथ रहना सीखना है। सोफिस्ट्स ने फैसला किया कि वे समाज में मनुष्य की स्थिति तथा स्थान पर निरन्तर निगाह बनाए रखेंगे।

सोफिस्ट प्रोटागोरस (485-410 ई.पू.) ने कहा, 'सभी चीजों का मानदंड अथवा पैमाना मनुष्य है।' इस वक्तव्य से उसका अभिप्राय था : कोई चीज सही है या गलत, अच्छी है या बुरी यह प्रश्न हमेशा ही आदमी की जरूरतों के सन्दर्भ में विचारा जाना चाहिए। जब उससे यह पूछा गया कि क्या वह यूनानी देवताओं में विश्वास रखता है, उसने कहा, 'प्रश्न जटिल है और जीवन छोटा है।' ऐसे आदमी को, जो दो-टूक यह नहीं बतला सकता कि ईश्वर या देवताओं का अस्तित्व है कि नहीं, एग्नॉस्टिक या अज्ञेयतावादी कहा जाता हैं।

सोफिस्ट्स वे लोग थे जिन्होंने सामान्यतः व्यापक यात्राएँ की थीं और विभिन्न प्रकार की सरकारें देखी थीं। नगर-राज्यों में परम्पराएँ और स्थानीय कानून दोनों ही बहुत भिन्न हो सकते थे। इस आधार पर सोफिस्ट विचारकों ने यह प्रश्न उठाया : कि *प्राकृतिक* क्या है और *समाजजनित* क्या है? ऐसा करके उन्होंने एथेंस के नगर-राज्य में सामाजिक आलोचना का रास्ता तैयार कर दिया।

उदाहरण के लिए, वे यह बता सकते थे कि 'स्वाभाविक शालीनता' जैसी अभिव्यक्ति सदैव रक्षणीय नहीं होती, क्योंकि यदि शालीन होना 'स्वाभाविक' है तो इसका अर्थ हुआ कि आप इसे लेकर जन्मे हैं, या यह कोई सहज गुण है। किन्तु सोफी! क्या यह वास्तव में अन्तःजात है—या यह समाजजनित है? इसका उत्तर, किसी ऐसे आदमी के लिए जो दुनिया भर में घूमा है, बड़ा सरल होना चाहिए : आप जब स्वयं को नंगा दिखाते हुए डरते हैं तो यह 'स्वाभाविक'—या अन्तःजात नहीं होता। शालीनता—या इसका अभाव—प्रथम और मुख्यतः सामाजिक परिपाटी का मामला है।

जैसे तुम स्वयं कल्पना कर सकती हो, घुमक्कड़ सोफिस्टों ने एथेंस में यह बतलाकर एक कड़वाहटपूर्ण बहस पैदा कर दी कि सही क्या है या गलत क्या है। इसके बिना शर्त के या *पूरी तरह के कोई अबाध प्रतिमान* नहीं है।

सोफिस्ट्स के विपरीत सुकरात ने यह दिखलाने की चेष्टा की कि इस तरह के कुछ प्रतिमान वास्तव में हैं, सम्पूर्ण है और वे विश्वव्यापी स्तर पर वैध हैं।

सुकरात कौन था?

दर्शनशास्त्र के सम्पूर्ण इतिहास में सम्भवतः सुकरात (470-399 ई.पू.) का व्यक्तित्व सबसे बड़ी पहेली है। उसने कभी एक पंक्ति भी नहीं लिखी। फिर भी वह उन दार्शनिकों में से एक है जिन्होंने यूरोपीय विचार परम्परा पर सबसे गहरा प्रभाव छोड़ा है; इसमें उसकी मृत्यु के नाटकीय ढंग का भी कम योगदान नहीं है।

हमें मालूम है कि उसका जन्म एथेंस में हुआ था और यह भी कि उसने अपना अधिकांश जीवन शहर में चौराहों पर और बाजारों में मिलनेवाले लोगों से बात करने में बिताया। उसके कथनानुसार, ''गाँवों के पेड़ उसे कुछ नहीं सिखा सकते थे।'' वह लम्बे समय तक निरन्तर अपने विचारों में खोया हुआ खड़ा रह सकता था।

एक बात हम बिलकुल निश्चयपूर्वक जानते हैं कि वह अत्यधिक बदशक्ल था। उसका पेट निकला रहता था, उसकी आँखें भी बाहर को आती लगती थीं और उसकी नाक चपटी थी। किन्तु कहा जाता है कि अन्दर से वह 'पूरी तरह आनन्दमय' था। उसके विषय में कहा जाता था कि 'आप उसे वर्तमान में ढूँढ़ सकते हैं, आप उसे अतीत में ढूँढ़ सकते हैं, किन्तु आप उस जैसा (दूसरा) नहीं पा सकते।' फिर भी उसके दार्शनिक क्रिया-कलापों यानी विमर्श-वार्ताओं के लिए उसे मृत्युदंड दिया गया।

सुकरात के जीवन की जानकारी हमें अफलातून के लेखों से मिलती है, जो उसके शिष्यों में से एक था और जो स्वयं चिरन्तन महान दार्शनिकों में से एक बन गया। अफलातून ने कई *डायलॉग* (संवाद) अथवा दर्शनशास्त्र पर नाटकीय चर्चाएँ लिखीं, जिनमें वह सुकरात को अपने मुख्य पात्र और प्रवक्ता की तरह प्रस्तुत करता है।

चूँकि अफलातून अपना दर्शन सुकरात के मुँह से कहलाता है, इसलिए निश्चयपूर्वक हम नहीं कह सकते कि इन संवादों *(डायलॉग्स)* में प्रयोग किए शब्द कभी वास्तव में उसने (सुकरात ने) बोले थे। इसलिए यह काम आसान नहीं है कि सुकरात की शिक्षाओं और अफलातून के दर्शन को अलग-अलग करके देखा या पहचाना जा सके। बिलकुल यही समस्या कई उन ऐतिहासिक व्यक्तियों के साथ भी आती है जिन्होंने अपना लिखा हुआ वर्णन हमारे लिए नहीं छोड़ा। एक सुन्दर उदाहरण निश्चय ही यीशु का है। हम यह बात निश्चयपूर्वक नहीं कह सकते हैं कि मैथ्यू या ल्यूक ने जो शब्द यीशु के मुख में रखे हैं, वे वास्तव में 'ऐतिहासिक' यीशु ने बोले थे। इसी प्रकार 'ऐतिहासिक' सुकरात ने जो भी कहा हो वह हमेशा ही रहस्य के पीछे छिपा रहेगा।

किन्तु सुकरात 'वास्तव' में कौन था, यह अपेक्षाकृत महत्त्वहीन है। अफलातून द्वारा सुकरात की जो तसवीर पेश की गई है उसने पाश्चात्य जगत के विचारकों को पिछले 2500 वर्षों से प्रेरणा दी है।

विमर्श एवं बहस की कला

सुकरात की कला का सार इसमें है कि वह लोगों को शिक्षा देता नहीं दिखता। इसके विपरीत वह यह प्रभाव छोड़ता है कि जिन लोगों से वह बात करता था, वह उनसे कुछ सीखने की इच्छा रखता है। एक पारम्परिक स्कूल मास्टर की तरह भाषण देने के बजाय, वह चर्चा करता था, विचारों का आदान-प्रदान करता था।

यह बात भी स्पष्ट है कि यदि वह स्वयं को दूसरों की बात सुनने तक सीमित रखता, तो वह इतना ख्यात दार्शनिक नहीं हो सकता था। और न ही उसे मृत्युदंड दिया जाता। किन्तु वह केवल प्रश्न पूछता था, खासतौर से बातचीत शुरू करने के लिए, ऐसे मानो वह कुछ नहीं जानता। चर्चा के दौरान वह सामान्यतः अपने विरोधियों को उनके तर्कों की कमजोरी पहचानने में सहायता करता और जब वे सुकरात के तर्कों में फँस जाते तो वे यह ढूँढ़ने के लिए अन्ततः बाध्य होते थे कि सही क्या है और गलत क्या है।

सुकरात, जिसकी माँ एक दाई (मिडवाइफ) थी, कहा करता था कि उसकी कला मिडवाइफ की कला जैसी है। वह स्वयं किसी बच्चे को जन्म नहीं देती, किन्तु वह उपस्थित रहकर प्रसव में सहायता करती है। उसी प्रकार, सुकरात ने समझ लिया कि उसका काम लोगों को सही अन्तर्दृष्टि के 'जन्म देने' में सहायता करना है, क्योंकि सही समझ अन्दर से ही आनी चाहिए। बाहर से कोई इसे रोपित या आरोपित नहीं कर सकता। और अन्दर से आनेवाली समझ के द्वारा ही सच्ची अन्तर्दृष्टि तक पहुँचा जा सकता है।

आइए, मैं इसे और स्पष्ट और सही रूप में रख दूँ : जन्म देने की क्षमता एक प्राकृतिक लक्षण है। उसी प्रकार यदि लोग अपने अन्तःजात तर्क को प्रयोग करना शुरू कर दें, तो हर आदमी में क्षमता है कि वह दार्शनिक सत्यों को पकड़ सकता है। अपने अन्तःजात तर्क को प्रयोग करने का मतलब है अपने अन्दर गहरे जाना, और वहाँ जो है उसका प्रयोग करना।

अज्ञानी होने का अभिनय करके सुकरात लोगों पर अपने *कॉमनसेंस* (सामान्य बुद्धि) प्रयोग करने के लिए जोर डालता था। सुकरात अज्ञानी होने का बहाना या वास्तविकता से अधिक मूक होने का बहाना कर सकता था। हम इसे सुकराती विडम्बना कहते हैं। इसी की सहायता से वह निरन्तर लोगों की सोच की दुर्बलताओं को उजागर कर देता था। यदि आप सुकरात से मिले तो समझ लीजिए आपने अपने आपको सार्वजनिक रूप से मूर्ख बना लिया।

अतः इसमें आश्चर्य नहीं कि जैसे-जैसे समय बढ़ता गया, लोगों ने पाया कि यह तो बहुत ही परेशान करने लगता है, खासतौर से उन लोगों ने जिनका समाज में कुछ ऊँचा स्तर या प्रतिष्ठा थी। 'एथेंस एक धीमा चलनेवाला घोड़ा है,' उसने यह कहने की जुर्रत की, 'और मैं वह लाल ततैया हूँ जो डंक मारकर उसे दौड़ा देता है।'

(हम लाल ततैयों से क्या करते हैं, सोफी?)

एक दिव्य स्वर

सुकरात अपने समय के लोगों को इसलिए डंक नहीं मारता था कि वह उन्हें यन्त्रणा देना चाहता है। उसके अन्दर कुछ ऐसी परेशानी थी जिसने उसके लिए कोई अन्य विकल्प छोड़ा ही नहीं था। वह हमेशा कहा करता था कि उसके अन्दर एक 'दिव्य स्वर' है। उदाहरण के लिए, सुकरात इस बात पर घोर विरोध प्रकट करता था कि लोगों को मृत्युदंड देने में उसकी कोई भूमिका है। इसके अतिरिक्त उसने अपने राजनीतिक शत्रुओं के विषय में भी कोई सूचना देने से इनकार कर दिया था। और अन्त में अपना जीवन देकर उसे इसकी कीमत चुकानी पड़ी।

वर्ष 399 ई.पू. में उस पर 'नए देवता सामने रखने और युवाओं को भ्रष्ट करने' का आरोप लगाया गया। साथ ही यह आरोप भी था कि स्वीकृत देवताओं में उसका अविश्वास है। पाँच सौ व्यक्तियों की जूरी के हलके से बहुमत ने उसे दोषी पाया।

यदि वह चाहता तो नरमाई के लिए अपील कर सकता था। कम-से-कम यह तो हो ही सकता था कि एथेंस छोड़ने के लिए राजी होकर वह अपना जीवन बचा लेता। किन्तु यदि उसने ऐसा किया होता तो वह सुकरात न होता। उसके लिए अपनी आत्मा और सत्य का मूल्य अपने जीवन से ऊँचा था। उसने जूरी को भरोसा दिलाया कि उसने अपने कार्यों द्वारा राज्य के श्रेष्ठ हितों की रक्षा की है। इसके बावजूद उसे विषपान का दंड दिया गया। उसके कुछ ही समय बाद, उसने अपने मित्रों की उपस्थिति में विषपान किया और मर गया।

क्यों, सोफी? सुकरात को क्यों मरना पड़ा? लोग यह प्रश्न पिछले 2400 वर्षों से पूछते आए हैं। किन्तु, इतिहास में वही एकमात्र ऐसा व्यक्ति नहीं है जिसने चीजों के आरपार कड़वाहट भरे अन्त तक देखा है और अपने विश्वासों की रक्षा के लिए मृत्यु का वरण कर उसे गले लगा लिया।

मैंने यीशु का जिक्र पहले किया है, वास्तव में इन दोनों के बीच कई महत्त्वपूर्ण समानान्तर बातें हैं।

यीशु और सुकरात, दोनों ही पहेली भरे व्यक्तित्व थे, अपने समसामयिकों के लिए भी। दोनों में से किसी ने भी अपने उपदेश स्वयं नहीं लिखे, और इसलिए हम उस तसवीर को स्वीकार करने के लिए बाध्य हैं जो उनके शिष्यों ने बनाई है। किन्तु एक चीज हम जरूर जानते हैं कि दोनों वक्तृत्व कला के उस्ताद थे। दोनों ही एक ऐसे परम आत्मविश्वास से बोलते थे कि वह लोगों को आकृष्ट भी करता था और परेशान भी। और भी बड़ी बात यह कि दोनों इस विश्वास से बोलते थे कि जैसे वे अपने से बड़ी किसी सत्ता की ओर से बोल रहे हैं। उन्होंने हर प्रकार

के अन्याय और भ्रष्टाचार की आलोचना करके समाज की सत्ता को चुनौती दी। और अन्त में–उन्हें अपने जौखिम भरे साहसिक कार्यों की कीमत अपनी जान देकर चुकानी पड़ी।

यीशु और सुकरात की जाँच के मुकदमों में भी स्पष्ट समानान्तरताएँ दिखती हैं। दोनों ही क्षमा-याचना करके स्वयं को बचा सकते थे, किन्तु वे दोनों ही यह महसूस करते थे कि वे किसी (महान) उद्देश्य के लिए दुनिया में आए हैं; और यदि वे अपने कड़वाहट भरे अन्त तक अपनी आस्था पर टिके नहीं रहते तो यह उस पवित्र उद्देश्य के प्रति धोखा होगा। अपनी मृत्यु का इस वीरता से वरण करके उन्होंने बहुत बड़ी संख्या में अपने अनुयायी बना लिये, अनुयायी उनके मरने के बाद और भी बढ़ते गए।

मेरा अभिप्राय यह सुझाव देना बिलकुल नहीं है कि यीशु और सुकरात एक जैसे थे। मैं केवल इस सच्चाई की ओर ध्यान आकर्षित कर रहा हूँ कि दोनों के पास कोई सन्देश था जो उनके निजी साहस के साथ अभिन्न रूप से जुड़ा था।

एथेंस में एक विदूषक

सुकरात, सोफी! अभी उसकी बातें समाप्त नहीं हुई हैं। हमने उसके तरीके की बात की है। किन्तु उसकी दार्शनिक जिज्ञासा (प्रोजेक्ट) क्या थी?

सुकरात का जीवनकाल और सोफिस्ट्स का समय एक ही है। उन्हीं की तरह, उसकी चिन्ता का विषय प्रकृति की शक्तियाँ न होकर, समाज में मनुष्य का स्थान या भूमिका थे। जैसा कि एक रोमन दार्शनिक, सिसरो ने कई सौ वर्षों बाद कहा, सुकरात 'दर्शनशास्त्र को आकाश से उतारकर नीचे ले आया, उसे कस्बो में स्थापित कर दिया, उसका प्रवेश घरों में करा दिया और दार्शनिकों को बाध्य कर दिया कि दर्शन जीवन, नैतिकता, अच्छाई और बुराई की छानबीन करे।'

एक महत्त्वपूर्ण अर्थ में सुकरात सोफिस्ट्स से नितान्त भिन्न था। वह अपने आपको एक 'सोफिस्ट'–यानी एक विद्वान या बुद्धिमान व्यक्ति–नहीं मानता था। वह सोफिस्टों से इस रूप में भी भिन्न था कि वह पैसे के लिए नहीं पढ़ाता था और सुकरात स्वयं को दार्शनिक नहीं कहता था, सच्चे अर्थों में 'दार्शनिक' शब्द का मतलब है 'ऐसा व्यक्ति जो प्रज्ञा/बुद्धिमत्ता से प्रेम करता है।'

सोफी, तुम आराम से तो बैठी हो न? क्योंकि शेष चर्चा के लिए यह अत्यन्त महत्त्वपूर्ण है कि तुम एक फिलॉस्फर (दार्शनिक) और सोफिस्ट के बीच का अन्तर समझ लो। सोफिस्ट्स अपने लगभग बाल की खाल निकालनेवाले आख्यानों के लिए पैसा लेते थे और इस प्रकार के सोफिस्ट्स अत्यन्त पुरातन काल से आते-जाते रहे हैं। मैं इशारा कर रहा हूँ उन सभी स्कूल मास्टरों की ओर, और निजी राय रखनेवाले 'हम सब कुछ जानते हैं' ऐसे लोगों की ओर, जो अपने थोड़े से ज्ञान से सन्तुष्ट रहते हैं या उन विषयों पर बहुत-कुछ जानने की शेखी बघारते हैं जिनके विषय में उनको तनिक भी नहीं मालूम। तुम भी अपने युवा जीवन में सम्भवतः इस प्रकार के कुछ सोफिस्ट्स से मिली होगी। एक सच्चा दार्शनिक, सोफी, एक बिलकुल भिन्न प्रकार की मछली होता है–वास्तव में बिल्कुल विपरीत। एक दार्शनिक जानता है कि वास्तव में वह बहुत कम जानता है। यही कारण है कि वह निरन्तर सच्ची अन्तर्दृष्टि पाने के लिए प्रयास करता रहता है। सुकरात इसी प्रकार के अनुपम लोगों में से एक था। उसे यह स्पष्ट था कि वह जीवन और दुनिया के विषय में कुछ भी नहीं जानता। और अब आता है वह महत्त्वपूर्ण भाग : वह यह सोचकर दुखी था कि वह कितना कम जानता है।

एक दार्शनिक, अतः कोई ऐसा व्यक्ति होता है जो यह स्वीकार करता है कि वह बहुत सी बातों को नहीं समझता, और यह न समझ पाना उसे कष्ट देता रहता है। इस अर्थ में वह अभी भी उन सब लोगों से अधिक बुद्धिमान है जो उन चीजों के बारे में अपने ज्ञान की डींग हाँकते हैं, जिनके विषय में उन्हें कुछ नहीं आता। 'सबसे बुद्धिमान वह (स्त्री) है जो यह जानती है कि उसे कुछ नहीं आता।' यह ही बात मैंने पहले भी कही थी। सुकरात ने स्वयं कहा था, 'मैं सिर्फ एक चीज जानता हूँ, और वह यह है कि मैं कुछ नहीं जानता।'

इस कथन को याद रखना, क्योंकि यह स्वीकारोक्ति असामान्य है, यहाँ तक कि दार्शनिकों में भी। इसके अलावा सार्वजनिक रूप से यह कहना (स्वीकारना) इतना खतरनाक है कि तुम्हारी जान जा सकती है। सबसे अधिक विनाशकारी वे लोग हैं जो प्रश्न पूछते हैं। उत्तर देने में इतनी धमकी या खतरा नहीं है। कोई एक प्रश्न ही इतना विस्फोटक हो सकता है जितने एक हजार उत्तर शायद कभी न हों।

तुम्हें सम्राट के नए कपड़ोंवाली कहानी मालूम है? सम्राट पूरी तरह नंगा था किन्तु उसकी प्रजा में से कोई भी यह कहने की हिम्मत नहीं कर सकता था। अचानक एक बच्चा खिलखिला उठा, 'किन्तु यह तो कुछ भी पहने हुए नहीं हैं।' वह एक हिम्मतवाला बच्चा था, सोफी। सुकरात की तरह, जिसने लोगों से यह कहने की हिम्मत दिखाई कि हम मानव कितना कम जानते हैं। बच्चों और दार्शनिकों के बीच जो समानता है उसकी चर्चा हम पहले कर चुके हैं।

एकदम संक्षेप में कहें तो : मानवता के सामने ऐसे कई कठिन प्रश्न हैं जिनके विषय में हमारे पास कोई सन्तोषजनक उत्तर नहीं है। तो अब दो सम्भावनाएँ हमारे सामने हैं : हम यह बहाना बनाकर स्वयं को और बाकी सारी दुनिया को मूर्ख बना दें कि हम जानने लायक सब चीजों को जानते हैं, या हम मूल मुद्दों के प्रति अपनी आँखें मूँद लें और सारी प्रगति का त्याग कर दें। इस अर्थ में मानवता विभाजित है। यदि लोगों की हम सामान्य रूप से बात करें तो वे या तो पूरी तरह आश्वस्त हैं या पूरी तरह उदासीन। दोनों ही प्रकार के लोग खरगोश की फर के बहुत नीचे इधर-उधर रेंग रहे हैं।

यह ताश के पत्तों को दो ढेरों में बाँटने जैसा है, सोफी। आप एक ढेर में काले पत्ते रखते हैं और दूसरे ढेर में लाल पत्ते। किन्तु समय-समय पर उभरकर एक जोकर सामने आ जाता है जो न तो पान है न चिड़ी, न ईंट और न हुकुम। सुकरात एथेंस में ऐसा ही एक जोकर था। वह न तो आश्वस्त था और न ही उदासीन। वह तो बस इतना जानता था कि उसे कुछ नहीं मालूम—और यह उसे कष्ट देता था। इसलिए वह एक दार्शनिक था। वह एक ऐसा व्यक्ति था जो हार नहीं मानता बल्कि सत्य की अपनी खोज में अथक लगा रहता है।

एक एथेंसवासी ने डैल्फी की देववाणी से पूछा था कि एथेंस में सबसे बुद्धिमान व्यक्ति कौन है। देववाणी ने उसे बतलाया कि सभी नाशवान प्राणियों में सुकरात सबसे अधिक बुद्धिमान है। जब सुकरात ने यह बात सुनी तो वह आश्चर्यचकित रह गया, यदि इस बात को हलके रूप में प्रस्तुत किया जाए तो भी। (वह जरूर हँसा होगा, सोफी) वह सीधे उस आदमी के पास गया जिसे शहर में वह और बाकी सब लोग अत्यधिक बुद्धिमान समझते थे। किन्तु जब यह निकला कि यह आदमी सुकरात के कुछ प्रश्नों का सन्तोषजनक उत्तर न दे सका, तो सुकरात ने महसूस किया कि देववाणी सत्य ही कहती थी।

सुकरात महसूस करता था कि हमारे ज्ञान की एक ठोस नींव होनी चाहिए। उसका विश्वास था कि ऐसी नींव मनुष्य के तर्क में समाहित है। मानव तर्क में इस अकम्पनीय आस्था को रखने के कारण ही निश्चय ही वह एक तर्कवादी था।

सही अन्तर्दृष्टि व्यक्तियों को सही कार्य की ओर ले जाती है

जैसा मैंने पहले वर्णन किया है, सुकरात यह दावा करता था कि वह एक आन्तरिक दिव्य आवाज से निर्दिष्ट होता है, और यह कि यह 'आत्मा' उसे बतलाती रहती है कि सही क्या है। 'जो व्यक्ति यह जानता है कि अच्छा क्या है वह अच्छा करेगा,' उसने कहा था।

इससे उसका मतलब था कि सही अन्तर्दृष्टि व्यक्ति को सही कार्य की ओर ले जाती है। और जो आदमी सही काम करता है वही 'गुणवान व्यक्ति' हो सकता है। जब हम गलत काम करते हैं तो ऐसा विवेक की कमी के कारण होता है। इसीलिए यह महत्त्वपूर्ण है कि व्यक्ति सीखता चला चले। सुकरात सही और गलत की स्पष्ट, साफ और सर्वत्र वैध परिभाषाओं की खोज के लिए निरन्तर चिन्तन करता रहता था। सोफिस्टों के विपरीत उसका मानना था कि सही और गलत के बीच भेद करने की योग्यता लोगों के तर्क में है, समाज में नहीं।

तुम शायद यह सोचो कि यह भाग थोड़ा ज्यादा दुरूह है, सोफी। अच्छा मैं इसे इस प्रकार सामने रखता हूँ : सुकरात का विचार था कि यदि लोग अपनी शुद्ध बुद्धि के विपरीत आचरण करते हैं, तो वे सम्भवतः कभी सुखी नहीं होंगे। और जो सुख पाने का तरीका जानता है, वह ठीक काम करेगा। इसलिए, जिसे सही ज्ञान है, वह सही काम करेगा। क्योंकि दुखी होना कोई क्यों चाहेगा?

तुम्हारा क्या विचार है, सोफी? क्या तुम ऐसी चीजें करके, जिनके विषय में तुम्हारे अन्दर गहरे कोई तुम्हें बतलाता है कि यह गलत है, सुखी जीवन जी सकती हो? बहुत सारे ऐसे लोग हैं जो झूठ बोलते हैं, धोखा देते हैं और दूसरों की बुराई करते हैं। क्या वे यह नहीं जानते हैं कि ये चीजें सही नहीं हैं—या यह उचित नहीं है, उनकी राय में। क्या तुम सोचती हो यह लोग सुखी हैं, सोफी?

सुकरात ऐसे लोगों को सुखी नहीं मानता था।

जब सोफी ने पत्र पढ़ लिया, उसने जल्दी से इसे कुकी टिन में रख दिया और माँद से रेंगती हुई बाहर बाग में आ गई। वह अपनी माँ के खरीदारी करके वापस लौटने से पहले मकान में अन्दर जाना चाहती थी ताकि उससे यह सवाल न पूछा जाए कि वह कहाँ रही थी। और उसने प्लेटें वगैरह साफ करने का वायदा भी तो किया था।

उसने बस सिंक को पानी से भरा ही था कि उसकी माँ खरीदारी के दो बड़े थैलों को घसीटती हुई लड़खड़ाती-सी घर लौटी। शायद इसी कारण उसकी माँ ने कहा, 'इन दिनों तुम किस चीज में खोई रहती हो, सोफी?'

सोफी नहीं समझ पाई कि माँ ऐसे क्यों कह रही है; बस यूँ ही उसके मुँह से निकला; 'सुकरात भी ऐसे ही खोया रहता था।'

'सुकरात?'

उसकी माँ ने उसकी तरफ आँखें फाड़कर देखा।

'कितने दुख की बात है कि परिणामस्वरूप उसे मरना पड़ा,' विचारमग्न सोफी सोचती हुई बोलती चली गई।

'हे भगवान, सोफी! मेरी तो समझ में ही नहीं आ रहा क्या करूँ?'

'सुकरात की समझ में भी नहीं आता था। उसे तो बस इतना मालूम था कि उसे कुछ नहीं आता। और फिर भी वह एथेंस में सबसे बुद्धिमान आदमी था।'

उसकी माँ अब अवाक् थी।

अन्त में उसने कहा, 'क्या यह सब तुमने स्कूल में सीखा है?'

सोफी ने जोर से सिर हिलाकर मना कर दिया।

'हम वहाँ कुछ भी नहीं सीखते। स्कूल अध्यापक और दार्शनिकों के बीच अन्तर यह है कि स्कूल अध्यापक सोचते हैं कि उनके पास बहुत सारा ज्ञान है और उसी को हमारे गले में ठूँसते रहते हैं। दार्शनिक अपने शिष्यों के साथ मिलकर सत्य को ढूँढ़ने की कोशिश करते हैं।'

'अच्छा, अब हम फिर सफेद खरगोशों पर वापस पहुँच गए! तुम कुछ जानती हो? मैं यह जानना चाहती हूँ कि तुम्हारा लड़का-मित्र वास्तव में कौन है? नहीं तो मैं यह सोचने लगूँगी कि वह थोड़ा सा परेशान है।'

सोफी ने प्लेटों की तरफ अपनी कमर घुमाई और डिश साफ करने के स्पंज से माँ की तरफ इशारा किया।

'वह परेशान नहीं है। किन्तु वह दूसरों को परेशान करना पसन्द करता है—ताकि उन्हें ढर्रे से बाहर निकाल सके।'

'ठीक है, बहुत हो गया। मेरा खयाल है कि वह कुछ ज्यादा ही गुस्ताख लगता है।'

सोफी फिर प्लेटों की ओर मुड़ गई।

'वह न तो गुस्ताख है और न ही पिछलग्गू।' सोफी ने कहा। 'किन्तु वह सच्ची बुद्धिमत्ता तक पहुँचना चाहता है। और यही अन्तर ताश की गड्डी के दूसरे पत्तों और वास्तविक जोकर के बीच है।'

'क्या तुमने जोकर कहा?'

सोफी ने स्वीकृति में सिर हिलाया। 'क्या तुमने कभी इस तथ्य के बारे में सोचा है कि ताश की गड्डी में बहुत सारे पान और ईंटें होती हैं, और बहुत सारे हुकुम और चिड़ी होते हैं; किन्तु जोकर केवल एक होता है?'

'हाय प्रभू! तुम कैसा उलटा जवाब दे रही हो, सोफी।'

'और तुम पूछती कैसे हो?'

उसकी माँ ने परचून का सब सामान अलग लगा दिया था। अब उसने अखबार उठाया और बैठने के कमरे में चली गई। सोफी को लगा कि आज माँ ने दरवाजा कुछ ज्यादा ही जोर से बन्द किया है।

सोफी ने प्लेटें साफ कर दीं और ऊपर अपने कमरे में चली गई। उसने लाल रेशमी स्कॉर्फ, लेगो ब्लॉक्स के साथ अलमारी के ऊपर रख दिया था। उसने इसे नीचे उतारा और ध्यान से देखा।

हिल्डे...

एथेंस

भग्नावशेषों में से कई ऊँची इमारतें खड़ी हो गई हैं...

उस दिन शाम से जरा पहले सोफी की माँ अपने एक मित्र के घर मिलने गई। जैसे ही दह घर से बाहर गई सोफी अपने कमरे से नीचे आई और बाग में अपने अड्डे पर चली गई। वहाँ उसे बड़े कुकी टिन के बराबर में एक मोटा पैकेट मिला। सोफी ने इसे फाड़ा और खोल लिया। यह एक वीडियो कैसेट था।

वह वापस घर की ओर दौड़ गई। एक वीडियो टेप। दार्शनिक को यह कैसे पता लगा कि उनके पास वी.सी.आर. (वीडियो कैसेट रिकॉर्डर) है। और कैसेट में था क्या?

सोफी ने कैसेट को रिकॉर्डर में रख दिया। टी.वी. के परदे पर एक फैला हुआ शहर दिखाई दिया। जैसे ही कैमरा ऐक्रोपॉलिस पर ज़ूम किया सोफी ने पहचान लिया कि शहर एथेंस होना चाहिए। उसने प्राचीन भग्नावशेषों की तसवीरें देखी थीं।

यह एक सजीव चित्र खींचा गया था। गरमी के कपड़ों में सैलानी, कन्धे से कैमरे लटकाए हुए भग्नावशेषों की ओर बड़ी संख्या में आ रहे थे। उनमें से एक ऐसा लगा मानो वह एक नोटिस बोर्ड लिये हुए हो। यह फिर दुबारा दिखा। क्या नोटिस बोर्ड यह नहीं कह रहा था–'हिल्डे'?

एक या दो मिनट बाद एक अधेड़ आयु के व्यक्ति को नजदीक से दिखलाया गया था। वह कद में छोटा था, ढंग से कटी हुई उसकी काली दाढ़ी थी, और वह नीली टोपी पहने हुए था। उसने कैमरे में अन्दर देखते हुए कहा : 'एथेंस में आपका स्वागत है, सोफी। जैसा तुमने सम्भवतः अनुमान लगाया होगा, मैं ऐल्बर्टो नॉक्स हूँ। यदि नहीं, तो मैं दुहराए देता हूँ कि एक बड़ा खरगोश विश्व की जादुई टोपी से अभी भी बाहर निकाला जा रहा है।

'हम ऐक्रोपॉलिस पर खड़े हैं। इस शब्द का अर्थ है 'सिटाडेल'–या और भी सटीक, 'पहाड़ी पर शहर'। लोग यहाँ पाषाण युग से रहते रहे हैं। स्वाभाविक है, इसका मुख्य कारण वह स्थान है जहाँ यह बसा है। पठार उठा हुआ होने के कारण आक्रमणकारियों से रक्षा करना आसान था। ऐक्रोपॉलिस से नीचे देखने पर भूमध्य सागर के श्रेष्ठतम बन्दरगाह का बेहतरीन नजारा नजर आता था। जैसे ही शुरुआती एथेंस पठार के नीचे

समतल मैदान में विकसित होने लगा, तैसे ही ऐक्रोपॉलिस का उपयोग एक छोटे किले और पवित्र मन्दिर के रूप में किया जाने लगा...पाँचवीं शताब्दी ई.पू. के पहले अर्धभाग में फारसियों के साथ एक भयंकर युद्ध हुआ था और 480 में फारस के राजा जरजेज ने एथेंस को लूटा और ऐक्रोपॉलिस की सारी लकड़ी की बनी बिल्डिंगों को जला दिया। एक वर्ष बाद फारसियों को हरा दिया गया और वहाँ से एथेंस के स्वर्ण युग की शुरुआत होती है। ऐक्रोपॉलिस को दुबारा बनाया गया–इस बार और भी भव्य, अभिमानी शानोशौकत से–और अब यह शुद्धतः एक पवित्र मन्दिर की तरह उभरा।

'यही वह समय था जब सुकरात गलियों, सड़कों और चौराहों से होता हुआ एथेंसवासियों से बात करता निकलता था। इस प्रकार उसने ऐक्रोपॉलिस के पुनर्जन्म को देखा होगा और इन सभी शानदार भवनों को, जिन्हें हम अपने चारों ओर देखते हैं, बनते हुए देखा होगा। और यह भवन-स्थल क्या दृश्य रहा होगा। मेरे पीछे तुम देख सकती हो सबसे बड़ा मन्दिर, पार्थे नॉन जिसका अर्थ है 'कुमारी का स्थान'। यह एथेने के सम्मान में बनाया गया था, जो एथेंसवासियों की संरक्षिका देवी थी। बड़े स्फटिक ढाँचे में एक भी सीधी रेखा नहीं है; सारी चारों साइडें थोड़ा घुमाव देकर बनाई गई हैं जिससे कि सारा भवन थोड़ा हलका लगे। अपने अत्यन्त विशाल आयामों के बावजूद यह हलके होने का प्रभाव छोड़ता है। दूसरे शब्दों में यह एक दृष्टि-भ्रम प्रस्तुत करता है। स्तम्भ थोड़े अन्दर की ओर झुके हुए हैं और यदि उन्हें मन्दिर के ऊपर की ओर इशारा करने दिया जाए तो वे 1500 मीटर ऊँचा पिरामिड बना देंगे। मन्दिर में एथेने की 12 मीटर ऊँची प्रतिमा के अतिरिक्त और कुछ नहीं है। श्वेत स्फटिक, जो उन दिनों चटकते रंगों में पेंट किया जाता था, यहाँ से 16 किलोमीटर दूर एक पर्वत से यहाँ लाया गया था।'

सोफी दिल थामकर बैठी रही और देखती रही। क्या वास्तव में यह ही दार्शनिक था जो उससे बात कर रहा था? उसने उसकी रेखाकृति ही केवल एक बार देखी थी और उस समय भी अँधेरे में ही। क्या यह वही आदमी था जो अब, यानी इस समय, एथेंस में ऐक्रोपॉलिस पर खड़ा था।

वह मन्दिर की लम्बाई के रुख चलने लगा और कैमरा उसके पीछे-पीछे चल रहा था। वह चलता-चलता टैरेस के किनारे तक पहुँचा और उसने चारों ओर फैले भूदृश्य की ओर इशारा किया। कैमरे ने अपना फोकस एक पुराने थिएटर पर किया, जो ऐक्रोपॉलिस के पठार के ठीक नीचे था।

'यहाँ तुम पुराना डायोनीसस थिएटर देख सकती हो,' नीली टोपी पहने आदमी बोलता गया। 'ये यूरोप में सबसे पुराने थिएटरों में से है। सुकरात के समय में इसी स्थान पर एस्काइलस, सोफोक्लीज और यूरीपिडीज की महान दुखान्तिकाओं का मंचन होता था। मैंने पहले एक अभागे राजा ऐडीपस के विषय में बतलाया था। उसके विषय में सोफोक्लीज द्वारा लिखित दुखान्तिका का पहला मंचन यहीं हुआ था। किन्तु वे यहाँ

सुखान्तिकाओं का मंचन भी करते थे। सुखान्तिकाओं का सर्वाधिक ख्यात लेखक ऐरिस्टोफेन्स था, जिसने एक घृणापूर्ण सुखान्तिका सुकरात पर भी बनाई थी जिसमें उसने सुकरात को एथेंस का मूर्ख जोकर दिखाया था। इसके ठीक पीछे तुम एक पत्थर की दीवार देख सकती हो जिसका प्रयोग अभिनेता पृष्ठभूमि की तरह करते थे। इसे 'स्कीन' 'Skene' कहते हैं और यही हमारे 'सीन' 'Scene' शब्द का मूल है। चलते-चलते, मैं यह और बतला दूँ कि शब्द 'थिएटर' 'Theater' एक पुराने यूनानी शब्द से आता है जिसका अर्थ है 'देखना' 'To see'। किन्तु हमें वापस दार्शनिकों की ओर मुड़ना चाहिए, सोफी! हम **पार्थेनॉन** के चारों तरफ घूमते हुए नीचे गेटवे से होकर गुजर रहे हैं...।'

छोटा आदमी मन्दिर के चारों ओर घूमकर फिर अपने दाईं ओर के छोटे मन्दिरों के पास से गुजरा। फिर उसने ऊँचे-ऊँचे विशाल स्तम्भों के बीच कुछ पैड़ियों से नीचे उतरना शुरू किया। जब वह ऐक्रोपॉलिस के बिलकुल नीचे पहुँच गया तो वह एक छोटी पहाड़ी पर चढ़ा और उसने एथेंस की ओर इशारा किया : 'जिस पहाड़ी पर हम खड़े हैं वह एरिआ पेगोस कहलाती है। यही वह स्थान था जहाँ से एथेंस का उच्च न्यायालय हत्या के मुकदमों में अपने फैसले सुनाता था। कई सौ वर्षों बाद, सेंट पाल, देवदूत, यहाँ खड़ा हुआ था और एथेंसवासियों को यीशु तथा ईसाई धर्म का उपदेश किया था। उसने क्या कहा था, इस पर हम बाद में आएँगे। बाईं ओर नीचे तुम एथेंस के पुराने नगर चौराहे, अगोरा के शेषांश देख सकती हो। हेफेस्टॉस, लुहारों और धातुकारों के देवता के बड़े मन्दिर के अपवाद के साथ ही साथ स्फटिक के कुछ ब्लॉक्स भी अभी तक सँजोकर रखे गए हैं। आइए और नीचे चलते हैं...'

अगले ही क्षण वह प्राचीन भग्नावशेषों के बीच प्रकट हुआ। बहुत ऊपर, आकाश के नीचे–सोफी के स्क्रीन के बिलकुल ऊपर–ऐक्रोपॉलिस पर बना विशाल एथेने मन्दिर टॉवर सरीखा ऊपर की ओर जाता प्रतीत होता था। दर्शनशास्त्र का रहस्यमय अध्यापक स्फटिक के एक ब्लॉक पर बैठ गया। उसने कैमरे में देखा और कहा : 'हम एथेंस के पुराने अगोरा में बैठे हैं। एक अफसोसनाक नजारा, क्या तुम्हें ऐसा नहीं लगता? मेरा मतलब है, आज! किन्तु एक समय था जब इसके चारों ओर होते थे भव्य मन्दिर, न्यायालय, अदालतें और दूसरे सार्वजनिक दफ्तर, दुकानें, संगीतगृह, और एक बड़ा जिम्नेजियम भवन। यह सब इस चौराहे के चारों ओर स्थित थे, चौराहा उस समय एक बड़ा, खुला स्थान था...सारी यूरोपीय सभ्यता की नींव इस छोटे से स्थान पर रखी गई थी।

'शब्द जैसे राजनीति और प्रजातन्त्र, अर्थव्यवस्था और इतिहास, जीव-विज्ञान एवं भौतिकशास्त्र, गणित और तर्क, धर्मशास्त्र और दर्शनशास्त्र, नैतिकता और मनोविज्ञान, सिद्धान्त और पद्धति, विचार और प्रणाली–इन सबका उद्‌भव उस छोटी-सी जनसंख्या के उस समय में हुआ जिसका रोजमर्रा जीवन इस चौराहे के चारों ओर घूमता था। यही वह जगह है जहाँ लोगों से मिलने में सुकरात ने अपना इतना सारा समय लगाया। यहाँ उसने जैतून के तेल का एक जार ले जाते हुए एक गुलाम का गिरहबान पकड़ लिया होगा और

उस बदनसीब आदमी से दर्शनशास्त्र का एक सवाल किया होगा, क्योंकि सुकरात यह मानता था कि एक गुलाम में भी ऊँचे स्तर के आदमी के समान ही कॉमनसेंस होती है। हो सकता है वह यहाँ के किसी नागरिक के साथ बड़ी गरमागरम बहस में उलझा हो—या अपने युवा शिष्य अफलातून के साथ सभ्य चर्चा में व्यस्त रहा हो। इस सबके विषय में सोचना असाधारण है। हम सभी सुकराती या अफलातूनी दर्शनशास्त्र की बात करते हैं किन्तु वास्तव में अफलातून या सुकरात **होना** एक बिलकुल ही अलग मामला है।'

सोफी निश्चय ही यह मानती थी कि ऐसे सोचना वास्तव में असाधारण है। किन्तु वह इस सबको, इस तरीके को भी उतना ही असाधारण मान रही थी कि उसका दार्शनिक अचानक एक वीडियो पर उससे बात कर रहा था, वीडियो जिसे बाग में उसके छिपने के अड्डे पर एक रहस्यमय कुत्ता लाया था।

दार्शनिक उस स्फटिक के ब्लॉक से उठा जिस पर वह बैठा था और धीरे से बोला : 'मेरा इरादा वास्तव में इसे वहीं छोड़ देने का था, सोफी! मैं चाहता था कि तुम ऐक्रोपॉलिस देखो और एथेंस में पुराने अगोरा के शेषांश देखो। किन्तु मैं निश्चितता से यह नहीं कह सकता कि तुम यह पकड़ पाई हो कि यहाँ की यह सब चीजें एक समय कितनी शानदार रही होंगी...इसलिए मुझे थोड़ा और आगे जाने का लालच हो रहा है। निश्चय ही यह थोड़ा-सा गलत है...किन्तु मैं इस बात पर भरोसा कर सकता हूँ कि यह बात तुम्हारे और मेरे बीच तक ही रहेगी। ठीक है, एक हलकी सी झलक ही काफी होगी...'

वह और कुछ नहीं बोला, किन्तु वहाँ काफी देर तक खड़ा रहा और ध्यानपूर्वक कैमरे में देखता रहा। जब वह वहाँ खड़ा था, तो कई ऊँची इमारतें भग्नावशेषों के ऊपर उभरीं। लगता था जैसे जादू हो, सारे पुराने भवन वहाँ एक बार फिर आ खड़े हो गए थे। आकाशीय रेखा के ऊपर सोफी अभी भी ऐक्रोपॉलिस देख सकती थी, किन्तु अब वह और नीचे चौराहे पर सारे भवन बिलकुल एकदम नए लग रहे थे। वे सोने से ढके और तेज चमचमाते रंगों में पेंट किए गए थे। खुशनुमा कपड़े पहने लोग चौराहे पर आराम से चहल-कदमी कर रहे थे। कोई तलवार लिये चल रहा था, कोई अपने सर पर मर्तबान रखे जा रहा था, और उनमें से एक की बगल में पैपीरस (पुराने कागज) का एक पुलिन्दा था।

तब सोफी ने अपने दर्शनशास्त्र के अध्यापक को पहचान लिया। वह अभी भी नीली टोपी पहने हुआ था, किन्तु अब उसने उसी तरह का पीला अँगरखा, उसी स्टाइल में पहन रखा था जैसे और दूसरों ने पहन रखा था। वह सोफी की तरफ बढ़ा, कैमरे में देखा और कहा :

'यह बढ़िया है, अब हम प्राचीन काल के एथेंस में हैं, सोफी! मैं चाहता था कि तुम स्वयं यहाँ आतीं, समझी न! हम 402 ई.पू. वर्ष में हैं, सुकरात के मरने से बस तीन साल पहले। मुझे आशा है तुम्हें मेरा यह विशिष्ट भ्रमण पसन्द आया होगा, क्योंकि वीडियो कैमरा किराए पर लेना बड़ा कठिन था...।'

सोफी को तो जैसे चक्कर आने लगे। यह अजीब आदमी अचानक आज से 2400 वर्ष पहले के एथेंस में कैसे पहुँच गया? उस जमाने में तो वीडियो होते नहीं थे...तो क्या यह एक मूवी थी?

किन्तु सारे स्फटिक भवन तो बिलकुल सच्चे लगते थे। यदि उन्होंने एक फिल्म के लिए ही एथेंस के सारे पुराने चौराहे और ऐक्रोपॉलिस को दुबारा बनाया तो भी यह सेट बनाने में दुनिया भर का पैसा लगा होगा। खैर, जो भी हो, सोफी को एथेंस के विषय में पढ़ाने के लिए यह एक बहुत ही बड़ी रकम है।

नीली टोपी पहने आदमी ने फिर एक बार सोफी की ओर देखा।

'क्या तुम उन दो आदमियों को देख रही हो जो वहाँ खम्भों के बीच खड़े हैं?'

सोफी ने एक गुचला-मुचला अँगरखा पहने एक अच्छी उम्रवाले आदमी को देखा। उसकी उलझी-पुलझी दाढ़ी थी, दबी हुई नाक, बाहर निकली हुई आँखें और सुन्दर गोल गाल। उसके बराबर में एक सुन्दर नौजवान खड़ा था।

'ये सुकरात है, और उसका युवा शिष्य अफलातून। तुम स्वयं उनसे मिलने जा रही हो।'

दार्शनिक चलकर उन दो आदमियों तक पहुँचा, अपनी टोपी उतारी, और कुछ कहा जिसे सोफी समझ नहीं पाई। यह यूनानी भाषा में हो सकता है। फिर उसने कैमरे में देखा और कहा, 'मैंने उनसे कहा है कि तुम नॉर्वे की एक लड़की हो, जो उनसे मिलने की बहुत इच्छुक है। अब अफलातून तुम्हारे विचारने के लिए तुम्हें कुछ प्रश्न देगा। किन्तु हमें यह काम जल्दी निबटा लेना चाहिए, इसके पहले कि पहरेदारों को हमारा पता चल जाए।'

जैसे ही उस नौजवान ने आगे पैर बढ़ाया और कैमरे में देखा, सोफी को लगा कि खून बड़ी तेजी से उसकी कनपटियों में चोट मार रहा है।

'एथेंस में तुम्हारा स्वागत है, सोफी,' उसने एक मृदुल स्वर में कहा। वह एक एक्सेंट में बोल रहा था। 'मेरा नाम अफलातून है और मैं तुम्हें चार काम बतलाता हूँ। सबसे पहले तुम्हें यह सोचना है कि बिलकुल एक जैसी बीस कुकी एक बेकर कैसे बना सकता है। फिर तुम पूछ सकती हो स्वयं अपने से कि सारे घोड़े एक जैसे क्यों हैं? इसके बाद तुम्हें यह फैसला करना है कि क्या एक आदमी में अमर आत्मा होती है। और अन्त में तुम्हें यह बताना है कि क्या स्त्री और पुरुष समान रूप से समझदार होते हैं। ईश्वर तुम्हें सौभाग्यवान बनाएँ।'

उसके बाद टी.वी. पर तसवीर गायब हो गई। सोफी ने टेप को वापस आगे और पीछे घुमाया किन्तु उसमें जो कुछ था वह उसे देख चुकी थी।

सोफी ने इन मसलों पर अच्छी और पूरी तरह से सोचने का प्रयास किया। किन्तु जैसे ही उसने एक विचार को सोचा कि तुरन्त दूसरा उसके दिमाग में, पहले को पूरी तरह सोच लेने से पहले, चला आया और दिमाग में भीड़ कर दी।

उसने शुरू में ही यह जान लिया था कि उसका दर्शनशास्त्र का अध्यापक सनकी था। किन्तु जब उसने पढ़ाने के ऐसे तरीके प्रयोग करने शुरू कर दिए, जो प्रकृति के सारे नियमों की अवहेलना करते थे, तो सोफी का विचार बना कि वह कुछ अधिक ही आगे जा रहा है।

क्या उसने वास्तव में टी.वी. पर सुकरात और अफलातून को देखा था? निश्चय ही नहीं, वह असम्भव था। किन्तु यह निश्चय ही कार्टून नहीं था।

सोफी ने वीडियो रिकॉर्डर से कैसेट निकाला और ऊपर अपने कमरे में दौड़ गई। उसने इसे अलमारी पर सबसे ऊपर लेगो ब्लॉक्स के पास ही रख दिया। फिर वह बिस्तर में लुढ़क गई, थक कर चूर और सो गई।

कुछ घंटों बाद उसकी माँ कमरे में आई। उसने धीरे से सोफी को हिलाया और कहा, 'क्या बात है, सोफी?'

'मम्मम्'

'तुम सारे कपड़े पहने हुए ही सो गईं।'

सोफी ने नींद में ही पलक खोली और झँपा ली।

'मैं एथेंस होकर आई हूँ,' वह बुदबुदाई। बस वह इतना ही कह पाई, उसने करवट ली और फिर सो गई।

अफलातून

आत्म-जगत में लौटने की ललक...

सोफी अगले दिन एक झटके के साथ उठी। उसने घड़ी पर नजर डाली। अभी मुश्किल से पाँच से थोड़ा ही अधिक समय होगा किन्तु वह ऐसे पूरी तरह से जग गई थी कि बिस्तर में उठ बैठी थी। वह ड्रेस क्यों पहने हुए थी? फिर उसे सब चीजें याद आईं।

वह उठी और एक स्टूल पर बैठ गई और अलमारी के सबसे ऊपरी खन पर नजर दौड़ाई। हाँ—वहाँ पीछे की ओर, वीडियो कैसेट था। तो आखिर यह एक सपना नहीं था; कम-से-कम, सारा तो सपना नहीं था।

किन्तु वह वास्तव में अफलातून और सुकरात से तो नहीं मिली थी...चलो, छोड़ो। उसमें इसके बारे में और सोचने की शक्ति नहीं रह गई थी। शायद उसकी माँ ठीक थी, शायद वह आजकल अजीब तरह से व्यवहार कर रही है।

खैर जो भी हो, वह दुबारा सोने न जा सकी। शायद उसे नीचे अपनी गुप्त माँद पर जाना चाहिए और देखना चाहिए कि कुत्ता कोई और पत्र तो नहीं डाल गया है। सोफी दबे पाँव नीचे उतरी, उसने जॉगिंग के जूते पहने और बाहर चली गई।

बाग में हर चीज अद्‌भुत रूप से साफ और शान्त थी। चिड़ियाँ इतने जोर से चहक रही थीं कि सोफी हँसे बिना न रह पाई। सबेरे की ओस घास में ऐसे चमक रही थी जैसे मणि हो। एक बार फिर वह दुनिया के अविश्वसनीय आश्चर्य रूप से अभिभूत हो गई।

पुरानी बाड़ के अन्दर भी बहुत नमी थी। सोफी को दार्शनिक का कोई पत्र नजर नहीं आया, किन्तु फिर भी उसने एक मोटी जड़ साफ कर ली और बैठ गई।

उसे याद आया कि वीडियो–अफलातून ने उत्तर ढूँढ़ने के लिए कुछ प्रश्न उसे दिए थे। पहला कुछ इस तरह का था बताओ एक बेकर एक ही तरह की बीस कुकी कैसे बना सकता है।

सोफी को इस विषय में बड़ी सावधानी से सोचना होगा, क्योंकि यह निश्चित रूप से आसान नहीं था। कभी-कभी जब उसकी माँ कुछ कुकियाँ पकाती थी, तो वे सारी कभी एक जैसी नहीं बनीं। चलिए, माँ तो एक विशेषज्ञ पेस्ट्री बनानेवाली नहीं थी,

कभी-कभी तो चौका ऐसा लगता था मानो वहाँ एक बम फटा है। बेकर से भी जो कुकी वे खरीदकर लाती थीं वे सब भी कभी एक सी नहीं मिलीं। बेकर के हाथ में एक-एक कुकी को अलग-अलग शक्ल दी गई थी।

फिर एक सन्तुष्ट मुस्कान सोफी के चेहरे पर फैल गई। उसे याद आया कि एक बार वह और उसके पिता खरीदारी करने गए थे और घर पर उसकी माँ क्रिसमस की कुकियाँ बना रही थी। जब वे वापस आए तो पाया कि रसोई की मेज पर बहुत सारे अदरक वाले अधपके पुतलों जैसे कुकी पड़े हैं। हालाँकि सारे एकदम पूरे नहीं बने थे, किन्तु एक तरह से वे सारे एक से थे। और ऐसा क्यों था? कारण साफ था, उनकी माँ ने उन सबके लिए एक ही साँचे का प्रयोग किया था।

इस घटना को याद करके सोफी स्वयं से इतनी खुश हुई कि उसने पहले प्रश्न का उत्तर समझ लेने की घोषणा कर डाली। यदि एक बेकर बिलकुल एक जैसी पचास कुकी बनाता है तो वह सबके लिए एक ही पेस्ट्री-साँचा प्रयोग करता होगा। बस इतनी सी ही तो बात है।

फिर वीडियो-अफ़लातून ने कैमरे में देखा था और पूछा था सारे घोड़े एक से क्यों होते हैं? किन्तु वे एक से तो बिलकुल नहीं थे। इसके विपरीत, सोफी का विचार था कि कोई भी दो घोड़े उसी तरह एक जैसे नहीं हैं; उसी प्रकार जैसे दो आदमी एक जैसे नहीं हैं।

वह इस विचार को यहाँ छोड़ने ही वाली थी कि उसे याद आया कि वह कुकियों के बाबत क्या सोचती थी। उनमें से कोई भी एक बिलकुल दूसरी जैसी नहीं थी। कुछ दूसरी से मोटी थी, कुछ टूटी हुई थीं। किन्तु फिर भी, हर कोई देख सकता था कि वे–एक तरह से–'बिलकुल एक जैसी थीं।'

वास्तव में जो चीज अफलातून पूछ रहा था, वह यह थी : कोई भी घोड़ा हमेशा एक घोड़ा ही क्यों होता है और उदाहरण के लिए, यह घोड़े और सूअर का वर्णसंकर क्यों नहीं होता? क्योंकि सब घोड़ों में कुछ चीजें समान होती हैं, भले ही एक घोड़ा इतना ब्राउन हो जितना एक रीछ या इतना सफेद जितना एक मेमना। सोफी को अभी तक छः या आठ टाँगोंवाला घोड़ा दिखाई नहीं दिया था, उदाहरण के लिए।

किन्तु निश्चय ही अफलातून यह विश्वास तो नहीं कर सकता था कि सारे घोड़े इसलिए एक जैसे दिखते हैं कि वे एक ही साँचे से बनाए गए हैं।

इसके आगे तो अफलातून ने वास्तव में एक कठिन प्रश्न पूछा था। क्या आदमी में अमर आत्मा होती है? यह तो कुछ ऐसी बात थी जिसका उत्तर देने के लिए सोफी योग्य नहीं थी। उसे तो सिर्फ इतना मालूम था कि मृत शरीरों को या तो जला दिया जाता है या उन्हें दफना दिया जाता है; इसलिए उनका तो कोई भविष्य ही नहीं है। यदि आदमी में अमर आत्मा होती तो आदमी के लिए यह विश्वास करना जरूरी था कि आदमी दो हिस्सों का बना है : एक हिस्सा तो शरीर है जो वर्षों तक प्रयोग करने

से घिस जाता है—और दूसरा (हिस्सा) आत्मा जिसे इस बात से कुछ मतलब नहीं कि शरीर को क्या होता है, इसका कार्य करने का ढंग स्वतन्त्र है। दादी माँ ने एक बार कहा था कि उसे लगता है कि सिर्फ उसका शरीर बूढ़ा हुआ है। अन्दर से तो यह हमेशा ही पहले जैसी जवान लड़की है।

'जवान लड़की' वाला विचार सोफी को अगले प्रश्न की ओर ले गया! क्या पुरुष और स्त्रियाँ समान रूप से समझदार हैं? वह इस बारे में पक्के तौर पर कुछ नहीं कह सकती थी। यह तो इस बात पर निर्भर था कि 'समझदार' होने से अफलातून का मतलब क्या है।

दार्शनिक ने कोई बात सुकरात के विषय में कही थी, वह अब सोफी के दिमाग में आई। सुकरात ने बताया था कि यदि लोग अपनी कॉमनसेंस का प्रयोग करें तो प्रत्येक व्यक्ति दार्शनिक सत्यों को समझ सकता है। उसने यह भी कहा था कि एक गुलाम में भी वही कॉमनसेंस थी जैसी एक कुलीन आदमी में होती है। सोफी को भरोसा था कि उसने यह भी कहा होगा कि स्त्रियों में भी वही कॉमनसेंस होती है जैसी पुरुषों में।

जब वह बैठी हुई सोच रही थी, बाड़ में अचानक एक सरसराहट हुई और किसी चीज के तेज़ी और ज़ोर से साँस लेने की आवाज आई मानो कोई भाप-इंजन ज़ोर लगा रहा हो। अगले ही क्षण, सुनहरी लैब्रेडोर रपटकर माँद में अन्दर पहुँचा। इसके मुँह में एक बड़ा लिफाफा था।

'हरमीज़' सोफी चिल्लाई। 'नीचे डाल दो, नीचे डाल दो।'

कुत्ते ने लिफाफा सोफी की गोद में डाल दिया और सोफी ने कुत्ते के सिर पर हाथ फेरने के लिए अपना हाथ आगे बढ़ाया।

'तुम एक अच्छे बच्चे हो, हरमीज़,' उसने कहा।

कुत्ता नीचे लेट गया और उसने हाथ फेरने दिया। किन्तु कुछ मिनट बाद यह उठा और उसी रास्ते से, जिससे यह अन्दर आया था, बाहर जाने के लिए जोर लगाने लगा। हाथ में ब्राउन लिफाफा लिये सोफी इसके पीछे-पीछे चली। वह घनी झाड़ी में रेंगकर निकली और बाग के बाहर आ गई।

हरमीज़ पहले ही जंगल के छोर की तरफ जाने के लिए दौड़ने लगा था और सोफी कुछ गज की दूरी पर उसके पीछे-पीछे आ रही थी। दो बार कुत्ता पीछे की ओर मुड़ा और गुर्राया, किन्तु कोई भी चीज सोफी को रोक नहीं सकती थी।

इस बार उसने फैसला कर लिया था कि वह दार्शनिक को ढूँढ़ निकालेगी—भले ही उसे इसके लिए दौड़कर एथेंस तक जाना पड़े।

कुत्ता और तेजी से दौड़ा और अचानक एक तंग रास्ते पर पहुँचकर मुड़ गया। सोफी उसके पीछे-पीछे दौड़ती गई किन्तु कुछ मिनट बाद कुत्ते ने मुड़कर उसका सामना किया और ऐसे भौंकने लगा मानो वह निगरानी करनेवाला कुत्ता है। सोफी अभी भी हार मानने को तैयार नहीं थी और वह उन दोनों के बीच की दूरी को कम करने की कोशिश में थी।

कुत्ता फिर मुड़ा और (तंग) रास्ते पर दौड़ गया। सोफी ने महसूस किया कि वह कभी भी उसके पास तक नहीं पहुँच पाएगी। सोफी वहाँ रुक गई और इतनी देर खड़ी रही मानो अनादि काल से वहाँ है, कुत्ता दौड़ता हुआ, दूर और दूर होता गया। अन्त में सारी आवाजें खत्म हो गईं।

जंगल में थोड़ी-सी खुली जगह में वह एक पेड़ के ठूँठ पर बैठ गई। ब्राउन लिफाफा अभी भी उसके हाथ में था। उसने इसे खोला, इसमें टाइप कई पन्ने बाहर निकाले, और पढ़ना शुरू किया।

अफलातून की एकेडेमी

हम लोगों ने अच्छा खुशनुमा समय एक साथ गुजारा, इसके लिए तुम्हें धन्यवाद है, सोफी। मेरा मतलब है, एथेंस में। कम-से-कम मैंने अपना परिचय तुम्हें दे दिया। और चूँकि मैंने अफलातून से तुम्हारा परिचय करा दिया है, अब हम बिना किसी दिखावे के अपना काम शुरू कर सकते हैं।

जब सुकरात ने विषपान किया था उस समय अफलातून (428-347 ई.पू.) की आयु उनतीस वर्ष की थी। वह कुछ समय से सुकरात का शिष्य रहा था और उसके मुकदमे को बड़े ध्यान से देख-सुन रहा था। एथेंस अपने महानतम नागरिक को मृत्युदंड दे सकता था, इस तथ्य ने उस पर गहरा प्रभाव छोड़ने से भी कुछ अधिक असर किया। इससे सारे दार्शनिक प्रयासों की दिशा निर्धारित होने जा रही थी।

अफलातून के लिए सुकरात की मृत्यु उस विरोध का जीता-जागता उदाहरण था जो एक समाज में, इसके यथार्थ रूप में और इसके *सच्चे* तथा आदर्श रूप में पाया जाता है। दार्शनिक के रूप में अफलातून का सबसे पहला कार्य सुकरात की *ऐपोलॉजी* (क्षमा-याचना) का प्रकाशन था, उन दलीलों का लेखा-जोखा जो उसने बड़ी जूरी के सामने रखी थी।

निश्चय ही तुम याद करोगी कि सुकरात ने कोई भी पुस्तक अपने आप नहीं लिखी, हालाँकि सुकरात के कई पूर्ववर्ती दार्शनिकों ने अपने विचार लिखे हैं। समस्या यह है कि उनकी लिखी सामग्री में से शायद ही कोई चीज बची हो और आज उपलब्ध हो। किन्तु जहाँ तक अफलातून का सवाल है, हमारा विश्वास है कि उसकी सारी मुख्य रचनाएँ सुरक्षित हैं। (सुकरात की *ऐपोलॉजी* के अतिरिक्त, अफलातून ने *ऐपीसिल्स* (पत्र) का एक संग्रह और लगभग पच्चीस दार्शनिक *डायलॉग्स* लिखे) ये रचनाएँ आज हमें उपलब्ध हैं, इनके पीछे स्वयं अफलातून के प्रयास कम महत्त्वपूर्ण नहीं हैं, उसने एथेंस के निकट ही एक निकुंज में दर्शनशास्त्र के अपने स्कूल की स्थापना की और इसका नाम जाने-माने यूनानी नायक एकेडेमस के नाम पर रखा। अतः यह स्कूल *एकेडेमी* के नाम से जाना जाता था। (तब से अब तक सारी दुनिया में कई हजार 'एकेडेमियाँ' स्थापित कर दी गई हैं। हम 'एकेडेमिक्स' और 'एकेडेमिक सब्जेक्ट्स' पर चर्चा करेंगे।

अफलातून की एकेडेमी में जो विषय पढ़ाए जाते थे, वे थे दर्शनशास्त्र, गणित और जिम्नास्टिक्स (खेल-कूद)—हालाँकि 'पढाया जाना' शायद ही उपयुक्त शब्द हो। चहकती-महकती, जोशभरी चर्चा अफलातून की एकेडेमी में सबसे महत्त्वपूर्ण समझी जाती थी। अतः इसके पीछे शुद्ध या मात्र आकस्मिकता नहीं है कि अफलातून के लेखों ने डायलॉग्स का रूप लिया हो।

शाश्वत सत्य, शाश्वत सुन्दरता और शाश्वत 'कल्याण'

इस कोर्स के प्रारम्भ में मैंने बतलाया था कि एक दार्शनिक के प्रोजेक्ट के विषय में पूछना, जानकारी लेना अच्छी बात होगी। इसलिए अब मैं पूछता हूँ : वे कौन सी समस्याएँ थीं जिनसे अफलातून का सरोकार था?

संक्षेप में हम यह स्थापित कर सकते हैं कि अफलातून का सरोकार उस रिश्ते से था, जो चिरन्तन और अपरिवर्तनीय और 'प्रवहमान' के बीच है। (वास्तव में सुकरात-पूर्व के दार्शनिकों की तरह ही) हम देख चुके हैं कि किस प्रकार सोफिस्टों और सुकरात ने प्राकृतिक दर्शनशास्त्र की ओर से ध्यान को हटाकर इसे मनुष्य और समाज से सम्बन्धित समस्याओं पर लगा दिया। किन्तु फिर भी एक अर्थ में, स्वयं सुकरात और सोफिस्ट्स भी चिरन्तन और अपरिवर्तनीय तथा 'प्रवहमान' के बीच सम्बन्धों में ही उलझे रहे। उनकी रुचि समस्या के इस रूप में थी जिसमें यह मनुष्यों की नैतिकता और समाज के आदर्शों अथवा सद्गुणों से जुड़ी हुई है। बहुत संक्षेप में कहें तो सोफिस्ट्स के विचार के अनुसार विभिन्न शहर-राज्यों और विभिन्न पीढ़ियों के बीच इस बात को लेकर अन्तर था कि सही क्या है और गलत क्या है। अतः सही और गलत कुछ ऐसी चीज थी जो 'बहती', 'प्रवहमान' रहती थी। यह सुकरात को पूर्णतः अस्वीकार्य था। उसका मानना था कि सही और गलत का निर्धारण करने के लिए शाश्वत और सम्पूर्ण नियम हैं। अपनी कॉमनसेंस अथवा साधारण बुद्धि का प्रयोग करके हम सभी अपरिवर्तनशील मापदंडों तक पहुँच सकते हैं, क्योंकि मानवीय तर्क वास्तव में शाश्वत और अपरिवर्तनशील है।

तुम समझ रही हो न, सोफी? फिर उसके बाद अफलातून आता है। उसका सरोकार दोनों से है : यानी प्रकृति में क्या चिरन्तन और अपरिवर्तनशील है तथा नैतिकता और समाज से सम्बन्धित चिरन्तन और अपरिवर्तनशील क्या है? अफलातून के लिए ये दोनों समस्याएँ दो होकर भी एक हैं और समान हैं। वह उस 'यथार्थ' (सच्चाई) को पकड़ने का प्रयास कर रहा था जो चिरन्तन एवं अपरिवर्तनीय था।

और यदि बेबाक और ईमानदार ढंग से कहें, तो वास्तव में यही वह समझ है जिसके लिए हमें दार्शनिकों की जरूरत है। हमें उनकी जरूरत 'सौन्दर्य की एक रानी' (ब्यूटी क्वीन) चुनने अथवा टमाटरों का मोल-भाव करने के लिए नहीं है। (यही कारण है कि वे प्रायः लोकप्रिय नहीं होते।) जो अत्यधिक सामयिक मुद्दे होते हैं उनकी ओर आँख मूँदकर, दार्शनिक लोगों का ध्यान उन चीजों की ओर आकृष्ट करते हैं जो शाश्वत 'सत्य', शाश्वत 'सुन्दरता' और शाश्वत 'कल्याण' के मामले हैं।

इस प्रकार हमें कम-से-कम अफलातून के दार्शनिक प्रोजेक्ट की रूपरेखा की एक झलक मिल जाती है। किन्तु एक समय में हमें एक ही चीज लेनी चाहिए। हम एक असाधारण मस्तिष्क को समझने का प्रयास कर रहे हैं, एक मस्तिष्क जो बाद के सारे यूरोपीय दर्शनशास्त्र पर गम्भीर प्रभाव डालेगा।

विचार-जगत

एम्पीडोक्लीज और डिमॉक्रिटस, दोनों ने ही इस तथ्य की ओर ध्यान आकृष्ट किया था कि भले ही प्राकृतिक दुनिया में हर चीज 'बहती' अथवा 'प्रवहमान' थी, फिर भी कुछ ऐसी 'सत्ता भी' होनी चाहिए जो कभी नहीं बदलती ('चार जड़ें' या 'अणु')। अफलातून इस प्रस्तावना से सहमत था–किन्तु एक भिन्न ढंग से।

अफलातून का मानना था कि प्रकृति में हर साकार वस्तु 'प्रवाहमान' है। अतः ऐसे 'सार-तत्व' नहीं हैं जो घुलते अथवा तिरोहित नहीं होते। निश्चय ही 'भौतिक जगत' से सम्बन्ध रखनेवाली हर चीज ऐसे पदार्थ की बनी है जिसको समय क्षरित कर देता है किन्तु हर एक चीज एक ऐसे समयातीत 'साँचे' अथवा 'रूप-आकार' के अनुसार बनी है जो शाश्वत और अपरिवर्तनीय है।

तुम समझ रही हो? नहीं, तुम नहीं समझी।

घोड़े एक जैसे ही क्यों हैं, सोफी? शायद तुम यह नहीं सोचती कि वे वास्तव में एक से हैं। किन्तु कोई एक चीज ऐसी है जो सब घोड़ों में समान है, जो हमें उन्हें घोड़े के रूप में पहचानने के योग्य बनाती है। एक खास घोड़ा 'प्रवहमान' है, स्वाभाविक रूप से। यह बूढ़ा या लँगड़ा हो सकता है और समय आने पर यह मर जाएगा। किन्तु घोड़े का 'रूप-आकार' शाश्वत एवं अपरिवर्तनशील है।

अतः अफलातून के लिए जो शाश्वत एवं अपरिवर्तनशील था, वह उस प्रकार भौतिक 'मूल सार-तत्व' नहीं था जैसे यह एम्पीडोक्लीज और डिमॉक्रिटस के लिए था। अफलातून की धारणा शाश्वत और अपरिवर्तनशील नमूनों की थी, जो अपने स्वरूप में आत्मिक एवं सूक्ष्म थे, और सारी चीजें उनके अनुसार बनी थीं।

लो, मैं इसे ऐसे रखता हूँ : सुकरात के पूर्वज दार्शनिकों ने बिना यह पूर्व कल्पना किए कि कोई चीज वास्तव में 'बदलती' है, प्राकृतिक परिवर्तन का अच्छा-खासा स्पष्टीकरण दिया था। उनका विचार था कि प्राकृतिक चक्र के बीच में कुछ शाश्वत और अपरिवर्तनशील, ऐसे सूक्ष्म तत्त्व थे जो तिरोहित नहीं होते थे। यहाँ तक तो ठीक है, सोफी! किन्तु उनके पास इसका कोई औचित्यपूर्ण स्पष्टीकरण या व्याख्या नहीं थी कि यह सबसे 'सूक्ष्म तत्त्व', जो एक समय घोड़ा बनाने में निर्माता-ब्लॉक्स थे, किस प्रकार अपने को एक घूर्ण्य गति से चलाते हुए चार या पाँच सौ वर्ष बाद, एक नया घोड़ा बनाने में सक्षम थे या एक हाथी (Elephant) अथवा मगरमच्छ (Crocodile) बनाने में सक्षम थे, उदाहरण के लिए। अफलातून का मूल बिन्दु था कि डिमॉक्रिटस के 'अणुओं' ने स्वयं को कभी भी 'Eledile' (हाथी-मगर) अथवा एक 'Crocophant' (मगर-हाथी) के रूप में नहीं बनाया। यह ही वह चीज थी जिसने दार्शनिक चिन्तन को आगे बढ़ने की दिशा दी।

यदि तुमने समझ लिया कि मेरा आशय क्या है तो तुम अगले पैराग्राफ को छोड़ आगे बढ़ सकती हो। किन्तु यदि तुमने नहीं समझा या जरूरत है तो मैं स्पष्ट किए देता हूँ : तुम्हारे पास लेगो का एक बॉक्स है और तुम एक लेगो घोड़ा बना सकती हो। फिर तुमने इसे अलग-अलग कर दिया और-और ब्लॉक्स को वापस बक्स में रख दिया। तुम बक्से को सिर्फ हिलाकर नया घोड़ा बनाने की आशा नहीं कर सकती। लेगो के ब्लॉक्स अपने आप एक-दूसरे को कैसे ढूँढ़ेंगे और फिर एक नया घोड़ा बन जाएँगे? नहीं, तुम्हें घोड़ा दोबारा बनाना है, सोफी! और तुम यह कर सकती हो, इसका कारण यह है कि तुम्हारे दिमाग में एक तसवीर है कि घोड़ा कैसा होता है। लेगो घोड़ा एक मॉडल से बनाया जाता है जो घोड़े से घोड़े पर जाते हुए भी अपरिवर्तित रहता है।

तुमने पचास एक जैसी कुकीज के साथ कैसे किया? कल्पना करो कि तुम बाहरी अन्तरिक्ष से आई हो और तुमने पहले कभी बेकर नहीं देखा। तुम एक लुभावनी बेकरी में जाती हो और वहाँ एक अलमारी के खन में रखे हुए एक जैसे पचास 'जिंजर ब्रेड मैन' (कुकी) देखती हो। मैं कल्पना करता हूँ कि तुम यह सोचकर आश्चर्य करोगी कि वे सब एक जैसे कैसे हैं? यह भी हो सकता है कि उनमें से एक की एक बाँह ही न हो या एक का सिर का कुछ हिस्सा गायब हो या एक का पेट थोड़ा फूला हुआ हो। किन्तु ध्यानपूर्वक विचार करने के उपरान्त तुम यह निष्कर्ष निकालोगी कि सारे जिंजर ब्रेड मैन में कोई चीज समान है। यद्यपि परफेक्ट उनमें

से कोई सा भी नहीं है, तुम यह अनुमान जरूर लगाओगी कि उनका उद्‌गम स्रोत एक ही है। तुम महसूस करोगी कि सारी कुकियाँ एक ही साँचे से बनाई गई थीं। और सोफी, इससे भी बड़ी बात यह है कि अब तुम्हारे मन में उस साँचे को देखने की उत्कट इच्छा है। क्योंकि साफ है, साँचे में स्वयं अधिक श्रेष्ठता-पूर्णता होनी चाहिए—और एक अर्थ में यह अधिक सुन्दर होना चाहिए—यदि हम इसकी तुलना अपेक्षाकृत अशोधित कुकीज से करते हैं।

यदि तुमने इस समस्या का हल स्वयं अपने आप निकाल लिया तो तुम इस दार्शनिक समाधान पर बिलकुल उसी रास्ते से पहुँची हो जिससे अफलातून पहुँचा था।

अधिकांश दार्शनिकों की भाँति वह बाहरी अन्तरिक्ष से टपका था। (वह खरगोश के बारीक बालों के एकदम किनारे पर खड़ा हुआ था) उसे इस सारे प्राकृतिक तथ्य को देखकर आश्चर्य हुआ कि सारी चीजें एक समान हैं और उसने यह निष्कर्ष निकाला कि ऐसा तो होना ही चाहिए क्योंकि जिन चीजों को हम देखते हैं उनके 'पीछे' रूपाकारों की सीमित संख्या है। अफलातून इन रूपाकारों को विचार कहता था। हर घोड़े, सूअर या मानव-प्राणी के पीछे 'विचार घोड़ा', 'विचार सूअर' और 'विचार मानव प्राणी' है। (उसी तरह से जिस बेकरी की हमने बात की है उसमें जिंजर ब्रेड आदमी, जिंजर ब्रेड घोड़े और जिंजर ब्रेड सूअर हो सकते हैं। क्योंकि हर आत्मसम्मान रखनेवाली बेकरी के पास एक से अधिक साँचे हैं। किन्तु एक प्रकार की जिंजर ब्रेड कुकी बनाने के लिए एक साँचा काफी है)।

अफलातून इस निष्कर्ष पर पहुँचा कि 'भौतिक जगत' के पीछे एक सत्य होना चाहिए। उसने इस सत्य को विचारों का जगत कहा : इसमें वे शाश्वत और अपरिवर्तनशील 'नमूने' थे जो प्रकृति में दिखनेवाले हर तथ्य/सत्ता के पीछे खड़े थे। इस उल्लेखनीय दृष्टिकोण को अफलातून का विचारों का सिद्धान्त कहते हैं।

सच्चा ज्ञान

मुझे पूरा भरोसा है तुम मेरी बात समझती चल रही हो, प्रिय सोफी। किन्तु शायद यह पूछ रही होगी : क्या अफलातून वास्तव में इन सबके विषय में गम्भीर था? क्या वह वास्तव में विश्वास करता था कि इस प्रकार के रूपाकार एक बिलकुल भिन्न सत्य में वास्तव में विद्यमान थे?

सम्भवतः वह अपने सारे जीवन भर शब्दशः इस प्रकार विश्वास नहीं करता था किन्तु उसके कुछ *डायलॉग्स* में आग्रह यही है कि उसे इसी रूप में समझा जाए। आइए, उसकी विचारधारा का अनुगमन करते हैं।

जैसे हमने देखा, एक दार्शनिक किसी शाश्वत और अपरिवर्तनीय सत्य को पकड़ने का प्रयास करता है। उदाहरण के लिए, एक विशेष साबुन के बुलबुले के अस्तित्व पर मीमांसा लिखने से कोई काम नहीं बनेगा। अंशतः तो इस कारण कि इसके फूटने से पहले इसका अध्ययन करने के लिए (पर्याप्त) समय है ही कहाँ, है और अंशतः दूसरे किसी ऐसी वस्तु अथवा विषय पर दार्शनिक मीमांसा लिखने पर जिसे किसी ने कभी देखा ही नहीं और जो केवल 5 सेकंड के लिए ही विद्यमान थी, इसे पढ़ने अथवा स्वीकार करनेवाले कहाँ मिलेंगे?

अफलातून का विश्वास था कि हम अपने चारों ओर प्रकृति में जिन ठोस चीजों को देखते हैं उन सभी की तुलना साबुन के बुलबुले से की जा सकती है, क्योंकि ज्ञानेन्द्रिय जगत में विद्यमान कोई भी चीज चिरकालीन नहीं है। हम यह निश्चयपूर्वक जानते हैं कि प्रत्येक मानव और प्रत्येक जानवर किसी न किसी समय जल्दी या देर से मर जाएगा और उसका शरीर विघटित हो जाएगा। यहाँ तक कि स्फटिक का एक ब्लॉक भी परिवर्तित होता रहता है और धीरे-धीरे

क्षरित हो जाता है। (सोफी ऐक्रोपॉलिस गिर रहा है और खँडहर बनता जा रहा है। लगता है यह घोटाला है, पर चीजें बनी ही ऐसी हैं, क्या करें, सोफी?) अफलातून का मुख्य बिन्दु यह था कि हमें कभी भी किसी वस्तु का सच्चा ज्ञान प्राप्त नहीं होगा क्योंकि हर वस्तु निरन्तर परिवर्तनशील है। साकार और इन्द्रियजनित दुनिया में रहनेवाली वस्तुओं के बारे में हम केवल राय कायम कर सकते हैं। सच्चा ज्ञान हमें केवल उन अमूर्त सम्प्रत्ययों का ही हो सकता है जिन्हें हम अपने तर्क द्वारा समझते हैं।

अच्छी बात है, सोफी, मैं इसे और भी अच्छी तरह से रखता हूँ : इस पकाने की सारी प्रक्रिया में जिंजर ब्रेड मैन इतना टेढ़ा, एक ओर बेहद झुका हुआ हो सकता है कि यह पहचानना ही मुश्किल हो जाए कि क्या बनाया गया था। किन्तु ऐसे दर्जनों जिंजर ब्रैड मैन को देखने पर यह तो मैं निश्चयपूर्वक कह ही सकता हूँ कि इस कुकी का साँचा कैसा रहा होगा। हालाँकि मैंने इसे देखा कभी नहीं है किन्तु मैं इसका अनुमान लगा सकता हूँ। स्वयं अपनी आँखों से वास्तविक साँचे को न देखने का एक लाभ भी हो सकता है, कारण हम अपनी ज्ञानेन्द्रियों पर हमेशा ही भरोसा नहीं कर सकते। देखने की क्षमता या गुण भी अलग-अलग लोगों के अलग-अलग हो सकते हैं। दूसरी ओर हम अपने तर्क के ज्ञान पर निर्भर कर सकते हैं क्योंकि यह प्रत्येक व्यक्ति के लिए एक जैसा है।

यदि आप एक क्लास में तीस अन्य विद्यार्थियों के साथ बैठे हैं और अध्यापक कक्षा से यह पूछता है कि इन्द्रधनुष में सबसे सुन्दर रंग कौन सा है, तो उसे सम्भवतः अनेक प्रकार के उत्तर प्राप्त होंगे। किन्तु यदि अध्यापक यह पूछता है कि 3 गुणा 8 कितने होते हैं, तो मुझे आशा है कि सारी कक्षा का एक ही उत्तर होगा। क्योंकि इस समय तर्क बोल रहा है और तर्क, एक तरीके से, ऐसे सोचने अथवा महसूस करने के सीधा-सीधा विपरीत होता है। शायद हम कह सकते हैं कि तर्क एकदम इसी कारण से शाश्वत एवं सर्वव्यापी होता है कि यह शाश्वत एवं सर्वव्यापी अवस्था को ही व्यक्त करता है।

गणित में अफलातून का मन बहुत लगता था क्योंकि गणित की सूक्तियाँ (स्टैप्स) कभी नहीं बदलतीं। तथा यह स्वतः सिद्ध होती हैं जिनका सच्चा ज्ञान हम प्राप्त कर सकते हैं। किन्तु यहाँ हमें एक उदाहरण की जरूरत है।

कल्पना करो, जंगल में तुम्हें एक गोल नुकीला पत्ता मिलता है। शायद तुम यह कहो कि तुम्हारे विचार में यह पूरी तरह गोल दिखता है, जबकि जोआना इस बात पर जोर देती है कि यह एक तरफ से चपटा हो गया है (फिर आप लोग इस विषय में तर्क-वितर्क करने लगते हैं)। किन्तु आप उन चीजों का सच्चा ज्ञान प्राप्त नहीं कर सकते जिन्हें आप अपनी आँखों से देख-समझ रहे हैं। दूसरी ओर आप यह पूर्ण निश्चय के साथ कह सकते हैं कि एक वृत्त में चतुर्भुज के सारे कोणों का जोड़ 360 डिग्री होता है। इस सूरत में आप एक आदर्श वृत्त के विषय में चर्चा कर रहे होते हैं, आदर्श वृत्त जो भौतिक जगत में विद्यमान नहीं है किन्तु आप इसे अपने मन में देख सकते हैं। (तब आपका व्यवहार एक गुप्त जिंजर ब्रैड मैन साँचे से हो रहा है, एक विशिष्ट कुकी से नहीं जो आपकी रसोई में मेज पर रखा है)।

संक्षेप में हम यही कह सकते हैं कि जिन चीजों का ज्ञान हम अपनी इन्द्रियों से करते हैं, वह उन चीजों के बारे में अस्पष्ट धारणाएँ होती हैं। किन्तु जिन चीजों को हम तर्क द्वारा समझते हैं, उनके बारे में हमें सच्चा ज्ञान प्राप्त हो सकता है। एक त्रिकोण में सारे कोणों का जोड़ सदैव ही 180 डिग्री रहेगा। और इसी तरह 'विचार' घोड़ा चार टाँगों पर चलेगा, भले ही इन्द्रियजन्य जगत में सारे घोड़ों की एक-एक टाँग टूटी हुई हो।

एक अमर आत्मा

जैसा मैंने पहले स्पष्ट किया है अफलातून का विश्वास था कि यथार्थ दो क्षेत्रों में विभाजित होता है।

एक क्षेत्र तो इन्द्रिय-जगत का है, जिसके विषय में हम अपनी पाँच (अपूर्ण अथवा पूर्णता के आसपास) इन्द्रियों का प्रयोग करके केवल अपूर्ण या पूर्णता के आसपास का ज्ञान प्राप्त कर सकते हैं। इस इन्द्रिय-जगत में 'हर चीज प्रवहमान' है और कुछ भी स्थायी नहीं है। इन्द्रिय-जगत में कुछ भी नहीं है, केवल वही है जो बनता है और फिर मिट जाता है।

दूसरा क्षेत्र विचार-जगत का है, जिसके विषय में हम अपने तर्क का प्रयोग करके सच्चा ज्ञान प्राप्त कर सकते हैं। इस विचार-जगत को इन्द्रियों द्वारा अनुभव नहीं किया जा सकता, किन्तु विचार (या रूपाकार) शाश्वत और अपरिवर्तनशील है।

अफलातून के अनुसार, मनुष्य दुहरा प्राणी है। हमारा एक शरीर है जो 'प्रवहमान' है और जो इन्द्रिय-जगत के साथ अच्युत रूप से जुड़ा है और इसकी नियति भी दुनिया की अन्य सभी वस्तुओं–उदाहरण के लिए, साबुन का बुलबुला– जैसी ही है। हमारी सभी इन्द्रियाँ शरीराधारित हैं और परिणामस्वरूप भरोसेमन्द नहीं हैं। किन्तु हमारे पास एक अमर आत्मा भी है–और यह आत्मा तर्क का क्षेत्र है।

किन्तु यही सब कुछ नहीं है सोफी, यह सब कुछ नहीं है।

अफलातून यह विश्वास भी रखता था कि शरीर में निवास करने से पहले आत्मा विद्यमान थी। (कुकी के सारे साँचों के साथ यह बन्द अलमारी के खन में पड़ी हुई थी) किन्तु जैसे ही एक मनुष्य के शरीर में आत्मा जाग उठती है, यह सारे पूर्ण (श्रेष्ठ) विचारों को भूल चुकी होती है। फिर कोई चीज घटित होना शुरू हो जाती है। वास्तव में, एक अद्भुत प्रक्रिया प्रारम्भ होती है। जैसे ही एक मानव प्राकृतिक जगत में विभिन्न रूपाकारों को खोज लेता है, एक अस्पष्ट स्मृति उसकी आत्मा को उद्वेलित करने लगती है। वह एक घोड़ा देखता है–किन्तु एक अश्रेष्ठ घोड़ा। (एक जिंजर ब्रेड घोड़ा)। आत्मा में पूर्ण अथवा श्रेष्ठ घोड़े की धुँधली स्मृति जगाने के लिए घोड़े का नजारा काफी है, इस धुँधली स्मृति को आत्मा ने एक बार विचार-जगत में देखा था, और अब यह आत्मा को अपने सच्चे क्षेत्र में वापस जाने के लिए उद्वेलित करती है। अफलातून इस ललक को *इरॉस* ;स्तवेद्ध–जिसका अर्थ होता है प्रेम–कहता है। आत्मा तब अपने सच्चे मूल की ओर लौट जाने की उत्कंठा अनुभव करती है। अब इसके आगे, शरीर और सारे इन्द्रिय-जगत का अनुभव अपूर्ण और महत्त्वहीन होता है। आत्मा प्रेम के पंखों पर सवार होकर अपने घर यानी विचार-जगत में जाने के लिए लालायित होती है। यह शरीर के बन्धन से मुक्त होने को लालायित रहती है।

मुझे जल्दी से इस बात पर महत्त्व देने दीजिए कि अफलातून जीवन की एक आदर्श यात्रा का वर्णन कर रहा है, क्योंकि सारे मानव आत्मा को वापस विचार-जगत की यात्रा प्रारम्भ करने के लिए मुक्त नहीं करते। अधिकांश लोग विचारों की इन्द्र-जगतीय 'प्रतिछायाओं' से चिपके रहते हैं। वे एक घोड़ा देखते हैं–फिर दूसरा घोड़ा देखते हैं। किन्तु वे उसे नहीं देखते जिसकी हलकी नकल प्रत्येक घोड़ा है। (वे रसोई की ओर तेजी से बढ़ जाते हैं और एक मिनट के लिए भी इस ओर ध्यान दिए बिना कि कुकीज आई कहाँ से हैं, जिंजर ब्रेड कुकीज से अपना पेट भर लेते हैं) अफलातून जिन शाश्वत प्रत्ययों के सत्य का वर्णन करता है वह *दार्शनिकों* का ढंग है। उसके दर्शनशास्त्र को दार्शनिक व्यवहार के वर्णन के रूप में पढ़ा जा सकता है।

जब तुम एक छाया देखती हो, सोफी, तुम मानती होगी कि कोई न कोई ऐसी चीज है जो छाया डाल रही है। तुम एक जानवर की छाया देखती हो। तुम सोचती हो कि यह एक घोड़ा हो सकता है, किन्तु तुम पूरी तरह निश्चित नहीं हो। अतः तुम मुड़ती हो और फिर स्वयं घोड़े को देख लेती हो—जो धूमिल 'घोड़े की छाया' की तुलना में अपनी रूपरेखा में निश्चय ही (अनन्त रूप से) अधिक सुन्दर और सुस्पष्ट नाक-नक्श लिये हुए है। *अफलातून भी इसी प्रकार विश्वास करता था कि प्राकृतिक सत्ता विचारों के शाश्वत रूपाकारों की छाया मात्र है।* किन्तु अधिकतर लोग छायाओं के बीच ही जीवन बिताने में सन्तुष्ट बने रहते हैं। वे इस ओर अपना ध्यान बिलकुल नहीं लगाते कि छायाओं को डाल कौन रहा है। वे बस यही सोचते रहते हैं कि छायाएँ ही सब कुछ हैं और वे एक क्षण के लिए भी, यह कभी अनुभव नहीं करते कि वे स्वयं वास्तव में छायाएँ ही हैं। और इस प्रकार वे अपनी ही आत्मा के अमरत्व पर भी कोई ध्यान नहीं देते।

गुफा के अँधेरे से बाहर

इसे सोदाहारण बतलाने के लिए अफलातून एक पौराणिक कथा सुनाता है। हम इसे *गुफा का मिथक* या *गुफा की पौराणिक कथा* कहते हैं। मैं इसे अपने शब्दों में तुम्हें पुनः सुनाता हूँ।

कल्पना करो, कुछ लोग जमीन के नीचे गुफा में रहते हैं। वे सब ऐसे बैठे हैं कि उनकी पीठ गुफा के द्वार की ओर है; और उनके हाथ और पाँव ऐसे बँधे हुए हैं कि वे केवल गुफा की दीवारों की ओर ही देख सकते हैं। उनके पीछे एक ऊँची दीवार है और उस दीवार के पीछे मनुष्य जैसे प्राणी चलते हैं और वे दीवार के ऊपरवाले भाग पर विभिन्न प्रकार की आकृतियाँ लिये घूम रहे हैं। चूँकि इन आकृतियों के पीछे की ओर एक आग जल रही है, इसलिए वे गुफा की पीछेवाली दीवार पर टिमटिमाती और बनती-बिगड़ती परछाइयाँ डाल रही हैं। अतः गुफा में रहनेवाले लोग केवल परछाइयों के इस खेल को देख पाते हैं। जब से वे पैदा हुए हैं तभी से वे इस स्थिति में बैठे हुए हैं, इसलिए वे सोचते हैं कि बस केवल परछाइयाँ ही वास्तविक सत्य हैं।

अब कल्पना यह कीजिए कि गुफा में रहनेवाले इन आदमियों में से एक किसी तरह अपने आपको इस बन्धन से मुक्त कर लेता है। वह अपने आपसे सबसे पहले यह पूछता है कि यह परछाइयाँ आ कहाँ से रही हैं। और जब वह मुड़कर दीवार पर कुछ आकृतियों को बँधे हुए देखता है तो तुम्हारे विचार से उस समय क्या होगा? सबसे पहले तो वह सूरज की तेज रोशनी को देखकर चौंधिया जाएगा। वह आकृतियों की स्पष्टता से भी चमत्कृत होगा क्योंकि उसने अभी तक केवल उनकी परछाइयाँ ही देखी थीं। और यदि वह दीवार पर ऊपर चढ़ जाता है, और आग के उस पार जाकर बाहर की दुनिया देखता है तो वह और भी अधिक चमत्कृत होगा। किन्तु अपनी आँखें मलने के बाद वह हर चीज की सुन्दरता देखकर मुग्ध हो जाएगा। जीवन में वह पहली बार रंग और साफ शरीर तथा शक्लें देख रहा है। वह वास्तव में वे जानवर और फूल देखेगा जिनकी अभी तक वह महज़ हलकी छायाएँ ही देख रहा था। किन्तु अभी भी वह अपने आपसे पूछेगा ये जानकर और फूल आए कहाँ से? फिर वह आसमान में सूरज देखेगा और महसूस करेगा अच्छा, तो यह सूरज है जो इन फूलों और जानवरों को जीवन प्रदान कर रहा है, उसी तरह जैसे आग की वजह से छायाएँ दिख रही थीं।

खुशी से भरा यह कन्दरा में रहनेवाला नाचता-फुदकता हुआ सारे में (प्रकृति में) घूमता फिरेगा और अभी हाल ही में पाई आजादी में आनन्द लेगा। किन्तु इसके बजाय वह उन सब लोगों की सोचता है जो अभी भी नीचे गुफा में बन्द हैं। वह वापस जाता है। एक बार अन्दर

पहुँचा कि वह सारे गुफा में रहनेवालों को समझाता है कि जो परछाइयाँ वे देख रहे थे वे तो 'यथार्थ' चीजों की टिमटिमाती छायाएँ मात्र थीं। किन्तु वे लोग उसका विश्वास नहीं करते। वे गुफा की दीवार की ओर इशारा करते हैं और कहते हैं कि जो कुछ भी है, वह बस यह ही है। आखिर में वे उसे मार डालते हैं।

गुफा की पौराणिक कथा द्वारा अफलातून जिस चीज का उदाहरण प्रस्तुत कर रहा था, वह थी दार्शनिक की दिशा-दृष्टि जो परछाईंवाली छवियों से होकर सारी प्राकृतिक सत्ता के पीछे सच्चे विचारों तक जाती है। वह सम्भवतः सुकरात की बात भी सोच रहा था, जिसे 'कन्दरा निवासियों' ने मार डाला क्योंकि उसने उनके परिपाटी वाले विचारों को उलट-पुलट दिया और उसने उनके मार्ग को सच्ची अन्तर्दृष्टि के प्रकाश से ज्योतित करने का प्रयास किया था। *गुफा की पौराणिक कथा* सुकरात की हिम्मत दिखलाती है और साथ ही उसका वक्तृत्व कला सम्बन्धी उत्तरदायित्व भाव भी।

अफलातून का मुख्य बिन्दु यह दर्शाना था कि गुफा के अँधेरे और परछाइयों का गुफा के उस पार की दुनिया के साथ एक रिश्ता है जो प्राकृतिक दुनिया के रूपाकारों और विचार-जगत के रिश्ते के समकक्ष है। वह यह तो नहीं कहना चाहता था कि प्राकृतिक जगत अँधेरा और नीरस है, अपितु यह कि विचारों की स्पष्टता की तुलना में यह अँधेरे और नीरसता से भरा हुआ है। एक भू-दृश्य का सुन्दर चित्र भी अँधेरा भरा या नीरस नहीं होता। किन्तु यह केवल एक चित्र है।

दार्शनिक राज्य

गुफा की पौराणिक कथा अफलातून के *रिपब्लिक* नामक *डायलॉग* में है। इसी *डायलॉग* में अफलातून 'आदर्श राज्य' का चित्र भी प्रस्तुत करता है। यह राज्य काल्पनिक, आदर्श राज्य था या इसे हम *अदार्श लोक* अव्यवहार्य राज्य भी कह सकते हैं। संक्षेप में हम कह सकते हैं कि अफलातून ऐसे राज्य में विश्वास करता था जिसका शासन दार्शनिक करें। वह इसका स्पष्टकीरण मानव शरीर की संरचना पर आधारित करता है।

अफलातून के अनुसार, मानव शरीर तीन भागों से बना है : सिर, सीना और पेट। शरीर के इन तीनों भागों के लिए इनके समकक्ष आत्मा की क्षमता-योग्यता है। तर्क का सम्बन्ध सिर से है, इच्छा का सम्बन्ध सीने (वक्ष) से है, और भूख पेट से जुड़ी है। आत्मा की इन तीनों योग्यताओं-क्षमताओं का एक-एक 'आदर्श' या 'सद्गुण' भी है। तर्क की कामना बुद्धिमत्ता प्राप्त करने की है, इच्छा हिम्मत होना चाहती है, और भूख पर अंकुश लगना चाहिए ताकि आत्म-नियन्त्रण बरता जा सके। जब शरीर के तीनों भाग मिलकर काम करते हैं तभी हमें समन्वयपूर्ण अथवा 'सद्गुणी' व्यक्ति मिलता है। स्कूल में बच्चे को पहले अपनी भूख कम करना सीखना चाहिए, फिर इसे हिम्मत का विकास करना चाहिए और तब अन्त में तर्क बुद्धिमत्ता तक ले जाता है।

अफलातून अब ऐसे राज्य की कल्पना करता है जो मानव शरीर के इन त्रिपक्षीय गुणों से बिलकुल मिलता-जुलता है। जहाँ शरीर में सिर, सीना और पेट होता है वहीं राज्य में *शासक, सहायक* और *श्रमिक* (उदाहरणार्थ, कृषक) होते हैं। यहाँ अफलातून साफतौर पर यूनानी चिकित्सा विज्ञान का प्रयोग मॉडल के रूप में करता है। जैसे एक स्वस्थ और समन्वयपूर्ण व्यक्ति सन्तुलन और आत्म-नियन्त्रण दिखलाता है, उसी प्रकार 'सद्गुणी' राज्य में हर व्यक्ति राज्य के समग्र चित्र में अपने स्थान को जानता है।

अफलातून के दर्शन के प्रत्येक पहलू की भाँति ही उसका राजनीतिक दर्शन तर्कवाद का लक्षण लिये हुए है। एक अच्छे राज्य का निर्माण इसके तर्क द्वारा शासित होने पर निर्भर करता

है। जिस प्रकार सिर सारे शरीर पर शासन करता है, उसी प्रकार दार्शनिकों को समाज पर राज्य करना चाहिए।

आइए, मनुष्य के तीन अंगों और राज्य के अंगों के बीच रिश्ते का एक सरल सा उदाहरण बनाते हैं :

शरीर	*आत्मा*	*सद्गुण*	*राज्य*
सिर	तर्क	बुद्धिमत्ता	शासक
सीना (वक्ष)	इच्छा	हिम्मत	सहायक
पेट	भूख	आत्म-नियन्त्रण	श्रमिक

अफलातून का आदर्श राज्य हिन्दू जाति प्रणाली जैसा नहीं है, जिसमें प्रत्येक व्यक्ति की एक सुनिश्चित भूमिका थी, सबकी भलाई के लिए काम करने की। यहाँ तक कि अफलातून के समय से पहले हिन्दू वर्ण व्यवस्था (प्रणाली) में श्रम अथवा कार्य-विभाजन त्रिकोणीय था, अर्थात् सहायक जाति (या पुजारी जाति), योद्धा जाति और श्रमिक जाति के बीच। आजकल हम सम्भवतः अफलातून के राज्य को अधिनायकीय (डिक्टेटरशिप) कहेंगे। किन्तु यह बात उल्लेखनीय है कि उसका विश्वास था कि स्त्रियाँ भी पुरुषों के समान ही प्रभावी रूप से मात्र इस कारण शासन कर सकती थीं कि शासक लोग अपने तर्क के गुण के आधार पर शासन करते हैं। उसने जोर देकर कहा था कि स्त्रियों में बिलकुल पुरुषों जैसी ही तर्क शक्ति होती है; शर्त केवल यह है कि उन्हें भी पुरुषों जैसा ही प्रशिक्षण मिलना चाहिए और उन्हें बच्चों के पालन-पोषण तथा घर के रख-रखाव से मुक्त किया जाना चाहिए। अफलातून के आदर्श राज्य में शासकों और योद्धाओं को पारिवारिक जीवन की अनुमति नहीं है और न ही वे निजी सम्पत्ति रख सकते हैं। बच्चों का पालन-पोषण इतना महत्त्वपूर्ण है कि उसे व्यक्ति पर नहीं छोड़ा जा सकता है और यह कार्य करना राज्य का उत्तरदायित्व होना चाहिए। (अफलातून पहला दार्शनिक था जिसने राज्य द्वारा प्रायोजित नर्सरी स्कूलों और पूर्णकालिक शिक्षा की वकालत की)।

कई बड़ी-बड़ी राजनीतिक पराजयों के बाद, अफलातून ने *लॉज (कानून)* लिखे, जिनमें उसने 'संवैधानिक राज्य' का सर्वश्रेष्ठ राज्य के लगभग आसपास श्रेष्ठ राज्य होने का वर्णन किया। अब उसने पुनः निजी सम्पत्ति और पारिवारिक सम्बन्धों को स्थान दिया। इस प्रकार स्त्रियों की स्वतन्त्रता अपेक्षाकृत अधिक सीमित हो गई। किन्तु उसने साथ ही साथ यह बात भी कही कि जो राज्य स्त्रियों को शिक्षित एवं प्रशिक्षित नहीं करता वह उस आदमी जैसा है जो केवल अपनी दाईं बाँह की ही कसरत करता है।

कुल मिलाकर और यह ध्यान में रखते हुए कि अफलातून जिन परिस्थितियों और समय में रह रहा था, यह कहा जा सकता है कि उसके स्त्री सम्बन्धी विचार सकारात्मक हैं। अपने *डायलॉग सिम्पोजियम* में डायोतिमा नामक प्रख्यात पुजारिन यानी एक स्त्री का वह यह कहकर सम्मान करता है कि उसने सुकरात को दार्शनिक अन्तर्दृष्टि प्रदान की थी।

अच्छा, यह था अफलातून, सोफी! उसकी आश्चर्यजनक धारणाओं को दो हजार वर्षों से अधिक समय से चर्चा एवं आलोचना का विषय बनाया जाता रहा है। प्रथम आलोचकों में उसकी अपनी एकेडेमी से उसका अपना एक शिष्य था। उसका नाम अरस्तू था, और वह एथेंस का तीसरा महान दार्शनिक है।

(और ज्यादा मैं कुछ नहीं कहूँगा)

जब सोफी अफलातून के विषय में पढ़ रही थी, तब जंगल में पूरब में सूरज काफी ऊपर चढ़ आया था। सूरज क्षितिज पर वैसे ही झाँक रहा था, उसके पढ़ने के समय जिस प्रकार गुफा में से दीवार पर चढ़कर बाहर निकलता व्यक्ति बाहर की चमचमाती रोशनी में अपनी पलक झपका रहा था।

ये लगभग ऐसा था मानो वह स्वयं जमीन के नीचे किसी गुफा से निकलकर आई हो। सोफी ने महसूस किया कि अफलातून को पढ़ने के बाद वह प्रकृति को बिलकुल दूसरे ही तरीके से देख रही थी। उसे लगा जैसे वह रंगों को पहचान नहीं पा रही है। उसने कुछ परछाइयाँ ही देखी थीं, किन्तु उसने स्पष्ट विचार नहीं देखे थे।

सोफी यह निश्चयपूर्वक नहीं कह सकती थी कि शाश्वत विचारों अथवा रूप-संरचनाओं/आकारों के विषय में अफलातून ने जो कहा है, वह उन सब चीजों के विषय में सही था, किन्तु उसे यह विचार सुन्दर लगा कि सारी सजीव वस्तुएँ विचार-जगत में शाश्वत रूपाकारों की अपूर्ण प्रतियाँ थीं। क्योंकि क्या यह सच नहीं था कि सारे फूल, पेड़, मानव और जानवर अपूर्ण या 'इम्परफैक्ट' थे।

उसके चारों तरफ हर चीज इतनी सुन्दर और इतनी सजीव थी कि उन पर विश्वास करने के लिए सोफी को अपनी आँखें मलनी पड़ीं। किन्तु जिन्हें वह देख रही थी उनमें से कोई भी चीज **स्थायी** या हमेशा बनी रहनेवाली नहीं थी। किन्तु फिर भी–अब से सौ साल बाद भी उसी तरह के फूल और उसी तरह के जानवर फिर यहाँ होंगे। और भले ही एक-एक फूल मुरझा जाए और प्रत्येक जानवर मर जाए और भुला दिया जाए, फिर भी कोई चीज बनी रहेगी जो यह 'याद रखेगी' कि ये कैसे दिखते थे।

सोफी ने बाहर की दुनिया को टकटकी लगाकर देखा। अचानक एक गिलहरी दौड़ती आई और चीड़ के पेड़ के तने से होती हुई ऊपर चढ़ गई। उसने तने के दो-तीन चक्कर लगाए और फिर शाखाओं में खो गई।

'मैंने तुम्हें पहले देखा है,' सोफी ने सोचा। उसने महसूस किया, हो सकता है यह वह गिलहरी नहीं थी जिसे उसने पहले देखा था, किन्तु उसने बिलकुल ऐसा ही 'रूपाकार' देखा था। हो सकता है, अफलातून सही था। हो सकता है उसने वास्तव में शाश्वत 'गिलहरी' को पहले देखा था–विचारों की दुनिया में, उस समय से पहले जब उसकी आत्मा ने शरीर में अपना निवास बनाया था।

क्या यह सच हो सकता है कि वह पहले कभी रही हो? क्या उसकी आत्मा एक शरीर पा जाने और इसमें विचरण करने से पहले विद्यमान थी? और क्या यह भी वास्तव में सही था कि वह अपने अन्दर एक छोटी-सी, सुनहरी मणि लिये घूम रही थी–एक हीरा जिसे समय किसी भी प्रकार कुतर नहीं सकता, एक आत्मा जो उस समय भी रहेगी जब हम बूढ़े हो जाएँगे और मर जाएँगे?

मेजर का केबिन

दर्पण से लड़की ने आँखें मारी दोनों आँखों की पलकें झपकाकर...

अभी तो केवल सवा सात बजे थे। घर पहुँने की कोई जल्दी नहीं थी। इतवार के दिन सोफी की माँ बिलकुल आराम से रहती थीं, इसलिए सम्भवतः वह अगले दो घंटे और सोए।

क्या उसे जंगल में कुछ और आगे जाकर ऐल्बर्टो नॉक्स को ढूँढ़ने की कोशिश करनी चाहिए? और कुत्ता उस पर इतना खूँखार होकर क्यों भौंका था?

सोफी उठ बैठी और उस रास्ते पर चलने लगी जो हरमीज़ ने लिया था। ब्राउन लिफाफा उसके हाथ में था जिसमें कुछ पन्ने अफलातून पर थे। रास्ता जहाँ भी मुड़ता तो वह चौड़ा रास्ता ही लेती।

सब जगह चिड़ियाँ चहचहा रही थीं–पेड़ों में और हवा में, झाड़ी में और झुरमुट में। वे अपने सबेरे के काम पर बड़ी तन्मयता से लगी हुई थीं। वे सप्ताह के दिनों या इतवार के दिनों में कोई फर्क नहीं जानती थीं। यह सब करना उन्हें किसने सिखाया था? क्या उन सबके अन्दर बहुत छोटे-छोटे कम्प्यूटर लगे थे, जिनमें काम करने के लिए कुछ प्रोग्राम भरे गए थे?

रास्ता उसे एक छोटी-सी पहाड़ी पर ले गया, फिर एकदम ऊँचे-ऊँचे चीड़ के पेड़ों के बीच से होता हुआ नीचे उतर गया। जंगल में (अब यहाँ) पेड़ इतने घने थे कि वह उनके बीच से केवल कुछ गज तक ही देख सकती थी।

अचानक उसकी निगाह चीड़ के तनों के बीच किसी चमकती हुई चीज पर पड़ी। यह एक छोटी-सी झील होनी चाहिए। रास्ता तो दूसरी ओर मुड़ गया किन्तु सोफी ने पेड़ों के बीच अपना ही रास्ता पकड़ा। वास्तव में बिना यह जाने कि वह क्यों जा रही है, उसने अपने पाँवों को रास्ता दिखाने दिया।

झील फुटवाल खेल के मैदान से ज्यादा बड़ी नहीं थी। झील के उस पार छोटी-सी साफ की गई जगह थी जिसके चारों ओर बर्च के रुपहले पेड़ थे। वहाँ उसे लाल रंग से पुता एक केबिन दिखाई दिया। इसकी चिमनी से धुएँ की हलकी-सी लकीर उठ रही थी।

सोफी नीचे पानी के किनारे तक गई। यह कई स्थानों पर गँदला था किन्तु तभी सोफी ने एक छोटी नाव देखी। यह आधी पानी से बाहर खिंची हुई थी। इसमें दो पतवार भी थीं।

सोफी ने इधर-उधर देखा। वह कुछ भी करे परन्तु अपने जूतों को पानी में भिगोए बिना वह झील से होती हुई लाल केबिन तक नहीं पहुँच सकती थी। पक्का इरादा करके वह नाव तक गई और इसे पानी में धकेल दिया। फिर वह इसमें चढ़ गई, पतवारों को उनकी साँकी में डाला और इन्हें चलाती हुई झील पार करने लगी गई। शीघ्र ही नाव दूसरे किनारे जा लगी। सोफी किनारे पर उतरी और नाव को अपने पीछे खींचने का प्रयास किया। पहले के मुकाबले यहाँ किनारा ज्यादा ऊँचा था।

केबिन की ओर चलने से पहले उसने अपने पीछे की ओर सिर्फ एक बार नजर डाली।

उसे अपने साहस को देखकर बड़ा ही आश्चर्य हुआ। वह यह करने की हिम्मत कैसे कर पाई? उसे कुछ पता नहीं था। ऐसा लगा मानो कुछ उसे आगे की ओर धकेले जा रहा था।

सोफी दरवाजे तक पहुँची और उसने दस्तक दी। उसने कुछ देर प्रतीक्षा की किन्तु कोई जवाब नहीं आया। उसने सावधानी से दरवाजे का हैंडल घुमाया और दरवाजा खुल गया।

'हैलो,' उसने पुकारा, 'घर में कोई है?'

वह अन्दर गई और उसने स्वयं को एक लिविंग रूम में पाया। वह पीछे वाले दरवाजे को बन्द करने की हिम्मत नहीं जुटा सकी।

साफ था कि कोई यहाँ रह रहा था। पुराने स्टोव में लकड़ी के चटखने की आवाज सोफी को सुनाई दे रही थी। लगता था हाल ही में यहाँ कोई था।

खाने की एक बड़ी मेज पर एक टाइप राइटर था, कुछ किताबें, दो-चार पेंसिलें, और कागजों का एक ढेर। खिड़की के पास, जहाँ से झील दिखलाई देती थी, दो कुर्सियाँ और एक छोटी मेज लगी थी। इन चीजों को छोड़कर और फर्नीचर नहीं के बराबर था, हालाँकि एक दीवार की पूरी लम्बाई में किताबें रखने के लिए शेल्फ लगी थीं, जिनमें कुछ किताबें रखी थीं। ड्राअर्स की एक चेस्ट के ऊपर एक बड़ा गोल शीशा था जिसका फ्रेम भारी पीतल का था। यह बहुत पुराना दिखता था।

एक दीवार पर दो चित्र टँगे थे। उनमें से एक सफेद मकान का तैल-चित्र था; यह मकान एक छोटी खाड़ी के पास लाल बोट-हाउस से थोड़ी दूरी पर था। घर और बोट हाउस के बीच एक ढलानदार बाग था, जिसमें सेब का एक पेड़, थोड़ी घनी झाड़ियाँ और कुछ चट्टानें थीं। बर्च के पेड़ों की घनी पंक्ति बाग के चारों ओर एक हार की तरह फैली हुई थी। पेंटिंग का शीर्षक था 'जरकले'।

उस पेंटिंग के बराबर में एक पुराना पोर्ट्रेट टँगा था जिसमें एक व्यक्ति खिड़की के पास एक कुर्सी पर बैठा था। उसकी गोद में एक पुस्तक थी। इस चित्र में भी एक छोटी खाड़ी थी और उसकी पृष्ठभूमि में कुछ पेड़ और चट्टानें थीं। ऐसा लगता था मानो इसे कई सौ साल पहले पेंट किया गया था। चित्र का शीर्षक 'बर्कले' था। चित्रकार का नाम था स्मीबेयर।

बर्कले और जरकले। कितना अजीब था।

सोफी ने अपनी छानबीन जारी रखी। लिविंग रूम में एक दरवाजा छोटी-सी रसोई में खुलता था। किसी ने थोड़ी देर पहले ही प्लेटें साफ की थीं। प्लेटें और गिलास चाय के तौलिए पर एक के ऊपर एक रखे हुए थे, उनमें से कुछ पर साबुनी-पानी की बूँदों की चमक अभी भी थी। फर्श पर एक टिन बाउल था जिसमें खाने के कुछ बचे हुए टुकड़े अभी भी पड़े थे। जो भी वहाँ रहता था, उसके पास कोई पालतू जानवर था, कुत्ता या बिल्ली।

सोफी वापस लिविंग रूम में लौट आई। दूसरा दरवाजा एक बहुत छोटे बेडरूम की ओर खुलता था। बिस्तर के बराबर ही फर्श पर दो-तीन कम्बल और एक भारी पोटली थी। सोफी ने कम्बलों पर कुछ सुनहरे बाल भी ढूँढ़ लिये। यह तो प्रमाण था! अब सोफी जान गई कि केबिन में रहने वाले ऐल्बर्टो नॉक्स और हरमीज़ थे।

लिविंग रूम में वापस आकर सोफी दर्पण के सामने खड़ी हो गई। इसका शीशा धुँधला था और इसमें खरोंचे लगी थीं। सोफी को इसमें अपनी प्रतिच्छाया धूमिल और अस्पष्ट दिखलाई दी। घर में बाथरूम में जैसे बच्चा शीशे में मुँह बनाता है, सोफी भी अपना मुँह बनाने लगी। उसकी प्रतिच्छाया भी बिलकुल वैसा ही करती थी इससे केवल यह आशा ही की जा सकती थी।

किन्तु अचानक एक बेहद डरावनी घटना घटी। केवल एक बार–एक क्षण से भी कम समय में–सोफी ने बिलकुल साफ देखा कि दर्पणवाली लड़की ने दोनों आँखों की पलकें झपकाकर आँखें मारी। सोफी सहमकर पीछे हट गई। यदि स्वयं उसने आँख मारी थी–तो वह दूसरी लड़की को आँख मारते कैसे देख सकती थी? और केवल इतना ही नहीं, ऐसा लगता था मानो दूसरी लड़की ने सोफी की तरफ शायद यह कहने के लिए आँख मारी हो : सोफी, मैं तुम्हें देख सकती हूँ। मैं यहाँ अन्दर हूँ, दूसरी तरफ!

सोफी ने अपने दिल को धड़कते महसूस किया और उसी समय उसने दूर एक कुत्ते के भौंकने की आवाज सुनी। हरमीज़! उसे तुरन्त यहाँ से बाहर निकल जाना है। तभी उसने शीशे के नीचे ड्राअरों की मेज पर एक हरा बटुआ देखा। इसमें सौ क्राउन का नोट, पचास का नोट और एक स्कूल का पहचान पत्र था। इसमें गोरे बालोंवाली लड़की का चित्र था। चित्र के नीचे लड़की का नाम लिखा था : हिल्डे मोलर नैग...

सोफी काँप गई। उसने फिर कुत्ते को भौंकते हुए सुना। उसे तुरन्त वहाँ से बाहर जाना था। जैसे ही वह जल्दी से मेज के पास से गुजरी, उसने किताबों और कागजों के ढेर के बीच एक सफेद लिफाफा देखा। इस पर एक शब्द लिखा था : **सोफी**।

इसके पहले कि वह समझ पाए कि वह क्या कर रही है, सोफी ने झपटकर लिफाफा उठा लिया और इसे अफलातून के पन्नोंवाले ब्राउन लिफाफे में ठूँस दिया। फिर वह तेजी से दरवाजे से बाहर निकली और जोर से इसे बन्द कर दिया।

भौंकना नजदीक आता जा रहा था। किन्तु सबसे खराब बात यह थी कि नाव

वहाँ से नदारद थी। एक या दो सेकंड बाद उसने देखा कि यह झील में आधी दूरी पर अपने आप बही जा रही है। एक पतवार इसके बराबर में पानी में तैर रही थी। यह सब इसलिए हुआ कि वह इसे खींचकर पूरी तरह जमीन पर नहीं ला पाई थी। अब उसने कुत्ते को बहुत नजदीक से भौंकते सुना और झील के दूसरी ओर पेड़ों के बीच कुछ चलते देखा।

सोफी अब बिलकुल नहीं हिचकिचाई। बड़ा लिफाफा अपने हाथ में लिये, वह केबिन के पीछे झाड़ियों में घुस गई। शीघ्र ही वह दलदली जगह पर चल रही थी, कई बार तो उसके पाँव टखने के ऊपर तक दलदल में धँस जाते थे। किन्तु उसे चलते जाना था। उसे घर पहुँचना था।

तभी वह ठोकर खाती हुई एक रास्ते पर आ गई। क्या यह वही रास्ता था जो उसने पहले लिया था? अपनी ड्रेस को निचोड़ने के लिए वह रुकी। और फिर उसने रोना शुरू कर दिया।

वह इतनी मूरख कैसे हो गई? सबसे खराब बात तो नाव की थी। वह उस दृश्य को नहीं भूल पाई जब उसने छोटी नाव और एक पतवार को पानी में तैरते हुए, झील में आपसे आप असहाय बहते हुए देखा था। कैसी असमंजस की, कितनी शर्मनाक बात थी...

दार्शनिक अध्यापक शायद अब तक झील के पास पहुँच चुका होगा। घर पहुँचने के लिए उसे नाव की जरूरत पड़ेगी। सोफी ने स्वयं को बिलकुल अपराधी जैसा महसूस किया। किन्तु उसने यह सब जान-बूझकर नहीं किया था।

लिफाफा! यह शायद इससे भी खराब बात थी। उसने यह क्यों ले लिया था? क्योंकि उस पर उसका नाम था, निश्चय ही, एक अर्थ में यह उसका था। किन्तु फिर भी उसे लगा कि वह चोर है। और इससे भी ज्यादा यह था, उसने सबूत छोड़ दिया था कि वह वहाँ गई थी।

सोफी ने लिफाफे से नोट निकाला। यह कहता था :

पहले कौन आया मुर्गी या मुर्गी का विचार?
क्या हम जन्मजात 'विचार' लिये पैदा होते हैं?
एक पौधे, एक जानवर और एक मनुष्य में क्या अन्तर है?
वर्षा क्यों होती है?
अच्छा जीवन जीने के लिए किस चीज की जरूरत है?

सोफी अभी, इस समय, इन प्रश्नों पर विचार नहीं कर सकी, किन्तु उसने सोचा कि इनका ताल्लुक अगले दार्शनिक से हो सकता है। क्या उसको अरस्तू के नाम से नहीं पुकारा जाता था?

काफी देर जंगल में दौड़ते रहने के बाद, अन्त में सोफी अपने घर की बाड़ देखी,

तो उसे लगा मानो जहाज के टूट जाने के बाद वह तैरकर किनारे आ लगी है। दूसरी तरफ से देखने पर बाड़ विचित्र लग रही थी।

जब तक वह रेंगकर अपने गुप्त माँद में नहीं पहुँच गई, सोफी ने अपनी घड़ी की ओर नहीं देखा। साढ़े दस बज गए थे। उसने बड़ा लिफाफा तो बिस्किटों के टिन में रख दिया जहाँ दूसरे और कागज थे और नए प्रश्नोंवाला नोट उसने अपनी टाइट्स में ठूँस दिया।

जब वह घर में अन्दर आई तो उसकी माँ फोन पर किसी से बात कर रही थी। जब उसने सोफी को देखा तो जल्दी से फोन का रिसीवर रख दिया।

'तुम गई कहाँ थीं?'

'मैं...जंगल में...टहलने गई थी,' उसने हकलाते हुए कहा।

'अच्छा, तो यह बात है!'

सोफी चुपचाप खड़ी रही, और अपनी ड्रेस से पानी टपकते देखती रही।

'मैंने जोआना को फोन किया...'

'जोआना?'

उसकी माँ ने उसे कुछ सूखे कपड़े लाकर दिए। सोफी किसी-न-किसी तरह दार्शनिक के नोट को छुपाने में सफल हो गई। फिर वे दोनों रसोई में बैठ गईं, उसकी माँ ने उसके लिए गरम चॉकलेट तैयार की।

'क्या तुम उसके साथ थीं?' कुछ समय बाद उसने पूछा।

'उसके?'

सोफी केवल अपने दार्शनिक अध्यापक का ही सोच पाई।

'उसके साथ हाँ! उसके...तुम्हारा खरगोश।'

सोफी ने सिर हिलाकर असहमति जता दी।

'जब तुम एक-दूसरे के साथ होते हो, तो तुम क्या करती हो, सोफी? तुम इतनी भीगी हुई क्यों हो?'

सोफी मेज पर टकटकी लगाए बैठी रही। किन्तु अन्दर कहीं गहरे, वह हँस रही थी। बेचारी माँ! अब उसे चिन्ता करने के लिए **वह** मिल गया है।

उसने अपना सिर एक बार फिर हिलाया। उस पर सवालों की बारिश हो रही थी।

'अब तुम्हें मुझे सच-सच बताना पड़ेगा। क्या तुम सारी रात बाहर थीं? तुम अपनी ड्रेस पहने क्यों सोई थी? क्या तुम मेरे बिस्तर पर जाते ही चुपचाप खिसक गईं? सोफी अभी तुम सिर्फ चौदह साल की हो। मैं तुमसे जानना चाहती हूँ, तुम किससे मिलने जाती हो?

सोफी ने रोना शुरू कर दिया। फिर वह बोली। वह अभी भी डरी हुई थी, और जब आप डरे हुए होते हैं तो आप अक्सर बात करते हैं।

उसने समझाया कि वह सबेरे बहुत जल्दी उठ गई थी और जंगल में टहलने के

लिए चली गई थी। उसने अपनी माँ को केबिन, नाव और रहस्यपूर्ण दर्पण के बारे में बतलाया। किन्तु उसने गोपनीय पत्राचार कोर्स का कोई जिक्र नहीं किया। और न ही उसने हरे बटुए की कोई बात की। वह यह भी नहीं जानती कि उसने हिल्डे वाली बात अपने तक ही सीमित क्यों रखी।

उसकी माँ ने सोफी को अपनी बाँहों में भर लिया और सोफी आश्वस्त हो गई कि अब उसकी माँ ने उस पर भरोसा कर लिया है।

'मेरा कोई लड़का-मित्र नहीं है,' सोफी ने जैसे स्थिति को सूँघते हुए कहा। 'मैंने यह सब कछ तुमसे इसलिए कहा था कि तुम सफेद खरगोश से परेशान थी।'

'और तुम वाकई सारे रास्ते चलते हुए मेजर के केबिन तक पहुँची...' उसकी माँ ने गम्भीरतापूर्वक कहा।

'मेजर का केबिन?' सोफी ने अपनी माँ को घूरा।

'जंगल का वह छोटा-सा केबिन मेजर का केबिन इसलिए कहा जाता है क्योंकि कुछ वर्ष पहले फौज का एक मेजर वहाँ कुछ समय रहा था। वह कुछ सनकी था, थोड़ा-सा पागल, मेरे विचार में। पर छोड़ो इसे। तब से लेकर अब तक केबिन खाली पड़ा है।'

'नहीं, यह खाली नहीं है। एक दार्शनिक है जो आजकल वहाँ रहता है।'

'बस करो फिर से अनोखी कल्पनाएँ बन्द करो।'

सोफी अपने कमरे में टिकी रही, जो कुछ हुआ था वह उस पर विचार कर रही थी। उसे लगा जैसे उसका दिमाग एक शोर-शराबे भरा सर्कस बन गया है, जो मस्ताते हाथियों, मूर्ख जोकरों, साहसी ट्रैपेज कलाकारों और प्रशिक्षित बन्दरों से भरा पड़ा है। किन्तु एक तसवीर, बिना रुके, बार-बार उसके दिमाग में आती रही—एक छोटी-सी खेनेवाली नाव, जिसका एक पतवार जंगल की गहरी झील में बहता जा रहा था—और किसी को अपने घर पहुँचने के लिए उस नाव की जरूरत थी।

उसे पूरा भरोसा था कि दार्शनिक अध्यापक उसे कोई नुकसान पहुँचाना नहीं चाहता और अगर उसे कभी पता भी चला कि वह उसके केबिन में गई थी तो वह उसे निश्चिततः माफ कर देगा। किन्तु उसने एक समझौता तोड़ दिया था। उसे केवल वे धन्यवाद ही मिले थे जो उसने सोफी को दार्शनिक शिक्षा के लिए शिष्य बनाने के लिए पाए थे। वह अब यह क्षतिपूर्ति कैसे कर सकती थी?

सोफी ने अपना गुलाबी नोट पेपर निकाला और लिखने लगी :

प्रिय दार्शनिक,

मैं ही थी जो रविवार को बहुत सबेरे आपके केबिन में आई थी। आप से मिलने और कुछ दार्शनिक समस्याओं पर चर्चा करने को बड़ा मन हो रहा था। इस वक्त तो मैं अफलातून की भक्त हूँ, किन्तु मैं ठीक से नहीं कह सकती कि वह दूसरी वास्तविकता में विद्यमान विचारों या रूप-आकारों के बारे में सही था। इसमें सन्देह नहीं वे हमारी आत्मा में विद्यमान हैं, किन्तु मेरा विचार है—कम-से-कम इस समय—कि यह एक अलग

बात है। मुझे यह स्वीकार करना पड़ेगा कि मैं आत्मा की अमरता के बारे में पूरी तरह आश्वस्त नहीं हूँ। निजी तौर पर, मुझे अपने पहले जीवनों की कुछ/कोई भी याद नहीं है। यदि आप मुझे विश्वास दिला सकें कि मेरी मृत दादी माँ की आत्मा विचार-जगत में सुखी है तो मैं आपकी अत्यन्त आभारी हूँगी।

दरअसल, मैंने इस पत्र (जिसे मैं गुलाबी लिफाफे में मिसरी की एक डली के साथ रखूँगी) का लिखना दार्शनिक कारणों से शुरू नहीं किया मैं सिर्फ यह कहना चाहती थी कि मुझे अवज्ञाकारी होने का अफसोस है। मैंने नाव को पूरी तरह किनारे पर खींचने की कोशिश की किन्तु जाहिर है कि मुझमें पर्याप्त ताकत नहीं थी या हो सकता है कोई बड़ी लहर नाव को फिर खींच ले गई।

आशा करती हूँ कि आप अपने पाँव बिना भिगोए घर पहुँच गए होंगे। यदि नहीं तो शायद आपको यह जानकर सान्त्वना मिले कि मैं तो पूरी तरह भीग गई थी और शायद मुझे जोर का जुकाम हो जाए। किन्तु यह सब मेरी गलती से हुआ है।

मैंने केबिन में किसी भी चीज को नहीं छुआ, किन्तु मुझे यह बतलाते हुए अफसोस हो रहा है कि मेज पर पड़े एक लिफाफे को उठा लेने का लोभ संवरण मैं नहीं कर सकी। ऐसा इसलिए नहीं हुआ कि मैं कोई चीज चुराना चाहती थी, अपितु इसलिए कि इस पर मेरा नाम लिखा था, और मतिभ्रम में मैंने यह सोच लिया कि यह मेरा है। मुझे वास्तव में सचमुच अफसोस है, और मैं वादा करती हूँ कि आपको फिर कभी निराश नहीं करूँगी।

पुनश्च : मैं नए सवालों पर बहुत ध्यान से विचार करूँगी, अभी शुरू कर रही हूँ।

पुनः पुनश्च : ड्राअर्स के चेस्ट के ऊपर पीतल के फ्रेम में लगा दर्पण साधारण दर्पण है या जादुई दर्पण? मैं यह सिर्फ इसलिए पूछ रही हूँ क्योंकि मुझे अपनी प्रतिछाया को दोनों आँख मारते देखने की आदत नहीं है।

सम्मान सहित, निष्ठापूर्वक रुचि रखनेवाली आपकी शिष्या
सोफी

लिफाफे में रखने से पहले सोफी ने पूरा पत्र दो बार पढ़ा। उसे लगा कि पहले जो पत्र उसने लिखा था उसकी तुलना में यह कम औपचारिक है। मिसरी की डली लेने के लिए नीचे रसोई में जाने से पहले, उसने नोट पर एक निगाह डाली और आज के प्रश्नों पर भी :

पहले कौन आया—मुर्गी या मुर्गी का 'विचार'?

यह सवाल उतना ही पेचीदा था जितनी पुरानी पहेली : पहले मुर्गी आई या अंडा? बिना अंडे के तो कोई मुर्गी पैदा नहीं हो सकती और बिना मुर्गी के कोई अंडा नहीं हो सकता। क्या यह पता लगाना वाकई इतना जटिल था कि मुर्गी पहले आई या मुर्गी का 'विचार'? सोफी समझ गई कि अफलातून का मतलब क्या था। उसका मतलब था कि

मुर्गी का 'विचार' विचार-जगत में बहुत पहले से विद्यमान था और उसके बहुत बाद ही इन्द्रिय-जगत में मुर्गी अस्तित्ववान हुई। अफलातून के अनुसार– मुर्गी के 'विचार' के शरीर में निवास (स्थान) बनाने से पहले ही आत्मा ने मुर्गी के 'विचार' को 'देख लिया था'। किन्तु क्या यही वह अवस्था नहीं थी, सोफी ने सोचा, जहाँ अफलातून गलती कर रहा था? एक आदमी, जिसने जिन्दा मुर्गी या मुर्गी की तसवीर कभी नहीं देखी, वह मुर्गी के 'विचार' की रचना कैसे कर सकता है? यह उसे दूसरे सवाल पर ले गया :

क्या हम जन्मजात 'विचारों' को लेकर पैदा होते हैं? ऐसा नहीं हो सकता, सोफी ने सोचा। वह यह कल्पना नहीं कर सकती कि एक नवजात शिशु खासतौर से विचारसम्पन्न होगा। जाहिर था, इस विषय में निश्चिततः कुछ नहीं कहा जा सकता, कारण : बच्चे के पास कोई भाषा तो होती नहीं, किन्तु इस बात का आवश्यक रूप से यह निष्कर्ष भी नहीं हो सकता कि उसके मस्तिष्क में कोई विचार नहीं है। किन्तु यह भी तो है कि हम पहले दुनिया की चीजों को देखते हैं और उसके बाद ही उनके बारे में कुछ जान पाते हैं।

एक पौधे, एक जानवर और एक मनुष्य के बीच क्या अन्तर है? सोफी तुरन्त बिलकुल साफ अन्तर देख सकती थी।

उदाहरण के लिए, वह नहीं सोचती थी कि एक पौधे का भावनात्मक जीवन बहुत पेचीदा होगा। क्या किसी ने टूटे हृदयवाले 'ब्ल्यू बैल' (एक पुष्प) की बात सुनी है? एक पौधा बढ़ता है, पोषण प्राप्त करता है और बीज पैदा करता है ताकि वह अपना पुनरुत्पादन कर सके। पौधों के बारे में तो बस यही कहा जा सकता है। सोफी ने निष्कर्ष निकाला कि वह हर चीज जो पौधों पर लागू होती है, वही जानवरों और मनुष्यों पर भी लागू होती है। किन्तु जानवरों की अन्य विशेषताएँ भी होती हैं। वे चल-फिर सकते हैं, उदाहरण के लिए। (क्या कभी गुलाब ने लम्बी दौड़ दौड़ी है?) जानवरों और मनुष्यों में कोई अन्तर बता पाना थोड़ा और कठिन था। मनुष्य सोच सकते हैं, किन्तु क्या जानवर ऐसा नहीं कर सकते? सोफी को यकीन था कि उसकी बिल्ली शेरेकन सोच सकती थी। कम-से-कम वह अपने मतलब का ध्यान तो खूब रख सकती थी, होशियार थी। किन्तु क्या वह दार्शनिक प्रश्नों पर विचार कर सकती थी? क्या एक बिल्ली पौधों, जानवरों और मनुष्यों के बीच अन्तर की बात सोच सकती थी? शायद ही, बहुत मुश्किल से! सम्भवतः एक बिल्ली सन्तुष्ट या दुखी तो हो सकती है किन्तु क्या यह कभी स्वयं से पूछ सकती है कि ईश्वर है या नहीं, या इसकी कोई अपनी अमर आत्मा है? सोफी का विचार था कि यह बात अत्यधिक सन्देहास्पद है। किन्तु यहाँ यही समस्या खड़ी हो गई थी जैसे कि शिशुओं के विषय में कि उनके कुछ जन्मजात विचार होते हैं या नहीं। इस प्रकार के सवाल बिल्ली से पूछना उतना ही कठिन होगा जितना ऐसे प्रश्नों की चर्चा किसी शिशु से करना।

'वर्षा क्यों होती है?' सोफी ने अपने कन्धे उचकाए। वर्षा शायद इसलिए होती

है कि समुद्र का पानी भाप बन जाता है और बादल गाढ़े होकर वर्षा की बूँदों में बदल जाते हैं। क्या उसने यह बात तीसरी कक्षा में नहीं सीखी थी? हाँ, यह बात हर कोई कह सकता है कि वर्षा इसलिए होती है कि पौधे और जानवर बड़े हो सकें। किन्तु क्या यह सच है? क्या पानी की बौछार का वास्तव में कोई उद्देश्य होता है?

अन्तिम प्रश्न का सरोकार निश्चय ही उद्देश्य से कुछ था : 'अच्छा जीवन जीने के लिए क्या करने की जरूरत होती है?'

दार्शनिकों ने इस विषय पर कुछ-ना-कुछ अपने चिन्तन क्रम में बहुत पहले ही लिखा है। हर किसी को भोजन, गरमाहट, प्रेम और देखभाल की जरूरत होती है। यह बुनियादी चीजें, अच्छा जीवन जीने के लिए पहली प्राथमिकताएँ हैं। फिर उन्होंने बतलाया था कि लोगों को कुछ दार्शनिक प्रश्नों के उत्तर ढूँढ़ने की जरूरत भी पड़ती है। सम्भवतः इसका भी काफी महत्त्व है कि आपको ऐसा काम मिले जिसे आप पसन्द करते हैं। उदाहरण के लिए, यदि आपको ट्रैफिक से नफरत है तो आप टैक्सी ड्राइवर का काम पसन्द नहीं करेंगे। और यदि आप होमवर्क से घृणा करते हैं तो आप सम्भवतः अध्यापक बनने के विचार को पसन्द नहीं करेंगे। सोफी जानवरों को प्यार करती थी और एक पशु-चिकित्सक बनना चाहती थी। और जो भी हो, अच्छे जीवन को जीने के लिए वह लॉटरी से लाखों रुपए की बड़ी रकम जीतना जरूरी नहीं समझती थी।

ज्यादा सम्भावना तो यह थी कि उसकी पसन्द इसके विपरीत थी। एक कहावत थी : खाली हाथों के लिए शैतान काम ढूँढ़ लाता है।

माँ द्वारा दोपहर का भरा-पूरा भोजन करने के लिए नीचे बुलाए जाने तक सोफी अपने कमरे में ही बनी रही। माँ ने भुने हुए आलू और जाँघ कबाब तैयार किए थे। मिष्टान्न के रूप में क्लाउड बैरीज और क्रीम थे।

वे सब प्रकार के विषय पर बातें करती रहीं। सोफी की माँ ने उससे पूछा कि वह अपनी पन्द्रहवीं वर्षगाँठ कैसे मनाना चाहेगी? कुछ सप्ताह बाद ही यह आनेवाली थी। सोफी ने कन्धे उचकाए।

'हम मर्था और ऐनी मैरी से पूछ सकते हैं...और हैलेन। और हाँ, जोआना से। और शायद, जैरेमी से। लेकिन यह सब तो तुम्हें तय करना है। तुम जानती हो, मुझे अपनी पन्द्रहवीं वर्षगाँठ बड़ी अच्छी तरह याद है। ऐसे लगता है कि इसे हुए बहुत अधिक समय नहीं हुआ। मुझे लगता था कि मैं पहले ही खासी बड़ी हो गई हूँ। क्या यह अजीब-सा नहीं लगता, सोफी! मुझे नहीं लगता कि उसके बाद से मैं बहुत बदली हूँ।'

'तुम नहीं बदलीं। कुछ भी नहीं बदलता। तुम बस उम्र में थोड़ी-सी बड़ी हो गई...'

'हम...ऐसा कहना बड़ी उम्र की-सी बात कहना था। मुझे तो बस इतना याद है कि यह सब बड़ी तेज़ी से हो गया।'

अरस्तू

एक कुशल प्रबन्धक जो हमारी धारणाओं को स्पष्ट करना चाहता था...

जब उसकी माँ तीसरे पहर की हलकी नींद ले रही थी, सोफी नीचे अपने अड्डे यानी माँद में चली गई। उसने गुलाबी लिफाफे में मिसरी की डली रख दी थी और बाहर लिख दिया था : 'सेवा में, ऐल्बर्टो'।

कोई नया पत्र नहीं था, किन्तु कुछ मिनट बाद ही सोफी ने कुत्ते हरमीज़ के आने की आवाज सुनी।

उसने पुकारा 'हरमीज़' और अगले ही क्षण झाड़ियों, झुरमुटों को धकेलता हुआ अपने मुँह में ब्राउन लिफाफा लिये, हरमीज़ माँद में पहुँच गया।

'शाबाश बेटे,' सोफी ने कुत्ते के चारों ओर अपनी बाँह लपेटी। कुत्ता समुद्री घोड़े की तरह साँस बाहर निकाल रहा था और थुड़थुड़ा रहा था। उसने गुलाबी लिफाफ़ा, जिसमें मिसरी भी थी, उठाया और कुत्ते के मुँह में रख दिया। वह बाड़ में से रेंगता हुआ बाहर आया और घने वन की ओर दौड़ गया।

डरते-डरते सोफी ने बड़ा लिफाफा खोला, उसे इस आशंका के साथ कि कहीं इसमें नाव और केबिन का कोई ज़िक्र हो।

इसमें वैसे ही टाइप पन्ने, पेपर क्लिप से बँधे थे, जैसे अक्सर आते थे। पर एक अलग पन्ना और भी था, जिस पर लिखा था :

प्रिय कुमारी जासूस, या और भी सटीक, कुमारी सेंधमार! मामला पहले ही पुलिस के सुपुर्द कर दिया गया है।

नहीं, वास्तव में नहीं! मैं नाराज नहीं हूँ। यदि दर्शनशास्त्र की पहेलियों के उत्तर ढूँढ़ निकालने में तुम इतनी ही जिज्ञासु हो, तो मैं कहूँगा कि तुम्हारा साहसिक कदम बढ़िया था। बस थोड़ी-सी परेशानी जरूर हुई है कि अब मुझे यहाँ से जाना होगा। फिर भी, मेरे विचार में, अपने सिवाय मैं किसी दूसरे को दोष नहीं दे सकता। मुझे यह पहले ही समझ जाना चाहिए था कि तुम ऐसी लड़की हो जो चीजों की जड़ तक पहुँचना चाहती है।

सद्भावना सहित

ऐल्बर्टो

सोफी ने राहत महसूस की। चलो, वह बिलकुल नाराज नहीं था। किन्तु उसे वहाँ से जाने की जरूरत क्यों है?

उसने कागज उठाए और अपने कमरे की ओर दौड़ गई। समझदारी इसी में है कि माँ के जागने पर उसे घर में होना चाहिए। बिस्तर पर आराम से लेटे हुए, उसने अरस्तू के विषय में पढ़ना शुरू किया।

दार्शनिक और वैज्ञानिक

प्रिय सोफी! सम्भवतः तुम अफलातून के विचारों के सिद्धान्त से विस्मित हुई होगी। इस में तुम अकेली नहीं हो। मुझे नहीं मालूम तुमने पूरी ही चीज गले से नीचे उतार ली–हुक, लाइन और सिंकर–या तुमने कोई आलोचनात्मक टिप्पणी भी की। किन्तु यदि तुमने की है, तो मैं तुम्हें भरोसा दिला दूँ कि बिलकुल वैसी ही टिप्पणी-आलोचना अरस्तू (384-322 ई.पू.) ने भी की थी, जो प्लेटो की एकेडेमी में लगभग बीस वर्ष उसका शिष्य रहा था।

अरस्तू एथेंस का निवासी नहीं था। उसका जन्म मैसीडोनिया में हुआ था और वह प्लेटो की एकेडेमी में उस समय आया था जब अफलातून 61 वर्ष का था। अरस्तू के पिता थे एक सम्माननीय डॉक्टर–और इसी कारण वैज्ञानिक। यह पृष्ठभूमि हमें पहले ही अरस्तू के दार्शनिक जिज्ञासा (प्रोजेक्ट) के विषय में कुछ बतलाती है। उसकी सर्वाधिक रुचि प्रकृति के अध्ययन में थी। वह न केवल अन्तिम महान यूनानी दार्शनिक था, अपितु वह यूरोप का पहला महान वनस्पतिशास्त्री भी था।

एकदम अति तक जाते हुए, हम कह सकते हैं कि अफलातून अपने शाश्वत रूपाकारों या 'विचारों' में इतना खोया हुआ था कि प्रकृति में होनेवाले परिवर्तनों पर उसकी निगाह बेहद कम थी। दूसरी ओर, अरस्तू मुख्यतः इन्हीं परिवर्तनों के अध्ययन में लगा रहता था–या उस सब में जिन्हें हम आजकल प्राकृतिक प्रक्रियाएँ कहते हैं।

यदि अतिशयोक्ति को और बढ़ाएँ तो हम यह भी कह सकते हैं कि अफलातून ने इन्द्रिय-जगत से अपनी कमर मोड़ ली और हर उस चीज से अपनी आँख मूँद ली थी जिसे हम अपने चारों ओर देखते हैं। (वह गुफा से भाग जाना चाहता था क्योंकि वह विचारों के शाश्वत जगत की खोज में था) अरस्तू ने इसके विपरीत किया : वह जैसे नीचे उतरकर घुटनों से चलने लगा और उसने मेढकों, मछलियों, ऐनीमोनीज (सितारों की शक्ल के फूल) और पॉपीज (अफीम के फूल) का अध्ययन किया।

जहाँ अफलातून ने अपने तर्क का प्रयोग किया, वहीं अरस्तू ने अपनी संवेदनीय ज्ञानेन्द्रियों का भी प्रयोग किया।

इन दोनों में हम निर्णायक अन्तर पाते हैं और उनके लेखन शैली में भी यह अन्तर स्पष्ट है। अफलातून एक कवि और पौराणिक कथाकार था, जबकि अरस्तू के लेख विश्वकोश की तरह शुष्क एवं सटीक थे। दूसरी ओर, उसने जो लिखा उसका अधिकांश नवीनतम फील्ड-स्टडीज या यथार्थिक अध्ययन पर आधारित था।

प्राचीनकाल के रिकॉर्ड अरस्तू द्वारा लिखित 170 पुस्तकों की ओर इशारा करते हैं। कही जाती लिखित इनमें से 47 सुरक्षित हैं। यह पूरी पुस्तकें नहीं हैं; वे अधिकतर भाषण के नोट्स जैसी लगती हैं। उसके समय तक, दर्शनशास्त्र अभी भी मुख्यतः एक मौखिक संवाद का कार्य था।

यूरोपीय सभ्यता में अरस्तू का महत्त्व काफी हद तक इसलिए भी है कि उसने वह शब्दावली बनाई जिसका प्रयोग वैज्ञानिक आज भी करते हैं। वह एक महान संयोजक था जिसने विभिन्न विज्ञानों की नींव रखी और उनका वर्गीकरण किया।

यूँ तो अरस्तू ने सभी विज्ञानों पर लिखा है, किन्तु मैं अपने आपको कुछ महत्त्वपूर्ण विषयों अथवा क्षेत्रों तक सीमित रखूँगा।

मैंने तुम्हें अफलातून के विषय में काफी कुछ बतला दिया है और अब सुनना शुरू करते हैं कि अरस्तू ने अफलातून के विचारों के सिद्धान्त को कैसे काटा। बाद में हम उस सारी प्रक्रिया पर दृष्टिपात करेंगे जिस पर चलकर अरस्तू ने अपने विशिष्ट प्राकृतिक दर्शन की रचना की क्योंकि यह अरस्तू ही था जिसने अपने सारे पूर्ववर्तियों–प्राकृतिक दार्शनिकों–के विचारों का सार प्रस्तुत किया। हम देखेंगे कि वह किस प्रकार हमारी धारणाओं को श्रेणीबद्ध करता है और तर्क की विधा की वैज्ञानिक नींव रखता है। और अन्त में मैं तुम्हें अरस्तू के मनुष्य और समाज सम्बन्धी दृष्टिकोण के विषय में बतलाऊँगा।

जन्मजात विचार नहीं

अपने पूर्ववर्ती दार्शनिकों की भाँति अफलातून सारे परिवर्तनों के परोक्ष में शाश्वत और अपरिवर्तनीय तत्त्व की खोज करना चाहता था। इसलिए उसने परफेक्ट या श्रेष्ठ विचार ढूँढ़ निकाले जो इन्द्रिय-जगत से अधिक अच्छे (श्रेष्ठ) थे। इससे भी आगे बढ़ कर अफलातून का विश्वास था कि प्राकृतिक सत्ता की तुलना में विचार अधिक वास्तविक थे। पहले विचार 'घोड़ा' आया और फिर इन्द्रिय-जगत के घोड़े, गुफा की दीवारों पर परछाइयों की भाँति, दुलकी चलते हुए आए। विचार 'मुर्गी' दोनों ही से, यानी मुर्गी और अंडे से पहले आई।

अरस्तू का विचार था कि अफलातून ने सारी चीज को उलट दिया है। उसकी अपने अध्यापक की इस मान्यता से तो सहमति थी कि कोई भी एक घोड़ा 'बहता है' या 'प्रवहमान' है और यह भी कि कोई ऐसा विशिष्ट घोड़ा सदा जीवित नहीं रहता। वह इससे भी सहमत था कि घोड़े का वास्तविक रूपाकार शाश्वत और अपरिवर्तनशील है। किन्तु 'विचार' घोड़ा मात्र एक धारणा थी जो हम मनुष्यों ने कुछ घोड़ों को देखकर बनाई थी। अतः 'विचार' अथवा 'रूपाकार' घोड़े का अपना कोई अस्तित्व नहीं था। अरस्तू के लिए, 'विचार' अथवा 'रूपाकार' घोड़ा घोड़े के लक्षणों को देख-समझ कर बना था–जिसकी परिभाषा आज हम घोड़ा *जाति* (Species) के रूप में करते हैं।

और भी सटीक कहें तो : 'रूपाकार' घोड़े से अरस्तू का अर्थ उससे है जो सभी घोड़ों में समान अथवा साझा है। और यहाँ जिंजर ब्रैड के साँचेवाले रूपक की बात नहीं चलेगी क्योंकि साँचे का अस्तित्व जिंजर ब्रैड कुकीज से अलग तथा स्वतन्त्र है। अरस्तू किसी ऐसे साँचे या रूपाकारों के अस्तित्व में विश्वास नहीं करता था जो प्राकृतिक दुनिया के परे अपनी ही अलग अलमारी के खन में पड़े हों। इसके विपरीत, अरस्तू के लिए 'रूपाकार' *चीजों में ही* थे, क्योंकि यह इन चीजों की खास विशेषता या लक्षण थे।

अतः अरस्तू का अफलातून से इस पर मतभेद था कि 'विचार' मुर्गी पहले आई और मुर्गी बाद में। जिस चीज को अरस्तू 'विचार' मुर्गी कहता था, वह प्रत्येक मुर्गी के विशेष प्रकार के लक्षणों के रूप में विद्यमान थी–जैसे एक लक्षण यह कि वह अंडे देती है। वास्तविक मुर्गी और 'विचार' मुर्गी इस प्रकार उसी तरह से अलग नहीं की जा सकती थी जैसे शरीर से आत्मा।

और यही वास्तव में अफलातून के विचारों के सिद्धान्त की अरस्तू द्वारा की गई आलोचना का सार है। किन्तु तुम्हें इस तथ्य की अनदेखी नहीं करनी चाहिए कि यह विचार में एक नाटकीय परिवर्तन था। अफलातून के सिद्धान्त में सच्चाई की सर्वोच्चता वहाँ थी जिसे हम अपने तर्क से सोचते हैं। अरस्तू को भी यह बात उतनी ही साफ थी कि वास्तविक सच्चाई का मूल आधार उस अनुभव या भान में था जिसे हम अपनी इन्द्रियों से करते हैं। अफलातून का विचार था कि प्राकृतिक दुनिया में हम जिन चीजों को देखते हैं वे उन रूपाकारों की प्रतिछायाएँ हैं जो विचार-जगत में उच्च सच्चाई में विद्यमान हैं—और इस प्रकार मानव आत्मा में। अरस्तू का विचार इसके विपरीत था : मानव आत्मा में जो कुछ भी है, वे प्राकृतिक वस्तुओं की शुद्ध प्रतिछायाएँ हैं। अतः प्रकृति ही वास्तविक संसार है। अरस्तू के अनुसार, अफलातून एक मिथकीय (पौराणिक-कथारूपी) जगत-चित्र से पूरी तरह बाहर नहीं निकल पाया था जिसमें उसने भ्रमवश मानवीय कल्पना को वास्तविक संसार मान लिया।

अरस्तू के अनुसार चेतना में ऐसा कुछ भी नहीं है जिसका इन्द्रियों द्वारा पहले अनुभव न कर लिया गया हो। अफलातून ने यह अवश्य कह दिया कि प्राकृतिक दुनिया में ऐसा कुछ भी नहीं है जिसका अस्तित्व पहले विचार-जगत में न रहा हो। इसके विपरीत अरस्तू की मान्यता थी कि अफलातून इस प्रकार 'चीजों की संख्या दुगुनी कर रहा था'। वह एक 'विचार' घोड़े की ओर इशारा करके जानवर घोड़े को समझ रहा था। किन्तु यह किस प्रकार का स्पष्टीकरण है, सोफी? 'विचार' घोड़ा कहाँ से आता है, मेरा प्रश्न यह है। क्या कोई तीसरा घोड़ा नहीं हो सकता, जिसकी नकल करके 'विचार' घोड़े की रचना की गई है?

अरस्तू का मानना था कि हमारे सारे सोच और विचार हमारी चेतना में वहाँ से आते हैं जो हमने देखे या सुने हैं। किन्तु हम तर्क करने की एक सहज शक्ति भी रखते हैं। हमारे विचार जन्मजात नहीं हैं जैसा अफलातून कहता था, किन्तु हममें अपनी सारी इन्द्रियजनित छापों को श्रेणियों और वर्गों में संगठित करने की सहज क्षमता है। और यह सारी धारणाएँ या विचार जैसे 'पत्थर,' 'पौधा,' 'जानवर' और 'मानव' इसी प्रकार बने हैं। और इसी प्रकार बने हैं 'घोड़े,' 'लोब्स्टर,' 'कुत्ते' सम्बन्धी विचार।

अरस्तू ने यह अस्वीकार नहीं किया कि मनुष्य के पास एक सहज जन्मजात तर्क क्षमता है। वास्तव में, अरस्तू के अनुसार यह तर्क ही है जो मनुष्य की अन्य जीवों से अलग पहचान का लक्षण है। किन्तु जब तक हम किसी चीज का इन्द्रियों से भान नहीं कर लेते तब तक हमारा तर्क पूरा खाली है। अतः आदमी के कोई जन्मजात 'विचार' नहीं हैं।

किसी चीज का रूपाकार इसके विशिष्ट लक्षण हैं

अफलातून के विचारों के सिद्धान्त से सही समीकरण बना लेने के उपरान्त, अरस्तू ने तय किया कि यथार्थ विभिन्न अलग-अलग वस्तुओं में से बना है और इनमें ही रूपाकार तथा सार-तत्व की एकता है। 'सार-तत्व' वह है जिससे चीजें बनी हैं, जबकि 'रूपाकार' किसी चीज का अपना विशिष्ट लक्षण होता है।

एक मुर्गी तुम्हारे सामने पंख फड़फड़ा रही है, सोफी। मुर्गी का 'रूपाकार' स्पष्टतः इसका पंख फड़फड़ाना है—और यह कुकड़-कूँ करती है और अंडे देती है। अतः मुर्गी के 'रूपाकार' से हमारा तात्पर्य मुर्गी जाति के विशिष्ट लक्षणों से है—या दूसरे शब्दों में कि मुर्गी क्या करती है। जब मुर्गी मर जाती है—और अब कुकड़ू-कूँ नहीं करती तब इसके 'रूपाकार' का भी अस्तित्व

नहीं रहता। एकमात्र जो शेष रह जाता है वह मुर्गी का 'सार-तत्व' है (और शोक की बात है, सोफी) किन्तु अब यह मुर्गी नहीं है।

जैसा मैंने पहले कहा, अरस्तू प्रकृति में होनेवाले परिवर्तनों से सरोकार रखता था। 'सार-तत्व' में सदैव ही विशिष्ट 'रूपाकार' के प्रत्यक्षीकरण की सम्भाव्य-क्षमता होती है। हम कह सकते हैं कि 'सार-तत्व' सदैव ही सहज सम्भाव्य-क्षमता को प्राप्त करने की दिशा में प्रयत्नशील रहता है। अरस्तू के अनुसार, प्रकृति में प्रत्येक परिवर्तन, सार-तत्व का 'सम्भाव्य-क्षमता' से 'वास्तविक' में रूपान्तरण (दर्शाता) है।

हाँ, सोफी, मैं स्पष्ट करूँगा कि मेरा तात्पर्य क्या है? देखो, यदि इस मजाकिया कहानी से तुम्हें कुछ सहायता मिल सके। एक मूर्तिकार ग्रेनाइट के बड़े ब्लॉक पर काम कर रहा है। वह प्रतिदिन इस रूपाकारहीन ब्लॉक में कुछ-कुछ तोड़ता रहता है। एक दिन एक छोटा लड़का वहाँ आता है और कहता है, 'आपको किस चीज की तलाश है?' मूर्तिकार उत्तर देता है। 'प्रतीक्षा करो और फिर देखना,' कुछ दिनों बाद छोटा लड़का आता है और तब तक मूर्तिकार ने ग्रेनाइट तराशकर एक सुन्दर घोड़ा बना दिया है। लड़का आश्चर्य से इसे देखता रह जाता है, फिर वह मूर्तिकार की ओर मुड़ता है और कहता है, 'तुम्हें कैसे पता चला कि इसके अन्दर घोड़ा था?'

वास्तव में, कैसे! एक अर्थ में, मूर्तिकार ने ग्रेनाइट के ब्लॉक में घोड़े का रूपाकार देख लिया था, क्योंकि ग्रेनाइट के उस विशिष्ट ब्लॉक में एक घोड़े की शक्ल में बन जाने की सम्भाव्य-क्षमता थी। अरस्तू का विश्वास था कि इसी प्रकार प्रकृति की हर चीज में एक विशिष्ट 'रूपाकार' प्राप्त करने अथवा प्रत्यक्षीकरण की सम्भाव्य-क्षमता होती है।

चलिए, फिर मुर्गी और अंडे की ओर लौटते हैं। मुर्गी के अंडे में मुर्गी बन जाने की सम्भाव्य-क्षमता है। इसका यह अर्थ नहीं है कि मुर्गी के सारे अंडे मुर्गी बन जाते हैं—उनमें से कई नाश्ते की मेज पर फ्राइड अंडे, ऑमलेट या अंडे की भुर्जी बनकर खत्म हो जाएँगे और अपनी सम्भाव्य-क्षमता को कभी प्राप्त नहीं कर सकेंगे। किन्तु यह भी उतना ही स्पष्ट है कि मुर्गी का अंडा बत्तख नहीं बन सकता। मुर्गी के अंडे में वह सम्भाव्य-क्षमता नहीं है। एक वस्तु का 'रूपाकार' इसकी सीमाओं और इसकी सम्भाव्य-क्षमता को बयान करता है।

जब अरस्तू चीजों के 'सार-तत्व' और 'रूपाकार' की बात करता है, तब वह केवल जीवित प्राणियों की ही बात नहीं करता। जिस प्रकार मुर्गी का 'रूपाकार' कुकड़ू-कूँ करता है, पंख फड़फड़ाता है और अंडे देता है, उसी प्रकार पत्थर के रूपाकार में पृथ्वी पर गिरना सन्निहित है। हाँ आप, निश्चय ही, एक पत्थर उठा सकते हैं और इसे हवा में ऊपर फेंक सकते हैं, किन्तु चूँकि पृथ्वी पर गिर जाना पत्थर की प्रकृति में है, आप इसे फेंककर चाँद पर नहीं पहुँचा सकते। (जब तुम यह परीक्षण करो तो थोड़ी सावधानी बरतना, क्योंकि पत्थर बदला भी ले सकता है और पृथ्वी पर नीचे आने के लिए सबसे छोटा रास्ता पकड़ सकता है)।

अन्तिम कारण

इसके पहले कि हम सारी जीवित और मृत वस्तुओं के अपने अपने रूपाकार के विषय को एक तरफ रख दें, जो उनके सम्भाव्य-क्षमता 'कार्य' के बारे में कुछ बतलाता है, मैं यहाँ यह भी कहना आवश्यक समझता हूँ कि अरस्तू का प्रकृति में कार्य-कारण सम्बन्धी दृष्टिकोण उल्लेखनीय था।

आज जब हम किसी भी चीज के 'कारण' की चर्चा करते हैं तो हमारा तात्पर्य होता है कि यह कैसे घटित हुई। खिड़की का शीशा टुकड़े-टुकड़े हो गया क्योंकि पीटर ने इसमें एक

पत्थर दे मारा; जूता इसलिए बन पाया क्योंकि जूते बनानेवाले ने चमड़े के टुकड़ों को आपस में सी दिया। किन्तु अरस्तू का मानना था कि प्रकृति में विभिन्न प्रकार के कारण होते हैं। कुल मिलाकर उसने चार विभिन्न प्रकार के कारणों का नाम लिया। यह समझना महत्त्वपूर्ण है कि 'अन्तिम कारण' कहलानेवाले कारक से उसका क्या अभिप्राय था।

खिड़की के शीशे तोड़ने वाले मामले में यह पूछना काफी उचित है कि पीटर ने पत्थर क्यों फेंका। इस प्रकार हम पूछ रहे हैं कि उद्देश्य क्या था। इसमें कोई सन्देह नहीं कि जूते बनानेवाले मामले में भी उद्देश्य की एक भूमिका थी। किन्तु अरस्तू ने इसी प्रकार के 'उद्देश्य' पर उस समय भी विचार किया जब वह प्रकृति की पूर्णतः निर्जीव क्रियाओं के विषय में सोच रहा था। एक उदाहरण यह है :

सोफी, वर्षा क्यों होती है? तुमने सम्भवतः स्कूल में पढ़ा होगा कि बारिश तब होती है जब बादलों की नमी ठंडी पड़कर, गाढ़ी होकर, बरसात की बूँदें बन जाती है जो गुरुत्वाकर्षण शक्ति के कारण पृथ्वी की ओर खिंचती है। अरस्तू ने सहमति में अपना सिर हिला दिया होगा। किन्तु वह कहेगा कि अभी तक आपने कारणों में केवल तीन का जिक्र किया है। 'भौतिक कारण' तो यह है कि नमी (बादल) वहाँ ऐन उसी क्षण पहुँची जब हवा ठंडी हो रही थी। 'कुशल कारण' यह है कि नमी ठंडी हो जाती है और 'औपचारिक कारण' यह है कि पानी का 'रूपाकार' या स्वभाव पृथ्वी पर गिरना है। किन्तु यदि आप यहाँ रुक गए तो अरस्तू आगे यह और जोड़ देगा कि वर्षा इसलिए होती है कि पौधों और जानवरों को बढ़ने के लिए वर्षा के पानी की जरूरत है। इसे वह 'अन्तिम कारण' कहता है। अरस्तू वर्षा की बूँदों को एक 'उद्देश्य' या जीवनोद्देश्य प्रदान कर देता है।

हम सम्भवतः सारे मामले को बिलकुल उलट सकते हैं और कह सकते हैं कि पौधे इसलिए बढ़ते हैं कि उन्हें नमी मिलती है। तुम अन्तर देख सकती हो, नहीं, सोफी? अरस्तू का विश्वास था कि प्रकृति में हर चीज के पीछे एक उद्देश्य है। वर्षा इसलिए होती है कि पौधे बढ़ते हैं : सन्तरे और सेब इसलिए पकते हैं कि ताकि लोग उन्हें खा सकें।

आज के वैज्ञानिक तर्क इस प्रकार नहीं किया जाता। हम कहते हैं कि भोजन और पानी मनुष्य और पशुओं के जीवन की आवश्यक शर्तें हैं। यदि हमें ये शर्तें न मिलतीं तो हमारा अस्तित्व सम्भव नहीं था। किन्तु सन्तरों और पानी का यह उद्देश्य नहीं है कि वे हमारा भोजन बनें।

अतः अरस्तु द्वारा प्रस्तुति अन्तिम कारण के प्रश्न पर, हम यह कहने को लालायित हैं कि अरस्तू गलत था किन्तु हमें बहुत जल्दी नहीं करनी चाहिए। बहुत से लोगों का विश्वास है कि ईश्वर ने दुनिया को इसी रूप में बनाया ताकि उसके बनाए सारे प्राणी इसमें रह सकें। इस प्रकार देखने पर स्वाभाविक रूप से यह दावा किया जा सकता है कि नदियों में पानी इसलिए है कि जानवरों और मनुष्यों को जीवित रहने के लिए पानी चाहिए। किन्तु अब हम ईश्वर के उद्देश्य की बात कर रहे हैं। वर्षा की बूँदों और नदियों के पानी की हमारे कल्याण में कोई रुचि नहीं है।

तर्क

दुनिया में चीजों को पहचानने के हमारे तरीके की व्याख्या उपलब्ध कराने में अरस्तू द्वारा प्रतिपादित 'रूपाकार' और 'सार-तत्व' के बीच का भेद एक महत्त्वपूर्ण भूमिका निभाता है।

जब हम चीजों को ढूँढ़ लेते हैं तो हम उन्हें विभिन्न समूहों अथवा श्रेणियों में वर्गीकृत कर देते हैं। मैं एक घोड़ा देखता हूँ, फिर दूसरा और फिर कई और। सारे घोड़े एक जैसे नहीं

हैं, किन्तु उनमें आपस में कोई समानता है और यह समानता घोड़े का 'रूपाकार' है। अन्य जो कुछ विभेदक या निजी है, एकल है, वह घोड़े के 'सार-तत्व' से सम्बन्ध रखता है।

इस प्रकार हम सब चीजों को पहचान कर उनके खानों/कोष्ठों में बन्द करते चलते हैं। हम गायों को गौशाला में, घोड़ों को अस्तबल में, सूअरों को सूअर-बाड़ों में और मुर्गियों को उनकी जालियों में बन्द करते चलते हैं। जब सोफी एमंडसन अपने कमरे की साफ-सफाई करती है तब भी यही होता है। वह अपनी किताबों को किताबों की शेल्फ में रख देती है, स्कूल की किताबों को स्कूल-बैग में रखती है और मैगजीनों को ड्राअर में रख देती है। फिर वह अपने कपड़ों की करीने से तह जमाकर उन्हें अलमारी में रखती है–अंडरवीयर एक खन में, स्वेटर दूसरे में, और मोजे, मोजेवाले ड्राअर में रख दिए जाते हैं। ध्यान करो, यही वर्गीकरण हम अपने दिमाग में करते हैं। हम पत्थर की बनी चीजों, ऊन की बनी चीजों, और रबर की बनी चीजों को अलग-अलग कर देते हैं। इसी प्रकार हम जीवित और मृत चीजों को अलग-अलग रखते हैं और ऐसे ही हम सब्जी, जानवर और मनुष्यों में भेद करते हैं।

समझ रही हो, सोफी? अरस्तू प्रकृति के 'कमरे' में एकदम पूरी साफ-सफाई करना चाहता था। उसने यह दिखाने का प्रयास किया कि प्रकृति में प्रत्येक चीज किसी अलग श्रेणी अथवा उपश्रेणी में आती है। (हरमीज़ एक जीवित प्राणी है, और भी विशिष्ट रूप से एक जानवर, और खासियत ढूँढ़ें तो रीढ़ की हड्डीवाला जानवर, और भी खास एक स्तनपायी पशु, अतिरिक्त खास रूप से एक कुत्ता, और भी खास यह कि 'लैब्रेडॉर' प्रजाति का कुत्ता, और भी खास रूप से एक नर लैब्रेडॉर)।

अपने कमरे में जाओ, सोफी! फर्श से कोई चीज उठाओ, कोई भी चीज। जो भी तुम उठाती हो, तुम देखोगी कि यह उसे किसी श्रेणी या वर्ग में रखा जा सकता है। जिस दिन तुम ऐसी चीज देखोगी जिसका तुम वर्गीकरण नहीं कर सकती, नहीं पहचान सकती कि वह क्या है, उस दिन तुम्हें धक्का लगेगा। उदाहरण के लिए, यदि तुम एक छोटी अजीब चीज देखो और तुम निश्चित रूप से ये न बता सको कि क्या यह जानवर है, सब्जी है या एक खनिज है, तो मेरा विचार है कि तुम इसे छूने की भी हिम्मत नहीं कर सकोगी।

जानवर, सब्जी और खनिज कहने पर मुझे उस पार्टी गेम की याद आ रही है जिसमें शिकार को कमरे के बाहर भेज दिया जाता है और जब वह दुबारा अन्दर आता है तो उसे यह अनुमान लगाना है कि दूसरे क्या सोच रहे हैं। इस दौरान हर एक फ्लफी यानी बिल्ली के विषय में सोचने पर सहमत हो गया है, वह बिल्ली इस समय पड़ोसी के बाग में है। शिकार अन्दर आता है और अनुमान लगाना शुरू करता है। दूसरों को केवल 'हाँ' या 'ना' में जवाब देना है। यदि शिकार अरस्तू का एक अच्छा अनुयायी (अरस्तूवादी) है–और इसी कारण वह शिकार नहीं है–तो गेम कुछ इस प्रकार चलेगा :

क्या यह कंक्रीट (ठोस) है? (हाँ) खनिज? (नहीं), क्या ये जिन्दा है? (हाँ), सब्जी? (नहीं), जानवर? (हाँ), क्या ये एक चिड़िया है? (नहीं), क्या ये स्तनपायी जानवर है? (हाँ)। क्या ये पूरा जानवर है? (हाँ)। क्या यह बिल्ली है? (हाँ), क्या यह फ्लफी है? (हाँ, सब हँसते हैं)...।

इसके मायने, अरस्तू ने इस गेम का आविष्कार किया। हमें अफलातून को इस बात के लिए श्रेय देना पड़ेगा कि उसने आँख-मिचौली के खेल का आविष्कार किया। हम डिमॉक्रिटस को पहले ही लेगो आविष्कार करने के लिए श्रेय दे चुके हैं।

अरस्तू एक ऐसा कुशल संयोजक था जिसने हमारी धारणाओं (विचारों) को स्पष्ट करने का बीड़ा उठाया। वास्तव में, उसने तर्क के विज्ञान की नींव रखी। उसने वैध प्रमाणों और निष्कर्षों

को संचालित करनेवाले कई सारे नियम सिद्ध किए। एक उदाहरण काफी रहेगा। यदि मैं सर्वप्रथम यह स्थापित कर दूँ कि सारे जीवित प्राणी नाशवान हैं (प्रथम आधार-वाक्य) और फिर यह स्थापित कर दूँ कि 'हरमीज़ एक जीवित प्राणी है' (दूसरा आधार-वाक्य) तो फिर मैं इस ज्ञान से यह निष्कर्ष निकाल सकता हूँ कि 'हरमीज़ नाशवान है।'

यह उदाहरण दर्शाता है कि अरस्तू का तर्क शब्दावली के पारस्परिक सम्बन्धों पर आधारित था, जो इस केस में 'जीवित प्राणी' और 'नाशवान' हैं। भले ही कोई यह स्वीकार करे कि उपर्युक्त निष्कर्ष 100 प्रतिशत वैध है, तो भी हम इसमें यह बात जोड़ेंगे कि यह हमें कोई नई बात तो नहीं बतलाता। हमें पहले ही मालूम था कि हरमीज़ 'नाशवान' है। (वह एक 'कुत्ता' है और सारे कुत्ते 'जीवित प्राणी' हैं—जो माउंट एवरेस्ट की चट्टान से भिन्न 'नाशवान' है) सोफी, यह बात तो हम निश्चय ही जानते थे। किन्तु वर्गों के बीच सम्बन्ध सदैव ही उतना स्पष्ट नहीं होता। यह जरूरी है कि हम समय-समय पर अपनी धारणाओं को स्पष्ट करते चलें।

एक उदाहरण : क्या यह वास्तव में सम्भव है कि छोटे-छोटे चूहे के बच्चे वैसे ही अपनी माँ का स्तनपान करते हैं, जैसे—मेमने और खरगोश के बच्चे? चूहे निश्चय ही अंडे नहीं देते (मैंने अन्तिम बार चूहे का अंडा कब देखा था?) इसलिए वे छोटे जीवित बच्चे जनते हैं—उसी तरह जैसे सूअर और भेड़। किन्तु हम जीवित बच्चे जननेवालों को स्तनपायी कहते हैं और स्तनपायी ऐसे जानवर हैं जो अपनी माँ के दूध पर पलते हैं। अच्छा, तो हम वहाँ पहुँच गए। यह उत्तर तो हमारे अन्दर था किन्तु हमें इसे पूरी तरह से सोचना पड़ा। हम थोड़ी देर के लिए कहीं यह भूल गए कि चूहे के बच्चे वास्तव में अपनी माँ के स्तन से दूध पीते हैं। शायद ऐसा इसलिए हुआ हो कि हमने कभी चूहे के बच्चे को अपनी माँ का दूध पीते नहीं देखा, और इसका सीधा-सीधा कारण यह है कि चूहे मनुष्यों से इतना शरमाते हैं कि उनके सामने वे अपने बच्चों को दूध नहीं पिलाते।

प्रकृति का पैमाना

जब अरस्तू जीवन को 'साफ कर देता है' तो सबसे पहले वह यह इशारा करता है कि प्राकृतिक जगत में हर चीज दो मुख्य श्रेणियों में विभाजित की जा सकती है। एक ओर तो *निर्जीव चीजें* हैं, जैसे—पत्थर, पानी की बूँदें या मिट्टी के ढेले। इन चीजों में परिवर्तन की कोई शक्य-क्षमता नहीं है। अरस्तू के अनुसार, निर्जीव चीजें केवल बाहरी प्रभाव द्वारा बदल सकती हैं। केवल *जीवित वस्तुओं* में ही परिवर्तन की सम्भाव्य-क्षमता है।

अरस्तू जीवित चीजों को दो भिन्न श्रेणियों में विभाजित करता है। एक श्रेणी में *पौधे* हैं और दूसरी में *प्राणी*। अन्त में 'प्राणियों' को दो उप-श्रेणियों—*जानवर* और *मनुष्य*—में विभाजित किया जा सकता है।

आपको यह तो स्वीकार करना ही पड़ेगा कि अरस्तू की श्रेणियाँ स्पष्ट और सरल हैं। एक जीवित और निर्जीव चीज के बीच निर्णायक अन्तर है, जैसे—एक गुलाब और एक पत्थर; और उसी तरह एक पौधे और एक जानवर के बीच भी निर्णायक अन्तर है, उदाहरण के लिए—एक गुलाब और एक घोड़ा। इसके साथ ही मैं यह दावा भी करूँगा कि एक घोड़े और एक मनुष्य के बीच भी निश्चय ही एक अन्तर है। किन्तु यह अन्तर वास्तव में किस चीज का है? क्या तुम मुझे यह बतला सकती हो?

दुर्भाग्यवशात् मेरे पास प्रतीक्षा के लिए समय नहीं है कि तुम उत्तर लिखो और मिसरी की एक डली के साथ इसे गुलाबी लिफाफे में रख दो, इसलिए मैं स्वयं इसका उत्तर बता देता हूँ।

जब अरस्तू प्राकृतिक तथ्य को विभिन्न श्रेणियों में विभाजित करता है तो उसका मापदंड उस वस्तु के लक्षण हैं या और सटीक कहें तो यह कि यह वस्तु क्या कर सकती है या करती है।

सभी जीवित वस्तुओं में (पौधे, जानवर, मनुष्य) पोषण सोखने, बढ़ने और स्वयं को उत्पन्न करने की क्षमता है। सभी 'जीवित प्राणियों' में (जानवर और मनुष्य) अपने चारों ओर की चीजों को देखने-परखने की और इधर-उधर घूमने-चलने की क्षमता है। इसके अतिरिक्त, सभी मनुष्यों में सोचने की क्षमता है—या दूसरे रूप में अपने अनुबोध को विभिन्न श्रेणियों और वर्गों में रखने की क्षमता है।

अतः प्रकृति जगत में वास्तव में साफ-सुथरी सीमा-रेखाएँ नहीं हैं। हम पौधों में सरल बढ़त से पेचीदा पौधों का क्रमशः पारगमन देखते हैं और इसी प्रकार सरल जानवरों से पेचीदा जानवरों की ओर बढ़ते-बनते जाना देखते हैं। इस 'पैमाने' में सबसे ऊपर मनुष्य है, जो अरस्तू के अनुसार प्रकृति का सम्पूर्ण जीवन जीता है। मनुष्य भी बढ़ता है, पौधों की तरह पोषण अपने अन्दर सोख लेता है, उसकी भावनाएँ हैं और उसमें जानवरों की भाँति इधर-उधर चलने की क्षमता है, किन्तु उसमें एक विशिष्ट लक्षण है जो केवल मनुष्यों में ही पाया जाता है और वह है उसके पास तार्किक ढंग से सोचने की क्षमता।

अतः मनुष्य में दिव्य तर्क की एक चिनगारी है, सोफी। हाँ, मैंने 'दिव्य' शब्द का प्रयोग किया है। समय-समय पर अरस्तू हमें याद दिलाता चलता है कि एक *ईश्वर* होना चाहिए जिसने प्राकृतिक जगत में गति की शुरुआत की। अतः प्रकृति के पैमाने में सबसे ऊपर ईश्वर ही होना चाहिए।

अरस्तू ने कल्पना की कि सितारों और ग्रहों की गति पृथ्वी पर सारी गति को निर्देशित करती है। किन्तु कोई चीज होनी चाहिए जो इन आकाशीय ग्रह-नक्षत्रों को गति प्रदान करती है। प्राइम मूवर या प्रथम चालक स्वयं तो आराम कर रहा है, किन्तु यह आकाशीय ग्रह-नक्षत्रों की गति का 'औपचारिक कारण' (रूपाकारीय कारण) है, और इस प्रकार प्रकृति की सारी गति का कारण है।

नैतिकता

सोफी, आओ फिर वापस आदमी की ओर चलते हैं। अरस्तू के अनुसार, मनुष्य का 'रूपाकार' एक आत्मा का बना है जिसके तीन भाग हैं : एक पौधे जैसा भाग है, एक जानवर जैसा भाग और एक तार्किक (विवेकशील) भाग है। और अब वह पूछता है : हम कैसे रहें? एक अच्छा जीवन जीने के लिए किस चीज की जरूरत है? उसका उत्तर : मनुष्य अपनी सारी क्षमताओं और योग्यताओं का उपयोग करके ही सुख प्राप्त कर सकता है।

अरस्तू का मानना था कि सुख तीन प्रकार के होते हैं। सुख का पहला स्वरूप आनन्द और मनोरंजन का है। सुख का दूसरा रूप एक जिम्मेदार और स्वतन्त्र नागरिक का है। तीसरी प्रकार का प्रसन्नता-सुख एक विचारक और दार्शनिक का जीवन है।

तब अरस्तू ने इस बात पर जोर दिया कि सुख और तृप्ति पाने के लिए तीनों मापदंडों का एक ही समय उपस्थित रहना अत्यावश्यक है। उसने सभी प्रकार के असन्तुलन अस्वीकार कर दिए। यदि वह आज जीवित होता तो कहता कि एक व्यक्ति, जो केवल अपने शरीर का ही विकास करता है, उस आदमी की तरह असन्तुलित है जो केवल अपने सिर का उपयोग करता है। दोनों अतियाँ जीवन के विकृत स्वरूप को दर्शाती हैं।

यही चीज मानवीय सम्बन्धों पर भी लागू होती है, जहाँ अरस्तू एक 'स्वर्णिम मध्यम मार्ग' की वकालत करता है। हमें न तो कायर और तेज-तर्रार, अपितु साहसी (बहुत कम साहस का अर्थ है कायरता और बहुत अधिक साहस का मतलब है तेज-तर्रार होना) होना चाहिए, न तो कंजूस और न फिजूलखर्ची अपितु उदार (कम उदारता कंजूसी है और अत्यधिक उदारता फिजूलखर्ची है) होना चाहिए। यही बात खाने पर लागू होती है। अफलातून और अरस्तू दोनों ही की नैतिकता में यूनानी चिकित्साशास्त्र की अनुगूँजें हैं—सन्तुलन और आत्मनियन्त्रण के व्यवहार द्वारा ही मैं सुखी और 'समन्वयपूर्ण' जीवन प्राप्त कर सकता हूँ।

राजनीति

अरस्तू के समाज सम्बन्धी विचारों में भी अतियों के प्रयोग का अनौचित्य व्यक्त हुआ है। वह कहता है कि आदमी स्वभाव से एक 'राजनीतिक जानवर' है। यदि हमारे चारों ओर समाज न हो तो हम असली आदमी नहीं हो सकते, उसका दावा था। उसने बतलाया कि परिवार और गाँव हमारी आधारभूत आवश्यकताओं को—खाना, गरमाहट, शादी और बच्चों की परवरिश—पूरा करते हैं। किन्तु मानवीय मित्रभावना, साथ रहने का श्रेष्ठ लक्ष्य केवल राज्य में ही पाया जा सकता है।

यह हमें इस प्रश्न पर ले जाता है : राज्य का संगठन कैसे हो? (तुम्हें अफलातून का 'दार्शनिक राज्य' याद है?) अरस्तू राज्य की संरचना के तीन रूपों का वर्णन करता है।

एक है *राजशाही* या *मोनारकी*—जिसका अर्थ है कि राज्य का एक मुखिया (राजा) होता है। इस प्रकार की संरचना को अच्छा होने के लिए यह आवश्यक है कि कहीं यह पतित हो कर 'आततायी' राज्य न बन जाए—यानी ऐसा राज्य, जिसमें शासक केवल अपना फायदा ही देखता है। राज्य संरचना का दूसरा अच्छा रूप कुलीनों की सरकार है, जिसमें शासकों का एक बड़ा या छोटा समूह होता है। इस संवैधानिक रूप को भ्रष्ट हो कर *ओलीगार्की* बनने से सावधान रहने की जरूरत है—ओलीगार्की का अर्थ है थोड़े से आदमी निरंकुश शासन चलाते हैं। उसका उदाहरण *जुंटा* अथवा सैन्य शासन है। तीसरा अच्छा संरचनात्मक रूप, अरस्तू के अनुसार, *पोलिटी* या राजनीति आधारित राज्य है, या जिसे प्रजातन्त्र भी कहा जाता है। किन्तु इस राज-रूप का भी एक नकारात्मक पहलू है। एक प्रजातन्त्र बड़ी तेज़ी से भीड़ के राज्य में बदल सकता है। (यदि अत्याचारी हिटलर जर्मनी में राज्य का प्रमुख न भी हुआ होता, तो भी निचले दर्जे के नाज़ी एक आतंक फैलानेवाली भीड़ का शासन बना सकते थे)।

स्त्रियों सम्बन्धी विचार

आइए, अन्त में अरस्तू के स्त्री सम्बन्धी विचार देखें। इस सम्बन्ध में दुर्भाग्यवश उसके विचार अफलातून के विचारों जितने उच्च नहीं थे। अरस्तू का झुकाव कुछ ऐसा मानने की ओर था कि स्त्रियाँ किसी अर्थ में अपूर्ण होती हैं। उसके लिए स्त्री 'एक अधूरा पुरुष' थी। सन्तानोत्पादन में स्त्री अकर्मण्य और अभ्यर्थी होती है जबकि पुरुष कर्मण्य और उत्पादकीय होता है; बच्चा उत्तराधिकार में केवल पुरुष लक्षण ही प्राप्त करता है, ऐसा अरस्तू का दावा था। उसका मानना था कि पुरुष के शुक्राणु में बच्चे के पूरे लक्षण होते हैं। स्त्री धरती होती है, जो बीज प्राप्त करती है और उसे पैदा करती है, जबकि पुरुष 'बोनेवाला' है। या अरस्तू की भाषा में, पुरुष 'रूपाकार' प्रदान करता है और स्त्री 'सार-तत्व' का योगदान करती है।

यह सिर्फ आश्चर्यजनक ही नहीं बल्कि अफसोसनाक भी है कि एक इतना बुद्धिमान आदमी उभयलिंगों के सम्बन्धों के विषय में इतना गलत हो सकता था। किन्तु इससे दो चीजें स्पष्ट होती हैं : पहली तो यह कि सम्भवतया अरस्तू को स्त्रियों और बच्चों के जीवन के विषय में समुचित अनुभव नहीं प्राप्त हो सका होगा, और दूसरे, जब दर्शनशास्त्र और विज्ञान के क्षेत्रों में पुरुषों का वर्चस्व चलने दिया जाता है तो चीजें कितनी गलत हो सकती हैं।

लिंगों के विषय में अरस्तू के त्रुटिपूर्ण दृष्टिकोण से दुहरा नुकसान हुआ क्योंकि उसका दृष्टिकोण—न कि अफलातून का—सारे मध्य युग में यूरोपीय विचारधारा पर छाया रहा। चर्च (धर्म) ने स्त्रियों के विषय में विरासत में ऐसा दृष्टिकोण पाया जिसका आधार बाइबिल में कतई नहीं है। निश्चय ही यीशु स्त्रियों से घृणा नहीं करता था।

मैं और कुछ नहीं कहूँगा। किन्तु बाद में तुम्हें मुझसे सुनने के लिए और भी मिलेगा।

जब सोफी ने अरस्तू वाला अध्याय डेढ़ बार पढ़ लिया तो उसने कागजों को ब्राउन लिफाफे में डाल दिया और वह अन्तरिक्ष में देखती हुई बैठी रही। अचानक उसे याद आया कि उसकी सब चीजें तो बड़े गलत ढंग से बिखरी पड़ी हैं। किताबें और रिंग बाइंडर फर्श पर बिखरे पड़े थे। मोजे और स्वेटर, टाइट्स और जीन्स आधी अलमारी से बाहर लटक रही थीं। उसकी लिखने की डेस्क के सामने ही कुर्सी पर धुलनेवाले गन्दे कपड़ों का बड़ा ढेर था।

सोफी ने साफ-सफाई करने की एक अदम्य इच्छा को अपने अन्दर उभरते देखा। पहला काम उसने यह किया कि अलमारी से सारे कपड़े बाहर निकाले और फर्श पर फैला दिए। सारा काम शुरू से करना जरूरी था। फिर उसने अपनी चीजों को बड़े सुथरे ढंग से मोड़ना और सफाई से शेल्फ में एक के ऊपर एक करके रखना शुरू किया। अलमारी में सात खन थे। एक अंडरवीयरों के लिए था, एक मोजों और टाइट्स के लिए था और एक जीन्स के लिए था। धीरे-धीरे उसने एक-एक खन भर दिया। उसके सामने यह सवाल कभी नहीं आया कि किसी चीज को कहाँ रखना है। उसे सबसे नीचेवाले खन में एक प्लास्टिक बैग मिल गया और सारे गन्दे कपड़े उसने इसमें भर दिए। एक चीज ने उसे परेशान किया—घुटनों तक आनेवाले लम्बे सफेद मोजे को कहाँ रखे? समस्या यह थी कि यह जोड़ी नहीं थी क्योंकि एक पाँव की स्टाकिंग गायब थी। इससे भी ज्यादा यह कि यह सोफी की नहीं थी।

उसने इसका ध्यान से निरीक्षण किया। इसकी स्वामिनी को पहचान पाने का कोई संकेत नहीं मिल रहा था, किन्तु सोफी के मन में पक्का शक था कि इसकी स्वामिनी कौन है। उसने इसे अलमारी के ऊपर लेगो, वीडियो कैसेट और लाल रेशमी स्कॉर्फ में जा मिलने के लिए फेंक दिया।

अब सोफी ने अपना ध्यान फर्श की ओर मोड़ा। उसने किताबें, रिंग बाइंडर्स, मैगजीनें और पोस्टर बिलकुल वैसे ही छाँटे जैसे दर्शनशास्त्र के अध्यापक ने अरस्तू वाले अध्याय में वर्णन किया था। जब उसने यह सब कर लिया तो फिर अपना बिस्तर ठीक किया और फिर लिखनेवाले डेस्क को ठीक करने जुट गई।

आखिरी चीज उसने यह की कि अरस्तू के बारे में सभी पन्नों को एक व्यवस्थित दस्ते में इक्ट्ठा किया। उसने एक खाली रिंग बाइंडर और छेद करनेवाला पंच ढूँढ़ निकाला, पन्नों में छेद किए और उन्हें रिंग बाइंडर में क्लिप कर दिया। इसे भी अलमारी की टॉप पर डाल दिया गया। दिन में उसे अपनी माँद से बिस्किटों का डिब्बा लाना होगा।

आज के बाद सब चीजें साफ-सुथरी रखी जाएँगी। और इसमें सिर्फ उसका अपना कमरा ही नहीं था। अरस्तू को पढ़ने के बाद उसने महसूस किया कि अपने विचारों को व्यवस्थित रखना भी बहुत महत्त्वपूर्ण है। शेल्फ का टॉप खन उसने खासतौर पर ऐसे कार्यों के लिए आरक्षित कर दिया था। कमरे में यही एकमात्र स्थान था जिस पर अभी उसका पूरा नियन्त्रण नहीं था।

दो घंटे से भी अधिक समय से उसे माँ की किसी गतिविधि की आवाज सुनाई नहीं दी थी। सोफी नीचे गई। किन्तु माँ को जगाने से पहले उसने अपने पालतू जानवरों को खाना खिलाने का फैसला किया।

वह रसोई में गोल्डफिश बाउल के ऊपर झुकी। एक मछली काली थी, एक नारंगी, और एक सफेद तथा लाल। इसीलिए वह उन्हें ब्लैक जैक, गोल्ड टॉप और रैड राइडिंग हुड कहती थी।

जैसे ही वह मछलियों का खाना छिड़कने लगी उसने कहा : 'तुम प्रकृति के जीवित प्राणियों की श्रेणी में हो, तुम पोषण को अपने शरीर में सोख सकती हो। तुम बड़ी होती हो, और स्वयं अपना पुनरुत्पादन कर सकती हो। और खासतौर पर तुम पशु साम्राज्य की हो। इसलिए तुम इधर-उधर चल सकती हो और दुनिया पर निगाह डाल सकती हो। संक्षिप्त रूप में, तुम मछली हो, अपने गलाफुओं से साँस ले सकती हो और जीवन के जल में आगे-पीछे तैर सकती हो।'

सोफी ने मछली के भोजनवाले जार पर ढक्कन लगा दिया। वह इससे काफी सन्तुष्ट थी कि उसने गोल्डफिश को प्रकृति के पैमाने में सही रखा था और वह खासतौर से 'जीवन के जल' अभिव्यक्ति से खुश थी। तो अब ऑस्ट्रेलियाई बजरीगरों की बारी थी।

सोफी ने (चिड़ियों के) कुछ दाने उनके कप में डाले और कहा : 'प्यारे स्मिट और स्म्यूल! तुम प्यारे छोटे तोते बन गए हो क्योंकि तुम छोटे तोतों के अंडों से निकलकर बड़े हुए हो, और इन अंडों में ऑस्ट्रेलियाई तोते बनने का रूपाकार था। सौभाग्य से तुम बड़े कर्कश ध्वनिवाले तोते नहीं बने।'

सोफी फिर बड़े बाथरूम में गई जहाँ आलसी कछुआ एक बड़े बक्से में पड़ा था। यदा-कदा जब उसकी माँ शॉवर बाथ लेती थी तो वह चिल्लाकर कहती थी कि एक दिन वह इसे मार डालेगी। किन्तु अभी तक तो यह धमकी थोथी ही रही थी। सोफी ने गोभी का एक पत्ता जैम के बड़े जार से निकाला और इसे बक्से में रख दिया।

'प्यारे गोविन्दा,' उसने कहा। 'तुम बहुत तेज भागनेवाले जानवरों में से नहीं हो, किन्तु तुम्हें इस बड़ी दुनिया के एक छोटे-से हिस्से को महसूस करने की क्षमता प्राप्त है। तुम्हें यह सोचकर स्वयं को सन्तुष्ट करना पड़ेगा कि अकेले तुम्हीं नहीं हो जो अपनी सीमाओं को पार नहीं कर सकते।'

शेरेकन शायद बाहर थी, चूहे पकड़ रही होगी—आखिरकार यही तो बिल्ली का स्वभाव है। सोफी ने माँ के बेडरूम में जाने के लिए लिविंग रूम पार किया। कॉफी टेबल पर डैफोडिल्स का फूलदान रखा था। ऐसा लगा मानो सोफी के वहाँ से गुजरते समय वे उसके सम्मान में झुक गए थे। वह एक क्षण को वहाँ रुकी और अपनी उँगलियों से उनके चिकने सरों को कोमलता से सहलाया। 'तुम भी प्रकृति के सजीव भाग में से हो,' उसने कहा। 'वास्तव में, उस फूलदान की तुलना में, जिसमें तुम्हें रखा गया है, उससे कहीं सौभाग्यशाली हो। किन्तु दुर्भाग्यवश अपनी इस विशिष्टता को पहचानने तथा समझने की क्षमता तुम में नहीं है।'

फिर सोफी दबे पाँव अपनी माँ के सोने के कमरे में गई। यद्यपि उसकी माँ गहरी नींद में थी, सोफी ने एक हाथ उसके माथे पर रखा।

'तुम सबसे भाग्यवानों में से एक हो,' उसने कहा, 'क्योंकि खेत में लिलियों की तरह तुम केवल सजीव ही नहीं हो। और तुम शेरेकन और गोविन्दा की तरह केवल जीवित प्राणी ही नहीं हो, तुम मानव हो और इसीलिए तुम्हारे पास विचार करने की अनुपम क्षमता है।'

'सोफी, तुम क्या बोल रही हो?'

उसकी माँ जैसे साधारणतः उठती थी, उससे कहीं अधिक तीव्रता से जाग गई थी।

'मैं बस यही कह रही थी कि तुम आलसी कछुए जैसी लगती हो। इसके अतिरिक्त मैं तुम्हें बतला दूँ कि मैंने अपना कमरा बिलकुल व्यवस्थित कर दिया है, दार्शनिकी गम्भीरता, पूर्णता से।'

उसकी माँ ने अपना सिर उठाया।

'मैं अभी वहीं आती हूँ,' उसने कहा, 'तुम कॉफी चढ़ा दोगी क्या?'

सोफी ने वैसे ही किया जैसे उसे कहा गया था। और शीघ्र ही वे दोनों रसोई में बैठी कॉफी, रस और चॉकलेट ले रही थीं।

अचानक सोफी ने कहा, 'मॉम, क्या तुमने कभी सोचा है कि हम जीवित हैं?'

'अरे, अब इसे मत लाओ।'

'हाँ, क्योंकि अब मैं इसका उत्तर जानती हूँ। लोग इस ग्रह पर इसलिए रहते हैं कि कोई यहाँ हर चीज को पहचानता, नाम देता चलता है।'

'क्या यह सही है? मैंने तो ऐसा कभी नहीं सोचा।'

'तब तो तुम्हारी समस्या गम्भीर है, क्योंकि हर मानव एक चिन्तनशील प्राणी है। यदि आप नहीं सोचतीं तो आप वास्तव में मानव नहीं हैं।'

‘सोफी!’

‘कल्पना करो, सिर्फ सब्जियाँ और जानवर ही होते! तब फिर हमें ‘बिल्ली’ और ‘कुत्ते,’ या ‘बिल्ली’ और ‘गूजबैरी’ के बीच अन्तर बतलानेवाला कोई न होता। सब्जियाँ और जानवर भी जीवित चीजें हैं किन्तु हम ही एकमात्र ऐसे प्राणी हैं जो प्रकृति को विभिन्न समूहों और वर्गों में वर्गीकृत कर सकते हैं।’

‘वास्तव में तुम्हारी जैसी अजीब लड़की मुझे अपने जीवन में कभी नहीं मिली,’ उसकी माँ ने कहा।

‘मुझे भी यही आशा है,’ सोफी ने कहा। ‘हर आदमी एक तरह से लगभग अजूबा ही होता है। मैं भी एक व्यक्ति हूँ, इसलिए मैं भी लगभग अजीब हूँ। तुम्हारे सिर्फ एक ही लड़की है, इसलिए मैं सबसे अजीब हूँ।’

‘मेरा मतलब यह था कि तुम मुझे अपनी नई-नई बातों से इतना डरा रही हो कि मैं वह भी भूले जा रही हूँ जो मुझे आता था।’

‘फिर तो तुम बड़ी आसानी से डर जाती हो।’

बाद में उस दिन तीसरे पहर सोफी वापस अपनी माँद पर गई। कैसे न कैसे ही, बिना उसकी माँ की निगाह पड़े, वह बड़ा बिस्किटों का डिब्बा (कुकीज़ टिन) अपने कमरे में ले आई।

पहले उसने सारे पन्नों को सही क्रम से लगाया, फिर उसने उनमें छेद करके रिंग बाइंडर में डाल दिया और इन सबको अरस्तू वाले अध्याय से पहले लगा दिया। अन्त में उसने हर पन्ने के ऊपर दाईं ओर पृष्ठ संख्या लिख दी। कुल मिलाकर पचास पन्ने से ज्यादा थे। सोफी दर्शनशास्त्र पर अपनी ही पुस्तक संकलित करने में लगी थी। यह उसकी लिखी हुई नहीं थी, किन्तु यह खास तौर पर उसके लिए ही लिखी गई थी।

सोमवार को होमवर्क करने के लिए उसके पास समय नहीं था। शायद उनका धार्मिक ज्ञान के विषय में टेस्ट होने जा रहा था किन्तु धर्म-अध्यापक हमेशा यही कहता था कि उसके लिए निजी प्रतिबद्धता और (जीवन) मूल्य सम्बन्धी निर्णयों का अधिक महत्त्व है। सोफी ने अनुभव किया कि दोनों के लिए ही उसे कुछ यकीन लायक आधार मिलते जा रहे हैं।

यूनानवाद

आग से एक चिनगारी...

यद्यपि दर्शनशास्त्र के अध्यापक ने सीधे पुरानी बाड़ पर चिट्ठियाँ भेजना शुरू कर दिया था, सोफी फिर भी सोमवार को सबेरे मेल-बॉक्स में ढूँढ़ रही थी, किसी अन्य कारण की अपेक्षा सिर्फ आदतन।

इसमें आश्चर्य की बात नहीं, यह खाली था। उसने क्लोवर चेज से आगे चलना शुरू कर दिया।

अचानक उसने बराबर के फुटपाथ पर एक फोटोग्राफ पड़ा देखा। यह एक सफेद जीप का चित्र था जिस पर नीला झंडा था जिस पर यूएन (UN) अक्षर लिखे हुए थे। क्या यह संयुक्त राष्ट्र का झंडा नहीं था?

सोफी ने चित्र को उलटकर देखा और पाया कि यह तो वाकई एक पोस्टकार्ड है। सेवा में–'हिल्डे मोलर नैग, मार्फत सोफी एमंडसन...' इस पर नॉर्वे के टिकट थे और डाक-चिह्न 'यू.एन. बटालियन' जून 15, 1990 था।

जून 15! यह तो सोफी का जन्मदिन था।

कार्ड पर लिखा था :

प्रिय हिल्डे, मैं सोचता हूँ तुम अभी भी अपनी 15वीं वर्षगाँठ मना रही हो या यह उससे अगला दिन है? खैर, इससे तुम्हारे उपहार पर कोई फर्क नहीं पड़ता। एक अर्थ में, यह जीवन भर चलेगा। किन्तु मैं एक बार और तुम्हें जन्मदिन की शुभकामनाएँ देना चाहूँगा। शायद अब तुम यह समझ गई होगी कि मैं ये कार्ड्स सोफी को क्यों भेजता हूँ। मुझे भरोसा है वह इन्हें तुम्हारे पास पहुँचा देगी।

पुनश्च : मॉम कह रही थी कि तुम्हारा बटुआ खो गया है। मैं वादा करता हूँ कि तुम्हें मैं 150 क्राउन भेजूँगा। सम्भवतः तुम गरमी की छुट्टियों के लिए स्कूल के बन्द होने से पहले दूसरा पहचान-पत्र बनवा सकोगी। सप्रेम–तुम्हारा पिता।

सोफी उसी जगह चिपकी खड़ी रही। पिछले कार्ड पर कौन-सी तारीख का डाक-चिह्न था? उसे कुछ याद आ रहा था कि समुद्र तट से भेजे पोस्टकार्ड में डाक-चिह्न जून का ही था—हालाँकि पूरा एक महीना गुजर गया था। शायद उसने ध्यान से नहीं देखा था।

उसने अपनी घड़ी पर एक नजर डाली और फिर वह वापस घर की ओर दौड़ गई। इससे सिर्फ आज उसे स्कूल के लिए देर हो जाएगी।

सोफी ने घर में प्रवेश किया और जीने में छलाँग लगाती हुई अपने कमरे में पहुँच गई। उसे लाल रेशमी स्कॉर्फ के नीचे हिल्डे को सम्बोधित पहला पोस्टकार्ड मिल गया। हाँ! इस पर भी पन्द्रह जून का डाक-चिह्न था। सोफी का जन्मदिन और गरमी की छुट्टियाँ शुरू होने से पहलेवाला दिन। जिस तेज़ी से वह जोआना से सुपर मार्केट में मिलने के लिए दौड़ी जा रही थी, उसी तरह उसका दिमाग भी दौड़ रहा था।

हिल्डे कौन थी? उसके पिता ने यह कैसे यकीन कर लिया था कि सोफी उसे ढूँढ़ निकालेगी? इसमें उसके पिताजी की समझदारी कतई नजर नहीं आई कि सीधे अपनी बेटी को कार्ड्स भेजने के बजाय वह इन्हें सोफी को भेज रहे थे। ऐसा होने की तो बिलकुल सम्भावना नहीं थी कि उन्हें अपनी ही बेटी का पता मालूम न हो। क्या यह कोई प्रैक्टिकल मजाक था? एक नितान्त अजनबी व्यक्ति को जासूस और डाकिए की भूमिका अदा करने के काम पर लगाकर क्या वह अपनी बेटी को एक अनोखे आश्चर्य में डालना चाहते थे? क्या इसी वजह से यह सब काम एक महीने पहले ही शुरू कर दिया गया था? क्या उसे बिचौलिया बनाकर वह अपनी बेटी को एक नई लड़की-मित्र का जन्मदिन उपहार देना चाहते थे? क्या सोफी वह उपहार थी जो 'जीवन भर चलेगा'?

यदि यह जोकर (विदूषक) वाकई लेबनान में था, तो उसे सोफी का पता कैसे हाथ लगा? साथ ही, सोफी और हिल्डे में दो चीजें समान थीं। यदि हिल्डे का जन्मदिन जून 15 था, तो वे दोनों एक दिन पैदा हुई थीं। और उन दोनों के पिता दुनिया के गोलार्ध पर दूसरी ओर थे।

सोफी ने महसूस किया कि वह एक अप्राकृतिक दुनिया में खिंची जा रही है। हो सकता है भाग्य में विश्वास करना आखिरकार इतनी मूढ़ बात नहीं थी। फिर भी—उसे इतनी जल्दी नतीजे पर नहीं पहुँचना चाहिए; इस सबका पूरा स्वाभाविक औचित्य या स्पष्टीकरण हो सकता है। किन्तु हिल्डे का बटुआ ऐल्बर्टो नॉक्स को कैसे मिला जबकि हिल्डे लिलेसैंड में रहती थी? लिलेसैंड तो सैकड़ों मील दूर था। और सोफी को यह पोस्टकार्ड पास के फुटपाथ पर क्यों मिला था? क्या ऐसा हुआ कि जब डाकिया सोफी के मेल-बॉक्स के पास पहुँचा तो यह उसके बैग से निकलकर बाहर गिर गया। यदि ऐसा भी था, तो खासकर यही कार्ड क्यों गिरा?

'क्या तुम बिलकुल पागल हो गई हो?' जब सोफी कैसे न कैसे सुपर मार्केट तक पहुँची तो जोआना बरस पड़ी।

'सॉरी (मुझे क्षमा कर दो!')

जोआना उस पर खूब जोर से नाराज हुई, एक स्कूल-अध्यापक की तरह।

'तुम्हारे पास इसका (और) बेहतर जवाब होना चाहिए।'

'इसका सम्बन्ध यूएन से है,' सोफी ने कहा, 'दुश्मन की टुकड़ियों ने मुझे लेबनान में रोके रखा।'

'मैं समझ गई...तुम किसी से प्रेम करने लगी हो।'

जितनी तेज़ी से हो सका, वे स्कूल की तरफ भाग रही थी।

धार्मिक ज्ञान परीक्षा, जिसकी तैयारी के लिए सोफी समय नहीं निकाल पाई थी, तीसरे पीरियड में हुई। शीट इस प्रकार थी :

जीवन-दर्शन और सहिष्णुता

1. उन चीजों की सूची तैयार करो जिन्हें हम जान सकते हैं। फिर उन चीजों की सूची तैयार करो जिनमें हम केवल विश्वास कर सकते हैं।
2. कुछ ऐसे कारकों के नाम लो जो व्यक्ति के जीवन-दर्शन बनाने में सहायक होते हैं।
3. अन्तःकरण अथवा अन्तर्रात्मा से क्या अभिप्राय है? क्या तुम्हारे विचार से सबमें समान अन्तर्रात्मा होती है?
4. जीवन-मूल्यों की वरीयता का क्या अर्थ है?

लिखना शुरू करने से पहले सोफी बैठी-बैठी देर तक सोचती रही। क्या वह ऐल्बर्टो नॉक्स से सीखे कुछ विचारों का प्रयोग कर सकती थी? उसे तो ऐसा करना ही था, क्योंकि कई दिनों से उसने धार्मिक ज्ञानवाली पुस्तक खोली तक नहीं थी। बस एक बार उसने लिखना शुरू किया कि विचार अपने आप उसकी कलम से बहते चले गए।

उसने लिखा कि हमें मालूम है कि चाँद कच्चे पनीर का नहीं बना है और चाँद की अँधेरी साइड में ज्वालामुखी के गड्ढे बने हुए हैं, यह कि सुकरात और यीशु दोनों को ही मृत्युदंड दिया गया था, यह कि हर एक को देर या सबेर मरना ही होता है, ऐक्रोपॉलिस के बड़े मन्दिर पाँचवीं शताब्दी ई.पू. में फारस के साथ किए गए युद्ध के बाद बनाए गए थे और यह कि प्राचीन यूनान में सबसे महत्त्वपूर्ण देववाणी डैल्फी की थी। हम किन विषयों में केवल विश्वास ही कर सकते हैं, इसका उदाहरण देने के लिए सोफी ने इन चीजों का जिक्र किया : क्या अन्य ग्रहों पर भी जीवन है? क्या ईश्वर का अस्तित्व है? क्या मृत्यु के बाद जीवन है? और क्या यीशु भगवान का बेटा था या केवल एक बुद्धिमान आदमी था? निश्चिततः हम यह नहीं जान सकते कि यह दुनिया कहाँ से आई, उसने अपनी सूची को पूरी करते हुए लिखा—'ब्रह्मांड की तुलना एक जादूई टोपी से निकलनेवाले बड़े खरगोश से की जा सकती है। दार्शनिक खरगोश की फर के बारीक बालों पर चढ़ने की और सीधे **बड़े जादूगर** की आँखों में झाँकने की कोशिश करते हैं। वे इसमें कभी सफल हो पाएँगे, यह एक अनुत्तरित प्रश्न है। किन्तु यदि दार्शनिक, एक के बाद एक,

दूसरे की कमर पर चढ़ते रहे, तो वे खरगोश की फर में ऊँचे और ऊँचे चढ़ते जाएँगे और तब, मेरी राय में, यह सम्भावना है कि वे सच्चाई तक पहुँच सकेंगे।

पुनश्च : बाइबिल में कुछ चीज ऐसी है जो खरगोश की फर में बारीक बाल हो सकती है। इस बाल को **टॉवर ऑफ बेबल** कहा गया था और इसे नष्ट कर दिया गया था क्योंकि **जादूगर** नहीं चाहता था कि मानव-कीड़े रेंगते हुए उस ऊँचाई तक पहुँच सकें जहाँ अभी-अभी खरगोश बनाया गया था।

इसके बाद, अगला प्रश्न था : ''उन कुछ कारकों का नाम लो जो एक व्यक्ति को जीवनदर्शन बनाने में सहायता करते हैं।'' यहाँ परिस्थितियाँ और पालन-पोषण महत्त्वपूर्ण हैं। अफलातून के समय में रहनेवाले आदमियों का जीवन-दर्शन आज के आदमियों के जीवन-दर्शन से भिन्न था, क्योंकि उस समय लोग एक भिन्न युग और भिन्न परिस्थितियों में रह रहे थे। दूसरा कारक यह था कि लोग अपने लिए किस प्रकार के अनुभवों का चयन करते थे। हो सकता है एक व्यक्ति उस समय के वातावरण और सामाजिक दशाओं की तुलना उनसे करना चाहे जो अफलातून की गुफा में गहरे नीचे विद्यमान थीं। अपनी बुद्धि का प्रयोग करके लोग स्वयं को अँधेरे से बाहर लाने का प्रयास शुरू कर सकते हैं। किन्तु उस प्रकार की यात्रा के लिए व्यक्ति का निजी साहस जरूरी है। सुकरात उस तरह के व्यक्ति का अच्छा उदाहरण है जिसने अपनी बुद्धि का प्रयोग करके अपने समय में प्रचलित विचारों से अपने आपको मुक्त कर लिया।' अन्त में उसने लिखा : 'आजकल, अनेक देशों और संस्कृतियों के लोग आपस में अधिकाधिक घुलते-मिलते जा रहे हैं। एक ही अपार्टमेंट बिल्डिंग में ईसाई, मुसलमान और बौद्ध लोग रहते देखे जा सकते हैं। ऐसी सूरत में यह महत्त्वपूर्ण है कि लोग एक-दूसरे के विश्वासों को स्वीकार कर लें बजाय इसके कि वे यह सवाल पूछें कि हर एक व्यक्ति एक ही सत्ता में विश्वास क्यों नहीं कर लेता?'

यह खराब नहीं है, सोफी ने सोचा। उसे यह साफ अनुभव हुआ कि उसने अपने दार्शनिक अध्यापक से जो सीखा था उसमें से अच्छा-खासा इस्तेमाल कर लिया है। और यदि कुछ कमी रह गई तो वह सदैव ही अपनी साधारण सूझ-बूझ का प्रयोग करके तथा पढ़ी-सुनी बातों का प्रयोग करके पूरी कर सकती थी।

अब उसने तीसरे प्रश्न पर अपना ध्यान लगाया : 'अन्तःकरण का क्या अर्थ है? क्या तुम्हारे विचार से सबमें समान अन्तःकरण होता है?' इस पर तो उन्होंने अपनी कक्षा में दुनिया भर की चर्चा की थी। सोफी ने लिखा : 'अन्तःकरण लोगों की वह योग्यता-क्षमता है जो उनके सही और गलत पर विचार करने पर उन्हें प्रत्युत्तर देती है। मेरी निजी राय है कि यह क्षमता हर एक को प्राप्त है; अतः दूसरे शब्दों में, अन्तःकरण जन्मजात है। सुकरात भी यही बात कहता। किन्तु अन्तःकरण क्या आदेश देता है यह अलग-अलग लोगों में अलग-अलग होता है। यहाँ सोफिस्ट्स के पास एक अच्छा तर्क

था। उनके विचार के अनुसार, सही और गलत का निर्णय उस वातावरण द्वारा होता है जिसमें पलकर व्यक्ति बड़ा हुआ है। किन्तु दूसरी ओर, सुकरात का मानना था कि अन्तःकरण सभी में समान है। शायद दोनों ही दृष्टिकोण सही थे। भले ही स्वयं को नंगा प्रदर्शित कर हर किसी के मन में अपराध भाव न हो, किन्तु अधिकांश लोग किसी के साथ वास्तव में घटिया व्यवहार करके अपने अन्तःकरण में बुरा महसूस करेंगे। फिर भी यह बात याद रखनी चाहिए कि अन्तर्रात्मा का होना एक बात है और इसका प्रयोग करना दूसरी। कभी-कभी हम लोगों को छल-कपटपूर्वक व्यवहार करते देखते हैं किन्तु मेरा विश्वास है कि गहरे अन्तर्मन में, एक प्रकार की अन्तर्रात्मा सबमें है। यह बिलकुल वैसा ही है कि कभी-कभी लगता है कि कुछ लोगों में बिलकुल अक्ल नहीं है, जबकि सत्य यह होता है कि वे उसका प्रयोग नहीं कर रहे होते।

पुनश्च : सामान्य सूझ-बूझ और अन्तःकरण, दोनों ही की तुलना एक मांसपेशी से की जा सकती है। यदि आप किसी मांसपेशी का प्रयोग नहीं करते तो वह कमजोर होती जाती है।

अब सिर्फ एक सवाल बचा था : '(जीवन) मूल्यों की वरीयता का क्या अर्थ है?' यह एक और विषय था जिस पर उन्होंने हाल ही में खूब चर्चा की थी। उदाहरण के लिए–एक मूल्य यह हो सकता है कि कार चलाएँ और एक स्थान से दूसरी जगह जल्दी पहुँच जाएँ। किन्तु यदि कार चलाने के लिए वन काटने पड़ते हैं और प्राकृतिक पर्यावरण प्रदूषित होता है, तो आपके सामने मूल्यों में एक चयन करने का प्रश्न खड़ा हो जाता है। अच्छी तरह विचार करने के बाद सोफी इस निष्कर्ष पर पहुँची कि काम पर जल्दी पहुँचने के बजाय स्वस्थ वन और शुद्ध पर्यावरण रखना अधिक मूल्यवान है। उसने कई उदाहरण दिए। अन्त में उसने लिखा : 'निजी स्तर पर, मैं सोचती हूँ कि अंग्रेजी व्याकरण की तुलना में दर्शनशास्त्र एक महत्त्वपूर्ण विषय है। अतः मूल्यों की वरीयता में यह समझदारी की बात होगी कि हम अपने टाइम-टेबल में दर्शनशास्त्र रखें और अंग्रेजी के पाठों की संख्या थोड़ी कम कर दें।'

अन्तिम मध्यान्तर में अध्यापक ने सोफी को एक तरफ बुलाया।

'मैंने तुम्हारी धर्म परीक्षा पहले ही पढ़ ली है,' उसने कहा। 'ये उत्तर-पुस्तिकाओं के ढेर में लगभग सबसे ऊपर है।'

'मुझे आशा है इससे आपको विचारने के लिए कुछ बिन्दु मिले होंगे।'

'यह ही तो वह चीज है जिसके विषय में मैं तुमसे बात करना चाहता था। कई तरह से तुम्हारी बातें बड़ी परिपक्व हैं। और इस पर आश्चर्य भी होता है। तुम आत्मनिर्भर हो। किन्तु क्या तुमने अपना होमवर्क किया है, सोफी?'

सोफी थोड़ी सकपकाई।

'ठीक है, आपने ही तो कहा था कि निज का दृष्टिकोण रखना महत्त्वपूर्ण है।'

'यह तो ठीक है, हाँ मैंने कहा था...किन्तु कुछ सीमाएँ भी हैं।'

सोफी ने सीधे उसकी आँखों में देखा। उसे लगा कि हाल ही में उसने जो अनुभव प्राप्त किया है उसके आधार पर वह स्वयं को ऐसे प्रस्तुत कर सकती थी।

'मैंने दर्शनशास्त्र का अध्ययन शुरू कर दिया है,' उसने कहा। 'इससे मुझे निजी राय बनाने के लिए अच्छी भूमिका मिलती है।'

'किन्तु इससे मुझे तुम्हारे उत्तर के लिए ग्रेड देना आसान नहीं बनता। यह या तो डी (D) होगा या ए (A)।

'क्योंकि मैं या तो बिलकुल सही हूँ या बिलकुल गलत? क्या आप यह कह रहे हैं?'

'चलिए, हम कहते हैं ए (A),' अध्यापक ने कहा, 'किन्तु अगली बार अपना होमवर्क कर लेना।'

उस दिन तीसरे पहर जब सोफी घर पर आई तो उसने अपना स्कूल बैग पैड़ियों पर फेंक दिया और सीधे अपने अड्डे की ओर दौड़ गई। मुड़ी-तुड़ी जड़ों के ऊपर एक ब्राउन लिफाफा पड़ा था। किनारों पर यह लगभग सूखा था, इसके मायने यह हुए कि हरमीज़ द्वारा इसे यहाँ डाले काफी समय हो गया था।

उसने लिफाफा अपने साथ ले लिया और सामने के दरवाजे से घर में दाखिल हुई। उसने जानवरों को खाना खिलाया और ऊपर अपने कमरे में गई। बिस्तर पर लेटकर उसने ऐल्बर्टो का पत्र खोला और पढ़ा :

यूनानवाद

हम फिर यहीं हैं, सोफी। प्राकृतिक दार्शनिकों, सुकरात, अफलातून और अरस्तू को पढ़ लेने के बाद, अब तुम यूरोपीय दर्शनशास्त्र की नींवों से भलीभाँति परिचित हो। अब यहाँ से आगे हम उन प्रारम्भिक, परिचयात्मक प्रश्नों को छोड़ देंगे जो तुमने पहले सफेद लिफाफों में प्राप्त किए थे। मैं कल्पना करता हूँ कि सम्भवतः तुम्हें अपने स्कूल से मिले और बहुत से काम और टेस्ट करने होंगे।

अब मैं तुम्हें उस लम्बे युग के विषय में बतलाता हूँ जो चौथी शताब्दी ई.पू. के अन्त में अरस्तू से चलकर सीधे प्रारम्भिक *मध्य युग* लगभग 400 ई. तक रहता है। ध्यान दो, अब हम दोनों लिख सकते हैं ई.पू. और ईसवी क्योंकि ईसाई धर्म वास्तव में इस युग के सबसे महत्त्वपूर्ण एवं अत्यन्त रहस्यमय तथ्यों में से एक रहा है।

अरस्तू की मृत्यु 322 ई.पू. में उस समय हो गई जब एथेंस की प्रभुत्वशाली भूमिका समाप्त हो चुकी थी। इसमें राजनीतिक उथल-पुथल भी कम महत्त्वपूर्ण नहीं है जो सिकन्दर महान (356-823 ई.पू.) की विजयों के कारण फैली।

सिकन्दर महान मैसीडोनिया का राजा था। अरस्तू भी मैसीडोनिया का रहनेवाला था और युवा सिकन्दर का वह कुछ समय तक गुरु भी रहा था। और यह सिकन्दर ही था जिसने फारस पर अन्तिम और निर्णायक विजय प्राप्त की। और इसके अतिरिक्त, सोफी उसने अपनी अनेक विजयों द्वारा मिस्र और सुदूर पूर्व के देशों को, यहाँ तक कि भारत को भी, यूनानी सभ्यता से जोड़ दिया था।

इससे मानवता के इतिहास में एक नए युग का सूत्रपात होता है। एक सभ्यता का उद्भव हुआ जिसमें यूनानी भाषा और यूनानी संस्कृति ने अग्रणी भूमिका निबाही। यह तीन सौ वर्षों तक चलनेवाला समय *यूनानवाद* (Hellenism) के नाम से जाना जाता है। शब्द 'यूनानवाद' दो चीजों की ओर संकेत करता है : एक तो है कालावधि और दूसरी है यूनानी प्रभुत्ववाली सभ्यता जो तीन यूनानवादी राज्यों मैसीडोनिया, सीरिया और मिस्र में फैल गई थी।

किन्तु 50 ई.पू. वर्ष के लगभग रोम ने सैनिक और राजनीतिक मामलों में स्वयं को अग्रणी और प्रभुत्वशाली बना लिया था। इस नई महाशक्ति ने धीरे-धीरे सारे यूनानवादी राज्यों को जीत लिया और उसके बाद से रोम की सभ्यता और लैटिन भाषा पश्चिम में स्पेन से लेकर एशिया में दूर-दूर तक प्रभुत्वशाली बन गई। यह रोमन युग की शुरुआत थी, जिसे हम प्रायः *लेट एंटीकटी* (निकट प्राचीनता) के नाम से भी पुकारते हैं। किन्तु एक बात याद रखें—यूनानवादी दुनिया पर किसी प्रकार विजय प्राप्त करने से पहले, स्वयं रोम यूनानी सभ्यता का एक प्रान्त था। अतः यूनानियों का दबदबा अतीत में खो जाने के लम्बे अरसे बाद भी यूनानी संस्कृति और यूनानी दर्शनशास्त्र ने एक महत्त्वपूर्ण भूमिका निभाई।

धर्म, दर्शनशास्त्र और विज्ञान

यूनानवाद का एक लक्षण यह भी था कि विभिन्न देशों और संस्कृतियों की सीमाएँ धूमिल और अस्पष्ट होकर मिटने लगीं। इससे पहले यूनानी लोग, रोमवासी, मिस्री लोग, बेबीलोनियावासी, सीरिया-देशवासी और फारस के लोग अपने 'राष्ट्रीय धर्म' के अन्तर्गत आनेवाले देवताओं की पूजा करते थे। किन्तु अब विभिन्न संस्कृतियाँ एक जगह मिल गईं और लगा कि धार्मिक, दार्शनिक और वैज्ञानिक विचार चुड़ैलों की कड़ाही में इकट्ठे पक रहे थे।

हम शायद यह कह सकते हैं कि शहर के चौराहे का स्थान विश्व-मंच ने ले लिया। शहर का पुराना चौराहा अभी भी आवाजों से गुंजायमान था, जहाँ बाजार में नई-नई चीजें लाई जाती थीं और अलग-अलग प्रकार की सोच और विचार भी लाए जा रहे थे। नया पहलू यह था कि शहरों के चौराहे दुनिया भर के सामानों और विचारों से भर गए थे। आवाजें कई अलग-अलग भाषाओं से/में आ रही थीं।

यह बात हम पहले ही कह चुके हैं कि अब पहले के यूनानी संस्कृति के क्षेत्रों की तुलना में यूनानी जीवन-दर्शन अधिक व्यापक और विस्तृत हो गया था। किन्तु जैसे-जैसे समय आगे चला, पूरब के देवी-देवता भी सारे भूमध्य सागरीय देशों में पूजे जाने लगे। नए धार्मिक संगठन पैदा हुए जिन्होंने पुराने राष्ट्रों के अनेक देवताओं एवं विश्वासों से प्रेरणा प्राप्त की। इसे संकलनवाद/सम्मिश्रणवाद अथवा मत-मतान्तरों का घाल-मेल कहते हैं।

इससे पहले लोग अपने लोगों और अपने शहर-राज्य से बड़ा जबरदस्त लगाव महसूस करते थे। जैसे-जैसे देशों की हदें और सीमाएँ मिटती गईं, अधिकतर लोग अपने ही जीवन-दर्शन के प्रति सन्देह और अस्थिरता अनुभव करने लगे। *उत्तर-पुरातन काल लेट एंटीकटी* के सामान्य लक्षण धार्मिक सन्देह, सांस्कृतिक विघटन और निराशावाद के रूप में उभरकर ऊपर आए। यह कहा जाता था कि 'संसार बूढ़ा हो गया है।'

यूनानवादी युग में नई धार्मिक रचनाओं का एक साझा लक्षण यह था कि इनमें उन उपदेशों का समावेश किया गया था जिनसे मानवता मृत्यु से मुक्ति पा सकती है। अधिकांशतः यह उपदेश गुप्त होते थे। कुछ उपदेशों को स्वीकार करके और कुछ संस्कारी कर्मकांड को करके, एक आस्थावान व्यक्ति आत्मा की अमरता और शाश्वत जीवन की आशा कर सकता था। आत्मा

की मुक्ति के लिए धार्मिक कर्मकांड के समान ही ब्रह्मांड की प्रकृति के बारे में एक विशिष्ट अन्तर्दृष्टि अत्यन्त महत्त्वपूर्ण थी।

अच्छा सोफी, नए धर्मों के विषय में तो इतना ही काफी है। किन्तु दर्शनशास्त्र भी 'मुक्ति' और शान्ति की दिशा में अधिकाधिक बढ़ता जा रहा था। ऐसा सोचा जा रहा था कि दार्शनिक अन्तर्दृष्टि न केवल अपने आपमें एक पारितोषिक है अपितु इसे मानवता को नैराश्य एवं मृत्यु के भय से भी त्राण दिलानी चाहिए। इस प्रकार धर्म और दर्शनशास्त्र के बीच सीमा-रेखाएँ धीरे-धीरे समाप्त हो रही थीं।

सामान्य रूप से, यूनानवाद का दर्शन आश्चर्यजनक रूप से मौलिक नहीं था। परिदृश्य पर किसी नए अफलातून या अरस्तू का प्रादुर्भाव नहीं हुआ। इसके विपरीत, एथेंस के तीन महान दार्शनिक अनेक दार्शनिक धारणाओं एवं रुझानों के प्रेरणास्रोत बने हुए थे, जिनका वर्णन मैं शीघ्र ही संक्षेप में करूँगा।

यूनानवादी विज्ञान भी विभिन्न संस्कृतियों के ज्ञान के मिश्रण से प्रभावित हुआ था। यहाँ पूरब और पश्चिम के एक स्थान पर मिलने में एलेक्सैंड्रिया नामक नगर ने अत्यन्त महत्त्वपूर्ण भूमिका निभाई। जहाँ एक ओर एथेंस दर्शनशास्त्र का केन्द्र बना रहा, जहाँ अभी भी अफलातून और अरस्तू के नामों से जुड़ी दार्शनिक विचारधाराएँ कार्यरत थीं, एलेक्सैंड्रिया विज्ञान का केन्द्र बन गया। अपने विशद पुस्तकालय के साथ ही यह गणित, खगोल विज्ञान, जीव विज्ञान और औषधि एवं चिकित्सा विज्ञान का केन्द्र बन गया।

यूनानवादी सभ्यता की तुलना आज की दुनिया से भी की जा सकती है। बीसवीं शताब्दी निरन्तर खुलती जा रही सभ्यता से भी प्रभावित हुई है। हमारे अपने समय में इस खुलावट का परिणाम यह हुआ है कि धर्म और दर्शनशास्त्र में बहुत बड़ी उथल-पुथल हुई है। और जिस प्रकार ईसाई युग के प्रारम्भ के आसपास यूनानी, मिस्री और पूरब के धर्म रोम में देखे जा सकते थे, उसी प्रकार आज जैसे-जैसे हम बीसवीं शताब्दी के अन्त की ओर बढ़ रहे हैं, यूरोप* के सभी बड़े शहरों में दुनिया भर के धर्मों को पाते हैं।

हम आजकल एक चीज और भी देख सकते हैं कि किस प्रकार 'जीवन-दर्शन' के बाजार को पुराने और नए धर्मों, दर्शनशास्त्रों और विज्ञानों के सम्मिश्रण ने आधार बनाया है। वास्तव में नए ज्ञान का बहुत बड़ा भाग पुराने विचारों से ही आता है, जिसकी जड़ें अतीत में यूनानवाद तक जाती हैं।

जैसा मैं कह चुका हूँ, यूनानवादी दर्शन उन समस्याओं पर विचार-कार्य करता रहा जिन्हें सुकरात, अफलातून और अरस्तू ने उठाया था। इन सभी में यह जानने की इच्छा समान रूप से विद्यमान थी कि मानवता के लिए जीने और मरने का श्रेष्ठतम ढंग क्या हो सकता है। वे नैतिकता के प्रश्नों पर विचार कर रहे थे। नई सभ्यता में यह मुख्य दार्शनिक प्रोजेक्ट बन गया। मुख्य जोर सच्चे सुख को जानने पर दिया जा रहा था और इस बात पर कि इसे कैसे प्राप्त किया जा सकता है। हम इनमें से चार दार्शनिक रुझानों पर दृष्टिपात करेंगे।

दोषदर्शक (सिनिक्स)

कहानी कुछ इस प्रकार है कि एक दिन सुकरात एक दुकान पर, जहाँ सब तरह का सामान बिकता था, टकटकी लगाए खड़ा था। अन्त में उसने कहा, 'अहा, कितनी सारी चीजें हैं जिनकी मुझे कोई जरूरत नहीं।'

* अब तो हम इक्कीसवीं शताब्दी के दूसरे दशक के समापन की ओर बढ़ रहे हैं!

यह कथन *सिनिक स्कूल ऑफ फिलॉसफी* (दर्शनशास्त्र के दोषदर्शी खेमे) का मूल उद्‌देश्य हो सकता है जिसकी नींव लगभग 400 वर्ष ई.पू. एथेंस में एंटीस्थेनीज ने डाली थी।

एंटीस्थेनीज सुकरात का एक शिष्य था और खासतौर पर मितव्ययिता में रुचि रखने लगा था।

दोषदर्शक इस बात पर जोर देते थे कि सच्चा सुख बाहरी फायदों, जैसे—भौतिक विलासिता, राजनीतिक शक्ति अथवा अच्छे स्वास्थ्य में नहीं है। सच्चा सुख इसमें है कि हम किसी भी प्रकार की फालतू और क्षणभंगुर चीजों पर निर्भर न रहें। और चूँकि सुख इस प्रकार के लाभों में नहीं है, अतः यह हर एक की पहुँच के भीतर है। इसके अतिरिक्त अच्छी बात यह है कि यदि एक बार इस प्रकार सुख प्राप्त कर लिया जाए तो यह फिर कभी नहीं खोएगा।

दोषदर्शकों में सबसे ख्यात डायोजिनीज था, एंटीस्थेनीज का एक शिष्य, जिसके बारे में कहा जाता है कि वह एक बैरल में रहता था और उसके पास पहनने के एक लबादे और रोटी के एक थैले के अतिरिक्त और कुछ नहीं था। (इसलिए उससे उसका सुख चुरा लेना आसान नहीं था।) एक बार जब वह अपनी बैरल के पास धूप का आनन्द ले रहा था, तो सिकन्दर महान उससे मिलने आया। सम्राट उसके सामने खड़ा था और उससे पूछ रहा था—क्या वह उसकी कोई सेवा कर सकता है? क्या उसकी कोई इच्छा है? 'हाँ,' डायोजिनीज ने उत्तर दिया। 'जरा एक तरफ हटकर खड़े होओ। तुम धूप को आने से रोक रहे हो।' इस प्रकार डायोजिनीज ने दिखला दिया कि वह अपने सामने खड़े मनुष्य (सम्राट) से कम सम्पन्न या सुखी नहीं था। उसकी जरूरत की सब चीजें उसके पास थीं।

दोषदर्शकों का विश्वास था कि लोगों को अपने स्वास्थ्य की चिन्ता नहीं करनी चाहिए। यहाँ तक कि कष्ट और मृत्यु से भी उन्हें परेशान नहीं होना चाहिए। और न ही उन्हें दूसरों के कष्टों को देखकर स्वयं को दुखी करना चाहिए।

आजकल 'दोषदर्शी' और 'दोष-दर्शन' शब्दों का अर्थ मानव के प्रति निष्ठा में तिरस्कारपूर्ण अविश्वास हो गया है; और इन शब्दों का अन्तर्निहित अर्थ है दूसरे के दुखों के प्रति असंवेदनशील हो जाना।

सुख-दुख उपेक्षी (हर हाल में सुखी) (स्टॉइक्स)

स्टॉइक्स स्कूल ऑफ फिलॉसफी (सुख-दुख उपेक्षी दार्शनिक विचारधारा) के विकास के लिए दोषदर्शकों ने सहायक की भूमिका निबाही। यह विचारधारा एथेंस में 300 वर्ष ई.पू. के आसपास बनी और बढ़ी। इसकी नींव रखनेवाला जेनो था, जो मूलतः साइप्रस का रहनेवाला था और जब उसका जहाज एक दुर्घटना में टूट गया तो वह एथेंस चला आया था। वह अपने अनुयायियों को एक *पोर्टिको* (चौड़े छज्जे) के नीचे इकट्ठा कर लेता था। नाम 'स्टॉइक' पोर्टिको के लिए प्रयुक्त यूनानी शब्द *स्टो* (Stoa) से निकला है। बाद में *स्टॉइसिज्म* रोमन संस्कृति में अत्यधिक महत्त्व प्राप्त करने वाला था।

हिरेक्लिटस के समान ही *स्टॉइक्स* का मानना था कि हम सभी प्रत्येक सामान्य सूझ-बूझ अथवा 'लोगोस' का एक अंग है। उनका विचार था कि प्रत्येक व्यक्ति दुनिया का एक 'अतिलघु रूप' अथवा 'माइक्रोकॉस्मॉस' है, जो कि 'मैकरोकॉस्मॉस' (बृहत् ब्रह्मांड) की प्रतिछाया है।

इसी से आगे चलकर इस विचार का जन्म हुआ कि एक विश्वव्यापी रूढ़िपन, तथाकथित प्राकृतिक कानून विद्यमान है। और चूँकि यह प्राकृतिक कानून समयातीत मानवीय और विश्वव्यापी

तर्क पर आधारित है, यह समय और स्थान के साथ नहीं बदलता। इस रूप में, तब स्टॉइक्स, सोफिस्ट्स के विपरीत, सुकरात के पक्षधर थे।

प्राकृतिक कानून सारी मानवता, यहाँ तक कि गुलामों को भी संचालित करता है। भिन्न-भिन्न राज्यों के विधिक कानूनों को स्टॉइक्स 'कानून' की अपूर्ण नकलमात्र मानते थे। 'कानून' की अपनी जड़ें स्वयं प्रकृति में थीं।

जैसे *स्टॉइक्स* ने व्यक्ति और विश्व के बीच के अन्तर को मिटा देने का प्रयास किया था, वैसे ही उन्होंने 'आत्मा' और 'पदार्थ' के बीच किसी संघर्ष को स्वीकार नहीं किया। केवल एक प्रकृति है, उनका कहना था। इस प्रकार के विचार को विविधता में अन्ततः एकत्व की महत्ता के कारण *'मोनिज्म'* (monism) अथवा 'एकवाद' कहते हैं (ये अफलातून के *'ड्यूअलिज्म'* (द्वैतवाद) अथवा दुहरी परतवाले यथार्थ के विपरीत है)।

अपने समय के सच्चे सपूतों के रूप में *स्टॉइक्स* स्पष्टतः 'सर्वदेशीय' थे, इस अर्थ में कि वे 'बैरल दार्शनिकों' (सिनिक्स) की तुलना में सम-सामयिक संस्कृति के प्रति अधिक खुला और ग्रहणकर्ता दृष्टिकोण रखते थे। उन्होंने मानवीय भाईचारे की ओर ध्यान आकर्षित किया, समाज और राजनीति हर समय उनके ध्यान में बनी रहती थी और उनमें से कई उल्लेखनीय रूप से जैसे रोमन सम्राट *मारकस ऑरेलियस* (121-180 ई.), कार्यशील राजनेता थे। उन्होंने रोम में यूनानी संस्कृति और दर्शन को प्रोत्साहन दिया; वहाँ इसी प्रकार का एक विशिष्ट व्यक्ति सिसरो (106-36 ई.पू.) था जो महान सार्वजनिक वक्ता, दार्शनिक और राजनेता था। यही वह व्यक्ति था जिसने खुद *ह्यूमैनिज्म* (Humanism) 'मानववाद' की धारणा का सृजन किया–यानी जीवन का ऐसा दर्शन जिसके केन्द्र में व्यक्ति था। कुछ वर्षों बाद, *स्टॉइक सेनेका* (4 ई.पू.-65 ई.) ने कहा, 'मानवता के लिए, मानवता पवित्र है।' तब से लेकर आज तक यह मानववाद का नारा बना रहा है।

इसके अतिरिक्त स्टॉइक्स ने जोर देकर कहा कि प्राकृतिक प्रक्रियाएँ, जैसे–रोग एवं मृत्यु, प्रकृति के अटूट कानूनों का पालन करती हैं। अतः मनुष्य को अपनी नियति स्वीकार करना सीख लेना चाहिए। कोई भी चीज आकस्मिक रूप से अथवा दुर्घटनावश नहीं होती। हर घटना अपनी अनिवार्यता के परिणामस्वरूप होती है, अतः जब नियति दरवाजे पर दस्तक देती है तब शिकायत करने का कोई लाभ नहीं है। उनका विचार था कि इसी प्रकार बिना उद्वेलित हुए व्यक्ति को जीवन की सुखद घटनाएँ भी स्वीकार कर लेनी चाहिए। इसमें हम उनका रिश्ता *सिनिक्स* के साथ देखते हैं, क्योंकि उनका *(सिनिक्स)* का दावा था कि सारी बाह्य घटनाएँ महत्त्वहीन हैं। आज भी हम उस व्यक्ति के सन्दर्भ में 'स्टॉइक स्थितप्रज्ञ' होने की शब्दावली का प्रयोग करते हैं, जो अपने ऊपर भावनाओं को हावी नहीं होने देता।

ऐपीक्यूरियन्स (पेटू, भोजन-प्रेमी)

जैसा हमने देखा, सुकरात की जिज्ञासा यही थी कि एक मनुष्य अच्छा जीवन कैसे जी सकता है। उसके प्रयास का *सिनिक्स* और *स्टॉइक्स'* दोनों ने ही यह अर्थ लगाया कि मनुष्य को भौतिक विलासिता की चीजों से स्वयं को मुक्त करना है। किन्तु सुकरात का एक शिष्य ऐरिस्टीप्पस भी था। उसका विश्वास था कि जीवन का लक्ष्य सर्वाधिक सम्भव इन्द्रिय-भोग प्राप्त करना है। वह कहता था, 'सर्वश्रेष्ठ अच्छाई आनन्द है और सबसे बड़ी बुराई दुख-दर्द है।' अतः उसकी इच्छा ऐसी जीवन-पद्धति विकसित करने की थी जिसका लक्ष्य सभी प्रकार के दुख-दर्दों से बचना

हो। (*सिनिक्स* और *स्टॉइक्स* सभी प्रकार के दुख-दर्द को सहन करने में विश्वास रखते थे, इसमें और दुख-दर्द से बचते रहने में अन्तर है।)

लगभग 300 वर्ष ई.पू., *ऐपीक्यूरस* (341-270 ई.पू.) ने एथेंस में दर्शन के एक नए स्कूल की नींव रखी। उसके अनुयायियों को ऐपीक्यूरियन कहा जाता था। उसने ऐरिस्टीप्पस की आनन्द की नैतिकता विकसित की और उसे डिमॉक्रिटस द्वारा प्रतिपादित अणु सिद्धान्त से मिला दिया।

कहानी कुछ इस तरह है कि ऐपीक्यूरियन दार्शनिक एक बाग में रहते थे। अतः वे 'बाग के दार्शनिकों' के रूप में जाने जाते थे। कहते हैं कि बाग के प्रवेश द्वार पर एक नोटिस टँगा था जिस पर लिखा था–'अजनबी अतिथि, तुम यहाँ अच्छी तरह से रहोगे। यहाँ आनन्द सबसे अच्छी चीज मानी जाती है।'

ऐपीक्यूरस इस बात पर जोर देता था कि कार्य के आनन्ददायी परिणामों का इसके सम्भाव्य पार्श्व प्रभावों की तुलना में मुल्यांकन होना चाहिए। यदि कभी आपने चॉकलेट खाने में अति की है तो आप समझ जाएँगे कि मैं क्या कहना चाहता हूँ। यदि आपने नहीं की है तो यह प्रयोग कर देखें : जेब खर्च के लिए मिले और बचाए हुए सारे पैसों को ले लें और दो सौ क्राउन (नॉर्वे की मुद्रा) की चॉकलेट खरीद लें। (हम यह मानकर चलते हैं कि आपको चॉकलेट पसन्द हैं)। इस प्रयोग के लिए यह अत्यावश्यक है कि आप सारी चॉकलेट एक दफा में ही खा लें। लगभग आधे घंटे बाद, जब आप सारी स्वादिष्ट चॉकलेट खा चुके हैं, आपकी समझ में आ जाएगा कि ऐपीक्यूरस का पार्श्व प्रभावों से क्या अभिप्राय था।

ऐपीक्यूरस यह विश्वास था कि अल्पावधि में आनन्ददायी परिणामों का आकलन बड़े और अधिक चलनेवाले या अधिक गहन दीर्घावधि आनन्द की तुलना में किया जाना चाहिए (हो सकता है आप पूरे एक साल तक चॉकलेट न खाना पसन्द करें क्योंकि आप अपने सारे जेब खर्च के पैसे को नई बाइक खरीदने के लिए या विदेश में किसी खर्चीली छुट्टी पर जाने के लिए बचाना चाहते हैं। अन्य जानवरों से भिन्न, हम अपने जीवन में अनेक योजनाएँ बना सकते हैं। हम में 'आनन्द-गणना' करने की क्षमता-योग्यता है। चॉकलेट अच्छी होती है, किन्तु नई बाइक या इंग्लैंड की यात्रा इससे भी अच्छी हो सकती है।

ऐपीक्यूरस इस बात पर भी जोर देता था कि 'आनन्द' का मतलब अनिवार्य रूप से मात्र इन्द्रिय-सुख ही नहीं होता–जैसे उदाहरण के लिए चॉकलेट खाना। मित्रता और कला-प्रेम जीवन के लिए महत्त्वपूर्ण मूल्य भी हो सकते हैं। इनके अतिरिक्त जीवन का आनन्द उठाने के लिए, पुराने यूनानी आदर्शों के अनुसार, आत्म-नियन्त्रण, सहनशीलता और शान्ति की भी जरूरत होती है। इच्छा को कम करना जरूरी था और शान्ति दुख-दर्द सहन करने में हमारी सहायक थी।

देवताओं का डर अनेक लोगों को ऐपीक्यूरस के बाग में लाया। इस सम्बन्ध में, डिमॉक्रिटस का अणु सिद्धान्त धार्मिक अन्धविश्वासों से निजात दिलाने में उपयोगी था। अच्छा जीवन जीने के लिए मृत्यु के भय पर विजय पाना कम महत्त्व का नहीं था। इस लक्ष्य को ध्यान में रखकर ऐपीक्यूरस ने डिमॉक्रिटस के 'आत्म-अणु' सिद्धान्त का प्रयोग किया। शायद तुम्हें याद होगा कि डिमॉक्रिटस विश्वास करता था कि मृत्यु के उपरान्त कोई जीवन नहीं है क्योंकि जब हम मर जाते हैं तो 'आत्म-अणु' अनेक दिशाओं में इधर-उधर चले जाते हैं।

ऐपीक्यूरस बड़ी ही सरलता से कहता था, 'मृत्यु से हमारा कोई लेना-देना नहीं है क्योंकि जब तक हम अस्तित्ववान हैं तब तक मृत्यु यहाँ नहीं है। और जब यह आती है, तब हम अस्तित्ववान नहीं होते।' जब आप इस पर विचार करते हैं (तो पाते हैं कि) मृत्यु के उपरान्त कोई भी कभी परेशान नहीं हुआ।

ऐपीक्यूरस ने अपने मुक्तिदायी दर्शन को चार औषधीय जड़ी-बूटियाँ बतलाकर संक्षेप में प्रस्तुत किया :

देवताओं से डरने की जरूरत नहीं है। मृत्यु की चिन्ता करने की जरूरत नहीं है। अच्छाई प्राप्त करना आसान है। डरावने को सहन करना आसान है।

यूनानी दृष्टिकोण से, दार्शनिकी प्रोजेक्ट्स की चिकित्सा-विज्ञान से तुलना करने में कोई नई बात नहीं थी। मंशा सीधे-सीधे यह थी कि मनुष्य को अपनी 'दार्शनिक चिकित्सकीय अलमारी' में मेरे द्वारा वर्णित सामग्री रखने की जरूरत थी।

स्टॉइक्स के बिलकुल विपरीत, ऐपीक्यूरियन लोगों ने राजनीति और समाज में लगभग न के बराबर रुचि दिखलाई। 'अलग एकान्त में रहो,' ऐपीक्यूरस की सलाह थी। हम सम्भवतः उसके 'बाग' की तुलना अपने आज के कम्यूनों (Communes) (माँदो या अड्डों) से कर सकते हैं। हमारे इस समय में ऐसे बहुत सारे लोग हैं जिन्होंने समाज से दूर 'सुरक्षित एकान्त स्थानों' में रहना पसन्द किया है।

ऐपीक्यूरस के बाद, अनेक ऐपीक्यूरियनों ने निज की मौज-मस्ती पर बहुत अधिक जोर देना शुरू कर दिया। उनका एक ही लक्ष्य था 'इस' यानी हर क्षण को जी भरकर जियो।' आजकल 'ऐपीक्यूरियन' (Epicurean) शब्द का नकारात्मक प्रयोग किसी ऐसे आदमी का वर्णन करने के लिए किया जाता है जो केवल आनन्द (मौज-मस्ती) के लिए जीता है।

नव-अफलातूनवाद

जैसा मैंने आपको समझाया, सिनिसिज्म, स्टॉइसिज्म और ऐपीक्यूरियनिज्म–इन सभी की जड़ें सुकरात के उपदेशों में थीं। उन्होंने सुकरात के कुछ पूर्व विशिष्ट व्यक्तियों जैसे हिराक्लिटस और डिमॉक्रिटस के विचारों का भी प्रयोग किया।

किन्तु बाद वाले यूनानवादी काल में सबसे उल्लेखनीय दार्शनिक विचारधारा सबसे पहले और अग्रणी रूप में अफलातून के दर्शन से प्रेरित थी। अतः आज हम इसे नव-अफलातूनवाद कहते हैं।

नव-अफलातूनवादियों में सबसे महत्त्वपूर्ण चरित्र/किरदार *प्लॉटिनस* (205-270 ई.) है, जिसने ऐलेक्सांड्रिया में दर्शनशास्त्र का अध्ययन किया किन्तु बाद में वह रोम में आकर रहने लगा था। इस पर ध्यान देना रोचक होगा कि वह ऐलेक्सांड्रिया से चलकर आया था, एक शहर जो कई शताब्दियों से यूनानी दर्शन और पूरबी रहस्यवाद का केन्द्रीय मिलन-बिन्दु रहा था। प्लॉटिनस रोम में अपने साथ मुक्ति का एक सिद्धान्त लेकर आया जिसने समय आने पर ईसाई धर्म से प्रतिस्पर्धा की। किन्तु साथ ही वह नव-अफलातूनवाद भी मुख्य ईसाई धर्मशास्त्र में स्वयं एक महत्त्वपूर्ण प्रभाव बन गया।

सोफी, अफलातून के विचारों के सिद्धान्त को याद करो और उस तरीके को याद करो जिससे उसने विचार-जगत और इन्द्रिय-जगत के बीच भेद किया। इसका अर्थ था शरीर और आत्मा के बीच एक स्पष्ट विभाजन की स्थापना। मनुष्य इस प्रकार दुहरा प्राणी बन गया : हमारा शरीर तो इन्द्रिय-जगत में अन्य सभी चीजों की भाँति मिट्टी और धूल का बना था, किन्तु इसके साथ ही हमारे पास एक अमर आत्मा भी थी। अफलातून से बहुत पहले भी बहुत से यूनानी इसमें व्यापक रूप से विश्वास करते थे। प्लॉटिनस भी एशिया में प्रचलित इसी प्रकार के विचारों से परिचित था।

प्लॉटिनस का विश्वास था कि दुनिया दो ध्रुवों के बीच एक स्पैन (Span) या फैलाव है। इसके एक सिरे पर दिव्य प्रकाश है जिसे वह *एक* कहता है। कभी-कभी वह इसे ईश्वर कहता है। दूसरे सिरे पर पूरा अँधेरा है जिसे पहले सिरे से कोई प्रकाश नहीं मिलता। किन्तु प्लॉटिनस का मुख्य बिन्दु यह है कि इस अँधेरे का वास्तव में कोई अस्तित्व नहीं है। यह केवल प्रकाश की अनुपस्थिति है—दूसरे शब्दों में, यह नहीं है। जो कुछ भी अस्तित्ववान है वह ईश्वर है या *एक* है, किन्तु उसी प्रकार प्रकाश की एक रेखा (बीम) आगे बढ़ती चलकर मन्द होती जाती है और धीरे-धीरे बुझ जाती है, कहीं कोई ऐसा बिन्दु है जहाँ तक दिव्य प्रकाश पहुँच नहीं पाता।

प्लॉटिनस के अनुसार, आत्मा *एक* के प्रकाश से ज्योतित है, जबकि पदार्थ वह अँधेरा है जिसका कोई यथार्थक अस्तित्व नहीं है। किन्तु प्रकृति के रूपाकारों में *एक* की मध्यम रोशनी होती है।

कल्पना करो, एक रात में बड़ी होली जैसी आग जल रही है जिससे सभी दिशाओं में चिनगारियाँ निकल और फैल रही हैं। इस होलीनुमा आग से प्रकाश के एक बड़े अर्धव्यास में समीपस्थ क्षेत्र में दिन जैसी रोशनी हो जाती है; किन्तु आग की चमक कई मीलों की दूरी से भी दिखलाई देती है। यदि हम और दूर गए तो हम अँधेरे में दूर-दराज लालटेन की भाँति रोशनी का एक छोटा-सा दाग ही देख पाएँगे, और यदि हम और दूर, दूर चलते जाएँ तो एक बिन्दु ऐसा आएगा जहाँ यह रोशनी हम तक नहीं पहुँच पाएगी। रोशनी की किरणें रात में कहीं गायब हो जाती हैं और जब पूरी तरह अँधेरा छा जाता है तो हमें कुछ दिखलाई नहीं देता। न तो आकार दिखाई देते हैं और न ही परछाइयाँ।

अब कल्पना करें कि यथार्थ या वास्तविकता इस होली की आग जैसी है। जो चीज जल रही है वह *ईश्वर* है—और दूर फैला अँधेरा ठंडा पदार्थ है जिससे आदमी और जानवर बने हैं। ईश्वर के सबसे नजदीक शाश्वत विचार हैं जो सभी प्राणियों के आदिकालीन रूपाकार हैं। मानव आत्मा, सबके ऊपर, 'आग से निकलती एक चिनगारी' है। किन्तु फिर भी प्रकृति में सब जगह दिव्य प्रकाश चमक रहा है। जीवित ईश्वर से सबसे दूर पृथ्वी, जल और पत्थर हैं।

मैं यह कह रहा हूँ कि हर अस्तित्ववान वस्तु में दिव्य रहस्य का कुछ अंश है। हम इसे सूरजमुखी या पॉपी के पुष्प में दमकते हुए देख सकते हैं। इस अगाध रहस्य का और अधिक भान हमें उस तितली में होता है जो एक छोटी-सी टहनी पर अपने पंख फड़फड़ाती उड़ती जाती है या हम इसे उस गोल्ड फिश में देखते हैं जो कटोरे में तैर रही है। किन्तु हम अपनी आत्मा में ईश्वर के सबसे निकटस्थ होते हैं। केवल वहाँ हमारा जीवन के रहस्य से एकाकार होता है। सत्य तो यह है कि कुछ अनुपम क्षणों में हम अनुभव करते हैं कि *हम स्वयं वह दिव्य रहस्य हैं।*

प्लॉटिनस का रूपक अफलातून के गुफावाले मिथक जैसा ही है : हम गुफा के मुँह या दरवाजे के जितना ही निकट जाते हैं उतना ही हम अस्तित्व के स्रोत के निकट पहुँच जाते हैं। किन्तु अफलातून के स्पष्ट दो परतवाले यथार्थ की तुलना में प्लॉटिनस के सिद्धान्त में पूर्णता के अनुभव के लक्षण भी हैं। हर चीज *एक* है, क्योंकि हर चीज *ईश्वर* है। यहाँ तक कि अफलातून की गुफा में गहरे नीचे *एक* की हलकी-सी धुँधली-सी चमक है।

अपने जीवन के कुछ अद्वितीय क्षणों में प्लॉटिनस ने अपनी आत्मा को ईश्वर में समाहित हो जाने का अनुभव किया। हम इसे सामान्यतया रहस्यवादी अनुभव कहते हैं। ऐसे अनुभव करने वाला अकेले प्लॉटिनस ही नहीं है। सभी सभ्यताओं और सभी समयों में लोगों ने ऐसे अनुभव बतलाए हैं। विवरणों का अन्तर हो सकता है, किन्तु सारतत्त्व रंग-रूप समान हैं। आइए, कुछ रंग-रूपों पर निगाह डालते हैं।

रहस्यवाद (मिस्टिसिज्म)

एक रहस्यात्मक अनुभव *ईश्वर* में या 'विश्वात्मा' में समाहित हो जाने का अनुभव है। कई धर्म ईश्वर और सृष्टि के बीच बनी खाई पर जोर देते हैं, किन्तु रहस्यवादी इस प्रकार की खाई अनुभव नहीं करता। उसने (स्त्री या पुरुष ने) 'ईश्वर के साथ एक' हो जाने अथवा *उसमें* समा जाने का अनुभव किया है।

यह विचारणीय है कि जिसे हम प्रायः 'मैं' कहते हैं वह सच्ची 'मैं' नहीं है। हम छोटी-छोटी झलकियों में कभी-कभी एक बड़ी 'मैं' से तादात्म्य का अनुभव कर सकते हैं। कुछ रहस्यवादी इसे *ईश्वर* कहते हैं, कुछ अन्य इसे *विश्वात्मा* कहते हैं और अनेक इसे *प्रकृति* या *ब्रह्मांड* कहते हैं। जब मिलन होता है तो रहस्यवादी अनुभव करता है कि वह स्वयं को खोता जा रहा है; वह *भगवान* में अन्तर्धान हो जाता है या *ईश्वर* में उसी प्रकार खो जाता है जिस प्रकार पानी की बूँद समुद्र में मिलकर खो जाती है। एक भारतीय रहस्यवादी ने कभी इसका वर्णन इस प्रकार किया, 'जब मैं था, तो ईश्वर नहीं था। अब जब ईश्वर है तो (अब) मैं नहीं हूँ।' ईसाई रहस्यवादी ऐन्जेलस साइलेसियस (1624-1677) इसको एक और ढंग से रखता है : 'हर बूँद उस समय समुद्र बन जाती है, जब यह समुद्र की ओर बहने लगती है। उसी प्रकार अन्त में आत्मा ऊपर उठकर स्वयं *ईश्वर* बन जाती है।'

अब तुम शायद यह महसूस करो कि 'अपने आपको खोना' साधारणतया आनन्ददायी नहीं हो सकता। मैं जानता हूँ तुम्हारा अभिप्राय क्या है। किन्तु मुद्दे की बात यह है कि पाने की तुलना में आप जो खोते हैं वह बहुत कम है। आप खोते केवल वह रूपाकार हैं जो इस क्षण आपका है, किन्तु साथ ही साथ आप यह भी महसूस करते हैं कि आपका अस्तित्व भव्य और विशाल है। आप विश्व हैं। वास्तव में, सोफी आप स्वयं विश्व-आत्मा हैं। यह आप ही हैं जो *ईश्वर* है। सोफी एमंडसन यदि आपको एक दिन खोना ही है तो आपको यह जानकर सांत्वना मिलेगी कि यह 'प्रतिदिन की मैं' तो आपकी किसी न किसी दिन हर परिस्थिति में जानी ही है। आपकी वास्तविक 'मैं' आप तभी अनुभव करते हैं जब आप स्वयं को खोने के लिए सक्षम होते हैं–रहस्यवादियों के अनुसार, एक रहस्यमयी अग्नि के समान है जो जलती हुई चलती है सम्पूर्ण शाश्वतता तक।

किन्तु इस प्रकार का रहस्यवादी अनुभव अपने आपसे नहीं होता। ईश्वर से मिलने के लिए प्रत्येक रहस्यवादी को 'परिशुद्धता एवं प्रबोधन' का मार्ग अपनाना होता है। इस मार्ग पर चलने के लिए जीवन को सरल बनाना होता है और विभिन्न प्रकार की ध्यान साधना की विधियों का पालन करना होता है। तब फिर अचानक रहस्यवादी अपने साध्य को प्राप्त कर लेता है और चीखकर कहता है, 'मैं ईश्वर हूँ,' या 'मैं तुम हूँ,' तत्वमसि।

रहस्यवादी रुझान सभी महान विश्व-धर्मों में पाया जाता है। रहस्यवादियों द्वारा किए गए रहस्यवादी अनुभवों के वर्णनों में उल्लेखनीय समानता पाई जाती है, भले ही रहस्यवादी किसी भी सांस्कृतिक पृष्ठभूमि के हों। जब भी कोई रहस्यवादी ऐसे विलक्षण रहस्यात्मक अनुभव की धार्मिक या दार्शनिक सिद्धान्त के रूप में प्रतिपादन करने का प्रयास करता है तभी उसकी सांस्कृतिक पृष्ठभूमि प्रकट होती है।

पाश्चात्य रहस्यवाद में–यानी यहूदी धर्म, ईसाई धर्म और इस्लाम धर्म में–रहस्यवादी के लिए यह महत्त्वपूर्ण है कि उसकी भेंट एक निजी ईश्वर से हो रही है। यद्यपि ईश्वर प्रकृति में और मानव आत्मा में भी उपस्थित है, फिर भी ईश्वर इनके ऊपर है और दुनिया से परे है।

पूरबी रहस्यवाद में–यानी हिन्दू धर्म, बौद्ध धर्म और चीनी धर्म में–सामान्यतया इस बात पर जोर दिया जाता है कि रहस्यवादी अनुभव करता है कि वह ब्रह्म अथवा 'विश्वात्मा' में पूरी तरह समा गया है।

एक रहस्यवादी दावा कर सकता है, 'मैं विश्वात्मा हूँ,' या 'मैं ईश्वर हूँ,' क्योंकि _ईश्वर_ न केवल इस दुनिया में उपस्थित है, बल्कि उसके रहने के लिए कोई और जगह ही नहीं है।

अफलातून के समय से भी पहले खासतौर पर भारत में लम्बे अरसे से शक्तिशाली रहस्यवादी धाराएँ प्रचलित रही हैं। स्वामी विवेकानन्द ने, जिन्होंने हिन्दू धर्म को पश्चिम में प्रचारित-प्रसारित करने में बड़ा योगदान किया है, एक बार कहा था, 'जैसे कुछ विश्व-धर्म यह कहते हैं कि जो लोग अपने से बाहर किसी निजी ईश्वर में विश्वास नहीं करते वे नास्तिक हैं, हम कहते हैं कि एक व्यक्ति जो स्वयं में विश्वास नहीं करता, वह नास्तिक है। अपनी आत्मा की भव्यता में विश्वास न करने को ही हम नास्तिकता कहते हैं।'

एक रहस्यवादी अनुभव का नैतिक महत्त्व भी हो सकता है। भारत के पूर्व राष्ट्रपति सर्वपल्ली राधाकृष्णन ने एक बार कहा था, 'अपने पड़ोसी को अपने भाँति ही प्रेम करें क्योंकि आप ही अपने पड़ोसी हैं। यह आपका भ्रम ही है जो आप यह सोचते हैं कि आपका पड़ोसी आप स्वयं न होकर कोई और है।'

हमारे अनेक समकालीन जो किसी विशेष धर्म का पालन नहीं करते, अपने रहस्यवादी अनुभवों की बात करते हैं। उन्हें अचानक ही कुछ ऐसा अनुभव होता है जिसे वे 'ब्रह्मांडीय चेतना' या 'एक सागरी भाव' कहते हैं। उन्हें लगता है कि वे _समय_ के बाहर चले गए हैं और उन्होंने दुनिया को 'अमरत्व या शाश्वतता के दृष्टि-बोध' से अनुभव किया है।

सोफी बिस्तर में उठ बैठी। उसे यह महसूस करना आवश्यक लगा कि उसका शरीर अभी भी है। उसने अफलातून और रहस्यवादियों के विषय में जैसे-जैसे और ज्यादा पढ़ा, वह यह महसूस करने लगी कि मानो कमरे में हवा में तैर रही हो, खिड़की के बाहर और सारे शहर के ऊपर उड़ रही हो। वहाँ से उसने नीचे बड़े चौराहे पर सारे लोगों को देखा, वह उड़ती और हवा में तैरती पूरे भूमंडल पर हो आई जो उसका घर था, उत्तर के सागरों और यूरोप के ऊपर, सहारा रेगिस्तान और अफ्रीका तथा दक्षिणी अमेरिका के उष्ण कटिबन्धीय जंगलों के ऊपर।

लगा जैसे पूरा विश्व एक जीवित व्यक्ति बन गया हो और ऐसे लगा कि वह जीवित व्यक्ति स्वयं सोफी थी। दुनिया मैं हूँ, उसने सोचा। विशाल, बड़ा विश्व जिसके विषय में उसे प्रायः यह अनुभूति होती थी कि यह अथाह और डरावना है–अब स्वयं उसका 'मैं' था। इस समय भी विश्व बहुत विशाल और भव्य था, किन्तु इस समय वह स्वयं भी उतनी ही बड़ी/विशाल हो गई थी।

यह असाधारण अनुभव क्षणिक था, किन्तु सोफी सम्पूर्णतया आश्वस्त थी कि वह इसे कभी भूल नहीं पाएगी। ऐसा लगता था मानो उसके अन्दर कुछ फूट पड़ा हो और विस्फोट उसके माथे से होता हुआ सम्पूर्णता में समा गया हो, उसी तरह जैसे रंग की एक बूँद पानी के सारे जग को रँग देती है।

जब यह सब समाप्त हुआ, तो यह उस सरदर्द के साथ उस जगने के समान था, जो किसी आश्चर्यजनक सपना देखने के बाद जगने पर होता है। सोफी ने मोहभंग के क्षण में यह नोट किया कि उसका एक शरीर है जो बिस्तर में उठ-बैठने की कोशिश कर रहा है। पेट के बल लेटे हुए ऐल्बर्टो नॉक्स द्वारा भेजे गए पन्नों को पढ़ने से उसकी पीठ में दर्द हो रहा था। किन्तु आज उसे एक अविस्मरणीय अनुभव हुआ था।

आखिर में, जोर लगाते हुए वह उठी और खड़ी हो गई। पहला काम उसने यह किया कि इन पन्नों में छेद किए और इन्हें इकट्ठा करके अन्य पाठों के साथ रिंग बाइंडर में डाल दिया। इसके पश्चात वह बाग में गई।

चिड़ियाँ ऐसे गा रही थीं मानो दुनिया अभी ही पैदा हुई हो। पुराने खरगोश के दरबों के पीछे की ओर बर्च के पेड़ों का हलका हरा रंग इतना गहरा था मानो सृष्टिकर्ता ने अपने रंग अभी पूरी तरह मिलाए नहीं थे।

क्या वह निस्सन्देह विश्वास कर सकती थी कि हर चीज एक दिव्य 'मैं' थी? क्या वह यह विश्वास कर सकती थी कि वह अपने अन्दर ऐसी आत्मा लिये हुए है, जो 'आग से निकलती एक चिनगारी' है? यदि यह सच था, तो वह वास्तव में एक दिव्य प्राणी थी।

पोस्टकार्ड्स

मैं अपने ऊपर कड़ा सेंसरशिप लागू कर रहा हूँ...

कई दिन गुजर गए दार्शनिक अध्यापक से बिना किसी शब्द के। कल बृहस्पतिवार, मई 17 है—नॉर्वे का राष्ट्रीय दिवस। स्कूल 18 को भी बन्द रहेगा। स्कूल से जब वे घर वापस लौट रही थीं तो अचानक जोआना ने कहा, 'चलो, कैम्पिंग करने चलते हैं।'

सोफी की तात्कालिक प्रतिक्रिया थी कि वह अधिक समय तक घर से दूर नहीं रह सकेगी। किन्तु उसने कहा, 'निश्चय ही, क्यों नहीं?'

कुछ ही घंटों बाद जोआना एक बड़ा बैक-पैक लिये सोफी के दरवाजे पर पहुँच गई। सोफी ने भी अपना सामान पैक कर लिया था, और उसके पास एक तम्बू भी था। दोनों ही के पास बेड-रोल्स और स्वेटर, जमीन पर बिछाने की चादरें और फ्लैशलाइट्स, बड़े साइज की थर्मस बोतलें और उनका मनपसन्द खाना था।

जब सोफी की माँ 5 बजे घर आ गई तो उसने दोनों को ही क्या करना चाहिए और क्या नहीं करना चाहिए को लेकर उपदेश दिया। उसने यह जानकारी हासिल करने के लिए भी पूरा जोर लगाया कि वे अपना कैम्प कहाँ लगाने जा रही थीं।

उन्होंने उसे बताया कि वे ग्राउज टॉप पर कैम्प लगाना चाहती हैं। और यदि अगले दिन सबेरे उन्हें ग्राउज (पंखीले पैरोंवाली चिड़िया) की 'मेटिंग कॉल' सुनाई दी तो वे अपने आपको खुशकिस्मत समझेंगी।

इसी विशेष जगह को छाँटने में सोफी का एक खास मकसद और भी था। उसके विचारानुसार ग्राउज टॉप मेजर के केबिन के काफी करीब थी। भीतर से कुछ उसे वहाँ लौटने के लिए उकसा रहा था, किन्तु वहाँ अकेले जाने की उसकी हिम्मत नहीं थी।

दोनों लड़कियाँ सोफी के बाग के दरवाजे के उस तरफ, जिधर एक बन्द गली थी, आगे की पगडंडी पर चलती गईं। वे इधर-उधर की बातें करती रहीं और सोफी को दर्शनशास्त्र से जुड़े मसलों से थोड़ा हटकर समय गुजारने में मजा आ रहा था।

आठ बजते-बजते उन्होंने ग्राउज टॉप पर एक खुली जगह में अपना तम्बू गाड़ लिया था। उन्होंने रात की तैयारी कर ली थी अगौर अपने बिस्तरबन्द फैला लिये

थे। सैंडविच खा लेने के बाद तो सोफी ने पूछा, 'तुमने कभी मेजर के केबिन के बारे में कुछ सुना है?'

'मेजर का केबिन?'

'जंगल में कहीं, इस स्थान के नजदीक ही एक झोंपड़ी है...छोटी झील के किनारे। कभी वहाँ एक विचित्र आदमी, एक मेजर रहा करता था, इसी कारण इसे मेजर का केबिन कहते हैं।'

'क्या अब वहाँ कोई रहता है?'

'क्या तुम वहाँ जाना और देखना चाहती हो?'

'ये है कहाँ?'

सोफी ने पेड़ों के अन्दर की ओर इशारा किया।

जोआना इसके लिए कोई खास उत्सुक नहीं थी, किन्तु अन्त में वे चल दीं। आकाश में सूरज नीचे आ गया था।

शुरू में तो वे लम्बे, ऊँचे चीड़ के पेड़ों में से होती हुई चलीं, किन्तु शीघ्र ही वे झाड़ियों और घने झुरमुटों में धिकलती जा रही थीं। आखिर में वे एक रास्ते से नीचे की ओर चलीं। क्या यह वही रास्ता था जिससे होकर सोफी रविवार के सबेरे गई थी?

हो सकता है यह वही था—क्योंकि अचानक ही उसे उनके रास्ते के दाईं ओर पेड़ों के बीच किसी चमकती चीज का निशान दिखा था।

'देखो, वहाँ अन्दर,' उसने कहा।

शीघ्र ही वे उस छोटी झील के किनारे खड़ी थीं। सोफी पानी के उस पार केबिन पर नजर लगाए हुए थी। अब सभी खिड़कियों के शटर चढ़ा दिए गए थे। यह लाल बिल्डिंग सबसे वीरान जगह थी जो उसने मुद्दतों में देखी थी।

जोआना उसकी तरफ मुड़ी। 'क्या हमें पानी पर चलकर जाना है?'

'बिलकुल नहीं, हम एक नाव खेएँगे।'

सोफी ने नीचे सरकंडों की ओर इशारा किया। वहाँ एक खेनेवाली नाव थी, वैसी ही जैसी पहले।

'तुम पहले यहाँ कभी आई हो?'

सोफी ने सिर हिलाकर ना कह दी। पिछली बार इधर आने के बारे में कोई स्पष्टीकरण देने का प्रयास तो बड़ा उलझन भरा काम होगा। और तब उसे अपनी मित्र को ऐल्बर्टो नॉक्स और दर्शनशास्त्र के कोर्स के बारे में भी बतलाना पड़ेगा।

पानी में नाव को खेकर पार समय वे हँसती और मजाक करती रहीं। जब वे दूसरे किनारे पर पहुँच गईं, तो सोफी ने यह पक्का किया कि नाव को अच्छी तरह जमीन पर खींच लाया जाए।

वे सामनेवाले दरवाजे की तरफ गईं। यह स्पष्ट था कि केबिन में कोई नहीं है, तो जोआना ने दरवाजे का हैंडिल घुमाया।

'ताला लगा है...तुम इसके खुले होने की आशा थोड़े ही कर रही थीं, कर रही थीं क्या?'

'हो सकता है हमें चाभी मिल जाए,' सोफी बोली।

वे बिल्डिंग की पत्थर की बनी नींव की दरारों में देखने लगीं।

'ओह, चलो वापस अपने तम्बू में ही चलते हैं,' कुछ मिनट बाद जोआना ने कहा।

किन्तु तभी सोफी ने चिल्लाकर कहा, 'ये रही चाभी, मिल गई मुझे।'

विजय की मुद्रा में उसने चाभी ऊपर की। उसने इसे ताले में डाला और घुमाते ही दरवाजा खुल गया।

दोनों दोस्त दबे पाँव अन्दर गईं मानो कोई आपराधिक खुराफात करने जा रही हों। केबिन में ठंडक थी और अँधेरा था।

'यहाँ कुछ दिखाई तो दे नहीं रहा,' जोआना बोली।

किन्तु सोफी ने इस बाबत पहले से ही सोच रखा था। उसने अपनी जेब से माचिस की डिब्बी निकाली और एक तीली जलाई। तीली बुझने से पहले उन्हें सिर्फ इतना समय मिला कि देख लें कि केबिन वीरान था, काफी समय से वहाँ कोई नहीं रह रहा था। सोफी ने दूसरी तीली जलाई और इस बार देखा कि पिटवें लोहे के कैंडिल स्टैंड में जली हुई मोमबत्ती का नीचेवाला भाग था। उसने इसे तीसरी तीली से जलाया और छोटे से कमरे में इतनी रोशनी हो गई कि वे आसपास देख सकें।

'क्या यह अजीब-सा नहीं लगता कि इतनी छोटी सी मोमबत्ती से इतना सारा अँधेरा छँट सकता है,' सोफी ने कहा।

उसकी मित्र ने हाँ में सिर हिलाया।

'किन्तु कहीं न कहीं रोशनी अँधेरे में खो जाती है,' सोफी कहती गई। 'वास्तव में, अँधेरे का अपना कोई अस्तित्व नहीं है। यह सिर्फ रोशनी का अभाव है।'

जोआना ठंड से काँपने लगी, 'मुझे तो यह डरावना लगता है, चलो, यहाँ से चलते हैं...'

'दर्पण में देखने के बाद ही जाएँगे।'

सोफी ने चेस्ट ऑफ ड्राअर्स के ऊपर पीतल के फ्रेम में लगे, लटकते दर्पण की ओर इशारा किया, पहले ही की तरह।

'ये तो वाकई सुन्दर है,' जोआना बोली।

'किन्तु यह जादुई दर्पण है।'

'दर्पण, दर्पण। दीवारवाले दर्पण, बता इनमें सबसे सुन्दर कौन है?'

'मैं मजाक नहीं कर रही, जोआना। मैं पक्का जानती हूँ, तुम इसमें देखो और तुम्हें दूसरी तरफ कोई चीज दिखाई देगी।'

'तुम पक्का कह रही हो, तुम यहाँ पहले कभी नहीं आई? और मुझे डराने में तुम्हें हमेशा ही मजा क्यों आता है?'

सोफी इसका जवाब नहीं दे सकी।

'सॉरी!'

इस बार जोआना की नजर अचानक फर्श पर कोने में पड़ी हुई किसी चीज पर पड़ी। यह एक छोटा-सा बक्स था। जोआना ने इसे उठा लिया।

'पोस्टकाडूर्स,' उसने कहा।

सोफी ने हाँफते-हाँफते साँस ली।

'उन्हें मत छुओ! सुन रही हो–उनको हाथ भी मत लगाना।'

जोआना चमककर उछल पड़ी। उसने बक्स को ऐसे नीचे फेंक दिया जैसे उसने स्वयं को जला लिया हो। पोस्टकाडूर्स सारे कमरे में फैल गए। अगले ही क्षण वह हँसने लगी।

'ये केवल पोस्टकाडूर्स हैं।'

जोआना फर्श पर बैठ गई और उन्हें उठाने लगी। कुछ देर बाद सोफी भी उसके बराबर बैठ गई।

'लेबनान...लेबनान...लेबनान...इन सब पर लेबनान का डाक-चिह्न लगा है,' जोआना ने पता लगाया।

'मुझे मालूम है,' सोफी ने कहा।

जोआना तनकर सीधी बैठ गई और सोफी की आँखों में देखा।

'अच्छा तो तुम यहाँ पहले भी **आई हो**।'

'हाँ, मेरा अनुमान है मैं आई हूँ।'

तब अचानक उसके दिमाग में आया कि यदि वह यह बता देती कि वह यहाँ पहले भी आई थी तो काफी कुछ आसान रहता। यदि वह अपनी मित्र को वे सब रहस्यमयी चीजें बता देती जो उसने पिछले कुछ दिनों में अनुभव की थी तो इसमें कोई नुकसान की बात नहीं थी।

'मैं यहाँ आने से पहले तुम्हें यह बताना नहीं चाहती थी कि मैं यहाँ पहले आई थी।'

जोआना ने काडूर्स को पढ़ना शुरू कर दिया।

'ये सब किसी हिल्डे मोलर नैग नाम वाले को सम्बोधित हैं।'

सोफी ने अभी तक काडूर्स को छुआ नहीं था।

'पता क्या है?'

जोआना ने पढ़ा : 'हिल्डे मोलर नैग, मार्फत ऐल्बर्टो नॉक्स, लिलेसैंड, नॉर्वे।'

सोफी ने राहत की साँस ली। उसे डर था कि शायद काडूर्स पर लिखा हो 'मार्फत सोफी एमंडसन'।

उसने उन्हें और भी ध्यान से देखना शुरू किया।

'अप्रैल 28,...मई 4,...मई 6,...मई 9,...उन पर कुछ ही दिन पहले की डाक-मुहर लगी थी।

'किन्तु कुछ और भी है। सारी डाक-मुहरें नॉर्वे की हैं। उसे देखो...यूएन बटालियन...यहाँ भी डाक-मुहर नॉर्वे की थी।'

'मैं सोचती हूँ ऐसा ही होता होगा। इन्हें एक प्रकार से तटस्थ होने की जरूरत है, इसलिए इन्होंने वहाँ भी नॉर्वे का अपना पोस्ट ऑफिस बना लिया है।'

'किन्तु यह डाक को घर कैसे लाते हैं?'

'शायद, हवाई फौज द्वारा।'

सोफी ने मोमबत्ती स्टैंड फर्श पर रख दिया और दोनों सहेलियाँ काड्र्स पढ़ने लगीं। जोआना ने उन्हें तारीख के अनुसार क्रमबद्ध कर दिया और पहला कार्ड पढ़ा :

> प्रिय हिल्डे! मैं लिलेसैंड, घर आने का इन्तजार नहीं कर सकता। मुझे आशा है कि मैं मिडसमर ईव की सन्ध्या को जेविक हवाई अड्डे पर उतरूँगा। मैं चाहता था कि तुम्हारे 15वें जन्मदिन पर समय से पहुँचता, किन्तु मैं सैनिक आदेशों के अधीन हूँ। इस कमी को पूरा करने के लिए, मैं तुमसे वादा करता हूँ कि मैं अपना सारा प्यार भरा ध्यान उस बड़े उपहार पर लगा रहा हूँ जो तुम्हें अपने जन्मदिन में प्राप्त होगी।
>
> पिता से प्यार के साथ, जो हमेशा अपनी बेटी के भविष्य के विषय में सोचता रहता है।

पुनश्च : मैं इस कार्ड की एक प्रति हमारे साझे मित्र को भेज रहा हूँ। मैं जानता हूँ तुम इसे समझती हो, हिल्डे। इस क्षण मैं बहुत गोपनीय हो रहा हूँ, किन्तु तुम समझ जाओगी।

सोफी ने अगला कार्ड उठाया :

> प्रिय हिल्डे! यहाँ हम हर रोज सिर्फ एक ही दिन को लेते हैं। यदि मैं लेबनान में इन महीनों के बारे में कुछ याद रखूँगा तो वह यह सारा इन्तजार करना है। किन्तु मैं वह सब कुछ कर रहा हूँ जो मैं कर सकता था ताकि तुम्हारा पन्द्रहवाँ जन्मदिन एक यथासम्भव भव्य जन्मदिन हो सके। इस समय मैं इससे अधिक और कुछ नहीं कह सकता। मैं अपने ऊपर अत्यन्त कड़ी सेंसरशिप लागू कर रहा हूँ। तुम्हें प्यार! तुम्हारा पिता।

दोनों सहेलियाँ उत्तेजना में साँस रोककर बैठी रहीं। उनमें से कोई सी भी नहीं बोली, वे केवल यह पढ़ती रहीं कि काड्र्स पर क्या लिखा है :

> मेरे प्यारे बच्चे! मुझे सबसे ज्यादा यह अच्छा लगेगा कि मैं तुम्हें सफेद फाख्ता (शान्ति कपोत) के साथ अपने गुप्त विचार भेजूँ। किन्तु लेबनान से सफेद फाख्ताएँ निकल चुकी हैं। युद्ध से क्षत-विक्षत इस देश को यदि किसी चीज की जरूरत है तो वह यह सफेद फाख्ताएँ ही हैं। मेरी प्रार्थना है कि किसी दिन दुनिया में यू.एन. सच्चे अर्थों में शान्ति स्थापित करने का प्रबन्ध कर सकेगी।

पुनश्च : सम्भवतया तुम्हारे जन्मदिन का उपहार दूसरे लोगों के साथ भी साझा किया जा सके। हम इसके विषय में तब बात करेंगे जब मैं घर आ पहुँचूँगा। किन्तु तुम यह अनुमान नहीं लगा पा रही होगी कि मैं किस चीज की बात कर रहा हूँ, ठीक है न? उस एक के प्यार सहित, जिसके पास हम दोनों के हित में सोचने के लिए ढेर सारा समय है।

जब वे छः काड्‌र्स पढ़ चुकीं, तो सिर्फ एक बचा था। इस पर लिखा था :

प्रिय हिल्डे! तुम्हारे जन्मदिन के लिए इन सभी गोपनीय बातों से अब मैं इतना फटा जा रहा हूँ कि मुझे दिन में कई बार घर फोन करने और सारा भांडा फोड़ देने से स्वयं को रोकना पड़ता है। यह कुछ ऐसी चीज है कि बढ़ती जा रही है और बढ़ती ही जा रही है। और जैसे कि तुम जानती हो, जब कोई चीज बड़ी से बड़ी होती जाती है तो इसे अपने तक सीमित रखना बड़ा कठिन हो जाता है।

पिता से प्यार।

पुनश्च : किसी दिन तुम सोफी नाम की एक लड़की से मिलोगी। तुम दोनों को यह अवसर प्रदान करने के लिए कि तुम दोनों मिलने से पहले एक-दूसरे को अच्छी तरह जान लो, मैंने इन सारे काड्‌र्स की एक कॉपी, जो मैं तुम्हें लिखता हूँ, उसे भी भेजना शुरू कर दिया है। हिल्डे, मैं आशा करता हूँ कि वह तुम्हारे विषय में अच्छी तरह जान जाएगी। अभी तक तो वह तुमसे ज्यादा नहीं जानती। उसकी एक सहेली है जोआना। हो सकता है वह कुछ कुछ मदद कर सके?

अन्तिम कार्ड पढ़ने के बाद, जोआना और सोफी, दोनों एक-दूसरे को जंगलीयों की तरह घूरती हुई निश्चल बैठी रहीं। जोआना सोफी की कलाई मजबूती से पकड़े हुए थी।

'मैं तो बिलुकल डर गई हूँ,' उसने कहा।

'मैं भी तुम्हारी तरह ही।'

'अन्तिम कार्ड पर मुहर कब की है?'

सोफी ने एक बार फिर कार्ड को देखा।

'मई 16,' उसने कहा, 'ये तो आज है।'

'ये नहीं हो सकता,' जोआना चीखी, लगभग गुस्से से भरकर।

उन्होंने डाक-मुहर को ध्यान से देखा, किन्तु गलती की कोई सम्भावना नहीं थी... 05-16-90।

'ऐसा नहीं हो सकता,' जोआना अड़ गई। 'और मैं नहीं सोच सकती इसे किसने लिखा है। यह कोई ऐसा होना चाहिए जो हमें जानता है। किन्तु उसे यह कैसे मालूम कि हम एक खास दिन, यानी आज यहाँ आएँगे।'

दोनों में से जोआना ज्यादा डर गई थी। सोफी के लिए हिल्डे और उसके पिता नए नहीं थे।

'मुझे लगता है इसका कुछ ताल्लुक पीतल फ्रेमवाले दर्पण से भी है।'

जोआना फिर उछल पड़ी।

'तुम वास्तव में यह तो नहीं सोच रहीं कि जैसे ही इन कार्ड्स पर लेबनान में डाक-मुहर लगती है, वैसे ही यह उड़ते हुए दर्पण से बाहर निकल आते हैं?'

'क्या तुम्हारे पास इससे कोई और बेहतर जवाब है?'

'नहीं।'

सोफी खड़ी हो गई और उसने दीवार पर टँगे दो पोर्ट्रेट्स (चित्रों) के सामने मोमबती दिखाई। जोआना भी उधर ही चली आई और झुककर चित्रों को ध्यान से देखने लगी।

'बर्कले और जरकले। इसका क्या मतलब है?'

'मुझे नहीं मालूम।'

मोमबती लगभग पूरी जल चुकी थी।

'अब हमें चलना चाहिए,' जोआना ने कहा, 'आओ चलें!'

'हमें दर्पण अपने साथ ले चलना चाहिए।'

सोफी ने हाथ ऊपर किया और चेस्ट ऑफ ड्राअर्स के ऊपर बड़े पीतल के फ्रेमवाले दर्पण को कील से उतार लिया। जोआना ने उसे रोकने की कोशिश की किन्तु सोफी को उसके इरादे से कोई बदल नहीं सकता था।

जब वे केबिन से बाहर आईं तो अँधेरा उतना ही था जितना मई की किसी भी रात को हो सकता था। आसमान में इतनी रोशनी थी कि झाड़ियों और पेड़ों के स्पष्ट आकार दिख सकते थे। छोटी झील ऐसे शान्त थी जैसे आसमान की परछाईं हो। दोनों लड़कियाँ विचार-मगन हो कर नाव खेती हुई दूसरी तरफ पहुँच गईं।

वापस तम्बू में लौटते हुए उन में से कोई भी एक दूसरी से नहीं बोली, किन्तु दोनों यह जानती थी कि अभी जो उन्होंने देखा था, दूसरी बड़ी गहराई से, उसके बारे में सोच रही थी। बीच-बीच में कभी कोई डरी हुई चिड़िया चौंक पड़ती, और दो-तीन बार उल्लू के बोलने की आवाज भी सुनाई दी।

जैसे ही वे अपने तम्बू में पहुँचीं, रेंगती हुई वे अपने बिस्तरों में घुस गईं।

जोआना ने दर्पण को तम्बू के अन्दर लाने से मना कर दिया। सोने से पहले दोनों सहमत थीं कि एक खासी डरानेवाली चीज तो तम्बू के बिलकुल पास, बस बाहर ही थी। सोफी ने पोस्टकार्ड्स भी ले लिये थे और उन्हें अपने बैक-पैक की पॉकेट में डाल दिया।

अगले सबेरे वे जल्दी जग गईं। सोफी पहले जगी। उसने अपने बूट पहने और तम्बू के बाहर आई। ओस की बूँदों से ढँका हुआ बड़ा दर्पण घास में पड़ा था।

सोफी ने अपने स्वेटर से ओस पोंछी और दर्पण में अपने प्रतिबिम्ब को ध्यान से देखा। लगता था जैसे वह स्वयं को ही ऊपर से नीचे और नीचे से ऊपर देख रही थी। सौभाग्य से इतने सबेरे उसे लेबनान से कोई पोस्टकार्ड नहीं दिखा था।

तम्बू के पीछे इस खुली जगह के ऊपर सबेरे का फटा-पुराना कुहासा धीरे-धीरे रुई के गोले बनता, खिसकता जा रहा था। छोटी-छोटी चिड़ियाँ बड़ा जोर लगाकर चहक रही थीं किन्तु सोफी को न तो कोई ग्राउज दिखाई दी और न ही उसकी आवाज सुनने में आई।

लड़कियों ने एक-एक अतिरिक्त स्वेटर और पहन लिया और अपना नाश्ता तम्बू के बाहर बैठकर लिया। शीघ्र ही उनकी बातचीत मेजर के केबिन और रहस्यमय कार्ड्स की ओर मुड़ गई।

नाश्ते के बाद उन्होंने अपने तम्बू को उखाड़ा, इसकी तह जमाई और घर की तरफ चल दीं। सोफी अपनी बगल में बड़ा दर्पण लिये जा रही थी। बीच-बीच में सुस्ताने के लिए उसे रुकना पड़ा–किन्तु जोआना ने तो दर्पण को छूने से ही इनकार कर दिया।

जैसे ही वे शहर के बाहरी हिस्से के पास पहुँचीं, उन्हें छिटपुट धमाकों की आवाज सुनी। सोफी को याद आया कि हिल्डे के पिता ने युद्ध से बेहाल हुए लेबनान के विषय में क्या लिखा था और उसने अनुभव किया कि वह कितनी भाग्यशाली थी कि उसका जन्म एक शान्तिपूर्ण देश में हुआ था। उन्होंने जिन धमाकों की आवाज सुनी थी वह उस हलकी-फुलकी मासूम आतिशबाजी की आवाज थी, जो राष्ट्रीय अवकाश मनाने के उपलक्ष्य में छोड़ी जा रही थी।

सोफी ने जोआना को चॉकलेट के गरम कप के लिए रुकने को कहा। सोफी की माँ यह जानने को बड़ी उत्सुक थी कि उन्हें दर्पण कहाँ मिला? सोफी ने उसे बताया कि यह उन्हें मेजर के केबिन के बाहर मिला है, और उसकी माँ ने फिर वही कहानी दुहराई कि बहुत वर्षों से वहाँ कोई नहीं रहा है।

जब जोआना चली गई, तो सोफी ने अपनी लाल ड्रेस पहनी। नॉर्वे का शेष राष्ट्रीय दिवस साधारण तरीके से बीत गया। शाम को टी.वी. समाचार में एक फीचर दिखाई गई कि नॉर्वे की यू.एन. बटालियन ने लेबनान में अपना राष्ट्रीय दिवस कैसे मनाया। सोफी की आँखें स्क्रीन पर गड़ी थीं। जिन आदमियों को वह देख रही थी उनमें से एक हिल्डे का पिता हो सकता था।

मई 17 के दिन जो आखिरी काम सोफी ने किया, वह था बड़े दर्पण को अपने कमरे की दीवार पर टाँगना। अगले दिन सबेरे उसके अड्डे पर एक नया ब्राउन लिफाफा था। उसने इसे फाड़कर तुरन्त खोला और पढ़ने लगी।

दो संस्कृतियाँ

शून्य में तैरने से परे रहने का एकमात्र रास्ता...

हमें मिलने में अब अधिक समय नहीं लगेगा, मेरी प्रिय सोफी! मेरा विचार था कि तुम मेजर के केबिन में वापस लौटोगी—इसीलिए मैंने हिल्डे के पिता के सारे काड्र्स वहाँ छोड़ दिए थे। उन्हें तुम तक पहुँचा सकने का यही एकमात्र तरीका था। इसकी चिन्ता छोड़ो कि हिल्डे उन्हें कैसे प्राप्त करेगी। जून 15 से पहले बहुत-कुछ हो सकता है।

हमने देखा है किस प्रकार यूनानवादी दार्शनिकों ने पूर्ववर्ती दार्शनिकों के विचारों को पुनः प्रचलित कर दिया। कुछ ने तो अपने पूर्ववर्तियों को धार्मिक पैगम्बरों का दर्जा देने का प्रयास किया। प्लॉटिनस ने तो अफलातून को लगभग मानवता का मुक्तिदाता ही घोषित कर दिया।

किन्तु जैसा हम जानते हैं, उस अवधि में, जिसकी हम चर्चा कर रहे हैं, यूनानी-रोमन क्षेत्र के बाहर एक अन्य मुक्तिदाता ने जन्म लिया। मैं नजारथ के यीशु की ओर संकेत कर रहा हूँ। इस अध्याय में हम देखेंगे कि ईसाई धर्म किस प्रकार धीरे-धीरे यूनानी-रोमन जगत के भीतर प्रवेश करता गया—लगभग उसी तरह जैसे हिल्डे की दुनिया धीरे-धीरे हमारी दुनिया में प्रवेश पाती जा रही है।

यीशु एक यहूदी था और यहूदी सामी/सेमाइट (अरब-यहूदी) संस्कृति के होते हैं। यूनानी और रोमन लोग इंडो-यूरोपीय सभ्यता के होते हैं। यूरोपीय सभ्यता की जड़ें दोनों संस्कृतियों में हैं। किन्तु इसके पहले कि हम ईसाई धर्म के यूनानी-रोमन संस्कृति पर पड़नेवाले प्रभाव को बारीकी से देखें, हमें इन जड़ों का निरीक्षण करना चाहिए।

इंडो-यूरोपियन्स

इंडो-यूरोपियन से हमारा तात्पर्य उन सभी राष्ट्रों और संस्कृतियों से है, जो इंडो- यूरोपीय भाषाओं का प्रयोग करते हैं। इसमें वे सभी यूरोपीय शामिल हैं विाय उन देशों के जिनके निवासी जो फिनो-यूग्रियन (लाप, फिनिश एस्टोनियन और हंगेरियन), भाषाओं में से एक का या बोस्क भाषा का प्रयोग करते हैं। इसके अतिरिक्त, अधिकांश भारतीय एवं ईरानी भाषाएँ इंडो-यूरोपीय भाषा परिवार की भाषाएँ हैं।

लगभग 4000 वर्ष पूर्व आदिकालीन इंडो-यूरोपीय लोग कालासागर और कैस्पियन सागर के किनारेवाले क्षेत्रों में बसते थे। यहाँ से इन इंडो-यूरोपीय जातियों की लहरें इधर-उधर फैलने लगीं, दक्षिण-पूर्व में यह ईरान और भारत तक पहुँची, दक्षिण-पश्चिम में यह यूनान, इटली और स्पेन गईं, पश्चिम में मध्य यूरोप होते हुए फ्रांस और ब्रिटेन पहुँचीं, उत्तर-पश्चिम की ओर बढ़ती

हुई स्कैंडिनेविया और उत्तर में पूर्वी यूरोप और रूस तक पहुँचीं। ये लोग जहाँ भी गए, इंडो-यूरोपियनों ने स्थानीय संस्कृति में स्वयं को घुला-मिला दिया, हालाँकि इसमें इंडो-यूरोपीय भाषाओं और इंडो-यूरोपीय धर्मों ने महत्त्वपूर्ण भूमिका निभाई।

प्राचीन भारतीय वेद ग्रन्थ और यूनानी दर्शनशास्त्र तथा स्नोरी स्तुर्लसन की पौराणिक कथाएँ, सभी की सभी सम्बद्ध भाषाओं में लिखी हुई हैं। किन्तु ये केवल भाषाएँ ही नहीं हैं जो सम्बद्ध हैं। सम्बद्ध भाषाएँ अक्सर सम्बद्ध विचारों को लेकर आती हैं। यही कारण है कि हम प्रायः एक इंडो-यूरोपीय 'संस्कृति' की बात करते हैं।

इंडो-यूरोपियनों की संस्कृति पर सर्वाधिक प्रभाव उनकी अनेक देवताओं में आस्था का था। इसे *अनेक-ईश्वर-आस्थावाद* कहते हैं। इन देवताओं के नाम और अधिकांश धार्मिक शब्दावली सारे ही इंडो-यूरोपीय क्षेत्र में बार-बार प्रयुक्त हुई है। मैं तुम्हें कुछ उदाहरण दूँगा :

प्राचीन भारतीय *द्यौस* नामक देवता की पूजा करते थे, संस्कृत में *'द्यौस'* का अर्थ होता है आकाश, दिन, स्वर्ग/विशिष्ट स्वर्ग। यूनानी में इस देवता को *ज़ीअस* (Zeus), लैटिन में इसे *जुपीटर* (वास्तव में iov-pater या पिता स्वर्ग Father Heaven) और पुरानी नॉर्स भाषा में *टीयर* (Tyr) कहते हैं। अतः यह विभिन्न नाम, द्यौस, ज़ीअस, इयोव, और टीयर एक ही शब्द के विभिन्न रूप हैं।

तुमने शायद पढ़ा होगा कि पुराने *वाइकिंग्स* एक देवता में विश्वास करते थे, जिसे वे *असर* (Aser) कहते थे। यह एक अन्य शब्द है जिसे हम इंडो-यूरोपीय क्षेत्र में बार-बार प्रयुक्त होते देखते हैं। भारत की प्राचीन शास्त्रीय भाषा, संस्कृत में दैवी शक्तियों (Gods) को *असुरा* (Asura) और फारसी भाषा में *अहुरा* (Ahura) कहा जाता है। दैवी शक्तियों के लिए संस्कृत में एक और शब्द *'देव'* (Deva), फारसी में *दएवा* (Dacva) लैटिन में *डीयस* (Deus) और पुरानी नॉर्स भाषा में *तिवुर* (Tivurr) प्रयोग किया जाता है।

वाइकिंग के समय में उपजाऊपन अथवा उर्वरता के विशेष समूह के देवता (जैसे नियॉर्ड (Niord), फ्रेयर (Freyr) और फ्रेयजा (Freyja) में भी लोगों का विश्वास था। इन देवताओं को एक विशिष्ट सामूहिक नाम *वनेर* (Vaner) से भी सन्दर्भित किया जाता था; यह शब्द *वीनस* (Venus) उर्वरता की देवी के लैटिन नाम से भी सम्बद्ध है। संस्कृत में इसके लिए सम्बद्ध शब्द 'वाणी' है जिसका अर्थ कामना या 'इच्छा' होता है।

इसी प्रकार की स्पष्ट समीपता इंडो-यूरोपीय पौराणिक कथाओं में भी देखी जा सकती है। पुराने नॉर्स देवताओं की स्नोरी की कहानियों में कुछ पौराणिक कथाएँ उन भारतीय पौराणिक कथाओं के समान हैं जो दो से तीन हजार वर्ष पूर्व बनी थीं और तब से चली आ रही थीं। यद्यपि स्नोरी की मिथक-कथाओं में नॉर्डिक परिवेश है और भारतीय मिथक-कथाएँ भारतीय परिवेश झलकाती हैं, किन्तु उनमें से कइयों में समान उद्गम के चिह्न देखे जा सकते हैं। ये चिह्न हमें अमरत्व प्रदान करनेवाले पेयों समरूप मिथक-कथाओं में और देव-असुर संग्रामों में (असुर व्यवस्था विरोधी थे और अराजकता फैलाते थे) साफ नजर आते हैं।

इंडो-यूरोपीय संस्कृतियों में विचार करने के तरीकों में भी दूर-दूर तक एक जैसा स्वरूप देखने को मिलता है। एक प्रतीकात्मक समानता उस तरीके में देखी जा सकती है जिसमें दुनिया को नाटक का विषय (लीलाधाम) माना गया है जिसमें *अच्छाई* और *बुराई* की शक्तियाँ निरन्तर चलनेवाले संघर्ष में एक-दूसरे के आमने-सामने बनी रहती हैं। अतः इंडो-यूरोपियनों ने यह 'भविष्यवाणी' करने का प्रयास किया है कि *अच्छाई* और *बुराई* के बीच चलनेवाले संघर्ष का क्या परिणाम निकलेगा।

कहा जा सकता है कि इसमें कुछ सच्चाई है कि संस्कृति के इंडो-यूरोपियन क्षेत्र से यूनानी दर्शनशास्त्र का उद्‌गम होना आकस्मिक घटना नहीं थी। भारतीय, यूनानी और नॉर्स मिथक कथाएँ–इन सभी का दुनिया के दार्शनिक अथवा विचारशील दृष्टिकोण की ओर स्पष्ट रुझान है।

इंडो-यूरोपियन्स विश्व के इतिहास में 'अन्तर्दृष्टि' खोजने में लगे थे। यहाँ तक कि हम 'अन्तर्दृष्टि' अथवा 'ज्ञान' के लिए एक विशिष्ट शब्द के चिह्न इंडो-यूरोपोय दुनिया में एक संस्कृति से दूसरी में देख सकते हैं। संस्कृत में यह शब्द 'विद्या' है; यह शब्द यूनानी शब्द 'आइडिया' (Idea) के बिलकुल समान है, जो अफलालून के दर्शन में अत्यन्त महत्त्वपूर्ण था। लैटिन भाषा में शब्द 'विडियो' (Video) है किन्तु रोमन भूमि पर इस शब्द का अर्थ केवल देखना था। हमारे लिए 'मैं देखता हूँ' का अर्थ है 'मैं समझता हूँ' और कार्टूनों में जब बुडी बुडपैकर के 'सिर' में चमकीला नया विचार आता है तो उसके सिर पर एक प्रकाश-बल्ब फ्लैश करता है। (हमारे समय से पहले 'देखना' शब्द टी.वी. को ध्यान से देखने का पर्यायवाची नहीं बना था) अंग्रेजी में हमें 'वाइज' (wise) और 'विजडम' (wisdom) शब्द मिलते हैं–जर्मन भाषा में यह 'विसेन' (wissen) 'जानना' बन जाता है। है। नॉर्वे की भाषा में 'विटेन' (viten) शब्द है जिसकी जड़ें (धातु) वही हैं जो भारतीय शब्द 'विद्या', यूनानी 'आइडिया' (idia) और लैटिन 'विडियो' (video) की हैं।

कुल मिलाकर हम यह सिद्ध कर सकते हैं कि इंडो-यूरोपियनों के लिए इन्द्रियों में सबसे महत्त्वपूर्ण इन्द्रिय 'चक्षु' (sight) थी। भारतीयों, यूनानियों, फ़ारसियों और टयूटॉन्स के साहित्य में एक लाक्षणिक समानता महान ब्रह्मांडीय दर्शन में पाई जाती है। इस शब्द को फिर देखें : 'विजन' (vision) शब्द लैटिन क्रिया 'विडियो' (video) से आता है, इंडो-यूरोपीय सभ्यताओं का एक लक्षण यह भी था कि वे देवताओं और पौराणिक घटनाओं के चित्र एवं मूर्तियाँ बनाते थे।

आखिरकार इंडो-यूरोपियन्स इतिहास के विषय में चक्रीय दृष्टिकोण रखते थे। उनका विश्वास था कि इतिहास की गति, वर्ष की ऋतुओं के समान ही, आवर्ती है। अतः इतिहास में न तो प्रारम्भ है और न अन्त, किन्तु विभिन्न सभ्यताएँ हैं जो जन्म और मृत्यु के बीच शाश्वत लीला की भाँति ही कभी ऊपर उठती और कभी फिर नीचे गिरती रहती हैं।

पूरब के दोनों ही धर्म, हिन्दू धर्म और बौद्ध धर्म, अपने उद्‌गम में इंडो-यूरोपीय हैं। यही बात यूनानी दर्शन के विषय में भी कही जा सकती है, और हम एक ओर हिन्दू धर्म और बौद्ध धर्म में और दूसरी ओर यूनानी दर्शन में अनेक स्पष्ट समानान्तर दृष्टियां देख सकते हैं। यहाँ तक कि आज भी, हिन्दू धर्म और बौद्ध धर्म, बड़े सशक्त रूप से, दार्शनिक चिन्तन से ओतप्रोत हैं।

प्रायः हम देखते हैं कि हिन्दू धर्म और बौद्ध धर्म इस तथ्य पर जोर डालते हैं कि देवत्व या दिव्यता सब चीजों में (ईशा सर्वमिदम्) है, और मनुष्य धार्मिक अन्तर्दृष्टि प्राप्त करके *ईश्वर* के साथ तादात्म्य स्थापित कर सकता है। (सोफी, प्लॉटिनस को याद रखो) इसे प्राप्त करने के लिए गहरी साधना और गहन आत्म समागम का अभ्यास करना जरूरी है। अतः पूरब में, अकर्मकता और एकान्तिकता धार्मिक आदर्श हो सकते हैं। प्राचीन यूनान में भी ऐसी आस्था रखनेवाले अनेक लोग थे कि आत्मा की मुक्ति के लिए एक साधुई और धार्मिक एकान्त का मार्ग अपनाना ठीक है। मध्ययुगीन विहारों के जीवन के बहुत से पहलुओं को उन चिह्नों में देखा जा सकता है जिनके विश्वास यूनानी-रोमन सभ्यता के समय से चले आ रहे हैं।

इसी प्रकार, आत्मा का आवागमन अथवा पुनर्जन्म का चक्र कई इंडो-यूरोपीय संस्कृतियों का आधारभूत विश्वास है। 2500 से भी अधिक वर्षों से, प्रत्येक भारतीय के जीवन का चरम लक्ष्य पुनर्जन्म के चक्र से मुक्ति पाना रहा है। अफलातून भी आत्मा के आवागमन में विश्वास करता था।

सेमाइट्रस

सोफी, अब सेमाइट्रस की ओर मुड़ते हैं। इनकी संस्कृति पूरी तरह अलग है और भाषा भी पूरी तरह अलग है। सेमाइट्रस का उद्गम अरब प्रायद्वीप में हुआ, किन्तु वे भी दुनिया के भिन्न-भिन्न भागों में जाकर बस गए। यहूदी लोग 2000 वर्षों से भी अधिक समय तक अपने मूल निवास से दूर रहे। ईसाई धर्म जगत के माध्यम से सैमिटिक इतिहास और धर्म बहुत दूर-दूर तक पहुँचे, यद्यपि सैमिटिक संस्कृति इस्लाम के मार्ग से भी व्यापक स्तर पर प्रसारित हुई।

यहूदी धर्म, ईसाई धर्म और इस्लाम—तीनों ही पाश्चात्य धर्मों की समान सैमिटिक पृष्ठभूमि है। मुसलमानों का पवित्र धर्म-ग्रन्थ, कुरान और ओल्ड टेस्टामेंट दोनों ही सैमिटिक परिवार की भाषाओं में लिखे गए थे। 'ईश्वर' के लिए ओल्ड टेस्टामेंट का एक शब्द 'God' और मुसलमानों का 'अल्लाह'—भाषा में अर्थ की दृष्टि से समान जड़ें रखते हैं। ('अल्लाह' शब्द का सीधे-सीधे अर्थ 'God' यानी 'ईश्वर' है।)

जब हम ईसाई धर्म की ओर चलते हैं तो तसवीर और जटिल हो जाती है। ईसाईयत की भी सैमिटिक पृष्ठभूमि है किन्तु न्यूटेस्टामेंट यूनानी भाषा में लिखा गया था, और जब ईसाई आस्था को धर्मशास्त्र का रूप दिया जा रहा था तो यह यूनानी एवं लैटिन से प्रभावित हुई, और इस प्रकार यूनानवादी दर्शनशास्त्र से भी।

इंडो-यूरोपियनों का अनेक देवताओं में विश्वास था। इसी तहर सेमाइट्रस का भी यही लक्षण था कि वे आदिकाल से एक ईश्वर में विश्वास के कारण आपस में जुड़े थे। इसे एकेश्वरवाद कहते हैं। यहूदी धर्म, ईसाई धर्म और इस्लाम तीनों ही का समान आधारभूत विचार है कि ईश्वर केवल एक है।

सेमाइट्रस में इतिहास सम्बन्धी विचार में पारस्परिक सहमति थी कि इतिहास रेखावत् था। दूसरे शब्दों में इतिहास को एक निरन्तर चलती रहनेवाली रेखा माना जाता था। प्रारम्भ में ईश्वर ने दुनिया बनाई, और यह इतिहास की शुरुआत थी। किन्तु एक दिन इतिहास का अन्त हो जाएगा, यह दिन कयामत का दिन या (ईश्वरीय) फैसले का दिन होगा, वह दिन जब ईश्वर जीवित और मृत सभी के विषय में अपना फैसला सुनाएगा।

इन तीनों ही पाश्चात्य धर्मों का महत्त्वपूर्ण लक्षण इतिहास की भूमिका के बारे में है। विश्वास यह है कि ईश्वर इतिहास में हस्तक्षेप करता है—यहाँ तक कि इतिहास का अस्तित्व इसीलिए है कि ईश्वर दुनिया में अपनी इच्छा दिखला सके। जिस प्रकार एक बार उसने (ईश्वर ने) अब्राहम को 'अभीप्सित भूमि' (स्वर्गिक, सौन्दर्यवाला देश) में पहुँचने में मार्ग-दर्शन किया था उसी प्रकार वह समस्त मानवता के पगों को, इतिहास से गुजरते हुए, कयामत के दिन की ओर ले जाता है। जब वह दिन आएगा, तो दुनिया से सारी बुराई का ख़ात्मा हो जाएगा।

ईश्वर के कार्य-कलापों में इतिहास के प्रवाह पर अत्यधिक जोर देते हुए, सैमाइट्रस कई हजार वर्षों तक इतिहास लिखने के काम में जुटे रहे। और यही ऐतिहासिक जड़ें उनके पवित्र धर्म-ग्रन्थों का सार बन गई हैं।

आज भी यहूदियों, ईसाइयों और मुसलमानों, यानी तीनों के लिए येरुशलम समान रूप से महत्त्वपूर्ण धार्मिक केन्द्र है। यह शहर इन तीनों धर्मों की एक ही पृष्ठभूमि होने को दर्शाता है। शहर में विशाल यहूदी सिनेगॉग्स (पूजा-प्रार्थना स्थल), ईसाई गिरजाघर और मस्जिदें इस्लामी हैं। अतः यह अत्यन्त दुर्भाग्यपूर्ण है कि आज यह येरुशलम लड़ाई की जड़ बन गया है—जहाँ लोग हजारों की संख्या में एक-दूसरे को केवल इसीलिए मार रहे हैं क्योंकि वे सहमत नहीं

हो सके कि इस 'शाश्वत शहर' पर किसका अधिकार हो। ईश्वर करे एक दिन यू.एन. येरुशलम को तीनों ही धर्मों के लिए पवित्र देवस्थान बनाने में सफलता प्राप्त करे। (हम अपने दार्शनिक अध्ययन के कोर्स में थोड़ीउ देर के लिए इस व्यावहारिक पक्ष में और आगे नहीं जाएँगे। इसे हम पूरी तरह हिल्डे के पिता पर छोड़ देते हैं। अब तक तुम यह समझ गई होगी कि वह लेबनान में एक यू.एन. पर्यवेक्षक है। यदि मैं और भी सही संक्षेप में कहूँ तो मैं तुम्हें बतला दूँ कि वह एक मेजर के रूप में सेवा कर रहा है। यदि इस सबमें तुमने कोई सम्बन्ध देखना शुरू कर दिया है, तो वह स्वाभाविक और ठीक है। दूसरी ओर, हम अभी से घटनाओं की पूर्व-कल्पना न करें।)

हमने कहा था कि इंडो-यूरोपियनों की इन्द्रियों में सबसे महत्त्वपूर्ण इन्द्रिय चक्षु थी। *सैमिटिक* संस्कृति में श्रोत्र इन्द्रिय कितनी महत्त्वपूर्ण थी, यह जानना भी उतना ही रोचक होगा। यह कोई आकस्मिक बात नहीं है कि यहूदी आस्था इन शब्दों से शुरू होती है : 'सुनो! ऐ इजरायल!' *ओल्ड टेस्टामेंट* में हम पढ़ते हैं कि लोग *भगवान* के शब्दों को कैसे 'सुनते' थे, और यहूदी पैग़म्बर अपने धर्मोपदेशों को प्रायः इन शब्दों से शुरू करते थे : 'ऐसे बोला जैहोवा (ईश्वर)'। ईश्वर के शब्द को 'सुनने' पर ईसाई धर्म में भी जोर दिया गया है। ईसाई धर्म, यहूदी धर्म और इस्लाम के धार्मिक कार्यक्रम, संस्कार आदि में बोल-बोलकर पढ़ना या 'उच्चारण करना' आवश्यक है।

मैंने यह भी ज़िक्र किया था कि इंडो-यूरोपियन्स सदैव ही अपने देवताओं की मूर्तियाँ बनाते थे या उन्हें चित्रों में दर्शाते थे। इसके विपरीत सैमाइट्स ने कभी भी अपने देवता या ईश्वर के रूप का वर्णन नहीं किया। उनसे अपेक्षा की जाती थी कि वे अपने 'देवता' या ईश्वर के चित्र या मूर्तियाँ कभी नहीं बनाएँगे। *ओल्ड टेस्टामेंट* लोगों को आदेश देता है कि वे ईश्वर की कोई प्रतिमा न बनाएँ। यहूदी धर्म और इस्लाम, दोनों में ही आज तक यह कानून चला आता है। इस्लाम धर्म में तो, और भी आगे चलकर, कला एवं फोटोग्राफ़ी के प्रति प्रायः अरुचि और विमुखता है, क्योंकि लोगों को कोई चीज 'बनाने' में ईश्वर से स्पर्धा नहीं करनी चाहिए।

किन्तु ईसाइयों के गिरजाघर तो यीशु और ईश्वर के चित्रों से भरे पड़े हैं, शायद तुम यह सोच रही होगी। यह बात सही है, सोफी, किन्तु यह उन उदाहरणों में से केवल एक है जिनसे स्पष्ट होता है कि ईसाई-जगत यूनानी-रोमन दुनिया से कैसे प्रभावित हुआ था। (यूनानी-पुराणपंथी-गिरजाघरों में—यानी यूनान और रूस में—अभी भी 'खुदी हुई प्रतिमाओं' या मूर्तियों और सलीबों की, यानी बाइबिल की कहानियों के चित्रण की मनाही है।)

पूरब के महान धर्मों की विभेदक तुलना में तीनों सैमैटिक पाश्चात्य धर्म ईश्वर और उसकी सृष्टि के बीच की दूरी पर जोर देते हैं। उद्‌देश्य पुनर्जन्म के चक्र से मुक्ति पाना नहीं है, अपितु पाप और दोषारोपण से निरपराध घोषित किया जाना है। इसके अतिरिक्त, इन धर्मों में धार्मिक जीवन के लक्षण हैं प्रार्थना, धर्मोपदेश और धर्म-ग्रन्थों का अध्ययन। तुलनात्मक रूप से इनमें ध्यान और आत्मसमागम पर कम जोर दिया गया है।

इस्राइल

सोफी, मेरा इरादा तुम्हारे धर्म-अध्यापक से प्रतियोगिता करने का बिलकुल नहीं है, किन्तु आओ जल्दी से ईसाई धर्म की यहूदी पृष्ठभूमि का आकलन कर लेते हैं।

इस सब की शुरुआत उस समय हुई जब ईश्वर ने दुनिया बनाई। तुम बाइबिल के पहले पन्ने पर ही पढ़ सकती हो कि यह काम कैसे हुआ। फिर मानवता ने ईश्वर से विद्रोह शुरू

कर दिया। परिणामस्वरूप उन्हें जो दंड दिया गया वह न केवल आदम और हव्वा का ईडन की बगिया (गार्डन ऑफ़ ईडन) से निष्कासन था, अपितु मृत्यु ने भी दुनिया में प्रवेश किया।

मनुष्य की ईश्वर के प्रति अवज्ञा–यह ऐसा विषय है जो बाइबिल में शुरू से लेकर आखिर तक चलता रहता है। यदि हम *बुक ऑफ़ जिनेसिस* (सृष्टि निर्माण की पुस्तक) में और आगे जाते हैं तो हम *बाढ़* और *नोआ की नाव* की बात पढ़ते हैं। फिर हम पढ़ते हैं कि ईश्वर ने अब्राहम और उसके बीज से एक पवित्र-समझौता कर लिया। पवित्र-समझौता या मुहाइदा–यह था कि अब्राहम और उसकी सभी सन्तानें भगवान के आदेशों का पालन करेंगी। बदले में ईश्वर ने वादा किया कि वह अब्राहम के सभी बच्चों की रक्षा करेगा। इस पवित्र-समझौते का फिर नवीनीकरण उस समय किया गया जब 1200 ई.पू. *सिनाई पर्वत* पर मूसा को दस आदेश दिए गए। उस समय इस्राइलियों को बड़े लम्बे अर्से से मिस्र में दास बनाकर रखा हुआ था, किन्तु ईश्वर की सहायता से वे इस्राइल देश में वापस आ गए।

ईसा से लगभग 1000 वर्ष पूर्व–और इसीलिए किसी भी यूनानी दर्शनशास्त्र जैसी किसी चीज से बहुत-बहुत पहले–हम इस्राइल के तीन महान राजाओं की बात सुनते हैं। उनमें पहला *सौल* था, उसके बाद डेविड आया और उसके बाद सोलोमन आया। अब सारे इस्राइलवासी इकट्ठे होकर एक राज्य बन गए, और राजा डेविड के काल में, ख़ासतौर पर, उन्होंने राजनीतिक, सैनिक और सांस्कृतिक भव्यता के युग का अनुभव किया।

जब राजाओं को चुना जाता था, तो लोग उनका स्निग्धाभिषेक करते थे। इस प्रकार उन्हें 'मिसाया' की उपाधि, प्राप्त होती थी जिसका अर्थ है 'तैल-मर्दित' या स्निग्धाभिषिक्त। एक धार्मिक अर्थ में, राजा को ईश्वर और उसके लोगों के बीच में बिचौलिया समझा जाता था। और इसी कारण राजा को 'ईश्वर पुत्र' और देश को 'ईश्वर का राज्य' कहा जाता था।

किन्तु कुछ ही समय बाद इस्राइल की शक्ति क्षीण होती गई और राज्य दो हिस्सों में बँट गया, उत्तरी राज्य (इस्राइल) और दक्षिणी राज्य (जूडिया)। 722 ई.पू. उत्तरी राज्य पर असीरियन्स ने विजय प्राप्त कर ली और इसका सारा राजनीतिक और धार्मिक महत्त्व जाता रहा। दक्षिणी राज्य का हाल भी कोई बेहतर नहीं था; 586 ई.पू. में बेबीलोनियनों ने इस पर कब्जा कर लिया। इसका मन्दिर नष्ट कर दिया गया और इसके अधिकांश लोगों को दास बनाकर बेबीलोन ले जाया गया। 'बेबीलोनियनों द्वारा यह गिरफ्तारी' 539 ई.पू. तक चली, इसके बाद लोगों को वापस येरुशलम आने की अनुमति दे दी गई, और उनका भव्य मन्दिर फिर बना दिया गया। किन्तु शेष अवधि में, ईसा के जन्म से पहले, यहूदी लोग विदेशियों के प्रभुत्व में रहते रहे।

यह सवाल यहूदी बराबर अपने आपसे पूछते रहे कि डेविड का राज्य क्यों नष्ट हुआ और क्यों एक के बाद एक विपदा उन पर आती रही, जबकि ईश्वर ने वादा किया था कि वह इस्राइल को अपने हाथों में रखेगा। किन्तु लोगों ने भी वादा किया था कि वे ईश्वर के आदेशों को मानते रहेंगे। धीरे-धीरे व्यापक रूप से यह स्वीकार किया जाने लगा कि ईश्वर ने इस्राइल को अवज्ञा करने का दंड दिया है।

लगभग 750 ई.पू. अनेक पैग़म्बर आगे आए जिन्होंने इस्राइलियों द्वारा ईश्वर के आदेशों की अवज्ञा करने और परिणामस्वरूप ईश्वर के कोपभाजन बनने के विषय में धर्मोपदेश दिए। उन्होंने कहा–एक दिन ईश्वर इस्राइल पर कयामत का दिन रखेगा। हम इस प्रकार की भविष्यवाणियों को बदकिस्मती या विनाश के दिन की भविष्यवाणियाँ कहते हैं।

कुछ समय बाद दूसरे पैगम्बर आए जिन्होंने उपदेश दिया कि ईश्वर लोगों में से कुछ ख़ास लोगों को मुक्ति प्रदान करेगा, और उनके लिए 'शान्ति का राजकुमार' या डेविड के वंश में

किसी राजा को भेजेगा। ईश्वर डेविड के राज्य की पुनः स्थापना कर देगा, और फिर लोगों का भविष्य सम्पन्नतापूर्ण होगा।

पैग़म्बर इसाइया ने कहा, 'उन लोगों को, जो अँधेरे में चलते रहे हैं, एक बड़ा प्रकाश दिखाई देगा, और 'उन लोगों' को, जो मृत्यु की परछाईं से आच्छादित देश में रहते हैं, उन पर एक प्रकाश चमकेगा।' हम इस प्रकार की भविष्यवाणियों को त्राण की भविष्यवाणियाँ कहते हैं।

संक्षेप में, राजा डेविड के राज्य में इस्राइल के लोग आनन्द से रहते थे। किन्तु बाद में जब स्थिति बिगड़ने लगी, तो उनके पैग़म्बरों ने यह घोषणा करनी शुरू कर दी कि *डेविड के घर* में एक दिन एक नया राजा आएगा। यह 'मिसाया' या 'ईश्वर-पुत्र' लोगों को मुक्ति प्रदान करेगा, इस्राइल की महानता पुनः स्थापित कर देगा और 'ईश्वर के साम्राज्य' की स्थापना करेगा।

यीशु

मैं यह मानकर चलता हूँ कि तुम मुझे ध्यान से सुन रही हो, सोफी? कुंजी शब्द है *मिसाया,'* 'सन ऑफ़ गॉड' (ईश्वर-पुत्र) और 'किंगडम ऑफ गॉड' (ईश्वर का साम्राज्य)। प्रारम्भ में तो इसे राजनीतिक रूप से लिया गया। यीशु के समय में ऐसे बहुत सारे लोग थे जो यह कल्पना करते थे कि एक नया 'मिसाया,' राजा डेविड जैसी राजनीतिक, सैनिक और धार्मिक नेतृत्व-प्रतिभा लिये अवतरित होगा। इस 'त्राता' को एक राष्ट्रीय मुक्तिदाता के रूप में समझा जा रहा था, जो यहूदियों की उन सारी यातनाओं का अन्त कर देगा, जो उनको रोमन प्रभुत्व के कारण भुगतनी पड़ रही थी।

अच्छा, ठीक है। किन्तु ऐसे भी बहुत से व्यक्ति थे जो अधिक दूरदर्शी थे। पिछले दो सौ वर्षों में ऐसे पैग़म्बर थे जिन्हें विश्वास था कि जिस 'मिसाया' का वादा किया गया है, वह सारी दुनिया का त्राता होगा। वह न केवल इस्राइलवासियों को विदेशी कुशासन से मुक्त कराएगा अपितु वह सारी मानवता को पाप और दोष से बचा लेगा, और हाँ, मृत्यु से भी। त्राज के अर्थ में 'मुक्ति की लालसा' समूची यूनानवादी दुनिया में व्यापक रूप से फैली थी।

तो अब नजारथ का यीशु आता है। वह ही एकमात्र ऐसा व्यक्ति नहीं था जो आगे आया कि वह ईश्वर द्वारा वादा किया गया 'मिसाया' है। यीशु भी ऐसे शब्दों का, जैसे–'ईश्वर-पुत्र', 'ईश्वर का साम्राज्य' और 'त्राण' प्रयोग करता है। ऐसा करने में वह पुराने पैग़म्बरों से कड़ी के रूप में जुड़ा रहता है। वह सवार होकर येरुशलम में आता है और लोगों की भीड़ को अपने को (यीशु को) त्राता घोषित करने की अनुमति देता है, और इस प्रकार वह सीधे-सीधे पुराने राजाओं के 'सिंहासन आरूढ़ होने के संस्कार' को खेलता है। वह स्वयं को लोगों द्वारा तैल-मर्दित हो जाने देता है। समय आ गया है, वह कहता है, और 'ईश्वर का साम्राज्य' आने ही वाला है।

किन्तु यहाँ एक महत्त्वपूर्ण बिन्दु है! यीशु अपने आपको अन्य मिसायाओं' से यह कह कर अलग कर लेता है कि वह सैनिक या राजनीतिक विद्रोही नहीं है। उसका जीवनोद्देश्य बहुत बड़ा था। उसने सबके लिए मुक्ति और ईश्वरीय क्षमा का उपदेश किया। जिन लोगों से भी वह रास्ते में मिलता था, कहता था–'उसका नाम लेने मात्र से ईश्वर ने तुम्हारे पाप क्षमा कर दिए हैं।'

इस तरह से 'पापों से माफ़ी' दिलाने की बात इससे पहले लोगों ने कभी नहीं सुनी थी और इससे भी खराब बात यह थी कि वह ईश्वर को 'फ़ादर' (पिता) ('अब्बा') कहकर सम्बोधित करता था। यहूदी समुदाय में उस समय यह बात पूरी तरह से अप्रत्याशित थी। इसलिए यहूदी कानून बनाने और लिखनेवालों में कोई उसके विरोध में एक लहर उठने में देर नहीं लगी।

तो स्थिति यह बनी : यीशु के समय में बहुत सारे लोग एक 'मिसाया' के आगमन की प्रतीक्षा कर रहे थे, जो बिगुल बजाकर, बड़े शानो-शौकत से (दूसरे शब्दों में, आग और तलवार का सहारा लेकर) ईश्वर का साम्राज्य स्थापित कर देगा। 'ईश्वर का साम्राज्य' यह अभिव्यक्ति यीशु के उपदेशों में बार-बार उठाया गया विषय है—किन्तु एक बहुत बड़े और व्यापक अर्थ में। यीशु कहता था कि 'ईश्वर का साम्राज्य' अपने पड़ोसी को प्रेम करने में, निर्बलों और निर्धनों के प्रति करुणा में और जिन्होंने गलती की है उन्हें क्षमा कर देने में है।

युगों पुराने मुहावरे जिस के अर्थ में युद्ध का संकेत था और यीशु द्वारा उसी मुहावरे के प्रयोग से नए संदेश के अर्थ में एक नाटकीय, आमूलचूल परिवर्तन था। लोग तो आशा कर रहे थे कि एक सैनिक नेता आएगा, जो शीघ्र ही 'ईश्वर के साम्राज्य' की स्थापना की घोषणा कर देगा, किन्तु उसके स्थान पर आता है यीशु, अँगरखा और सैंडल पहने हुए, और लोगों को बतलाता है कि ईश्वर का साम्राज्य—या नया पवित्र-समझौता—यह है कि 'आप अपने पड़ोसी से वैसा ही प्यार करेंगे जैसा आप स्वयं अपने से करते हैं। किन्तु इतना ही नहीं था, सोफी, उसने यह भी कहा कि हमें अपने शत्रुओं से प्रेम करना चाहिए। जब वे हम पर चोट करें, तो बदले में हमें उन्हें नहीं मारना चाहिए बल्कि अपना दूसरा गाल भी उनकी तरफ़ कर देना चाहिए और हमें क्षमा भी अवश्यमेव करनी चाहिए—न केवल सात बार, अपितु सात गुणा सात सौ बार।

यीशु ने स्वयं यह दिखा दिया कि वह इतना ऊँचा आदमी नहीं है कि वेश्याओं, भ्रष्ट सूदखोरों या राजनीतिक तोड़-फोड़ करनेवालों से बात नहीं कर सकता। किन्तु वह तो इससे भी आगे गया : उसने कहा कि एक बिलकुल बेकार आदमी जिसने अपने पिता से प्राप्त सारी विरासत को उड़ा दिया हो—या मामूली आम आदमी जिसने सरकारी कोश के पैसों से अपनी जेब भर ली—यदि ईश्वर के सामने पश्चात्ताप करता है और क्षमा के लिए प्रार्थना करता है तो वह सदाचारी हो जाता है क्योंकि ईश्वर की दया इतनी महान है।

किन्तु सुनती जाओ—वह तो इस से भी एक कदम और आगे गया : यीशु ने कहा कि ऐसे क्षमा प्रार्थी पापी तो ईश्वर की निगाहों में अधिक सदाचारी हैं और उसकी दया के बड़े पात्र हैं बनिस्बत उन पाखंडियों के जो अपने सद्‌गुणों की शेखी बघारते फिरते हैं।

यीशु ने यह भी साफ़ किया कि कोई भी ईश्वर की दया को अर्जित नहीं कर सकता। हम स्वयं को त्राण नहीं दे सकते (जैसा कई यूनानी विश्वास करते थे)। सरमन ऑर द माउंट पर दिए उपदेश में यीशु ने जिन कठोर नैतिक नियमों की शर्तें सामने रखीं, वे न केवल यह सिखाने के लिए थीं कि ईश्वर की इच्छा का क्या अर्थ है, अपितु यह दर्शाने के लिए भी थीं कि ईश्वर की निगाहों में कोई भी सदाचारी नहीं है। ईश्वर की दया असीम है, किन्तु हमें ईश्वर की ओर जाने और क्षमायाचना एवं प्रार्थना करने की आवश्यकता है।

यीशु के विशद अध्ययन और उसके उपदेशों के काम को मैं तुम्हारे धर्म- अध्यापक पर छोड़ता हूँ। यह उसके लिए अच्छा और काफी काम होगा। मुझे आशा है वह यह दिखलाने में सफल होंगे कि यीशु कैसा असाधारण व्यक्ति था। एक बड़े ही चतुर ढंग से उसने अपने समय की भाषा का प्रयोग करते हुए पुराने युद्धोन्मादी स्वरों को पूरी तरह नई और विस्तृत सामग्री प्रदान की। इसमें आश्चर्य की बात नहीं कि उसका अन्त सलीब पर हुआ। उसके त्राण सम्बन्धी क्रान्तिकारी विचार अनेक निहितार्थों और राजनीतिक कारकों के इतने विपरीत थे कि उसका हटाया जाना जरूरी था।

जब हम सुकरात की चर्चा कर रहे थे, तो हमने देखा था कि लोगों को तर्क से अपील करना कितना ख़तरनाक हो सकता है। यीशु की बात आती है तो हम देखते हैं कि बिना शर्त

के भ्रातृत्व प्रेम और बिना शर्त के क्षमा की माँग करना कितना खतरनाक है। हम आज की दुनिया में भी देख सकते है कि शान्ति, प्रेम, निर्धनों के लिए भोजन, और राज्य के शत्रुओं के लिए आम माफ़ी जैसी सरल माँगों के सामने आने पर बड़ी से बड़ी शक्तिशाली ताकतें टूट पड़तीं, बिफर जाती हैं।

तुम याद करो, सोफी, अफलातून को इस बात पर किस कदर गुस्सा आया था कि एथेंस में सबसे अधिक सदाचारी आदमी को अपने जीवन से हाथ धोना पड़ा। ईसाई धर्म के उपदेशों के अनुसार, यीशु जैसा दूसरा सदाचारी व्यक्ति नहीं हुआ। फिर भी उसे मृत्युदंड दिया गया। ईसाई कहते हैं कि उसने मानवता के लिए अपने प्राण दे दिए। यही वह चीज है जिसे ईसाई लोग यीशु की 'तीव्र लालसा' कहते हैं। यीशु वह 'दुख सहता सेवक' था जिसने सभी मानवों के पाप अपने ऊपर ले लिये ताकि हम 'प्रायश्चित्त' कर सकें और ईश्वर के क्रोध से बच सकें।

पॉल

यीशु के सलीब पर मर जाने और दफ़नाने के कुछ दिन बाद ये अफवाहें फैलीं कि वह उठकर कब्र के बाहर आ गया है। इससे उसने यह सिद्ध कर दिया कि वह साधारण आदमी नहीं था। वह वास्तव में 'ईश्वर का पुत्र' था।

हम यह कह सकते हैं कि ईस्टर के दिन सबेरे, यीशु के पुनर्जीवित होने की अफवाहों के साथ ही ईसाई चर्च की नींव रखी गई। इस बात को तो पॉल पहले ही सुनिश्चित कर चुका है : 'और यदि क्राइस्ट पुनर्जीवित नहीं होता, तो हमारे उपदेश निरर्थक हैं और तुम्हारी आस्था भी निरर्थक है।'

अब सारी मानवता शरीर के पुनर्जीवन की आशा कर सकती थी, क्योंकि हमें बचाने के लिए ही यीशु ने अपना बलिदान कर दिया था। प्रिय सोफी! किन्तु याद रखो, यहूदियों के दृष्टिकोण से 'आत्मा की अमरता' या किसी भी प्रकार के आत्मा के 'पुनर्जन्म' का कोई प्रश्न ही नहीं था, यह तो एक यूनानी–और इसलिए इंडो- यूरोपीय-विचार था। ईसाई धर्म के अनुसार, आदमी में ऐसा कुछ नहीं है–उदाहरण के लिए, 'आत्मा'–जो अपने आपमें अमर हो। यद्यपि ईसाई चर्च 'शरीर के पुनर्जन्म और शाश्वत जीवन' में विश्वास करता है, किन्तु मृत्यु और 'शाप' से हमारी रक्षा तो ईश्वरीय चमत्कार से ही हो सकती है। यह हमारे किसी गुण और प्राकृतिक अथवा सहज-योग्यता द्वारा सम्भव नहीं है।

इसलिए शुरू में ईसाई लोगों ने ईसा मसीह में आस्था द्वारा त्राण की 'शुभ सूचना' का उपदेश करना प्रारम्भ कर दिया। उसकी मध्यस्थता द्वारा 'ईश्वर का साम्राज्य' सच होने जा रहा था। अब क्राइस्ट के नाम पर सारी दुनिया को अपनी ओर किया जा सकता था। ('christ' 'क्राइस्ट' शब्द हिब्रू शब्द 'Messiah' 'मिसाया' का, अनुवाद है जिसका अर्थ 'स्निग्धसिक्त होता है।)

यीशु की मृत्यु के कुछ वर्ष बाद, फारिसी पॉल धर्म परिवर्तन कर ईसाई बन गया। सारी यूनानी-रोमन दुनिया में अपने अनेक धार्मिक लक्ष्य को लेकर की गई यात्राओं द्वारा उसने ईसाई धर्म को विश्वव्यापी धर्म बना दिया। हम इसकी चर्चा एक्ट्स ऑफ़ द ऐपॉसल्स (पैग़म्बरों के कारनामों) में सुनते हैं। प्रारम्भिक ईसाई जनसमूहों को लिखे गए पत्रों द्वारा हमें उन उपदेशों और दिशा-निर्देशों की जानकारी मिलती है जो पॉल ने ईसाइयों के लिए किए।

फिर पॉल एथेंस आता है। वह सीधा इस दार्शनिक राजधानी के शहर-चौराहे पर पहुँच जाता है। और ऐसा कहा जाता है कि जब 'उसने सारे शहर में मूर्ति पूजा होते देखी, तो उसकी

आत्मा एक कचोटन के साथ उद्वेलित हो उठी।' एथेंस में वह यहूदियों के सिनेगॉग में गया, और ऐपीक्यूरियन एवं स्टॉइक दार्शनिकों से बातचीत की। वे उसे एरोपगोस की पहाड़ी पर ले गए और उससे पूछा, 'क्या आप कृपा करके उस नए सिद्धान्त को हमें बतलाएँगे, जिसका आप प्रचार करते हैं? क्योंकि आप हमारे कानों के लिए कुछ अजीब चीजें लेकर आए हैं, अतः हम आपसे जानना चाहते हैं कि वे क्या हैं, क्या अर्थ रखती हैं?'

क्या तुम इसकी कल्पना कर सकती हो, सोफी? एक यहूदी एथेंस के बाजार में अचानक प्रगट होता है और एक त्राता के बारे में बोलना शुरू कर देता है, जिसे सलीब पर लटका दिया गया था, और जो बाद में अपनी कब्र से बाहर निकल आया था। एथेंस में पॉल के इस आगमन से भी हमें कुछ ऐसा भान होता है कि यूनानी दर्शन और ईसाई धर्म के त्राण सिद्धान्त के बीच एक मुठभेड़ होनेवाली थी किन्तु यह बात बिलकुल साफ है कि पॉल एथेंसवासियों को इकट्ठा करने और अपनी बात उन्हें सुनाने में सफल हुआ था। ऐरोपगोस से—और एक्रोपॉलिस के भव्य मन्दिर के नीचे उसने निम्न भाषण दिया :

'ऐ एथेंसवासियो, मैं देखता हूँ कि सभी चीजों में आप लोग अधिक ही अन्धविश्वासी हैं। मैं जैसे चलता जा रहा था, और आप लोगों की पूजा-भक्ति को देख रहा था, तो मैंने एक वेदी पर यह खुदा हुआ देखा, 'अज्ञात ईश्वर के लिए।' अतः अपनी अज्ञानता में आप किसकी पूजा करते हैं! मैं आपको उसकी बात बतलाता हूँ!

ईश्वर, जिसने यह दुनिया और इसके अन्दर की सब चीजें बनाईं, यह देखते हुए कि वह स्वर्ग और पृथ्वी का *स्वामी* है, वह उन मन्दिरों में नहीं रहता जो हाथ से बनाए जाते हैं, न ही वह मनुष्यों के हाथों द्वारा पूजित होता है, मानो उसे किसी चीज की जरूरत हो, देखिए उसने हर चीज को जीवन और श्वास दिया है, उसने सब चीजें दी हैं, बनाई हैं। और उसने मनुष्य के सभी राष्ट्रों को एक ही खून से बनाया है ताकि वे इस धरती पर रह सकें, और उसने पहले से ही समय निर्धारित कर दिया है तथा बस्तियों की सीमाएँ निर्धारित कर दी हैं; वह चाहता है लोग अपने *स्वामी* को ढूँढ़ें, हो सकता है उन्हें उसका भान हो और उसे पा जाएँ, हालाँकि वह हम सब लोगों से बहुत दूर नहीं है। क्योंकि हम उसी में जीवित रहते हैं, चलते-फिरते हैं और उसी में हमारा अस्तित्व है और जैसे हमारे कुछ कवियों ने कहा है, हम भी उसी की सन्तान हैं। जैसा उस समय वैसा ही आज भी हम ईश्वर की सन्तान हैं, इसलिए हमें यह नहीं सोचना चाहिए कि ईश्वरत्व किसी सोने या चाँदी या पत्थर में है जिसमें कला द्वारा या आदमी की तरकीब से कोई खुदाई की गई है। एक समय अज्ञान का था जब ईश्वर इन सबकी अनदेखी करता था किन्तु अब वह सब आदमियों को सब जगह पश्चात्ताप करने का आदेश देता है :

क्योंकि उसने एक दिन निश्चित कर दिया है, उस दिन वह दुनिया की अच्छाई की परख उस आदमी द्वारा करेगा जिसे उसने इस काम के लिए नियुक्त किया है : उसके द्वारा उसने सारे आदमियों को विश्वास दिलाया है, और इसीलिए उसे मृत लोगों के बीच पुनर्जीवित कर दिया है।'

सोफी! एथेंस में पॉल! ईसाई धर्म ने यूनानी-रोमन दुनिया में किसी ऐसी चीज की तरह घुसना शुरू कर दिया था, जो बिलकुल ही अलग थी, जो ऐपीक्यूरियन, स्टॉइक, या नव-अफलातूनवादी दर्शन से पूरी तरह भिन्न थी। किन्तु पॉल फिर भी इस संस्कृति में कुछ समान बिन्दु ढूँढ़ निकालता है। वह इस पर बल देता है कि सभी लोगों में ईश्वर की खोज की भावना समान रूप से मिलती है। यूनानियों के लिए यह नई नहीं थी। किन्तु पॉल के उपदेशों में नई बात यह थी कि ईश्वर ने स्वयं को मानवता पर प्रगट कर दिया है, और वह वास्तव

में लोगों तक आना चाहता है। वह अब 'दार्शनिक ईश्वर' नहीं है, जिस तक लोग अपनी समझ द्वारा ही पहुँच सकते थे। न ही वह 'सोने या चाँदी या पत्थर की बनी प्रतिमा' है–इस तरह की प्रतिमाएँ एक्रोपॉलिस में और नीचे बाजार में अनगिनत थीं। वह ऐसा ईश्वर नहीं है जो 'मनुष्यों द्वारा बनाए गए मन्दिरों में रहता है।' वह एक निजी ईश्वर है जो इतिहास की दिशा निर्दिष्ट करता है और मानवता की भलाई में सलीब पर मर जाता है। *एक्ट्स ऑफ़ द ऐपॉसल्स* में हमने पढ़ा कि जब पॉल ने ऐरोपगोस से अपना भाषण दिया तो लोगों ने उसकी इस बात की खिल्ली उड़ाई कि मृत यीशु पुनर्जीवित हो गया था। किन्तु कुछ अन्य लोगों ने कहा, 'हम इस विषय पर तुम्हारे विचार एक बार और सुनेंगे।' कुछ लोग ऐसे भी थे जिन्होंने पॉल का अनुसरण किया और ईसाई धर्म में विश्वास करने लगे। यह बात नोट करने लायक है कि विश्वास करनेवालों में डामारिस नाम की एक स्त्री भी थी। स्त्रियों ने अधिक उत्साहपूर्वक ईसाई धर्म स्वीकार किया।

इस प्रकार पॉल अपने मिशनरी क्रिया-कलाप करता रहा। यीशु की मृत्यु के कुछ दशक बाद, महत्त्वपूर्ण यूनानी और रोमन शहरों में, जैसे–एथेंस, रोम, अलेक्सांड्रिया, एफेसॉस और कोरिन्थ में–ईसाई धर्मानुयायियों के जन-समूह स्थापित हो गए थे। तीन से चार सौ वर्षों की अवधि में सारी यूनानवादी दुनिया ईसाई धर्म-छत्र स्वीकार कर चुकी थी।

धार्मिक सिद्धान्त

पॉल का महत्त्व ईसाई धर्म के लिए केवल मिशनरी रूप में ही नहीं है। ईसाई जनसमूहों के बीच भी उसका बड़ा प्रभाव था। आध्यात्मिक दिशा-निर्देश की आवश्यकता बड़ी व्यापक थी।

ईसा के बाद प्रारम्भिक वर्षों में एक महत्त्वपूर्ण प्रश्न यह था : क्या गैर-यहूदी भी बिना (पहले) यहूदी बने, ईसाई बन सकते थे? उदाहरण के लिए, क्या एक यूनानी को खुराक सम्बन्धी नियमों का पालन करना चाहिए? पॉल इन्हें अनावश्यक मानता था। ईसाई धर्म कोई एक यहूदी सम्प्रदाय होने से कहीं अधिक और भिन्न था। त्राण अथवा मुक्ति के विश्वव्यापी रूप में इसने सभी को ध्यान में रखा था। ईश्वर और इस्रायल के बीच 'पुराने पवित्र-समझौते' का स्थान 'नए पवित्र-समझौते' ने ले लिया था जिसे ईसा ने ईश्वर और मानवता के बीच स्थापित किया था।

फिर भी, उन दिनों ईसाई धर्म ही एकमात्र धर्म नहीं था। हम देख चुके हैं किस प्रकार यूनानवाद धर्मों के मिश्रण से प्रभावित हुआ था। अतः चर्च के लिए यह अत्यावश्यक था कि ईसाई सिद्धान्त का सुस्पष्ट रूप प्रस्तुत किया जाए। ईसाई धर्म दूसरे धर्मों से अपनी दूरी बनाए रख सके और दूसरे स्वयं ईसाई चर्च में पड़ सकनेवाली संभावित दरार को रोक सके। अतः प्रथम धार्मिक सिद्धान्त स्थापित किया गया, जिसमें मुख्य ईसाई सिद्धान्तों या विश्वासों का सार दिया गया।

एक मुख्य विश्वास यह था कि यीशु ईश्वर और मनुष्य दोनों ही था। वह मात्र अपने कार्यों के आधार पर ही 'ईश्वर का पुत्र' नहीं था। वह स्वयं ईश्वर था किन्तु वह साथ ही एक 'सच्चा आदमी' भी था जिसने मानवमात्र के सुख-दुख झेले थे, और यथार्थ में सलीब पर यातना भोगी थी।

उपरोक्त में विरोधाभास प्रतीत हो सकता है। किन्तु चर्च का सन्देश यही था *कि ईश्वर आदमी बन गया है।* यीशु 'अर्ध-ईश्वर' नहीं था (यानी आधा आदमी, आधा ईश्वर)। इस प्रकार के अर्ध-देवताओं में 'विश्वास' यूनानी और यूनानवादी धर्मों में काफी प्रचलित था। चर्च ने सिखाया कि यीशु 'सम्पूर्ण ईश्वर, सम्पूर्ण मानव' था।

पुनश्च : मेरी प्रिय सोफी! अब मैं कुछ शब्द इस बारे में कहूँगा कि यह सब एक जगह कैसे टिकता है? ईसाई धर्म के यूनानी-रोमन दुनिया में प्रवेश से हम दो संस्कृतियों का एक नाटकीय मिलन देखते हैं। हम इतिहास की एक महान सांस्कृतिक क्रान्ति से भी साक्षातकार करते हैं।

हम प्राचीनता के बाहर बस कदम रखने ही वाले हैं। प्रारम्भिक यूनानी दार्शनिकों के समय से तब तक लगभग एक हजार वर्ष बीत चुके हैं। अब इससे आगे हमारे सामने ईसाई मध्य युग है; यह भी लगभग एक हजार वर्ष चला।

जर्मन कवि गेटे ने एक बार कहा था : 'जो तीन हजार वर्षों के अनुभव से कोई प्रेरणा प्राप्त नहीं करता, वह बस कैसे न कैसे अपनी जीविका चला रहा है।' मैं नहीं चाहता तुम्हारा अन्त ऐसी दयनीय अवस्था में हो। मैं यथाशक्ति तुम्हारी ऐतिहासिक जड़ों से तुम्हें परिचित करा दूँगा। मानव बनने का यही एकमात्र तरीका है। यदि हम नंगे लंगूर से कुछ अधिक बनना चाहते हैं तो उसके लिए भी यही एकमात्र रास्ता है। शून्य में तैरने से परे रहने के लिए यही एकमात्र रास्ता है।

'मानव बनने का यही एकमात्र तरीका है। एक नंगे लंगूर से कुछ अधिक बनने के लिए भी यही एकमात्र रास्ता है...'

सोफी कुछ देर बैठी रही और बाड़ में से छोटे-छोटे छेदों से बाग में टकटकी लगाए रही। वह यह समझना शुरू कर रही थी कि अपनी ऐतिहासिक जड़ों को जानना इतना महत्त्वपूर्ण क्यों है। निश्चय ही यह इस्राईल के लोगों के लिए महत्त्वपूर्ण रहा था।

वह स्वयं तो एक साधारण व्यक्ति थी। किन्तु यदि वह अपनी ऐतिहासिक जड़ों को जान लेती है, तो वह अपेक्षाकृत कुछ कम साधारण होगी।

इस ग्रह पर वह थोड़े से वर्ष ही रहेगी। किन्तु यदि मानवता का इतिहास उसका अपना इतिहास है, तो वह हजारों वर्ष की है।

मध्य युग

रास्ते के अन्त तक न जाना किसी गलत रास्ते पर जाने से भिन्न है...

एक सप्ताह बीत गया किन्तु सोफी को ऐल्बर्टो नॉक्स से कोई सन्देश नहीं मिला। लेबनान से भी कोई पोस्टकाड्र्स नहीं पहुँचे, हालाँकि जोआना और सोफी मेजर के केबिन में मिले काड्र्स के बारे में अभी भी बात कर लेती थीं। जोआना तो बेहद डर गई थी, किन्तु चूँकि कुछ भी और होता हुआ नजर नहीं आया, इसलिए उसका तात्कालिक भय कम होता चला गया, और यह होमवर्क और बैडमिंटन में तिरोहित हो गया।

हिल्डे के रहस्य के कोहरे को साफ करने के लिए किसी गहन सुराग की खोज में सोफी ने ऐल्बर्टो के पत्र बार-बार पढ़े। ऐसा करने से उसे शास्त्रीय दर्शनशास्त्र को आत्मसात् करने का अच्छा अवसर मिला। अब उसे डिमॉक्रिटस और सुकरात, अफलातून और अरस्तू में एक दूसरे से भेद करने में कोई कठिनाई नहीं होती थी।

25 मई, शुक्रवार के दिन अपनी माँ के घर लौटने से पहले वह रसोई में रात्रि भोज की तैयारी में लगी थी। यह उनका नियमित शुक्रवारी समझौता था। आज वह फिशसूप, फिशबॉल्स और गाजरें बना रही थी। बस।

बाहर थोड़ी हवा चल निकली थी। जैसे ही सोफी कैसेरोल को हिलाती हुई खड़ी थी कि वह खिड़की की ओर मुड़ी। बर्च के पेड़ ऐसे लहलहा रहे थे मानो मक्के के तने हों।

अचानक कोई चीज खिड़की के शीशे में आ लगी। सोफी ने घूमकर देखा तो एक कार्ड खिड़की से चिपका हुआ था।

यह एक पोस्टकार्ड था। वह शीशे में से झाँक कर इसे पढ़ सकती थी : 'हिल्डे मोलर नैग मार्फत सोफी एमंडसन।'

वह भी इतना ही सोच पाई! उसने खिड़की खोली और कार्ड ले लिया। यह लेबनान से तो उड़ता हुआ यहाँ तक आ नहीं सकता!

इस कार्ड पर भी तारीख 15 जून ही थी। सोफी ने स्टोव से कैसेरोल को हटा दिया और किचन-टेबल पर बैठ गई। कार्ड में लिखना था :

प्रिय हिल्डे,

मुझे नहीं मालूम कि जब तुम यह कार्ड पढ़ रही होगी तभी भी यह तुम्हारा जन्मदिन ही होगा। एक तरह से तो मैं यही आशा करता हूँ या फिर कम-से-कम यह कि

अभी कई दिन नहीं गुजरे हैं। सोफी के लिए एक या दो हफ्ते उतने लम्बे नहीं हैं जितने हमारे लिए। मैं मिडसमर ईव के मौके पर घर आऊँगा, तब हम घंटों ग्लाइडर में बैठे हुए; ऊपर से समुद्र देख सकेंगे, हिल्डे! हमें इतनी सारी बातें करनी हैं। प्यार, तुम्हारा पिता जो कभी-कभी यहूदियों, ईसाइयों और मुसलमानों के हजार वर्ष से चल रहे झगड़ों से बहुत दुखी हो जाता है। मुझे हर समय अपने को यह याद दिलाना पड़ता है कि तीनों धर्मों का प्रारम्भ अब्राहम से हुआ है। इसलिए मैं यह मानता हूँ कि वे एक ही ईश्वर की प्रार्थना करते हैं। किन्तु यहाँ, केन और एबल ने एक-दूसरे को मारना खत्म नहीं किया है।

पुनश्च : कृपया सोफी से हैलो कहना। उस बेचारी को तो अभी तक यह भी नहीं मालूम कि यह सब कुछ आपस में कैसे जुड़ता है। किन्तु शायद तुम जानती हो?

सोफी ने अपने आपको थकान से चूर अनुभव करते हुए, सिर नीचे मेज पर टिका दिया। यह पूर्णतया निश्चित था—उसे यह बिलकुल नहीं मालूम कि ये तार कैसे जुड़े थे। किन्तु हिल्डे के इन्हें जानने की सम्भावना थी।

यदि हिल्डे के पिता ने उसे सोफी को हैलो कहने के लिए बोला था, तो इसका तो यही अर्थ हो सकता था कि हिल्डे को सोफी के बारे में शायद ज्यादा मालूम था बनिस्बतन सोफी को हिल्डे के बारे में। यह सब इतना पेचीदा लग रहा था कि सोफी इसे छोड़कर डिनर तैयार करने में जुट गई।

कैसे एक पोस्टकार्ड चटाख से किचन की खिड़की में आ लगा था, अपने आप? आप इसे एयरमेल कह सकते हैं क्या?

जैसे ही उसने कैसेरोल स्टोव पर रखा कि फोन की घंटी बजी।

शायद यह डैड हों। वह मन से चाह रही थी, बेहद, कि वह घर आएँ और सोफी उन्हें वे सारी चीजें बतलाए जो पिछले कुछ हफ्तों में हुई थीं।

'सोफी एमंडसन,' उसने कहा।

'ये मैं हूँ,' एक आवाज ने कहा।

सोफी को तीन चीजों का पक्का पता था : यह उसके पिता नहीं थे। किन्तु यह एक पुरुष की आवाज थी, और एक ऐसी आवाज जो उसने पहले सुनी थी।

'कौन हैं आप?'

'ये ऐल्बर्टो है।'

'ओ-ह-ह!'

सोफी को कुछ कहने के लिए शब्द ही नहीं मिल रहे थे। यह एक्रोपॉलिस वीडियोवाली आवाज थी, जिसे उसने पहचान लिया था।

'आप ठीक-ठाक हैं?'

'बिलकुल।'

'आज के बाद पत्र नहीं आएँगे।'

'किन्तु मैंने तो आपको मेढक नहीं भेजा।'

'अब हमें वास्तव में मिलना चाहिए। देखिए, कुछ करना अत्यावश्यक होता जा रहा है।'

'क्यों?'

'हिल्डे का पिता, हमारे पीछे लगा हुआ, हम तक पहुँचने ही वाला है।'

'वह कैसे?'

'सब तरफ से, सोफी! अब हमको मिलकर काम करना है।'

'कैसे...?'

'किन्तु जब तक मैं तुम्हें मध्य युग के बारे में न बतला दूँ तब तक तुम ज्यादा कुछ नहीं कर सकतीं। हमें पुनर्जागरण युग और सत्रहवीं शताब्दी भी पूरी करनी है। बर्कले इसमें मुख्य चरित्र है...।'

'क्या यह वही आदमी नहीं है जो मेजर्स केबिन में तसवीर में था?'

'हाँ, बिलकुल वही। हो सकता है वास्तविक संघर्ष उसके दर्शन दृष्टिकोण/सिद्धान्तों पर हो।'

''आप तो ऐसे कह रहे हैं जैसे युद्ध होनेवाला है।''

'बल्कि मैं तो इसे संकल्प-शक्तियों की लड़ाई कहूँगा। हमें हिल्डे का ध्यान आकृष्ट करना है और उसके पिता के अपने घर लिलेसैंड पहुँचने से पहले उसे अपनी ओर कर लेना है।'

'मेरी समझ में तो यह बिलकुल नहीं आ रहा।'

'शायद दार्शनिक तुम्हारी आँखें खोलें। कल सबेरे आठ बजे सेंट मेरी के चर्च में मुझसे मिलो, किन्तु मेरी बच्ची, अकेले आना।'

'इतने सबेरे?'

टेलीफोन में क्लिक हुई।

'हैलो?'

उसने फोन रख दिया था। इसके पहले कि फिश-सूप उबलकर बाहर निकल जाता, सोफी दौड़कर वापस स्टोव के पास पहुँच गई।

सेंट मेरीज चर्च? वह तो पत्थर का, एक पुराना, मध्ययुगीन चर्च था। इसका उपयोग संगीत समारोहों और बेहद खास उत्सवों के लिए किया जाता था। और गर्मियों में यह कभी-कभी सैनिकों के लिए खोल दिया जाता था। पर निश्चय ही यह आधी रात को तो नहीं खुला था।

जब तब सोफी की माँ घर पहुँची, तब तक उसने लेबनान से आए कार्ड को ऐल्बर्टो और हिल्डे की दूसरी चीजों के पास ही रख दिया था। डिनर के बाद वह जोआना के घर चली गई।

जैसे ही उसकी सहेली ने दरवाजा खोला, सोफी ने कहा, 'हमें एक बहुत ही खास प्रबन्ध करना है।'

जोआना को बेडरूम का दरवाजा बन्द करने तक उसने और कुछ नहीं कहा।

'थोड़ी सी समस्या है,' सोफी कहती गई।

'बोल न!'

'मुझे अपनी मॉम से कहना है कि रात को मैं यहाँ रुक रही हूँ।'

'बहुत बढ़िया।'

'किन्तु यह तो मैं बस कह रही हूँ, देख रही हो न? मुझे कहीं और जाना है।'

'ये तो खराब बात है। क्या किसी बदमाश के पास?'

'नहीं, इसका कुछ सम्बन्ध हिल्डे से है।'

जोआना ने धीरे से सीटी बजाई, और सोफी ने कड़ाई से उसकी आँखों में देखा।

'आज शाम मैं आ रही हूँ,' उसने कहा, 'किन्तु सात बजे मुझे बाहर खिसक जाना है। जब तक मैं वापस न आ जाऊँ, तुम्हें मेरा ध्यान रखना होगा।'

'पर तुम जा कहाँ रही हो? और तुम्हें **करना क्या है?'**

'सॉरी! मेरे ओठ सिले हुए हैं।'

जोआना के यहाँ जाकर रुक जाना कोई समस्या नहीं थी। इसके विपरीत, शायद थी। कभी-कभी सोफी को ऐसा लगता कि माँ को घर में अकेले रहने में मजा आता था।

'तुम नाश्ते के समय तक तो घर आ जाओगी, मेरा अनुमान है?' माँ की टिप्पणी मात्र इतनी सी थी जिस समय सोफी घर से जा रही थी।

'अगर मैं न आ पाई, तो तुम तो जानती ही हो मैं कहाँ रहूँगी।'

यह बात उसने क्यों कही? यह एक कमजोर कड़ी थी।

किसी भी अन्य रात के लिए रुकने की तरह ही सोफी की यह बैठक शुरू हुई, वे देर रात तक बातें करती रहीं। केवल एक ही अन्तर था, आखिर में 2 बजे जब वे सोने लगीं तो सोफी ने पौने सात बजे का अलार्म लगा दिया। पाँच घंटे बाद, जैसे ही जोआना थोड़ी देर के लिए जगी, सोफी ने तुरन्त बजर स्विच ऑफ कर दिया।

'ध्यान रखना,' वह बुदबुदाई।

फिर सोफी अपने रास्ते पर थी। सेंट मैरीज चर्च शहर के पुराने हिस्से में बाहर की तरफ था। यह कई मील का पैदल रास्ता था। हालाँकि वह बहुत कम घंटे सो पाई थी, फिर भी वह खूब अच्छी तरह से जगी हुई थी।

उस वक्त लगभग आठ ही बजे होंगे जब वह पत्थर के पुराने चर्च के प्रवेश द्वार पर खड़ी थी। सोफी ने भारी दरवाजे पर जोर लगाया। ताला खुला था।

चर्च जितना पुराना था अन्दर से उतना ही वीरान और नीरव। खिड़कियों के मैले शीशों से नीलाभा लिये प्रकाश छनकर आ रहा था, जिसमें हवा में उड़ते हुए असंख्य

धूल कण दिखाई दे रहे थे। चर्च में अन्दर इधर-उधर धूल की मोटी परतें बनी हुई थीं। सोफी चर्च के बीचवाले हिस्से में एक बेंच पर बैठ गई, और सामने वेदी पर हलके रंगों में पेंट किए पुराने क्रॉस (क्रूसीफिक्स) को ध्यान से देखने लगी।

कुछ मिनट बीते। अचानक चर्च में संगीत शुरू हो गया। सोफी अपने इर्द-गिर्द देखने की हिम्मत न कर सकी। लगता था कोई प्राचीन भजन चल रहा है, सम्भवतः मध्य युग से।

फिर सन्नाटा छा गया। तब उसने अपने पीछे से किसी की पदचाप सुनी। क्या उसे उधर देखना चाहिए? इसके बजाय उसने क्रॉस पर ही अपनी आँखें गड़ाए रखना ठीक समझा।

पदचाप उसके बराबर से होती हुई गैलरी से ऊपर की ओर चली गई और उसने किसी भिक्षुक को भूरे लबादे में जाते देखा। सोफी को लगा यह तो पक्का मध्य युग का कोई भिक्षुक है।

वह थोड़ी नरवस हुई, किन्तु वह भयभीत नहीं थी। वेदी के सामने भिक्षुक ने आधा चक्कर लगाया और फिर उपदेश देनेवाले प्लेटफॉर्म पर चढ़ गया। वह डेस्क के किनारे पर झुका, उसने सोफी को देखा, और लैटिन भाषा में उसे सम्बोधित किया :

'Gloria Patsi, et Filio et spiritui sancto. Sieat erat in principio, et nune et semper et in saecula saeculorumi Amen.'

'सार्थक बात करो, मूढ़!' सोफी बरस पड़ी।

पुराने पत्थर के बने चर्च में उसकी आवाज सब तरफ गूँज गई।

हालाँकि वह समझ गई कि यह भिक्षुक ऐल्बर्टो नॉक्स ही होना चाहिए और पूजा के इस सम्माननीय स्थल पर उसे अपने इस तरह बरस पड़ने पर अफसोस भी हुआ किन्तु वह नर्वस थी, और जब आप नर्वस होते हैं तो सभी वर्जनाओं को तोड़ देने से ही राहत मिलती है।

'श...' ऐल्बर्टो ने अपना एक हाथ वैसे ही ऊपर उठाया जैसे पादरी जमाव को बैठने के लिए कहते समय उठाते हैं।

'मध्य युग चार पर शुरू हुआ,' उसने कहा।

'मध्य युग चार पर शुरू हुआ?' सोफी ने पूछा, इस प्रश्न में उसे अपनी मूर्खता महसूस हो रही थी पर अब वह नर्वस नहीं थी!

'लगभग चार बजे, हाँ। और फिर पाँच और छः और सात बज गए। किन्तु ऐसा था जैसे समय थम गया हो। और फिर आठ और नौ और दस हो गए। किन्तु अभी भी यह मध्य युग ही था, देखा तुमने। एक नए दिन के लिए जाग उठना, शायद तुम यह सोचो। हाँ, मैं समझ रहा हूँ तुम्हारा मतलब क्या है। किन्तु अभी भी इतवार है, इतवारों की एक लम्बी, कभी न खत्म होनेवाली कतार। और फिर ग्यारह और बारह और तेरह होते हैं। यह वह समय था जिसे हम **हाई गोथिक** (अच्छी पच्चीकारी) कहते

हैं। इसी समय यूरोप में बड़े-बड़े चर्च, गिरजाघर बनाए गए। और तब, चौदह बजे के आस-पास, तीसरे पहर के दो बजे एक मुर्गे ने बाँग दी, और असीम मध्य युग छँटने लगा।'

'इसका मतलब यह हुआ कि मध्य युग दस घंटे चला, बस,' सोफी ने कहा। ऐल्बर्टो ने ब्राउन भिक्षुक के काउल (हुड) से अपना सिर निकालकर आगे को किया और अपने जनसमूह पर निगाह डाली, जिसमें सिर्फ एक चौदह साल की लड़की थी।

हाँ, यदि हर घंटा सौ बरस है तो। हम चाहें तो यह मान सकते हैं कि यीशु का जन्म आधी रात में हुआ। पॉल ने अपनी मिशनरी यात्रा सबेरे बारह बजकर तीस मिनट पर शुरू की और एक-चौथाई घंटे बाद रोम में मर गया। सबेरे तीन बजे ईसाई चर्च पर लगभग प्रतिबन्ध लगा दिया गया किन्तु 313 ई. में यह रोमन साम्राज्य में स्वीकृत धर्म बन गया था। यह सम्राट कॉन्सटेंटाइन के राज्य-काल में हुआ। स्वयं पवित्र सम्राट का बपतिज्मा कई वर्षों बाद मृत्यु शय्या पर हुआ था। वर्ष 380 से सारे रोमन साम्राज्य में ईसाई धर्म आधिकारिक राज्यधर्म हो गया था।

'क्या रोमन साम्राज्य का पतन नहीं हुआ?'

'यह ढहने ही वाला था। हम संस्कृति के इतिहास में महानतम परिवर्तनों के समक्ष खड़े हैं। चौथी शताब्दी में रोम को दोनों ओर से धमकियाँ मिल रही थीं : अन्दर से विघटन शुरू हो गया था और उत्तर से बर्बर लोग इस पर चढ़ते आ रहे थे। 330 ई. में कॉन्सटेंटाइन महान ने अपने साम्राज्य की राजधानी रोम से हटाकर, काले सागर के किनारे स्वयं बसाए कॉन्सटेंटीनोपल शहर में कर दी। बहुत से लोग नए शहर को 'दूसरा रोम' मानते थे। 395 में रोमन साम्राज्य दो भागों में विभक्त हो गया–पश्चिमी साम्राज्य जिसका केन्द्र रोम था, और पूर्वी साम्राज्य, जिसकी राजधानी नया शहर कॉन्सटेंटीनोपल था। 410 में बर्बर लोगों ने रोम को लूट लिया, और 476 में सारा पश्चिमी साम्राज्य नष्ट हो गया। पूर्वी साम्राज्य 1453 ई. तक तो एक राज्य के रूप में बना रहा, फिर तुर्कियों ने कॉन्सटेंटीनोपल को जीत लिया।

'और इसका नाम बदलकर इस्तानबुल कर दिया गया?'

'बिलकुल ठीक कहा तुमने। इसका नवीनतम नाम इस्तानबुल है। हम एक तारीख और देखते हैं, 529। इस वर्ष एथेंस में प्लेटो की एकेडेमी बन्द कर दी गई थी। इसी वर्ष, **बेनेडिक्टा इन ऑर्डर,** महान साधु-विहारों में सर्वप्रथम, की नींव रखी गई थी। इस प्रकार वर्ष 529 उस ढंग का प्रतीक बन जाता है जिसने ईसाई चर्च में यूनानी दर्शनशास्त्र पर ढक्कन ढक दिया। इसके बाद से विहारों (मौनास्ट्रीज़) का शिक्षा, चिन्तन और मनन पर एकाधिकार हो गया। घड़ी साढ़े पाँच बजे की ओर टिकटिक कर रही थी...'

सोफी ने समझ लिया कि ऐल्बर्टो को इन सब समयों से क्या अभिप्राय था। आधी रात का अर्थ था शून्य, एक बजने का अर्थ था क्राइस्ट के बाद 100 वर्ष, छह बजे का अर्थ क्राइस्ट के बाद 600 वर्ष थे, और 14 घंटे, क्राइस्ट के बाद 1400 वर्ष थे...

ऐल्बर्टो आगे कहता गया : 'मध्य युग का अर्थ वास्तव में दो युगों के बीच की अवधि था। यह मुहावरा पुनर्जागरण युग में प्रचलित हुआ। इसे अँधेरा युग भी कहा जाता था। अँधेरा युग वह लम्बी, कभी समाप्त न होनेवाली हजार वर्ष की रात्रि थी जो प्राचीनता और पुनर्जागरण के बीच यूरोप पर छाई रही। आज 'मेडीवल' (medieval) शब्द का प्रयोग नकारात्मक रूप में किसी ऐसी चीज के लिए होता है जो अत्यधिक सत्ता जताती है या लचनशील नहीं है किन्तु कई इतिहासकार अब मध्य युग की एक हजार वर्षों की अवधि को अंकुरण और उपज की अवधि मानते हैं। उदाहरण के लिए, स्कूल प्रणाली का विकास मध्य युग में हुआ। प्रथम कॉन्वेंट स्कूल इस युग में काफी पहले खोले गए थे, और कैथेड्रल स्कूल बीसवीं शताब्दी में शुरू हुए। लगभग 1200 के आसपास प्रथम विश्वविद्यालयों की नींव रखी गई, और अध्ययन के विषयों के विभिन्न 'संकायों' में समूह बना दिए गए, उसी तरह जैसे आज होता है।'

'एक हजार वर्ष तो वास्तव में एक लम्बा समय होता है।'

'हाँ, किन्तु ईसाई धर्म को जन-जन तक पहुँचने में समय लगा। इसके अतिरिक्त, मध्य युग के दौरान राष्ट्र-राज्यों ने स्वयं को स्थापित किया, जिनमें नगर और नागरिक लोक-संगीत और लोक-कथाएँ पनपीं। मध्य युग के बिना कैसी परीकथाएँ और लोक-गीत होते? यहाँ तक कि यूरोप भी कैसा होता? शायद, एक रोमन प्रान्त जैसा। फिर भी इंग्लैंड, फ्रांस या जर्मनी जैसे नामों में वैसी ही गहरी, असीम अनुगूँज है जैसी हम मध्य युग के नाम की कहते हैं। उन गहराइयों में कई चमकती हुई मछलियाँ तैर रही हैं, यद्यपि वे सदैव ही हमारी नजर में नहीं आतीं। स्नोरी मध्य युग में रहता था। उसी प्रकार सेंट ओलाफ और शार्लीमेन रहते थे। इनके अतिरिक्त रोमियो और जूलियट, जोआन ऑफ आर्क, इवानहो **पाइड पाइपर ऑफ हैमलिन** और कई शक्तिशाली राजकुमार और शानदार राजा, बहादुर योद्धा और गोरी, सुन्दर युवतियाँ, खिड़कियों के स्टेंड शीशे बनानेवाले अज्ञात कारीगर, और बढ़िया-बढ़िया संगीत-वाद्य यन्त्र बनानेवाले भी रहते थे। और हम अकिंचन साधुओं, धर्म-योद्धाओं या चुड़ैलों को तो शायद भूले ही जा रहे हैं।'

'और आपने पादरियों का तो अभी जिक्र ही नहीं किया।'

'बिलकुल ठीक! इसाई धर्म ग्यारहवीं शताब्दी से पहले नॉर्वे नहीं पहुँच पाया, यह भी मैं तुम्हें चलते-चलते बताना चाहता हूँ। यह कहना अतिशयोक्ति होगी कि नॉर्डिक देश एक ही झटके में ईसाई बन गए। ईसाई धर्म के आवरण में प्राचीन आस्थाएँ भी चलती रहीं और ईसाई धर्म के पूर्ववर्ती अनेक तत्त्व ईसाई धर्म में सन्निहित हो गए। उदाहरणतया स्कैंडेनेवियन क्रिसमस उत्सवों में ईसाई और पुराने नार्स रीति-रिबाज़ों का सम्मिश्रण आज भी दिखाई देता है। और यहाँ पुरानी कहावत लागू होती है, विवाहित लोग एक-दूसरे से मिलते-जुलते दिखते हैं। **यूलंटाइड** कुकीज, **यूलटाइड** पिगलेट्स और **यूलटाइड** एल (मदिरा) **पूरब से आए तीन बुद्धिमान आदमी** और बैथलेहेम की नाँद जैसे ही लगते हैं। किन्तु इसमें सन्देह नहीं कि ईसाई धर्म धीरे-धीरे जीवन का प्रभुत्वशाली

दर्शन बन गया। इसीलिए हम प्रायः **मध्य युग** को ईसाई संस्कृति को एकीकृत करने वाली शक्ति कहकर भी पुकारते हैं।'

'तो, सब कुछ नैराश्य और अँधेरा नहीं था?'

'वर्ष 400 के बाद की पहली शताब्दियाँ वास्तव में सांस्कृतिक ह्रास की थीं। रोमन काल उच्च संस्कृति का समय था; इस समय बड़े शहर थे जिनमें नाले-नालियाँ, सार्वजनिक स्नानघर, और पुस्तकालय थे, साथ ही भवन-निर्माण कला भी अपने उच्च शिखर पर थी। मध्य युग की प्रारम्भिक शताब्दियों में इस सारी संस्कृति का पतन होने लगा। यही हाल इसके व्यापार और अर्थव्यवस्था का हुआ। मध्य युग में लोगों ने फिर से चीजों की अदला-बदली द्वारा भुगतान करना शुरू कर दिया। अर्थव्यवस्था में अब सामन्तवादी वृत्तियाँ उभर आईं, जिसका अर्थ हुआ कि कुछ शक्तिशाली कुलीन जमीनों के मालिक बन गए, और दासों को जिन्दा रहने के लिए उनकी जमीन पर मेहनत-मजदूरी करनी पड़ी। शुरू की शताब्दियों में जनसंख्या भी तेजी से घटी। प्राचीन काल में रोम में दस लाख से अधिक लोग रहते थे। किन्तु वर्ष 600 होते-होते पुरानी रोमन राजधानी की जनसंख्या घटकर केवल 40,000 रह गई, जो पुरानी संख्या का मुश्किल से 25 प्रतिशत है। शहर की पुरानी भव्यता के शानदार भवनों के बीच, जो भी अवशेष बचे रह गए थे, अपेक्षाकृत बहुत थोड़े से लोग घूमते-फिरते थे। जब उन्हें भवन निर्माण के लिए सामग्री की जरूरत होती थी तो भग्नावशेषों से उन्हें दुनिया भर का सामान मिल जाता था। स्वाभाविक है कि यह वर्तमान पुरातत्त्ववेत्ताओं के लिए बड़े शोक की बात है, क्योंकि वे सोचते हैं कि यह बेहतर होता यदि मध्ययुगीन लोग प्राचीन स्मारकों को अछूता छोड़ देते।'

घटित हो जाने के बाद तथ्यों की समझ बेहतर और आसान हो जाती है।

'यदि राजनीतिक दृष्टिकोण से देखें, तो चौथी शताब्दी के अन्त तक रोमन काल समाप्त हो चुका था। फिर भी, रोम के बिशप रोमन कैथॉलिक चर्च के सर्वोच्च अधिष्ठाता बन गए। इन्हें 'पोप' की उपाधि दी गई–लैटिन में 'पापा', इसका अर्थ इसके उच्चारण में ही है–और धीरे-धीरे उन्हें पृथ्वी पर क्राइस्ट का डिप्टी माना जाने लगा। इस प्रकार रोम सारे ही मध्य युग में ईसाईयत की राजधानी बना रहा। किन्तु जैसे ही अन्य राष्ट्र-राज्यों के राजा और पादरी अधिकाधिक शक्तिशाली बनते गए, उनमें से कुछ ने चर्च की शक्ति को चुनौती दी।'

'आपने कहा कि चर्च ने एथेंस में प्लेटो की एकेडेमी को बन्द कर दिया। क्या इसका अभिप्राय यह है कि यूनानी दार्शनिक भुला दिए गए?'

'नहीं, सारा तो ऐसा नहीं है। अरस्तू और अफलातून की कुछ कृतियाँ तो लोगों को ज्ञात ही थीं, किन्तु पुराना रोमन साम्राज्य धीरे-धीरे तीन भिन्न संस्कृतियों में बँट गया था; पश्चिमी यूरोप में लैटिनीकृत-ईसाई संस्कृति थी जिसकी राजधानी रोम थी। पूरबी यूरोप में एक यूनानी-ईसाई संस्कृति थी जिसकी राजधानी कॉस्टेंटिनोपल थी; शहर को इसके यूनानी नाम, बाई-जेंटियम से जाना जाने लगा। अतः हम रोमन-कैथोलिक

मध्य युग के विपरीत बिजेंटाइन मध्य युग की बात करते हैं। उत्तरी अफ्रीका और मध्यपूर्व रोमन साम्राज्य के अंग रहे थे। मध्य युग में इस क्षेत्र का विकास अरबी बोलनेवाली मुस्लिम संस्कृति के रूप में हुआ। 632 में मुहम्मद की मृत्यु के बाद, मध्य पूर्व और उत्तरी अफ्रीका, दोनों पर ही इस्लाम धर्म का प्रभुत्व हो गया। कुछ ही समय बाद स्पेन भी इस्लामी संस्कृति की दुनिया का भाग बन गया। इस्लाम ने मक्का, मदीना, येरुशलम और बग़दाद को पवित्र नगरों के रूप में स्वीकार कर लिया। सांस्कृतिक इतिहास के दृष्टिकोण से, यह रेखांकित करना रुचिकर है कि अरबों ने प्राचीन यूनानवादी शहर, ऐलेक्सांड्रिया को भी अपने कब्जे में ले लिया। इस प्रकार काफी सारा पुराना यूनानी विज्ञान अरबों को उत्तराधिकार में उपलब्ध हो गया। सारे ही मध्यकाल में गणित, रसायनशास्त्र, खगोल विज्ञान और चिकित्साशास्त्र जैसे विज्ञानों में अरबों का बोलबाला था। आजकल भी हम अरबी अंकों का प्रयोग करते हैं। कई मामलों में अरब संस्कृति ईसाई संस्कृति से बढ़िया थी।'

'मैं जानना चाहती थी कि यूनानी दर्शन का क्या हुआ?'

'क्या तुम एक ऐसी बड़ी नदी की कल्पना कर सकती हो जो थोड़े समय के लिए तीन भिन्न धाराओं में बँटने के बाद फिर से इकट्ठी होकर एक बड़ी चौड़ी नदी हो जाती है?'

'हाँ।'

'तब तुम यह देख सकोगी कि किस प्रकार यूनानी-रोमन संस्कृति विभक्त हुई, किन्तु फिर तीन संस्कृतियों में विभक्त होने के बावजूद भी यह बनी रही : ये संस्कृतियाँ थीं पश्चिम में रोमन कैथोलिक संस्कृति, पूरब में बिजेंटाइन, और दक्षिण में अरबी संस्कृति। हालाँकि यह कहना अति-सरलीकरण होगा, फिर भी हम यह कह सकते हैं कि नव-अफलातूनवाद पश्चिम को दे दिया गया, अफलातून पूरब को, और दक्षिण में अरस्तू अरबों को दे दिया गया। किन्तु उन सभी का कुछ-कुछ भाग तीनों में ही पाया जाता था। मुख्य मुद्दा यह है कि मध्य युग के अन्त में तीनों धाराएँ उत्तरी इटली में आकर मिल गईं और एक हो गईं। अरबों का अरबी प्रभाव स्पेन में आया, यूनानी प्रभाव यूनान से और बिजेंटाइन साम्राज्य से आया। और अब हम पुनर्जागरण की, पुरोवशेष संस्कृति के 'पुनर्जन्म' की शुरुआत को देखते हैं। एक अर्थ में पुरावशेष संस्कृति मध्य युग के बावजूद भी जिन्दा बची रही।

'ठीक बात है।'

'किन्तु हमें घटनाक्रम का पूर्वानुमान नहीं करना चाहिए। हमें अभी मध्ययुगीन दर्शनशास्त्र पर कुछ और बात करनी है। मैं इस प्रवचनमंच से और अधिक नहीं बोलूँगा। मैं नीचे आ रहा हूँ।'

बहुत कम सो पाने के कारण सोफी की आँखें भारी हो रही थीं। जब उसने विचित्र भिक्षुक को सेंट मैरीज चर्च के प्रवचनमंच से नीचे उतरते देखा तो उसे ऐसा लगा जैसे वह सपना देख रही हो।

ऐल्बर्टो वेदी की रेलिंग की ओर चला। उसने प्राचीन क्रूसीफिक्स लगी वेदी पर ऊपर की ओर देखा, और तब फिर वह धीरे-धीरे सोफी की ओर आया। वह चर्च की बेंच के आसन पर सोफी के बराबर ही बैठ गया।

यह एक विचित्र अहसास था, उसके इतने समीप होने का। उसकी टोपी के नीचे सोफी ने गहरी भूरी आँखों का एक जोड़ा देखा। ये एक अधेड़ उम्र के आदमी की आँखें थीं, जिसके बाल गहरे काले और छोटी नुकीली दाढ़ी थी। आप कौन हैं, सोफी विस्मित थी। आपने मेरे जीवन को ऊपर से नीचे क्यों उलट दिया है?

'धीरे-धीरे हम एक-दूसरे को और अच्छी तरह से जान जाएँगे,' उसने कहा, मानो उसने सोफी के विचारों को पढ़ लिया था।

जैसे ही वे दोनों वहाँ बैठे थे और चढ़ते हुए सूरज का प्रकाश धब्बो भरे मैले शीशे की खिड़कियों से छनता हुआ प्रखर से प्रखरतर होता जा रहा था, ऐल्बर्टो नॉक्स ने मध्ययुगीन दर्शनशास्त्र पर चर्चा शुरू की।

'मध्ययुगीन दार्शनिक ईसाई धर्म को लगभग सत्य मानकर ही चल रहे थे,' उसने शुरू किया। 'प्रश्न यह था : क्या हम सीधे-सीधे ईसाई दैविक अनावरण पर **विश्वास** करके चलें या हम ईसाई सत्यों की ओर तर्क की सहायता लेकर बढ़ें? बाइबिल ने जो कहा और यूनानी दार्शनिकों ने जो कहा, इसके बीच क्या सम्बन्ध हो सकता है? क्या बाइबिल और तर्क एक-दूसरे के विरोधी थे, या विश्वास और ज्ञान के बीच संगति है? लगभग सारा मध्ययुगीन दर्शनशास्त्र इस मुख्य प्रश्न पर केन्द्रित था।'

सोफी ने अधीरता के साथ सिर हिलाया। उसने ये सब अपनी धर्म-शिक्षा की क्लास में भी सुना था।

'अब हम देखें कि दो अत्यन्त महत्त्वपूर्ण मध्ययुगीन दार्शनिक इस प्रश्न को कैसे लेते हैं, और हम **सेंट ऑगस्टाइन** से शुरू कर देते हैं; यह 354 और 430 के बीच रहे थे। इस एक व्यक्ति के जीवन में हम बादवाली पुरावशेष और प्रारम्भिक मध्य युग को देख सकते हैं। ऑगस्टाइन का जन्म उत्तरी अफ्रीका के तगास्ते नामक छोटे से नगर में हुआ था। सोलह वर्ष की अवस्था में अध्ययन के लिए वे कार्थेज आए। बाद में उन्होंने रोम और मिलान की यात्रा की और अपने जीवन के अन्तिम वर्ष, कार्थेज से कुछ मील पश्चिम की ओर हिप्पो नामक नगर में बिताए। किन्तु वे अपने सारे जीवन भर ईसाई नहीं थे। ऑगस्टाइन ने ईसाई बनने से पहले अनेक धर्मों और दर्शनशास्त्रों की जाँच-परख की।'

'क्या आप कुछ उदाहरण दे सकते हैं?'

'कुछ समय के लिए वह **मैनिकेइयन** था। मैनिकेइयन्स एक धार्मिक सम्प्रदाय था, जिस का प्रवचन आदि काल के अन्तिम पड़ाव पर काफी जोरों से था। उनका सिद्धान्त आधा धर्म और आधा दर्शनशास्त्र था, और वे जोर देकर कहते थे कि दुनिया अच्छाई और बुराई, प्रकाश और अँधेरे, आत्मा और भौतिक पदार्थवाले द्वैत की बनी हुई है। चेतन होने के कारण, मानवता भौतिकता से ऊपर उठ सकती है और इस प्रकार आत्मा के

त्राण की तैयारी कर सकती है। किन्तु युवा ऑगस्टाइन को अच्छाई और बुराई में यह स्पष्ट भेद मन की शान्ति नहीं दे पाया। जिसे हम 'बुराई की समस्या' कहते हैं, उसका दिमाग इससे पूरी तरह जूझ रहा था। इससे हमारा मतलब उस प्रश्न से है कि बुराई आती कहाँ से है? कुछ समय के लिए वह स्टॉइक्स के दर्शन से प्रभावित हुआ था, और स्टॉइक्स के अनुसार अच्छाई और बुराई के बीच कोई स्पष्ट भेद नहीं था। किन्तु उसका खास झुकाव इसी समय के एक अन्य महत्त्वपूर्ण दर्शन, नव-अफलातूनवाद की ओर था। यहाँ उसे यह विचार प्राप्त हुआ कि प्रकृति के अन्दर, सारा अस्तित्व दिव्य है।'

'तो इसलिए वह नव-अफलातूनवादी बिशप बन गया?'

'हाँ, तुम यह कह सकती हो! वह पहले ईसाई बना, किन्तु सेंट ऑगस्टाइन की ईसाइयत मुख्यतः अफलातूनवादी विचारों से प्रभावित है। और इस प्रकार सोफी, तुम देखोगी और तुम्हें यह समझना भी है कि जैसे ही ईसाई मध्ययुग में प्रवेश करते हैं वैसे ही इसका यूनानी दर्शनशास्त्र से तुरन्त, या नाटकीय विच्छेद नहीं है। यूनानी दर्शनशास्त्र का बहुत बड़ा भाग सेंट ऑगस्टाइन जैसे चर्च के फादर्स के जरिए नए युग में आगे ले जाया गया है।'

'क्या आपका अभिप्राय यह है कि सेंट ऑगस्टाइन आधा ईसाई और आधा नव-अफलातूनवादी था?'

'उसका स्वयं का विश्वास था कि वह सौ प्रतिशत ईसाई है, हालाँकि उसे ईसाइयत और अफलातून के दर्शनशास्त्र के बीच कोई वास्तविक विरोध नहीं दिखलाई देता था। उसके लिए अफलातून और ईसाई सिद्धान्त के बीच समानता इतनी साफ थी कि वह सोचता था कि अफलातून को ओल्ड टेस्टामेंट का ज्ञान जरूर होगा। किन्तु यह तो बिलकुल असम्भव लगता है। इसके बजाय तो हम यह कह सकते हैं कि यह सेंट ऑगस्टाइन था जिसने अफलातून का 'ईसाईकरण किया'।

'यानी जब उसने ईसाइयत में विश्वास करना शुरू किया तो उसने उन सब चीजों से मुँह नहीं मोड़ा जिनका दर्शनशास्त्र से कुछ लेना-देना था?'

'नहीं, किन्तु उसने उन सीमाओं को रेखांकित किया जहाँ तक धार्मिक प्रश्नों पर विचार करते समय आप तर्क का प्रयोग कर सकते हैं। ईसाइयत का सत्य तो एक दिव्य रहस्य है जिसे हम आस्था के द्वारा ही समझ सकते हैं। किन्तु यदि हम ईसाई धर्म में विश्वास रखते हैं तो ईश्वर हमारी आत्मा को इस प्रकार 'ज्योतिमय' कर देगा कि हम ईश्वर का अलौकिक (अति प्राकृतिक) ज्ञान-अनुभव कर सकेंगे। सेंट ऑगस्टाइन ने अपने अन्दर अनुभव किया था कि केवल एक सीमा तक ही दर्शनशास्त्र हमें आगे ले जा सकता है। जब तक वह ईसाई नहीं बना, उसे अपनी आत्मा में शान्ति प्राप्त नहीं हुई। उसने लिखा है, ''हमारा हृदय तब तक शान्त नहीं होता जब तक यह **तुझमें** विश्राम नहीं पाता,'' है।'

सोफी ने ऐतराज जताया, 'मेरी समझ में नहीं आता कि अफलातून के विचार किस प्रकार ईसाइयत के साथ चल सकते हैं? शाश्वत विचारों का क्या होगा?'

'अच्छा, सेंट ऑगस्टाइन निश्चिततः यह मानता था कि ईश्वर ने शून्य से दुनिया बनाई, और यह विचार बाइबिल का विचार है। यूनानी इस विचार को अधिक पसन्द करते थे कि दुनिया सदैव ही अस्तित्ववान रही है। किन्तु सेंट ऑगस्टाइन का विश्वास था कि ईश्वर द्वारा दुनिया बनाने से पहले **दिव्य** मस्तिष्क में 'विचार' थे। इस प्रकार उसने अफलातून के विचारों को ईश्वर में स्थापित कर दिया, और इस प्रकार शाश्वत विचारों का अफलातूनी दृष्टिकोण बरकरार रखा।'

'ये तो चतुराई है।'

'किन्तु इससे यह भी पता चलता है कि न केवल सेंट ऑगस्टाइन अपितु चर्च के कई अन्य फादर यूनानी और यहूदी विचारों को एक जगह लाने में काफी हद तक समझौते भी कर रहे थे। एक अर्थ में वे दो संस्कृतियों के व्यक्ति थे। सेंट ऑगस्टाइन का बुराई सम्बन्धी विचारों में भी नव-अफ़लातूनवाद की ओर झुकाव था। प्लॉटिनस की तरह उसका भी मानना था कि बुराई 'ईश्वर की अनुपस्थिति' का नाम है। बुराई का कोई अपना स्वतन्त्र अस्तित्व नहीं है, यह तो कोई ऐसी चीज है जो नहीं है, क्योंकि ईश्वर की सृष्टि में केवल अच्छाई है। ऑगस्टाइन का विश्वास था कि बुराई मानव द्वारा की गई अवज्ञा से बनी है। या, इसे उसी के शब्दों में कहें, तो–शुभ इच्छा ईश्वर की कृति है; बुराई ईश्वर की उस कृति से अलग होते हुए दूर जाना, या गिर जाना है।'

'क्या वह यह भी मानता था कि मनुष्य में दिव्य आत्मा है?'

'हाँ और ना। सेंट ऑगस्टाइन का मानना था कि ईश्वर और दुनिया के बीच दुर्लंघ्य अवरोध है। इस बात में वह सशक्त बाइबिली आधार पर खड़ा है, और प्लॉटिनस के उस सिद्धान्त को अस्वीकार कर रहा है कि प्रत्येक वस्तु एक है। किन्तु वह फिर भी इस बात पर जोर देता है कि मनुष्य एक आत्मावान प्राणी है। उसका एक पादार्थिक (भौतिक) शरीर है–जो भौतिक जगत का है, जिसे कीड़े और जंग खराब कर रहे हैं– किन्तु उसके पास एक आत्मा भी है जो ईश्वर को पहचान सकती है।

'जब हम मर जाते हैं तो आत्मा का क्या होता है?'

'सेंट ऑगस्टाइन के अनुसार, **मनुष्य के पतन** के बाद सारी मनुष्य जाति खो गई थी। किन्तु फिर भी ईश्वर ने निर्णय किया कि कुछ खास लोगों को सर्वनाश से बचाए रखना चाहिए।'

'उस सूरत में तो ईश्वर यह फैसला भी कर सकता था कि हर एक को बचाया जाना चाहिए।'

'जहाँ तक इस बात का सवाल है, सेंट ऑगस्टाइन ने इनकार किया कि मनुष्य को ईश्वर की आलोचना करने का अधिकार है, वह रोमन्स को सम्बोधित पॉल के **एपीसिल** (पत्र) का सन्दर्भ देता है : ऐ मनुष्य! तू कौन है जो ईश्वर के विरुद्ध जवाब देता है? क्या वह चीज उससे यह बोलेगी जिसने उसे बनाया है कि तूने मुझे ऐसा क्यों

बनाया? या क्या कुम्हार को मिट्टी पर यह हक हासिल नहीं है कि वह मिट्टी के उसी लोंदे से **एक** बर्तन सम्मान का बनाए और **दूसरा** असम्मान का बना दे।'

'तो ईश्वर स्वर्ग में बैठा हुआ लोगों से खेलता रहता है? जैसे ही वह अपनी एक रचना से असन्तुष्ट हो जाता है, वह इसे फेंक देता है।'

'सेंट ऑगस्टाइन का कहना था कि कोई भी आदमी ईश्वर से त्राण के योग्य नहीं है। और फिर भी ईश्वर ने यह निर्णय लिया कि कुछ को शाप से बचाना है, अतः उसके सामने ऐसी कोई गोपनीय बात नहीं थी कि किसे बचाए और किसे अभिशप्त कर दे। यह पूर्व निर्धारित है। हम सब उसकी दया पर निर्भर है।'

'इसका मतलब यह हुआ कि वह फिर भाग्य सम्बन्धी पुराने विश्वास पर लौट आया।'

'शायद! किन्तु सेंट ऑगस्टाइन मनुष्य के अपने जीवन के प्रति उत्तरदायित्व को नहीं त्यागता। उसने सिखाया कि हमें इस ज्ञान या निष्ठा के साथ जीना चाहिए कि हम ईश्वर द्वारा चुने गए लोगों में से हैं। वह यह भी अस्वीकार नहीं करता कि हमारे पास स्वतन्त्र इच्छा है। किन्तु ईश्वर ने यह 'पहले ही देख लिया था' कि हमें कैसे जीना है।'

'क्या यह थोड़ा अनुचित नहीं है,' सोफी ने पूछा। 'सुकरात ने कहा था कि हम सभी के पास समान अवसर हैं क्योंकि हम सबमें एक-सी कॉमन-सैन्स' है। किन्तु सेंट ऑगस्टाइन लोगों को दो समूहों में विभाजित कर देता है। एक समूह बच जाता है, जबकि दूसरा अभिशप्त होता है।'

'तुम इस अर्थ में सही हो कि सेंट ऑगस्टाइन का धर्मशास्त्र एथेंस के मानववाद से काफी दूर है। किन्तु सेंट ऑगस्टाइन मानवता को दो समूहों में नहीं बाँट रहा था। वह तो केवल बाइबिल के त्राण और अभिशप्ति के सिद्धान्त को स्पष्ट कर रहा था। उसने एक विद्वत्तापूर्ण रचना की, **सिटी ऑफ गॉड;** इसमें इन सब बातों को उसने स्पष्ट किया।'

'मुझे उसके विषय में बतलाइए।'

' **'सिटी ऑफ गॉड'** या **'किंगडम ऑफ गॉड'** अभिव्यक्तियाँ बाइबिल और यीशु के उपदेशों से आती हैं। सेंट ऑगस्टाइन का मानना था कि सारा मानवीय इतिहास **'किंगडम ऑफ गॉड'** (ईश्वर का साम्राज्य) और **'किंगडम ऑफ द वर्ल्ड'** (दुनिया का साम्राज्य) के बीच के संघर्ष की कहानी है। दोनों 'साम्राज्य' एक-दूसरे से भिन्न राजनीतिक साम्राज्य नहीं हैं। वे हर एक मनुष्य के अन्दर प्रभुत्व के लिए संघर्ष करते हैं। फिर भी **ईश्वर का साम्राज्य** मोटा-मोटी चर्च में उपस्थित है और **दुनिया का साम्राज्य राज्य** में है—उदाहरण के लिए, रोमन साम्राज्य जो सेंट ऑगस्टाइन के समय पतनोन्मुख था। यह धारणा और भी स्पष्ट हो जाती है जब मध्य युग में चर्च और राज्य प्रभुत्व के लिए आपस में संघर्ष करते हैं। चर्च के बाहर कोई त्राण नहीं हैं—अब कहा जा रहा था। सेंट ऑगस्टाइन का **सिटी ऑफ गॉड** अन्ततः स्थापित चर्च में समाहित हो गया। जब तक सोलहवीं शताब्दी में **पुनरुद्धार** का आन्दोलन नहीं हुआ तब तक इस विचार का कोई विरोध नहीं हुआ कि लोग केवल चर्च द्वारा ही त्राण पा सकते हैं।'

'ये तो समय की बात हुई।'

'हम यह भी अवलोकन कर सकते हैं कि सेंट ऑगस्टाइन वह प्रथम दार्शनिक था जो दर्शनशास्त्र में **इतिहास** को खींच लाया था। अच्छाई और बुराई के बीच संघर्ष कोई नई बात नहीं थी। नई बात यह थी कि सेंट ऑगस्टाइन के लिए यह खेल इतिहास में खेला गया था। सेंट ऑगस्टाइन की रचना के इस पहलू में अफलातून भी ज्यादा नहीं है। वह **ओल्ड टेस्टामेंट** में वर्णित इतिहास के रेखावत् विचार से अधिक प्रभावित हुआ था : यह विचार कि ईश्वर को सारे इतिहास की आवश्यकता है ताकि ईश्वर का साम्राज्य साकार हो सके। मनुष्य के प्रबोधन और बुराई के विनाश के लिए इतिहास की आवश्यकता है। दिव्य भविष्यदृष्टि मानवता के इतिहास को आदम से लेकर समय के अन्त तक निर्देशित करती है जैसे, मानो यह एक आदमी की कहानी है जो धीरे-धीरे बचपन से वृद्धावस्था की ओर बढ़ रहा है।'

सोफी ने अपनी घड़ी की ओर देखा। दस बज गए, उसने कहा, 'मुझे तो जल्दी जाना होगा।'

'किन्तु इससे पहले मैं तुम्हें दूसरे महान मध्ययुगीन दार्शनिक के विषय में बतला दूँ। क्यों, बाहर चलकर बैठ सकते हैं?'

ऐल्बर्टो उठ खड़ा हुआ। उसने अपनी दोनों हथेलियाँ जोड़ीं और गैलरी से बाहर की ओर कदम रखने शुरू किए। ऐसा लगता था मानो वह प्रार्थना कर रहा हो या किसी आध्यात्मिक सत्य पर मनन कर रहा हो। सोफी उसके पीछे-पीछे चलती रही; उसे लगा कि उसके पास कोई विकल्प नहीं है।

सूरज अभी भी सबेरे के बादलों से बाहर नहीं आया था। ऐल्बर्टो चर्च के बाहर एक बेंच पर बैठ गया। सोफी यह सोच रही थी कि उधर से आनेवाला उन्हें कोई ऐसे बेंच पर बैठे देखकर क्या सोचेगा। दिन में दस बजे चर्च की बेंच पर बैठना अपने आप में अजीब था, और एक मध्ययुगीन भिक्षुक के साथ बैठना तो शायद और भी अजीब था।

'आठ बजे हैं,' उसने शुरू किया। 'ऑगस्टाइन को हुए चार सौ साल हो गए हैं, और अब स्कूल शुरू होता है। अब से लेकर दस बजे तक, कॉन्वेंट स्कूलों का शिक्षा पर एकाधिकार रहेगा। दस और ग्यारह बजे के बीच प्रथम कैथीड्रल स्कूलों की नींव रखी जाएगी, और इसके बाद दोपहर को पहले विश्वविद्यालय आएँगे। उसी समय महान गोथिक कैथीड्रल भी बनाए जाएँगे। इस चर्च का समय भी 1200 से शुरू होता है–या हम इसे उच्च गोथिक काल कह सकते हैं। इस कस्बे में वे बड़ा कैथीड्रल नहीं बना सकते थे।'

'उन्हें इसकी जरूरत भी नहीं थी,' सोफी ने कहा। 'मैं खाली चर्चों से घृणा करती हूँ।'

'अहा, किन्तु बड़े कैथीड्रल बड़े जमावों के लिए ही नहीं बनते थे। वे ईश्वर की शान में बनते थे और यह अपने आपमें एक प्रकार के धार्मिक उत्सव मनाने के लिए होते थे। किन्तु इस काल में कुछ ऐसा घटा जो हम जैसे दार्शनिकों के लिए बड़े महत्त्व का है।'

ऐल्बर्टो कहता गया : 'स्पेन में अरबों का प्रभाव दिखने लगा। सारे मध्य युग के दौरान, अरबों ने अरस्तुई परम्परा बनाए रखी थी, और बारहवीं शताब्दी के अन्त से कुलीनों के निमन्त्रण पर अरब विद्वान उत्तरी इटली में आना शुरू हो गए। इस प्रकार अरस्तू के बहुत सी रचनाएँ लोगों को मालूम हो गईं और इनका अनुवाद यूनानी और अरबी भाषा से लैटिन में हुआ। इससे प्राकृतिक विज्ञानों में नई रुचि जाग उठी, और इसने ईसाई धर्म की ईश्वरीय भविष्यवाणी और यूनानी दर्शनशास्त्र के सम्बन्धों वाले सवाल में नया जीवन फूँक दिया। स्पष्ट था कि विज्ञान के मामलों में अब आप अरस्तू की अनदेखी नहीं कर सकते थे; किन्तु प्रश्न एक और भी था : कब तो दार्शनिक अरस्तू की बात सुनी जाए, और कब तक आदमी केवल बाइबिल पर जमा रहे? तुम समझ रही हो न?'

सोफी ने स्वीकृति में सिर हिलाया, और भिक्षुक आगे बढ़ता गया।

'इस काल का महानतम और सबसे महत्त्वपूर्ण दार्शनिक **सेन्ट टॉमस ऐक्विनास** था जो 1225 से 1274 तक जीवित रहा। वह रोम और नैपल्स के बीच एक छोटे-से कस्बे ऐक्विनो से आया था, किन्तु वह पेरिस विश्वविद्यालय में अध्यापन का काम भी करता था। मैं उसे दार्शनिक कहता हूँ, जबकि वह उतना ही धर्मशास्त्री भी था; उस समय दर्शनशास्त्र और धर्मशास्त्र में कोई खास बड़ा अन्तर नहीं था। संक्षेप में, हम यह कह सकते हैं कि ऐक्विनास ने उसी तरह अरस्तू का ईसाईकरण किया, जैसे प्रारम्भिक मध्य युग में सेंट ऑगस्टाइन ने अफलातून का ईसाईकरण किया था।'

'क्या ऐसा करना कुछ अजीब नहीं लगता, उन दार्शनिकों का ईसाईकरण करना, जो यीशु से कई सौ वर्ष पहले हुए थे।'

'तुम ऐसा कह सकती हो। किन्तु इन दो महान यूनानी दार्शनिकों के 'ईसाई करण' से हमारा मतलब सिर्फ इतना है कि उनका ऐसा अर्थ लगाया गया या स्पष्टीकरण इस तरह से किया गया कि अब उन्हें पक्के ईसाई मत के लिए कोई खतरा या परेशानी नही समझा जाए। ऐक्विनास उन लोगों में से एक है जिसने अरस्तू के दर्शन को ईसाई धर्म के संगत बनाने का प्रयास किया। हम यह कह सकते हैं कि उसने आस्था और ज्ञान के बीच महत्त्वपूर्ण संश्लेषण स्थापित किया। उसने यह काम अरस्तू के दर्शन में प्रवेश करके और उसके शब्दों को सच मानकर किया।'

'क्षमा चाहती हूँ; किन्तु पिछली रात मैं बिलकुल सो नहीं पाई। आपको यह फिर से और स्पष्ट करना होगा।'

'ऐक्विनास का मानना था कि दर्शनशास्त्र या तर्क की शिक्षा और ईसाई की ईश्वरीय भविष्यवाणी या ईसाई आस्था की शिक्षा में किसी प्रकार का विरोध नहीं है। ईसाई जगत और दर्शनशास्त्र प्रायः समान बातें ही कहते हैं। अतः हम कई बार तर्क करते हुए उन्हीं सत्यों तक पहुँच सकते हैं जिन्हें हम बाइबिल में पढ़ते है।'

'ऐसा कैसे हो सकता है? क्या तर्क हमें यह बतलाएगा कि ईश्वर ने यह दुनिया छः दिनों में बना दी या यह कि यीशु ईश्वर का पुत्र था?'

'नहीं, आस्था के ये तथाकथित सत्य केवल ईसाई धर्म की ईश्वरीय भविष्यवाणी या विश्वास द्वारा ही प्राप्त हो सकते हैं। किन्तु ऐक्विनास कई 'प्राकृतिक धर्मशास्त्रीय सत्यों' के अस्तित्व में विश्वास करता था। इससे उसका मतलब उन सत्यों से था जिन तक हम ईसाई आस्था और अपने सहज या स्वाभाविक तर्क, **दोनों** ही के द्वारा पहुँच सकते हैं। उदाहरण के लिए, यह सत्य कि ईश्वर है। ऐक्विनास का मानना था कि ईश्वर तक पहुँचने के दो मार्ग हैं। एक रास्ता आस्था और ईसाई धर्म की ईश्वरीय भविष्यवाणी का है और दूसरा रास्ता तर्क और ज्ञानेन्द्रियों से होकर जाता है। इन दो में से आस्था और ईश्वरीय भविष्यवाणी वाला रास्ता निश्चय ही भरोसेमन्द है, क्योंकि केवल तर्क पर भरोसा करने से हम आसानी से पथभ्रष्ट हो सकते हैं। किन्तु ऐक्विनास की खास बात यह थी कि उसके लिए अरस्तू जैसे दार्शनिक और ईसाई सिद्धान्त में संघर्ष या विरोध की गुंजाइश नहीं है।'

'इसका मतलब हुआ कि हम अरस्तू में विश्वास करने या बाइबिल में विश्वास करने में से कोई एक चुन सकते हैं?'

'नहीं, यह बिलकुल नहीं। अरस्तू तो रास्ते में थोड़ी दूर तक जाता है, क्योंकि उसे ईसाई धर्म की ईश्वरीय भविष्यवाणी का ज्ञान नहीं था। किन्तु रास्ते पर थोड़ी ही दूर तक जाना वही बात नहीं है कि आप गलत रास्ते पर जा रहे हैं। उदाहरण के लिए, यह कहना गलत नहीं है कि एथेंस यूरोप में है। किन्तु यह बिलकुल सही या सटीक नहीं माना जा सकता। यदि एक पुस्तक आपको बताती है कि एथेंस यूरोप में है, तो समझदारी इसमें है कि भूगोल की पुस्तक को भी देख लिया जाए। वहाँ आपको पूरे सत्य की जानकारी होगी कि एथेंस यूनान की राजधानी है, और यूनान दक्षिण-पूरबी यूरोप में एक छोटा-सा देश है। यदि आप थोड़े भाग्यवान हैं तो आपको ऐक्रोपॉलिस के विषय में भी कुछ जानकारी मिल जाएगी। सुकरात, अफलातून और अरस्तू, तो अलग रहे।'

'किन्तु एथेंस के बारे में खबर का पहला टुकड़ा तो सही था।'

'बिलकुल ठीक कहा! ऐक्विनास यह सिद्ध करना चाहता था कि सत्य केवल एक है। अतः जब अरस्तू हमें कोई चीज दिखलाता है जिसे हमारा तर्क सही ठहराता है, तो इसका ईसाई उपदेशों से टकराव नहीं है। हम तर्क की सहायता से और अपनी ज्ञानेन्द्रियों के प्रमाण से सत्य के एक पहलू तक सफलतापूर्वक पहुँच सकते हैं। उदाहरण के लिए, ये वे सत्य हैं जिनकी ओर पौधों और पशुजगत का वर्णन करते समय अरस्तू संकेत करता है। सत्य का दूसरा पहलू हमारे सामने ईश्वर द्वारा बाइबिल के माध्यम से उजागर होता है। किन्तु सत्य के दोनों पहलू महत्त्वपूर्ण बिन्दुओं पर एक-दूसरे के ऊपर आते हैं। ऐसे बहुत सारे प्रश्न हैं जिनके विषय में तर्क और बाइबिल हमें बिलकुल एक जैसी बातें बतलाते हैं।'

'जैसे कि एक ईश्वर है?'

'बिलकुल सही! अरस्तू का दर्शनशास्त्र भी एक ईश्वर के अस्तित्व को या एक औपचारिक कारण मानकर चलता है—जो प्रकृति की सारी प्रक्रियाओं को चलाता है।

किन्तु वह इसके आगे ईश्वर का कोई और वर्णन नहीं करता। और इसके लिए हमें पूरी तरह से बाइबिल पर और यीशु के उपदेशों पर निर्भर करना पड़ता है।'

'क्या यह पूरी तरह निश्चित है कि ईश्वर है?'

'स्पष्ट है कि इस बारे में मतभेद हो सकते हैं। किन्तु हमारे समय में भी अधिकांश लोग इस बारे में सहमत हैं कि मानवीय तर्क ईश्वर के अस्तित्व को नकारने में अक्षम है। ऐक्विनास इससे भी आगे गया। उसका मानना था कि वह अरस्तू के दर्शन के आधार पर ईश्वर का अस्तित्व सिद्ध कर सकता था।'

'ये तो खराब स्थिति नहीं है।'

'वह मानता था कि हम अपने तर्क द्वारा यह पहचान सकते हैं कि हमारे चारों ओर फैली चीजों में प्रत्येक का एक 'औपचारिक कारण' होना चाहिए। ईश्वर ने स्वयं को मानवता के सामने तर्क और बाइबिल दोनों के माध्यम से उजागर किया है। अतः इस प्रकार दोनों पूरक हैं : 'आस्था का धर्मशास्त्र' और 'प्राकृतिक धर्मशास्त्र'। यही बात नैतिक पहलू के विषय में भी सही है। बाइबिल हमें सिखाती है कि ईश्वर हम से किस प्रकार जीवन जीने की अपेक्षा रखता है। किन्तु ईश्वर ने हमें एक अन्तःकरण भी दिया हुआ है जो हमें 'प्राकृतिक' आधार पर सही और गलत में भेद करने की क्षमता प्रदान करता है। इस प्रकार भी, अतः नैतिक जीवन के 'दो मार्ग' हैं। भले ही हमने बाइबिल न पढ़ी हो जो 'हमें दूसरों के प्रति वैसा व्यवहार करने को कहती है जैसा हम उनसे अपने लिए कराना चाहते हैं,' तो भी हम जानते हैं कि दूसरों को नुकसान पहुँचाना गलत है। यहाँ भी सबसे भरोसेमन्द गाइड यही है कि हम बाइबिल के आदेशों का पालन करें।'

'मैं सोचती हूँ अब मैं समझ गई हूँ,' सोफी ने अब कहा। 'यह बिलकुल वैसा ही है जैसे हम बिजली चमकती देखकर **और** गड़गड़ाहट सुनकर यह जान लेते हैं कि आँधी आनेवाली है।'

'यह ठीक है। भले ही हम अन्धे हों तो भी हम गड़गड़ाहट सुन सकते हैं, हम बहरे होने के बावजूद बिजली की चमक देख सकते हैं। यदि हम देख और सुन दोनों ही सकते हों तो और भी अच्छी बात है। किन्तु जो हम देखते हैं और जो हम सुनते हैं उनमें कोई **विरोध** नहीं है। बल्कि इसके विपरीत—दोनों संवेदनाएँ एक-दूसरे को पुष्ट करती हैं।'

'मैं समझी।'

'मैं इसमें एक तसवीर और जोड़ देता हूँ। यदि तुम एक उपन्यास पढ़ो—जॉन स्टाइनबैक का **ऑफ माइस एंड मैन्न,** उदाहरण के लिए...

'ये तो मैंने वास्तव में पढ़ा है।'

'ये बताओ क्या तुम यह उपन्यास पढ़कर लेखक के बारे में कुछ जान पाती हो या नहीं?'

'मैं महसूस करती हूँ एक आदमी है जिसने यह लिखा है।'

'क्या तुम्हें उसके बारे में केवल यही मालूम होता है?'

'वह बाहरी लोगों का ध्यान रखता है।'

'जब तुम यह पुस्तक पढ़ती हो—जो स्टाइनबैक की एक रचना है—तब तुम्हें स्टाइनबैक के स्वभाव के बारे में भी कुछ जानकारी मिलती है। किन्तु तुम लेखक के बारे में कोई निजी जानकारी प्राप्त नहीं करती। क्या तुम **ऑफ माइस एंड मैन** पढ़कर यह बता सकती हो कि इसे लिखते समय लेखक की आयु क्या रही होगी, या वह कहाँ रहता था, या उसके कितने बच्चे थे?'

'बिलकुल नहीं।'

'किन्तु तुम्हें यह सब जानकारी जॉन स्टाइनबैक की जीवनी पढ़ने पर मिल सकती है। केवल जीवनी में—या एक आत्मकथा में—जॉन स्टाइनबैक, **व्यक्ति,** के विषय में अच्छी तरह जान सकती हो।'

'यह बात सच है।'

'लगभग यही बात ईश्वर की सृष्टि और बाइबिल के बारे में भी है। हम प्राकृतिक दुनिया में सिर्फ चार कदम चलने से ही यह पहचान जाते हैं कि ईश्वर है। हम आसानी से यह देख सकते हैं कि वह फूलों और जानवरों से प्रेम करता है, अन्यथा वह इन्हें न बनाता। किन्तु ईश्वर, यानी ईश्वर कहलाने वाले व्यक्ति के बारे में जानकारी केवल बाइबिल में ही—या तुम चाहो तो इसे ईश्वर की 'आत्मकथा' कह सकती हो—मिलती है।'

'आप उदाहरण ढूँढ़ लाने में बहुत चतुर हैं।'

'मम्म्म...'

पहली बार ऐल्बर्टो वहाँ बैठा हुआ केवल सोचता रहा—बिना उत्तर दिये।

'क्या इस सबका 'हिल्डे' से भी कुछ लेना-देना है?' सोफी यह पूछे बिना न रह सकी।

'हमें पता नहीं कि वाकई 'हिल्डे' है भी या नहीं।'

'किन्तु हमें यह तो मालूम है ही कि कोई उसके होने का प्रमाण सब जगह रखता जा रहा है। पोस्टकार्ड्स, रेशमी स्कॉर्फ, हरा वालेट, एक लम्बा मोजा...'

ऐल्बर्टो ने स्वीकृति में सिर हिलाया। 'और ऐसा लगता है कि हिल्डे का पिता ही यह फैसला करेगा कि वह कितने और संकेत-चिह्न रखेगा,' उसने कहा। 'अभी तो हमें बस इतना पता है कि कोई हमें बहुत से पोस्टकार्ड्स भेज रहा है। मेरी इच्छा थी कि वह अपने बारे में भी कुछ लिखता। पर इस बात को बाद में लेंगे।'

'पौने ग्यारह बज रहे हैं। मध्य युग के अन्त तक पहुँचने से पहले मुझे घर पहुँचना है।'

'कुछ ही शब्दों में, यह बतलाते हुए मैं निष्कर्ष पर आता हूँ कि किस प्रकार ऐक्विनास ने अरस्तू के दर्शन को उन सब क्षेत्रों में अपना लिया जहाँ इसका चर्च के धर्मशास्त्र से कोई टकराव नहीं था। ये क्षेत्र थे उसका तर्क, उसका ज्ञान का सिद्धान्त, और प्राकृतिक दर्शनशास्त्र जो कम महत्त्वपूर्ण न था। क्या तुम्हें याद है, उदाहरण के लिए, अरस्तू ने पौधों से लेकर जानवर और फिर मनुष्य तक जीवन के विकास के पैमाने का किस प्रकार वर्णन किया है?'

सोफी ने स्वीकृति में सिर हिलाया।

'अरस्तू का विश्वास था कि यह पैमाना न केवल ईश्वर के अस्तित्व के बारे में संकेत देता है, अपितु यह एक प्रकार उसके अधिकतम अस्तित्ववान होने का भी संकेत देता है। वैश्विक प्रक्रियाओं की इस प्रणाली का ईसाई धर्मशास्त्र के साथ ताल-मेल बिठाने में कोई कठिनाई नहीं थी। ऐक्विनास के अनुसार अस्तित्व का एक ऊर्ध्वगामी विकास-क्रम है जो पौधों से जानवरों और फिर उनसे मानवों तक, इसके बाद आदमी से देवदूतों तक और फिर देवदूतों से ईश्वर तक जाता है। जानवरों की तरह आदमी के पास भी एक शरीर और ज्ञानेन्द्रियाँ हैं, किन्तु आदमी के पास बुद्धि है, जिससे वह सभी प्रकार का तर्क कर लेता है। देवदूतों के पास ऐसा शरीर और ज्ञानेन्द्रियाँ नहीं हैं। यही कारण है कि उनके पास तात्कालिक और तुरन्त बुद्धि है। मानवों की तरह उन्हें 'विचारने' की जरूरत नहीं पड़ती; इसी प्रकार उन्हें निष्कर्ष तक पहुँचने के लिए तर्क करने की भी जरूरत नहीं है। मनुष्य को तो सभी प्रकार की जानकारी एक-एक करके यानी स्टेप बाई स्टेप सीखनी होती हैं, किन्तु देवदूत ऐसा किए बिना ही वह सब जान लेते हैं जो मनुष्य को ज्ञात है। और चूँकि देवदूतों के पास शरीर नहीं है, वे कभी नहीं मर सकते। वे ईश्वर की तरह हमेशा नहीं बने रहेंगे, क्योंकि एक बार ईश्वर ने उन्हें बनाया था। किन्तु उनके पास कोई शरीर नहीं है जिसे छोड़कर उन्हें जाना पड़े, और इसीलिए वे कभी नहीं मरते।'

'ये तो बड़ा प्यारा लगता है।'

'किन्तु, देवदूतों से ऊपर चलकर ईश्वर का शासन है, सोफी। वह एक ही बार में अपनी सम्यक् दृष्टि से हर चीज को देख और जान लेता है।'

'तो वह हमें इस समय भी देख सकता है।'

'हाँ, शायद वह देख सकता है। किन्तु 'इस समय' नहीं। ईश्वर के लिए, समय का अस्तित्व उस तरह नहीं है जैसे हमारे लिए। हमारा 'यह समय' ईश्वर का 'यह समय' नहीं है। जिस तरह सप्ताह हमारे लिए गुजरते हैं आवश्यक नहीं है कि वे ईश्वर के लिए भी वैसे ही गुजरे।'

'इसमें तो कुछ गड़बड़ है,' सोफी ने चिल्लाकर कहा। उसने अपना हाथ मुँह पर रख लिया। ऐल्बर्टो ने उसे नीचे निगाह करके देखा, और सोफी कहती गई : 'मुझे हिल्डे के पिता से कल एक कार्ड और मिला है। उसने कुछ इस तरह लिखा–भले ही इसमें सोफी को एक या दो सप्ताह लगें, किन्तु उसका अर्थ यह नहीं है कि हमें भी उतना समय लगेगा। यह भी लगभग वैसा ही है जैसा आपने अभी ईश्वर के बारे में कहा।'

सोफी देख सकती थी कि ब्राउन टोपी के नीचे ऐल्बर्टो के चेहरे पर क्रोध की एक लहर दौड़ गई थी।

'उसे अपने पर लज्जित होना चाहिए!'

सोफी की समझ में नहीं आया कि ऐल्बर्टो का मतलब क्या था। वह कहता गया : 'दुर्भाग्यवश, ऐक्विनास ने अरस्तू के स्त्रियों के बारे में विचार भी अपना लिये। तुम्हें

शायद याद हो अरस्तू सोचता था कि एक स्त्री लगभग एक अधूरा या अपूर्ण आदमी होती है। वह यह भी सोचता था कि बच्चे विरासत में केवल पिता के लक्षण पाते हैं, कारण यह है कि स्त्री निष्क्रिय एवं ग्रहणशीला रहती है, जबकि पुरुष सक्रिय एवं रचनात्मक होता है। ऐक्विनास के अनुसार, इन विचारों का बाइबिल के सन्देश के साथ समन्वय है–क्योंकि, उदाहरणार्थ, बाइबिल बतलाती है कि स्त्री को पुरुष की पसली निकाल कर बनाया गया है।'

'नॉनसेंस,'

'यह नोट करना रुचिकर है कि 1827 तक स्तनपायी जानवरों के अंडों का पता नहीं चला था। अतः इसमें आश्चर्य नहीं कि लोग सोचते थे कि पुनरुत्पादन में पुरुष एक रचनात्मक और जीवनदायी शक्ति है। इसके अतिरिक्त हम यह भी नोट कर सकते हैं कि, ऐक्विनास के अनुसार, प्राकृत-प्राणी के रूप में स्त्री पुरुष से घटिया है। स्त्री की आत्मा पुरुष की आत्मा के बराबर है। स्वर्ग में दोनों लिंगों के बीच पूरी समानता है, क्योंकि भौतिक लिंग सम्बन्धी अन्तर वहाँ नहीं होते।'

'इससे कोई लाभ नहीं। क्या मध्य युग में कोई स्त्री दार्शनिक नहीं थी?'

'मध्य युग में चर्च के जीवन पर पुरुषों का भारी प्रभुत्व था। किन्तु इसका यह अर्थ नहीं है कि स्त्री-विचारक नहीं थीं। उनमें से एक **'हिल्डेगार्ड ऑफ बिन्जेन थी...**

सोफी की आँखें फैल गईं।

'क्या उसका हिल्डे से कोई लेना-देना है?'

'तुमने भी क्या सवाल किया! हिल्डेगार्ड एक नन की तरह 1098 से 1179 तक **रहाइन वैली** में रहती थी। स्त्री होने के बावजूद वह एक उपदेशक, लेखक, डॉक्टर, वनस्पतिशास्त्री और प्रकृतिवादी की तरह काम करती थी। वह इस बात का उदाहरण है कि मध्य युग में भी स्त्रियाँ अधिक व्यावहारिक और अधिक वैज्ञानिक दृष्टि लिये होती थीं।'

'किन्तु हिल्डे का क्या हुआ?'

'यह एक प्राचीन ईसाई और यहूदी विश्वास था कि ईश्वर केवल आदमी नहीं है। उसका एक नारी पक्ष भी है या 'प्रकृति माँ' पक्ष। स्त्रियों को भी ईश्वर ने अपने जैसा बनाया है। यूनानी में, ईश्वर के इस नारी पक्ष को **'सोफिया'** या 'सोफी' (Sophie) कहा जाता है, जिसका अर्थ बुद्धिमत्ता होता है।'

सोफी ने मौन स्वीकृति में अपना सिर हिलाया। किसी ने उसे यह अब तक क्यों नहीं बतलाया? और उसने स्वयं यह क्यों नहीं पूछा, कभी भी?

ऐल्बर्टो ने आगे कहा : 'सोफिया या ईश्वर की प्रकृति माँ का सारे ही मध्य युग में यहूदियों और **यूनानी ऑर्थोडॉक्स चर्च** के लिए खास महत्त्व रहा है। पश्चिम में उसे भुला दिया गया। किन्तु अब हिल्डेगार्ड आती है। उसे एक (दिव्य) दृष्टि में सोफिया दिखलाई दी, वह सुनहरी अँगरखा पहने थी जिसे बहुमूल्य हीरे-जवाहरात से सजाया गया था...'

सोफी उठ खड़ी हुई। सोफिया हिल्डेगार्ड के सामने दिव्य दर्शन में प्रगट हुई थी...

'हो सकता है मैं हिल्डे के समक्ष प्रगट होऊँ।'

वह फिर बैठ गई। तीसरी बार ऐल्बर्टो ने अपना हाथ उसके कन्धे पर रखा।

'ये ऐसी बात है जिसके विषय में हमें और जानना चाहिए। किन्तु अब ग्यारह से ज्यादा बज गए। तुम्हें घर जाना चाहिए। हम एक नए युग की ओर पहुँच रहे हैं। मैं तुम्हें **पुनर्जागरण** के लिए एक बार और बुलाऊँगा। हरमीज़ आएगा और तुम्हें बाग में ले जाएगा।'

ये कहते हुए वह विचित्र भिक्षुक उठा और उसने चर्च की ओर चलना शुरू कर दिया। सोफी जहाँ थी वहीं खड़ी रही, वह हिल्डेगार्ड और सोफिया, हिल्डे और सोफी के बारे में सोच रही थी। अचानक, वह कूदी, और यह पूछते हुए, भिक्षुक का लबादा पहने दार्शनिक के पीछे दौडी :

'क्या मध्य युग में एक ऐल्बर्टो भी था?'

ऐल्बर्टो ने अपनी गति धीमी की, थोड़ा-सा अपना सिर घुमाया और कहा, 'ऐक्विनास का अध्यापक एक प्रसिद्ध दर्शनशास्त्री **ऐल्बर्ट द ग्रेट** था...'

यह कहकर उसने अपना सिर झुकाया और दरवाजे से होकर सेंट मैरीज चर्च में गायब हो गया। सोफी इस उत्तर से सन्तुष्ट नहीं थी। वह उसके पीछे चर्च में अन्दर गई। किन्तु अब यह पूरा खाली था। क्या वह फर्श में से होकर चला गया।

जैसे ही वह चर्च के बाहर आ रही थी, उसकी निगाह मैडोना के चित्र पर पड़ी। वह उसके पास गई और उसे ध्यान से देखा। अचानक उसने देखा कि मैडोना की एक आँख के नीचे पानी की एक बूँद है। क्या यह आँसू है? सोफी तेज़ी से चर्च के बाहर आई और जल्दी-जल्दी जोआना के घर की ओर चल दी।

पुनर्जागरण

नश्वर वेश में दिव्य वंश-परम्परा...

दौड़ने के कारण हाँफती हुई सोफी जब जोआना के घर के बाहरी गेट पर पहुँची तो सिर्फ बारह बजे थे। जोआना अपने पारिवारिक पीले घर के बाहर वाले आँगन में खड़ी थी।

'तुम्हें गए पाँच घंटे हो गए,' जोआना ने तपाक से कहा।

सोफी ने अपना सिर हिलाया।

'नहीं, मैं तो एक हजार वर्ष से भी ज्यादा के लिए निकली हुई थी।'

'आखिर तुम गई थी कहाँ? तुम पागल हो। अभी आधा घंटा हुआ तुम्हारी मॉम का फोन आया था।'

'तुमने उन्हें क्या बताया?'

'मैंने कहा तुम दवाई की एक दुकान पर हो। उसने कहा कि तुम्हारे आने पर उसे फोन कराना। किन्तु तुम्हें मेरे मॉम और डैड से मिलना चाहिए था। वे दस बजे यहाँ गरम चॉकलेट और रोल्स लेकर आए थे...और तुम्हारा बिस्तर खाली था।'

'तुमने उन्हें क्या कहा?'

'मैं वास्तव में परेशानी में पड़ गई थी। मैंने उन्हें कह दिया कि तुम अपने घर लौट गई, क्योंकि हम एक-दूसरे के साथ बेहिसाब बिगड़ पड़े थे।'

'इसलिए हमें जल्दी करनी चाहिए और फिर से दोस्त बन जाना चाहिए। और हमें यह प्रबन्ध भी करना चाहिए कि तुम्हारे माता-पिता मेरी मॉम से बात न कर पाएँ। क्या खयाल है, हम ऐसा कर सकते हैं?'

जोआना ने कन्धे उचकाए। तभी उसी समय उसके पिता एकपहिया ठेला लिए कोने की ओर दिखाई दिए। वे सुरक्षा-परिधानों का जोड़ा पहने हुए थे और पिछले साल के पत्तों और टहनियों की सफाई में लगे थे।

'अहा! तुम फिर दोस्त बन गई हो, मुझे लगता है। अच्छा, देखो बेसमेंट की पैड़ियों पर अब एक भी पत्ता नहीं है।'

'बढ़िया,' सोफी ने कहा। 'तो अब हम अपनी गरम चॉकलेट बिस्तर में न लेकर वहाँ ले सकते हैं।'

जोआना के डैड जबरदस्ती की हँसी हँसे, किन्तु जोआना की साँस अटकी हुई थी। शाब्दिक आदान-प्रदान सोफी के परिवार में हमेशा ही ज्यादा खरे रहे थे बनिस्बत अधिक सम्पन्न, वित्तीय परामर्शदाता श्री इंगर ब्रिग्ट्सन और उसकी पत्नी के बीच।

'सॉरी जोआना, किन्तु मैं महसूस करती हूँ कि मुझे इस छिपाने के कारनामे में भी भाग लेना चाहिए।'

'तुम मुझे बतलाओगी जरा, कैसे?'

'निश्चय ही, शर्त यह है तुम मेरे साथ घर तक चलो। क्योंकि यह वित्तीय परामर्शदाताओं के या अधिक बड़ी हो गई बार्बी डॉल्स के कानों के लिए नहीं हैं।'

'ऐसा कहना तो बेकार और सड़ियल है। मेरा खयाल है तुम यह सोचती हो कि एक झगड़ों भरी शादी बेहतर है जिसमें एक पार्टनर परेशान होकर समुद्री यात्रा पर निकल जाता है?'

'शायद नहीं। किन्तु पिछली रात तो मैं लगभग सो ही नहीं पाई। और दूसरी बात, मैं थोड़ा यह भी सोच रही हूँ—कहीं हिल्डे हमारे सब कामों को तो नहीं **देख रही।**'

उन्होंने क्लोवर चेज की ओर चलना शुरू कर कर दिया।

'तुम्हारा मतलब है कि वह दोबारा देखेगी?'

'हो भी सकता है, और नहीं भी।'

जोआना इस सारी गोपनीयता के प्रति ज्यादा उत्साहित नहीं थी।

'किन्तु इससे यह बात साफ नहीं होती कि उसका पिता दुनिया भर के पागल पोस्टकार्ड्स जंगल में एक खाली केबिन में क्यों भेजेगा।'

'मैं मानती हूँ कि यहाँ कोई कमजोरी है।'

'क्या तुम मुझे बताना चाहती हो कि तुम कहाँ गई थी?'

उसने वैसा कर दिया। सोफी ने उसे सारी बातें बतला दीं दर्शनशास्त्र के रहस्यमय कोर्स के बारे में भी। उसने जोआना से कसम ली कि वह इस सबको गोपनीय रखेगी।

वे काफी देर तक बिना बोले चलती रहीं। जैसे ही वे क्लोवर क्लोज पहुँचीं, जोआना ने कहा, 'मुझे यह पसन्द नहीं।'

वह सोफी के गेट पर रुकी और फिर अपने घर वापस जाने के लिए मुड़ी।

'किसी ने भी तुम्हें यह नहीं कहा कि तुम इसे पसन्द करो। किन्तु दर्शनशास्त्र एक हानि रहित पार्टी-गेम नहीं है। दर्शनशास्त्र की जिज्ञासा हम क्या हैं? हम कहाँ से आए हैं? के बारे में है। क्या तुम्हें लगता है कि स्कूल में हमें इस बारे में सीखने को कभी कुछ मिलता है?'

'खैर, इस तरह के सवालों के जवाब तो कोई भी नहीं दे सकता।'

'हाँ, किन्तु हम तो उन्हें **पूछना** तक भी नहीं सीख रहे।'

जब सोफी रसोई में पहुँची तो लंच टेबल पर लगा हुआ था। उसके जोआना के घर से फोन न करने की कोई बात नहीं हुई।

लँच लेने के बाद सोफी ने कहा कि वह हलकी नींद लेने जा रही है। उसने बताया कि जोआना के घर वह लगभग बिलकुल नहीं सोई थी। दोस्त के घर रात बिताने में ऐसा होना बिलकुल असामान्य नहीं था।

बिस्तर पर लेटने से पहले वह बड़े पीतलवाले दर्पण के सामने खड़ी हुई, जो अब उसकी दीवार पर टँगा था। पहले तो उसने सिर्फ अपना सफेद, थका हुआ चेहरा देखा। किन्तु फिर–उसके अपने चेहरे के पीछे, किसी दूसरे चेहरे का बड़ा धुँधला-सा आभास उभरने लगा। सोफी ने एक या दो गहरी साँसें लीं। चीजों की कोरी कल्पना शुरू करने में कोई लाभ नहीं थी।

उसने अपने थके-लटके चेहरे की तीखी रूपरेखा को ध्यान से देखा; उसके चेहरे के चारों ओर फ्रेम की तरह ऐसे असम्भव बाल थे जो हर शैली को चुनौती देते थे सिवाय अपनी प्रकृति के। किन्तु उस चेहरे के परे एक दूसरी लड़की की प्रेत-छाया थी। अचानक दूसरी लड़की ने बहुत तेजी से दोनों आँखें मारना शुरू कर दिया, मानो यह संकेत दे रही हो कि शीशे के दूसरी ओर वास्तव में वह खड़ी थी। प्रेत-छाया कुछ क्षण ही रही। फिर वह गायब हो गई।

सोफी बिस्तर के किनारे पर बैठ गई। उसे इस बारे में कोई सन्देह नहीं था कि दर्पण में जिस लड़की को उसने देखा था वह हिल्डे ही थी। उसने मेजर के केबिन में एक स्कूली पहचान-पत्र पर हिल्डे की फोटो की हलकी-सी झलक देखी थी। निश्चय ही यह वही लड़की थी जिसे उसने दर्पण में देखा था।

क्या यह अजीब नहीं था कि जब भी वह थकान से बेहद चूर होती थी तभी उसे इस तरह की रहस्यमयी चीजों का अनुभव होता था? इसका परिणाम यह होता था कि बाद में हर बार उसे अपने आपसे यह पूछना पड़ता था कि क्या वास्तव में ऐसा हुआ था!

सोफी ने अपने कपड़े कुर्सी पर रख दिए और सरक कर बिस्तर में जा लेटी। उसे तुरन्त नींद आ गई और उसने एक विचित्र जीवन्त सपना देखा।

सपने में वह एक बड़े बाग में खड़ी है जो ढलान से उतरता हुआ नीचे लाल बोट-हाउस तक जाता है। उसके पीछे डॉक पर एक सुन्दर बालोंवाली लड़की बैठी थी और बड़े ध्यान से पानी पर नजरें टिकाए हुए थी। सोफी चलकर उसके बराबर में बैठ गई। ऐसे लगा कि उस लड़की ने उसे नहीं देखा। सोफी ने अपना परिचय यह कह कर दिया, 'मैं सोफी हूँ'। किन्तु ऐसा लगा जैसे वह लड़की उसे न तो देख और न ही सुन पा रही थी। अचानक सोफी ने किसी आवाज को 'हिल्डे' पुकारते सुना। लड़की सुनते ही उछल पड़ी और अपने बैठने की जगह से बहुत तेज दौड़ती हुई मकान की तरफ चली गई। वह आखिर गूँगी या अन्धी तो बिलकुल नहीं हो सकती। लम्बे-लम्बे डग भरता हुआ एक अधेड़ आदमी मकान से निकलकर उसकी ओर आया। वह खाकी यूनीफॉर्म और नीली टोपी पहने हुए था। लड़की ने अपनी बाँहें उसकी गरदन के चारों ओर लपेट दीं, और उस आदमी ने उसे झूले की तरह कई चक्कर घुमाए। सोफी ने डॉक पर, जहाँ

वह लड़की बैठी थी, चेन में लगा हुए एक छोटा सुनहरी क्रॉस पड़ा देखा। उसने इसे उठा लिया और हाथ में पकड़े रही। तभी वह जाग गई।

सोफी ने घड़ी की ओर देखा। वह दो घंटे से सो रही थी। वह बिस्तर में उठ बैठी और विचित्र सपने के बारे में सोचने लगी। यह सपना इतना जीवन्त था कि उसे लगा जैसे उसने वास्तव में इसे अनुभव किया था। उसे उतना ही पक्का भरोसा इस बात पर था कि मकान और डॉक भी कहीं न कहीं अवश्य होने चाहिए। यह भी पक्का था कि लड़की की तसवीर, मेजर के केबिन में लटके हुए चित्र से मिलती थी। जो भी हो, इसमें कोई सन्देह नहीं था कि सपने में जो लड़की उसने देखी वह हिल्डे मोलर नैग ही थी और वह आदमी उसका पिता था, जो लेबनान से घर लौटा था। सपने में तो वह काफी हद तक ऐल्बर्टो नॉक्स जैसा दिख रहा था...

जैसे ही सोफी उठी और बिस्तर को ठीक करने लगी कि उसे तकिए के नीचे एक चेन में सोने का क्रॉस मिला। क्रॉस के पीछे तीन अक्षर खुदे थे : एचएमके।

ऐसा पहली बार नहीं हुआ था कि सोफी को सपने में कोई खजाना मिला हो। किन्तु निश्चय ही यह पहला मौका था जब वह उसे सपने से बाहर साथ ले आई थी।

'लानत है इस पर,' उसने जोर से बोलते हुए कहा।

वह इतनी झुँझला रही थी कि उसने अलमारी का दरवाजा खोला और नाजुक क्रूसीफिक्स को सबसे ऊपरवाले खन में फेंक दिया, जहाँ उसने रेशमी स्कॉर्फ, सफेद लम्बा मोजा और लेबनान के पोस्टकार्ड्स डाले हुए थे।

अगले दिन सबेरे उठने पर सोफी को बढ़िया नाश्ता मिला–हॉट रोल्स, सन्तरे का जूस, अंडे और सब्जी-सलाद। ऐसा हमेशा नहीं होता था कि रविवार के सबेरे सोफी की माँ उससे पहले उठ जाती हो। किन्तु जिस दिन वह उठ जाती थी, उस दिन वह सोफी के लिए बढ़िया भोजन तैयार करना पसन्द करती थी। जब वे खा रही थीं, तो मॉम बोली, 'बाग में एक अजीब कुत्ता है। सबेरे से यह बाड़ के इर्द-गिर्द सूँघता फिर रहा है। यह मेरी समझ में नहीं आ रहा कि ये यहाँ कर क्या रहा है? तुम कुछ समझीं?'

'हाँ,' सोफी ने विस्फोट किया, किन्तु अगले ही क्षण उसे ऐसा कहने पर अफसोस हुआ।

'क्या यह इससे पहले भी यहाँ आया है?'

सोफी इस से पहले ही टेबल छोड़कर लिविंग रूम में जा चुकी थी, और वहाँ से बड़े खुलती खिड़की से विस्तृत बाग की ओर देख रही थी। जैसा उसने सोचा था यह बिलकुल वैसा ही था।

हरमीज़ उसकी माँद के चोर-दरवाजे के सामने लेटा हुआ था।

उसे क्या कहना चाहिए? इसके पहले कि वह कुछ सोच पाती उसकी माँ उसके बराबर आकर खड़ी हो गई थी।

'क्या तुम यह कह रही थी कि यह पहले भी यहाँ आया है?' उसने पूछा।

'मेरा अनुमान है कि इसने एक हड्डी यहाँ मिट्टी में दबा दी होगी, और अब यह अपने उस खजाने को वापस ले जाने के लिए आया है। कुत्ते भी याद रखते हैं...'

'हो सकता है तुम ठीक हो, सोफी। तुम ही तो हमारे परिवार की पशु-मनोवैज्ञानिक हो।'

सोफी ने बहुत तेजी से सोचा।

'मैं इसे घर ले जाऊँगी।' उसने कहा।

'तो क्या तुम्हें पता है कि यह कहाँ रहता है?'

सोफी ने अपने कन्धे उचकाए।

'शायद इसके कालर पर पता लिखा हो।'

कुछ ही मिनट बाद सोफी नीचे अपने बाग की ओर बढ़ी जा रही थी। जब हरमीज़ की नजर उस पर पड़ी तो यह जीभ लपलपाता हुआ, उसकी ओर आया, और पूँछ हिलाते हुए उसकी ओर छलाँग लगाई।

'अच्छे बच्चे, हरमीज़,' सोफी ने कहा।

वह जानती थी कि खिड़की से उसकी माँ यह सब देख रही थी। सोफी मन ही मन भगवान से प्रार्थना! कर रही थी कि उसे बाड़ से होकर न जाना पड़े। किन्तु हरमीज तेजी से भागता हुआ घर के सामने बजरीले रास्ते पर आया, और बेहद तेजी से सामने खुली जगह से दौड़ते हुए उसने गेट की ओर छलाँग लगाई।

जब उन्होंने अपने पीछे छूटे गेट को बन्द कर दिया, तो हरमीज़ सोफी के सामने कुछ गज तक दौड़ता रहा। रास्ता लम्बा था। और इतवार के दिन टहलनेवाले केवल सोफी और हरमीज़ ही नहीं थे। पूरे के पूरे परिवार दिन भर के सैर-सपाटे के लिए निकल पड़े थे। सोफी के दिल में ईर्ष्या की एक टीस उठी।

बीच-बीच में हरमीज़ इधर-उधर दौड़ जाता और किसी दूसरे कुत्ते या बाग की बाड़ के पास किसी दिलचस्प चीज को सूँघता, किन्तु जैसे ही सोफी 'इधर आओ, बच्चे' कहती वह तुरन्त उसके पास आ जाता।

उन्होंने एक पुरानी चरागाह, एक विशाल खेल मैदान पार किया, और अधिक ट्रैफिक वाले स्थान पर आ पहुँचे। वे टाउन-सेंटर की ओर बढ़ते गए; रास्ता चौड़े पत्थरों वाली गली में चल रही गाड़ियों के साथ-साथ जाता था। हरमीज़ आगे-आगे रास्ता दिखाता हुआ टाउन स्क्वायर से चर्च स्ट्रीट तक चला। वे शहर के पुराने भाग में आ गए, जहाँ पिछली शताब्दी के अन्त में भारी-भरकम शहरी मकान बने हुए थे। दिन के डेढ़ बज गए थे। अब वे नगर के दूसरी ओर थे। सोफी इस इलाके में कभी-कभार ही आई थी। उसे याद आया कि जब वह छोटी थी तो उसे एक मौसी से मिलाने इन गलियों में लाया गया था।

अन्त में वे कई पुराने मकानों के बीच एक छोटे चौराहे पर पहुँच गए। इसे न्यू स्क्वायर कहा जाता था, हालाँकि यह बहुत पुराना दिखता था। किन्तु सारा ही कस्बा पुराना था, इसकी नींव बहुत पहले मध्य युग में डाली गई थीं।

हरमीज़ चलकर नम्बर 14 की तरफ जा कर वहाँ चुपचाप रुक कर सोफी द्वारा दरवाज़ा खोलने की प्रतीक्षा करने लगा। सोफी के दिल की धड़कन तेज़ हो गई।

प्रवेश द्वार के भीतर एक पैनल में हरे रंग के कई मेल-बॉक्स थे। इनमें सबसे ऊपर की लाइन में एक मेल-बॉक्स में सोफी ने एक पोस्टकार्ड लटकते देखा। इस पर डाक-मुहर के साथ डाकिए का यह सन्देश था कि पत्र पानेवाला अज्ञात था।

पत्र पानेवाली थी हिल्डे मोलर नैग, 14 न्यू स्क्वायर। इस पर 15 जून की डाक-मुहर थी। यह दिन अभी दो सप्ताह तक नहीं था, किन्तु लगता था कि डाकिए ने इसे नोटिस नहीं किया।

सोफी ने कार्ड नीचे खींच लिया और इसे पढ़ा :

प्रिय हिल्डे, अब सोफी दार्शनिक के घर आ रही है। शीघ्र ही वह भी पन्द्रह की हो जाएगी, किन्तु तुम तो कल ही पन्द्रह की हो गई हो। या आज है, हिल्डे? यदि यह आज है, तब तो पहले ही देर हो चुकी है। किन्तु हमारी घड़ियाँ हमेशा सहमत नहीं होतीं। एक पीढ़ी बूढ़ी होती जाती है, पर साथ ही दूसरी पीढ़ी आगे आ जाती है। इस दौरान इतिहास अपना रास्ता पकड़ता है। क्या तुमने कभी सोचा है कि यूरोप का इतिहास किसी मानव के जीवन जैसा है। प्राचीनकाल यूरोप के बचपन सरीखा है। उसके बाद आता है लगभग कभी न समाप्त होनेवाला मध्य युग—यूरोप का स्कूली दिन। किन्तु इसके पश्चात आता है पुनर्जागरण युग; अब लम्बा स्कूली दिन खत्म हो गया है। जीवन के प्रति लालसा के साथ-साथ बाहुल्य का विस्फोट करते हुए, यूरोप वयस्क हो जाता है। हम कह सकते हैं कि पुनर्जागरण युग यूरोप की पन्द्रहवीं वर्षगाँठ है। मेरे बच्चे, यह जून का मध्य है, और इस समय जीवित होना अद्‍भुत और रोमांचकारी है।

पुनश्च : मुझे यह जान कर अफसोस हुआ कि तुम्हारा सोने का क्रूसीफिक्स खो गया। तुम्हें अपनी चीजों का और भी अधिक ध्यान रखना चाहिए। प्रेम सहित, तुम्हारा पिता, जो बस मोड़ के पास ही है।

हरमीज़ सीढ़ियों पर ऊपर चढ़ना शुरू कर चुका था। सोफी ने पोस्टकार्ड लिया और उसके पीछे चल दी। हरमीज़ के साथ कदम बनाए रखने के लिए उसे दौड़ना पड़ रहा था; वह खुश होकर अपनी पूँछ हिला रहा था। वे दूसरी, तीसरी और चौथी मंजिल पार करते हुए ऊपर चढ़ते गए। वहाँ से ऊपर केवल अटारी के लिए ही सीढ़ी थी। क्या वे ऊपर छत तक जा रहे थे? हरमीज़ सीढ़ियों पर ऊपर चढ़ गया, और एक तंग दरवाजे के बाहर, जिस पर उसके पंजों से खुरचने के निशान थे, रुक गया।

सोफी ने अन्दर से अपनी ओर आ रही पदचाप सुनी। दरवाजा खुला, और अब उसके सामने ऐल्बर्टो नॉक्स खड़ा था। उसने अपने कपड़े बदल लिये थे और अब दूसरी पोशाक में था। उसके कपड़ों में अब सफेद मोजे घुटनों तक आई ब्रिजिश, और पट्‍ठेदार कन्धों वाली पीली जैकेट थी। उसे देखकर सोफी को ताश के पत्तों में जोकर की याद

आई। यदि सोफी ज्यादा गलत नहीं थी, तो यह पुनर्जागरण युग की ठेठ या विशिष्ट पोशाक थी।

'क्या मसखरा है, वाह!' सोफी ने आश्चर्यचकित होकर कहा, और अपार्टमेंट में अन्दर जाने के लिए उसने ऐल्बर्टो को थोड़ा सा धकेला।

एक बार फिर उसने अपना संकोच और भय दर्शनशास्त्र के कमबख्त अध्यापक पर जाहिर कर दिया था। हॉल के रास्ते में मिले पोस्टकार्ड के कारण उसके विचारों में भारी उथल-पुथल हो रही थी।

'मेरी बच्ची, शान्त हो जाओ,' एल्बर्टो ने दरवाजा बन्द करते हुए कहा।

'और यह रही डाक,' सोफी ने कहा, और पोस्टकार्ड उसे थमा दिया मानो वह उसे इसके लिए जिम्मेदार ठहरा रही हो।

ऐल्बर्टो ने इसे पढ़ा और अपना सिर हिलाया।

'वह और भी ज्यादा दुस्साहसी होता जा रहा है। मुझे इसमें बिलकुल आश्चर्य नहीं होगा यदि वह हम दोनों का उपयोग अपनी बेटी के लिए जन्मदिन का रास्ता बनाने के लिए कर रहा हो।'

यह कहते हुए उसने पोस्टकार्ड के टुकड़े-टुकड़े कर डाले और उन्हें रद्दी की टोकरी में फेंक दिया।

'इसमें लिखा था कि हिल्डे का क्रूसीफिक्स खो गया है,' सोफी ने कहा।

'यही मैंने भी पढ़ा।'

'और मुझे यही, बिलकुल ऐसा ही, घर में मेरे तकिए के नीचे मिला। क्या आपकी समझ में आता है कि यह वहाँ कैसे पहुँचा?'

ऐल्बर्टो ने गम्भीरता से उसकी आँखों में झाँका।

'यह लुभावना लग सकता है। किन्तु यह एक ओछी चाल है जिसे चलने में उसे कोई परिश्रम नहीं करना पड़ता। चलो, हम अपना ध्यान ब्रह्मांड की जादुई टोपी से बाहर आनेवाले बड़े सफेद खरगोश पर केन्द्रित करते हैं।'

वे लिविंग रूम में गए। सोफी ने अब तक ऐसा असाधारण कमरा नहीं देखा था।

ऐल्बर्टो एक खुले ढलानदार दीवारोंवाले अटारी अपार्टमेंट में रहता था। आसमान से आती तेज रोशनी ने कमरे की दीवार में लगी स्काई लाइट से कमरे को प्रकाश की बाढ़ में डुबो दिया था। एक खिड़की और थी जो कस्बे की ओर खुलती थी। इस खिड़की से सोफी पुराने कस्बे की सारी छतों को देख सकती थी।

किन्तु सोफी उन चीजों के कारण सर्वाधिक विस्मित थी जिनसे कमरा भरा पड़ा था—फर्नीचर और विभिन्न ऐतिहासिक युगों की चीजें। एक सोफा था तीसरे दशक का, एक पुरानी डेस्क जो शताब्दी के शुरुआती वर्षों की होगी, और एक कुर्सी जो सैकड़ों साल पुरानी थी। किन्तु सिर्फ फर्नीचर ही नहीं, अनेक पुरानी चीजें, चाहे उपयोगी हों या सजावट के लिए, कबड्र्स और अलमारियों के खन में बेतरतीब ढंग से पड़ी थीं।

पुरानी घड़ियाँ और वास थे, खरल और भभके, चाकू और गुड़ियाँ, पंखोंवाले कलम और पुस्तक-चिह्न ऑक्टेंट्स और सैक्सटेंट्स, कम्पास और बैरोमीटर्स। एक दीवार पूरी किताबों से ढँकी थी, किन्तु यह ऐसी किताबें नहीं थीं जो अधिकांश बुक-स्टोर्स में मिलती हैं। केवल पुस्तक संग्रह ही कई सौ विभिन्न वर्षों के उत्पादन की अलग-अलग धाराओं का था। दूसरी दीवारों पर ड्राइंग्स और पेंटिंग्स टँगी थीं, कुछ अभी हाल के दशकों की और अधिकांश बहुत पुरानी। दीवारों पर पुराने चार्ट्स और नक्शे भी ढेर सारे थे, और जहाँ तक नॉर्वे का सम्बन्ध है वे ज्यादा सही नहीं थे।

सोफी कई मिनट चुपचाप खड़ी रही हर चीज को आत्मसात् करती हुई।

'आपने भी कितना पुराना कबाड़ जमा कर रखा है,' उसने कहा।

'चलो अब जरा सोचो कि मैंने इस कमरे में कितनी शताब्दियों को सुरिक्षत कर रखा है। मैं इसे कबाड़ नहीं कह सकता।'

'क्या आप पुरानी चीजों की दूकान या कुछ वैसा ही चलाते हैं?'

यह सुनकर ऐल्बर्टो दुखी दिख रहा था।

'सोफी, हम स्वयं को इतिहास के ज्वारभाटे में साफ नहीं हो जाने देंगे। हममें से कुछ को ठहरने की जरूरत है ताकि जो नदी के किनारों पर बच गया है। उसे उठा सकें और सँभालकर रख लें।'

'आपने भी क्या अजीब बात कही।'

'हाँ, अजीब तो है ही, पर मेरे बच्चे, यह सच भी है। हम केवल अपने समय में ही नहीं रहते; हम अपने इतिहास को कहीं अपने भीतर लिये चलते हैं। इस बात को मत भूलो कि इस कमरे में जो कुछ भी तुम देख रही हो वह एक समय बिलकुल नया **(ब्रांड न्यू)** था। यह सोलहवीं शताब्दी की पुरानी लकड़ी की गुड़िया शायद किसी पाँच साल की लड़की के जन्मदिन के लिए बनाई गई होगी। हो सकता है, उसके बूढ़े दादाजी ने...और फिर वह लड़की किशोरी हो गई, युवती बन गई और उसने शादी कर ली। यह भी हो सकता है उसके एक लड़की पैदा हुई हो और उसने उसे यह गुड़िया दे दी हो। फिर वह बूढ़ी हुई और एक दिन मर गई। हालाँकि वह एक लम्बे समय तक जी, किन्तु एक दिन वह मर गई और चली गई। और अब वह कभी नहीं आएगी। वास्तव में वह यहाँ एक अल्पकालिक या क्षणिक भ्रमण पर थी। किन्तु उसकी गुड़िया—ठीक है, देखो, वह शेल्फ पर विराजमान है।'

'जब आप इस तरह बोलते हो तो हर चीज उदास और गम्भीर लगती है।'

'जीवन दोनों ही चीज है, उदास और गम्भीर। हमें इस अद्भुत संसार में आने दिया जाता है; हम एक-दूसरे से मिलते हैं, अभिवादन करते हैं और कुछ क्षणों के लिए इकट्ठे घूमते-फिरते रहते हैं। फिर हम एक-दूसरे को खो देते हैं और गायब हो जाते हैं, उसी अचानक और बेतुके ढंग से, जिस तरह हम आए थे।'

'क्या मैं आपसे कुछ पूछ सकती हूँ?'

'अब हम आँख-मिचौनी नहीं खेल रहे हैं।'

'आप मेजर के केबिन में रहने क्यों गए थे?'

'इसलिए कि जब हम पत्रों द्वारा एक-दूसरे से संवाद कर रहे थे तो हम एक-दूसरे से दूर न हों। मैं जानता था कि पुराना केबिन खाली होगा।

'इसलिए आप उसमें रहने चले गए?'

'ये सही है। मैं वहाँ जाकर रहने लगा।'

'तब शायद आप यह भी स्पष्ट कर सकें कि हिल्डे के पिता को मालूम था कि आप वहाँ हैं।'

'यदि मैं सही हूँ, तो वह लगभग हर चीज को जानता है।'

'किन्तु एक चीज अभी भी मेरी समझ में नहीं आ रही कि आप किसी डाकिए से जंगल के बीच डाक कैसे पहुँचवा सकते हैं?'

ऐल्बर्टो टेढ़ी मुद्रा में मुस्कुराया।

'हिल्डे के पिता के लिए इस प्रकार का कारोबार भी थैले से निकलती कहानियाँ हैं। घटिया, उलटा-सीधा, हाथ की साधारण सफाई। हम शायद एक ऐसी दुनिया में रह रहे हैं जिसमें सभी पर कड़ी, बारीक और गहरी निगरानी रखी जा रही है।'

सोफी को अपने भीतर उभरते गुस्से का अनुभव हुआ।

'वह मुझे बस एक बार मिल जाए, मैं उसकी आँखें बाहर खींच लाऊँगी।'

ऐल्बर्टो आगे बढ़ कर सोफे पर बैठ गया। उसके पीछे चलते हुए, सोफी भी एक गहरी बाजूवाली-कुर्सी में धसक गई।

'केवल दर्शनशास्त्र ही हमें हिल्डे के पिता के समीप ला सकता है,' ऐल्बर्टो ने आखिर में कहा, 'आज मैं तुम्हें पुनर्जागरण युग के बारे में बतलाऊँगा।'

'शुरू करें।'

'सेंट टॉमस ऐक्विनास के कुछ समय बाद ही, ईसाई धर्म की एक सूत्र में बँध रही संस्कृति में दरारें पड़ने लगीं। चर्च के धर्मशास्त्र से दर्शनशास्त्र और विज्ञान अलग और दूर होते चले गए, और परिणामस्वरूप धार्मिक जीवन को तर्क के साथ अपेक्षाकृत स्वतन्त्र रिश्ता बनाने की क्षमता प्राप्त होती गई। अब अधिकाधिक लोग इस बात पर जोर देने लगे कि हम तर्कशास्त्र द्वारा ईश्वर तक नहीं पहुँच सकते, क्योंकि ईश्वर सभी प्रकार से अज्ञेय है। मनुष्य के लिए महत्त्वपूर्ण यह नहीं है कि वह दिव्य रहस्य को समझे, अपितु यह है कि वह ईश्वर की इच्छा के सामने समर्पण कर दे।

'चूँकि धर्म और विज्ञान अधिक स्वतन्त्र रूप में एक-दूसरे से सम्बद्ध नहीं हो सकते थे, इसलिए अब नई वैज्ञानिक पद्धतियों और नए धार्मिक जोश के लिए रास्ता खुला था। इस प्रकार पन्द्रहवीं और सोलहवीं शताब्दियों में दो महत्त्वपूर्ण महापरिवर्तनों, यानी **पुनर्जागरण** और **सुधार** के लिए आधार तैयार हो गया।'

'क्या हम इन्हें एक-एक करके ले सकते हैं?'

'पुनर्जागरण से हमारा **अभिप्राय** उस सम्पन्न सांस्कृतिक विकास से है जिसकी शुरुआत चौदहवीं शताब्दी के अन्त में हुई। इसका प्रारम्भ उत्तरी इटली में हुआ और फिर यह बड़ी तेजी से पन्द्रहवीं और सोलहवीं शताब्दियों में उत्तर की ओर फैल गया।'

'क्या आपने मुझसे यह नहीं कहा था कि पुनर्जागरण का अर्थ होता है पुनर्जन्म।'

'मैंने बिलकुल यही कहा था और जिस चीज का पुनर्जन्म हो रहा था वह थी प्राचीन काल की कला और संस्कृति। हम पुनर्जागरण के मानववाद की बात भी करते हैं, क्योंकि जीवन का वह हर पहलू, जिसे लम्बे अँधेरे युग में दिव्य प्रकाश के आलोक देखा जा रहा था, अब वही सब मनुष्य के चारों ओर घूमता दिख रहा था। 'मूलस्रोत पर पहुँचो' अब मुख्य लक्ष्य बन गया था, और उसका अर्थ था सर्वप्रथम और सबसे पहले प्राचीन काल का मानववाद।

'यह लगभग एक लोकप्रिय वक्तकटी का शौक हो गया कि प्राचीन प्रस्तर मूर्तियों और आलेखों (स्क्रॉल्स) को ढूँढ़ निकाला जाए; उसी तरह जैसे यूनानी भाषा सीखना एक फैशन हो गया था। यूनानी मानववाद के अध्ययन कां एक शैक्षणिक लक्ष्य भी था। मानविकी विषयों के पढ़ने से **'शास्त्रीय शिक्षा'** मिलती थी और मानववादी गुणों का विकास होता था। यह कहा जाने लगा था 'घोड़े तो पैदा होते हैं, किन्तु मनुष्य पैदा नहीं होते हैं—उनको तो तराश या घड़ कर बनाया जाता है।'

'क्या हमें मनुष्य होने के लिए शिक्षित भी होना चाहिए?'

'हाँ, ऐसे ही तो सोचा जा रहा था। किन्तु **पुनर्जागरण के मानववाद** को समीप से देखने के पहले हमें पुनर्जागरण की राजनीतिक एवं सांस्कृतिक पृष्ठभूमि के बारे में भी कुछ कहना चाहिए।'

ऐल्बर्टो सोफा से उठा और कमरे में इधर-उधर चलने लगा। कुछ देर बाद वह रुक गया और उसने शेल्फ पर रखे एक प्राचीन औजार की ओर इशारा किया।

'यह क्या है?' उसने पूछा।

'यह एक पुराने कम्पास जैसा दिखता है।'

'बिलकुल ठीक!'

फिर उसने सोफे के ऊपर दीवार में टँगे एक आग्नेय अस्त्र की ओर इशारा किया।

'और वह?'

'पुराने फैशन की राइफल।'

'बिलकुल सही। और यह?'

एल्बर्टो ने बुक शेल्फों से एक बड़ी-सी किताब खींच निकाली।

'यह एक पुरानी किताब है।'

'बिलकुल सही कहूँ तो यह एक **इन्कुनाबुलम** (incunabulum) है।'

'एक **इन्कुनाबुलम**?'

'वास्तव में इसका अर्थ है 'पालना' । यह शब्द उन किताबों के लिए प्रयोग होता है जो छपाई के शैशवकाल (पालना युग) में छापी गई थीं। यानी 1500 ई. से पहले।'

'क्या यह वास्तव में इतनी पुरानी है?'

'इतनी पुरानी, हाँ, और यह तीन खोजें—कम्पास, आग्नेय अस्त्र, और छापाखाना—पुनर्जागरण कहे जानेवाले नए युग की अत्यावश्यक पूर्व-शर्तें थीं।

'आप इसे थोड़ा और विस्तार से स्पष्ट करेंगे!

'कम्पास द्वारा दिशा ज्ञान प्राप्त करना आसान हो गया। दूसरे शब्दों में, इसकी खोज महान समुद्री यात्राओं का आधार बनी। और इसी तरह आग्नेय अस्त्र भी। इन नए हथियारों ने यूरोपीय सेना को अमेरिकन और एशियाई संस्कृतियों के ऊपर वर्चस्व प्रदान किया, हालाँकि आग्नेय अस्त्र यूरोप के भीतर भी एक महत्त्वपूर्ण कारक थे। छपाई ने पुनर्जागरण के मानवतावादी नए विचारों को फैलाने में महत्त्वपूर्ण भूमिका निभाई। और छापाखाना उन महत्त्वपूर्ण कारकों में से एक था जिसने चर्च को अपनी पहले की स्थिति को त्यागने को विवश कर दिया जिस में चर्च ज्ञान के प्रसार में एकमात्र, एकच्छत्र अधिकार रखता था। नए आविष्कार और उपकरण तेजी से सामने आने लगे। एक महत्त्वपूर्ण उपकरण टेलीस्कोप था, जिसने खगोल-विज्ञान को पूरी तरह नया आधार प्रदान किया।'

'और अन्ततः आए रॉकेट्स और अन्तरिक्ष-खोजी यान।'

'अब तुम बहुत ही तेजी से आगे बढ़ रही हो। किन्तु तुम यह कह सकती हो कि पुनर्जागरण युग में वह प्रक्रिया प्रारम्भ हुई जो लोगों को चाँद तक ले आई। या फिर हिरोशिमा और चर्नोबिल तक ले आई। किन्तु यह सब सांस्कृतिक और आर्थिक क्षेत्र में हुए परिवर्तनों से आरम्भ हुआ था। एक महत्त्वपूर्ण प्रगति थी येन-केन-प्रकारेण जीवित बने रहने की, पुरानी अर्थव्यवस्था से आगे बढ़कर मुद्रिकृत अर्थव्यवस्था का उद्भव। मध्य युग के अन्त के समय शहर विकसित हो रहे थे तथा प्रभावी वाणिज्य और नए सामानों में दिलचस्प व्यापार, मौद्रिक अर्थव्यवस्था और बैंकिंग प्रणाली चल निकले थे। एक मध्य वर्ग का उदय हुआ जिसने जीवन की आधारभूत आवश्यकताओं की पूर्ति में स्वायत्तता प्राप्त कर ली। जीवन के लिए आवश्यक वस्तुएँ अब रुपए से खरीदी जा सकती थीं। इन परिवर्तन ने लोगों को उनकी मेहनत, कल्पना और नई सोच का इनाम देना शुरू कर दिया। व्यक्ति से नई माँगें की जाने लगीं।'

'यह कुछ थोड़ा-सा तो वैसा ही है जैसे दो हजार वर्ष पहले यूनानी शहरों के विकसित होते समय था।'

'यह पूरी तरह गलत नहीं है। मैंने तुम्हें बतलाया है किस प्रकार यूनानी दर्शनशास्त्र पौराणिक कथाओंवाले विश्व-चित्र से, जो कृषकीय संस्कृति से जुड़ा था, अलग हो गया। उसी प्रकार, पुनर्जागरण युग का मध्य वर्ग सामन्ती भूपतियों और चर्च की शक्ति-सत्ता से बाहर निकलकर अलग हो गया। जब यह घटित हो रहा था उसी समय यूनानी संस्कृति

को स्पेन में अरबों से और पूरब में बिजेंटाइन संस्कृति से समीपी सम्पर्क बनाकर पुनः खोजा जा रहा था।'

'पुरातन काल की तीन भिन्न धाराएँ फिर मिलकर एक विशाल नदी बन गई।'

'तुम एक एकाग्र और मनोयोगी शिष्या हो। तुम्हें पुनर्जागरण की पृष्ठभूमि की कुछ समझ प्राप्त हो गई है। अब मैं तुम्हें नए विचारों के बारे में बतलाऊँगा।'

'ठीक है, किन्तु मुझे खाने के लिए घर जाना है।'

ऐल्बर्टो फिर सोफे पर बैठ गया। उसने सोफी की ओर देखा।

'सबसे बड़ी बात तो यह हुई कि पुनर्जागरण के परिणामस्वरूप **मानवता के महत्त्व के बारे में एक नया दृष्टिकोण** उभरा। इसके विपरीत मध्य युग में तो एक पूर्वाग्रह मनुष्य के पापी स्वभाव वाला होने से सम्बन्धित था, जबकि पुनर्जागरण युग के मानववादी विचार ने मनुष्य और उसकी क्षमता में नया विश्वास जगाया। अब मनुष्य को असीम रूप से महान एवं मूल्यवान माना गया। पुनर्जागरण युग की एक काँटे की हस्ती ***मारसिलियो फिसिनो*** था जिसने सशक्त स्वर में कहा–अपने आपको पहचानो ऐ नश्वर वेश में दिव्य वंश-परम्परा! दूसरी हस्ती, ***पिको डेला मिरन्डोला,*** ने ***ओरेशन ऑन द डिग्निटी ऑफ मैन*** लिखी, और इसमें जो कुछ लिखा उसकी मध्य युग में कल्पना भी नहीं की जा सकती थी।

'सारी मध्ययुगीन अवधि में प्रस्थान का बिन्दु सदैव ईश्वर ही होता था। पुनर्जागरण युग के मानववादियों ने प्रस्थान का बिन्दु स्वयं मनुष्य को बना दिया।'

'किन्तु ऐसा ही तो यूनानी दार्शनिकों ने भी किया था।'

'निश्चिततः इसी कारण हम प्राचीन काल के मानववाद के 'पुनर्जन्म' की बात करते हैं। किन्तु पुनर्जागरण के मानववाद का विशद और विशिष्ट लक्षण इसका **व्यक्तिवाद** को महत्त्व देना था। हम न केवल मानव हैं, अपितु हम अनुपम व्यक्ति हैं। यह विचार आगे बढ़कर प्रतिभा की लगभग बेरोकटोक पूजा तक पहुँच सकता था। हमारा आदर्श अब पुनर्जागरण युग का मनुष्य बन गया था, एक ऐसा मनुष्य जिसमें वैश्विक प्रतिभा, जीवन, कला और विज्ञान के समस्त पहलू समाहित थे। मनुष्य के प्रति नया दृष्टिकोण मानव शरीर संरचना के प्रति रुचि में भी सामने आया। जैसा प्राचीन काल में होता था, लोगों ने फिर एक बार यह जानने के लिए कि शरीर कैसे बना है, मृत शरीरों को काटना-छाँटना शुरू कर दिया। यह चिकित्सा-विज्ञान और कला दोनों ही के लिए जरूरी था। एक बार फिर कलात्मक रचनाओं में नग्नता का चित्रण करना सामान्य हो गया। सहस्रों वर्षों की छद्म-बौद्धिकता के बाद, यह ऊँचा और बढ़िया समय था जिसमें स्वत्व की स्थापना में मनुष्य की निर्भीकता देखी जा सकती थी। ऐसा कुछ भी नहीं था जिसके कारण मनुष्य को लज्जित होना पड़े।'

'यह तो बड़ा मादक लगता है,' सोफी ने अपने और दार्शनिक के बीच की छोटी मेज पर अपनी बाँहें झुकाते हुए कहा।

'बेशक! मानवता के बारे में नए दृष्टिकोण ने पूरी तरह एक नया आदर्श सामने रखा। मनुष्य केवल ईश्वर के लिए ही नहीं जी रहा था। अतः मनुष्य अपने जीवन में यहीं और इसी क्षण में आनन्द ले सकता था। और इस नई स्वतन्त्रता में विकास के लिए असीम सम्भावनाएँ थीं। लक्ष्य यह था कि सभी सीमाओं का अतिक्रमण किया जाए। यूनानी मानवतावादी दृष्टिकोण से भी देखें तो यह एक बिलकुल नया विचार था; प्राचीन काल के मानववादियों ने मौन, संयम और शान्त बने रहने पर जोर दिया था।'

'और पुनर्जागरण के मानववादी अपना संयम खो बैठे?'

'निश्चिततः वे विशेष रूप से संयत नहीं थे। उन्होंने ऐसे व्यवहार किया मानो सारी दुनिया पुनः जगा दी गई हो। वे अपने युग के बारे में गहन रूप से सचेत हो गए, और इसी कारण उन्होंने पुरातन युग और अपने तत्कालीन समय के बीच की अवधि को दर्शाने के लिए 'मध्य युग' शब्द का प्रयोग किया। जीवन के सभी क्षेत्रों में अतुलनीय विकास हुआ। कला, भवन निर्माण, साहित्य, संगीत, दर्शनशास्त्र और विज्ञान अभूतपूर्व रूप से पनपे और विकसित हुए। मैं एक ठोस उदाहरण दूँगा। हमने प्राचीन रोम की चर्चा की है, जिसने 'नगरों का नगर' और 'ब्रह्मांड की धुरी' जैसी उपाधियों में अपनी भव्यता देखी थी। मध्य युग के दौरान नगरों की अवनति हुई और 1417 के आते-आते पुराने मैट्रोपॉलिस में केवल 17,000 निवासी थे।'

'लिलेसैंड से अधिक नहीं, जहाँ हिल्डे रहती है।'

'पुनर्जागरण के मानववादियों ने इसे अपना कर्तव्य समझा कि रोम को पूर्ववत् बनाया जाए। जिसमें सर्वप्रथम एवं सबसे महत्त्वपूर्ण काम देवदूत पीटर की कब्र पर महान सेंट पीटर्स चर्च का निर्माण करना था। और सेंट पीटर्स चर्च में न तो संयम है और न कुछ हलका। पुनर्जागरण के अनेक महान कलाकारों ने दुनिया की इस विशालतम भवन-योजना में भाग लिया। इसका प्रारम्भ 1506 में हुआ और निर्माण कार्य एक सौ बीस वर्षों तक चला, और विशाल सेंट पीटर स्क्वायर को पूरा करने में अगले पचास वर्ष और लग गए।'

'ये तो बहुत ही बड़ा चर्च होना चाहिए।'

'ये 200 मीटर से भी अधिक लम्बा है, और 130 मीटर ऊँचा है, और इसे बनाने के लिए 16,000 वर्ग मीटर भूमि ली गई। पुनर्जागरण युग के मनुष्य की हिम्मत के बारे में अभी बस इतना ही काफी है। यह भी महत्त्वपूर्ण था कि पुनर्जागरण अपने साथ प्रकृति सम्बन्धी नए विचार लेकर आया। मनुष्य अब दुनिया में सुखी थे और इहलौकिक जीवन को मृत्यु के बाद के लिए आवश्यक तैयारी का साधन नहीं मानते थे; इस तथ्य ने सारे ही भौतिक जगत के प्रति दृष्टिकोण को बदल डाला। अब प्रकृति को एक सकारात्मक दृष्टि से देखा जाने लगा। कई यह विचार भी रखते थे कि ईश्वर भी अपनी सृष्टि में विद्यमान है। यदि वह वास्तव में असीम और अनन्त है, तो उसे हर चीज में मौजूद होना चाहिए। इस विचार को **पैनथीइज्म** (Pantheism) कहते हैं। मध्ययुगीन

दार्शनिक इस बात पर जोर देते थे कि ईश्वर और उसकी सृष्टि के बीच कोई ऐसा अवरोध है जिसे पार नहीं किया जा सकता। अब यह कहा जा सकता था कि प्रकृति दिव्य है—और यहाँ तक कि यह 'ईश्वर का पुष्पागन' है। चर्च इस प्रकार के विचारों के प्रति कभी-कभी कृपावान या सहनशील नहीं था। **गियार्डानो ब्रूनो** का हश्र इस बात का नाटकीय उदाहरण है। उसका सिर्फ यही दावा नहीं था कि ईश्वर प्रकृति में मौजूद है, बल्कि वह यह विश्वास भी करता था कि अपने परिक्षेत्र में विश्व अनन्त-असीम है। अपने विचारों के लिए उसे बड़ा कठोर दंड मिला।'

'कैसे?'

'वर्ष 1600 में उसे रोम के फ्लावर मार्केट में खम्भे से बाँधकर जला दिया गया था।'

'कितना बीभत्स...और मूर्खतापूर्ण! और आप इसे मानववाद कहते हैं?'

'नहीं, बिलकुल नहीं! ब्रूनो मानववादी था, उसे जला डालनेवाले नहीं। पुनर्जागरण के दौरान वह विचारधारा भी पनपती रही जिसे हम मानवतावाद विरोधी कहते हैं। इससे मेरा आशय राज्य और चर्च की अधिनायकी शक्ति से है। पुनर्जागरण के दौरान चुड़ैलों पर मुकदमे चलाने, विधर्मियों को जला डालने, जादू-टोना करनेवालों और अन्धविश्वासियों को सजा देना और रक्तरंजित धार्मिक युद्धों के लिए अतीव लालसा थी। और इसी शृंखला में आती है अमेरिका पर पाशविक विजय। किन्तु मानववाद का एक छाया-पक्ष भी रहा है। कोई भी युग पूर्णतः अथवा शुद्धतः अच्छा या बुरा नहीं होता है। अच्छाई और बुराई दो ऐसे धागे हैं जो मानवता के सारे इतिहास में फैले हुए हैं और प्रायः वे एक-दूसरे से गुँथे हुए रहते हैं। यह बात अगले मुख्य वाक्यांश, **एक नयी वैज्ञानिक पद्धति,** के बारे में भी कम सही नहीं है जो पुनर्जागरण की एक नवीन खोज थी, जिसके बारे में मैं तुम्हें बतलाऊँगा।'

'क्या यह उस समय हुआ जब वे पहले कारखाने लगा रहे थे?

'नहीं, अभी नहीं। किन्तु पुनर्जागरण युग के बाद होने वाले सभी तकनीकी विकास के लिए आवश्यक पूर्व-शर्त नई वैज्ञानिक पद्धति थी। इससे मेरा अभिप्राय विज्ञान को एक नए ढंग या पद्धति के रूप में देखने से है। इस पद्धति के तकनीकी फल बाद में सामने आए।'

'यह नई पद्धति क्या थी?'

'मुख्य रूप से तो यह अपनी ज्ञानेन्द्रियों द्वारा प्रकृति की छानबीन करने की प्रक्रिया थी। चौदहवीं शताब्दी से ऐसे विचारकों की संख्या बढ़ती गई जो पारम्परिक प्रमाणों के प्रभुत्व में अन्धविश्वास के विरुद्ध चेतावनी दे रहे थे। यह प्रभुत्व भले ही धार्मिक सिद्धान्त का हो या अरस्तू का प्राकृतिक दर्शनशास्त्र। इस मान्यता के विरुद्ध भी चेतावनी दी जा रही थी कि केवल चिन्तन द्वारा समस्याओं का समाधान किया जा सकता है। सारे मध्य युग में तर्क के महत्त्व के बारे में अतिशयोक्ति भरा विश्वास वैध माना जाता था। अब यह कहा जा रहा था कि प्राकृतिक सत्ता की प्रत्येक जाँच अवलोकन अनुभव

और परीक्षण पर आधारित होनी चाहिए। हम इसे **एम्पिरिकल मेथड** (empirical method) अथवा अनुभववादी निरीक्षण पद्धति कहते हैं।'

'जिसका अर्थ हुआ?'

'इसका अर्थ केवल यह है कि व्यक्ति अपने ज्ञान को अपने अनुभव पर आधारित करता है—धूल भरे कागजों या कल्पना की उड़ान पर नहीं। पुरातन युग में भी परीक्षणवादी विज्ञान का ज्ञान था, परन्तु प्रणालीबद्ध परीक्षण बिलकुल नए थे।'

'मेरा अनुमान है कि उनके पास आज जैसे तकनीकी ऑपरेटस (यंत्र) नहीं थे।'

'बिलकुल, उनके पास न तो कैल्कुलेटर्स थे और न इलेक्ट्रॉनिक तौलने की मशीनें। किन्तु उनके पास गणित था और पैमाने थे। और तब तक, सर्वोपरि रूप से, यह अनिवार्य हो गया था कि वैज्ञानिक निरीक्षण को संक्षिप्त गणितीय शब्दावली में व्यक्त किया जाए। 'जो मापा जा सकता है उसे मापें तथा जिसकी माप नहीं हो सकती उसे माप-लायक बनाएँ। यह बात इटालियन गैलीलियो गैलिली ने कही जो सत्रहवीं शताब्दी के सबसे महत्त्वपूर्ण वैज्ञानिक थे। इन्होंने यह भी कहा कि प्रकृति की पुस्तक गणित की भाषा में लिखी गई है।'

'और इन सब मापों और परीक्षणों ने नए आविष्कार सम्भव बना दिए।'

'पहला दौर एक नई वैज्ञानिक पद्धति का था। इसने तकनीकी क्रान्ति को सम्भव बना दिया, और उसके बाद नए नए तकनीकी रास्तों ने बाद के हर नए आविष्कार को सम्भव बना दिया। आप यह कह सकते हैं कि मनुष्य ने अपनी प्राकृतिक अवस्था से अलग होकर दूर जाना शुरू कर दिया। मनुष्य अब प्रकृति का एक अंश मात्र नहीं था। अंग्रेज दार्शनिक **फ्रैंसिस बेकन** ने कहा, 'ज्ञान शक्ति है,' और इस प्रकार उसने ज्ञान के व्यावहारिक मूल्य को रेखांकित किया—और यह दृष्टि वास्तव में नई थी। मनुष्य गम्भीर होकर प्रकृति में हस्तक्षेप करने जा रहा था, और प्रकृति पर नियन्त्रण पाने की शुरुआत हो रही थी।'

'किन्तु सिर्फ एक अच्छे ढंग से ही नहीं?'

'नहीं, यही तो वह बात है जिसकी ओर मैंने पहले भी इशारा किया जब मैं कह रहा था कि बुराई और अच्छाई के धागे उस सारे कारोबारों में फैले हुए हैं जिन्हें हम कर रहे हैं। पुनर्जागरण युग में होनेवाली तकनीकी क्रान्ति से पैदा हुई कताई की **जैबी** मशीन और बेरोजगारी, दवाइयाँ और नए रोग, कृषि में उन्नत कार्य-कुशलता और पर्यावरण में आनेवाली कमियाँ, व्यावहारिक उपयोग के यन्त्र, जैसे—वाशिंग मशीन रेफ्रीजरेटर, प्रदूषण और औद्योगिक कचरा आदि ऐसे परिणाम हैं जिनसे पर्यावरण के क्षेत्र में गम्भीर खतरों का सामना आज किया जा रहा है। इन्हीं समस्याओं ने कुछ लोगों को यह सोचने पर विवश किया है कि क्या कहीं अनदेखे या अबूझे ही तकनीकी क्रान्ति का प्राकृतिक अवस्थाओं के साथ खतरनाक और गलत एडजस्टमेंट तो नहीं हुआ था। यह बतलाया गया है कि अजाने में हमने कोई ऐसी चीज शुरू कर दी जिस पर अब हम कोई नियन्त्रण नहीं रख सकते। कुछ आशावादी लोग इसके विपरीत यह सोचते हैं कि हम अभी टेक्नोलॉजी के शैशवकाल में रह रहे हैं, और अभी वैज्ञानिक युग ने अपनी प्रारम्भिक

कठिनाइयाँ देखी हैं, किन्तु हम धीरे-धीरे प्रकृति पर सही ढंग से नियन्त्रण करना सीख लेंगे और साथ ही इसके और अपने अस्तित्व को कोई खतरा नहीं बनने देंगे।'

'आपकी क्या राय है?'

'मैं सोचता हूँ कि दोनों ही विरोधी दृष्टिकोणों में कुछ सत्य है। कुछ क्षेत्रों में हमें प्रकृति में हस्तक्षेप करना बन्द कर देना चाहिए, किन्तु अन्य में हम सफल हो सकते हैं। एक बात निश्चित है : हम मध्य युग में वापस नहीं जा सकते। जब से पुनर्जागरण का उदय हुआ है, मानवता सृष्टि का एक भाग मात्र होने से कुछ अधिक हो गई है। मनुष्य ने प्रकृति में हस्तक्षेप प्रारम्भ कर दिया, और वह इसे अपनी छवि के अनुरूप बनाना चाहता है। सच तो यही है, 'मनुष्य कितनी सुन्दर रचना है'।'

'हम तो पहले ही चन्द्रमा पर पहुँच चुके हैं। क्या मध्य युग का कोई आदमी विश्वास कर सकता था कि यह सम्भव है?'

'नहीं, यह तो निश्चित है। चलो अब हम **दुनिया के बारे में** नई दृष्टि की ओर बढ़ें। सारे मध्य युग के दौरान लोग आसमान के नीचे खड़े रहे और ऊपर सूरज, चाँद, सितारों और नक्षत्रों पर निगाह लगाए रहे। किन्तु किसी ने कभी इस पर सन्देह नहीं किया कि पृथ्वी विश्व का केन्द्र थी। किसी भी अवलोकन ने ऐसे सन्देह के बीज नहीं बोए कि क्या पृथ्वी अपनी जगह पर स्थित और स्थिर है तथा क्या वास्तव में अन्य 'आकाशीय नक्षत्र' अपने कक्ष में इसके चारों ओर घूम रहे हैं। हम इसे भू-केन्द्रित विश्वमत कहते हैं या दूसरे शब्दों में, यह विश्वास कि हर चीज पृथ्वी के इर्द-गिर्द घूमती है। इस विश्व-चित्र को बनाए रखने में एक ईसाई विश्वास कि ईश्वर ऊपर से सारे आकाशीय तारों, ग्रहों, नक्षत्रों पर से शासन करता है, ने भी योगदान किया।

'कितना अच्छा होता यदि चीजें इतनी सरल होतीं!'

'किन्तु 1543 में **ऑन द रिवॉल्यूशन्स ऑफ द सैलेस्टियल बॉडीज** शीर्षक से एक छोटी-सी पुस्तक प्रकाशित हुई। यह पोलैंड के खगोल-वैज्ञानिक निकोलस कोपरनिकस द्वारा लिखी गई थी। जिस दिन यह पुस्तक प्रकाशित हुई उसी दिन लेखक का देहान्त हो गया। कोपरनिकस ने दावा किया था कि सूरज पृथ्वी के चारों ओर नहीं घूमता, वरन् पृथ्वी इसके चारों ओर घूमती है। वह सोचता था कि विद्यमान आकाशीय ग्रह-नक्षत्रों के अवलोकन से यह सिद्ध करना सर्वथा सम्भव है। उसने बताया कि लोगों के इस विश्वास कि सूरज पृथ्वी के चारों ओर घूमता है, का कारण, यह था कि पृथ्वी अपनी धुरी पर घूमती बनी रहती है। उसने बताया कि यदि व्यक्ति यह मान ले कि पृथ्वी एवं अन्य ग्रह सूरज के चक्कर काटते हैं तो सारे आकाशीय ग्रहों के अवलोकनों को समझना बहुत आसान हो जाता है। हम इसको **हीलियो सैंट्रिक वर्ल्ड पिक्चर** (Helio-centric world picture) कहते हैं, जिसका अर्थ होता है कि सौर्य-मंडल में हर चीज सूरज के चारों ओर केन्द्रित है।

'और यह विश्व-चित्र सही है?'

'पूरी तरह से सही नहीं कह सकते। उसकी मुख्य बात कि पृथ्वी सूरज के चारों ओर घूमती है–निश्चय ही सही है। किन्तु उसने यह दावा किया कि सूरज ब्रह्मांड का केन्द्र है। आज हम जानते हैं कि सूरज असंख्य तारों में से एक है, और यह कि हमारे चारों ओर दिखनेवाले तारे मिलकर, करोड़ों आकाश गंगाओं में, केवल एक आकाश गंगा बनाते हैं। कोपरनिकस का विश्वास यह भी था कि पृथ्वी और दूसरे ग्रह सूरज के चारों ओर गोल चक्कर में घूमते हैं।'

'क्या यह ऐसे नहीं घूमते?'

'नहीं। उसके पास, प्राचीन विचार कि आकाशीय ग्रह गोल होते हैं और वे गोल चक्करों में इसलिए घूमते हैं कि वे 'आकाशीय' हैं, के अलावा नक्षत्रों के गोल कक्ष में घूमने के बारे में विश्वास बनाने का कोई प्रमाण नहीं था। अफलातून के समय से Sphere यानी गोलाकार और गोले को सबसे पूर्ण ज्यामितीय आकृति माना जाता रहा है। किन्तु 1600 के पहले भाग में एक जर्मन खगोल वैज्ञानिक, जोहान्स कैपलर ने अपने गहन अवलोकन के परिणाम प्रस्तुत किए और दर्शाया कि ग्रह नुकीले, अंडाकार अथवा अंडाकार कक्ष में घूमते हैं और सूरज उनके फोकस/केन्द्रक में होता है। उसने यह भी स्पष्ट किया कि जब ग्रह सूरज के सबसे समीप होता है तो उसकी रफ्तार सबसे तेज होती है और जैसे-जैसे इसका कक्ष दूर होता जाता है उसकी रफ्तार धीमी होती जाती है। कैपलर के समय से पहले किसी ने यह नहीं कहा था कि अन्य ग्रहों की भाँति पृथ्वी भी एक ग्रह है। कैपलर ने इस बात पर भी जोर दिया कि सारे ब्रह्मांड में समान भौतिक नियम लागू होते हैं।'

'उसे यह सब कैसे पता लगा?'

'क्योंकि उसने प्राचीन अन्धविश्वासों को आँख मूँदकर मान लेने की अपेक्षा, अपनी ज्ञानेन्द्रियों द्वारा ग्रहों की गतियों का निरीक्षण किया था। गैलीलियो गैलिली ने, जो मोटे तौर पर कैपलर का समकालिक था, आकाशीय नक्षत्रों को देखने के लिए टेलीस्कोप का प्रयोग किया था। उसने चन्द्रमा पर ज्वालामुखी गड्ढों का अध्ययन किया था और बतलाया था कि पृथ्वी की भाँति ही चन्द्रमा पर भी पर्वत और घाटियाँ हैं। इसके अतिरिक्त उसने ढूँढ़ निकाला कि जुपीटर (बृहस्पति) ग्रह के चार चन्द्रमा हैं। इसलिए ऐसा नहीं था कि अकेले पृथ्वी के पास ही चन्द्रमा हो। किन्तु गैलीलियो का सर्वाधिक महत्त्व इस बात में है कि उसने सबसे पहले **Law of Inertia** (अकर्मण्यता का नियम) को विचारबद्ध एवं शब्दबद्ध किया था।

'मतलब, इस का अर्थ?'

'गैलीलियो ने इसे इस प्रकार रखा : एक वस्तु अथवा जिस किसी भी अवस्था, विश्राम अथवा गति में होती है यह उस अवस्था में तब तक पड़ी रहती है जब तक कोई बाहरी शक्ति उसे अपनी अवस्था बदलने के लिए बाध्य नहीं करती।'

'यदि आप ऐसा कहते हैं।'

'किन्तु यह एक महत्त्वपूर्ण अवलोकन था। प्राचीन युग से, पृथ्वी के अपनी धुरी के चारों ओर घूमने के विपरीत जो मुख्य तर्क दिया जा रहा था वह यह था कि यदि पृथ्वी अपनी धुरी पर घूमती है तो यह इतनी तेजी से घूमेगी कि हवा में सीधा ऊपर फेंका गया पत्थर अपने फेंके जाने के स्थान से बहुत दूर जाकर गिरेगा।'

'तो ऐसा होता क्यों नहीं है?'

'यदि आप चलती हुई रेलगाड़ी में बैठे हैं और एक सेब गिराते हैं, तो यह पीछे की ओर इसलिए नहीं गिरता, क्योंकि रेलगाड़ी चल रही है। यह सीधा नीचे गिरता है। ऐसा **लॉ ऑफ इनर्शिया** के कारण होता है। सेब अपनी वही रफ्तार बनाए रखता है जो आपके डालने से पहले इसकी थी।'

'मुझे लगता है मैं समझ रही हूँ।'

'अब गैलीलियो के समय में तो रेलगाड़ियाँ थी नहीं। किन्तु यदि आप जमीन पर एक गेंद को लुढ़काते हैं–और अचानक छोड़ देते हैं...

'...ये लुढ़कती जाती है...'

'...क्योंकि यह आपके छोड़ देने पर भी अपनी रफ्तार बनाए रखती है।'

'किन्तु अन्ततः यह रुक जाएगी, यदि कमरा काफी लम्बा है।'

'ऐसा इसलिए होता है कि अन्य ताकतें इसको धीमा कर देती हैं। सबसे पहले, फर्श, और खासतौर पर यदि फर्श खुरदरी लकड़ी का बना है। फिर गुरुत्वाकर्षण की शक्ति इसे देर-सबेर रोक देगी। किन्तु रुको, मैं तुम्हें कुछ दिखलाने वाला हूँ।'

ऐल्बर्टो नॉक्स उठा और पुरानी डेस्क तक गया। उसने इसके ड्राअर्स में से कोई चीज निकाली, वापस अपनी पुरानी जगह पर आकर, उसने इसे कॉफी टेबल पर रख दिया। यह केवल एक लकड़ी की तख्ती थी, एक सिरे पर कुछ मिलीमीटर मोटी और दूसरे पर पतली। तख्ती ने लगभग सारी मेज को ढँक रखा था। उसने तख्ती पर एक हरा कंचा रखा।

'इसे ढलानवाली सतह कहते हैं,' उसने कहा। 'यदि मैं यहाँ से कंचा छोड़ दूँ जहाँ तख्ती सबसे मोटी है, तो क्या होगा?'

सोफी ने अन्यमनस्कता से गहरी साँस ली।

'मैं तुमसे दस क्राउन की शर्त लगाती हूँ कि यह मेज पर लुढ़कता हुआ फर्श पर आ गिरेगा।'

'अच्छा देखते हैं।'

ऐल्बर्टो ने कंचा छोड़ दिया, और यह बिलकुल वैसे ही लुढ़कता गया जैसे सोफी ने कहा था। यह मेज पर लुढ़का, टेबल की टॉप से होता हुआ, थोड़ा धम्म से, फर्श पर टकराया और अन्त में दीवार से ठोकर खाई।

'बढ़िया,' सोफी बोली।

'हाँ, था न? तुमने देखा, गैलीलियो ने इसी प्रकार का परीक्षण किया था।'

'क्या वह इतना मूर्ख था?'

'धीरज रखो! वह चीजों का निरीक्षण अपनी सारी ज्ञानेन्द्रियों से करना चाहता था, हमने तो अभी बस शुरुआत की है। पहले मुझे यह बतलाओ कंचा ढलानवाली सतह पर क्यों लुढ़का?'

'इसने लुढ़कना शुरू कर दिया, क्योंकि यह भारी था।'

'अच्छा ठीक है। बच्चे, लेकिन यह बतलाओ वजन वास्तव में क्या होता है?'

'ये तो बड़ा बेतुका सवाल है।

'कोई सवाल इसलिए बेतुका नहीं हो जाता, क्योंकि तुम्हें इसका उत्तर नहीं आता। कंचा लुढ़ककर फर्श पर क्यों पहुँचा?'

'गुरुत्व के कारण।'

'बिलकुल, या गुरुत्वाकर्षण, जैसा हम बोलते हैं। वजन का कुछ सम्बन्ध गुरुत्व (gravity) से है। **यही** वह ताकत थी जिसने कंचे को गतिमान बनाया।'

ऐल्बर्टो पहले से ही कँचे को फर्श से उठा चुका था। वह फिर ढलानवाली तख्ती के पास झुककर खड़ा हो गया।

अब मैं कंचे को सतह के दूसरे रुख में लुढ़काने का प्रयास करता हूँ,' उसने कहा। 'ध्यान से देखना यह कैसे चलता है!'

सोफी ने देखा किस प्रकार कंचा क्रमशः एक मोड़ बनाता हुआ चला और ढलान की ओर खिंच आया।

'क्या हुआ?' ऐल्बर्टो ने पूछा।

'यह स्लोप (ढलान) बनाता हुआ लुढ़का, क्योंकि तख्ती में ढलान है।'

'अब मैं कंचे पर ब्रश से रोशनाई लगा देता हूँ...तब शायद हम अध्ययन कर पाएँगे कि स्लोप बनाने से वास्तव में तुम्हारा क्या मतलब है।'

उसने एक पेंट-ब्रश ढूँढ़ निकाला और सारे कंचे को काला रँग दिया। फिर उसने इसे दुबारा लुढ़काया। सोफी अब उस स्थान को साफ देख सकती थी जहाँ से होकर कंचा गुजरा क्योंकि यह तख्ती पर अपने पीछे रेखा छोड़ता गया।

'तुम कंचे के मार्ग का वर्णन कैसे करोगे?'

'यह मुड़ा हुआ है...यह किसी वृत्त का भाग जैसा दिखता है।'

'बिलकुल सही।'

ऐल्बर्टो ने सिर उठाते हुए उसकी ओर देखा और अपनी भवें ऊँची की।

'किन्तु यह पूरी तरह वृत्त नहीं है। इस आकृति को पैराबोला कहते हैं।'

'मेरे लिए यह ठीक है।'

'आह, किन्तु कंचा निश्चिततः इस मार्ग से होकर ही क्यों गया?'

सोफी ने गहराई से सोचा। फिर उसने कहा, 'क्योंकि तख्ती स्लोप बना रही थी, कंचा गुरुत्वाकर्षण की शक्ति से नीचे फर्श की ओर खिंच रहा था।'

'हाँ, हाँ! यह सनसनीखेज होने से कम नहीं है। यहाँ मैं एक लड़की को, जो अभी पन्द्रह साल की भी नहीं हुई है, अपनी अटारी तक खींचे ला रहा हूँ और वह बिलकुल वही समझ रही है जिसे गैलीलियो ने केवल एक परीक्षण करके समझ लिया था।'

उसने ताली बजाई। एक क्षण को तो सोफी को ऐसा लगा जैसे वह पागल हो गया है। उसने आगे कहना जारी रखा : 'तुमने देखा जब एक ही वस्तु पर दो ताकतें एक साथ काम करती हैं तो क्या होता है। गैलीलियो ने ढूँढ़ निकाला कि यही चीज तोप के गोले पर भी लागू होती है। इसको हवा में फेंक दिया जाता है, पृथ्वी के ऊपर यह अपने रास्ते पर चलता जाता है, किन्तु अन्त में पृथ्वी की ओर खिंच आता है। अतः यह भी एक ट्रेजैक्टरी का वर्णन करता है, जो झुकी हुई सतह पर कंचे की यात्रा के समकक्ष है। और गैलीलियो के समय में यह वास्तव में एक नई खोज थी। अरस्तू का विचार था कि जब किसी चीज को टेढ़े करके हवा में फेंका जाता है, तो यह पहले तो मामूली-सा घुमाव बनाती है और फिर सीधी पृथ्वी पर गिर जाती है। किन्तु ऐसा नहीं था, कोई भी तब तक अरस्तू को गलत नहीं कह सकता था जब तक इसको **प्रदर्शन से साबित न कर दिया जाए।**

'क्या इन सब चीजों का वास्तव में कोई महत्त्व है?'

'क्या इसका महत्त्व है? तुम शर्त लगाओ कि इसका महत्त्व है। इसका ब्रह्मांडीय महत्त्व है, मेरी बच्ची। मानवता के इतिहास में सारी वैज्ञानिक खोजों में यह निश्चय ही सबसे महत्त्वपूर्ण है।'

'मुझे भरोसा है, आप मुझे बतलाएँगे कि यह महत्त्वपूर्ण क्यों है?'

'इसके बाद आइजक न्यूटन एक अंग्रेज भौतिकशास्त्री आया जो 1642 से 1727 तक जीवित रहा। यह ही वह व्यक्ति था जिसने सौर प्रणाली और ग्रहों के कक्षों के बारे में अन्तिम वर्णन प्रस्तुत किया। वह न केवल इसका वर्णन करता था कि ग्रह सूरज के चारों ओर कैसे घूमते हैं, अपितु वह यह भी स्पष्ट कर सकता था कि वे ऐसा **क्यों** करते हैं? कुछ अंश में वह ऐसा इसलिए कर पाया कि उसने गैलीलियो की **डायनैमिक्स** (गतिशीलता) का सन्दर्भ दिया।'

'क्या ग्रह एक ढलानवाली सतह पर कंचे हैं?'

'हाँ, कुछ उसी तरह के। किन्तु थोड़ी देर और प्रतीक्षा करो, सोफी।'

'मेरे पास क्या कोई और विकल्प है?'

'कैपलर पहले ही इशारा कर चुका था कि कोई ऐसी ताकत होनी चाहिए जो आकाशीय नक्षत्रों को एक-दूसरे की ओर आकृष्ट करती है। उदाहरण के लिए, एक सौर ताकत होनी चाहिए जो ग्रहों को उनके कक्ष में बनाए रखती है। इसके अतिरिक्त, यही ताकत यह भी स्पष्ट करेगी कि ग्रह अपने कक्ष में जैसे ही सूरज से दूर जाते हैं उनकी गति धीमी क्यों होती जाती है। कैपलर का यह भी मत था कि तूफान का उठना और गिरना—समुद्र के जलस्तर का ऊपर उठना और गिरना—चाँद की शक्ति का परिणाम होना चाहिए।'

'और यह सही है!'

'हाँ, यह सत्य है। किन्तु यह ऐसा सिद्धान्त था जिसे गैलीलियो ने अस्वीकार कर दिया। वह कैपलर की इसलिए हँसी उड़ाता था कि उसने चाँद द्वारा जल पर शासन करने के विचार को स्वीकृति दी थी। ऐसा करने, मानने का कारण यह था कि गैलीलियो ने इस विचार को अस्वीकार कर दिया था कि गुरुत्वाकर्षण की शक्तियाँ लम्बी दूरियों पर भी प्रभावित करती हैं, और यह कि ये आकाशीय नक्षत्रों के **बीच** में भी अपना प्रभाव रखती हैं!'

'इस बात में तो वह गलत था।'

'हाँ, खासकर इस बिन्दु पर वह गलत था। और हास्यास्पद तो यह है कि वह पृथ्वी के गुरुत्व और गिरनेवाले ठोसों (ठोस बॉडीज), के अध्ययन में हर समय लगा रहा था। उसने यह संकेत भी दिया था कि बढ़ी हुई शक्ति वस्तुओं की गति पर नियन्त्रण कर सकती है।'

'किन्तु आप तो न्यूटन की बात कर रहे थे?'

'हाँ, इसके साथ ही न्यूटन आया। उसने **यूनीवर्सल लॉ ऑफ ग्रैवीटेशन (गुरुत्वाकर्षण के वैश्विक नियम)** को प्रतिपादित किया। इस नियम के अनुसार हर वस्तु किसी दूसरी वस्तु को एक ताकत से आकृष्ट करती है, यह ताकत उन वस्तुओं के आकार के अनुपात में बढ़ती है, और वस्तुओं की आपस में दूरी के अनुपात में कम हो जाती है।'

'मैं सोचती हूँ कि मैं सही समझ रही हूँ। उदाहरण के लिए, दो हाथियों में आपस में आकर्षण दो चूहों के आपस में आकर्षण की तुलना में अधिक होता है। और एक ही अजायबघर में रहनेवाले दो हाथियों के बीच ज्यादा आकर्षण होगा बनिस्बत भारत में रहनेवाले भारतीय हाथी और अफ्रीका में रहनेवाले अफ्रीकी हाथी के बीच।'

'तब तो तुमने सही समझ लिया। अब काँटे की बात आती है। न्यूटन ने सिद्ध कर दिया कि यह आकर्षण या गुरुत्वाकर्षण विश्वव्यापी है, जिसका अर्थ हुआ यह सभी जगह कार्यशील है, अन्तरिक्ष में आकाशीय नक्षत्रों के बीच भी। कहा जाता है यह विचार उसके मस्तिष्क में तब आया जब वह एक सेब के पेड़ के नीचे बैठा था। जब उसने एक सेब को पेड़ से गिरते देखा तो उसे स्वयं से पूछना पड़ा : क्या चाँद भी उसी ताकत से पृथ्वी की ओर आकृष्ट होता है, और क्या यही वह कारण नहीं है कि चाँद अनन्त काल तक पृथ्वी के चक्कर लगाता रहेगा।'

'बड़ी चतुर बात। किन्तु वास्तव में इतनी चतुर नहीं है।'

'क्यों नहीं, सोफी?'

'अच्छा, यदि चाँद पृथ्वी की ओर उसी ताकत से आकृष्ट होता है जो सेब को गिरा रही है, तो एक दिन तो चाँद, बजाय पृथ्वी के चक्कर लगाने के, पृथ्वी से ही आ टकराएगा।'

'इससे हम न्यूटन के दूसरे नियम, ग्रहों के कक्ष के नियम पर, पहुँचते हैं। पृथ्वी चाँद को किस प्रकार आकृष्ट करती है, यह बताने में तुम 50 प्रतिशत सही हो किन्तु

50 प्रतिशत गलत। चाँद पृथ्वी पर क्यों नहीं आ गिरता? क्योंकि यह वास्तव में सही है कि पृथ्वी की चाँद को आकृष्ट करने की गुरुत्वाकर्षण शक्ति बहुत विशाल है। केवल उस शक्ति की कल्पना करो जो समुद्र के जल-स्तर को एक या दो मीटर ऊपर उठाने के लिए उच्च ज्वार के समय चाहिए।

'नहीं, यह बात मेरी समझ में नहीं आई।'

'तुम्हें याद है गैलीलियो की एक दिशा की ओर को झुकी सतह? जब मैंने इसके पार कंचा लुढ़काया तो क्या हुआ था?'

'क्या चाँद पर दो भिन्न-भिन्न ताकतें काम कर रही हैं?'

'बिलकुल सही। एक समय जब सौर प्रणाली का प्रारम्भ हुआ, तो चाँद को बाहर की तरफ–यानी पृथ्वी से बाहर की तरफ–बेहिसाब ताकत से फेंक दिया गया। यह ताकत हमेशा प्रभावी बनी रहेगी, क्योंकि यह बिना प्रतिरोध के शून्य में चलती रहती है...'

'किन्तु यह पृथ्वी की ओर भी, पृथ्वी की गुरुत्वाकर्षण शक्ति के कारण, आकृष्ट होती है, नहीं होती क्या?'

'बिलकुल सही, दोनों शक्तियाँ अपरिवर्तित रहती हैं और एक साथ कार्यशील रहती हैं। परिणामस्वरूप-चन्द्रमा पृथ्वी के गिर्द चक्कर लगाता रहेगा।'

'क्या यह वास्तव में इतना ही सरल है?'

'यह सरल है उतना ही सरल जितना सरल न्यूटन का सारा तर्क था। उसने दिखा दिया कि थोड़े से प्राकृतिक नियम हैं जो समस्त ब्रह्मांड में लागू होते हैं। ग्रहों के कक्षों की गणना करने में उसने केवल दो प्राकृतिक नियमों का प्रयोग किया था, जिनकी प्रस्तावना गैलीलियो पहले ही कर चुका था। एक नियम तो **इनर्शिया** या **अकर्मण्यता** का था, जिसे न्यूटन ने इस प्रकार व्यक्त किया : 'कोई भी वस्तु अपनी विश्राम अथवा आयत-रेखावत् गति की अवस्था में तब तक बनी रहती है जब तक वह किसी दूसरी (बाहरी) ताकत द्वारा जोर लगाने से बदलने को बाध्य नहीं होती।' अन्य नियम गैलीलियो द्वारा ढलानवाले तल द्वारा दर्शाया गया था : जब दो ताकतें एक वस्तु पर एक साथ काम करती हैं, तो वह वस्तु कोणीय अंडाकार मार्ग पर चलती है।'

'अच्छा, तो इस तरीके से न्यूटन ने स्पष्ट किया कि सारे ग्रह सूरज के चारों ओर क्यों घूमते हैं?'

'हाँ, सारे ग्रह दो असमान गतियों के परिणामस्वरूप सूरज के चारों ओर कोणीय अंडाकार कक्ष में चक्कर लगाते हैं : प्रथम, आयत-रेखावत् गति है जो उन्हें सौर प्रणाली के निर्माण के समय मिली और दूसरी, गुरुत्वाकर्षण के कारण सूरज की ओर गति।'

'ये तो बड़ी चतुराईवाली बात हुई।'

'हाँ, न्यूटन ने दिखा दिया कि जो नियम गतिमान वस्तुओं पर लागू होते हैं वे ही अन्यत्र भी समस्त ब्रह्मांड में लागू होते हैं। इस प्रकार न्यूटन ने उस मध्ययुगीन विश्वास को अप्रमाणित सिद्ध कर दिया कि एक प्रकार के नियम आकाशीय नक्षत्रों पर लागू

होते हैं और दूसरे प्रकार के यहाँ पृथ्वी पर। **हीलियो सैंट्रिक वर्ल्ड व्यू** को अन्तिम सम्पुष्टि और अन्तिम स्पष्टीकरण मिल गया था।'

ऐल्बर्टो उठ खड़ा हुआ और ढलानदार तल को दूर रख दिया। उसने कंचा उठाया और उन दोनों के बीच मेज पर रख दिया।

सोफी ने सोचा कि एक ढलानदार लकड़ी और एक कंचे जैसी साधारण चीज से उसे कितनी गम्भीर एवं आश्चर्यजनक जानकारी प्राप्त हुई है। जब वह हरे कंचे को, जिस पर अभी भी काली रोशनाई के निशान थे, देख रही थी तो वह पृथ्वी के गोले के बारे में सोचे बिना न रह पाई।

उसने कहा, 'और देखो लोगों को यह स्वीकार करना ही पड़ा कि यह आकस्मिक है कि वे अन्तरिक्ष में यूँ ही किसी भी एक ग्रह पर रह रहे हैं।'

'हाँ, विश्व के बारे में नया मत कई तरह से बड़ा बोझिल था। इस स्थिति की तुलना उस घटना से की जा सकती है जब डार्विन ने सिद्ध कर दिखाया कि मानव जाति जानवरों से विकसित हुई है। दोनों ही की वैज्ञानिक स्थापनाओं के सिद्ध होने से, मानवता ने सृष्टि में अपना विशिष्ट स्तर कुछ सीमा तक गँवा दिया। और दोनों का ही चर्च ने डटकर विरोध किया।'

'मैं इसे भलीभाँति समझ सकती हूँ। क्योंकि इस सारे नए साज-सामान में ईश्वर कहाँ था? उस समय मामला आसान था जब पृथ्वी को केन्द्र माना जाता था तथा ईश्वर और ग्रह आकाश में ऊपर थे।'

'किन्तु यह सबसे बड़ी चुनौती नहीं थी। जब न्यूटन ने यह सिद्ध कर दिया कि समान प्राकृतिक नियम ब्रह्मांड में सर्वत्र लागू होते हैं, तो हम यह सोच सकते हैं कि लोगों की ईश्वर के सर्वशक्तिसम्पन्न होने में आस्था की जड़ें हिल गईं। किन्तु न्यूटन की अपनी आस्था कभी न डगमगाई। वह प्राकृतिक नियमों को महान और सर्वशक्तिशाली ईश्वर के अस्तित्व के प्रमाण के रूप में लेता था। यह सम्भव है कि आदमी की अपने बारे में बनाई अपनी तसवीर और भी खराब निकली।'

'इस सबसे आपका अभिप्राय क्या है और कैसे?'

'पुनर्जागरण युग से लोगों को यह आदत डालनी पड़ी कि विशाल आकाशगंगाओं में से किसी भी एक अनिश्चित ग्रह पर हम अपना जीवन जी रहे हैं। मैं विश्वासपूर्वक नहीं कह सकता कि आज तक भी हम इस तथ्य को पूरी तरह गले से नीचे उतार पाएँ हैं। किन्तु पुनर्जागरण युग में भी कुछ ऐसे लोग थे जो कहते थे कि अब हम में से प्रत्येक को, पहले की तुलना में, एक केन्द्रीय स्थान प्राप्त हो गया है।'

'मेरी तो समझ में नहीं आ रहा।'

'पहले तो पृथ्वी दुनिया का केन्द्र थी। किन्तु चूँकि अब खगोल-वैज्ञानिक कह रहे थे कि ब्रह्मांड का सम्पूर्णतः स्थिर केन्द्र नहीं है, अतः यह विचार आने लगा है कि जितने आदमी हैं ब्रह्मांड के उतने ही केन्द्र हैं। प्रत्येक व्यक्ति ब्रह्मांड का केन्द्र हो सकता था।'

'अहा, मुझे लगता है मेरी समझ में आ रहा है।'

'पुनर्जागरण के परिणामस्वरूप **नई धार्मिकता** का उदय हुआ। चूँकि दर्शनशास्त्र और विज्ञान धीरे-धीरे धर्मशास्त्र से अलग हो गए, तो एक नए प्रकार की ईसाई भावनता विकसित हुई। फिर पुनर्जागरण मनुष्य सम्बन्धी नई राय लेकर आया। इसका धार्मिक जीवन पर प्रभाव पड़ा। व्यक्ति के चर्च के साथ संस्थागत सम्बन्धों की तुलना में व्यक्ति के ईश्वर के साथ निजी सम्बन्ध अधिक महत्त्वपूर्ण हो गए।'

'उदाहरण के लिए, रात के समय अपनी प्रार्थना बोलना?'

'हाँ, वह भी। मध्यकालीन कैथॉलिक चर्च की लैटिन भाषा में प्रार्थना एवं आशीर्वचन और चर्च की रस्मी प्रार्थनाएँ धार्मिक कर्मकांड की मेरुदंड थीं। केवल पादरी या साधु बाइबिल पढ़ सकते थे, क्योंकि यह लैटिन भाषा में थी। किन्तु पुनर्जागरण युग के दौरान हिब्रू और यूनानी भाषा से बाइबिल का राष्ट्रीय भाषाओं में अनुवाद हुआ। **सुधार** कहे जानेवाले आन्दोलन के लिए यह काँटे का महत्त्व रखता था।'

'मार्टिन लूथर...'

'हाँ, मार्टिन लूथर महत्त्वपूर्ण था, किन्तु वही एकमात्र सुधारक नहीं था। कुछ अन्य धार्मिक सुधारक भी थे जिन्होंने रोमन कैथॉलिक चर्च के भीतर ही बना रहना ठीक समझा। उनमें से एक था **रौटरडम का इरास्मस।'**

'लूथर कैथॉलिक चर्च से इसलिए अलग हो गया कि उसे कृपा खरीदना पसन्द नहीं था, क्यों यही बात थी न?'

हाँ, यह भी एक कारण था। किन्तु एक अन्य महत्त्वपूर्ण कारण था। लूथर के अनुसार, लोगों को ईश्वर से क्षमा प्राप्त करने के लिए चर्च या इसके पादरियों की मध्यस्थता की आवश्यकता नहीं थी। और न ही ईश्वरीय क्षमा चर्च की 'कृपाएँ' खरीदने पर निर्भर थी। इन तथा-कथित कृपा पत्रों का व्यापार करने पर कैथॉलिक चर्च ने सोलहवीं शताब्दी के बीच किसी समय रोक लगा दी।'

'इससे तो शायद ईश्वर भी खुश हुआ होगा?'

'सामान्यतः लूथर ने स्वयं को उन बहुत से धार्मिक रिवाजों और कट्टर क्रिया-कलापों से दूर कर लिया जिन्होंने मध्य युग में सीढ़ीबद्ध चर्च के इतिहास में जड़ें जमा ली थीं। वह ईसाई धर्म के प्रारम्भिक स्वरूप की ओर लौटना चाहता था जैसा **न्यू टेस्टामेंट** में पाया जाता है। 'केवल धर्मग्रन्थ,' उसने कहा। इस नारे के साथ, लूथर की इच्छा ईसाइयत के 'स्रोत' की ओर लौट जाने की थी उसी तरह जैसे पुनर्जागरण मानवतावादी कला और संस्कृति के प्राचीन स्रोतों की ओर जाना चाहते थे। लूथर ने बाइबिल का जर्मन भाषा में अनुवाद किया और इस प्रकार लिखित जर्मन भाषा की नींव रखी। उसका विश्वास था कि हर आदमी को बाइबिल पढ़ना चाहिए और एक अर्थ में अपना पादरी स्वयं ही बन जाना चाहिए।'

'स्वयं अपना पादरी? क्या यह कुछ ज्यादा ही आगे बढ़ जाना नहीं था?'

'उसका अभिप्राय यह था कि ईश्वर के साथ रिश्ते में पादरी की कोई तरजीह वाली स्थिति नहीं है। लूथर के जन-समूहों (जमावड़ों) में पादरियों को व्यावहारिक कारणों से लिया जाता था, जैसे—सर्विसेज कंडक्ट करना, और रोजमर्रा के क्लर्कीय कामों का निबटारा; किन्तु लूथर इसमें विश्वास कतई नहीं करता था कि किसी व्यक्ति को चर्च की रस्मी क्रियाओं द्वारा ईश्वरीय क्षमा या पापों से मुक्ति मिल सकती है। वह इस विश्वास पर बाइबिल पढ़ने से पहुँचा था।'

'अतः लूथर एक टिपिकल पुनर्जागरणयुगीन मनुष्य था?'

'हाँ भी और नहीं भी। पुनर्जागरण व्यक्ति होने के नाते उसने व्यक्ति को महत्ता दी और व्यक्ति के ईश्वर के साथ निजी सम्बन्धों पर जोर दिया। अतः उसने 35 वर्ष की आयु में स्वयं यूनानी भाषा सीखी और प्राचीन यूनानी संस्करण से बाइबिल का जर्मन भाषा में अनुवाद करने का श्रमसाध्य कार्य प्रारम्भ किया। लैटिन भाषा के बजाय लोगों की बोलचाल की भाषा को तरजीह देना भी पुनर्जागरण युग का एक विशेष लक्षण था। किन्तु **फिसिनो** या **लिओनार्डो दा विन्सी** की तरह लूथर मानववादी नहीं था। रौटरडम के इरास्मस जैसे मानववादियों ने उसका विरोध किया, क्योंकि उनके दृष्टिकोण से लूथर के मनुष्य सम्बन्धी विचार बहुत नकारात्मक थे; लूथर ने घोषणा की थी कि ईश्वरीय अनुकम्पा से नीचे गिरकर मानवता पूरी तरह चरित्रहीन हो गई है। उसका विश्वास था कि केवल ईश्वरीय कृपा पाने से मानवता का कोई 'औचित्य' सम्भव है। क्योंकि पाप की मजदूरी मृत्यु है।'

'यह तो बहुत नैराश्यपूर्ण लगता है।'

ऐल्बर्टो नॉक्स उठा। उसने छोटा हरा कंचा उठाया और इसे अपनी सबसे ऊपर की जेब में रख लिया।

'अरे! शाम के चार से ज्यादा बज गए,' सोफी ने भयभीत स्वर में कहा।

'और मानवता के इतिहास में अगला नया महान युग **बैरोक** है, किन्तु मेरी प्रिय हिल्डे, उसे किसी और दिन रखेंगे।'

'आपने क्या कहा?' सोफी जिस कुर्सी पर बैठी थी वहाँ से गोली की तरह उठी। 'आपने मुझे हिल्डे कहा।'

'मेरी ज़ुबान कुछ ज्यादा ही बहक गई।'

'किन्तु ज़ुबान का बहकना कभी पूरी तरह आकस्मिक नहीं होता।'

'हो सकता है तुम ठीक हो। तुम देखोगी कि हिल्डे के पिता ने हमारे मुँह में शब्द रखने शुरू कर दिए हैं। मुझे लगता है कि वह इस तथ्य का फायदा उठा रहा है कि हम थकते जा रहे हैं और अपनी रक्षा ढंग से नहीं कर पा रहे हैं।'

'आपने एक बार कहा था कि आप हिल्डे के पिता नहीं हैं। क्या यह वास्तव में सच है?'

ऐल्बर्टो ने स्वीकृति सूचक सिर हिलाया।

'किन्तु क्या मैं हिल्डे हूँ?'

'अब मैं थक गया हूँ, सोफी। तुम्हें यह बात समझनी चाहिए। हम यहाँ दो घंटे से अधिक समय से बैठे हैं, और बोलने का काम अधिकांशतः मैं कर रहा हूँ। क्या तुम्हें खाना खाने के लिए घर नहीं जाना?'

सोफी को लगभग ऐसा लगा मानो वह उसे वहाँ से बाहर फेंकने की कोशिश कर रहा हो। जैसे ही वह छोटे हॉल में आई उसने गहराई से सोचा कि ऐल्बर्टो ज़ुबान क्यों बहकी? ऐल्बर्टो उसके पीछे बाहर आया।

हरमीज़ कुछ खूँटियों के नीचे पड़ा सो रहा था; और इन खूँटियों पर नाटकीय पोशाक जैसे कई अजीब लगनेवाले कपड़े टँगे थे। ऐल्बर्टो ने कुत्ते की तरफ सिर हिलाते हुए कहा, 'यह आएगा और तुम्हें ले आएगा।'

'मेरी शिक्षा के लिए आपका धन्यवाद,' सोफी ने कहा।

अचानक उसने ऐल्बर्टो का आलिंगन किया। 'आप जैसा दयालु और दर्शनशास्त्र का श्रेष्ठ अध्यापक मुझे अपने जीवन में नहीं मिला,' उसने कहा।

यह कहकर उसने जीने का दरवाजा खोला। जैसे ही दरवाजा बन्द हुआ, ऐल्बर्टो ने कहा, 'हमें दुबारा मिलने में अधिक समय नहीं लगेगा, हिल्डे!'

सोफी के पास उन शब्दों के अतिरिक्त और कुछ भी नहीं था।

दुबारा ज़ुबान लड़खड़ाई, शैतान कहीं का। सोफी के मन में तीव्र इच्छा हुई कि वापस मुड़े और हथौड़ा मारकर दरवाजा तोड़ डाले, किन्तु किसी चीज ने उसे रोक दिया।

गली में पहुँचकर उसे याद आया कि उसके पास तो पैसे ही नहीं थे। उसे घर तक सारे रास्ते पैदल जाना होगा। कैसी परेशानी! यह निश्चित था कि यदि वह छह बजे तक घर नहीं पहुँची तो माँ नाराज भी होगी और चिन्तित भी।

वह अभी कुछ गज ही नहीं चली थी कि रास्ते के किनारे पर उसने एक सिक्का देखा। यह दस क्राउन का सिक्का था बिलकुल बस टिकट की कीमत। सोफी बस स्टाप तक गई और मेन स्क्वायर के लिए बस की प्रतीक्षा करने लगी। वहाँ से वह उसी टिकट पर दूसरी बस लेकर लगभग अपने घर तक पहुँच सकती थी।

जैसे ही वह मेन स्क्वायर पर खड़ी दूसरी बस की प्रतीक्षा कर रही थी तो उसे विस्मय हो रहा था कि वह कितनी भाग्यवान थी कि जरूरत के वक्त उसे दस क्राउन का सिक्का मिल गया।

क्या हिल्डे के पिता ने इसे वहाँ डाल दिया था? वह सर्वाधिक सुविधाजनक स्थानों पर चीजें डाल देने की कला का उस्ताद था।

किन्तु यदि वह लेबनान में था, तो वह यहाँ सिक्का कैसे डाल सकता था?

और ऐल्बर्टो ने ज़ुबान की वह भूल क्यों की? एक बार नहीं, दो बार!

सोफी काँप गई। एक अजीब सा डर उसके सारे शरीर में लहरा गया।

बैरोक

वह साज़ो-सामान जिससे सपने बुने जाते हैं...

कई दिनों तक सोफी को ऐल्बर्टो का कोई सन्देश नहीं मिला, किन्तु वह बार-बार अपने बाग की ओर अक्सर निगाह रखती कि शायद हरमीज़ ही आता हुआ दिखाई दे जाए। उसने अपनी माँ को यह बताया कि कुत्ते ने अपने घर का रास्ता खुद ढूँढ लिया, था और यह भी कि कुत्ते के मालिक, भूतपूर्व भौतिकशास्त्र के अध्यापक, ने उसे आमन्त्रित किया था। उसने सोफी को सौर प्रणाली और सोलहवीं शताब्दी में विकसित विज्ञान के बारे में बतलाया था।

जोआना को उसने इससे कुछ अधिक बतलाया। उसने जोआना को ऐल्बर्टो के यहाँ अपनी मुलाकात की सारी बात, मेल-बॉक्स में मिले पोस्टकार्ड, और घर लौटते समय सड़क पर मिले दस क्राउन के सिक्के की बात बताई। उसने हिल्डे और क्रूसीफिक्स के सपनेवाली बात जोआना को नहीं बतलाई।

मंगलवार, 29 मई को सोफी अपनी रसोई में खड़ी प्लेटें साफ कर रही थी। उसकी माँ टीवी न्यूज देखने के लिए लिविंग रूम में चली गई थी। टीवी स्क्रीन पर शुरुआती विषय के धुँधलाते हुए हट जाने के बाद, सोफी ने रसोई में ही सुना कि नॉर्वे की यूएन बटालियन का एक मेजर एक गोला लगने से मर गया।

सोफी डिश-टॉवेल को मेज पर फेंककर तेजी से लिविंग रूम की ओर भागी। वह ठीक समय पर वहाँ पहुँच पाई, केवल कुछ क्षणों के लिए यूएन ऑफिसर का चेहरा देख सकी, उसके बाद टेलीकास्ट दूसरे आइटम पर बदल गया।

'ओह, नहीं,' वह चीखी और रो पड़ी।

उसकी माँ उसकी ओर मुड़ी और देखने लगी।

''युद्ध एक बहुत भयंकर बुराई है!''

सोफी के आँसू फूट निकले।

'किन्तु सोफी, यह इतना खराब नहीं है।'

'क्या उन्होंने इसका नाम भी बतलाया?'

'हाँ, पर वह मुझे याद नहीं। वह ग्रिमस्टैड का रहनेवाला था, मेरे विचार में।'

'क्या यह लिलेसैंड जैसा नहीं है?'

'नहीं, तुम तो बिलकुल बेवकूफों जैसी बन रही हो।'

किन्तु यदि आप ग्रिमस्टैड के रहनेवाले हैं, तो पढ़ने के लिए आप लिलेसैंड आ सकते हैं।' उसने रोना बन्द कर दिया, किन्तु अब उसकी माँ की बारी थी प्रतिक्रिया करने की। वह अपनी कुर्सी से बाहर आई और टीवी स्विच ऑफ कर दिया।

'हो क्या रहा है, सोफी?'

'कुछ नहीं।'

'हाँ, कुछ तो है। तुम्हारा कोई बॉय-फ्रेंड है, और मैं यह सोचने लगी हूँ कि वह तुमसे कहीं ज्यादा उम्रवाला है। मुझे अभी जवाब दो—क्या लेबनान में तुम किसी आदमी को जानती हो?'

'नहीं, ऐसा नहीं है...'

'क्या तुम लेबनान में स्थित किसी के **बेटे** से मिली हो?'

'नहीं, मैं नहीं मिली। मैं तो उसकी लड़की से भी नहीं मिली।'

'किसकी बेटी?'

'इससे तुम्हारा कोई मतलब नहीं।'

'मेरे विचार में है।'

'हो सकता है मैं भी तुमसे कुछ सवाल पूछूँ। डैड घर क्यों नहीं आते? क्या ऐसा इसलिए तो नहीं है कि तुम्हारे पास उनसे तलाक माँगने की हिम्मत नहीं है? हो सकता है तुम्हारा कोई बॉय-फ्रेंड हो और तुम नहीं चाहती कि मैं या डैड उसके बारे में कुछ जानें। ऐसे ही और भी बहुत सवाल हो सकते हैं। मेरे पास भी अपने ढेर सारे सवाल हैं।'

'मैं सोचती हूँ कि हमें बात करने की जरूरत है।'

'हो सकता है जरूरत हो। किन्तु इस समय तो मैं इतनी थकी हूँ कि सोना चाहती हूँ। और मेरी माहवारी भी चल रही है।'

सोफी दौड़कर अपने कमरे में गई; उसका मन रोने का हो रहा था।

जैसे ही वह बाथरूम से लौट कर, बिस्तर में अपनी चादर ओढ़ कर लेटी, कि माँ उसके बेडरूम में आई।

सोफी ने सोने का बहाना किया, हालाँकि उसे मालूम था कि उसकी माँ इस पर विश्वास नहीं करेगी। वह जानती थी कि उसकी माँ जानती है कि सोफी जानती है कि उसकी माँ को सोफी के सोने के बहाने पर यकीन हैं। फिर भी सोफी की माँ ने यह बहाना बनाया कि सोफी सो रही है। वह उसके बिस्तर के किनारे बैठ गई और उसके बाल सहलाने लगी।

सोफी सोच रही थी कि एक ही समय दो जीवन जीना कितना पेचीदा होता है। वह दर्शनशास्त्र का कोर्स समाप्त होने के बारे में सोचने लगी। हो सकता है यह उसके जन्मदिन तक समाप्त हो जाए या कम-से-कम मिडसमर ईव तक, जब हिल्डे का पिता लेबनान से वापस अपने घर लौटेगा...

'मैं जन्मदिन की पार्टी रखना चाहती हूँ,' उसने अचानक कहा।

'यह तो बहुत बढ़िया है। किसको निमंत्रित करोगी?'

'बहुत सारे लोगों को...क्या मैं?'

'अवश्य ही। हमारे पास बड़ा बाग है और आशा करती हूँ मौसम भी ठीक बना रहेगा।'

'सबसे ज्यादा, मैं इसे मिडसमर ईव पर रखूँगी।'

'ठीक है, हम यही करेंगे।'

'यह एक बड़ा महत्त्वपूर्ण दिन है,' सोफी ने कहा। वह केवल अपने जन्मदिन की नहीं सोच रही थी।

'वाकई, यह महत्त्वपूर्ण दिन है।'

'मुझे लगता है अभी हाल में मैं बहुत बड़ी हो गई हूँ।'

'ये तो और भी बढ़िया है, है न?'

'मुझे नहीं मालूम।'

सोफी लगभग अपने तकिए में सिर छिपाए बात करती जा रही थी। अब उसकी माँ ने कहा, 'सोफी, तुम मुझे यह बतलाओ कि मुझे ऐसा क्यों लग रहा है कि इस समय तुम्हारा सन्तुलन बिगड़ा हुआ है?'

'जब आप पन्द्रह की थीं तो क्या आप ऐसी नहीं थीं?'

'शायद। किन्तु तुम जानती हो मैं किस बारे में बात कर रही हूँ।'

सोफी ने अचानक मुड़कर माँ का सामना किया। 'कुत्ते का नाम हरमीज़ है,' उसने कहा।

'अच्छा यही है क्या?'

'यह ऐल्बर्टो नामक एक आदमी का है।'

'अच्छा।'

'वह पुराने कस्बे में रहता है।'

'तुम इतनी दूर कुत्ते के साथ चलती गई?'

'इसमें खतरनाक कुछ नहीं है।'

'तुमने कहा कि कुत्ता यहाँ कई बार आया है।'

'क्या मैंने यह बात कही?'

अब उसे सोचना पड़ा। वह जितना संभव था उतना बताना चाहती थी, लेकिन वह हर बात नहीं बता सकती थी।

'तुम घर पर तो टिकती नहीं,' उसने कहने की हिम्मत की।

'नहीं, मैं बहुत व्यस्त हूँ।'

'ऐल्बर्टो और हरमीज़ तो यहाँ कई बार आए हैं।'

'किसलिए? क्या वे घर में भी आए हैं?'

'क्या तुम एक समय सिर्फ एक सवाल नहीं कर सकती? वे घर में नहीं आए। किन्तु वे प्रायः जंगल में घूमने के लिए जाते हैं। क्या यह बहुत रहस्यमय है?'

'नहीं, बिलकुल नहीं।'

'जब वे टहलने के लिए जाते हैं तो दूसरों की तरह हमारे गेट के सामने से गुजरते हैं। एक दिन जब मैं स्कूल से लौटी तो मैंने कुत्ते से बात की। इस तरह मुझे ऐल्बर्टो की जानकारी हुई।'

'और वह सफेद खरगोश और दूसरी बातें, वे क्या हैं?'

'यह कोई बात थी जो ऐल्बर्टो ने कही थी। तुम जानती हो, वह वास्तव में दार्शनिक है। उसने मुझे अनेक दार्शनिकों के बारे में बतलाया है।'

'इसी तरह से, बाड़ के उस पार खड़े रहकर?'

'उसने मुझे पत्र भी लिखे हैं, कई बार, वास्तव में। कभी उसने वे डाक से भेजे हैं, और कभी घूमने जाते वक्त मेल-बॉक्स में डाल दिए हैं।'

'अच्छा तो यह वह 'प्रेम-पत्र' था जिसके बारे में हमने बात की थी।'

'सिवाय इसके कि यह प्रेम-पत्र नहीं था।'

'और उसने केवल दर्शनशास्त्र के बारे में लिखा।'

'हाँ, और क्या तुम कल्पना कर सकती हो कि आठ साल में स्कूल में मैंने जो सीखा उससे ज्यादा मैंने उससे सीखा है। उदाहरण के लिए, क्या आपने कभी गियॉरडेनो ब्रूनो के बारे में सुना है, जिसे 1600 में खम्भे से बाँधकर जला दिया गया था? या न्यूटन के **लॉ ऑफ यूनिवर्सल ग्रेवीटेशन** के बारे में सुना है?'

'नहीं, ऐसी बहुत सी चीजें हैं जिन्हें मैं नहीं जानती।'

'मैं शर्त लगाती हूँ। तुम्हें तो यह भी नहीं मालूम कि पृथ्वी सूरज के चक्कर क्यों लगाती है–और यह तुम्हारा अपना ग्रह है।'

'इस आदमी की उम्र कितनी होगी?'

'मुझे ठीक नहीं मालूम–पचास के लगभग, शायद।'

'किन्तु उसका लेबनान से क्या सम्बन्ध है?'

ये कठिन प्रश्न था। सोफी ने बड़ी मेहनत से सोचा। उसने सर्वाधिक सम्भव कहानी चुनी।

'ऐल्बर्टो का एक भाई है जो यूएन बटालियन में मेजर है। और वह लिलेसैंड का है। हो सकता है यह वही मेजर हो जो कभी मेजर की केबिन में रहता था।'

'ऐल्बर्टो अजीब तरह का नाम है, नहीं है।?'

'शायद!'

'यह इटालियन-सा लगता है।'

'ठीक है, जो भी महत्त्वपूर्ण चीज है वह या तो यूनान से या इटली से आई है।'

'क्या वह नार्वीजियन बोलता है?'

'अरे हाँ, बहुत अच्छी तरह।'

'सोफी, तुम्हें मालूम है क्या?–मैं सोचती हूँ ऐल्बर्टो को घर पर आमन्त्रित करना चाहिए। मैं जीवन में कभी किसी वास्तविक दार्शनिक से नहीं मिली।'

'देखेंगे।'

'हो सकता है हम तुम्हारे जन्मदिन की पार्टी में उसे निमन्त्रित करें? अलग-अलग पीढ़ियों के लोग मिलेंगे तो मजा आएगा। हो सकता है तब मैं भी आ जाऊँ। कम-से-कम, परोसने में मैं तुम्हारी सहायता कर सकती हूँ। क्या यह अच्छा विचार नहीं रहेगा?'

'अगर वह आता है तो, खैर, मेरी क्लास में जो लड़के हैं उनके मुकाबले मुझे उससे बात करना रुचिकर लगता है। बात यह है कि...'

'क्या?'

'वे शायद इसे हलके-फुलके ढंग से लेंगे और सोचेंगे कि ऐल्बर्टो मेरा बॉय-फ्रैंड है।'

'ठीक है, तुम उन्हें बता देना कि वह नहीं है।'

'ठीक है, सोचना पड़ेगा।'

'हाँ, हम सोचेंगे, सोफी—ये **सही** है कि डैड और मेरे बीच मामले आसान नहीं रहे हैं। किन्तु मेरे जीवन में दूसरा कोई नहीं था...'

'मुझे अब सोना है। मुझे भयंकर जकड़न हो रही है।'

'क्या तुम्हें एक एस्पिरिन चाहिए?'

'हाँ, कृपया दे दो।'

जब माँ गोली और पानी का ग्लास लेकर लौटी तो सोफी सो गई थी।

31 मई बृहस्पतिवार था। स्कूल में तीसरे पहर की क्लासेज में सोफी पीड़ा झेलती रही। जब से दर्शनशास्त्र का कोर्स किया था वह कुछ विषयों में बढ़िया चल रही थी। सभी विषयों में प्रायः उसके ग्रेड्स अच्छे रहते थे, किन्तु हाल ही में, गणित को छोड़कर, वे सभी में और अच्छे हो गए थे।

अन्तिम क्लास में उन्हें अपने निबन्ध वापस मिले। सोफी ने **'मैन एंड टेक्नोलॉजी'** पर लिखा था। उसने खूब लिखा था पुनर्जागरण पर और विज्ञान में हुई नई प्रगति एवं खोजों पर, प्रकृति के बारे में नए मत और फ्रांसिस बेकन पर, जिसने कहा था ज्ञान शक्ति है। उसने इस तथ्य की ओर विशेष ध्यान दिया था कि तकनीकी खोजों से पहले **एम्पिरिकल मेथड** (अनुभववादी निरीक्षण विधि) आया था। फिर उसने टेक्नोलॉजी से सम्बन्धित उन पक्षों के बारे में लिखा जो समाज के लिए उतने अच्छे नहीं थे। उसने निबन्ध का अन्त एक पैराग्राफ में इस तथ्य को रेखांकित करते हुए किया कि लोग जो कुछ भी करते हैं उसका उपयोग अच्छाई और बुराई दोनों के लिए किया जा सकता है। अच्छाई और बुराई सफेद और काले रेशे हैं जो मिलकर एक धागा बनाते हैं। कभी-कभी वे आपस में इतने घुले-मिले होते हैं कि उन्हें एक दूसरे से अलग-अलग करना असम्भव होता है।

जब अध्यापक अभ्यास-पुस्तिकाएँ लौटा रहा था, उसने सोफी की तरफ देखा और आँख मारी।

उसे 'A' ग्रेड और यह टिप्पणी मिली : 'तुमने यह सब कहाँ से जाना?' ज़ब वह वहाँ खड़ा-खड़ा देख रहा था, सोफी ने पेन निकाला और बड़े अक्षरों में हाशिए पर लिखा : **मैं दर्शनशास्त्र का अध्ययन कर रही हूँ।**

जैसे ही वह अभ्यास पुस्तिका बन्द कर रही थी कि कुछ इसमें से निकलकर बाहर गिरा। यह लेबनान से लिखा गया पोस्टकार्ड था :

प्रिय हिल्डे! तुम्हारे इसे पढ़ने से पहले ही हम यहाँ हुई दुखान्त मृत्यु पर फोन द्वारा बात कर चुके होंगे। कभी-कभी मैं स्वयं से पूछता हूँ कि यदि लोग थोड़ा सा बेहतर ढंग से सोचने लगें तो क्या युद्ध से बचा जा सकता है? शायद हिंसा रोकने का सबसे बढ़िया उपाय होगा दर्शनशास्त्र का एक छोटा-सा कोर्स कर लेना। यूएन की छोटी-सी दर्शन-पुस्तक के बारे में क्या विचार है—इसकी एक-एक प्रति दुनिया के सभी नए नागरिकों को उनकी अपनी भाषा में पढ़ने को दी जा सकती है। मैं इस विचार का प्रस्ताव यूएन जनरल सेक्रेटरी के सामने रखूँगा।

तुमने फोन पर कहा कि अब तुम अपनी चीजों की देखभाल अच्छे से कर लेती हो। मुझे खुशी है, क्योंकि मैं जिन्हें मिला हूँ तुम उनमें सबसे ज्यादा अव्यवस्थित प्राणी हो। फिर तुमने यह भी बतलाया कि जब हमने पिछली बार बात की थी उसके बाद तुमने दस क्राउन खो दिए हैं। मैं इन्हें ढूँढ़ने में तुम्हारी हर सम्भव सहायता करूँगा। हालाँकि मैं बहुत दूर हूँ, फिर भी एक सहायता करनेवाला हाथ पास ही है, घर पर। (अगर मुझे पैसा मिल गया तो मैं इसे तुम्हारे जन्मदिन पर उपहार में ही रख दूँगा) प्रेम सहित, डैड, जो ऐसे महसूस करता है कि उसने घर आने की लम्बी यात्रा पहले से ही शुरू कर दी है।

सोफी यह कार्ड पढ़ ही पाई थी कि अन्तिम घंटी बजी। एक बार फिर उसके विचारों में उथल-पुथल थी।

खेल के मैदान में जोआना उसकी प्रतीक्षा कर रही थी। घर जाते हुए रास्ते में सोफी ने अपना स्कूल-बैग खोला और जोआना को लेटेस्ट कार्ड दिखलाया।

'इस पर डाक-मुहर किस तारीख की है?' जोआना ने पूछा।

'शायद 15 जून...'

'नहीं, देखो...5/30/90 बता रही है।'

'यानी कल...यानी लेबनान में मेजर की मृत्यु के बाद वाला दिन।'

'मुझे सन्देह है कि लेबनान से एक दिन में कार्ड नॉर्वे आ सकता है।' जोआना ने कहा।

'खासतौर पर जब आप असाधारण पते की बात सोचें : हिल्डे मोलर नैग, C/O सोफी एमंडसन, फुरुलिया जूनियर हाईस्कूल...'

'तुम सोचती हो यह डाक से आया हो सकता है? और अध्यापक ने बस इसे तुम्हारी अभ्यास-पुस्तिका में सरका दिया।

'मैं कुछ नहीं कह सकती। नहीं जानती कि मैं किसी से पूछने की हिम्मत भी कर पाऊँगी।'

पोस्टकार्ड को लेकर फिर और कोई बात नहीं हुई।

'मैं मिडसमर ईव पर एक गार्डन-पार्टी आयोजित करने जा रही हूँ,' सोफी बोली।

'लड़कों के साथ?'

सोफी ने अपने कन्धे उचकाए। 'हमें वज्र मूर्खों को आमन्त्रित करने की जरूरत नहीं है।'

'किन्तु तुम जैरेमी को तो निमन्त्रित कर रही हो न?'

'अगर तुम चाहो। खैर, मैं ऐल्बर्टो नॉक्स को निमन्त्रित कर सकती हूँ।'

'तुम पागल हो गई हो क्या?'

'मैं जानती हूँ।'

सुपर मार्केट तक, जहाँ से उनके रास्ते अलग-अलग हो जाते थे, बस उनकी इतनी ही बातचीत हुई।

घर पहुँचने पर पहला काम सोफी ने यह किया कि वह देखे कि हरमीज़ बाग में तो नहीं है। और यह लो, कुत्ता वहीं था, सेब के पेड़ों के इर्द-गिर्द सूँघता हुआ।

'हरमीज़,'

एक क्षण के लिए कुत्ता बिना हिले-डुले खड़ा रहा। सोफी भलीभाँति जानती थी कि उस क्षण क्या हो रहा था; कुत्ते ने उसकी पुकार सुनी, उसकी आवाज पहचानी, और यह जानने की कोशिश की कि वह वहाँ थी। फिर, उसे पहचानकर, वह उसकी ओर दौड़ने लगा। अन्त में चारों पैर ड्रम-स्टिक की तरह पटपटाते सुने गए।

एक सेकंड के दौरान ही इतना सब होना वास्तव में बहुत काफी था।

वह फुर्ती से उस तक पहुँचा, पूँछ को बेतहाशा हिलाता हुआ और उसका मुँह चाटने के लिए उछला।

'हरमीज़, क्लैवर बॉय। नीचे, नीचे। नहीं, मेरे ऊपर लार टपकाना बन्द करो। बैठ जाओ, बॉय, अब बिलकुल ठीक है।'

सोफी ने घर में प्रवेश किया। शेरेकन झाड़ियों से निकलती-कूदती आई। वह अजनबियों से थोड़ा सावधान थी। सोफी ने कैट-फूड बाहर रखा, बजरीगर्स के कप में बर्ड-सीड डाले, कछुए के लिए सलाद का एक पत्ता निकाला, और अपनी माँ के नाम एक नोट लिखा।

उसने लिखा कि वह हरमीज़ को उसके घर ले जा रही है और सात बजे तक लौटेगी।

कस्बे में से होते हुए वे चल दिए। इस बार सोफी ने कुछ पैसे अपने पास रखना याद रखा। वह सोच ही रही थी कि हरमीज़ को बस में लेकर चले या...किन्तु उसने प्रतीक्षा करने और इस बारे में ऐल्बर्टो से पूछने का फैसला किया।

जब वह हरमीज़ के पीछे-पीछे लगातार चल रही थी तो सोच रही थी कि एक जानवर क्या होता है?

एक कुत्ते और एक आदमी के बीच क्या अन्तर होता है? उसे अरस्तू के शब्द याद आए। उसने कहा था कि मानव और जानवर दोनों ही प्राकृतिक जीव हैं और उनके बहुत से लक्षण समान हैं। किन्तु मानवों और जानवरों में एक स्पष्ट अन्तर था, और वह था मानव का तर्क करने का गुण।

उसे इतना विश्वास कैसे हुआ था?

डिमॉक्रिटस, दूसरी ओर, यह सोचता था कि लोग और जानवर वास्तव में एक जैसे हैं, क्योंकि दोनों ही अणुओं के बने हुए हैं। और वह लोगों या जानवरों में अमर आत्मा का अस्तित्व नहीं मानता था। उसके अनुसार, आत्माएँ अणुओं की बनी होती हैं, और लोगों के मरने पर वे हवा में बिखर जाती हैं। डिमॉक्रिटस वही आदमी था जिसने यह सोचा कि एक आदमी की आत्मा उसके मस्तिष्क से अभिन्न रूप से जुड़ी है।

किन्तु आत्मा अणुओं की कैसे बन सकती है? आत्मा कोई ऐसी चीज तो थी नहीं जिसे आप शरीर के अन्य भागों की तरह छू सकते थे। यह तो कोई 'आध्यात्मिक' (Spiritual) तत्त्व थी।

अब तक वे मेन स्क्वायर से आगे निकल आए थे और पुराने कस्बे की ओर बढ़ रहे थे। जब वे पासवाले साइड वाक पर वहाँ पहुँचे, जहाँ सोफी को दस क्राउन मिले थे, उसने स्वतः ही नीचे कोलतार की सड़क पर देखा। और वहाँ, बिलकुल उसी स्थान पर जहाँ से उसने सिक्का उठाया था, एक पोस्टकार्ड, जिसकी चित्र वाली साइड ऊपर थी, पड़ा था। तसवीर में एक बाग था, ताड़ और सन्तरे के पेड़ों वाला।

सोफी नीचे झुकी और कार्ड उठा लिया। हरमीज़ ने गुर्राना शुरू कर दिया मानो वह नहीं चाहता था कि सोफी इसे छुए।

कार्ड पर लिखा था :

प्रिय हिल्डे! जीवन अनायास घटनाओं के संयोग की लम्बी शृंखला है। यह पूरी तरह असम्भव नहीं है कि दस क्राउन, तुमने खो दिए, वे यहाँ पड़े थे। हो सकता है यह एक बूढ़ी महिला को मिले जो लिलेसैंड में स्क्वायर पर क्रिश्चियन सैड जाने के लिए बस की प्रतीक्षा कर रही थी। क्रिश्चियन सैड से उसने अपने पौत्रों से मिलने के लिए रेल ले ली, और कई घंटे बाद यहाँ न्यू स्क्वायर पर उसका सिक्का खो गया। और यह पूरी तरह सम्भव है कि वही सिक्का बाद में एक लड़की द्वारा उठा लिया गया जिसे बस से अपने घर जाने के लिए इसकी सख्त जरूरत थी। निश्चित रूप से कोई नहीं कह सकता, हिल्डे, किन्तु यदि वास्तव में ऐसा हुआ है तो हमें निश्चित रूप से यह सवाल करना चाहिए कि हर चीज के पीछे ईश्वरीय विधान है या नहीं। प्रेम सहित, डैड, जो भावनात्मक स्तर पर लिलेसैड में घर पर डॉक में बैठा है। पुनश्चः मैंने कहा था कि मैं तुम्हें दस क्राउन पाने में सहायता करूँगा।

पते वाली साइड पर लिखा था : हिल्डे मोलर नैग, C/O यूँ ही पास से गुजरने वाला...' डाक मुहर थी 6/15/90.

सोफी हरमीज़ के पीछे-पीछे सीढ़ियों पर ऊपर दौड़कर चढ़ने लगी। जैसे ही ऐल्बर्टो ने दरवाजा खोला, सोफी ने कहा–

'मेरे रास्ते से बाहर! यह लो आ गया डाकिया।'

उसने महसूस किया कि उसे खीझने के लिए सभी कारण थे। जैसे ही वह जोर से अन्दर आई, ऐल्बर्टो हटकर एक तरफ खड़ा हो गया। हरमीज़ पहले की तरह कोट टाँगने की खूँटी के नीचे लेट गया।

'क्या मेजर ने एक और विजिटिंग कार्ड भेज दिया, मेरे बच्चे?'

सोफी ने नजर उठाकर उसकी ओर देखा और पाया कि आज उसने एक और भिन्न पोशाक पहनी थी। उसने लम्बी, घुँघराली विग और एक चौड़ा थैलेनुमा सूट, जिस पर बहुत-सी लेस लगी थी, पहनी थी। उसके गले पर शौकीन रेशमी स्कॉर्फ, और सूट के ऊपर लाल कैप थी। उसने सफेद स्टॉकिंग्स, पतले बो लगे पेटेंट लैदर शूज पहने थे। पोशाक सोफी को लुई XIV के दरबार की तसवीरों की याद दिला रही थी।

'ऐ मसखरे!' उसने कहा और कार्ड उसे थमा दिया।

'हूँ...और तुमने वास्तव में उसी स्थान पर दस क्राउन पाए जहाँ उसने यह कार्ड गाड़ रखा था?'

'बिलकुल।'

'वह हर समय अभद्र होता जा रहा है। हो सकता है यह भी ऐसा ही हो।'

'क्यों?'

'इस तरह उसे बेनकाब करना आसान होगा। किन्तु इस चाल में दिखावा अधिक और सुरुचि का नितान्त अभाव है। इसमें सस्ती परफ्यूम की बदबू आ रही है लगभग।'

'परफ्यूम?'

'यह शालीन होने का प्रयास है, पर वास्तव में है बिलकुल खोखला। तुम उसका दुस्साहस नहीं देख रहीं कि वह अपनी घटिया निगरानी की तुलना ईश्वरीय विधान से कर रहा है?'

उसने कार्ड ऊपर उठाया। फिर फाड़कर इसके टुकड़े-टुकड़े कर डाले। मूड को और खराब होने से बचाने के लिए सोफी ने उस कार्ड का जिक्र नहीं किया जो स्कूल में उसकी अभ्यास-पुस्तिका से निकल कर नीचे गिर गया था।

'आइए, अन्दर चलकर बैठते हैं। समय क्या हुआ है?'

'चार बजे हैं।'

'और आज हम सत्रहवीं शताब्दी पर बात करेंगे।'

वे स्लोपिंग दीवारों और स्काई लाइट वाले लिविंग रूम में गए। सोफी के ध्यान में आया कि ऐल्बर्टो ने कुछ नई चीजें वहाँ लगा दी हैं जहाँ पिछली बार कुछ और रखा था।

कॉफी टेबल पर अति प्राचीन कैस्केट रखा था जिसमें आँखों के चश्मों के लिए चुनिन्दा लेंसों का एक संग्रह था। इसके बराबर में एक किताब खुली पड़ी थी। वह वास्तव में बड़ी पुरानी लगती थी।

'यह क्या है?' सोफी ने पूछा।

'यह देकार्त के दार्शनिक निबन्धों का प्रथम संस्करण है जो 1637 में प्रकाशित हुआ था। और इसी में उसका प्रसिद्ध **डिस्कोर्स ऑन मेथड** भी निकला था। यह मेरी सबसे मूल्यवान निधि है।'

'और कैस्केट?'

'इसमें लैंसों का बेशकीमती, नायाब संग्रह है–आप इन्हें **ऑप्टिकल ग्लास** भी कह सकते हैं। इन्हें 1600 में किसी समय हॉलैंड के दार्शनिक स्पिनोज़ा ने पॉलिश किया था। बेहद कीमती हैं, और यह भी मेरी मूल्यवान निधियों में से है।'

'ये कितनी मूल्यवान हैं, यह मेरी समझ में शायद तब बेहतर आएगा जब मैं यह जान लूँ कि स्पिनोज़ा और देकार्त कौन थे?'

'निश्चय ही। किन्तु आइए, पहले उस समय पर दृष्टिपात कर लेते हैं जब यह रह रहे थे। कृपया एक सीट ले लो, और बैठ जाओ।'

वे पहले ही की तरह बैठे। सोफी बड़ी आर्मचेयर में और ऐल्बर्टो नॉक्स सोफे पर बैठा। उनके बीच में कॉफी टेबल थी जिस पर किताब और कैस्केट रखे थे। ऐल्बर्टो ने अपना विग उतारा और लिखने की डेस्क पर रख दिया।

'हम सत्रहवीं शताब्दी या जिसे सामान्यतः बैरोक युग कहा जाता है, के बारे में चर्चा करेंगे।'

'बैरोक युग! बड़ा विचित्र नाम है।'

' 'बैरोक' शब्द उस शब्द से निकला है जिसे एक समय अनियमित आकार के मोती के वर्णन के लिए प्रयोग किया जाता था। अनियमितता बैरोक कला का विशिष्ट गुण था, जो अपने विपरीत अथवा तुलनात्मक रूपाकारों में, पुनर्जागरण युग की अपेक्षाकृत सरल और समन्वयपूर्ण कला से अधिक सम्पन्न थी। एक ओर तो पुनर्जागरण का अनन्त और अप्रतिरोध्य आशावाद था और दूसरी ओर वे सब लोग थे जो इसके विपरीत धार्मिक एकान्त और आत्म-निग्रह की आखिरी सीमा की तलाश कर रहे थे। कला और वास्तविक जीवन, दोनों में ही हमें स्व-अभिव्यक्ति के आडम्बरपूर्ण एवं चमचमाते रूपाकार मिलते हैं, जबकि उसी समय एक धर्म-विहारी आन्दोलन की शुरुआत हुई जो दुनिया से विमुख हो रहा था।'

'अभिमानी राजमहल और दूर-दराज में धर्म-विहार, दूसरे शब्दों में दोनों एक साथ।'

'हाँ, आप निश्चय ही यह कह सकते हैं। बैरोक युग की एक प्रिय कहावत थी लैटिन भाषा में 'carpe diem'–'दिन को हथिया लो।' एक अन्य लैटिन अभिव्यक्ति जिसे बार-बार उद्धृत किया जाता था, थी 'memento mori', जिसका अर्थ था–'याद रखो, तुम्हें मरना है।' कला में, किसी पेंटिंग में अत्यधिक विलसितापूर्ण जीवन-शैली चित्रित हो सकती थी, जिसमें एक कोने में एक छोटी ठठरी भी पेंट की गई थी।'

'अनेक अर्थों में, बैरोक युग का एक लक्षण **मिथ्याभिमान** या दिखावा था। किन्तु इसके साथ ही साथ अनेक लोग सिक्के के दूसरे पहलू पर भी ध्यान दे रहे थे; वे चीजों के क्षण-भंगुर स्वरूप पर भी गहन ध्यान दे रहे थे। इसका अर्थ यह हुआ, हमारे चारों ओर फैला हुआ समस्त सौन्दर्य एक दिन नष्ट हो जाएगा।'

'यह सही है। यह अहसास करना कष्टदायी है कि कोई भी चीज हमेशा नहीं बनी रहेगी।'

'तुम बिलकुल वैसे ही सोचती हो जैसे बहुत से लोग सत्रहवीं शताब्दी में सोचते थे। राजनीतिक सन्दर्भ बैरोक युग में संघर्ष का समय था। लड़ाइयाँ यूरोप का विनाश कर रही थीं। सबसे खराब था **तीस वर्षीय** युद्ध जो 1618 से 1648 तक चला और जिसने सारे ही प्रायद्वीप को अपनी चपेट में ले लिया था। वास्तव में यह युद्धों की एक शृंखला थी, जिससे जर्मनी को खासतौर पर विशेष क्षति हुई। इस **तीस वर्षीय युद्ध** के परिणामस्वरूप, फ्रांस धीरे-धीरे यूरोप की प्रभुत्वशाली शक्ति बन गया।'

'ये युद्ध किस कारण हुए?'

'काफी हद तक तो यह लड़ाइयाँ **प्रोटेस्टैंट्स** और **कैथॉलिक्स** के बीच थीं। किन्तु यह लड़ाईयाँ राजनीतिक सत्ता का विस्तार या सत्ता हथियाने के लिए भी थीं।'

'लगभग लेबनान जैसी।'

'युद्धों के अतिक्ति, सत्रहवीं शताब्दी बड़े वर्ग भेदों का समय भी थी। मुझे आशा है तुमने फ्रेंच कुलीन वर्ग और वरसाई के दरबार की बात सुनी होगी। पर मुझे यह भरोसा नहीं है कि तुमने फ्रेंच लोगों की निर्धनता के बारे में भी कुछ सुना है कि नहीं। किन्तु किसी भी प्रकार की शानोशौकत के प्रदर्शन के पीछे शक्ति-प्रदर्शन भी निहित रहता है। प्रायः यह कहा जाता है कि बैरोक युग में राजनीतिक स्थिति कला और आर्कीटैक्चर से भिन्न नहीं थी। बैरोक भवनों की विशेषता थी उनकी असीम सजावट, जो उनके कोनों और कचोनों में भी देखी जा सकती थी। कुछ इसी तरह से उस समय की राजनीतिक स्थिति में दुरभिसन्धि, षड्यन्त्र और हत्याएँ खास स्थान रखती थीं।'

'स्वेडन के एक राजा को थिएटर में गोली नहीं मारी गई थी?'

'तुम गुस्टाव-III की सोच रही हो न, यह बड़ा अच्छा उदाहरण है मेरे अभिप्राय के लिए। गुस्टाव-III की हत्या 1792 से पहले नहीं हो पाई, किन्तु स्थिति बिलकुल बैरोक जैसी ही थी। उसकी हत्या उस समय हुई जब वह एक नकाबपोश बॉल-नृत्य में भाग ले रहा था।'

'अच्छा, मैं सोचती थी यह हत्या थिएटर में हुई।'

'विशाल नकाबपोश बाल-नृत्य **ओपेरा** में हो रहा था। हम यह कह सकते हैं कि स्वेडन में बैरोक युग का अन्त गुस्टाव-III की हत्या के साथ हो गया। उसके समय में एक 'प्रबुद्ध तानाशाही' का शासन था, बिलकुल वैसा ही जैसा लुई-XIV के शासन काल में सौ वर्ष पहले हुआ था। गुस्टाव-III अत्यन्त अभिमानी आदमी था जो सारी फ्रेंच सैरेमनी और नाजुकियों का भक्त था। उसे थिएटर से भी बहुत प्रेम था...'

'...और यही उसकी मृत्यु बनी।'

'हाँ, किन्तु बैरोक युग का थिएटर केवल कला नहीं था, वह इससे कुछ अधिक था। थियेटर उस समय का सर्वाधिक प्रयुक्त प्रतीक था।'

'प्रतीक, किसका प्रतीक?'

'जीवन का, सोफी। मुझे नहीं मालूम, सत्रहवीं शताब्दी में यह बात कितनी बार कही गई–'जीवन एक थिएटर है।' खैर जो भी हो, प्रायः यह था। बैरोक युग ने आधुनिक थिएटर को जन्म दिया–इसकी सारी दृश्यावली और थिएट्रिकल मशीनरी इसमें शामिल है। थिएटर में मंच पर एक भ्रम बनाया जाता है–जिसका उद्देश्य अन्ततः यह भंडाफोड़ करना है कि मंच पर होनेवाला नाटक एक भ्रम है। इस प्रकार थिएटर सामान्य मानव जीवन की प्रतिछाया बन गया। थिएटर यह दिखला सकता था–'पतन से पहले अभिमान होता है,' और इस प्रकार निर्दयतापूर्वक मानवीय दुर्बलताओं का चित्र प्रस्तुत कर सकता था।'

'क्या **शेक्सपियर** बैरोक युग में रहता था?'

'उसने अपने महानतम नाटक 1600 के आसपास लिखे, इसलिए उसका एक पाँव पुनर्जागरण युग में है और दूसरा बैरोक युग में। शेक्सपियर की रचनाओं में पूरे पैराग्राफ इस आशय से भरे पड़े हैं कि जीवन एक थिएटर है। क्या तुम उनमें से कुछ सुनना चाहोगी?'

'हाँ।'

'**एज यू लाइक इट** में वह कहता है :

सारी दुनिया एक मंच है,
और सारे आदमी और औरतें हैं केवल अभिनेता :
हैं उनके अपने-अपने बहिर्गमन और आगमन,
और एक आदमी अपने समय में खेलता है कई पात्र

मैक्बैथ में वह कहता है–

जीवन एक चलती-फिरती छाया है, एक बेचारा अभिनेता
जो मंच पर अपने समय में इतराता है और बिफरता है
और फिर उसका पता नहीं चलता; यह एक कहानी है
जिसे कहनेवाला मूर्ख है, है यह फूँ फाँ से भरी हुई,
निरर्थक।

'कितना निराशापूर्ण है!'

'वह जीवन की अल्पावधि से ग्रस्त था। तुमने शेक्सपियर की सबसे प्रसिद्ध पंक्ति सुनी होगी, 'होना है कि नहीं–बस यही तो सवाल है।'

'हाँ, इसे हैमलेट ने बोला है। एक दिन हम पृथ्वी पर इधर-उधर घूम रहे हैं–और अगले ही दिन हम मर जाते हैं, चले जाते हैं।'

'धन्यवाद, मैंने सन्देश समझ लिया।'

'जब बैरोक कवि जीवन की तुलना मंच से नहीं कर रहे थे, तो उस समय वे जीवन की तुलना सपने से कर रहे थे। उदाहरण के लिए, शेक्सपियर कहता है, हम वह साज़ो-सामान हैं जिससे सपने बुने जाते हैं, और हमारे जीवन की समाप्ति नींद में होती है...'

'बहुत सुन्दर, बहुत काव्यात्मक!

'स्पेनिश नाटककार, **काल्डेरॉन डिला बारका** ने, जिसका जन्म 1600 में हुआ था, **लाइफ इज ए ड्रीम** नामक एक नाटक लिखा, जिसमें वह कहता है : 'जीवन क्या है? एक पागलपन। जीवन क्या है? एक भ्रम, एक परछाईं, एक कहानी, सर्वोच्च शुभ भी तुच्छ है, क्योंकि सारा जीवन एक सपना है...'

'हो सकता है वह सही हो। हमने स्कूल में एक नाटक पढ़ा था। इसे **जेप्पे ऑन द माउंट** कहते हैं।'

'हाँ इसका लेखक लुडविग होलबर्ग है', वह यहाँ स्कैंडिनेविया में एक बहुत बड़ी हस्ती थी, जिससे बैरोक युग का प्रबोधनकाल में सन्तरण होता है।'

'जेप्पे को एक खाई में नींद आ जाती है...और वह बैरन के बिस्तर में जागता है। इसलिए वह सोचता है कि वह केवल यही सपना देखता था कि वह एक निर्धन कृषि-मजदूर है। जब वह फिर सो जाता है तो वे उसे फिर खाई में ले जाते हैं, और वह फिर जागता है। इस समय वह सोचता है कि उसने केवल सपना देखा था कि वह बैरन के बेड पर लेटा था।

'होलबर्ग ने यह विषय काल्डेरॉन से लिया था, और काल्डेरॉन ने यह विषय अरब की कहानियों, **ए थाउजेंड एंड वन नाइट्स,** से लिया था। जीवन की तुलना सपने से करना ऐसा विषय है जिसे हम इतिहास में बहुत दूर तक पाते हैं; यह मत भारत और चीन में भी अत्यन्त प्राचीन काल से प्रचलित रहा है। पुराने चीनी सन्त, चुआंग-जू ने कहा था–एक बार मैंने सपना देखा कि मैं एक तितली हूँ, और अब मुझे यह भान भी न रहा कि मैं चुआंग-जू था जो तितली होने का सपना देख रहा था या यह कि मैं एक तितली हूँ, जो चुआंग-जू होने का सपना देख रही थी।'

'बढ़िया, दोनों में से किसी भी चीज को सिद्ध करना असम्भव था।'

'नॉर्वे में हमारा एक बैरोक कवि **पीटर डास** था, जो 1647 से 1707 तक रहा। वह एक ओर तो इस काम में लगा था कि **आज** और **यहाँ** के जीवन का चित्रण करता था, तथा दूसरी ओर वह इस बात पर जोर देता था कि केवल ईश्वर ही शाश्वत और निरन्तर है।'

'ईश्वर ईश्वर ही है, भले ही सारी जमीन बंजर हो जाए, ईश्वर ईश्वर ही है भले ही हर आदमी मर जाए।'

'किन्तु इसी भजन में वह उत्तरी नॉर्वे के ग्रामीण जीवन के बारे में लिखता है–लम्पफिश, कॉडफिश और कोलफिश के बारे में। यह एक ठेठ बैरोक प्रवृत्ति है, एक ही लेख में जमीनी, और **यहाँ** और **अब** के जीवन का वर्णन करना और साथ ही दिव्य और जीवनोपरान्त की भी कहना। यह अफलातून के उस स्पष्ट भेद की याद दिला देता है जो उसने ज्ञानेन्द्रियों की ठोस दुनिया और विचारों की अमिट दुनिया के बीच किया था।'

'और इनका दर्शनशास्त्र क्या था?'

'इसमें भी पूरी तरह से विपरीत विचार प्रणालियों के बीच सशक्त संघर्ष के लक्षण दिखाई देते हैं। जैसा मैंने पहले कहा है, कुछ दार्शनिकों का विश्वास था कि जो भी अस्तित्वयान है उसके मूल में आध्यात्मिकता है। इस दृष्टिकोण को आदर्शवाद कहते हैं। इसके विपरीत दृष्टिकोण को भौतिकवाद कहते हैं। इस सबसे अभिप्राय ऐसे दर्शन का है जो मानता है कि सब वास्तविक चीजें ठोस भौतिक सार-तत्त्वों से उद्‌भूत है। भौतिकवाद की वकालत करनेवाले भी सत्रहवीं शताब्दी में कई थे। सम्भवतः सबसे प्रभावशाली अंग्रेज दार्शनिक **टॉमस हॉब्स** था। वह मानता था कि समस्त दृश्यमान जगत, जिसमें मनुष्य और पशु दोनों शामिल हैं, केवल पदार्थ के कणों से बना हुआ है। यहाँ तक कि मानव चेतना भी–जिसे आत्मा कहते हैं–मस्तिष्क में छोटे-छोटे कणों की गति से बनती है।

'इसका अर्थ हुआ कि वह उस बात से सहमत था जो डिमॉक्रिटस ने 2000 वर्ष पूर्व कही थी?'

'आदर्शवाद और भौतिकवाद ऐसे दो दृष्टिकोण हैं जिन्हें आप दर्शनशास्त्र के सारे इतिहास में पाएँगे। किन्तु दोनों ही विचार एक साथ, एक समय जैसे बैरोक युग में मिलते हैं ऐसे शायद ही किसी अन्य युग में मिलें। भौतिकवाद का पोषण नए-नए विज्ञानों से निरन्तर होता रहा। न्यूटन ने दिखाया कि गति के वही समान नियम सारे विश्व में लागू होते हैं और यह कि प्राकृतिक जगत में होनेवाले सभी परिवर्तन–पृथ्वी पर भी और अन्तरिक्ष में भी–वैश्विक गुरुत्वाकर्षण और बॉडीज (ठोस, वपुओं) की गति के सिद्धान्तों द्वारा ही स्पष्ट किए या समझे जा सकते हैं।

'इस प्रकार हर एक चीज समान अटूट नियमों द्वारा शासित हो रही है–या एक जैसे **मेकैनिज्मों** (व्यवस्थाओं) से। अतः सैद्धान्तिक रूप से यह सम्भव है कि हर प्राकृतिक परिवर्तन की गणित की शुद्धता, सटीकता से गणना की जा सकती है। और इस प्रकार न्यूटन ने यह पूरा कर दिया जिसे हम **मेकैनिस्टिक वर्ल्ड व्यू** (यन्त्रवत् विश्व-दृष्टि) कहते हैं।'

'क्या उसने दुनिया की कल्पना एक बड़ी मशीन के रूप में की?'

'हाँ, वास्तव में उसने ऐसी कल्पना की। 'mechanic' (मेकैनिक) शब्द यूनानी शब्द 'Mechane' से आता है, जिसका अर्थ मशीन होता है। यह एक उल्लेखनीय बात है कि न तो न्यूटन ने और न ही हॉब्स ने मेकैनिस्टिक विश्व-दृष्टि और ईश्वर में विश्वास के बीच कोई अन्तर्विरोध देखा, किन्तु अठारहवीं और उन्नीसवीं शताब्दी के सारे भौतिकवादियों के साथ ऐसा नहीं था। अठारहवीं शताब्दी में एक फ्रेंच डॉक्टर और दार्शनिक **ला मैती** ने **'ला'होम्मी मैशी'** नामक पुस्तक लिखी जिसका अर्थ 'मनुष्य-मशीन' होता है, जैसे चलने के लिए पाँव के पास मांसपेशियाँ होती हैं वैसे ही मस्तिष्क के पास भी सोचने के लिए 'मांसपेशियाँ होती हैं। बाद में एक फ्रेंच गणितज्ञ **लाप्लेस** ने इस विचार का आखिरी हद का मेकैनिस्टिक दृष्टिकोण व्यक्त किया : यदि एक बुद्धि एक निश्चित समय पर पदार्थ के सारे कणों की स्थिति जान लेती है तो फिर अज्ञात कुछ नहीं रह

जाएगा, और अतीत तथा भविष्य दोनों ही उसकी आँखों के सामने खुल जाएँगे। यहाँ विचार यह था कि हर होनेवाली बात पूर्व निर्धारित है। 'यह सितारों में लिखा है' कि निश्चित ही कुछ होनेवाला है। इस मत को determinism (डिटरमिनिज्म) पूर्व-निर्धारितवाद कहते हैं।'

'इसका अर्थ हुआ कि स्वतन्त्र इच्छा जैसी कोई चीज नहीं है।'

'नहीं, हर वस्तु यन्त्रवत् प्रक्रियाओं का उत्पाद है—हमारे विचार और सपने भी। उन्नीसवीं शताब्दी के जर्मन भौतिकवादी कहते थे कि विचार का मस्तिष्क से वही रिश्ता है जो मूत्र का गुर्दों से और पित्त का यकृत से है।'

'किन्तु मूत्र और पित्त तो भौतिक पदार्थ हैं। विचार तो ऐसे नहीं हैं।'

'यहाँ तुमने बड़े काँटे की बात पकड़ी है। इस बारे में मैं तुम्हें एक कहानी सुना सकता हूँ। एक बार एक रूसी अन्तरिक्षयात्री और एक रूसी ब्रेन सर्जन धर्म पर चर्चा कर रहे थे। ब्रेन सर्जन एक ईसाई था, जबकि अन्तरिक्षयात्री नहीं था। अन्तरिक्षयात्री ने कहा, 'मैं कई बार अन्तरिक्ष में हो आया हूँ, किन्तु मुझे ईश्वर या देवदूत कभी नहीं मिले' और ब्रेन सर्जन ने कहा, 'मैंने कई चतुर मस्तिष्कों का ऑपरेशन किया है, किन्तु मैंने भी कभी एक भी विचार नहीं देखा।'

'किन्तु इससे यह तो सिद्ध नहीं होता कि विचारों का अस्तित्व नहीं है।'

'नहीं, किन्तु यह इस तथ्य को और गहरा कर देता है कि विचार कोई ऐसी वस्तुएँ नहीं है जिन पर कोई ऑपरेशन किया जा सकता है या जिन्हें तोड़कर छोटे-छोटे टुकड़ो में किया जा सकता है। उदाहरण के लिए, शल्यक्रिया द्वारा किसी विभ्रम को हटाना आसान नहीं है। लगता यह है कि शल्यक्रिया के लिए यह बहुत गहरा है। सत्रहवीं शताब्दी के एक महत्त्वपूर्ण दार्शनिक **लाइबनिज** के अनुसार भौतिक और आत्मिक के बीच का अन्तर स्पष्टतः इस बात में है कि भौतिक के तो छोटे-छोटे टुकड़े बनाए जा सकते हैं, किन्तु आत्मा के अनेक तो क्या दो टुकड़े भी नहीं किए जा सकते।'

'नहीं, उसके लिए आप कौन-सा चाकू प्रयोग करेंगे?'

ऐल्बर्टो ने महज अपना सिर हिलाया। बाद में उन दोनों के बीच टेबल की ओर इशारा करते हुए उसने कहा—

'सत्रहवीं शताब्दी के दो महान दार्शनिक देकार्त और स्पिनोज़ा थे। वे भी 'शरीर' और 'आत्मा' के बीच रिश्ते के प्रश्न को लेकर जूझते रहे, और अब हम उनका निकट से सूक्ष्म अध्ययन करेंगे।'

'आप आगे चलें। किन्तु मुझे सात बजे तक घर पहुँचना है।'

देकार्त

वह निर्माण स्थल से सारा मलबा साफ करना चाहता था...

ऐल्बर्टो उठ खड़ा हुआ, अपना लाल लबादा उतारा और इसे एक कुर्सी पर डाल दिया। और एक बार फिर वह सोफा पर आराम से जम गया।

'**रैने देकार्त** का जन्म 1596 में हुआ था और वह अपने जीवन के अलग-अलग समय पर यूरोप के कई विभिन्न देशों में रहा। युवावस्था में भी उसमें मनुष्य और ब्रह्मांड के स्वरूप के प्रति अन्तर्दृष्टि प्राप्त करने की तीव्र इच्छा थी। किन्तु दर्शनशास्त्र का अध्ययन करने के बाद वह अपने निजी अज्ञान के प्रति उत्तरोत्तर आश्वस्त होता गया।'

'सुकरात की तरह?'

'लगभग उसी की तरह, हाँ। सुकरात की भाँति वह आश्वस्त था कि कुछ ज्ञान केवल तर्क द्वारा ही अर्जित किया जा सकता है। पुरानी पुस्तकों में कही गई बातों पर हम कभी विश्वास नहीं कर सकते। हम अपनी ज्ञानेंद्रियों द्वारा बताई गई बातों पर भी विश्वास नहीं कर सकते।'

'अफलातून भी वैसा ही सोचता था। उसका विश्वास था कि विश्वसनीय असंदिग्ध ज्ञान केवल तर्क द्वारा ही प्राप्त किया जा सकता है।'

'बिलकुल सही। सेंट ऑगस्टाइन के माध्यम से सुकरात और अफलातून से देकार्त तक विरासत की सीधी रेखा है। वे सब ठेठ तर्कवादी थे और उनका विश्वास था कि ज्ञान तक पहुँचने का मार्ग तर्क ही है। विशद एवं गहन अध्ययन के बाद देकार्त इस निष्कर्ष पर पहुँचा कि मध्य युग से प्राप्त ज्ञान आवश्यक रूप से भरोसेमन्द नहीं है। आप उसकी तुलना सुकरात से कर सकते हैं, जो एथेंस के केन्द्रीय चौक में प्रायः सुने जाते सामान्य विचारों पर भरोसा नहीं करता था। फिर आदमी क्या करे, सोफी? क्या तुम मुझे बतला सकती हो?'

'आप अपना दर्शन बनाना शुरू कर देते हैं।

'बिलकुल ठीक। देकार्त ने भी उसी तरह यूरोप में घूमने का निर्णय लिया, जैसे सुकरात ने अपना सारा जीवन एथेंस के लोगों से बातचीत करने में लगा दिया था। वह बतलाता है कि उसके बाद उसने निश्चय किया कि वह केवल बुद्धिमत्ता की तलाश

करेगा, जो या तो उसे अपने भीतर मिलेगी या 'दुनिया की महान पुस्तकों' में प्राप्त होगी। अतः वह फौज में भरती हो गया और युद्ध करने गया। इससे उसे केन्द्रीय यूरोप के भिन्न-भिन्न भागों में अलग-अलग समय पर रहने और सीखने का अवसर मिला। बाद में वह कुछ वर्ष पेरिस में रहा, किन्तु 1629 में वह हॉलैंड आ गया, जहाँ वह बीस वर्षों तक अपने दार्शनिक एवं गणितीय लेखन में लगा रहा।

'1649 में क्वीन क्रिस्टीना ने उसे स्वेडन आमन्त्रित किया। किन्तु वहाँ जिसे वह 'रीछों, बर्फ और पर्वतों का देश' कहता था, एक छोटे प्रवास के दौरान, वह निमोनिया से ग्रस्त हो गया और 1650 में उसकी मृत्यु हो गई।'

'इसके मायने वह केवल 54 वर्ष की आयु में ही चल बसा।'

'हाँ, किन्तु उसका दर्शनशास्त्र पर जबरदस्त प्रभाव होनेवाला था, उसकी मृत्यु के बाद भी। निस्सन्देह कहा जा सकता है कि देकार्त आधुनिक दर्शन का पितामह था। पुनर्जागरण युग में मनुष्य और प्रकृति के मादक पुनः-अन्वेषण के बाद, एक जरूरत फिर से सामने आई कि समसामयिक विचारों को इकट्ठा करके एक सुसंगत दार्शनिक प्रणाली की रचना की जाए। सबसे प्रथम महत्त्वपूर्ण प्रणाली बनानेवाला व्यक्ति देकार्त था, और उसके बाद आए स्पिनोज़ा और लाइबनिज, लॉक और बर्कले, ह्यूम और कांट।'

'दार्शनिक प्रणाली से आपका अभिप्राय क्या है?'

'मेरा अभिप्राय है एक ऐसा दर्शनशास्त्र जिसकी रचना या निर्माण के लिए एक आधार-भूमि तैयार की जाती है और इसका उद्देश्य दर्शनशास्त्र के मुख्य प्रश्नों के उत्तर पाना है। प्राचीन काल के प्रणाली-निर्माताओं में थे अफलातून और अरस्तू। मध्य युग में सेंट ऐक्विनास था, जिसने अरस्तू के दर्शनशास्त्र और ईसाई धर्मशास्त्र के बीच पुल बनाने का प्रयास किया। उसके बाद पुनर्जागरण युग आया, जिसके साथ प्रकृति और विज्ञान, ईश्वर और मनुष्य सम्बन्धी अनेकानेक पुराने और नए विचार सामने आए। सत्रहवीं शताब्दी से पहले के दार्शनिकों ने नए विचारों को किसी स्पष्ट दार्शनिक प्रणाली में पिरोने का प्रयास नहीं किया, और इस काम को करनेवाला सबसे पहला व्यक्ति देकार्त था। उसकी रचनाएँ बाद में आनेवाली पीढ़ियों के लिए सबसे महत्त्वपूर्ण दार्शनिक प्रोजेक्ट की अग्रदूत बन गईं। उसकी मुख्य चिन्ता थी कि हम क्या जान सकते हैं, या दूसरे शब्दों में, **निश्चित ज्ञान।** दूसरा बड़ा प्रश्न जो उसके साथ सदैव बना रहा वह था **मन और शरीर के बीच सम्बन्ध।** ये दोनों प्रश्न ही अगले डेढ़ सौ वर्षों तक दार्शनिक तर्क-वितर्क का मुख्य मुद्दा बने रहे।'

'वह अपने समय से काफी आगे रहा होगा।'

'आह, किन्तु प्रश्न तो उसी युग का था। जब कुछ निश्चित विश्वसनीय ज्ञान पाने की बात आई, तो उसके अधिकांश समकालिकों ने पूर्ण दार्शनिक **संशयवाद** की आवाज उठाई। उनका मत था कि मनुष्य को यह स्वीकार कर लेना चाहिए कि वह कुछ नहीं जानता। किन्तु देकार्त इसे स्वीकार करने को तैयार नहीं था। यदि वह इस मत को यूँ ही स्वीकार कर लेता तो वह सच्चा दार्शनिक नहीं हो सकता था। हम फिर उसकी

सुकरात से समानान्तरता देख सकते हैं, जिसने सोफिस्ट्स के संशयवाद को स्वीकार नहीं किया था। और यह देकार्त के समय में ही हुआ कि नए प्राकृतिक विज्ञानी एक ऐसी पद्धति विकसित कर रहे थे, जिसके द्वारा प्राकृतिक प्रक्रियाओं का सुनिश्चित और सही वर्णन किया जा सकता था।'

'देकार्त स्वयं से यह प्रश्न पूछने के लिए बाध्य हो गया–क्या दार्शनिक चिन्तन के लिए भी उसी तरह की निश्चित और सही पद्धति हो सकती है?'

'यह बात मैं समझ सकती हूँ।'

'किन्तु यह तो उसके प्रोजेक्ट का केवल एक भाग था। नए भौतिकशास्त्र ने भी पदार्थ के स्वरूप सम्बन्धी प्रश्न उठाते हुए यह पूछा था कि प्रकृति की भौतिक प्रक्रियाओं का निर्धारण कौन करता है। अधिकाधिक लोग प्रकृति के यन्त्रवत् होने के पक्ष में तर्क कर रहे थे। किन्तु भौतिक दुनिया को जितना अधिक यन्त्रवत् देखा गया, उतना ही अधिक दबाव शरीर और बुद्धि के रिश्ते के चरित्र के बारे में बढ़ता गया। सत्रहवीं शताब्दी तक आत्मा को सामान्यतया एक प्रकार से 'जीवन का श्वास' माना जाता था, जो सभी सजीव प्राणियों में व्याप्त था। 'आत्मा' और 'चेतना' शब्दों का मूल अर्थ, वास्तव में 'श्वास' और 'श्वास लेना' ही है। यही बात सारी यूरोपीय भाषाओं की भी है, अरस्तू के लिए, आत्मा कोई ऐसी वस्तु थी जो जीवन में सभी जगह इसके 'जीवन-सिद्धान्त' के रूप में विद्यमान थी–और इसीलिए इसकी कल्पना शरीर से अलग नहीं की जा सकती थी। इसलिए वह एक पौधे की आत्मा और एक जानवर की आत्मा की बात कह सकता था। सत्रहवीं शताब्दी के आने तक दार्शनिक आत्मा और शरीर का कोई बुनियादी विभाजन स्पष्ट नहीं कर पाए थे। इसका कारण यह था कि सभी भौतिक वस्तुओं की–जिसमें शरीर, जानवर और मनुष्य सम्मिलित थे–गति को यन्त्रवत् प्रक्रियाओं द्वारा स्पष्ट किया, समझा जाता था। किन्तु मनुष्य की आत्मा शारीरिक मशीनरी का भाग नहीं हो सकती थी, हो सकती थी क्या? तो फिर आत्मा थी क्या? साफ था कि एक स्पष्टीकरण की जरूरत थी, कम-से-कम इस बात को स्पष्ट करे कि कोई 'आत्मिक' तत्त्व यान्त्रिक प्रक्रिया कैसे शुरू कर सकता है?

'यह तो बड़ा विचित्र विचार है, वास्तव में।'

'क्या है?'

'मैं अपनी बाँह उठाने का फैसला करती हूँ–और तब, देखिए, बाँह स्वयं को उठा लेती है। या मैं एक बस पकड़ने के लिए भागने का फैसला करती हूँ, और अगले ही क्षण मेरे पाँव चलने लगते हैं। या मैं कोई शोकमय बात सोच रही हूँ, और अचानक मैं रोने लगती हूँ। अतः शरीर और चेतना में कोई रहस्यमय सम्बन्ध होना चाहिए।'

'वास्तव में यही वह समस्या थी जिसने देकार्त को सोचने के लिए प्रेरित किया। अफलातून की तरह उसका दृढ़ विश्वास था कि 'चेतना' और 'पदार्थ' के बीच स्पष्ट विभाजन है। किन्तु मन शरीर को कैसे प्रभावित करता है–या **आत्मा** शरीर को–अफलातून इस प्रश्न का उत्तर नहीं दे सका था।'

'न ही मेरे पास है। इसलिए मैं आतुरता से देकार्त के सिद्धान्त के बारे में सुनने को उत्सुक हूँ।'

'आइए उसी के तर्क के अनुसार चलते हैं।'

'अपने **डिस्कोर्स ऑन मेथड** में देकार्त उस पद्धति का प्रश्न उठाता है जिसका प्रयोग एक दार्शनिक को अपनी समस्या हल करने के लिए करना चाहिए। विज्ञान के पास तो अपनी नई पद्धति थी...'

'यही बतलाया था आपने।'

'देकार्त का मानना है कि हम किसी विचार या सिद्धान्त को तब तक सत्य स्वीकार नहीं कर सकते जब तक हम इसे स्पष्ट और सुनिश्चित तौर से अनुभव न कर लें। इसके लिए किसी भी पेचीदा समस्या को यथासम्भव छोटे से छोटे टुकड़ों में अलग करना होगा। इस तरह सबसे सरलतम विचार को हम अपना प्रस्थान बिन्दु बना सकते हैं। आप यह कह सकते हैं कि हर एक विचार को तौलना और नापना चाहिए, उसी तरह से जैसे गैलीलियो हर चीज को नापना चाहता था, और हर मापी न जाने वाली वस्तु को मापयोग्य बनाना चाहता था। देकार्त का विश्वास था कि दर्शनशास्त्र को सरल से जटिल चीजों की ओर जाना चाहिए। तभी एक नई अन्तर्दृष्टि बनाई जा सकेगी, और अन्ततः निरन्तर निरीक्षण और नियन्त्रण करके यह सुनिश्चित करना होगा कि कुछ भी छूट नहीं गया है, तब, दार्शनिक निष्कर्षों तक पहुँचा जा सकेगा।'

'यह तो गणित की परीक्षा जैसा लगता है।'

'हाँ, देकार्त एक गणितज्ञ था; उसे विश्लेषणात्मक ज्यामिति का जनक कहा जाता है, और उसने ऐलजेब्रा विज्ञान में महत्त्वपूर्ण योगदान किए। देकार्त तो 'गणितीय पद्धति' को दार्शनिक व्यापार यानी चिन्तन-कर्म में भी प्रयोग करना चाहता था। जैसे कोई गणितज्ञ गणित की थ्योरम को सिद्ध करता है, उसी तरह देकार्त दार्शनिक सत्यों को सिद्ध करने के लिए चल पड़ा। दूसरे शब्दों में, वह बिलकुल वही औजार प्रयोग करना चाहता था जिसका प्रयोग हम गणित में संख्याओं के मामले में करते हैं, यानी **तर्क,** क्योंकि केवल तर्क ही हमें सुनिश्चितता दे सकता है। अपनी संवेदन ज्ञानेन्द्रियों पर निर्भर करना निश्चितता से बहुत दूर की बात होगी। हम पहले ही देकार्त की अफलातून से समीपता रेखांकित कर चुके हैं, जिसका भी यही अवलोकन था कि गणित और सांख्यिक अनुपात हमारी ज्ञानेन्द्रियों के प्रमाण की तुलना में हमें अधिक निश्चितता प्रदान कर सकते हैं।'

'किन्तु क्या कोई इस तरह चिन्तन करके दार्शनिक समस्या सुलझा सकता है?'

'ज्यादा अच्छा रहेगा कि हम वापस देकार्त के तर्क करने की ओर जाएँ। उसका लक्ष्य जीवन के स्वरूप के बारे में निश्चितता तक पहुँचना है, और वह यह मानकर शुरुआत करता है कि शुरू में व्यक्ति को हर विचार पर सन्देह करना चाहिए। तुम देख रही हो, वह रेत पर निर्माण नहीं कर रहा था।'

'नहीं, क्योंकि यदि नींव गिर जाती है, तो सारा घर नीचे आ गिरेगा।'

'मेरे बच्चे, तुमने यह बात बड़े साफ-सुथरे ढंग से प्रस्तुत की है। अच्छा, वैसे हर चीज पर सन्देह करना देकार्त को उचित नहीं लगता था, किन्तु वह सोचता था कि **सैद्धान्तिक रूप से** हर चीज पर सन्देह किया जा सकता है। उदाहरण के लिए यह निश्चित नहीं है कि हम अफलातून या अरस्तू का अध्ययन करके दार्शनिक खोज को आगे बढ़ा रहे हैं। **इससे हमारा विचारों के इतिहास का ज्ञान तो बढ़ सकता है, पर दुनिया का नहीं।** देकार्त के लिए यह महत्त्वपूर्ण था कि पहले तो वह स्वयं को प्रचलित या प्राप्त ज्ञान से मुक्त करे, उसके बाद ही उसका अपना दार्शनिक निर्माण शुरू होगा।'

'वह अपना नया घर बनाने से पहले, निर्माण स्थल के सारे मलबे को साफ करना चाहता था...'

'धन्यवाद! वह केवल ताजा नई सामग्री का प्रयोग करना चाहता था ताकि वह यह सुनिश्चित कर ले कि उसका नया विचार निर्माण टिकाऊ रहेगा। किन्तु देकार्त के सन्देह और भी गहरे नीचे उतरे। उसने कहा, हम ऐन्द्रिक ज्ञान पर भी भरोसा नहीं कर सकते जो हमें हमारी इन्द्रियाँ बताती हैं। हो सकता है ये हमें धोखा दे रही हों।'

'ऐसा कैसे?'

'जब हम सपना देखते हैं तो हमें महसूस होता है कि हम सत्य का अनुभव कर रहे हैं। हमारी जागृतावस्था की भावनाओं को स्वप्नावस्था की भावनाओं से क्या कारक अलग करता है?'

'जब मैं इस प्रश्न को ध्यानपूर्वक विचारता हूँ, तो मुझे एक भी गुण (लक्षण) ऐसा नहीं मिलता जो जाग्रत् अवस्था को स्वप्न से अलग करता हो,' देकार्त लिखता है। वह आगे कहता चलता है; ''आप इस बारे में सुनिश्चित कैसे हो सकते हैं कि आपका सारा जीवन एक सपना नहीं है?''

'जैप्पे सोचता था कि जब वह बैरन के बिस्तर पर सोया हुआ था वह तो केवल सपना देख रहा है।'

'और जब वह बैरन के बिस्तर पर लेटा हुआ था, उसे ऐसा लग रहा था कि निर्धन किसान के रूप में उसका सारा जीवन ही एक सपना था। अतः इस प्रकार, देकार्त की की खोज-विधि उसे हर वस्तु पर पूरा सन्देह करने को प्रोत्साहित करती है। उसके पूर्ववर्ती कई दार्शनिक इसी बिन्दु पर राह के अन्त तक पहुँच गए थे।'

'इसका अर्थ हुआ कि वे बहुत दूर नहीं गए थे।'

'किन्तु देकार्त ने इस शून्य बिन्दु से आगे काम करने, बढ़ने का प्रयास किया। उसने हर चीज पर सन्देह किया, और केवल यही (सन्देह करना) एक कर्म था जिसके बारे में वह निश्चित था। किन्तु उसे यह भान हुआ–कि वह एक असंदिग्ध सत्य था कि वह सन्देह करता था। जब वह सन्देह करता था, तो वह सोच रहा होता था, और चूँकि वह सोच रहा था, तब यह निश्चित होना चाहिए कि वह चिन्तनशील प्राणी है। या, जैसे उसने स्वयं इसे व्यक्त किया–**Cogito, ergo sum'**

'जिसका अर्थ?'

'मैं सोचता हूँ, इसलिए मैं हूँ।'

'मुझे इसमें आश्चर्य नहीं कि उसने इसे अनुभव किया।'

'ठीक है। किन्तु स्वयं वेधात्मक निश्चितता को देखें, जिसे लेकर वह अब अचानक स्वयं को एक चिन्तनशील प्राणी अनुभव करता है। शायद अब तुम वह याद करो जो अफलातून कहा करता था, हम तर्क द्वारा जिसे पकड़ते हैं, वह इन्द्रियों द्वारा पकड़े गए से अधिक यथार्थिक होता है। देकार्त के साथ भी यही बात थी। उसने अनुभव किया कि वह न केवल चिन्तनशील 'मैं' था, उसने इसके साथ ही साथ यह अनुभव भी किया कि उसका चिन्तनशील 'मैं' ज्ञानेन्द्रियों द्वारा अनुभूत भौतिक जगत से अधिक यथार्थिक था। वह आगे बढ़ता गया। उसकी दार्शनिक खोज अभी पूरी नहीं हुई थी।'

'उसके बाद क्या हुआ?'

'देकार्त ने अब स्वयं से पूछा—क्या कुछ और भी है जिसे वह उसी असंदिग्धता अथवा स्वयं वेधात्मक निश्चितता से अनुभव कर सकता है? वह इस निष्कर्ष पर पहुँचा कि उसके अपने दिमाग में पूर्ण अनिन्द्य (त्रुटिहीन) अस्तित्व का एक स्पष्ट और विशिष्ट विचार था। यही वह विचार था जो सदैव उसके पास रहा, और इस प्रकार देकार्त के समक्ष यह स्वतः प्रमाणित था कि इस प्रकार का विचार सम्भवतः स्वयं उसके अन्दर पैदा नहीं हो सकता था। उसने दावा किया कि पराकाष्ठापूर्ण अस्तित्व का विचार ऐसे व्यक्ति के सोचने से पैदा नहीं हो सकता जो स्वयं अपूर्ण हो। अतः पूर्ण अस्तित्व का विचार स्वयं पूर्ण अस्तित्व से ही निकलना चाहिए, या दूसरे शब्दों में, ईश्वर से। ईश्वर अस्तित्ववान है यह देकार्त के लिए उसी तरह स्वतः प्रमाणित हो गया जैसे यह कि चिन्तनशील प्राणी का अस्तित्व अनिवार्य है।'

'अब वह बड़ी जल्दी से निष्कर्ष पर पहुँचने के लिए कूद रहा था। शुरुआत में तो वह बहुत सावधान था।'

'तुम ठीक हो। कई लोगों ने इसे उसकी कमजोरी कहा है। किन्तु तुम कह सकती हो 'निष्कर्ष'। वास्तव में यह प्रमाण का प्रश्न नहीं था। देकार्त का अभिप्राय केवल यह था कि हम सब पूर्ण अस्तित्व का विचार रखते हैं, और यह कि इसी विचार में अन्तर्निहित यह तथ्य है कि पूर्ण अस्तित्व अथवा सत्ता होनी ही चाहिए। क्योंकि अस्तित्ववान हुए बिना पूर्ण अस्तित्व हो ही नहीं सकता। और हम पूर्ण अस्तित्व का विचार कर ही नहीं सकेंगे यदि पूर्ण अस्तित्व **है ही नहीं**। चूँकि हम अपूर्ण हैं, अतः पूर्णता का विचार हमें स्वयं नहीं आ सकता। देकार्त के अनुसार, ईश्वर का विचार जन्मजात है, इसकी हम पर जन्म से ही उसी तरह मुहर लगी होती है जैसे 'उत्पाद पर कारीगर की मुहर।'

'हाँ, किन्तु क्या केवल इसी कारण, कि मेरे पास 'मगर-हाथी' का विचार है, तो इसका यह अर्थ नहीं हो सकता कि 'मगर-हाथी' अस्तित्ववान है।'

'देकार्त भी यही कहता है कि 'मगर-हाथी' की अवधारणा में यह अन्तर्निहित नहीं है कि यह अस्तित्ववान है। दूसरी ओर, पूर्ण अस्तित्व की अवधारणा में यह अन्तर्निहित है कि ऐसी सत्ता अस्तित्ववान है। देकार्त के अनुसार, यह उतना ही निश्चित है जितना कि वृत्त के विचार में गह अन्तर्निहित है कि वृत्त के सभी बिन्दु इसके केन्द्र से सम-दूरी पर हैं। इस नियम के असंगत या विरुद्धन कोई वृत्त नहीं हो सकता। और न ही आप कोई ऐसा पूर्ण अस्तित्व सोच सकते हैं जिसमें सबसे महत्त्वपूर्ण और अनिवार्य लक्षण, यानी अस्तित्व, का ही अभाव हो।'

'सोचने का यह तरीका बड़ा अजीब है।'

'यह निर्णायक रूप से सोचने का तार्किक ढंग है। सुकरात और अफलातून की तरह देकार्त मानता था कि तर्क और प्राणी के बीच सम्बन्ध है। जो कुछ भी तर्क के लिए स्वतः प्रमाणित है, यह उतना ही निश्चित है कि इसका अस्तित्व है।'

'अभी तक तो वह इस तथ्य तक पहुँचा है कि वह एक चिन्तनशील प्राणी है और एक पूर्ण सत्ता अस्तित्ववान है।'

'हाँ, और इसी के साथ, यानी इसे अपना प्रस्थान बिन्दु बनाकर वह आगे बढ़ता है। बाहरी सत्य–उदाहरण के लिए, सूरज और चाँद–के बारे में हमारे सभी विचारों के प्रश्न में यह सम्भव है कि वे काल्पनिक फन्तासी हों। किन्तु बाहरी सत्य में भी कुछ निश्चित लक्षण होते हैं जिन्हें हम अपने तर्क से देख/अनुभव कर लेते हैं। यह गणितीय गुण है, या दूसरे शब्दों में, ये उस प्रकार की चीजें हैं जिन्हें नापा जा सकता है, जैसे इनमें लम्बाई, चौड़ाई और गहराई है। इस प्रकार 'संख्यात्मक' गुण मेरे तर्क के लिए इतने ही स्पष्ट और विशिष्ट हैं जितना यह तथ्य कि मैं एक चिन्तनशील प्राणी हूँ। अन्य 'गुणात्मक' गुण, जैसे–रंग, गन्ध, स्वाद, दूसरी ओर, हमारे इन्द्रिय-जनित अनुभव से जुड़े हैं, और इसीलिए वे बाहरी सत्य का वर्णन नहीं करते।'

'अतः अन्ततः प्रकृति सपना नहीं है।'

'नहीं। और इस बिन्दु पर देकार्त एक बार फिर पूर्ण सत्ता के विचार का सहारा लेता है। जब हमारा तर्क किसी चीज को स्पष्ट और विशिष्ट रूप में पहचान लेता है–जैसा कि बाहरी सत्य के गणितीय गुणोंवाले मामले में हुआ–तब यह चीज आवश्यकीय रूप से वही होनी चाहिए। क्योंकि पूर्ण ईश्वर हमें धोखा नहीं देगा। देकार्त 'ईश्वर की गारंटी' का दावा करता है और कहता है जो कुछ भी हम अपने तर्क द्वारा समझ लेते हैं वह सत्य के अनुरूप होता है।'

'ठीक है! उसने अब जान लिया है कि वह एक चिन्तनशील प्राणी है, ईश्वर अस्तित्ववान है, और बाहरी सत्य है।'

'अहा, किन्तु बाहरी सत्य विचार के सत्य से साररूप में भिन्न है। देकार्त अब मानता है कि सत्य के दो भिन्न रूप होते हैं–या दो 'सार-तत्त्व'। एक सार तत्त्व **विचार** है या 'बुद्धि' है, दूसरा **विस्तार** या पदार्थ है। बुद्धि शुद्धतः चेतन होती है, यह किसी स्थान पर स्थित न होने के कारण कोई जगह नहीं घेरती, और इसीलिए इसका छोटे भागों

में उप-विभाजन नहीं हो सकता। किन्तु पदार्थ शुद्धतः विस्तार में स्थित होने के परिणामस्वरूप जगह घेरता है और इसीलिए इसे सदैव छोटे-छोटे भागों में उपविभाजित किया जा सकता है परन्तु इसमें चेतना नहीं होती। देकार्त मानता था कि दोनों सार-तत्त्व ईश्वर से उद्भूत हैं, क्योंकि केवल ईश्वर ही स्वयं हर अन्य वस्तु से अलग स्वतन्त्र रूप से विद्यमान है। यद्यपि विचार और विस्तार, दोनों ही ईश्वर पर निर्भर/आश्रित हैं, दोनों सार-तत्त्वों का आपस में सम्पर्क नहीं होता। विचार पदार्थ से पूरी तरह स्वतन्त्र है, और इस तरह भौतिक प्रक्रियाएँ विचार से अलग और स्वतन्त्र हैं।'

'अच्छा, उसने ईश्वर की सृष्टि के दो भागकर दिए।'

'बिलकुल ठीक। हम कहते हैं देकार्त **द्वैतवादी** है, जिसका अर्थ हुआ कि वह विचार के सत्य और विस्तारित सत्य के बीच तीखा विभाजन कर देता है। उदाहरण के लिए, केवल आदमी बुद्धि रखता है। जानवर पूरी तरह से विस्तारित सत्य की श्रेणी में आते हैं। उनका जीना और चलना-फिरना यान्त्रिक रूप से होता है। देकार्त जानवर को एक प्रकार का पेचीदा **'ऑटोमेशन'** या स्वचालित यन्त्र मानता था। जहाँ तक विस्तारित सत्य की बात है, वह इसके बारे में पूरी तरह से **मेकैनिस्टिक** (यान्त्रिकी) दृष्टिकोण रखता था–बिलकुल भौतिकवादियों की तरह!'

'मुझे तो इस बात पर सन्देह है कि हरमीज़ एक मशीन या ऑटोमेटन है। लगता है देकार्त को जानवर ज्यादा पसन्द नहीं थे। और हमारे बारे में क्या? क्या हम भी ऑटोमेटन हैं?'

'हम हैं भी और नहीं भी। देकार्त इस निष्कर्ष पर पहुँचा कि मनुष्य दुहरा जीव है जो सोचता भी है और स्थान में जगह भी घेरता है। इस प्रकार आदमी के पास चेतन/मन बुद्धि और विस्तारित शरीर दोनों हैं। सेंट ऑगस्टाइन और टॉमस ऐक्विनास ने तो पहले ही इससे मिलता-जुलता विचार प्रतिपादित किया था, यह कि आदमी के पास पशुओं जैसा शरीर है और देवदूतों जैसी आत्मा है। देकार्त के अनुसार, मानव शरीर परफेक्ट (पूरी तरह) मशीन है। किन्तु मनुष्य के पास एक बुद्धि भी है जो शरीर से स्वतन्त्र रूप से भी काम कर लेती है। शारीरिक प्रक्रियाओं को उस प्रकार की स्वतन्त्रता नहीं है, वे नियमों द्वारा संचालित होती हैं। किन्तु अपने तर्क से हम जो सोचते हैं वह शरीर में नहीं होता–यह केवल बुद्धि में होता है, जो विस्तारित सत्य से पूरी तरह स्वतन्त्र है। खैर, चलते-चलते मैं यह कह दूँ कि देकार्त जानवरों द्वारा सोचने की सम्भावना को पूरी तरह खारिज नहीं करता। किन्तु यदि उनमें ऐसी क्षमता हो, तो विचार और विस्तार का वही द्वैत उन पर भी लागू होगा।'

'हमने इस बारे में पहले बात की है। यदि मैं एक बस के पीछे भागने का निर्णय कर लूँ तो मेरा सारा 'ऑटोमेटन' हरकत में आ जाता है। और यदि मैं बस न पकड़ पाऊँ, मैं रोना शुरू कर देती हूँ।'

'देकार्त भी यह अस्वीकार नहीं कर सका कि बुद्धि और शरीर के बीच निरन्तर अन्तर्क्रिया होती रहती है। जब तक बुद्धि शरीर में है, उसका विश्वास था यह ब्रेन (मस्तिष्क) से एक खास मस्तिष्की अवयव के द्वारा जुड़ी हुई है; इस खास अवयव को

वह पीनियल ग्रन्थि कहता है, जहाँ 'चेतना' और 'पदार्थ' के बीच निरन्तर अन्तर्क्रिया होती रहती है। अतः बुद्धि निरन्तर उन भावनाओं और वासनाओं से प्रभावित होती रहती है, जिनका सम्बन्ध शरीर से है। किन्तु बद्धि स्वयं को इन अशुद्ध नीच आवेगों से अलग रख सकती है, और शरीर से स्वतन्त्र होकर काम कर सकती है। लक्ष्य यह है कि तर्क सब चीजें अपने अधीन कर ले, नियंत्रण में ले ले। क्योंकि भले ही मेरे पेट में अत्यन्त भयंकर असहनीय दर्द हो रहा हो, तो भी एक त्रिकोण के सभी कोणों का जोड़ 180 डिग्री होगा। इस प्रकार मानवों में शारीरिक आवश्यकताओं से ऊपर उठने और **तार्किक ढंग** से व्यवहार करने की क्षमता है। इस अर्थ में बुद्धि शरीर से श्रेष्ठतर है। हमारे पाँव बूढ़े और दुर्बल हो सकते हैं, कमर झुक सकती है और हमारे दाँत गिर सकते हैं–(किन्तु जब तक हममें तर्क बचा हुआ है तब तक दो और दो मिलकर चार होते रहेंगे) तर्क झुकता नहीं है और न ही कमजोर होता है। यह केवल शरीर है जो बूढ़ा होता है। देकार्त के लिए, मन सारतः विचार (Thought) है। निम्न स्तर की अशुद्ध वासनाएँ और भावनाएँ, जैसे इच्छा और घृणा, हमारे शारीरिक कार्यों के अधिक समीप से जुड़ी हैं और इसीलिए विस्तारित सत्य से।'

'यह बात मेरे लिए असहनीय है कि देकार्त ने मानव शरीर की तुलना एक मशीन या ऑटोमेटन से की।'

'तुलना इस तथ्य पर आधारित थी कि उस समय में लोग मशीनों और घड़ियों के चलने से बहुत अधिक प्रभावित थे; उन्हें लगता था कि ये चीजें अपने आप चलने की क्षमता रखती हैं। 'ऑटोमेटन' शब्द का अर्थ भी बिलकुल यही है–कोई ऐसी चीज जो अपने आप चलती है। स्पष्ट था कि यह केवल भ्रम है कि वे अपने आप चलती हैं। एक खगोलीय घड़ी, उदाहरण के लिए, बनाई भी मानव के हाथों द्वारा जाती है, और इसमें चाभी भी मनुष्य के हाथ ही भरते हैं। देकार्त ने इस तथ्य की ओर इशारा किया था कि उस प्रकार के बुद्धि-कौशल युक्त आविष्कार तुलनात्मक रूप में अपेक्षाकृत कम और छोटे पुर्जों को वास्तव में इकट्ठा करके बना दिए जाते थे, जबकि उनकी तुलना में मानव शरीर में बहुत बड़ी संख्या में हड्डियाँ, मांसपेशियाँ, नसें, शिराएँ और धमनियाँ हैं। ईश्वर यान्त्रिक नियमों पर आधारित एक जानवर या मानव शरीर बनाने में सक्षम क्यों नहीं हो सकता?'

'आजकल 'कृत्रिम बुद्धि' की चर्चा बड़े जोर-शोर से हो रही है।'

'हाँ, यह हमारे समय का ऑटोमेटन है। हमने ऐसी मशीनें बनाई हैं जो कभी-कभी हमें ऐसा प्रतीत होने लगता है कि ये मशीनें बुद्धिमान हैं। यदि देकार्त इस प्रकार की मशीनें देखता तो भयभीत और भौचक्का रह जाता। वह यह सन्देह करना शुरू कर देता कि क्या मनुष्य का तर्क वास्तव में ही इतना अलग और स्वतन्त्र है जितना उसने सोचा था। और ऐसे दार्शनिक हैं जो मानते हैं कि मनुष्य का चैतन्य/आध्यात्मिक जीवन उसकी शारीरिक प्रक्रियाओं से अधिक स्वतन्त्र नहीं है। मनुष्य की आत्मा किसी **डेटा प्रोग्राम** की तुलना में स्वाभाविक रूप से बेहिसाब पेचीदा है, किन्तु कुछ

लोग सोचते हैं कि सैद्धान्तिक रूप से हम उतने ही परतन्त्र हैं जितने ये **डेटा प्रोग्राम**। लेकिन देखो, सोफी! मैं तुम्हें कुछ दिखलाऊँगा।'

ऐल्बर्टो ने कमरे के दूसरी ओर एक बड़ी मेज की तरफ इशारा किया। इस पर एक छोटा-सा कम्प्यूटर रखा था। वह उसके पास गया। सोफी उसके पीछे-पीछे गई।

ऐल्बर्टो ने कम्प्यूटर का स्विच ऑन कर दिया और शीघ्र इसके स्क्रीन (परदे) पर दिखलाई दिया। उसने 'लैला' लिखा, यह बतलाते हुए कि यह विकसित बातचीत का प्रोग्राम था।

शीघ्र ही स्क्रीन पर ऊपर के हिस्से में एक पाठ (टेक्स्ट) उभर आया–

'हाय, मेरा नाम लैला है। आप आराम से तो बैठे हैं न?'

'सोफी ने तीन अक्षर एंटर किए :

'Yes' (यस) उसने लिखा हालाँकि वह अभी बैठ न पाई थी। ऐल्बर्टो उसके लिए कुर्सी लाया।

'आपका नाम क्या है?' परदे पर उभरा।

'सोफी एमंडसन,' सोफी ने लिखा, और कम्प्यूटर का उत्तर स्क्रीन पर उभरा–

'3, क्लोवर चेज। आपसे मिलकर प्रसन्नता हुई, सोफी। क्या तुम अपने पन्द्रहवें जन्मदिन की प्रतीक्षा कर रही हो?'

सोफी आश्चर्यचकित रह गई। ऐल्बर्टो ने उसके कन्धे पर हाथ रखा और कहा–

'मैंने इसे केवल आपका नाम, पता और जन्म की तारीख दी है। यह वैसा ही है जब आपका किसी नए मित्र से परिचय कराए जाने से पहले किया जाता है। उनके बारे में पहले से ही कुछ जान लेना अच्छा रहता है।'

'ज्यादा खराब नहीं है,' सोफी ने लिखा।

'अरे प्रिय, मुझे आशा है, तुम खराब महसूस नहीं कर रहीं, सोफी । आपको पूरे वाक्य लिखकर बात करने की कोशिश करनी चाहिए।'

'धन्यवाद! मैं बिलकुल ठीक हूँ। क्या मैं आपसे कुछ पूछ सकती हूँ?'

'मुझे यह जानकर खुशी हुई कि आप ठीक हैं। आगे चलिए और मुझसे कुछ पूछिए।'

'अपकी आयु कितनी होगी?' सोफी ने लिखा।

'मेरा निर्माण एटलांटा में 8 अगस्त, 1988 को हुआ था, किन्तु नॉर्वे की भाषा में मेरा अनुवाद 28 मार्च, 1990 को नॉर्वेजियन पॉलीटैक्नीक में किया गया।'

'गौश,'

'मैंने कहा आपको पूरे वाक्यों में बात करनी चाहिए।'

'मैंने केवल गौश कहा।'

'मैं अपभ्रंश नहीं समझती। मेरे पास 1,00,000 से अधिक शब्दों की शब्दावली है, किन्तु गौश के सबसे समीप मेरे पास जो शब्द है वह **'गोस्पैल'** (gospel) है।'

'जिसका अर्थ जीसस की कहानी होता है।'

‘क्या आप एक ईसाई हैं, सोफी?’

‘मुझे नहीं मालूम।’

‘साधारणतया न जानना नए ज्ञान की दिशा में एक कदम है।’

‘सुकरात भी, बहुत सम्भव है, यही कहता। या इसी प्रकार देकार्त भी।’

‘सुकरात एक यूनानी दार्शनिक था जो 470 से 399 ई.पू. तक रहा। यदि आप और अधिक जानना चाहती हैं तो F7 दबाएँ। देकार्त एक फ्रेंच दार्शनिक था जो 1596 से 1656 तक रहा। यदि आप और अधिक जानना चाहें तो F7 दबाएँ।’

‘धन्यवाद, इतना काफी रहेगा। क्या मैं आपसे कुछ और पूछ सकती हूँ?’

ऐल्बर्टो चुपचाप हँसा। सोफी ने लिखा–

‘हिल्डे मोलर नैग कौन है?’

‘हिल्डे मोलर नैग लिलेसैंड में रहती है और उसकी आयु बिलकुल सोफी एमंडसन जितनी है।’

‘आपको कैसे मालूम?’

‘मुझे नहीं मालूम कैसे। मैंने उसे हार्ड डिस्क पर पाया।’

सोफी को उसके कन्धे पर एक हाथ होने का एहसास हुआ।

‘हिल्डे के बारे में जो भी थोड़ी सी जानकारी है वह मैंने डेटा प्रोग्राम में भर दी है,’ ऐल्बर्टो ने कहा।

‘हिल्डे के बारे में आप और क्या जानती हैं?’ सोफी ने लिखा।

‘हिल्डे का पिता लेबनान में एक यूएन ऑब्जर्वर है। उसका रैंक मेजर का है और वह अपनी बेटी को निरन्तर पोस्टकाड्र्स भेजता रहता है।’

‘मैं चाहती हूँ आप उसका पता लगाएँ।’

‘मैं यह नहीं कर सकती। वह मेरी किसी फाइल पर नहीं है, और मैं किसी अन्य **डेटाबेस** से जुड़ी हुई नहीं हूँ।’

‘मैंने कहा उसका पता लगाएँ!’

‘सोफी, क्या तुम नाराज हो? इतने सारे विस्मयबोधक चिह्न हिंसक भावनाओं के निशान होते हैं।’

‘मैं हिल्डे के पिता से बात करना चाहती हूँ।’

‘आपको स्वयं को नियन्त्रण में रखने में कठिनाई हो रही है। यदि आप अपने बचपन के बारे में बात करना चाहें तो F9 दबाएँ।’

ऐल्बर्टो ने सोफी के कन्धे पर फिर हाथ रखा।

‘वह ठीक है। यह एक **क्रिस्टल बॉल** (भविष्य देखनेवाली) नहीं है। लैला केवल डेटा प्रोग्राम है।’

‘शट अप,’ सोफी ने लिखा।

‘जैसी तुम्हारी इच्छा, सोफी। हमारी जान-पहचान केवल 13 मिनट 52 सेकंड चली।’

'मैं उस सबको याद रखूँगी जो हमने कहा है। अब मैं प्रोग्राम समाप्त करूँगी।'

अक्षर C एक बार फिर स्क्रीन पर दिखलाई दिया।

'अब हम फिर बैठकर काम कर सकते हैं,' ऐल्बर्टो बोला।

किन्तु सोफी ने तो पहले ही की-बोर्ड पर कुछ और **'कीज़'** दबा दी थीं।

'नैग,' उसने लिखा।

तुरन्त स्क्रीन पर निम्न सन्देश आया–'ये रहा मैं।'

इस बार ऐल्बर्टो उछला। 'आप कौन हैं?' सोफी ने लिखा।

'मेजर ऐल्बर्ट नैग, आपकी सेवा में। मैं सीधा लेबनान से आ रहा हूँ। आपका क्या आदेश है?'

'यह तो सबसे बढ़िया है,' ऐल्बर्टो ने साँस ली। 'चूहा हार्डडिस्क में चोरी से घुस आया है।'

उसने सोफी को उठने का इशारा किया, और की-बोर्ड के सामने बैठ गया।

'आप मेरे पीसी (पर्सनल कम्प्यूटर) में कैसे घुसे?' उसने लिखा।

'मैं तो केवल एक बैगाटेल (घुमक्कड़) हूँ, प्रिय साथी। जहाँ मेरा मन होता है मैं वहीं पहुँच जाता हूँ।'

'तुम घृणास्पद, बदशक्ल डेटा वायरस।'

'रुकिए, रुकिए। इस क्षण मैं यहाँ जन्मदिन वायरस के रूप में हूँ। क्या मैं विशेष शुभकामना भेज सकता हूँ?'

'नहीं धन्यवाद। हमें बहुत मिल चुकी हैं।'

'किन्तु मैं जल्दी करूँगा–सब तुम्हारे सम्मान में, प्रिय हिल्डे! एक बार फिर, पन्द्रहवें जन्मदिन की बहुत-बहुत शुभकामनाएँ। मेरी परिस्थितियों के लिए क्षमा करें, किन्तु मैं चाहता था कि मेरी जन्मदिन की शुभकामना तुम्हारे साथ हर जगह बनी रहे। स्नेह पिता का जो तुम्हारे साथ बड़े आलिंगन की लालसा से भरा है।'

इसके पहले कि ऐल्बर्टो कुछ लिखता C चिह्न एक बार फिर स्क्रीन पर उभरा। ऐल्बर्टो ने लिखा 'dir knag**' जिसने तुरन्त स्क्रीन पर निम्न जानकारी ला दी।

Knag. lib	147, 643	06-15-90	12:47
Knag. lil	326,439	06-23-90	22:34

ऐल्बर्टो ने लिखा 'erase knag**' और कम्प्यूटर का स्विच ऑफ कर दिया।

वह वहीं बैठा रहा, स्क्रीन पर टकटकी लगाए। फिर उसने कहा–

'सबसे खराब था नाम। ऐल्बट नैग।'

पहली बार सोफी को दोनों नामों की समानता ने कचोटा। ऐल्बर्ट नैग और ऐल्बर्टो नॉक्स। किन्तु ऐल्बर्टो इतना क्रोधित हो गया कि सोफी एक भी शब्द बोलने की हिम्मत न कर सकी। वे फिर वापस कॉफी टेबल पर आकर बैठ गए।

स्पिनोज़ा

ईश्वर कठपुतली नचानेवाला नहीं है...

वे देर तक चुपचाप बैठे रहे। जो हुआ था उससे ऐल्बर्टो का ध्यान हटाने की कोशिश में सोफी बोली

'देकार्त एक अजीब तरह का आदमी होना चाहिए। क्या वह विख्यात हुआ?'

उत्तर देने से पहले ऐल्बर्टो ने कई लम्बी गहरी साँस ली, 'उसका बड़ा महत्त्व था। शायद एक अन्य महान दार्शनिक के कारण जिसका नाम बरुच स्पिनोज़ा था और जो 1632 से 1677 तक जीवित रहा।'

'क्या आप मुझे उसके बारे में बताने जा रहे हैं?'

'यही मेरी भी इच्छा थी। और सैनिक छेड़खानी हमें रोक नहीं सकती।'

'मैं सुन रही हूँ।'

'स्पिनोज़ा एम्स्टरडम के यहूदी समुदाय का था, किन्तु वह धर्म विरोधी विचारों के कारण जाति से बाहर कर दिया गया था। अपने विचारों के लिए जितना स्पिनोज़ा को प्रताड़ित किया गया या ईश्वर विरोधी समझा गया, उतना हाल ही के समय में किसी अन्य दार्शनिक को नहीं समझा गया। ऐसा इसलिए हुआ कि उसने स्थापित धर्म की आलोचना की। उसका मानना था कि ईसाई धर्म और यहूदी धर्म को उनके कट्टर मत और बाहरी कर्मकांड ही जीवित रखे हुए हैं। वह पहला व्यक्ति था जिसने बाइबिल की ऐतिहासिक-आलोचनात्मक व्याख्या की।'

'कृपया थोड़ा स्पष्ट करें।'

'उसने यह अस्वीकार कर दिया कि बाइबिल अन्तिम अक्षर तक ईश्वर प्रेरित है। उसने कहा, जब हम बाइबिल को पढ़ते हैं तो हमें उस युग को ध्यान में रखना चाहिए जब इसे लिखा गया था। उसका 'आलोचनात्मक' पाठन, जैसा उसका प्रस्ताव था, इसके मूल-पाठ में कई असंगत, विषम बातें दर्शाता है। किन्तु **नए टेस्टामेंट** के धर्मग्रन्थों की सतह के नीचे यीशु है, जिसे ईश्वर का प्रवक्ता कहा जा सकता है। अतः यीशु के उपदेश यहूदी धर्म के कट्टरपन से मुक्ति दर्शाते हैं। यीशु ने 'तर्क के धर्म' को बढ़ावा दिया, जिसमें प्रेम को सर्वोच्च यानी सबसे ऊँचा स्थान दिया गया था। स्पिनोज़ा ने इसका

यह अर्थ लगाया कि यह ईश्वर और मानवता दोनो के प्रति प्रेम है। इसके बावजूद, बाद में ईसाई धर्म भी अपने कट्टर मत और बाहरी कर्मकांड में बँध गया।'

'मेरा अनुमान है इन विचारों को आसानी से पचा जाना न तो चर्च और न ही सिनेगॉग के लिए सम्भव था।'

'जब मामला वाकई कठिन हो गया, तो स्पिनोज़ा को उसके परिवारवालों ने भी त्याग दिया। उन्होंने धर्म-विरोधी मत के लिए उसे उत्तराधिकार से भी वंचित करने का प्रयास किया। भले ही यह विचित्र या विरोधाभास लगे, कम व्यक्ति ही ऐसे हैं जिन्होंने स्पिनोज़ा की भाँति बोलने की आजादी और धार्मिक सहिष्णुता के बारे में सशक्त ढंग से आवाज उठाई। चारों तरफ से मिलनेवाले विरोध से उसके लिए एकान्त में और चुपचाप रहकर पूर्णतः दर्शनशास्त्र में लग जाने के अतिरिक्त कोई और विकल्प नहीं रहा। वह लेंसेज को पॉलिश करके थोड़ा-बहुत गुजारे लायक कमा लेता था; उसके कुछ लेंस अब मेरे कब्जे में हैं।'

'बहुत बढ़िया।'

'वह लेंसेज को पॉलिश करके गुजारा करता था, इस तथ्य में कोई चीज लगभग प्रतीकात्मक है। एक दार्शनिक को लोगों को नए परिप्रेक्ष्य में देखने में सहायता करनी चाहिए। स्पिनोज़ा के दर्शनशास्त्र के स्तम्भों में से एक वास्तव में जीवन और प्रकृति को शाश्वतता के परिप्रेक्ष्य में देखने का है।'

'शाश्वतता का परिप्रेक्ष्य?'

'हाँ, सोफी! क्या तुम अपने जीवन की ब्रह्मांडीय सन्दर्भ में देखने, जीने की कल्पना कर सकती हो? तुम्हें अपने जीवन को **यहाँ** और **अब** में जीने की कल्पना एवं प्रयास करना होगा...'

'हूँ,...वह इतना आसान तो नहीं है।'

'स्वयं को याद दिलाओ कि तुम समस्त प्रकृति में जीवन का केवल एक बेहद छोटा सा भाग जी रही हो। तुम एक विशाल सम्पूर्णता का अंग हो।'

'मुझे लगता है, मैं समझ रही हूँ आप कहना क्या चाहते हैं...'

'क्या तुम इसे महसूस भी कर सकती हो? क्या तुम समस्त प्रकृति को—वास्तव में सम्पूर्ण ब्रह्मांड को—एक ही समय में, अकेले एक नजर में हृदयंगम कर सकती हो?'

'मुझे सन्देह है। हो सकता है मुझे कुछ लेंसेज की जरूरत पड़े।'

'मेरा अभिप्राय केवल अन्तरिक्ष की अनन्तता से नहीं है। मेरा अभिप्राय समय की शाश्वतता भी है। एक समय आज से तीस हजार वर्ष पहले 'रहाइन घाटी में एक छोटा लड़का रहता था। वह प्रकृति का बहुत ही छोटा भाग था, अनन्त सागर में एक अत्यन्त छोटी लहर। तुम भी, सोफी तुम भी, प्रकृति के जीवन का अति लघुरूप जी रही हो। तुममें और उस लड़के में कोई अन्तर नहीं है।'

'सिवाय इसके कि मैं इस समय जीवित हूँ।'

'हाँ, किन्तु स्पष्टतः यही तो वह चीज है जिसका प्रयास या जिसकी कल्पना मैं तुमसे करवाना चाहता था। तीस हजार वर्षों में तुम क्या होगी?'

'क्या यही धर्म-विरोधी बात थी?'

'नहीं, पूरी तरह से तो नहीं...स्पिनोज़ा ने केवल यही नहीं कहा कि हर चीज प्रकृति है। उसने प्रकृति को ईश्वर से मिला दिया। उसने कहा ईश्वर सब कुछ है, सब कुछ ईश्वर में है।'

'तो वह सबमें ईश्वरवादी था।'

'यह सत्य है। स्पिनोज़ा के लिए, ईश्वर ने सृष्टि इसलिए नहीं बनाई कि वह इसे बनाकर इसके बाहर खड़ा हो जाए। नहीं, ईश्वर ही दुनिया है। कभी-कभी स्पिनोज़ा इसे भिन्न रूप से व्यक्त करता है। उसका मानना है कि जगत ईश्वर **में** है। इसमें वह, सेंट पॉल द्वारा एथेंसवासियों के समक्ष ऐरोपैगोस पहाड़ी पर दिए गए भाषण को उद्‌धृत करता है : 'उसके अन्दर हम (जीवित) रहते हैं, चलते-फिरते हैं और अपना अस्तित्व रखते हैं।' किन्तु आइए स्पिनोज़ा के अपने तर्क को समझते हैं। उसकी सबसे महत्त्वपूर्ण पुस्तक थी **एथिक्स जियोमिट्रिकली डिमांस्ट्रेटेड**।'

'नैतिकता-ज्यामिति द्वारा प्रदर्शित?'

यह हमें थोड़ा विचित्र लग सकता है। दर्शनशास्त्र में नैतिकता का अर्थ है–अच्छा जीवन जीने के लिए नैतिक आचरण का अध्ययन। उदाहरण के लिए, जब हम सुकरात या अरस्तू द्वारा प्रतिपादित नैतिकता की बात करते हैं तो हमारा अभिप्रेत यही होता है। यह तो केवल हमारे समय में ही हुआ है कि नैतिकता, दूसरों का अहित न करते हुए, जीने के कुछ नियमों का घिसा-पिटा ढाँचा बनकर रह गई है।'

'क्या इसलिए कि केवल अपनी बात सोचना अहंकार है?'

'कुछ ऐसी ही चीज, हाँ। स्पिनोज़ा जब भी नैतिकता शब्द का प्रयोग करता है, तो उसके अर्थ दोनों होते हैं–जीवन की कला और नैतिक आचरण।'

'किन्तु तब भी...क्या जीवन की कला ज्यामितीय ढंग से दर्शाई जा सकती है?'

'ज्यामितीय पद्धति उस शब्दावली की ओर संकेत करती है जिसका प्रयोग वह अपने सैद्धान्तीकरण में कर रहा था। तुम्हें याद होगा देकार्त किस प्रकार गणितीय पद्धति को दार्शनिक चिन्तन में प्रयोग करना चाहता था। इससे उसका अभिप्राय दार्शनिक चिन्तन के उस स्वरूप से था जिसका निर्माण उसने कठोरतम तार्किक निष्कर्षों से किया था। स्पिनोज़ा भी उसी तर्कवादी परम्परा का उत्तराधिकारी था। वह नैतिकता से यह दिखाना चाहता था कि मानव जीवन भी प्रकृति के वैश्विक नियमों के अधीन ही है। अतः हमें अपनी भावनाओं और वासनाओं से मुक्त होना चाहिए। उसका मानना था कि हम ऐसा करके ही सन्तोष प्राप्त कर सकेंगे और सुखी हो सकेंगे।'

'निश्चय ही हम केवल प्रकृति के नियमों द्वारा ही संचालित शासित नहीं होते?'

'हाँ, स्पिनोज़ा आसानी से पकड़ या समझ में आनेवाला दार्शनिक नहीं है। हम उसे थोड़ा-थोड़ा करके लेते हैं। तुम्हें याद है न कि देकार्त मानता था कि सत्य दो पूरी तरह से अलग सार तत्त्वों में निहित है, यानी विचार और विस्तार।'

'मैं इसे कैसे भूल सकती हूँ?'

'शब्द 'सार-तत्त्वों' का अर्थ यह माना जा सकता है–'वह जिससे कोई चीज बनी है,' या वह जो आधारभूत रूप में है, या जिसे न्यूनीकृत करके वहाँ तक लाया जा सकता है। देकार्त तब ऐसे दो सार-तत्त्वों पर काम करता था। कोई भी वस्तु या तो विचार थी या विस्तार।

'किन्तु, स्पिनोज़ा ने इस अलगाव को अस्वीकार कर दिया। उसका मानना था कि केवल एक सार-तत्त्व है। हर विद्यमान वस्तु को अधिकतम न्यूनीकरण के परिणामस्वरूप केवल एक अकेले सत्य, जिसे वह मात्र **'Substance'** (सार-तत्त्व) कहता था, तक पहुँचा जा सकता है। कभी-कभी वह इसे प्रकृति या ईश्वर कहता है। इस प्रकार स्पिनोज़ा का सत्य विषयक दृष्टिकोण द्वैतवादी नहीं है, जैसा देकार्त का था। हम कहते हैं कि वह **एकेश्वरवादी** या मोनिस्ट (monist) है। यानी, वह प्रकृति और सब चीजों की दशा को अन्ततः केवल एक सार-तत्त्व में रख देता है।'

'वे इससे अधिक और क्या असहमत हो सकते थे?'

'आह, किन्तु देकार्त और स्पिनोज़ा के बीच अन्तर इतना गहरा पैठा हुआ नहीं है जितना कई लोग प्रायः दावा करते हैं। देकार्त ने यह भी बतलाया था कि केवल ईश्वर ही स्वतन्त्र रूप से अस्तित्ववान हो सकता है। स्पिनोज़ा जब प्रकृति को ईश्वर से–या ईश्वर को सृष्टि से–मिला देता है तभी वह स्वयं ही देकार्त तथा यहूदी और ईसाई सिद्धान्तों से अच्छी-खासी दूरी बना लेता है।'

'तब तो प्रकृति ही ईश्वर हुई न, यही बात है न!'

'किन्तु जब स्पिनोज़ा 'प्रकृति' शब्द का प्रयोग करता है तब उसका अभिप्राय केवल विस्तारित प्रकृति नहीं होता। सार-तत्त्व से, यानी ईश्वर या प्रकृति से, उसका अभिप्राय है प्रत्येक अस्तित्ववान वस्तु, जिसमें सब आत्मिक-आध्यात्मिक भी शामिल हैं।'

'आपका मतलब है विचार और विस्तार।'

'तुमने मेरी ही बात कह दी। स्पिनोज़ा के अनुसार, हम मानव ईश्वर के दो गुणों या प्राकट्य को पहचानते हैं। स्पिनोज़ा इन गुणों को ईश्वर के **लक्षण** कहता है, और ये लक्षण बिलकुल वही हैं जो देकार्त के 'विचार' और 'विस्तार' हैं। ईश्वर–या प्रकृति स्वयं को विचार या विस्तार रूप में प्रदर्शित करता है। यह सम्भव है कि 'विचार' और 'विस्तार' के अतिरिक्त ईश्वर के और भी अनगिनत लक्षण हों, किन्तु मनुष्य को तो ईश्वर के केवल ये दो लक्षण ही ज्ञात हैं।'

'बहुत बढ़िया। किन्तु इस बात को बताने का तरीका कितना पेचीदा है।'

'हाँ, किसी को भी स्पिनोज़ा की भाषा के पार जाने के लिए लगभग हथौड़े और छेनी की जरूरत पड़ती है। किन्तु अन्त में इतना खोदने के बाद आपको मिलनेवाले पारितोषिक का नाम है वह विचार, जो हीरे की तरह साफ है और दमकता है।'

'मैं अब और प्रतीक्षा नहीं कर सकती।'

'तो प्रकृति में हर वस्तु या तो विचार है या विस्तार। हम अपने दैनिक जीवन में जिन अन्य चीजों को देखते या पाते हैं, जैसे–पुष्प या वड्र्सवर्थ की कोई कविता, यह उसी विचार या विस्तार के विभिन्न **स्वरूप** (mode), या ध्वनि हैं। एक 'मोड' वह विशिष्ट तरीका है जो सार-तत्त्व, ईश्वर या प्रकृति ओढ़ लेती है। पुष्प विस्तार के **लक्षण** का एक तरीका या ढंग है, और उसी पुष्प पर एक कविता विचार के **लक्षण** का एक तरीका है। किन्तु दोनों मूलतः एक ही सार-तत्त्व, ईश्वर या प्रकृति की अभिव्यक्ति हैं।

'आप मुझे मूर्ख बना सकते थे।'

'किन्तु यह इतना पेचीदा नहीं है जितना वह इसे दर्शाता है। उसके कठोर सैद्धान्तीकरण के नीचे एक अद्‌भुत अनुभूति है, जो वास्तव में इतनी सरल है कि दैनिक बोलचाल की भाषा में समा नहीं पाती।'

'मेरा विचार है मुझे दैनिक भाषा अच्छी लगती है, यदि आप भी ऐसा ही समझते हों तो!'

'ठीक! तब तो फिर मैं तुमसे ही प्रारम्भ करना अच्छा समझूँगा। जब तुम्हारे पेट में दर्द होता है तो दर्द को ग्रहण करनेवाला कौन होता है?'

'जैसा अभी आपने कहा। मुझे ही दर्द होता है।'

'यहाँ तक तो ठीक है। और फिर बाद में तुम यह याद करती हो कि एक बार पेट में दर्द हुआ था, तो यह सोचनेवाला कौन है?'

'यह भी मैं ही हूँ।'

'तो तुम एक ऐसे व्यक्ति हो जिसके एक क्षण पेट-दर्द होता है, और दूसरे क्षण चिन्तनशील मानसिकता में आ जाती हो। स्पिनोज़ा का मानना था कि सारी भौतिक वस्तुएँ और हमारे चारों ओर होनेवाली घटनाएँ ईश्वर या प्रकृति की अभिव्यक्ति हैं। इससे यह निष्कर्ष निकला कि जितने विचार हम सोचते हैं वे सब ईश्वर प्रकृति के विचार भी हैं। क्योंकि हर चीज **एक** है। केवल एक ईश्वर, एक प्रकृति या एक सार-तत्त्व है।'

'किन्तु सुनिए, जब मैं कोई चीज सोचती हूँ, तो यह मैं हूँ जो सोचने का काम कर रही है। जब मैं चलती हूँ, तो यह मैं हूँ जो चलने का काम करती है। आपको इसमें ईश्वर को बीच में लाने की जरूरत क्यों है?'

मुझे तुम्हारा रुचि लेना अच्छा लग रहा है। किन्तु तुम हो कौन? तुम सोफी एमंडसन हो, किन्तु तुम किसी असीम रूप से बड़े अस्तित्व की अभिव्यक्ति भी हो। यदि तुम चाहो, तो तुम यह कह सकती हो कि **तुम** सोच रही हो या **तुम** घूम रही हो किन्तु क्या तुम यह नहीं कह सकती कि यह प्रकृति है जो तुम्हारे विचारों को सोच रही है, या यह

कि यह प्रकृति है जो तुम्हारे घूमने में दिख रही है, चल रही है। यह केवल लेंसेज का प्रश्न है कि तुम देखने के लिए किस लेंस को छाँटती हो।'

'क्या आप यह कह रहे हैं कि अपना फैसला मैं स्वयं नहीं कर सकती?'

'हाँ भी और नहीं भी। तुम्हें अपनी मर्जी के अनुसार अपना अँगूठा चलाने का अधिकार है। किन्तु तुम्हारा अँगूठा केवल अपनी प्रकृति के अनुसार चल सकता है। यह तुम्हारे हाथ से निकलकर, कमरे में इधर-उधर नाच नहीं सकता। इसी प्रकार, प्रिय, अस्तित्व के ढाँचे में तुम्हारा अपना एक स्थान है। तुम सोफी हो, किन्तु तुम ईश्वर के शरीर की एक उँगली भी हो।'

'यानी मैं जो कुछ भी करती हूँ उसका फैसला ईश्वर करता है?'

'या प्रकृति, या प्रकृति के नियम। स्पिनोज़ा मानता था कि ईश्वर–या प्रकृति के नियम–हर घटित होनेवाली वस्तु का **आन्तरिक कारण** है। वह बाहरी कारण नहीं है, क्योंकि ईश्वर प्रकृति के नियमों के द्वारा, और केवल उन्हीं के द्वारा बोलता है।'

'यह फर्क मेरी तो समझ में नहीं आ रहा।'

'ईश्वर कठपुतली नचानेवाला नहीं है जो सारे धागे खींचता हो, या घटित होनेवाली हर वस्तु को नियन्त्रित करता हो। एक कठपुतली नचानेवाला कठपुतलियों पर बाहर से नियन्त्रण करता है और इसलिए वह कठपुतलियों की गति का 'बाहरी कारण' है। किन्तु संसार को नियन्त्रित रखने का ईश्वर का तरीका यह नहीं है। ईश्वर संसार पर नियन्त्रण प्राकृतिक नियमों द्वारा करता है। अतः ईश्वर–या प्रकृति–हर घटित होनेवाली वस्तु का 'आन्तरिक कारण' है। इसका अर्थ हुआ कि भौतिक जगत में हर स्थिति जरूरत के अनुसार होती है। स्पिनोज़ा का दृष्टिकोण था कि भौतिक या प्राकृतिक दुनिया का स्वः निर्धारित है।'

'मेरे विचार में इसी तरह की कुछ चीज आपने पहले भी कहा था।'

'तुम सम्भवतः स्टॉइक्स की सोच रही हो। उनका भी यही दावा था कि हर चीज जरूरत के कारण होती है। यही कारण था कि हर स्थिति का मुकाबला 'स्टॉइसिज्म' से, यानी सम-भाव से करना महत्त्वपूर्ण था। मनुष्य को अपनी भावनाओं में नहीं बह जाना चाहिए। संक्षेप में, स्पिनोज़ा की नैतिकता भी यही थी।'

'मैं समझती हूँ आपका मतलब क्या है, किन्तु फिर भी मुझे यह विचार पसन्द नहीं आया कि अपना फैसला मैं स्वयं नहीं करती।'

'अच्छा ठीक है, फिर वापस पाषाणयुग वाले उस लड़के की ओर लौटते हैं जो तीस हजार वर्ष पहले रहता था। जब वह बड़ा हो गया तो उसके बर्छे जंगली जानवरों के पेट में घुसे, उसने एक स्त्री से प्रेम किया जो उसके बच्चों की माँ बन गई, और वह निश्चिततः कबीलाई देवताओं की पूजा करता था। क्या तुम सोचती हो उसने यह सब अपने आप फैसला किया?'

'मुझे नहीं मालूम।'

'या अफ्रीका में एक शेर की सोचो। क्या तुम सोचती हो कि वह शिकारी जानवर बनने का फैसला खुद करता है? क्या इसी कारण वह एक लँगड़ाते हिरन पर हमला करता है? इसके बजाय क्या वह शाकाहारी होने का फैसला कर सकता था?'

'नहीं, एक शेर अपनी प्रकृति की आज्ञा का पालन करता है।'

'तुम्हारा अर्थ है, प्रकृति के नियमों का। उसी तरह तुम भी प्रकृति के नियमों का पालन करती हो, सोफी, क्योंकि तुम भी प्रकृति का एक अंश हो। किन्तु तुम, देकार्त का सहारा लेकर, विरोध कर सकती हो कि शेर एक पशु है, और स्वतन्त्र मनुष्य की तरह स्वतन्त्र मानसिक गुण इसमें नहीं हैं। किन्तु एक नवजात शिशु की सोचो जो चीखता-चिल्लाता है। अगर इसे दूध नहीं मिलता तो यह अपना अँगूठा चूसता है। क्या इस शिशु की स्वतन्त्र इच्छा है?'

'मेरा अनुमान है, नहीं।'

'फिर बच्चा अपनी स्वतन्त्र इच्छा कब प्राप्त करता है? दो साल की आयु में वह इधर-उधर दौड़ता है और हर दिखनेवाली वस्तु की ओर इशारा करता है। तीन साल की आयु में यह माँ से ना-ना करता है और चार साल की आयु में अचानक अँधेरे से डरने लगता है। स्वतन्त्रता कहाँ है, सोफी?'

'मुझे नहीं पता।'

'जब यह बच्ची पन्द्रह की हो जाती है, तो शीशे के सामने बैठकर मेक-अप से परीक्षण करती है। क्या यह वह क्षण है जब वह अपने निजी फैसले करती है और जो मन में आता है वह करती है?'

'मैं समझ रही हूँ आप का इशारा क्या है?'

'वह सोफी एमंडसन है, निश्चय ही। किन्तु वह प्रकृति के नियमों के अनुसार भी रहती है। मुद्दे की बात यह है कि वह इसे अनुभव नहीं करती, क्योंकि उसके हर काम करने के कई पेचीदा कारण हैं।'

'मुझे नहीं लगता कि मैं और सुनना चाहती हूँ।'

'किन्तु तुम बस एक अन्तिम प्रश्न का उत्तर दो। एक बड़े बाग में दो एक से पुराने पेड़ उगे हुए हैं। एक पेड़ धूपवाले स्थान में है और उसे अच्छी मिट्टी और पानी मिलता है, दूसरा पेड़ कमजोर मिट्टी और अँधेरे स्थान पर है। तुम्हारे विचार से इनमें से कौन सा पेड़ बड़ा होगा? और इनमें से किस पर ज्यादा फल आते होंगे?'

'स्पष्ट है उस पेड़ पर जिसे बढ़ने के लिए सबसे अच्छी स्थिति मिली है।'

'स्पिनोज़ा के अनुसार, यह पेड़ स्वतन्त्र है। इसे पूरी स्वतन्त्रता है कि यह अपनी सारी अन्तर्निहित योग्यताओं का विकास करे। किन्तु यदि सेब का पेड़ है तो इसमें नाशपाती या आलूबुखारा पैदा करने की योग्यता नहीं होगी। वही बात हम मानवों पर लागू होती है। उदाहरण के लिए, हम राजनीतिक परिस्थितियों के कारण अपने विकास और निजी बढ़त में कई रुकावटें पा सकते हैं। बाह्य परिस्थिति हमको बाधित कर सकती

है। जब हम अपनी सहज, जन्मजात योग्यताओं को विकसित करने के लिए स्वतन्त्र हैं तभी हम स्वतन्त्र प्राणी की तरह रह सकते हैं। किन्तु हम आन्तरिक सम्भाव्यताओं और बाह्य अवसरों से उसी तरह निर्धारित होते हैं जैसे पाषाणयुग का रहाइन नदी के किनारे रहनेवाला लड़का या अफ्रीका का शेर या बाग में सेब का पेड़।'

'ठीक है, मैं समर्पण करती हूँ, लगभग।'

'स्पनोजा इस बात पर जोर देता है कि केवल एक ही प्राण-सत्ता है जो सम्पूर्ण रूप से और पूरी तरह 'स्वयं अपना कारण' है और पूर्ण स्वतन्त्रता से काम कर सकती है। केवल ईश्वर या प्रकृति ही इस प्रकार की स्वतन्त्र और 'आकस्मिक घटनारहित' प्रक्रिया की अभिव्यक्ति हो सकता है। मनुष्य बाह्य बन्धनों से मुक्त होकर स्वतन्त्रता पाने का प्रयास कर सकता है, किन्तु वह 'स्वतन्त्र इच्छा' कभी नहीं पा सकता। हम अपने शरीर में घटित होनेवाली हर चीज पर नियन्त्रण नहीं करते–शरीर, जो विस्तार के लक्षण का एक रूप है। न ही हम अपने चिन्तन का 'चयन' करते हैं। अतः मनुष्य के पास 'स्वतन्त्र इच्छा' नहीं है; यह लगभग एक मशीनवत् शरीर में कैद है।'

'यह समझना तो कुछ कठिन है।'

'स्पिनोज़ा ने कहा कि ये हमारी वासनाएँ हैं–जैसे महत्त्वाकांक्षा और कामासक्ति–जो हमें सच्ची प्रसन्नता और समन्वय प्राप्त करने से रोकती हैं, किन्तु यदि हम यह स्वीकार कर लें कि सभी कुछ जरूरत के कारण होता है, तब हम सम्पूर्ण प्रकृति की अन्तःप्रज्ञायुक्त समझ प्राप्त कर सकते हैं। तब हम पूर्ण स्पष्टता से यह अनुभव कर सकेंगे कि सभी कुछ जुड़ा हुआ है सभी कुछ से, कि हर चीज **एक** है। लक्ष्य उस हर चीज को समझना है, जो सर्वग्राही समझ में अस्तित्ववान है। तभी हम सच्ची प्रसन्नता एवं सन्तोष पा सकेंगे। इसे ही स्पिनोज़ा ने **Sub-specie-aeternitatis** देखना कहा है।'

'इसका अर्थ क्या हुआ?'

'हर चीज को शाश्वतता के परिप्रेक्ष्य से देखना। क्या यह वही नहीं है जहाँ से हमने शुरू किया था?'

'यही वह बिन्दु भी होना चाहिए जहाँ हम समाप्त भी करेंगे। अब मुझे चलना चाहिए।'

ऐल्बर्टो उठ खड़ा हुआ और किताबों के शैल्फ से फलों की एक बड़ी प्लेट उठा लाया। उसने इसे कॉफी टेबल पर रख दिया।

'क्या तुम जाने से पहले किसी फल का एक टुकड़ा नहीं लोगी?'

सोफी ने एक केला उठा लिया। ऐल्बर्टो ने एक हरा सेब लिया।

उसने केले की ऊपरी डंठल तोड़ी और इसे छीलने लगी।

'यहाँ तो कुछ लिखा हुआ है,' उसने अचानक कहा।

'कहाँ?'

'यहाँ, केले के छिलके के भीतर। ऐसा लगता था मानो रोशनाई के ब्रश से लिखा गया था।'

सोफी उस पर झुकी और केला ऐल्बर्टो को दिखाया। उसने बोल-बोलकर पढ़ा–

'हिल्डे, लो मैं यहाँ आ गया। मैं सब जगह हूँ। जन्मदिन की शुभ कामनाएँ।'

'अजीब मजाक है,' सोफी ने कहा।

'वह हर बार कुछ ज्यादा ही चतुर-चालाक होता जा रहा है।'

'किन्तु यह तो नामुमकिन है...आपको मालूम है क्या लेबनान में केले उगाते हैं?'

ऐल्बर्टो ने अपना सिर हिलाया।

'मैं **इसे** नहीं खाऊँगी।'

'छोड़ दो इसे। ऐसा आदमी तो विक्षिप्त होना चाहिए जो अपनी बेटी के लिए बिना छिले केले के छिलके के अन्दर की ओर जन्मदिन की शुभकामनाएँ लिखता है। किन्तु वह बहुत ही बुद्धिमान भी होना चाहिए।'

'हाँ, दोनों।'

'तो क्या हम अब यहाँ यह मान लें कि हिल्डे का पिता बेहद चतुर है। दूसरे शब्दों में, वह इतना मूर्ख नहीं है।'

'यही तो मैं आपको बार-बार बताती रही हूँ। हो सकता है यह वही था जिसने पिछली बार आपसे मुझे हिल्डे कहलवाया। हो सकता है वह ऐसा आदमी है जो सारी बातें हमारी ज़ुबान पर रख रहा है।'

'कुछ भी हो सकता है। किन्तु हमें हर चीज पर सन्देह करना चाहिए।'

'क्या मालूम, हमारा सारा जीवन ही एक सपना हो।'

'किन्तु हमें इतनी जल्दी निष्कर्षों पर नहीं पहुँचना चाहिए। हो सकता है कोई मामूली बात हो।'

'खैर, जो भी हो, मुझे जल्दी से घर जाना है। मेरी मॉम मेरा इन्तजार कर रही है।'

ऐल्बर्टो उसे छोड़ने दरवाजे तक आया। जैसे ही वह जानेवाली थी, उसने कहा, 'हम फिर मिलेंगे, प्रिय हिल्डे।'

फिर सोफी के पीछे दरवाजा बन्द हो गया।

लॉक

इतना कोरा और खाली, जितना अध्यापक के आने से पहले ब्लैकबोर्ड...

सोफी साढ़े आठ बजे घर पहुँची। वायदे से डेढ़ घंटे बाद—वायदा जो वास्तव में वायदा नहीं था। उसने केवल डिनर छोड़ा था और माँ के लिए यह सन्देश छोड़कर खिसक ली थी कि सात बजे से पहले-पहले आ जाएगी।

'इसे तो अब रोकना होगा, सोफी। मुझे इन्फॉर्मेशन को फोन करना पड़ा और यह पूछना पड़ा कि पुराने कस्बे में उनके पास ऐल्बर्टो नामक किसी आदमी का रिकॉर्ड है क्या। वे मुझ पर हँसे।'

'मैं निकल नहीं सकी। मेरा विचार था कि हम एक विराट रहस्य को बस जानने ही वाले हैं।'

'नॉनसेंस!'

'यह सच है।'

'क्या तुमने उसे अपनी पार्टी में निमन्त्रित किया?'

'अरे नहीं, मैं तो भूल ही गई।'

'ठीक है, मैं अब उससे मिलना चाहती हूँ। ज्यादा से ज्यादा कल। एक जवान लड़की का एक बूढ़े आदमी से इस प्रकार मिलना स्वाभाविक नहीं है।'

'ऐल्बर्टो से इतना डरने का कोई कारण नहीं है। हिल्डे के पिता से मिलना शायद ज्यादा खराब हो।'

'हिल्डे कौन है?'

'लेबनान वाले आदमी की बेटी। वह तो वाकई खराब है। वह शायद सारी दुनिया को नियन्त्रित करता हो।'

'यदि तुम ऐल्बर्टो से मेरा परिचय तुरन्त नहीं कराती, तो मैं तुम्हें उससे मिलने नहीं जाने दूँगी। मुझे उसके बारे में तब तक तसल्ली नहीं होगी जब तक कम-से-कम उसे देख न लूँ कि वह कैसा लगता है।'

सोफी के दिमाग में एक बढ़िया विचार आया और वह अपने कमरे की ओर भागी।

'अब तुम्हें क्या हो गया?' उसकी माँ ने उसके पीछे पुकारा।

एक ही क्षण में सोफी नीचे आ गई।

'एक ही मिनट में तुम देख लोगी वह कैसा लगता है। फिर मुझे आशा है तुम मुझे चैन से रहने दोगी।'

उसने वीडियो कैसेट हवा में लहराया और वीसीआर के पास गई।

'क्या उसने तुम्हें वीडियो दिया?'

'एथेंस से...

ऐक्रोपॉलिस की तसवीरें शीघ्र ही स्क्रीन पर आ गईं। जब ऐल्बर्टो आगे बढ़कर सीधा सोफी से बात करने लगा, तो उसकी माँ अवाक् रह गई।

सोफी ने अब वह देखा जिसे वह भूले जा रही थी। ऐक्रोपॉलिस पर टूरिस्टों की भीड़ थी जो अपने-अपने समूह में भीड़-भड़क्के में चल रहे थे। एक समूह के बीच में कोई आदमी एक तख्ती उठाए हुए था। इस पर लिखा था **हिल्डे...**ऐल्बर्टो ऐक्रोपॉलिस पर अपनी धुन में इधर-उधर घूम रहा था। थोड़ी देर बाद वह प्रवेश द्वार से नीचे गया और ऐरोपैगोस पहाड़ी पर चढ़ गया, जहाँ से पॉल ने एथेंसवासियों को सम्बोधित किया था। फिर वह सोफी से बात करने के लिए चौराहे पर पहुँच गया।

उसकी माँ वीडियो पर छोटी टिप्पणियाँ करती हुई बैठी रही :

'अद्‌भुत! आश्चर्यजनक!...क्या **यह** ऐल्बर्टो है? उसने फिर खरगोश का जिक्र किया...पर, हाँ, सोफी, वह तो वाकई तुमसे बात कर रहा है। मुझे मालूम नहीं था कि पॉल एथेंस आया था...'

वीडियो उस हिस्से पर आ रहा था जहाँ प्राचीन यूनान भग्नावशेषों से फिर उठ खड़ा होता है। आखिरी मिनट पर सोफी ने वीडियो बन्द कर दिया। अब चूँकि उसने अपनी माँ को एल्बर्टो को दिखा दिया था, अतः अब उसका अफलातून से परिचय कराने की आवश्यकता नहीं थी।

कमरे में मौन था।

'आप उसके बारे में क्या सोचती हैं? दिखने में तो अच्छा लगता है। नहीं है क्या?' सोफी ने चिढ़ाया।

'यह कैसा अजीब आदमी है जिसने स्वयं को एथेंस में इसलिए फिल्माया कि इसे वह ऐसी लड़की को भेज सके जिसे वह मुश्किल से ही जानता है। वह एथेंस में **कब** था?'

'मुझे कुछ अता-पता नहीं।'

'किन्तु कुछ और बात है...'

'क्या?'

'वह बहुत-कुछ उस मेजर जैसा ही दिखता है जो जंगल में उस झोंपड़ी में रहता था।'

'मॉम, हो सकता है यह वही हो।'

'किन्तु पिछले पन्द्रह सालों से भी अधिक समय से उसे किसी ने नहीं देखा।'

'वह इधर-उधर बहुत आता-जाता रहा है...एथेंस भी, हो सकता है।'

उसकी माँ ने अपना सिर हिलाया। 'जब मैंने उसे किसी समय सातवें दशक में देखा था उस समय भी वह इससे कम जवान नहीं था जैसा मैंने ऐल्बर्टो को अभी देखा है। उसका कुछ विदेशी सा नाम था...'

'नॉक्स?'

'हो सकता है, सोफी। हो सकता है उसका नाम नॉक्स था।'

'या यह नैग था?'

'हे भगवान मुझे तो कुछ भी याद नहीं...किस नॉक्स या नैग की बात कर रही हो तुम?'

'एक ऐल्बर्टो है, दूसरा हिल्डे का पिता है।'

'यह सुनकर मेरा सिर तो चक्कर खा रहा है।'

'घर में खाने को कुछ है?'

'तुम मीट बॉल्स गरम कर सकती हो।'

पूरे दो सप्ताह बीत गए, सोफी के पास ऐल्बर्टो का कोई सन्देश नहीं आया। उसे हिल्डे के नाम एक और जन्मदिन कार्ड मिला; हालाँकि जन्म का वास्तविक दिन आनेवाला था, किन्तु उसे अपने लिए एक भी शुभकामना कार्ड नहीं मिला।

एक दिन तीसरे पहर वह पुराने कस्बे गई और ऐल्बर्टो का दरवाजा खटखटाया। वह बाहर गया हुआ था, किन्तु एक छोटा-सा नोट दरवाजे में लगा था। इस पर लिखा था–

हिल्डे, हैप्पी बर्थ डे। बदलाव का बड़ा समय समीप ही है। सच्चाई का क्षण, छुटकी। जब भी मैं इसकी सोचता हूँ, हँसे बिना नहीं रह पाता। स्वाभाविक है इसका सम्बन्ध बर्कले से, इसलिए अपना हैट पकड़े रहना।

सोफी ने दरवाजे से वह नोट फाड़ लिया और बाहर जाते समय इसे ऐल्बर्टो के मेल-बॉक्स में ठूँस दिया।

डैम! मुझे पक्का भरोसा है कि वह वापस एथेंस नहीं गया है? वह उसे, इतने सारे अनुत्तरित प्रश्न लिये, छोड़कर कैसे जा सकता है?

14 जून को जब वह स्कूल से घर पहुँची तो हरमीज़ बाग में इधर-उधर उछल कूद रहा था। सोफी उसकी ओर दौड़ी और वह नाचता हुआ उसकी ओर आया। उसने अपनी बाँहें उसके चारों ओर डाल दीं मानो वह उसकी सारी पहेलियाँ सुलझा देगा।

एक बार फिर उसने अपनी माँ के लिए नोट छोड़ा, किन्तु इस बार उसने इस पर ऐल्बर्टो का पता लिख दिया।

जैसे वे कस्बे से होते हुए जा रहे थे सोफी आनेवाले कल के बारे में सोचने लगी। यह उसके अपने जन्मदिन के बारे में इतना नहीं था–वह तो मिडसमर ईव आने तक मनाया जानेवाला नहीं था। किन्तु कल हिल्डे का जन्मदिन भी था। सोफी को विश्वास

था कि कुछ असाधारण अवश्य होगा। कम-से-कम लेबनान से आनेवाले उन सब जन्मदिन बधाई काड्र्स का तो अन्त हो जाएगा।

जब उन्होंने मेन स्क्वायर पार कर लिया और पुराने कस्बे के पास ही थे कि वे एक प्लेग्राउंड से लगे पार्क से गुजरे। हरमीज़ एक बेंच के पास रुका मानो चाहता हो कि सोफी बैठ जाए।

वह बैठ गई, और जब वह कुत्ते का सिर थपथपा रही थी उसने उसकी आँखों में देखा। अचानक कुत्ता तेजी से काँपने लगा। यह अब भौंकनेवाला है, सोफी ने सोचा।

फिर उसके जबड़ों में कम्पन शुरू हो गया, किन्तु हरमीज़ न तो गुर्राया और न ही भौंका। उसने अपना मुँह खोला और कहा–

'हैप्पी बर्थ डे, हिल्डे।'

सोफी अवाक् रह गई। क्या कुत्ते ने उससे बात की? असम्भव, उसने कल्पना कर ली होगी, क्योंकि वह हिल्डे की ही सोच रही थी। किन्तु अन्दर कहीं गहरे उसे फिर भी विश्वास था कि हरमीज़ बोला है, और गहरी गूँजती आवाज में बोला है।

अगले ही क्षण हर चीज पूर्ववत् हो गई। हरमीज़ प्रदर्शन स्वरूप दो-चार बार भौंका–मानो इस तथ्य को ढँकना चाह रहा हो कि वह अभी हाल ही में मनुष्यों की आवाज में बोला था–और हलकी-हलकी छलाँग लगाता ऐल्बर्टो के स्थान की ओर चल पड़ा। जैसे ही वे अन्दर जा रहे थे सोफी ने ऊपर आसमान की ओर देखा। दिन भर अच्छा मौसम रहा था, पर अब दूर क्षितिज पर घने बादल एकत्र हो रहे थे।

ऐल्बर्टो ने दरवाजा खोला और सोफी ने तुरन्त कहा–

'शिष्टाचार की आवश्यकता नहीं है, प्लीज। आप एक बड़े मूर्ख हैं, और आप यह जानते हैं।'

'क्यों अब क्या हुआ?'

'मेजर ने हरमीज़ को **बात करना** भी सिखा दिया!'

'आह, तो बात यहाँ तक आ पहुँची।'

'हाँ, कल्पना करें।'

'और वह कह क्या रहा था?'

'मैं आपको तीन अनुमान-संकेत देती हूँ।'

'मैं कल्पना कर रहा हूँ कि उसने हैप्पी बर्थ डे की तरह की कोई बात कही होगी।'

'बिन्गो! वाह, क्या खूब!'

ऐल्बर्टो ने सोफी को अन्दर आने दिया। वह आज एक और अलग पोशाक पहने था। वह पिछली दफा की पोशाक से उतनी ज्यादा भिन्न नहीं थी, किन्तु इस बार ब्रेडिंग्स, बो या लेस नहीं थे।

'किन्तु इतना ही नहीं है,' सोफी बोली।

'क्या मतलब है तुम्हारा?'

'क्या आपको मेल-बॉक्स में नोट नहीं मिला?'

'ओह, वह! मैंने उसे तुरन्त फेंक दिया।'

'मुझे इसकी परवाह नहीं कि वह जब भी बर्कले की सोचता है, तो हँसता है। किन्तु उस दार्शनिक विशेष में ऐसी हास्यास्पद क्या चीज है?'

'हमें यह जानने के लिए थोड़ी प्रतीक्षा करनी होगी।'

'किन्तु आज वह दिन है जब आप उसके बारे में बात करने जा रहे हैं, है न?'

'हाँ, आज वह दिन है।'

ऐल्बर्टो आराम से सोफे पर बैठ गया। फिर उसने कहा–

'पिछली बार जब हम यहाँ बैठे थे तो मैंने तुमसे देकार्त और स्पिनोज़ा की चर्चा की। हम इस बात पर सहमत हुए थे कि इन दोनों में एक चीज समान थी, यानी दोनों **तर्कवादी** थे।

'और तर्कवादी वह है जो तर्क के महत्त्व के बारे में दृढ़ विश्वास रखता है।'

'यह ठीक है बिलकुल, एक तर्कवादी मानता है कि ज्ञान का मूल स्रोत तर्क है, और वह यह भी मान सकता है कि मनुष्य में कुछ खास जन्मजात विचार होते हैं, जो उसके दिमाग में सारे ऐन्द्रिक अनुभवों से पहले ही विद्यमान हैं। और जितने ही साफ, स्पष्ट यह विचार होते हैं, उतना ही यह निश्चित है कि ये सत्य के अनुरूप हैं। तुम याद करो किस प्रकार देकार्त के पास 'परफेक्ट सत्ता' का साफ और अलग विचार था, जिसके आधार पर उसने निष्कर्ष निकाला था कि ईश्वर का अस्तित्व है।'

'मैं भूलनेवालों में से नहीं हूँ।'

'इस प्रकार की तार्किक विवेचना सत्रहवीं शताब्दी में दार्शनिक चिन्तन पर हावी थी। मध्य युग में भी यह अच्छी मजबूत जड़ें जमाए हुए थी, और इसकी याद हम अफलातून और सुकरात से भी कर लेते हैं। किन्तु अठारहवीं शताब्दी में यह चिन्तन निरन्तर बढ़ती जा रही गहन आलोचना का विषय बन गया। बहुत सारे दार्शनिक मानते थे कि हमारे दिमाग में ऐसी कोई चीज नहीं है जिसका अनुभव हमने अपनी ज्ञानेन्द्रियों से नहीं लिया। इस प्रकार के विचार या मत को **Empiricism** या **अनुभववाद** कहते हैं।'

'और आज आप इनके बारे में चर्चा करनेवाले हैं, ये अनुभववादी?'

'मैं कोशिश करूँगा, हाँ। सबसे महत्त्वपूर्ण **अनुभववादी** दार्शनिक थे लॉक, बर्कले और ह्यूम, और तीनों ही ब्रिटेन से थे। सत्रहवीं शताब्दी के अग्रणी तर्कवादी थे देकार्त, जो फ्रेंच था; स्पिनोज़ा, जो हॉलैंडवासी था; और लाइबनिज, जो जर्मन था। इसलिए हम सामान्यतया **ब्रिटिश ऐम्पिरिसिज्म (ब्रिटिश अनुभववाद)** और **कांटीनेंटल रैशनलिज्म (प्रायद्वीपीय तर्कवाद)** के बीच भेद करते हैं।

'कितने कठिन शब्द हैं! क्या आप **ऐम्पिरिसिज्म** का अर्थ दोहराएँगे?'

एक ऐम्पिरिसिस्ट (अनुभववादी) के अनुसार दुनिया का सारा ज्ञान इन्द्रियों से प्राप्त होता है। अनुभववादी ढंग की शास्त्रीय परिभाषा अरस्तू से आई। उसने कहा–मन में, सिवाय उसके जो प्रथम ज्ञानेन्द्रियों में था, और कुछ नहीं है। इस मत का अन्तर्निहित

उद्देश्य सीधी-सीधी अफलातून की आलोचना थी, जो यह मानता था कि आदमी विचारों की दुनिया से 'जन्मजात' विचारों का एक सेट लेकर आता है। लॉक अरस्तू के शब्दों को दोहराता है, और लॉक का लक्ष्य देकार्त पर प्रहार करना है।

'मन में,...सिवाय उसके जो प्रथम ज्ञानेन्द्रियों में था, और कुछ नहीं है?'

'जिस दुनिया में हम आते हैं, उसमें आने से पहले और इसे **देखने** से पहले हमारे मन में इसके बारे में कोई सहज विचार या धारणाएँ नहीं होतीं। यदि हमारे पास कोई धारणा या विचार ऐसा है जिसे अनुभूत तथ्यों से नहीं जोड़ा जा सकता, तो वह मिथ्या धारणा है। उदाहरण के लिए, जब हम 'ईश्वर', 'शाश्वतता' अथवा 'सार-तत्त्व' जैसे शब्दों का प्रयोग करते हैं, तो तर्क का दुरुपयोग होता है, क्योंकि किसी ने भी ईश्वर, शाश्वतता या जिसे दार्शनिक सार-तत्त्व कहते हैं, का **अनुभव** नहीं किया है। अतः इस प्रकार अनेक विद्वद् शोध-पत्र लिखे जा सकते हैं जिनमें वास्तविक तथ्यों के आधार पर कोई नए अनुभूत विचार नहीं होते। बुद्धि-कौशल से बनाई गई इस प्रकार की दार्शनिक प्रणाली प्रभावी तो दिख सकती है, किन्तु यह शुद्ध फन्तासी यानी कोरी कल्पना है। सत्रहवीं और अठारहवीं शताब्दी के दार्शनिकों ने इस प्रकार के विद्वद् शोध-पत्र विरासत में पाए। अब उन्हें माइक्रोस्कोप के नीचे रखकर छानबीन करने की आवश्यकता थी। उनके सारे खोखले खयालों को हटाकर शुद्ध किए जाने की आवश्यकता थी। हम इसकी तुलना सोने की खुदाई से कर सकते हैं। अधिकांशतः जो हाथ लगता है वह रेत और मिट्टी ही होती है, किन्तु कभी-कभी बीच में स्वर्ण कणों की चमक भी मिल जाती हैं।'

'और वह स्वर्ण कण वास्तविक अनुभव है।'

'या कम-से-कम वे विचार जो अनुभव से जुड़े हैं। ब्रिटिश ऐम्पिरिसिस्ट्स (अनुभववादियों) के लिए यह महत्वपूर्ण हो गया कि वे सारी मानवीय धारणाओं की छानबीन यह देखने के लिए करें कि क्या वे वास्तविकता में अनुभव पर आधारित हैं या नहीं। किन्तु हम एक समय एक दार्शनिक को ही लेंगे।'

'ओके, शूट।'

'पहला अंग्रेज जॉन लॉक है, जिसका जीवनकाल 1632 से 1704 तक रहा। उसकी मुख्य रचना, **ऐसे कन्सर्निंग ह्यूमन अंडरस्टैंडिंग** 1690 में प्रकाशित हुई थी। इसमें उसने मुख्यतः दो प्रश्नों पर विचार करने का प्रयास किया है। प्रथम, हम अपने विचार कहाँ से प्राप्त करते हैं, और दूसरे, क्या हम अपनी ज्ञानेन्द्रियों से प्राप्त अनुभवों और विचारों पर निर्भर कर सकते हैं।'

'यह भी क्या प्रोजेक्ट था?'

'हम इन प्रश्नों को एक-एक करके लेंगे। लॉक का दावा था कि हमारे सारे विचार और सोच हमारी उन ऐन्द्रिक संवेदनाओं से उत्पन्न होते हैं जो हमारी इन्द्रियों के माध्यम से हमारे भीतर आती है। हमारे द्वारा किसी भी चीज की समझ के पहले हमारी बुद्धि **'टेबुला रसा' (Tabula rasa)** यानी कोरी स्लेट होती है।

'आप लैटिन छोड़ते चलें।'

'किसी भी वस्तु या स्थिति का ऐन्द्रिक अनुभव करने से पहले हमारी बुद्धि उसी तरह कोरी और खाली होती है जैसे किसी अध्यापक के क्लास रूम में आने से पहले ब्लैक-बोर्ड। लॉक ने बुद्धि की तुलना एक अ-सज्जित अथवा फर्नीचर-रहित कमरे से भी की है। किन्तु फिर हमें अपने परिवेश का भान होने लगता है। हम अपने चारों ओर की दुनिया देखते हैं, सूँघते हैं, चखते हैं, सुनते हैं, छूते हैं। इस प्रकार, लॉक के कथनानुसार, **ज्ञानेन्द्रियों के सरल विचार** पैदा होते हैं। किन्तु बुद्धि अकर्मक होकर केवल बाहर की सूचना को प्राप्त ही नहीं करती रहती। बुद्धि में भी कुछ क्रिया-कलाप होता है। इन्द्रिय-जनित अकेले एक विचार पर हम सोचकर, तर्क करके, विश्वास करके और सन्देह करके कार्य करते रहते हैं, और इस प्रकार वह उत्पन्न होता है जिसे **चिन्तन** कहते हैं। इसलिए उसने 'संवेदन' और 'चिन्तन' में भेद किया। बुद्धि केवल अकर्मक ग्रहणकर्ता ही नहीं है। वह अन्दर आनेवाले सभी संवेदनों को ढंग से समझती है और उनका वर्गीकरण करती है। और यही वह चरण है जहाँ हमें सावधान होने की आवश्यकता है।'

'सावधान होने की?'

'लॉक ने जोर दिया कि हम केवल सरल संवेदनों को ही समझ सकते हैं। उदाहरण के लिए जब मैं सेब खाता हूँ, तो मैं सारे सेब का एक ही संवेदन में भान नहीं करता। वास्तव में होता यह है कि मैं सरल संवेदनों की एक पूरी शृंखला प्राप्त करता हूँ, जैसे—कोई चीज हरी है, सूँघने में ताजा लगती है और स्वाद में तेज तथा रसीली है। कई बार केवल सेब खा लेने के बाद ही मैं सोचता हूँ—अब मैं एक 'सेब' खा रहा हूँ। लॉक के शब्दों में, हमने 'सेब' का एक जटिल विचार बना लिया है। जब हम बच्चे थे, तो पहली बार सेब चखने पर, हमारे पास ऐसा कोई जटिल विचार नहीं था। किन्तु हमने कोई चीज हरी देखी, हमने कोई ताजा, रसीली, यमी चीज चखी...। यह थोड़ी सी खट्टी भी थी। धीरे-धीरे हम इस प्रकार के कई संवेदनों को एकत्र कर लेते हैं और 'सेब', 'नाशपाती', 'सन्तरे' आदि की धारणाएँ बना लेते हैं। किन्तु अन्तिम विश्लेषण में, हमारे ज्ञान के लिए दुनिया की सारी सामग्री संवेदनों द्वारा ही आती है। ज्ञान जिसे तलाशते हुए हम किसी सरल संवेदन तक नहीं ले जा पाते, वह, इसीलिए, झूठा ज्ञान है और परिणामतः इसे अस्वीकार कर दिया जाना चाहिए।'

'खैर जो भी हो, यह तो निश्चित ही है कि जो हम देखते, सुनते, सूँघते और चखते हैं उसी से हम इन्द्रिय-ज्ञान प्राप्त करते हैं।'

'हाँ भी और ना भी, दोनों। और यह हमें दूसरे प्रश्न पर ले आता है जिसका उत्तर देने की चेष्टा लॉक कर रहा था। उसने पहले इस प्रश्न का उत्तर दे दिया कि हमारे विचार कहाँ से आते हैं। अब उसने पूछा—क्या दुनिया वैसी ही है जैसी हम इसे समझते हैं। यह इतना सरल और स्पष्ट नहीं है, देख रही हो, सोफी। हमें तुरन्त

निष्कर्षों पर नहीं पहुँचना चाहिए। यही वह चीज है जिसे सच्चे दार्शनिक को कभी नहीं करना चाहिए।'

'मैं तो एक शब्द भी नहीं बोली।'

'लॉक ने एक ऐसा भेद किया जिसे उसने 'प्राइमरी' और 'सेकंडरी' गुण का नाम दिया, और इसमें उसने अपने पूर्ववर्ती दार्शनिकों का ऋण, जिसमें देकार्त भी शामिल था, स्वीकार किया।

'प्राइमरी गुणों से उसका अभिप्राय विस्तार, वजन, गति और संख्या आदि से था। जब इस प्रकार के गुणों का प्रश्न आता है तो हमें भरोसा है कि हमारी इन्द्रियाँ उन्हें विषय-वस्तुगत रूप में यूँ का यूँ रख देंगी। किन्तु हमारे अनुभव में हमें दूसरे गुणों का भी भान होता है। हम कहते हैं कि कोई चीज मीठी या खट्टी, हरी या लाल, गरम या ठंडी है। लॉक इन्हें **सेकंडरी गुण** कहता है। इस प्रकार के संवेदन– रंग, गन्ध, स्वाद, आवाज–वस्तुओं में स्वयं अन्तर्निहित वास्तविक गुणों को नहीं दर्शाते। वे हमारी इन्द्रियों पर पड़नेवाले बाहरी सत्य के प्रभाव को दर्शाते हैं।'

'दूसरे शब्दों में, हर व्यक्ति की अपनी अलग रुचि है।'

'बिलकुल सही। प्रत्येक व्यक्ति प्राइमरी गुणों, जैसे–कद और वजन, पर सहमत हो सकता है, क्योंकि ये गुण स्वयं उन वस्तुओं में अन्तर्निहित हैं। किन्तु सेकंडरी गुण, जैसे–रंग और स्वाद, व्यक्ति-व्यक्ति, जानवर-जानवर के लिए अलग-अलग हो सकते हैं, यह व्यक्ति के अपने संवेदनों पर निर्भर है।'

'जब जोआना एक सन्तरा खाती है तो उसके चेहरे पर वह भाव आता है जो दूसरे लोगों द्वारा नीबू खाने पर उनके चेहरों पर आता है। वह एक समय में एक फाड़ी से अधिक नहीं ले पाती। वह कहती है यह खट्टा है। मैं प्रायः सोचती हूँ कि वही सन्तरा मेरे स्वाद अनुसार अच्छा और मीठा है।'

'और आप दोनों में कोई भी न सही है और न गलत। आप केवल यह वर्णन कर रही हैं कि सन्तरे ने आपकी इन्द्रियों को कैसे प्रभावित किया है। रंग की इन्द्रिय संवेदना के साथ भी ऐसा ही होता है। हो सकता है आपको लाल रंग का एक शेड पसन्द न हो। किन्तु यदि जोआना उसी शेड की लाल ड्रेस खरीदती है तो बेहतर यही होगा कि आप अपनी राय अपने ही पास रखें। आप रंग का दूसरी तरह अनुभव करते हैं, किन्तु यह न तो सुन्दर है और न ही असुन्दर।'

'किन्तु हर कोई इस पर सहमत हो सकता है कि सन्तरा गोल है।'

'हाँ, यदि आपके पास गोल सन्तरा है तो आप यह नहीं सोच सकते कि यह चौकोर है। आप सोच सकते हैं, यह मीठा या खट्टा है, किन्तु आप यह नहीं सोच सकते हैं कि यह आठ किलो वजन का है, जबकि इसका वजन केवल दो सौ ग्राम है। निश्चिततः आप यह मान सकते हैं कि इसका वजन कई किलो है, किन्तु आपका ऐसा अनुमान बहुत गलत होगा। यदि कई लोग यह अनुमान लगाते हैं कि अमुक

चीज का कितना वजन है, तो सदैव ही उनमें से कोई एक ऐसा भी होगा जो बाकी दूसरों से ज्यादा सही होगा। यही बात संख्या पर लागू होती है। या तो डिब्बे में 986 मटर हैं या नहीं हैं। यही बात गति के बारे में भी है। कार या तो चल रही है या खड़ी है।'

'मैं समझ गई।'

'अतः जब 'विस्तारित' सत्य का प्रश्न था, लॉक इस बात में देकार्त से सहमत था कि इसमें कुछ गुण होते हैं जिन्हें तर्क द्वारा समझने में आदमी सक्षम है।'

'इस बात पर सहमत होना तो इतना कठिन नहीं होना चाहिए।'

'लॉक ने स्वीकार किया कि अन्य क्षेत्रों में भी अन्तःप्रज्ञाजन्य अथवा 'प्रदर्शनीय' ज्ञान जैसी चीज होनी चाहिए। उदाहरण के लिए, उसका मानना था कि कुछ मूल नैतिक सिद्धान्त हर किसी पर लागू होते हैं। दूसरे शब्दों में, वह **प्राकृतिक अधिकार** के विचार को माननेवाला था, और यह उसके विचार का तार्किक पहलू था। एक इतना ही बड़ा तार्किक दावा लॉक का यह मानना था कि मानवीय तर्क में यह अन्तर्निहित क्षमता है कि मनुष्य ईश्वर के अस्तित्व को जान सकता है।'

'हो सकता है, वह सही था!'

'किस बारे में?'

'कि ईश्वर का अस्तित्व है!'

'हाँ, अवश्य ही, यह सम्भव है। किन्तु उसने इसे श्रद्धा पर आधारित नहीं होने दिया। उसका मानना था कि ईश्वर का विचार मानवीय तर्क की देन है। **यह** एक तार्किक पहलू था। मैं यहाँ यह और जोड़ दूँ कि वह बौद्धिक स्वतन्त्रता और सहिष्णुता का पक्षधर था। वह दोनों लिंगों की समानता के विचार में रमा हुआ था, और मानता था कि स्त्री को दबाकर रखने का काम 'मनुष्य द्वारा बनाया गया' है। अतः इसे बदला जा सकता है।'

'यहाँ मैं असहमत नहीं हो सकती।'

'हाल ही के समय के दार्शनिकों में लॉक प्रथम दार्शनिक था जो यौन पर आधारित कार्य-विभाजन से उत्पन्न स्त्री-पुरुषों में बाँटी गई विरोधी भूमिकाओं में रुचि रखता था। उसके विचारों ने जॉन स्टुअर्ट मिल को अत्यधिक प्रभावित किया, जिसने, प्रतिफलस्वरूप दोनों लिंगों की समानता के संघर्ष में काँटे की भूमिका निभाई। कुल मिलाकर, लॉक कई उदार विचारों का अग्रदूत था, जो बाद में, अठारहवीं शताब्दी में फ्रेंच प्रबोधनकाल में, पूर्णतः पुष्पित हुए। वह पहला व्यक्ति था जिसने **सत्ता शक्तियों के विभाजन** की वकालत की।'

'क्यों, ऐसा शायद उस समय होता है जब राज्य की सत्ता विभिन्न संस्थाओं में विभाजित की जाती है?'

'तुम्हें याद है, कौन-सी सँस्थाएँ?'

‘विधायी शक्ति है, या इसे चुने हुए प्रतिनिधियों की शक्ति भी कहते हैं। फिर कानूनी शक्ति, यानी अदालतों की शक्ति और फिर है कार्यकारी शक्ति, यानी सरकार।’

‘शक्ति का यह विभाजन फ्रेंच प्रबोधनकालीन दार्शनिक मौंटेस्क्यू से शुरू हुआ। लॉक ने सबसे पहले और सर्वोपरि इस बात पर जोर दिया कि अत्याचार से बचने के लिए विधायी और कार्यकारी शक्तियों का विभाजन होना चाहिए। वह लुई-XIV के समय में जीवित था, जिसने सारी शक्तियाँ अपने हाथ में ले ली थीं। ‘मैं राज्य हूँ,’ वह कहता था। हम कहते हैं वह ‘एब्सोल्यूट’ यानी ‘तानाशाह’ शासक था। आजकल हम लुई-XIV के शासन को मनमाना और बर्बर कहते हैं। लॉक का मत था कि कानूनी राज्य बनाए रखने के लिए यह आवश्यक है कि जनप्रतिनिधि कानून बनाएँ और राजा या सरकार उन्हें अनिवार्यतः लागू करे।

ह्यूम

तो फिर इसे आग की लपटों के हवाले कर दो...

ऐल्बर्टो नीचे मेज पर टकटकी लगाए देखता हुआ बैठा रहा। अन्त में वह मुड़ा और खिड़की के बाहर देखा।

'बादल आ रहे हैं,' सोफी ने कहा।

'हाँ, कुछ गड्ड-मड्ड सा हो रहा है।'

'क्या आप बर्कले के बारे में अभी बात करेंगे?'

'वह तीन ब्रिटिश ऐम्पिरिसिस्ट्स (अनुभववादियों) में अगला था। किन्तु चूँकि वह कई रूप में अपने आपमें अलग एक श्रेणी है, हम पहले **डेविड ह्यूम** पर ध्यान एकाग्र करेंगे जो 1711 से 1776 तक जीया। वह ऐम्पिरिसिस्ट्स में सबसे महत्त्वपूर्ण रूप से अलग ही खड़ा है। वह इसलिए भी महत्त्वपूर्ण व्यक्ति है कि उसने महान दार्शनिक इमैनुअल कांट को दर्शनशास्त्र में उसके अपने दर्शन का मार्ग खोजने को प्रेरित किया।'

'क्या आपके लिए इस बात का कोई मतलब नहीं है कि मेरी रुचि बर्कले के दर्शन में अधिक है?'

'इसका कोई महत्त्व नहीं है। ह्यूम स्कॉटलैंड में ऐडिनबरा के पास रहकर बड़ा हुआ। उसका परिवार चाहता था कि वह कानून का व्यवसाय पकड़े, किन्तु उसमें 'दर्शनशास्त्र और ज्ञान के अतिरिक्त शेष सब चीजों के लिए अदम्य प्रतिरोध था।' वह प्रबोधन युग में महान फ्रेंच विचारक वाल्टेयर और रूसो के समय में रह रहा था, और उसने अपने जीवन के अन्तिम समय के समीप ऐडिनबरा में बस जाने से पहले यूरोप में दूर-दूर तक यात्रा की थी। उसकी मुख्य रचना, **ए ट्रीटाइज ऑफ ह्यूमन नेचर,** उस समय प्रकाशित हुई थी जब उसकी आयु अट्ठाईस वर्ष की थी, किन्तु उसने दावा किया कि इस पुस्तक को लिखने का विचार उसे पन्द्रह वर्ष की अवस्था में ही मिल गया था।'

'मुझे दिख रहा है कि मेरे पास बर्बाद करने के लिए समय नहीं है।'

'किन्तु तुमने तो बर्बाद करना पहले ही शुरू कर रखा है।'

'किन्तु यदि मुझे अपना दर्शन बनाना पड़े तो वह उस सबसे अच्छा-खासा भिन्न होगा जो मैंने अब तक सुना है।'

'क्या कोई खास चीज है जो अभी तक नहीं आई?'

'सुनिए, शुरुआती रूप में, अभी तक आपने जिन दार्शनिकों की बात की है, वे सब पुरुष हैं। और लगता है पुरुष अपनी ही दुनिया में रहते हैं। मेरी दिलचस्पी वास्तविक दुनिया में है, जहाँ फूल हैं, जानवर हैं, बच्चे हैं जो पैदा होते हैं और बड़े होते हैं। आपके दार्शनिक हमेशा 'मनुष्य' और 'मानवों' की बात करते हैं, और अब एक और मीमांसा 'मानव प्रकृति' पर आ गई। ऐसा लगता है यह 'मानव' एक अधेड़ उम्र का आदमी है। मेरा मतलब है, जीवन गर्भावस्था और जन्म से शुरू होता है, और मैंने अभी तक बच्चों के पोतड़ों की या उनके रोने की कोई बात नहीं सुनी। और प्रेम और मित्रता की तो कोई बात ही सामने नहीं आई।'

'तुम बिलकुल सही हो, निश्चय ही। किन्तु ह्यूम ऐसा दार्शनिक था जो बहुत ही भिन्न ढंग से सोचता था। किसी भी अन्य दार्शनिक की तुलना में, उसने दैनिक जीवन की दुनिया को अपना शुरुआती बिन्दु बनाया। मैं तो यहाँ तक सोचता हूँ कि ह्यूम के मन में, बच्चे जीवन का अनुभव कैसे करते हैं, इस बारे में बहुत मजबूत भावनाएँ थीं। बच्चे दुनिया के नए नागरिक थे।'

'तब तो मैं सुनूँगी।'

'एक ऐम्पिरिसिस्ट के नाते ह्यूम ने पुरुष दार्शनिकों द्वारा आविष्कृत सभी आधारहीन अवधारणाओं और वैचारिक ढाँचों को साफ करने का दायित्व अपने ऊपर ले लिया। ढेरों पुराना मलबा था, लिखित और बोला हुआ, जो मध्य युग और सत्रहवीं शताब्दी से चला आ रहा था।' ह्यूम ने सुझाव रखा कि वह दुनिया के अपने स्वतः स्फूर्त अनुभव की ओर लौटेगा। कोई भी दार्शनिक हमें 'दैनिक अनुभवों के पीछे कभी नहीं ले जा सकेगा या हमें आचरण के ऐसे नियम दे सकेगा जो दैनिक जीवन पर चिन्तन द्वारा प्राप्त नियमों से भिन्न हों,' उसने कहा था।'

'यहाँ तक तो उत्साहवर्धक लगता है। क्या आप कोई उदाहरण दे सकते हैं?'

'ह्यूम के समय में देवदूतों के बारे में व्यापक विश्वास था। यानी, मानव शरीर एवं आकृति और पंख। तुमने इस तरह का जीवन कभी देखा है, सोफी?'

'नहीं।'

'किन्तु तुमने मानव आकृति देखी है?'

'गूँगा प्रश्न।'

'तुमने पंख भी देखे हैं?'

'हाँ, किन्तु मानव आकृति के साथ नहीं।'

'अतः, ह्यूम के अनुसार, एक 'देवदूत' एक **जटिल विचार** है। इसमें दो प्रकार के अनुभव हैं जो वास्तव में एक-दूसरे से नहीं जुड़े हैं, किन्तु वे फिर भी मनुष्य की कल्पना में एक-दूसरे के साथ हैं। दूसरे शब्दों में, यह एक काल्पनिक यानी झूठा विचार है जिसे तुरन्त अस्वीकार किया जाना चाहिए। हमें अपनी सोच और विचारों को, और

इसके साथ ही पुस्तक संग्रहों को भी उसी प्रकार, साफ-सुथरे बनाना चाहिए। ह्यूम के अपने शब्दों में—यदि हम अपने हाथ में कोई पुस्तक उठाएँ...तो हमें पूछना चाहिए—'क्या इसमें मात्रा या संख्या सम्बन्धी कोई गूढ़ तर्क है?' नहीं। 'क्या इसमें यथार्थिक और अस्तित्व सम्बन्धी कोई परीक्षणात्मक/निरीक्षणात्मक तर्क है?' नहीं। तो फिर इसे लपटों के हवाले कर दो, क्योंकि इसमें वाक्-छल और भ्रम के अतिरिक्त और कुछ नहीं है।'

'यह तो बेहद सख्त था।'

'किन्तु दुनिया अभी भी कायम है। ज्यादा ताजा और पहले की तुलना में अधिक स्पष्ट रूपरेखाएँ लिये हुए। ह्यूम जानना चाहता था कि बच्चा दुनिया का अनुभव कैसे करता है। क्या तुमने नहीं कहा था कि अनेक दार्शनिक, जिनके बारे में तुमने सुना है, अपनी ही दुनिया में रहते थे, और तुम्हारी रुचि वास्तविक दुनिया में अधिक है?'

'कुछ इसी तरह का।'

'ह्यूम भी यही बात कहता। किन्तु आओ उसकी विचार शृंखला को और समीप से देखते हैं।'

'मैं आपके साथ हूँ।'

'ह्यूम यह स्थापित करके चलता है कि मनुष्य के पास दो प्रकार की समझ या परख हैं, **प्रभावों** और **विचारों** की। 'Impressions' या 'प्रभावों' से उसका अभिप्राय बाह्य सत्य के तुरन्त संवेदन से है। 'विचारों' से उसका अभिप्राय प्रभावों को पुनः याद करने से है।'

'क्या आप मुझे इसका एक उदाहरण दे सकते हैं?'

'यदि तुम गरम चूल्हे पर स्वयं को जला लो तो तुम्हें तुरन्त 'प्रभाव' होगा। बाद में तुम याद करोगी कि तुमने अपने को जला लिया था। उसी प्रभाव को, जिस सीमा तक इसे याद कर लिया जाता है, ह्यूम 'विचार' कहता है। अन्तर यह है कि प्रभाव को याद करने या स्मृति की तुलना में, प्रभाव अधिक सशक्त और अधिक जीवन्त होता है। तुम यह भी कह सकती हो कि संवेदन मौलिक है और यह कि विचार, या उसकी याद केवल एक हलकी नकल है। प्रभाव ही मस्तिष्क में इकट्ठा कर रखे गए विचार का सीधा-सीधा कारण होता है।'

'मैं समझ रही हूँ—यहाँ तक तो।'

'ह्यूम आगे चलकर इस बात पर जोर देता है कि प्रभाव और विचार सरल या जटिल हो सकते हैं। तुम्हें याद होगा कि लॉक के सम्बन्ध में हमने एक सेब की बात की थी। सेब का सीधा अनुभव जटिल प्रभाव का एक उदाहरण है।'

'विघ्न डालने के लिए क्षमा करें, क्या यह बेहद महत्त्वपूर्ण है?'

'महत्त्वपूर्ण? तुम यह कैसे पूछ सकती हो? भले ही दार्शनिक अनेक छद्म समस्याओं से ग्रस्त बने रहें, तुम्हें एक तर्क के तारतम्य को नहीं छोड़ना चाहिए। ह्यूम सम्भवतः

देकार्त से इस बारे में सहमत होगा कि एक विचार प्रक्रिया के निर्माण के लिए यह अत्यावश्यक है कि यह जमीन से शुरू हो।'

'ओके, ओके।'

'ह्यूम का मुद्दा यह है कि कभी-कभी हम जटिल विचार बना लेते हैं जिनके समरूप कोई वस्तु भौतिक जगत में नहीं होती। हम पहले ही देवदूतों की बात कर चुके हैं। इससे पहले हमने 'मगर-हाथियों' की बात की थी। एक अन्य उदाहरण पैगासस, पंखोंवाला घोड़ा है। इन सभी मामलों में हमें स्वीकार करना पड़ेगा कि मस्तिष्क ने आपसे आप काटने और चिपकाने (cut and paste) का अच्छा काम किया है। हर तत्त्व को एक बार इन्द्रियानुभूत किया गया और यह मस्तिष्क की नाट्यशाला में वास्तविक 'प्रभाव' के रूप में प्रविष्ट हुआ। मस्तिष्क द्वारा कभी भी किसी चीज का आविष्कार नहीं किया जाता। मस्तिष्क चीजों को इकट्ठी कर लेता है और काल्पनिक झूठे 'विचार' बना लेता है।'

'हाँ मैं देखती हूँ। यह महत्त्वपूर्ण **है**।'

'ह्यूम प्रत्येक विचार की, एक-एक की छानबीन करना चाहता था और यह देखना चाहता था कि विचार को इस तरह तो नहीं घुलाया-मिलाया गया कि अब यह सत्य के अनुरूप नहीं है। उसने पूछा—अमुक विचार किस प्रभाव से पैदा हुआ है? सबसे पहले तो वह यह पता लगाना चाहता था कि किन अलग-अलग, एकल विचारों से जटिल विचार बने हैं। इससे उसे वे आलोचनात्मक तरीके मिल जाएँगे जिनसे वह हमारे विचारों का विश्लेषण करेगा, और इस प्रकार हमारी सोच, मत और विचारों को साफ-सुथरा बनाने में सक्षम होगा।'

'क्या आपके पास इसके एक-दो उदाहरण हैं?'

'ह्यूम के समय में बहुत से ऐसे लोग थे जो 'स्वर्ग' या 'न्यू येरूशलम' का बहुत स्पष्ट विचार रखते थे। तुम्हें याद होगा कि देकार्त के अनुसार 'स्पष्ट और विशिष्ट' विचार अपने आपमें इस बात की गारंटी हैं कि इस तरह की कोई चीज वास्तव में विद्यमान है।'

'मैंने कहा न, मैं भूलनेवालों में नहीं हूँ।'

'हम शीघ्र ही अनुभव कर लेते हैं कि हमारे 'स्वर्ग' के विचार में बहुत सारे तत्त्व घुले-मिले हैं। स्वर्ग बना है मोतियों के दरवाजों से, सोने की गलियों से, बीसियों 'देवदूतों' से इत्यादि-इत्यादि। किन्तु अभी तक हमने हर चीज को तोड़कर एक-एक तत्त्व अलग नहीं किया है, क्योंकि मोतियों के दरवाजे, सोने की गलियों और देवदूत, सबके सब अपने आपमें जटिल विचार हैं। जब हम अपने स्वर्ग के विचार के बारे में यह जान लेंगे कि इसमें 'मोती', 'गेट्स', 'गलियाँ', 'सोना', 'सफेद पोशाकवाली आकृतियाँ' और 'पंख' आदि अलग एकल विचार हैं, तभी हम स्वयं से यह पूछ पाएँगे कि क्या हम पर ऐसे 'सरल प्रभाव' पड़े हैं।

'हमने किया क्या? हमने इन 'सरल प्रभावों' को काटा और चिपका दिया एक विचार में।'

'हमने वास्तव में यही किया। क्योंकि जब भी हम मानव कोई चीज परिकल्पित करते हैं तो बस एक ही काम करते हैं, वह है कैंची और गोंद का प्रयोग। किन्तु ह्यूम इस बात पर जोर देता है कि हम जिन तत्त्वों को इकट्ठा करते हैं और अपने विचारों में मिला देते हैं इन्होंने हमारे मस्तिष्कों में 'सरल प्रभावों' के रूप में प्रवेश पाया है। ऐसा व्यक्ति जिसने कभी सोना नहीं देखा कभी भी सोने की गलियों की परिकल्पना नहीं कर सकता।'

'वह बहुत चतुर था। देकार्त के ईश्वर के बारे में स्पष्ट और विशिष्ट विचार का क्या रहा?'

'ह्यूम के पास इसके लिए भी उत्तर था। उदाहरण के लिए, हम कल्पना करते हैं कि ईश्वर अनन्त/असीम रूप से 'कुशाग्रबुद्धि, बुद्धिमान और अच्छा प्राणी है। इस प्रकार हमारे पास एक 'जटिल विचार' है, जिसमें कोई चीज असीम रूप से कुशाग्रबुद्धि, असीम रूप से बुद्धिमान और असीम रूप से अच्छी है। यदि हमने कभी बुद्धि, बुद्धिमत्ता और अच्छाई न जानी होती तो हम इस प्रकार के ईश्वर का विचार नहीं बना सकते थे। हमारा ईश्वर सम्बन्धी विचार यह भी हो सकता है कि वह 'बहुत कठोर किन्तु न्यायनिष्ठ पिता' है—यानी 'कठोरता', 'न्याय' और 'पिता' की अवधारणा। ह्यूम के बाद धर्म के कई आलोचकों ने दावा किया है कि इस प्रकार के ईश्वर सम्बन्धी विचार हमारे अपने पिता के अनुभव से, जब हम छोटे थे, जुड़े हुए हैं। यह कहा जाता था कि पिता का विचार ही लोगों को आगे 'स्वर्गिक पिता' के विचार तक ले गया।'

'हो सकता है यह सही हो किन्तु मैंने यह कभी स्वीकार नहीं किया कि ईश्वर को एक मनुष्य होना चाहिए। कभी-कभी मेरी माँ हिसाब बराबर करने, बदला लेने के विचार से ईश्वर को, 'God' गॉड को, 'Godiva' 'गॉडिवा' (देवी) कहती है।'

'खैर, जो भी हो, ह्यूम उन सभी सोच और विचारों का विरोध करता था जिन्हें हम ढूँढ़ते हुए उनके समरूप इन्द्रिय-परख में नहीं पा लेते। वह कहता था कि वह 'इस सारी अर्थहीन मूर्खता को समाप्त करना चाहता है जिसने इतने अरसे से लोकोत्तर सोच पर प्रभुत्व बनाए रखा है और इसे बदनाम किया है।'

'किन्तु हम अपने दैनिक जीवन में भी जटिल विचारों का प्रयोग, बिना एक क्षण उनकी वैधता की परख करने के लिए रुके, करते चलते हैं। उदाहरण के लिए, 'मैं' अथवा 'अहम्' का प्रश्न लीजिए। यही तो देकार्त के दर्शनशास्त्र का आधार था। यह एक साफ और अलग बोध था जिस पर उसका सारा दर्शन बना है।'

'मुझे आशा है कि ह्यूम ने यह अस्वीकार करने का प्रयास नहीं किया कि 'मैं' 'मुझको' हूँ। वह अपने सिर के ऊपर से बात करता होगा।'

'सोफी, इस कोर्स द्वारा यदि कोई एक सबक मैं तुम्हें सिखाना चाहता हूँ तो वह यह है कि जल्दी से कूदकर निष्कर्षों पर मत पहुँचो।'

'सॉरी! आगे चलिए।'

'नहीं। तुम ह्यूम के तरीके का प्रयोग क्यों नहीं करती और उसका विश्लेषण क्यों नहीं करती जिसे तुम अपना 'अहम्' समझती हो?'

'पहले मुझे यह पता करना होगा कि अहम् अकेला एकल विचार है या जटिल विचार है।'

'और तुम किस निष्कर्ष पर पहुँचती हो?'

'मुझे वास्तव में यह स्वीकार करना पड़ेगा कि इसे मैं काफी जटिल अनुभव करती हूँ। उदाहरण के लिए, मैं बहुत चलचित्त हूँ। और मुझे चीजों के बारे में अपना मन बनाने में कठिनाई आती है। और मैं एक व्यक्ति को पसन्द और नापसन्द दोनों ही कर सकती हूँ।'

'दूसरे शब्दों में, 'अहम् अवधारणा' एक 'जटिल विचार' है।'

'ओके। अतः अब मेरा अनुमान है कि मुझे यह पता लगाना चाहिए कि मुझे मेरे अपने अहम् के समरूप 'जटिल प्रभाव' रहा है कि नहीं। मेरा अनुमान है कि था। वास्तव में हमेशा रहा है।'

'क्या इससे तुम्हें परेशानी होती है?'

'मैं बहुत जल्दी बदल जाती हूँ। आज मैं वह नहीं हूँ जो मैं तब थी जब चार साल की थी। मेरा स्वभाव और मेरे बारे में मेरा अपना मत भी क्षण-प्रतिक्षण बदलता रहता है। मैं अचानक यह अनुभव कर लेती हूँ कि मैं एक 'नया व्यक्ति' हूँ।'

'अतः एक अपरिवर्तनीय अहम् का विचार रखने का भाव एक झूठी समझ है। अहम् की समझ वास्तव में सरल प्रभावों की एक लम्बी शृंखला है जिन्हें आपने एक साथ कभी अनुभव नहीं किया। यह भिन्न-भिन्न समझों का एक संग्रह या पोटली है जो एक के बाद एक, एक अकल्पनीय तेजी से आती है और हर समय अस्थिर और गतिमान रहती है, जैसा ह्यूम ने व्यक्त किया। मस्तिष्क एक प्रकार की ऐसी नाट्यशाला है, जहाँ कई परख अथवा बोध, एक के बाद एक, प्रकट होते रहते हैं; जाते हैं, दुबारा जाते हैं, लुढ़क जाते हैं, रपट जाते हैं और अनन्त स्थितियों एवं भंगिमाओं में मिलते रहते हैं। ह्यूम ने बतलाया कि इन आती और जाती भावनाओं और बोधों के नीचे या पीछे 'व्यक्तिगत पहचान' जैसी कोई चीज नहीं है। यह सिनेमा के स्क्रीन पर दिखती-चलती छवियों जैसा है। वे इतनी तेजी से बदलती हैं कि हम यह नोट नहीं कर पाते कि फिल्म अलग-अलग, अकेले चित्रों की बनी है। यथार्थ में चित्र जुड़े हुए नहीं हैं। फिल्म क्षणों का संग्रह है।'

'मैं सोचती हूँ मैं तो हार मान रही हूँ।'

'क्या इसका अर्थ यह हुआ कि तुमने अपरिवर्तनीय अहम् रखने का विचार छोड़ दिया है।'

'मेरा अनुमान कुछ ऐसा ही है।'

'एक क्षण पहले तो तुम इसके विपरीत में विश्वास कर रही थी। यहाँ मैं यह भी कह दूँ कि ह्यूम द्वारा मानव मन का विश्लेषण और उसके द्वारा अपरिवर्तनीय अहम् की अस्वीकृतिवाली बात 2500 वर्ष पहले सामने रखी गई थी और यह दुनिया के दूसरी छोर पर हुआ था।'

'किसके द्वारा?'

'**बुद्ध** द्वारा। देखिए कितनी विलक्षण बात है कि दो लोग किस समानता से अपने विचारों को बनाते और कहते जा रहे हैं। बुद्ध ने जीवन को मानसिक और शारीरिक प्रक्रियाओं की अटूट शृंखला के रूप में देखा, प्रक्रियाएँ जो लोगों को अविरल परिवर्तन में बनाए रखती हैं। शिशु वह नहीं है जो अब वयस्क है, आज मैं वह नहीं हूँ जो मैं कल था। बुद्ध ने कहा ऐसी कोई चीज नहीं है जिसे मैं कह सकूँ 'यह मेरा है,' या कोई ऐसी चीज जिसे कह सकूँ 'यह मैं हूँ।' कोई 'मैं' या अपरिवर्तनीय अहम् नहीं है।'

'हाँ, यह तो बिलकुल ह्यूम जैसा ही था।'

'अपरिवर्तनीय अहम् के विचार के सन्दर्भ में, कई तर्कवादी यह मानकर चले हैं कि मनुष्य के अन्दर एक शाश्वत आत्मा है।'

'क्या यह भी झूठा बोध है?'

'ह्यूम और बुद्ध के अनुसार, हाँ। तुम्हें मालूम है कि बुद्ध ने मरने से कुछ ही दिन पहले अपने अनुयायियों से क्या कहा था?'

'नहीं। मुझे कैसे मालूम होगा?'

'सभी यौगिक वस्तुओं में क्षरण अन्तर्निहित है। मेहनत करके अपनी मुक्ति बना लो। ह्यूम भी बिलकुल यह कह सकता था या उसी तरह डिमॉक्रिटस भी। हमें अच्छी तरह मालूम है कि आत्मा की अमरता या ईश्वर के अस्तित्व को सिद्ध करने के प्रयास ह्यूम ने खारिज कर दिए। इसका यह अर्थ नहीं है कि वह यह कह रहा हो कि यह नहीं है; किन्तु धार्मिक आस्था को मानवीय तर्क से सिद्ध करना एक तार्किक गोरखधन्धा होगा, वह सोचता था। वह ईसाई नहीं था और न ही वह सम्पुष्ट नास्तिक था। वह था 'ऐग्नॉस्टिक' (अज्ञेयतावादी)।'

'यह क्या होता है?'

'ऐग्नॉस्टिक वह होता है जो मानता है कि ईश्वर या देवताओं का अस्तित्व न तो सिद्ध किया जा सकता है और न असिद्ध। जब ह्यूम मरने जा रहा था तो एक मित्र ने उससे पूछा—क्या वह मृत्यु के बाद के जीवन में विश्वास करता है? कहते हैं उसने यह उत्तर दिया :

'यह भी सम्भव है कि कोयले का कोई टुकड़ा आग पर रखे जाने पर न जले।'

'अच्छा, यह बात है।'

उत्तर एक ठेठ शर्तरहित खुले दिमाग की मानसिकता का था। उसने केवल वही स्वीकार किया जिसका बोध उसे अपनी ज्ञानेन्द्रियों से हुआ था। उसने अन्य सभी

सम्भावनाओं को खुला रखा। उसने न तो ईसाई धर्म में आस्था को अस्वीकार किया और न अद्भुतों में आस्था को। किन्तु दोनों मामले **आस्था** के मामले थे, ज्ञान या तर्क के नहीं। आप कह सकते हैं कि ह्यूम के दर्शन के साथ ज्ञान और आस्था के बीच की कड़ी टूट गई।

'आपने कहा उसने यह अस्वीकार नहीं किया कि अद्भुत चीजें या घटनाएँ हो सकती हैं?'

'इसका यह अर्थ नहीं है कि वह उनमें विश्वास करता था। ठीक इसके विपरीत। उसने इस तथ्य को ध्यानपूर्वक नोट किया कि लगता है लोगों को इस सबकी बड़ी जरूरत है जिन्हें आज 'अति प्राकृतिक (अलौकिक) घटना होना' कहा जाता है। बात यह है कि जिन अद्भुत घटनाओं की बात आप सुनते हैं वे सब दूर किसी अन्य जगह पर बहुत, बहुत पहले कभी हुई थीं। ह्यूम ने अद्भुत घटनाओं को इसलिए अस्वीकार कर दिया, क्योंकि उसे स्वयं ऐसा कोई अनुभव नहीं हुआ। किन्तु उसने ऐसा अनुभव भी नहीं किया था कि वे हो ही नहीं सकतीं।'

'आपको मेरे लिए यह बात थोड़ी और स्पष्ट करनी होगी।'

'ह्यूम के अनुसार, अद्भुत घटना प्रकृति के नियमों के विरुद्ध है। किन्तु यह कहना निरर्थक है कि हमने प्रकृति के नियमों का **अनुभव कर लिया है**। हम अनुभव करते हैं कि हाथ से छोड़ देने पर एक पत्थर पृथ्वी पर गिर जाता है और यदि यह नहीं गिरता–ठीक है, तब हमने **वह** अनुभव किया।'

'मैं कहूँगी कि यह आश्चर्यजनक था–या कोई अति प्राकृतिक चीज।'

'तो तुम यह विश्वास करती हो कि दो प्रकृति हैं–एक 'प्राकृतिक' और दूसरी 'अति प्राकृतिक'। क्या तुम वापस तार्किक गोरख-धन्धे के रास्ते पर नहीं जा रही?'

'हो सकता है, किन्तु मैं फिर भी विश्वास करती हूँ कि हर बार छोड़ने पर पत्थर जमीन पर गिरेगा।'

'क्यों?'

'अब आप बड़े खतरनाक हो रहे हैं।'

'मैं खतरनाक नहीं हूँ, सोफी। दार्शनिक द्वारा प्रश्न पूछना कभी गलत नहीं होता। हम ह्यूम के दर्शनशास्त्र की जड़ तक पहुँच रहे हैं, शायद। मुझे यह बतलाओ कि तुम इतनी निश्चित कैसे हो कि पत्थर हमेशा ही पृथ्वी पर गिरेगा।'

'मैंने ऐसे होता कई बार देखा है, अतः मैं पूरी तरह निश्चित हूँ।'

'ह्यूम कहेगा कि तुमने कई बार एक पत्थर के पृथ्वी पर गिरने का अनुभव किया है किन्तु तुमने अभी तक यह अनुभव नहीं किया कि यह **सदैव** गिरेगा। पत्थर पृथ्वी पर गिरेगा, यह कहना बहुत स्वाभाविक है गुरुत्वाकर्षण के नियम के कारण। किन्तु हमने इस प्रकार के नियम का कभी अनुभव नहीं किया। हमने केवल यह अनुभव किया है कि चीजें गिरती हैं।'

'क्या यह दोनों चीजें एक सी नहीं हैं?'

'नहीं, पूरी तरह नहीं। तुम कहती हो कि तुम्हारा विश्वास है कि पत्थर पृथ्वी पर गिरेगा, क्योंकि तुमने कई बार ऐसा होते देखा है। बस यही ह्यूम का मुख्य बिन्दु है। तुम एक चीज के पीछे दूसरी के आने की इतनी आदी हो गई हो कि तुम अपेक्षा करती हो कि पत्थर छोड़ने पर हमेशा ऐसा ही होगा। यही वह रास्ता है जिसमें वह मान्यता पैदा होती है जिसे 'प्रकृति के अकाट्य नियम' कहते हैं।'

'क्या उसका वास्तव में यह अभिप्राय था कि यह सम्भव है कि कोई पत्थर भविष्य में नहीं गिरेगा?'

'वह सम्भवतः तुम्हारी ही तरह आश्वस्त था कि छोड़ने पर पत्थर हर बार गिरेगा। किन्तु वह बता रहा था कि उसने यह अनुभव नहीं किया था कि ऐसा **क्यों** होता है।'

'अब हम फिर शिशुओं और फूलों से दूर हो गए हैं।'

'नहीं, सत्य इसके विपरीत है। बच्चों को ह्यूम के सत्यापन के रूप में लेने के लिए आपका स्वागत है। तुम्हारे विचार में एक पत्थर को एक या दो घंटे तैरता देख कौन अधिक आश्चर्य करेगा—तुम या एक साल का बच्चा?'

'मेरा अनुमान है, मैं आश्चर्य करूँगी।'

'क्यों?'

'क्योंकि मैं बच्चे की तुलना में यह अच्छी तरह जानती हूँ कि यह कितना अस्वाभाविक होगा।'

'और बच्चा क्यों नहीं सोचेगा कि यह अस्वाभाविक है?'

'क्योंकि अभी उसने यह नहीं सीखा है कि प्रकृति कैसे व्यवहार करती है?'

'या शायद क्योंकि प्रकृति अभी उसकी **आदत** नहीं बनी है?'

'मैं समझ रही हूँ आप कहाँ से आ रहे हैं। ह्यूम चाहता था कि लोग अपनी चेतना को तेज करें।'

'अच्छा अब इस विचार-प्रयोग का अभ्यास करो; चलिए हम कहते हैं कि तुम और एक छोटा बच्चा एक मैजिक शो देखने जाते हो, जहाँ चीजें हवा में तैरायी जाती हैं। ज्यादा आनन्द तुममें से किसे आएगा?'

'शायद मैं अधिक आनन्द लूँ।'

'और ऐसा क्यों होगा?'

'क्योंकि मैं जानती हूँ यह सब कितना असम्भव है।'

'अच्छा...बच्चे के लिए, प्रकृति के नियम सीखने से पहले, प्रकृति के नियमों को चुनौती देने में कोई आनन्द नहीं होगा।'

'मेरा अनुमान है कि यह सही है।'

'और हम अभी भी ह्यूम के अनुभव के दर्शन के सार पर खड़े हैं। वह इसमें यह और जोड़ देगा कि बच्चा अभी आदतों से उत्पन्न अपेक्षाओं का दास नहीं बना है; इसलिए

तुम दोनों में उसका दिमाग ज्यादा खुला है। मैं सोचता हूँ क्या बच्चा दार्शनिकों में बड़ा नहीं है? वह बिलकुल पूर्व विचारित राय लिये बिना ही आता है। और यह मेरी प्रिय सोफी, दार्शनिक का सर्वाधिक विशिष्ट गुण है। दुनिया जैसी है बच्चा इसे वैसे ही अनुभव करता है, वह इसमें अपने अनुभव से अधिक और कुछ नहीं रखता।'

'जब भी मैं द्वेष करती हूँ तभी मन खराब हो जाता है।'

'जब ह्यूम आदत की ताकत की चर्चा करता है तो वह 'कार्य कारण सम्बन्ध के नियम' (The law of Causation) पर ध्यान केन्द्रित करता है। यह नियम यह स्थापित करता है कि होनेवाली हर घटना के पीछे कोई कारण होता है। ह्यूम उदाहरण के लिए बिलियर्ड की दो गेंदें लेता है। यदि आप बिलियर्ड की एक काली गेंद को सफेद गेंद की तरफ, जो शान्त पड़ी है, लुढ़काते हैं, तो सफेद गेंद क्या करेगी?'

'यदि काली गेंद सफेद से टकराती है तो सफेद गेंद चलना शुरू कर देगी।'

'अच्छा, यह ऐसा क्यों करती है?'

'क्योंकि काली गेंद इससे टकराई।'

'अतः हम सामान्यतया कहते हैं कि काली गेंद की चोट वह **कारण** है जिससे सफेद ने चलना शुरू कर दिया। किन्तु अब याद रखो, हम केवल उसी की बात कर सकते हैं जो अनुभव हमने वास्तव में किया है।

'मैंने यह अनुभव बहुत बार किया है। जोआना के बेसमेंट में एक पूल टेबल है।'

'ह्यूम कहेगा कि जो चीज तुमने अनुभव की है वह यह है कि सफेद गेंद ने टेबल पर लुढ़कना शुरू कर दिया है। तुमने इसके लुढ़कना शुरू कर देने के वास्तविक कारण का अनुभव नहीं किया है। तुमने अनुभव किया है कि एक घटना दूसरी के बाद होती है, किन्तु तुमने यह अनुभव नहीं किया है कि बादवाली घटना पहली के **कारण** हुई है।'

'क्या यह बाल की खाल निकालना नहीं है?'

'नहीं, यह बहुत केन्द्रीय महत्त्व का है। ह्यूम इस बात पर जोर देता है कि किसी चीज की दूसरी के पीछे आने की अपेक्षा स्वयं चीजों में नहीं है, अपितु हमारे मस्तिष्क में है। और अपेक्षा, जैसा हम देख चुके हैं, आदत से जुड़ी है। वापस बच्चे पर जाते हुए, बच्चा आश्चर्यचकित होकर देखता न रहता यदि बिलियर्ड की एक गेंद द्वारा दूसरे को हिट करने पर दोनों ही निष्पन्द हो जातीं। जब हम 'प्रकृति के नियम' या 'कारण और परिणाम' की बात करते हैं तो हम वास्तव में बात करते हैं अपेक्षा की, न कि उसकी जो 'रीजनेबल' या 'उचित' है। प्रकृति के नियम न तो उचित हैं और न अनुचित, वे तो बस हैं। यह अपेक्षा सहज नहीं है कि काली गेंद द्वारा हिट किए जाने पर सफेद बिलियर्ड गेंद चलना शुरू कर देगी। हम अपेक्षाओं के ढाँचे या साँचे के साथ पैदा नहीं होते और न यह कि दुनिया कैसी होगी या दुनिया की चीजों का बर्ताव कैसा होगा। दुनिया जैसी है वैसी है, और यही वह तथ्य है जो हमें जानना है।'

'मुझे फिर ऐसा लग रहा है कि हम पटरी से उतर रहे हैं।'

'नहीं, हमारी अपेक्षाएँ हमें शीघ्र ही निष्कर्षों पर पहुँचा देती हैं। ह्यूम अटूट 'प्राकृतिक नियमों' के अस्तित्व को नहीं नकारता, किन्तु वह यह मानता था कि क्योंकि हम प्राकृतिक नियमों का अनुभव करने की स्थिति में नहीं हैं, हम आसानी से गलत निष्कर्षों पर पहुँच सकते हैं।'

'जैसे,'

'देखिए, चूँकि मैंने सिर्फ काले घोड़ों का एक झुंड देखा है, इसका अर्थ यह नहीं है कि सारे घोड़े काले होते हैं।'

'नहीं, बिलकुल नहीं।'

'और हालाँकि मैंने अपने सारे जीवन भर काले कौए देखे हैं, इसका अर्थ यह नहीं हो जाता कि सफेद कौए जैसी कोई चीज हो नहीं सकती। एक दार्शनिक और एक वैज्ञानिक, दोनों ही के लिए यह महत्त्वपूर्ण है कि वे सफेद कौआ पाने की सम्भावना को खारिज न करें। आप लगभग यह कह सकते हैं कि जोर-शोर से 'सफेद कौए' की तलाश करना विज्ञान का मुख्य कार्य है।'

'अहा, अच्छा, अब मैं समझी।'

'कारण और परिणाम के प्रश्न में, ऐसे बहुत सारे लोग हैं जो कल्पना करते हैं कि बिजली का चमकना बादलों की गड़गड़ाहट का कारण है, क्योंकि गड़गड़ाहट बिजली चमकने के बाद ही होती है। यह उदाहरण भी बिलियर्ड की गेंदों के उदाहरण से ज्यादा भिन्न नहीं है। किन्तु क्या बिजली का चमकना बादलों की गड़गड़ाहट **का कारण है**?

'नहीं वास्तव में, क्योंकि वे दोनों एक ही समय होते हैं।'

'गड़गड़ाहट और बिजली का चमकना बिजली के डिस्चार्ज के कारण होते हैं। अतः वास्तव में एक तीसरा कारक है जो दोनों को करता है।'

'ठीक।'

'हमारी अपनी शताब्दी के एक ऐम्पिरिसिस्ट, बर्ट्रेंड रसेल, ने एक अधिक बेढंगा उदाहरण दिया है। एक मुर्गी, जो रोजाना यह अनुभव करती है कि जब किसान की पत्नी मुर्गियों के बाड़े में आती है तभी उसे दाना मिलता है, अन्ततः इस निष्कर्ष पर पहुँचेगी कि किसान की पत्नी के आने और मुर्गी के कटोरे में दाना पड़ने के बीच एक कारणिक या कार्य-कारण अथवा कारण-परिणाम सम्बन्ध है।'

'किन्तु एक दिन मुर्गी को अपना खाना नहीं मिलता?'

'नहीं, एक दिन किसान की पत्नी आती है और मुर्गी की गर्दन मरोड़ देती है।'

'यक्! कितना बीभत्स!'

'याद रखने योग्य तथ्य यह है कि एक चीज का दूसरी के पीछे आना—इसका अर्थ यह नहीं है कि कोई कारणिक सम्बन्ध है। दर्शनशास्त्र का एक मुख्य काम लोगों को यह चेतावनी देना है कि वे जल्दी से निष्कर्ष पर न पहुँचें। इससे, वास्तव में, कई प्रकार के अन्धविश्वास बन सकते हैं।'

'ऐसा कैसे?'

'आप एक बिल्ली को गली पार करते देखती हैं। बाद में उस दिन आप गिर गईं और आपकी बाँह की हड्डी टूट गई। किन्तु इसका यह अर्थ नहीं है कि दोनों घटनाओं के बीच कारणिक सम्बन्ध है। विज्ञान में तो यह खासतौर पर महत्त्वपूर्ण है कि जल्दी निष्कर्ष पर न पहुँचा जाए। उदाहरण के लिए यह तथ्य कि एक खास दवा को लेकर बहुत से लोग ठीक हो गए, यह अर्थ नहीं रखता कि इस दवा ने ही उन्हें ठीक किया है। इसीलिए यह महत्त्वपूर्ण है कि रोगियों का एक बड़ा नियन्त्रण समूह हो, जो सोचते हैं कि उन्हें भी वही दवा दी जा रही है, किन्तु जिन्हें वास्तव में आटा और पानी दिया जा रहा है। यदि ये रोगी भी ठीक हो जाते हैं तो एक तीसरा कारक है–जैसे यह विश्वास कि दवा काम करती है, और इसने उन्हें ठीक कर दिया है।'

'मैं सोचती हूँ कि अब मैं समझ रही हूँ कि ऐम्पिरिसिज्म यानी अनुभववाद क्या है?'

'ह्यूम ने नैतिकता के क्षेत्र में भी तर्कवादी विचार का विरोध किया। तर्कवादियों ने सदैव यह माना है कि सही और गलत में भेद करने की योग्यता मानव तर्क में अन्तर्निहित है। हम सुकरात से लेकर लॉक तक, अनेक दार्शनिकों में इस तथाकथित प्राकृतिक अधिकार के विचार को देखते आए हैं। किन्तु ह्यूम के अनुसार, हम क्या कहते हैं और क्या करते हैं इसका फैसला तर्क नहीं करता।'

'फिर कौन करता है?'

'ये हमारी **भावनाएँ** (Sentiments) हैं। यदि आप किसी जरूरतमन्द आदमी की सहायता का फैसला करते हैं, तो आप ऐसा अपनी भावनाओं के कारण करते हैं, तर्क के कारण नहीं।'

'तब क्या होगा जब मैं सहायता करने की बात ही नहीं सोचती?'

'यह भी भावनाओं का ही मामला होगा। जरूरत के समय किसी की सहायता करना न तो उचित (Reasonable) है और न अनुचित (Unreasonable)। किन्तु सहायता न करना दयाहीनता हो सकती है।'

'किन्तु कहीं न कहीं तो सीमा होनी चाहिए। हर आदमी **जानता** है कि जान से मारना गलत है।'

'ह्यूम के अनुसार, हर व्यक्ति के मन में दूसरों की भलाई का भाव है। इसलिए हम सबमें करुणा करने की क्षमता है। किन्तु इसका तर्क से कोई लेना-देना नहीं है।'

'मुझे पता नहीं कि मैं इससे सहमत हूँ।'

'दूसरे आदमी से छुटकारा पाना सदैव ही बुद्धिहीनता नहीं होती, सोफी। यदि आप कोई चीज प्राप्त करना चाहते हैं, तो यह वास्तव में एक अच्छा विचार भी हो सकता है।'

'हे, एक मिनट रुकिए। मैं इसका विरोध करती हूँ।'

'हो सकता है तुम प्रयास करो और स्पष्ट करो कि एक आदमी तंग आकर किसी दूसरे परेशान करनेवाले आदमी को क्यों न मार डाले!'

'वह आदमी भी जीवित रहना चाहता है। इसलिए आपको उसे नहीं मारना चाहिए।'

'क्या यह एक तार्किक कारण है?'

'मुझे नहीं मालूम।'

'तुमने जो किया वह एक **वर्णनात्मक वाक्य** से–वह आदमी भी जीवित रहना चाहता है, जिसे हम **'नियामक वाक्य'** (normative sentence) कहते हैं, निष्कर्ष निकालना था; इसलिए आपको उसे नहीं मारना चाहिए। किन्तु तर्क के दृष्टिकोण से यह निष्कर्ष बेहूदा है। तुम तो यह भी कह सकती हो–ऐसे बहुत से लोग हैं जो टैक्सों की चोरी करते हैं, इसलिए मुझे भी अपने टैक्सों की चोरी करनी चाहिए। ह्यूम ने कहा आप कभी भी **'है**-वाक्यों' से **'होना**-चाहिए-वाक्यों' के निष्कर्ष नहीं निकाल सकते। फिर भी यह अत्यधिक सामान्य बात है, अखबार के लेखों में, राजनीतिक पार्टियों के कार्यक्रमों में और भाषणों में। क्या तुम कुछ उदाहरण देखना पसन्द करोगी?'

'हाँ, कृपया बतलाएँ।'

'ज्यादा से ज्यादा लोग हवाई यात्रा करना चाहते हैं, इसलिए और अधिक हवाई अड्डे बनाए जाने चाहिए। क्या तुम सोचती हो, यह निष्कर्ष टिकनेवाला है?'

'नहीं, यह तो बेकार है। हमें पर्यावरण की भी सोचनी है। मैं सोचती हूँ, इसके स्थान पर ज्यादा रेल-पटरियाँ बिछानी चाहिए।'

'या वे कहते हैं–नए तेल-कुओं के विकास करने से जनता का जीवन स्तर दस प्रतिशत ऊँचा उठ जाएगा, इसलिए जितनी जल्दी हो सके, हमें नए तेल-कुओं का विकास करना चाहिए।'

'बिलकुल नहीं। हमें फिर पर्यावरण की सोचनी होगी। और इसके अतिरिक्त, नॉर्वे में जीवन स्तर पहले ही अच्छा और ऊँचा है।'

'कभी-कभी यह कहा जाता है कि यह कानून सीनेट ने पास किया है, इसलिए देश के सभी नागरिकों को इसका पालन करना चाहिए। किन्तु कई बार ऐसा होता है कि इस प्रकार की परिपाटी का अनुसरण करना लोगों के अत्यन्त गहरे विश्वासों के विपरीत होता है।'

'हाँ, मैं यह समझती हूँ।'

'अतः हमने यह स्थापित कर दिया है कि हम तर्क का उपयोग इस प्रकार के मापदंड के रूप में नहीं कर सकते कि हमें कैसा आचरण करना चाहिए। जिम्मेदार ढंग से काम करना तर्क को मजबूत करने का मामला न होकर दूसरों की भलाई के लिए अपनी भावनाओं को गहरा बनाने का विषय है। ह्यूम ने कहा था कि यदि मैं अपनी उँगली को खुजलाने के बजाय सारी दुनिया के विनाश को पसन्द करूँ तो यह तर्क के विपरीत नहीं है।'

'यह तो रोंगटे खड़े करनेवाला दावा है।'

'यह तो शायद और भी ज्यादा रोंगटे खड़े करनेवाला हो यदि तुम ताश के पत्ते फेंटो। तुम जानती हो नाजियों ने लाखों यहूदी मार डाले। आप क्या कहेंगी : क्या नाजियों के तर्क में कुछ गलत था या उनके भावनात्मक जीवन में कुछ गलत था?'

'निश्चित रूप से उनकी भावनाओं में कुछ गलत चीज थी।'

'उनमें से अनेक विचार करने में बड़े स्पष्ट थे। अत्यधिक हृदयहीन फैसलों के पीछे बर्फानी-ठंडी गणना का होना कोई असाधारण बात नहीं है। युद्ध के बाद कई नाजियों को दोषी करार दिया गया, किन्तु उन्हें 'अनरीजनेबल' होने का दोषी नहीं पाया गया। उन्हें भयंकर और निर्मम हत्यारे होने का दोषी पाया गया। ऐसा भी हो सकता है कि उन लोगों को उनके अपराधों के लिए बरी कर दिया जाए, जिनकी बुद्धि स्थिर नहीं है या जो विक्षिप्त हैं। हम कह सकते हैं कि वे अपने कामों के लिए जिम्मेदार नहीं हैं। किन्तु किसी भी ऐसे व्यक्ति को जुर्म से बरी नहीं किया गया जिसने भावनाहीन होकर वह अपराध किया है।'

'मैं भी आशा करती हूँ, ऐसा नहीं हुआ होगा।'

'किन्तु हमें बेहद बेहूदा उदाहरणों से चिपके नहीं रहना है। यदि एक बाढ़ की आपदा लाखों लोगों को बेघर कर देती है, तो हमारी भावनाएँ ही उनकी सहायता का निर्णय करती हैं। यदि हम हृदयहीन हैं और सारे मामले को 'ठंडे तर्क' पर छोड़ देते हैं, तो हम यह सोच सकते हैं कि इतनी अधिक जनसंख्या का दुख भोगती दुनिया में लाखों लोगों का मरना बिलकुल ठीक है।'

'आप ऐसा सोच भी सकते हैं, यह मुझे क्रोध से पागल बनाता है।'

'और ध्यान दो, पागल होनेवाला तुम्हारा तर्क नहीं है।'

'ओके, मैं समझ गई।'

बर्कले

जलते सूरज के गिर्द चक्कर काटते आक्रान्त ग्रह की तरह...

ऐल्बर्टो चलकर खिड़की तक गया जो टाउन के सामने की ओर थी। सोफी उसके पीछे-पीछे वहाँ पहुँची। जब वे वहाँ खड़े होकर पुराने मकानों को देख रहे थे, एक छोटा प्लेन छतों के ऊपर उड़ता निकल गया। इसकी पुच्छल पर एक लम्बा बैनर बँधा हुआ था जो सोफी के अनुमान के अनुसार किसी उत्पाद या किसी घटना, जैसे—रॉक कन्सर्ट का विज्ञापन कर रहा था। किन्तु जैसे ही यह उनके समीप आकर मुड़ा, सोफी ने बिलकुल भिन्न सन्देश देखा : **हैप्पी बर्थ डे, हिल्डे**।

'अनामन्त्रित धक्कड़ अतिथि,' ऐल्बर्टो की बस इतनी टिप्पणी थी।

दक्षिण की ओर से घने काले बादल, पहाड़ियों से उठते, टाउन के ऊपर इकट्ठे होने शुरू हो गए थे। छोटा प्लेन भूरेपन में खो गया।

'मुझे लगता है, आँधी आनेवाली है,' ऐल्बर्टो ने कहा।

'ठीक है, मैं तो घर के लिए बस पकड़ लूँगी।'

'मेरी तो केवल इतनी आशा है कि इसके पीछे भी मेजर न हो।'

'वह सर्वशक्तिमान ईश्वर तो है नहीं, है क्या?'

ऐल्बर्टो ने जवाब नहीं दिया। वह चलता हुआ कमरे की दूसरी ओर आया और कॉफी टेबल पर बैठ गया।

'हमें बर्कले पर चर्चा करनी है,' उसने कुछ देर बाद कहा।

सोफी पहले ही अपने स्थान पर आकर बैठ गई थी। उसने स्वयं को अपने दाँतों से नाखून काटते पाया।

'**जॉर्ज बर्कले** एक आइरिश बिशप था जिसका जीवनकाल 1685 से 1753 तक था,' ऐल्बर्टो ने शुरू किया। उसके बाद था लम्बा मौन।

'बर्कले एक आइरिश बिशप था...,' सोफी ने प्रॉम्प्ट किया।

'किन्तु वह एक दार्शनिक भी था...'

'हाँ।'

'उसने अनुभव किया कि तत्कालीन प्रचलित दर्शन और विज्ञान ईसाई जीवनशैली के लिए खतरा थे और चारों ओर फैल रहे भौतिकवाद से सृष्टि के रचयिता और समस्त प्रकृति के संरक्षक ईश्वर में ईसाई आस्था के लिए कम खतरा नहीं था।'

'उसने ऐसे अनुभव किया?'

'और इसके बावजूद बर्कले सर्वाधिक सुसंगत अनुभववादी था।'

'उसका मानना था कि हम अपनी ज्ञानेन्द्रियों से दुनिया को जितना जान लेते हैं उससे अधिक दुनिया को नहीं जाना जा सकता?'

'इससे भी अधिक' उसका दावा था कि सांसारिक वस्तुएँ वही हैं जैसे हम उन्हें देखते, समझते हैं, किन्तु वे 'वस्तुएँ' नहीं हैं।

'यह आपको स्पष्ट करना पड़ेगा।'

'तुम्हें याद होगा कि लॉक ने बताया था कि हम वस्तुओं के 'सैकंडरी गुणों' के बारे में कोई कथन नहीं कर सकते। हम नहीं कह सकते कि एक सेब हरा और खट्टा **है**। हम केवल यह कह सकते हैं कि हम इसे ऐसा समझ रहे हैं। किन्तु लॉक ने यह भी कहा था कि 'प्राइमरी गुण', जैसे–घनत्व, गुरुता और वजन हमारे चारों ओर बाह्य सत्य के ही हैं। बाह्य सत्य का वास्तव में एक भौतिक सार-तत्त्व है।'

'मुझे वह याद है, और मैं सोचती हूँ लॉक का वस्तुओं के गुणों का विभाजन महत्त्वपूर्ण था।'

'हाँ, सोफी, यदि केवल यही होता!'

'आगे चलें।'

'लॉक का मानना था–बिलकुल देकार्त और स्पिनोज़ा की तरह–कि भौतिक जगत सत्य है।'

'हाँ।'

'यही वह मान्यता थी जिस पर बर्कले ने प्रश्न-चिह्न खड़ा किया और उसने यह अनुभववाद या ऐम्पिरिसिज्म के तर्क द्वारा किया। उसने कहा–केवल वे वस्तुएँ ही विद्यमान हैं जिनकी हमें समझ या अनुभव है। किन्तु हम 'सामग्री' या 'पदार्थ' को नहीं समझते। हम वस्तुओं को साकार रूप में नहीं समझते या महसूस करते। यह मानना कि जो हम महसूस करते हैं उसके पीछे उसका अपना 'सार-तत्त्व' है, निष्कर्षों पर कूदकर पहुँचना है। हमारे पास ऐसा अनुभव कतई नहीं है, जिस पर हम यह दावा पेश करें।'

'कैसी मूर्खतापूर्ण बात है, देखिए,' सोफी ने अपनी मुट्ठी मेज पर मारते हुए कहा। 'आउश,' उसने कहा, 'क्या इससे यह साबित नहीं होता कि यह टेबल वास्तव में एक टेबल है, सामग्री भी और पदार्थ भी?'

'आपको कैसा महसूस हुआ?'

'मुझे कुछ बहुत सख्त लगा।'

'आपको कुछ सख्त होने का संवेदन हुआ, किन्तु आपने मेज में **वास्तविक** पदार्थ को महसूस नहीं किया। इसी तरह आप सपना देख सकते हैं कि आप किसी

सख्त चीज को चोट पहुँचा रहे हैं, किन्तु सपने में कोई सख्त चीज तो होती नहीं। होती है क्या?'

'नहीं, सपने में नहीं।'

'किसी आदमी को हिप्नोटाइज करके उसे गरमाहट या ठंड, दुलार या घूँसे का अनुभव कराया जा सकता है।'

'किन्तु यदि टेबल वास्तव में सख्त नहीं थी, तो मुझे ऐसी क्यों महसूस हुई?'

'बर्कले एक 'स्पिरिट' या चेतना में विश्वास करता था। वह सोचता था कि हमारे सभी विचारों के पीछे एक ऐसा कारण है जो हमारी चेतना के परे है, किन्तु इस कारण का भौतिक स्वरूप नहीं है। यह आत्मिक है।'

सोफी ने फिर अपने दाँतों से नाखून काटने शुरू कर दिए थे।

ऐल्बर्टो ने कहना जारी रखा, 'बर्कले के अनुसार, मेरी अपनी आत्मा मेरे विचारों का कारण हो सकती है—जैसा मेरे सपना देखते समय होता है—किन्तु 'शरीरी' दुनिया बनाने वाले विचारों का कारण कोई दूसरी इच्छा या चेतना होनी चाहिए। हर चीज उस चेतना के कारण है, जो 'हर चीज में हर चीज' का कारण है और 'सब चीजें उसमें समाहित हैं।'

'वह किस 'चेतना' या आत्मा की बात कर रहा था?'

'बर्कले निश्चय ही ईश्वर की बात सोच रहा था। उसने कहा था—हम इसके अतिरिक्त यह दावा कर सकते हैं कि मनुष्य के अस्तित्व की तुलना में ईश्वर का अस्तित्व अधिक स्पष्ट रूप से समझ में आता है।'

'क्या यह भी निश्चित नहीं है कि हमारा अस्तित्व हैं?'

'हाँ और ना। बर्कले कहता था कि हम जो कुछ भी देखते या महसूस करते हैं वह ईश्वर की शक्ति का प्रभाव है। क्योंकि ईश्वर 'हमारी चेतना में अन्तरंग होकर बसता है और हमारे लिए विचारों और बोधों की उस बहुलता के अस्तित्व का कारण है, जो हमको निरन्तर होते रहते हैं। हमारे चारों ओर की दुनिया और हमारा समस्त जीवन ईश्वर में अस्तित्ववान है। हर विद्यमान वस्तु का वही एकमात्र कारण है। हम केवल ईश्वर के मन में विद्यमान/अस्तित्ववान हैं।'

'अपनी हलकी प्रतिक्रिया में भी, मैं तो पूर्णतः आश्चर्यचकित हूँ।'

'अतः 'है/होना कि नहीं है' ही एकमात्र प्रश्न नहीं है। प्रश्न यह भी है कि हम **कौन** हैं? क्या हम वास्तव में मांस और रक्त के बने मानव प्राणी हैं? क्या हमारी दुनिया वास्तविक चीजों की बनी है—या क्या हम मस्तिष्क के घेरे में हैं?'

सोफी ने दाँतों से अपने नाखून काटना जारी रखा।

ऐल्बर्टो ने आगे कहा—'बर्कले केवल भौतिक सत्य पर ही प्रश्न नहीं उठा रहा था। वह यह प्रश्न भी उठा रहा था कि क्या 'समय' और 'स्थान' का कोई सम्पूर्ण अथवा स्वतन्त्र अस्तित्व है? समय और स्थान का हमारा बोध भी मन की एक कल्पना हो

सकती है। यह जरूरी नहीं है कि जो हमारे लिए एक या दो सप्ताह हैं, वे ईश्वर के लिए भी एक या दो सप्ताह हों...'

'आपने कहा कि बर्कले के लिए यह चेतना, जिसमें सब चीजों का अस्तित्व है, उसका ईसाई ईश्वर है।'

'हाँ, मैं सोचता हूँ मैंने ऐसा कहा। किन्तु हमारे लिए...'

'हमारे?'

'हमारे लिए—तुम्हारे और मेरे लिए—यह 'इच्छा या चेतना', जो 'हर चीज में हर चीज का कारण है', हिल्डे का पिता हो सकता है।'

सोफी की आँखें अविश्वास से चौड़ी खुल गईं। किन्तु उसी समय एक बोध उसके सामने स्पष्ट होने लगा।

'क्या आप ऐसा सोचते हैं?'

'मुझे कोई दूसरी सम्भावना नजर नहीं आती। हमारे साथ जो कुछ हुआ है उसका सबसे समीचीन स्पष्टीकरण केवल यह है। यह सारे पोस्टकार्ड्स और अन्य चिह्न जो इधर-उधर उभरे दिखाई दिए...हरमीज़ का आदमी की तरह बोलना...मेरी अपनी ज़ुबान का अनायास लड़खड़ाना...'

'मैं...'

'सोफी, कल्पना करो मैं तुम्हें हिल्डे कहता हूँ। सारे समय मैं यही सोचता-जानता रहा कि तुम्हारा नाम सोफी नहीं है।'

'आप कह क्या रहे हैं? इस समय तो आपको पक्का भ्रम हो गया है।'

'हाँ, मेरे बच्चे, मेरा दिमाग चक्कर पर चक्कर काट रहा है। जलते हुए सूरज के चारों ओर भ्रमित ग्रह की तरह चक्कर काटता हुआ।'

'और वह सूरज हिल्डे का पिता है?'

'तुम यह कह सकती हो।'

'क्या आप यह कह रहे हैं कि वह हमारे लिए एक ईश्वर जैसा हो/बन रहा है?'

'तुमसे बिलकुल साफ-साफ कहूँ तो, हाँ। उसे अपने पर लज्जित होना चाहिए।'

'और स्वयं हिल्डे का क्या?'

'वह एक फरिश्ता है, सोफी।'

'एक फरिश्ता?'

'हिल्डे वह है जिसकी ओर यह 'चेतना' मुड़ती है।'

'क्या आप यह कह रहे हैं कि ऐल्बर्ट नैग हमारे बारे में हिल्डे को बताता है?'

'या हमारे बारे में लिखता है। क्योंकि हम उस पदार्थ को ही समझ नहीं सकते जिससे हमारा सत्य बना है; हमने इतना तो सीख लिया है। हम यह नहीं जान पाते कि हमारा बाहूय सत्य ध्वनि-लहरों का बना है या कागज और लेखन का। बर्कले के अनुसार, हम केवल इतना जान सकते हैं कि हम चेतना हैं।'

‘और हिल्डे एक फरिश्ता है...’

‘हिल्डे एक फरिश्ता है, हाँ। इस बारे में यह आखिरी शब्द होगा। हैप्पी बर्थ डे, हिल्डे!’

अचानक कमरा नीलाभा लिये रोशनी से भर गया। कुछ ही क्षण बाद उन्होंने गड़गड़ाहट गिरते सुनी और पूरा घर हिल गया।

‘मुझे जाना है,’ सोफी ने कहा। वह उठी और सामनेवाले दरवाजे की ओर दौड़ी। जैसे ही वह दरवाजे के बाहर आई, हरमीज़ हॉल के रास्ते में अपनी हलकी नींद से जाग गया। उसे लगा जैसे वह उससे कह रहा हो—अच्छा, फिर मिलेंगे, हिल्डे।

सोफी तेजी से सीढ़ी से नीचे उतरी और बाहर गली में दौड़ गई। गली वीरान थी। और अब मूसलाधार वर्षा होने लगी।

एक या दो कारें तेज बारिश में धीरे-धीरे चल रही थीं, किन्तु बसें कहीं दिखाई नहीं दे रही थीं। सोफी बीच में से होती, दौड़ती मेनस्क्वायर पहुँच गई और टाउन से होती हुई आगे निकल गई। जैसे ही वह दौड़ती जा रही थी, एक विचार उसके दिमाग में बार-बार चक्कर काट रहा था—‘कल मेरा **जन्मदिन** है। क्या पन्द्रह बरस की हो जाने के एक दिन पहले यह अनुभव होना कि जीवन केवल एक सपना है, अतिरिक्त कड़वाहट से भरा नहीं है? यह ऐसा सपना देखने जैसा है कि आप दस लाख जीत गए और जब पैसा मिल रहा था तभी आपकी आँख खुल गई।

सोफी पानी भरे खेल के मैदान से छपाक-छपाक करती दौड़ती गई। कुछ ही मिनट बाद उसने किसी को अपनी ओर दौड़ते आते देखा। यह उसकी माँ थी। आसमान में बार-बार बिजली की कौंध के क्रोध भरे तीर गूँज रहे थे।

जब वे दोनों एक-दूसरे के पास आ गईं सोफी की माँ ने उसे अपनी बाँहों में ले लिया।

‘हमारे साथ क्या हो रहा है, मेरी छोटी बच्ची?’

‘मुझे नहीं मालूम,’ सोफी ने सुबकी लेते हुए कहा। ‘यह एक खराब सपने जैसा है।’

जरकले

एक पुराना जादुई शीशा जिसे पड़दादी माँ ने एक जिप्सी औरत से खरीदा था...

हिल्डे मोलर नैग लिलेसैंड में पुराने कैप्टन के मकान में दुछत्ती कमरे में जगीं। उसने घड़ी पर नजर डाली। सबेरे के छः बजे थे, किन्तु रोशनी फैल चुकी थी। प्रातःकालीन सूरज की बड़ी-बड़ी किरणें कमरे को जगमगा रही थीं।

वह बिस्तर से उठी और खिड़की की तरफ गई। रास्ते में वह डेस्क के पास रुकी और कैलेंडर में से एक पन्ना फाड़ लिया। बृहस्पतिवार, 14 जून, 1990। उसने कागज की गुड़मुड़ी बनाई और इसे रद्दी की टोकरी में फेंक दिया।

कैलेंडर, अब उस पर चमकता हुआ, शुक्रवार, 15 जून, 1990 बता रहा था। बहुत पहले जनवरी में उसने इस पन्ने पर 'पन्द्रहवाँ जन्मदिन' लिख दिया था। उसने महसूस किया कि 15 ता. को पन्द्रह साल का हो जाना एक्स्ट्रा स्पेशल था। यह दोबारा कभी नहीं आएगा।

पन्द्रह! क्या यह उसके वयस्क जीवन का पहला दिन नहीं था? वह दोबारा बिस्तर पर न जा सकी। इसके अलावा, गर्मियों की छुट्टी से पहले यह स्कूल में आखिरी दिन था। विद्यार्थियों को बस से एक बजे चर्च पहुँचना था। और भी ज्यादा बात यही थी, कि एक हफ्ते में डैड लेबनान से घर वापस आ जाएँगे। उन्होंने मिडसमर ईव पर घर आने का वादा भी किया था।

हिल्डे खिड़की के पास खड़ी रही और वहाँ से बाग पर नजर दौड़ाई, नीचे लाल बोट हाउस के पीछे डॉक को देखा। गर्मियों के लिए मोटरबोट को अभी बाहर नहीं लाया गया था, किन्तु पुरानी पतवारवाली नाव डॉक पर बँधी हुई थी। पिछली रात भारी वर्षा होने के कारण उसे नाव में भर गए पानी को निकालना होगा।

जैसे ही वह वहाँ खड़ी छोटी खाड़ी को देख रही थी, उसे याद आया कि जब वह छः साल की थी तो एक बार नाव में चढ़ गई थी, और अकेले ही खेते हुए खाड़ी में ले गई थी। फिर वह उसमें से पानी में गिर गई और हाथ-पैर मारते हुए किनारे आने के लिए और कुछ नहीं कर सकी। पूरी भीग गई थी वह, फिर भी वह हाथ-पैर मारती बाड़ के पास झाड़ी तक पहुँच गई थी। जैसे ही वह बाग में खड़ी मकान को देख रही

थी, उसकी माँ दौड़ती हुई उसके पास आई। नाव और दोनों पतवार खाड़ी में तैरते छूट गए थे। अभी भी कभी-कभी उसे नाव के सपने आते, नाव अकेली, अपने आप बहती हुई। यह बड़ा असमंजसकारी अनुभव था।

बाग न तो खासतौर पर हरा-भरा था और न ही अच्छे ढंग से इसका रखरखाव किया गया था। किन्तु यह बड़ा था और यह हिल्डे का था। जाड़ों के तेज तूफान से बस एक मौसम का पिटा हुआ सेब का पेड़ और फलवाली वास्तव में बाँझ झाड़ियाँ ही किसी प्रकार बच पाई थीं। पुराना ग्लाइडर लॉन में झाड़ी और ग्रेनाइट की चट्टान के बीच खड़ा था। सबेरे की तेज रोशनी में यह बड़ा उदास दिख रहा था। और ज्यादा इस कारण कि कुशन निकाल लिये गए थे।

मॉम ने सम्भवतः देर रात जल्दी से घर से बाहर आकर उन्हें बारिश से बचा लिया था।

बाग के चारों तरफ बर्च के पेड़ थे जो कम-से-कम अंशतः इसे सबसे खराब आँधी और बौछार से बचा लेते थे। और इन्हीं पेड़ों के कारण इस मकान को डेढ़ सौ से भी अधिक वर्ष पहले **जरकले** का नाम दे दिया गया था।

हिल्डे के पड़दादा ने शताब्दी शुरू होने से कुछ वर्ष पहले बनवाया था। वह अन्तिम बड़े, ऊँचे बादवान वाले जहाजों में से एक के कैप्टन थे। बहुत से लोग अभी भी इसे कैप्टन का मकान कहते थे।

उस सबेरे बाग में अभी भी उस भारी वर्षा के कुछ चिह्न थे जो अचानक पिछली शाम देर से शुरू हुई थी। हिल्डे रात में कई बार तेज गड़गड़ाहट सुनकर जग गई थी। किन्तु आज आसमान में बादल नहीं था।

गर्मियों में उस तरह के आँधी-तूफान के बाद हर चीज बहुत ताजा दिखती है। कई हफ्तों से गरमी और सूखा चल रहे थे, और बर्च के पेड़ों के पत्तों के किनारे पीले पड़ने शुरू हो गए थे। और अब ऐसा था मानो नहाकर सारी दुनिया नई हो गई थी। ऐसा लगता था मानो आँधी उसका बचपन भी अपने साथ ले गई थी।

'वास्तव में, उस समय दर्द होता है जब बसन्त की कलियाँ चटखती हैं...' क्या एक स्वेडन के कवि ने कुछ ऐसा नहीं कहा था? या वह फिनलैंड की कवि थी?

हिल्डे दादी माँ के पुराने ड्रेसर के ऊपर दीवार पर टँगे भारी पीतलवाले शीशे के सामने खड़ी थी।

क्या वह सुन्दर थी? क्या वह किसी प्रकार भद्दी थी? हो सकता है, दोनों के बीच कोई हो।

उसके लम्बे, बढ़िया बाल थे। हिल्डे की हमेशा से यही इच्छा थी कि उसके बाल या तो थोड़े और गोरे होते या थोड़े और काले। यह बीच का रंग तो चूहों जैसा था। पॉजिटिव साइड में तो उसके घुँघराले लच्छे थे। हिल्डे की बहुत सी मित्र अपने बालों को थोड़ा घुँघराला करने के लिए दुनिया भर के यत्न करतीं, किन्तु हिल्डे के बाल स्वाभाविक रूप से ही घुँघराले थे। वह सोचती थी कि दूसरी पॉजिटिव (सकारात्मक) विशेषता उसकी

गहरी हरी आँखें थीं। 'क्या ये वाकई हरी हैं,' उसकी चाचियाँ और चाचा कहा करते थे, जैसे ही वे झुककर उसे देखते।

हिल्डे विचार कर रही थी कि जिस छवि को वह निहार रही है वह लड़की की है या एक युवा महिला की। उसने निर्णय किया कि यह दोनों में से किसी की नहीं है। शरीर तो शायद खासा स्त्री जैसा हो, पर उसका चेहरा उसे अनपके सेब की याद दिला देता था।

इस शीशे में कुछ ऐसा था जो हिल्डे को सदैव ही उसके पिता की याद दिला देता। एक समय यह 'स्टूडियो' में टँगा हुआ था। स्टूडियो, बोट हाउस के ऊपर, उसके पिता की लाइब्रेरी, लेखक की वर्कशॉप, और आरामगाह सभी कुछ थे। ऐल्बर्ट, घर होने पर हिल्डे उसे इसी नाम से पुकारती थी, हमेशा ही कोई खास चीज लिखना चाहता था। एक बार उसने उपन्यास लिखना शुरू किया, किन्तु इसे कभी पूरा न कर सका। समय-समय पर राष्ट्रीय पत्रिका में उसने कुछ कविताएँ और जल डमरूमध्य के स्कैच प्रकाशित कराए थे। जब भी हिल्डे पिता का छपा हुआ नाम **ऐल्बर्ट नैग** देखती तभी उसे पिता पर अभिमान होता। इसका लिलेसैंड में कुछ अर्थ था, खैर। उसके पड़दादा का नाम भी ऐल्बर्ट था।

शीशा। कई वर्ष पहले उसके पिता ने स्वयं पर एक मज़ाक कहा था कि इस पीतल के शीशे के सिवाय वह कहीं भी दोनों आँखों से अपनी परछाईं पर आँख नहीं मार सकता था। यह एक अपवाद था, क्योंकि यह एक पुराना जादुई शीशा था जिसे उसकी पड़दादी माँ ने अपनी शादी के बाद एक जिप्सी औरत से खरीदा था। हिल्डे ने वर्षों कोशिश की थी, किन्तु स्वयं पर ही दोनों आँखों से आँख मारना उतना ही कठिन था जितना अपनी छाया से भाग जाना। अन्त में परिवार की यह बहुमूल्य विरासत रखने के लिए उसे ही दे दी गई थी। उसने वर्षों तक इस असम्भव कला में सिद्धहस्त होने का प्रयास किया था।

इसमें आश्चर्य नहीं, आज वह थोड़ी गमगीन थी। और यह भी अस्वाभाविक नहीं था आज वह अपने में ही व्यस्त थी। पन्द्रह साल की...

उसने अपनी बेड-साइड टेबल पर निगाह डाली। वहाँ एक बड़ा पैकेज था। इस पर प्यारा-सा नीला कागज लिपटा था और लाल रेशमी रिबन बँधा था। यह जन्मदिन उपहार होना चाहिए।

क्या यह उपहार **हो सकता था**? डैड से बढ़िया बड़ा उपहार, जो अब तक गोपनीय था। उसने लेबनान से लिखे अपने काड्र्स में कई गुप्त संकेत दिए थे। किन्तु उसने 'अपने ऊपर एक कड़ी सेंसरशिप लागू की हुई थी।'

उसने लिखा था कि उपहार ऐसा है जो 'बड़ा और बड़ा होता जाता है।' फिर उसने किसी लड़की की बात कही थी जिससे वह शीघ्र मिलनेवाली थी—और यह कि सारे काड्र्स की कॉपी उसने उस लड़की को भी भेज दी थी। हिल्डे ने सुराग जानने के लिए अपनी माँ से भी सुराग पाने की कोशिश की थी, किन्तु उसे भी पता नहीं था कि उसके पिता की मंशा क्या है।

विचित्रतम संकेत यह था कि उपहार को 'दूसरे लोगों' के साथ साझा किया जा सकता है।' वह यूएन के लिए यूँ ही काम नहीं कर रहा था। यदि उसके पिता के बॉनेट में एक मक्खी थी–और उसके पास बहुत सारी थीं–तो वह यह थी कि यूएन को एक प्रकार की विश्व सरकार होना चाहिए। ईश्वर करे एक दिन यूएन सारी मानवता को एक कर सके, उसने एक कार्ड में लिखा था।

क्या उसे, उसकी माँ के 'हैप्पी बर्थ डे टू यू' गाते हुए, पेस्ट्री लिये और नॉर्वे का झंडा लिये आने से पहले, उस उपहार को खोलने की अनुमति थी? निश्चय ही यही वह कारण था कि उसे वहाँ रख दिया गया था।

वह कमरे में चुपचाप इधर से उधर गई और पैकेज उठा लिया। यह भारी था। उसने टैग देखा 'हिल्डे को उसके 15वें जन्मदिन पर डैड की ओर से।'

वह बिस्तर पर बैठ गई और सावधानी से रिबन खोला। फिर उसने नीला कागज खोला।

यह एक बड़ा रिंग बाइंडर था।

क्या यह उसका उपहार था? क्या यह पन्द्रहवें जन्मदिन का उपहार था जिसके बारे में इतना शोर-शराबा हो रहा था? उपहार जो बड़ा और बड़ा होता जाता है और जिसे दूसरे लोगों के साथ साझा किया जा सकता है?

जल्दी से एक नजर में देखने पर पता चला कि उसमें टाइप किए गए पन्ने थे। हिल्डे पहचान गई कि यह उसके पिता के टाइपराइटर के ही हैं, जिसे वह अपने साथ लेबनान ले गया था।

क्या उसने हिल्डे के लिए पूरी एक किताब लिखी थी?

प्रथम पृष्ठ पर, बड़े हाथ से लिखे अक्षरों में शीर्षक था–**सोफीज वर्ल्ड/सोफी का संसार**

काफी नीचे पन्ने पर टाइप लिखी कविता की दो पंक्तियाँ थीं :

मनुष्य के लिए सच्चा ज्ञान-बोध
मिट्टी के लिए सूर्य-प्रकाश जैसा है।

–एन.एफ.एस. ग्रंडट्विग

हिल्डे ने पन्ना उलटकर, प्रथम अध्याय का प्रारम्भ देखा। इसका शीर्षक था–'ईडन की बगिया'। वह बिस्तर में बैठ गई, आराम से, रिंग बाइंडर को अपने घुटनों पर रख लिया, और पढ़ना शुरू किया :

सोफी एमंडसन स्कूल से घर आ रही थी। वापसी के शुरूवाले हिस्से में जोआना उसके साथ थी। वे रोबोट्स पर चर्चा कर रही थीं। जोआना सोचती थी कि मनुष्य का मस्तिष्क एक उन्नत कम्प्यूटर जैसा ही है। पर सोफी उससे पूरी तरह सहमत नहीं थी। निश्चय ही एक व्यक्ति मशीन तो नहीं होता न?

हिल्डे सब कुछ भूलकर, यहाँ तक कि आज अपने जन्मदिन को भी भूलकर, पढ़ती गई। बीच-बीच में, जैसे वह पढ़ती जाती थी, पक्तियों के बीच एक छोटा-सा विचार उभरा–

क्या डैड ने एक पुस्तक लिखी है? क्या उसने अन्ततः महत्त्वपूर्ण उपन्यास पर लिखना शुरू कर दिया है और इसे लेबनान में पूरा कर लिया है? उसने कई बार शिकायत की थी कि दुनिया के उस भाग में उनके लिए समय काटना बहुत मुश्किल हो जाता है।

सोफी के पिता भी घर से दूर थे। सम्भवतः यह वह लड़की है जिसको अब हिल्डे जानना शुरू करेगी।

एक दिन अपने समाप्त हो जाने, अपनी मृत्यु के बारे में गहन भाव बना लेने के बाद ही वह यह समझ सकेगी कि जीवन कितना, किस कदर बढ़िया है।...दुनिया कहाँ से आती है?...किसी एक बिन्दु पर कोई चीज शून्य से निकलकर आई होगी। किन्तु क्या यह सम्भव था? क्या यह उतना ही असम्भव विचार नहीं था जितना यह कि दुनिया सदैव ही विद्यमान रही है?

हिल्डे आगे, और आगे पढ़ती गई। बड़े आश्चर्य के साथ, उसने पढ़ा कि सोफी एमंडसन को लेबनान से एक पोस्टकार्ड मिला–'हिल्डे मोलर नैग C/o सोफी एमंडसन, 3, क्लोवर क्लोज...'

प्रिय हिल्डे! हैप्पी 15वीं बर्थ डे। मुझे भरोसा है तुम समझ लोगी, मैं तुम्हें ऐसा उपहार देना चाहता हूँ जो तुम्हें बड़े होने में सहायता करेगा। मुझे C/o सोफी कार्ड भेजने के लिए क्षमा करना। यह सबसे आसान तरीका था। लव फ्रॉम डैड।

जोकर! हिल्डे जानती थी कि उसका पिता हमेशा ही चंट रहा है, पर आज तो उसने वाकई आश्चर्य में डाल दिया! कार्ड को पैकेज में बाँधने के बजाय उसने इसे किताब में लिख दिया है।

किन्तु बेचारी सोफी। वह तो पूरी तरह भ्रम में पड़ गई होगी।

एक पिता अपना कार्ड सोफी के पते पर क्यों भेजेगा जबकि स्पष्टतः इसे कहीं और जाना था? यह कैसा पिता है जो जान-बूझकर अपनी बेटी का जन्मदिन कार्ड उसके पते पर न भेजकर कहीं और भेज रहा है? यह 'सबसे आसान रास्ता' कैसे हो सकता है? और सबसे बड़ी बात तो यह कि वह इस हिल्डे नामक लड़की को कहाँ ढूँढ़ेगी?

नहीं, वह कैसे ढूँढ़ सकती थी?

हिल्डे ने कुछ और पन्ने उलटे और दूसरा अध्याय पढ़ना शुरू किया। 'जादुई टोपी'। शीघ्र ही वह उस लम्बे पत्र पर पहुँच गई जो किसी रहस्यमय व्यक्ति ने सोफी को लिखा था :

हम यहाँ क्यों हैं? इसमें रुचि लेना स्टाम्प इकट्ठा करने जैसा रुचि लेना नहीं है। जो लोग इस प्रकार के प्रश्न पूछते हैं वे एक ऐसी बहस में भाग ले रहे हैं जो मनुष्यता के प्रारम्भ से ही इस ग्रह पर चली आ रही है।

सोफी पूरी तरह थककर चूर हो गई थी। ऐसे ही हिल्डे भी। उसके डैड ने न केवल उसके पन्द्रहवें जन्मदिन पर एक पुस्तक लिखी थी, अपितु उसने एक विचित्र और अद्भुत पुस्तक लिखी थी।

संक्षेप में कहें—एक जादुई टोपी से एक खरगोश बाहर निकाला जाता है। क्योंकि यह बहुत बड़ा खरगोश है, इसलिए चाल को चलने में अरबों वर्ष लगे हैं। सभी नश्वर व्यक्ति खरगोश के बारीक बालों के किनारों पर पैदा होते हैं जहाँ वे इस चाल की असम्भाव्यता पर आश्चर्य करने की स्थिति में होते हैं। किन्तु जैसे-जैसे वे बड़े होते जाते हैं वे फर में और गहरे घुसते जाते हैं। और वहीं बने रहते हैं...

सोफी ही एकमात्र ऐसी व्यक्ति नहीं थी जिसने यह महसूस किया कि वह स्वयं को खरगोश की फर में नीचे, गहरे, आरामदेह स्थान पर पड़ी हुई पाती है। आज हिल्डे का पन्द्रहवाँ जन्मदिन था, और उसके मन में यह भाव उत्पन्न हो रहा था कि अब जीवन की दिशा निर्धारित करने का समय आ गया है।

उसने यूनान के प्राकृतिक दार्शनिकों के बारे में पढ़ा। हिल्डे जानती थी कि उसके पिता की दर्शनशास्त्र में रुचि है। उन्होंने समाचार-पत्र में यह सुझाते हुए एक लेख लिखा था कि दर्शनशास्त्र को स्कूल में एक नियमित विषय बना देना चाहिए। लेख का शीर्षक था—**'व्हाई शुड फिलॉसॉफी बी पार्ट ऑफ द स्कूल करीक्यूलम?' (दर्शनशास्त्र को पाठशालाओं/विद्यालयों में पाठ्यक्रम का अंग क्यों बनाना आवश्यक है?)** उसने यह मुद्दा हिल्डे के स्कूल में माता-पिता एवं अध्यापक एसोसिएशन मीटिंग में भी उठाया था। हिल्डे को इससे बड़ी परेशानी हुई थी।

उसने घड़ी की ओर देखा। साढ़े सात बजे थे। नाश्ते की ट्रे के साथ उसकी माँ के आने में बस आधे घंटे का समय था; और हे भगवान्, वह इस समय सोफी और सभी दार्शनिक प्रश्नों में डूबी हुई थी। उसने 'डिमॉक्रिटस' नामक अध्याय पढ़ा। सबसे पहले तो सोफी को विचारने के लिए एक प्रश्न मिला था—लेगो दुनिया का सबसे चतुर खिलौना क्यों है? फिर उसे मेल बाक्स में एक बड़ा ब्राउन लिफाफा मिला :

डिमॉक्रिटस अपने पूर्ववर्तियों से इस बात पर सहमत था कि प्रकृति में रूपान्तरण इस तथ्य के कारण नहीं होते कि कोई चीज वास्तव में 'बदली' है। अतः उसने यह माना कि प्रत्येक वस्तु बहुत छोटे, अदृश्य ब्लॉक्स की बनी है, जिनमें से प्रत्येक शाश्वत और अपरिवर्तनीय है। डिमॉक्रिटस ने इस सबसे छोटी इकाइयों को अणु कहा।

हिल्डे को उस समय गुस्सा आया जब सोफी को अपने बिस्तर के नीचे लाल रेशमी स्कॉर्फ मिला। अच्छा तो यह **वहाँ** था। किन्तु एक स्कॉर्फ ऐसे कैसे गायब होकर कहानी में जा सकता है? यह कोई जगह **होनी चाहिए...**सुकरातवाला अध्याय सोफी के समाचार-पत्र में 'लेबनान में नॉर्वे की यूएन बटालियन के बारे में' सोफी द्वारा पढ़ने से शुरू हुआ। ठेठ डैड! वह इस बात पर (बेहद) चिन्तित था कि नॉर्वे के लोग यूएन सेनाओं द्वारा शांति बनाए रखने के लिए किए जा रहे कामों में रुचि नहीं रखते थे। यदि किसी अन्य की रुचि नहीं होगी, तो सोफी रुचि रखेगी। वह इस बात को इस प्रकार कहानी में रख सकता था, और किसी हद तक मीडिया का ध्यान आकृष्ट कर सकता था।

जब उसने दार्शनिक अध्यापक द्वारा सोफी को लिखे पत्र में **पुनः पुनश्च** पढ़ा तो उसे हँसना पड़ा–

यदि तुम्हें कहीं लाल रेशमी स्कॉर्फ मिले, तो इसका ध्यान रखना। कभी-कभी निजी सम्पत्ति एक-दूसरे के साथ मिल जाती है। खासतौर पर स्कूल या उस जैसे स्थानों पर और यह दर्शनशास्त्र का स्कूल है।

हिल्डे ने सीढ़ियों पर अपनी माँ की पदचाप सुनी। उसके कमरे के दरवाजे पर दस्तक होने से पहले हिल्डे ने सोफी द्वारा अपने अपने अड्डे पर एथेंस के वीडियो के मिलने के बारे में पढ़ना शुरू कर दिया था।

'हैप्पी बर्थ डे...' उसकी माँ ने अपने जीने से ही गाना शुरू कर दिया था।

'अन्दर आइए,' हिल्डे ने कहा। उस समय वह उस पैसेज के बीच में थी जहाँ दर्शनशास्त्र का अध्यापक ऐक्रोपॉलिस में सोफी से सीधे बात कर रहा था। वह बिलकुल हिल्डे के पिता जैसा लग रहा था–एक 'काली, और ढंग से काटी गई दाढ़ी' और नीली टोपी में।

'हैप्पी बर्थ डे, हिल्डे।'

'उह-हुह!'

'हिल्डे?'

'इसे बस यहाँ रख दीजिए।'

'क्या तुम वहाँ नहीं जा रही...?'

'तुम देख नहीं रही मैं पढ़ रही हूँ।'

'कल्पना करो, तुम पन्द्रह की हो।'

'तुम कभी एथेंस गई हो, मॉम?'

'नहीं, तुम पूछ क्यों रही हो?'

'कितनी आश्चर्यजनक बात है कि वे मन्दिर अभी भी खड़े हैं। यह वास्तव में 2,500 वर्ष पुराने हैं। सबसे बड़े को **वर्जिन्स प्लेस** 'कुमारी-स्थल' कहते हैं।'

'क्या तुमने डैड से मिला उपहार खोल लिया?'

'कौन सा उपहार?'

'हिल्डे, अब तुम्हें ढंग से देखना चाहिए। तुम तो पूरी तरह तन्द्रा में हो।' हिल्डे ने बड़े रिंग बाइंडर को रपटकर अपनी गोद में आने दिया। उसकी माँ ट्रे लिये हुए उसके बिस्तर पर झुकी हुई थी। ट्रे में थे–जलती हुई मोमबत्तियाँ, मक्खन लगे रॉल्स, श्रिंप सलाद और सोडा। एक छोटा-सा पैकेज भी था। उसकी माँ दोनों हाथों में ट्रे लिये, और अपनी बगल में झंडा दबाए, विचित्र ढंग से खड़ी थी।

'आह, मॉम, अनेक धन्यवाद! आप कितना प्यार करती हैं, पर मैं वास्तव में व्यस्त हूँ।'

'तुम्हें एक बजे तक स्कूल नहीं जाना है।'

अब तक हिल्डे को यही पता नहीं था कि वह कहाँ थी, और उसकी माँ ने ट्रे बेड साइड टेबल पर रख दी।

'सॉरी, मॉम! मैं इसमें पूरी तरह खोई हुई थी।'

'हिल्डे, उसने **लिखा** क्या है? मैं भी तुम्हारी तरह पूरी अनभिज्ञ हूँ। महीनों हो गए और उससे एक भी काम की या ढंग की बात सुनने को नहीं मिली।'

पता नहीं किस कारण, हिल्डे असमंजस अनुभव कर रही थी। 'ओह, यह तो बस एक कहानी है।'

'एक कहानी?'

'हाँ, एक कहानी। और दर्शनशास्त्र का इतिहास, दर्शन-गाथा या ऐसी ही कोई चीज।'

'क्या तुम मेरे वाला पैकेज नहीं खोल रही?'

हिल्डे अभद्र नहीं होना चाहती थी, इसलिए उसने तपाक से माँ का उपहार खोल लिया। यह एक सोने का ब्रासलेट था।

'बड़ा प्यारा है, मॉम। आपको बहुत-बहुत धन्यवाद।'

हिल्डे बिस्तर से बाहर आई और अपनी माँ को बाँहों में भर लिया।

कुछ देर वे बैठी-बैठी बातें करती रहीं।

फिर हिल्डे ने कहा, 'मुझे यह किताब पढ़नी है, मॉम। इस वक्त वह ऐक्रोपॉलिस के ऊपर खड़ा है।'

'कौन है?'

'मुझे कुछ पता नहीं। न ही सोफी को मालूम। यही तो सारी बात है।'

'अच्छा, मुझे तो काम करना है। भूलना मत, कुछ खा लेना। तुम्हारी ड्रेस नीचे हैंगर पर है।' अन्त में, उसकी माँ जीने से नीचे गायब हो गई। और इसी प्रकार सोफी का दर्शनशास्त्र अध्यापक ऐक्रोपॉलिस से पैड़ियों से नीचे आया, और एथेंस के पुराने चौराहे पर दिखने से पहले ऐरोपैगोस की पहाड़ी पर खड़ा हुआ।

जैसे ही भग्नावशेषों से अचानक पुराने भवन ऊपर निकलते आए उन्हें देखकर हिल्डे काँप गई। उसके पिता का एक प्रिय दुलारा विचार यह था कि हूबहू एथेंस के चौराहे जैसा ही एक और चौराहा बनाने के लिए संयुक्त राष्ट्र के सब देशों को मिलकर काम करना चाहिए। यह एक मंच होगा दार्शनिक चर्चाओं के लिए और निरस्त्रीकरण की वार्ताओं के लिए। वह महसूस करता था कि इस प्रकार की बृहत् प्रोजेक्ट विश्व एकता बनाएगी। आखिरकार, हम आयल रिग्स और चाँद के लिए रॉकेट्स बनाने में सफल हो गए हैं।

'फिर उसने अफलातून के बारे में पढ़ा। आत्मा प्रेम के पंखों पर विचारों की दुनिया में अपने घर जाना चाहती है। यह शरीर के बन्धनों से मुक्त होना चाहती है...'

सोफी बाड़ में से रेंगती हुई निकली थी और हरमीज़ के पीछे-पीछे चली थी, किन्तु कुत्ता उससे बच निकला। अफलातून के बारे में पढ़ने के बाद, वह जंगल में आगे निकल गई थी और एक छोटी झील के किनारे लाल केबिन तक पहुँची थी। केबिन में जरकले

की एक पेंटिंग लटकी हुई थी। वर्णन से तो लगता था कि यह हिल्डे वाली जरकले ही थी। किन्तु वहाँ बर्कले नाम के एक आदमी का पोर्ट्रेट भी था। 'कितना विचित्र!'

हिल्डे ने भारी रिंग बाइन्डर को बिस्तर पर एक तरफ रख दिया और अपनी बुक शेल्फ की तरफ गई, और अपने तीन अंकोंवाले विश्व-ज्ञान कोश को देखा, जो उसे उसके चौदहवें जन्मदिन पर उपहारस्वरूप दिया गया था। लो यहाँ था वह—बर्कले।

बर्कले, जॉर्ज, 1685-1753, इंग्लिश, फिलॉसॉफर, क्लोयन का बिशप। मानव मन के परे भौतिक जगत के अस्तित्व को अस्वीकार किया। हमारा इन्द्रिय बोध ईश्वर से निःसृत है। मुख्य रचनाएँ—**अ ट्रीटाइज कन्सर्निंग द प्रिंसिपल्स ऑफ ह्यूमन नॉलेज** (1710)।

हाँ, यह निश्चय ही अजीब था। बिस्तर पर और रिंग बाइंडर तक वापस जाने से पहले, हिल्डे कुछ सेकंड सोचती, खड़ी रही।

एक तरीके से, तो यह उसका पिता था जिसने वे दो तसवीरें दीवार पर टाँगी थीं। क्या नामों के एक जैसे होने के अलावा कोई और सम्बन्ध भी था?

बर्कले एक दार्शनिक था जिसने मानव मन के परे भौतिक जगत् के अस्तित्व को नकार दिया। हमें स्वीकार करना होगा कि यह वास्तव में बड़ा विचित्र था। किन्तु इस प्रकार के दावों को गलत साबित करना भी तो आसान नहीं था। जहाँ तक सोफी की बात थी, यह बिलकुल फिट बैठता था। आखिरकार, हिल्डे का पिता ही उसके 'इन्द्रिय-बोधों' के लिए जिम्मेदार था।

अच्छी बात है, और आगे पढ़ेगी, तो और पता लगेगा। हिल्डे ने उस समय रिंग बाइंडर से आँखें ऊपर उठाईं और मुस्कुराई जब वह उस बिन्दु पर पहुँची जहाँ सोफी को पता लगता है कि शीशे में परछाईंवाली लड़की दोनों आँखों से आँख मार रही हैं। 'दूसरी लड़की ने सोफी को आँख मारी मानो कह रही हो—मैं तुम्हें देख सकती हूँ, सोफी। मैं यहाँ हूँ, दूसरी तरफ।'

सोफी को केबिन में हरा वालेट भी मिलता है—जिसमें पैसा और हर चीज है। यह वहाँ कैसे पहुँचा?

बेहूदा। एक या दो सेकंड के लिए हिल्डे ने वाकई मान लिया कि सोफी को यह मिल गया था। किन्तु तब उसने यह कल्पना करने की कोशिश की कि सोफी को यह सब कैसा लगा होगा। यह सब तो बड़ा रहस्यमय और बेहद चतुर दिखना चाहिए।

पहली बार हिल्डे के मन में आमने-सामने सोफी से मिलने की इच्छा हुई। उसके मन में आया कि सारे मामले की सच्चाई यूँ की यूँ उसके सामने रख दे।

किन्तु अब सोफी को, रँगे हाथ पकड़े जाने से पहले, केबिन से बाहर आना था। और हाँ, झील में नाव तो अपने आप बह रही थी। (उसका पिता उसे उस पुरानी कहानी की याद दिलाने से न रोक पाया, क्या वह अपने को रोक सकता था?)

हिल्डे ने 'बेहद तरतीबवार' अरस्तू वाला पत्र पढ़ते हुए, जिसने अफलातून की आलोचना की थी, रॉल का एक गस्सा खाया और मुँह भर कर सोडा गटक लिया।

अरस्तू ने बतलाया कि चेतना में ऐसा कुछ भी नहीं है जिसे पहले इन्द्रियों ने अनुभव न कर लिया हो। अफलातून ने यह कह दिया होगा कि प्राकृतिक दुनिया में ऐसी कोई चीज नहीं है, जो पहले विचार-जगत में नहीं थी। अरस्तू का मानना था कि इस प्रकार अफलातून 'चीजों की संख्या दुगुनी कर रहा था'।

हिल्डे को यह पता नहीं था कि यह अरस्तू ही था जिसने 'जानवर, सब्जी या खनिज' के खेल का आविष्कार किया था।

अरस्तू प्रकृति के 'कमरे' को पूरी तरह साफ करना चाहता था। उसने यह दिखाने का प्रयास किया कि प्रकृति की हर वस्तु एक भिन्न श्रेणी और उप-श्रेणी की है।

जब उसने अरस्तू के स्त्री सम्बन्धी विचार पढ़े तो वह क्रोधित और निराश, दोनों ही हुई। कल्पना कीजिए, कितना बढ़िया दार्शनिक और कैसा वज्र मूर्ख।

अरस्तू ने सोफी को अपना कमरा साफ करने की प्रेरणा दी थी। और वहाँ, दूसरे और आड-कबाड़ के साथ, उसे वह सफेद स्टॉकिंग मिली थी जो हिल्डे की अलमारी से एक महीने पहले गायब हो गई थी। सोफी ने ऐल्बर्टो से प्राप्त किए सारे पन्ने एक रिंग बाइंडर में डाल दिए थे। 'कुल मिलाकर पचास पन्ने थे।' इधर, हिल्डे के पास 124 पन्ने थे, किन्तु सबसे ऊपर उसके पास ऐल्बर्टो नॉक्स से की गई सारी खतो-किताबत के साथ सोफी की कहानी भी थी।

अगला अध्याय 'यूनानवाद' कहलाता था। सबसे पहले, सोफी को एक पोस्टकार्ड मिलता है जिस पर यूएन जीप का चित्र है। इस पर यूएन बटालियन, 15 जून की डाक मुहर है। हिल्डे को भेजे गए दूसरे काडूर्स में से एक, जिसे उसके पिता ने डाक से भेजने के बजाय उसकी कहानी में डाल दिया है।

प्रिय हिल्डे! मैं मानकर चलता हूँ कि तुम अभी भी अपना पन्द्रहवीं जन्मदिन मना रही हो। या यह उसके बाद के दिन का सबेरा है? खैर कोई बात नहीं, इससे तुम्हारे उपहार पर कोई फर्क नहीं पड़ता। एक अर्थ में, वह तुम्हारे जीवन भर चलेगा। किन्तु मैं एक बार और तुम्हारे जन्मदिन की शुभकामना देना चाहता हूँ। शायद तुम अब समझती होगी कि मैं काडूर्स सोफी को क्यों भेजता हूँ। मुझे भरोसा है वह इन्हें तुम तक पहुँचा देगी।

पुनश्च : मॉम ने कहा तुम्हारा वालेट खो गया है। मैं यहीं वादा करता हूँ कि तुम्हें 150 क्राउन से भरपाई कर दूँगा। तुम्हें सम्भवतः गर्मियों की छुट्टियों के लिए स्कूल बन्द होने से पहले दूसरा स्कूली पहचान पत्र मिल जाएगा। लव फ्रॉम डैड...

बुरा नहीं था। वह 150 क्राउन से और सम्पन्न बन गई। वह सम्भवतः सोच रहा होगा कि घर का बना उपहार काफी नहीं था।

इस तरह यह बात सामने आई कि 15 जून सोफी का जन्मदिन भी था। किन्तु सोफी का कैलेंडर तो बस मई के बीच तक ही चला था। सम्भवतः यह वह समय रहा होगा जब उसके पिता ने यह अध्याय लिख लिया था और उसने हिल्डे का 'जन्मदिन

कार्ड' पोस्टडेट कर दिया था। किन्तु बेचारी सोफी, जो जोआना से सुपर मार्केट में मिलने के लिए भागी जा रही थी।

हिल्डे कौन थी? उसके पिता ने यह कैसे मान लिया कि सोफी उसे ढूँढ़ निकालेगी। ख़ैर, जो भी हो, उसकी तरफ से यह बिलकुल बेमतलब बात थी कि सीधे अपनी बेटी को भेजने के बजाय वह काड्र्स को सोफी को भेज रहा था।

जैसे ही उसने प्लॉटिनस के बारे में पढ़ा, हिल्डे भी, सोफी की तरह, आसमान में ऊपर उठ गई।

मेरा विश्वास है कि हर अस्तित्ववान वस्तु में दिव्य रहस्य की कुछ बात है। हम इसे सूरजमुखी या पॉपी में चमकते देखते हैं। जब हम एक तितली को छोटी टहनी से पंख फड़फड़ाते हुए उड़ते देखते हैं तो उसी अथाह रहस्य का कुछ भान हमें होता है। और ऐसा ही भान गोल्डफिश को बाउल में तैरते देखकर भी होता है। किन्तु हम अपनी आत्मा में ईश्वर के सबसे निकट होते हैं। केवल वहीं हम जीवन के महानतम रहस्य से एकाकार हो सकते हैं। सत्य तो यह है कि केवल कुछ यदा-कदा होनेवाले क्षणों में ही हमें यह अनुभव होता है कि हम स्वयं वह दिव्य रहस्य हैं।

अब तक पढ़े सभी पैराग्राफों में हिल्डे के लिए यह सबसे ज्यादा सिर चकरानेवाला था। किन्तु फिर भी यह सरलतम था। हर चीज एक है, और यह 'एक' एक दिव्य रहस्य है जो हर एक के हिस्से में है। यह वास्तव में कुछ ऐसा था जिस पर आपको विश्वास करना है। यह ऐसा ही है, हिल्डे ने सोचा। इसलिए जिसके जो मन में आए वह 'दिव्य' का वही अर्थ लगा ले।

जल्दी से उसने अगला अध्याय खोला। 17 मई को राष्ट्रीय अवकाश की पहली रात को जोआना और सोफी कैम्प बनाकर रात गुजारने चली जाती हैं। फिर वे मेजर की केबिन तक पहुँच जाती हैं...

कुछ और पन्ने पढ़ने से पहले ही, हिल्डे ने गुस्से में आकर बिस्तर के कपड़े एक तरफ फेंक दिए, उठी और कमरे में इधर-उधर टहलने लगी, हाथ में रिंग बाइंडर पकड़े।

इससे ज्यादा शोख चाल उसने पहले कभी नहीं सुनी थी। जंगल में उस छोटी-सी झोंपड़ी में उसका पिता इन दो छोटी लड़कियों को उन सारे काड्र्स की कॉपियाँ ले जाने देता है जो उसने मई के पहले दो सप्ताहों में हिल्डे को भेजे थे। और कॉपियाँ भी मूल जैसी। हिल्डे ने वही नाम और वे ही शब्द बार-बार पढ़े थे। वह एक-एक शब्द को पहचानती थी।

प्रिय हिल्डे, मैं तुम्हारे जन्मदिन के लिए उन सब गोपनीय बातों को लेकर फटा जा रहा हूँ और मैं दिन में कई बार स्वयं को इससे रोकता हूँ कि घर फोन करके सारा भांडा फोड़ दूँ। यह कुछ ऐसी चीज है जो बढ़ती ही जाती है। और जैसा तुम जानती हो, जब कोई चीज बढ़ती जाती है तो इसे अपने तक रखना कठिन हो जाता है...

सोफी को ऐल्बर्टो से एक नया पाठ मिलता है। यह यहूदियों, यूनानियों और दो महान संस्कृतियों के बारे में है। हिल्डे इतिहास को एक विस्तृत विहंगम दृष्टि से जानना चाहती थी। स्कूल में उसने ऐसा कुछ नहीं पढ़ा था। वे आपको विवरण और विवरण देते चलते थे। अब उसने यीशु और ईसाई धर्म को नए प्रकाश में देखा।

उसे गेटे का उद्धरण पसन्द आया—'जो तीन हजार वर्षों के अनुभव से नहीं सीख सकता, बस कैसे न कैसे गुजारा कर रहा है।' पानी पीने के लिए रोज कुआँ खोदता है; अगला अध्याय कार्ड के एक टुकड़े से शुरू होता है, जो सोफी की खिड़की से चिपक जाता है। निश्चय ही, यह हिल्डे के लिए नया जन्मदिन बधाई कार्ड है।

प्रिय हिल्डे, मुझे नहीं मालूम इस कार्ड को पाने के समय भी तुम्हारा जन्मदिन चल रहा होगा। मैं इसकी आशा करता हूँ, एक तरीके से, या कम-से-कम इसे हुए बहुत दिन नहीं गुजरे हैं। सोफी का एक या दो हफ्ता हम लोगों के लिए उतना लम्बा नहीं है। मैं मिडसमर ईव पर घर आऊँगा तब हम घंटों ग्लाइडर में बैठे नीचे समुद्र को निहारेंगे। करने के लिए इतनी सारी बातें हैं...

फिर ऐल्बर्टो सोफी को फोन करता है और अब वह पहली बार उसकी आवाज सुनती है :

'तुम ऐसे बोलते हो जैसे युद्ध हो रहा हो।'

'मैं इसे, इसके बजाय, संकल्प की लड़ाई कहूँगा। हमें हिल्डे का ध्यान आकर्षित करना है, और उसके पिता के लिलेसैंड में घर आने से पहले हिल्डे को अपनी ओर ले आना है।'

और फिर तब सोफी ऐल्बर्टो को मध्ययुगीन माँ की पोशाक पहने बारहवीं सदी के पत्थर के बने चर्च में मिलती है।

ओह, नहीं, चर्च! हिल्डे ने समय देखा। सवा बज चुका था...समय तो वह बिलकुल भूल ही गई थी। हो सकता है इससे कुछ फर्क न पड़े कि वह आज अपने जन्मदिन पर स्कूल ही न जाए। किन्तु इसका अर्थ यह होगा कि उसकी क्लास के बच्चे इस उत्सव में उसके साथ शामिल नहीं होंगे, ठीक है, उसके शुभचिन्तक सदैव ही बहुत से रहे हैं।

शीघ्र ही उसने स्वयं को लम्बा धर्मोपदेश सुनते पाया। ऐल्बर्टो मध्ययुगीन पादरी की भूमिका निभाने में कोई समस्या नहीं हुई।

जब उसने सोफिया को हिल्डेगार्ड के विजन्स (सपनों) में प्रकट होते पढ़ा, तो एक बार फिर उसने विश्वज्ञान कोश का सहारा लिया। किन्तु इस बार दोनों में से किसी के भी बारे में उसे कुछ नहीं मिला। क्या यह ठेठ पितृसत्तात्मक नहीं था? किन्तु जैसे ही स्त्रियों की बात या उनसे सम्बन्धित कोई प्रकरण आता विश्वज्ञान कोश इतनी ही खबर देता, जितनी चन्द्रमा के ज्वालामुखी **गड्ढों** से मिल सकती थी। क्या सारी रचना को **सोसायटी फॉर द प्रोटेक्शन ऑफ मैन** द्वारा सेंसर किया गया था?

बिन्जेन की हिल्डेगार्ड एक उपदेशक, लेखक, डॉक्टर, वनस्पतिशास्त्री और जीववैज्ञानिक थी। वह सम्भवतः 'इस तथ्य का एक उदाहरण थी कि मध्य युग में भी स्त्रियाँ पुरुषों की तुलना में अधिक व्यावहारिक और अधिक वैज्ञानिक होती थीं।'

किन्तु उसके लिए विश्वज्ञान कोश में एक भी शब्द नहीं था। कैसी धोखाधड़ी!

हिल्डे ने यह कभी नहीं सुना था कि ईश्वर का एक 'स्त्री पक्ष' या 'माँ प्रकृति' है। उसका नाम सोफिया था, जाहिर है–किन्तु वह, फिर भी, मुद्रक की रोशनाई पाने लायक भी नहीं थी।

विश्वज्ञान कोश में यदि इसके निकटतम कोई चीज मिली तो वह कुस्तुनतुनिया (अब इस्तांबुल) में सांता सोफिया चर्च के बारे में एक एंट्री थी, उसका नाम हैगिया सोफिया था, जिसका अर्थ पवित्र बुद्धिमत्ता होता है। किन्तु इसके स्त्री होने जैसी कोई बात नहीं थी। यह सेंसरशिप थी, नहीं थी क्या?

अन्यथा, यह सच्ची बात थी कि सोफी हिल्डे के समक्ष प्रकट हुई थी। वह उस लड़की की अपने मन में सीधे बालोंवाली होने की तसवीर बना रही थी...

जब सोफी सेंट मैरीज चर्च में अधिकांश प्रातःकाल लगाकर घर आती है तो वह उस पीतल के शीशे के सामने खड़ी होती है, जो वह जंगल में मेजर के केबिन से घर लाई थी। वह अपने हलका पीलापन लिये चेहरे की स्पष्ट रूपरेखाओं का अध्ययन करती रही जो उसके जिद्दी बालों ने बनाई थी, और जो प्रकृति द्वारा दी गई शैली के अलावा दूसरी किसी शैली में बँधते ही नहीं थे। किन्तु उस चेहरे के परे एक दूसरी लड़की का प्रेत था।

अचानक दूसरी लड़की ने दोनों आँखों से बेतहाशा आँख मारना शुरू कर दिया मानो यह संकेत दे रही हो कि वह शीशे के दूसरी ओर वाकई खड़ी थी। प्रेत-छवि केवल कुछ क्षण ही रही। फिर वह चली गई।

कितनी बार हिल्डे उसी तरह शीशे के सामने खड़ी रही है मानो वह शीशे के पीछे किसी की तलाश कर रही हो? किन्तु उसके पिता को इसका पता कैसे चला? क्या यह कोई काले बालोंवाली औरत नहीं थी जिसे वह तलाश रही थी? पड़दादी माँ ने इसे जिप्सी औरत से खरीदा था, नहीं खरीदा था क्या? हिल्डे ने महसूस किया कि किताब पकड़े हुए उसके हाथ काँप रहे हैं। उसको यह भाव हुआ कि 'दूसरी ओर' कहीं-न-कहीं सोफी जिन्दा जरूर है।

अब सोफी हिल्डे और जरकले के बारे में सपना देख रही है। हिल्डे उसे न तो देख पा रही है और न सुन, किन्तु फिर भी–सोफी को हिल्डे का सोने का क्रूसीफिक्स डॉक पर मिलता है। और क्रूसीफिक्स–हिल्डे के लघु हस्ताक्षर और सब कुछ लिये–सोफी के बिस्तर में मिलता है जब वह सपने से जागती है।

हिल्डे ने खूब जोर लगाकर सोचने की कोशिश की। निश्चय ही, क्या उसने अपना क्रूसीफिक्स भी खो नहीं दिया था? वह अपने ड्रेसर तक गई और अपना ज्वैलरी केस

निकाला। क्रूसीफिक्स, जो उसे धर्म-दीक्षा, नामकरण के समय दादी माँ द्वारा उपहार स्वरूप मिला था, वहाँ नहीं था।

तो वाकई उसने यह खो दिया था? ठीक है, पर उसके पिता को यह बात कैसे पता लगी, जबकि स्वयं उसे मालूम नहीं था?

और, एक और चीज–जाहिरा तौर पर सोफी ने सपने में देखा था कि हिल्डे का पिता लेबनान से घर आया है। किन्तु यह होने में तो अभी एक सप्ताह बाकी था। क्या सोफी का सपना भविष्यवाणी था? या उसके पिता का यह मतलब था कि जब वह घर आएगा तो कैसे न कैसे सोफी वहाँ होगी? उसने लिखा था कि उसे एक नई सहेली मिलेगी...

एक क्षणिक विजन में हिल्डे ने पूरी स्पष्टता से जान लिया कि सोफी केवल कागज या रोशनाई नहीं थी। वह वास्तव में **अस्तित्ववान** थी।

प्रबोधन काल

सुई बनाने के तरीके से लेकर तोप ढालने के तरीके तक...

हिल्डे ने पुनर्जागरणवाला अध्याय शुरू ही किया था कि उसने सामनेवाले दरवाजे से माँ को अन्दर आते सुना। उसने घड़ी देखी। तीसरे पहर के चार बजे थे।

उसकी माँ जीने से ऊपर आई और हिल्डे का दरवाजा खोला।

'आज तुम चर्च नहीं गईं?'

'हाँ, मैं गई तो थी।'

'किन्तु...तुमने पहना क्या था?'

'तुम्हारा नाइट गाउन?'

'यह पुराना, पत्थर का बना चर्च है, मध्यकाल का।'

'हिल्डे!'

उसने रिंग बाइंडर को अपनी गोद में गिर जाने दिया, और अपनी माँ की ओर देखा।

'मैं समय भूल गई, मॉम। मुझे अफसोस है, किन्तु मैं कोई बेहिसाब उत्तेजित करनेवाली चीज पढ़ रही हूँ।'

उसकी माँ मुस्कुराए बिना न रह सकी।

'यह एक जादू की किताब है,' हिल्डे ने जोड़ दिया।

'ओके, हैप्पी बर्थ डे वन्स अगेन, हिल्डे!'

'हे, कितनी बार कहोगी?'

'किन्तु मैंने पहले कहाँ कहा है...अब मैं थोड़ा-सा आराम करूँगी, और फिर बढ़िया डिनर तैयार करना शुरू कर दूँगी। कुछ स्ट्राबेरीज मेरे हाथ लग गई हैं।'

'ओके, मैं पढ़ती रहूँगी।'

उसकी माँ चली गई और हिल्डे पढ़ती रही।

सोफी टाउन में हरमीज़ के पीछे-पीछे जा रही है। ऐल्बर्टो के हॉल में उसे लेबनान का एक और कार्ड मिलता है। इस पर भी 15 जून की तारीख पड़ी है।

हिल्डे ने तारीखों की प्रणाली को समझना ही शुरू किया था, बस। 15 जून से पहली तारीखोंवाले कार्ड वे हैं जो उसे पहले ही अपने डैड से मिल चुके हैं। किन्तु जो आज की तारीखवाले हैं वे उस तक पहली बार रिंग बाइंडर से होते हुए पहुँच रहे हैं।

प्रिय हिल्डे! अब सोफी दार्शनिक के घर आ रही है। वह शीघ्र ही पन्द्रह की हो जाएगी, किन्तु तुम कल पन्द्रह की हो गई। या यह आज है, हिल्डे? यदि आज है, तो फिर देर हो गई है। किन्तु हमारी घड़ियाँ सदैव एक-दूसरे से नहीं मिलतीं...

हिल्डे ने पढ़ा किस प्रकार ऐल्बर्टो सोफी को पुनर्जागरण और नए विज्ञान के बारे में, सत्रहवीं शताब्दी के तर्कवादियों और ब्रिटिश अनुभववादियों के बारे में बतला रहा था।

वह अपने पिता द्वारा कहानी में चिपकाए नए कार्ड और जन्मदिन बधाई पर उछल जाती थी। उसने उन्हें एक अभ्यास पुस्तिका से गिरते, केले के छिलके में अन्दर की ओर निकलते और कम्प्यूटर प्रोग्राम के अन्दर छिपते पाया। तनिक भी श्रम किए बिना वह ऐल्बर्टो से ज़ुबान की एक भूल कराके सोफी को हिल्डे के नाम से बुलवाता था। और इस सबसे श्रेष्ठ, हरमीज़ से 'हैप्पी बर्थ डे हिल्डे' कहलवा लिया।

वह ऐल्बर्टो से इस बात में सहमत थी कि उसका पिता कुछ ज्यादा ही आगे बढ़ रहा था, और अपनी तुलना ईश्वर और भाग्य से करा रहा था! किन्तु सहमत वह वास्तव में किससे हो रही थी? क्या यह उसका पिता नहीं था जिसने भर्त्सना या आत्मभर्त्सना—के वे शब्द ऐल्बर्टो के मुँह में रख दिए थे? उसने निर्णय किया कि ईश्वर से तुलना करना तो, अन्ततः कोई बड़ा पागलपन नहीं था। उसका पिता सोफी के संसार के लिए सर्वशक्तिमान ईश्वर जैसा ही था।

जब तक ऐल्बर्टो बर्कले तक पहुँचा, हिल्डे कम-से-कम उतनी ही अभिभूत थी जितनी सोफी। अब क्या होगा? अनेक प्रकार के संकेत थे कि जैसे ही वह उस दार्शनिक पर पहुँचेगा तो कोई खास चीज घटित होगी—इस दार्शनिक ने मानव चेतना के बाहर किसी भी प्रकार के भौतिक जगत के अस्तित्व को नकार दिया था।

अध्याय ऐल्बर्टो और सोफी के खिड़की पर खड़े होने से शुरू होता है, वे एक छोटे प्लेन को हैप्पी बर्थ डे का लम्बा, लहराता झंडा लिये उड़ते देखते हैं। उसी समय टाउन पर काले बादल मँडराने लगते हैं।

'अतः 'है या नहीं है' पूरा या सारा सवाल नहीं है। सवाल यह भी है कि हम कौन हैं? क्या हम वास्तव में रक्त और मांस के बने हुए मानव प्राणी हैं? क्या हमारी दुनिया यथार्थ चीजों की बनी है—या हम एक मानसिक के घेरे में हैं?

इसमें आश्चर्य नहीं कि सोफी अपने नाखून दाँत से काटने लगती है। नाखून काटना कभी भी हिल्डे की बुरी आदतों में शामिल नहीं था, किन्तु इस समय वह स्वयं से बहुत अधिक प्रसन्न नहीं थी। आखिर में सब चीज खुले में आ गई; 'हमारे लिए—तुम्हारे और मेरे लिए—यह 'इच्छा या चेतना' जो 'हर चीज में हर चीज का कारण है' हिल्डे का पिता हो सकती थी।'

'क्या आप कह रहे हैं कि वह हमारे लिए एक प्रकार का ईश्वर है?'

'यदि तुमसे स्पष्ट कहूँ तो, हाँ। उसे स्वयं पर लज्जित होना चाहिए।'

'स्वयं हिल्डे कैसी है?'

'वह एक फरिश्ता है, सोफी।'

'एक फरिश्ता?'

'हिल्डे वह है जो इस 'चेतना' की ओर मुड़ती है।'

इसके साथ ही सोफी स्वयं को ऐल्बर्टो से झटककर अलग हो जाती है और दौड़ती हुई बाहर आँधी-तूफान में चली जाती है। क्या यह वही आँधी-तूफान था जो पिछली रात जरकले को झकझोर रहा था—सोफी के टाउन में दौड़ते रहने के बाद?

जैसे ही वह दौड़ती जा रही थी, एक विचार उसके दिमाग में बार-बार चक्कर काट रहा था—कल मेरा जन्मदिन है। क्या यह एहसास होना कुछ ज्यादा कड़वा नहीं है कि पन्द्रहवें जन्मदिन से एक दिन पहले आपको पता लगता है कि जीवन एक सपना है? यह ऐसा सपना देखने जैसा है कि आपकी दस लाख की लॉटरी खुली, और जैसे ही आप पैसा लेनेवाले थे कि आपकी आँख खुल गई।

सोफी पानी भरे खेल के मैदान में छपाक-छपाक करती दौड़ती गई। कुछ ही मिनट बाद उसने किसी को अपनी ओर दौड़कर आते देखा। यह उसकी माँ थी। आसमान में बार-बार बिजली के नुकीले तीर घूम रहे थे।

जब वे एक-दूसरी के पास पहुँचीं सोफी की माँ ने उसे बाँहों में भर लिया।

'हमारे साथ यह क्या हो रहा है, मेरी छोटी बच्ची?'

'मुझे नहीं मालूम,' सोफी ने सुबकी ली। 'यह खराब सपने जैसा है।'

हिल्डे को अपनी आँखों में आँसू बहते महसूस हुए। 'है या नहीं है—सवाल यह है।' उसने रिंग बाइंडर बिस्तर के एक किनारे फेंक दिया और उठ खड़ी हुई। वह फर्श पर इधर-उधर चली। आखिर में वह पीतलवाले शीशे के सामने आकर रुकी, जहाँ वह तब तक बनी रही जब उसकी माँ यह कहने आई कि डिनर तैयार है। जब हिल्डे ने दरवाजे पर दस्तक सुनी तो उसे यह भी पता नहीं था कि वह कितनी देर से वहाँ खड़ी थी।

किन्तु उसे पक्का याद है, पूरी तरह पक्का, कि उसकी छाया ने शीशे में दोनों आँखों से आँख मारी।

डिनर के दौरान वह पूरी तरह जन्मदिन वाली कृतज्ञ लड़की बनी रही। किन्तु सारे समय उसके विचार सोफी और ऐल्बर्टो के बारे में ही चल रहे थे।

अब उनके साथ आगे कैसा रहेगा क्योंकि अब वे **जान चुके थे** कि यह हिल्डे का पिता ही था जो हर चीज का फैसला करता था। हालाँकि 'जान चुके थे' शायद एक अतिशयोक्ति थी। यह तो **नॉनसेंस** थी कि उन्हें कुछ भी मालूम था। क्या यह उसका पिता नहीं था जो उन्हें चीजें जान लेने देता था?

फिर भी, चाहे जैसे देखो, समस्या तो वही थी। जैसे ही ऐल्बर्टो और सोफी ने **जाना** कि चीजें कैसे एक-दूसरे के साथ गुथी हैं, एक तरह से वे रास्ते के अन्त तक पहुँच गए थे।

एक अच्छा बड़ा गस्सा मुँह में लिये हुए उसका तो जैसे गला ही रुक गया जब अचानक उसने यह महसूस किया कि वही समस्या उसकी अपनी दुनिया पर भी लागू

थी। लोग प्राकृतिक नियमों की जानकारी में निरन्तर आगे बढ़ते जा रहे थे। यदि दर्शनशास्त्र और विज्ञान द्वारा पहेली के सारे टुकड़े यथास्थान रखकर सही तसवीर बना दी गई तो भी क्या इतिहास अनन्तकाल तक बस यूँ ही चलता रहेगा? क्या एक ओर विचारों के विकास और विज्ञान, तथा दूसरी ओर ग्रीन हाउस इफेक्ट और अवन्यीकरण के बीच कोई सम्बन्ध नहीं था? यह भी हो सकता है कि मनुष्य की ज्ञान-पिपासा को ईश्वर की अनुकम्पा से वंचित होना कहना इतना बड़ा पागलपन नहीं था?

प्रश्न इतना विशद और इतना भयभीत और आतंकित करनेवाला था कि हिल्डे ने इसे फिर भूल जाना चाहा। शायद वह पिता की जन्मदिन पुस्तक को और आगे पढ़कर इन बातों को सम्भवतः और अधिक समझेगी।

'हैप्पी बर्थ डे टू यू,' उसकी माँ गा रही थी, जब उन्होंने आइसक्रीम और इटालियन स्ट्राबैरी खा ली थी। 'अच्छा अब जो भी तुम कहोगी हम वही करेंगे।'

'मैं जानती हूँ आप इसे थोड़ा पागलपन कहेंगी, किन्तु मैं पिता से मिले उपहार को पढ़ने के अतिरिक्त और कुछ नहीं चाहती।'

'ठीक है, पढ़ती रहो जब तक यह तुम्हारे सिर पर चढ़कर न बोले।'

'ऐसा नहीं होगा।'

'जब तक हम टी.वी. पर वह मिस्ट्री देखें हम एक पिज्जा खा सकते हैं।'

'हाँ, अगर आप पसन्द करें।'

हिल्डे ने अचानक उस ढंग के बारे में सोचा जैसे सोफी अपनी माँ से बोली थी। वह केवल आशा कर रही थी कि डैड ने हिल्डे की माँ का चरित्र दूसरी माँ के वर्णन में नहीं भर दिया था। बस केवल सुनिश्चित करने के लिए, उसने फैसला किया कि जादुई टोपी से सफेद खरगोश के बाहर आने की बात का जिक्र नहीं करेगी। कम-से-कम, आज तो नहीं।

'अच्छा जरा ये बताएँ,' मेज से उठते हुए उसने कहा।

'क्या?'

'मुझे अपना सोने का क्रूसीफिक्स कहीं नहीं मिल रहा है।'

उसकी माँ ने एक पहेली भरी दृष्टि से उसकी ओर देखा।

'कई सप्ताह पहले तो मैंने इसे डॉक पर से उठाया था। तुमने फिर कहीं गिरा दिया इसे, तुम बहुत घटिया लापरवाह बदमाश लड़की हो।'

'क्या तुमने इसका जिक्र डैड से किया था?'

'जरा मुझे सोचने दो...हाँ, मुझे याद आ रहा है, हो सकता है मैंने जिक्र किया हो।'

'तो अब यह है कहाँ?'

उसकी माँ उठी और अपना ज्वैलरी केस लेने गई। हिल्डे ने बेडरूम से आती आश्चर्य की चीख सुनी। वह जल्दी वापस लिविंग रूम में आ गई।

'इस वक्त तो यह मुझे भी नहीं मिल रहा।'

'मैं भी यही सोचती थी।'

उसने अपनी माँ को आलिंगन किया और दौड़ती हुई अपने कमरे में ऊपर चली गई। अब सब चीजों के बाद आखिर में–अब वह सोफी और ऐल्बर्टो के बारे में पढ़ सकती थी। वह पहले की तरह अपने बिस्तर पर बैठ गई, रिंग बाइंडर घुटनों पर आराम से लगाकर उसने अगला अध्याय शुरू किया।

सोफी अगले दिन उस समय उठी जब उसकी माँ उसके कमरे में बर्थ डे उपहारों से लदी एक ट्रे लेकर आई। उसने खाली सोडे की बोतल में एक झंडा लगा दिया था।

'हैप्पी बर्थ डे, सोफी।'

सोफी ने अपनी आँखें मलकर नींद भगाई। पिछली रात जो हुआ था उसने उसे याद करने की कोशिश की। किन्तु यह सब किसी पहेली के उथल-पुथल के टुकड़े थे। एक हिस्सा ऐल्बर्टो था, दूसरा हिल्डे और मेजर। तीसरा बर्कले था और चौथा जरकले। पहेली का सबसे काला हिस्सा भयंकर तूफान था। वह तो बिलकुल शॉक में थी। उसकी माँ ने एक तौलिए से रगड़कर उसे सूखा किया था, और फिर एक कप गरम दूध और शहद पिलाकर बिस्तर में सुला दिया था। उसे तुरन्त नींद आ गई थी।

'मैं सोचती हूँ मैं अभी भी जिन्दा हूँ,' उसने कमजोरी से कहा।

'हाँ, तुम बिलकुल जिन्दा हो और आज तुम पन्द्रह साल की हो गई।'

'आप बिलकुल सही कह रही हैं न?'

'बिलकुल सही। क्या माँ को नहीं मालूम कि उसका इकलौता बच्चा कब पैदा हुआ था?' 15 जून, 1975...और एक बजकर तीस मिनट पर, सोफी। यह मेरे जीवन का सबसे सुखी क्षण था।'

'तुम्हें पक्का पता है कि यह सब केवल सपने में नहीं हो रहा?'

'यह एक बढ़िया सपना होता है जब आप रॉल्स, सोडा और बर्थ डे प्रेजेंट्स देखते हुए उठते हैं।'

उसने उपहारों की ट्रे एक कुर्सी पर रख दी और एक सेकंड के लिए कमरे के बाहर गायब हो गई। जब वह वापस आई तो वह रॉल्स और सोडा की ट्रे लिये हुए थी। इसे उसने बिस्तर के अन्त में रख दिया।

यह सिग्नल था पारम्परिक जन्मदिन प्रातःकालीन संस्कार का, जिसमें उपहार खोले जाते हैं और माँ भावनात्मक उड़ान पर वापस पन्द्रह साल पहले के प्रसव के कष्टों को याद कर लेती है। उसकी माँ का उपहार एक टेनिस रैकेट था। सोफी ने कभी टेनिस नहीं खेली थी, किन्तु क्लोवर चेज से कुछ ही मिनट की दूरी पर कुछ ओपन एयर कोर्ट्स थे। उसके पिता ने उसे एक मिनी टीवी और एफएम रेडियो भेजे थे। स्क्रीन साधारण फोटोग्राफ से बड़ा नहीं था। बूढ़ी मौसियों और परिवार के मित्रों ने भी कुछ उपहार भेजे थे।

तभी माँ ने कहा, 'क्या खयाल है, आज मैं काम पर न जाकर घर रहूँ?'

'नहीं, आप क्यों?'

'कल तुम बहुत परेशान थी। यदि यह बना रहता है, तो बेहतर होगा कि हम एक सायकैट्रिस्ट से अपॉइंटमेंट ले लें।'

'उसकी जरूरत नहीं होगी।'

'ये तूफान था या ऐल्बर्टो?'

'और आपका क्या हुआ था? आपने कहा था, हमारे साथ क्या हो रहा है, बेटी?'

'मैं सोच रही थी कि किसी रहस्यमय आदमी से मिलने के लिए मैं सारे कस्बे में दौड़ती फिर रही हूँ...हो सकता है यह मेरी गलती थी।'

'यह किसी की गलती नहीं है कि मैं अपने खाली समय में दर्शनशास्त्र का एक कोर्स कर रही हूँ। आप काम पर जाएँ। दस बजे से पहले तो स्कूल भी शुरू नहीं होता, और हम केवल आराम से बैठे हुए हैं और अपने ग्रेड्स प्राप्त कर रहे हैं।'

'तुम्हें मालूम है तुम्हें क्या मिलनेवाला है?'

'कम-से-कम पिछले सेमेस्टर से तो ज्यादा ही।'

उसकी माँ को गए ज्यादा देर नहीं हुई थी कि टेलीफोन बजा।

'सोफी एमंडसन,'

'यह ऐल्बर्टो है।'

'आह,'

'मेजर ने रात कोई गोला-बारूद बकाया नहीं रखा?'

'आपका मतलब क्या है?'

'गरज भरा आँधी-तूफान, सोफी।'

'मेरी समझ में नहीं आ रहा क्या सोचूँ।'

'यह सबसे बढ़िया सद्गुण है जो किसी सच्चे दार्शनिक में होता है। मुझे तुम पर अभिमान है, तुमने थोड़े ही से समय में कितना सीख लिया है!'

'मुझे डर लगता है कि कुछ भी तो सच नहीं है।'

'इसे अस्तित्वी आशंका या भय कहते हैं, और, नियमतः नई चेतना के उदय होने के पूर्व का एक चरण है।'

'मैं सोचती हूँ मुझे इस कोर्स में कुछ अन्तराल चाहिए।'

'क्या बाग में इस समय कई मेढक हैं?'

सोफी ने हँसना शुरू कर दिया। ऐल्बर्टो कहता गया—'मैं सोचता हूँ कि लगे रहना बेहतर होगा। खैर, हैप्पी बर्थ डे। हमें मिडसमर ईव तक कोर्स पूरा कर लेना चाहिए। यह हमारे लिए आखिरी मौका है।'

'हमारा आखिरी मौका किस चीज के लिए?'

'तुम आराम से तो बैठी हो न? हमें इस पर कुछ समय लगाना है, तुम समझ रही हो।'

'मैं नीचे बैठ रही हूँ।'

'तुम्हें देकार्त याद है।'

'मैं सोचता हूँ, इसलिए मैं हूँ।'

'जहाँ तक हमारे पद्धतीय सन्देह की बात है, इस समय हम बिलकुल जीरो से शुरू कर रहे हैं। हमें तो यह भी पता नहीं कि हम सोचते हैं। यह भी हो सकता है कि हम विचार हों और यह सोचने से बिलकुल भिन्न है। हमारे पास यह मानने के अच्छे कारण हैं कि हिल्डे के पिता ने लिलेसैंड में मेजर की बेटी के जन्मदिन से एक प्रकार ध्यानान्तर के लिए हम लोगों का केवल आविष्कार किया है। तुम समझ रही हो?'

'हाँ...'

'किन्तु इसमें भी एक स्वतः बना अन्तर्विरोध है। यदि हम गल्पीय हैं, तब तो हमें किसी भी चीज में 'विश्वास' करने का अधिकार ही नहीं है। उस सूरत में, टेलीफोन पर हमारी यह वार्ता काल्पनिक है।'

'और हमारे पास स्वतन्त्र इच्छा का छोटा-सा भी टुकड़ा नहीं है, क्योंकि यह मेजर है जो हमारे सारे कामों और बातों की योजना बनाता है। इसलिए हमें इस समय सब बन्द कर देना चाहिए।'

'नहीं, देखो अब तुम चीजों को ज्यादा सरल बना रही हो।'

'तो फिर इसे स्पष्ट करें।'

'क्या तुम यह दावा करोगी कि लोग जितनी चीजों के सपने देखते हैं उन सबकी योजना बनाते हैं? यह हो सकता है कि हिल्डे के पिता को हमारे सारे किए जानेवाले कामों की जानकारी हो। यह भी हो सकता है कि उसकी सर्वज्ञता से बच पाना उतना ही कठिन हो जितना अपनी छाया से दूर भाग जाना। किन्तु–और यही वह चरण है जहाँ मैंने एक योजना बनाना शुरू किया है–यह निश्चित नहीं है कि मेजर ने घटित होने जा रही हर बात के लिए पहले ही फैसला कर लिया हो। हो सकता है, अन्तिम मिनट तक वह निर्णय न करे, जैसे सृजन के क्षण में। ऐन उन्हीं क्षणों में, सम्भवतः हम कोई अपनी पहल करें जो हमें कहने और करने के लिए निर्देशित करती रहे। इस प्रकार की यह स्वाभाविक रूप से, मेजर के भारी तोपखाने की तुलना में अत्यधिक दुर्बल स्फुरणाओं की बनी होगी। हम इस प्रकार की बाहरी घुसपैठी शक्तियों, जैसे–बोलनेवाले कुत्ते, केले में सन्देश, और एडवांस में बुक किए गए गरज भरे आँधी-तूफान, के समक्ष हम अरक्षित हो सकते हैं। किन्तु हम अपने जिद्दीपन, भले ही यह कितना भी कमजोर हो, की सम्भावना से भी इनकार नहीं कर सकते।'

'यह कैसे सम्भव हो सकता है?'

'मेजर स्वाभाविक रूप से हमारी छोटी-सी दुनिया की सारी चीजें जानता है, किन्तु इसका अर्थ यह नहीं है कि वह सारी ताकतें रखता है। खैर, हमें जीवन ऐसे जीना चाहिए कि वह सर्वशक्तिशाली नहीं है।'

'मेरा विचार है, मैं समझ रही हूँ आप यह सब कहकर कहाँ पहुँच रहे हैं।'

'चाल यह होगी कि हम कोई अपना कुछ ऐसा करें जिसका पता मेजर निकाल न पाए।'

'यदि हमारा अस्तित्व ही नहीं है, तो हम यह सब कैसे कर सकते हैं?'

'किसने कहा हमारा अस्तित्व नहीं है? प्रश्न यह नहीं है कि हम हैं या नहीं; वरन् यह कि हम क्या हैं और हम कौन हैं? भले ही यह निकले कि मेजर के दोहरे व्यक्तित्व में हम केवल स्फुरणाएँ हैं, वह भी हमसे हमारे अस्तित्व के छोटे टुकड़े को छीन नहीं सकता।'

'या हमारी स्वतन्त्र इच्छा?'

'मैं इस पर विचार, काम कर रहा हूँ, सोफी।'

'किन्तु हिल्डे के पिता को पूरा पता होगा कि हम इस पर काम कर रहे हैं।'

'निश्चित रूप से। किन्तु उसे यह नहीं मालूम कि वास्तव में योजना क्या है। मैं आर्किमेडियन बिन्दु को पाने का प्रयास कर रहा हूँ।'

'एक आर्किमेडियन बिन्दु?'

'आर्किमेडीज एक यूनानी वैज्ञानिक था जिसने कहा, 'मुझे एक स्थिर बिन्दु दो जिस पर मैं खड़ा हो सकूँ, और मैं सारी दुनिया को घुमा दूँगा।' मेजर के आन्तरिक विश्व से स्वयं को बाहर लाने के लिए हमें इस प्रकार का बिन्दु पाने की जरूरत है।'

'यह तो कुछ चमत्कार होगा।'

'किन्तु दर्शनशास्त्र का कोर्स पूरा करने से पहले हमें खिसकने की नहीं सोचनी चाहिए। जब तक यह चलता है तब तक उसकी पकड़ हम पर बहुत मजबूत है। उसने स्पष्टतः फैसला किया है कि मैं भिन्न-भिन्न शताब्दियों से होता हुआ अपने वर्तमान समय तक तुम्हें रास्ता दिखाता चलूँ कि उसके मध्यपूर्व में कहीं किसी हवाई जहाज में बैठने से पहले हमारे पास केवल थोड़े से दिन बचे हैं। यदि हम उसके जरकले आने से पहले उसकी चिपकाऊ कल्पना से स्वयं को अलग करने में सफल नहीं होते, तो हम तो खत्म हो गए।'

'आप मुझे डरा रहे हैं।'

'सबसे पहले तो मैं तुम्हें फ्रेंच प्रबोधनकाल के सबसे महत्त्वपूर्ण तथ्य बतलाऊँगा। फिर हम कांट के दर्शनशास्त्र की मुख्य रूपरेखा देखेंगे ताकि हम रोमांटिसिज्म तक पहुँच सकें। हमारे लिए इस तसवीर का एक महत्त्वपूर्ण भाग हेगल भी होगा। हम संक्षेप में मार्क्स, डार्विन और फ्रायड की चर्चा करेंगे। और यदि हम सार्त्र और अस्तित्ववाद पर कुछ अन्तिम टिप्पणी कर सके, तो हम अपनी योजना को कार्यान्वित कर सकेंगे।'

'एक सप्ताह के लिए तो यह बहुत अधिक मसाला है।'

'इसीलिए हमें तुरन्त शुरू कर देना चाहिए। क्या तुम अभी सीधी आ सकती हो?'

'मुझे स्कूल जाना है। हमारी कक्षा के सब लोग एक छोटा-सा आयोजन कर रहे हैं और फिर हमें ग्रेड्स मिलेंगे।'

'इसे छोड़ दो। यदि हम केवल गल्पीय हैं तो फिर कैंडी और सोडा में किसी स्वाद का होना शुद्ध कल्पना है।'

'किन्तु मेरे ग्रेड्स...'

'सोफी, या तो तुम असंख्य आकाशगंगाओं में से किसी एक के बेहद छोटे ग्रह के आश्चर्यजनक विश्व में रह रही हो—या तुम मेजर के दिमाग की कुछ विद्युत-चुम्बकीय स्फुरणाओं का परिणाम हो। और तुम अपने ग्रेड्स की बात कर रही हो। तुम्हें अपने पर लज्जित होना चाहिए।'

'आई एम सॉरी!'

'किन्तु हमारे मिलने से पहले तुम्हारा स्कूल जाना ठीक रहेगा। यदि तुमने अपने स्कूल का आखिरी दिन कट कर दिया तो इसका हिल्डे पर बुरा असर पड़ेगा। वह तो अपने जन्मदिन पर भी स्कूल जाती है। वह एक फरिश्ता है, तुम जानती हो।'

'ठीक है, मैं स्कूल से सीधी आऊँगी।'

'हम मेजर के केबिन में मिल सकते हैं।'

'मेजर का केबिन?'

'क्लिक...'

हिल्डे ने रिंग बाइंडर को अपनी गोद में रपट जाने दिया। उसके पिता ने उसे वहाँ एक विवेकी चुटकी दी थी वह अपने स्कूल आखिरी दिन नहीं गई। कैसा गुप-चुप काम करता है।

वह बैठी हुई यह सोचती रही कि ऐल्बर्टो क्या योजना बना सकता है। क्या वह चोरी-छिपे आखिरी पन्ना देख ले। नहीं, यह तो धोखाधड़ी होगी। बेहतर यह होगा, जल्दी करे और आखिर तक पढ़ ले।

वह इसे लेकर आश्वस्त थी कि ऐल्बर्टो एक महत्त्वपूर्ण बिन्दु पर सही था। उसका पिता इस सबको ऊपर से देख रहा था कि ऐल्बर्टो और सोफी का क्या होने जा रहा

है। किन्तु जब वह लिख रहा था, सम्भवतः उस समय उसे वह सब मालूम नहीं था जो होने जा रहा था। वह बहुत जल्दी में या बहुत तेजी में लिख मारता, जो लिखने के बहुत बाद उसकी जानकारी में आता कि क्या लिखा है। ऐसी स्थिति में सोफी और ऐल्बर्टो को कुछ थोड़ी-सी छूट मिल सकती थी।

एक बार फिर हिल्डे को ऐल्बर्टो और सोफी के वास्तव में जीवित होने के बारे में लगभग रूपान्तरकारी विश्वास प्राप्त हुआ। फिर भी पानी गहरा बहता है, उसने सोचा उसे यह विचार क्यों आया?

निश्चय ही यह हलका-फुलका विचार नहीं था जो केवल सतह पर हलकी लहर पैदा कर रहा था।

स्कूल में बहुत से लोगों ने सोफी की ओर ध्यान दिया, क्योंकि यह उसका जन्मदिन था। उसके सहपाठी गरमी की छुट्टियों को लेकर और ग्रेड्स तथा स्कूल के अन्तिम दिन सोडों को लेकर न जाने क्या-क्या सोच रहे थे।

जैसे ही अध्यापक ने सभी बच्चों को छुट्टियों की शुभकामनाओं के साथ क्लास से छुट्टी दी, सोफी घर की ओर दौड़ी। जोआना ने उसे कुछ धीमा करने की कोशिश की, किन्तु उसने दौड़ते हुए ही उसे बता दिया कि उसे कुछ जरूरी काम करना है।

मेल-बॉक्स में उसे लेबनान से आए दो काड्र्स मिले। दोनों जन्मदिन काड्र्स थे : *'हैप्पी बर्थ डे-15 ईयर्स।* उनमें से एक था हिल्डे मोलर नैग ब्ध्व सोफी एमंडसन...' किन्तु दूसरा स्वयं सोफी के लिए था। दोनों काड्र्स पर मुहर थीं 'यूएन बटालियन-जून 15'।

सोफी ने पहले अपना कार्ड पढ़ा :

प्रिय सोफी एमंडसन, आज तुम्हें भी एक कार्ड मिल रहा है। हैप्पी बर्थ डे, सोफी!

और हिल्डे के लिए तुमने जो किया है उसके लिए अनेक धन्यवाद।

बैस्ट रिगाड्र्स, मेजर ऐल्बर्ट नैग

अब जब कि हिल्डे के पिता ने उसे भी लिखा था, उसकी समझ में नहीं आया क्या प्रतिक्रिया करे।

हिल्डे का कार्ड इस प्रकार था–

प्रिय हिल्डे! मुझे नहीं मालूम लिलेसैंड में क्या दिन या समय है। किन्तु, जैसा मैंने कहा, इससे कोई अन्तर नहीं पड़ता। यदि मैं तुम्हें जानता हूँ, तो तुम्हें शुभकामना देने में आखिरी या उससे पहला होने में मैंने बहुत देर नहीं की है। किन्तु रात को देर तक मत जागो। ऐल्बर्टो शीघ्र ही तुम्हें प्रबोधनकाल के बारे में बतलाएगा। वह सात बिन्दुओं पर ध्यान केन्द्रित करेगा। वे हैं :

1. सत्ता का विरोध,

2. तर्कवाद,

3. प्रबोधन सम्बन्धी आन्दोलन,

4. सांस्कृतिक आशावाद,

5. प्रकृति की ओर वापसी,

6. प्राकृतिक धर्म,

7. मानवीय अधिकार।

जाहिर था कि मेजर उन पर नजर रखे हुए था।

सोफी घर में आई और सभी विषयों में । वाला रिपोर्ट कार्ड किचन टेबल पर रख दिया। फिर वह बाड़ से होती हुई जंगल में दौड़ गई।

शीघ्र ही वह छोटी झील के उस पार जाने के लिए नाव खे रही थी।

जब वह केबिन पर पहुँची तो ऐल्बर्टो दरवाजे पर ही बैठा था। उसने उसे अपने पास बैठने के लिए निमन्त्रित किया। मौसम बढ़िया था हालाँकि झील से उठती गीली कच्ची हवा हलका-सा कुहासा बना रही थी। ऐसा लगता था कि यह तूफान के थपेड़ों से पूरी उभर नहीं पाई थी।

'अच्छा, अब तुरन्त शुरू कर देते हैं,' ऐल्बर्टो ने कहा।

'ह्यूम के बाद अगला बड़ा दार्शनिक, जर्मन इमैनुअल कांट था। किन्तु अठारहवीं शताब्दी में फ्रांस में भी कई महत्त्वपूर्ण विचारक थे। हम यह कह सकते हैं कि अठारहवीं शताब्दी में दार्शनिक गुरुत्वाकर्षण केन्द्र, पहले अर्धभाग में इंग्लैंड में था, बीचवाले भाग में फ्रांस में, और अन्त के समीप जर्मनी में था।'

'दूसरे शब्दों में, पश्चिम से पूरब की ओर खिसकाव।'

'बिलकुल सही। आओ मैं कुछ उन विचारों की रूपरेखा दे दूँ जो फ्रेंच प्रबोधनकालीन दार्शनिकों में समान थे। महत्त्वपूर्ण नाम हैं मांटेस्क्यू, वाल्टेयर और रूसो, किन्तु और भी अनेक विचारक थे। मैं सात बिन्दुओं पर ध्यान केन्द्रित करूँगा।'

'धन्यवाद! है तो कष्टकर, पर मैं उन्हें जानती हूँ।'

सोफी ने उसे हिल्डे के पिता से प्राप्त कार्ड थमा दिया। ऐल्बर्टो ने गहरी साँस ली। 'उसे यह परेशानी उठाने की जरूरत नहीं थी...पहले कुंजी शब्द, तो, हैं *सत्ता का विरोध।* कई फ्रेंच प्रबोधनकालीन दार्शनिक इंग्लैंड गए, जो उनके अपने देश की तुलना में कई क्षेत्रों में बहुत उदार था, और वे इंग्लैंड की प्राकृतिक विज्ञानों में प्रगति को देखकर हैरान थे, खासतौर पर न्यूटन और वैश्विक भौतिक शास्त्र। किन्तु वे ब्रिटिश दर्शनशास्त्र से भी प्रेरित हुए, विशेष रूप में लॉक और उसके राजनीतिक दर्शन से। और फ्रांस वापस आने पर, वे पुरानी सत्ता का और भी अधिक विरोध करने लगे। उन्होंने सोचा कि विरासत में प्राप्त सारे सत्यों के प्रति शंकालु बना रहना अत्यावश्यक है; इस सबके पीछे विचार यह था कि व्यक्ति को स्वयं हर प्रश्न का अपना उत्तर ढूँढ़ना है। इस दृष्टि से देकार्त की परम्परा बड़ी प्रेरक थी।'

'क्योंकि वही वह व्यक्ति था जिसने सारा ढाँचा जमीन से शुरू करके ऊपर की ओर बनाया।'

'हाँ, काफी। विरोध धर्माधिकारियों, राजा और आभिजात्य वर्ग की सत्ता के बारे में कम नहीं था। इंग्लैंड की तुलना में फ्रांस में अठारहवीं शताब्दी में इन संस्थाओं के पास कहीं अधिक शक्ति थी।

'इसके बाद *फ्रेंच रिवॉल्यूशन* आया।'

'हाँ, 1789 में। किन्तु क्रान्तिकारी विचार बहुत पहले आ गए थे। अगला कुंजी शब्द *तर्कवाद* है।'

'मैं सोचती थी कि ह्यूम के साथ ही तर्कवाद भी चला गया।'

ह्यूम स्वयं 1776 तक नहीं मरा। यह लगभग मांटेस्क्यू के बीस बरस बाद, और वाल्टेयर तथा रूसो से दो साल पहले था; बाद वाले दोनों की मृत्यु 1778 में हुई। किन्तु तीनों ने ही इंग्लैंड की यात्रा की थी और वे लॉक के दर्शन को भली भाँति जानते थे। तुम्हें याद होगा कि लॉक अपने ऐम्पिरिसिज्म (अनुभववाद) में एक सार नहीं था। उदाहरण के लिए, उसका मानना था कि ईश्वर और कुछ नैतिक नियमों में आस्था मानवीय तर्क में अन्तःजात थी। यह विचार भी फ्रेंच प्रबोधन के मूल विचारों में से है।'

'आपने यह भी कहा है कि ब्रिटिश लोगों की तुलना में फ्रेंच हमेशा ही ज्यादा तर्कशील रहे हैं।'

'हाँ, यह एक अन्तर है जो मध्य युग से चला आया है। जब अंग्रेज लोग 'कॉमनसेंस' की बात करते हैं तो, फ्रेंच सामान्यतया 'ऐवीडेंट' ('जाहिर है') की बात करते हैं। अंग्रेजी

अभिव्यक्ति का अर्थ है 'जो हर कोई जानता है,' और फ्रेंच का अर्थ है 'जो स्पष्ट है, सामने है'–एक व्यक्ति के तर्क को अपील करता हुआ।'

'मैं समझी।'

'पुरातनकाल के मानववादियों की भाँति–जैसे सुकरात और स्टॉइक्स–प्रबोधन दार्शनिकों में से अधिकांश का मानवीय तर्क में अडिग विश्वास था। यह इतना ठेठ था कि *फ्रेंच प्रबोधनकाल* को प्रायः *तर्क का युग* भी कहते हैं। नए प्राकृतिक विज्ञानों ने उजागर किया था कि प्रकृति भी तर्क के अधीन है। अब प्रबोधन दार्शनिकों ने इसे अपना कर्तव्य माना कि वे मनुष्य के अपरिवर्तनशील तर्क के अनुसार सच्चरित्रता, धर्म और नैतिकता की आधारशिला रखें। इससे यह *प्रबोधन आन्दोलन* की ओर चले।'

'तीसरा बिन्दु।'

'अब समय आ गया था कि जन समुदाय को 'शिक्षित' 'प्रबुद्ध' किया जाए। यह अच्छे समाज का आधार होगा। लोगों ने सोचा कि अज्ञान और प्रतिनिधि की गलती के कारण ही निर्धनता और प्रतारणा बनी हुई है। अतः अब बच्चों और लोगों की शिक्षा पर ज्यादा ध्यान दिया गया। यह कोई अकस्मात् होनेवाली बात नहीं थी कि शिक्षणकला की नींव *प्रबोधन* के दौरान रखी गई।'

'इसलिए मध्य युग से शुरू होते हैं स्कूल, और प्रबोधन युग से पांडित्य, विद्वत्ता।'

तुम यह कह सकती हो। प्रबोधन आन्दोलन का सबसे बड़ा स्मारक विशिष्ट रूप से एक विशद विश्वज्ञान कोश था। मैं इशारा कर रहा हूँ 28 अंकों में 1751 से 1772 के बीच प्रकाशित विश्वज्ञान कोश। सभी महान दार्शनिकों, साहित्यकारों और विद्वानों ने इसमें योगदान किया। यह कहा गया–आप को हर चीज यहाँ मिलेगी; सुइयाँ कैसे बनती हैं से लेकर तोप कैसे ढाली जाती है तक।'

'अगला बिन्दु *सांस्कृतिक* आशावाद है,' सोफी ने कहा।

'क्या तुम कृपा करके उस कार्ड को तब तक दूर रखोगी जब तक मैं बोल रहा हूँ।'

'क्षमा करें।'

'प्रबोधन दार्शनिक सोचते थे कि एक बार तर्क और ज्ञान का विस्तृत प्रसार हो जाए, मानवता बड़ी प्रगति करेगी। थोड़ा समय तो लगेगा किन्तु एक समय अज्ञान और तर्कहीनता 'प्रबुद्ध मानवता' के सामने घुटने टेक देगी। पिछले कुछ दशकों तक यह विचार पश्चिमी यूरोप में प्रभुत्वशाली था। आज हमें इस बात पर भरोसा नहीं है कि सारे 'विकास' भलाई के लिए ही होते हैं।'

'किन्तु 'सभ्यता' की इस आलोचना को तो फ्रेंच प्रबोधन दार्शनिक पहले ही करते आ रहे थे।'

'शायद, हमने उन्हें सुना होता।'

'कुछ के लिए तो तकिया-कलाम था *वापस प्रकृति की ओर*। किन्तु प्रबोधन दार्शनिकों के लिए 'प्रकृति' का अर्थ लगभग 'तर्क' था, क्योंकि मनुष्य का तर्क, धर्म या 'सभ्यता' का उपहार न होकर प्रकृति का उपहार था। ऐसा पाया और कहा गया कि पुराने कबीलों के प्राकृतिक और पिछड़े लोग यूरोपियनों की तुलना में प्रायः अधिक स्वस्थ और अधिक प्रसन्न थे, और ऐसा इसलिए था कि वे 'असभ्य' थे, यह कहा जाता था। रूसो ने तकिया-कलाम प्रस्तावित किया कि हम लोगों को वापस प्रकृति की ओर जाना चाहिए। क्योंकि प्रकृति अच्छी है, और आदमी 'प्रकृति' में अच्छा है; यह जो सभ्यता है यही उसका नाश करती है। रूसो का यह भी मानना

था कि बच्चे को जब तक सम्भव हो 'प्राकृतिक' रूप से मासूम अवस्था में रहने देना चाहिए। यह कहना गलत नहीं होगा कि बचपन के आन्तरिक मूल्य का विचार प्रबोधन से ही चलता है। पहले बचपन को वयस्क जीवन की तैयारी का समय समझा जाता था। किन्तु हम सब मानव प्राणी हैं—और हम अपना जीवन इस पृथ्वी पर जीते हैं, उस समय भी जब हम बच्चे थे।'

'मैं भी ऐसा ही सोचती हूँ।'

'उन्होंने विचार किया कि धर्म भी प्राकृतिक बनाया जाना चाहिए।'

'इससे उनका वास्तव में तात्पर्य क्या था?'

'उनका अभिप्राय था कि धर्म को भी 'प्राकृतिक' तर्क के साथ समन्वय में लाना चाहिए। बहुत से ऐसे लोग थे जो *प्राकृतिक धर्म* के लिए लड़ते थे, और यह हमारी सूची पर छठा बिन्दु है। उस समय काफी संख्या में लोग पक्के भौतिकतावादी थे जो ईश्वर को नहीं मानते थे और नास्तिक होने का दावा करते थे। किन्तु अधिकांश दार्शनिक मानते थे कि ईश्वर के बिना दुनिया की कल्पना करना अतार्किक है। दुनिया इतनी तार्किक थी कि उसमें इस सबके लिए स्थान नहीं था। उदाहरण के लिए, न्यूटन के भी ऐसे ही विचार थे। आत्मा की अमरता में विश्वास करना तार्किक समझा जाता था। जैसा देकार्त के साथ था, उसी तरह यह प्रश्न कि आदमी के पास अमर आत्मा होती है कि नहीं, यह माना जाता था कि यह श्रद्धा की बात कम और तर्क की अधिक है।'

'मैं इसे बड़ा अजीब पाती हूँ। मेरे लिए, यह इस बात का प्रतिनिधि उदाहरण है कि आप क्या मानते हैं, न कि इसका कि आप क्या जानते हैं!'

'ऐसा इसलिए है कि तुम अठारहवीं शताब्दी में नहीं रह रहीं। प्रबोधन दार्शनिकों के अनुसार, धर्म के लिए आवश्यक था कि इसे उन सब अतार्किक कट्टर मतों और सिद्धान्तों से मुक्त कर दिया जाए जिन्होंने यीशु के सरल उपदेशों को पादरी-धर्म इतिहास के दौरान चारों ओर से घेर लिया है।'

'अब समझी।'

'परिणामतः बहुत से लोग स्वयं को *'डेइज्म'* *'ईश्वरवाद'* के समर्थक कहते थे।

'यह क्या है?'

'*ईश्वरवाद* से हमारा अभिप्राय इस विश्वास में है कि ईश्वर ने युगों-युगों पहले दुनिया की सृष्टि की, किन्तु तब से लेकर अभी तक स्वयं को प्रगट नहीं किया। अतः ईश्वर का न्यूनीकरण कर उसे केवल 'सर्वोच्च प्राणी' रहने दिया गया है, जो मानवता के सामने प्रकृति और प्राकृतिक नियमों द्वारा प्रगट होता है और 'अतिप्राकृतिक' ढंग से कभी नहीं। हमें अरस्तू के लेखों में भी इसी प्रकार के 'दार्शनिक ईश्वर' के दर्शन होते हैं। उसके लिए, ईश्वर 'औपचारिक कारण' अथवा 'प्रथम चलानेवाला' था।

'अच्छा तो अब बस एक बिन्दु रह गया, *मानव अधिकार*।'

'और फिर भी यह सबसे महत्त्वपूर्ण है। कुल मिलाकर, आप कह सकते हैं कि फ्रेंच प्रबोधन अंग्रेजी दर्शनशास्त्र की तुलना में अधिक व्यावहारिक था।'

'आपका अभिप्राय है वे अपने दर्शन के अनुरूप जीते थे।'

'हाँ, लगभग कुछ यही। फ्रेंच प्रबोधन के दार्शनिक समाज में मनुष्य के स्थान के बारे में केवल धारणात्मक मत से ही सन्तुष्ट नहीं थे। वे सक्रिय रूप से उनके लिए लड़े जिन्हें नागरिक के 'प्राकृतिक अधिकार' कहा जाता है। सबसे पहले इसने *सेंसरशिप* (प्रतिबन्ध) के विरुद्ध आन्दोलन—यानी प्रेस, स्वतन्त्र अभिव्यक्ति के लिए किया। किन्तु धर्म, नैतिकता और राजनीति

में भी, व्यक्ति के स्वतन्त्र रूप से सोचने और बोलने के अधिकार की सुरक्षा की जानी थी। उन्होंने दासता के विरुद्ध लड़ाई की और वे चाहते थे कि गम्भीर अपराधियों के साथ भी जहाँ तक सम्भव हो मानवीय व्यवहार ही होना चाहिए।'

'मेरा विचार है कि मैं इनमें से अधिकांश से सहमत हूँ।'

'व्यक्ति की अटूटता' का सिद्धान्त फ्रेंच नेशनल एसेम्बली में 1789 में *मनुष्य और नागरिक के अधिकार की घोषणा* के स्वीकार किए जाने पर अपनी चरम स्थिति में था। यही *मानव अधिकारों की घोषणा* नॉर्वे के 1814 के संविधान का आधार बनी।'

'किन्तु संसार में अभी भी बहुत से लोगों को इन्हीं अधिकारों के लिए संघर्ष करना पड़ रहा है।' 'हाँ, और यह दुख की बात है। किन्तु प्रबोधन दार्शनिक कुछ ऐसे अधिकारों की स्थापना करना चाहते थे जिनका अधिकार व्यक्ति को मात्र पैदा होते ही मिल जाता है। प्राकृतिक अधिकारों से उनका यही तात्पर्य था।'

'हम अभी 'प्राकृतिक अधिकारों की बात करते हैं जिनका देश के अधिकारों से विरोध' होता है। और हमें निरन्तर ही ऐसे व्यक्ति, या यहाँ तक कि देश भी, मिलते रहते हैं जो अराजकता, दासता और उत्पीड़न के विरुद्ध विद्रोह करते हुए इन 'प्राकृतिक अधिकारों' का दावा और माँग करते हैं।'

'स्त्रियों के अधिकारों के बारे में क्या रहा?'

'1787 में *फ्रेंच रिवॉल्यूशन* ने सारे नागरिकों के लिए अनेक अधिकारों की स्थापना की। किन्तु नागरिक को लगभग हमेशा पुरुष ही समझा जाता रहा। हाँ, हमें फ्रेंच रिवॉल्यूशन में ही स्त्रियों सम्बन्धी मुद्दों की पहली भनक सुनाई दी।'

'यह सब समय से ताल्लुक रखता है।'

'एक प्रबोधन दार्शनिक कॉन्डोर्से ने बहुत पहले 1787 में स्त्रियों के अधिकारों पर एक शोध-प्रबन्ध प्रकाशित किया। उसकी मान्यता थी कि स्त्रियों के 'प्राकृतिक अधिकार' पुरुष जैसे ही हैं। 1789 के *रिवॉल्यूशन* (क्रान्ति) के दौरान स्त्रियाँ भी पुराने सामन्ती शासन के विरुद्ध युद्ध में बेहद सक्रिय थीं। उदाहरण के लिए, यह स्त्रियाँ ही थीं जिन्होंने उस प्रदर्शन की अगुवाई की जिसमें राजा को अपने वरसाई के राजमहल को छोड़ने के लिए बाध्य होना पड़ा। पेरिस में स्त्रियों के समूह बनाए गए थे। पुरुषों के समान अधिकारों की माँग के अतिरिक्त, स्त्रियों ने विवाह कानूनों और स्त्रियों के सामाजिक स्तर में व्यापक परिवर्तनों की माँग रखी।'

'क्या उन्हें समान अधिकार मिले?'

'नहीं! जैसा बाद के कई अवसरों पर हुआ, स्त्रियों के अधिकार के प्रश्न के संघर्ष की गरमी के दौरान शोषण किया गया, लाभ उठाया गया, किन्तु जैसे ही नई व्यवस्था में सब कुछ सामान्य हुआ, फिर पुराना पुरुष-प्रधान समाज आ गया।'

'टिपिकल।'

'*फ्रेंच रिवॉल्यूशन* के दौरान स्त्रियों के अधिकारों के लिए सबसे कड़ा संघर्ष करनेवाली महिला ओलिम्पे द गौजे थी। 1791 में–रिवॉल्यूशन के दो साल बाद उसने *स्त्रियों के अधिकारों का घोषणा-पत्र* प्रकाशित किया। नागरिकों के अधिकारों के घोषणा-पत्र में स्त्रियों के प्राकृतिक अधिकारों का एक भी *आर्टिकिल* (धारा) शामिल नहीं किया गया था। ओलिम्पे द गौजे ने अब स्त्रियों के लिए पुरुषों के समान अधिकारों की माँग की।'

'फिर क्या हुआ?'

'1793 में उसका सिर काट दिया गया। और स्त्रियों के सारे राजनीतिक क्रिया- कलापों पर प्रतिबन्ध लगा दिया गया।'

'कितनी लज्जाजनक बात है।'

'न केवल फ्रांस में अपितु सारे यूरोप में, उन्नीसवीं शताब्दी आने पर ही स्त्रियों सम्बन्धी मुद्दों को उठाया जाने लगा। धीरे-धीरे इस संघर्ष के परिणाम आने लगे। किन्तु नॉर्वे में, उदाहरण के लिए, 1913 से पहले स्त्रियों को वोट देने का अधिकार नहीं मिला। और दुनिया के कई भागों में स्त्रियों को अभी भी अनेक प्रकार के दमन और उत्पीड़न के विरुद्ध संघर्ष करना पड़ता है।'

'वे मेरी सहायता, समर्थन पर भरोसा कर सकती हैं।'

ऐल्बर्टो झील के उस पार की ओर देखता, बैठा रहा। एक या दो मिनट बाद उसने कहा, 'प्रबोधन के बारे में मुझे लगभग यही कहना था।'

'लगभग या कमोबेश से आपका मतलब क्या है?'

'मुझे लग रहा है कि और कुछ नहीं है।'

किन्तु जैसे ही उसने यह बात कही, झील के बीच में कुछ होना शुरू हो गया। नीचे गहराइयों से कोई चीज बुलबुले छोड़ रही थी। एक बहुत बड़ा और घृणास्पद जन्तु सतह के ऊपर आया।

'समुद्री साँप,' सोफी चिल्लाई।

इस काले राक्षस ने आगे पीछे कई बार कुंडली मारी और फिर पानी की गहराइयों में गायब हो गया। पानी फिर पहले जैसा शान्त हो गया।

ऐल्बर्टो ने निगाह दूसरी ओर मोड़ ली थी।

'अब हम अन्दर जाएँगे,' उसने कहा।

वे उस छोटी-सी झोंपड़ी में अन्दर चले गए।

सोफी खड़ी-खड़ी बर्कले और जरकले के दोनों चित्रों को देखती रही। जरकले के चित्र की ओर इशारा करके उसने कहा, 'मैं सोचती हूँ हिल्डे इस चित्र में अन्दर कहीं रहती है।'

नमूने जैसा, कशीदेकारीवाला झंडा दोनों चित्रों के बीच टँगा था। इस पर लिखा था—*आजादी समानता और भाईचारा*।

सोफी ऐल्बर्टो की ओर मुड़ी, 'क्या यह आपने वहाँ टाँगा?'

उसने एक परेशान मुद्रा दर्शाते हुए केवल अपना सिर हिला दिया।

फिर सोफी को अँगीठी पर एक छोटा लिफाफा दिखाई दिया। इस पर लिखा था—'सोफी और हिल्डे के लिए।' सोफी तुरन्त समझ गई कि यह कहाँ से आया था, किन्तु एक नया घटनाक्रम उसके सामने था।

उसने लिफाफा खोला और बोल-बोलकर पढ़ा :

प्रिय दोनों! सोफी के दर्शनशास्त्र के अध्यापक ने उन आदर्शों और सिद्धान्तों को बताने के लिए, जिन पर यूएन आधारित है, फ्रेंच प्रबोधन के महत्त्व को जोर देकर बता दिया होगा। दो सौ वर्ष पहले 'आजादी, समानता और भाईचारे' के नारे ने फ्रांस के लोगों को एक हो जाने में सहायता की थी। आज इन्हीं शब्दों को सारी दुनिया को एक करना चाहिए। किसी भी (पहले) समय की तुलना में आज समस्त मानवों का एक परिवार में शामिल होना अत्यन्त महत्त्वपूर्ण है। हमारे बच्चे और पोते ही हमारे उत्तराधिकारी हैं। वे हमसे विरासत में कैसी दुनिया पा रहे हैं?'

हिल्डे की माँ नीचे से बोल रही थी कि 'मिस्ट्री' सीरियल दस मिनट में शुरू होनेवाला है और उसने पिज्जा ओवन में गरम होने के लिए रख दिया है। इतना सारा पढ़ने के बाद हिल्डे अच्छा-खासा थक गई थी। वह सबेरे छः बजे से जगी हुई थी।

उसने फैसला किया कि शाम का शेष भाग वह अपनी माँ के साथ अपना जन्मदिन मनाने में गुजारेगी। किन्तु पहले उसे विश्वज्ञान कोश से कोई चीज ढूँढ़नी थी।

गौजे...नहीं, द गौजे? फिर नहीं। ओलिम्पे द गौजे? फिर भी खाली। इस विश्वज्ञान कोश ने उस महिला के लिए एक भी शब्द नहीं लिखा था जिसका सिर उसकी राजनीतिक प्रतिबद्धता के लिए काट दिया गया था। क्या यह घोटाला नहीं था?

वह कोई ऐसी-वैसी तो थी नहीं जिसके बारे में उसके पिता ने सोचा था?

बड़ा विश्वज्ञान कोश लाने के लिए हिल्डे नीचे दौड़ गई।

'मुझे बस कोई चीज देखनी है,' उसने अपनी अचम्भित हो रही माँ से कहा।

उसने FORV से लेकर GD तक के अंक, बड़े पारिवारिक विश्वज्ञान कोश के लिए और वापस ऊपर अपने कमरे में दौड़ी आई।

गौजे...यह रही वहाँ।

गौजे, मैरी ओलिम्पे (1748-1793) फ्रेंच लेखक सामाजिक प्रश्नों पर अनेक ब्रोश्यूर्स और कई नाटक लिखकर उसने **फ्रेंच रिवॉल्यूशन** के दौरान महत्त्वपूर्ण भूमिका निभाई। बहुत ही कम व्यक्तियों में से वह एक थी जिसने रिवॉल्यूशन के दौरान आन्दोलन किया कि मानवीय अधिकार स्त्रियों पर भी लागू होना चाहिए। 1791 में **'डिक्लेरेशन ऑन द राइट्स ऑफ वीमैन'** प्रकाशित किया। 1793 में रोबेस्पीयेरे का विरोध करने और लुई-XVI की रक्षा करने की हिम्मत दिखाने के लिए उसका सिर काट दिया गया। (लिटः एलः लैको, **ले ओरीजिने दु फैमिनिज्मे कॉन्टेम्पोरे,** 1900)

कांट

मेरे ऊपर सितारों भरा आकाश और नैतिक नियम मेरे भीतर...

लगभग आधी रात हो गई थी जब मेजर ऐल्बर्ट नैग ने घर फोन किया और हिल्डे को जन्मदिन की बधाई दी। हिल्डे की माँ ने फोन उठाया।

'हिल्डे, फोन तुम्हारे लिए है।'

'हैलो,'

'यह डैड है।'

'क्या तुम पागल हो? इस समय लगभग मध्यरात्रि है।'

'मैं बस हैप्पी बर्थ डे कहना चाहता था...'

'ये काम तो आप दिन भर करते रहे हैं।'

'...किन्तु मैं दिन के समाप्त होने से पहले फोन नहीं करना चाहता था।'

'क्यों?'

'क्या तुम्हें कोई उपहार नहीं मिला?'

'हाँ, मिला। आपको बहुत धन्यवाद।'

'मैं यह सुनने के लिए और प्रतीक्षा नहीं कर सकता कि यह तुम्हें कैसा लगा?'

'यह तो अत्यन्त रोचक है। मैंने दिन भर शायद ही कुछ खाया हो, यह इतना उत्तेजक है।'

'मुझे यह जानना है कि तुम कहाँ तक पहुँची?'

'वे बस अभी मेजर के केबिन के अन्दर गए हैं क्योंकि तुमने समुद्री साँप से उन्हें डराना शुरू कर दिया है।'

'प्रबोधन,'

'और ओलिमो द गौजे।'

'इसका अर्थ हुआ कि मैंने इसे गलत नहीं समझा।'

'गलत किस तरह से?'

'मेरा अनुमान है एक और जन्मदिन शुभकामना आनेवाली है। किन्तु वह संगीतमय है।'

'मैं सोने जाने से पहले कुछ और पढ़ना चाहती हूँ।'

'इसके मायने तुमने इसे अभी तक छोड़ा नहीं है।'

'मैंने इस एक दिन में, पहले किसी भी दिन की तुलना में, बहुत सीखा है। मुझे यह विश्वास ही नहीं हो रहा है कि सोफी के स्कूल से आने के बाद 24 घंटे हुए नहीं हैं कि उसे पहला लिफाफा मिल गया है।'

'कितना विचित्र है कि पढ़ने में इतना कम समय लगता है।'

'किन्तु मैं उसके लिए अफसोस किए बिना नहीं रह सकती।'

'मॉम के लिए?'

'नहीं, सोफी के लिए, हाँ।'

'क्यों?'

'बेचारी लड़की पूरी तरह से भ्रमित है।

'किन्तु वही अकेली...'

'तुम यह कहने जा रहे थे कि वह बनी ही ऐसी है।'

'हाँ, कुछ ऐसा ही।'

'मैं सोचती हूँ कि सोफी और ऐल्बर्ट वास्तव में **अस्तित्ववान** हैं।'

'जब मैं घर आऊँगा तो हम इस बारे में और बात करेंगे।'

'ओके!'

'अच्छा, शुभदिन।'

'क्या?'

'मेरा अभिप्राय है शुभरात्रि।'

'शुभरात्रि!'

आधे घंटे बाद जब सोफी बिस्तर पर सोने गई तो बाहर इतना प्रकाश था कि वह बाग और छोटी खाड़ी देख सकती थी। वर्ष में इन दिनों अँधेरा नहीं होता था।

वह इस विचार से खेलती रही कि जंगल में छोटे केबिन की दीवार पर टँगी तसवीर के अन्दर वह थी। वह सोच रही थी क्या कोई तसवीर से बाहर आकर इसके चारों ओर क्या है–क्या उसे देख सकता था?

नींद आने से पहले उसने बड़े रिंग बाइंडर से कुछ पन्ने और पढ़े।

सोफी ने हिल्डे के पिता से मिला पत्र वापस अँगीठी पर रख दिया।

'वह यूएन के बारे में जो कहता है वह महत्त्वहीन नहीं है,' ऐल्बर्टो ने कहा, 'किन्तु मैं नहीं चाहता कि वह मेरे दर्शनशास्त्र प्रस्तुत करने के काम में हस्तक्षेप करे।'

'मैं नहीं सोचती कि आपको इसकी अनावश्यक चिन्ता करनी चाहिए।'

'खैर, जो भी हो, आगे से मैं ऐसी सब असाधारण बातों को, जैसे समुद्री साँप आदि की अपेक्षा करूँगा। आओ यहाँ खिड़की के पास बैठते हैं, मैं कांट के बारे में तुम्हें बताने जा रहा हूँ।'

सोफी ने ध्यान किया कि दो आराम-कुर्सियों के बीच छोटी मेज पर एक जोड़ी चश्मे पड़े हुए थे। उसने यह भी देखा कि लेंस लाल थे।

हो सकता है यह गाढ़े धूप के चश्मे हों...

'लगभग दो बज गए हैं,' उसने कहा, 'और मुझे पाँच बजे तक घर पहुँचना है। मॉम ने शायद मेरी बर्थ डे की कुछ प्लान्स बनाई हैं।'

'इसके मायने हमारे पास तीन घंटे हैं।

'आओ शुरू करते हैं।'

'इमैनुअल कांट का जन्म पूर्वी प्रशा के कोनिग्सबर्ग नामक कस्बे में 1724 में हुआ था। उसके पिता श्रेष्ठ काठी बनानेवाले थे। वह जीवन भर, 80 साल की उम्र होने और मरने तक वहीं रहा। उसका परिवार गम्भीर रूप से धर्मपरायण, ईश्वर प्रेमी था, और उसके अपने धार्मिक विश्वास उसके दर्शन की महत्त्वपूर्ण पृष्ठभूमि हैं। बर्कले की तरह वह भी महसूस करता था कि ईसाई आस्था की नींव को बनाए/बचाए रखना अत्यावश्यक है।'

'मैंने बर्कले के बारे में बहुत सुन रखा है, धन्यवाद।'

'कांट उन दार्शनिकों में पहला है, जिनके बारे में हमने अब तक सुना है कि वह विश्वविद्यालय में दर्शनशास्त्र पढ़ाता था। वह दर्शनशास्त्र का प्रोफेसर था।

'प्रोफेसर?'

'दार्शनिक दो प्रकार के हैं। एक तो वह आदमी है जो अपने दार्शनिक प्रश्नों के उत्तर ढूँढ़ रहा है। दूसरा कोई ऐसा व्यक्ति है जो दर्शनशास्त्र के इतिहास का विशेषज्ञ है, किन्तु वह आवश्यकीय रूप से अपना दर्शन निर्माण नहीं करता।'

'और कांट उस प्रकार का था?'

'कांट दोनों था। यदि वह केवल प्रखर-बुद्धि का प्रोफेसर और दूसरे दार्शनिकों के विचारों का विशेषज्ञ होता, तो वह दर्शनशास्त्र के इतिहास में अपने लिए कोई स्थान नहीं बना सकता था। किन्तु नोट करने की महत्त्वपूर्ण बात यह है कि अतीत की दार्शनिक परम्परा का उसे बहुत बढ़िया ज्ञान था। वह न केवल देकार्त और स्पिनोज़ा के तर्कवाद से सुपरिचित था अपितु वह लॉक, बर्कले और ह्यूम के अनुभववाद को भी भलीभाँति जानता था।'

'मैंने आपसे कहा था कि आप बर्कले का दोबारा जिक्र न करें।'

'याद रखना तर्कवादियों का विश्वास था कि सम्पूर्ण मानवीय ज्ञान का आधार मन में है। और अनुभववादी मानते थे कि सारा ज्ञान ज्ञानेन्द्रियों से प्राप्त होता है। इसके अतिरिक्त, ह्यूम ने बतलाया था कि हम अपने इन्द्रिय-बोध से जिन निर्णयों तक पहुँचते हैं उनकी स्पष्ट सीमाएँ हैं।'

'और कांट किनसे सहमत था?'

'उसका विचार था कि दोनों ही मत आंशिक रूप से सही थे, किन्तु वह सोचता था कि वे आंशिक रूप से गलत भी थे। जिस प्रश्न को लेकर सभी परेशान हैं, वह यह है कि हम दुनिया के बारे में क्या जान सकते हैं? देकार्त से लेकर अब तक इस दार्शनिक प्रोजेक्ट में सारे ही दार्शनिक लगे रहे हैं।'

'दो मुख्य सम्भावनाएँ सामने रखी गई—या तो दुनिया बिलकुल वैसी है जैसा हमें इसका बोध होता है, और या यह उस तरह से है जैसे यह हमारे तर्क को दिखती है।'

'और कांट क्या सोचता था?'

'कांट का विचार था कि जब हम दुनिया की धारणा बनाते हैं तो 'भान होने' और 'तर्क करने' यानी दोनों का ही अपना योगदान है। किन्तु वह सोचता था कि तर्कवादी अपने दावों में, कि तर्क का कितना योगदान हो सकता है, कुछ ज्यादा ही आगे बढ़ गए, और उसका यह विचार था कि अनुभववादियों ने भी इन्द्रिय-जनित अनुभव पर जरूरत से ज्यादा जोर डाला है।'

'यदि आप मुझे जल्दी से इसका कोई उदाहरण नहीं बतलाते, तो यह केवल शब्दों का एक पुलिन्दा रह जाएगा।'

'अपने अलग होने के बिन्दु पर कांट ह्यूम और अनुभववादियों से इस बात पर सहमत है कि हमारा दुनिया का सारा ज्ञान अपने संवेदनों से आता है। किन्तु—और यहां कांट अपना हाथ तर्कवादियों की ओर बढ़ाता है—कुछ अन्य ऐसे निर्णायक कारक है जो हमारे चारों ओर फैली दुनिया के हमारे बोध को तय करते हैं। दूसरे शब्दों में मानव मन में कुछ ऐसी स्थितियाँ/शर्तें हैं जो दुनिया की हमारी धारणा में योगदान करती हैं।'

'आप इसे उदाहरण कहते हैं।

'आइए, इसके बजाय एक छोटा-सा परीक्षण करते हैं। क्या तुम उस मेज से जरा वे चश्मे उठा लाओगी। धन्यवाद। अब, इन्हें पहन लो।'

सोफी ने चश्मे को पहन लिया। उसके चारों ओर हर चीज लाल हो गई। हलके रंगवाली चीजें गुलाबी हो गईं और गहरे रंगवाली सुर्ख लाल।

'तुम क्या देखती हो?'

'मुझे बिलकुल वे ही चीजें दिख रही हैं जो पहले थीं, सिवाय इसके कि अब वे लाल हैं।'

'ऐसा इसलिए है कि लाल शीशे आपके सत्य-बोध के तरीके की सीमाएँ बना रहे हैं। तुम जिस किसी भी चीज को देख रही हो, वह तुम्हारे चारों ओर की दुनिया की चीज है, किन्तु तुम उन्हें देखती कैसे हो इसका निर्धारण पहने गए शीशे कर रहे हैं। अतः तुम यह नहीं कह सकती कि दुनिया लाल है, हालाँकि तुम इसे लाल देख रही हो।'

'नहीं, स्वाभाविक है।'

'अब यदि तुम जंगल में चलो, या कैप्टेन्स बेन्डूड से होकर घर जाओ, तुम हर चीज को वैसे ही देखोगी जैसे स्वाभाविक रूप से देखती थीं। किन्तु इससे पहले तुमने जो कुछ भी देखा अब वह लाल होगा।'

'हाँ, जब तक मैं इन शीशों को उतार नहीं देती।'

'और यह, सोफी, बिलकुल वही है जो कांट का अभिप्राय था जब उसने कहा था कि कुछ स्थितियाँ/शर्तें हैं जो मन की कार्यप्रणाली को शासित करती हैं और मन उनसे प्रभावित होकर दुनिया का अनुभव करता है।'

'किस प्रकार की शर्तें?'

'जो कुछ भी हम देखते हैं उसका पहले और सबसे आगे समय और स्थान में फिनोमिना (दृश्य जगत) या सत्ता के रूप में बोध होगा। कांट 'समय' और 'स्थान' को हमारी दो 'स्वयं वेधात्मक ज्ञानवृत्ति के रूप' कहता है। और वह इस बात पर जोर देता है कि यह दो रूप किसी भी अनुभव से पहले हमारे मन में रहते हैं। दूसरे शब्दों में, हम चीजों का अनुभव करने से पहले यह जान सकते हैं कि हम उनका बोध समय और स्थान में दृष्टिगोचर सत्ता के रूप में करेंगे। क्योंकि हम तर्क के 'चश्मों' (शीशों) को उतार नहीं सकते।'

'अतः वह सोचता था कि चीजों का समय और स्थान में बोध करना अन्तःजात हैं।'

'हाँ, एक तरीके से। हम जो देखते हैं वह इस पर निर्भर करता है कि हम भारत में या ग्रीनलैंड में पालन-पोषण से बड़े हुए हैं, किन्तु हम कहीं भी हों, हम दुनिया का अनुभव समय और स्थान में प्रक्रियाओं की शृंखला के रूप में करते हैं। यह ऐसी चीज है जिसे हम पहले से कह सकते हैं।'

'किन्तु क्या समय और स्थान ऐसी चीजें नहीं हैं जो हमसे परे अस्तित्ववान हैं?'

'नहीं, कांट का विचार था कि समय और स्थान मानव-स्थिति के लिए अभिन्न हैं। समय और स्थान प्रथमतः और सर्वोपरि हमारे बोध के तरीके हैं, और वे भौतिक जगत के लक्षण नहीं हैं।'

'यह तो चीजों को देखने का पूर्णरूपेण नया तरीका था।'

'क्योंकि मनुष्य का मन केवल 'अकर्मक मोम' नहीं है जो बाहर से मात्र संवेदन ग्रहण करता है। मन उस प्रक्रिया पर अपनी छाप छोड़ता है जिससे हम दुनिया को समझते हैं। आप इसकी तुलना शीशे के एक घड़े से कर सकते हैं जब इसमें पानी डाला जाता है। पानी अपने आपको घड़े के रूप में ढाल लेता है। बिलकुल इसी तरीके से हमारे बोध स्वयं को 'हमारी स्वयं वेधात्मक ज्ञानवृत्ति के रूप' के अनुरूप ढाल लेते हैं।'

'मैं सोचती हूँ कि आपका अभिप्राय मेरी समझ में आ रहा है।'

'कांट का दावा था कि यह केवल मस्तिष्क ही नहीं है जो चीजों के समरूप हो जाता है। चीजें भी मन के समरूप हो जाती हैं। कांट इसे मानव ज्ञान की समस्या को समझने के प्रयास में *कोपरनिकन क्रान्ति (Copernican Revolution)* कहता है।

'इससे उसका अभिप्राय था कि यह पुराने चिन्तन से केवल उतना ही नया और उतना ही क्रान्तिकारी रूप से भिन्न था जितना कोपरनिकस का उस समय का दावा जब उसने कहा था कि पृथ्वी सूर्य के चारों ओर घूमती है, सूरज पृथ्वी के चारों ओर नहीं घूमता।'

'अब मैं समझ रही हूँ कि वह ऐसा कैसे सोच पाया कि एक बिन्दु तक दोनों ही, यानी तर्कवादी और अनुभववादी सही थे। तर्कवादी अनुभव के महत्त्व को लगभग बिलकुल भूल गए थे, और अनुभववादियों ने भी उस तरीके के प्रति अपनी आँखें मूँद ली थीं जिस तरीके के द्वारा हमारा मन हमारे दुनिया के देखने के तरीके को प्रभावित करता है।'

'और कांट के अनुसार *कारणिकता का नियम (The law of Casuality)* भी–जिसके बारे में ह्यूम का यह विश्वास था कि मनुष्य इसका अनुभव नहीं कर सकता– मन का ही है।'

'कृपया इसे स्पष्ट करें।'

'तुम्हें याद होगा कि किस प्रकार ह्यूम ने यह दावा किया था कि आदत की ताकत ही हमें प्राकृतिक प्रक्रियाओं के पीछे कारणिक सम्बन्ध दिखलाती है। ह्यूम के अनुसार, हम इस बात का बोध नहीं कर सकते कि सफेद गेंद की गति के पीछे काली बिलियर्ड गेंद कारण है। अतः हम यह कभी सिद्ध नहीं कर सकते कि काली गेंद सदैव ही सफेद गेंद को गतिमान बना देगी।'

'हाँ, मुझे याद है।'

'किन्तु उसी मान्यता को, जिसे ह्यूम कहता है कि हम सिद्ध नहीं कर सकते, कांट ज्ञान की सम्भावना के लिए मानव तर्क की एक अनिवार्य शर्त बना देता है। कारणिकता का नियम केवल इसीलिए शाश्वत एवं सम्पूर्ण है, क्योंकि मानव तर्क हर घटित होनेवाली चीज को कारण और परिणाम के मामले के रूप में जानता है।'

'मैं, शायद, फिर यह सोचती कि कारणिकता का नियम स्वयं भौतिक जगत में है, न कि हमारे मन में।'

'कांट का दर्शन कहता है कि यह हममें अन्तर्निहित है। वह ह्यूम से इस बारे में सहमत था कि हम निश्चित रूप से यह नहीं जान सकते कि 'अपने आपमें' दुनिया क्या है। हम केवल यह जान सकते हैं कि 'मेरे लिए' या अन्य सभी के लिए दुनिया क्या है। कांट का दर्शनशास्त्र के लिए सबसे बड़ा योगदान उस *रेखा* में है जो वह 'वस्तु अपने आप में' और 'वस्तु' जैसी वह हमें दिखाई देती है' के बीच खींचता है। Das ding an sich.

'मुझे इतनी अच्छी जर्मन नहीं आती।'

'कांट ने 'वस्तु स्वयं अपने आपमें' और 'वस्तु मेरे लिए' के बीच एक महत्त्वपूर्ण भेद स्पष्ट किया। हमें वस्तुओं के 'अपने आप में' होने के बारे में निश्चित ज्ञान प्राप्त नहीं हो सकता। हम केवल यह जान सकते हैं कि वस्तुएँ हमें कैसी 'दिखती' हैं। दूसरी ओर, किसी विशिष्ट अनुभव के पहले हम यह कह सकते हैं कि मानव मन द्वारा वस्तुओं का बोध कैसे किया जाएगा।'

'क्या हम कह सकते हैं?'

'सबेरे बाहर जाने से पहले, तुम यह नहीं जान सकती कि तुम दिन में क्या देखोगी या अनुभव करोगी। किन्तु तुम यह जान सकती हो कि जो तुम देखोगी या अनुभव करोगी, उसका समय और स्थान में घटित होने का बोध तुम्हें होगा। इसके अतिरिक्त, तुम इस रूप में आश्वस्त हो सकती हो कि कारण और परिणाम का नियम लागू होगा, क्योंकि तुम इसे अपनी चेतना के एक भाग के रूप में लिये फिर रही हो।'

'किन्तु आपका अभिप्राय है कि क्या हमें दूसरे अन्य रूप से भी बनाया जा सकता था?'

'हाँ, हमारा इन्द्रिय उपकरण दूसरी प्रकार का हो सकता था और हमें समय के बारे में दूसरा इन्द्रिय ज्ञान और स्थान के बारे में दूसरा भाव हो सकता था। यहाँ तक कि हमारा निर्माण इस प्रकार हो सकता था कि हम अपने चारों ओर घटित होनेवाली चीजों का कारण न ढूँढ़ते फिरते।'

'आपका मतलब है कैसे?'

'कल्पना करो लिविंग रूम में एक बिल्ली फर्श पर लेटी हुई है। एक गेंद लुढ़कती हुई कमरे में आती है। बिल्ली क्या करती है?'

'मैंने कई बार यह प्रयोग किया है। बिल्ली गेंद के पीछे भागेगी।'

'बिलकुल ठीक। अब कल्पना कीजिए आप उसी कमरे में बैठे हैं। यदि आप अचानक एक गेंद को लुढ़कते अन्दर आते देखती हैं, तो क्या आप भी इसके पीछे दौड़ना शुरू कर देंगी?'

'पहले तो मैं मुड़कर यह देखूँगी कि गेंद कहाँ से आई?'

'हाँ, क्योंकि आप एक मानव प्राणी हैं, आप आवश्यकीय रूप से हर घटना के कारण को ढूँढ़ेंगी, क्योंकि कारणिकता का नियम आपकी बनावट का एक अंग है।'

'यही कांट कहता है।'

'ह्यूम ने दिखाया था कि हम प्राकृतिक नियमों का न तो बोध कर सकते हैं और न ही उन्हें सिद्ध कर सकते हैं। इसने कांट को थोड़ा परेशान कर दिया। किन्तु उसका विश्वास था कि वह उनकी सम्पूर्ण वैधता दिखलाकर यह सिद्ध कर सकता था कि हम वास्तव में मानव संज्ञान के नियमों की बात कर रहे हैं।'

'क्या एक बच्चा भी मुड़कर यह देखने-जानने की चेष्टा करेगा कि गेंद कहाँ से आई?'

'हो सकता है, न करे। किन्तु कांट ने बतलाया कि बच्चे का तर्क तब तक पूरी तरह विकसित नहीं होता जब तक वह इन्द्रियों द्वारा बोध प्राप्त नहीं कर लेता। सिर्फ मन की बात करना पूरी तरह निरर्थक है।'

'नहीं, वह पूरी तरह एक विचित्र मन होगा।'

'अब हमें सब चीजों की गणना कर लेनी चाहिए। कांट के अनुसार, दो तत्त्व हैं जो मनुष्य के दुनिया विषयक ज्ञान में योगदान करते हैं। एक तो है बाहरी स्थितियाँ, जिन्हें हम तब तक नहीं जान सकते जब तक हम उन्हें अपनी इन्द्रियों द्वारा जान नहीं लेते। इसे हम ज्ञान की सामग्री कह सकते हैं। दूसरी है स्वयं मनुष्य के अन्दर की स्थितियाँ—जैसे समय और स्थान

में होनेवाली घटनाओं का बोध और कारणिकता के अटूट नियम के समरूप होनेवाली प्रक्रियाएँ। इसे हम ज्ञान का रूपाकार कहते हैं।'

ऐल्बर्टो और सोफी देर तक खिड़की के बाहर देखते हुए बैठे रहे। अचानक सोफी ने झील के दूसरी ओर पेड़ों के बीच एक छोटी लड़की देखी।

'देखो,' सोफी ने कहा, 'वह कौन है?'

'पक्की तरह से कह रहा हूँ मुझे नहीं मालूम।'

लड़की कुछ क्षण ही दिखाई दी, फिर वह गायब हो गई। सोफी ने नोट किया कि वह किसी प्रकार का लाल हैट पहने हुए थी।

'हम किसी भी कारण से अपना ध्यानान्तर नहीं होने देंगे।'

'तब, आगे चलिए।'

'कांट का विश्वास था कि हमारे जानने की सीमाएँ हैं। तुम शायद यह कह सकती हो कि मन के शीशे (चश्मे) वह सीमा तय करते हैं।'

'किस तरीके से?'

'तुम्हें याद होगा कि कांट से पहले दार्शनिकों ने वाकई 'बड़े' प्रश्नों की चर्चा की थी–उदाहरण के लिए, क्या आदमी में अमर आत्मा होती है, या क्या ईश्वर है, क्या प्रकृति अनेक सूक्ष्म अविभाज्य कणों की बनी है, और क्या विश्व सीमित है या असीम।'

'हाँ।'

'कांट का मानना था कि इन प्रश्नों पर कभी भी निश्चित ज्ञान प्राप्त नहीं किया जा सकता। ऐसा नहीं था कि वह इस प्रकार के तर्क को अस्वीकार करता था। इसके विपरीत, यदि उसने इन प्रश्नों को दरकिनार किया होता, तो वह शायद ही दार्शनिक कहलाता।'

'क्या किया उसने?'

'धीरज रखो। इस प्रकार के अत्यन्त बड़े प्रश्नों में, कांट का मानना था कि हम मानव क्या समझ सकते हैं तर्क उन सीमाओं के परे कार्यशील था। उसके साथ ही साथ, हमारे स्वभाव में इस प्रकार के प्रश्न खड़े करने की मूल इच्छा होती है। किन्तु, उदाहरण के लिए, जब हम यह पूछते हैं कि विश्व असीम है या सीमित, तो हम एक ऐसी सम्पूर्णता (योगिकता) के बारे में पूछ रहे हैं जिसका एक बहुत छोटा भाग हम स्वयं हैं। अतः हम इस सम्पूर्णता को कभी नहीं जान पाएँगे।'

'क्यों नहीं?'

'जब तुम लाल शीशे पहन लेती हो, तो हमने दर्शाया था कि कांट के अनुसार दो तत्त्व होते हैं जो संसार विषयक हमारे ज्ञान में योगदान करते हैं।'

'इन्द्रिय-जनित बोध और तर्क!'

'हाँ, हमारे ज्ञान की सामग्री हम तक इन्द्रियों के द्वारा आती है, किन्तु इस सामग्री को तर्क के लक्षणों के समरूप होना होता है। उदाहरण के लिए, तर्क का एक लक्षण है घटना के कारण की तलाश।'

'उस गेंद की तरह जो फर्श पर एक तरफ से लुढ़कती जाती है।'

'यदि तुम चाहो। किन्तु जब हम आश्चर्य करते हैं कि दुनिया कहाँ से आई–और फिर सम्भाव्य उत्तरों की चर्चा करते हैं–तब तर्क एक तरह से 'रोक दिया जाता है' क्योंकि तब इसके पास प्रसंस्करण करने के लिए कोई इन्द्रिय सामग्री नहीं होती, कोई अनुभव नहीं होता जिसका प्रयोग किया जा सके, क्योंकि हमने उस महान सत्य की पूर्णता का अनुभव नहीं किया है जिसका हम बहुत छोटा अंश हैं।'

'हम—एक तरीके से—उस गेंद का अत्यन्त सूक्ष्म हिस्सा हैं जो फर्श पर एक तरफ से लुढ़कती हुई दूसरी ओर जाती है। अतः हम नहीं जान सकते कि यह कहाँ से आई।'

'किन्तु मानव तर्क की यह विशिष्टता सदैव बनी रहेगी कि हम पूछेंगे गेंद कहाँ से आई। यही कारण है कि हम बार-बार पूछते हैं, और इन गहनतम प्रश्नों के उत्तर पाने के लिए भरसक प्रयास करते हैं। किन्तु हमें कभी कोई ठोस आधार नहीं मिलता; हमें कभी सन्तोषजनक उत्तर नहीं मिलता, क्योंकि इस पर तर्क का प्रयोग नहीं किया जा सकता।'

'मैं जानती हूँ यह कैसा अनुभव है। आपका बहुत धन्यवाद।'

'वास्तविक सत्य अथवा परमसत्य के स्वरूप जैसे वजनी प्रश्नों के बारे में विचार करते हुए कांट ने हमें दिखाया कि सदैव ही एक-दूसरे के विपरीत दो मत बने रहेंगे जो दोनों ही एक समान सम्भावित या असम्भावित प्रतीत होंगे। यह इस पर निर्भर करता है कि हमारा तर्क हमें क्या बतलाता है।'

'कृपया उदाहरण दें।'

'यह कहना उतना ही सार्थक है कि दुनिया का, समय में, अवश्य ही कभी न कभी प्रारम्भ होना चाहिए; और यह कहना उतना ही सार्थक है कि इसका ऐसा कोई प्रारम्भ नहीं हुआ। तर्क इन दोनों के पक्ष या विपक्ष में कोई निर्णय नहीं दे सकता। हम यह कह सकते हैं कि दुनिया सदैव ही अस्तित्ववान रही है; किन्तु कोई ऐसी चीज सदैव अस्तित्ववान हो सकती है जिसका कभी कोई प्रारम्भ ही न हुआ हो? अतः इस तरह हम विपरीत मत अपनाने को बाध्य हैं।

'हम कहते हैं कि दुनिया किसी समय अवश्य शुरू हुई होगी—और इसकी शुरुआत शून्य से हुई होगी; यदि हम यह न कहना चाहें कि हम सिर्फ दुनिया की एक अवस्था से दूसरी अवस्था में परिवर्तन की बात कर रहे हैं। किन्तु क्या कोई चीज शून्य से बन सकती है, सोफी?'

'नहीं, दोनों सम्भावनाओं में एक जैसी समस्याएँ हैं। किन्तु ऐसा लगता है कि उनमें से एक सही और एक गलत होनी चाहिए।'

'तुम्हें सम्भवतः याद हो कि डिमॉक्रिटस और भौतिकतावादी कहते थे कि प्रकृति उन अत्यन्त सूक्ष्म तत्त्वों से बनी है जिनसे हर एक चीज बनी है। देकार्त की भाँति, दूसरे विश्वास करते थे विस्तारित तत्त्व को सदैव छोटे-से भागों में विभाजित कर सकना सम्भव है। किन्तु उनमें से कौन सही था?'

दोनों ही या कोई भी नहीं।

'इसके अतिरिक्त, कई दार्शनिकों ने स्वतन्त्रता को मनुष्य के सबसे महत्त्वपूर्ण क्षमताओं/मूल्यों में से एक माना। किन्तु इसी के साथ-साथ हमने, स्टॉइक्स, स्पिनोज़ा जैसे दार्शनिकों को भी देखा जिन्होंने, उदाहरणतया कहा कि प्रत्येक स्थिति और कर्म आवश्यकता के प्राकृतिक नियम के अनुसार होता है। कांट के अनुसार, यह एक और मामला था जिसमें मानवीय तर्क एक निश्चित फैसला करने में असमर्थ रहता है।'

'दोनों ही मत बराबर विवेकपूर्ण या विवेकहीन हैं।'

'अन्त में, यदि हम तर्क द्वारा ईश्वर के अस्तित्व को सिद्ध करना चाहें तो निश्चित रूप से असफल हो जाएँगे। यहाँ तर्कवादियों, जैसे—देकार्त, ने यह सिद्ध करने का प्रयास किया कि ईश्वर अवश्य ही होना चाहिए, क्योंकि हमारे पास 'सर्वोच्च सत्ता' का विचार है। दूसरी ओर, अन्य ने, जैसे—अरस्तू और टॉमस ऐक्विनास, का निष्कर्ष था कि एक ईश्वर होना चाहिए, क्योंकि हर चीज का एक प्रथम कारण होता है।'

'कांट क्या सोचता था?'

'उसने ईश्वर के अस्तित्व के इन दोनों प्रमाणों को अस्वीकार कर दिया। न तो तर्क और न अनुभव ही वह निश्चित आधार है जिससे ईश्वर के अस्तित्व का दावा किया जा सके। जहाँ तक तर्क की बात है, इसके आधार पर तो ईश्वर के अस्तित्व की सम्भावना या असम्भाव्यता एक समान है।

'किन्तु आपने तो यह कहकर प्रारम्भ किया था कि कांट ईसाई आस्था के आधार को सुरक्षित रखना चाहता था।'

'हाँ, उसने एक धार्मिक आयाम खोल दिया। वहाँ, जहाँ तर्क और अनुभव दोनों ही कम पड़ते हैं, एक खालीपन बन जाता है जिसे आस्था से ही भरा जा सकता है।'

'इस प्रकार उसने ईसाइयत को बचा लिया?'

'हाँ, यदि तुम यह कहना चाहो। अब, यहाँ ध्यान देने योग्य तथ्य यह है कि कांट एक *प्रोटेस्टेंट* था। *सुधार (रिफॉर्मेशन)* के दिनों से, आस्था पर जोर देना *प्रोटेस्टेंटिज्म* की विशेषता रही है। दूसरी ओर मध्य युग से ही कैथॉलिक चर्च का विश्वास आस्था के स्तम्भ के रूप में तर्क में अधिक था।

'किन्तु कांट, इस प्रकार के वजनी प्रश्नों को महज किसी व्यक्ति की आस्था पर छोड़ने की अपेक्षा और आगे बढ़ गया। उसने माना कि नैतिकता के लिए यह पूर्वमान्यता आवश्यक है कि मनुष्य की एक *अमर आत्मा* होती है, कि ईश्वर का *अस्तित्व* है, और मनुष्य की *स्वतन्त्र इच्छा* है।'

'अच्छा तो उसने भी वही किया जो देकार्त ने किया। पहले वह उन सब की बड़ी तीखी आलोचना करता है जो हम समझ सकते हैं। और फिर चोर दरवाजे से ईश्वर की तस्करी कर उसे ले आता है।'

'किन्तु देकार्त से भिन्न, कांट खासतौर पर इस बात पर जोर देता है कि यह तर्क नहीं है जो उसे आस्था के इस बिन्दु तक लाया है। उसने स्वयं अमर आत्मा, ईश्वर के अस्तित्व और मनुष्य की स्वतन्त्र इच्छा में आस्था को *व्यावहारिक* अवधारणाएँ कहा है।

'किसी सिद्धान्त या विचार को पूर्व मान्यता देना यानी स्वीकृत सिद्धान्त मानना यह मानने जैसा है कि इसे सिद्ध नहीं किया जा सकता। *'प्रैक्टिकल पॉस्टूयूलेट'* यानी व्यावहारिक अवधारणाओं से कांट का अभिप्राय किसी ऐसी चीज़ से था जिसे *'प्रैक्टिस'* अर्थात् व्यवहार के लिए मानना जरूरी था, अर्थात् मनुष्य की नैतिकता के लिए यह मानना अनिवार्य है। उसने कहा था—ईश्वर के अस्तित्व में आस्था एक नैतिक आवश्यकता है।'

अचानक दरवाजे पर दस्तक हुई। सोफी उठ खड़ी हुई, और चूँकि ऐल्बर्टो ने उठने का कोई संकेत नहीं दिया, उसने पूछा, 'क्या हमें नहीं देखना चाहिए बाहर कौन खड़ा है?'

ऐल्बर्टो ने कन्धे उचकाए और अनिच्छा से उठ गया। उन्होंने दरवाजा खोला और देखा एक छोटी लड़की कि सफेद समर ड्रेस और लाल टोपी पहने हुए है। यह वही लड़की थी जिसे उन्होंने झील के उस पार देखा था। उसकी एक बाँह पर भोजन की टोकरी थी।

'हाई,' सोफी ने कहा,' आप कौन हैं?'

'क्या तुम देख नहीं रही हो मैं एक छोटी *रैड राइडिंग हुड* हूँ।'

सोफी ने ऐल्बर्टो की ओर देखा और ऐल्बर्टो ने सहमति में सिर हिलाया। 'तुमने सुना इसने क्या कहा।'

'मैं अपनी दादी माँ के मकान को ढूँढ़ रही हूँ, लड़की ने कहा। 'वह बूढ़ी और बीमार है, किन्तु मैं उसके लिए खाना ले जा रही हूँ।'

'खाना यहाँ नहीं हैं,' ऐल्बर्टो ने कहा, 'अच्छा होगा तुम अपने रास्ते जाओ।'

उसने कुछ ऐसा इशारा किया जिससे सोफी को मक्खी उड़ाना याद आया।

'किन्तु मुझे एक पत्र देना है,' लाल टोपीवाली लड़की ने आगे कहना जारी रखा। यह कहकर उसने एक छोटा लिफाफा निकाला और इसे सोफी को दे दिया। फिर वह फुदकती हुई चली गई।

'भेड़िए का ध्यान रखना,' सोफी ने उसे पीछे से कहा।

ऐल्बर्टो पहले ही लिविंग रूम की ओर चल दिया था।

'सोचिए जरा। वह लिटिल रैड राइडिंग हुई?' सोफी ने कहा।

'उसे चेतावनी देने से कोई लाभ नहीं। वह अपनी दादी माँ के घर तक जाएगी और भेड़िए द्वारा खा ली जाएगी। वह कभी कुछ नहीं सीखती। आखिर तक यह होता रहेगा।'

'किन्तु मैंने उसे अपनी दादी माँ के घर तक जाने से पहले किसी दरवाजे पर दस्तक देते कभी नहीं सुना।'

'यह सब ऐसे ही कहानी-किस्से हैं।'

अब सोफी ने उस लिफाफे पर नजर डाली जो उसे दिया गया था। यह 'हिल्डे के लिए' सम्बोधित था। उसने इसे खोला और बोल-बोलकर पढ़ने लगी–

प्रिय हिल्डे! यदि मानव मस्तिष्क को समझना हमारे लिए सरल होता, तो भी हम इतने मूर्ख हैं कि इसे समझ न पाते। लव, डैड।

ऐल्बर्टो ने सिर हिलाया। 'ठीक ही है। मैं सोचता हूँ कांट ने भी कुछ इसी तरह की कोई बात कही थी। हमसे यह समझने की आशा नहीं कर सकते कि हम क्या हैं? हो सकता है हम एक फूल या कीड़े को तो समझ लें, किन्तु हम अपने आपको कभी नहीं समझ सकते और इससे भी कम हम विश्व को समझने की आशा करें।'

सोफी को हिल्डे के लिए लिखे गए नोट में लिखे गए कूट वाक्य को कई बार पढ़ना पड़ा, तभी ऐल्बर्टो आगे चला, 'हम समुद्री साँप या ऐसी ही किसी चीज द्वारा व्यवधान स्वीकार नहीं करेंगे। आज की बात समाप्त करने से पहले मैं तुम्हें कांट की नैतिकता के बारे में बतलाऊँगा।'

'कृपया जल्दी करें। मुझे शीघ्र घर जाना है।'

'तर्क और इन्द्रियों से ज्ञान प्राप्ति के सम्बन्ध में ह्यूम के सन्देहवादी दृष्टिकोण ने कांट को जीवन के महत्त्वपूर्ण प्रश्नों के बारे में पूरी तरह और नए सिरे से फिर विचार करने के लिए बाध्य किया। नैतिकता का क्षेत्र इनमें कम महत्त्वपूर्ण नहीं था।'

'क्या ह्यूम ने यह नहीं कहा था कि आप कभी यह साबित नहीं कर सकते कि सही और गलत क्या है, आप 'है' वाले वाक्यों से 'चाहिए' वाले वाक्यों के बारे में कोई निष्कर्ष नहीं निकाल सकते।'

'ह्यूम के अनुसार न तो हमारा तर्क और न ही हमारा अनुभव, यह तय करता है कि गलत क्या है और सही क्या है और इनके बीच अन्तर क्या है। यह केवल भावनाओं का मामला है। कांट के लिए यह आधार बड़ा हलका या झीना था।'

'मैं कल्पना कर सकती हूँ।'

'कांट ने हमेशा ही यह महसूस किया कि सही और गलत के बीच का भेद तर्क का मामला है, भावनाओं का नहीं। इस बारे में वह तर्कवादियों से सहमत था, जो यह कहते थे कि सही और गलत के बीच भेद करने की योग्यता मानवीय तर्क में अन्तर्निहित है। हर कोई जानता है कि सही या गलत क्या है, इसलिए नहीं कि हमने सीखा है अपितु इसलिए कि यह विवेक मन में जन्म लेता है। कांट के अनुसार, हममें से हर एक के पास 'व्यावहारिक तर्क' है, यानी वह बुद्धि जो हर मामले में हमें सही और गलत का ज्ञान कराती चलती है।'

'और यह जन्मजात है?'

'सही और गलत की पहचान करने की योग्यता उतनी ही जन्मज़ात है जितने तर्क के अन्य लक्षण। उदाहरण के लिए, जैसे हम सब बुद्धिमान प्राणी हैं, और हमें बोध है कि सभी वस्तुओं/घटनाओं में कारणिक सम्बन्ध है, हम सभी समान रूप से वैश्विक *नैतिक नियम* तक पहुँच रखते हैं।

'इस नैतिक नियम की वैसी ही सम्पूर्ण वैधता है जैसी भौतिक नियमों की होती है। हमारी नैतिकता में यह उसी तरह का आधार रखता है जैसे कि यह कथन कि हर होने का कोई कारण है, या सात जमा पाँच बराबर बारह जैसे हमारी बुद्धि के लिए बुनियादी हैं।'

'और यह नैतिक नियम क्या कहता है?'

'चूँकि यह हर अनुभव से पहले आता है, इसलिए यह 'औपचारिक या रूपाकारीय' है इसका अर्थ हुआ कि नैतिक निर्णय करने में यह किसी परिस्थिति विशेष से बँधा हुआ नहीं है। क्योंकि यह सब लोगों पर, सभी समाजों में, हर समय लागू होता है। अतः यह आपसे यह नहीं कहता कि अमुक स्थिति में आपको यह या वह करना है। यह कहता है कि *सभी स्थितियों* में आपको *सद्व्यवहार* करना है?'

''ऐसे नैतिक नियम की क्या तुक है जो आपके भीतर आरोपित है यदि इससे आपको किसी विशिष्ट स्थिति में निर्णय लेने में कोई सहायता नहीं मिलती?''

'कांट नैतिक नियम को *स्पष्ट अनिवार्यता* के रूप में प्रतिपादित करता है। इससे उसका अभिप्राय है कि नैतिक नियम 'कैटेगॉरिकल' या 'अकाट्य' है, यह कि यह सभी स्थितियों में लागू होता है। इसके अतिरिक्त, यह 'इम्पेरेटिव' अथवा 'अनिवार्य' है जिसका अर्थ है यह आदेशात्मक है और इसलिए सम्पूर्णतः सत्ताधिकृत है।'

'मैं समझ रही हूँ।'

'कांट इस 'कैटेगॉरिकल इम्पेरेटिव' को कई तरह से बनाता, बताता है। प्रथम, वह कहता है–*केवल उसी सिद्धान्त के अनुसार काम करें जिसके द्वारा आप उसी समय यह इच्छा भी कर सकें कि यह वैश्विक नियम बने।*'

'इसलिए जब मैं कुछ करती हूँ, मैं यह सुनिश्चित कर लूँ कि मैं इसी तरह की समान स्थिति में सभी से ऐसे ही करने की इच्छा रखती हूँ।'

'बिलकुल ठीक। केवल तभी ही आप अपने अन्दर स्थित नैतिक नियम के अनुसार काम कर रहे होंगे। कांट 'कैटेगॉरिकल इम्पेरेटिव' को इस रूप में नियम स्तर प्रदान करता है : *ऐसे तरीके से काम करें कि आप मानवता को, अपने या किसी भी अन्य के भीतर कभी भी साधन के रूप में व्यवहार न करके, सदैव और काम करते समय उद्देश्य के रूप में व्यवहार करें।*'

'अतः हमें दूसरे लोगों का अपने लाभ के लिए शोषण नहीं करना चाहिए।'

'नहीं, क्योंकि प्रत्येक व्यक्ति अपने आपमें लक्ष्य है। किन्तु यह केवल दूसरों पर ही लागू नहीं होता, यह अपने आप पर भी लागू होता है। आपको स्वयं भी किसी लक्ष्य की प्राप्ति के लिए अपने आपको साधन बनाकर अपना शोषण नहीं करना चाहिए।'

'यह मुझे एक स्वर्णिम नियम की याद दिलाता है, दूसरों से वैसा ही व्यवहार करो...'

'हाँ, यह भी आचरण के 'औपचारिक' नियमों में से है जो मूल रूप से सारे नैतिक निर्णयों को अपने अन्दर समाहित कर लेता है। आप यह कह सकते हैं कि आपका स्वर्णिम नियम वही कहता है जो कांट का नैतिकता का वैश्विक नियम है।'

'किन्तु निश्चय ही यह एक दृढ़ कथन है। इस बात में सम्भवतः ह्यूम सही था कि हम तर्क से यह सिद्ध नहीं कर सकते कि सही क्या है और गलत क्या है।'

'कांट के अनुसार, नैतिकता का नियम उतना ही सम्पूर्ण एवं उतना ही वैश्विक है जितना कि कार्य-कारण का सिद्धान्त यानी कारणिक नियम। इसे भी तर्क से सिद्ध नहीं किया जा सकता, किन्तु फिर भी यह सम्पूर्ण है और अपरिवर्तनीय है। इससे कोई इनकार नहीं कर सकता।'

'मुझे ऐसा लग रहा है कि जिस बारे में हम वास्तव में बात कर रहे हैं वह अन्तःकरण है। क्योंकि हर एक में अन्तःकरण होता है, नहीं होता क्या?'

'हाँ, जब कांट नैतिकता के नियम का वर्णन करता है तो वह मानव अन्तःकरण का ही वर्णन कर रहा है। जो हमारा अन्तःकरण कह रहा है उसे हम यह सिद्ध नहीं कर सकते किन्तु फिर भी हम इसे जानते हैं।'

'कभी-कभी मैं दूसरों पर दयावान या उनके लिए सहायक बनती हूँ, क्योंकि मुझे मालूम है कि इसके लाभ हैं। यह लोकप्रिय होने का एक तरीका हो सकता है।'

'किन्तु यदि तुम दूसरों से चीजें लोकप्रिय होने के लिए बाँटती हो, तो तुम नैतिक नियम के प्रति सम्मान रखते हुए काम नहीं कर रहीं। तुम एक नैतिक नियम के अनुरूप काम कर सकती हो—और यह अच्छा भी हो सकता है—किन्तु यदि तुम्हारे कार्य को नैतिक कार्य का दर्जा दिया जाना है, तो तुम्हें स्वयं को जीतना होगा। जब तुम किसी काम को केवल शुद्ध कर्तव्य भाव से करती हो तभी इसे नैतिक कार्य कहा जा सकता है। इसलिए कांट की नैतिकता को *कर्तव्य की नैतिकता* कहा जाता है।'

'मैं *रैडक्रॉस* या चर्च बाजार के लिए पैसा इकट्ठा करने को अपना कर्तव्य महसूस कर सकती हूँ।'

'हाँ, और महत्त्वपूर्ण बात यह है कि आप इसे सही समझकर करते हैं। भले ही तुम्हारे द्वारा इकट्ठा किया गया पैसा गली में गिर जाए, खो जाए और यह उन लोगों के भोजन के लिए पर्याप्त न हो जिनके लिए इसे इकट्ठा किया गया था, तब भी तुमने एक नैतिक नियम का पालन किया है। तुमने सद्भावना से काम किया है, और कांट के अनुसार, यह सद्भावना ही निर्धारित करती है—कार्य के परिणाम नहीं—कि तुम्हारा काम नैतिक था या नहीं था। कांट की नैतिकता को इसीलिए सद्भाव की नैतिकता भी कहा जाता है।'

'उसके लिए यह जानना इतना महत्त्वपूर्ण क्यों था कि आपने काम सिर्फ नैतिक नियम के अनुरूप नहीं बल्कि उसे नैतिक नियम के सम्मानस्वरूप काम किया है? निश्चय ही सबसे महत्त्वपूर्ण बात यह है कि जो हम करते हैं वह वास्तव में लोगों की सहायता करता है।

'वास्तव में बात यही है और कांट भी आपसे असहमत नहीं होगा। किन्तु अपने अन्दर यह जानने के उपरान्त ही हम वास्तव में स्वतन्त्र रूप में काम करते हैं जब हम सुनिश्चित कर लेते हैं कि हम नैतिक नियम के सम्मानस्वरूप काम कर रहे हैं।'

'तो हम स्वतन्त्र रूप से तभी काम करते हैं जब हम किसी नियम का पालन करते हैं? क्या यह कुछ अजीब-सा नहीं लगता?'

'कांट के अनुसार, नहीं। तुम्हें शायद याद होगा कि उसके लिए यह पूर्वमान्यता अनिवार्य थी कि मनुष्य के पास स्वतन्त्र इच्छा है। यह एक महत्त्वपूर्ण बिन्दु है, क्योंकि कांट ने कहा था कि हर चीज कारणिकता के नियम का पालन करती है। तब फिर हम स्वतन्त्र इच्छा कैसे रख सकते हैं?'

'मुझे इसका अर्थ समझाएँ।'

'इस बिन्दु पर कांट मनुष्य को, लगभग उसी तरह जैसा देकार्त ने दावा किया था कि मनुष्य 'दुहरा जीव है' जिसके पास एक शरीर है और एक मन है, दो भागों में बाँट देता है।

भौतिक जीव के रूप में हम पूरी तरह, सम्पूर्णतः कारणिकता (कार्य-कारण सम्बन्ध) के अटूट नियम की दया पर हैं, कांट कहता था। इसका निर्णय हम नहीं करते कि हमें क्या बोध होगा–ऐन्द्रिक बोध हमारे पास आवश्यकतानुसार आता है, और हमें प्रभावित करता है, भले ही हम इसे चाहें या न चाहें। किन्तु हम केवल भौतिक जीव नहीं हैं–हम तर्क के जीव भी हैं।

'भौतिक प्राणी होने के नाते हम प्राकृतिक दुनिया के हैं। अतः हम कारणिक सम्बन्धों के अधीन हैं। और इस रूप में, हमारी स्वतन्त्र इच्छा नहीं है। किन्तु तार्किक प्राणी के रूप में हम उस अस्तित्व का भाग हैं जिसे कांट Ding an sich (world as it exists in-itself) कहता है, यानी, दुनिया जैसे यह स्वयं में अस्तित्ववान है, हमारे ऐन्द्रिक प्रभावों से स्वतन्त्र। जब हम 'व्यावहारिक तर्क' का अनुगमन करते हैं–जो हमें नैतिक निर्णय करने की क्षमता प्रदान करता है–सिर्फ तभी हम अपनी स्वतन्त्र इच्छा का प्रयोग करते हैं, क्योंकि तब हम नैतिक नियम का पालन कर रहे होते हैं, यह हम ही हैं जो उस नियम को बनाते हैं जिसके अनुरूप हम हैं।'

'हाँ, यह एक तरीके से सही है। यह मैं हूँ, या मेरे अन्दर का सद्भाव जो मुझे बताता है कि मुझे दूसरों के प्रति ओछा नहीं होना चाहिए।'

'अतः जब आप ओछा न बनने होने का फैसला करते हैं–भले ही यह आपके अपने हितों के विपरीत हो–तब आप स्वतन्त्र रूप से कार्य कर रहे होते हैं।'

'आप खासतौर पर उस समय स्वतन्त्र या मुक्त नहीं हैं जब आप मनमाने ढंग से काम करते हैं।'

'एक व्यक्ति अनेक प्रकार से दास हो सकता है। यहाँ तक कि व्यक्ति अपने अहम् का भी दास हो सकता है। व्यक्ति को इच्छाओं और दुर्गुणों से वास्तव में ऊपर उठने के लिए ही आत्म-निर्भरता और स्वतन्त्रता की जरूरत पड़ती है।'

'जानवरों के बारे में क्या कहेंगे? मैं सोचती हूँ कि वे तो बस अपनी इच्छा और जरूरत के पीछे चलते हैं। उनके पास नैतिक नियम पालन करने के लिए कोई स्वतन्त्रता नहीं है, है क्या?'

'नहीं, और यही अन्तर है जानवरों और मानवों में।'

'अब यह बात मेरी समझ में आई।'

'और आखिर में शायद हम यह कह सकते हैं कि दर्शनशास्त्र में तर्कवाद एवं अनुभववाद में पारस्परिक विवादों और कलह को लेकर जो गतिरोध उत्पन्न हो गया था कांट हमें उससे बाहर निकलने का रास्ता दिखाने में सफल हुआ है। कांट के साथ दर्शनशास्त्र के इतिहास के एक युग का अन्त हो जाता है। उसकी 1804 में उस समय मृत्यु हुई जब रोमांटिसिज्म का काल अपने आरोह पर था। उसकी सर्वाधिक उद्धृत कहावत कोनिग्सबर्ग में उसके कब्र के पत्थर पर खुदी हुई है। प्रायः जितनी बार और जितनी गहनता से मैं उन पर चिन्तन करता हूँ, दो चीजें मेरे मन को निरन्तर बढ़ते आश्चर्य और विस्मय से भर देती हैं : मेरे ऊपर सितारों भरा आसमान और मेरे भीतर नैतिक नियम।'

ऐल्बर्टो अपनी कुर्सी पर पीछे आराम की मुद्रा में झुका। 'तो यह रहा,' उसने कहा, 'मैं सोचता हूँ कि कांट के बारे में जो सबसे अधिक महत्त्वपूर्ण है वह मैंने तुम्हें बता दिया है।'

'खैर, सवा चार बज गए हैं।'

'किन्तु बस एक चीज रह गई है। कृपया मुझे एक मिनट और दो।'

'मैं अध्यापक का काम पूरा होने से पहले कभी कक्षा नहीं छोड़ती।'

'क्या मैंने यह कहा कि यदि हम केवल ऐन्द्रिक प्राणी की तरह रहते हैं, तो कांट के विश्वास के अनुसार हमें कोई स्वतन्त्रता नहीं है?'

'हाँ, आपने कुछ ऐसा कहा था।'

'किन्तु यदि हम वैश्विक विवेक/तर्क का पालन करते हैं तो हम स्वतन्त्र/आजाद हैं। क्या मैंने यह भी कहा था?'

'हाँ, किन्तु आप यह सब दोबारा अब क्यों कह रहे हैं?'

ऐल्बर्टो सोफी की ओर झुका, उसकी आँखों में गहरे देखा और फुसफुसाया : 'हर उस चीज पर विश्वास मत करो जो तुम देखती हो, सोफी।'

'आपका इससे क्या मतलब है?'

'जरा दूसरी ओर घूमो, बच्चे!'

'अब तो मेरी समझ में बिलकुल नहीं आ रहा कि आप कहना क्या चाहते हो?'

'लोग प्रायः कहते हैं मैं उस चीज में तब विश्वास करूँगा जब उसे देख लूँ। किन्तु उस पर भी विश्वास मत करो जो तुम देखती हो।'

'आपने ऐसा एक बार पहले भी कहा है।'

'हाँ, पारमेनीडीज़ के बारे में।'

'किन्तु मैं अभी भी नहीं समझ पाई आपका अभिप्राय क्या है?'

'अच्छा, हम वहाँ पैड़ियों पर बैठे थे, बात करते हुए। तब पानी में वह तथाकथित समुद्री साँप छपछपाता हुआ चला आया।'

'क्या यह अजीब नहीं था?'

'बिलकुल नहीं। फिर लिटिल रैड राइडिंग हुड दरवाजे पर आई। मैं अपनी दादी माँ का मकान तलाश रही हूँ। कैसा मूर्ख कार्य? यह सब केवल मेजर की चालें हैं, सोफी। केले में सन्देश और मूर्खतापूर्ण आँधी और तूफान।'

'क्या आप सोचते हैं कि...?'

'किन्तु मैंने कहा था कि मेरी एक योजना है। जब तक हम अपने तर्क पर टिके हुए हैं, वह हमें मूर्ख नहीं बना सकता। क्योंकि एक तरीके से हम स्वतन्त्र हैं। वह हमें सभी प्रकार की चीजों का 'बोध' कर लेने देगा; मुझे कोई भी चीज आश्चर्यचकित नहीं करेगी। यदि वह आसमान को गहरा, काला हो जाने देता है या हाथियों को उड़ा देता है, मैं केवल मुस्कुराऊँगा। किन्तु सात जमा पाँच बारह होते हैं। यह ऐसा सत्य है जो उसकी सारी हास्यास्पद चालों के बाद भी रहेगा। दर्शनशास्त्र परीकथाओं के ठीक विपरीत है।'

सोफी एक क्षण के लिए आश्चर्यचकित हो उसे देखती रह गई।

'अब तुम जाओ,' उसने आखिर में कहा। 'मैं तुम्हें रोमांटिसिज्म पर चर्चा करने के लिए बुलाऊँगा। तुम्हें हेगल और कर्केगार्ड के बारे में भी जानने की जरूरत है। किन्तु मेजर के जेविक हवाईअड्डे पर आने में केवल एक हफ्ता शेष है। उससे पहले हमें अपने आपको उसकी चिपकानेवाली फन्तासियों से मुक्त कर लेना है। और मुझे कुछ नहीं कहना, सोफी! सिवाय इसके कि तुम जान लो कि मैं हम दोनों के लिए एक अद्भुत योजना पर काम कर रहा हूँ।'

'तो, मैं चलती हूँ।'

'रुको—हम लोग सबसे महत्त्वपूर्ण चीज तो भूल ही गए हैं।'

'वह क्या है?'

'बर्थ डे सांग, सोफी। हिल्डे आज पन्द्रह की हो गई है।'

'और मैं भी।'

'तुम भी, हाँ। आओ, तब गाते हैं।'

वे दोनों खड़े हो गए और गाया–

'हैप्पी बर्थ डे टू यू।'

साढ़े चार बज गए थे। सोफी पानी के किनारे तक दौड़ गई, फिर नाव खेते हुए झील के उस पार पहुँच गई। उसने नाव को खींचकर सरकंडों में ला खड़ी की और फिर जंगल से होती हुई जल्दी-जल्दी घर की ओर चली।

जब वह रास्ते पर पहुँची तो उसने पेड़ों के बीच अचानक किसी चीज को चलते देखा। कहीं ऐसा तो नहीं था कि यह लिटिल एंड राइडिंग हुड थी जो जंगल में अकेली भटकती हुई अपनी दादी माँ के पास जा रही थी, किन्तु पेड़ों के बीच चलती आकृति बहुत छोटी थी।

वह उसके नजदीक गई। आकृति एक गुड़िया से बड़ी नहीं थी। यह ब्राउन रंग की थी और एक लाल स्वेटर पहने हुए थी।

सोफी वहीं की वहीं खड़ी रह गई जब उसने महसूस किया कि यह तो टैड्डी बीयर था।

इसमें आश्चर्य की कोई बात नहीं थी कि कोई एक टैड्डी बीयर जंगल में छोड़ गया हो। किन्तु यह टैड्डी बीयर जिन्दा था, और किसी चीज में बड़ा मुब्तिला था।

'हाई,' सोफी ने कहा।

'मेरा नाम विन्नी-द-पूह है,' टैड्डी बीयर बोला, 'दुर्भाग्य से मैं जंगल में अपना रास्ता आज भूल गया हूँ–हालाँकि आज दिन बहुत अच्छा है। मैंने आपको पहले कभी नहीं देखा।'

'हो सकता है मैं वह हूँ जो यहाँ पहले कभी नहीं आई,' सोफी बोली। 'कोई बात नहीं, तुम इस सौ एकड़वाले जंगल में अभी भी अपने घर पहुँच सकते हो।'

'यह गणित का सवाल मेरे लिए बहुत कठिन है। यह न भूलें कि मैं एक छोटा-सा भालू हूँ और मैं बहुत चतुर भी नहीं हूँ।'

'मैंने' तुम्हारे बारे में सुना है।'

'मेरा अनुमान है तुम ऐलिस हो। क्रिस्टोफर रोबिन ने एक दिन तुम्हारे बारे में हमें बतलाया था। मेरे विचार में हम इसी तरह मिले हैं। तुमने एक बोतल से इतना पिया, इतना पिया कि तुम छोटे और छोटे होते गए। किन्तु तुमने फिर दूसरी बोतल से पिया और तुम बड़े होने लगे। आपको इस बारे में सावधान होने की जरूरत है कि आप अपने मुँह में क्या डाल रहे हैं। एक दिन मैंने इतना खाया कि मैं खरगोश के बिल में फँस गया।'

'मैं ऐलिस नहीं हूँ।'

'इससे कोई फर्क नहीं पड़ता हम कौन हैं! महत्त्वपूर्ण चीज यह है कि हम हैं। यही तो उल्लू भी कहता है, और वह बहुत बुद्धिमान है। एक बार उसने एक साधारण, धूपवाले दिन कहा, सात और चार मिलकर बारह होते हैं। इयोर को और मुझे बड़ी मूर्खता महसूस हुई, क्योंकि गणित के सवाल हल करना बड़ा मुश्किल है। मौसम का पता लगाना बड़ा आसान है।'

'मेरा नाम सोफी है।'

'तुमसे मिलना बड़ा अच्छा लगा, सोफी। जैसा मैंने कहा, इस जगह के लिए तुम नई हो। किन्तु अब इस भालू को जाना है क्योंकि मुझे पिगलेट (सूअर का बच्चा) ढूँढ़ना है। हम खरगोश और उसके मित्रों के लिए बहुत बड़ी गार्डन पार्टी के लिए जा रहे हैं।'

उसने एक पंजा हिलाकर बाये-बाये किया। सोफी ने अब देखा कि वह दूसरे पंजे में कागज का एक मुड़ा हुआ टुकड़ा लिये हुए था।

'तुम्हारे पास वह क्या है?' उसने पूछा।

विन्नी-द-पूह ने कागज आगे कर दिया और कहा, 'इसी के कारण मैं अपना रास्ता खो गया।'

'किन्तु यह तो कागज का एक टुकड़ा है।'

'नहीं, यह कागज का टुकड़ा नहीं है। यह 'हिल्डे-थ्रू-द-लुकिंग ग्लास' के लिए एक पत्र है।'

'ओह! यह मैं ले सकती हूँ।'

'क्या तुम शीशेवाली लड़की हो?'

'नहीं, लेकिन...'

'पत्र उसी को दिया जाना चाहिए जिसके नाम है। क्रिस्टोफर रोबिन को कल ही यह मुझे पढ़ाना पड़ा था।'

'किन्तु मैं हिल्डे को जानती हूँ।'

'कोई फर्क नहीं पड़ता। भले ही तुम किसी व्यक्ति को अच्छी तरह जानती हो, तुम्हें उसका पत्र नहीं पढ़ना चाहिए।'

'मेरा मतलब था कि मैं इसे हिल्डे को दे सकती हूँ।'

'वह बिलकुल अलग बात है। यह लो तुम, सोफी। अगर मैं इस पत्र से छुटकारा पा सकूँ तो मैं पिगलैट (सूअर के बच्चे) भी सम्भवतः पा जाऊँगा। किन्तु हिल्डे-थ्रू-द-लुकिंग-ग्लास पाने के लिए तुम्हें पहले एक लुकिंग ग्लास पाना होगा। किन्तु इस जगह यह पाना आसान काम नहीं है।'

और यह कहकर नन्हे भालू ने मुड़ा हुआ कागज सोफी को दे दिया और अपने छोटे-छोटे पैरों पर जंगल में चल दिया। जब वह उसकी आँखों से ओझल हो गया, सोफी ने कागज के टुकड़े को खोला और पढ़ा :

प्रिय हिल्डे,

यह बहुत बुरी बात है कि ऐल्बर्टो ने सोफी को यह भी नहीं बताया कि कांट ने 'लीग ऑफ नेशन्स' की स्थापना की वकालत की थी। उसने अपने शोध-प्रबन्ध, *प'पैट्यूल पीस (चिरस्थायी शान्ति),* में लिखा कि सब देशों को एक 'लीग ऑफ नेशन्स' में इकट्ठा हो जाना चाहिए और यह सभी देशों के बीच शान्तिपूर्ण सह-अस्तित्व का आश्वासन देगी। 1795 में इस शोध प्रबन्ध के प्रकाशित होने के 125 वर्ष बाद, प्रथम विश्वयुद्ध के बाद *लीग ऑफ नेशन्स* की स्थापना हुई। दूसरे विश्वयुद्ध के बाद इसका स्थान *यूनाइटेड नेशन्स* (संयुक्त राष्ट्र संघ) ने ले लिया। इसलिए तुम कह सकती हो कि कांट यूएन विचार का जनक था। कांट का मुख्यबिन्दु यह था कि मनुष्य का 'व्यावहारिक तर्क' राष्ट्रों से यह अपेक्षा करता है कि वे प्रकृति की जंगली अवस्था से बाहर निकलें, क्योंकि इससे युद्ध होते हैं और देशों को शान्ति बनाए रखने के लिए आपस में सम्पर्क में रहना चाहिए। यद्यपि लीग ऑफ नेशन्स की स्थापना का रास्ता लम्बा और कठिन है, फिर भी हमारा यह कर्तव्य है कि हम समूचे विश्व में स्थायी शान्ति के लिए प्रयत्नशील रहें। इस प्रकार की लीग की स्थापना कांट के लिए बहुत आगे का लक्ष्य था। तुम लगभग यह कह सकती हो कि यह दर्शनशास्त्र का अन्तिम लक्ष्य था। इस समय मैं लेबनान में हूँ।

लव, डैड

सोफी ने नोट को अपनी जेब में रखा और घर की ओर चल दी। जंगल में यह उस प्रकार की भेंट थी जिसके बारे में ऐल्बर्टो ने उसे चेतावनी दी थी। किन्तु वह लिटिल टैड्डी बीयर को बीहड़ जंगल में हिल्डे-थ्रू-द-लुकिंग-ग्लास की कभी न समाप्त होनेवाली खोज पर नहीं छोड़ सकती थी, छोड़ सकती थी क्या?

रोमांटिसिज्म

रहस्य का मार्ग ले जाता है भीतर की ओर...

हिल्डे ने भारी रिंग बाइंडर को रपटकर अपनी गोद में गिर जाने दिया। फिर उसने इसे रपटकर फर्श पर गिर जाने दिया।

जिस समय वह बिस्तर में सोने के लिए आई थी उससे पहले ही कमरे में हलका प्रकाश था। उसने घड़ी देखी। लगभग तीन बजे थे। वह चादरों में भीतर खिसक गई और अपनी आँखें बन्द कर लीं। उसे नींद आनेवाली थी तो वह सोच रही थी कि उसके पिता ने लिटिल रैड राइडिंग हुड और विन्नी द पूह के बारे में लिखना क्यों शुरू कर दिया था।

वह अगले दिन सबेरे ग्यारह बजे तक सोई। शरीर में तनाव ने उसे बताया कि सारी रात उसे गहरे सपने आते रहे, किन्तु उसे यह याद नहीं था कि सपने में उसने क्या देखा। ऐसा लगता था मानो वह किसी पूरी तरह से भिन्न दुनिया में होकर आई थी।

वह नीचे गई और नाश्ता लगाया। उसकी माँ ने अपना नीला जम्प सूट पहना हुआ था ताकि वह नीचे बोट हाउस पर जा सके और मोटरबोट पर काम कर सके। भले ही इसे पानी में न उतारा जाए, फिर भी इसे लेबनान से डैड के वापस आने से पहले ठीक-ठाक हालत में तो लाना ही था।

'क्या तुम नीचे आकर मेरे साथ हाथ बँटाना चाहती हो?'

'पहले मुझे थोड़ा-सा पढ़ना है। क्या मैं नीचे चाय और मिड-मॉर्निंग के स्नैक्स लेकर आऊँ?'

'मिड-मॉर्निंग क्या?'

जब हिल्डे खा चुकी तो वह वापस अपने कमरे में चली गई; अपना बिस्तर ठीक किया और आराम से बैठकर रिंग बाइंडर को घुटनों से लगाकर पढ़ने लगी।

सोफी बाड़ में से होकर निकलती हुई बड़े बाग में आ खड़ी हुई जिसे वह एक बार अपना गार्डन ऑफ ईडन समझती थी...

पिछली रात के तूफान के बाद टहनियाँ और पत्ते सारे में फैले पड़े थे। ऐसा लगा मानो कल के तूफान और गिरी हुई टहनियों और उसके लिटिल रैड राइडिंग हुड और विन्नी-द-पूह के मिलने में आपस में कोई सम्बन्ध हो।

वह मकान में अन्दर गई। उसकी माँ बस अभी घर आई थी और सोडे की कुछ बोतलें रेफ्रीजरेटर में लगा रही थी। मेज पर स्वादिष्ट लग रहा चॉकलेट केक रखा था।

'क्या आपको कुछ आगन्तुकों की प्रतीक्षा है?' सोफी ने पूछा, 'वह तो यह भूल ही गई थी कि आज इसका जन्मदिन था।'

'हम असली बड़ी पार्टी तो अगले शनिवार को करनेवाले हैं; किन्तु मैंने सोचा कुछ थोड़ा-सा जश्न तो आज भी होना चाहिए।'

'कैसे?'

'मैंने जोआना और उसके माता-पिता को आमन्त्रित किया है।'

'मेरे लिए तो यह और भी अच्छा है।'

मेहमान साढ़े सात बजने से थोड़ा पहले आ गए। वातावरण कुछ औपचारिक ही था–सोफी की माँ से जोआना के माता-पिता से सामाजिक तौर पर बहुत कम मिलती थी।

शीघ्र ही सोफी और जोआना ऊपर सोफी के कमरे में गार्डन पार्टी के निमन्त्रण लिखने के लिए चली गईं। चूँकि ऐल्बर्टो नॉक्स को भी आमन्त्रित किया जाना है, इसलिए सोफी के मन में लोगों को 'दार्शनिक गार्डन पार्टी' में आमन्त्रित करने का विचार था। जोआना को इस पर आपत्ति नहीं थी। आखिर यह सोफी की पार्टी थी और उन दिनों 'थीम पार्टियाँ' करना फैशनेबल था।

आखिर में उन्होंने निमन्त्रण पत्र का खाका बना लिया। इसमें दो घंटे लग गए और वे अपना हँसना नई रोक पाईं।

प्रिय...

> आपको 3 क्लोवर चेज पर शनिवार 23 जून (मिड-समर ईव पर) 7:00 बजे शाम एक दार्शनिक गार्डन पार्टी में आमन्त्रित किया जाता है। इस शाम के दौरान हमें आशा है कि हम जीवन के रहस्य को सुलझा लेंगे। कृपया गरम स्वेटर्स और दर्शनशास्त्र की पहेलियों को सुलझाने के लिए उपयुक्त विचार लेकर आएँ। जंगल में आग के खतरे को ध्यान में रखते हुए, दुर्भाग्यवश हम बोनफायर नहीं रख सकते, किन्तु यहाँ हर कोई अपनी कल्पना की लौ की चिनगारियों को बिना किसी अवरोध के जला सकता है। आमन्त्रित मेहमानों में कम-से-कम एक सही अर्थों में दार्शनिक भी होगा। इस कारण पार्टी कठोरतम रूप में निजी आयोजन है। प्रेस के सदस्यों को नहीं आने दिया जाएगा।
>
> सम्मान सहित
> जोआना इंगरब्रिग्स्टन (संयोजक समिति)
> और सोफी एमंडसन (प्रार्थी–सत्कारिणी)

दोनों लड़कियाँ नीचे अपने माता-पिता के पास गईं, जो अपेक्षाकृत खुलकर बातचीत नहीं कर रहे थे। कैलीग्राफिक पेन से लिखे निमन्त्रण का ड्राफ्ट सोफी ने अपनी माँ को थमा दिया।

'क्या आप कृपा करके इसकी 18 कॉपियाँ बनवा देंगी?' यह पहली बार नहीं था कि सोफी ने माँ को अपने दफ्तर से कॉपियाँ बनाने के लिए कहा था।

उसकी माँ ने निमन्त्रण पत्र पढ़ा और फिर इसे जोआना के पिता को दे दिया।

'आप देख रहे हैं, मेरा क्या मतलब है? यह थोड़ा-सा पागल होती जा रही है।'

'किन्तु यह तो वास्तव में उत्तेजक लगता है,' जोआना के पिता ने कहा, और यह कहते हुए शीट अपनी पत्नी को थमा दी। 'मुझे स्वयं पार्टी में आने में एतराज नहीं है।'

बारबी ने निमन्त्रण पढ़ा, तब उसने कहा, 'अच्छा, मुझे यह कहना है। क्या हम भी आ सकते हैं, सोफी?'

'अच्छा, तो अब आप इसकी बीस कॉपियाँ बनवाएँ,' सोफी ने जोआना की माँ की बात को सही मानते हुए कहा।

'आप भी पागल हो गए हैं,' जोआना बोली।

उस रात बिस्तर पर जाने से पहले, सोफी देर तक खिड़की पर खड़ी दूर देखती रही। उसे याद आया कैसे एक बार उसने अँधेरे में ऐल्बर्टो की आकृति देखी थी। यह एक महीने से ज्यादा की बात होगी। आज फिर यह देर रात थी, किन्तु यह एक सफेद (प्राकशमय) ग्रीष्म रात्रि थी।

मंगलवार के सबेरे से पहले सोफी को ऐल्बर्टो से कोई खबर नहीं थी। उसने सोफी की माँ के काम पर चले जाने के बाद फोन किया।

'सोफी एमंडसन...'

'मैं ऐल्बर्टो नॉक्स।'

'मैं भी यही सोच रही थी।'

'सॉरी, तुम्हें पहले फोन नहीं कर पाया, किन्तु मैं अपनी योजना पर कठोर श्रम कर रहा था। मैं केवल तभी अकेला रह पाता और विघ्नरहित काम कर पाता हूँ जब मेजर पूरी तरह लगन से तुम पर ध्यान केन्द्रित करता है।'

'यह तो भूत-प्रेत जैसा लगता है।'

'तब मैं स्वयं को छिपाने का अवसर पकड़ लेता हूँ, तुम समझी। दुनिया की सर्वश्रेष्ठ निगरानी प्रणाली की भी तब सीमाएँ बन जाती हैं जब इसका नियन्त्रण सिर्फ एक आदमी के हाथ में होता है...मुझे तुम्हारा कार्ड मिला।'

'आपका मतलब निमन्त्रण पत्र से है न?

'ऐसा जोखिम उठाने का साहस?'

'क्यों नहीं?'

'इस तरह की पार्टी में कुछ भी हो सकता है।'

'आप आ रहे हैं?'

'अवश्य ही, मैं आ रहा हूँ। किन्तु एक बात और है। तुम्हें याद है, यह ही वह दिन है जब हिल्डे का पिता लेबनान से लौट रहा है?'

'नहीं, मुझे तो बिलकुल याद नहीं।'

'यह सम्भवतः शुद्ध इत्तफाक नहीं हो सकता कि वह तुम्हें ठीक उसी दिन दार्शनिक गार्डन पार्टी आयोजित करने देता है जिस दिन वह अपने घर जरकले आ रहा है।'

'मैंने यह सब नहीं सोचा था, जैसा मैंने कहा।'

'किन्तु मैं पक्की तरह जानता हूँ कि उसने सोचा होगा। खैर, कोई बात नहीं, हम इसके बारे में बाद में बात करेंगे। क्या तुम आज सबेरे मेजर के केबिन आ सकती हो?'

'मुझे फूलों की क्यारियाँ निरानी हैं।'

'चलिए, तब दो बजे रखते हैं। उस समय आ सकोगी?'

'हाँ, मैं वहाँ हूँगी।'

जब सोफी पहुँची तो ऐल्बर्टो नॉक्स फिर वहीं सीढ़ियों पर बैठा हुआ था।

'अपना स्थान ग्रहण करो,' सीधे काम पर लगते हुए उसने कहा।

'हम पहले पुनर्जागरण, बैरोक युग, और प्रबोधनकाल की चर्चा कर चुके हैं। आज हम रोमांटिसिज्म पर बात करेंगे, जिसे यूरोप का अन्तिम बड़ा सांस्कृतिक युग कह सकते हैं। हम एक लम्बी कहानी के अन्त में पहुँच रहे हैं, मेरी बच्ची।'

'क्या रोमांटिसिज्म इतना लम्बा चला?'

'इसकी शुरुआत अठारहवीं शताब्दी के अन्त में हुई और यह उन्नीसवीं शताब्दी के बीच तक चलता रहा। किन्तु 1850 के बाद कोई पूरे 'युगों' की बात नहीं कर सकता, जिनमें काव्य, दर्शनशास्त्र, कला, विज्ञान और संगीत रहे हों।'

'क्या रोमांटिसिज्म इन जैसे युगों में एक था?'

ऐसा कहा जाता है कि रोमांटिसिज्म यूरोप के जीवन को अन्तिम बार समान/साझे ढंग से देखने का तरीका था। यह प्रबोधन द्वारा तर्क पर पूरा जोर देने की प्रतिक्रियास्वरूप इसका प्रारम्भ जर्मनी में हुआ। कांट और उसके ठंडे बुद्धिवाद के बाद, ऐसा लगता था जर्मनी के युवाओं ने राहत की साँस ली।'

'उन्होंने इसका स्थानापन्न किस चीज से किया?'

'नारे के नए शब्द थे 'भावनाएँ' 'कल्पना' 'अनुभव' और 'ललक'। कुछ प्रबोधनकालीन चिन्तकों ने भावना के महत्त्व की ओर ध्यान आकर्षित किया था—जिनमें रूसो को भी कम महत्त्व का नहीं समझा जा सकता—किन्तु इसके साथ ही साथ यह तर्क के प्रति झुकाव की आलोचना से उत्पन्न हुआ था। जो पहले जर्मन संस्कृति की अन्तर्धारा थी वही बाद में मुख्यधारा बन गई।'

'तो कांट का दर्शनशास्त्र लम्बा नहीं चला?'

'हाँ, यह चला भी और नहीं भी चला। कई रोमांटिक स्वयं को कांट का उत्तराधिकारी समझते थे, क्योंकि कांट ने यह स्थापित कर दिया था कि हम **'Das Ding an sich'** (Thing-in-itself) के बारे में क्या जान सकते हैं, इसकी सीमाएँ हैं। दूसरी ओर उसने अहं या संज्ञान द्वारा ज्ञान के लिए किए गए योगदान के महत्त्व को भी समझा था। अब व्यक्ति जीवन का अर्थ अपने निजी ढंग से लगाने के लिए पूरी तरह स्वतन्त्र था। रोमांटिकों ने इसका भरपूर इस्तेमाल लगभग अनियन्त्रित 'अहं-पूजा' तक किया, जिससे कलात्मक प्रतिभा का उन्नयन हुआ।'

'क्या उस समय ऐसी बहुत सी प्रतिभाएँ थीं?'

'*बीथोवन* एक विलक्षण प्रतिभा था। उसका संगीत उसकी अपनी भावनाओं और ललक को अभिव्यक्त करता है। एक अर्थ में बीथोवन 'मुक्त' कलाकार था—बाख और हैंडेल जैसे बैरोक उस्तादों से भिन्न, जो अपनी रचनाएँ ईश्वर की महानता बताने के लिए, अधिकांशतः कठोर संगीतात्मक स्वरूपों में करते थे।'

'मैं तो केवल *मूनलाइट सोनाटा* और *फिफ्थ सिम्फनी* जानती हूँ।'

'किन्तु तुम जानती हो कि *मून लाइट सोनाटा* कितना रोमांटिक है और *फिफ्थ सिम्फनी* में तुम सुन सकती हो कि बीथोवन स्वयं को किस नाटकीयता से अभिव्यक्त करता है।'

'आपने कहा था कि पुनर्जागरण के मानवतावादी व्यक्तिवादी भी थे।'

'हाँ, पुनर्जागरण और रोमांटिसिज्म में कई समानताएँ हैं। एक टिपिकल समानता मानव संज्ञान के लिए कला का महत्त्व है। यहाँ भी कांट ने अच्छा खासा योगदान किया। अपने सौन्दर्यशास्त्र में उसने यह छानबीन की कि जब हम सौन्दर्य से—यानी उदाहरण के लिए कलात्मक रचना से, अभिभूत हो जाते हैं तो क्या होता है। जब हम एक कलात्मक रचना के समक्ष स्वयं सौन्दर्यात्मक अनुभव के अतिरिक्त किसी और इरादे बिना, समर्पित हो जाते, बिक जाते हैं तो हम **'Das Ding an Sich'** (Thing-in-itself) के अनुभव के अधिक समीप होते हैं।'

'तो मतलब यह हुआ कि कलाकार कुछ ऐसा प्रदान कर सकता है जिसे दर्शनशास्त्री अभिव्यक्त नहीं कर सकता।'

'रोमांटिकों का यही दृष्टिकोण था। कांट के अनुसार, 'एक कलाकार अपने संज्ञान के गुण के साथ मुक्त होकर खेलता है। जर्मन कवि *शिलर* ने कांट के इस विचार को और आगे विकसित किया। उसने लिखा कि कलाकार का क्रियाकलाप खेलने जैसा है, और आदमी तभी मुक्त होता है जब वह खेलता है, क्योंकि तभी ही वह अपने नियम बनाता है। रोमांटिकों का मानना था कि केवल कला ही हमको 'अनाभिव्यक्त्य' के समीप लाती है। कुछ लोग तो इतने आगे बढ़ गए कि उन्होंने कलाकार की तुलना ईश्वर से की।'

'क्योंकि कलाकार अपने सत्य की रचना उसी प्रकार करता है जैसे ईश्वर ने सृष्टि की रचना की।'

'यह कहा जाता था कि कलाकार के पास 'विश्व-सृष्टि की कल्पना' होती है। कलात्मक अतिरेक की उड़ान में वह स्वप्न एवं यथार्थ के बीच विभेदक रेखा को तिरोहित कर देने का भाव रखता है।

'नोवैलिस, एक युवा प्रतिभा, ने कहा—दुनिया एक स्वप्न बन जाती है, और स्वप्न सत्य या यथार्थ बन जाता है। उसने एक उपन्यास लिखा, *हाइनरिख वॉन ऑफ्टरडिंगेन,* जिसका कथानक मध्य युग में स्थापित था। यह 1801 में उसकी मृत्यु के समय पूरा हुआ, किन्तु यह फिर भी एक महत्त्वपूर्ण उपन्यास था। यह युवा हाइनरिख की कहानी है जो उस 'नीले फूल' को खोज रहा है जिसे उसने एक बार स्वप्न में देखा था, और तभी से इसके लिए उसके मन में ललक थी। अंग्रेज रोमांटिक कवि कॉलरिज भी ऐसे ही विचार व्यक्त करता है, कुछ इस प्रकार कहता है

आप सोए तो क्या हुआ? और अगर आपने नींद में सपना देखा, तो क्या हुआ? और तब क्या हुआ कि आप अपने सपने में स्वर्ग गए और वहाँ एक अजीब और सुन्दर फूल तोड़ लिया? और फिर क्या हुआ, आप जगे और फूल आपके हाथ में था? आह, तब क्या होगा?

'कितना सुन्दर!'

'किसी सुदूर और अप्राप्य वस्तु के लिए लालसा रोमांटिकों का विशिष्ट गुण था। उन्हें बीते हुए युगों की ललक थी, जैसे—मध्य युग, जिसका अब प्रबोधनकालीन नकारात्मक मूल्यांकन के बाद, पुनः उत्साहपूर्वक मूल्यांकन किया गया। और उन्हें लालसा थी पूर्वी संस्कृतियों के रहस्यवाद के प्रति या फिर वे आकृष्ट होते थे रात्रि, गोधूलि बेला, पुराने भग्नावशेषों और अति-प्राकृतिक की ओर। उनकी रुचि उस सब में थी जिसे हम जीवन का अँधेरा या काला पक्ष कहते हैं या अजीबोगरीब, भूत-प्रेती, और रहस्यात्मक चीजें।'

'मुझे तो यह बड़ा उत्तेजक समय लगता है। यह रोमांटिक लोग थे कौन?'

'रोमांटिसिज्म की झलक या अभिव्यक्ति मुख्यतः शहरी जीवन में देखने को मिलती। पिछली शताब्दी के पूर्वार्ध में, वास्तव में, यूरोप के कई भागों में एक उमड़ती, सम्पन्न होती बृहत् नगरीय संस्कृति, जो जर्मनी में भी कम नहीं थी, बन रही थी। ठेठ रोमांटिक्स अक्सर नौजवान थे, प्रायः विश्वविद्यालय के विद्यार्थी से, यद्यपि वे हमेशा अपने अध्ययन को गम्भीरता से नहीं लेते थे। उनका जीवन के प्रति निश्चित रूप से मध्यवर्ग-विरोधी दृष्टिकोण था और वे पुलिस या अपनी मकान-मालकिन को फूहड़, सुरुचिहीन या सीधे से दुश्मन कह सकते थे।'

'मैं तो एक रोमांटिक को अपना कमरा किराए पर देने की कभी हिम्मत न करती।'

'रोमांटिकों की पहली पीढ़ी 1800 के आसपास युवा थी और हम वास्तव में रोमांटिकों के आन्दोलन को यूरोप का प्रथम विद्यार्थी विप्लव कह सकते हैं। रोमांटिक, डेड़ सौ वर्ष बाद होनेवाले हिप्पियों से ज्यादा भिन्न नहीं थे।'

'आपका मतलब है पुष्प शक्ति और लम्बे बाल, अपने गिटारों पर धुन बजाते और इधर-उधर पड़े हुए लोग?'

'हाँ, एक बार ऐसा कहा गया था कि आलस्य प्रतिभा का आदर्श है और सुस्त होना रोमांटिक का गुण है। रोमांटिक का कर्तव्य था कि वह जीवन का अनुभव करे या स्वप्न देखते हुए जीवन से विदा ले ले। रोजमर्रा के काम को तो सुरुचिहीन फूहड़ कर ही लेंगे।'

'बायरन एक रोमांटिक कवि था, नहीं था क्या?'

'हाँ, बायरन और शैले दोनों ही तथाकथित *सैटेनिक स्कूल* के रोमांटिक कवि थे। इसके अतिरिक्त, बायरन ने रोमांटिक काल को आदर्श मूर्ति प्रदान की, वायरॉनिक नायक क, जो जीवन और कला दोनों में ही विदेशी, मूडी, सनकी और विद्रोही था। बायरन स्वयं आवश्यकतानुसार जिद्दी और कामुक हो जाता था, और चूँकि वह सुन्दर था, वह फैशन-पसन्द औरतों से घिरा रहता था। आम चर्चा थी कि उसकी कविताओं के *रोमांटिक एडवेंचर* उसके अपने निजी जीवन के एडवेंचर थे, और हालाँकि उसके कई स्त्रियों से सम्बन्ध थे, किन्तु सच्चा प्रेम उसके लिए इतना ही मायावी और अप्राप्य था जितना नोवैलिस का नीला फूल। नोवैलिस का एक चौदह साल की लड़की से इंगेजमेंट हो गया था। वह अपने पन्द्रहवें जन्मदिन के चार दिन बाद ही मर गई, किन्तु नोवैलिस अपने शेष जीवन भर उसके प्रति निष्ठावान बना रहा।'

'आपने क्या कहा, वह अपने पन्द्रहवें जन्मदिन के चार दिन बाद मर गई?'

'हाँ...'

'आज मैं पन्द्रह साल और चार दिन की हो गई हूँ।'

'अच्छा, यह बात है।'

'उसका नाम क्या था?'

'उसका नाम सोफी था।'

'क्या...या...या...?'

'हाँ, यही था...'

'आप मुझे डरा रहे हैं, क्या यह इत्तफाक हो सकता है?'

'मैं कह नहीं सकता, सोफी। किन्तु उसका नाम सोफी था।'

'कहते चलिए आगे।'

'स्वयं नोवैलिस की मृत्यु उस समय हुई जब वह उनतीस वर्ष का था। वह 'युवा-मृतकों' में से एक था। कई रोमांटिक्स की युवावस्था में ही मृत्यु हो गई, प्रायः टी.बी. से। कुछ ने आत्महत्या कर ली...।'

'उँह,'

'जो लम्बी उम्र तक जिन्दा रहे, वे अक्सर तीस साल के बाद रोमांटिक न रहे। उनमें से कुछ तो बिलकुल मध्यवर्गीय और पुराणपन्थी हो गए।'

'मतलब, वे तो दुश्मन से जा मिले।'

'हो सकता है। किन्तु हम रोमांटिक प्रेम की बात कर रहे थे। अप्राप्त प्रेम का विषय तो बहुत पहले 1774 में गेटे ने अपने उपन्यास *द सॉरोज ऑफ यंग वरदर* में प्रारम्भ कर दिया था। पुस्तक की समाप्ति युवा वरदर द्वारा अपनी प्रेम-पसन्द स्त्री के न मिलने पर स्वयं को गोली मार देने से होती है...'

'क्या इतना आगे जाना जरूरी था?'

'उपन्यास के प्रकाशन के बाद आत्महत्या की दर बढ़ गई, और कुछ समय के लिए पुस्तक पर नॉर्वे और डेनमार्क में प्रतिबन्ध लगा दिया गया। इसलिए रोमांटिक होना खतरे से खाली नहीं था। तीव्र भावनाएँ इसमें सन्निहित थीं।'

'जब आप रोमांटिक कहते हैं तो मेरे मन में वे बड़े भूदृश्य की पेंटिंग्स आती हैं जिनमें गहरे और खूँख्वार जंगल हैं, कटूठी प्रकृति है...जिसमें कुहासे के बादल उठ और मँडरा रहे हैं।'

'हाँ, रोमांटिसिज्म की खासियतों में से एक प्रकृति और प्रकृति के रहस्यों के लिए ललक थी। और जैसा मैंने कहा, यह वह चाहत नहीं थी जो देहाती क्षेत्रों में उभरती हो। आप रूसो को याद कर सकते हैं जिसने 'वापस प्रकृति की ओर' जाने का नारा दिया था। रोमांटिकों ने इस नारे को लोकप्रिय बना दिया। रोमांटिसिज्म बड़ी मात्रा में प्रबोधनकाल के यन्त्रवत् विश्व के विरुद्ध प्रतिरोध की प्रतिक्रिया को भी दर्शाता है। ऐसा कहा जाता था कि रोमांटिसिज्म में *पुरानी वैश्विक चेतना* का पुनर्जागरण सन्निहित था।'

'कृपया इसे स्पष्ट करें।'

'इसका अर्थ है प्रकृति को पूर्णता में देखना; रोमांटिक्स अपनी जड़ों को तलाशते हुए न केवल स्पिनोज़ा तक पहुँचे, अपितु वे प्लॉटिनस और जैकब बोहमे तथा गियार्डे नो ब्रूनो जैसे पुनर्जागरणयुगीन दार्शनिकों तक भी गए। इन सभी चिन्तकों में समान बात यह थी कि उन्होंने प्रकृति में एक दिव्य 'अहम्' की अनुभूति की थी।'

'तब तो वे पैंथेइस्ट्स (प्रकृति में सर्वत्र आत्मा देखना) थे...'

'देकार्त और ह्यूम दोनों ने ही 'अहम्' और 'विस्तारित' सत्य के बीच एक स्पष्ट रेखा खींची थी। कांट भी अपने पीछे संज्ञानीय 'मैं' और 'अपने आपमें' प्रकृति के बीच तीव्र भेद छोड़ गया था। अब यह कहा जाता था कि प्रकृति एक बड़ी 'मैं' के अतिरिक्त और कुछ नहीं है। रोमांटिकों ने कुछ ऐसी अभिव्यक्तियों का भी प्रयोग किया, जैसे–'संसार-आत्मा' और 'संसार-चेतना'।

'मैं समझी।'

'अग्रणी रोमांटिक दार्शनिक *शैलिंग* था, जिसका जीवनकाल 1775 से 1854 के बीच था। वह मन और पदार्थ को मिलाना, एक करना चाहता था। सारी प्रकृति–मानव आत्मा और भौतिक सत्य, दोनों–एक *सम्पूर्ण* या संसार-चेतना की अभिव्यक्ति है, उसका मानना था।'

'हाँ, स्पिनोज़ा की भाँति।'

'शैलिंग ने कहा, प्रकृति एक द्रष्टव्य चेतना है, चेतना अदृश्य प्रकृति है, क्योंकि प्रकृति में सर्वत्र एक 'संरचना करती चेतना' का भान होता है। उसने यह भी कहा कि पदार्थ सोती हुई बुद्धि है।'

'आपको यह थोड़ा और स्पष्ट करना पड़ेगा।'

'शैलिंग ने प्रकृति में 'संसार-चेतना' देखी, किन्तु उसने वही 'संसार-चेतना' मानव-मन में भी देखी। प्राकृतिक और आध्यात्मिक वास्तव में एक जैसी वस्तु की ही अभिव्यक्तियाँ हैं।'

'हाँ, क्यों नहीं?'

'इस प्रकार संसार-चेतना दोनों ही में, यानी प्रकृति में और व्यक्ति के अपने मन में, खोजी जा सकती है। इसलिए नोवैलिस कह सकता था कि रहस्य का मार्ग भीतर की ओर जाता है। वह कहता था कि मनुष्य समूचे ब्रह्मांड को अपने भीतर लिये हुए है और जब वह अपने अन्दर अवगाहन करता है तो वह रहस्य के सबसे समीप होता है।'

'यह तो बड़ा प्यारा विचार है।'

'कई रोमांटिकों के लिए दर्शनशास्त्र प्रकृति अध्ययन और काव्य के बीच संश्लेषण था। अपनी अटारी में बैठे रहना, प्रेरक कविताएँ लिखते और बाहर भेजते जाना और चट्टानों के गठन या पौधों के जीवन की छानबीन करते जाना एक ही सिक्के के दो पहलू थे, क्योंकि प्रकृति एक मृत कार्य-व्यवस्था नहीं है, यह एक जीवन्त संसार-चेतना है।'

'आप बस एक शब्द और बोलें और मैं रोमांटिक बन जाऊँगी।'

'नॉर्वे में जन्मा प्रकृतिवादी *हैनरिक स्टीफेन्स*–जिसे वरजेलैंड 'नॉर्वे से विदा हुआ। विजयी पत्ता' कहता था, क्योंकि वह जर्मनी में जाकर बस गया था–1801 में कोपेनहैगेन में जर्मन रोमांटिसिज्म पर भाषण देने गया। उसने रोमांटिक आन्दोलन के यह लक्षण इन शब्दों में बयान किए : कच्चे पदार्थ में से होकर अपने रास्ते के लिए संघर्ष के शाश्वत प्रयासों से थककर, हमने दूसरा रास्ता चुना और अनन्त को गले लगाना चाहा। हम अपने अन्दर गए और एक नई दुनिया का सृजन कर लिया...

'आप इतनी सारी चीजें कैसे याद रख लेते हैं?'

'कहानी-किस्सा है, बच्चे।'

'चलिए, आगे कहिए।'

'शैलिंग ने प्रकृति में मिट्टी से चट्टान और फिर मानव मन तक एक विकास होते देखा। उसने निर्जीव प्रकृति से अधिक जटिल जीवन रूपाकारों तक बड़े धीमे किन्तु क्रमिक रूपान्तरण की ओर ध्यान आकृष्ट किया। रोमांटिक मत की एक विशिष्टता यह भी थी कि प्रकृति को एक ऑरगैनिज्म या जीन के रूप में सोचा गया, या दूसरे शब्दों में, एक एकता के रूप में जो निरन्तर अपनी सहज सम्भाव्य शक्तियों को विकसित कर रही है।' प्रकृति उस पुष्प की तरह है जो अपने पत्तों और पँखड़ियों को खोलता-फैलाता रहता है। अथवा उस कवि की मानिन्द जो अपने छन्दों को रचना और अभिव्यक्त करता है।

'क्या यह आपको अरस्तू की याद नहीं दिलाता?'

'वास्तव में याद दिलाता है। रोमांटिक प्राकृतिक दर्शन में अरस्तूवादी एवं नव-अफलातूनवादी ध्वनि सुनाई देती है। यन्त्रवत् भौतिकवादियों की तुलना में अरस्तू के पास प्राकृतिक प्रक्रियाओं का अधिक जैविक दृष्टिकोण था...'

'हाँ, मैं भी यही सोचती थी...'

'हम इसी प्रकार के विचारों को इतिहास में भी सक्रिय देखते हैं। एक व्यक्ति जो रोमांटिकों के लिए अत्यन्त महत्त्वपूर्ण बन गया, वह था ऐतिहासिक दार्शनिक *जोहान गॉटफ्राइड वॉन हर्डर* जो 1744 से 1803 तक जीवित रहा। उसका मानना था कि इतिहास में निहित हैं निरन्तरता, विकास और डिजाइन (योजना) निहित हैं। हम कहते हैं कि उसका इतिहास का विचार 'गतिशील' था, क्योंकि वह इतिहास को एक प्रक्रिया के रूप में देखता था। प्रबोधनकालीन दार्शनिक प्रायः इतिहास को 'ठहरा हुआ' मानते थे। उनके लिए, इतिहास के विभिन्न कालांशों में लगभग एक ही वैश्विक कारण हो सकता था। हरडर की मान्यता थी कि प्रत्येक ऐतिहासिक युग का अपना अन्दरूनी मूल्य होता है और प्रत्येक राष्ट्र का अपना चरित्र या आत्मा होती है। प्रश्न यह है कि क्या हम दूसरी संस्कृतियों के साथ तादात्मय स्थापित कर सकते हैं।'

'यानी, जैसे दूसरे व्यक्ति की स्थिति को बेहतर समझने के लिए हमें उस व्यक्ति से तदाकार होना होता है, उसी प्रकार दूसरी संस्कृतियों को भलीभाँति समझने के लिए उनसे भी तादात्मय स्थापित करने की जरूरत है।'

'आजकल इसे मानकर चला जाता है। किन्तु रोमांटिक युग में यह एक नया विचार था। रोमांटिसिज्म ने राष्ट्रीय पहचान के भाव को सशक्त बनाया। यह कोई संयोग नहीं है

कि राष्ट्रीय स्वतन्त्रता का नॉर्वे का संघर्ष उस खास वक्त पर—यानी 1814 में—सबसे अधिक जोरशोर पर पहुँचा।'

'मैं समझी।'

'चूँकि रोमांटिसिज्म ने कई क्षेत्रों में नई-नई शुरुआतें कीं, इसलिए रोमांटिसिज्म के दो रूपों में भेद करना काफी प्रचलित रहा है। एक को *यूनीवर्सल रोमांटिसिज्म* कहते हैं, जिसका संकेत उन रोमांटिक्स की ओर है जो प्रकृति, संसार-आत्मा और कलात्मक प्रतिभा जैसे विषयों में खोए हुए थे। रोमांटिसिज्म के इस रूप का सम्पन्न-विस्तार पहले हुआ, खासतौर पर 1800 के आसपास, जर्मनी के *जेना* नामक कस्बे में।'

'और दूसरा?'

'दूसरा तथाकथित *नेशनल रोमांटिसिज्म* के नाम से जाना जाता है, जो थोड़ा बाद में हीडलवर्ग नामक कस्बे में लोकप्रिय हुआ। नेशनल रोमांटिक्स मुख्यतः 'लोगों' के इतिहास, 'लोगों' की भाषा और 'लोक संस्कृति' में सामान्य रूप से रुचि लेते थे। और 'लोक-समूह' को एक जीव के रूप में देखा जाता था, जो अपनी जन्मजात सम्भाव्य शक्तियों को खोलता रहता था—बिलकुल उसी तरह जैसे प्रकृति और इतिहास।'

'आप मुझे बतलाएँ कि आप कहाँ रहते हैं, और मैं आपको बतलाऊँगी कि आप कौन हैं।'

'रोमांटिसिज्म के इन दोनों रूपों अथवा पहलुओं को जो चीज जोड़ती थी, वह प्रथमतः एवं सर्वोपरि रूप में कुंजी शब्द 'जीव' था। रोमांटिक विचारक पौधे और राष्ट्र दोनों को ही एक जीवन्त प्राणी (जीव) मानते थे। एक काव्य रचना भी जीवन्त प्राणी थी। भाषा भी एक जीव थी। यहाँ तक कि सारा भौतिक संसार भी एक जीव समझा जाता था। इसलिए *नेशनल रोमांटिसिज्म* और यूनीवर्सल रोमांटिसिज्म में एक स्पष्ट विभेदक रेखा है। संसारिक चेतना लोक-समूह में और लोक-संस्कृति में भी उतनी ही विद्यमान थी जितनी प्रकृति या कला में।'

'मैं समझी।'

'हरडर एक अग्रदूत था, जो कई देशों के लोकगीतों को *वॉयसेज ऑफ द पीपल* नामक सजीव शीर्षक के अन्तर्गत इकट्ठा कर रहा था। वह लोककथाओं को 'लोगों की मातृभाषा' कहकर बतलाता था। *द ब्रदर्स ग्रिम* और कई अन्य हीडलवर्ग में लोकगीत और परीकथाओं का संकलन करने लगे। तुम्हें *ग्रिम्स फेयरी टेल्स* पढ़नी चाहिए।'

'ओह, निश्चय ही *स्नो व्हाइट* और *सेवन ड्वार्फ्स, एम्पेल टिल्ट्स्किन द फॉग प्रिंस, हैन्सेल एंड ग्रेटेल...*'

'और भी बहुत सी। नॉर्वे में हमारे पास *ऐस्बजॉर्नसन एंड मो* हैं, जो 'लोगों की अपनी कहानियाँ' इकट्ठी करने के लिए सारे देश में घूमे थे। यह एक रसीले फल की फसल काटने जैसा था, जिसके बारे में अचानक यह खोज सामने आई कि यह अच्छा भी है और पौष्टिक भी। और यह बहुत जरूरी था—फल पहले ही गिरने लगा था। लोकगीत इकट्ठे किए गए, नॉर्वे की भाषा का वैज्ञानिक ढंग से अध्ययन होना शुरू हो गया। उस समय की पुरानी पौराणिक कथाओं और लोकगाथाओं को पुनः खोजा गया, और सारे यूरोप में संगीतकार लोक-धुनों को अपने संगीत में शामिल करने लगे ताकि लोक-संगीत और कलात्मक संगीत के बीच की दूरी को समाप्त किया जा सके।'

'कलात्मक संगीत क्या है?'

'कलात्मक संगीत वह संगीत है जिसे एक खास व्यक्ति जैसे बीथोवन ने तैयार किया है। लोक-संगीत किसी व्यक्ति विशेष ने नहीं लिखा, यह लोगों से आता है। और यही कारण है

कि हमें लोक-धुनों के प्रारम्भ होने की तिथि मालूम नहीं है। इसी प्रकार हम लोककथाओं और कलात्मक कथाओं में भेद करते हैं।'

'तो कलात्मक कथाएँ हैं...'

'ये वे कहानियाँ हैं जिन्हें एक लेखक ने लिखा है, जैसे–*हैंस क्रिश्चियन एंडरसन*। रोमांटिकों ने परी-कथा विधा को बड़े मनोयोग से लिया और प्रयोग किया। इस विधा का एक जाना-माना जर्मन उस्ताद ई.टी.ए. हॉफमैन था।'

'मैंने *द टेल्स ऑफ हॉफ मैन* के बारे में सुना है।'

'परी-कथा रोमांटिकों के लिए सम्पूर्ण साहित्यिक आदर्श था–उसी तरह से जैसे बैरोक युग का सम्पूर्ण कला रूप थिएटर था। यह कवि को अपनी रचनाधर्मिता की खोज करने की पूरी स्वतन्त्रता प्रदान करता था।'

'वह एक गल्प-विश्व के लिए ईश्वर की भूमिका निभा सकता था।'

'बिलकुल सही। अच्छा यही वह क्षण है कि सब कुछ संक्षेप में फिर कह दिया जाए।'

'चलिए आगे।'

'रोमांटिसिज्म के दार्शनिकों ने 'संसार-आत्मा' को एक 'अहम्' के रूप में देखा, जिसने लगभग स्वप्न जैसी अवस्था में संसार में प्रत्येक वस्तु की सृष्टि की। दार्शनिक फिख्टे कहा करता था कि प्रकृति एक अधिक ऊँची, अचेतन कल्पना से निःसृत होती है। शैलिंग ने खुले तौर पर कहा कि दुनिया 'ईश्वर में' है। उसका मानना था कि ईश्वर इसमें से कुछ को तो जानता है, किन्तु प्रकृति के कुछ ऐसे पहलू भी हैं जो ईश्वर में अज्ञात को दर्शाते हैं। क्योंकि ईश्वर का भी एक अँधेरा पक्ष है।'

'यह विचार आकर्षक भी है और डरावना भी। यह मुझे बर्कले की याद दिलाता है।'

'कलाकार और उसकी रचना के बीच के सम्बन्ध को इसी प्रकाश में देखा गया। परी-कथा ने कलाकार को खुली छूट दी कि वह अपनी 'विश्व-निर्मात्री कल्पना' का पूरा प्रयोग करे। यहाँ तक कि रचनात्मक कार्य भी सदैव सचेतन क्रिया नहीं था। लेखक यह अनुभव कर सकता था कि उसकी कहानी को कोई जन्मजात शक्ति लिखा रही है। वह लिखते समय व्यवहारतः एक हिप्नॉटिक तन्द्रा में बना रह सकता था।'

'क्या वह ऐसा कर सकता था?'

'हाँ, किन्तु वह अचानक इस भ्रम को नष्ट कर सकता था। वह कहानी में हस्तक्षेप करता और व्यंग्यपूर्ण टिप्पणियों से पाठक को सम्बोधित करता ताकि पाठक को कम-से-कम क्षणिक रूप से यह याद दिला दिया जाता कि अन्ततः यह एक कहानी है।'

'मैं समझी।'

'साथ ही साथ लेखक पाठक को यह याद दिला देता कि यह लेखक ही है जो गल्प-विश्व को इधर-उधर नचा रहा है। इस प्रकार की भ्रमहीनता को रोमांटिक विडम्बना कहते हैं। हैनरिक, इब्सन, उदाहरण के लिए, *पीटर जिंट* में एक पात्र को यह कहने देता है : आदमी (नाटक के) पाँचवें अंक के बीच में तो नहीं मर सकता।'

'यह तो वास्तव में बड़ी मजाकिया रेखा है। वह वास्तव में कह यह रहा है कि वह केवल एक गल्पीय पात्र है।'

'कथन इतना विरोधाभासपूर्ण है कि हम एक नया अनुभाग बनाकर इस पर जोर दे सकते हैं।'

'इससे आपका क्या अभिप्राय था?'

'ओह, कुछ नहीं, सोफी। किन्तु हमने यह जरूर कहा कि नोवैलिस की मंगेतर सोफी कहलाती थी, तुम्हारी तरह ही बिलकुल और यह कि उसका उस समय देहान्त हो गया जब वह पन्द्रह साल चार दिन की थी...'

'तुम मुझे डरा रहे हो, क्या तुम्हें यह नहीं मालूम?'

ऐल्बर्टो घूरता हुआ बैठा रहा, पत्थर जैसा चेहरा लिये। फिर उसने कहा, 'किन्तु तुम्हें चिन्ता करने की जरूरत नहीं है कि तुम्हारा भी वही हश्र होगा जो नोवैलिस की मंगेतर का हुआ।'

'क्यों नहीं?'

'क्योंकि अभी कई अध्याय और हैं।'

'आप कह क्या रहे हैं?'

'मैं यह कह रहा हूँ कि सोफी और ऐल्बर्टो की कहानी पढ़नेवाला कोई भी स्वयं वेधात्मक रूप से यह जान लेगा कि कहानी के कई और पन्ने आनेवाले हैं। अभी तो हम केवल रोमांटिसिज्म तक ही पहुँचे हैं।'

'लगता है आपने मेरा सिर घुमाने का पक्का इरादा कर लिया है।'

'यह मेजर है जो हिल्डे का सिर घुमाने की कोशिश कर रहा है। यह उसके लिए अच्छी बात नहीं है, है क्या? नया अनुभाग।'

ऐल्बर्टो ने मुश्किल से बोलना खत्म किया ही होगा कि जंगल से एक लड़का दौड़ता हुआ चला आया। उसके सिर पर पगड़ी थी और वह तेल का एक लैम्प लिये हुए था।

सोफी ने डर के मारे ऐल्बर्टो की बाँह पकड़ ली।

'यह क्या है?' उसने पूछा।

स्वयं लड़के ने उत्तर दिया, 'मेरा नाम अल्लादीन है और मैं सीधा लेबनान से आ रहा हूँ।'

ऐल्बर्टो ने जरा कड़ाई से उसकी ओर देखा, 'और तुम्हारे लैम्प में क्या है?'

लड़के ने लैम्प को रगड़ा, और उससे एक घना बादल निकला जो बाद में एक आदमी की आकृति में बदल गया। उसकी ऐल्बर्टो जैसी काली दाढ़ी थी और वह नीली टोपी पहने था। लैम्प के ऊपर तैरते हुए उसने कहा, 'क्या तुम मुझे सुन सकती हो, हिल्डे? मैं सोचता हूँ कि अब इतनी देर हो गई है कि जन्मदिन की बधाई तो दी नहीं जा सकती। मुझे सिर्फ यह कहना था कि जरकले और घर के पास का दक्षिण क्षेत्र मुझे यहाँ लेबनान में परी-देश जैसे लगते हैं। मैं कुछ ही दिनों में आपको वहाँ मिलूँगा।'

ऐसा कहने के बाद वह आकृति फिर बादल बन गई और खिंचकर लैम्प में समा गई। पगड़ीवाले लड़के ने लैम्प अपनी बगल में दबाया, जंगल की ओर दौड़ा, और गायब हो गया।

'मैं इसमें विश्वास नहीं करती,' सोफी ने कहा।

'कहानी-किस्सा, मेरी प्रिय!'

'लैम्प की आत्मा बिलकुल हिल्डे के पिता की तरह ही बोल रही थी।'

'यह इसलिए है कि वह हिल्डे का पिता ही था—आत्मा में।'

'किन्तु...'

'तुम और मैं, दोनों और हमारे चारों ओर की हर चीज मेजर के मस्तिष्क में गहरे रह रही हैं। यह 28 अप्रैल, शनिवार की रात है, यूएन के सारे सैनिक मेजर के चारों ओर सोए हुए हैं, और मेजर हालाँकि अभी तक जगा है, किन्तु वह स्वयं नींद से ज्यादा दूर नहीं है। परन्तु उसे वह किताब पूरी करनी है जो वह हिल्डे को पन्द्रहवें जन्मदिन पर उपहारस्वरूप देगा। इसीलिए उसे काम करना पड़ता है, सोफी, इसीलिए इस बेचारे आदमी को कोई आराम नहीं मिलता।'

'मैं तो हार गई।'

'नया अनुभाग, पृष्ठ 281...'

सोफी और ऐल्बर्टो झील के उस पार देखते हुए बैठे रहे। लगता था, ऐल्बर्टो किसी प्रकार की तन्द्रा में है। कुछ समय बाद सोफी ने उसका कन्धा हिलाया।

'आप सपना देख रहे थे?'

'हाँ, वह यहाँ सीधे-सीधे हस्तक्षेप कर रहा था। अन्त के कुछ पैराग्राफ उसने अन्तिम शब्द तक किसी को डिक्टेशन देकर लिखाए थे। उसे स्वयं पर लज्जित होना चाहिए। किन्तु उसने अब नकाब उतार दी है और खुले में आ गया है। अब हम जानते हैं कि हम अपना जीवन एक किताब में जी रहे हैं जिसे हिल्डे का पिता घर भेजकर हिल्डे को जन्मदिन के उपहारस्वरूप भेंट कर देगा। तुमने सुना मैंने क्या कहा? ठीक है, यह 'मैं' नहीं था जो यह कह रहा था।'

'आप जो कह रहे हैं यदि वह सही है, तो मैं तो इस किताब से भाग रही हूँ और अपने रास्ते पर चलूँगी।'

'यही तो वह है जिसकी योजना मैं बना रहा हूँ। किन्तु वह होने से पहले, हमें कोशिश करनी चाहिए और हिल्डे से बात करनी चाहिए। हम जो कुछ भी कह रहे हैं वह एक-एक शब्द पढ़ रही है। एक बार हम यहाँ से जाने में सफल हो गए तो उससे सम्पर्क करना बहुत कठिन हो जाएगा। इसका अर्थ हुआ कि हमें यह अवसर नहीं खोना है।'

'तो हम क्या कहें?'

'मैं सोचता हूँ थोड़ी ही देर में मेजर अपने टाइपराइटर पर सो जाएगा—हालाँकि उसकी उँगलियाँ बेहद तेजी से कीज पर दौड़ रही हैं...'

'यह तो रोंगटे खड़े कर देनेवाला विचार है।'

'यह वह क्षण है जब वह ऐसा कुछ लिख सकता है जिसके लिए उसे बाद में अफसोस होगा और शुद्धि करनेवाला द्रव्य उसके पास नहीं है। यह मेरी योजना का महत्त्वपूर्ण भाग है। ईश्वर करे कि मेजर को कोई भी करैक्शन फ्लूइड न दे।'

'उसे मुझसे तो एक भी कवर-अप स्ट्रिप नहीं मिलेगी।'

'मैं इसी समय और यहाँ उस लड़की से कह रहा हूँ कि वह अपने ही पिता के विरुद्ध विद्रोह करे। यदि वह स्वयं को पिता की छायाओं के साथ मनमाने खेल से खुश होने देती है, तो उसे स्वयं पर लज्जित होना चाहिए। यदि वह यहाँ होता, तो हम उसे अपने रोष का एक नमूना दिखाते।'

'किन्तु वह यहाँ नहीं है।'

'वह आत्मा और चेतना में यहाँ है, किन्तु वह लेबनान में भी सुरक्षित बना बैठा है। हमारे चारों ओर हर चीज मेजर का अहम् है।'

'किन्तु, हम जो यहाँ देख रहे हैं, वह इन सबसे अधिक है।'

'हम मेजर की आत्मा में छायाएँ ही तो हैं बस! और छाया के लिए यह आसान काम नहीं है कि वह अपने मालिक के ही खिलाफ हो जाए, सोफी। इसके लिए रणनीति और चाल, दोनों चाहिए। किन्तु हमारे पास हिल्डे को प्रभावित करने का अवसर है। केवल एक फरिश्ता ही ईश्वर के विरुद्ध विद्रोह कर सकता है।'

'हम हिल्डे से कह सकते हैं कि जैसे ही मेजर घर आए वह उससे दो-टूक बात कर ले। वह उसे कह सकती है कि वह बदमाश है। वह उसकी नाव को बर्बाद कर सकती है या कम-से-कम उसकी लालटेन तोड़ सकती है।'

ऐल्बर्टो ने सिर हिलाया। फिर उसने कहा, 'वह (हिल्डे) उसके पास से भाग जाए। उसके लिए यह हमारी तुलना में ज्यादा आसान होगा। वह मेजर का घर छोड़ जाए और कभी न लौटे।

क्या यह एक मेजर के लिए, जो अपनी 'विश्व-निर्मात्री कल्पना' का खेल हमारी कीमत पर खेल रहा है, उचित जवाब नहीं होगा?'

'मैं इसे साफ देख सकता हूँ। मेजर हिल्डे की तलाश में सारी दुनिया में घूमता है। किन्तु हिल्डे हवा में इसलिए अन्तधर्यान हो गई, क्योंकि वह ऐसे पिता के साथ नहीं रह सकती जो ऐल्बर्टो और सोफी की कीमत पर मूर्ख-जोकर की भूमिका निभा रहा है।'

'हाँ, यही तो है। मेरा यही अभिप्राय था जब वह हमें जन्मदिन मनोरंजन के लिए प्रयोग करने की बात बता रहा था। किन्तु अच्छा होगा कि वह सावधान रहे, सोफी। इसी तरह हिल्डे भी।'

'आपका अर्थ, कैसे?'

'क्या तुम कस कर बैठी हो?'

'हाँ, तब तक जब तक लैम्प से और जिन निकलकर नहीं आते।'

'यह कल्पना करने का प्रयास करो कि हमारे साथ जो कुछ होता है, वह किसी दूसरे के मन में चल रहा है। हम वह मन हैं। इसका अर्थ हुआ कि हमारी आत्मा नहीं है, हम किसी दूसरे की आत्मा है। यहाँ तक तो हम परिचित दार्शनिक भाव-भूमि पर हैं। बर्कले और जरकले दोनों अपने कान नोच लेंगे।'

'और?'

'देखिए, अब यह सम्भव है कि यह आत्मा हिल्डे मोलर नैग का पिता है। वह वहाँ लेबनान में है और अपनी बेटी के पन्द्रहवें जन्मदिन के लिए दर्शनशास्त्र पर एक किताब लिख रहा है। 15 जून को जब हिल्डे जागती है, तो उसे बिस्तर के पास मेज पर किताब मिलती है, और अब वह–या कोई और–हमारे बारे में पढ़ सकती है। यह बात तो बहुत पहले सुझाई जा चुकी है कि इस 'उपहार' को दूसरों के साथ बाँटा जा सकता है।'

'हाँ, मुझे याद है।'

'जो मैं अब तुम्हें कह रहा हूँ–उसे हिल्डे द्वारा उस समय पढ़ा जाएगा जब उसके लेबनान स्थित पिता द्वारा एक बार यह कल्पना कर ली जाए कि मैं तुम्हें बता रहा हूँ कि वह लेबनान में है...यह कल्पना करें कि मैं तुम्हें बता रहा हूँ कि वह लेबनान में था।'

सोफी का सिर तैर रहा था। उसने बर्कले और रोमांटिकों के बारे में जो सुना था उसे याद करने का प्रयास किया। ऐल्बर्टो नॉक्स ने कहना जारी रखा–'किन्तु इसके कारण उन्हें अभिमानी महसूस करने की जरूरत नहीं है। वे आखिरी लोग होंगे जो हँसेंगे, क्योंकि हँसी आसानी से उनके गले में अटक सकती है।'

'हम किनकी बात कर रहे हैं?'

'हिल्डे और उसके पिता की। क्या हम उनके बारे में बात नहीं कर रहे थे?'

'किन्तु उन्हें इतना अभिमानी क्यों नहीं महसूस करना चाहिए?'

'क्योंकि यह भी सम्भव हो सकता है कि वे भी मन के अलावा और कुछ नहीं हैं।'

'ऐसा कैसे हो सकता है?'

'यदि यह बर्कले और रोमांटिकों के लिए सम्भव था, तो यह उनके लिए भी सम्भव होना चाहिए। हो सकता है कि उनके बारे में लिखी एक किताब में मेजर और हिल्डे भी छायाएँ हों, किताब जो हमारे बारे में है, चूँकि हम भी उनके जीवन का एक भाग हैं।'

'यह तो और भी खराब होगा, क्योंकि यह तो हमें छायाओं की भी छाया बना देता है।'

'किन्तु यह सम्भव है कि एक पूरी तरह से भिन्न अन्य लेखक कहीं एक यूएन मेजर ऐल्बर्ट नैग के बारे में, जो अपनी बेटी हिल्डे के लिए किताब लिख रहा हो। यह किताब एक विशिष्ट

ऐल्बर्टो नॉक्स के बारे में है जो अचानक विनम्र दार्शनिक लेक्चर्स सोफी एमंडसन, 3 क्लोवर चेज को भेजना शुरू कर देता है।'

'क्या आप इसमें विश्वास करते हैं?'

'मैं केवल इतना कह रहा हूँ कि यह सम्भव है। हमारे लिए वह लेखक एक 'छिपा हुआ ईश्वर' होगा। यद्यपि वह हर चीज जो हम हैं और हर चीज जो हम कहते और करते हैं उसी से निकलती है, क्यों हम वह हैं, हम कभी भी उसके बारे में कुछ भी नहीं जान पाएँगे। हम सबसे अन्दरवाले बक्से में हैं।'

अब सोफी और ऐल्बर्टो काफी देर तक बिना कुछ बोले बैठे रहे। और यह सोफी थी जिसने आखिर में मौन तोड़ा; 'किन्तु यदि वास्तव में एक लेखक है, जो लेबनान में हिल्डे के पिता के बारे में एक कहानी लिख रहा है, उसी तरह से जैसे वह हमारे बारे में एक कहानी लिख रहा है...'

'हाँ।'

'...तब यह भी सम्भव है कि वह लेखक भी अभिमानी न हो।'

'आपका अभिप्राय क्या है?'

'वह बैठा है कहीं, हिल्डे और मुझे दोनों को ही अपने सिर में कहीं गहरे छिपाए हुए। क्या यह सम्भव नहीं है कि वह भी किसी उच्च मन का भाग हो?'

ऐल्बर्टो ने सिर हिलाया।

'अवश्य ही, यह सम्भव है, सोफी। यह भी एक सम्भावना है। और यदि सभी कुछ इसी तरह से हैं, तो इसका अर्थ हुआ कि उसने हमारी यह दार्शनिक बातचीत इस सम्भावना को प्रस्तुत करने के लिए होने दी। उसकी इच्छा यह रेखांकित करने की है कि वह भी एक असहाय छाया है और यह किताब, जिसमें हिल्डे और सोफी आती हैं, वास्तव में दर्शनशास्त्र पर एक *टेक्स्ट बुक* (पाठ्य-पुस्तक) है।'

'एक पाठ्य-पुस्तक?'

'हमारी सारी बातचीत, हमारी सारी वार्ता...'

'हाँ?'

'...वास्तव में एक लम्बा एकालाप है।'

'मुझे तो यह अहसास हो रहा है कि सभी कुछ मन और चेतना में विलीन हो रहा है। मुझे इसकी प्रसन्नता है कि अभी भी कुछ दार्शनिक बचे हुए हैं। उस दर्शनशास्त्र को, जो अभिमानपूर्वक थेल्स, ऐम्पीडॉक्लीज और डिमॉक्रिट्स से शुरू हुआ, यहाँ असहाय छोड़ा नहीं जा सकता, निश्चय ही?'

'निश्चय ही, नहीं। मुझे अभी तुम्हें हेगल के बारे में बताना है। वह प्रथम दार्शनिक था जिसने उस समय दर्शनशास्त्र को बचाए रखने का प्रयास किया जब रोमांटिकों ने हर चीज को आत्मा में घोल दिया था।'

'मुझे जानने की बड़ी उत्सुकता है।'

'हम अब अन्दर जाएँगे ताकि कोई आत्मा या छाया हमें और व्यवधान न पहुँचाए।

'बाहर वैसे भी बहुत ठंडा होता जा रहा है।'

'अगला अध्याय!'

हेगल

तर्कोचित वह है, जो व्यावहारिक है...

हिल्डे ने बड़े रिंग बाइंडर को धम्म की भारी आवाज करते हुए फर्श पर गिर जाने दिया। वह अपने बिस्तर पर पड़ी छत ताकती रही। उसके विचारों में उथल-पुथल थी।

अब उसके पिता ने उसके सिर को चकरा दिया था। बदमाश! वह *ऐसा* कैसे?

सोफी ने सीधे उससे बात करने का प्रयास किया था। उसने उसे अपने पिता के खिलाफ विद्रोह करने के लिए कहा था। और उसने हिल्डे के मन में एक विचार भी रोप दिया था। एक योजना...

सोफी और ऐल्बर्टो मिलकर भी उसके पिता के सिर से एक बाल नहीं चूँट सकते थे, किन्तु हिल्डे कर सकती थी। और हिल्डे के माध्यम से सोफी उसके पिता तक पहुँच सकती थी।

वह सोफी और ऐल्बर्टो से सहमत थी कि उसका पिता अपने छायाओं के खेल में ज्यादा ही आगे बढ़ता जा रहा था। मान लीजिए कि ऐल्बर्टो और सोफी सिर्फ उसी ने बनाए थे, तो भी शक्ति प्रदर्शन की सीमाएँ थीं जिनके आगे उसे स्वयं को जाने नहीं देना चाहिए था।

बेचारी सोफी और ऐल्बर्टो! वे मेजर की कल्पना के सामने उतने ही असहाय थे जितनी एक फिल्म-स्क्रीन फिल्म प्रोजेक्टर के सामने होती है।

एक बार वह घर पहुँचे, हिल्डे निश्चय ही उसे एक अच्छा पाठ पढ़ा देगी। अभी से ही उसे एक अच्छी योजना की रूपरेखा दिखने लगी थी।

वह उठी और बाहर खाड़ी पर एक नजर मारने गई। लगभग दो बजनेवाले थे। उसने खिड़की खोली और बोट हाउस की तरफ पुकारा :

'मॉम!'

उसकी माँ बाहर आई।

'मैं लगभग एक घंटे में कुछ सैंडविच लेकर आती हूँ। ठीक है?'

'बढ़िया,'

'बस मुझे हेगल पर एक अध्याय पढ़ना है।'

ऐल्बर्टो और सोफी झील की ओर खुलती खिड़की के पास दो कुर्सियाँ लेकर बैठ गए थे।

'जॉर्ज विल्हैल्म फ्रैडरिख हेगल रोमांटिसिज्म की वैध सन्तान थे,' ऐल्बर्टो ने शुरू किया। 'हम लगभग यह कह सकते हैं कि जर्मनी में धीरे-धीरे विकसित होती जर्मन चेतना के साथ ही उसका भी विकास हुआ। उसका जन्म 1770 में स्टुटगार्ट में हुआ था। उसने अठारह वर्ष की अवस्था में ट्यूबिन्जेन में धर्मशास्त्र का अध्ययन आरम्भ किया। 1799 में शुरू करने के बाद उसने जेना में शैलिंग के साथ उस समय के दौरान काम किया जिसे रोमांटिक आन्दोलन में विस्फोटक प्रसार का समय माना जाता है। कुछ दिनों जेना में असिस्टेंट प्रोफेसर रहने के बाद वह हाइडलबर्ग में प्रोफेसर हो गया, जो उस समय जर्मन नेशनल रोमांटिसिज्म का केन्द्र था। 1818 में उसे बर्लिन में प्रोफेसर नियुक्त किया गया, यह वह समय था जब यह शहर यूरोप का आध्यात्मिक केन्द्र होने जा रहा था। 1831 में उसकी हैज़े से मृत्यु हो गई, किन्तु इससे पहले ही जर्मनी के लगभग सभी विश्वविद्यालयों में 'हेगेलियनिज़्म' के अनुयायियों की बहुत बड़ी संख्या बन चुकी थी।'

'इसका मतलब हुआ कि उसने काफी जमीन परती या पार की।'

'हाँ, और इसी प्रकार उसके दर्शन ने। हेगल ने लगभग उन सभी विचारों को इकट्ठा करके विकसित किया जो रोमांटिक युग में उभरे थे। किन्तु वह कई रोमांटिकों का, जिसमें शैलिंग भी शामिल है, बड़ा कटु आलोचक था।'

'उसने कैसी और किसकी आलोचना की?'

'शैलिंग तथा अन्य रोमांटिकों ने कहा था कि जीवन का सबसे गहरा अर्थ 'संसार-चेतना' में निहित है। हेगल भी 'संसार-चेतना' शब्द का प्रयोग करता है, किन्तु नए अर्थ में। जब हेगल 'संसार-चेतना' अथवा 'संसार-तर्क' की बात करता है तो उसका अभिप्राय मानव कथनों (उक्तियों) की समग्रता से होता है, क्योंकि केवल मनुष्य के पास ही 'चेतना' या 'आत्मा' है।'

'इस अर्थ में, वह सारे इतिहास में संसार-चेतना की प्रगति की बात कर सकता है। किन्तु हमें एक बात नहीं भूलनी चाहिए कि वह मानव जीवन, मानव विचार और मानव संस्कृति की ओर ही संकेत कर रहा है।'

'इस प्रकार यह आत्मा बहुत कम प्रेतीय हो जाती है। अब यह लेटे हुए प्रतीक्षा नहीं कर रही है चट्टानों या पेड़ों में 'गहरी नींद में सोई हुई बुद्धि' की तरह।'

'अब तुम याद रखो कि कांट किसी ऐसे अस्तित्व की बात करता था जिसे वह 'Das Ding an sich' (Thing-in-itself) कहता था। यद्यपि उसने यह अस्वीकार किया कि मनुष्य को प्रकृति के गुह्यतम रहस्यों का स्पष्ट संज्ञान हो सकता है, उसने स्वीकारा कि एक प्रकार का अप्राप्य 'सत्य' भी है। हेगल ने कहा कि 'सत्य आत्मनिष्ठ होता है,' और इस प्रकार उसने मानव तर्क के ऊपर या परे किसी 'सत्य' के अस्तित्व को नकार दिया। उसने कहा—सारा ज्ञान मानवीय ज्ञान है।'

'उसे दार्शनिकों को फिर वापस धरती पर लाना था, ठीक है?'

'हाँ, शायद तुम यह कह सकती हो। किन्तु हेगल का दर्शन इतना सर्वग्राही और विविधतापूर्ण था कि अपने वर्तमान उद्दश्यों को ध्यान में रखते हुए हम इसके मुख्य पहलुओं पर प्रकाश डालते हुए ही अभी संतोष कर लेंगे। यह वास्तव में सन्देहपूर्ण है कि क्या यह कहा भी जा सकता है कि आखिर हेगल का कोई अपना दर्शन था या नहीं? जिसे प्रायः हेगल के दर्शन के नाम से जाना जाता है, वह मुख्यतः इतिहास की प्रगति को समझने का एक *तरीका* है। हेगल का दर्शनशास्त्र हमें जीवन के आन्तरिक स्वरूप के बारे में कुछ नहीं सिखाता, किन्तु यह हमें उर्वर अथवा सृजनात्मक रूप से सोचना सिखाता है।'

'यह भी महत्त्वहीन नहीं है।'

'हेगल से पहले की जितनी भी दार्शनिक व्यवस्था-प्रणालियाँ थीं उनमें एक चीज साझी थी, वह थी सार्वभौमिक शाश्वत मापदंड स्थापित करने का प्रयास कि मनुष्य के लिए संसार के बारे में क्या जानना सम्भव है। यह बात देकार्त, स्पिनोज़ा, ह्यूम और कांट के बारे में सही थी। इनमें से प्रत्येक ने मानव ज्ञान के आधार की छानबीन करने का प्रयास किया था। किन्तु उन सभी ने संसार के मानवीय ज्ञान के समयातीत कारकों के बारे में उद्घोषणाएँ की थीं।'

'क्या यह दार्शनिक का कार्य नहीं है?'

'हेगल को यह विश्वास नहीं था कि ऐसा सम्भव है। उसका मानना था कि मानव ज्ञान का आधार एक पीढ़ी से दूसरी पीढ़ी तक जाते जाते बदल जाता है। इसलिए न तो 'शाश्वत सत्य' थे, न ही समयातीत तर्क। दर्शनशास्त्र केवल इतिहास को ही एक निश्चित या स्थिर बिन्दु पकड़कर रह सकता था।'

'मुझे ऐसा लग रहा है कि इसे आपको और स्पष्ट करना होगा। इतिहास तो निरन्तर परिवर्तन की अवस्था में रहता है, तो फिर यह स्थिर बिन्दु कैसे बन सकता है?'

'एक नदी भी निरन्तर परिवर्तन की अवस्था में होती है। इसका अर्थ यह नहीं है कि आप इसकी चर्चा नहीं कर सकते। किन्तु आप यह नहीं कह सकते कि घाटी में किस बिन्दु पर नदी 'सबसे सच्चे रूप में' नदी है।'

'नहीं, क्योंकि यह पूरे मार्ग में नदी ही बनी रहती है।'

'इसलिए हेगल के लिए, इतिहास एक बहती नदी के समान था। नदी में एक निश्चित बिन्दु पर छोटी से छोटी गति, धारा के ऊपर की ओर होनेवाली भँवरों और जलपात से निर्धारित होती है। किन्तु ये गतियाँ उन चट्टानों और नदी में उन मोड़ों द्वारा उस बिन्दु पर भी निर्धारित होती हैं जहाँ से खड़े होकर आप इन सबको देख रहे होते हैं।'

'मैं समझ गई...मैं सोचती हूँ।'

'और विचारों या तर्क का इतिहास नदी के बहाव जैसा है। पुरानी परम्परा से जो विचार बहते हुए आप तक पहुँचते हैं वे विचार और उस समय उपलब्ध भौतिक परिस्थितियाँ आपके चिन्तन की प्रक्रिया निर्धारित करने में सहायता करते हैं। अतः आप कभी यह दावा नहीं कर सकते कि एक खास विचार हमेशा-हमेशा के लिए सही है। किन्तु विचार उस परिप्रेक्ष्य से सही हो सकता है जहाँ आप स्थित हैं।'

'यह कहने का अभिप्राय क्या यह तो नहीं कि सभी कुछ समान रूप से पूरा सही या पूरा गलत है, है क्या?'

'बिलकुल नहीं। किन्तु कुछ चीजें एक निश्चित ऐतिहासिक सन्दर्भ में सही या गलत हो सकती हैं। यदि आप आज दासता की वकालत करते हैं, तो आपको बेवकूफ समझा जाएगा। किन्तु आज से 2500 वर्ष पहले आपको बेवकूफ नहीं समझा गया होता, हालाँकि उस समय भी कुछ प्रगतिशील आवाजें दासता के उन्मूलन के पक्ष में उठ रही थीं। किन्तु हम निकट से एक स्थानीय उदाहरण ले सकते हैं। 100 साल से अधिक समय नहीं हुआ होगा जब खेती के लिए कृषि योग्य भूमि प्राप्ति हेतु जंगल को जलाना अनुचित नहीं समझा जाता था। किन्तु आज यह अत्यन्त अनुचित है। हमारे पास ऐसे निर्णयों के लिए पूरी तरह से भिन्न-और बेहतर आधार है।'

'अच्छा, मैं अब समझी।'

'हेगल ने बताया कि जहाँ तक दार्शनिक चिन्तन का प्रश्न है, वहाँ भी तर्क डायनॉमिक या गतिमान है; वास्तव में यह एक प्रक्रिया है। और 'सत्य' भी एक ऐसी प्रक्रिया ही है, क्योंकि

स्वयं ऐतिहासिक प्रक्रिया के परे ऐसे कोई मापदंड नहीं हैं जो यह निर्धारित कर सकें कि सर्वाधिक सत्य अथवा सर्वाधिक तर्कोचित क्या है।'

'कृपया उदाहरण दें।'

'आप प्राचीन युग, मध्य युग, पुनर्जागरण युग या प्रबोधनकाल में से कोई एक विचार छाँटकर यह नहीं कह सकते कि यह सही है या गलत। इसी तरह, आप यह नहीं कह सकते कि अफलातून गलत था या कि अरस्तू सही था। और न ही आप यह कह सकते हैं कि ह्यूम गलत था, किन्तु कांट और शैलिंग सही थे। ऐसा कहना इतिहास विरोधी चिन्तन होगा।'

'नहीं, मुझे यह ठीक नहीं लगता।'

'वास्तव में, आप किसी दार्शनिक या किसी विचार को उस दार्शनिक के या उस विचार के ऐतिहासिक सन्दर्भ से अलग नहीं कर सकते। किन्तु—और यहाँ मैं दूसरे बिन्दु पर आता हूँ—क्योंकि कुछ-न-कुछ हमेशा ही जोड़ा जाता रहता है, तर्क 'प्रगतिशील' है। दूसरे शब्दों में, मानव ज्ञान निरन्तर विस्तृत होता और आगे बढ़ता रहता है।'

'क्या इसका मतलब यह है कि यह सब कहने के बावजूद भी कांट का दर्शनशास्त्र अफलातून की तुलना में ज्यादा सही है?'

'हाँ, संसार-चेतना अफलातून से कांट तक विकसित हुई है और आगे बढ़ी है। और यह एक अच्छी चीज है। यदि हम फिर से नदी के उदाहरण को लें तो हम कह सकते हैं कि अब इसमें अधिक पानी है। यह एक हजार से अधिक वर्षों से बह रही है। सिर्फ कांट को यह नहीं सोचना चाहिए कि उसके 'सत्य' किनारों पर स्थिर चट्टानों की भाँति सदैव बने रहेंगे। कांट के विचारों का भी परीक्षण/विवेचन हुआ है, और उसका 'तर्क' भावी पीढ़ियों की आलोचना का विषय बना है। बिलकुल यही तो हुआ है।'

'किन्तु नदी जिसकी बात हो रही थी...'

'हाँ?'

'यह कहाँ जाती है?'

'हेगल का दावा था कि 'संसार-चेतना' सदैव (स्वयं) विस्तृत होते अपने आत्म-ज्ञान की ओर विकसित होती रहती है। नदियों के साथ भी यही होता है—जैसे-जैसे वे समुद्र के निकट पहुँचती हैं, वे पहले से चौड़ी, और चौड़ी होती जाती हैं। हेगल के अनुसार, इतिहास 'संसार-चेतना' की गाथा है, जो स्वयं अपने आपमें चैतन्य होती जाती है। यद्यपि यह संसार सदैव विद्यमान रहा है, मानव संस्कृति और मानव विकास ने संसार-चेतना को अपने आन्तरिक मूल्य या महत्ता के प्रति उत्तरोत्तर सजग किया है।'

'उसको इस बारे में इतनी निश्चितता कैसे हो सकती थी?'

'उसने इसका दावा ऐतिहासिक यथार्थ के रूप में किया। यह भविष्यवाणी नहीं थी। इतिहास का अध्ययन करनेवाला कोई भी यह देखेगा कि मानवता निरन्तर वृद्धिशील 'आत्मज्ञान' और 'आत्म-विकास' की ओर आगे बढ़ी है। हेगल के अनुसार, इतिहास का अध्ययन दिखाता है कि मानवता अधिक तार्किकता और स्वतन्त्रता की ओर अग्रसर हो रही है। बावजूद इसके कि समय-समय पर इसके पाँव लड़खड़ाए हैं। ऐतिहासिक विकास प्रगतिशील है। हम कहते हैं कि इतिहास उद्देश्यपूर्ण है।'

'इसलिए यह विकसित होता रहता है। यह बात तो साफ है।'

'हाँ, चिन्तनों की एक लम्बी शृंखला ही इतिहास है। हेगल ने कुछ नियम भी प्रतिपादित किए जो चिन्तनों की इस शृंखला पर लागू होते हैं। गहराई से इतिहास का अध्ययन करनेवाला

व्यक्ति यह अवलोकन करेगा कि एक विचार का प्रस्ताव किसी अन्य यानी पहले (अतीत में प्रस्तावित) विचार से आता है। किन्तु जैसे ही एक विचार प्रस्तावित होता है, दूसरा विपरीत विचार इसकी काट करता है। इन दो विपरीत प्रकार के चिन्तन से तनाव पैदा होता है। किन्तु इस तनाव का निराकरण तीसरे प्रस्तावित विचार से होता है, जो दोनों विचारों के श्रेष्ठतम बिन्दुओं के समन्वय के उपरान्त निष्पादित होता है। जैसे ही ऐसा नया विचार प्रस्तावित होता है उसके साथ फिर वही प्रक्रिया चलती है हेगल इस प्रक्रिया को डायलैक्टिक (द्वन्द्वात्मक) प्रक्रिया कहता है।'

'क्या आप एक उदाहरण दे सकेंगे?'

'याद करो, सुकरात के पूर्ववर्ती चिन्तक आदिकालिक सार-तत्त्व और परिवर्तन के प्रश्न पर चर्चा किया करते थे, करते थे न?'

'लगभग,'

'फिर ईलियाटिक्स ने दावा किया कि परिवर्तन वास्तव में असम्भव था। इसलिए वे इस के लिए बाध्य थे कि परिवर्तन को अस्वीकार करें, हालाँकि उन्हें अपनी इन्द्रियों से परिवर्तन के कुछ संकेत मिल रहे थे। ईलियाटिक्स ने एक दावा पेश किया था और हेगल इस प्रकार के स्टैंड पॉइंट या कथन/सिद्धान्त को थीसिस (धारणा) कहता था।

'हाँ?'

'किन्तु जब भी इस प्रकार का कोई अतिवादी दावा पेश किया जाता है, तो एक विरोधी दावा प्रस्तुत होता है। हेगल इसे नकारना (ऐन्टीथीसिस) कहता है। ईलियाटिक दर्शन का नकारना हिरेक्लिटस ने किया था, जिसने कहा था कि हर चीज बहती है, प्रवाहमान है। अब एक-दूसरे के चरम विरोधी विचार खेमों में एक तनाव बनता है। किन्तु यह तनाव उस समय समाप्त हो गया जब एम्पीडोक्लीज ने दिखाया कि दोनों दावे आंशिक रूप से सही और आंशिक रूप से गलत हैं।'

'हाँ, अब मैं यह सब समझ पा रही हूँ...'

'ईलियाटिक्स इस बात में सही थे कि वास्तव में कुछ नहीं बदलता, किन्तु वे यह मानने में सही नहीं थे कि हम अपनी इन्द्रियों पर निर्भर नहीं रह सकते। हिरेक्लिटस इस बात में सही था कि हम केवल अपनी इन्द्रियों पर निर्भर कर सकते हैं, किन्तु वह यह मानने में सही नहीं था कि हर चीज बहती है।'

'क्योंकि सार-तत्त्व एक से ज्यादा थे। सार-तत्त्व स्वयं नहीं बहते थे, उनका मिश्रण बहता था।'

'बिलकुल सही। एम्पीडोक्लीज की पोजीशन–जिसने विचार के दो स्कूलों के बीच समझौता प्रदान किया–वह थी जिसे हेगल नकारने का नकारना (नैगेशन ऑफ नैगेशन) कहता है।'

'कैसी भयानक शब्दावली?'

'वह ज्ञान के इन तीन चरणों को थीसिस (धारणा), ऐंटीथीसिस (विरोधी धारणा) और सिन्थेसिस (संश्लेषण) भी कहता है। उदाहरण के लिए तुम कह सकती हो कि देकार्त का तर्कवाद एक थीसिस था–जिसका ह्यूम के ऐम्पिरिकल ऐंटीथीसिस (अनुभववाद) ने विरोध किया। किन्तु विरोध को, यानी चिन्तन के दो तरीकों में तनाव को, कांट के सिन्थेसिस ने सुलझा दिया। कुछ बातों में कांट तर्कवादियों से सहमत था और कुछ अन्य बातों में अनुभववादियों से सहमत था। किन्तु कहानी कांट पर ही समाप्त नहीं होती। कांट का सिन्थेसिस अब चिन्तन की एक अन्य शृंखला या '**Triad**' (त्रिमूर्ति) के लिए प्रस्थान-बिन्दु बन जाता है। क्योंकि सिन्थेसिस को भी अब नए ऐंटीथीसिस द्वारा काटा जाएगा।'

'यह सब तो बहुत अधिक थ्योरैटिकल, सैद्धान्तिक/वैचारिक है।'

'हाँ, निश्चय ही यह वैचारिक है। किन्तु हेगल इसे इस रूप में नहीं देखता था कि जैसे वह इतिहास को किसी साँचे में दबा रहा हो। उसका मानना था कि इतिहास स्वयं अपना डायलैक्टिकल पैटर्न, (द्वन्द्वात्मक संरचना) कार्यप्रणाली दर्शाता है। इस तरह उसने दावा किया कि उसने तर्क के विकास के या इतिहास के माध्यम से 'संसार-चेतना' की प्रगति के कुछ निगम ढूँढ़ निकाले हैं।

'अच्छा, यह तो फिर वही बात रही।'

'किन्तु हेगल की डायलैक्टिक केवल इतिहास पर ही लागू नहीं होती है। जब हम किसी विषय या समस्या पर चर्चा करते हैं, तो हम द्वन्द्वात्मक विधि से सोचते हैं। हम ऑरग्यूमेंट यानी तर्क में कमियाँ ढूँढ़ने की चेष्टा करते हैं। हेगल इसे 'नकारात्मक सोचना' कहता है। किन्तु जब हम किसी ऑरग्यूमेंट/तर्क में कमी पाते हैं तो हम इसके श्रेष्ठतम को सुरक्षित भी रखते हैं।'

'मुझे कोई उदाहरण दें।'

'ठीक, जब कोई समाजवादी और रूढ़िवादी एक सामाजिक समस्या का हल ढूँढ़ने के लिए मिल बैठते हैं, तो उनके सोचने के विरोधी तरीकों के कारण शीघ्र ही एक तनाव उभरकर सामने आता है। किन्तु इसका यह अर्थ नहीं है कि एक पूरी तरह सही है और दूसरा सम्पूर्णतः गलत। यह सम्भव है कि दोनों आंशिक रूप से सही और आंशिक रूप से गलत हों। और जैसे-जैसे ऑरग्यूमेंट (बहस/युक्ति) आगे बढ़ती है तो दोनों ऑरग्यूमेंट्स (युक्तियों/तर्कों) के श्रेष्ठ भागों के समन्वय से समस्या का समुचित हल अक्सर निकाल लिया जाता है।'

'मुझे ऐसी ही आशा है।'

'किन्तु जब हम चर्चा में कष्टदायक दौर से गुजर रहे होते हैं, उस समय यह फैसला करना कठिन होता है कि किसका दृष्टिकोण अधिक तार्किक है। एक अर्थ में, इतिहास वह फैसला करता है कि गलत क्या है और सही क्या है। तार्किक, उचित या तर्कोचित वही है जो व्यावहारिक है।

'जो बचा रहता है वही ठीक है।'

'या इसका उलट। जो सही है वही बचा रहता है।'

'क्या आपके पास मेरे लिए इसका कोई एकदम नन्हा सा स्पष्ट उदाहरण नहीं है?'

'एक सौ पचास साल पहले कई लोग स्त्रियों के अधिकारों के लिए संघर्ष कर रहे थे। बहुत से लोग स्त्रियों को समान अधिकार देने का जमकर विरोध भी कर रहे थे। आज जब हम दोनों पक्षों के ऑरग्यूमेंट्स/तर्कों को पढ़ते हैं तो यह देखना कठिन नहीं है कि किस पक्ष के पास अधिक 'तर्कोचित' राय थी। किन्तु हमें यह नहीं भूलना चाहिए कि हमारे पास बाद की दृष्टि (retrospective) का ज्ञान है। इस 'मामले में यह साबित हुआ' कि जो अधिकारों की बराबरी के लिए संघर्ष कर रहे थे, वे सही थे। आज बहुत सारे लोग लिखित में यह देखकर सकपकाएँगे कि इस विषय में उनके दादाजी ने क्या कहा था।'

'मुझे भरोसा है कि वे निश्चित ही सकपकाएँगे। हेगल का मत क्या था?'

'दोनों लिंगों में बराबरी के बारे में?'

'क्या हम लोग इस बारे में ही बात नहीं कर रहे थे?'

'क्या तुम एक उद्धरण सुनना चाहोगी?'

'बिलकुल, मैं तो यहाँ हूँ ही इसीलिए।'

'पुरुषों और स्त्रियों के बीच का अन्तर जानवरों और पौधों के बीच अन्तर जैसा है।' हेगल ने कहा। 'पुरुष जानवरों के समरूप हैं, जबकि स्त्रियाँ पौधों के समरूप हैं, क्योंकि उनका विकास

अपेक्षाकृत अधिक शान्त है और इसमें अन्तर्निहित सिद्धान्त भावनाओं की अस्पष्ट भी एकता है। जब सरकार की लगाम स्त्रियों के हाथ में होती है, तो राज्य तुरन्त अस्त-व्यस्त हो जाता है, क्योंकि स्त्रियाँ अपने कार्यों का नियन्त्रण वैश्विकता की माँगों के आधार पर न करके, अपने मनमाने भावनात्मक झुकाव और दृष्टि के अनुसार करती हैं। स्त्रियों की शिक्षा–कौन जानता है कैसे होती है–विचारों में श्वास लेकर जीने द्वारा होती है न कि जबकि दूसरी ओर, पुरुषत्व की प्रतिष्ठा/वैभव विचारों पर परिश्रम और तकनीकी मेहनत से प्राप्त किया जाता है।'

'धन्यवाद! इतना ही काफी रहेगा। बल्कि मैं तो इस तरह के और कथन सुनना ही नहीं चाहती।'

'किन्तु यह इस बात की एक तीखी मिसाल है कि तार्किक बहस के बारे में लोगों के विचार हर समय कैसे बदलते रहते हैं। इस प्रकार के प्रतिपादन से यह स्पष्ट होता है कि हेगल भी अपने समय की सन्तान था। और उसी तरह हम भी हैं। हमारे तथाकथित 'स्पष्ट' विचार भी समय की कसौटी पर ठहर नहीं पाएँगे।'

'कौन से विचार, उदाहरणस्वरूप?'

'मेरे पास ऐसे कोई उदाहरण नहीं हैं।'

'क्यों नहीं?'

'क्योंकि मैं उन चीजों की मिसाल दूँगा जो पहले ही परिवर्तन के दौर से गुजर रही हैं। उदाहरण के लिए, मैं कह सकता हूँ कि कार चलाना मूर्खता होगी, क्योंकि वे पर्यावरण को प्रदूषित करती हैं। बहुत से लोग पहले ही ऐसे सोच रहे हैं। किन्तु इतिहास सिद्ध करेगा कि बहुत सी ऐसी चीजें जिन्हें हम 'स्पष्ट' मानते हैं, वे इतिहास की रोशनी में ठहर पाएँगी या नहीं।'

'मैं समझी।'

'हम कोई दूसरी चीज भी देख सकते हैं : बहुत से लोगों ने ही, जिन्होंने हेगल के समय में स्त्रियों के घटियापन या निकृष्टता के बारे में खुली फब्तियाँ कसीं, अपने स्त्री विरोधी विचारों से 'फैमिनिज्म' (स्त्रीवाद) के विकास में तेजी ला दी।'

'ऐसा कैसे?'

'उन्होंने एक *थीसिस* की प्रस्तावना की। क्यों? क्योंकि स्त्रियों ने पहले ही विद्रोह शुरू कर दिया था। उस विषय पर राय लेने की जरूरत नहीं है जिस पर सब सहमत हैं। और जितने भोंडेपन से उन्होंने स्वयं को स्त्रियों के घटियापन के बारे में व्यक्त किया, उसे नकारना उतना ही मजबूत होता गया।'

'हाँ, निश्चय ही।'

'आप यह कह सकते हैं कि सबसे बढ़िया घटित होनेवाली स्थिति तो ऊर्जावान विरोधियों का होना है। वे जितने ही अतिवादी हो जाएँगे, उन्हें उतनी ही सशक्त प्रतिक्रिया का सामना करना पड़ेगा। एक कहावत है–'चक्की को पीसने के लिए और अनाज चाहिए।'

'हाँ, मेरी चक्की तो एक मिनट पहले ही अधिक तेजी से पीसने लगी।'

'शुद्ध तर्क या दर्शनशास्त्र की दृष्टि से, दो विरोधी धारणाओं के बीच एक द्वन्द्वात्मक तनाव बना रहेगा।'

'उदाहरण के लिए?'

'यदि मैं 'होने' या 'अस्तित्व' की धारणा पर चिन्तन करता हूँ तो मुझे विपरीत धारणा 'शून्य' या अनास्तित्व/अस्तित्वहीनता की धारणा भी सामने रखने के लिए बाध्य होना पड़ेगा। आप अपने अस्तित्व पर तब तक विचार नहीं कर पाएँगे, जब तक तुरन्त ही आप यह अनुभव

न कर लें कि आप सदैव बने नहीं रहेंगे। 'अस्तित्ववान' 'being' और 'शून्य' 'nothing' के बीच का तनाव 'हो जाने' 'becoming' की धारणा के उद्भव से पराभूत हो जाता है। क्योंकि यदि कोई चीज 'हो जाने' की प्रक्रिया में है तो यह 'है' और 'नहीं है' दोनों है।'

'अच्छा, अब मैं समझी।'

'हेगल का 'तर्क' इस प्रकार गतिमान तर्कशास्त्र है। चूँकि यथार्थ में विपरीत के लक्षण भी होते हैं, इसलिए यथार्थ के वर्णन में विपरीत का वर्णन भी होगा। यह लो तुम्हारे लिए एक उदाहरण और रहा : डेनमार्क के नाभिकीय भौतिकशास्त्री, नील्स बोहर ने न्यूटन के घर के सामनेवाले दरवाजे पर घोड़े की नाल होने के बारे में एक कहानी सुनाई।'

'यह तो सौभाग्य के लिए होती है।'

'किन्तु यह तो अन्धविश्वास है, और न्यूटन और जो कुछ भी हो अन्धविश्वासी नहीं था। जब किसी ने उससे पूछा–क्या वह उस प्रकार की चीजों में विश्वास करता है, तो उसने कहा, 'नहीं, मैं विश्वास नहीं करता, किन्तु मुझे बताया गया है कि इससे लाभ होता है।'

'आश्चर्यजनक!'

'किन्तु उसका उत्तर खासा डायलैक्टिकल (द्वन्द्वात्मक) था, शब्दों में विरोधाभास लिये, लगभग। नील्स बोहर ने, जो हमारे अपने नॉर्वेजियन कवि विंजे की भाँति ही अपने ढुलमुलपन के लिए जाना जाता था, एक बार कहा–सत्य दो प्रकार के होते हैं। कुछ तो सतही सत्य होते हैं, जिनके विपरीत वाले दावे स्पष्टतः गलत होते हैं। किन्तु गम्भीर सत्य भी होते हैं, जिनके विपरीत वाले दावे भी उतने ही सही होते हैं।'

'ऐसे सत्य किस प्रकार के सत्य होते हैं?'

'यदि मैं कहूँ जीवन छोटा होता है, उदाहरण के लिए...'

'मैं इससे सहमत हूँ।'

'किन्तु दूसरे अवसर पर मैं अपनी बाँहें फैलाता हूँ और कहता हूँ जीवन लम्बा है।'

'आप सही हैं। एक अर्थ में, यह भी सही है।'

'अन्त में मैं तुम्हें एक और उदाहरण दूँगा कि किस प्रकार किसी द्वन्द्वात्मक तनाव का परिणाम एक ऐसा स्वाभाविक कार्य होता है जिससे अचानक परिवर्तन आता है।'

'हाँ, कृपया बतलाएँ।'

'एक ऐसी युवा लड़की की कल्पना करो जो अपनी माँ को सदैव ही यह कहती है–'हाँ मॉम...ओके मॉम...जैसी आपकी इच्छा, मॉम...अभी लो, मॉम।'

'मुझे तो इससे सिहरन हो रही है।'

'आखिर में उस लड़की की माँ लड़की की अति-आज्ञाकारिता से पूरी तरह पागल हो जाती है, और चिल्लाती है–ऐसी गुडी-गुडी होना बन्द करो और लड़की जवाब देती है–ओके मॉम।'

'मैं उसे थप्पड़ जड़ देती।'

'शायद! किन्तु यह बतलाओ यदि वह लड़की तुमसे यह कहती 'किन्तु मैं तो गुडी-गुडी बनना चाहती हूँ तो तुम क्या करती?'

'यह तो बड़ा अजीब जवाब होता। हो सकता है तो भी मैं उसके थप्पड़ मार देती।'

'दूसरे शब्दों में स्थिति में गाँठ पड़ जाती। द्वन्द्वात्मक तनाव ऐसे बिन्दु पर पहुँच जाता है कि कुछ तो होना ही है।'

'जैसे मुँह पर चाँटा?'

'हेगल के दर्शनशास्त्र के अन्तिम पहलू का जिक्र यहाँ करना जरूरी है।'

'हाँ, मैं सुन रही हूँ।'

'तुम्हें याद है, हमने क्यों कहा था कि रोमांटिक्स व्यक्तिवादी थे?'

'रहस्य का मार्ग भीतर की ओर ले जाता है...'

'इस व्यक्तिवाद को भी हेगल के दर्शनशास्त्र में इसका नकारना या विपरीत मिला। हेगल ने उन घटकों पर जोर दिया जिन्हें वह 'वस्तुनिष्ठ' शक्तियाँ कहता था। ऐसी शक्तियों में उसने परिवार, नागरिक समाज और राज्य के महत्त्व को रेखांकित किया। आप कह सकते हैं कि हेगल व्यक्ति के बारे में कुछ सन्देही था। वह मानता था कि प्रत्येक व्यक्ति अपने समुदाय का एक सजीव भाग है। तर्क या 'संसार7चेतना' प्रथमतः और सर्वोपरि लोगों के आपसी क्रिया-प्रतिक्रिया से जन्मी।'

'इसे कृपया कुछ और खोलकर कहें।'

'तर्क सबसे प्रमुख स्वयं को भाषा में दर्शाता है हम भाषा में जन्मते हैं। नॉर्वे की भाषा का श्रीमान हैन्सन के बिना भी काम चलता है, किन्तु श्री हैन्सन का काम नॉर्वेजियन भाषा बिना नहीं चलता। इस प्रकार व्यक्ति भाषा को नहीं बनाता, अपितु भाषा व्यक्ति को बनाती है।'

'मुझे लगता है कि आप ऐसा कह सकते हैं।'

'जिस प्रकार से एक शिशु किसी भाषा में जन्मता है, उसी प्रकार वह किसी ऐतिहासिक पृष्ठभूमि में भी जन्मता है। और उस पृष्ठभूमि के साथ किसी का भी कोई 'मुक्त' सम्बन्ध नहीं होता। जो व्यक्ति राज्य के अन्दर अपना स्थान नहीं पाता, वह इसीलिए एक अनैतिहासिक व्यक्ति है। यह विचार, यदि तुम्हें याद हो, एथेंस के महान दार्शनिकों के लिए भी अत्यन्त महत्त्वपूर्ण था। जिस प्रकार आप नागरिकों के बिना राज्य की नहीं सोच सकते, उसी प्रकार राज्य के बिना नागरिकों की बात भी नहीं सोची जा सकती।'

'बिलकुल स्पष्ट है।'

'हेगल के अनुसार, राज्य व्यक्ति-नागरिक से 'अधिक' होता है। इसके अतिरिक्त यह सारे नागरिकों के जोड़ से भी अधिक होता है। इसलिए, हेगल कहता है कि व्यक्ति 'समाज से इस्तीफा नहीं दे सकता'। इसलिए यदि कोई व्यक्ति 'अपनी आत्मा खोजने/पाने के लिए' उसी समाज के विरोध में अपने कन्धे निरन्तर उचकाता है जिसमें वह रहता है तो ऐसा व्यक्ति उपहास का विषय बन जाएगा।

'मैं नहीं जानती कि क्या मैं इससे पूरी तरह सहमत हो सकती हूँ, किन्तु आगे चलें।'

'हेगल के अनुसार, जो स्वयं को पाता है, यह व्यक्ति नहीं बल्कि यह संसार चेतना है।'

'संसार-चेतना स्वयं को ढूँढ़ लेती है?'

'हेगल ने कहा कि संसार-चेतना तीन चरणों में स्वयं तक लौटती है। इससे उसका अभिप्राय है कि यह तीन चरणों में अपने बारे में सजग हो जाती है।'

'कौन से?'

'संसार-चेतना पहले तो स्वयं व्यक्ति के भीतर, अपने प्रति सजग होती है। हेगल इसे व्यक्तिनिष्ठ चेतना कहता है। फिर यह परिवार, नागरिक समाज और राज्य में उच्च चेतना तक पहुँचती है। हेगल इसे वस्तुनिष्ठ चेतना कहता है, क्योंकि यह लोगों की पारस्परिक अन्तर्क्रिया के रूप में प्रकट होती है। किन्तु एक तीसरा चरण है...'

'और वह है...?'

'संसार-चेतना आत्म-साक्षात्कार का सर्वोच्च रूप सम्पूर्ण चेतना में पाती है। और यह सम्पूर्ण चेतना कला, धर्म और दर्शनशास्त्र है। और इनमें दर्शनशास्त्र ज्ञान का सर्वोच्च रूप है, क्योंकि,

इसमें यानी दर्शनशास्त्र में, संसार-चेतना इतिहास पर अपने प्रभाव की झलक देखती है। तुम सम्भवतः यह कह सकती हो कि दर्शनशास्त्र संसार-चेतना का दर्पण है।'

'यह इतना रहस्यमय है कि इस पर सोचने के लिए मुझे कुछ समय चाहिए। किन्तु मुझे आपकी कही आखिरी बात पसन्द आई।'

'कौन सी, यह कि दर्शनशास्त्र संसार-चेतना का दर्पण है?'

'हाँ, यह सुन्दर था। क्या खयाल है आपका, क्या इसका पीतलवाले शीशे से कुछ लेना-देना है?'

'चूँकि तुमने पूछा है, हाँ।'

'आपका मतलब क्या है?'

'मैं मानता हूँ कि पीतल के शीशे का विशेष महत्त्व है, क्योंकि यह विषय बार-बार उठता है।'

'आपको मालूम होगा वह विशेष महत्त्व क्या है?'

'नहीं, मैं नहीं जानता। मैंने केवल इतना कहा कि यदि इसका हिल्डे और उसके पिता के लिए विशेष महत्त्व न होता तो यह विषय बार-बार न उठता। वह महत्त्व क्या है यह तो केवल हिल्डे जानती है।'

'क्या यह रोमांटिक विडम्बना थी?'

'एक होपलेस क्वेश्चन, सोफी!'

'क्यों?'

'क्योंकि यह हम लोग नहीं हैं जो इन चीजों से काम ले रहे हैं। हम उस विडम्बना के अभागे शिकार हैं। यदि बड़ी उम्र का बच्चा कागज के एक टुकड़े पर कुछ खींचता है तो आप उस कागज से यह नहीं पूछ सकते कि यह ड्राइंग क्या दर्शाती है?'

'आप मुझे कँपकँपी दे रहे हैं।'

किर्केगार्ड

यूरोप दिवालियेपन की राह पर है...

हिल्डे ने अपनी घड़ी देखी। चार से ज्यादा बज चुके थे। उसने रिंग बाइंडर अपनी डेस्क पर रखा और नीचे रसोई की तरफ दौड़ गई। उसकी प्रतीक्षा करती माँ के थक जाने से पहले उसे बोट हाउस पहुँचना था। वहाँ से गुजरते हुए उसने पीतल के शीशे की तरफ निगाह डाली।

उसने जल्दी से चाय बनाने के लिए केतली को आन किया और कुछ सैंडविच तैयार किए।

अपने पिता पर कुछ चालें खेलने का उसने मन बना लिया था। हिल्डे का अब सोफी और ऐल्बर्टो के साथ जुड़े होने का अहसास बढ़ता जा रहा था। जब पापा कोपेनहैगन पहुँच जाएगा तब उसकी योजना शुरू होगी।

वह बड़ी ट्रे लेकर बोट हाउस पहुँची।

'यह रहा हमारा ब्रंच,' उसने कहा।

उसकी माँ सैंड पेपर में लिपटा एक ब्लॉक लिये हुए थी। उसने अपने माथे पर आई एक लट को पीछे की ओर कर दिया। उसके बालों में भी रेत थी।

'चलो, अब आज डिनर का नागा कर देते हैं।'

वे डॉक पर बाहर की तरफ बैठीं और खाना शुरू कर दिया।

'डैड कब आ रहे हैं?' कुछ देर बाद हिल्डे ने पूछा।

'शनिवार को। मैं सोचती थी तुम्हें मालूम है।'

'किन्तु किस समय? क्या तुमने यह नहीं कहा था कि वह कोपेनहैगन में प्लेन बदलेगा?'

'तुम ठीक कह रही हो...'

उसकी माँ ने अपनी सैंडविच से एक गस्सा लिया।

'वह पाँच बजे के आस-पास कोपेनहैगन पहुँचेगा। क्रिश्चियन सैंड के लिए प्लेन पौने आठ बजे चलता है। वह शायद साढ़े नौ बजे जैविक हवाई अड्डे पर उतरेगा।'

'इसलिए उसे कास्ट्रप पर कुछ घंटे मिल जाते हैं...।'

'हाँ, क्यों?'

'कुछ नहीं, मैं ऐसे ही सोच रही थी।'

जब हिल्डे को लगा कि उचित अन्तराल बीत गया है, उसने तब यूँ ही कहा, तुम्हें हाल ही में ऐनी और ओले से कोई समाचार मिला है?'

'वे समय-समय पर फोन करती रहती हैं। वे जुलाई में किसी समय छुट्टियों में घर आ रहीं हैं।'

'इससे पहले नहीं?'

'नहीं, मेरे विचार में इससे पहले नहीं।'

'इसके मायने वे इस हफ्ते कोपेनहैगन में होंगी...?'

'हिल्डे, ये सब सवाल क्यों?'

'कोई कारण नहीं। मैं तो ऐसे ही बात कर रही थी।'

'तुमने दो बार कोपेनहैगन का जिक्र किया।'

'हाँ, किया क्या।'

'हमने डैड के पहुँचने के बारे में बात की...।'

'यही कारण है मेरे मन में ऐनी और ओले की बात आई।'

जैसे ही उन्होंने खाना खत्म किया, हिल्डे ने मग और प्लेटें उठाकर ट्रे में रख दीं।

'मॉम, मुझे अब अपनी पढ़ाई में लगना है।'

'मैं भी सोच रही थी तुम्हें अवश्य ही पढ़ते रहना चाहिए।'

क्या उसकी आवाज में नापसन्दगी का कोई स्वर था? उन्होंने डैड के घर आने से पहले बोट ठीक करने की बात की थी।

'डैड ने मुझसे लगभग वादा करा लिया था कि उनके घर आने से पहले मैं किताब पूरी पढ़ लूँ।

'यह थोड़ा पागलपन-सा है। जब वह घर से दूर होता है, तब उसे वहाँ से हम पर इधर घर में हुक्म नहीं चलाना चाहिए।

'मॉम, अगर तुम्हें पता होता कि वह अपने लोगों पर कैसे हुक्म चलाता है,' हिल्डे ने बड़े गूढ़ अन्दाज़ में कहा, 'और तुम इसकी कल्पना नहीं कर सकती कि उसे इसमें कितना मज़ा आता है।'

वह अपने कमरे में वापस आ गई और पढ़ती रही।

अचानक सोफी ने दरवाजे पर एक दस्तक सुनी। ऐल्बर्टो ने उसकी ओर कठोरता से देखा।

'हम डिस्टर्ब होना नहीं चाहते।'

दस्तक और जोर पकड़ती गई।

'मैं तुम्हें डेनमार्क के एक दार्शनिक के बारे में बताने जा रहा हूँ जो हेगल के दर्शनशास्त्र से बहुत क्रुद्ध हो गया था,' ऐल्बर्टो ने कहा।

दरवाजे पर दस्तक इतनी जोर से पड़ने लगी कि दरवाजा हिलने लगा।

'अवश्य ही मेजर है जो किसी प्रेत को यह देखने के लिए भेज रहा है कि हम उसके द्वारा फेंका गया चुग्गा खा रहे हैं या नहीं।'

ऐल्बर्टो ने कहा, 'मुझे इसमें कोई परेशानी नहीं है।'

'किन्तु यदि हम दरवाजा नहीं खोलते और यह नहीं देखते कि बाहर कौन है तो उसे भी सारा केबिन गिराने के लिए कोई विशेष प्रयास नहीं करना पड़ेगा।'

'तुम्हारी बात में कुछ मर्म हो सकता है। चलिए, तब यह ठीक रहेगा कि दरवाजा खोल दें। वे दरवाजे तक गए। चूँकि दस्तक बड़े जोर से दी गई थी, सोफी एक बड़े भीमकाय व्यक्ति की कल्पना कर रही थी। लेकिन सामने की पैड़ी पर एक छोटी-सी प्यारे से लम्बे बालोंवाली लड़की खड़ी थी, उसने नीली ड्रेस पहनी हुई थी। उसके दोनों हाथों में एक एक छोटी बोतल थी। एक बोतल लाल थी, दूसरी नीली।

'हाइ,' सोफी ने कहा, 'तुम कौन हो?'

'मेरा नाम ऐलिस है,' लड़की ने कहा और शरमाते हुए झुकी।

'मैं भी यही सोचता था,' ऐल्बर्टो सिर हिलाते हुए बोला, 'यह ऐलिस इन वंडरलैंड है।'

'उसे हम तक पहुँचने का रास्ता कैसे मालूम हुआ?'

ऐलिस ने स्पष्ट किया, 'वंडरलैंड बिलकुल सीमाहीन देश है। इसका अर्थ हुआ वंडरलैंड (विस्मय-भूमि) सभी जगह है–*यह यूएन* जैसा है। इसे *यूएन* का मानद सदस्य होना चाहिए। हमें सभी समितियों में प्रतिनिधि रखने चाहिए, क्योंकि *यूएन* भी लोगों के विस्मय से पैदा हुआ।'

'हुँम...वह मेजर,' ऐल्बर्टो ने दाँत पीसे।

'और तुम यहाँ क्या करने आई?' सोफी ने पूछा।

'मुझे सोफी को दर्शनशास्त्र की यह छोटी बोतलें देनी हैं।'

उसने बोतलें सोफी को दे दीं। एक बोतल में लाल द्रव्य था, दूसरी में नीला।

लाल बोतल के लेबल पर लिखा था–*मुझे पी लो,* और नीली बोतल के लेबल पर लिखा था–*मुझे भी पियो*।

अगले ही क्षण एक खरगोश पास से दौड़ता हुआ गुजरा। यह दो पैरों पर खड़ा होकर चल रहा था और उसने एक वेस्टकोट और जैकेट पहनी हुई थी। केबिन के बिलकुल सामने उसने अपनी वेस्टकोट की जेब से जेबी घड़ी निकाली और बोला, 'ओह डीयर, ओह डीयर, मुझे तो बहुत देर हो जाएगी।'

फिर यह आगे दौड़ गया। ऐलिस ने इसके पीछे दौड़ना शुरू कर दिया। इसके पहले कि वह जंगल में अन्दर दौड़ जाए, उसने झुककर विदा-अभिवादन किया और कहा, 'यह फिर शुरू हो रहा है।'

'दिनाह और क्वीन को हैलो कहना,' सोफी ने उसे पीछे से बोलते हुए कहा।

ऐल्बर्टो और सोफी सामने की पैड़ियों पर बोतलों को देखते खड़े रहे।

'मुझे पी लो और मुझे भी पियो' सोफी ने पढ़ा। 'मैं नहीं जानती कि मैं हिम्मत कर सकती हूँ। ये जहरीली हो सकती हैं।'

ऐल्बर्टो ने केवल अपने कन्धे उचकाए।

'ये मेजर से आई हैं। और प्रत्येक वस्तु जो मेजर से आती है वह शुद्धतः मन में होती है। अतः यह केवल *छद्म-रस* है।'

सोफी ने लाल बोतल का ढक्कन हटाया और सावधानी से इसे अपने ओठों से लगाया। रस का विचित्र मीठा स्वाद था, किन्तु यही सब कुछ नहीं था। जैसे ही उसने पिया उसके आस-पास कुछ होने लगा।

ऐसा लगा जैसे झील और जंगल और केबिन, सब मिलकर एक हो गए हैं। शीघ्र ही उसे ऐसा लगा कि दिखनेवाली हर वस्तु एक व्यक्ति थी, और वह व्यक्ति सोफी स्वयं थी। उसने नजर उठाकर ऐल्बर्टो की ओर देखा, किन्तु वह भी सोफी की आत्मा का एक अंश दिखा।

'आश्चर्यजनक और-और भी आश्चर्यजनक,' उसने कहा। 'हर वस्तु ऐसी दिखाई देती है जैसी पहले थी, किन्तु अब यह सब कुछ एक ही वस्तु है। मुझे ऐसा महसूस होता है कि प्रत्येक वस्तु एक विचार है।'

ऐल्बर्टो ने सिर हिलाया, किन्तु सोफी को लगा कि वह स्वयं ही अपने लिए सिर हिला रही है।

'यह *पैन्थेइज्म* या *आइडियलिज्म* है,' उसने कहा, 'यह रोमांटिकों की संसार- चेतना है। वे सब चीजों को एक बड़े 'अहम्' के रूप में अनुभव करते थे। यह हेगल ही था, जो व्यक्ति का आलोचक था, और जो हर वस्तु को एक और एकमात्र संसार-तर्क की अभिव्यक्ति के रूप में देखता था।'

'क्या मैं दूसरी बोतल से भी पियूँ।'

'लेबल तो यही कहता है।'

सोफी ने नीली बोतल से ढक्कन हटाया और एक बड़ी घूँट भरी। यह रस पहले की तुलना में तीखा और ज्यादा ताजा था। फिर उसके चारों ओर सभी चीजें अचानक बदल गईं।

लाल बोतल के प्रभाव तुरन्त ही गायब हो गए, और वस्तुएँ पहले की तरह फिर से अपने सामान्य रूप में अपने अपने स्थान पर आ गईं। ऐल्बर्टो ऐल्बर्टो था, जंगल में पेड़ वापस आ गए और पानी फिर झील जैसा लगने लगा।

किन्तु ऐसा केवल एक सेकंड रहा, क्योंकि वस्तुएँ एक-दूसरे से खिसकती हुई दूर जाने लगीं। जंगल अब जंगल नहीं था, और हर छोटा पेड़ अब अपने आपमें एक दुनिया दिखता था। छोटी से छोटी टहनी अब परी-कथा की दुनिया थी जिसके बारे में हजारों कहानियाँ कहीं जा सकती थीं।

छोटी झील अचानक असीम सागर बन गई—गहराई या चौड़ाई में नहीं, अपितु चमकते विवरणों और अपनी लहरों के पेचीदा नमूनों में। सोफी ने अनुभव किया कि यदि वह इस पानी को अपने सारे जीवन भर ध्यान से देखती रहे और मरते दिन तक भी देखती रहे तो भी यह उसके लिए अथाह रहस्य बना रहेगा।

उसने सिर ऊपर उठाकर एक पेड़ की चोटी को देखा। तीन छोटी गौरैया एक विचित्र खेल में खोई थीं। क्या यह आँख-मिचौनी था? सोफी ने लाल बोतल से द्रव्य पीने के बाद एक तरह से जान लिया था कि चिड़ियाँ पेड़ में हैं, किन्तु उसने उन्हें ढंग से नहीं देखा था। लाल-रस ने सारे भेद और विशिष्ट/विशेष अन्तर मिटा दिए थे।

सोफी उस बड़े सपाट पत्थर से नीचे कूदी, जिस पर वे खड़े थे, और झुककर घास देखने लगी। यहाँ भी उसने दूसरी नई दुनिया पाई—गहरे समुद्री गोताखोर की तरह जो नीचे पानी में पहली बार आँख खोलता है। घास के तिनकों और टहनियों के बीच, कोई और बारीक हरी घास की अपनी अलग ही छोटी-छोटी तफसील थी। सोफी ने एक मकड़ी को काई में अपना रास्ता बनाते देखा, यह पूरे विश्वास से एक उद्देश्य लिये चल रही थी। लाल पौधोंवाली जूँ घास की पत्ती पर ऊपर-नीचे आ-जा रही थी, और चींटियों की एक फौज घास में एकजुट होकर मेहनत कर रही थी। किन्तु हर बारीक चींटी अपने पाँवों को एक अलग ही अन्दाज में चला रही थी।

किन्तु सबसे विचित्र दृश्य तो तब दिखा, जब सोफी फिर खड़ी हो गई और ऐल्बर्टो को देखा, जो अभी भी केबिन के सामनेवाली पैड़ी पर खड़ा था। ऐल्बर्टो में अब उसे एक अद्‌भुत आदमी दिखा—लगता था कि जैसे वह किसी दूसरे ग्रह का प्राणी है या परियों की कहानी में एक जादुई आकृति है। इसके साथ ही साथ उसने अपने आपको भी बिलकुल नए तरीके से अनुभव किया एक अनुपम व्यक्ति के रूप में, एक पन्द्रह साल की लड़की। वह सोफी एमंडसन थी, और केवल वही वह थी।

'तुम्हें क्या दिख रहा है?' ऐल्बर्टो ने पूछा।

'मैं देख रही हूँ कि आप एक विचित्र पक्षी हैं।'

'तुम भी ऐसा सोचती हो?'

'मुझे नहीं लगता कि मैं कभी यह समझ पाऊँगी कि दूसरे आदमी जैसा होना क्या होता है। पूरी दुनिया में कोई भी दो आदमी एक से नहीं हैं।'

'और जंगल?'

'अब वे पहले जैसे बिलकुल नहीं लगते। ये अब अद्‌भुत कहानियों का पूरा संसार जैसा नजर आते हैं।'

'यह वैसा ही है जैसा मैं अनुमान कर रहा था। नीली बोतल व्यक्तिवाद है। उदाहरण के लिए यह रोमांटिसिज्म के आदर्शवाद को लेकर, किर्केगार्ड की प्रतिक्रिया है। किन्तु इसमें उसी समय का एक और डेनमार्कवासी भी समाहित है, प्रसिद्ध परी-कथा लेखक, हैंस क्रिश्चियन एंडरसन। उसकी निगाह भी प्रकृति की अद्‌भुत और अविश्वसनीय विवरणों को पकड़ने में बड़ी पैनी थी। इन्हीं सब चीजों को एक शताब्दी पहले देखनेवाला एक जर्मन दार्शनिक भी था, *लाइबनिज।* उसने स्पिनोज़ा के आदर्शवादी दर्शन के विरुद्ध प्रतिक्रिया की, जैसे अब सोरेन किर्केगार्ड हेगल के विरुद्ध प्रतिक्रिया कर रहा था।'

'मैं आपको सुन रही हूँ, किन्तु आप इतने निराले लग रहे हो कि मन हँसने को हो रहा है।'

'यह समझ में आता है। लाल बोतल से एक घूँट और भरो। आओ, हम पैड़ियों पर यहाँ बैठ जाते हैं। आज का काम खत्म करने से पहले हम किर्केगार्ड पर थोड़ी-सी चर्चा करेंगे।'

सोफी पैड़ी पर ऐल्बर्टो के बराबर बैठ गई। उसने थोड़ा-सा रस लाल बोतल से पिया और वस्तुएँ फिर इतनी इकट्ठी होने लगीं कि एक दूसरे में विलीन हो गईं। एक बार सोफी के मन में यह भावना आ गई कि अन्तरों से कुछ फर्क नहीं पड़ता। किन्तु उसे नीली बोतल केवल अपने ओठों से फिर छूनी भर थी कि उसके चारों ओर की दुनिया लगभग फिर वैसी ही हो गई जैसी ऐलिस के दो बोतल के साथ आने के समय थी।

'किन्तु इनमें कौन-सी सही है?' उसने अब पूछा। 'लाल बोतल या नीली? कौन सी बोतल से सही तसवीर दिखती है?'

'दोनों, लाल और नीली, सोफी। हम यह नहीं कह सकते कि यह मानने में रोमांटिक्स गलत थे कि केवल एक ही सत्य या यथार्थ है। किन्तु हो सकता है कि वे अपने दृष्टिकोण में थोड़े से संकीर्ण थे।'

'और नीली बोतल के लिए आप क्या कहेंगे?'

'मुझे लगता है कि किर्केगार्ड ने उससे दो-चार अच्छी घूँट भरी होंगी। उसको व्यक्ति के महत्त्व को पहचानने की पैनी दृष्टि थी। हम 'अपने समय के बच्चे होने' से थोड़े अधिक हैं। और इसके अतिरिक्ति, हममें से प्रत्येक ऐसा अनुपम व्यक्ति है जो केवल एक जीवन ही जीता है।'

'और हेगल ने इससे कोई विशेष फायदा नहीं उठाया?'

'नहीं, वह इतिहास के विस्तृत कार्यक्षेत्र में अधिक रुचि रखता था। और इसी बात ने किर्केगार्ड को बहुत रुष्ट कर दिया। उसका विचार था कि रोमांटिक्स के आदर्शवाद और हेगल के 'इतिहासवाद' ने, यानी दोनों ने व्यक्ति के अपने जीवन के प्रति दायित्व पर परदा डाला है। अतः किर्केगार्ड के लिए, दोनों ही एक ब्रश से काले पुते हुए थे।'

'मैं समझ सकती हूँ कि वह पागल क्यों हो रहा था?'

'सोरेन किर्केगार्ड का जन्म 1813 में हुआ था और बचपन में उसे पिता ने बड़े कठोर अनुशासन में रखा। उसका धार्मिक विषाद उसके पिता की दी हुई विरासत थी।'

'यह तो अपशकुन लगता है।'

'इसी विषाद के कारण उसे अपनी सगाई तोड़ देने के लिए बाध्य होना पड़ा। इसे कोपेनहैगन के बुर्जुआ लोगों ने कृपालु दृष्टि से नहीं देखा। इस कारण वह बहुत कम आयु में ही जाति से बाहर कर दिया गया और घृणा का पात्र बन गया। हालाँकि बाद में धीरे-धीरे उसने अच्छाई के बदले अच्छा करना सीख लिया था, और बस वह उत्तरोत्तर ऐसा बनता चला गया जिसे बाद में इब्सन ने 'लोगों का एक दुश्मन' बताया।

'और यह सब कुछ केवल टूटी सगाई के कारण?'

'नहीं, न केवल उसके कारण। जीवन के अन्तिम समय, खासतौर पर, वह समाज का आक्रामक आलोचक बन गया। 'सारा यूरोप दिवालियेपन की राह पर जा रहा है,' उसने कहा। उसका मानना था कि वह एक ऐसे युग में रह रहा था जिसमें न कोई उमंग है और न प्रतिबद्धता। खासतौर पर वह प्रतिष्ठित/संगठित डेनिश लूथरन चर्च के जिद्दी ढर्रे से बेहद नाराज था। जिसे आप 'इतवारी ईसाइयत' कह सकते हैं, वह उसका निर्मम आलोचक था।'

'आजकल हम 'पुष्टिकृत ईसाइयत' की बात करते हैं। अधिकांश बच्चे इसीलिए पक्के ईसाई बनते हैं, क्योंकि उन्हें ढेर सारे उपहार मिलते हैं।'

'हाँ, तुमने बात पकड़ ली है। किर्केगार्ड के लिए, ईसाइयत दोनों ही थी, इतनी अभिभूत कर देनेवाली और इतनी ही अतार्किक, कि इसे 'या तो' यह 'या तो यह या वह' होना चाहिए। 'यूँ ही' या 'कुछ सीमा तक' धार्मिक होना अच्छी चीज नहीं थी क्योंकि या तो ईस्टर डे पर यीशु पुनर्जीवित हो गया—या वह नहीं हुआ। और यदि वह वास्तव में मृत लोगों में से जीवित हो उठा, यदि वह वास्तव में हमारे लिए मरा—तो यह इतना अभिभूत करनेवाला है कि यह हमारे सारे जीवन में व्याप्त होना चाहिए।'

'हाँ, मैं सोचती हूँ, मैं समझ रही हूँ।'

'किन्तु किर्केगार्ड ने देखा किस प्रकार दोनों ही, यानी चर्च और आम आदमी, धार्मिक प्रश्नों के बारे में प्रतिबद्धताहीन रुख रखते थे। किर्केगार्ड के लिए, धर्म और ज्ञान, आग और पानी की तरह थे। महज इतना विश्वास करना काफी नहीं था कि ईसाईयत 'सच्ची' है। ईसाई आस्था रखने का मतलब था ईसाई ढंग का जीवन जीना।'

'इस सबका हेगल से क्या लेना-देना था?'

'तुम ठीक कहती हो। हो सकता है हमने गलत सिरे से शुरुआत की हो।'

'इसलिए मेरा आपको सुझाव है कि उल्टे जाएँ और फिर शुरू करें।'

'किर्केगार्ड जब सत्रह वर्ष का था तो उसने धर्मशास्त्र का अध्ययन प्रारम्भ किया, किन्तु वह उत्तरोत्तर दार्शनिक प्रश्नों में खोने लगा। जब वह सत्ताईस का था तो उसने मास्टर्स (एम.ए.) की डिग्री प्राप्त की, इसके लिए उसने 'ऑन द कॉन्सेप्ट ऑफ आयरनी' पर शोध प्रबन्ध लिखा था। इस रचना में वह रोमांटिक आयरनी (विडम्बना) और रोमांटिकों द्वारा भ्रम

के बारे में प्रतिबद्धताहीन खेल से जुड़े प्रश्नों से जूझा। इसके विपरीत तुलना के लिए उसने 'सुकराती विडम्बना को आमने-सामने रखा। यद्यपि सुकरात ने विडम्बना का उपयोग अच्छी प्रभावोत्पादकता के लिए किया है तथापि इसका उद्देश्य जीवन के आधारभूत सत्यों को खोज निकालना था। रोमांटिक्स के विरोध में, किर्केगार्ड सुकरात को 'अस्तित्वादी' विचारक मानता था। यानी एक ऐसा विचारक जो अपने सारे अस्तित्व को दार्शनिक चिन्तन में ले आता है।'

'तो?'

'1841 में अपनी सगाई तोड़कर, किर्केगार्ड बर्लिन चला गया, जहाँ उसने शैलिंग के लेक्चर्स अटैंड किए।'

'क्या वह हेगल से मिला?'

'नहीं। हेगल दस साल पहले मर चुका था, किन्तु उसके विचार बर्लिन में और यूरोप के कई भागों में महत्त्वपूर्ण माने जाते थे। उसकी 'प्रणाली' को सभी प्रकार के प्रश्नों के लिए एक सर्वोद्देश्यीय स्पष्टीकरण के लिए प्रयोग किया जा रहा था। किर्केगार्ड ने संकेत दिए कि जिस प्रकार के 'वस्तुनिष्ठ सत्यों' से हेगलवाद का सरोकार था, वे किसी व्यक्ति के निजी जीवन के लिए पूरी तरह असंगत थे।'

'फिर, किस प्रकार के सत्य संगत होते हैं?'

'किर्केगार्ड के अनुसार कैपिटल T वाले Truth (सत्य) को ढूँढ़ने के बजाय, अधिक महत्त्वपूर्ण वे सत्य हैं जो किसी व्यक्ति के जीवन के लिए सार्थक हैं। 'मेरे लिए सत्य ढूँढ़ना ज्यादा महत्त्वपूर्ण है। किर्केगार्ड सोचता था कि हेगल यह भूल गया कि वह एक मनुष्य है। उसने हेगेलियन प्रोफेसर के लिए लिखा : 'हालाँकि गाम्भीर्य लिये हुए सर प्रोफेसर जीवन के पूरे रहस्य की व्याख्या करते हैं, किन्तु इस कार्य को सम्पन्न करने की व्याकुलता में वे अपना नाम तक भूल गए कि वह एक मनुष्य हैं, न तो अधिक और न ही कम, और न ही किसी पैराग्राफ का ऊटपटांग तीन बटा आठवाँ भाग।'

'और, किर्केगार्ड के अनुसार, मनुष्य क्या है?'

'सामान्य शब्दावली में इसे बतलाना सम्भव नहीं है। मानव स्वभाव या मानव प्राणी के मोटा-मोटी वर्णन में किर्केगार्ड की कोई रुचि नहीं थी। महत्त्व है तो सिर्फ प्रत्येक मनुष्य के 'अपने अस्तित्व' का। और आपको अपने अस्तित्व का अनुभव डेस्क के पीछे नहीं होता। जब हम कोई कर्म करते हैं सिर्फ तभी—और खासतौर पर उस समय जब हम कोई महत्त्वपूर्ण निर्णय करते हैं—तभी हम अपने अस्तित्व से जुड़ते हैं। बुद्ध के बारे में एक कहानी है जो किर्केगार्ड के अभिप्राय को चित्रित करती है।'

'बुद्ध के बारे में?'

'हाँ, क्योंकि बुद्ध का दर्शन भी मनुष्य के अस्तित्व को प्रारम्भिक बिन्दु बनाकर चलता है। एक बार किसी भिक्षुक ने बुद्ध से पूछा कि क्या वे इन आधारभूत प्रश्नों का उत्तर दे सकते हैं कि दुनिया क्या है और मनुष्य क्या है? बुद्ध ने इसका उत्तर उस भिक्षुक को ऐसे व्यक्ति सरीखा बतलाकर दिया जिसे जहरीला तीर लगा है। इस घायल आदमी की ऐसी बातों में कोई सैद्धान्तिक रुचि नहीं होगी कि तीर किस चीज का बना है, इसे किस प्रकार के जहर में डुबाया गया, या यह किस दिशा से आया?'

'वह तो इस बात को सर्वोपरि प्रमुखता देगा कि कोई इस तीर को निकाल दे और उसके घाव का इलाज कर दे।'

'हाँ, वह यही करेगा। उसके अस्तित्व के लिए इसी का महत्त्व है। बुद्ध और किर्केगार्ड दोनों में ही यह भाव बहुत तीव्र था कि ऐसा अस्तित्व बहुत लघु क्षण के लिये है। और जैसा मैंने कहा, ऐसी स्थिति में आप डेस्क के पीछे नहीं बैठते और विश्व चेतना के स्वरूप के बारे में दार्शनिकीकरण नहीं करते।'

'नहीं, बिलकुल नहीं।'

'किर्केगार्ड ने यह भी कहा कि सत्य 'आत्मनिष्ठ' है। इससे उसका अभिप्राय यह नहीं था कि जो हम सोचते या विश्वास करते हैं, उसका महत्त्व नहीं है। उसका अभिप्राय यह था कि वास्तव में महत्त्वपूर्ण सत्य सदैव *निजी* होते हैं। केवल यही सत्य ही 'मेरे लिए सत्य हैं।'

'क्या आप एक आत्मनिष्ठ सत्य का उदाहरण देंगे?

'उदाहरण के लिए, एक महत्त्वपूर्ण प्रश्न यह है कि क्या ईसाइयत सत्य है। यह कोई ऐसा प्रश्न नहीं है जिससे किसी सैद्धान्तिक या विद्वद् परिप्रेक्ष्य में सम्बन्ध बनाया जा सकता है। ऐसे व्यक्ति के लिए जो 'स्वयं को जीवन में समझता है' यह जीवन और मरण का प्रश्न है। यह कोई ऐसा प्रश्न नहीं है कि आप बैठ गए और चर्चा करने के ध्येय से इस पर चर्चा करने लगें। यह एक ऐसी जिज्ञासा है जिसे सर्वोच्च उमंग और सद्भाव/निष्कपटता से लिया जाता है।'

'बात समझ में आने लगी है।'

'यदि आप नदी में गिर जाएँ तो फिर यह सैद्धान्तिक रुचि का विषय नहीं है कि आप डूबेंगे या बचेंगे। यह न तो 'रुचिकर' है और न ही 'अरुचिकर' कि पानी में मगरमच्छ हैं। यह जीवन-मरण का प्रश्न है।'

'मैं समझ गई, आपका बहुत-बहुत धन्यवाद।'

'अतः हमें इसलिए, ईश्वर है कि नहीं, इस विषय में दार्शनिक प्रश्न और व्यक्ति के इसी प्रश्न से सम्बन्ध, के बीच में भेद करना चाहिए; यह एक ऐसी स्थिति है जिसमें प्रत्येक व्यक्ति पूरी तरह अकेला होता है। इस प्रकार के आधारभूत प्रश्नों तक केवल आस्था द्वारा ही पहुँचा जा सकता है। जिसे हम तर्क या ज्ञान द्वारा जान सकते हैं वह किर्केगार्ड के अनुसार पूरी तरह महत्त्वहीन हैं।'

'मैं सोचती हूँ आप इसे थोड़ा और स्पष्ट करें।'

'आठ जमा चार बारह होते हैं। इस बारे में हम पूरे निश्चिन्त हो सकते हैं। यह उस प्रकार के 'तार्किक सत्य' का एक उदाहरण है जिसके बारे में देकार्त से लेकर अब तक हर दार्शनिक ने चर्चा की है। किन्तु क्या इसे हम अपनी दैनिक प्रार्थना में भी शामिल करते हैं? क्या यह ऐसा प्रश्न है जिस पर हम उस समय भी विचार करेंगे जब हम मर रहे होंगे? बिलकुल नहीं। इस प्रकार के सत्य 'वस्तुनिष्ठ' और 'सामान्य' दोनों ही हो सकते हैं, किन्तु फिर भी ये किसी मनुष्य के अस्तित्व के लिए पूरी तरह निरर्थक होते हैं।'

'और आस्था का क्या हुआ?'

'आप यह कभी नहीं जान सकेंगे कि जिसका आपने बुरा किया है, उस व्यक्ति ने आपको क्षमा कर दिया है या नहीं। इसलिए यह आपके लिए अस्तित्वी रूप से महत्त्वपूर्ण है। यह ऐसा प्रश्न है जिससे आप गहराई से सरोकार रखते हैं। आप यह कभी नहीं जान सकते कि कोई व्यक्ति आपको प्यार करता है कि नहीं। यह कुछ ऐसा है जिसमें आप विश्वास कर सकते हैं या इसकी आशा कर सकते हैं। किन्तु यह आपके लिए इस तथ्य से अधिक महत्त्वपूर्ण है कि एक त्रिकोण के तीनों कोणों का योग 180 डिग्री होता है। जब आप पहले चुम्बन में मगन होते हैं तो आप कारण और परिणाम के नियम या बोध के तरीकों के बारे में नहीं सोचते।'

'और अगर आपने ऐसा सोचा तो आप बहुत विचित्र होने चाहिए।'

'धार्मिक प्रश्नों में आस्था सबसे महत्त्वपूर्ण घटक है। किर्केगार्ड ने लिखा : 'यदि मैं वस्तुनिष्ठ तरीके से ईश्वर को समझने में सक्षम हूँ, तो मैं विश्वास नहीं करूँगा, किन्तु चूँकि मैं यह नहीं कर सकता इसलिए मुझे विश्वास करना चाहिए। यदि मैं स्वयं को आस्था में बचाना चाहता हूँ तो मुझे वस्तुनिष्ठ अनिश्चितता को मजबूती से पकड़े रहने पर निरन्तर लौ लगाए रहना चाहिए ताकि मैं गहरे, यहाँ तक कि सत्तर हजार गहरे पानी की थाह लेकर भी अपनी आस्था को बचा सकूँ।'

'यह तो भारी चीज हो गई।'

'पहले भी बहुत लोगों ने ईश्वर के अस्तित्व को सिद्ध करने का प्रयास किया है—या कम-से-कम उसे तार्किकता की सीमाओं में लाने की चेष्टा की है। किन्तु यदि आप स्वयं को इस प्रकार के किसी प्रमाण या तर्कोचित तथ्य से सन्तुष्ट करते हैं, तो इसमें आपकी आस्था की हानि होती है, और इसके साथ ही, धार्मिक लगाव की भी। क्योंकि महत्त्व इस बात का नहीं है कि ईसाइयत सही है, अपितु इसका कि यह आपके लिए सही है। यही विचार मध्य युग में एक सिद्धान्त के रूप में व्यक्त किया गया था : **Credo quia absurdum (I believe because it is absurd)**।'

'आप नहीं कहेंगे।'

'इसका अर्थ है, मैं विश्वास करता हूँ, क्योंकि यह अतार्किक है। यदि ईसाइयत हमारे तर्क को अपील करती, और हमारे दूसरे पक्ष को नहीं, तो यह आस्था का प्रश्न न होता।'

'नहीं! मैं अब यह समझती हूँ।'

'तो अब हमने यह अवलोकन किया है कि जिसे किर्केगार्ड के अनुसार 'अस्तित्वी' क्या है या 'आत्मनिष्ठ' सत्य से उसका क्या अभिप्राय है या उसकी 'आस्था' की क्या धारणा थी। इन तीनों धारणाओं का प्रतिपादन सामान्य रूप से दार्शनिक परम्परा की, और खासतौर पर हेगल की, आलोचना के रूप में हुआ। किन्तु इनमें एक तीखी 'सामाजिक आलोचना' भी सन्निहित थी। आधुनिक शहरी समाज में व्यक्ति 'पब्लिक' या 'जनता' बन गया है, उसने कहा, और भीड़ या जन-समुदाय का मुख्य चरित्र उनकी प्रतिबद्धताहीन 'चर्चा' थी। आज हम इसके लिए सम्भवतः '**Conformity**' या 'तद्रूपता' शब्द का प्रयोग करें; यह तब होता है जब किसी चीज के प्रति गहरी भावनाओं से रहित, अधिकांश लोग एक-सी चीजों के बारे में 'सोचते हैं' या 'उनमें विश्वास करते' हैं।'

'मैं नहीं कह सकती किर्केगार्ड जोआना के माता-पिता के बारे में क्या कहता!'

'अपने निर्णयों में वह सदैव दयावान नहीं था। उसकी कलम तीखी थी और उसके पास विडम्बना का कड़वा भान था। उदाहरण के लिए, वह इस प्रकार के कथन कह सकता था कि 'भीड़ असत्य होती है' या 'सत्य सदैव अल्पमत में होता है' और यह भी कि अधिकांश लोगों का जीवन के प्रति रुख हलका-फुलका या सतही होता है।'

'बार्बी डॉल्स इकट्ठा करना एक बात है। किन्तु एक बार्बी डॉल होना/बनना अत्यन्त खराब है।'

'यह हमें किर्केगार्ड के उस सिद्धान्त तक ले आता है जिसे वह जीवन पथ के तीन चरण कहता है।'

'मैं समझी नहीं?'

'किर्केगार्ड मानता था कि जीवन के तीन भिन्न चरण होते हैं। उसने स्वयं चरण शब्द का प्रयोग किया। वह उन्हें कलात्मक या सौन्दर्यात्मक चरण, नैतिक चरण और धार्मिक चरण कहता था। उसने 'चरण' शब्द का प्रयोग यह जोर देने के लिए किया कि व्यक्ति दो निचले

चरणों में से किसी भी एक चरण में रह सकता है, और कभी अचानक ऊँचे चरण में छलाँग लगा सकता है। बहुत से लोग जीवन भर एक ही चरण में जीते रहते हैं।'

'मैं शर्त लगाती हूँ कि एक स्पष्टीकरण अपेक्षित है। मैं यह जानने को उत्सुक हूँ कि मैं किस चरण में हूँ।'

'वह जो *कलात्मक* चरण में रहता है वह क्षणिक जीवन जीता है, और आनन्द उठाने के हर अवसर को पकड़ता है। उसके लिए वह हर चीज अच्छी है जो सुन्दर है, सन्तोषदायी है या खुशनुमा है। यह आदमी इन्द्रियों की दुनिया में रहता है और अपनी इच्छाओं और मूड्स का गुलाम होता है। उसके लिए हर नीरस चीज खराब होती है।'

'हाँ, धन्यवाद। मैं सोचती हूँ कि मैं यह रुख जानती हूँ।'

'ठेठ रोमांटिक इस प्रकार ठेठ सौन्दर्यवेत्ता है, क्योंकि इसमें शुद्ध ऐन्द्रिक आनन्द से अधिक कुछ और भी है। एक व्यक्ति जिसका यथार्थ के प्रति चिन्तनशील रुख होता है—या उसका अपनी कला या दर्शन के प्रति जिस किसी में भी वह लगा हुआ है—वह कलात्मक अथवा सौन्दर्यात्मक चरण में जी रहा होता है। यह भी सम्भव है कि शोक या कष्ट के प्रति एक सौन्दर्यात्मक अथवा 'चिन्तनशील' रुख हो तो उस सूरत में मिथ्याभिमान हावी होता है। इब्सन का *पीटर जिंट* एक ठेठ सौन्दर्यवेत्ता की तसवीर है।'

'मेरे विचार में मैं आपका अभिप्राय समझ रही हूँ।'

'क्या तुम ऐसे किसी को जानती हो?'

'पूरी तरह तो नहीं। पर मुझे लगता है कि यह कुछ-कुछ मेजर जैसा है।'

'हो सकता है, ऐसा हो, सोफी...हालाँकि यह उसकी बीमार रोमांटिक विडम्बना का दूसरा उदाहरण था। तुम अपना मुँह साफ कर लो।'

'क्या?'

'ठीक है, यह तुम्हारी गलती नहीं थी।'

'तब, आगे चलिए।'

'एक व्यक्ति जो कलात्मक चरण में जीता है वह आसानी से क्षोभ, भय का भाव और खालीपन की भावना का अनुभव कर सकता है। यदि ऐसा होता है, तो आशा है। किर्केगार्ड के अनुसार, क्षोभ लगभग सकारात्मक होता है। यह इस तथ्य की अभिव्यक्ति है कि व्यक्ति एक 'अस्तित्वी स्थिति' में है, और अब वह उच्च चरण में बड़ी छलाँग लगाने का निर्णय कर सकता है। किन्तु या तो ऐसा होता है या नहीं होता। यदि आप पूरी तरह छलाँग नहीं लगा सकते तो छलाँग की कगार पर होने का कोई लाभ नहीं है। यह *या तो यह/अथवा* (either/or) का मामला है। किन्तु दूसरा कोई आपके लिए यह नहीं कर सकता। यह आपकी अपनी पसन्द है। आपका अपना निर्णय है।'

'यह कुछ-कुछ मद्यपान या ड्रग्स छोड़ने जैसा है।'

'हाँ, यह वैसा हो सकता है किर्केगार्ड का इस 'निर्णय की श्रेणी' का वर्णन सुकरात के उस मत की याद दिलाता है कि सारी सच्ची अन्तर्दृष्टि भीतर से आती है। वह निर्णय जो एक व्यक्ति को कलात्मक रुख से नैतिक या धार्मिक रुख की ओर ले जाता है, अन्दर से आना चाहिए। इब्सन का नाटक *पीटर जिंट* एक ठेठ सौन्दर्यवेत्ता का चित्रण करता है। अस्तित्ववादी निर्णय किस प्रकार अन्दर की जरूरत या नैराश्य से निकलकर आता है? इसके सिद्धहस्त वर्णन का एक अन्य उदाहरण दोस्तोवस्की का महान उपन्यास *क्राइम एंड पनिशमेंट (अपराध और दंड)* है।'

'सबसे बढ़िया काम आप यह कर सकते हैं कि एक भिन्न प्रकार का जीवन चुनें।'

'और इस तरह शायद आप *नैतिक* चरण में जीवन जीना प्रारम्भ करेंगे। इसका मुख्य पहलू यह है कि गम्भीरता और नैतिक चयन में एकसारता होगी। यह दृष्टिकोण कांट के कर्तव्य की नैतिकता से भिन्न नहीं है। आप नैतिकता के नियमों के अनुसार जीने का प्रयास करते हैं। कांट के समान ही, किर्केगार्ड ने भी प्रथमतः और सर्वोपरि मानवीय स्वभाव की ओर ध्यान आकृष्ट किया। महत्त्वपूर्ण चीज यह नहीं है कि आप जो सोच सकते हैं वह बिलकुल सही या गलत हो। सौन्दर्यवेत्ता की एकमात्र चिन्ता यह होती है कि यह मनोरजंक है या नीरस।'

'क्या इस प्रकार रहने से, बहुत गम्भीर हो जाने का खतरा नहीं है?'

'पक्का, निश्चय ही। किर्केगार्ड ने यह दावा कभी नहीं किया कि नैतिक चरण सन्तोषजनक होता है। यहाँ तक कि एक कर्तव्यनिष्ठ व्यक्ति भी सदैव समर्पित और बेहद सावधान रहते-रहते, अन्त में इससे थक या ऊब सकता है। अनेक लोग जीवन के बाद वाले हिस्से में किसी प्रकार की थकन की प्रतिक्रिया अनुभव करते हैं। कुछ लोग अपने कलात्मक चरण के बारे में चिन्तनशील जीवन में डूब जाते हैं।'

'किन्तु कुछ दूसरे लोग धार्मिक चरण में नई छलाँग लेते हैं। वे *आस्था* की 'सत्तर हजार फैथम्स (थाह) की 'खाई में कूद जाते हैं।' वे कलात्मक आनन्द और तर्क द्वारा प्रेरित कर्तव्य की पुकार को तरजीह देने के बजाय, *आस्था* का वरण कर लेते हैं। और यद्यपि 'जीवित ईश्वर की खुली बाँहों में छलाँग लगाना भयंकर' हो सकता है, जैसे किर्केगार्ड कहता था, किन्तु यही एकमात्र मार्ग है।'

'ईसाई धर्म, आपका अभिप्राय!'

'हाँ, क्योंकि किर्केगार्ड के लिए, धार्मिक चरण ईसाई धर्म था। किन्तु वह गैर-ईसाई चिन्तकों के लिए भी महत्त्वपूर्ण हो गया। डेनिश दार्शनिक द्वारा प्रेरित अस्तित्ववाद बीसवीं शताब्दी में व्यापक रूप से फैला।'

सोफी ने अपनी घड़ी पर नजर डाली।

'लगभग सात बजनेवाले हैं। मुझे तो दौड़ जाना होगा। माँ तो पागल हो रही होगी।' उसने दार्शनिक की ओर हाथ हिलाया और नाव की तरफ दौड़ गई।

मार्क्स

एक प्रेत यूरोप का पीछा कर रहा है...

हिल्डे अपने बिस्तर से उतरी और खाड़ी की ओर खुलनेवाली खिड़की पर गई। जब इस शनिवार को उसने पढ़ना शुरू किया था, तो अभी यह सोफी की पन्द्रहवीं वर्षगाँठ थी। इससे पिछले दिन हिल्डे का अपना जन्मदिन था।

यदि उसके पिता ने यह कल्पना की थी कि कल पुस्तक पढ़ती हुई वह सोफी के जन्मदिन तक पहुँच जाएगी, तो वह निश्चय ही सम्भव नहीं हो सका। उसने दिन भर पढ़ने के अलावा और कुछ नहीं किया। किन्तु वह सही था कि सिर्फ एक ही जन्मदिन शुभकामना सन्देश और होगा। यह तब होगा जब सोफी और ऐल्बर्टो उसके लिए 'हैप्पी बर्थ डे' गाएँगे। बेहद लज्जापूर्ण, हिल्डे ने सोचा।

और अब सोफी ने उसी दिन दार्शनिक गार्डन पार्टी के लिए लोगों को निमन्त्रित किया हुआ था, जिस दिन उसे लेबनान से वापस आना था। हिल्डे को भरोसा था कि उस दिन कुछ-न-कुछ होनेवाला है जिसके बारे में वह या उसका पिता निश्चयपूर्वक कुछ नहीं कह सकते थे।

किन्तु एक बात तय थी : उसके पिता को जरकले, अपने घर पहुँचने से पहले एक भयंकर आतंक का सामना करना होगा। यह तो कम-से-कम था जो उसे सोफी और एल्बर्टो के लिए करना होगा, क्योंकि उन्होंने सहायता के लिए अपील की थी...

उसकी माँ अभी भी नीचे बोट हाउस में थी। हिल्डे दौड़कर नीचे टेलीफोन के पास गई। उसने कोपेनहैगन में ऐनी और ओले का नम्बर पता किया और उन्हें फोन लगाया :

'ऐनी क्वाम्सडाल'

'हाइ, यह हिल्डे है!'

'ओह, आप कैसी हैं? लिलेसैंड में और सब कैसा है?'

'बढ़िया, छुट्टियाँ और सब चीजें चल रही हैं। और एक सप्ताह में डैड लेबनान से वापस आ रहा है।'

'क्या यह बहुत बढ़िया नहीं होगा, हिल्डे?'

'हाँ, मैं तो इसी की प्रतीक्षा कर रही हूँ और इसी के लिए मैंने आपको फोन किया है...'

'ऐसा है?'

'मैं सोचती हूँ कि वह 23 ता. शनिवार को पाँच बजे कास्ट्रप हवाई अड्डे पर उतरेगा। क्या आप उस समय कोपेनहैगन में होंगी?'

'हाँ, सोचती तो यही हूँ मैं।'

'मैं सोच रही थी क्या आप मेरे लिए कुछ कर सकेंगी?'

'क्यों, निश्चय ही।'

'यह मुझ पर एक खास अहसान होगा। हालाँकि मुझे भरोसा नहीं कि यह सम्भव है।'

'अच्छा, अब तो तुम मुझे उत्सुक बना रही हो...'

हिल्डे ने अपनी योजना का वर्णन प्रारम्भ किया। उसने ऐनी को रिंग बाइंडर के बारे में, सोफी और ऐल्बर्टो के बारे में और बाकी सब चीजें बता दीं। कई बार उसे अपनी बातों से पीछे लौटना पड़ा, क्योंकि या तो ऐनी या हिल्डे बेसाख्ता हँस रही थीं। किन्तु जब हिल्डे ने फोन रखा, तो उसकी योजना पर काम शुरू हो चुका था।

अब उसे कुछ तैयारियाँ अपनी करनी होंगी। किन्तु उसके पास पर्याप्त समय था।

हिल्डे ने शेष तीसरा पहर और शाम अपनी माँ के साथ गुजारी। अन्त में वे क्रिश्चियन सैंड में गाड़ी चला रही थीं और फिल्म देखने जा रही थीं। उन्हें लगा कि आज काम जल्दी-जल्दी निपटाना है, क्योंकि पिछले दिन उन्होंने कोई खास काम नहीं किया था। जैसे ही वे जैविक हवाई अड्डे के प्रस्थानवाले द्वार के पास से गुजर रही थीं, तो उस अनोखी पहेली के कुछ हिस्से, जिसे हिल्डे बना रही थी, यथास्थान पहुँच गए। उस रात उसे अपने बेड पर पहुँचते थोड़ी देर हो गई, किन्तु उसने रिंग बाइंडर उठाया और पढ़ना शुरू कर दिया।

जब सोफी अपने अड्डे से, बाड़ में से होती हुई, बाहर आई तो लगभग आठ बज गए थे। जब सोफी वहाँ पहुँची उसकी माँ सामनेवाले दरवाजे के आगे फूलों की क्यारियों को निरा रही थी।

'तुम कहाँ से आ टपकीं?'

'मैं बाड़ से होकर आ रही हूँ।'

'बाड़ में से?'

'तुम्हें नहीं मालूम उस ओर जाने का एक रास्ता है?'

'किन्तु तुम थीं कहाँ, सोफी? यह दूसरा मौका है जब तुम बिना कोई सन्देश छोड़े, गायब हो गई थीं।

'आई एम सॉरी, मॉम! दिन इतना प्यारा था। मैं लम्बी सैर पर चली गई।'

उसकी माँ निराई हुई घास के ढेर से उठी, और उस पर एक कड़ी नजर डाली।

'तुम फिर उस दार्शनिक के पास तो नहीं थी?'

'सच बात तो यह है कि मैं वहीं गई थी। मैंने तुम्हें बताया था कि वह लम्बी सैर पर जाना पसन्द करता है।'

'किन्तु वह गार्डन पार्टी में तो आ रहा है। आ रहा है न?'

'ओह, हाँ, वह इसकी प्रतीक्षा कर रहा है।'

'मैं भी। मैं दिन गिन रही हूँ।'

क्या उसकी आवाज में कुछ तीखा स्वर था? सेफ साइड पर रहने के लिए, सोफी ने कहा, 'मुझे खुशी है कि मैंने जोआना के माता-पिता को भी निमन्त्रित किया है। अन्यथा थोड़ा असमंजस होता।'

'मुझे नहीं मालूम...पर जो भी हो, मैं इस ऐल्बर्टो से बात करने जा रही हूँ, जैसे एक वयस्क दूसरे के साथ करता है।'

'तुम चाहो तो मेरा कमरा इस्तेमाल कर सकती हो। मुझे भरोसा है तुम उसे पसन्द करोगी।'

'और दूसरी चीज। तुम्हारे लिए एक खत है।'

'अच्छा, है?'

'इस पर यूएन बटालियन की मुहर है।'

'यह ऐल्बर्टो के भाई का होगा।'

'यह सब बन्द होना चाहिए, सोफी।'

सोफी का दिमाग अतिकालिक काम करने लगा। किन्तु एक क्षणिक कौंध में ही उसे उचित उत्तर ध्यान में आ गया। ऐसा लगता था कोई प्रेरक आत्मा उसे प्रेरणा दे रही है।

'मैंने ऐल्बर्टो से कहा था कि वह कुछ दुर्लभ डाक-मुहरें इकट्ठी कर दे। और भाईयों के भी ऐसे लाभ होते हैं।'

लगा उसकी माँ थोड़ा-सा आश्वस्त हुई है।

'डिनर फ्रिज में है,' उसने थोड़े से दोस्ताना अन्दाज़ में कहा।

'पत्र कहाँ है?'

'फ्रिज के ऊपर।'

सोफी जल्दी से अन्दर गई। लिफाफे पर 15 जून, 1990 की डाक मुहर थी। उसने इसे ले लिया और इसमें से एक छोटा-सा नोट निकाला :

'क्या महत्त्व है हमारे अन्तहीन रचनात्मक श्रम का,
जब जरा से झटके से, विस्मृति कुंडली नष्ट कर देती है?'

वास्तव में सोफी के पास उस प्रश्न का उत्तर नहीं था। कुछ भी खाने से पहले, उसने इस नोट को अपनी अलमारी में उस सारे कबाड़ के साथ रख दिया जो पिछले कुछ सप्ताहों में इकट्ठा हो गया था। शीघ्र ही वह सीख लेगी कि प्रश्न क्यों पूछा गया है।

अगले सबेरे जोआना उसके पास चली आई। बैडमिंटन के एक गेम के बाद वे दार्शनिक गार्डन पार्टी के आयोजन के काम में लग गईं। उनके पास कुछ आश्चर्यदायक चीजें भी होनी चाहिए; किसी बिन्दु पर पार्टी के असफल होने पर इनकी जरूरत आ सकती थी।

जब सोफी की माँ काम पर से वापस लौटी, उस समय तक वे यही बातें कर रही थीं। उसकी माँ कहती रही, 'इसकी चिन्ता मत करना, खर्चा कितना आता है।' और उसके बोलने के अन्दाज में व्यंग्य नहीं था।

शायद वह सोच रही थी कि सोफी के कई सप्ताहों के घने दार्शनिक अध्ययन के बाद, जिस चीज की जरूरत उसे वापस जमीन पर लाने के लिए थी, वह 'दार्शनिक गार्डन पार्टी' उसके लिए ठीक थी।

शाम खत्म होने से पहले वे हर चीज के बारे में सहमत हो चुकी थीं, कागज की लालटेन से लेकर दार्शनिक पहेलियाँ और साथ में इनाम। इनाम के लिए बेहतर था कि दर्शनशास्त्र की एक पुस्तक हो युवाओं के लिए। क्या ऐसी कोई पुस्तक थी? सोफी को बिलकुल भरोसा नहीं था।

मिडसमर ईव से दो दिन पहले, बृहस्पतिवार, 21 जून को, ऐल्बर्टो ने फिर सोफी को फोन किया।

'सोफी?'

'हाँ, ऐल्बर्टो!'

'ओह, हाइ, हाउ आर यू?'

'बहुत ठीक हूँ, आपका धन्यवाद। मैं सोचता हूँ कि मैंने बाहर निकलने का एक बड़ा श्रेष्ठ रास्ता ढूँढ़ निकाला है।'

'कहाँ से बाहर निकलने का रास्ता?'

'यह कहाँ तो तुम्हें मालूम ही है। मानसिक कारावास से बाहर निकलने का रास्ता, जिसमें हम दोनों कुछ अधिक समय ही रह चुके हैं।'

'ओह, अच्छा, वह?'

'किन्तु इस योजना पर काम शुरू होने से पहले, मैं एक भी शब्द नहीं कह सकता।'

'क्या तब बहुत देर नहीं हो जाएगी? मुझे यह जानना जरूरी है कि मैं कहाँ फँसी हूँ।'

'अब तुम बहुत भोली बन रही हो। हमारे सारे वार्तालाप को कोई सुन रहा है। सबसे अधिक समझदारी इसी में है कि एक भी शब्द न बोलें।'

'ओह, तो यह इतना खराब है, हुँह!'

'स्वाभाविक है, मेरे बच्चे! सबसे महत्त्वपूर्ण चीजें तभी होनी चाहिए जब हम बात नहीं कर रहे हैं।

'ओह!'

'हम एक लम्बी कहानी में शब्दों के परोक्ष में एक काल्पनिक यथार्थ में अपना जीवन जी रहे हैं। एक-एक अक्षर पुराने पोर्टेबल टाइपराइटर पर मेजर द्वारा लिखा जा रहा है। उसकी निगाह से ऐसी कोई चीज नहीं बच पाएगी जो प्रिंट में आ जाती है।'

'नहीं। मैं समझती हूँ किन्तु हम उससे छिपेंगे कैसे?'

'श श श...'!

'क्या?'

'पंक्तियों के बीच में भी कुछ चल रहा है। बस यही तो मैं अपनी चाल चल रहा हूँ, जो भी तरकीब मुझे आती है, मैं उसका प्रयोग कर रहा हूँ।'

'मैं समझ गई!'

'किन्तु हमें आज और कल के समय का पूरा उपयोग करना चाहिए। शनिवार को बैलून ऊपर जाएगा। क्या तुम इसी वक्त आ सकती हो?'

'हाँ, बस, अभी अपने रास्ते पर हूँ।'

सोफी ने चिड़ियों और मछलियों को दाना डाला, और गोविन्दा के लिए गोभी का एक बड़ा पत्ता ढूँढ़ निकाला। उसने शेरेकन के लिए कैट-फूड की एक कैन खोली, और बाहर निकलने से पहले पैड़ियों पर इसे एक बाउल में रख दिया।

फिर वह बाड़ से होती हुई बाहर निकलकर उधर दूर जा रहे रास्ते की तरफ चल पड़ी। थोड़ा-सा आगे चलने पर जंगल के बीचोबीच अच्छी-खासी बड़ी डेस्क पर अचानक उसकी निगाह पड़ी। एक अच्छी उम्र का आदमी इस पर बैठा था, लगता था कुछ हिसाब-किताब लिख रहा है। वह उस तक गई और उसका नाम पूछा।

'ऐब्नेजर स्क्रूज,' उसने कहा, अपनी खाताबही पर झुके-झुके।

'मेरा नाम सोफी है। आप एक व्यापारी हैं, मेरे खयाल में?'

उसने सिर हिलाया। 'और बहुत अमीर। एक भी छदाम बेकार नहीं जाना चाहिए। यही कारण है मुझे अपने एकाउंट्स पर ध्यान केन्द्रित करना पड़ता है।''

'क्यों परेशान होते हो?'

सोफी ने उसे वेव किया और आगे बढ़ गई। किन्तु वह कुछ ही गज आगे गई होगी कि उसने एक बड़े पेड़ के नीचे एक छोटी लड़की को अकेले देखा। वह फटे-पुराने कपड़े पहने थी, और बीमार तथा उदास दिखती थी। जैसे ही सोफी उसके बराबर से गुजरी, लड़की ने अपना हाथ थैले में घुसेड़ा और माचिस की डिब्बी बाहर निकाली।

'क्या आप कुछ माचिस खरीदेंगी?' उसने सोफी के आगे डिब्बी बढ़ाते हुए पूछा। सोफी ने अपनी जेबों को छूकर यह जानने की कोशिश की क्या उसके पास कुछ पैसे पड़े हैं। हाँ– उसे एक क्राउन मिल गया।

'कितने के हैं?'

'एक क्राउन।'

सोफी ने उस लड़की को सिक्का दे दिया, और माचिस की डिब्बी हाथ में लिये खड़ी रही।

'सौ सालों से भी अधिक समय में मुझसे कुछ खरीदनेवाली तुम पहली व्यक्ति हो। कभी-कभी मैं भूखी मरती हूँ, और कभी बर्फ और कुहरा मुझे बर्बाद कर देते हैं।'

सोफी ने सोचा इसमें आश्चर्य की कोई बात नहीं कि यहाँ जंगल में माचिसों की अच्छी बिक्री नहीं होती। किन्तु फिर वह उस व्यापारी की सोचने लगी जिसके पास से वह अभी गुजरी थी। जब वह इतना धनवान था, तो इस लड़की के भूखा मरने का कोई कारण नहीं था।

'इधर आओ,' सोफी ने कहा।

उसने लड़की का हाथ पकड़ा और वापस उस धनवान आदमी तक चलकर गई।

'आप ध्यान रखना कि इस लड़की को बेहतर जिन्दगी मिले।' उसने कहा।

आदमी ने अपने कागजों से निगाह उठाकर देखा और कहा, 'इस तरह के काम में पैसा लगता है, और मैंने कहा था न कि एक छदाम भी बेकार नहीं जाना चाहिए।

'किन्तु देखिए यह तो अच्छी बात नहीं है कि आप तो इतने धनवान हैं, जबकि यह लड़की इतनी निर्धन है।' सोफी ने इस पर जोर देते हुए कहा–'यह अन्याय है।'

'वाह! फालतू की बात। न्याय तो केवल बराबर वालों के बीच होता है।'

'आपका इससे क्या मतलब है?'

'मैं मेहनत करके ऊपर आया हूँ, और मेहनत का मुझे फल मिला है। तरक्की, वे इसे यही नाम देते हैं।'

'अगर आप मेरी मदद नहीं करेंगे, तो मैं मर जाऊँगी।' बेचारी लड़की ने कहा।

व्यापारी ने फिर अपनी खाताबही से निगाह ऊपर उठाकर देखा। फिर उसने अपना पंछी के पँख वाला कलम बड़ी अधीरता से मेज पर फेंक दिया।

'आपका मेरे हिसाब-किताब में कोई नाम नहीं है। इसलिए आप भाग जाइए और किसी निर्धनालय की राह पकड़िए।'

'यदि आप मेरी मदद नहीं करते, तो मैं जंगल में आग लगा दूँगी,' लड़की अड़ी रही। इस पर वह आदमी उठ खड़ा हुआ, किन्तु तब तक लड़की ने एक तीली जला ली थी। उसने इसे घास की एक छोटी सी ढेरी में लगाया, जो तुरन्त भभक उठी।

उस आदमी ने अपनी बाँहें ऊपर उठाते हुए कहा, 'ईश्वर, मेरी मदद करो,' और जोर से चिल्लाया। 'लाल मुर्गा बाँग दे चुका है।'

लड़की ने उसकी ओर एक खिलन्दड़ी मुस्कान के साथ देखा।

'आपने नहीं जाना कि मैं एक साम्यवादी हूँ, जाना था क्या?'

अगले ही क्षण, लड़की, व्यापारी, और डेस्क गायब हो गए। सोफी एक बार फिर अकेली खड़ी थी और आग की लपटे सूखी घास को और भी तेजी से जला रही थीं। पैर पटक-पटक कर उस आग को बुझाने में सोफी को काफी समय लगा।

हे भगवान्! सोफी ने काली पड़ गई घास पर नजर डाली। वह अपने हाथ में माचिस की डिब्बी लिये हुए थी।

वह स्वयं आग नहीं लगा सकती थी, लगा सकती थी क्या?

जब वह केबिन के बाहर ऐल्बर्टो से मिली तो उसे बताया कि क्या हुआ था।

'चार्ल्स डिकेन्स द्वारा लिखित ए क्रिसमस कैरॉल में स्क्रूज एक कंजूस पूँजीपति है। तुम्हें शायद हैंस क्रिश्चियन एंडरसन की कहानियों में आनेवाली छोटी लड़की याद होगी।'

'मैं इस जंगल में उनसे मिलने की आशा नहीं कर सकती थी।'

'क्यों नहीं? यह साधारण जंगल नहीं है, और अब हम कार्ल मार्क्स के बारे में बात करने जा रहे हैं। यह अच्छा ही रहा कि तुमने उस बहुत बड़े वर्ग संघर्ष का एक उदाहरण देख लिया जो उन्नीसवीं शताब्दी के मध्य से शुरू होकर चलता रहा है। किन्तु हमें अन्दर चलना चाहिए। वहाँ हम मेजर के व्यवधानों से बेहतर सुरक्षित हैं।'

एक बार फिर वे छोटी मेज पर झील की ओर खुलती खिड़की के पास बैठ गए। सोफी अभी भी अपने सारे शरीर में महसूस कर रही थी कि नीली बोतल से पीकर उसने छोटी झील का कैसा अनुभव किया था।

आज वे दोनों बोतलें अँगीठी पर रखी हुई थीं। मेज पर एक यूनानी मन्दिर का छोटा मॉडल रखा हुआ था।

'यह क्या है?' सोफी ने पूछा।

'समय आने पर सब बतलाऊँगा, प्रिय।'

ऐल्बर्टो ने बात शुरू की, '1841 में जब किर्केगार्ड बर्लिन गया, तो वह शैलिंग के लेक्चर्स में कार्ल मार्क्स के कहीं पास ही बैठा होगा। किर्केगार्ड ने सुकरात पर एम.ए. के लिए एक शोध प्रबन्ध लिखा था। उसी समय के आसपास मार्क्स ने डॉक्ट्रेट के लिए डिमॉक्रिटस और ऐपीक्यूरस पर एक थीसिस लिखी थी—दूसरे शब्दों में पुरातन काल के भौतिकवाद पर। इस प्रकार उन दोनों ने अपने दर्शनों के रुख के इरादे प्रस्तुत कर दिए थे।''

'क्या इसलिए कि किर्केगार्ड एक अस्तित्ववादी और मार्क्स एक भौतिकवादी बन गए?'

'मार्क्स वह बन गया जिसे हम ऐतिहासिक भौतिकवादी कहते हैं। किन्तु इसे हम बाद में लेंगे।

'चलिए आगे।'

'दोनों ने ही अपने-अपने ढंग से, यानी किर्केगार्ड और मार्क्स ने हेगल के दर्शनशास्त्र को अपना प्रस्थान बिन्दु बनाया। दोनों ही उसके चिन्तन के तरीके से प्रभावित थे, किन्तु दोनों ने ही उसकी 'विश्व-चेतना' या उसके आदर्शवाद को खारिज कर दिया।'

'यह उनके लिए शायद बड़ी ऊँची बातें रही हों।'

'निश्चय ही। सामान्य रूप से हम प्रायः कहा करते हैं कि हेगल के साथ बड़ी दार्शनिक प्रणालियों का युग समाप्त हो गया। उसके बाद, दर्शनशास्त्र ने एक नई दिशा पकड़ ली। महान चिन्तन प्रणालियों के बजाय, अब हमारे पास जो था उसे अस्तित्ववादी दर्शन या कर्म का दर्शनशास्त्र कहते हैं। और मार्क्स का भी यही अभिप्राय था जब उसने कहा कि अब तक 'दार्शनिकों ने दुनिया को विभिन्न तरीकों से देखा और इसका अर्थ लगाया है : मुख्य बात इसे बदलने की है।' ये शब्द दर्शनशास्त्र के इतिहास में एक महत्त्वपूर्ण परिवर्तनकारी बिन्दु के चिह्न हैं।'

'स्क्रूज और छोटी लड़की के मिलने के बाद मुझे मार्क्स के अर्थ समझने में कोई समस्या नहीं है।'

'मार्क्स के चिन्तन में एक व्यावहारिक या राजनीतिक उद्देश्य था। वह न केवल एक दार्शनिक था; वह एक इतिहासकार, समाजशास्त्री और अर्थशास्त्री भी था।'

'और वह इन सभी क्षेत्रों में अग्रणी था?'

'निश्चय ही किसी अन्य दार्शनिक का व्यावहारिक राजनीति में इतना महत्त्व नहीं है। दूसरी ओर हमें यह सावधानी भी बरतनी है कि हम हर मार्क्सवाद कहे जानेवाले विचार/सिद्धान्त और मार्क्स के अपने चिन्तन में भेद कर सकें। मार्क्स के बारे में यह कहा जाता है कि वह 1840 के दशक के मध्य में मार्क्सवादी चिन्तक बना, किन्तु उसके बाद भी समय-समय पर वह ऐसा महसूस करता था कि उसे रेखांकित करना चाहिए कि वह मार्क्सवादी नहीं है।'

'क्या यीशु एक ईसाई था?'

'यह बात भी चर्चा और विवाद का विषय है।'

'आगे चलें।'

'एकदम शुरू से ही उसके मित्र और सहकार्यकर्ता फ्रैडरिख ऐंगेल्स ने मार्क्स के साथ उस विचारधारा में योगदान किया जिसे बाद में मार्क्सवाद कहा गया। हमारी अपनी शताब्दी में लेनिन, स्टालिन, माओ और कई अन्य ने मार्क्सवाद या मार्क्सवाद-लेनिनवाद में अपना योगदान किया।'

'मेरा सुझाव है कि आप केवल मार्क्स तक सीमित रहें। आपने कहा था कि वह ऐतिहासिक भौतिकवादी था?'

'वह पुरातन काल के अणुवादियों की भाँति दार्शनिक भौतिकवादी नहीं था और न ही उसने सत्रहवीं और अठारहवीं शताब्दी के यन्त्रवत् भौतिकवाद की वकालत की। किन्तु वह बहुत बड़ी सीमा तक यह सोचता था कि समाज के भौतिक घटक हमारे सोचने के तरीके को निर्धारित करते हैं। इस प्रकार के भौतिक घटकों ने ऐतिहासिक विकास में निश्चय ही निर्णायक भूमिका अदा की है।'

'यह हेगल की संसार-चेतना से तो काफी भिन्न था।'

'हेगल ने बतलाया था कि ऐतिहासिक विकास को आगे ले चलनेवाले विरोधियों में तनाव होता है–जिसे बाद में अकस्मात् परिवर्तन द्वारा दूर कर दिया जाता है। मार्क्स ने इस विचार को और आगे विकसित किया। किन्तु मार्क्स के अनुसार, हेगल उल्टा खड़ा था अपने सिर के बल।'

'हर समय नहीं, मुझे आशा है।'

'हेगल इतिहास को, आगे हाँकनेवाली ताकत को विश्व-चेतना या वैश्विक-तर्क कहता था। मार्क्स ने दावा किया, यह तो बिलकुल उल्टा है। वह यह दिखलाना चाहता था कि भौतिक परिवर्तन ही इतिहास को प्रभावित करते हैं। 'आध्यात्मिक रिश्ते' भौतिक परिवर्तन नहीं करते, स्थिति इसके बिलकुल उलट है। भौतिक परिवर्तन नए आध्यात्मिक सम्बन्ध रचते हैं। मार्क्स

ने खासतौर पर इस बात पर जोर दिया कि ये समाज की ऐतिहासिक आर्थिक ताकतें हैं जो परिवर्तन लाती हैं और इस प्रकार इतिहास को आगे बढ़ाती हैं।'

'क्या आपके पास एक उदाहरण है?'

'उद्देश्य की दृष्टि से पुरातन काल के दर्शनशास्त्र और विज्ञान शुद्धतः वैचारिक थे। कोई भी नई खोजों को व्यवहार में लाने में रुचि नहीं रखता था।'

'उनकी रुचि नहीं थी क्या?'

'इसका कारण उस समय के आर्थिक जीवन को व्यवस्थित करने का तरीका था। उत्पादन मुख्यतः दास श्रमिकों पर आधारित था, इसलिए नागरिकों को उत्पादन बढ़ाने या व्यावहारिक नए तरीकों को ढूँढ़ने की जरूरत नहीं थी। यह इस बात का एक उदाहरण है कि किस प्रकार भौतिक सम्बन्ध समाज में दार्शनिक चिन्तन को प्रभावित करते हैं।'

'हाँ, मैं समझ रही हूँ।'

'मार्क्स ने इन भौतिक, आर्थिक और सामाजिक सम्बन्धों को समाज का आधार (बेस) कहा। समाज किस तरीके से सोचता है, इसकी राजनीतिक संस्थाएँ क्या हैं, इसके कानून क्या हैं, और इतना ही महत्त्वपूर्ण यहाँ धर्म, नैतिकता, कला, दर्शन, और विज्ञान कैसे हैं?—मार्क्स इन सब चीजों को समाज का सुपर स्ट्रक्चर अर्थात् ऊपरी-ढाँचा कहता था।'

'आधार और ऊपरी-ढाँचा, अच्छा।'

'और अब तुम भला काम करो कि यूनानी मन्दिर का यह मॉडल मुझे दे दो।'

सोफी ने वैसा ही किया।

'यह ऐक्रोपॉलिस के पार्थोनॉन मन्दिर का मॉडल है। इसे तुमने वास्तविक जीवन में भी देखा है।'

'आपका अभिप्राय, वीडियो पर?'

'तुम देख सकती हो कि भवन की छत बहुत शालीन और जटिल है। जब कोई इसे देखता है तो सबसे पहली नजर छत और गुम्बज पर पड़ती है। इसी को हम ऊपरी-ढाँचा कहते हैं।

'किन्तु छत झीनी हवा में तो तैर नहीं सकती?'

'इसे स्तम्भों का सहारा मिल रहा है।'

'भवन की बड़ी शक्तिशाली नींव इसका आधार है जो सारे निर्माण को सहारा दे रही है। इसी तरीके से मार्क्स का मानना था कि भौतिक सम्बन्ध, यदि एक ढंग से कहें, समाज के सारे सोचने के ढंग और विचारों को सहारा देते हैं।' वास्तव में समाज का ऊपरी-ढाँचा उस समाज की नींव की प्रतिछाया होता है।'

'क्या आप यह कह रहे हैं कि अफलातून का विचारों का सिद्धान्त वास उत्पादन और अंगूरी मदिरा बनाने की प्रतिछाया है?'

'नहीं। यह उतना सरल और आसान नहीं है, जैसा मार्क्स ने खासतौर पर स्पष्ट किया। यह समाज का अपने ऊपरी-ढाँचे पर अन्तर-क्रिया प्रभाव है। यदि मार्क्स इस अन्तर-क्रिया को अस्वीकार कर देता तो वह एक यन्त्रवत् भौतिकतावादी होता। किन्तु चूँकि मार्क्स ने यह अनुभव किया कि आधारों और ऊपरी-ढाँचे में एक अन्तर-क्रियायी अथवा डायलैक्टिकल (द्वन्द्वात्मक) रिश्ता है, इसीलिए हम कहते हैं कि वह एक द्वन्द्वात्मक भौतिकतावादी है। खैर, चलते-चलते मैं तुम्हें बतला दूँ, और तुम यह हमेशा ध्यान में रखना कि अफलातून न तो कुम्हार था और न ही अंगूर उगानेवाला।'

'ठीक है, आपको मन्दिर के बारे में कुछ और कहना है?'

'हाँ, थोड़ा-सा। क्या तुम मन्दिर के आधार का वर्णन कर सकती हो?'

'स्तम्भ एक आधार पर खड़े हैं जो तीन स्तरों या चरणों में बना है।'

'उसी प्रकार हम समाज के आधार में तीन स्तरों की पहचान करेंगे। समाज का सबसे आधारभूत स्तर वह है जिसे हम समाज में उत्पादन की दशाएँ कहते हैं। दूसरे शब्दों में, प्राकृतिक दशाएँ या रांसाधन जो समाज को उपलब्ध हैं, ये किसी भी समाज का आधार हैं, और यह नींव स्पष्टतः निर्धारित करती है कि समाज में किस प्रकार का उत्पादन होगा और उसी के फलस्वरूप समाज का स्वरूप और सामान्य संस्कृति बनती है।'

'आप सहारा में हैरिंग मछली का व्यापार या उत्तरी नॉर्वे में खजूर उत्पादन नहीं कर सकते।'

'अब तुम अच्छी तरह समझ गई हो। और खानाबदोश संस्कृति में लोगों का सोचने का तरीका उत्तरी नॉर्वे में मछुआरे गाँव के लोगों के तरीके से भिन्न है। अगला स्तर समाज के उत्पादन के साधन हैं। इससे मार्क्स का अभिप्राय था विभिन्न प्रकार के औजार, यन्त्र और मशीनें, और उनके साथ-साथ वहाँ उपलब्ध होनेवाला कच्चामाल।

'पुराने जमाने में लोग नावों को खेते हुए वहाँ जाते थे जहाँ मछलियाँ मिलती थीं। आजकल मछली पकड़ने के लिए बड़े ट्रॉलर्स का प्रयोग होता है।'

'हाँ, और यहाँ तुम समाज में इसके आधार के दूसरे स्तर की बात कर रही हो यानी उनकी जो उत्पादन के साधनों के स्वामी हैं। श्रम का विभाजन या स्वाभित्व और कार्य का बँटवारा–ये वह चीजें थीं जिन्हें मार्क्स समाज के 'उत्पादन सम्बन्ध' कहता है।'

'मैं समझ रही हूँ।'

'अब तक हम यह निष्कर्ष निकाल सकते हैं कि किसी समाज की उत्पादन से यह निर्धारित होता है कि उस समाज में किस प्रकार की राजनीतिक और वैचारिक दशाएँ बनेंगी। और ऐसा अकस्मात् नहीं हुआ है कि आज हम पुराने सामन्तवादी समाज से थोड़ा हटकर, भिन्न रूप से सोच पाते हैं या आज हमारे पास एक भिन्न प्रकार का नैतिक ढाँचा है।'

'यानी मार्क्स किसी ऐसे प्राकृतिक अधिकार में विश्वास नहीं करता था जो शाश्वत रूप से वैध था।'

'नहीं, मार्क्स के अनुसार, यह प्रश्न कि नैतिक रूप से सही क्या है? समाज के आधार पर आश्रित है। उदाहरण के लिए, ऐसा अकस्मात् नहीं हुआ था कि पुराने कृषक समाज में यह माता-पिता तय करते थे कि उनके बच्चे किससे शादी करेंगे। क्योंकि प्रश्न यह था कि खेत विरासत में किसके पास जाएगा। आधुनिक शहर में, रिश्ते भिन्न प्रकार के हैं। आजकल आप अपने भावी जीवन साथी को किसी पार्टी या डिस्को में पा सकते हैं, और यदि आप प्यार में काफी आगे बढ़ गए हैं तो आप अपने रहने के लिए जगह भी ढूँढ़ लेंगे।'

'मैं इस बारे में कोई समझौता नहीं कर सकती कि मेरे माता-पिता तय करें कि मैं किस से शादी करूँगी?'

'हाँ! ऐसा इसलिए है कि तुम अपने समय का बच्चा हो। इसके अतिरिक्त मार्क्स ने इस बात पर भी जोर दिया कि मुख्यतः शासक वर्ग तय करता है कि सही या गलत के मापदंड क्या हैं। क्योंकि 'अब तक अस्तित्व में आए सभी समाजों का इतिहास वर्ग संघर्षों का इतिहास है।' दूसरे शब्दों में, इतिहास का मुख्य मुद्दा यह है कि उत्पादन के साधनों का स्वामी कौन है!'

'क्या लोगों की सोच और उनके विचार समाज को बदलने में सहायक नहीं होते?'

'हाँ भी और नहीं भी। मार्क्स ने समझ लिया था कि समाज के ऊपरी-ढाँचे की दशाएँ समाज के आधार पर अन्तर-क्रियायी प्रभाव डाल सकती हैं किन्तु उसने यह अस्वीकार कर दिया कि समाज के ऊपरी-ढाँचे का कोई अपना स्वतन्त्र इतिहास होता है। यह समाज के आधार

में परिवर्तन से ही निर्धारित होता है और पुरातन काल के दास समाज को ऐतिहासिक विकासक्रम में आज के औद्योगिक समाज तक पहुँचा दिया।'

'अच्छा तो आपने यह कहा?'

'मार्क्स का मानना था कि इतिहास के सारे पहलुओं में समाज के दो मुख्य वर्गों के बीच संघर्ष चलता आया है। पुरातन काल के दास समाज में संघर्ष मुक्त नागारिकों और दासों के बीच था। मध्य युग के सामन्ती समाज में यह संघर्ष सामन्ती जमींदारों और कृषि-कार्मिकों के बीच था; बाद में यह कुलीनों और नागरिकों के बीच होने लगा। किन्तु मार्क्स के अपने समय में यह संघर्ष मुख्यतः उनके बीच था जिन्हें वह बुर्जुआ या पूँजीवादी और श्रमिक या प्रोलीटेरियट कहता है। अतः संघर्ष उनके बीच हुआ जिन्हें एक ओर वह उत्पादन के साधनों का स्वामी बतलाता है और दूसरा पक्ष जिसे उसने सर्वहारा कहा। और चूँकि 'उच्च वर्ग' स्वेच्छा से अपनी सत्ता, सुविधाओं तथा वर्चस्व को नहीं छोड़ता इसलिए परिवर्तन केवल क्रान्ति द्वारा ही आता है।'

'और साम्यवादी समाज की क्या बात है?'

'मार्क्स की मुख्य रुचि पूँजीवादी समाज के अन्तर्विरोधों के परिणामस्वरूप रूपान्तरित होकर साम्यवादी समाज बन जाने में थी। उसने पूँजीवादी उत्पादन तरीकों का विस्तृत विश्लेषण किया। किन्तु इसका अवलोकन करने से पहले हमें मानवीय श्रम के बारे में मार्क्स के विचारों पर टिप्पणी करना आवश्यक है।'

'चलिए आगे।'

'साम्यवादी बन जाने से पहले, युवा मार्क्स इस प्रश्न को लेकर चिन्तित था कि काम करते समय आदमी को क्या होता है। यह ऐसी समस्या थी जिसका विश्लेषण हेगल ने भी किया है। हेगल का मानना था कि मनुष्य और प्रकृति के बीच एक अन्तर-क्रियायी या द्वन्द्वात्मक सम्बन्ध है। जब मनुष्य प्रकृति को बदलता है, तो वह स्वयं भी बदल जाता है या इसे थोड़े भिन्न रूप से सामने रखें तो जब आदमी काम करता है तो वह प्रकृति के साथ अन्तर-क्रिया करता है, और इसे रूपान्तरित कर देता है। किन्तु इस प्रक्रिया के दौरान प्रकृति भी मनुष्य के साथ अन्तर-क्रिया करती है और उसकी चेतना को रूपान्तरित करती है।'

'आप मुझे बताएँ आप क्या करते हैं, और मैं आपको बताऊँगी कि आप कौन हैं?'

'संक्षेप में, यही मार्क्स का बिन्दु था। हम जैसे काम करते हैं उससे हमारी चेतना प्रभावित होती है, किन्तु हमारी चेतना हमारे काम करने के तरीके को भी प्रभावित करती है। आप यह कह सकते हैं कि यह हाथ और चेतना के बीच अन्तर-क्रियायी द्वन्द्वात्मक रिश्ता है। अतः आपका सोचने का तरीका आपके काम करने के तरीके से जुड़ा है।

'इसलिए बेरोजगार होना तो थोड़ा मनोबल गिराएगा।'

'हाँ, एक अर्थ में, जो बेरोजगार है वह खाली है। हेगल को इसकी जानकारी काफी पहले से थी। हेगल और मार्क्स, दोनों ही के लिए कार्य करना एक सकारात्मक गतिविधि थी, मानवता के सार के साथ नजदीक से जुड़ी थी।'

'तो इसलिए तो यह श्रमिक के लिए भी सकारात्मक होनी चाहिए।'

'हाँ, प्रारम्भ में तो। किन्तु यही वह चरण अथवा बिन्दु था जिसे मार्क्स ने पूँजीवादी उत्पादन के तरीके की आलोचना में लक्ष्य बनाया।'

'वह क्या था?'

'पूँजीवादी प्रणाली में, श्रमिक किसी दूसरे के लिए काम करता है। इस प्रकार उसका श्रम उससे बाहर हो जाता है—और श्रम से हुआ उत्पादन उसका अपना नहीं है। श्रमिक का

काम उसके लिए अजनबी हो जाता है–किन्तु इसके साथ ही साथ वह स्वयं से अजनबी बन जाता है। उसका अपने यथार्थ से सम्पर्क टूट जाता है। मार्क्स, बिलकुल हेगल जैसी अभिव्यक्ति में कहता है कि श्रमिक अजनबी हो जाता है।'

'मेरी एक आंटी है जो बीस वर्षों से अधिक समय से एक पैकेजिंग उद्योग में काम कर रही है, इसलिए मैं आपका अर्थ समझ रही हूँ। वह कहती है उसे अपने काम पर जाने से घृणा होती है, हर प्रातःकाल।'

'किन्तु सोफी यदि वह अपने काम से घृणा करती है, तो एक अर्थ में वह स्वयं से भी घृणा करती है।'

'उसे कैंडी से घृणा है, यह मैं पक्की तरह से जानती हूँ।'

'पूँजीवादी समाज में श्रमिकों को इस प्रकार संगठित किया जाता है कि हर श्रमिक वास्तव में दूसरे सामाजिक वर्ग के लिए दास की तरह काम करता है। श्रमिक इस प्रकार अपना श्रम–और इसके साथ ही, अपना सारा जीवन–पूँजीपति उद्योगपतियों को हस्तान्तरित कर देता है।'

'क्या यह वास्तव में इतना खराब है?'

'हम मार्क्स के बारे में बात कर रहे हैं, और हमें इसी कारण सामाजिक परिस्थितियों में अपना प्रस्थान बिन्दु पिछली शताब्दी के मध्य में लेना चाहिए। अतः हमारा उत्तर एक गुंजायमान हाँ है। एक श्रमिक का कार्य-दिवस उत्पादन के बर्फ जैसे ठंडे हॉल में 12 घंटे या इससे भी अधिक का हो सकता था। वेतन इतना कम था कि बच्चों और गर्भवती माताओं को भी काम करना पड़ता था। इसी कारण अकथनीय सामाजिक स्थिति पैदा हो गई। कई जगह, मजदूरी का कुछ हिस्सा सस्ती शराब के रूप में दिया जाता था, और स्त्रियों को अपनी आमदनी बढ़ाने के लिए विवश होकर वेश्यावृत्ति अपनानी पड़ती थी। उनके ग्राहक शहर के सम्माननीय नागरिक होते थे। संक्षेप में, उस स्थिति में जो मानवता–यानी काम के लिए सम्मान का आदर्श–होनी चाहिए, बिलकुल उसी स्थिति में श्रमिक कोल्हू का बैल बन गया।'

'यह तो मुझे गुस्से से लाल-पीला कर रहा है।'

'इसने मार्क्स को भी लाल-पीला किया। और जब यह हो रहा था, उसी समय बुर्जुआओं (पूँजीपतियों) के बच्चे ताजगी लानेवाला स्नान करके बड़े लिविंग रूम के गरमाहट भरे वातावरण में वायलिन बजाते थे। या वे पियानो पर बैठकर अपने चार कोर्सवाले डिनर की प्रतीक्षा करते थे। एक लम्बी घुड़सवारी के बाद पियानो या वायलिन थकावट दूर करने और मन बहलाने का काम करते थे।'

'उँह, कितना अन्यायपूर्ण।'

'मार्क्स आपसे सहमत होता। ऐंगेल्स के साथ मिलकर, उसने 1848 में कम्युनिस्ट मैनीफेस्टो (साम्यवादी घोषणा पत्र) प्रकाशित किया। घोषणा पत्र का प्रथम वाक्य है :

'एक प्रेत यूरोप का पीछा कर रहा है–साम्यवाद का प्रेत।'

'यह तो डरावना लगता है।'

'इसने बुर्जुआओं को भी डराया। क्योंकि अब प्रोलीटेरियट (सर्वहारा/श्रमिक वर्ग) विद्रोह करनेवाली थी। क्या तुम सुनना चाहोगी कि घोषणा पत्र कैसे समाप्त होता है?'

'हाँ, कृपया बतलाएँ।'

'साम्यवादी अपने विचारों और लक्ष्यों को छिपाना घृणास्पद समझते हैं। वे खुलेआम घोषणा करते हैं कि उनके लक्ष्य वर्तमान सामाजिक अवस्थाओं को जबरदस्ती उलट देने से ही प्राप्त हो सकते हैं। साम्यवादी क्रान्ति के सामने शासक वर्गों को डर से काँपने दीजिए। प्रोलीटेरियन्स

(सर्वहारा वर्ग) के पास खोने के लिए केवल अपनी हथकड़ियाँ हैं। उन्हें जीतने के लिए सारी दुनिया पड़ी है। सब देशों के श्रमिको, इकट्ठे हो जाओ।'

'यदि हालात इतने खराब थे, जैसा आप वर्णन करते हैं, तो मैं भी उस घोषणा पत्र पर हस्ताक्षर करती। किन्तु आज तो हालात बहुत बदल गए हैं?'

'हाँ, नॉर्वे में बदल गए हैं, किन्तु सभी जगहों पर नहीं बदले हैं। आज भी बहुत से लोग अमानवीय दशाओं में रहते हैं हालाँकि वे ऐसे सामान का उत्पादन करते हैं, जो पूँजीपतियों को सम्पन्न, और अधिक सम्पन्न बनाते हैं। मार्क्स इसे शोषण कहता था।'

'क्या आप कृपया इस शब्द को थोड़ा और स्पष्ट करेंगे?'

'यदि श्रमिक एक सामान (जिन्स) पैदा करता है तो इस उत्पादन का एक निश्चित विनिमय-मूल्य होता है।

'हाँ।'

'यदि आप इस विनिमय-मूल्य से श्रमिकों की मजदूरी और उत्पादन में किए गए दूसरे लागत खर्चे घटा दे, तो भी कुछ रकम बची रहती है। इस रकम को मार्क्स लाभ कहता था। दूसरे शब्दों में, पूँजीपति उस मूल्य को अपनी जेब में भर रहा था, जिसको श्रमिक ने पैदा किया या बनाया था। शोषण का यही अर्थ होता है।'

'मैं समझी।'

'अब पूँजीपति अपने लाभ का कुछ भाग नई पूँजी में लगाता है–उदाहरण के लिए, वह अपने उत्पादन संयन्त्र का आधुनिकीकरण इस आशा से करता है कि अब वस्तुओं का उत्पादन और भी सस्ता होगा, और परिणामस्वरूप भविष्य में उसका लाभ और बढ़ेगा।'

'यह तो ठीक, तार्किक लगता है।'

'हाँ, यह तार्किक लग सकता है। किन्तु इसमें और दूसरे क्षेत्रों में, दूरन्देशी के लिहाज से चीजें ऐसी न हुई या नहीं होंगी जैसे पूँजीपति ने कल्पना की थी।'

'आपने यह अर्थ कैसे लगाया?'

'मार्क्स का मानना था कि उत्पादन के पूँजीवादी तरीके में कई अन्तर्निहित विरोधी या विपरीत तत्त्व थे। पूँजीवाद एक ऐसी आर्थिक प्रणाली है जो स्वयं अपना विनाश करती है, क्योंकि इसमें तार्किक नियन्त्रण का अभाव है।'

'यह तो अच्छा है, उत्पीड़ित लोगों के लिए, नहीं है क्या?

'हाँ, पूँजीवादी प्रणाली में यह अन्तर्निहित है कि यह अपने ही विनाश की ओर बढ़ती है। इस अर्थ में, सामन्तवाद की तुलना में पूँजीवाद 'प्रगतिशील' है, क्योंकि यह साम्यवाद तक पहुँचने के मार्ग में एक चरण है।'

'क्या आप पूँजीवाद के स्व-विनाशी होने का एक उदाहरण देंगे?'

'हमने कहा कि पूँजीपति के पास रुपए की बहुलता है, और वह इस बहुलता का कुछ भाग अपने कारखाने के आधुनिकीकरण पर लगाता है। किन्तु वह पैसे को वायोलिन सीखने पर भी खर्च करता है। इसके अतिरिक्त, उसकी पत्नी एक विलासितापूर्ण जीवन की आदी हो गई है।'

'इसमें सन्देह नहीं है।'

'वह नई मशीनें खरीदता है और अब उसे उतने श्रमिकों और दूसरे आदमियों की जरूरत नहीं रहती। उसे इस सबकी जरूरत अपनी प्रतिस्पर्धा शक्ति बढ़ाने के लिए होती है।'

'मैं अब यह समझ गई।'

'किन्तु इस प्रकार सोचने में पूँजीपति ही अकेला नहीं है, जिसका अर्थ यह हुआ कि उत्पादन को निरन्तर अधिक प्रभावी बनाया जा रहा है। कारखाने बड़े से और बड़े होते जाते हैं, और धीरे-धीरे उनका नियन्त्रण थोड़े से हाथों में आ जाता है। फिर क्या होता है, सोफी?'

'ऐर...'

'श्रमिकों की आवश्यकता निरन्तर कम होती जाती है, जिसका अर्थ यह हुआ कि अधिक लोग बेरोजगार हो जाते हैं। अतः सामाजिक समस्याएँ बढ़ जाती हैं, और इस प्रकार के संकट यह संकेत देते हैं कि पूँजीवाद अपने विनाश के रास्ते पर आगे बढ़ रहा है। किन्तु पूँजीवाद में दूसरे और स्व-विनाशी तत्त्व भी हैं। जब भी लाभ को उत्पादन के साधनों से जोड़ा जाता है और उत्पादन को प्रतिस्पर्धात्मक मूल्य पर होने के लिए पर्याप्त धन बहुलता नहीं छोड़ी जाती, तब...'

'हाँ, तब क्या?'

'...पूँजीपति तब क्या करता है? क्या तुम मुझे बता सकती हो?'

'नहीं, मुझे नहीं लगता कि मैं बता सकती हूँ।'

'कल्पना करो, तुम एक कारखाने की मालिक हो। कारखाने के खर्चे पूरे नहीं होते। और उत्पादन करते रहने के लिए तुम कच्चा माल नहीं खरीद पातीं। तुम्हें दिवालियापन का सामना करना है। तो अब प्रश्न है, कि खर्चे कम करने के लिए क्या किया जा सकता है?'

'हो सकता है मैं मजदूरों की मजदूरी कम करूँ।'

'तुम होशियार हो। हाँ, यही सबसे बड़ी होशियारी है जो तुम कर सकती हो। कि यदि सभी पूँजीपति इतने होशियार हो जाएँ जितनी तुम हो—वे वास्तव में बहुत होशियार होते हैं—तो श्रमिक तो इतने निर्धन हो जाएँगे कि अब वे कोई सामान खरीद ही नहीं सकेंगे। हम कहेंगे कि क्रय-शक्ति गिर रही है। और अब हम वास्तव में एक दुश्चक्र में फँस गए हैं। मार्क्स कहेगा कि पूँजीपतियों की निजी सम्पत्ति के खत्म होने की खतरे की घंटी बज गई है। हम तेजी से एक क्रान्तिकारी स्थिति की ओर बढ़ रहे हैं।'

'हाँ, मैं देख रही हूँ।'

'लम्बी कहानी को छोटी करते हुए, मैं कहता हूँ अन्त में प्रोलिटेरियट (सर्वहारा वर्ग) उठ खड़ा होता है और उत्पादन के साधनों को अपने हाथ में ले लेता है।'

'और फिर क्या होता है?'

'कुछ समय के लिए, हमें एक नया 'वर्गसमाज' मिल जाता है जिसमें प्रोलिटेरियन्स (सर्वहारा श्रमिक) ताकत के द्वारा बुर्जुआओं (पूँजीपतियों) को दबाते हैं। मार्क्स इसे प्रोलिटेरियट की तानाशाही कहता है। किन्तु एक सन्तरण अवधि के बाद, प्रोलिटेरियट की तानाशाही का स्थान एक 'वर्गहीन समाज' ले लेता है, जिसमें उत्पादन के साधनों पर स्वामित्व 'सबका' होता है—यानी, स्वयं लोगों का। इस प्रकार के समाज में नीति यह रहती है : 'हर कोई अपनी योग्यतानुसार योगदान करेगा, हर किसी को उसकी आवश्यकतानुसार मिलेगा।' इसके अतिरिक्त, श्रम अब स्वयं श्रमिकों के हाथ में है और पूँजीवाद का अजनबीपन समाप्त हो जाता है।'

'यह सब तो बड़ा अद्भुत लगता है, किन्तु वास्तव में हुआ क्या? क्या क्रान्ति हुई?'

'हाँ और ना। आज अर्थशास्त्री यह स्थापित कर सकते हैं कि मार्क्स कई महत्त्वपूर्ण मुद्दों पर गलती कर रहा था, जिसमें उसकी पूँजीवाद की आलोचना भी कम नहीं है। और उसने प्राकृतिक पर्यावरण की लुटाई पर अपर्याप्त ध्यान दिया—जिसके गम्भीर परिणाम हम आज अनुभव कर रहे हैं। फिर भी...'

'फिर भी क्या?'

'मार्क्सवाद ने बहुत उखाड़-पछाड़ मचाई। इसमें सन्देह नहीं कि समाजवाद अमानवीय समाज से लड़ने में कुल मिलाकर काफी हद तक सफल रहा। यूरोप में हम, कम-से-कम, एक ऐसे समाज में रह रहे हैं जो अधिक न्यायपूर्ण है–जिसमें अधिक एकता है–मार्क्स के समय में यह सब नहीं था। और इस सबको लाने में स्वयं मार्क्स का और सारे समाजवादी आन्दोलन का कम योगदान नहीं है।'

'क्या हुआ?'

'मार्क्स के बाद, समाजवादी आन्दोलन दो धाराओं में बँट गया–सामाजिक प्रजातन्त्र और लेनिनवाद। सामाजिक प्रजातन्त्र का मार्ग पश्चिमी यूरोप में अपनाया गया मार्ग है। इसमें धीरे-धीरे और शान्ति की नीति अपनाकर समाजवाद की दिशा में लोग और राष्ट्र आगे बढ़े हैं। हम इसे धीमी क्रान्ति कह सकते हैं। लेनिनवाद ने मार्क्स के इस विश्वास को बनाए रखा कि पुराने वर्ग समाज से लड़ने के लिए क्रान्ति ही एकमात्र रास्ता है। इसका विस्तार और प्रभाव पूर्वी यूरोप, एशिया और अफ्रीका में हुआ। दोनों ही आन्दोलनों ने, अपने-अपने ढंग से कठिनाइयों और उत्पीड़न के विरुद्ध संघर्ष किया हैं।'

'किन्तु क्या इसने एक नए प्रकार के उत्पीड़न को जन्म नहीं दिया? उदाहरण के लिए, रूस और पूर्वी यूरोप।'

'इस बारे में कोई सन्देह नहीं है। और हम यहाँ फिर देखते हैं कि आदमी जिस किसी भी चीज को छूता है उसमें अच्छाई और बुराई का मिश्रण होता है। दूसरी ओर, मार्क्स को उन नकारात्मक कारणों के लिए दोष देना अनुचित होगा, जो तथाकथित समाजवादी देशों में उसकी मृत्यु के पचास या सौ साल बाद देखे गए। किन्तु हो सकता है उसने उन आदमियों के बारे में बहुत कम ध्यान दिया हो, जो साम्यवादी समाज के प्रशासक बनेंगे। 'मनचाहा देश' तो सम्भवतः कभी भी नहीं हो, या बन पाए। मानवता सदैव ही संघर्ष करने के लिए नई-नई समस्याएँ पैदा करती रहेगी।'

'मुझे भरोसा है यह करेगी।'

'और सोफी, यहाँ हम मार्क्स पर पटाक्षेप कर देते हैं।'

'हे, एक मिनट रुकिए। क्या आपने कुछ ऐसा नहीं कहा था कि न्याय बराबरवालों के बीच रहता है?'

'नहीं, यह बात स्क्रूज ने कही थी।'

'आपको कैसे पता चला कि उसने क्या कहा?'

'ओह, ठीक है। तुम्हारे और मेरे लिए, लेखक तो एक ही है। वास्तव में, बाहर से किसी चलते-फिरते अवलोकन करने वालों को जो प्रतीत होता है उसकी तुलना में हम तुम एक-दूसरे से ज्यादा नजदीकी से जुड़े हैं।'

'फिर आपकी अभागी विडम्बना!'

'दुहरी, सोफी, यह दुहरी विडम्बना है।'

'किन्तु वापस न्याय पर चलते हैं। आपने कहा कि मार्क्स सोचता था कि पूँजीवाद एक अन्यायपूर्ण समाज है। आप न्यायपूर्ण समाज की परिभाषा कैसे करेंगे?'

'जॉन रॉल्स नाम के एक नैतिक दार्शनिक ने निम्न उदाहरण देकर इस बारे में कुछ कहना चाहा। कल्पना करो तुम एक सम्माननीय काउंसिल की सदस्य हो जिसका काम भविष्य के समाज के लिए कानून बनाना है।

'ऐसी काउंसिल पर काम करने में मुझे कोई ऐतराज नहीं होगा।'

'वे इस बात के लिए बाध्य हैं कि हर छोटे-से-छोटे विवरण पर पूरी तरह विचार करेंगे, क्योंकि जैसे ही वे सहमति पर पहुँचते हैं—और हर आदमी कानूनों पर दस्तखत कर देता है—ये सब मर जाएँगे।'

'ओह...'

'किन्तु वे तुरन्त ही उस समाज में फिर जी उठेंगे जिसके लिए उन्होंने कानून बनाए थे। खास बात यह है कि उन्हें नहीं मालूम कि समाज में वह कौन सी पोजीशन अख्तियार करेंगे।'

'आह, अब मैं समझी!'

'वह समाज एक न्यायपूर्ण समाज होगा। यह बराबरवालों के बीच से पैदा हुआ होगा।'

'पुरुष और स्त्रियाँ।'

'इसे तो कहने की आवश्यकता ही नहीं है। उनमें से किसी को भी यह नहीं मालूम कि जब वे जगेंगे तो वे स्त्री होंगे या पुरुष। क्योंकि हानि-लाभ का अनुपात 50 : 50 का है, यह समाज स्त्रियों के लिए भी उतना ही आकर्षक होगा जितना पुरुषों के लिए।'

'इससे तो आशा बँधती है।'

'तो अब मुझे बताओ, क्या कार्ल मार्क्स का यूरोप उस तरह का समाज था?'

'बिलकुल नहीं।'

'किन्तु क्या तुम्हें आज इस तरह के किसी समाज का ज्ञान है?'

'हुम्म...यह तो एक अच्छा सवाल है!'

'इस पर विचार करना। किन्तु अब के लिए मार्क्स पर और कुछ नहीं।'

'क्षमा करें?'

'अगला अध्याय।'

डार्विन

जीवन में बहता हुआ एक जहाज, आनुवंशिक कोशाणुओं (जीन्स) का ख़ज़ाना लिये

एक जोर के धक्के ने हिल्डे को रविवार के सबेरे जगाया। रिंग बाइंडर जमीन पर गिर गया था। वह बिस्तर पर लेटी हुई मार्क्स के बारे में सोफी और ऐल्बर्टो की बातचीत पढ़ रही थी। वह पढ़ते-पढ़ते सो गई थी। बिस्तर के पास पढ़ने का लैम्प रात भर जलता रहा था।

उसकी डेस्क पर अलार्म घड़ी के हरे चमकते डिजिट्स 8:59 दिखा रहे थे।

उसे बड़ी-बड़ी फैक्टरियाँ और प्रदूषित शहरों के सपने आ रहे थे। गली के नुक्कड़ पर बैठी एक छोटी लड़की, माचिस बेच रही थी—लोग बढ़िया कपड़े पहने, अपने लॉन्ग कोट्स में, एक भी नजर डाले बिना, चले जा रहे थे।

जब हिल्डे अपने बेड में उठ बैठी तो उसे वे नियम-निर्माता याद आए जिन्हें ऐसे समाज में जगना था, जो उनका अपना बनाया हुआ था। हिल्डे को इस बात की खुशी हुई कि वह तो, चलो, अपने जरकले में ही जगी थी।

क्या वह ऐसे नॉर्वे में उठने की हिम्मत कर सकती थी कि उसे जगने पर मालूम ही न हो कि वह नार्वे में कहाँ है और उसे अपने आस-पास की किसी चीज का ज्ञान न हो?

किन्तु यह प्रश्न केवल इतना नहीं था कि वह **कहाँ** जगेगी। वह इतनी ही आसानी से किसी दूसरे युग में नहीं जग सकती थी क्या? उदाहरण के लिए, मध्य युग में—या पाषाण युग में, दस या बीस हजार साल पहले। हिल्डे ने कल्पना करने का प्रयास किया कि वह किसी गुफा के दरवाजे पर बैठी है और किसी जानवर की खाल को रगड़ रही है, शायद!

और तब क्या होता, वह तो पन्द्रह साल की लड़की थी, किन्तु संस्कृति नाम की कोई चीज नहीं बनी थी? तब वह कैसे सोचती? और क्या उसके कोई विचार भी होते?

हिल्डे ने एक स्वेटर पहन लिया, रिंग बाइंडर को खींचकर बिस्तर पर पटक दिया और अगला अध्याय पढ़ने बैठ गई।

ऐल्बर्टो ने बस 'अगला अध्याय' कहा ही था कि किसी ने मेजर के केबिन पर दस्तक दी।

'हमारे पास कोई विकल्प नहीं है, है कोई?' सोफी बोली।

'नहीं, मेरे विचार में हमारे पास नहीं है,' ऐल्बर्टो ने कहा।

बाहर पैड़ियों पर एक लम्बे सफेद बाल और दाढ़ीवाला बहुत बूढ़ा आदमी खड़ा था। उसके एक हाथ में लाठी थी और दूसरे हाथ में एक तख्ती था जिस पर नाव की एक तसवीर पेंट की हुई थी। नाव में सभी तरह के जानवर भरे हुए थे।

'और यह उम्रयाफ्ता भद्र पुरुष कौन है?' ऐल्बर्टो ने पूछा।

'मेरा नाम नोआ है।'

'मैं भी यही अनुमान लगा रहा था।'

'तुम्हारा सबसे पहला पूर्वज, मेरे बेटे। किन्तु आजकल अपने पूर्वजों को पहचान लेना प्रचलित (फैशनेबल) नहीं है।'

'आपके हाथ में यह क्या है?' सोफी ने पूछा।

'यह उन सब जानवरों की तसवीर है जिन्हें प्रलय से बचा लिया गया था। बेटी, यह तुम्हारे लिए है।'

सोफी ने वह बड़ी तख्ती ले ली।'

'अच्छा, तो अब मैं घर जाऊँगा और अंगूर की बेलों की देखभाल करूँगा,' बूढ़े आदमी ने कहा, और हलके से कूदने की मुद्रा में उसने अपनी एड़ियाँ हवा में टकराईं, और खुशी-खुशी जंगल में इस तरीके से चला गया जैसे बूढ़े आदमी यदा-कदा चलते हैं।

सोफी और ऐल्बर्टो अन्दर गए और फिर बैठ गए। सोफी ने तसवीर देखना शुरू कर दिया, किन्तु इसके पहले कि वह इसका अध्ययन कर पाती, ऐल्बर्टो ने एक आधिकारिक पकड़ से तसवीर उससे ले ली।

'पहले हम मोटी-मीटी रूपरेखाओं पर ध्यान केन्द्रित करेंगे।'

'ओके, ओके!'

'मैं यह बतलाना भूल गया कि अपने जीवन के अन्तिम 34 वर्ष मार्क्स लन्दन में रहा। वह 1849 में वहाँ आया था और 1883 में उसकी मृत्यु हुई। इस दौरान चार्ल्स डार्विन लन्दन के बाहर निकट ही रह रहा था। 1882 में उसकी मृत्यु हो गई और इंग्लैंड के एक गण्यमान्य सपूत के रूप में बड़े ठाठ-बाट से उसे वेस्टमिनिस्टर ऐबे में दफनाया गया। इस प्रकार मार्क्स और डार्विन के रास्तों ने एक-दूसरे को काटा, न केवल स्थान में, अपितु समय में भी। मार्क्स अपनी महान रचना, दास कैपिटल डार्विन को समर्पित करना चाहता था, किन्तु डार्विन ने यह सम्मान अस्वीकार कर दिया। जब डार्विन के एक साल बाद मार्क्स मरा, उसके मित्र फ्रैडरिख ऐंगेल्स ने कहा : जहाँ डार्विन ने जैविक विकास का सिद्धान्त ढूँढ़ निकाला, वहीं मार्क्स ने मानवता के ऐतिहासिक विकास का सिद्धान्त ढूँढ़ निकाला।'

'अच्छा।'

'एक अन्य महान विचारक जिसकी रचनाएँ डार्विन से जुड़ती थीं वह सिग्मंड फ्रायड था। वह भी अपने जीवन के अन्तिम वर्षों में लन्दन में रहा। फ्रायड ने कहा कि दोनों ही, यानी डार्विन का विकास सिद्धान्त और उसका अपना मनोविश्लेषण का परिणाम मानवता के सीधे अहंकार भाव के प्रति अपमान जैसा ही था।'

एक ही समय में इतने सारे नाम। मार्क्स, डार्विन या फ्रायड हम किसकी बात कर रहे हैं?'

'एक व्यापक अर्थ में हम एक प्रकृतिवादी धारा की बात कर सकते हैं जो उन्नीसवीं शताब्दी के बीच से शुरू होकर हमारी अपनी शताब्दी में लम्बी चली आई है। 'प्रकृतिवादी' से हमारा

अभिप्राय यथार्थ के ऐसे अर्थ से है जो प्रकृति और इन्द्रियों द्वारा प्राप्त ज्ञात के अतिरिक्त और किसी यथार्थ को स्वीकार नहीं करती। इसलिए प्रकृतिवादी मानवता को भी प्रकृति का एक भाग मानकर चलते हैं। एक प्रकृतिवादी वैज्ञानिक एकमात्र प्राकृतिक सत्ता पर निर्भर करता है—वह न तो किसी तार्किक पूर्वधारणाओं और न ही किसी दिव्य प्रगट रूप पर भरोसा करता है।

'और यह मार्क्स, डार्विन और फ्रायड, तीनों पर लागू होता है?'

'बिलकुल पूरी तरह! पिछली शताब्दी से जो कुंजी शब्द सामने आए, वे थे प्रकृति, वातावरण, इतिहास, विकास और प्रगति। मार्क्स ने बताया था कि मानव विचारधाराएँ समाज के आधार की उपज थीं। डार्विन ने दिखाया कि मानवता धीमे जैविक विकास का परिणाम है, और फ्रायड के अचेतन के अध्ययनों ने उजागर किया कि लोगों के कार्य प्रायः 'पाशविक' आवेगों या प्रवृत्तियों के परिणाम थे।

'मैं सोचती हूँ कि मैं लगभग समझ गई हूँ कि प्राकृतिक से आपका क्या अभिप्राय है, किन्तु क्या यह सबसे अच्छा नहीं रहेगा कि हम एक समय में एक ही आदमी की बात करें?'

'हम डार्विन की बात करेंगे, सोफी। तुम्हें याद होगा कि सुकरात से पहले के दार्शनिक प्रकृति की प्रक्रियाओं के प्राकृतिक स्पष्टीकरण तलाशते थे। जिस प्रकार उन्हें प्राचीन पौराणिक कथाओंवाले स्पष्टीकरणों से स्वयं को दूर रखना था, उसी प्रकार डार्विन को स्वयं को चर्च द्वारा मनुष्य और जानवर की सृष्टि के विचार से दूर रखना था।'

'किन्तु क्या वह वास्तव में दार्शनिक था?'

'डार्विन एक जीवशास्त्री और प्राकृतिक वैज्ञानिक था। किन्तु वह अभी हाल के समय का वैज्ञानिक भी था, जिसने सबसे अधिक खुले रूप में बाइबिल में वर्णित सृष्टि में मनुष्य के स्थान सम्बन्धी मत को चुनौती दी थी।'

'अतः आपको डार्विन के विकास के सिद्धान्त के बारे में कुछ बताना पड़ेगा।'

'आइए हम व्यक्ति डार्विन से शुरू करते हैं। वह 1809 में श्रीव्सबरी नामक छोटे से कस्बे में पैदा हुआ था। उसका पिता, डॉ. रॉबर्ट डार्विन, एक ख्यात स्थानीय चिकित्सक था, और अपने बेटे के पालन-पोषण में कठोर अनुशासन बरतता था। जब चार्ल्स स्थानीय ग्रामर स्कूल का विद्यार्थी था तो उसके हेडमास्टर ने बालक डार्विन का वर्णन इस प्रकार किया : वह हर समय इधर-उधर उड़ता फिरता है, बेकार की चीजों में अपना दिमाग खराब कर रहा है। और कोई भी, तनिक सा भी ऐसा काम नहीं करता जो जरा सा भी उपयोगी हो। 'उपयोगी' से हेडमास्टर का अभिप्राय यूनानी और लैटिन क्रियाओं को रटने से था। और 'उड़ते फिरते' से उसका अभिप्राय था कि चार्ल्स इधर-उधर चढ़ता फिरता है और अनेक प्रकार के दुरमुट (एक प्रकार का कीड़ा) इकट्ठे करता है।'

'मैं शर्त लगाती हूँ, उसे अपने शब्दों पर अफसोस हुआ होगा।'

'बाद में जब उसने धर्मशास्त्र पढ़ना शुरू किया, तो चार्ल्स की अधिक रुचि चिड़ियाँ देखने और कीड़े-मकोड़े इकट्ठा करने में थी, और इसीलिए उसे धर्मशास्त्र में अच्छे ग्रेड नहीं मिले। जब वह कॉलेज में था, उसने प्राकृतिक वैज्ञानिक के रूप में अपने लिए ख्याति अर्जित कर ली। उसकी अधिकांश रुचि भू-विज्ञान में थी; विज्ञान की यह शाखा उन दिनों अच्छी बढ़ रही थी। अप्रैल 1831 में जैसे ही उसने धर्मशास्त्र में कैम्ब्रिज से स्नातक परीक्षा पास कर ली, वह नॉर्थ वेल्स में चट्टानों की बनावट का अध्ययन करने और जीवाश्मों को इकट्ठा करने चला गया। उसी वर्ष अगस्त में, जब वह मुश्किल से बाईस वर्ष का रहा होगा, उसे एक पत्र मिला जो उसके शेष जीवन की दिशा निर्धारित करनेवाला था...'

'वह पत्र किस बारे में था?'

'यह पत्र उसके मित्र और अध्यापक जॉन स्टीवन हैंसलो ने भेजा था। उसने लिखा :

'मुझसे निवेदन किया गया है...कि मैं एक प्रकृतिवादी की अनुशंसा करूँ जो कैप्टन फिट्जरॉय के साथी की तरह जाएगा; फिट्जरॉय को सरकार ने दक्षिणी अमेरिका के समुद्री किनारों का सर्वेक्षण करने के लिए कमीशन नियुक्त किया है। मैंने उनसे कहा है कि इस काम के लिए तुम सबसे उपयुक्त व्यक्ति हो और वर्तमान स्थिति में इस काम को कर सकते हो। जहाँ तक इस काम के आर्थिक पहलू का प्रश्न है, मुझे कुछ भी नहीं मालूम। समुद्री यात्रा दो वर्ष चलेगी...'

'आपको यह सब जबानी याद कैसे रहता है?'

'ये कहानी-किस्सा है, सोफी।'

'और उसने क्या उत्तर दिया?'

'वह दिल से इस अवसर को पकड़ना चाहता था, किन्तु उन दिनों युवक अपने माता-पिता की सहमति के बिना कुछ नहीं करते थे। उसके बहुत मनाने पर आखिर में उसका पिता मान गया—और यह पिता ही था जिसने अपने बेटे की समुद्री यात्रा का खर्चा उठाया। जहाँ तक 'आर्थिक पहलू' का प्रश्न था, इस बारे में चुप्पी लगाना महत्त्वपूर्ण था।'

'ओह!'

'जहाज नौसेना का एच.एम.एस. बीगल था। इसने 27 दिसम्बर, 1831 को प्लाईमाउथ से यात्रा प्रारम्भ की, दक्षिण अमेरिका जाना था, और यह अक्तूबर 1836 तक वापस नहीं लौटा। दो वर्ष पाँच वर्ष हो गया और दक्षिणी अमेरिका की समुद्री यात्रा पूरी दुनिया के गोल चक्कर लगाने की यात्रा बन गई। और अब हम हाल ही के समय की सबसे महत्त्वपूर्ण खोज की समुद्री यात्रा पर आते हैं।'

'वे सारी दुनिया की घूम-घूमकर यात्रा करते रहे!'

'हाँ, बिलकुल ऐसे ही। दक्षिण अमेरिका से वे प्रशान्त महासागर में से होते हुए न्यूजीलैंड, ऑस्ट्रेलिया और दक्षिण अफ्रीका पहुँचे। फिर वे इंग्लैंड के लिए वापस चलने के बजाय वापस दक्षिण अमेरिका आ गए। डार्विन ने लिखा *बीगल* जहाज में समुद्री यात्रा निःसन्देह उसके जीवन की सबसे महत्त्वपूर्ण घटना थी।'

'समुद्र पर बने रहना एक प्रकृतिवादी के लिए आसान नहीं रहा होगा?'

'शुरू के वर्षों में बीगल दक्षिण अमेरिका के तटों पर इधर-उधर आता-जाता रहा। इससे डार्विन को प्रायद्वीप एवं अन्दर के भागों को अच्छी तरह जानने का अवसर प्राप्त हुआ। दक्षिण अमेरिका के पश्चिमी प्रशान्त में गाला पैगॉस के द्वीप में अभियान द्वारा कई बार जाना भी निर्णायक रूप से महत्त्वपूर्ण था। वह बहुत बड़ी मात्रा में सामग्री इकट्ठा करने और उसे इंग्लैंड भेजने में सफल हुआ। किन्तु उसने अपने प्रकृति और जीवन के विकास सम्बन्धी चिन्तन को अपने पास ही रखा। जब वह सत्ताईस वर्ष की अवस्था में इंग्लैंड पहुँचा, उसने स्वयं को एक ख्यात वैज्ञानिक के रूप में पाया। उस बिन्दु पर उसे अपने अन्दर अपनी तसवीर साफ नजर आने लगी जो बाद में जीवन के विकास का सिद्धान्त अपनाने जा रही थी। किन्तु वापस लौटने के भी कई वर्षों बाद तक डार्विन ने अपनी मुख्य रचना का प्रकाशन नहीं किया, क्योंकि डार्विन एक सावधानी बरतनेवाला आदमी था—यह सावधानी एक वैज्ञानिक के लिए उचित ही थी।'

'उसकी मुख्य रचना क्या थी?'

'अच्छा, उसकी मुख्य रचनाएँ कई थीं, वास्तव में। किन्तु जिस पुस्तक ने इंग्लैंड में सर्वाधिक गरम बहस छेड़ी वह थी द ओरिजिन ऑफ स्पीशीज था; यह 1859 में प्रकाशित हुई थी। इसका

पूरा शीर्षक था ऑन द ओरिजिन ऑफ स्पीशीज बाई मीन्स ऑफ नेचुरल सलेक्शन अथवा द प्रिजर्वेशन ऑफ फेवर्ड रेसेज इन द स्ट्रगल फॉर लाइफ। लम्बा शीर्षक वास्तव में डार्विन के सिद्धान्त का सम्पूर्ण वृत्त-चित्र है।

'निश्चय ही उसने शीर्षक में बहुत-कुछ भर दिया।'

'किन्तु आइए, हम इसे एक-एक टुकड़े में लेते हैं। ओरिजिन ऑफ स्पीशीज में डार्विन ने दो सिद्धान्त या दो धारणाएँ सामने रखीं : प्रथम; उसका प्रस्ताव था कि समस्त वर्तमान वनस्पति एवं जानवर रूप, पहले के और अधिक पुरातन रूपों से उत्तराधिकार स्वरूप में, एक जैविक विकास से होते हुए पहुँचे हैं। दूसरे, प्राकृतिक चयन या छाँट का परिणाम यह विकास है।'

'जो सबसे फिट है वही बचा रहेगा, ठीक?'

'यह ठीक है, किन्तु हमें पहले विकास के विचार पर ध्यान केन्द्रित करना चाहिए। यह अपने आपमें इतना मौलिक नहीं था। जैव-वैज्ञानिक विकास का विचार बहुत पहले 1800 में स्वीकार किया जाने लगा था। इस विचार का अग्रणी प्रवक्ता फ्रेंच जूओलॉजिस्ट लैमार्क था। उससे भी पहले डार्विन के अपने दादा, इरेस्मस डार्विन ने सुझाव दिया था कि पौधे और जानवर कुछ पुरातन नस्लों से विकसित हुए हैं। किन्तु उनमें से कोई भी ऐसा स्वीकार्य स्पष्टीकरण प्रस्तुत नहीं कर पाया था कि यह विकास कैसे हुआ। इसीलिए चर्च के लोगों ने उन्हें बड़ी चुनौती या खतरा नहीं समझा।'

'किन्तु डार्विन से खतरा था?'

'हाँ, वास्तव में, और ऐसा अकारण नहीं था। धर्म क्षेत्रों और वैज्ञानिकों, दोनों ही के बीच सारी वनस्पति और जानवरों की नस्लों की अपरिवर्तनशीलता का बाइबिल का सिद्धान्त कठोरता से माना एवं अनुकरण किया जाता था। जानवर जीवन का हर एक, प्रत्येक रूप एक बार और हमेशा के लिए अलग ही बना दिया गया था। इसके अतिरिक्त ईसाई मत और अफलातून एवं अरस्तू के उपदेशों के बीच समन्वय था।'

'ऐसा कैसे?'

'अफलातून का सिद्धान्त यह पूर्व-कल्पना करता था कि सारी जानवर नस्लें अपरिवर्तनशील हैं, क्योंकि उन्हें शाश्वत विचारों या रूपाकारों के नमूनों के अनुसार बनाया गया था। जानवर नस्लों की अपरिवर्तनशीलता अरस्तू के दर्शनशास्त्र का भी एक केन्द्र बिन्दु था। किन्तु डार्विन के समय में ऐसे कई अवलोकन और खोजें थीं जो पारम्परिक विचारों की परीक्षा ले रही थीं।'

'वे किस प्रकार के अवलोकन या खोजें थी?'

'ठीक, शुरुआत करते हैं जीवाश्म बढ़ती संख्या में खोद निकाले गए थे। ऐसे ही अब अनुपलब्ध हो गए जानवरों की बड़ी जीवाश्म हड्डियाँ पाई गई थीं। डार्विन स्वयं इस बात से आश्चर्यचकित हुआ था कि समुद्री प्राणियों के निशान जमीन पर समुद्र से बहुत दूर पाए गए थे। दक्षिण अमेरिका में उसने एंडीज पर्वतों में बहुत ऊँचाई पर इस प्रकार की खोजें की थीं। और एक समुद्री प्राणी ऐंडीज पर्वतों में क्या कर रहा था, सोफी? क्या तुम मुझे यह बता सकती हो?'

'नहीं।'

'कुछ लोग मानते थे कि उन्हें वहाँ कुछ लोगों ने या जानवरों ने बस यूँ ही फेंक दिया था। दूसरों का यह मानना था कि ईश्वर ने यह जीवाश्म और समुद्री प्राणियों के चिह्न ईश्वर में विश्वास न करनेवालों को भटकाने के लिए वहाँ छोड़ दिए थे।'

'किन्तु वैज्ञानिक किसमें विश्वास करते थे?'

‘अधिकांश भूगर्भशास्त्रियों ने दावे के साथ किसी ‘महाविनाश के सिद्धान्त’ को माना, जिसके अनुसार, पृथ्वी पर विशाल बाढें, भूकम्प आए और ऐसी ही अन्य विनाश-लीलाएँ हुईं जिनमें सारा जीवन नष्ट हो गया। इनमें से एक हमें बाइबिल में पढ़ने को मिलता है—बाढ़ और नोआ की नाव। हर विनाश और विध्वंस के बाद ईश्वर ने नए—और अधिक परफेक्ट—पौधे और जानवर बनाकर पृथ्वी पर फिर से जीवन ला दिया।’

‘अतः जीवाश्म उन पहलेवाले जीवन के रूपाकारों के निशान थे, जो भयंकर एवं विशाल विध्वंसों में साफ समाप्त हो गए थे?’

‘बिलकुल ठीक! उदाहरण के लिए, ऐसा सोचा जाता था कि जीवाश्म उन जानवरों के निशान थे जो नोआ की नाव में न बैठ पाए थे। किन्तु डार्विन ने बीगल में जब अपनी यात्रा प्रारम्भ की थी तो तब वह अपने साथ अंग्रेज जीवशास्त्री सर चार्ल्स लियेल के प्रिंसिपिल्स ऑफ जियॉलॉजी का प्रथम अंक ले गया था। लियेल का मानना था कि प्रकृति की वर्तमान भू-रचना, जिसमें इसके सारे पर्वत और घाटियाँ शामिल हैं, एक असीम, लम्बी और क्रमिक विकास का परिणाम है। उसका बिन्दु था कि छोटे-छोटे परिवर्तन भी अत्यन्त बड़े भूगर्भीय उभार ला सकते हैं, क्योंकि हमें अनेकानेक युगों में बीते समय को भी ध्यान में रखना है।’

‘वह किस प्रकार के परिवर्तनों की बात सोच रहा था?

‘वह उन्हीं ताकतों की बात सोच रहा था जो आज भी कार्यरत हैं : हवा और मौसम, पिघलता बर्फ, भूकम्प और जमीन के स्तर में उभार। तुमने पानी की एक बूँद द्वारा पत्थर घिसने की बात सुनी होगी—पाशविक शक्ति द्वारा नहीं, अपितु निरन्तर बूँद-बूँद गिरते रहने द्वारा। लियेल का विश्वास था कि इसी प्रकार के अत्यन्त छोटे और क्रमिक परिवर्तन एक बेहद लम्बे अरसे के दौरान प्रकृति का चेहरा पूरी तरह बदल सकते हैं। किन्तु अकेला यह सिद्धान्त यह स्पष्ट नहीं कर सकता था कि डार्विन को एंडीज पर्वतों में ऊपर समुद्री प्राणियों के शेषांश क्यों मिले? किन्तु डार्विन ने हमेशा याद रखा कि अत्यन्त छोटे और क्रमिक परिवर्तन पर्याप्त समय मिलने पर नाटकीय परिवर्तन बन सकते हैं।’

‘मैं सोचती हूँ कि उसने वही स्पष्टीकरण जानवरों के विकास के लिए भी प्रयोग किया।’

‘हाँ, यह उसका विचार था। किन्तु जैसा मैंने पहले कहा, डार्विन एक सतर्क व्यक्ति था। उसने उत्तर देने का प्रयास करने से बहुत पहले प्रश्न सामने रखे। इस अर्थ में उसने तरीके का प्रयोग किया जिसे सभी सच्चे दार्शनिक प्रयोग करते हैं : प्रश्न पूछना महत्त्वपूर्ण है, किन्तु उत्तर देने में जल्दी या हड़बड़ी करने की जरूरत नहीं है।’

‘हाँ, अब मैं समझ गई।’

‘लियेल के सिद्धान्त में एक महत्त्वपूर्ण और निर्णायक कारक पृथ्वी की आयु थी। डार्विन के समय में यह व्यापक रूप से माना जाता था कि ईश्वर के पृथ्वी बनाने के बाद 6000 वर्ष बीत गए हैं। आदम और हव्वा की पीढ़ियों की गणना करने के बाद इस संख्या तक पहुँचे हैं।’

‘कितना सीधा, और भोला-भाला।’

‘अच्छा, घटना होने के बाद बुद्धिमान हो जाना आसान है। डार्विन ने अपने अनुमान एवं प्राप्त जीवाश्मों के आधार पर पृथ्वी की आयु 30 करोड़ वर्ष मानी। क्योंकि, एक चीज कम-से-कम, साफ थी : न तो लियेल का क्रमिक भूगर्भीय विकास का सिद्धान्त, और न डार्विन का अपना विकासवाद का सिद्धान्त ही कोई वैधता प्राप्त कर सकता था, यदि अत्यन्त, बेहद लम्बी कालावधि ध्यान में नहीं रखी जाती।’

‘पृथ्वी की आयु कितनी है?’

'आज हमें ज्ञात है कि पृथ्वी की आयु 460 करोड़ वर्ष है।'

'वाउ, बहुत बढ़िया।'

'अब तक हमने डार्विन के जैविक विकास की एक दलील को, यानी, चट्टानों की विभिन्न परतों में जीवाश्मों का परत बनाते जमाव को, देखा है। दूसरी दलील थी जीव-जातियों का भौगोलिक बँटवारा। यह वह क्षेत्र था जहाँ डार्विन की वैज्ञानिक समुद्री यात्रा नया एवं अत्यन्त विशद आँकड़ा-संग्रह योगदान कर सकता था। उसने स्वयं अपनी आँखों से देखा था कि एक ही क्षेत्र में एक जीव-जाति के अलग-अलग जानवर बारीक विवरणों में एक-दूसरे से भिन्न थे। खासतौर पर, इक्वेडोर के पश्चिम में, गालापेगोस द्वीप में उसने बड़े रोचक एवं उपयोगी अवलोकन किए थे।'

'मुझे उनके बारे में बतलाएँ।'

'गालापेगोस द्वीप एक नजदीकी समूह है ज्वालामुखी द्वीपों का। अतः वहाँ वानस्पतिक जीवन और जानवरों के जीवन में कोई बड़ा अन्तर नहीं था, किन्तु डार्विन की रुचि तो छोटे-से-छोटे अन्तर में थी। सभी द्वीपों पर उसे विशालकाय कछुए मिले, जो अलग-अलग द्वीपों में थोड़े-थोड़े अलग-अलग प्रकार के थे। क्या ईश्वर ने हर एक द्वीप के लिए कछुओं की अलग-अलग प्रजातियाँ बनाई थीं?'

'यह सन्देहास्पद है।'

'गालापेगोस द्वीप पर पक्षी जीवन के बारे में डार्विन के अवलोकन तो और भी महत्त्वपूर्ण थे। गालापेगोस के फिंच (सारस) एक द्वीप और दूसरे द्वीप के बीच भिन्न थे, खासतौर पर अपनी चोंच की बनावट में। डार्विन ने दिखाया कि यह फर्क इस बात से जुड़ा था कि अलग-अलग द्वीपों पर ये पक्षी अपना भोजन कैसे पाते थे। तेज-नोकदार चोंचवाले, जमीन पर रहनेवाले सारस चीड़ के कोन के बीज खाते थे, छोटे गाने-चहचहाने वाले सारस कीड़े-मकोड़े खाते थे, और पेड़ों में रहनेवाले सारस पेड़ की शाखाओं और छाल में पाए जानेवाले कीटों को खाते थे...जीव-जाति के हर एक, प्रत्येक पक्षी की चोंच ऐसी थी जो उनके भोजन लेने के तरीके के अनुकूल थी। क्या ये सारे सारस एक, समान प्रजाति से निकलकर आ रहे थे? और क्या इन सारसों ने स्वयं को अलग-अलग द्वीपों में प्राप्त वातावरण के अनुरूप पिछले लाखों-करोड़ों वर्षों में ऐसे ढाल लिया था कि सारसों की नई प्रजाति विकसित होगी?'

'वह इसी निष्कर्ष पर पहुँचा, नहीं पहुँचा?'

'हाँ, हो सकता है, यह वह बिन्दु था जहाँ डार्विन *'डारविनिस्ट'* बन गया– गालापेगोस द्वीपों पर। उसने यह भी अवलोकन किया कि वहाँ के जानवर दक्षिण अमेरिका में पाई जानेवाली जानवरों की प्रजातियों से बहुत मिलते-जुलते थे। क्या ईश्वर ने एक बार और सदा के लिए एक-दूसरे से थोड़े से भिन्न जानवर बनाए थे– या कोई विकास हो गया था? अब उसका इस मान्यता के प्रति सन्देह उत्तरोत्तर बढ़ने लगा कि सभी प्रजातियाँ अपरिवर्तनीय बनाई गई हैं। किन्तु उसके पास अभी भी, व्यावहारिक या खड़ा रह सकनेवाला स्पष्टीकरण नहीं था कि ऐसा विकास कैसे हो पाया है। किन्तु एक कारक और था जो संकेत दे रहा था कि पृथ्वी पर सब जानवर एक-दूसरे से सम्बन्धित थे।'

'और वह क्या था?

'स्तनपायी जानवरों में भ्रूण का विकास। यदि आप कुत्तों, चमगादड़ों, खरगोशों और सारे मानवों के भ्रूणों की प्रारम्भिक अवस्थाएँ देखें और तुलना करें, तो आप उनका अन्तर नहीं बतला सकते। आप एक मानव भ्रूण और खरगोश के भ्रूण में अन्तर नहीं बता सकते, बहुत आगे के चरणों में पहुँचकर ही यह अन्तर देखने लायक बनता है। क्या इससे यह संकेत नहीं मिलता कि हम दूर के सम्बन्धी हैं।'

'किन्तु अभी भी उसके पास इसका स्पष्टीकरण नहीं था कि यह विकास कैसे हुआ?'

'वह निरन्तर लियेल के इस सिद्धान्त पर विचार करता रहा कि बहुत छोटे-छोटे परिवर्तन एक लम्बी अवधि में बड़ा प्रभाव डाल सकते थे। किन्तु उसे ऐसा कोई स्पष्टीकरण नहीं मिला जिसे एक सामान्य सिद्धान्त की तरह लागू किया जा सके। वह फ्रेंच जूऔलॉजिस्ट लैमार्क के सिद्धान्त को जानता था, जिसने दिखाया था कि विभिन्न प्रजातियों ने वे लक्षण विकसित कर लिये हैं, जिनकी उसे जरूरत पड़ी। उदाहरण के लिए, जिराफों ने लम्बी गरदनें विकसित कर लीं, क्योंकि कई पीढ़ियों से वे पेड़ों में ऊपर पत्तों की तलाश में पहुँचते रहे हैं। लैमार्क का मानना था कि जिन लक्षणों को एक प्राणी अपने प्रयासों से प्राप्त करता है, वे उसकी अगली पीढ़ी में आ जाते हैं। किन्तु 'प्राप्त लक्षणों' के विरासत के सिद्धान्त को डार्विन ने अस्वीकार कर दिया, क्योंकि लैमार्क के पास बड़े, साहसिक दावों का कोई सबूत नहीं था। किन्तु डार्विन अब एक अन्य, अधिक साफ नजर आनेवाली विचार-पद्धति का अवलोकन करने जा रहा था। आप लगभग यह कह सकते हैं कि प्रजातियों के विकास के पीछे वास्तविक मेकैनिज्म अब बस उसकी आँखों के सामने ही था।'

'तो यह क्या था?'

'मैं चाहूँगा कि उस मेकैनिज्म को तुम स्वयं अपने आप बना लो। इसलिए मैं पूछता हूँ : यदि तुम्हारे पास तीन गायें हैं, पर तुम्हारे पास केवल दो गायों लायक चारा है, तो आप क्या करेंगी?'

'मैं सोचती हूँ कि मुझे उनमें से एक को बूचड़/ज़िबह कर देना पड़ेगा।'

'अच्छा, ठीक है...तुम उनमें से किसको मारोगी?'

'मैं सोचती हूँ मैं उसे मारूँगी जो सबसे कम दूध देती है।'

'क्या तुम ऐसा करोगी?'

'हाँ, यह तार्किक है, नहीं है क्या?'

'बिलकुल यही चीज है जो मानवता हजारों सालों से करती आई है। किन्तु हमने अभी तुम्हारी दो गायों वाली बात खत्म नहीं की है। मान लो, तुमने चाहा कि इनमें से एक के बछड़ा हो जाए। तो कौन सी छाँटोगी?'

'उसे छाँटूँगी जो ज्यादा दूध देती है। फिर इसकी बछिया भी अच्छा दूध देनेवाली होगी।'

'इसका अर्थ हुआ कि कम दूधवाली से तुम्हें ज्यादा दूधवाली पसन्द है। अब एक और सवाल है। यदि तुम शिकारी हो, तुम्हारे पास दो शिकारी कुत्ते हैं, किन्तु तुम्हें एक कुत्ता छोड़ना है, तो तुम कौन-सा रखोगी?'

'उसे जो मेरे शिकार को जल्दी पकड़, उठा लाता है, बिलकुल साफ बात है।'

'तो, तुम बेहतर गन-डॉग का पक्ष लोगी। सोफी, बिलकुल इसी तरह लोगों ने पिछले 10,000 वर्षों से घरेलू जानवरों को पाला, पैदा किया है। मुर्गियाँ हमेशा ही हफ्ते में पाँच अंडे नहीं देती थीं, भेड़ें इसी तरह हमेशा ज्यादा ऊन नहीं दे पाती थीं, और घोड़े हमेशा ही इतने तेज या मजबूत नहीं थे जितने आज हैं। इन्हें पैदा करनेवालों ने कृत्रिम चयन या छाँट की है। और यही बात वनस्पति जगत में भी लागू होती है। अगर आपके पास आलू के अच्छे बीज हैं तो आप खराब आलू नहीं बोते, और इसी तरह आप गेहूँ के उन पौधों को काटने में समय व्यर्थ नहीं करते जिन पर बाली नहीं आती। डार्विन ने बतलाया कि कोई भी गायें, कुत्ते या सारस और गेहूँ के तने पूरी तरह समान नहीं हैं। प्रकृति अन्तरों का लम्बा-चौड़ा भंडार पैदा करती है। एक ही जाति में भी, दो प्राणी बिलकुल एक जैसे नहीं हैं। जब तुमने नीला द्रव पिया, तब तुमने स्वयं यह अनुभव किया।'

'हाँ, मैं यह बात कहूँगी।'

'सो अब डार्विन को स्वयं को पूछना पड़ा : क्या इसी प्रकार का एक मेकैनिज्म प्रकृति में भी काम कर रहा है? क्या यह सम्भव है कि प्रकृति भी एक 'प्राकृतिक या स्वाभाविक चयन' करती हो कि कौन सी इकाइयाँ जीवित बनी रहेंगी? और क्या इस प्रकार का चयन एक लम्बी कालावधि में वनस्पति और जानवरों की नई प्रजातियाँ पैदा कर सकता था?'

'मैं अनुमान लगाऊँगी, हाँ।'

'डार्विन अभी भी ठीक से यह कल्पना नहीं कर पा रहा था कि यह प्राकृतिक चयन किस प्रकार होगा। किन्तु अक्तूबर 1838 में, बीगल पर समुद्री यात्रा से लौटने के पूरे दो वर्षों बाद, *टॉमस माल्थस* की, जो जनसंख्या अध्ययन का विशेषज्ञ था, एक पुस्तक डार्विन के हाथ लगी। माल्थस को इस निबन्ध का विचार, एक अमेरिकन बैंजामिन फ्रैंकलिन से मिला था, जिसने दूसरी चीजों के साथ ही साथ *लाइटनिंग कंडक्टर* का आविष्कार किया था। फ्रैंकलिन ने यह बात बतलाई थी कि यदि प्रकृति में कोई परिसीमन करनेवाले कारक न हों, तो पौधे या जानवर की मात्र एक प्रजाति सारे भूमंडल में फैल जाएगी। किन्तु क्योंकि बहुत सी जातियाँ-प्रजातियाँ है, इसलिए वे एक-दूसरे को सन्तुलन में रखती हैं।'

'मैं यह समझ सकती हूँ।'

'माल्थस ने इस विचार पर काम किया और इसे विश्व की जनसंख्या पर लागू किया। उसका विश्वास था कि मानव की प्रजनन क्षमता इतनी विराट है कि सदैव ही बचे रह जानेवाले बच्चों से अधिक बच्चे पैदा होते हैं। क्योंकि भोजन का उत्पादन जनसंख्या में बढ़ोतरी के बराबर नहीं हो सकता, इसलिए अस्तित्व के संघर्ष में जनसंख्या का बहुत बड़ा भाग भोजन के अभाव में मरने के लिए विवश है। जो बच गए और बड़े हो गए—और जिन्होंने जाति को आगे बढ़ा दिया—ये वे लोग होंगे जो बचे रहने के संघर्ष में सबसे बढ़िया निकले।'

'यह तो तार्किक लगता है।'

'किन्तु यह एक विश्वव्यापी रचना-प्रक्रिया की रूपरेखा थी जिसकी डार्विन को तलाश थी। इस रूपरेखा से स्पष्टीकरण मिलने की सम्भावना थी कि विकास कैसे होता है। जीवन के संघर्ष में यह *प्राकृतिक चयन* के कारण होता था जिसमें वे, जिन्होंने अपने आपको अपने वातावरण के अनुकूल बना लिया, बचे रह सकते थे और अपनी प्रजाति को आगे बढ़ा सकते थे। यह दूसरा सिद्धान्त था जिसकी प्रस्तावना उसने *द ओरिजिन ऑफ स्पीशीज* में की। उसने लिखा : 'सारे ज्ञात जानवरों में हाथी सबसे धीमा सन्तान पैदा करनेवाला है।' किन्तु यदि इसके 6 बच्चे हों जो 100 में से बचे रहें तो 740 या 750 वर्ष बाद, पहली जोड़ी से पैदा होनेवाले, लगभग 1 करोड़ 90 लाख हाथी जीवित होंगे।'

'और अकेली एक कॉड मछली का जिसके हजारों अंडे होते हैं, तो जिक्र ही क्या करना!'

'डार्विन ने आगे एक और प्रस्ताव रखा कि उन प्रजातियों में जीवित बचे रहने का संघर्ष सबसे कठिन होता है जिसमें सन्तति आपस में एक-दूसरे से बहुत अधिक मिलती-जुलती हैं। उन्हें समान भोजन के लिए लड़ना पड़ता है। वहाँ, न्यूनतम लाभ—यानी, अत्यन्त सूक्ष्म फर्क—अपने सच्चे रूप में सामने आता है। जीवित बचे रहने का संघर्ष जितना दुर्धर्ष होगा, नई प्रजातियों का विकास उतना ही जल्दी होगा क्योंकि वे ही बच सकेंगे जिन्होंने स्वयं को परिस्थिति के सर्वाधिक अनुकूल बना लिया है, और दूसरे मर कर समाप्त हो जाएँगे।'

'जितना कम खाना होगा, और जितने अधिक खानेवाले होंगे, उतनी ही अधिक तेजी से विकास होता है?'

'हाँ, किन्तु यह केवल भोजन का प्रश्न नहीं है। दूसरे जानवरों द्वारा खाए जाने से बचना भी उतना ही महत्त्वपूर्ण है। उदाहरण के लिए, रक्षात्मक छद्म छुपाव रखना, जल्दी से तेज दौड़ जाने की योग्यता, दुश्मन जानवरों की पहचान, या सबसे खराब परिस्थिति में रक्षा-कवच के लिए बदबूदार स्वाद—ये सब जीवित बचे रहने के लिए जरूरी हैं। ऐसा जहर, जो घात लगाकर मारनेवालों को मार सकता था, भी उपयोगी था। यही कारण है कि बहुत सारे कैक्टस जहरीले होते हैं, सोफी। रेगिस्तान में, व्यावहारिक रूप से, और कुछ पैदा नहीं होता, इसलिए यह पौधे की उसे खानेवाले जानवरों से रक्षा कर देता है।'

'अधिकांश कैक्टस काँटेदार भी होते हैं।'

'जाहिर है, पुनरुत्पादन की योग्यता भी आधारभूत महत्त्व रखती है। डार्विन ने पौधों की परागण की कुशलता का भी विस्तारपूर्वक अध्ययन किया। फूल शानदार रंगों में चमकते हैं और मादक गन्ध फैलाते हैं जो कीटों-कीड़ों को आकर्षिक करती है। ये कीट परागण में सबसे अहम भूमिका निभाते हैं। उसी काम को आगे बढ़ाने में, पक्षी भी अपने मधुर स्वर में गाते हैं। एक शान्तिप्रिय या गमगीन बैल, जिसकी गायों में कोई रुचि नहीं है, वंशवर्धन में भी कोई रुचि नहीं रखता, और इस प्रकार के लक्षण होने के कारण इसकी वंश परम्परा तुरन्त समाप्त हो जाएगी। बैल का जीवन में एकमात्र उद्देश्य पूरी यौन परिपक्वता तक पहुँचना और अपनी जाति को आगे बढ़ाने के लिए पुनरुत्पादन करना है, जो किसी कारणवश अपने जीन आगे पहुँचाने में असमर्थ रहते हैं, निरन्तर बेकार होते हैं, फेंक दिए जाते हैं, और इस तरीके से उसकी प्रजाति परिष्कृत होती जाती है। बीमारी के लिए प्रतिरोधात्मक क्षमता एक अन्य अत्यन्त महत्त्वपूर्ण लक्षण है जिसे प्राकृतिक ढंग से इकट्ठा किया जाता है, और जीवित बच रहे फर्कवाले प्राणियों में सुरक्षित रखा जाता है।'

'इस प्रकार हर चीज अच्छी और अच्छी होती जाती है?'

'इस निरन्तर चयन का परिणाम यह होता है कि जो एक विशिष्ट वातावरण से सबसे बढ़िया अनुकूलता बना लेते हैं—या जो एक विशिष्ट पर्यावरणीय कोने में सर्वाधिक अनुकूल बन जाते हैं—वे ही दीर्घावधि में उस वातारण में अपनी प्रजाति को आगे बढ़ाते चलते हैं। किन्तु यह जरूरी नहीं है कि एक वातावरण में जो लाभ है वही लाभ दूसरे वातावरण में भी चले। गालापेगोस के कुछ सारसों के लिए उड़ने की योग्यता अत्यन्त महत्त्वपूर्ण थी। किन्तु उड़ने की योग्यता उस समय लाभदायी नहीं है जब भोजन जमीन खोदकर प्राप्त करना है और आसपास घाती जानवर नहीं हैं। युगों-युगों में जानवरों की जो भिन्न-भिन्न प्रजातियाँ पैदा हो गईं या नई बन गई हैं उनके पीछे भी यही कारण है; प्राकृतिक पर्यावरण में परिवर्तन से विशिष्ट कोने बने और उनसे सर्वाधिक अनुकूलता बना लेनेवाली प्रजातियाँ बढ़तीं, विकसित होती चली गईं।'

'किन्तु फिर भी मानव जाति केवल एक है।'

'ऐसा इसलिए है कि मनुष्य में जीवन की विभिन्न दशाओं के अनुकूल बन जाने की अद्वितीय योग्यता है। डार्विन को एक तथ्य ने बड़े आश्चर्य में डाल दिया। उसने देखा कि टियेरा डेल फुएगों में भारतीय भयंकर जलवायु की दशाओं में भी कैसे न कैसे जी लेते थे। किन्तु इसका यह अर्थ नहीं है कि सारे मनुष्य, सारे मानव प्राणी एक जैसे हैं। जो लोग विषवत् रेखा के समीप रहते हैं उनकी उत्तर की जलवायु में रहनेवाले लोगों की तुलना में त्वचा पक्के रंग की है, क्योंकि यही पक्के रंग की त्वचा उन्हें सूरज की धूप से बचाती है। गोरे लोगों को यदि लम्बी अवधि तक सूरज की धूप में रहना पड़े तो उन्हें त्वचा के कैंसर होने की अधिक सम्भावना रहती है।'

'क्या यह उत्तरी देशों में रहनेवालों की गोरी त्वचा के लाभ के समान है?'

'हाँ, अन्यथा पृथ्वी पर रहनेवाले हर व्यक्ति की त्वचा काली होती। किन्तु श्वेत त्वचा बड़ी आसानी से सूर्य विटामिन्स बना लेती है, और यह उन क्षेत्रों के लिए महत्त्वपूर्ण है, जहाँ सूरज की धूप कम मिलती है। आजकल यह इतना महत्त्वपूर्ण नहीं रह गया, क्योंकि हम पर्याप्त सूर्य विटामिन्स अपने भोजन से पा लेते हैं। किन्तु प्रकृति में कुछ भी अनियमित नहीं है। हर चीज उन अनन्त और सूक्ष्म परिवर्तनों से बनी है जो अनगिनत पीढ़ियों के दौरान हो गए हैं।'

'वास्तव में यह सब कल्पना करना तो अद्भुत है।'

'वास्तव में ऐसा ही है। यहाँ तक, इसलिए, हम डार्विन के विकास के सिद्धान्त को कुछ वाक्यों में संक्षेप में कह सकते हैं।'

'चलिए आगे।'

'हम कह सकते हैं कि पृथ्वी पर जीवन के विकास के पीछे 'कच्चा माल' उन्हीं (समान) प्रजातियों के व्यक्तियों में *हो रहा निरन्तर फर्क* था, और इसके साथ ही साथ *बड़ी संख्या में सन्तति,* जिसका अभिप्राय यह था कि उनका एक छोटा भाग ही शेष जीवित बचेगा। विकास के पीछे वास्तविक 'रचना-प्रक्रिया' या हाँकनेवाली शक्ति, इस प्रकार जिन्दा बचे रहने के संघर्ष में *प्राकृतिक चयन* था। इस चयन ने यह सुनिश्चित किया कि सबसे शक्तिशाली, या सबसे 'फिट' ही जिन्दा बच पाएगा।'

'यह तो गणित के प्रश्न की तरह तार्किक लगता है। द ओरिजिन ऑफ स्पीशीज को लोगों ने कैसे लिया?'

'यह कड़वी बहस वाद-विवाद का मुद्दा बन गई। चर्च ने पूरे जोर से इसका विरोध किया और वैज्ञानिक दुनिया तेजी से दो हिस्सों में विभाजित हो गई। इसमें आश्चर्य की ऐसी कोई बात नहीं थी। आखिरकार, डार्विन ने ईश्वर को सृष्टि रचना के काम से निष्कासित कर दिया था। इस सिद्धान्त को स्वीकार करनेवाले कुछ ऐसे भी थे जिनका दावा था कि यह वास्तव में एक बड़ा सिद्धान्त था जिसके अनुसार जीवन अपनी सहज विकासशीलता की सम्भाव्य शक्ति से विकसित हुआ, बजाय इसके कि यह सीधे-सीधे एक स्थिर इकाई के रूप में बना।'

अचानक सोफी अपनी कुर्सी से उछल पड़ी।

'उधर देखिए,' वह चिल्लाई।

उसने खिड़की के बाहर इशारा किया। नीचे नदी के किनारे-किनारे एक आदमी और एक औरत हाथ में हाथ लिये चल रहे थे। वे बिलकुल नग्न थे।

'ये आदम और हव्वा हैं,' ऐल्बर्टो ने कहा। 'उन्हें धीरे-धीरे अपनी नियति को लिटिल रैडराइडिंग हुड और वंडरलैंड में ऐलिस के साथ साझा करने को बाध्य होना पड़ा। यही कारण है वे यहाँ दिखाई दे रहे हैं।'

सोफी उन्हें देखने के लिए खिड़की तक गई, किन्तु शीघ्र ही वे पेड़ों में गायब हो गए।

'क्योंकि डार्विन मानता था कि मानवता जानवरों से निकलकर आई है?'

'1871 में डार्विन ने द डिसैंट ऑफ मैन प्रकाशित की, जिसमें उसने मनुष्य और जानवरों के बीच बड़ी समानताओं की ओर ध्यान आकृष्ट किया, और इस सिद्धान्त का प्रतिपादन किया कि मनुष्य और ऐंथ्रोपायड लंगूर किसी समय एक ही पिता से विकसित हुए। इस समय तक लुप्तप्राय हुए मनुष्य की प्रथम जीवाश्म खोपड़ियाँ मिल चुकी थीं; इनमें से पहली तो रॉक ऑफ जिब्राल्टर में मिली थी, और अन्य कई कुछ वर्षों बाद जर्मनी में नियेंडरथल में मिली थीं। आश्चर्यजनक बात यह थी कि 1859 की तुलना में जब डार्विन ने द ओरिजिन ऑफ स्पीशीज प्रकाशित की थी, अब 1871 में विरोध कम हुए। किन्तु मनुष्य का जानवर से निकलकर आना

पहली पुस्तक में भी ध्वनित और अर्थ रूप में था ही। और जैसा मैंने कहा, 1882 में जब डार्विन की मृत्यु हुई तो उसे विज्ञान के अग्रदूत के रूप में सम्मान देते हुए उचित राजकीय सम्मान के साथ दफनाया गया था।'

'तो अन्त में उसे आदर और सम्मान मिल गया?'

'आखिरकार, हाँ। किन्तु उससे पहले इंग्लैंड में उसका वर्णन सबसे खतरनाक आदमी के रूप में किया गया।'

'पवित्र मूसा।'

'आइए, आशा करें कि यह सच नहीं है,' उच्च वर्ग की एक महिला ने लिखा, 'किन्तु यदि यह है तो हम आशा करते हैं कि यह व्यापक रूप से लोगों को ज्ञात नहीं होगा।' एक विख्यात वैज्ञानिक ने भी इसी प्रकार के विचार व्यक्त किए–'एक असमंजस में डालनेवाली खोज, और इस बारे में जितना कम कहा जाए उतना ही बेहतर है।'

'यह तो लगभग यह सबूत था कि मनुष्य शुतुरमुर्ग से सम्बन्धित है।'

'अच्छा बिन्दु उठाया तुमने। किन्तु अब हमारे लिए यह कहना आसान है। अचानक लोगों को बुक ऑफ जिनेसिस के बारे में अपने सारे रुख में संशोधन करना पड़ा। युवा लेखक जॉन रस्किन ने इसे इस प्रकार रखा–'भूगर्भशास्त्रियों! कृपया मुझे अकेला छोड़ दो। बाइबिल की हर पंक्ति के बाद मुझे उनके हथौड़ों की चोट सुनाई देती है।'

'और हथौड़े की चोटें ईश्वर के शब्द के बारे में उसके सन्देह थे।'

'लगता है, यही उसका अभिप्राय था। क्योंकि यह सृष्टि की कहानी के शाब्दिक अर्थों से कुछ ज्यादा था, कहानी जो अब ढह गई थी। डार्विन के सिद्धान्त का सार वे पूरी तरह बेतरतीब फर्क थे जिन्होंने अन्त में *मनुष्य* पैदा किया था। और इससे भी अधिक बात यह थी कि डार्विन ने मनुष्य को किसी ऐसी भावनाहीन प्रक्रिया की उपज बना दिया था जैसे अस्तित्व के लिए संघर्ष।'

'क्या डार्विन ने यह भी बतलाया कि ऐसे बेतरतीब फर्क कैसे पैदा हुए?'

'तुमने अपनी उँगली इसके सिद्धान्त के सबसे कमजोर बिन्दु पर रखी है। आनुवंशिकता के बारे में डार्विन के विचार अत्यन्त अस्पष्ट थे। क्रॉसिंग या गर्भाधान में कुछ ऐसा होता है कि एक माता-पिता को दो सन्तानें भी समान नहीं होतीं। हमेशा ही कुछ न कुछ अन्तर रहता है। दूसरी ओर इस तरीके से कोई वाकई नई चीज पैदा करना कठिन है। इसके अतिरिक्त, कुछ पौधे और जानवर हैं जिनमें मुकुलन या साधारण कोश विभाजन से पुनरुत्पादन होता है। इस प्रश्न पर कि फर्क कैसे उभरते हैं, डार्विन के सिद्धान्त की कमी को पूरा करने के लिए तथाकथित नव-डार्विनवाद है।'

'यह क्या है?'

'सारा जीवन और सारा पुनरुत्पादन मूलतः कोश विभाजन का मामला है। जब एक कोश दो में विभाजित होता है, तो दो एक से कोश पैदा होते हैं जिनमें बिलकुल पहले जैसे ही आनुवंशिक कारक होते हैं। कोश विभाजन में, हम कहते हैं, कोश अपनी नकल तैयार करता है।'

'हाँ!'

'किन्तु कभी-कभी, इस प्रक्रिया में अत्यन्त सूक्ष्म गलती होती है, जिससे नकल किया गया कोश बिलकुल वैसा नहीं होता जैसा मातृ-कोश है। आधुनिक जीव-वैज्ञानिक शब्दावली में इसे म्यूटेशन (Mutation) 'लक्षण परिवर्तन' कहते हैं। म्यूटेशन्स या तो पूरी तरह असंगत होते हैं या यह व्यक्ति के व्यवहार में उल्लिखित, चिह्नित परिवर्तन कर देते हैं। वे सीधे-सीधे हानिकारक हो सकते हैं, और ऐसे 'म्यूटैंट्स' को बड़े जीव-समूहों से निरन्तर निकाल फेंका

जाता है। वास्तव में कई रोग इन म्यूटेशन्स के कारण होते हैं। किन्तु कभी-कभी एक म्यूटेशन एक व्यक्ति को जीवन के संघर्ष में अपनी बात या अपने स्थान पर अड़े खड़े रखने के लिए अपेक्षित अतिरिक्त सकारात्मक क्षमता प्रदान कर देता है।'

'जैसे लम्बी गर्दन, उदाहरण के लिए।'

'जिराफों की गरदन इतनी लम्बी क्यों होती है? इस बारे में लैमार्क का स्पष्टीकरण यही था कि जिराफों को हमेशा ही ऊपर की ओर पहुँचना होता था। किन्तु डार्विनवाद के अनुसार, विरासत में प्राप्त कोई भी गुण आगे सन्तति तक नहीं पहुँचाया जाता। डार्विन का विश्वास था कि जिराफ की लम्बी गदरन फर्क का परिणाम थी। नव-डार्विनवाद ने उस खास फर्क का स्पष्ट कारण दिखलाते हुए इस कमी की पूर्ति कर दी।'

'म्यूटेशन्स?'

'हाँ, आनुवंशिक कारकों में पूर्णतः अनियमित परिवर्तनों ने जिराफ के पूर्वजों को औसत से थोड़ी-सी लम्बी गरदन प्रदान कर दी थी। जब भोजन की आपूर्ति सीमित थी, उस समय यह महत्त्वपूर्ण हो सकता था। जो जिराफ पेड़ों में सबसे ऊपर तक पहुँच सकता था, उसने ही अपने भोजन का सर्वश्रेष्ठ प्रबन्ध कर लिया। हम यह कल्पना भी कर सकते हैं कि किस प्रकार 'आदिकालीन जिराफों' ने भोजन के लिए जमीन खोदने की योग्यता भी प्राप्त कर ली होगी। एक बहुत लम्बी अवधि के दौरान, एक जानवर प्रजाति ने, जो काफी पहले लुप्त हो गई, अपने आपको दो उप प्रजातियों में विभक्त कर लिया। प्राकृतिक चयन कैसे काम करता है? हम इसके कुछ हाल ही के उदाहरण भी ले सकते हैं।'

'हाँ, कृपया बतलाएँ।'

'ब्रिटेन में तितली की एक विशिष्ट प्रजाति है जो पैपर्ड मॉथ कहलाती है। यह रूप पहले बर्च पेड़ों के तनों पर रहती है। अठारहवीं शताब्दी में पीछे, अधिकांश पैपर्ड मॉथ रुपहले भूरे रंग की थीं। क्या तुम अनुमान लगा सकती हो, क्यों? सोफी!'

'जिससे कि भूखी चिड़ियाँ आसानी से उनका पता न लगा सकें।'

'किन्तु समय-समय पर, अकस्मात् म्यूटेशन्स होने के कारण, कुछ पक्के रंग की पैदा हुईं। क्या खयाल है तुम्हारा, इनका व्यवहार कैसा रहा होगा?'

'उनको देख लेना आसान था इसलिए भूखी चिड़ियाँ उन्हें अधिक आसानी से चट कर गई होंगी।'

'क्योंकि उस वातावरण में—जहाँ बर्च वृक्ष के तने रुपहले थे—पक्के रंग का होना एक अलाभकारी लक्षण था। इसलिए हमेशा ही हलके रंग की पैपर्ड मॉथ संख्या में बढ़ती गई। किन्तु उस वातावरण में फिर कोई और चीज हुई। कई जगहों पर, उद्योगों से निकलनेवाले धुएँ और कलौंछ से रुपहले तने काले हो गए। क्या खयाल है तुम्हारा फिर पैपर्ड मॉथ का क्या हुआ होगा?'

'तब फिर पक्के रंगवाली अधिकांश बची रही होंगी।'

'हाँ, और फिर उनकी संख्या बढ़ने में ज्यादा समय नहीं लगा। 1848 से 1948 के बीच, कई स्थानों पर पक्के रंग के पैपर्ड मॉथ की संख्या 1% से बढ़कर 99% हो गई। वातावरण बदल गया था, और अब हलके रंग का बना रहना लाभप्रद नहीं था। अपितु इसके विपरीत लाभकारी था। सफेद 'हारनेवाले' जैसे ही बर्च के तनों पर प्रकट हुए, वैसे ही चिड़ियाँ उन्हें चट कर गईं। किन्तु फिर एक बार एक महत्त्वपूर्ण बात हुई। उद्योगों में कोयले के कम उपयोग और कारखानों में फिल्टर (सफाई) करने के बढ़िया उपकरणों के कारण फिर अपेक्षाकृत साफ वातावरण बन गया।'

'तो अब बर्च फिर पहले जैसे चाँदी के रंग के हो गए?'

'और इसीलिए पैपर्ड मॉथ फिर अपने रुपहले रंग में लौट आने की प्रक्रिया में है। यह वह चीज है जिसे हम ऐडेप्टेशन या अनुकूलन कहते हैं। यह एक प्राकृतिक नियम है।'

'अच्छा, अब मैं समझी।'

'किन्तु इस बात के अनेक उदाहरण हैं कि मनुष्य ने वातावरण में कैसे हस्तक्षेप किया है।'

'जैसे?'

'उदाहरण के लिए, लोगों ने कीट-नाशक दवाओं का प्रयोग करके नाशक जीवों का उन्मूलन करने का प्रयास किया है। प्रारम्भ में तो इसके बहुत बढ़िया परिणाम हो सकते हैं, किन्तु जब कीटनाशक दवाओं का छिड़काव खेत में या फलों के बाग में करते हैं तो आप उन नाशक जीवों के लिए लघु रूप में पर्यावरणीय आपदा पैदा कर देते हैं जिनका आप उन्मूलन करना चाहते हैं। निरन्तर म्यूटेशन्स होते रहने के कारण, एक नए प्रकार का नाशक जीव पैदा हो जाता है जो प्रयुक्त कीटनाशक दवा का सामना कर सकता है। अब ये 'विजेता' खुला खेल खेल रहे हैं, इसलिए कुछ विशिष्ट प्रकार के नाशक जीवों के विरुद्ध लड़ना कठिन, और कठिन इसीलिए होता जाता है कि मनुष्य ने उनके उन्मूलन का प्रयास किया है। सर्वाधिक प्रतिरोधी फर्कवाले कीट ही वे कीट हैं जो बचे रह जाते हैं, निश्चय ही।'

'यह तो अच्छा-खासा डरावना है।'

'यह निश्चय ही विचारणीय बात है। हम अपने शरीर में ही बैक्टीरिया के रूप में परजीवियों से लड़ते हैं।'

'हम पैनिसिलिन और दूसरे प्रकार के ऐंटी बायोटिक का प्रयोग करते हैं।'

'हाँ, और पैनिसिलिन भी इन छोटे शैतानों के लिए एक पर्यावरणीय आपदा है। किन्तु, जैसे-जैसे हम पैनिसिलिन लोगों को देते हैं, हम कुछ बैक्टीरिया को इसके प्रतिरोधी बना रहे हैं, और इस प्रकार ऐसे बैक्टीरिया को पनपा रहे हैं जिनसे लड़ना पहले की तुलना में और कठिन होता जाता है। हम देख रहे हैं कि हमें सशक्त, और अधिक सशक्त ऐंटी बायोटिक्स का प्रयोग करना पड़ रहा है, तब तक जब तक...'

'जब तक वे रेंगते हुए मुँहों से बाहर नहीं आ जाते? हो सकता है हमें उन्हें गोली मार देना शुरू कर देना चाहिए?'

'यह तो थोड़ी सी अतिशयोक्ति होगी। किन्तु एक बात स्पष्ट है कि आधुनिक औषधि ने एक गम्भीर दुविधा पैदा कर दी है। समस्या यह नहीं है कि कोई एक अकेला बैक्टीरियम बहुत उग्र हो गया है। अतीत में, बहुत से ऐसे बच्चे थे जो किसी प्रकार नहीं बच सके—वे विभिन्न बीमारियों के शिकार हो गए। कभी-कभी अल्पसंख्यक ही बच पाए। किन्तु एक अर्थ में आधुनिक दवा ने प्राकृतिक चयन को निष्क्रिय कर दिया है। कोई एक चीज जिसने एक व्यक्ति को गम्भीर रोग में सहायता की, दीर्घावधि में सारी मानवजाति को कुछ बीमारियों का प्रतिरोध करने में कमजोर बनाकर छोड़ देगी। यदि हम आनुवंशिक साफ-सफाई पर बिलकुल ध्यान नहीं देते, तो हमें मानवजाति के अधःपतन का सामना करना पड़ सकता है। मानवता की गम्भीर रोगों का प्रतिरोध करने की आनुवंशिक सम्भाव्य शक्ति कमजोर पड़ जाएगी।

'भविष्य कितना भयावह हो सकता है।'

'किन्तु एक सच्चे दार्शनिक को, यदि वह किसी चीज को अन्यथा सत्य मानता है, तो उस 'डरावनी' चीज की ओर इशारा करने से रुकना नहीं चाहिए। आओ, एक दूसरा सार-संक्षेप तैयार करने का प्रयास करें।'

‘ओके।’

‘तुम यह कह सकती हो कि जीवन एक बड़ी लॉटरी है जिसमें केवल जीतनेवाली संख्याएँ ही दिखलाई देती हैं।’

‘आपका मतलब आखिर है क्या?’

‘जो अस्तित्व के संघर्ष में हार गए, वे गायब हो गए, देख रही हो। पृथ्वी पर वनस्पति और जानवर की हर एक, प्रत्येक प्रजाति को जीतनेवाली संख्याओं के रूप में छाँटने में लाखों वर्ष लग जाते हैं और हारनेवाली संख्याएँ—ठीक है, वे केवल एक बार प्रकट होती हैं। अतः जीव या वनस्पति की कोई ऐसी प्रजाति आज अस्तित्ववान नहीं है जिन्हें जीवन की बड़ी लॉटरी में जीतने वाला अंक हासिल नहीं हुआ।’

‘क्योंकि सर्वश्रेष्ठ ही बचे रह पाए हैं।’

‘हाँ, कहने का यह दूसरा ढंग है। और अब तुम कृपया मेरी ओर वह तसवीर सरका दो, जिसे वह आदमी—चिड़ियाघर का अधीक्षक—हमें दे गया है...’

‘सोफी ने सरककर तसवीर उन्हें दे दी। इसमें एक तरफ नोआ की नाव बनी हुई थी। दूसरी साइड का प्रयोग जानवरों की विभिन्न जातियों का डायग्राम बनाने के लिए किया गया था। और अब ऐल्बर्टो सोफी को यही साइड दिखला रहा था।’

‘हमारा डार्विनियन नोआ भी हमारे पास एक रेखाचित्र लाया जो विभिन्न वनस्पति और जानवर जाति का फैलाव दर्शाता है। तुम देख सकती हो किस प्रकार भिन्न-भिन्न प्रजातियाँ विभिन्न समूहों, वर्गों और उप-राज्यों की हैं।’

‘हाँ।’

‘बन्दरों के साथ, मनुष्य भी तथाकथित प्राइमेट प्रजाति का है। सारे *प्राइमेट* स्तनपायी हैं, और सारे स्तनपायी रीढ़ की हड्डी रखनेवाले हैं, और साथ ही वे बहुल-कोषीय जानवरों की श्रेणी के हैं।’

‘यह तो लगभग अरस्तू जैसा है।’

‘हाँ, यह सच है। किन्तु रेखाचित्र केवल आज ही की विभिन्न प्रजातियों के फैलाव को नहीं दर्शाता। यह हमें विकास के इतिहास के बारे में भी कुछ बतलाता है। तुम देख सकती हो, उदाहरण के लिए, कि चिड़ियाँ किसी बिन्दु पर सर्पों से अलग हो गईं, कि सर्प किसी बिन्दु पर ऐम्फीबिया (यानी जलचर और थलचर) से अलग हो गए, और ऐम्फीबिया किसी बिन्दु पर मछलियों से अलग हो गए।’

‘हाँ, यह तो बड़ा साफ है।’

कभी भी कोई रेखा दो में तभी बँटती है जब म्यूटेशन के परिणामस्वरूप एक नई प्रजाति का उद्भव होता है। यही वह तरीका है जिससे युगों-युगों के समय में जानवरों के विभिन्न वर्ग और उपवर्ग निकले। सच्चाई तो यह है आज दुनिया में जानवरों की दस लाख प्रजातियाँ होंगी, और यह दस लाख उन जानवरों की प्रजातियों का एक बहुत छोटा भाग है जो किसी समय पृथ्वी पर रहते थे। उदाहरण के लिए तुम देख सकती हो कि *ट्रिलाबिटा* नामक एक जानवर समूह पूरी तरह लुप्त हो चुका है।’

‘सबसे नीचे, तलहटी में हैं एक कोशिकावाले जानवर।’

‘इनमें से कुछ पिछले दो सौ करोड़ वर्षों में न बदले हो सकते हैं। तुम यह भी देख सकती हो कि इन एक कोशिकावाले प्राणियों (ऑर्गेनिज्म) से एक रेखा वनस्पति जगत में जाती है। क्योंकि, सभी सम्भावनाओं में, पौधे भी उसी आदिकालीन कोशिका से बने जिससे जानवर बने।’

'हाँ, मैं देखती हूँ। किन्तु यहाँ मेरे लिए एक उलझन खड़ी हो रही है।'

'हाँ?'

'यह प्रथम जानवर कोशिका कहाँ से आई? क्या डार्विन के पास इसका कोई उत्तर है?'

'मैंने कहा था, बतलाओ, मैंने नहीं कहा क्या? कि डार्विन एक बहुत ही सावधान आदमी था, किन्तु जहाँ तक तुम्हारे सवाल की बात है, डार्विन ने कुछ शर्तें लगाकर एक अनुमान सामने रखा। उसने लिखा :

यदि (और ओह, कैसी यदि) हम एक छोटे गरम पानी के गड्ढे की कल्पना कर सकते, जिसमें सब प्रकार के अमोनिया और फॉस्फोरस के नमक, प्रकाश, गरमी, बिजली आदि-आदि मौजूद होते और यह कि इसमें प्रोटीन कम्पाउंड किसी रासायनिक तरीके से बन सकते और जो जटिल परिवर्तनों के लिए भी तैयार होते...'

'तब क्या होता?'

'डार्विन जिन मसलों पर दर्शनिक चिन्तन कर रहा था, उनमें से प्रमुख था कि किस प्रकार एक अकार्बनिक पदार्थ से पहली जीवित कोशिका बन सकती थी। और फिर, उसने सिर में कील जड़ दी। आज के वैज्ञानिक सोचते हैं कि जीवन का प्रथम आदिकालीन रूप निश्चित ही किसी प्रकार के 'एक छोटे गरम पानी के गड्ढे' से निकला होगा जिसकी डार्विन ने भी कल्पना की थी।'

'आगे चलिए।'

'इतना काफी रहेगा, क्योंकि अब हम डार्विन को छोड़ रहे हैं। अब हम छलाँग लगाकर पृथ्वी पर जीवन के उद्गम के बारे में हाल ही में प्राप्त की गई जानकारी से भी आगे जानेवाले हैं।'

'मुझे तो सन्देह होता है। क्या कोई वाकई जानता है कि जीवन की शुरुआत कैसे हुई?'

'हो सकता है, नहीं। किन्तु पहेली के अधिक से अधिक इतने टुकड़े अपने स्थान पर आ गिरे हैं और एक तसवीर बनाई जा सकती है कि जीवन की शुरुआत कैसे हुई होगी।'

'ठीक है?'

'पहले हम यह स्थापित कर लें कि पृथ्वी पर समस्त जीवन—जानवर और वनस्पति, दोनों ही बिलकुल एक समान मूल-पदार्थ से बने हैं। जीवन की सरलतम परिभाषा है कि यह एक सार-तत्त्व है जो एक पोषक घोल में पड़कर स्वयं अपने को दो एक जैसे भागों में उपविभाजित कर सकने की योग्यता रखता है। यह प्रक्रिया एक सार-तत्त्वों द्वारा शासित होती है जिसे हम *डीएनए* (DNA) कहते हैं। डीएनए से हमारा अभिप्राय क्रोमोसोमों या आनुवंशिक ढाँचों से है जो सभी जीवित कोशिकाओं में पाए जाते हैं। हम एक अन्य शब्द, डीएनए मॉलेक्यूल भी प्रयोग करते हैं, क्योंकि डीएनए एक जटिल मॉलेक्यूल—या मैक्रोमॉलेक्यूल है। तब प्रश्न है : प्रथम मॉलेक्यूल कैसे, कहाँ से निकलकर आया?'

'हाँ?'

'पृथ्वी उस समय बनी थी जब 460 करोड़ वर्ष पहले सौर प्रणाली अस्तित्व में आई। शुरुआत इसकी गरम, दकहते, चमकते गोले से हुई जो धीरे-धीरे ठंडा हुआ। यही वह काल है जिसके बारे में आधुनिक विज्ञान का मानना है कि जीवन तीन सौ से चार सौ करोड़ वर्ष पहले शुरू हुआ।'

'यह तो लगभग असम्भव नजर आता है।'

'पूरा सुन लेने से पहले यह बात मत कहो। सबसे पहले तो हमारा ग्रह आज जैसा दिखता है उससे बहुत भिन्न था। चूँकि कोई जीवन नहीं था, इसीलिए वायुमंडल में ऑक्सीजन नहीं थी। पहली ऑक्सीजन पौधों के फोटोसिन्थेसिस से बनी। और यह तथ्य कि ऑक्सीजन नहीं थी महत्त्वपूर्ण है। इसकी सम्भावना भी नहीं है कि जीवन कोशिकाएँ—जो फिर डीएनए बना सकती हैं—ऑक्सीजनयुक्त वायुमंडल में से निकलकर आई होंगी।'

'क्यों?'

'क्योंकि ऑक्सीजन सशक्त प्रतिक्रियाशील है। इसके बहुत पहले कि डीएनए जैसे जटिल मॉलेक्यूल बन सकें, डीएनए मॉलेक्यूलर कोशिकाएँ ऑक्सीडाइज हो जाएँगी (यानी जल जाएँगी)।'

'वास्तव में?'

'यही कारण है कि हम निश्चित रूप से जानते हैं कि कोई नया जीवन, यहाँ तक कि एक बैक्टीरिया या एक वायरस भी आज पैदा नहीं होता। पृथ्वी पर सभी जीवन बिलकुल एक जैसी आयु का होगा। एक हाथी का भी उतना ही लम्बा वंशबेलि है जितना कि छोटे-से-छोटे बैक्टीरिया का। तुम लगभग यह कह सकते हो कि एक हाथी या एक मानव प्राणी—वास्तव में एक कोशिकावाले जीवों की अकेली एक चिपकी हुई कॉलोनी है। क्योंकि हमारे शरीर की हर एक कोशिका वही समान आनुवंशिक सामग्री लिये हुए है। हम कौन हैं? इसका सारा नुस्खा प्रत्येक सूक्ष्म कोशिका में छिपा हुआ पड़ा है।'

'यह तो बड़ा विचित्र विचार है।'

'जीवन के महान रहस्यों में से एक यह है कि बहुल-कोशिकावाले जानवर की कोशिकाएँ, बावजूद इस तथ्य के कि सारी कोशिकाओं में विभिन्न आनुवंशिक लक्षण क्रियाशील नहीं हैं, अपने कार्यों में विशिष्टता लाने की योग्यता रखती हैं। इनमें से कुछ लक्षण या जीन 'क्रियाशील' कर दिए जाते हैं और कुछ 'अक्रियाशील' कर दिए जाते हैं। यकृत की कोशिका वही प्रोटीन पैदा नहीं करती जो स्नायु कोशिका या त्वचा कोशिका पैदा करती है। किन्तु तीनों ही प्रकार की कोशिकाओं का वही डीएनए मॉलेक्यूल है जिसमें सम्बन्धित ऑर्गैनिज्म या जीव का नुस्खा भरा है।'

'चूँकि वायुमंडल में कोई ऑक्सीजन नहीं थी, अतः पृथ्वी के सभी ओर रक्षात्मक ओजोन की परत भी नहीं थी। इसका अर्थ हुआ कि ब्रह्मांड से होनेवाले रेडिएशन या रेडियो विकरण को रोकनेवाली कोई चीज नहीं थी। यह भी महत्त्वपूर्ण है क्योंकि सम्भवतः यह रेडिएशन ही प्रथम जटिल मॉलेक्यूल बनाने में कारक था। इस प्रकार का ब्रह्मांडीय रेडिएशन ही वह वास्तविक ऊर्जा थी जो पृथ्वी पर विभिन्न रासायनिक सार-तत्त्वों को जटिल मैक्रोमॉलेक्यूल के रूप में घुल-मिल जाने का कारण बनी।'

'ओके।'

'एक बार फिर दोहरा दूँ। इसके पहले कि ऐसे जटिल मॉलेक्यूल्स बन सकें, सारा जीवन जिनसे बनता है, कम-से-कम दो स्थितियाँ (शर्तें) मौजूद होनी चाहिए : वायुमंडल में कोई ऑक्सीजन नहीं होनी चाहिए और ब्रह्मांडीय रेडिएशन पृथ्वी पर पहुँचना चाहिए।'

'मैंने यह समझ लिया।'

'इस 'गरम छोटे से गड्ढे' में—जिसे आधुनिक वैज्ञानिक सबसे पहला, प्रारम्भिक सूप कहते हैं—एक बार अत्यधिक जटिल मैक्रोमॉलेक्यूल बन गया था, जिसमें स्वयं को अपने जैसे ही दो भागों में उपविभाजित कर देने का अद्भुत गुण था। और इस प्रकार लम्बी वैज्ञानिक प्रक्रिया प्रारम्भ हुई, सोफी। यदि हम इसे थोड़ा-सा सरल कर दें, तो हम कह सकते हैं कि हम प्रथम

आनुवंशिक सामग्री, प्रथम डीएनए, या पहली जीवित कोशिका की बात कर रहे हैं। यह बार-बार स्वयं को उपविभाजित करता गया–किन्तु पहले चरण से ही *ट्रांसम्यूटेशन* (एक से दूसरे में परिवर्तन) हो रहा था। युगों-युगों की अवधि के बाद, इन एक कोशिकीय जीव में से एक अधिक जटिल बहुल कोशिकीय जीव से जा जुड़ा। इस प्रकार पौधों का फोटोसिन्थेसिस भी शुरू हो गया और उस तरीके से वायुमंडल में ऑक्सीजन भी भरने लगी। इसके दो परिणाम हुए : प्रथम, वायुमंडल ने ऐसे जानवरों का विकास होने दिया जो अपने फेफड़ों से साँस ले सकते थे। दूसरे, वायुमंडल ने जीवन को हानिकारक ब्रह्मांडीय रेडिएशन से सुरक्षित बचाए रखा। कितनी विचित्र बात है कि यह रेडिएशन, जो प्रथम कोशिका के बनने में सम्भवतः जीवनी 'चिनगारी' था, जीवन के सभी रूपों के लिए हानिकारक है।'

'किन्तु वायुमंडल एक रात में तो बन नहीं गया। शुरू-शुरू के जीवन के रूपों ने गुजारा कैसे किया?'

'जीवन **Primal Seas** (आदिकालीन/प्रथम समुद्रों) में प्रारम्भ हुआ–प्राइमल सूप या प्रथम सूप से हमारा यही अभिप्राय है। वहाँ यह (जीवन) हानिकारक किरणों से सुरक्षित रह सकता था। और बहुत काफी समय बाद ही, जब समुद्र के जीवन ने एक वायुमंडल (वातावरण) बना लिया था, जीवन पानी से रेंगता हुआ ऐम्फीबियन्स के रूप में जमीन पर आया। शेष वह है जिसके बारे में हम चर्चा कर चुके हैं। और यहाँ हम हैं, जंगल में एक झोंपड़ी में बैठे हुए, पीछे उस प्रक्रिया पर नजर डाल रहे हैं जिसे होने में तीन सौ या चार सौ करोड़ साल लग गए हैं। और हममें, यह लम्बी प्रक्रिया अन्ततः अपने बारे में चैतन्य हो गई है।'

'और फिर भी आप यह नहीं सोचते कि यह किसी आकस्मिक घटना द्वारा हुआ है?'

'मैंने यह कभी नहीं कहा। इस तख्ती पर बना यह चित्र दर्शाता है कि विकास की एक *दिशा* थी। युगों-युगों की अवधि के बाद जानवरों ने उत्तरोत्तर जटिल बनती स्नायुविक प्रणालियाँ–और निरन्तर बढ़ता मस्तिष्क–विकसित कर लिया है। निजी तौर पर, मैं नहीं सोचता कि यह अकस्मात् हो सकता है, या इसके पीछे आकस्मिक घटना हो सकती है। तुम्हारा क्या विचार है?'

'यह शुद्ध आकस्मिकता नहीं हो सकती जिसने मानवीय आँख बना दी। क्या आप ऐसा नहीं सोचते कि इसमें एक प्रयोजन है कि हम अपने चारों ओर की दुनिया को देख सकते हैं?'

'विनोदी आश्चर्य की बात है कि आँख के विकास ने डार्विन को भी हैरत में डाल दिया था। वह इस तथ्य को गले से नीचे नहीं उतार पाया कि आँख जैसी नाजुक और संवेदनशील चीज एकमात्र प्राकृतिक चयन द्वारा विकसित हो गई।'

सोफी ऐल्बर्टो को देखती हुई बैठी रही। वह सोच रही थी कि यह कितना विचित्र है कि वह अब जिन्दा थी, और यह कि वह केवल इस समय जीवित है, और बाद में कभी जीवन में नहीं लौटेगी। अचानक वह बोल उठी :

'क्या अर्थ है हमारे अन्तहीन रचनात्मक श्रम का
जब झटके से विस्मृति करती है कुंडली होती है नष्ट?'

ऐल्बर्टो ने उस पर आँखें तरेरीं।

'बच्चे, तुम्हें ऐसे नहीं बोलना चाहिए। यह *शैतान* के शब्द हैं।'

'शैतान?'

'या मैफिस्टोफिलीस–गैटे के *फॉस्ट* में।

'Was soll uns denn das ew'ge Sehaffen /
Geschaffenes zu michts hinwegzuraffen!'

'किन्तु इन शब्दों का सही, वास्तविक अर्थ क्या है?'

'जैसे ही फॉस्ट मरने को होता है और अपने जीवन के कृत्यों पर नजर डालता है, वह विजयपूर्वक कहता है :

तो इस क्षण को मैं कह सकता हूँ :
अभी तुम ठहरो, बने रहो, हो तुम कितने मनोहर!
अब मेरे मर्त्यलोकी दिनों की कीर्ति को
युगों की उड़ान नहीं कर सकती खराब
अग्र ज्ञान भर देता मुझे अतीव आनन्द से
मैं अपना आनन्द लेता हूँ ब्रह्मानन्द, मेरा सर्वोच्च क्षण यह है।'

'यह तो बड़ा काव्यात्मक है।'

'किन्तु अब शैतान की बारी है। मरते-मरते फॉस्ट कहता है :

ऐ मूर्ख शब्द! चल यहाँ से!
अच्छा तो, चला गया।
गया, बिलकुल शून्य हो गया, किसी को शून्य बनाता हुआ
हमारे अन्तहीन रचनात्मक श्रम का क्या होता है?
जब, जरा से झटके से, विस्मृति करती है कुंडली को नष्ट
'यह बीत गया।' कैसे चलेगी यह पहेली?
ऐसा जैसे चीजें कभी शुरू ही नहीं हुईं,
फिर चक्रवत् लौटती हैं, अस्तित्व पर छा जाने के लिए :
इसके बजाय तो मैं चाहूँगा शाश्वत खालीपन *हो।'*

'यह नैराश्य भरा है। मुझे पहला पैसेज सबसे अच्छा लगा। हालाँकि उसका जीवन समाप्त हो चुका था, फॉस्ट को उन निशानों में कुछ अर्थ नजर आया, जिन्हें वह पीछे छोड़ जाएगा।' 'और क्या यह डार्विन के सिद्धान्त का परिणाम नहीं है कि हम सबको अपने में समाहित कर लेनेवाली किसी चीज का भाग है, जिसमें नन्हा-सा जीवन रूपाकार भी बड़ी तसवीर में कुछ महत्त्व रखता है? हम जीवित ग्रह हैं, सोफी। हम एक बड़ा जहाज हैं जो अन्तरिक्ष में जलते हुए सूरज के चारों ओर समुद्री यात्रा कर रहा है। किन्तु हममें से हर एक, प्रत्येक भी एक जहाज है जो जीवन-सागर में जीन्स (genes) का सामान लिये यात्रा कर रहा है। जब हम इस सामान को लेकर सुरक्षित अगले बन्दरगाह तक पहुँचा देते हैं—तो हमने जीवन व्यर्थ नहीं किया है। इसी बात को टॉमस हार्डी अपनी कविता 'ट्रांसफॉर्मेशन्स' में व्यक्त करता है :

इस सदाबहार पेड़ का हिस्सा
वह आदमी है जिसे जानते थे मेरे दादाजी,
यहाँ इसके पाँवों में उसका वक्ष है :
ये शाखा हो सकती है उसकी पत्नी,

एक गुलाबी मानव जीवन
जो अब बन गया है हरी कोंपल।

ये घासें बनी होनी चाहिए उससे
जो प्रायः प्रार्थना करती थी,
पिछली सदी, विश्राम के लिए :
और गोरी लड़की बहुत पहले
जिसे जानने का प्रयास किया मैंने प्रायः
शायद इस गुलाब में प्रवेश कर रही हो।

अतः वे भू-गत नहीं हैं,
किन्तु स्नायुओं और शिराओं की भाँति
फैले हैं हवा में ऊपर
और वे करते हैं धूप और वर्षा को महसूस
और फिर भर लेते हैं ऊर्जा
जो उन्हें वह बनाती थी जो वह थे।'

'यह तो बड़ी प्यारी है।'
'किन्तु अब हम और बात नहीं करेंगे। मैं बस इतना कहता हूँ : अगला अध्याय।'
'ओह, उस सब विडम्बना को रोकिए।'
'नया अध्याय, मैंने कहा। मेरी आज्ञा मानी जाएगी।'

फ्रायड

दुर्गन्धित अहंकारी मनोवेग जो उस (स्त्री) में प्रकट हुआ...

भारी रिंग बाइंडर को अपनी बाँहों में लिये, हिल्डे मोलर नैग बिस्तर से उछल पड़ी। उसने रिंग बाइंडर को अपने लिखनेवाली डेस्क पर पटका, कपड़े उठाए और बाथरूम में जा घुसी। शॉवर के नीचे दो मिनट रही, जल्दी से कपड़े पहने और नीचे दौड़ आई।

'नाश्ता तैयार है, हिल्डे!'

'मुझे जाना है और पहले नाव खेनी है।'

'किन्तु हिल्डे...!'

वह घर से बाहर दौड़ी, बाग में पहुँची और आनन-फानन में छोटे डॉक पर पहुँच गई। उसने नाव खोली, और इसमें कूद गई। अपने शान्त हो जाने तक वह झील में इधर-उधर छोटी-छोटी क्रुद्ध चोटों से नाव खेती रही।

'हम जीवित ग्रह हैं, सोफी। हम एक बड़ा जहाज हैं जो अन्तरिक्ष में जलते सूरज के चारों ओर चक्कर काट रहा है। किन्तु हम सबमें हर एक व्यक्ति भी एक जहाज है जो जीव-कोषों का सामान लिए जीवन सागर में तैर रहा है। जब हम इस सामान को सुरक्षित अगले बन्दरगाह तक पहुँचा देते हैं—तो हमने जीवन व्यर्थ नहीं जिया है...।'

यह अंश तो उसे कंठस्थ हो गया था। यह उसी के लिए लिखा गया था। सोफी के लिए नहीं, उसके लिए। रिंग बाइंडर में डैड ने प्रत्येक शब्द हिल्डे के लिए लिखा था।

उसने पतवारों को उनके कुन्दों में डाला और अन्दर की ओर खींच लिया। नाव पानी में धीरे-धीरे ढुलकी, छोटी-छोटी लहरें इसके अग्रभाग पर हलके थपेड़े दे रही थीं।

और लिलेसैंड में खाड़ी की सतह पर तैरती हुई छोटी खेनेवाली नाव की तरह ही वह भी जीवन की सतह पर छिलके की तरह ही थी।

इस तसवीर में सोफी और ऐल्बर्टो कहाँ थे? हाँ, ऐल्बर्टो और सोफी कहाँ थे? वह इसकी थाह नहीं ले पाई कि वे उसके पिता के मस्तिष्क में **'इलेक्ट्रो मैग्नेटिक इम्पल्सेज'** (विद्युत-चुम्बकीय स्फुरणाओं) से अधिक कुछ नहीं थे। वह थाह नहीं ले सकी, और निश्चय ही स्वीकार नहीं कर सकी कि वे उसके पिता के पोर्टेबल टाइपराइटर में एक रिबन के कागज और छपाई की रोशनाई थे। कोई यह भी कह सकता था कि वह स्वयं

भी प्रोटीन यौगिकों का एक मेल-मिश्रण थी, जो एक 'गरम छोटे गड्ढे' में अचानक एक दिन सजीव हो उठा था। किन्तु वह इससे अधिक थी। वह हिल्डे मोलर नैग थी।'

उसे यह मानना ही पड़ा कि रिंग बाइंडर एक विलक्षण उपहार था, और उसके पिता ने उसके भीतर के शाश्वत के केन्द्राबिन्दु को गहरे छुआ था। उसे यह पसन्द नहीं था कि वह सोफी और ऐल्बर्टो के साथ इस तरह का व्यवहार कर रहा था।

निश्चय ही वह उसे एक अच्छा सबक सिखाएगी, घर पहुँचने से पहले ही। वह महसूस कर रही थी कि यह उसकी उनके प्रति जिम्मेदारी है। हिल्डे अभी से ही कल्पना कर रही थी कि उसका पिता कोपेनहैगन में कास्ट्रप हवाई अड्डे पर पहुँच चुका है। वह उसे इधर-उधर पागलों की तरह दौड़ते हुए देख सकती थी।

हिल्डे अब फिर से अपने आपे में थी। उसने नाव को वापस डॉक की ओर खेना शुरू किया, जहाँ अब वह मुस्तैदी से जल्दी पहुँचना चाहती थी। नाश्ते के बाद वह मेज पर अपनी माँ के साथ देर तक बैठी रही। उसे यह अच्छा लग रहा था कि अब वह ऐसी साधारण बातों के बारे में बात कर सकती थी जैसे कि अंडा कुछ ज्यादा ही मुलायम था।

शाम होने से पहले उसने फिर पढ़ना शुरू नहीं किया। पढ़ने के लिए अब ज्यादा पन्ने बचे भी नहीं थे।

एक बार फिर दरवाजे पर दस्तक हुई।

'आओ, अब अपने कानों पर हाथ रख लें,' ऐल्बर्टो ने कहा, 'और शायद यह चला जाए।'

'नहीं, मैं देखना चाहती हूँ बाहर कौन है।'

ऐल्बर्टो उसके पीछे-पीछे दरवाजे तक गया।

पैड़ियों पर बाहर एक नंगा आदमी खड़ा था। उसने बड़ी संस्कारी मुद्रा बना ली थी, किन्तु शरीर पर केवल एक ही चीज थी–सिर पर मुकुट।

'भला?' उसने कहा, 'आप लोग भले आदमी हैं, आप सम्राट के नए कपड़ों के बारे में क्या सोचते हैं?' ऐल्बर्टो और सोफी तो बिलकुल स्तम्भित रह गए, अवाक्। इससे नंगे आदमी को कुछ गुस्सा आया।

'क्या? आप झुककर सलाम नहीं कर रहे हैं?' वह चिल्लाया।

'सच में, यह सही है,' ऐल्बर्टो ने कहा, 'किन्तु सम्राट तो बिलकुल नंगा है।'

नंगा आदमी अपनी संस्कारी मुद्रा बनाए रहा। ऐल्बर्टो झुका और उसने सोफी के कान में फुसफुसाया।

'वह सोचता है कि वह सम्माननीय है।'

इस पर, आदमी ने भवें सिकोड़ीं।

'क्या इस स्थान पर किसी प्रकार की सेंसरशिप लगी है?' उसने पूछा।

'हाँ, अफसोस,' ऐल्बर्टो ने कहा, 'यहाँ हम दोनों सतर्क हैं और हमारे मन सभी तरह से ठीक हैं। सम्राट अपनी इस निर्लज्ज अवस्था में इस देहरी को नहीं लाँघ सकता।'

नंगे आदमी की शेखी सोफी को इतनी बेहूदा लगी कि उससे हँसी का ठहाका फूट गया। मानो हँसी पहले से प्रबन्ध किया गया संकेत हो जिससे सिर पर मुकुट वाला आदमी अचानक जान गया कि वह नंगा है। अपने गुप्तांगों को दोनों हाथों से ढाँपते हुए, वह पेड़ों के निकटस्थ समूह की ओर निकल गया और गायब हो गया, शायद वह आदम और हव्वा, नोआ, लिटिल रैड राइडिंग हुड और विन्नी-द-पूह से जा मिला हो।

ऐल्बर्टो और सोफी पैड़ियों पर खड़े रहे, हँसते हुए।

अन्त में ऐल्बर्टो ने कहा, 'अच्छा रहेगा, हम अन्दर चलें। मैं तुम्हें फ्रायड और उसके अचेतन के सिद्धान्त के बारे में बताने जा रहा हूँ।'

वे फिर खिड़की के पास आकर बैठ गए। सोफी ने अपनी घड़ी पर नजर डाली और कहा, 'पहले ही ढाई बच चुके हैं और मुझे अपनी गार्डन पार्टी से पहले बहुत कुछ करना है।'

'मुझे भी बहुत कुछ करना है। हम सिगमंड फ्रायड के बारे में कुछ ही शब्द कहेंगे।'

'क्या वह दार्शनिक था?'

'हम उसका वर्णन एक सांस्कृतिक दार्शनिक के तौर पर कर सकते हैं, कम-से-कम। फ्रायड का जन्म 1856 में हुआ था और उसने वियेना विश्वविद्यालय में चिकित्सा विज्ञान का अध्ययन किया था। उसने अपने जीवन का बड़ा भाग वियेना में बिताया। उन दिनों वहाँ का सांस्कृतिक जीवन फल-फूल रहा था। उसने न्यूरॉलॉजी (स्नायु विज्ञान) में काफी पहले विशिष्टता प्राप्त कर ली थी। पिछली शताब्दी के अन्त के आसपास और हमारी अपनी शताब्दी में उसने 'गहन मनोविज्ञान' अथवा 'मनोविश्लेषण' का विकास किया।'

'आप मुझे यह स्पष्ट करेंगे, ठीक है?'

'मनोविश्लेषण सामान्य रूप से मानव मन का वर्णन है और इसके साथ ही साथ यह स्नायु सम्बन्धी और मानसिक विकृतियों का उपचार भी है। मेरा इरादा तुम्हें फ्रायड या उसकी रचनाओं की पूरी तसवीर दिखाना नहीं है। किन्तु उसके अचेतन के सिद्धान्त को समझना मानव को समझने के लिए जरूरी है।'

'आप तो मुझसे पहेली बुझा रहे हैं, आगे चलें।'

'फ्रायड मानता था कि मनुष्य और उसके परिवेश में निरन्तर एक तनाव रहता है। विशेषतया एक तनाव—या पारस्परिक विरोध—उसकी अपनी जरूरतों और प्रवृत्तियों तथा समाज की माँगों के बीच। यह कहना अतिशयोक्ति न होगा कि फ्रायड ने मानव प्रवृत्तियों को ढूँढ़ निकाला। यह खोज उसे प्रकृतिवादी धाराओं का महत्त्वपूर्ण प्रणेता बनाती है, जो उन्नीसवीं शताब्दी के अन्त में अग्रणी बनती जा रही थीं।'

'मानव प्रवृत्तियों से आपका अभिप्राय क्या है?'

'हम अपने कार्यों में सदैव तर्क से ही मार्गदर्शन नहीं प्राप्त करते। मनुष्य वास्तव में वैसा तार्किक प्राणी नहीं है जैसा अठारहवीं शताब्दी के तर्कवादी सोचते या मानते थे। प्रायः अविवेकशील मनोवेग या स्फुरणाएँ भी हमारे विचारों, सपनों और कार्यों को निर्धारित करती हैं। इस प्रकार के अतार्किक मनोवेग आधारभूत मानवीय प्रवृत्तियों या जरूरतों की अभिव्यक्ति हो सकते हैं। उदाहरण के लिए, मानव की यौन प्रवृत्ति उतनी ही आधारभूत है जितनी एक शिशु की माँ का दूध पीने की प्रवृत्ति।'

'हाँ?'

'यह अपने आपमें नई खोज नहीं थी। किन्तु फ्रायड ने दिखाया कि इन मूल जरूरतों को छिपाया या दूसरा वेश दिया जा सकता है, या इनका 'उन्नयन' (sublimation) किया जा

सकता है और इस प्रकार बिना हमारे जाने, हमारे कार्यों को चलाया जा सकता है। उसने यह भी दिखाया कि शिशुओं में भी एक प्रकार का काम-भाव होता है। वियेना के सम्माननीय मध्यम वर्ग ने 'बच्चे के काम-भाव' सम्बन्धी उसके सुझाव के प्रति घृणापूर्ण प्रतिक्रिया अभिव्यक्त की और उसे अत्यन्त अलोकप्रिय बना दिया।

'मुझे इसे लेकर कोई हैरानी नहीं है।'

'हम इसे विक्टोरियनिज्म कहते हैं, यह वह काल था जब काम-भाव से जुड़ी हर चीज वर्जित थी। अपनी मनोचिकित्सा की प्रैक्टिस के दौरान ही फ्रायड बच्चों के काम-भाव के प्रति पहली बार सजग हुआ। अतः उसके पास उसके दावों के समर्थन में अनुभव द्वारा परीक्षण का आधार उपलब्ध था। उसने यह भी देखा था कि कैसे विभिन्न प्रकार के स्नायुविक अथवा मानसिक विकृतियों को बचपन के संघर्षों में ढूँढ़ा या पाया जा सकता है। धीरे-धीरे उसने ऐसी उपचार पद्धति का विकास कर लिया जिसे हम आत्मा का पुरातत्त्व विज्ञान कह सकते हैं।'

'इससे आपका क्या अभिप्राय है?'

'एक पुरातत्त्वशास्त्री दूर अतीत के चिह्नों की खोज सांस्कृतिक इतिहास की परतों को खोदकर करता है। उसे अठारहवीं शताब्दी से कोई चाकू मिल सकता है। जमीन में गहरे उसे चौदहवीं शताब्दी का कोई कन्धा मिल सकता है—और शायद और नीचे जाने पर पाँच सदी ई.पू. का उसे कोई कलश या फूलदान मिल सकता है।'

'हाँ?'

'इसी तरह मनोविश्लेषक, रोगी की सहायता से, रोगी के मन की अँधेरी परतों में और भी गहरे जाकर उन अनुभवों को प्रकाश में ला सकता है, जिन्होंने रोगी में मानसिक विकृति पैदा की है, क्योंकि फ्रायड के अनुसार, हम अपने सारे अनुभवों की स्मृतियों को अपने भीतर गहरे इकट्ठे करते रहते हैं।'

'अच्छा, मैं समझी।'

'विश्लेषक सम्भवतः उस दुखद पीड़दायक अनुभव को खोज सकता है, जिसे रोगी ने कई वर्षों तक छिपाने का प्रयास किया है, किन्तु जो फिर भी नीचे दबे पड़े रहे हैं, और रोगी के संसाधनों को कुतरते रहे हैं। 'मानसिक आघात के अनुभव' को चेतन मन में लाकर—और इसे रोगी के सामने लाकर—वह रोगी को, 'उसे समाप्त कर देने' और फिर से ठीक हो जाने के लिए सहायता कर सकता है।'

'यह तो तार्किक प्रतीत होता है।'

'किन्तु मैं बहुत जल्दी-जल्दी आगे बढ़ रहा हूँ। आइए पहले देखें फ्रायड मानव मन का कैसे वर्णन करता है। क्या तुमने कभी एक नवजात शिशु देखा है?'

'मेरा एक चचेरा भाई चार साल का है।'

'जब हम दुनिया में आते हैं, तो हम अपनी शारीरिक और मानसिक जरूरतों को सीधे-सीधे, और बिना किसी हिचक या लज्जा के जी लेते हैं। हमें दूध नहीं मिलता तो हम रोते हैं और हो सकता है हमारी लँगोटी भीगी होने पर भी हम रोते हों। और हम शारीरिक सम्पर्क और शरीरी गरमाहट की अपनी इच्छा को भी सीधे ही व्यक्त कर देते हैं। फ्रायड इसे 'प्लेजर प्रिंसिपिल' (सुख का सिद्धान्त) कहता है, हमारे अन्दर इड (id)। नवजात शिशु के रूप में हम इड के अलावा और कुछ नहीं हैं।'

'आगे चलें।'

'हम अपने वयस्क जीवन में, और सारे जीवन भर इड या सुख का सिद्धान्त, साथ लिये चलते हैं। किन्तु धीरे-धीरे हम अपनी इच्छाओं को अनुशासित करना और अपने आस-पड़ोस

से समन्वय बनाना सीख लेते हैं। 'Reality principle' (यथार्थ सिद्धान्त) के सम्बन्ध में हम अपने सुख सिद्धान्त का नियमन करना भी सीख लेते हैं। फ्रायड की शब्दावली में हम *ईगो* (ego) या अहम् का विकास करते हैं जिसका काम यह नियमन है। हालाँकि हमें कुछ चाहिए, कुछ चीज की जरूरत है, हम केवल तब तक पड़े और चिल्लाते नहीं रहते जब तक हमारी जरूरत की चीज हमें मिले।'

'नहीं, यह तो साफ जाहिर है।'

'हमें किसी ऐसी चीज की सख्त जरूरत हो सकती है जो बाहर की दुनिया के लिए मान्य नहीं है। हम ऐसी इच्छाओं को दबा भी सकते हैं। इसका अर्थ हुआ कि धकेलकर हम उन्हें दूर कर देते हैं और उनके बारे में भूल जाते हैं।'

'मैं समझी।'

खैर फ्रायड ने मनुष्य के मन को समझने हेतु एक तीसरे तत्त्व के विश्लेषण का प्रस्ताव रखा और उस पर काम किया। बाल्यावस्था से ही हमें अपने माता-पिता और समाज की नैतिक माँगों का निरन्तर सामना करना पड़ता है। जब हम कुछ गलत करते हैं तो हमारे माता-पिता कहते हैं, 'वह मत करो' कुछ शर्म करो या 'शैतान, शैतान! वह खराब है।' जब हम बड़े हो जाते हैं तब भी इस प्रकार की माँगों और निर्णयों की गूँज हमारे अन्दर बनी रहती है। ऐसा लगता है मानो दुनिया की नैतिक अपेक्षाएँ हमारा ही एक अंग बन गई हैं। फ्रायड इसे सुपर ईगो (super ego) या अति-अहम् कहता है।

'यह क्या अन्तःकरण के लिए दूसरा शब्द है?'

'अन्तःकरण अति-अहम् का एक अवयव है। किन्तु फ्रायड दावा करता था कि अति-अहम् हमें यह बतला देता है कि कब हमारी इच्छाएँ स्वयं 'खराब' या 'अनुचित' हैं और इनमें काम और यौन इच्छा भी शामिल है। और जैसा मैंने कहा, फ्रायड यह दावा करता था कि 'अनुचित' इच्छाएँ बचपन के प्रारम्भिक चरणों में ही स्वयं को प्रकट कर देती हैं।'

'कैसे?'

'अब हम जानते हैं कि बच्चे अपने यौनांगों को छूना पसन्द करते हैं। किसी भी समुद्री तट पर हम यह देख सकते हैं। फ्रायड के समय में, इस प्रकार के व्यवहार के लिए दो या तीन साल के बच्चे की उँगलियों पर एक चाँटा पड़ता था और शायद साथ में माँ कहती थी 'शैतान' या 'ऐसा मत करो' या 'अपने हाथ कपड़ों के ऊपर रखो।'

'ओह, कितना घृणित है यह!'

'यह यौनांगों और यौन-भाव से जुड़ी हर चीज के बारे में पाप-बोध या अपराध-भाव की शुरुआत है। क्योंकि यह पाप-बोध या अपराध-भाव अति-अहम् में बना रहता है अनेक लोग—फ्रायड के अनुसार, अधिकांश लोग—अपने सारे जीवन भर यौन के प्रति पाप-बोध या अपराध-भाव लिए रहते हैं। इसके साथ ही साथ उसने यह भी दिखाया कि कामेच्छाएँ और जरूरतें मानव प्राणियों में प्राकृतिक एवं अत्यावश्यक हैं। और इस प्रकार, मेरी प्रिय सोफी, इच्छा और पाप-अपराध के बीच जीवन भर संघर्ष बने रहने की पृष्ठभूमि तैयार हो जाती है।'

'क्या आप ऐसा नहीं सोचते कि फ्रायड के समय के बाद यह संघर्ष समाप्त हो गया है?'

'बहुत हद तक निश्चित रूप से। किन्तु फ्रायड के कई रोगियों ने इस तीखे द्वन्द्व और संघर्ष को इतनी तीव्रता से अनुभव किया कि उन्होंने फ्रायड के कथनानुसार, न्यूरॉसेस (स्नायविक संकट) बना लिया। उदाहरण के लिए, उसके स्त्री-रोगियों में से एक चोरी-छिपे अपने बहनोई से प्रेम करती थी। जब उसकी बहन बीमारी से मर गई, तो उसने सोचा—'अब वह मुझसे शादी

करने के लिए स्वतन्त्र है। यह विचार उसके अति-अहम् के साथ सीधा, सामने से भिड़ने के लिए चल रहा था, और इतना राक्षसी विचार था कि उसने इसे तुरन्त ही दबा दिया, फ्रायड हमें बतलाता है। दूसरे शब्दों में, उसने इसे अपने अचेतन में नीचे अत्यन्त गहरे ले जाकर दफना दिया। फ्रायड लिखता है : वह युवा लड़की बीमार थी और गम्भीर हिस्टीरिया (उन्माद) के लक्षण दिखला रही थी। जब मैंने उसका इलाज करना शुरू किया तो वह अपनी बहन के बेडसाइड दृश्य और उसमें उभरनेवाली दुर्गन्धित अहंकारी मनोवेग को पूरी तरह भुला चुकी थी। किन्तु विश्लेषण के दौरान उसे यह याद आ गई, और अत्यन्त उत्तेजना की अवस्था में उसने उस रोगकारी क्षण को यूँ का यूँ मेरे सामने रख दिया, और इस इलाज से वह नीरोग हो गई।'

'अच्छा अब मेरी समझ में आया कि आत्मा के पुरातत्त्व विज्ञान से आपका क्या अभिप्राय था।'

'इस प्रकार हम मानवीय मानस का साधारणीकृत वर्णन प्रस्तुत कर सकते हैं। रोगियों का इलाज करने के कई वर्षों के अनुभव से, फ्रायड ने निष्कर्ष निकाला कि चेतन तो मानवीय मन का केवल एक अत्यन्त सूक्ष्म भाग है। चेतन तो समुद्र में किसी विशाल बर्फीली चट्टान (iceberg) की अत्यन्त छोटी चोटी के समान है। समुद्र की सतह के नीचे—या चेतन की देहरी के नीचे विशाल मानसिक क्षेत्र 'उप चेतन' या *अचेतन* है।'

'तो हमारे अन्दर अचेतन वह सब कुछ है जिसे हम भूल गए हैं और याद नहीं रखते?'

'हमारे सभी अनुभव हर समय हमारे सामने चेतन रूप में विद्यमान नहीं होते। फ्रायड ऐसी स्थितियों या अवस्थाओं को *चेतन-पूर्व* (Pre-conscious) कहता था, जिन्हें हमने सोचा या अनुभव किया था और जिन्हें 'यदि हम उन पर मन लगाएँ' तो उन्हें याद कर सकते हैं। उसने 'अचेतन' शब्द उन मानसिक अनुभवों और इच्छाओं के लिए आरक्षित रखा जिन्हें हमने दबा दिया है। यानी उस तरह के अनुभव जिन्हें हमने 'अप्रिय,' 'अनुचित' या 'घृणित' समझकर भूल जाने का प्रयास किया है। यदि हमारी कुछ ऐसी इच्छाएँ या चाह हैं जिन्हें चेतन सहन नहीं कर सकता, अति-अहम् उन्हें झाड़कर नीचे डाल देता है। ऐ दूर रहो।'

'मैं समझ गई।'

'यह प्रक्रिया सब स्वस्थ व्यक्तियों में भी कार्यरत है। किन्तु कुछ लोगों के लिए अप्रिय या प्रतिबन्धित विचारों को चेतना से दूर रखने में इतना भयंकर तनाव होता है कि वे मानसिक रोगी हो जाते हैं। जिन अनुभवों या इच्छाओं को इस प्रकार दबा दिया जाता है वे अपने आप चेतना में पुनः प्रवेश के लिए प्रयास करती रहेंगी। कुछ लोगों को ऐसे मनोवेगों को चेतन की आलोचनात्मक दृष्टि में रखने में बड़ा श्रम लगाना पड़ता है। 1909 में जब फ्रायड अमेरिका में मनोविश्लेषण पर लेक्चर दे रहा था, तो उसने एक उदाहरण इसका दिया कि यह दमन-प्रक्रिया (रिप्रेशन मकैनिज्म) कैसे काम करती है।'

'मैं वह सुनना चाहूँगी।'

'उसने कहा—कल्पना करो इस हॉल में और इन श्रोताओं के बीच जिनकी उदाहरणीय शान्ति और ध्यान की एकाग्रता की पूरी प्रशंसा कर पाना मेरे लिए सम्भव नहीं है, एक आदमी ऐसा है जो व्यवधान पैदा करता है और अपनी अभद्र हँसी, बातों या जूते घिसने की आवाज से मेरे ध्यान को मेरे काम से हटाता है। मैं कहता हूँ कि मैं इस स्थिति में लेक्चर नहीं दे सकता और उस पर आपमें से कुछ मजबूत आदमी उठते हैं और छोटी-सी खींचतान के बाद, हॉल की शान्ति में व्यवधान डालनेवाले इस आदमी को हॉल के बाहर कर देते हैं। उसे अब *दबा दिया गया है,* और मैं अपना लेक्चर चालू रखता हूँ। किन्तु यह सुनिश्चित करने के लिए कि व्यवधान की पुनरावृत्ति न हो, उस सूरत में कि जिस आदमी को अभी बाहर निकाल दिया गया है वह जबरदस्ती

फिर हॉल में घुसने का प्रयास कर सकता है, तो वे आदमी जिन्होंने मेरे सुझाव को क्रिया रूप दिया था, अपनी कुर्सियाँ दरवाजे के पास ले जाते हैं और प्रतिरोध (Resistance) स्वरूप वहाँ जमकर बैठ जाते हैं, ताकि उस शातिर पर दबाव बना रहे। अब, यदि आप दोनों लोकेशन्स (स्थानों) को मानस में स्थानान्तरित कर दें, इसे चेतना कहें, और बाहरवाले को *अचेतन* कहें, तो आपको *दबाने* की प्रक्रिया का एक कामचलाऊ या ठीक-ठीक उदाहरण मिल जाता है।'

'मैं सहमत हूँ।'

किन्तु शान्ति में व्यवधान डालनेवाला वापस अन्दर आने पर आमादा है, सोफी। कम-से-कम दबाए गए विचारों और चाहतों के साथ तो ऐसा ही है। हम निरन्तर दबाए गए विचारों के दबाव में रहते हैं जो लड़-झगड़कर अचेतन से ऊपर आना चाहते हैं। यही कारण है कि हम प्रायः वह कर या कह देते हैं जो हमारा इरादा नहीं था। इस प्रकार अचेतन प्रतिक्रियाएँ हमारी भावनाओं और कार्यों को उकसाती हैं, उभारती हैं।'

'क्या आप मुझे एक उदाहरण दे सकते हैं?'

'फ्रायड इस प्रकार की कई प्रक्रियाओं के साथ काम करता है। उनमें से एक को वह *पैराप्रैक्सेज़* (Parapraxes) कहता है, यानी जबान या कलम की चूक। दूसरे शब्दों में हम अकस्मात ही ऐसी चीजें कह या कर जाते हैं जिन्हें हमने कभी दबाने की कोशिश की थी। फ्रायड उस शॉप फोरमैन का उदाहरण देता है जिसे अपने बॉस के लिए टोस्ट प्रोपोज करना था। परेशानी यह थी कि यह बॉस भयंकर रूप से अलोकप्रिय था। स्पष्ट शब्दों में, वह ऐसा था जिसे कोई आदमी सूअर कहता है।'

'हाँ?'

'फोरमैन उठकर खड़ा हुआ, उसने अपना ग्लास उठाया और कहा, 'यह है सूअर के लिए।'

'क्या कहूँ मेरी तो ज़ुबान ही नहीं खुलती।'

'फोरमैन भी अवाक् था। उसने वास्तव में केवल वही कहा था जो उसका अभिप्राय था। किन्तु उसका अभिप्राय यह कहने का नहीं था। क्या तुम ऐसा एक और उदाहरण सुनना चाहोगी?'

'हाँ, कृपया बतलाएँ।'

'एक बिशप एक स्थानीय पुरोहित के यहाँ चाय के लिए आ रहा था, पुरोहित के बड़े परिवार में अच्छा व्यवहार करनेवाली भली लड़कियाँ थीं। बिशप की नाक कुछ असाधारण रूप से लम्बी थी। लड़कियों को ढंग से बता दिया गया था कि वे किसी भी हालत में बिशप की नाक की कोई बात न करें, क्योंकि बच्चे लोगों के बारे में प्रायः बिना सोचे-समझे कोई भी टिप्पणी कर देते हैं, क्योंकि उनकी दमन-प्रक्रिया (रिप्रैसिव मेकैनिज्म) पूरी तरह विकसित नहीं होती। बिशप साहब आ गए, खुशनुमा लड़कियों ने भरसक प्रयास किया कि उसकी नाक के बारे में कोई टीका-टिप्पणी न हो। उन्होंने तो यहाँ तक कोशिश की कि इसे देखें तक नहीं और भूली रहें। किन्तु वे सारे समय इसी के बारे में सोच रही थीं। और तब उनमें से एक को जरा चीनी आगे पकड़ाने लिए कहा गया। उसने सम्माननीय बिशप की ओर देखा और बोली, 'क्या आप चीनी अपनी नाक में लेते हैं?'

'ओह, कैसी बेवकूफी!'

'दूसरी चीज जो हम कर सकते हैं वह तार्कीकरण (Rationalisation) है। इसका अर्थ है कि जो हम करते हैं उसका वास्तविक कारण न तो स्वयं अपने को और न दूसरे को ही हम देते या बताते हैं, क्योंकि वास्तविक कारण अस्वीकार्य है।'

'जैसे?'

'मैं तुम्हें खिड़की खोलने के लिए हिप्नोटाइज कर सकता हूँ। जब तुम हिप्नोसिस में हो तो मैं तुम्हें कहता हूँ कि जब मैं मेज पर अपनी उँगलियाँ बजाने लगूँ तो तुम उठोगी और खिड़की खोलोगी। मैं मेज पर उँगलियाँ बजाता हूँ—और तुम खिड़की खोलती हो। बाद में मैं तुमसे पूछता हूँ कि तुमने खिड़की क्यों खोली, और तुम कह सकती हो कि इसलिए खोली, क्योंकि गरमी बहुत हो रही थी। किन्तु यह वास्तविक कारण नहीं है। तुम स्वयं यह स्वीकार नहीं कर रही हो कि तुमने मेरे हिप्नॉटिक ऑर्डर्स में ऐसा किया। अतः तुम तार्कीकरण करती हो।'

'हाँ, अब मैं समझी।'

'हम सभी के सामने प्रतिदिन ऐसी बातें आती रहती हैं।'

'मेरा यह चार साल का चचेरा भाई, मैं सोचती हूँ कि उसके साथ खेलनेवाले बच्चे ज्यादा नहीं हैं, इसलिए जब भी मैं उनके यहाँ जाती हूँ वह बड़ा खुश होता है। एक दिन मैंने उससे कहा—मुझे घर जल्दी अपनी मॉम के पास पहुँचना है। आपको मालूम है उसने क्या कहा?'

'क्या कहा उसने?'

'उसने कहा, वह (मॉम) मूर्ख है।'

'हाँ, यह निश्चित रूप से तार्कीकरण का एक मामला था। बच्चे ने जो वास्तव में कहा उसका अभिप्राय वह नहीं था। शायद उसका अभिप्राय था कि तुम्हारा जाना मूर्खतापूर्ण है, किन्तु ऐसा कहने में उसे बेहद शर्म आ रही थी। दूसरा काम जो हम करते हैं वह है *प्रोजेक्ट*, प्रक्षेपण।'

'यह क्या है?'

'जब हम प्रोजेक्ट करते हैं, तो जिन लक्षणों को हम अपने आपमें दबाने की कोशिश कर रहे हैं, उनका स्थानान्तरण दूसरे लोगों पर कर देते हैं। एक आदमी जो कंजूस है, उदाहरण के लिए, दूसरों को छदाम-छदाम पर जान देनेवाला बतलाता है। और कोई जो यह स्वीकार नहीं करता कि वह काम-भाव में लिप्त है, पहला आदमी होगा जो दूसरों के कामासक्त होने पर अपनी चिढ़ जताता है।'

'हुम्म...'

'फ्रायड का दावा था कि हमारा दैनिक जीवन इस प्रकार के अचेतन प्रक्रियाओं (मेकैनिज्म) से भरा पड़ा है। हम किसी खास आदमी का नाम भूल जाते हैं, तो हम बोलते समय अपने कपड़ों को टटोलते हैं या कमरे में रखी हुई चीजों को बेमतलब इधर से उधर रखना शुरू कर देते हैं। हम शब्द भी टटोलते रहते हैं, तथा जबान और कलम की कभी-कभी ऐसी चूक करते हैं जो बिलकुल मासूम दिखाई देती हैं। फ्रायड का मत यह था कि ऐसी चूकें न तो इतनी आकस्मिक हैं और न ही इतनी मासूम जितनी हम सोचते हैं। हमारे ऐसे अनाड़ी काम वास्तव में हमारी अत्यन्त गोपनीय इच्छाओं तथा भावनाओं को उजागर कर सकते हैं।'

'अब से आगे मैं अपने शब्दों का बहुत ध्यान रखूँगी।'

'तुम यदि ध्यान भी रखोगी, तो भी तुम अपने अचेतन मनोवेगों से बच नहीं सकती। कला इसी में है कि मनोवृत्तियों को अचेतन में दफनाने के अधिक प्रयास न किए जाएँ। यह तो किसी जलपक्षी के घोंसला बनाने के रास्ते को बन्द कर देने जैसा है। यह सुनिश्चित है कि चिड़िया अपना घोंसला बाग में दूसरी जगह बना लेगी। वास्तव में स्वस्थ काम यह होगा कि चेतन और अचेतन के बीच दरवाजे को थोड़ा खुला रखा जाए।'

'यदि आप इस दरवाजे पर ताला डाल देते हैं, तो आप मानसिक बीमारी के शिकार हो जाएँगे, ठीक है न?'

'हाँ, एक न्यॉरॉटिक या नर्वस आदमी ऐसा ही होता है जो 'अप्रिय' अनुभवों को अपनी चेतना से दूर रखने में अत्यधिक श्रम से ऊर्जा व्यय कर रहा है। बार-बार कोई ऐसा खास अनुभव होता है

जिसे आदमी जी-जान से दबाने पर लगा है। किन्तु फिर भी वह आशंकित रहता है कि किसी डॉक्टर से मिले जो उसे छिपे मानसिक आघात तक फिर से लौटने का रास्ता दिखाने में सहायता कर दे।'

'डॉक्टर यह सहायता कैसे करता है?'

'फ्रायड ने एक तकनीक विकसित की जिसे वह फ्री एसोसिएशन कहता था। दूसरे शब्दों में, वह एक रोगी को आराम से लेटने और कुछ भी बोलने के लिए कहता था जो उसके मन में आए—रोगी की बात कितनी भी असंगत, अनियमित, अप्रिय या असमंजस में डालने जैसी लगे इससे कोई मतलब नहीं था। विचार यह था कि मानसिक आघात के अनुभव पर जो 'ढक्कन' या 'नियन्त्रण' लगा दिए गए हैं, और जो वर्षों से पड़े-पड़े मजबूत हो गए हैं उन्हें तोड़ कर हटा दिया जाए, क्योंकि ये मानसिक आघात ही थे जो रोगी की चिन्ता का कारण बने हुए थे। ये हमेशा कार्यशील रहते हैं, सिर्फ चेतन रूप में नहीं।'

'किसी भी चीज के बारे में जितनी कोशिश आप भूलने में करते हैं, उसके बारे में अचेतन रूप से आप उतना ही अधिक सोचते हैं?'

'बिलकुल ऐसी ही बात है। यही कारण है कि अचेतन से आनेवाले संकेतों के बारे में जागरूक होना महत्त्वपूर्ण है। फ्रायड के अनुसार, अचेतन तक जाने का शाही रास्ता हमारे सपने हैं। इस विषय पर लिखी उसकी मुख्य रचना थी, द इंटरप्रिटेशन ऑफ ड्रीम्स। यह 1900 में प्रकाशित हुई थी जिसमें उसने दिखाया कि हमारे सपने बेतरतीब नहीं हैं। सपनों के माध्यम से हमारा अचेतन चेतन से सम्पर्क साधने की चेष्टा करता है।'

'आगे चलें।'

'वर्षों के अपने रोगियों के अनुभवों से—और स्वयं अपने सपनों के विश्लेषण से—जो कम महत्त्वपूर्ण नहीं था—फ्रायड ने निष्कर्ष निकाला कि सारे सपने इच्छाओं की पूर्ति होते हैं। उसने कहा, यह बात बच्चों में साफ दिखलाई देती है। उन्हें आइसक्रीम और चैरीज के सपने आते हैं। किन्तु वयस्कों में, जिन इच्छाओं की पूर्ति होनी होती है, सपनों में उनका वेश बदल जाता है। ऐसा इसलिए है कि जब हम सोते हैं उस समय भी सेंसरशिप लागू रहती है और निर्धारित करती है कि हम स्वयं को क्या कर लेने देंगे। और यद्यपि यह सेंसरशिप या रिप्रेशन मेकैनिज्म नींद में, जाग्रत् अवस्था की तुलना में, अपेक्षाकृत कमजोर हो जाता है, फिर भी यह इतना सशक्त रहता है कि सपने उन इच्छाओं को, जिन्हें हम कबूल करने के लिए तैयार नहीं हैं, तोड़-मरोड़ कर प्रस्तुत करते हैं।'

'शायद यही कारण है कि सपनों का अर्थ लगाना पड़ता है।'

'फ्रायड ने दिखाया कि हमें सुबह याद आए अपने वास्तविक सपने, और उस सपने के सच्चे अर्थ के बारे में भेद करना चाहिए। वास्तविक सपने के बिम्ब को—यानी वह 'फिल्म' या 'वीडियो' जो हमारा सपना है—फ्रायड मैनीफैस्ट ड्रीम कहता है। सपने की यह 'दिखनेवाली' विषयवस्तु हमेशा ही अपनी सामग्री या दृश्यावली पिछले दिन से प्राप्त करती है। किन्तु सपने में एक गहरा अर्थ भी होता है जो चेतना से छिपा रहता है। फ्रायड इसे लेटेंट ड्रीम थॉट्स (प्रच्छन्न/अव्यक्त स्वप्न विचार) कहता है, और ये छिपे हुए विचार जिनके बारे में सपना होता है, सुदूर अतीत से, या उदाहरण के लिए, नितान्त प्रारम्भिक बचपन से उद्भूत होते हैं।'

'इसलिए पहले हमें सपने का विश्लेषण करना होगा ताकि हम सपने को समझ सकें।'

'हाँ, और मानसिक रोगी के लिए यह विश्लेषण एक उपचार करनेवाले डॉक्टर के साथ मिलकर किया जाना चाहिए। किन्तु यह डॉक्टर नहीं है जो रोगी के लिए उसके सपने का अर्थ लगाता है। वह यह काम रोगी की सहायता से ही कर सकता है। इस स्थिति में, डॉक्टर सुकरात की दाई 'मिडवाइफ' वाले काम को पूरा करता है, और सपने की व्याख्या या अर्थ-निर्णय में सहायता प्रदान कर सकता है।'

'मैं समझ रही हूँ।'

'लेटेंट स्वप्न यानी प्रच्छन्न/अव्यक्त विचारों को मैनीफैस्ट ड्रीम (दिखनेवाले सपने) में बदलने के वास्तविक कार्य को फ्रायड ड्रीम वर्क (स्वप्न-कार्य) कहता है। हम इसे सपने के बारे में 'नकाब पहनना' या 'कूट शब्द देना' कह सकते हैं। सपने का अर्थ लगाने में हमें एक उलटी प्रक्रिया से जाना चाहिए और उस *मोटिफ* या उद्देश्य को बेनकाब करना या उससे कूट स्वप्न-बिम्ब हटाना चाहिए ताकि हम सपने के मूल मुद्दे तक पहुँच सकें।'

'क्या आप मुझे एक उदाहरण दे सकते हैं?'

'फ्रायड की पुस्तक उदाहरणों से भरी पड़ी है। किन्तु हम अपने लिए स्वयं एक बड़ा सरल और लगभग फ्रायड जैसा उदाहरण बना सकते हैं। चलिए, हम कहते हैं कि एक नवयुवक को सपने में उसकी मौसेरी बहन से दो गुब्बारे मिले।'

'हाँ?'

'तुम स्वयं आगे चलो और अपने आप इसका अर्थ लगाओ।'

'हुम्म...एक तो मैनीफैस्ट ड्रीम है, जैसा आपने कहा : एक युवक को उसकी मौसेरी बहन से दो गुब्बारे मिलते हैं।'

'आगे चलो!'

'आपने कहा था कि दृश्यावली हमेशा ही पिछले दिन से आती है। मतलब यह कि पिछले दिन वह एक मेले में गया था—या हो सकता है कि उसने गुब्बारों की तसवीर अखबार में देखी।'

'यह सम्भव है, किन्तु उसे केवल 'गुब्बारा' शब्द की या कोई ऐसी चीज जो गुब्बारे की याद दिलाती है की जरूरत है।

'किन्तु वे प्रच्छन्न स्वप्न विचार क्या हैं जिनके बारे में यह सपना है?'

'अर्थ लगानेवाली तुम हो।'

'हो सकता है वह दो-चार गुब्बारे लेना चाहता था।'

'नहीं, ऐसे काम नहीं चलेगा। तुम इस बारे में सही हो कि सपना इच्छा की पूर्ति होता है। किन्तु शायद ही एक युवक में दो गुब्बारों के लिए तीव्र इच्छा हो। और यदि ये उसके पास हैं, तो उसे उनके बारे में सपना देखने की जरूरत कहाँ है?'

'मैं समझ गई : वह वास्तव में अपनी मौसेरी बहन को चाहता है—और दो गुब्बारे उसकी छातियाँ यानी स्तन हैं।'

'हाँ, यह एक बेहतर अर्थ है, किन्तु इसमें यह पूर्व-कल्पना है कि उसने अपनी इच्छा के असमंजस का अनुभव किया है।'

'एक अर्थ में, हमारे सपने काफी सारे लम्बे चक्कर लगाते हैं।'

'हाँ, फ्रायड मानता था कि सपना 'एक दबी हुई इच्छा की, बदले हुए वेश में, पूर्ति है।' किन्तु हमने वास्तव में क्या दबाया था, वह काफी बदल गया हो सकता है उस समय से जब फ्रायड वियेना में डॉक्टर था। किन्तु विषयवस्तु के बदले रूप की प्रक्रिया अभी भी बरकरार हो सकती है।'

'हाँ, मैं समझ रही हूँ।'

'उन्नीस सौ बीस के दशक में फ्रायड का मनोविश्लेषण अत्यन्त महत्त्वपूर्ण था, खासतौर पर एक विशिष्ट प्रकार के मनोरोगियों के लिए। उसका अचेतन का सिद्धान्त कला और साहित्य के लिए भी बड़ा महत्त्व रखता था।'

'कलाकार, लोगों के अचेतन मानस-जीवन में रुचि लेने लगे?'

'बिलकुल यही हुआ, हालाँकि उन्नीसवीं शताब्दी के अन्तिम दशक में यह पहले ही साहित्य का एक प्रभुत्वशाली पहलू हो गया था—फ्रायड के मनोविश्लेषण के प्रचलित होने से पहले। यह मात्र यह दर्शाता है कि उस खास समय यानी 1890 के दशक में, फ्रायड के मनोविश्लेषण का उद्भव महज एक संयोग नहीं था।'

'आपका मतलब है कि यह उस समय की चेतना थी?'

'फ्रायड ने स्वयं यह दावा नहीं किया था कि उसने रिप्रैशन (दमन), डीफैन्स मिकैनिज्म (रक्षा-प्रक्रिया), या रैशनलाईजेशन (तार्कीकरण) जैसी कोई मानसिक-अनुभव खोज निकाले थे। वह इन मानवीय अनुभवों को मनोचिकित्सा में लागू करनेवाला पहला आदमी था। वह अपने सिद्धान्तों के साहित्यिक उदाहरण देने में भी सिद्धहस्त था। किन्तु जैसा मैंने पहले बतलाया, 1920 के दशक से आगे, फ्रायड का मनोविश्लेषण कला और साहित्य में और भी अधिक सीधा प्रभाव डालने लगा।'

'किस अर्थ में?'

'कवियों और चित्रकारों ने, विशेषकर सररीयलिस्ट्स (अति-यथार्थवादियों) ने अपनी रचनाओं में अचेतन की शक्ति के दोहन का प्रयास किया।'

'सररीयलिस्ट्स क्या है?'

'सररियलिज्म' शब्द फ्रेंच से आता है और इसका अर्थ होता है 'अति-यथार्थवाद'। 1924 में आन्द्रे ब्रेटन ने 'सररियलिस्टिक मैनीफैस्टो' प्रकाशित किया, यह दावा करते हुए कि कला अचेतन से निकलनी चाहिए। कलाकार को अपने स्वप्न-बिम्बों से सर्वाधिक सम्भव मुक्त प्रेरणा प्राप्त करनी चाहिए और 'अति-यथार्थवाद' की ओर बढ़ने का प्रयास करना चाहिए, जिसमें सत्य और स्वप्न की विभेदक रेखाएँ तिरोहित हो जाती हैं। एक कलाकार के लिए भी यह आवश्यक हो सकता है कि वह चेतन की सेंसरशिप के दमन से मुक्त हो जाए और अपने बिम्बों तथा शब्दों को खुला खेलने दे।'

'मैं यह समझ सकती हूँ।'

'एक अर्थ में, फ्रायड ने यह दिखला दिया कि प्रत्येक व्यक्ति के अन्दर एक कलाकार है। आखिरकार, एक स्वप्न भी तो एक छोटी-सी कला-रचना है, और हर रात नए सपने होते हैं। अपने रोगियों के स्वप्नों का अर्थ लगाने के लिए, फ्रायड को प्रायः प्रतीकों की गहन भाषा से अपना काम करना पड़ा—उसी तरह जैसे हम किसी चित्र या साहित्यिक टेक्स्ट का अर्थ लगाते हैं।'

'और हम हर रात सपना देखते हैं?'

'हाल ही की शोध से पता चला है कि हम अपने सोने के समय के 20% समय में, यानी प्रति रात करीबन एक से दो घंटे सपने देखते हैं। यदि हमारे स्वप्न देखते समय कोई विघ्न होता है तो हम नर्वस और चिड़चिड़े हो जाते हैं। इसका अर्थ इससे कम नहीं है कि हममें से प्रत्येक को अपनी अस्तित्वात्मक स्थिति को कलात्मक अभिव्यक्ति देने की अन्तःजात आवश्यकता है। आखिरकार हमारे सपने हमारे बारे में ही होते हैं। हम निदेशक होते हैं, हम ही सारे दृश्य सेट करते हैं और हम ही सारी भूमिकाएँ अदा करते हैं। कोई भी व्यक्ति जो यह कहता है कि वह कला नहीं जानता, वह स्वयं को भलीभाँति नहीं समझता।'

'मैं यह समझ रही हूँ।'

'फ्रायड ने मानव मन की विलक्षणता का प्रभावी प्रमाण दिया। रोगियों के साथ उसके काम ने उसे आश्वस्त कर दिया कि हम जो कुछ भी देखते या अनुभव करते हैं, उसे हम अपनी

चेतना में कहीं गहरे सँजोएँ रखते हैं, और यह कि इन सब प्रभावों को पुनः प्रकाश में लाया जा सकता है। जब हम स्मृति भूल या चूक का अनुभव करते हैं, और थोड़ी ही देर बाद 'यह तो बस मेरी जबान पर ही था' और उसके और थोड़ी देर बाद 'अचानक यह याद आ जाता है' तो हम किसी ऐसी स्मृति की बात कर रहे होते हैं जो हमारे अचेतन में पड़ी रही है और अचानक अधखुले दरवाजे से होकर चेतना तक आ जाती है।'

'किन्तु कभी-कभी इसमें काफी समय लग जाता है।'

'सभी कलाकार इससे अवगत हैं। किन्तु तब अचानक ऐसा होता है कि सारे दरवाजे और ड्राअर्स खुल पड़ते हैं। हर चीज मानो अपने आप निकलती हुई बाहर आती है और हमें वे सारे शब्द और बिम्ब मिल जाते हैं जिनकी हमें जरूरत है। ऐसा तब होता है जब हम अचेतन से 'ढक्कन हटा देते हैं'। हम इसे *प्रेरणा* कह सकते हैं, सोफी। ऐसा महसूस होता है कि जो भी हम खींच रहे या लिख रहे हैं वह सब किसी बाहरी स्रोत से आ रहा है।'

'यह तो एक अद्भुत अहसास ही होगा।'

'किन्तु इसे स्वयं तुमने अनुभव किया होगा। जो बच्चे ज्यादा थके हुए होते हैं उनमें तुमने कई बार ऐसी प्रेरणा को काम करते देखा होगा। कभी-कभी तो वे इतने थके, इतने थके होते हैं कि पूरी तरह जगे हुए दिखते हैं। अचानक वे एक कहानी कहनी शुरू कर देते हैं—मानो उन्हें वे शब्द मिल रहे हैं जो उन्होंने अभी तक नहीं सीखे। ये शब्द और यह विचार उनके पास थे, उनकी चेतना में प्रच्छन्न थे, किन्तु अब जब सारी सावधानी और सेंसरशिप हट गई, तो शब्द ऊपर आ रहे हैं। एक कलाकार के लिए यह भी महत्त्वपूर्ण है कि वह अपने तर्क और चिन्तन से किसी लगभग अचेतन अभिव्यक्ति को नियन्त्रित न होने दे। क्या इसे स्पष्ट करने के लिए मैं तुम्हें एक छोटी-सी कहानी सुनाऊँ?'

'निश्चय ही।'

'यह एक बड़ी गम्भीर और दुखभरी कहानी है।'

'ओके।'

'एक कनखजूरी थी जो अपने सौ पाँवों से नाचने में आश्चर्यजनक रूप से दक्ष थी। जब भी यह कनखजूरी नाचती तो जंगल के सारे जीव उसका नाच देखने आते, और वे सभी के सभी उसके अति सुन्दर नृत्य से भलीभाँति प्रभावित होते थे। किन्तु एक जीव ऐसा भी था जो कनखजूरी को नाचते देखना पसन्द नहीं करता था—और यह जीव था कछुआ।'

'शायद यह केवल ईर्ष्यालु था?'

'मैं कनखजूरी का नाच कैसे बन्द करवा सकता हूँ? कछुए ने सोचा। वह यह तो कह नहीं सकता था कि उसे नाच पसन्द नहीं है। न ही वह यह कह सकता था कि वह बेहतर नाचता है, क्योंकि वह तो स्पष्टतः गलत होता। इसलिए उसने एक शैतानी योजना बनाई।'

'सुनाइए वह क्या थी?'

'वह बैठ गया और उसने कनखजूरी को एक पत्र लिखा : 'ऐ अतुलनीय कनखजूरी'! मैं तुम्हारे बेहतरीन नाच का प्रशंसक हूँ। मुझे यह मालूम होना चाहिए कि नाचते समय तुम क्या करती हो? क्या ऐसा है कि तुम अपना बायाँ 28 नम्बर का पैर उठाती हो और फिर अपना 39 नम्बर का दायाँ पैर? या तुम शुरुआत पहले अपने 17 नम्बर के सीधे पैर से करती हो और फिर 44 नम्बर का बायाँ पैर उठाती हो? मैं तो साँस रोके हुए तुम्हारे उत्तर की प्रतीक्षा में हूँ। तुम्हारा सच्चा, कछुआ।'

'कितनी घटिया हरकत?'

'जब कनखजूरी ने पत्र पढ़ा, तो तुरन्त सोचने लगी कि वह नाचते समय वास्तव में क्या करती थी? वह कौन सा पैर पहले उठाती थी और कौन सा पैर उसके बाद? सोचो, अन्त में क्या हुआ होगा?'

'कनखजूरी फिर कभी नहीं नाची?'

'बिलकुल यही हुआ। और ऐसा ही होता है जब कल्पना का गला तर्कपूर्ण चिन्तन द्वारा घोंट दिया जाता है।'

'यह तो बड़ी दुखभरी कहानी थी।'

'कलाकार के लिए महत्त्वपूर्ण है कि उसे 'खुला छोड़ दिया जाए।' सररीयलिस्ट्स ने इसका उपयोग स्वयं को ऐसी अवस्थाओं में रखकर किया जिनमें चीजें अपने आप होती हैं। वे अपने सामने कागज का सफेद पन्ना रखते और बिना यह सोचे कि वे क्या लिख रहे हैं, लिखना शुरू कर देते। वे इसे स्वतः लेखन कहते थे। यह अभिव्यक्ति मूल रूप से अध्यात्मवाद से आती है, जहाँ माध्यम यह मानता था कि कोई दिवंगत आत्मा उसके कलम का मार्गदर्शन कर रही है। किन्तु मैं सोच रहा था कि हम इस प्रकार की और चर्चा कल करेंगे।'

'मैं भी यही पसन्द करूँगी।'

'एक अर्थ में, एक सररियलिस्टिक कलाकार भी एक माध्यम है, यानी एक साधन, या कड़ी। वह अपने अचेतन का माध्यम है। रचनाधर्मिता से हमारा क्या अभिप्राय है? यदि हम इस दृष्टि से देखें तो हर रचनात्मक प्रक्रिया में अचेतन का कोई न कोई तत्त्व रहता है।'

'मैं बिलकुल नहीं जानती। क्या ऐसा उस समय नहीं होता जब आप कुछ रचते हैं?'

'यह सही है, और यह कल्पना और तर्क के बीच एक नाजुक अन्तर्क्रिया के दौरान होता है। किन्तु प्रायः होता यह है कि तर्क कभी-कभी कल्पना का गला घोंट देता है, और यह गम्भीर है क्योंकि कल्पना के बिना कभी भी कोई नई चीज नहीं बनाई जा सकती। मेरा मानना है कि कल्पना डार्विनियन प्रणाली जैसी है।'

'आई एम सॉरी, किन्तु यह मेरे पल्ले नहीं पड़ा।'

'ठीक है! डार्विनवाद यह मानता है कि प्रकृति के म्यूटेंट्स (प्रवर्तक) एक के बाद एक आते हैं, किन्तु उनमें से कुछ को ही उपयोग में लाया जा सकता है। उनमें से कुछ को ही जीवित रहने का अधिकार मिलता है।'

'तो?'

'जब हमें प्रेरणा मिलती है और दुनिया भर के विचार आते हैं तब ऐसा ही होता है। विचार-म्यूटेंट्स चेतना में एक के बाद एक होते चलते हैं, इसके लिए हमें अपने आपको अत्यधिक सेंसरिंग से बचाने की आवश्यकता है। किन्तु इनमें से कुछ विचारों का ही उपयोग लाया जा सकता है। यहाँ तर्क भी अपने सही रूप में आ जाता है। इसका भी महत्त्वपूर्ण कार्य होता है। जब दिन भर की एकत्रित की गई सामग्री को मेज पर रख दिया जाता है तो हमें यह नहीं भूलना चाहिए कि हमें केवल कुछ ही छाँटनी हैं।'

'यह एक बुरी तुलना नहीं है।'

'कल्पना करो, हम वह सब बोल देते हैं जो हमें 'सूझता है।' अभी उनकी तो कोई बात ही नहीं जो हमारे अपने नोट पैड्स में से डेस्क के ड्राअर्स में से निकलकर आ रहा है। तब तो दुनिया आकस्मिक स्फुरणाओं के बोझ में ही डूब जाएगी और कोई भी चयन नहीं हो पाएगा।'

'तो यह तो तर्क/विवेक है जो विचारों में से चयन करता है?'

'हाँ, क्या तुम ऐसा नहीं सोचतीं? हो सकता है कल्पना वह बनाती हो जो नया है, किन्तु वास्तविक चयन का काम कल्पना नहीं करती। कल्पना 'कम्पोज' यानी 'व्यवस्थित' नहीं करती। कम्पोजीशन यानी व्यवस्थित प्रस्तुति—और हर कला-रचना एक कम्पोजीशन होती है—कल्पना और तर्क या मस्तिष्क और चिन्तन के बीच एक अद्भुत अन्तर्क्रिया द्वारा किया जाता है। भेड़ों को घेरने से पहले आपको उन्हें खुला छोड़ना पड़ता है।'

ऐल्बर्टो खिड़की के बाहर टकटकी लगाए, मौन बैठा रहा। जब वह वहाँ बैठा था, तो सोफी ने अचानक नीचे झील के पास चमकीले रंगोंवाले डिस्ने पात्रों का एक झुंड देखा।

वह चिल्लाई : 'देखो गूफी है, और डोनाल्ड डक है और उसके भतीजे हैं...देखो, ऐल्बर्टो! वहाँ मिक्की माउस है और...'

वह उसकी ओर मुड़ा, 'हाँ, यह बड़े दुख की बात है, बच्चे!'

'आपका क्या मतलब है?'

'यहाँ हम मेजर की भेड़ों के झुंड के असहाय शिकार बनाए जा रहे हैं। यह मेरी अपनी गलती है, निश्चय ही। वह मैं ही था जिसने फ्री एसोसिएशन ऑफ आइडियाज की बात करनी शुरू की।'

'निःसन्देह, आपको अपने आपको कोई दोष देने की जरूरत नहीं है...।'

'मैं बताने जा रहा था कि हम लोगों, यानी दार्शनिकों के लिए कल्पना का क्या महत्त्व है। नए विचारों को सोचने के लिए, हमें भी साहसपूर्वक स्वयं को खुला छोड़े रखना चाहिए। किन्तु इस समय, वह (मेजर) थोड़ा अधिक ही आगे जा रहा है।'

'इसकी चिन्ता मत कीजिए।'

'मैं तो चिन्तन का महत्त्व बतलाने जा रहा था, और यहाँ यह चमकीली बुद्धिहीनता हमें परोसी जा रही है। उसे अपने ऊपर लज्जित होना चाहिए।'

'क्या आप विडम्बनास्वरूप व्यंग्य कर रहे हैं?'

'मैं नहीं, वह विडम्बनात्मक है। किन्तु मुझे एक राहत है—और वह मेरी योजना की खास बात है।'

'अब मैं वास्तव में भ्रम में फँस गई हूँ।'

'हमने सपनों की बात की है। उसमें भी विडम्बना का एक स्वर है। हम क्या हैं? क्या हम मेजर के सपनों के बिम्ब नहीं हैं?'

'आहा!'

'किन्तु अभी भी एक चीज है जिस पर उसकी निगाह नहीं है।'

'वह क्या है?'

'हो सकता है वह अपने सपने के बारे में ही असमंजसता से जागरूक हो। वह उन सबसे अवगत है जो हम कहते या करते हैं—वैसे ही जैसे सपना देखनेवाला सपने के मैनीफैस्ट ड्रीम पहलू को याद रखता है। यह वह है जो अपने कलम से इसको प्रकट करता है। किन्तु यदि वह हर उस चीज को याद रखता है जो हम कहते या करते हैं तो भी वह अभी तक पूरी तरह से जगा नहीं है।'

'आपका अभिप्राय क्या है?'

'वह अन्तर्निहित स्वप्न विचारों को नहीं जानता, सोफी! वह भूल जाता है कि यह भी एक वेश-बदल सपना ही है।'

'आप बड़े अजीब ढंग से बात कर रहे हैं!'

'मेजर भी ऐसा ही सोचता है। ऐसा इसलिए है कि वह अपनी ही स्वप्न भाषा नहीं समझता। हम इसके लिए उसके आभारी हैं। इससे हमें थोड़ा सा अपने ढंग से काम करने का मौका मिल जाता है, तुम देखती हो। और इस थोड़ी सी स्वतन्त्रता से, हम गँदलाई लिजलिजाती चेतना से बाहर निकलने का रास्ता ढूँढ़ लेंगे वैसे ही जैसे जल-पक्षी गरमी के दिनों में धूप में फुदकते फिरते हैं।'

'क्या खयाल है आपका, हम यह कर सकेंगे?'

'हमें ऐसा करना जरूरी है। कुछ ही दिनों में मैं तुम्हें एक नया क्षितिज दूँगा। फिर मेजर यह पता नहीं लगा सकेगा कि जल-पक्षी है कहाँ, और अगली बार वे कहाँ से बाहर निकल आएँगे।'

'किन्तु भले ही हम केवल स्वप्नों के बिम्ब हों, मैं अभी भी अपनी माँ की बेटी हूँ। और अब पाँच बजे हैं। मुझे कैप्टेन्स बैड, अपने घर जाना है और गार्डन पार्टी की तैयारी करनी है।'

'हुम्म...क्या तुम घर जाते हुए मेरा एक छोटा-सा काम कर दोगी?'

'क्या?'

'कुछ अतिरिक्त ध्यान आकर्षित करने का प्रयास करो। कोशिश करना तुम्हारे घर के सारे रास्ते भर मेजर का सारा ध्यान तुम पर रहे। और जब घर पहुँच जाओ तो कोशिश करना और उसके बारे में सोचना—और वह भी तुम्हारे बारे में सोचेगा।'

'इससे फायदा क्या होगा?'

'तब मैं अपनी गुप्त योजना पर बिना किसी विघ्न के काम करता रहूँगा। मैं मेजर के अचेतन में डुबकी लगाने जा रहा हूँ और हमारे फिर मिलने तक मैं वहीं रहूँगा।'

हमारा अपना समय

मनुष्य स्वतन्त्र होने के लिए अभिशप्त है...

अलार्म घड़ी 11.55 दिखला रही थी। हिल्डे छत को ताकती हुई पड़ी थी। उसने अपने मनोभावों को खुले विचरने दिया। हर बार विचारों की श्रृंखला समाप्त होने पर उसने स्वयं से यह पूछने का प्रयास किया : क्यों?

क्या कोई ऐसी चीज थी जिसे वह दबाने का प्रयास कर रही थी?

यदि वह सारी सेंसरशिप को एक ओर रख पाती तो वह सम्भवतः एक जागते सपने में डूब सकती थी। थोड़ा डरावना, उसने सोचा।

उसने जितना ही स्वयं को विश्राम दिया और बेतरतीब विचारों और बिम्बों के लिए स्वयं को खुला छोड़ दिया, उतना ही उसने यह अनुभव किया कि वह जंगल में झील के किनारे मेजर के केबिन में थी।

ऐल्बर्टो की योजना क्या हो सकती है? निश्चय ही, यह हिल्डे का पिता था जो योजना बना रहा था कि ऐल्बर्टो कोई योजना बना रहा था। क्या उसे पहले से ही यह पता था कि ऐल्बर्टो क्या करेगा? शायद वह अपने लिए लगाम थोड़ी खुली छोड़ रहा था, ताकि अन्त में जो भी घटे वह स्वयं उसके लिए एक आश्चर्य हो।

अब ज्यादा पन्ने नहीं बचे थे। क्या वह अन्तिम पन्ने पर थोड़ा-सा झाँक ले? नहीं, वह तो धोखा देना होगा। इसके अतिरिक्त, हिल्डे को यकीन था कि अभी यह निर्णय नहीं लिया गया था कि अन्तिम पन्ने पर क्या होनेवाला है।

क्या यह एक अजीब विचार नहीं था? रिंग बाइंडर तो यहाँ उसके पास था और उसका पिता सम्भवतः समय रहते वापस आकर इसमें कुछ भी और जोड़ नहीं सकता था। तब तक नहीं, जब तक ऐल्बर्टो ही अपने आप कुछ और न कर डाले। एक आश्चर्य...

खैर, जो भी हो, हिल्डे के पास भी कई आश्चर्य उसकी आस्तीन में थे। उसका पिता उसे नियन्त्रित नहीं कर रहा था। किन्तु क्या उसका स्वयं अपने ऊपर पूर्ण नियन्त्रण था?

चेतना क्या थी? क्या यह इस ब्रह्मांड की सबसे बड़ी पहेलियों में से नहीं थी? स्मृति क्या थी? हम कैसे 'याद कर लेते थे' हर उस अनुभव को जो हमारे साथ घटा था, हमने देखा था या महसूस किया था?

यह कौन-सी प्रक्रिया थी जो हमें हर रात, एक के बाद एक, इतने बढ़िया सपने बना लेने देती थी?

वह बीच-बीच में अपनी आँखें मूँद लेती। वह उन्हें खोलती और फिर से छत को ताकती। आखिर में वह उन्हें खोलना भूल गई।

वह सो रही थी।

जब सीगल की कर्कश चीख ने उसे उठाया, तो हिल्डे बिस्तर से बाहर आ गई। प्रतिदिन के अनुसार ही वह कमरा पार करके खिड़की तक गई और खाड़ी के उस पार तक देखती खड़ी रही। यह उसकी आदत बन गई थी, जाड़ा हो या गरमी।

जैसे ही वह वहाँ खड़ी थी उसने अचानक महसूस किया कि उसके सिर में असंख्य रंग फूट निकले हैं। उसे याद रहा कि उसने सपने में क्या देखा था। किन्तु यह किसी साधारण सपने से कुछ अधिक मालूम पड़ा, साफ रंग और आकृतियाँ...

उसके सपने में उसके पिता लेबनान से घर वापस आए हैं, और यह सारा सपना सोफी के उस सपने का विस्तार था जिसमें सोफी को डॉक पर सोने का क्रूसीफिक्स मिला था।

हिल्डे डॉक के किनारे बैठी थी, बिलकुल वैसे ही जैसे सोफी के सपने में थी। फिर उसने बड़ी कोमल आवाज में यह फुसफुसाते सुना, 'मेरा नाम सोफी है।' हिल्डे जहाँ थी वहीं रुकी रही, चुपचाप बैठी हुई, यह जानने के प्रयास में व्यस्त कि आवाज कहाँ से आ रही है। यह आवाज चलती रही, लगभग न सुनी जा सकती सरसराहट जैसे, मानो एक कीड़ा उससे बोल रहा हो : 'तुम्हें बहरी और अन्धी दोनों होना चाहिए।' उसी समय उसका पिता यूएन यूनीफॉर्म में बाग में आया था। 'हिल्डे!' वह जोर से चिल्लाया। हिल्डे उस तक दौड़ गई और अपनी बाँहें उसकी गरदन के चारों ओर फैला दीं। और सपना समाप्त हो गया।

उसे आर्नल्फ ओवरलैंड की एक कविता की कुछ पंक्तियाँ याद आईं :

एक विचित्र सपने से जगा एक रात
और एक आवाज ऐसे बात करती लगी
मानो कहीं दूर पृथ्वी के नीचे बहती धारा हो,
मैं उठा और पूछा : तुम्हें मुझसे क्या चाहिए?

वह अभी भी खिड़की के पास खड़ी थी, जब उसकी माँ अन्दर आई।

'हाई देअर! अच्छा, तुम पहले से ही जगी हुई हो?'

'कह नहीं सकती...'

'मैं चार बजे तक घर आ जाऊँगी, रोजाना की तरह।'

'ओके मॉम।'

'हैव ए नाइस वैकेशन डे, (तुम्हारा छुट्टी का दिन अच्छा बीते) हिल्डे।'

'यू हैव ए गुड डे टू (आपका भी)।'

जब उसने अपनी माँ को बाहर का दरवाजा जोर से बन्द करते सुना, वह फिर बिस्तर में रिंग बाइंडर के साथ आ लेटी।

'मैं मेजर के अचेतन में गहरी डुबकी लगाने जा रहा हूँ। अगली बार मिलने तक मैं वहीं रहूँगा।'

वहाँ, हाँ। हिल्डे ने फिर पढ़ना शुरू कर दिया। उसने अपनी दाईं पहली उँगली के नीचे महसूस किया कि थोड़े से पन्ने ही शेष रह गए हैं।

जब सोफी मेजर के कैबिन से बाहर आई तो वह तब भी कुछ डिस्ने आकृतियों को पानी के किनारे देख सकती थी, किन्तु जैसे ही वह उनके पास पहुँचती कि वे तिरोहित हो जातीं। जब तक वह नाव के पास पहुँची, वे सब गायब हो चुकी थीं।

नाव चलाते हुए वह मुँह बना रही थी, और जब झील के उस पार नाव को उसने सरकंडों में खींच लिया तब भी वह अपनी बाँहों को इधर-उधर लहरा रही थी। वह मेजर के ध्यान को अपनी ओर आकृष्ट करने में जी-जान से लगी थी ताकि ऐल्बर्टो बिना किसी विघ्न के केबिन में अपना काम कर सके।

रास्ते पर वह नाचती हुई चली, कभी कूदती हुई तो कभी फुदकती हुई। फिर उसने मशीनी गुड़िया की तरह चलने का प्रयास किया। मेजर की रुचि बनाए रखने के लिए उसने गाना भी गाना शुरू कर दिया। एक जगह वह खड़ी हो गई, और सोचने लगी कि ऐल्बर्टो की योजना क्या हो सकती है। फिर अपने ही बारे में सोचकर, उसे इतना खराब लगा कि वह एक पेड़ पर चढ़ने लगी।

सोफी पेड़ पर जितने ऊपर चढ़ सकती थी, चढ़ी। जब वह लगभग चोटी पर पहुँच गई, तो उसे महसूस हुआ कि वह नीचे नहीं उतर सकती। दोबारा कोशिश करने से पहले, उसने थोड़ी प्रतीक्षा करने का फैसला किया। किन्तु इस दौरान वह वहाँ भी चुपचाप नहीं बैठ सकती थी, जहाँ वह थी। तब मेजर उसे देखता-देखता थक जाएगा, और फिर वह यह देखने में रुचि लेगा कि ऐल्बर्टो क्या कर रहा है।

सोफी ने अपनी बाँहें लहराईं, कई बार घोंसला बनाती चिड़िया की तरह चहचहाया, और अन्त में उसने तान भरना शुरू कर दिया। अपनी पन्द्रह साल की जिन्दगी में वह आज पहली बार तान भर रही थी। कुल मिलाकर, वह परिणाम से खुश थी।

उसने एक बार और नीचे उतरने की कोशिश की, पर वह तो अटक गई थी। जिस शाखा को सोफी पकड़े हुए थी अचानक एक बहुत बड़ी फाख्ता वहाँ आकर बैठ गई। अभी हाल ही में डिस्ने आकृतियों के इतने बड़े झुंड को देख लेने के बाद, सोफी को बिलकुल आश्चर्य नहीं हुआ जब फाख्ता ने बोलना शुरू कर दिया।

'मेरा नाम मार्टेन है,' फाख्ता ने कहा। 'वास्तव में, मैं पालतू फाख्ता हूँ, किन्तु इस खास मौके पर मैं जंगली फाख्ताओं के साथ उड़कर लेबनान से आई हूँ। तुम्हें देखकर लगता है जैसे नीचे उतरने में तुम्हें थोड़ी सहायता चाहिए।'

'तुम तो बहुत छोटी हो, मेरी मदद कैसे करोगी?' सोफी ने कहा।

'तुम बहुत जल्दी निष्कर्ष पर पहुँच रही हो, युवा महिला। यह तो तुम हो जो बहुत बड़ी हो।'

'ये दोनों एक ही जैसी बातें हैं, नहीं क्या?'

'तुम्हें यह जानना चाहिए कि मैं बिलकुल तुम्हारी ही उम्र के एक किसान लड़के को सारे स्वेडन में घुमाती फिरी हूँ। उसका नाम निल्स हॉल्गरसन था।'

'मैं पन्द्रह की हूँ।'

'और निल्स चौदह का था। एक साल इधर या उधर होना वजन में कोई खास फर्क नहीं डालता।'

'तुमने उसे कैसे उठाया?'

'मैंने उसे एक थप्पड़ मारा। और वह बेहोश हो गया। जब उसकी आँख खुली तो वह अँगूठे से बड़ा नहीं था।'

'शायद तुम मुझे भी एक थप्पड़ मार सकती हो, क्योंकि मैं यहाँ हमेशा बैठी नहीं रह सकती। और शनिवार को मैं एक दार्शनिक गार्डन पार्टी दे रही हूँ।'

'यह बड़ा दिलचस्प है। मैं सोचती हूँ, तब तो यह दर्शनशास्त्र की एक पुस्तक है। जब मैं निल्स हॉल्गरसन के साथ स्वेडन के ऊपर उड़ रही थी, तो हम वार्मलैंड में मारबका पर उतरे, जहाँ निल्स को एक बुढ़िया मिली जो स्कूल के बच्चों के लिए स्वेडन के बारे में एक किताब लिखने की योजना बना रही थी। वह कहती थी कि ये सच्ची भी होगी और बच्चों को सीख भी देगी। जब उसने निल्स के साहसिक कारनामों के बारे सुनी तो उसने उन सब चीजों के बारे में एक किताब लिखने का फैसला किया, जिन्हें निल्स ने फाख्ता की कमर पर बैठकर देखा था।'

'यह तो बड़ा अजीब था।'

'यदि मैं तुम्हें सच बतलाऊँ तो यह एक विडम्बना थी, क्योंकि हम तो पहले से ही उस किताब में थे।' अचानक सोफी ने महसूस किया कि कोई चीज उसके गाल पर चाँटा मार रही है और अगले ही मिनट वहा अँगूठे भर की रह गई। पेड़ जैसे पूरा जंगल था, और फाख्ता इतनी बड़ी थी जितना घोड़ा।

'अच्छा, अब आ जाओ,' फाख्ता ने कहा।

सोफी टहनी पर चलती हुई फाख्ता की कमर पर चढ़ गई। इसके पंख मुलायम थे, किन्तु इस समय जब वह छोटी हो गई थी, तो वे गुदगुदाने के बजाय उसके चुभ ज्यादा रहे थे।

जैसे ही वह फाख्ता की कमर पर आराम से बैठ गई, तैसे ही फाख्ता उड़ चली। वे पेड़ों की चोटियों के ऊपर उड़ते रहे। सोफी ने नीचे झील और मेजर के केबिन पर नजर डाली। अन्दर बैठा ऐल्बर्टो अपनी पेचीदा कुटिल योजनाएँ बना रहा था।

'दृश्यों को देखने के लिए एक छोटा टूर आज काफी रहेगा,' फाख्ता बोली, वह अपने पंख ऊपर-नीचे फड़फड़ा रही थी।

उसके साथ ही वह जमीन पर आने के लिए उस पेड़ के पास उड़ी जिस पर सोफी अभी हाल ही में चढ़ी थी। जैसे ही फाख्ता ने जमीन पर पंजे रखे, सोफी लुढ़ककर जमीन पर आ गई। घास में दो-तीन कलामुंडी खाने के बाद वह सीधी बैठ गई। सोफी ने आश्चर्य के साथ अनुभव किया कि वह फिर अपने पूरे कद की हो गई थी।

फाख्ता कई बार उसके इर्द-गिर्द चलती रही।

'आपकी सहायता के लिए बहुत-बहुत धन्यवाद।' सोफी ने कहा।

'ये तो यूँ ही कहानी-किस्सा है। तुम क्या कह रही थी कि यह दर्शनशास्त्र की पुस्तक है?'

'नहीं, यह तो तुमने कहा था।'

'ओह, ठीक है। एक ही बात है। यदि मेरे मन की होती, तो मैं तुम्हें लेकर दर्शनशास्त्र के सारे इतिहास में से होती हुई ऐसे ही उड़ाती फिरती जैसे मैं निल्स को लेकर स्वेडन के ऊपर उड़ी थी। हम मिलेटस और एथेंस, येरुशलम और ऐलेक्सांड्रिया, रोम और फ्लोरेंस, लन्दन और पेरिस, जेना और हाइडेलबर्ग, बर्लिन और कोपनहैगन के ऊपर चक्कर काटते...'

'धन्यवाद! इतना ही काफी है।'

'किन्तु एक विडम्बनाभरी फाख्ता के लिए भी सदियों के आर-पार उड़ना अच्छा-खासा मशक्कत का काम होता। स्वेडन के प्रान्तों को पार करना ज्यादा आसान है...'

इतना कहकर, फाख्ता कुछ कदम दौड़ी फिर पंख फड़फड़ाती हुई हवा में उड़ गई।

सोफी बेहद थक गई थी, किन्तु थोड़ी देर बाद जब वह अपनी माँद से रेंगती हुई बाग में आई तो उसने सोचा ऐल्बर्टो तो अच्छा खुश हुआ होगा उसकी ध्यान बँटानेवाली चालों से। पिछले एक घंटे भर मेजर ऐल्बर्टो के बारे में ज्यादा नहीं सोच पाया होगा। और यदि उसने सोचा, तो वह खंडित या विभाजित व्यक्तित्व का गम्भीर केस है।

सोफी सामनेवाले दरवाजे से अन्दर आई ही थी कि उसकी माँ भी काम से वापस घर लौट आई। इससे वह ऊँचे पेड़ से एक पालतू फाख्ता द्वारा बचाए जाने का वर्णन करने से बच गई।

डिनर के बाद वे गार्डन पार्टी के लिए तैयारी में लग गईं। वे दुछत्ती से चार मीटर लम्बी टेबलटॉप और इसके नीचे का फ्रेम ले आईं और इन्हें बाग में पहुँचा दिया।

उन्होंने प्लान यह किया था कि लम्बी टेबल को फलों के पेड़ों के नीचे लगा देंगी। पिछली बार सपोर्टिंग फ्रेमवाली मेज का प्रयोग उन्होंने तब किया था जब सोफी के माता-पिता के विवाह की दसवीं वर्षगाँठ थी। सोफी उस समय सिर्फ आठ साल की थी, किन्तु उसे उस समय की बड़ी आउटडोर पार्टी और इसमें उनके सारे मित्रों और रिश्तेदारों की याद बिलकुल स्पष्ट थी।

मौसम की रिपोर्ट उतनी ही अच्छी थी जितनी हो सकती थी, सोफी के जन्मदिन से पहले दिन जो भयंकर तूफान और बारिश आए थे, उसके बाद से आज तक पानी की एक बूँद भी नहीं बरसी थी। फिर भी उन्होंने यह मामला शनिवार के सबेरे तक खुला और अनिश्चित रखा था कि मेज कहाँ सेट की जाएगी और इसे कैसे सजाया जाएगा।

बाद में उस शाम उन्होंने दो अलग-अलग प्रकार की ब्रेड पका ली थीं। वे चिकन और सलाद परोसने जा रही थीं। और सोडा। सोफी को आशंका थी कि उसकी क्लास के कुछ लड़के बीयर ले आएँगे। उसे एक ही चीज का डर था—गड़बड़ का।

जब सोफी सोने के लिए जा रही थी, तो उसकी माँ ने एक बार पूछा, 'क्यों ऐल्बर्टो पार्टी में आ रहा है।'

'अवश्य ही, वह आ रहा है। उसने तो एक दार्शनिक चाल दिखलाने का भी वायदा किया है।'

'एक दार्शनिक चाल? यह कैसी चाल होती है?'

'नहीं मालूम...यदि वह जादूगर होता, तो वह जादू की कोई चाल दिखाता। तो शायद वह एक जादुई टोपी से एक सफेद खरगोश बाहर निकालता...।'

'क्या, फिर?'

'किन्तु क्योंकि वह एक दार्शनिक है, इसलिए वह एक दार्शनिक चाल खेलकर दिखाएगा। आखिरकार यह एक दार्शनिक गार्डन पार्टी है। क्या तुम भी कुछ करने की सोच रही हो?'

'वास्तव में, मैं सोच रही हूँ।'

'एक भाषण?'

'मैं नहीं बतलाऊँगी। गुडनाइट, सोफी।'

अगले दिन सबेरे सोफी की माँ ने उसे जगाया, जो अपने काम पर जाने से पहले गुडबाई कहने आई थी। उसने सोफी को कस्बे से गार्डन पार्टी के लिए अन्तिम जरूरी चीजों की लिस्ट, खरीद लाने को दी।

बस जैसे ही उसकी माँ घर से बाहर गई कि टेलीफोन की घंटी बजी। फोन पर ऐल्बर्टो था। जाहिर था उसने पता लगा लिया था कि सोफी घर पर अकेली कब होती है।

'आपकी गोपनीय योजना कैसे आगे बढ़ रही है?'

'शश...एक शब्द भी मत बोलना। उसे इस बारे में सोचने का मौका भी मत दो।'

'मैं सोचती हूँ, कल मैंने उसका ध्यान सँभाले रखा।'

'बढ़िया!'

'क्या दर्शनशास्त्र का कोर्स पूरा हो गया?'

'इसीलिए तो फोन कर रहा हूँ। हम पहले ही अपनी शताब्दी में पहुँच चुके हैं। अब इसके आगे तुम अपनी तैयारी अपने ढंग से कर सकती हो। नींव बहुत महत्त्वपूर्ण थी। किन्तु फिर भी अपने समय पर छोटी-सी चर्चा के लिए हमारा मिलना जरूरी है।'

'किन्तु मुझे तो टाउन जाना है...'

'यह तो अत्युत्तम है। मैंने कहा यह हमारा अपना समय है जिसके बारे में हमें बात करनी है।'

'वाकई?'

'इसलिए टाउन में ही मिलना सर्वाधिक व्यावहारिक रहेगा, मेरा मतलब है।'

'क्या मैं तुम्हारे घर आऊँ?'

'नहीं-नहीं, यहाँ नहीं। यहाँ सब गड़बड़ है। मैं कुछ गुप्त माइक्रोफोन ढूँढ़ता रहा हूँ।'

'आह'

'एक कैफे है जो हाल ही में मेन स्क्वायर पर खुला है। कैफे पीयरे। तुम जानती हो इसे?'

'हाँ, क्या मैं वहाँ पहुँचूँ?'

'क्या हम बारह बजे मिल सकते हैं?'

'ओके। बाई!'

बारह बजकर कुछ मिनट बाद सोफी कैफे पीयरे में अन्दर पहुँची। यह नए फैशनेबल कैफे में से एक था, जिसमें गोल मेज और काली कुर्सियाँ थीं, डिस्पैंसर्स में लगी हुई उल्टी वरमाउथ बोतलें, छोटी बकैट बर्फ के लिए, सैंडविच आदि।

कमरा छोटा ही था, और पहली चीज जो सोफी ने वहाँ देखी वह यह थी कि ऐल्बर्टो वहाँ नहीं था। और बहुत से लोग गोल मेजों के पास बैठे थे, किन्तु सोफी ने केवल यह देखा कि ऐल्बर्टो वहाँ नहीं था।

अपने आप उसे कैफे में जाने की आदत नहीं थी। क्या वह वापस मुड़े और चल दे, और बाद में यह देखने आए कि वह आ गया है कि नहीं?

उसने मार्बल बार पर एक लैमन टी के लिए ऑर्डर दिया और खाली मेंजों में से एक पर आकर बैठ गई। उसने ध्यान से दरवाजे की तरफ देखा। हर समय लोग आ और जा रहे थे, किन्तु उनमें ऐल्बर्टो कहीं नहीं था।

इस समय उसके पास यदि अखबार होता।

जैसे जैसे समय बीतता गया, उसने अपने आसपास देखना शुरू कर दिया। प्रत्युत्तर में कई नजरों ने उसे देखा। एक क्षण के लिए सोफी ने अपने आपको एक युवा स्त्री की तरह महसूस किया। वह केवल पन्द्रह की थी, पर निश्चय ही उसे सत्रह की माना जा सकता था—या कम-से-कम साढ़े सोलह की।

वह यह जानने के लिए उत्सुक थी कि अपने जीवित होने के बारे में यह सारे लोग क्या सोचते हैं। ऐसा लगता था मानो बस वे यहाँ आ गए हैं, मानो संयोग से वे यहाँ आ बैठे हैं। वे लोग खूब बात कर रहे थे, हाथ, उँगली, भवें भी खूब उठा, चला रहे थे, किन्तु ऐसा नहीं लगता था कि ये किसी ऐसी चीज के बारे में बात कर रहे थे जो काम की हो।

अचानक उसे किर्केगार्ड का ध्यान आया, जिसने कहा था कि भीड़ का सबसे बड़ा लक्षण है व्यर्थ की बात करते रहना। क्या यह सब लोग सौंदर्यात्मक चरण में जी रहे थे? या कोई और चीज थी जो अस्तित्वात्मक दृष्टि से उनके लिए महत्त्वपूर्ण थी?

ऐल्बर्टो ने उसे शुरुआत में लिखे किसी पत्र में दार्शनिकों और बच्चों के बीच एक समानता का जिक्र किया था। उसने फिर महसूस किया कि उसे वयस्क होने में भय लग रहा था। मान लो कि शायद वह भी ब्रह्मांड की जादूई टोपी से बाहर निकाले गए सफेद खरगोश की फर के नीचे गहराई में रेंगते कीड़े की तरह ही होकर रह जाएगी।

उसने अपनी निगाहें दरवाजे पर टिकाई रखीं। अचानक ऐल्बर्टो अन्दर आया। यद्यपि यह गरमी का मध्यकाल था फिर भी उसने काली टोपी और हैरिंगबोन ट्वीड का कूल्हों तक लम्बा एक भूरा कोट पहन रखा था। जल्दी से वह उसकी ओर आ गया। लोगों के बीच उससे मिलना सोफी को काफी अजीब लगा।

'सवा बारह बज गए हैं।'

'इसे एक घंटे का विद्वद् चौथाई (यानी पन्द्रह मिनट तक इन्तजार करने में कोई हर्ज नहीं है) कहा जाता है। तुम कुछ स्नैक पसन्द करोगी?'

वह बैठ गया और उसकी आँखों में देखा। सोफी ने कन्धे उचकाए।

'ठीक है, एक सैंडविच चल सकती है।'

ऐल्बर्टो उठकर काउंटर तक गया और शीघ्र ही वह कॉफी का एक कप और दो बैगुए सैंडविचेज, चीज और हैम के साथ लेकर लौटा।

'क्या महँगा था?'

'एक कहानी-किस्सा, सोफी।'

'क्या आपके पास लेट होने का वाकई कोई कारण है?'

'नहीं, यह मैंने जानबूझकर किया। क्यों? अभी बतलाता हूँ।'

उसने सैंडविच से कई बड़े-बड़े गस्से लिये। तब वह बोला :

'आइए, हम अपनी शताब्दी के बारे में बात करते हैं।

'क्या दार्शनिक रुचि की कोई घटना हुई है?'

'बहुत सी...सभी दिशाओं में गतिविधियाँ और आन्दोलन हो रहे हैं। हम एक महत्त्वपूर्ण दिशा से शुरू करेंगे, और यह दिशा अस्तित्वात्मक है। यह एक सामूहिक शब्द है कई दार्शनिक धाराओं के लिए, जो मनुष्य की अस्तित्वादी स्थिति को अपना प्रस्थान-बिन्दु बनाकर चलती हैं। हम साधारणतया बीसवीं शताब्दी के अस्तित्ववादी दर्शनशास्त्र की बात करते हैं। इन अस्तित्ववादियों या अस्तित्ववादी दार्शनिकों ने अपने विचारों को न केवल किर्केगार्ड पर ही नहीं, अपितु हेगल और मार्क्स पर भी आधारित किया है।'

'उँह-हुँह!'

'एक अन्य महान दार्शनिक जिसने बीसवीं शताब्दी पर बड़ा प्रभाव डाला वह एक जर्मन था, फ्रैडरिख नीत्शे, जो 1844 से 1900 तक जिया। उसने भी हेगल के दर्शन तथा जर्मन 'इतिहासवाद' के विरोध में प्रतिक्रिया की। उसने प्रस्तावित किया कि इतिहास में निर्जीव रुचि,

और जिसे वह ईसाई 'दास नैतिकता' कहता था के विरुद्ध जीवन ही प्रति-वजन के रूप में रखा जाना आवश्यक है। वह 'सब मूल्यों का पुनर्मूल्यांकन' करना चाहता था जिससे कि सबसे शक्तिशाली व्यक्ति की जीवन-शक्ति कमजोर द्वारा बाधित न हो। नीत्शे के अनुसार, ईसाई धर्म और पारम्परिक दर्शनशास्त्र, दोनों ही वास्तविक दुनिया से दूर हट गए थे, और 'स्वर्ग' अथवा 'विचारों की दुनिया' की ओर इशारा कर रहे थे। किन्तु जिसे अब तक 'वास्तविक' या 'यथार्थ' दुनिया समझा जा रहा था, वह तो छद्‌म दुनिया थी। 'दुनिया के प्रति सच्चे बनो,' उसने कहा। 'जो आपको अलौकिक आशाएँ प्रस्तुत करते हैं, उन्हें बिलकुल मत सुनो'।'

'तो...?'

'एक आदमी जो किर्केगार्ड और नीत्शे, दोनों से ही प्रभावित हुआ था वह मार्टिन हाइडैगर नामक जर्मन था। किन्तु हम एक फ्रेंच अस्तित्ववादी, ज्याँ पॉल सार्त्र पर ध्यान केन्द्रित करेंगे। वह 1905 से 1980 तक जिया। वह अस्तित्ववादियों में अग्रणी था—कम-से-कम, व्यापक साधारण जनता के सामने। उसका अस्तित्ववाद पाँचवें दशक में, युद्ध के तुरन्त बाद, खासतौर पर लोकप्रिय हो गया। बाद में वह फ्रांस में मार्क्सवादी आन्दोलन से जुड़ गया, किन्तु वह किसी पार्टी का सदस्य नहीं बना।'

'क्या यही कारण है कि हम एक फ्रेंच कैफे में मिल रहे हैं?'

'मैं स्वीकार करता हूँ, कि यह अकस्मात् नहीं था। स्वयं सार्त्र ने कैफेज में बहुत-सा समय बिताया। उसे अपनी एक मित्र, सिमॉन द बूबुआ'र्, जो उसकी आजीवन साथी रही, कैफे में मिली। वह भी एक अस्तित्ववादी दार्शनिक थी।'

'एक स्त्री दार्शनिक?'

'हाँ, यह सही है।'

'कितनी बड़ी राहत, मानवता अन्ततः सभ्य बन रही है।'

'फिर भी, हमारे समय में बहुत सी नई समस्याएँ प्रस्तुत हुई हैं।'

'आप अस्तित्ववाद के बारे में बात कर रहे हैं न?'

'सार्त्र ने कहा, 'अस्तित्ववाद मानववाद है।' इससे उसका अभिप्राय था कि अस्तित्ववादी किसी अन्य बिन्दु से नहीं, वरन् स्वयं मानवता से शुरू करते हैं। यहाँ मैं एक बात और जोड़ दूँ कि जिस मानववाद की ओर सार्त्र संकेत कर रहा था वह पुनर्जागरण युग के मानववाद की तुलना में मानवीय स्थिति को लेकर कहीं अधिक नैराश्यपूर्ण दृष्टिकोण था।'

'ऐसा क्यों था?'

'किर्केगार्ड और उसकी शताब्दी के अस्तित्ववादी दार्शनिक ईसाई थे। किन्तु सार्त्र की प्रतिबद्धता उस मत से थी जिसे हम नास्तिक अस्तित्ववाद कह सकते हैं। सार्त्र के दर्शनशास्त्र को उस मानवीय स्थिति के कठोर और निष्ठुर विश्लेषण की तरह देखा जा सकता है जिसमें मानव के लिए ईश्वर मर गया है।' 'ईश्वर मर गया है,' यह अभिव्यक्ति नीत्शे से आती है।'

'आगे चलें।'

'सार्त्र के दर्शन में, किर्केगार्ड की भाँति ही, कुंजी-शब्द 'अस्तित्व' है। किन्तु 'अस्तित्व' का अर्थ जीवित होने या बने रहने जैसा नहीं है। पौधे और जानवर भी जीवित हैं, वे अस्तित्व रखते हैं, किन्तु उन्हें यह सोचना नहीं आता (और वह नहीं सोच सकते) कि उनके अस्तित्व का मतलब क्या है। मनुष्य ही एकमात्र जीवित प्राणी है जो अपने अस्तित्व के प्रति सजग है। सार्त्र ने कहा कि एक भौतिक वस्तु बस 'अपने आपमें' (being-in-itself) होती है, जबकि मानवता 'अपने लिए' (being-for-itself) होती है। मनुष्य का 'होना' ('being') वैसा नहीं है जैसा वस्तुओं का 'होना' ('being') है।'

'मैं इससे कोई मतभेद नहीं रख सकती।'

'सार्त्र ने कहा कि मनुष्य का अस्तित्व उस सब पर वरीयता रखता है जो वह अन्यथा हो सकता है। मैं जो हूँ के ऊपर इसकी वरीयता है कि मैं अस्तित्ववान हूँ। अस्तित्व सार के ऊपर वरीयता रखता है।' अस्तित्व सार से पहले है।

'यह तो बड़ा जटिल कथन था।'

'सार से हमारा अभिप्राय उससे है जिससे कोई चीज बनी है—किसी चीज की प्रकृति, स्वभाव या होना। किन्तु सार्त्र के अनुसार, मनुष्य की ऐसी कोई अन्तःजात 'प्रकृति' नहीं है। अतः मनुष्य को स्वयं अपने निर्माण की विवशता है। उसे अपनी प्रकृति या 'सार' स्वयं बनाना है, क्योंकि यह मनुष्य के लिए पहले से तय नहीं किया गया है।'

'मुझे लग रहा है, मैं समझ रही हूँ आपका अभिप्राय क्या है।'

'दर्शनशास्त्र के सारे इतिहास में दार्शनिकों ने यही जानने, ढूँढ़ने का प्रयास किया है कि मनुष्य क्या है—या मनुष्य की प्रकृति क्या है। किन्तु सार्त्र का मानना था कि मनुष्य की ऐसी कोई शाश्वत 'प्रकृति' नहीं है जिस पर वह निर्भर कर सके। अतः सर्वसाधारण रूप से या सर्वव्यापक स्तर पर मानवीय जीवन का अर्थ खोजना व्यर्थ है। हम जुगाड़ लगाने या बनाने के लिए अभिशापित हैं। हम उन अभिनेताओं की तरह हैं जिन्हें खींचकर मंच पर लाया गया है, किन्तु हमने अपनी पंक्तियाँ याद नहीं की हैं, न ही संवादों की स्क्रिप्ट है, और न ही मंच पर प्रॉम्पट करने जैसी कोई निर्देशन सुविधा है। हमें अपने बारे में स्वयं निर्णय करना है कि हमें कैसे जीना है।'

'यह सही है वास्तव में। यदि कोई बाइबिल में—या दर्शनशास्त्र की एक पुस्तक में—देखकर यह जान पाता कि कैसे रहा, जिया जाता है, तो यह व्यावहारिक होता।'

'तुमने सही बात पकड़ ली। जब लोग यह महसूस करते हैं कि वे जीवित हैं और एक दिन मर जाएँगे—और यह कि इस जीवन से चिपके रहने में कोई अर्थ नहीं है—तो वे क्षोभ का अनुभव करते हैं। सार्त्र ने कहा। तुम्हें याद है कि क्षोभ भय का भाव, किर्केगार्ड द्वारा व्यक्ति की अस्तित्वात्मक स्थिति के वर्णन में भी एक प्रमुख लक्षण था।'

'हाँ।'

'सार्त्र कहता है कि मनुष्य एक अर्थहीन दुनिया में अजनबी (Alien) महसूस करता है। जब वह मनुष्य के 'अजनबीपन' का वर्णन करता है, उसमें हेगल और मार्क्स के मूल विचारों की प्रतिध्वनि सुनाई देती है। दुनिया में मनुष्य का अजनबीपन का अनुभव उसमें नैराश्य, बोरियत, मितलाहट और बेहूदापन का भाव पैदा करता है।'

'गिरावट महसूस करना, या यह महसूस करना कि हर चीज बड़ी ऊबाऊ है, काफी स्वाभाविक है।'

'हाँ, वास्तव में। सार्त्र बीसवीं सदी के शहरों के निवासी का वर्णन कर रहा था। तुम्हें याद होगा कि पुनर्जागरण युग के मानववादियों ने मनुष्य की स्वतन्त्रता और स्वनिर्भरता की ओर, लगभग विजयी स्वर में, ध्यान आकृष्ट किया था। सार्त्र ने मनुष्य की स्वतन्त्रता को अभिशाप के रूप में अनुभव किया। 'मनुष्य स्वतन्त्र होने के लिए अभिशप्त है,' उसने कहा। 'अभिशप्त क्योंकि उसने स्वयं अपनी सृष्टि नहीं की—और फिर भी वह स्वतन्त्र है। क्योंकि एक बार दुनिया में फेंक दिए जाने के बाद वह अपने किए हर काम के लिए जिम्मेदार है।'*

---

* सम्भवतया सार्त्र भूल गया कि उसका जन्म हुआ था उसकी माता के गर्भ से। वह कभी भी फेंका नहीं गया था।

'किन्तु हमसे नहीं कहा गया था कि हमें स्वतन्त्र व्यक्ति बनाया जाए।'

'बिलकुल यही सार्त्र का बिन्दु था। फिर भी हम स्वतन्त्र व्यक्ति हैं, और यही स्वतन्त्रता हमें अभिशप्त करती है कि हम अपने जीवन भर चयन करते रहेंगे, या निर्णय करते रहेंगे। शाश्वत मूल्य या नियम जैसी कोई चीज नहीं है जिसका हम अनुगमन करें, और यह हमारे चयनों को और भी महत्त्वपूर्ण बना देता है। क्योंकि हम अपने हर काम के लिए पूरी तरह जिम्मेदार हैं। सार्त्र ने इस बात पर जोर दिया कि मनुष्य को अपने काम की जिम्मेदारी कभी भी नकारनी नहीं चाहिए। और न ही हम अपने चयन करने की जिम्मेदारी से यह कहकर बच सकते हैं कि हमें 'काम' पर जाना जरूरी है, या यह कि हमें अपना जीवन कुछ मध्यमवर्गीय अपेक्षाओं के अनुसार ही जीना अनिवार्य है। जो अनाम जनसमूह में जा मिलते हैं वे अ-निजी या अ-वैयक्तिक भीड़ के सदस्य होने से अधिक और कुछ नहीं रह जाएँगे, क्योंकि वे स्वयं से भागकर आत्मवंचना में चले गए हैं। दूसरी ओर, हमारी स्वतन्त्रता हम पर यह दायित्व डालती है कि हम स्वयं को कुछ बनाएँ, 'सच्चाई' से 'साधिकार' जिएँ।

'हाँ, मैं समझ रही हूँ।'

'जहाँ तक हमारे नैतिक चयनों का प्रश्न है, वहाँ भी यह बात महत्त्वपूर्ण ढंग से लागू होती है। हम कभी भी 'मानव स्वभाव' या 'मानवीय दुर्बलता' या इसी तरह की किसी परिस्थिति पर दोष नहीं मढ़ सकते। यदा-कदा ऐसा होता है कि वयस्क लोग ऐसे व्यवहार करते हैं जैसे वे सूअर हों, और फिर अपने व्यवहार का दोष 'बूढ़े आदम' के सिर मढ़ देते हैं। किन्तु 'बूढ़ा आदम' तो है ही नहीं। वह तो केवल एक आकृति है जिसका सहारा हम अपने कामों की जिम्मेदारी से बचने के लिए लेते हैं।'

'इसकी कुछ तो सीमा होनी चाहिए कि एक व्यक्ति को कितना दोष दिया जा सकता है।'

'यद्यपि सार्त्र का दावा था कि 'जीवन का जन्मजात या सहज अर्थ कुछ नहीं है, किन्तु इसका यह अभिप्राय नहीं था कि जीवन में कुछ भी महत्त्वपूर्ण नहीं है। उसे *शून्यवादी* नहीं कहा जा सकता।'

'शून्यवादी कौन होता है?'

'यह ऐसा आदमी होता है जो सोचता है कि किसी चीज का कोई अर्थ नहीं है, और हर चीज (करने की) की आज्ञा है। सार्त्र मानता था जीवन सार्थक है किन्तु यह हम स्वयं हैं जो इस जीवन में अर्थ पैदा करेंगे। मानव के लिए अस्तित्ववान होना अपना जीवन स्वयं रचना है।'

'क्या आप इसे विस्तार से बतलाएँगे?'

'सार्त्र ने यह सिद्ध करने की चेष्टा की कि चेतना भी अपने आपमें तब तक कुछ नहीं है जब तक इसे किसी चीज का बोध या अनुभव नहीं हो जाता। क्योंकि चेतना सदैव किसी वस्तु के प्रति सजग होती है। और यह 'कोई वस्तु'–इसे या तो हमारे द्वारा या उसी तरह हमारे चारों ओर के वातावरण द्वारा प्रदान की जाती है। यह निर्णय करने में कि हम किस वस्तु का बोध करेंगे, हम अंशतः एक कारक हैं, क्योंकि हम ही चयन करते हैं कि हमारे लिए महत्त्वपूर्ण क्या है।'

'क्या आप मुझे एक उदाहरण दे सकेंगे?'

'किसी कमरे में दो आदमी उपस्थित हो सकते हैं, किन्तु वे इसका अनुभव बहुत ही अलग-अलग तरह से कर सकते हैं। ऐसा इसलिए है कि हम स्वयं अपने अर्थ का योगदान करते हैं–या अपने हितों और रुचियों से करते हैं–उस समय जब हम अपने इर्दगिर्द के वातावरण का बोध कर रहे होते हैं। एक स्त्री, जो गर्भवती है, यह सोच सकती है कि जिधर भी वह देखती है उधर ही उसे दूसरी गर्भवती स्त्रियाँ दिखलाई देती हैं। ऐसा इसलिए नहीं है कि गर्भवती स्त्रियाँ पहले नहीं थीं, अपितु इसलिए कि चूँकि अब वह गर्भवती है, वह सारी दुनिया को भिन्न निगाहों से देखती है। एक भागा हुआ, दोष-सिद्ध अपराधी हर जगह पुलिस के सिपाही को देखता है...।'

'मम्म...मैं समझ रही हूँ।'

'हमारे अपने जीवन की रुचियाँ और चयन उन तरीकों को प्रभावित करते हैं जिनसे हम कमरे में चीजों का बोध करते हैं। यदि किसी चीज में मेरी रुचि नहीं है, तो मैं इसे नहीं देखता। तो अब मैं स्पष्ट कर सकता हूँ कि मैं आज लेट क्यों था।'

'आप जानबूझकर देर से आए, ठीक है न?'

'मुझे पहले यह बतलाओ कि जब तुम अन्दर आई तो तुमने क्या देखा?'

'पहली चीज जो मैंने देखी वह यह थी कि आप यहाँ नहीं थे।'

'क्या यह विचित्र नहीं है कि जिस पर तुम्हारा ध्यान सबसे पहले गया वह कुछ ऐसा था जो अनुपस्थित था?'

'हो सकता है, परन्तु यह आप थे जिनसे मुझे मिलना था।'

'सार्त्र इसी प्रकार की कैफे विजिट का उपयोग वह तरीका दर्शाने के लिए करता है जिसे हम अपने लिए असंगत चीजों को 'समाप्त या ध्वस्त' करने के लिए अपनाते हैं।'

'आप बस यही दर्शाने के लिए लेट हुए।'

'तुम्हें सार्त्र के दर्शन में इसके केन्द्रीय बिन्दु को समझने योग्य बनाने के लिए, हाँ। इसे एक अभ्यास कहो।'

'यहाँ से बाहर चलें।'

'यदि तुम किसी से प्रेम करते हो, और प्रतीक्षा करते हो कि वह तुम्हें टेलीफोन पर काल करेगा, तो तुम उसे सारी शाम फोन न करते हुए 'सुन सकते हो।' तुमने तय किया कि वह तुम्हें ट्रेन पर मिलेगा; प्लेटफॉर्म पर लोग भीड़ में एक-दूसरे से भिड़कर चले जा रहे हैं इधर-उधर और तुम उसे कहीं भी नहीं देख पाते। वे सब लोग रास्ते में हैं, वे तुम्हारे लिए महत्त्वहीन हैं। सम्भवतया तुम्हें उन्हें देखकर चिढ़चिढ़ाहट होती है, यहाँ तक कि वे खराब लगते हैं। वे जरूरत से ज्यादा जगह घेरे हुए हैं। तुम केवल एक चीज नोट करती हो : *वह* वहाँ नहीं है।'

'कितने दुख की बात है।'

'सिमॉन द बूबुआ'र् ने अस्तित्ववाद को स्त्रीवाद पर लागू करने का प्रयास किया। सार्त्र पहले ही कह चुका था कि मनुष्य के पास ऐसा कोई आधारभूत 'स्वभाव' नहीं है जिस पर वह निर्भर कर सके। हम स्वयं को बनाते हैं।

'वाकई?'

'यह उस तरीके के बारे में भी सच है जिसमें हम लिंगों को देखते हैं। सिमॉन द बूबुआ'र् ने आधारभूत 'स्त्री स्वभाव' या 'पुरुष स्वभाव' के अस्तित्व को अस्वीकार किया था। उदाहरण के लिए, सामान्य रूप से यह दावा किया जाता रहा है कि मनुष्य का 'उत्कर्षकारी' या प्राप्तिकारी (Transcendence) स्वभाव होता है। अतः वह घर के बाहर अर्थ और दिशा खोजेगा। स्त्री 'Immanent' होती है अर्थात वह जहाँ है वहीं होने की इच्छा रखती है। अतः वह परिवार का पोषण करेगी, परिवेश और अधिक घरेलू चीजों का ध्यान रखेगी। आज हम यह कह सकते हैं कि पुरुषों की तुलना में स्त्रियाँ 'स्त्रैण मूल्यों' के बारे में अधिक चिन्तित हैं।'

'क्या वह वास्तव में इसमें विश्वास करती थी?'

'तुम मुझे सुन नहीं रही थी। सिमॉन द बूबुआ'र् वास्तव में ऐसे किसी 'स्त्री स्वभाव' या 'पुरुष स्वभाव' के अस्तित्व में विश्वास नहीं करती थी। इसके विपरीत उसका विश्वास था कि स्त्रियों और पुरुषों को इस प्रकार के अन्तःजात द्वेषों और आदर्शों से स्वयं को मुक्त कर लेना चाहिए।'

'मैं इससे सहमत हूँ।'

‘उसकी मुख्य रचना, 1949 में प्रकाशित, ‘द सेकंड सेक्स’ (The Second Sex) थी?

‘इससे उसका क्या अभिप्राय था?’

‘वह स्त्रियों की स्थिति के बारे में विश्लेषण कर रही थी। हमारी अपनी सभ्यता में स्त्रियों को दूसरा लिंग (सेकंड सेक्स) समझा जाता है। पुरुष ऐसे व्यवहार करते हैं कि वे विषय हैं, और स्त्रियों से अपनी इच्छा वस्तु जैसा व्यवहार करते हैं, अतः वे उन्हें अपने जीवन के लिए उत्तरदायित्व से वंचित रखते हैं।’

‘क्या उसका अभिप्राय था कि हम स्त्रियाँ बिलकुल उतनी ही स्वतन्त्र और मुक्त हो सकती हैं जितनी हम होना चाहें?’

‘हाँ, तुम इसे इस तरह भी कह सकती हो। अस्तित्ववाद का साहित्य पर भी बड़ा प्रभाव पड़ा, चौथे दशक से लेकर आज तक, खासतौर पर नाटक पर। सार्त्र ने स्वयं नाटक और उपन्यास लिखे। अन्य महत्त्वपूर्ण लेखक थे : फ्रेंचमैन ऐल्बेयर कामू, आइरिशमैन सैमुअल बैके, रोमानिया का यूजीन आयनेस्को, और पोलैंड का विटोल्ड गौम्ब्रोविक्ज। उनकी तथा अनेक अन्य आधुनिक लेखकों की विशिष्ट शैली को ऐब्सर्डिज्म (बेहूदावाद) कहा जाता है। इस शब्द का प्रयोग विशेषकर ‘थिएटर ऑफ द एब्सर्ड’ के लिए किया जाता है।’

‘आह!’

‘क्या तुम जानती हो कि हमारा Absurd (‘बेहूदा’) से क्या अभिप्राय है?’

‘क्या यह कोई ऐसी चीज नहीं जो अर्थहीन या अतार्किक हो?’

‘बिलकुल सही।’

‘थिएटर ऑफ द एब्सर्ड एक तरह से रियलिस्टिक थिएटर (यथार्थवादी नाटक) से अन्तर का प्रतिनिधित्व करता है। इसका उद्देश्य जीवन में अर्थ का अभाव दिखलाना था जिससे दर्शकों की असहमति बनाई/जगाई जा सके। विचार था कि अर्थहीन को न अपनाया जाए। अपितु इसके विपरीत साधारण, दैनिक स्थितियों में अर्थहीनता को दिखाकर और इसका भंडा ऐसे फोड़ें जिससे दर्शक इस बात के लिए बाध्य हों कि वे अपने लिए एक अधिक सच्चा और अधिक अत्यावश्यक सार्थक जीवन ढूँढ़ लें।’

‘यह रोचक लगता है।’

‘थिएटर ऑफ द एब्सर्ड प्रायः ऐसी स्थितियाँ चित्रित करता है जो पूरी तरह मामूली हैं। इसलिए इसे एक प्रकार का ‘हाइपर रियलिज्म (‘अति-यथार्थवाद) भी कह सकते हैं। लोग जैसे हैं उन्हें बिलकुल वैसा ही चित्रित किया जाता है। किन्तु यदि आप मंच पर बिलकुल वही प्रस्तुत कर दें जो एक पूरी तरह साधारण घर में एक पूरे साधारण सबेरे बाथरूम में होता है, तो दर्शक हँसेंगे। उनकी हँसी का अर्थ एक रक्षात्मक-प्रक्रिया (डीफैंस मेकैनिज्म), जो वह मंच पर अपना मजाक बनाए जाने के विरुद्ध तैयार कर रहे हैं, के रूप में देखा या लगाया जा सकता है।’

‘हाँ, बिलकुल!’

‘एब्सर्ड थिएटर में कुछ सररियलिस्टिक लक्षण भी हो सकते हैं। इसके पात्र प्रायः स्वयं को ऊँची अयथार्थिक और स्वप्न जैसी स्थितियों में पाते हैं। जब वे इसे बिना किसी आश्चर्य के स्वीकार कर लेते हैं, तो श्रोतागण पात्र की आश्चर्य की कमी पर आश्चर्य की प्रतिक्रिया करने के लिए विवश होते हैं। यही वह तरीका था जिसको अपनाकर चार्ली चैपलिन अपने मौन चल-चित्रों में काम करता था। इन मौन चल-चित्रों में हास्यास्पद प्रभाव प्रायः चैपलिन की उन सबसे एब्सर्ड स्थितियों की सारगर्भित स्वीकृति होती थी, जो उसके साथ घट रही हैं। यह दर्शकों,

श्रोतागणों को अपने अन्दर किसी अधिक सत्य और वास्तविक चीज की तलाश करने के लिए बाध्य करता था।'

'वास्तव में यह देखना आश्चर्य से भरा है कि कैसी कैसी चीजें लोग बिना विरोध किए बर्दाश्त कर लेते हैं।

'कभी-कभी यह महसूस करना सही हो सकता है : यह कोई ऐसी चीज है जिससे मुझे दूर भाग जाना चाहिए—भले ही मुझे यह नहीं मालूम कि भागकर कहाँ जाऊँ?'

'यदि मकान में आग लग जाती है तो आपको तो बाहर आना ही है, भले ही आपके पास रहने की दूसरी जगह न हो।'

'यह सही है। तुम चाय का एक कप और लोगी? या एक कोक, जो भी पसन्द करो?'

'ओके! किन्तु मैं अभी भी सोचती हूँ कि देर करने में आपने मूर्खता की।'

'चलो, मैं इसके साथ गुजारा कर लेता हूँ।'

ऐल्बर्टो एक कोक और एक एक्सप्रैसो कप लेकर लौटा। इस दौरान सोफी ने कैफे की ऐम्बिएंस को पसन्द करना शुरू कर दिया था। उसने यह सोचना भी शुरू कर दिया था कि दूसरी मेजों पर बातचीत शायद इतनी हलकी-फुलकी न हो जितनी वह पहले सोच रही थी।

ऐल्बर्टो ने धम्म की आवाज के साथ कोक की बोतल टेबल पर पटकी। अन्य कई मेजों पर लोगों ने सिर उठाकर देखा।

'और यह हमें सड़क के अन्त पर ले आता है,' उसने कहा।

'आपका मतलब है दर्शनशास्त्र का इतिहास सार्त्र और अस्तित्ववाद पर समाप्त हो जाता है?'

'नहीं, वह अतिशयोक्ति होगी। अस्तित्ववादी दर्शन का दुनिया भर में कुछ लोगों के लिए क्रान्तिकारी महत्त्व रहा है। जैसा हमने देखा, इसकी जड़ें इतिहास में किर्केगार्ड से होती हुई पीछे सुकरात तक जाती हैं। बीसवीं शताब्दी ने दूसरी अन्य दार्शनिक धाराओं को भी, जिनकी चर्चा हमने की है, फलते-फूलते और पुनर्नवीन होते देखा है।'

'जैसे?'

'अच्छा, एक ऐसी धारा नव-टॉमसवाद (New-Thomism) है, यानी वे विचार जो टॉमस ऐक्विनास की परम्परा के हैं। एक अन्य है तथाकथित विश्लेषणात्मक दर्शनशास्त्र या तार्किक अनुभववाद (Logical empiricism); इसकी जड़ें पीछे ह्यूम और ब्रिटिश ऐम्पिरिसिज्म तक और अरस्तू के तर्क तक भी जाती हैं। इनके अतिरिक्त, बीसवीं सदी स्वाभाविक रूप से नव-मार्क्सवाद की अनेक धाराओं और उप-धाराओं से भी प्रभावित हुई है। हम पहले ही नव-डार्विनवाद और मनोविश्लेषण के महत्त्व की चर्चा कर चुके हैं।''

'हाँ।'

'हम बस एक और, तथा अन्तिम धारा, भौतिकवाद की चर्चा करेंगे, जिसकी जड़ें भी इतिहास में हैं। काफी सारे वर्तमान विज्ञान के चिह्न प्री-सौक्रेटिक्स के प्रयासों में देखे जा सकते हैं। उदाहरण के लिए, अविभाज्य 'तत्त्वीय कण' जिससे सारा पदार्थ बना हुआ है। 'पदार्थ' क्या है? इसका सन्तोषदायी स्पष्टीकरण आज तक कोई नहीं दे पाया है। आधुनिक विज्ञान, जैसे नाभिकीय भौतिकशास्त्र और जैव-रसायनशास्त्र, इस समस्या की ओर इतने आकृष्ट हैं कि अनेक लोगों के लिए यह उनके जीवन-दर्शन का अत्यन्त महत्त्वपूर्ण भाग बना हुआ है।'

'नए और पुराने सब, उपरातली...'

'हाँ, क्योंकि वे ही प्रश्न, जिनसे हमने यह कोर्स प्रारम्भ किया था, अनुत्तरित हैं। सार्त्र ने एक महत्त्वपूर्ण अनुभव सामने रखा जब उसने कहा कि अस्तित्ववादी प्रश्नों का उत्तर एक

ही बार और हमेशा के लिए नहीं दिया जा सकता। दार्शनिक प्रश्न, अपनी परिभाषा से ही, ऐसे प्रश्न हैं जिन्हें हर पीढ़ी, यहाँ तक कि हर व्यक्ति, को बार-बार स्वयं से पूछना है।'

'एक नैराश्यपूर्ण विचार।'

'मैं नहीं कह सकता कि मैं सहमत हूँ। निश्चय ही, इस प्रकार के प्रश्न पूछकर ही हम यह जान पाते हैं कि हम जीवित हैं। और इसके अतिरिक्त, हमेशा ऐसा हुआ है कि जिस समय लोग इन अन्तिम प्रश्नों के उत्तर ढूँढ़ रहे थे, उन्होंने अनेक अन्य समस्याओं के स्पष्ट और अन्तिम समाधान पा लिये। विज्ञान, शोध और टेक्नोलॉजी हमारे दार्शनिक चिन्तन के उप-उत्पाद हैं। क्या यह हमारा जीवन के प्रति आश्चर्य नहीं था जिसने आदमी को चाँद तक पहुँचा दिया?'

'हाँ, यह सत्य है।'

'जब नील आर्मस्ट्रांग ने चाँद पर पाँव रखा तो उसने कहा—'मनुष्य के लिए एक छोटा कदम, और मानवता के लिए एक लम्बी, दैत्याकारी छलाँग। इन शब्दों द्वारा उसने वह सब एक जगह इकट्ठा कर दिया कि चाँद पर मनुष्य का पहला कदम रखते हुए उसे कैसा अनुभव हो रहा था, और वह अपने साथ उन सब लोगों को लेकर चल रहा था जो उससे पहले रह चुके हैं। यह केवल उसकी अपनी अकेले की योग्यता नहीं थी, जाहिर है।'

'हमारे अपने समय में बिलकुल नई तरह की समस्याएँ हैं जिनका हमें सामना करना है। सबसे गम्भीर समस्या पर्यावरण की है। अतः बीसवीं शताब्दी में एक केन्द्रीय दार्शनिक दिशा ईकोफिलॉसॉफी या ईकोसोफी की है जैसे इसका एक संस्थापक, नॉर्वे का दार्शनिक *आरने नएेस* ने नाम दिया। पश्चिमी दुनिया के कई ईकोफिलॉसॉफर्स ने चेतावनी दी है कि पूरी पाश्चात्य सभ्यता आधारभूत रूप से गलत रास्ते पर जा रही है, और दौड़ती हुई उन सीमाओं से सीधे टकरानेवाली है जो इस ग्रह की बर्दाश्त की सीमाएँ हैं। उन्होंने उन ध्वनियों (चेतावनियों) को समझने का प्रयास किया है जो प्रदूषण और पर्यावरण विनाश के ठोस प्रभावों के पीछे और नीचे गहराई तक जाती हैं। उनका दावा है कि पाश्चात्य विचार में कुछ आधारभूत रूप से गलत चल रहा है।'

'मैं सोचती हूँ कि वे सही हैं।'

'उदाहरण के लिए, ईकोफिलॉसॉफी ने विकास के इस विचार तक पर प्रश्न चिह्न लगाया है जिसमें मनुष्य का 'शीर्ष स्थान पर' होना माना गया है—मानो हम प्रकृति के स्वामी हैं। चिन्तन का यह रास्ता हमारे पूरे जीवित ग्रह के लिए घातक सिद्ध हो सकता है।'

'जब मैं इस बारे में सोचती हूँ तो यह मुझे पागल कर देता है।'

'इस मान्यता की आलोचना करने में अनेक ईकोफिलॉसॉफर्स ने अन्य संस्कृतियों, जैसे—भारत की संस्कृति, की ओर, इनके चिन्तन और विचारों की ओर दृष्टि दौड़ाई है। जो हमने खो दिया है, उसे पुनः खोज निकालने के लिए उन्होंने तथाकथित पुराने लोगों—या 'आदिवासी लोगों, जैसे—अमेरिका के मूल निवासियों—के विचारों और रीति-रिवाजों का भी अध्ययन किया है।

'हाल ही के वर्षों में वैज्ञानिक परि-वृत्तों में यह कहा जाता रहा है कि वैज्ञानिक सोच के हमारे सारे तरीके को एक 'पैराडाइम शिफ्ट' ('विचार-विधि परिवर्तन') का सामना करना पड़ रहा है। यानी, वैज्ञानिकों के सोचने के तरीके में आधारभूत बदलाव। और कई क्षेत्रों में इस बदलाव से हो रहे लाभ देखे जा सकते हैं। हमने तथाकथित 'वैकल्पिक आन्दोलनों' के अनेक उदाहरण देखे हैं जो 'सम्पूर्णता' (Holism) और नई जीवन शैली की बकालत करते हैं।'

'बहुत बढ़िया।'

'किन्तु जिस काम में बहुत सारे लोग लगे हुए हों तो हमें अच्छे और बुरे के बीच पहचान करनी चाहिए। कुछ घोषणा करते हैं कि हम एक नए युग में पदार्पण कर रहे हैं। किन्तु हर नई

खोज या विधि का अच्छा होना अनिवार्य नहीं है और न ही हर पुरानी चीज फेंकने योग्य है। यह भी एक कारण है कि मैंने दर्शनशास्त्र का यह कोर्स तुम्हें पढ़ाया है। अब तुम्हारे पास इतिहास की पृष्ठभूमि है, अब तुम अपना जीवन अच्छी तरह बना सकती हो, दिशा निर्धारित कर सकती हो।'

'आपका धन्यवाद!'

'मैं सोचता हूँ तुम देखोगी कि नवयुग कि झंडे के नीचे जो ढेर सारी चीजें रखी गई हैं उनमें से बहुत सी बेकार हैं, बकवास हैं। यहाँ तक कि तथाकथित नया धर्म, नया गुप्तविद्यावाद (तन्त्र-मन्त्र), और सभी प्रकार के आधुनिक अन्धविश्वासों ने हाल ही के दशकों में पाश्चात्य जगत को प्रभावित किया है। यह एक उद्योग बन गया है। ईसाई धर्म के लिए घटते समर्थन के सन्दर्भ में, दार्शनिक बाजार में तथाकथित वैकल्पिक प्रस्तावों की बाढ़ सी आई हुई है।'

'किस प्रकार के प्रस्ताव?'

'सूची इतनी लम्बी है कि मैं तो शुरू करने की भी हिम्मत नहीं दिखलाऊँगा। खैर, जो भी हो, अपने युग का वर्णन करना आसान नहीं होता। क्यों, हम टाउन में थोड़ी चहल-कदमी नहीं करेंगे? मैं तुम्हें कुछ दिखलाना चाहता हूँ।'

'मेरे पास ज्यादा समय नहीं है। मुझे आशा है आप हमारी कल होनेवाली गार्डन पार्टी भूल नहीं गए हैं?'

'नहीं, बिलकुल नहीं। उस समय तो कोई अद्‌भुत चीज होने जा रही है। बस हमें पहले हिल्डे के दर्शनशास्त्र के कोर्स को पूरा कर लेना है। तुम देख रही हो न, मेजर ने उससे आगे और कुछ नहीं सोचा है। अतः उसका हम पर स्वामित्व कुछ कम होता जा रहा है।'

एक बार फिर उसने कोक की बोतल उठाई, जो अब खाली थी, और मेज पर जोर से मारी।

वे बाहर निकलकर स्ट्रीट पर आ गए जहाँ लोग-बाग इतनी जल्दी और जोश से चले जा रहे थे जैसे मिट्‌टी के ढेर पर अन्दर से बाहर मिट्‌टी लाती चींटियाँ। सोफी यह जानने को उत्सुक थी कि ऐल्बर्टो उसे क्या दिखाना चाहता था।

वे एक बड़े स्टोर के बराबर से गुजरे जो सम्प्रेषण टेक्नोलॉजी से सम्बन्धित हर चीज बेचता था, टेलीविजन, वीसीआर और सेटेलाइट डिशेज़ से लेकर मोबाइल फोन्स, कम्प्यूटर्स और फैक्स मशीनों तक।

ऐल्बर्टो ने विंडो डिस्प्ले की ओर इशारा किया और कहा, 'वहाँ बीसवीं शताब्दी है, सोफी! पुनर्जागरण युग में लगता था जैसे दुनिया में विस्फोट हो रहा है। खोज की समुद्री यात्राओं से शुरू करके यूरोपियों ने सारी दुनिया में यात्रा करना शुरू कर दिया। आज इसके उलटा है। हम इसे विपरीत विस्फोट कहते हैं।'

'किस अर्थ में?'

'इस अर्थ में कि दुनिया एक बड़े सम्प्रेषण नेटवर्क में खिंची चली आ रही है। ज्यादा दिन पहले की बात नहीं है जब दार्शनिकों को घोड़ों पर या घोड़ागाड़ियों में बैठकर जाना पड़ता था अपने आस-पास की दुनिया की छानबीन करने के लिए या दूसरे दार्शनिकों से मिलने के लिए। आज हम इस दुनिया में कहीं भी बैठकर सारे मानव अनुभव को कम्प्यूटर की स्क्रीन पर प्राप्त कर सकते हैं।'

'यह तो फैंटास्टिक विचार है। और थोड़ा डरावना भी।'

'सवाल यह है : क्या इतिहास की समाप्ति हो रही है—या इसके विपरीत हम पूरी तरह से नए युग की देहरी पर खड़े हैं? अब हम एक शहर के, या विशेष देश के नागरिक नहीं रह गए हैं। हम एक ग्रही सभ्यता हैं।'

'यह सच है।'

पिछले तीस-चालीस वर्षों में 'टेक्नॉलॉजिकल विकास, खासतौर से सम्प्रेषण के क्षेत्र में, सम्भवतः इस कदर नाटकीय रहे हैं जैसे सारे पुराने इतिहास को इकट्ठा कर लेने पर भी नहीं मिलेंगे। और हो सकता है यह केवल शुरुआत है...'

'क्या यही था जो आप मुझे दिखलाना चाहते थे?'

'नहीं, वह सामनेवाले चर्च के उस ओर है।'

जैसे ही वे वहाँ से जाने के लिए मुड़नेवाले थे कि टी.वी. स्क्रीन पर यूएन सोल्जर्स का एक चित्र अचानक उभरा।

'देखो,' सोफी ने कहा।

कैमरा यूएन सोल्जर्स में से एक पर जूम किया। उसके काली दाढ़ी थी, लगभग ऐल्बर्टो की दाढ़ी जैसी। अचानक उसने कार्ड का एक टुकड़ा सामने कर दिया। उस पर लिखा था : 'जल्दी आ रहा हूँ, हिल्डे'। उसने हाथ लहराया और गायब हो गया।

'शारलैटन! बहरुपिया!' ऐल्बर्टो ने जोर से कहा।

'क्या यह मेजर था?'

'मैं इसका भी उत्तर नहीं दूँगा।'

वे पार्क में से होते हुए चर्च के सामने से चलकर दूसरी मेनस्ट्रीट में आ गए। लगता था ऐल्बर्टो थोड़ा-सा चिड़चिड़ा हो गया है। वे लिबरिस के सामने रुके, टाउन का सबसे बड़ा बुक-स्टोर।

'आओ अन्दर चलते हैं,' ऐल्बर्टो बोला।

स्टोर में अन्दर उसने सबसे लम्बी दीवार की तरफ इशारा किया। इसके तीन सैक्शन्स थे : नवयुग, वैकल्पिक जीवन-शैलियाँ और रहस्यवाद।

पुस्तकों के शीर्षक पहेलीनुमा थे, जैसे—लाइफ आफ्टर डेथ? द सीक्रेट्स ऑफ स्पिरिटिज्म, टैरो, द यूएफओ फिनौमेना, हीलिंग, द रिटर्न ऑफ द गॉड्स, यू हैव बीन हीयर बिफोर और व्हाट इज ऐस्ट्रोलॉजी? सैकड़ों' पुस्तकें होंगी। शैल्फों के नीचे पुस्तकें और भी तहें लगाकर रखी गई थीं।

'यह बीसवीं शताब्दी है, सोफी। यह हमारे युग का मन्दिर है।'

'आप इनमें से किसी तरह की चीज में विश्वास नहीं रखते?'

'इसमें अधिकांश तो बकवास है। किन्तु यह भी ऐसे ही बिकता है जैसे अश्लील साहित्य। इसमें से बहुत-सा अश्लील साहित्य जैसा ही है। युवक लोग यहाँ आकर उन विचारों को खरीद सकते हैं जो उन्हें सर्वाधिक आकृष्ट करते हैं। किन्तु सच्चे दर्शनशास्त्र और इन पुस्तकों में उसी तरह का अन्तर है जैसा सच्चे प्रेम और अश्लीलता के बीच है।'

'क्या आप जरूरत से ज्यादा नहीं बोल रहे?'

'चलो, पार्क में चलकर बैठते हैं।'

वे स्टोर से बाहर निकल आए और चर्च के सामने पार्क में एक खाली बेंच पर बैठ गए। कबूतर पेड़ों के नीचे गुटरगूँ करते हुए नाच रहे थे, एक-आध अति उत्साही गौरैया भी उनके बीच फुदक रही थी।

'इसे ईएसपी या पैरा साइकॉलॉजी कहते हैं,' एल्बर्टो ने कहा। 'या इसे टेलीपैथी, क्लेयरवॉयेन्स और साइकोकाइनैटिक्स भी कहते हैं। इसे स्पिरिटिज्म (प्रेत-विद्या), ऐस्ट्रॉलॉजी (ज्योतिषशास्त्र) और यूफॉलॉजी (उड़नतश्तरी-शास्त्र) कहते हैं।'

'किन्तु बिलकुल ईमानदारी से बताएँ, क्या आप इस सबको बेकार, बकवास मानते हैं?'

'स्पष्ट है कि यह कहना कि वे सब एक समान खराब हैं। एक वास्तविक दार्शनिक के लिए बहुत उचित नहीं होगा किन्तु मुझे यह कहने में ऐतराज नहीं है कि यह सब विषय मिलकर एक अच्छा विस्तृत भूदृश्य बनाते हैं जिसका अस्तित्व नहीं है। और यहाँ अनेक 'कल्पना के ऐसे टुकड़े हैं' जिन्हें ह्यूम आग के हवाले कर देता। इन पुस्तकों में अनेक ऐसी हैं जिनमें सच्चे अनुभव का एक कण भी नहीं है।'

'इन विषयों पर ये इतनी अनन्त पुस्तकें क्यों लिखी गई है?'

'ऐसी पुस्तकों का प्रकाशन बड़ा वाणिज्यिक धन्धा है। और अधिकांश लोग ऐसी ही चीजें चाहते हैं।'

'क्यों, आपका क्या विचार है?'

'वे स्पष्टतः कोई रहस्यमयी चीज चाहते हैं, कोई चीज जो इनके दैनिक जीवन की शुष्क नीरसता को तोड़ती है। किन्तु यह उलटे बाँस बरेली को ले जाने जैसा है।'

'कैसे, आपका अभिप्राय?'

'देखिए, यहाँ हम हैं, एक आश्चर्यजनक साहसिक काम के सिलसिले में घूम रहे हैं। सृजन की एक रचना हमारी अपनी आँखों के सामने उभरकर आ रही है। खुली, दिन की रोशनी में, सोफी। क्या यह अद्भुत नहीं है?'

'मेरा भी यही अनुमान है।'

'हम भविष्य बतानेवालों के तम्बू में क्यों घुसें, या उस एकेडेमी के पिछवाड़े क्यों चक्कर लगाएँ जो किसी उत्तेजक या अतिशयता की तलाश में हैं?'

'क्या आप यह कह रहे हैं कि इन पुस्तकों के लेखक झूठे हैं, यूँ ही सतही हैं?'

'नहीं मैं वह नहीं कर रहा हूँ। किन्तु हम यहाँ भी एक डार्विनियन प्रणाली की बात कर रहे हैं।'

'यह बात आप मुझे स्पष्ट करके बतलाएँगे?'

'उन सब विभिन्न चीजों के बारे में सोचो जो एक दिन में हो सकती हैं। तुम अपना ही एक दिन भी ले सकती हो। उन सब चीजों के बारे में विचार करो जो तुम देखती या अनुभव करती हो।'

'हाँ!'

'कभी-कभी तुम्हें विचित्र संयोग का अनुभव भी होता है। तुम एक स्टोर में जा सकती हो और 28 क्राउन्स में कोई चीज खरीद सकती हो। उसी दिन बाद में जोआना तुम्हारे पास आती है और वह तुम्हें 28 क्राउन्स, जो उसे तुम्हें देने थे, दे देती है। तुम दोनों किसी पिक्चर को देखने जाने का फैसला करती हो–और वहाँ तुम्हें सीट नम्बर 28 मिलता है।'

'हाँ, यह तो एक रहस्यपूर्ण संयोग होगा।'

'यह संयोग तो होगा ही, कैसा भी। खास बात यह है कि लोग इस तरह के संयोग इकट्ठे कर लेते हैं। वे ऐसे विचित्र अनुभव इकट्ठे कर लेते हैं। जिन्हें स्पष्ट नहीं किया जा सकता–जब ऐसे अनुभव–करोड़ों लोगों के जीवन से लिये गए–पुस्तकों के रूप में इकट्ठे कर दिए जाते हैं, तो वे तथ्य लगने लगते हैं। और इनकी संख्या हर समय बढ़ती चलती है। किन्तु एक बार हम फिर लॉटरी देख रहे हैं जिसमें जीतनेवाले अंक ही दिखलाई देते हैं।'

'किन्तु क्लेयरवॉयेन्ट्स (अतिशय या अलौकिक अनुभव करानेवाले) और माध्यम भी हैं, नहीं क्या, जो निरन्तर इस प्रकार की चीजों का अनुभव करते रहते हैं?'

'वास्तव में हैं, और यदि हम हलके-फुलकों को अलग रख दें, तो हमें तथाकथित रहस्यमय अनुभवों का एक अन्य स्पष्टीकरण मिलता है।'

'और वह है?'

'तुम्हें ध्यान होगा हमने फ्रायड के अचेतन के सिद्धान्त के बारे में चर्चा की थी...'

'हाँ, याद है।'

'फ्रायड ने दिखलाया था कि प्रायः हम स्वयं अपने ही अचेतन के 'माध्यम के रूप में काम करते हैं। अचानक हम स्वयं को ऐसी चीज सोचते या करते हुए पाते हैं बिना यह जाने कि हम यह क्यों कर रहे हैं। कारण यह है कि हमारे अन्दर दुनिया भर के अनुभव, विचार और स्मृतियाँ भरी पड़ी हैं जिनसे हम अवगत या उनके बारे में सजग नहीं हैं।'

'तो?'

'लोग कभी-कभी अपनी नींद में बात करते हैं या चलते हैं। हम इसे एक प्रकार का 'मानसिक स्वचालितवाद' कह सकते हैं। इसके अतिरिक्त हिप्नॉसिस (वशीकरण) के दौरान लोग वे बातें या काम कर सकते हैं जो 'उनकी अपनी इच्छा के नहीं हैं।' और याद करो सररीयलिस्ट्स को जो कथित स्वचालित लेखन पैदा करने का प्रयास कर रहे थे, वे अपने अचेतन के लिए एक माध्यम के रूप में काम करने की चेष्टा कर रहे थे।'

'मुझे याद है।'

'इस शताब्दी में समय-समय पर वे हुए हैं जिन्हें 'आत्मिक पुनर्जीवन' कह सकते हैं; जिनके पीछे विचार था कि एक माध्यम मृत व्यक्ति से सम्पर्क कर सकता है। या तो मृत व्यक्ति की आवाज में, या स्वचालित लेखन का प्रयोग करके, माध्यम किसी ऐसे व्यक्ति से सन्देश प्राप्त करता था जो पाँच या पचास या कई सौ वर्ष पहले जीवित था। इसको इस बात के प्रमाणस्वरूप लिया गया कि मृत्यु के बाद जीवन है या यह कि हम कई जीवन जीते हैं।'

'हाँ, मैं जानती हूँ।'

'मैं यह नहीं कह रहा कि सभी माध्यम झूठे हैं। कुछ वाकई निष्ठावान रहे हैं। वे वास्तव में माध्यम रहे हैं, किन्तु वे अपने ही अचेतन के माध्यम रहे हैं। माध्यमों के कई ऐसे उदाहरणों का अध्ययन उस अवस्था में किया गया जब वे तन्द्रा में थे, और उनसे ऐसा ज्ञान और योग्यताएँ उजागर हुई हैं जिनके बारे में न तो उन्हें और न दूसरों को ही जानकारी है कि उन्हें कैसे प्राप्त हुई। एक केस में एक महिला, जो हिब्रू भाषा नहीं जानती थी, इस भाषा में सन्देश पहुँचा रही थी। इसलिए या तो वह पहले भी जीवित रही थी, या वह मृत आत्मा के सम्पर्क में थी।'

'आपके विचार में कौन सी बात होगी?'

'पता यह लगा कि जब वह छोटी थी तो उसकी एक यहूदी दादी थी।'

'आह!'

'क्या इससे तुम्हें निराशा हुई? यह केवल यही दिखलाता है कि कुछ लोगों के अपने अचेतन में अनुभवों को सँजोए रखने की कैसी अविश्वसनीय क्षमता होती है।'

'अब मैं समझी आपका अभिप्राय क्या था।'

'दैनिक जीवन में होनेवाली अनेक विचित्र घटनाओं का फ्रायड के अचेतन के सिद्धान्त द्वारा स्पष्टीकरण किया जा सकता है। ऐसा हो सकता है कि मैं एक ऐसे मित्र का फोन नम्बर ढूँढ़ रहा हूँ जिससे मेरी वर्षों से बात नहीं हुई और अचानक उसका फोन आ जाता है।'

'इससे मुझे गूज बम्प्स हो रहे हैं (मेरे रोंगटे खड़े हो रहे हैं)।'

'किन्तु स्पष्टीकरण यह है कि आज हम दोनों ने रेडियो पर वही पुराना गाना सुना, जो हमने पिछली बार इकट्ठे सुना था। बिन्दु यह है कि हम अन्तर्निहित सम्बन्ध से अवगत नहीं हैं।'

'तो यह या तो बकवास है, या जीतनेवाले अंक का प्रभाव है, या अन्यथा यह अचेतन है, ठीक?'

'ठीक, किन्तु हर सूरत में, ऐसी पुस्तकों को अच्छे-खासे संशय के साथ ही लेना चाहिए। और यदि कोई दार्शनिक है तो और भी अधिक संशय से। संशयवादियों के लिए इंग्लैंड में एक एसोसिएशन है। कई वर्ष पहले उन्होंने ऐसे व्यक्ति को इनाम देने की घोषणा की जो किसी भी अलौकिक घटना अथवा स्थिति का छोटा-सा भी प्रमाण दे सकेगा। उन्हें किसी बड़े आश्चर्य होने की जरूरत नहीं थी। टेलीपैथी का छोटा-सा उदाहरण भी काफी था। अब तक कोई सामने नहीं आया है।'

'हुम्म...'

'दूसरी ओर इतनी सारी ऐसी चीजें हैं जिन्हें हम मानव नहीं समझ पाते। हो सकता है, हम प्रकृति के नियम भी न जानते हों। पिछली शताब्दी के दौरान ऐसे बहुत से लोग थे जो चुम्बकत्व और बिजली जैसे सत्य को किसी प्रकार का जादू मानते थे। मैं शर्तिया कह सकता हूँ कि यदि मैं अपनी परदादी माँ से कम्प्यूटरों या टी.वी. की बात कहता तो वे आश्चर्य से अपनी आँखें फाड़तीं।'

'तो आप किसी अलौकिक चीज में विश्वास नहीं रखते।'

'हम इसकी चर्चा पहले ही कर चुके हैं। यहाँ तक कि 'अलौकिक' शब्द भी बस अजीब है। नहीं, मैं सोचता हूँ कि मेरा मानना है कि प्रकृति केवल एक है। किन्तु वह दूसरी ओर, पूरी तरह अचरज भरी है।'

'किन्तु वे किस प्रकार की रहस्यमय चीजें हैं जो अभी आपकी दिखाई पुस्तकों में भरी हैं?'

'सभी सच्चे दार्शनिकों को अपनी आँखें खुली रखनी चाहिए। भले ही हमने सफेद कौवा न देखा हो, हमें इसे खोजना कभी बन्द नहीं करना चाहिए। और एक दिन, मेरे जैसे संशयवादी को भी ऐसी सत्ता स्वीकार करने के लिए बाध्य होना पड़ सकता है, जिसमें मेरा पहले विश्वास न रहा हो। यदि मैं इस सम्भावना को खुली नहीं रखता हूँ तो मैं हठी कहलाऊँगा, और सच्चा दार्शनिक नहीं हूँगा।'

ऐल्बर्टो और सोफी बेंच पर बिना कुछ बोले, देर तक बैठे रहे। कबूतर अपनी गरदनें उठाते और गुटरगूँ करते, कभी-कभी किसी बाइसिकिल या अचानक हलचल से वे उचक जाते।

'मुझे घर जाना है और पार्टी की तैयारी करनी है,' आखिर में सोफी ने कहा।

'इसके पहले कि हम अलग हों, मैं तुम्हें एक सफेद कौवा दिखलाऊँगा। देखो, जितना हम सोचते हैं यह उससे कहीं करीब है।'

ऐल्बर्टो उठा और उसे वापस बुकस्टोर ले गया। इस बार वे उन पुस्तकों के पास से गुजर रहे थे जो अलौकिक सत्ता के बारे में थीं, और स्टोर के पीछे एक हलकी शेल्फ के पास रुके। शेल्फ के ऊपर एक कार्ड लटका हुआ था, इस पर लिखा था—दर्शनशास्त्र।

ऐल्बर्टो ने एक पुस्तक विशेष की ओर संकेत किया, और जैसे ही सोफी ने इसका शीर्षक पढ़ा, उसकी साँस रुकी रह गई : **Sophie's World** (सोफी का संसार)।

'क्या तुम चाहोगी मैं इसे तुम्हारे लिए खरीदूँ?'

'मुझे नहीं मालूम कि मैं हिम्मत कर सकती हूँ।'

किन्तु थोड़ी देर बाद, वह एक हाथ में वह पुस्तक लिये और दूसरे हाथ में गार्डन पार्टी के लिए एक बैग में कुछ सामान लिये घर के रास्ते पर थी।

द गार्डन पार्टी

एक सफेद कौवा...

हिल्डे बेड पर बैठी हुई थी, भौचक्की सी। भारी रिंग बाइंडर को पकड़े हुए, उसकी बाँहें और उसके हाथ काँप रहे थे।

लगभग ग्यारह बज रहे थे। वह दो घंटे से कुछ अधिक समय से पढ़ रही थी। बीच-बीच में उसने अपनी नजर टेक्स्ट से उठाई और खूब जोर से हँसी थी, किन्तु उसने करवट भी बदली और हाँफती रही थी। अच्छी बात यह थी कि वह घर में अकेली थी।

ओह, इन पिछले दो घंटे वह किन-किन चीजों से होकर गुजरी थी! इसकी शुरुआत हुई थी सोफी के जंगल वाले केबिन से निकलकर मेजर का ध्यान आकृष्ट करने के प्रयास से। अन्त में वह एक पेड़ पर चढ़ गई थी और मॉर्टेन गूज (फाख्ता) ने उसे बचाया था, लेबनान से यह गूज संरक्षक देवदूत सरीखे आई थी।

हालाँकि यह पहले, बहुत पहले की बात है, पर हिल्डे कभी नहीं भूली कैसे उसके पिता ने उसे **द वंडरफुल ऐडवेंचर्स ऑफ निल्स** पढ़कर सुनाए थे। उसके कई वर्ष बाद, पुत्री और पिता, दोनों की एक गुप्त भाषा बन गई थी जो उस पुस्तक से जुड़ी थी। अब वह फिर पुरानी गूज (फाख्ता) को बाहर खींच लाया था।

फिर सोफी ने कैफे में अकेले ग्राहक के रूप में अनुभव किया। ऐल्बर्टो ने सार्त्र और अस्तित्ववाद के बारे में जो कुछ कहा था उससे हिल्डे विशेष रूप से आकर्षित और प्रभावित हुई थी। इस बार वह उसे लगभग पूरी तरह परिवर्तित कर सका—हालाँकि उसने यही काम रिंग बाइंडर में पहले भी कई बार किया था।

एक बार, लगभग एक साल पहले, हिल्डे ज्योतिष पर एक पुस्तक खरीद लाई थी। एक अन्य समय वह टैरोकार्ड्स का एक सेट ले आई थी। और अगली दफा अध्यात्मवाद पर एक पुस्तक थी। हर बार उसके पिता ने 'अन्धविश्वास' और उसकी 'विवेचनात्मक क्षमता' (critical faculty) पर लेक्चर दिया था, किन्तु अन्तिम चोट मारने के लिए उसने अब तक प्रतीक्षा की थी। उसका प्रति-आक्रमण अचूक रूप से सही था। साफ था, कि वह अपनी बेटी को उस तरह की चीजों के विरुद्ध चेतावनी दिए बिना बड़ी नहीं होने देना चाहता था। पूरी तरह सुनिश्चित होने के लिए, उसने एक रेडियो स्टोर में टी.वी. स्क्रीन से वेव किया था। वह स्वयं को इस सारी तवालत से बचा सकता था...

उसके मन में सबसे अधिक जिज्ञासा थी सोफी को लेकर। सोफी, तुम कौन हो? तुम कहाँ से आई हो? तुम मेरे जीवन में क्यों आई हो?

आखिर में सोफी को अपने ही बारे में एक किताब दे दी गई थी। क्या यह वही किताब थी जो अब हिल्डे के हाथ में थी? यह तो केवल एक रिंग बाइंडर था। किन्तु फिर भी, एक व्यक्ति अपने पर एक किताब में अपने आपको (एक किताब में) कैसे पा सकता था? यदि सोफी ने उस किताब को पढ़ना शुरू कर दिया, तो फिर क्या होगा?

अब क्या होनेवाला है? अब क्या **हो सकता था**? उसके रिंग बाइंडर में थोड़े से ही पन्ने शेष रह गए थे।

टाउन से घर आते समय सोफी को अपनी माँ बस में ही मिल गई। अरे, नहीं। उसकी माँ उसके हाथ में वह किताब देखकर क्या कहेगी?

सोफी ने इसे बैग में उन सारे गुब्बारों और स्ट्रामर्स के साथ रखना चाहा जो वह पार्टी के लिए लाई थी, किन्तु वह रख न पाई।

'हाई, सोफी! हमने एक ही बस पकड़ी। कितना अच्छा रहा।'

'हाई, मॉम!'

तुमने एक किताब खरीदी?'

'नहीं, ऐसा नहीं है, बिलकुल...'

'सोफी का संसार...अरे वाह, कितना अजीब!'

सोफी समझ गई कि अब माँ से झूठ बोलने का कोई चांस नहीं रह गया।

'यह मुझे ऐल्बर्टो से मिली।'

'हाँ, मुझे भरोसा है तुम्हें उसी से मिली। जैसा मैंने कहा, मैं इस आदमी से मिलने को उत्सुक हूँ। क्या मैं मिल सकती हूँ?'

'क्या आप तब तक प्रतीक्षा करेंगी जब तक हम घर पहुँचें, कम-से-कम? यह मेरी किताब है, मॉम।'

'बिलकुल, यह तुम्हारी किताब है। मैं बस जरा पहला पन्ना देखना चाहती हूँ, ओके?...' सोफी एमंडसन स्कूल से अपने घर जा रही थी। शुरू में जोआना उसके साथ थी। वे रोबोट्स पर चर्चा कर रही थीं...'

'क्या किताब में यही लिखा है?'

'हाँ, सोफी, यही लिखा है। यह किसी ऐल्बर्ट नैग ने लिखी है। यह कोई नया लेखक होना चाहिए। बाइ द वे, तुम्हारे ऐल्बर्टो का क्या नाम है?'

'नॉक्स।'

'ऐसा हो सकता है कि इस असाधारण आदमी ने पूरी किताब तुम्हारे बारे में लिखी है, सोफी। इसे उपनाम का प्रयोग करना कहते हैं।'

'यह वह नहीं है, मॉम! आप यह सब छोड़ क्यों नहीं देतीं? आपकी समझ में तो कुछ आता नहीं है?'

'नहीं, मैं नहीं समझती कि मेरी समझ में कुछ आता है। गार्डन पार्टी कल है, तो सब चीजें बाद में फिर ठीक हो जाएँगी।'

'ऐल्बर्ट नैग एक बिलकुल अलग वातावरण में रहता है। इसीलिए यह किताब एक सफेद कौवा है।'

'माँ, तुम्हें यह सब बन्द कर देना चाहिए। क्या यह एक सफेद खरगोश नहीं था?'

'तुम चुप करो।'

क्लोवर चेज के अन्त में अपने स्टॉप पर उतरने से पहले, वे बस यहाँ तक ही पहुँचीं। वे सीधे एक आन्दोलन-प्रदर्शन में उतरीं।

'हे भगवान,' हैलेन एमंडसन ने क्रोधित होते हुए कहा, 'मैं वाकई यह सोचती थी कि हमारा पड़ोस गली की पॉलिटिक्स से बचा रहेगा।'

दस या बारह से ज्यादा आदमी नहीं रहे होंगे। उनके झंडों पर लिखा था :

द मेजर इज एट हैंड
यस टू यम्मी मिडसमर ईट्स
मोर पॉवर टू द यूएन

(मेजर यही है। हाँ है स्वादिष्ट मिडसमर खाने के लिए यू.एन. के लिए और शक्ति!)

सोफी को माँ के लिए अफसोस हुआ।

'छोड़ो, कोई बात नहीं,' उसने कहा।

'किन्तु यह बड़ा अजीब प्रदर्शन था, सोफी। बेहूदा, वाकई।'

'यह एक कहानी-किस्सा था।'

'दुनिया हर समय जल्दी, और जल्दी बदलती जाती है। वास्तव में, मुझे तो बिलकुल आश्चर्य नहीं हुआ।'

'तुम्हें तो इस बात पर आश्चर्य होना चाहिए कि तुम्हें कोई आश्चर्य नहीं हुआ कम-से-कम।'

'बिलकुल नहीं। ये लोग हिंसक नहीं थे, थे क्या? मैं बस यही आशा करती हूँ कि उन्होंने हमारी गुलाब की क्यारियों को नहीं कुचला हो, निश्चय ही, बाग में प्रदर्शन करना तो जरूरी नहीं है। आओ, जल्दी से घर चलकर देखते हैं।'

'यह एक दार्शनिक प्रदर्शन था, मॉम। सच्चे दार्शनिक गुलाब की क्यारियों को नहीं कुचलते।'

'सोफी, मैं तुम्हें बतलाऊँगी कि क्या है? मैं नहीं सोचती कि अब मैं सच्चे (नैचुरल) दार्शनिकों में विश्वास रखती हूँ। आजकल सब कुछ कृत्रिम (सिन्थेटिक) है।'

उन्होंने तीसरा पहर और शाम पार्टी की तैयारी में लगाई। यह काम अगले सबेरे भी चलता रहा, वे मेज लगाती और सजाती रहीं। काम में हाथ बँटाने के लिए जोआना भी चली आई थी।

'ओह, बड़ी मुसीबत है,' उसने कहा, 'मॉम और डैड भी आ रहे हैं। यह तुम्हारी गलती है, सोफी।' मेहमानों के आने के समय से आधा घंटे पहले सब चीजें तैयार थीं। पेड़ों को झंडियों और जापानी लालटेनों से सजाया गया था। गार्डन के गेट पर, रास्ते के दोनों ओर पेड़ों पर, और मकान के सामने गुब्बारे लटकाए गए थे। सोफी और जोआना ने तीसरे पहर का अधिकांश समय उन्हें फुलाने में लगाया था।

मेज पर चिकन, सलाद और घर की बनी कई प्रकार की ब्रेड सेट की गई थीं। रसोई में किशमिश भरे बन और कई परतोंवाले केक थे। डेनिश पेस्ट्री और चॉकलेट केक थे। किन्तु शुरू से ही मेज के मध्य सम्मान की जगह जन्मदिन के केक के लिए आरक्षित कर दी गई थी—जन्मदिन केक एक पिरामिड था जिसमें बादाम की लुगदी के छल्ले अलग ही छटा बिखेर रहे थे। केक की टॉप पर कन्फर्मेशन ड्रेस में एक नन्हीं-सी लड़की की आकृति थी। सोफी की माँ ने उसे भरोसा दिलाया था कि आकृति अनकन्फर्मूड पन्द्रह साल की लड़की की भी हो सकती

है, किन्तु वह यह बात पक्की तरह जानती थी कि उसकी माँ ने उसे वहाँ केवल इसलिए रख दिया था कि सोफी ने बताया था कि वह इस बारे में अनिश्चित थी कि वह कन्फर्म होना चाहती थी। लगता था उसकी माँ सोचती थी कि केक अपने आपमें कन्फर्मेशन था।

'हमने खर्चे में कोई कमी नहीं छोड़ी है,' पार्टी शुरू होने से पहले आधे घंटे के समय में माँ ने यह बात कई बार दोहराई थी।

मेहमान आने लगे। सबसे पहले सोफी की अपनी क्लास की तीन लड़कियाँ आईं; वे समर शर्ट्स और हलके कार्डीगन पहने थीं, स्कर्ट्स लम्बे थे, और आँखों का मेक- अप सबसे कम किया गया लगता था। थोड़ी देर बाद जैरेमी और डेविड दरवाजे में से टहलते हुए अन्दर दाखिल हुए, शर्मीलेपन और लड़कों जैसे अल्हड़पन का मिश्रण।

'हैप्पी बर्थ डे।'

'अब तुम वयस्क भी हो गए हो।'

सोफी ने देखा कि जोआना और जैरेमी बड़ी समझदारी से, सबकी आँखें बचाते हुए, पहले से ही एक-दूसरे को देखना शुरू कर चुके थे। हवा में कुछ था। यह मिडसमर ईव थी।

हर कोई जन्मदिन का उपहार लाया था, और चूँकि यह दार्शनिक गार्डन पार्टी थी, कइयों ने यह जानने की कोशिश की थी कि दर्शनशास्त्र क्या होता है। हालाँकि सब यह तो पता नहीं लगा पाए थे कि दार्शनिक उपहार क्या होते हैं, अधिकांश ने अपने कार्ड्स पर कुछ दार्शनिक कथन लिखे थे। सोफी को एक दार्शनिक शब्दकोश मिला, और एक डायरी जिसमें ताला लग जाता था, इसके कवर पर लिखा था : माई पर्सनल फिलॉसॉफिकल थॉट्स। जैसे ही मेहमान आए उन्हें लम्बे वाइन ग्लासेज में सेब का रस दिया गया। सर्विंग का यह काम सोफी की माँ कर रही थी।

'वेलकम...और यंगमैन का नाम क्या है? मैं नहीं मानती कि हम पहले कभी मिले हैं...मुझे खुशी है आप आए। सेसिल...'

जब सब युवा मेहमान पहुँच चुके और वे बाग में अपने वाइन ग्लासेज लिये टहल रहे थे, तभी जोआना के माता-पिता अपनी सफेद मर्सिडीज कार में गार्डन गेट पर पहुँचे। वित्तीय सलाहकार एक महँगा सिला भूरा बुर्राक सूट पहने हुए था। उसकी पत्नी गहरे लाल सीविलियन वाली लाल पैंट्स पहने हुए थी। सोफी को पक्का लगता था कि उसने बच्चों के खिलौने स्टोर से एक बार्बी डॉल उस सूट में खरीदी होगी, और फिर टेलर से अपने साइज की बनवाई होगी। एक और भी सम्भावना थी। वित्त सलाहकार एक गुड़िया खरीद लाया होगा और फिर उसे एक जादूगर को यह कहते हुए दे दी कि इसे एक जिन्दा औरत बना दो। किन्तु यह सम्भावना कम थी, इसलिए सोफी ने इसे खारिज कर दिया।

वे मर्सिडीज से बाहर निकले और गार्डन में पहुँचे जहाँ युवा मेहमानों ने उन्हें आश्चर्य से देखा। वित्तीय सलाहकार ने इंगरब्रिग्ट्सेन परिवार की ओर से एक लम्बा, कम चौड़ा उपहार पैकेज भेंट किया। किन्तु सोफी बड़ी कठिनाई से अपनी सौम्यता बनाए रख पाई जब यह पता लगा कि यह एक बार्बी डॉल है। किन्तु जोआना ने ऐसा कोई प्रयास नहीं किया।

'तुम पागल हो गए हो क्या? सोफी गुड़ियों से नहीं खेलती।'

श्रीमती इंगरब्रिग्स्टेन जल्दी-जल्दी चलती हुई पहुँचीं, उसके सारे सीक्विन्स बज रहे थे। 'किन्तु यह केवल सजावट के लिए है, आप समझ ही गए होंगे।'

'कोई बात नहीं। आपका बहुत-बहुत धन्यवाद!' सोफी ने वातावरण को मृदुल बनाते हुए कहा। 'अब मैं एक संग्रह बनाना शुरू कर सकती हूँ।'

लोग धीरे-धीरे मेज की ओर खिसकने शुरू हो गए।

'अब हम केवल ऐल्बर्टो की प्रतीक्षा कर रहे हैं,' सोफी की माँ ने कुछ तेज अन्दाज में उससे कहा जो अन्दर उमड़ रहे भय को छिपाने के लिए बन गया था। एक विशेष, सम्माननीय मेहमान के आने की अफवाह दूसरे मेहमानों में पहले ही फैल चुकी थी।

'उसने आने का वादा किया है, इसलिए वह आएगा!'

'किन्तु उसके आने से पहले हम मेहमानों को बैठने के लिए तो नहीं कह सकते, कह सहते हैं क्या?'

'अवश्य ही हम कह सकते हैं। आइए, आगे बढ़ें।'

हैलेन एमंडसन ने लोगों को मेज के पास बिठाना शुरू कर दिया। उसने यह सुनिश्चित किया कि खाली कुर्सी उसके और सोफी के बीच रहेगी। उसने दो शब्द बढ़िया मौसम के लिए और यह तथ्य बतलाने के लिए कहे कि सोफी अब बड़ी हो गई है।

वे टेबल पर आधा घंटे के लगभग बैठे रहे होंगे जब अधेड़ उम्र का काली गोटी दाढ़ी वाला आदमी, एक कैप लगाए क्लोवर चेज की ओर चलता आया और गार्डन गेट से होता हुआ अन्दर दाखिल हुआ। वह पन्द्रह लाल गुलाबों का एक गुलदस्ता लिये हुए था।

'ऐल्बर्टो।'

सोफी टेबल से उठी और उसके स्वागत में दौड़ गई। उसने अपनी बाँहें उसकी गरदन के चारों ओर बिछा दीं और बुके उससे ले लिया। उसने स्वागत के प्रत्युत्तर में अपनी जैकेट की जेबें देखीं और थोड़े से चीनी पटाखे निकालकर जलाए और उन्हें खुले स्थान में फेंक दिया। जैसे ही वह मेज के पास पहुँचा उसने एक अनार जलाया और इसे बादाम के पिरामिड के ऊपर जमा दिया। फिर वह आगे बढ़ा और सोफी तथा उसकी माँ के बीच खाली स्थान पर जाकर खड़ा हो गया।

'यहाँ आकर मुझे बड़ी खुशी हुई,' उसने कहा।

मेहमान आश्चर्य से अवाक् रह गए। श्रीमती इंगरब्रिग्स्टेन ने अपने पति को गर्वपूर्ण निगाहों से देखा। सोफी की माँ ने बड़ी राहत महसूस की आखिर यह आदमी आ ही गया, और वह अब उसे हर चीज के लिए क्षमा कर सकती थी। सोफी को अपनी हँसी दबाना भारी पड़ रहा था।

हैलेन एमंडसन ने अपने ग्लास पर उँगली से आवाज की और कहा :

'आइए, हम ऐल्बर्टो नॉक्स का भी दार्शनिक गार्डन पार्टी में स्वागत करें। वह मेरा नया बॉयफ्रेंड नहीं है, यद्यपि मेरे पति प्रायः समुद्री यात्रा पर घर से दूर ही रहते हैं, फिर भी फिलहाल मेरा कोई बॉयफ्रेंड नहीं है। किन्तु ये विलक्षण सज्जन सोफी के दर्शनशास्त्र के नए अध्यापक हैं। इनकी वास्तविक शक्ति और प्रभाव इन फुलझड़ियों को छोड़ने के बहुत परे जाते हैं। यह व्यक्ति, उदाहरण के लिए, जादुई टोपी से एक सफेद खरगोश निकाल सकता है या यह एक कौवा था, सोफी?'

'अनेक धन्यवाद!' ऐल्बर्टो ने कहा। वह बैठ गया।

'चीयर्स,' सोफी ने कहा, और मेहमानों ने अपने ग्लास ऊपर उठाए और उसके स्वास्थ्य के लिए पिया। वे काफी देर तक चिकन और सलाद पर लगे रहे। अचानक जोआना उठी, पक्के इरादे से चलती हुई जैरेमी तक पहुँची और उसके ओठों पर जोर का चुम्बन जड़ दिया। प्रत्युत्तर में उसने पीछे की ओर उलटने का प्रयास किया ताकि उस पर उसकी पकड़ बेहतर बन जाए और चुम्बन लौटाया।

'ठीक है, मैंने कभी भी...' श्रीमती इंगरब्रिग्स्टेन ने जोर देते हुए कहा।

'टेबल पर नहीं, बच्चों' श्रीमती एमंडसन ने केवल इतनी टिप्पणी की।

'क्यों नहीं?' एल्बर्टो ने उनकी ओर मुड़ते हुए कहा।

'वह एक बड़ा अजीब सवाल था।'

'एक सच्चे दार्शनिक के लिए प्रश्न पूछना कभी गलत नहीं होता।'

थोड़े से और लड़कों ने, जिन्हें चूमा गया था, चिकन की हड्डियाँ छत पर फेंकना शुरू कर दिया। इस पर भी सोफी की माँ ने हलकी सी टिप्पणी की :

'कृपया आप यह न करें। जब चिकन की हड्डियाँ नाले में गिर जाती हैं तो बड़ी परेशानी होती है।'

'सॉरी,' एक लड़का बोला, इस पर दूसरे लड़के बजाय छत के, गार्डन की बाड़ के उस पार हड्डियाँ फेंकने लगे।'

'मैं सोचती हूँ अब प्लेटें हटाकर, केक सर्व कर देना चाहिए,' श्रीमती एमंडसन ने आखिरकार कहा।

'सोफी और जोआना, मेरी मदद करोगी, बेटी?'

रसोई की ओर जाते हुए थोड़ा सा समय था एक संक्षिप्त चर्चा के लिए। 'तुम्हें उसका चुम्बन लेने का मन कैसे बना?' सोफी ने पूछा।

'मैं बैठी हुई, उसके मुँह की ओर बार-बार देखे बिना नहीं रह सकी। वह कितना प्यारा है!'

'स्वाद में कैसा था?'

'बिलकुल वैसा तो नहीं था जैसा मैंने सोचा था, किन्तु...'

'यह पहली बार हुआ था न, तो?'

'किन्तु आखिरी बार नहीं!'

शीघ्र ही केक और कॉफी टेबल पर लगा दिए गए थे। जब सोफी की माँ अपने कॉफी कप पर उँगलियाँ बजा रही थीं, ऐल्बर्टो ने बच्चों को कुछ फुलझड़ियाँ, पटाखे देना शुरू कर दिया था।

'मैं कोई लम्बा भाषण देने नहीं जा रही,' उसने शुरू किया, 'किन्तु मेरी यही एक बेटी है, जो एक सप्ताह और एक दिन पहले पन्द्रह साल की हो गई है। आपने देखा ही है, खर्चे में हमने कोई कमी नहीं की है। बर्थ डे केक पर बादाम के चौबीस छल्ले हैं, इसलिए आप सभी के लिए कम-से-कम एक छल्ला है। जो पहले शुरू कर देंगे वे दो छल्ले ले सकते हैं, क्योंकि हम ऊपर टॉप से शुरू करते हैं और जैसे ही नीचे की ओर बढ़ते हैं छल्ले बड़े, और ज्यादा बड़े होते जाते हैं। और जीवन भी ऐसे ही बना हुआ है। जब सोफी छोटी लड़की थी तो बहुत छोटे छल्लों में कूदती फिरती थी। किन्तु जैसे-जैसे वर्ष बीतते गए, छल्ले बड़े होते गए। और अब वे ओल्ड टाउन के ऊपर तक और वापस पहुँचते हैं। और इससे भी ज्यादा ऐसा पिता होने के कारण, जो इतने सारे समय समुद्र पर ही व्यस्त रहता है, वह दुनिया के सारे हिस्सों में फोन से सम्पर्क बनाए रहती है। सोफी, हम तुम्हें तुम्हारे पन्द्रहवें जन्मदिन पर बधाई देते हैं।'

'मजा आ गया,' श्रीमती इंगरब्रिग्स्टेन ने कहा।

सोफी यह नहीं जान पाई कि वह उसकी माँ, भाषण, जन्मदिन केक या स्वयं सोफी की ओर इशारा कर रही थी।

मेहमानों ने ताली बजाकर प्रशंसा की और एक लड़के ने पटाखा उछालकर नाशपाती के पेड़ में फेंक दिया। जोआना मेज से उठी और जैरेमी को धकेलकर कुर्सी से गिरा दिया। वे घास

में लेट गए और एक-दूसरे को फिर चूमने लगे। कुछ देर बाद वे लुढ़कते-पुढ़कते लाल करंट की झाड़ियों में खो गए।

'आजकल लड़की पहल करती है,' इंगरब्रिग्स्टेन ने कहा।

यह कहने के बाद वह उठा, और लाल करंट की झाड़ियों तक गया और वहाँ खड़ा होकर वहाँ के दृश्य को नजदीक से देखने लगा। बाकी मेहमान भी उसके पीछे-पीछे गए। केवल सोफी और ऐल्बर्टो ही मेज पर बैठे रहे। दूसरे मेहमानों ने अब जोआना और जैरेमी पर आधा वृत्त बनाया और खड़े हो गए।

'उन्हें रोका नहीं जा सकता,' श्रीमती इंगरब्रिग्स्टेन ने कहा। उनके स्वर में कुछ अभिमान भी था।

'नहीं, पीढ़ी के बाद पीढ़ी यही करती है,' उसके पति ने कहा।

उसने इधर-उधर देखा, उसे अपने ढंग से चुने शब्दों की प्रशंसा की आशा थी। किन्तु जब प्रत्युत्तर में केवल कुछ ही सहमति-सूचक सिर हिले, तो उसने कहा, 'इस मामले में हम सब विवश हैं!'

सोफी ने दूर ही से देखा कि जैरेमी जोआना की सफेद कमीज के, जो पहले ही घास के हरे निशानों से ढँकी हुई थी, बटन खोलने की कोशिश कर रहा था। वह टटोलती हुई उसकी बेल्ट खोलने में लगी थी।

'अरे, ठंड मत खा जाना,' श्रीमती इंगरब्रिग्स्टेन ने कहा।

सोफी ने हताशा के साथ ऐल्बर्टो की ओर देखा।

'जितना मैं सोच रहा था यह उसके मुकाबले जल्दी हो रहा है,' उसने कहा। 'हमें जितनी जल्दी हो सके यहाँ से चले जाना चाहिए। मुझे एक छोटी सी स्पीच देनी है।'

सोफी ने जोर से ताली बजाई।

'क्या आप सब लोग कृपया वापस यहाँ आएँगे और बैठ जाएँगे? ऐल्बर्टो एक स्पीच देने जा रहे हैं।' जोआना और जैरेमी को छोड़कर हर कोई धीरे-धीरे मेज पर अपने स्थान पर चला आया।

'क्या आप वाकई एक भाषण देने आ रहे हैं?' हैलेन एमंडसन ने कहा, 'कितना बढ़िया!'

'थैंक यू।'

'और आप टहलना पसन्द करते हैं, मुझे मालूम है। शरीर ठीक-ठाक बनाए रखना बहुत जरूरी है। और यह और भी अच्छा है कि एक कुत्ता आपके साथ-साथ चलता है। हरमीज़, यही नाम है न?'

ऐल्बर्टो खड़ा हुआ। 'प्रिय सोफी,' उसने शुरू किया। 'चूँकि यह एक दार्शनिक गार्डन पार्टी है, इसलिए मैं एक दार्शनिक भाषण करूँगा।'

इस पर जोरदार तालियों से उसकी प्रशंसा की गई।

'इन शोर-शराबा करनेवाले लोगों के बीच, तर्क की (दवा की) छोटी सी खुराक देना ठीक ही होगा। किन्तु जो भी हो, हमें सोफी को उसके पन्द्रहवें जन्मदिन पर बधाई देना नहीं भूलना चाहिए।'

उसने ये वाक्य पूरे भी नहीं किए होंगे कि वहाँ लोगों ने एक स्पोर्ट्स प्लेन के उस ओर आने की आवाज सुनी। यह बाग पर नीचे उड़ा। इसके पीछे पूँछ से हवा में लहराता बैनर था : 'हैप्पी फिफ्टीन्थ बर्थ डे।'

इससे प्रशंसा में तालियाँ फिर बजीं, इस बार पहले से भी ज्यादा जोर से।

'वहाँ, आप देख रहे हैं?' श्रीमती एमंडसन खुशी से चीख पड़ीं। 'यह आदमी पटाखे छोड़ने से ज्यादा, बहुत-कुछ कर सकता है।'

'थैंक यू। यह तो केवल कहानी-किस्सा था। पिछले कुछ सप्ताहों में सोफी ने और मैंने एक बड़ी दार्शनिक छानबीन की है। हम यहाँ अभी ही अपनी खोज आपके सामने रखेंगे। हम अपने अस्तित्व का सबसे अन्तरतम रहस्य आपके सामने उजागर करेंगे...'

यह सुनकर यह छोटी-सी भीड़ इतनी शान्त हो गई कि अब केवल चिड़ियों के चहचहाने की आवाज या लाल करंट झाड़ियों से कुछ धीमी आवाजें ही सुनाई दे रही थीं।

'कृपया आगे चलें,' सोफी बोली।

'गहन दार्शनिक अध्ययन के बाद—जो यूनानी दार्शनिकों से लेकर आज तक के विचारकों तक फैला है—हमने पाया कि हम अपना जीवन एक मेजर के मस्तिष्क में जी रहे हैं, जो इस समय लेबनान में एक यूएन पर्यवेक्षक की तरह काम कर रहा है। उसने लिलेसैंड में अपनी बेटी के लिए हमारे बारे में एक पुस्तक लिखी है। उसकी बेटी का नाम हिल्डे मोलर नैग है, और वह भी उसी दिन पन्द्रह साल की हुई है जिस दिन सोफी का पन्द्रहवाँ जन्मदिन था। हमारे बारे में जो पुस्तक लिखी गई थी, वह 15 जून को (उसके जन्मदिन पर) उसके बैड्ड की साइड टेबल पर हिल्डे ने सबेरे उठने पर देखी। और भी सही कहूँ, तो यह एक रिंग बाइंडर के रूप में थी। और जैसे ही हम यहाँ बोल रहे हैं, वह अपनी उँगली के नीचे रिंग बाइंडर में अन्तिम पृष्ठों को महसूस कर सकती है।'

एक प्रकार के भय का भाव टेबल के चारों ओर फैलना शुरू हो गया।

'हमारा अस्तित्व, इसलिए, हिल्डे मोलर नैग के लिए लगभग एक प्रकार के जन्मदिन विषयान्तर से अधिक और कुछ नहीं है। हम सभी का आविष्कार मेजर की बेटी की दार्शनिक शिक्षा की रूपरेखा के लिए ही किया गया है। उदाहरण के लिए, इसका अर्थ यह है कि बाहर दरवाजे पर खड़ी मर्सिडीज की कीमत एक सैंट भी नहीं है। यह सब एक खेल, एक कहानी-किस्सा है। इसकी कीमत उस सफेद मर्सिडीज से अधिक नहीं है जो बेचारे यूएन मेजर के सिर में बार-बार चक्कर लगा रही है; मेजर इस क्षण सूरज की गरमी से बचने के लिए खजूर के पेड़ की छाया में बैठा है। प्रिय दोस्तो, लेबनान में दिन के समय बहुत गरमी होती है।'

'कूड़ा-कर्कट,' वित्तीय सलाहकार चीख पड़ा। 'ये सम्पूर्ण शुद्ध बकवास है।'

'आपको अपनी राय बनाने की पूरी आजादी है,' ऐल्बर्टो बिना किसी परेशानी, या असमंजस के बोल रहा था। 'किन्तु सत्य यह है कि यह गार्डन पार्टी पूरी तरह शुद्ध बकवास है। सारी पार्टी में तर्क की खुराक सिर्फ मेरी यह स्पीच है।'

इस पर वित्तीय सलाहकार उठ खड़ा हुआ और कहने लगा : 'यहाँ हम हैं जो व्यापार को अच्छे से अच्छे ढंग से चलाने की कोशिश कर रहे हैं, और यह सुनिश्चित कर रहे हैं कि हर प्रकार के जोखिम के लिए बीमे की छतरी हो। और यह महाशय, सर्वज्ञाता सज्जन आते हैं, जो अपने इन सब 'दार्शनिक' दोषारोपणों से इसे नष्ट करने की कोशिश कर रहे हैं...'

'यह कोई प्राकृतिक आपदा नहीं है...'

'नहीं, यह एक अस्तित्वात्मक आपदा है। उदाहरण के लिए, आप बस करंट बुशेज के नीचे एक निगाह मार लें, और आप देख लेंगे, जान जाएँगे कि मेरा अभिप्राय क्या है। आप अपने सारे जीवन के ढहकर गिर जाने का तो बीमा नहीं कर सकते। और न ही आप इसका बीमा कर सकते हैं कि सूरज बुझ जाएगा।'

'क्या हमें यह सब बर्दाश्त करना है?' जोआना के पिता ने अपनी पत्नी की ओर देखते हुए कहा।

उसने अपना सिर हिलाया और इसी तरह सोफी की माँ ने भी अपना सिर हिलाया।

'कैसी शर्म की बात है,' उसने कहा, 'और यह भी तब हो रहा है जब हमने खर्चे में कोई कमी नहीं की।'

कम उम्रवाले मेहमानों ने ऐल्बर्टो की ओर देखना जारी रखा। 'हम और सुनना चाहते हैं,' एक चश्मा लगाए घुँघराले बालों वाले लड़के ने कहा।

'थैंक यू, पर कहने को कुछ अधिक या कुछ और विशेष है नहीं। जब आप यह अनुभव कर लें कि आप दूसरे आदमी की निद्रित चेतना में एक स्वप्नबिम्ब हैं, तब, मेरी राय में, सर्वाधिक समझदारी मौन रहने में है। किन्तु मैं इस आशंका के साथ अपनी बात समाप्त करूँगा कि आप लोग दर्शनशास्त्र में एक छोटा-सा कोर्स करें। यह महत्त्वपूर्ण है कि हम पुरानी पीढ़ी के जीवन-मूल्यों के प्रति आलोचनात्मक बने रहें। यदि मैंने सोफी को कोई चीज पढ़ाई है तो वह बिलकुल यही है कि वह आलोचनात्मक ढंग से सोचे। हेगल इसे नकारात्मक रूप से सोचना कहता था।'

वित्तीय सलाहकार अभी भी खड़ा था और मेज पर अपनी उँगलियाँ बजा रहा था।

'यह आन्दोलनकारी उन सब बढ़िया जीवन-मूल्यों को तोड़ने की कोशिश कर रहा है जो हमारे स्कूल, हमारे चर्च और स्वयं हमने नई पीढ़ी में भरने की चेष्टा की है। यही वे लोग हैं जिनके सामने भविष्य खुला पड़ा है और यह ही एक दिन विरासत में वह सब पाएँगे जो हमने बनाकर तैयार किया है। यदि इस आदमी को तुरन्त यहाँ से नहीं हटाया जाता, तो मैं अपने वकील को बुला लूँगा। उसे मालूम है कि ऐसी स्थिति से कैसे निबटना है।'

'देखिए, इससे कोई अन्तर नहीं पड़ता कि आप इस स्थिति से निबटते हैं या नहीं, क्योंकि आप छाया से अधिक और कुछ नहीं हैं। खैर जो भी हो, सोफी और मैं इस पार्टी से जाने ही वाले हैं, क्योंकि दर्शनशास्त्र का कोर्स हमारे लिए केवल शुद्ध वैचारिकी ही नहीं बना रहा है। इसका अपना एक व्यावहारिक पक्ष भी है। जब सही समय आ जाएगा, तो हम अपने गायब हो जाने का काम भी स्वयं करेंगे। यही वह तरीका है जिससे हम मेजर की चेतना से चुपके से बाहर आ जाने का रास्ता बनाएँगे।'

हैलेन एमंडसन ने अपनी बेटी की बाँह पकड़ ली।

'तुम मुझे छोड़कर नहीं जा रही, सोफी, जा रही हो क्या?'

सोफी ने अपनी मॉम को अपनी बाँहों में ले लिया। फिर उसने ऐल्बर्टो की ओर देखा।

'मॉम कितनी दुखी है...'

'नहीं, यह तो सिर्फ हास्यास्पद है। मत भूलो तुमने क्या सीखा है। इसी तरह की मूर्खताएँ हैं जिनसे हमें स्वयं को मुक्त करना है। तुम्हारी माँ बड़ी प्यारी और दयालु महिला हैं, बिलकुल लिटिल रैड राइडिंग हुड की भाँति, जो एक दिन मेरे दरवाजे पर आई थी, और अपनी टोकरी अपनी दादी माँ के लिए भोजन से भर रखी थी। तुम्हारी माँ उस प्लेन से ज्यादा दुखी नहीं है जो अभी यहाँ उड़ रहा था और जिसे अपनी कलाबाजियों के लिए ईंधन की चिन्ता थी।

'मैं सोचती हूँ कि मैं समझ रही हूँ आपका मतलब क्या है,' सोफी ने कहा और अपनी माँ की ओर अपनी पीठ मोड़ ली। 'यही कारण है मुझे वह करना है जो वह कहता है, मॉम। एक दिन तो मुझे आपको छोड़ना ही था।'

‘मुझे तुम्हारी बहुत याद आएगी,’ उसकी माँ बोली। ‘किन्तु यदि इसके ऊपर एक और आसमान है, तो भी तुम्हें उड़कर जाना होगा। मैं वादा करती हूँ कि मैं गोविन्दा का पूरा ध्यान रखूँगी। यह रोजाना क्या एक या दो पत्ते गोभी के खाता है?’

ऐल्बर्टो ने अपना हाथ उसके कन्धे पर रखा।

‘न तो तुम्हें और न ही किसी और को हमारी याद आएगी, इसका सीधा सा कारण यह है कि आपमें से किसी का भी अस्तित्व नहीं है। आप लोग छाया/परछाईं के अतिरिक्त कुछ नहीं हैं।’

‘यह तो सबसे घटिया अपमान है जो मैंने अपने जीवन में सुना है,’ श्रीमती इंगरब्रिग्स्टन फूट पड़ीं। उनके पति ने सहमति में अपना सिर हिलाया।

‘यदि और कुछ नहीं हो सकता, तो भी हम चरित्र-हनन के लिए उसे दोषी सिद्ध कर सकते हैं। मुझे पक्का भरोसा है कि यह साम्यवादी है। यह हमसे वे सारी चीजें छीनना चाहता है जिन्हें हम प्यारी समझते हैं। यह आदमी बदमाश है।’

यह कहने के बाद ऐल्बर्टो और वित्तीय सलाहकार दोनों बैठ गए। सलाहकार का चेहरा गुस्से से लाल हो रहा था। अब जोआना और जैरेमी भी आ गए और मेज पर बैठ गए। उनके कपड़े मिट्टी में सने और गुचल-मुचल से हो गए थे। जोआना के सुनहरी बालों में मिट्टी और कीचड़ की परतें बन गई थीं।

‘मॉम, मुझे बच्चा होनेवाला है,’ उसने घोषणा की।

‘ठीक है, किन्तु तुम्हें घर जाने तक तो प्रतीक्षा करनी होगी।’

उसे तुरन्त अपने पति से समर्थन मिला। ‘उसे थोड़ा स्वयं को सीमित करना पड़ेगा,’ उसने कहा, ‘और अगर उसे नाम आज ही देना है, तो उसे इसका प्रबन्ध स्वयं करना होगा।’

ऐल्बर्टो ने एक गम्भीर मुद्रा बनाते हुए सोफी की ओर देखा।

‘अब समय हो गया।’

‘क्या तुम जाने से पहले, हमारे लिए थोड़ी और कॉफी नहीं लाओगे?’ उसकी माँ ने कहा।

‘जरूर, मॉम! अभी लो, अभी लाई!’

सोफी ने मेज से थर्मस उठाया। उसे और कॉफी बनानी थी। जब वह कॉफी का ब्रियु तैयार होने की प्रतीक्षा कर रही थी, उसने चिड़ियों और गोल्डफिश को दाना-खाना डाला। वह बाथरूम में गई और गोभी का एक पत्ता गोविन्दा के आगे कर दिया। उसे बिल्ली कहीं दिखलाई नहीं दी, किन्तु उसने कैट-फूड की बड़ी कैन खोली और एक बाउल में इसे खाली कर दिया, और बाउल को पैड़ियों पर रख दिया। उसने महसूस किया उसकी आँखों में आँसू उमड़ रहे थे। जब वह कॉफी लेकर लौटी तो उसे गार्डन पार्टी एक युवा स्त्री के दार्शनिक उत्सव के बजाय बच्चों की पार्टी अधिक नजर आई। कई सोडे की बोतलें मेज पर टूटी पड़ी थीं, सारे टेबल-क्लॉथ पर चॉकलेट केक के धब्बे लगे हुए थे और किशमिशी बन की तश्तरी लॉन पर उलटी पड़ी थी। जैसे ही सोफी आई, लड़कों में से किसी ने एक पटाखा परतोंवाले केक के पास छुड़ा दिया, जिसके विस्फोट से केक टेबल पर सब ओर तथा मेहमानों को जा लगा। सबसे अधिक नुकसान श्रीमती इंगरब्रिग्स्टेन के लाल-पैंट्सवाले सूट को हुआ। सबसे विचित्र बात यह थी कि उसने और अन्य सभी ने इस सबको अत्यन्त धैर्य के साथ लिया। जोआना ने चॉकलेट केक का बहुत बड़ा हिस्सा लिया, और इसे जैरेमी के सारे मुँह पर पोत दिया और फिर चाट-चाटकर इसे हटाने लगी।

उसकी माँ और ऐल्बर्टो दूसरे लोगों से थोड़ा-सा हटकर ग्लाइडर में बैठे थे। उन्होंने सोफी को वेव किया।

'तो आखिरकार तुम्हारी अपनी गोपनीय बात हो ही गई,' सोफी ने कहा।

'और बेटी, तुम बिलकुल सही थीं,' उसकी माँ ने कहा, जो अब काफी उत्साहित नजर आती थी।

'ऐल्बर्टो अत्यन्त परोपकारी व्यक्ति है। मैं तुम्हें उसकी मजबूत बाँहों में सौंपती हूँ।'

सोफी उनके बीच में बैठ गई।

दो लड़के किसी तरह से छत पर चढ़ आए थे। एक लड़की अपने हेयर-पिन से सारे गुब्बारों में छेद करती फोड़ती घूम रही थी। तभी एक अनामन्त्रित मेहमान मोटर-साइकिल पर आया। वह बीयर का एक क्रेट और एक्वाविट की बोतलें कैरियर पर बाँधे हुए था। कुछ सहायता करनेवालों ने अन्दर बुलाकर उसका स्वागत किया।

इस पर वित्तीय सलाहकार मेज से उठा। उसने तालियाँ बजाईं और कहा : 'क्या आप एक गेम खेलना पसन्द करेंगे हैं?'

उसने आगे बढ़कर बीयर की एक बोतल हथिया ली, गटागट पी गया, और खाली बोतल लॉन के बीच में खड़ी कर दी। फिर वह मेज की तरफ बढ़ा और बर्थ डे केक के आखिरी पाँच छल्ले उठा लाया। उसने दूसरे मेहमानों को दिखाया कि छल्लों को ऐसे कैसे फेंका जाता है कि वे बोतल की गरदन पर गिरें।

'मृत्यु की हिचकियाँ और गड़गड़ाहट,' ऐल्बर्टो बोला। बेहतर होगा कि हम यहाँ से चल दें इसके पहले कि मेजर इस सबको खत्म कर दे और हिल्डे रिंग बाइंडर को बन्द कर दे।'

'यह सब तुम्हें अकेले साफ करना पड़ेगा, मॉम!'

'कोई बात नहीं, बच्ची। तुम्हारे लिए यह कोई जीवन नहीं था। यदि ऐल्बर्टो तुम्हें एक बढ़िया जीवन दे पाता है, तो मुझसे ज्यादा सुखी कोई और नहीं होगा। क्या तुमने मुझे यह नहीं बतलाया था कि उसके पास एक सफेद घोड़ा है?'

सोफी ने गार्डन पर सब ओर नजर दौड़ाई। इसे पहचानना मुश्किल था। बोतलें, चिकन बोन्स, बंस, और बैलून्स घास में कुचले-दबे पड़े थे।

'एक समय यह मेरा लिटिल गार्डन ऑफ ईडन था,' उसने कहा।

'और अब तुम्हें इससे बाहर निकाला जा रहा है,' ऐल्बर्टो ने कहा।

लड़कों में से एक सफेद मर्सिडीज में बैठा था। उसने तेजी से इंजन चलाया और कार गार्डन गेट से टकराती हुई, ग्रेवल पाथ से होती हुई, गार्डन में ही आ गई।

सोफी ने अपनी बाँह पर एक सख्त पकड़ महसूस की, उसे उसकी माँद में खींचकर ले जाया जा रहा था। फिर उसने ऐल्बर्टो की आवाज सुनी : 'अब,'

उसी क्षण सफेद मर्सिडीज सेब के पेड़ में जा टकराई। कच्चे फल झटककर गिर पड़े और गाड़ी की हुड पर बिखर गए।

'यह तो जरूरत से ज्यादा हो गया,' वित्तीय सलाहकार चिल्लाया। 'मैं अच्छा, खासा मुआवजा माँग रहा हूँ।'

उसकी पत्नी ने उसे पूरा समर्थन दिया।

'ये उस कलुए बदमाश की गलती है। कहाँ है वह?'

'वे सब पतली हवा में गायब हो गए,' हैलेन एमंडसन ने कहा, उसके स्वर में अभिमान का पुट था। वह उठकर सीधी खड़ी हो गई, चलकर लम्बी मेज तक गई और दार्शनिक गार्डन पार्टी होने के बाद की सारी सफाई करने में जुट गई।

'और कॉफी चाहिए किसी को?'

प्रति-बिन्दु

दो या अधिक लय एक साथ गुंजायमान होती हुई...

हिल्डे बेड में बैठ गई। यह सोफी और ऐल्बर्टो की कहानी का अन्त था। किन्तु वास्तव में हुआ क्या था?

उसके पिता ने वह अन्तिम अध्याय क्यों लिखा था? क्या वह सोफी की दुनिया पर अपनी ताकत दिखलाना था?

विचारों में गहरे खोए हुए, उसने शॉवर बाथ लिया और कपड़े पहन लिये। उसने जल्दी-जल्दी नाश्ता लिया और फिर थोड़ा बाग में इधर-उधर घूमी और ग्लाइडर में जाकर बैठ गई।

वह ऐल्बर्टो से इस बात में सहमत थी कि गार्डन पार्टी में यदि कोई समझदारी का काम हुआ था तो वह उसका भाषण था। निश्चिततः उसका पिता हिल्डे की दुनिया को इतनी अस्त-व्यस्त नहीं मानता था जितनी कि सोफी की गार्डन पार्टी थी या यह कि उसकी दुनिया भी अन्ततः तिरोहित हो जाएगी?

फिर इसके अलावा सोफी और ऐल्बर्टो का मामला था। गुप्त योजना का क्या हुआ?

क्या यह अब हिल्डे का काम था कि वह कहानी को आगे ले चलती? या वे चुपके से इससे बाहर निकल गए थे?

और इस समय वे कहाँ थे?

अचानक एक विचार उसके दिमाग में आया। यदि ऐल्बर्टो और सोफी वाकई चुपके से कहानी के बाहर चले गए, तो इसके बारे में रिंग बाइंडर में कुछ नहीं होगा। दुर्भाग्यवश हर चीज जो वहाँ थी वह उसके पिता के सामने बिलकुल स्पष्ट थी।

क्या पंक्तियों के बीच कोई गुप्त सन्देश था? इस बारे में मात्र सुझाव से कुछ अधिक था। हिल्डे ने महसूस किया कि उसे पूरी कहानी एक या दो बार फिर से पढ़नी पड़ेगी।

जैसे ही सफेद मर्सिडीज बाग में चलती आई, ऐल्बर्टो सोफी को खींचकर माँद में ले गया। फिर वे जंगल में उस दिशा में भागे जिधर मेजर का केबिन था।

'जल्दी करो,' ऐल्बर्टो चिल्लाया, 'इससे पहले कि वह हमें ढूँढ़ना शुरू करे, यह हो जाना चाहिए।'

'क्या अब हम मेजर की पहुँच के बाहर हैं?'

'हम बस सीमावर्ती स्थान में हैं।'

नाव चलाते हुए उन्होंने झील पार की और केबिन में दौड़कर पहुँचे। ऐल्बर्टो ने फर्श में गुप्त दरवाजे को खोला। उसने सोफी को नीचे तहखाने में धकेला। फिर सब ओर घुप अँधेरा छा गया।

इसके बाद जो दिन गुजरे उनमें हिल्डे अपनी योजना पर काम करती रही। उसने कोपेनहैगेन में ऐनी क्वाम्स्डाल को कई पत्र लिखे और कई बार उन्हें फोन भी किया। उसने अपने मित्रों और परिचितों की भी सहायता ली और स्कूल में अपनी क्लास के लगभग आधे साथियों की इसमें भर्ती कर ली।

बीच-बीच में वह 'सोफी का संसार' (**सोफीज वर्ल्ड**) भी पढ़ती रही। यह ऐसी कहानी नहीं थी जिसे एक बार पढ़ने से काम पूरा हो जाता। बार-बार उसके मन में नए विचार आ रहे थे कि गार्डन पार्टी से चले जाने के बाद सोफी और ऐल्बर्टो का क्या हुआ होगा?

23 जून, शनिवार को वह सबेरे नौ बजे के लगभग एक झटके से उठी। वह जानती थी कि उसके पिता पहले ही लेबनान में अपना कैम्प छोड़ चुके हैं। अब बस यह प्रतीक्षा करने का प्रश्न था। उसके दिन के अन्तिम भाग के लिए उसने छोटे से छोटे विवरण की योजना बना ली थी।

बाद में सबेरे उसने अपनी माँ के साथ मिडसमर ईव की तैयारियाँ करनी शुरू कर दीं। हिल्डे यह सोचे बिना नहीं रह पाई कि किस प्रकार सोफी और उसकी माँ ने **अपनी मिडसमर ईव पार्टी** की तैयारियाँ की थीं। किन्तु यह कोई ऐसी चीज थी जो वे **कर चुकी थीं**। यह समाप्त हो चुकी थी, खत्म। या खत्म हो गई थी क्या? क्या वे इस समय काम करते घूम रहे थे, हर जगह सजाते हुए?

सोफी और ऐल्बर्टो दो बड़ी बिल्डिंगों के सामने लॉन पर बैठे थे, जिनमें हवा के निकलने के लिए भद्दे रोशनदान थे और बाहर की ओर हवा-रोशनी के लिए लम्बी शाफ्ट्स थीं। बिल्डिंग्स में से एक से एक युवा जोड़ा चलता हुआ बाहर आया। वह (युवक) एक ब्राउन ब्रीफ केस लिये हुए था और वह (लड़की) अपने कन्धे पर लाल हैंड-बैग लटकाए हुए थी। पीछे पृष्ठभूमि में तंग सड़क पर एक कार चली जा रही थी।

'क्या हुआ?' सोफी ने पूछा।

'हम कामयाब हो गए, सोफी!'

'किन्तु हम हैं कहाँ?'

'यह ओस्लो है।'

'आप पक्की तरह जानते हैं।'

'बिलकुल पक्की तरह से। इनमें से एक बिल्डिंग चैतू नियूफ कहलाती है, जिसका अर्थ होता है 'नया महल'। इसमें लोग संगीत का अध्ययन करते हैं। दूसरी कांग्रीगेशन फैकल्टी है। यह धर्मशास्त्र का एक स्कूल है। पहाड़ी पर ऊपर वे विज्ञान का अध्ययन करते हैं, और चोटी पर साहित्य और दर्शनशास्त्र का अध्ययन किया जाता है।'

'क्या हम हिल्डे की पुस्तक के बाहर और मेजर के नियन्त्रण के परे हैं?'

'हाँ, दोनों। वह हमें यहाँ कभी नहीं पा सकेगा।'

'किन्तु हम उस समय कहाँ थे जब हम जंगल से होते हुए दौड़ रहे थे?'

जब मेजर वित्तीय सलाहकार की कार को सेब के पेड़ से टकरा रहा था तो हमने माँद में छिपने के अवसर को हाथ से नहीं जाने दिया। उस समय हम भ्रूणावस्था में थे। (उस समय) हम पुरानी दुनिया के भी थे और नई दुनिया के भी। किन्तु वहाँ छिपना ऐसी चीज थी, मेजर जिसका पूर्वानुमान नहीं कर सकता था।'

'क्यों नहीं?'

'वह हमें इतनी आसानी से कभी न जाने देता। अब जैसा चल रहा था, यह स्वप्नवत् होता रहा। निश्चय ही, यह सम्भावना सदैव बनी हुई थी, क्योंकि वह स्वयं इस काम में निमग्न था।'

'क्या मतलब है आपका?'

'यह वही था जिसने सफेद मर्सिडीज को स्टार्ट किया था। उसने शायद अपना पूरा, इतना जोर लगाया हो सकता है कि वह हमें भूल गया, हम उसकी निगाहों से ओझल हो गए। जो कुछ हो रहा था, उसे करके, उसे देखकर वह थककर चकनाचूर हो गया होगा, यह भी सम्भव है...'

वह युवा जोड़ा अब उनसे कुछ ही गज की दूरी पर होगा। सोफी को थोड़ा असमंजसकारी लगा कि वह लॉन पर ऐसे आदमी के साथ बैठी थी जो उससे बहुत अधिक उम्र का था। इसके अतिरिक्त उसे कोई ऐसा व्यक्ति चाहिए था जो ऐल्बर्टो की बातों को पुष्ट करता।

वह उठ खड़ी हुई और उन तक गई।

'क्षमा करें, क्या आप कृपया मुझे इस स्ट्रीट का नाम बतलाएँगे?'

किन्तु उन्होंने उसकी बात पर कतई कोई ध्यान नहीं दिया।

सोफी इससे इतनी उत्तेजित हुई कि उसने उनसे दोबारा पूछा।

'एक व्यक्ति को उत्तर देने का तो रिवाज है, है न?'

'जाहिर था कि नवयुवक अपने साथी को कोई चीज समझाने में पूरी तरह डूबा हुआ था :

'प्रति-बिन्दु ई रूपाकार दो आयामों में कार्यरत है, समतलीय, या सस्वरीय और खड़े या समन्वयकारी आयाम में। सदैव ही, दो या उससे अधिक स्वर एक साथ उच्चारित होते रहे होंगे...'

'विघ्न डालने के लिए क्षमा करें, किन्तु...'

'दो स्वर लहरियाँ इस ढंग से घुल-मिल जाती हैं कि वे यथासम्भव बढ़ती चली जाती हैं, इससे कोई मतलब नहीं कि वे एक-दूसरे के विरुद्ध कैसे उच्चारित हैं। किन्तु उनका समन्वयकारी होना जरूरी है। वास्तव में, यह स्वर के विरुद्ध स्वर होता है।'

कितने अशिष्ट। वे न तो बहरे थे और न अन्धे। सोफी ने तीसरी बार फिर प्रयास किया, इस बार उसने आगे आकर उनका रास्ता रोक लिया।

उसे बस यूँ ही एक तरफ कर दिया गया।

'हवा कुछ बढ़ती जा रही है,' स्त्री ने कहा।

सोफी जल्दी से वापस ऐल्बर्टो के पास पहुँची।

'ये मुझे सुन नहीं सकते,' उसने हताश होकर कहा—और जैसे ही वह यह कह रही थी कि उसे हिल्डे और सुनहरी क्रूसीफिक्सवाला सपना याद आया।

'यही तो कीमत है जो हमें चुकानी पड़ती है। हालाँकि हम चुपके से किताब के बाहर तो निकल आए, किन्तु हमारा स्तर वह तो नहीं हो सकता जो इसके लेखक का है। किन्तु

हम वास्तव में यहाँ हैं। अब यहाँ से आगे, हम उस उम्र से एक भी दिन आगे नहीं जाएँगे, जो उम्र हमारी दार्शनिक गार्डन पार्टी छोड़ने के वक्त थी।'

'क्या इसका यह अर्थ होता है कि हम अपने इर्दगिर्द के लोगों से कोई वास्तविक सम्पर्क नहीं बना सकेंगे।'

'एक सच्चा दार्शनिक कभी भी 'कभी नहीं' नहीं कहता। इस समय क्या बजा है?'

'आठ।'

'बिलकुल वही जब हमने कैप्टेन्स बैंड छोड़ा था।'

'यह वह दिन है जब हिल्डे का पिता लेबनान से वापस आता है।'

'इसीलिए हमें जल्दी करने की जरूरत है।'

'क्यों—आपका मतलब क्या है?'

'क्या तुम यह जानने के लिए उत्सुक नहीं हो कि जब मेजर जरकले में अपने घर आ जाता है तो तब क्या होता है?'

'स्वाभाविक रूप से, किन्तु...'

'अरे छोड़ो, अब!'

वे शहर की तरफ चलने लगे। कई लोग उनके बराबर से गुजरे, किन्तु वे ऐसे सीधे अपनी राह चलते चले गए मानो सोफी और एल्बर्टो अदृश्य हों।

सड़क के किनारे पूरी स्ट्रीट में कारें पार्क की हुई थीं। ऐल्बर्टो एक लाल कन्वर्टिबिल के पास रुका, जिसकी छत पीछे सिमटी हुई थी।

'इससे काम चल जाएगा,' उसने कहा। 'हम बस यह सुनिश्चित कर लें कि यह हमारी है।'

'मेरी तो बिलकुल समझ में नहीं आ रहा तुम्हारा मतलब क्या है?'

'चलो, मैं स्पष्ट किए देता हूँ। हम कोई ऐसी साधारण कार नहीं ले सकते जो इस शहर में किसी की है। तुम्हारा क्या खयाल है, यदि लोग बिना एक ड्राइवर के कार को चलता देखेंगे, तो क्या होगा? और खैर जो भी हो, हम तो सम्भवतः इसे स्टार्ट भी नहीं कर पाएँगे?'

'फिर कन्वर्टिबिल क्यों?'

'मैं सोचता हूँ—मैं इसे पहचान रहा हूँ, किसी फिल्म में देखी थी।'

'देखो, आई एम सॉरी! लेकिन मैं इन पहेली जैसी टिप्पणियों से ऊब गई हूँ।'

'यह एक काल्पनिक कार है, सोफी। यह बिलकुल हमारे जैसी है। लोग यहाँ केवल खाली जगह को देखते हैं। हमें अपने रास्ते पर और आगे बढ़ने से पहले बस केवल यह कन्फर्म करना है।'

वे कार के बराबर में खड़े हो गए और प्रतीक्षा करने लगे। कुछ देर बाद, एक लड़का साइड में चलने की जगह पर साइकिल चलाता हुआ आया। वह अचानक मुड़ा और लाल कार में से होता हुआ सड़क पर आ गया।

'वहाँ, तुम देख रही हो? यह हमारी है।'

ऐल्बर्टो ने पैसेंजर सीटवाला दरवाजा खोला।

'मेरी मेहमान बनो,' उसने कहा और सोफी कार में अन्दर आ गई।

वह ड्राइवर की सीट पर बैठा। चाभी इग्नीशन में पड़ी हुई थी। उसने इसे घुमाया और इंजन स्टार्ट हो गया।

वे शहर के बाहर, दक्षिण दिशा में लिसाकर के परे, सैंडबिका, ड्रामेन होते हुए आगे लिलेसैंड की ओर बढ़ चले। जैसे ही वे गाड़ी में चलते चले जा रहे थे, रास्ते में और मिडसमर बोनफायर्स देखने को मिलीं, खासतौर पर ड्रामेन पास हो जाने के बाद।

'यह मिडसमर है, सोफी! क्या यह सुन्दर, आश्चर्यजनक नहीं है?'

'और खुली कार में कितनी प्यारी, ठंडी, ताजा हवा लग रही है। क्या यह सही है कि कोई भी हमें नहीं देख सकता?'

'केवल हमारे जैसे लोग ही। हमें कुछ ऐसे आदमी मिल सकते हैं। अब समय क्या है?'

'साढ़े आठ बजे हैं!'

'हम कुछ थोड़े से शॉर्टकट्स लेंगे। हम ट्रेलर के पीछे तो नहीं रह सकते, यह निश्चित है।'

वे एक बड़े गेहूँ के खेत की ओर मुड़ लिये। सोफी ने पीछे मुड़कर देखा कि उन्होंने गेहूँ के पौधों की चौड़ी लाइन जमीन से चिपका दी है।

'कल, वे कहेंगे, रात को बड़ी अजीब हवा चली, जिसने यह सब किया है,' ऐल्बर्टो ने कहा।

मेजर ऐल्बर्ट नैग बस अभी कोपेनहैगेन के बाहर कास्ट्रप हवाई अड्डे पर उतरा ही था। यह 23 जून, शनिवार साढ़े चार बजे की बात होगी। पहले ही दिन बहुत लम्बा चला था। यात्रा के आखिरी पड़ाव से एक पड़ाव पहले का हिस्सा, रोम से लेकर यहाँ तक प्लेन द्वारा तय किया गया था।

अपनी यूएन यूनीफॉर्म पहने, जिसे पहनने में वह गर्व अनुभव करता था, वह पासपोर्ट नियन्त्रण से होता हुआ गुजरा। ऐल्बर्ट नैग न केवल स्वयं का और अपने देश का प्रतिनिधित्व करता था, अपितु वह एक अन्तर्राष्ट्रीय कानून व्यवस्था–एक सौ वर्ष पुरानी परम्परा जिसे अब सारे ग्रह ने अपना लिया था–का भी प्रतिनिधित्व करता था।

वह अपने साथ केवल एक फ्लाइट बैग लिये हुए था। उसने अपना शेष लगेज रोम में ही चेक करा लिया था। अब उसे बस अपना लाल पासपोर्ट दिखलाने की आवश्यकता थी।

'नथिंग टू डिक्लेयर'

मेजर ऐल्बर्ट नैग को हवाई अड्डे पर लगभग तीन घंटे प्रतीक्षा करनी पड़ी, और उसके बाद ही दूसरा हवाई जहाज क्रिश्चियन सैंड के लिए उड़ा। उसे अपने परिवार के लिए कुछ उपहार खरीदने के लिए पर्याप्त समय मिल जाएगा। उसने अपने जीवन का सबसे मूल्यवान उपहार हिल्डे को दो सप्ताह पहले भेज दिया था। उसकी पत्नी, मैरिट, ने इसे उसकी बेड साइड टेबल पर रख दिया था ताकि वह अपने जन्मदिन पर सबेरे जगते ही इसे पाए। उस देर रात जन्मदिन की बधाईवाले फोन के बाद से उसने हिल्डे से बात नहीं की थी।

ऐल्बर्ट ने दो-चार नॉर्वे के अखबार खरीद लिये, बाद में अपने लिए एक टेबल ढूँढ़ ली, और एक कप कॉफी का ऑर्डर दिया। उसने समाचार-पत्रों की मुश्किल से सुर्खियाँ देखी होंगी, कि उसने लाउडस्पीकर्स पर एक घोषणा सुनी : 'यह ऐल्बर्ट नैग के लिए पर्सनल कॉल है। ऐल्बर्ट नैग से प्रार्थना है कि वह एसएएस इन्फार्मेशन डेस्क पर सम्पर्क करें।'

अब क्या? एक बिजली सी उसकी रीढ़ की हड्डी के नीचे कौंध गई। उसे वापस लेबनान जाने के लिए तो कहीं ऑर्डर्स नहीं थे? क्या घर पर कुछ गड़बड़ है?

वह जल्दी-जल्दी चलता हुआ **एसएएस इन्फॉर्मेशन डेस्क** पहुँचा।

'मैं ऐल्बर्ट नैग हूँ।'

'आपके लिए एक सन्देश है। यह अर्जेंट है।'

उसने तुरन्त लिफाफा खोला। अन्दर एक और छोटा लिफाफा था। यह सम्बोधित था : मेजर ऐल्बर्ट नैग C/o **एसएएस इन्फॉर्मेशन,** कास्ट्रप एयरपोर्ट, कोपेनहैगेन।

ऐल्बर्ट ने डरते-डरते छोटा लिफाफा खोला। इसमें एक छोटा नोट था :

डीयर डैड, लैबनॉन से घर लौटने पर आपका स्वागत है। आप स्वयं कल्पना कर सकते हो, मैं आपके घर पहुँचने तक प्रतीक्षा नहीं कर सकती। क्षमा करें मैंने लाउडस्पीकर्स पर आपको बुलवाया। यह सबसे आसान तरीका था।

पुनश्च : दुर्भाग्यवशात् एक वित्तीय सलाहकार, इंगरब्रिग्स्टेन ने एक चोरी हुई और पूरी तरह विनष्ट मर्सिडीज के नुकसान का दावा भेजा है।

पुनश्च : पुनश्च : जब आप इधर पहुँचेंगे मैं आपको गार्डन में बैठी मिलूँगी। किन्तु उससे भी पहले आपको मेरा सन्देश मिलेगा।

पुनश्च : पुनश्च : पुनश्च : मुझे बाग में ज्यादा देर बैठे रहने में बड़ा डर लगता है। ऐसी जगहों पर जमीन में धँस जाना बहुत आसान है। लव फ्रॉम हिल्डे, जिसने आपकी घर वापसी की तैयारी में काफी समय लगाया है।

मेजर ऐल्बर्ट नैग की पहली प्रतिक्रिया तो मुस्कुराने की हुई। किन्तु उसे यह पसन्द नहीं आया कि कोई उसे इस तरह लथेड़ रहा था। उसे हमेशा ही यह पसन्द था कि अपने जीवन का मालिक वह खुद है। अब लिलेसैंड की यह छोटी-सी शैतान लड़की कास्ट्रप एयरपोर्ट पर उसकी गतिविधियों को निर्देशित कर रही थी। उसने यह सब कैसे किया?

उसने लिफाफा अपनी ब्रेस्ट पॉकेट में रखा और शापिंग मॉल की ओर धीरे-धीरे टहलना शुरू किया। वह **डेनिश फूड डिलीवरी** में बस प्रवेश करने ही वाला था कि उसकी नजर स्टोर विंडो पर टेप किए गए एक लिफाफे पर पड़ी। इस पर मोटे मार्कर पेन से लिखा गया था : **मेजर नैग।** ऐल्बर्ट ने इसे लिया और खोला :

पर्सनल मैसेज फॉर **मेजर ऐल्बर्ट नैग** C/o डेनिश फूड, कास्ट्रप एयरपोर्ट, डीयर डैड! कृपया एक बड़ी डेनिश सलामी खरीद लाएँ, बेहतर होगा दो पौंडवाली, और मॉम को शायद **कान्याक** सॉसेज पसन्द आएगी। **पुनश्चः** डेनिश कैवियर भी बुरा नहीं होता। लव, हिल्डे।

ऐल्बर्ट उल्टा मुड़ा। वह इधर तो नहीं थी, थी क्या? यदि मैरिट ने उसे कोपेनहैगन आने दिया होता तो वह उससे यहाँ मिल सकती थी। पर यह हिल्डे का हैंड राइटिंग था...

अचानक यूएन आब्जर्वर ने महसूस करना शुरू किया कि कोई उसे देख रहा है। उसे ऐसा लगा जैसे कोई उसके सारे कामों को, जो वह कर रहा था, रिमोट कंट्रोल से नियन्त्रित कर रहा है। उसे लगा कि वह किसी बच्चे के हाथ में एक गुड़िया है।

वह दुकान में गया और उसने दो पौंड सलामी, कान्याक सॉसेज और डेनिश कैवियर के तीन जार खरीदे। फिर वह स्टोर्स की लाइन में चलता चला गया। उसने तय कर लिया था कि हिल्डे के लिए कोई उचित उपहार खरीदेगा। एक कैलकुलेटर हो सकता है? या एक छोटा रेडियो—हाँ, वह इसे ही लेगा।

जब वह उस स्टोर के सामने पहुँचा यहाँ बिजली के उपकरण बिकते थे, तो उसने देखा कि यहाँ भी खिड़की पर एक लिफाफा टेप किया हुआ है। यह भी सम्बोधित था : 'मेजर ऐल्बर्ट नैग C/o द मोस्ट इंटेरेस्टिंग स्टोर इन कास्ट्रप।' इसके अन्दर निम्नलिखित नोट था :

डीयर डैड! सोफी उस मिनी-टी.वी. और एफ एम रेडियो के लिए अपना अभिवादन और धन्यवाद भेजती है जो उसे जन्मदिन पर उसके उदार पिता से प्राप्त हुआ। यह बड़ी बात थी, किन्तु दूसरी ओर यह एक खेल, कहानी-किस्सा ही था। मैं, हालाँकि, यह स्वीकार करती हूँ कि मुझे भी सोफी की तरह खेल कहानी-किस्से पसन्द हैं। **पुनश्च :** यदि आप अभी तक वहाँ नहीं गए, तो **डेनिश फूड स्टोर** और बड़े **टैक्स-फ्री** स्टोर पर, जो मदिराएँ और तम्बाकू बेचते हैं, आपके लिए और भी निर्देश हैं। **पुनश्च : पुनश्च :** मुझे अपने जन्मदिन पर कुछ पैसा मिला है, इसलिए मैं मिनी-टी.वी. के लिए 350 क्राउन दे सकती हूँ। लव, हिल्डे, जिसने पहले ही टर्की (चिड़िया) में स्टफिंग कर लिया है और वाल्डोर्फ सलाद बना ली है।

एक मिनी-टी.वी. की कीमत 985 डेनिश क्राउन्स थी। निश्चय ही इसे तुलना में एक खेल, कहानी-किस्सा ही कहा जा सकता था, कि ऐल्बर्ट नैग किस प्रकार अपनी बेटी की गुप्त चालों के जरिए इधर-उधर निर्देशित किए जाने और दौड़ाए जाने पर महसूस कर रहा था। क्या वह यहाँ थी—या नहीं थी?

उस क्षण के बाद, वह जहाँ भी गया निरन्तर सावधान था। वह महसूस कर रहा था कि वह एक साथ गुप्त जासूस और कठपुतली, दोनों ही था। क्या उसे उसके मौलिक मानवीय अधिकारों से वंचित नहीं किया जा रहा था?

उसे **टैक्स-फ्री** स्टोर में जाने की विवशता भी महसूस हुई। वहाँ भी उसके नाम लिखा एक लिफाफा टँगा हुआ था। लगता था सारा एयरपोर्ट एक कम्प्यूटर गेम हो गया है और वह उसका कर्सर है। उसने सन्देश पढ़ा :

मेजर नैग C/o द टैक्स फ्री स्टोर एट कास्ट्रप। यहाँ से मुझे गम-ड्राप्स का एक बैग और पिसे बादाम की कुछ केक-बार चाहिए—बस। याद रखना, नॉर्वे में यह बहुत महँगे हैं। जहाँ तक मुझे याद है, मॉम **कम्पारी** की बहुत शौकीन है।

पुनश्च : आपको घर पहुँचने तक अपनी सारी इन्द्रियाँ सावधान-सतर्क रखनी हैं। आप किसी महत्त्वपूर्ण सन्देश को मिस करना पसन्द नहीं करेंगे—पसन्द करेंगे क्या? आपकी सर्वाधिक सिखाने योग्य बेटी की ओर से प्रेम के साथ—हिल्डे।

ऐल्बर्ट ने निराश होकर एक लम्बी, गहरी साँस ली, किन्तु वह स्टोर में गया और जैसे उसे निर्देशित किया गया था वैसी खरीददारी की। तीन प्लास्टिक कैरियर्स और

फ्लाइट बैग लिये हुए वह गेट संख्या 28 की तरफ चला ताकि अपनी फ्लाइट की प्रतीक्षा कर सके। यदि और भी कोई सन्देश थे, तो उन्हें वहीं पड़े रहने दने का निश्चय किया।

किन्तु गेट नं. 28 पर उसकी नजर एक और सफेद लिफाफे पर पड़ी। यह खम्भे पर टेप किया गया था :

'सेवा में, मेजर नैग C/o गेट 28, कास्ट्रप एयरपोर्ट' यह भी हिल्डे की हैंडराइटिंग में था, किन्तु गेट नम्बर किसी और ने लिखा था। फैसला करना आसान नहीं था, क्योंकि तुलना करने के लिए कोई और लेख नहीं था, सब अक्षर और संख्या बड़े अक्षरों में लिखे गए थे। उसने इसे ले लिया। इसमें केवल इतना लिखा था : 'अब ज्यादा देर नहीं लगेगी।'

वह दीवार की ओर पीठ करके, एक कुर्सी पर बैठ गया। हाल ही में की गई खरीददारी वाले बैग्स घुटनों पर रख लिये। इस प्रकार अभिमानी मेजर अकड़कर बैठ गया, आँखें सीधी आगे, मानो कोई छोटा बच्चा हो जो पहली बार अकेले यात्रा कर रहा था। यदि हिल्डे यहाँ उसे खोज भी ले तो निश्चय ही उसे पहले खोज लेने का सन्तोष नहीं मिलनेवाला था।

अन्दर जो भी यात्री आया, मेजर ने उस पर चिन्ताकुल नजर डाली। थोड़ी देर के लिए उसे लगा जैसे वह राज्य का शत्रु है जिस पर निगरानी रखी जा रही है। जब यात्रियों को आखिर में प्लेन में जा बैठने की अनुमति मिली, तो उसने राहत की साँस ली। वायुयान में चढ़नेवाला वह अन्तिम यात्री था। जैसे ही उसने अपना बोर्डिंग पास पकड़ाया, तैसे ही उसने एक और लिफाफा फाड़ा जो चेक-इन डेस्क पर टेप किया हुआ था।

•

सोफी और ऐल्बर्टो ब्रेविक से आगे निकल गए, और थोड़ी देर बाद क्रैगेरो को जानेवाले बाहर के रास्ते पर थे।

'तुम बेहिसाब तेज चल रहे हो,' सोफी ने कहा।

'अब लगभग 9 बजे हैं। शीघ्र ही वह जेविक हवाई अड्डे पर उतरेगा। किन्तु तेज चलने के लिए हमें रोका नहीं जाएगा।'

'यदि, हम किसी दूसरी कार से टकरा गए?'

'इससे कोई फर्क नहीं पड़ता अगर यह साधारण कार है। मगर यदि यह हमारी अपनी है तो...'

'तब क्या?'

'तब हमें बहुत सावधान रहना होगा। तुमने देखा, नहीं देखा क्या, कि हम बैट मोबाइल से आगे बढ़ चुके हैं।'

'नहीं।'

'यह वेस्टफोर्ड में कहीं पार्क की हुई थी।'

'इस टूरिस्ट बस को पास कर जाना आसान नहीं है। सड़क के दोनों ओर घने जंगल हैं।'

'इससे कोई फर्क नहीं पड़ता सोफी। क्या यह बात तुम्हारे सिर में नहीं घुसती?'

ऐसा कहते हुए उसने कार जंगल में मोड़ दी और पेड़ों में सीधी चलाता गया।

सोफी ने राहत की साँस ली।

'तुमने मुझे डरा दिया।'

'यदि हम ईंटों की एक दीवार से होकर भी गाड़ी निकालें तो हमें इसका कुछ पता नहीं चलेगा।'

'इसका तो सिर्फ यही मतलब हो सकता है कि अपने परिवेश की तुलना में हम हवाई आत्माएँ हैं।'

'नहीं, अब तुम गाड़ी घोड़े के आगे रख रही हो। हमारे चारों ओर जो यथार्थ है वह हमारे लिए एक हवाई जोखिम है।'

'मेरे पल्ले कुछ नहीं पड़ रहा।'

'तो, ध्यान से सुनो। यह एक बड़ी व्यापक गलतफहमी है कि देव-आत्मा ऐसी चीज होती है जो भाप से ज्यादा 'वायवी' है। सत्य इसके विपरीत है। देव-आत्मा बर्फ से ज्यादा ठोस होती है।'

'यह बात कभी मेरे दिमाग में नहीं आई।'

'और अब मैं तुम्हें एक कहानी सुनाऊँगा। एक बार एक आदमी था जो देवदूतों में विश्वास नहीं करता था। एक दिन, जब वह जंगल में काम कर रहा था, उसे एक देवदूत मिला।'

'और?'

'कुछ देर वे दोनों एक साथ चलते रहे। तब आदमी देवदूत की तरफ मुड़ा और बोला, 'ठीक है, अब मुझे स्वीकार करना पड़ेगा कि देवदूतों का अस्तित्व है। किन्तु यथार्थ में, तुम्हारा अस्तित्व हमारे अस्तित्व की तरह नहीं होता।'

'आपका इससे क्या अभिप्राय है,' देवदूत ने पूछा। उस पर आदमी ने उत्तर दिया, 'जब हम उस बड़ी चट्टान के पास पहुँचे तो मुझे तो उसके चक्कर काटकर आगे जाना पड़ा, किन्तु तुम तो, मैंने देखा, उसी में से होकर निकल आए। और जब हम लकड़ी के उस बड़े लट्ठे के पास पहुँचे जो रास्ते में अवरोध था तब मुझे उसके ऊपर चढ़कर उसे पार करना पड़ा, जबकि तुम उसी से होते हुए निकल आए।' देवदूत को बड़ा आश्चर्य हुआ, और उसने कहा, 'तुमने यह नोट नहीं किया कि हमने वह रास्ता पकड़ा जो दलदल से होकर जाता था? हम दोनों कुहरे में से होकर निकल गए। ऐसा इसलिए था कि हम दोनों कुहरे से अधिक ठोस थे।'

'आह!'

'हमारे साथ भी ऐसा ही है, सोफी। आत्मा फौलाद के दरवाजों से होकर निकल जाती है। जो चीज आत्मा से बनी है उसे कोई टैंक या बमवर्षक भी कुचल नहीं सकते।'

'इससे थोड़ी राहत मिली।'

'हम शीघ्र ही रिजौर से गुजरेंगे, और हमें मेजर के केबिन को छोड़े एक घंटे से अधिक समय नहीं हुआ है। मैं वास्तव में कॉफी के एक कप का प्रयोग कर सका।'

जब वे सौंडिलेड से थोड़े ही से पहले फिआने पहुँचे, तो वे सड़क के बाँईं तरफ एक कैफेटीरिया के पास से गुजरे। यह सिंड्रैला कहलाता था। ऐल्बर्टो ने गाड़ी मोड़ी और कैफेटीरिया के सामने घास पर पार्क कर दिया।

अन्दर, सोफी ने कूलर से कोक की एक बोतल लेने की कोशिश की, परन्तु उठा न सकी। यह अटकी हुई लगती थी। काउंटर से और आगे, ऐल्बर्टो कार में मिले एक पेपर कप में कॉफी टैप करने की कोशिश कर रहा था। उसे केवल एक लीवर दबाना था, किन्तु अपनी सारी ताकत लगाकर भी वह इसे नीचे नहीं दबा पा रहा था।

इससे वह इतना पागल हुआ कि वह कैफेटीरिया के दूसरे मेहमानों की ओर मुड़ा और उनसे मदद माँगी। किन्तु जब कोई भी मदद करने के लिए नहीं उठा तो वह इतनी जोर से चीखा कि सोफी को अपने कानों को ढँकना पड़ा : 'मुझे कुछ कॉफी चाहिए।'

किन्तु शीघ्र ही उसका गुस्सा काफूर हो गया, और वह हँसते-हँसते दुहरा हो गया। वे अब मुड़कर वहाँ से जाने ही वाले थे कि एक बूढ़ी औरत कुर्सी से उठी और उनकी तरफ आई।

उसने भड़कीली लाल स्कर्ट और बर्फ जैसा नीला कार्डीगन पहना हुआ था। उसने सिर पर सफेद रूमाल बाँधा हुआ था। उस छोटे-से कैफेटीरिया में वह अन्य की तुलना में वह अधिक सुस्पष्ट दिखलाई देती थी।

वह ऐल्बर्टो के पास तक पहुँची और बोली, 'हे भगवान्, तुम कितनी जोर से चीखते हो, मेरे बच्चे।'

'क्षमा करें।'

'तुम कह रहे थे, तुम्हें कुछ कॉफी चाहिए?'

'हाँ, किन्तु...'

'पास ही में हमारी एक छोटी संस्थान और भी है।'

वे बूढ़ी औरत के पीछे चले और कैफेटीरिया के बाहर एक रास्ते से होते हुए इसके पीछे पहुँचे। जब वे चले जा रहे थे, तो बुढ़िया ने कहा, 'आप इधर नए आए हैं क्या?'

'हाँ हमें मानना पड़ेगा कि यह सही हैं,' ऐल्बर्टो ने उत्तर दिया।

'चलिए, यह ठीक है। तब तो शाश्वतता में आपका स्वागत है, बच्चो।'

'और आप?'

'मैं ग्रिम की परी-कथाओं में से एक हूँ। यह दो सौ वर्ष पहले की बात होगी। और तुम कहाँ से हो?'

'हम दर्शनशास्त्र की एक पुस्तक से निकलकर आ रहे हैं। मैं दर्शनशास्त्र का अध्यापक हूँ और यह मेरी विद्यार्थी है, सोफी।'

'ही ही। यह तो कुछ नया है।'

वे पेड़ों के बीच से निकलते हुए एक साफ की गई जगह पर आए, जहाँ कई दिखने में विचित्र ब्राउन कॉटिजेज थे। कॉटिजेज के बीच में खुली जगह में मिडसमर की बड़ी बोनफायर (होली) जल रही थी और इसके चारों ओर अनेक रंगीन आकृतियाँ नाच रही थीं। सोफी ने उनमें से कइयों को पहचान लिया। वहाँ *स्नोव्हाइट* थे और सात बौनों में से कुछ, *मेरी पॉपिन्स* थीं और शर्लक होम्स थे, पीटर पैन और पिप्पी लांगस्टॉकिंग थी, लिटिल रैड राइडिंग हुड और सिंड्रैला थे। और भी कई परिचित आकृतियाँ जिनके नाम याद नहीं आ रहे थे, वे भी बोनफायर के चारों ओर इकट्ठी हो गई थीं—वहाँ कुछ भूत और प्रेत थे, मृग-छौने और चुड़ैलें, देवदूत और कुछ नन्ही शैतान आत्माएँ। सोफी की नजर एक वास्तविक, सत्व में जिन्दा ट्रॉज (अलौकिक प्राणी) पर भी पड़ी।

'कितना ज्यादा शोर हो रहा है,' ऐल्बर्टो ने कहा।

'ऐसा इसलिए है कि यह मिडसमर है,' बूढ़ी औरत ने कहा। 'वाल्बौर्ग ईव के बाद से आज तक ऐसी भीड़ इकट्ठी नहीं हुई। यह तब की बात है जब हम जर्मनी में थे। मैं यहाँ एक छोटी सी विजिट पर हूँ। आप कॉफी ही माँग रहे थे न?'

'यस, प्लीज,'

इससे पहले सोफी ने इस तरफ ध्यान नहीं दिया था कि सारी ही इमारतें जिंजर ब्रैड, कैंडी और शुगर आइसिंग की बनी थीं। कई आकृतियाँ तो सीधे-सीधे इमारतों के सामनेवाले हिस्से को ही खा रही थीं। एक बेकर घूम रहा था : जहाँ भी नुकसान दिखता वह वहीं बिल्डिंग की मरम्मत कर देता। सोफी ने एक कोने से थोड़ा-सा काटकर खाने की हिम्मत की। अब तक जो उसने खाया या चखा था यह उससे कहीं अधिक स्वादिष्ट, बढ़िया और मीठा था।

तब तक बुढ़िया कॉफी का कप लेकर लौटी।

'आपका बहुत-बहुत धन्यवाद सचमुच।'

'और आगन्तुकों को कॉफी के लिए भुगतान में क्या देना है?'

'देना?'

'हम प्रायः एक कहानी द्वारा देते हैं। कॉफी के लिए, सम्भवतः ओल्ड वाइव्ज टेल (बूढ़ी पत्नियों की कथा) में से एक काफी रहेगी।'

'हम तो मानवता की सारी अविश्वसनीय कहानी सुना सकते हैं,' ऐल्बर्टो ने कहा, 'किन्तु दुर्भाग्यवश इस समय हम जल्दी में हैं। क्या हम किसी और दिन वापस आकर यह काम कर सकते हैं?'

'बिलकुल! और तुम इतनी जल्दी में क्यों हो?'

ऐल्बर्टो ने अपना जरूरी काम बतलाया और बूढ़ी औरत ने टिप्पणी की : 'मुझे कहना पड़ेगा, तुम दोनों बिलकुल कच्चे हो। बेहतर होगा कि तुम जल्दी से अपनी जननी से अपनी ऑवल नाल काट डालो। हमें अब उनकी दुनिया की जरूरत नहीं है। हम अदृश्य लोगों में से हैं।'

ऐल्बर्टो और सोफी जल्दी से सिंड्रैला कैफेटीरिया और अपनी लाल कन्वर्टिबिल की ओर बढ़ गए। कार के बिलकुल समीप ही एक माँ अपने छोटे लड़के को पेशाब कराने में सहायता करने में व्यस्त थी।

गाड़ी तेज दौड़ाते हुए शॉर्टकट्स लेते हुए वे शीघ्र ही लिलेसैंड पहुँच गए।

एस के 876 कोपेनहैगेन से उड़कर अपने निर्धारित समय 9.35 रात्रि में जेविक हवाई अड्डे पर उतरा। जब प्लेन कोपेनहैगेन में टैक्सी करता हुआ रनवे पर पहुँच रहा था, तो मेजर ने वह लिफाफा खोला जो चेक-इन डेस्क पर लटक रहा था। नोट इस प्रकार था :

सेवा में, मेजर नैग, जैसे ही वह अपना बोर्डिंग पास, मिडसमर ईव, 1990 पर कास्ट्रप हवाई अड्डे पर, अधिकारियों को देता है। डीयर डैड, शायद आपने सोचा होगा कि मैं आपके स्वागत के लिए कोपेनहैगन आ जाऊँगी। किन्तु आपकी गतिविधियों पर मेरा नियन्त्रण मेरे यहाँ आने से अधिक उम्दा है। तुम जहाँ कहीं भी हो, मैं तुम्हें वहाँ देख सकती हूँ, डैड। वास्तव में सत्य तो यह है कि मैं एक जिप्सी परिवार से मिलने गई थी जिसने बहुत बहुत पहले परदादी माँ को पीतल का एक शीशा बेचा था। मैं अपने लिए एक क्रिस्टल बॉल भी ले आई हूँ। इस क्षण भी मैं देख रही हूँ कि आप अपनी सीट पर बैठ गए हैं। क्या मैं आपको याद दिलाऊँ कि आप अपनी सीट बेल्ट बाँध लें और सीट की बैक को तब तक सीधी अवस्था में बनाए रखें जब तक 'फासेन सीट बेल्ट' चिह्न स्विच ऑफ न कर दिए जाएँ। जैसे ही प्लेन उड़ान भर लेता है, तब आप सीट बैक को नीचे कर सकते हैं और स्वयं को समुचित आराम दे सकते हैं। घर पहुँचने तक आपका आराम करना जरूरी है। लिलेसैंड में मौसम एकदम फर्स्ट क्लास है, किन्तु तापक्रम लेबनान की तुलना में कुछ डिग्री कम है। मैं आपकी सुखद उड़ान की कामना करती हूँ। **सप्रेम,** आपकी अपनी चुड़ैल-बेटी, **शीशे** की **रानी** और **विडम्बना की सर्वोच्च रक्षक**।

ऐल्बर्ट तय नहीं कर पाया कि वह नाराज था या केवल थका हुआ, स्वयं को अपने हाल पर छोड़े हुए। फिर उसने हँसना शुरू कर दिया। वह इतनी जोर से हँसा कि साथी-यात्री उसे घूरकर देखने लगे। तभी हवाई जहाज ने उड़ान भरी।

उसे अपनी ही दवा का स्वाद चखा दिया गया था। किन्तु निश्चय ही महत्त्वपूर्ण फर्क के साथ। उसकी दवा ने सबसे पहले और सबसे अधिक सोफी और ऐल्बर्टो को प्रभावित किया था। और वे उनके लिए ठीक ही था, वे तो केवल काल्पनिक थे।

उसने वही किया, जैसा हिल्डे ने सुझाया था। उसने अपनी सीट की बैक नीचे की और झपकी लेने लगा। जेविक एयरपोर्ट पर जब तक वह पासपोर्ट नियन्त्रण से होकर नहीं गुजरा और आगमन हॉल में आकर खड़ा नहीं हो गया, तब तक वह पूरी तरह नहीं जगा था। एक प्रदर्शन ने वहाँ उसका स्वागत किया।

हिल्डे की उम्र के आठ या दस युवा रहे होंगे। वे कुछ प्लेकाड्र्स लिये थे, जिन पर लिखा था : **वेलकम होम, डैड–हिल्डे इज वेंटिग इन द गार्डन–आयरनी लिब्ज**। (पिता आपका स्वागत है–हिल्डे बगीचे में आपकी इन्तजार कर रही है। विडम्बना जिन्दा है।)

सबसे बुरा यह हुआ कि वह जल्दी से टैक्सी में नहीं बैठ सका। उसे अपने सामान के लिए प्रतीक्षा करनी पड़ी। और इस सारे दौरान हिल्डे के सहपाठी उसके चारों ओर भीड़ बनाए बार-बार उसे प्लेकाड्र्स को पढ़ने के लिए बाध्य कर रहे थे। तब उनमें से एक लड़की आई और उसे गुलाब का एक गुच्छा भेंट किया और वह पिघल गया। उसने अपने शॉपिंग बैग्स में से एक में नीचे, गहरे हाथ डाला, और हर प्रदर्शनकारी को एक-एक मार्जीपान बार पकड़ा दी। अब हिल्डे के लिए बस दो ही रह गए। जब उसे अपना बैगेज मिल गया, तो एक नौजवान आगे आया और उसने उसे बताया कि उसे शीशे की रानी का आदेश है कि वह उसे अपनी गाड़ी में लेकर जरकले जाए। अन्य प्रदर्शनकारी भीड़ में तितर-बितर हो गए।

वे गाड़ी में E 18 पर चलने लगे। वे जिस किसी भी पुल या सुरंग से गुजरते उसे ही बैनर्स से ढका पाते : **'वेलकम होम,' 'टर्की इज रैडी,' 'आई कैन सी यू, डैड।'**

जब उसे जरकले के गेट पर उतारा गया, तो ऐल्बर्ट नैग ने राहत की साँस ली, और ड्राइवर को सौ क्राउन की नकदी और कार्ल्सबर्ग ऐलीफेंट बीयर के तीन कैन के साथ धन्यवाद दिया।

उसकी पत्नी घर के बाहर उसकी प्रतीक्षा कर रही थी। लम्बे आलिंगन के बाद, उसने पूछा, 'हिल्डे कहाँ है?'

'वह डॉक पर बैठी है, ऐल्बर्ट।'

ऐल्बर्टो और सोफी ने अपनी लाल कन्वर्टिबिल को लिलेसैंड में चौराहे पर होटल नॉर्गे के सामने रोका। सवा दस बज रहे थे। वे जलडमरूमध्य में बड़ी बोन-फायर देख सकते थे।

'जरकले का पता हमें कैसे चलेगा?' सोफी ने पूछा।

'हमें स्वयं इधर-उधर जाकर ढूँढ़ना पड़ेगा। तुम्हें मेजर केबिन में पेंटिंग की तो याद है!'

'हमें जल्दी करनी है। मुझे वहाँ उसके आने से पहले पहुँचना है।'

उन्होंने छोटी सड़कों और फिर चट्टानी ढेरों और ढलानों पर गाड़ी चलानी शुरू कर दी। एक उपयोगी संकेत यह था कि जरकले पानी के पास था।

अचानक सोफी चिल्लाई, 'वह रहा वहाँ। हमें यह मिल गया।'

'मैं भी यही मानता हूँ कि तुम ठीक कह रही हो, पर इतना ऊँचा मत चिल्लाओ।'

'क्यों? यहाँ हमें कौन सुन रहा है? यहाँ तो कोई है ही नहीं।'

'माई डियर सोफी—दर्शनशास्त्र में पूरा कोर्स तुम्हें पढ़ाकर, मैं बहुत निराश हूँ जब मैं देखता हूँ कि तुम अभी भी जल्दी से निष्कर्ष निकालने कूद पड़ती हो।'

'हाँ, लेकिन...'

'निश्चय ही, तुम्हें शायद यह विश्वास नहीं है कि यह जगह ट्रॉल्स (राक्षस), पिक्सीज (छोटी परियाँ), वन-अप्सराओं और अच्छी परियों से खाली?'

'ओह, मुझे क्षमा करें।'

वे दरवाजे के अन्दर ग्रेवल पाथ पर से होते हुए घर तक पहुँच गए। ऐल्बर्टो ने ग्लाइडर के बराबर लॉन में गाड़ी पार्क कर दी। बाग में थोड़ा आगे की तरफ तीन लोगों के लिए एक मेज लगी थी।

'मैं उसे देख सकती हूँ,' सोफी ने धीरे से कान में कहा, 'वह वहाँ नीचे डॉक पर बैठी है, वैसी ही जैसे मैंने उसे सपने में देखा था।'

'तुमने एक चीज और नोट की होगी कि बाग क्लोवर चेज में तुम्हारे गार्डन से कितना मिलता है?'

'हाँ, मिलता है। ग्लाइडर और हर चीज के साथ। क्या मैं नीचे उसके पास जा सकती हूँ?'

'बिलकुल, मैं यहीं ठहरता हूँ।'

सोफी दौड़ती हुई डॉक पर पहुँच गई। उसे लगभग ठोकर लगी और वह हिल्डे पर गिर पड़ी। किन्तु वह विनम्रता से उसके बराबर में बैठ गई।

हिल्डे आराम से बैठी हुई तार से खेल रही थी, जो उसकी पतवारवाली नाव से बँधी थी। उसके बाएँ हाथ में कागज की एक स्लिप थी। जाहिर था वह प्रतीक्षा कर रही थी। उसने कई बार अपनी घड़ी की ओर देखा।

सोफी ने सोचा कि वह तो बहुत सुन्दर थी। उसके चमकते, घुँघराले बाल और चमकीली हरी आँखें थीं। उसने एक पीली समर ड्रैस पहनी हुई थी। वह जोआना से भिन्न नहीं थी।

हालाँकि सोफी जानती थी कि यह बेकार है फिर भी हिल्डे से बात करने की कोशिश की।

'हिल्डे, मैं सोफी हूँ।'

हिल्डे ने ऐसा कोई संकेत नहीं दिया कि उसने सुना है।

सोफी अपने घुटनों पर आ गई और उसके कान में चिल्लाने की कोशिश की :

'क्या तुम मुझे सुन सकती हो, हिल्डे? या तुम बहरी और अन्धी दोनों हो?'

क्या उसने अपनी आँखें थोड़ी ज्यादा खोलीं या नहीं खोली? क्या कोई बेहद हलका-सा चिह्न नहीं था कि उसने कुछ सुन लिया है—चाहे कितने धीरे से?'

उसने आस-पास देखा। फिर उसने तेजी से अपना सिर घुमाया और सीधे सोफी की आँखों में आँखें डालकर देखा। उसने उस पर ढंग से, पूरी तरह नजर नहीं डाली; ऐसा लगता था मानो वह उसके आर-पार देख रही थी।

'इतनी जोर से नहीं, सोफी।' ऐल्बर्टो ने दूर ही से कार में से कहा। 'मैं नहीं चाहता कि गार्डन जल-परियों से भर जाए।'

सोफी अब निश्चल बैठ गई। उसे हिल्डे के पास होना अच्छा लग रहा था।

फिर उसने एक आदमी की गहरी आवाज सुनी : 'हिल्डे!'

यह मेजर था—यूनीफार्म में, नीली टोपी पहने हुए। वह गार्डन में ऊपर खड़ा था।

हिल्डे उछल पड़ी और उसकी ओर दौड़ी। वे ग्लाइडर और लाल कन्वर्टिबिल के बीच मिले। उसने उसे ऊपर उठा लिया, हवा में, उसे बार-बार घुमाया, कई चक्कर...

हिल्डे डॉक पर बैठी हुई अपने पिता की प्रतीक्षा कर रही थी। जब से वह **कास्ट्रप** पर उतर गया था, हिल्डे हर पन्द्रह मिनट पर उसके बारे में सोच लेती थी और यह कल्पना करने की कोशिश करती कि वह अब कहाँ होगा और कैसे महसूस कर रहा होगा। उसने सारे समय कागज की एक स्लिप पर नोट कर लिये थे और स्लिप सारे दिन अपने पास रखी थी।

यदि वह इस सबसे नाराज हुआ, तो क्या होगा? पर, निश्चय ही, उसे ऐसी आशा तो नहीं होगी कि वह उस पर एक रहस्यमयी पुस्तक लिखेगा—और फिर भी सब चीजें पहले जैसी ही बनी रहेंगी?

उसने अपनी घड़ी दोबारा देखी। अब सवा दस बजे थे। अब किसी भी मिनट वह यहाँ पहुँच जाएगा।

किन्तु यह क्या था? उसने सोचा कि उसने किसी चीज का धीमा सा श्वास सुना है, बिलकुल वैसा ही जैसा उसने सोफी का सपना देखते समय महसूस किया था।

वह तेजी से पीछे की तरफ घूम गई। कुछ तो था, इस बारे में उसे पक्का यकीन था। किन्तु क्या? हो सकता है यह केवल गरमी की रात थी।

कुछ क्षणों के लिए उसे डर महसूस हुआ कि मानो वह कुछ सुन रही थी।

'हिल्डे!'

अब वह दूसरी तरफ मुड़ी। यह तो डैड था। वह बाग की टॉप पर खड़ा था।

हिल्डे उछल पड़ी और उसकी ओर दौड़ी। वे ग्लाइडर के पास मिले। उसने उसे ऊपर उठा लिया, हवा में, और बार-बार घुमाया, ऊपर ही कई बार, कई चक्कर।

हिल्डे रो रही थी, और हिल्डे के पिता को भी अपने आँसू रोक लेने पड़े।

'अब तो तुम बड़ी हो गई हो, बड़ी औरत, हिल्डे।'

'और आप सच्चे लेखक बन गए हो।'

हिल्डे ने अपने आँसू पोंछ डाले।

'क्या हम कहेंगे—हम बराबर-बराबर हो गए?' उसने पूछा।

'हम बराबर हो गए।'

वे मेज पर बैठ गए। सबसे पहले तो हिल्डे ने डैड से उस सबका पूरा वर्णन माँगा जो कास्ट्रप एयरपोर्ट पर और घर आते रास्ते में घटा था। वे बीच बीच में हँसी के ठहाके लगाते रहे।

'क्या तुमने कैफेटीरिया में लिफाफा नहीं देखा?'

'मुझे तो बैठने या कुछ खा लेने का मौका ही नहीं मिला, ऐ दुष्ट बदमाश! अब मुझे बहुत जोर की भूख लगी है।'

'पूअर डैड,'

'तो टर्की वाली बात सब, शुद्ध धोखाधड़ी थी?'

'नहीं, ऐसा बिलकुल नहीं था। मैंने हर चीज बना रखी है। मॉम सर्व कर रही है।'

फिर उन्हें रिंग बाइंडर की बात पर, और सोफी और ऐल्बर्टो की कहानी पर, शुरू से आखिर तक, कभी आगे और कभी पीछे जाना पड़ा।

मॉम टर्की और वाल्डॉर्फ सलाद ले आई, रोज वाइन और हिल्डे की घर पर बनाई ब्रेड।

उसका पिता अफलातून के बारे में कुछ कह रहा था कि तभी हिल्डे ने हस्तक्षेप किया...' श्श्श...' 'क्या है, यह?'

'क्यों तुमने नहीं सुना? चिड़िया की तरह चीख रही आवाज?'

'नहीं।'

'मुझे पक्का लगा कि मैंने कुछ सुना। मेरा अनुमान है यह खेत का चूहा था।'

जब उसकी माँ मदिरा की दूसरी बोतल लेने गई, उसके पिता ने कहा, 'किन्तु दर्शनशास्त्र का कोर्स अभी पूरा नहीं हुआ है।'

'अभी पूरा नहीं हुआ!'

'आज रात मैं तुम्हें ब्रह्मांड के बारे में बताने जा रहा हूँ।'

खाना शुरू करने से पहले, उसने अपनी पत्नी से कहा, 'हिल्डे अब इतनी बड़ी हो गई कि मेरे घुटनों पर नहीं बैठ सकती। किन्तु तुम बड़ी नहीं हुई।'

यह कहते हुए उसने मैरिट को कमर से पकड़ लिया और अपनी गोद में खींच लिया। उसे खाने को कुछ मिलने में कुछ समय और लगा।

'सोचो कि तुम जल्दी ही चालीस की हो जाओगी...'

जब हिल्डे उछली और दौड़ती हुई अपने पिता की ओर जा रही थी, सोफी को अपनी आँखों में आँसू उमड़ते महसूस हुए। वह कभी भी अपने पिता तक...'

सोफी को दिल की गहराइयों से हिल्डे से ईर्ष्या थी, क्योंकि वह वाकई में हाड़ और मांस से बनी एक असली व्यक्ति थी।

जब हिल्डे और मेजर टेबल पर बैठ गए, तो ऐल्बर्टो ने कार का हॉर्न बजाया, जोर से।

सोफी ने सिर उठाकर देखा। क्या हिल्डे भी बिलकुल वैसा ही नहीं कर रही थी?

वह ऐल्बर्टो के पास दौड़ती हुई पहुँची और सीट पर उसके बराबर बैठ गई।

'हम थोड़ी देर बैठेंगे और देखेंगे कि क्या होता है?' उसने कहा।

सोफी ने सहमति में सिर हिलाया।

'क्या तुम रो रही थीं?'

उसने फिर सिर हिलाया।

'क्या बात है?'

'वह एक वास्तविक व्यक्ति होने में कितनी भाग्यवान है। और अब वह बड़ी होगी और वास्तव में औरत बन जाएगी। मैं पक्का जानती हूँ उसके वाकई बच्चे भी होंगे...'

'और पोते-पोती भी, सोफी। किन्तु हर चीज के दो पहलू होते हैं। यही तो मैंने कोर्स की शुरुआत में तुम्हें पढ़ाने की कोशिश की थी।'

'कैसे, आपका मतलब क्या है?'

'वह भाग्यवान है, मैं सहमत हूँ। किन्तु जिसे जीवन का वरदान मिलता है उसे मृत्यु भी मिलती है, क्योंकि जीवन की नियति मृत्यु है।'

'किन्तु फिर भी, क्या यह बेहतर नहीं है कि व्यक्ति एक जीवन जिए बजाय इसके कि वह कभी नहीं जिए?'

'किन्तु हम हिल्डे जैसा जीवन नहीं जी सकते—या, उसी तरह, मेजर जैसा जीवन नहीं जी सकते। दूसरी ओर, हम कभी नहीं मरेंगे। क्या तुम्हें वह याद नहीं जंगल में बूढ़ी औरत क्या कह रही थी? हम अदृश्य लोग हैं। उसने बतलाया था कि वह दो सौ वर्षों की है। और उनकी मिडसमर पार्टी में हमने कुछ ऐसे जीव देखे जो तीन हजार वर्षों से भी ज्यादा उम्र के थे...'

'शायद मुझे हिल्डे से सबसे ज्यादा ईर्ष्या इस सबसे होती है...उसका पारिवारिक जीवन।'

'किन्तु तुम्हारा भी तो अपना परिवार है। तुम्हारी एक बिल्ली है, दो चिड़ियाँ, और एक कछुआ।'

'किन्तु हम तो वह सब पीछे छोड़ आए, नहीं छोड़े क्या?'

'नहीं, किसी तरह नहीं। यह तो केवल मेजर है जिसने उन्हें पीछे छोड़ा है। उसने अपनी किताब का आखिरी शब्द लिख दिया है, माई डीयर, और अब वह हमें फिर कभी नहीं पा सकेगा।'

'क्या इसका यह मतलब है कि हम वापस जा सकते हैं?'

'किसी भी समय, जब हम चाहें। किन्तु हम सिंड्रेला के कैफेटीरिया के पीछे जंगल में कुछ नए मित्र और बनाने जा रहे हैं।'

नैग परिवार ने अपना भोजन लेना शुरू कर दिया। एक क्षण के लिए तो सोफी को आशंका हुई कि यह भी क्लोवर चेज की दार्शनिक गार्डन पार्टी जैसी ही न हो जाए। एक बिन्दु पर तो ऐसा लग रहा था कि मेजर मैरिट को टेबल पर ही लिटा देगा किन्तु इसके बजाय उसने उसे अपने घुटनों पर खींच लिया।

यह परिवार जहाँ भोजन कर रहा था, ऐल्बर्टो की कार वहाँ से काफी दूर पार्क की हुई थी। उनकी बातचीत यदाकदा ही सुनती थी। सोफी और ऐल्बर्टो बाग को टकटकी लगाए देखते रहे। उनके पास गार्डन पार्टी की अफसोसमन्द परिणति और सारी तफसीलों पर सोचने के लिए खुला समय था।

परिवार आधी रात से भी ज्यादा होने तक टेबल से नहीं उठा। हिल्डे और मेजर टहलते हुए ग्लाइडर तक पहुँचे। उन्होंने मैरिट की ओर वेव किया जब वह सफेद पुते मकान की तरफ जा रही थी।

'मॉम, तुम चाहो तो सोने चली जाओ। हमें तो ढेर सारी बातें करनी हैं।'

द बिग बैंग (बड़ा धमाका)

हम भी सितारों की धूल हैं...

हिल्डे ग्लाइडर में अपने पिता के बराबर आराम से बैठ गई। लगभग आधी रात हो चुकी थी। वे बैठे हुए खाड़ी के उस पार तक देखते रहे। थोड़े से सितारे आसमान में हलकी रोशनी लिए झिलमिला रहे थे। डॉक के नीचे पत्थरों पर कोमल मन्द लहरें थपथपा रही थीं।

उसके पिता ने मौन तोड़ा।

'यह एक विचित्र विचार है कि हम ब्रह्मांड में एक छोटे से ग्रह पर रहते हैं।

'हाँ...'

'सूरज के चारों ओर चक्कर लगाने वाले ग्रहों में पृथ्वी एक है। किन्तु पृथ्वी ही अकेला जीवित ग्रह है।'

'सारे ब्रह्मांड में शायद एकमात्र ग्रह?'

'यह सम्भव है। किन्तु यह भी सम्भव है कि ब्रह्मांड जीवन से ओत-प्रोत हो। ब्रह्मांड अकल्पनीय रूप से बड़ा है। दूरियाँ इतनी ज्यादा हैं कि हम उनका माप प्रकाश-मिनटों और प्रकाश-वर्षों से करते हैं।'

'ये वास्तव में हैं क्या?'

'एक प्रकाश-मिनट वह दूरी है जो प्रकाश एक मिनट में तय या पूरी करता है। और यह एक लम्बा रास्ता है, क्योंकि प्रकाश अन्तरिक्ष में 3,00,000 किलोमीटर प्रति सेकंड की रफ्तार से चलता है। इसका अर्थ हुआ एक प्रकाश-मिनट 3,00,000 का 60 गुणा है—या एक करोड़ अस्सी लाख किलोमीटर। एक प्रकाश-वर्ष लगभग 10,000 करोड़ किलोमीटर होता है।

'सूरज कितना दूर है?'

'यह आठ प्रकाश-मिनटों से थोड़ा अधिक दूर है। जून के गरम दिन सूर्य के प्रकाश की जो किरणें हमारे चेहरे को गरमाहट देती हैं वे हम तक पहुँचने से पहले ब्रह्मांड में आठ प्रकाश मिनट चल चुकी होती हैं।'

'चलते चलिए...'

'प्लूटो, जो सौर प्रणाली में सबसे दूर ग्रह है, हमसे पाँच प्रकाश-घंटे दूर है। जब एक खगोलशास्त्री एक टेलीस्कोप द्वारा प्लूटो को देखता है, तो वह वास्तव में समय में पाँच प्रकाश घंटे पीछे जाता है। हम यह भी कह सकते हैं कि प्लूटो का चित्र हम तक पहुँचने में पाँच घंटे लगते हैं।'

'इसकी कल्पना करना थोड़ा कठिन है, किन्तु मैं सोचती हूँ कि मैं समझ रही हूँ।'

'यह अच्छा है, हिल्डे। किन्तु यहाँ पृथ्वी पर हमने अपने आपको सही दृष्टिकोण में लाना बस शुरू किया ही है। हमारा अपना सूरज, **मिल्की वे** या आकाशगंगा नाम के सितारों के समूह में से जिसमें 40,000 करोड़ सितारे हैं, एक है। यह आकाशगंगा एक बड़े **डिस्कस** जैसी है, और हमारा सूरज इसकी वर्तुलाकार बाँहों में से एक में स्थित है। जाड़ों की एक साफ रात में जब हम आसमान में ऊपर देखते हैं, तो हमें सितारों की एक विस्तृत पट्टी दिखलाई देती है। ऐसा इसलिए है कि हम आकाशगंगा के केन्द्र की ओर देखते होते हैं।'

'मेरा खयाल है इसी कारण आकाशगंगा को स्वेडिश भाषा में 'विंटर स्ट्रीट' कहते हैं।'

'आकाशगंगा में जो सितारा हमसे सबसे नजदीक है, उसकी हमसे दूरी 4 प्रकाश-वर्ष है। हो सकता है यह सामने दिखलाई देनेवाले द्वीप के बस ऊपर हो। यदि तुम यह कल्पना कर सको कि सितारों को देखनेवाला इसी समय वहाँ बैठा हुआ एक बड़े सशक्त टेलीस्कोप से हमें देख रहा है, तो वह जरकले को ऐसा देखेगा जैसा यह चार वर्ष पहले था। हो सकता है वह एक ग्यारह साल की लड़की को ग्लाइडर में अपने पैर झुलाते हुए देखे।'

'अविश्वसनीय।'

'किन्तु यह तो सबसे समीपवर्ती सितारे की बात है। सम्पूर्ण आकाशगंगा—या नेबुला, जैसा हम इसे कहते हैं—90,000 प्रकाश-वर्ष चौड़ी है। यह उस समय को वर्णन करने का दूसरा तरीका है, जो प्रकाश को आकाशगंगा के एक सिरे से दूसरे सिरे तक जाने में लगता है। जब हम आकाशगंगा में किसी ऐसे सितारे को देखते हैं, जो सूरज से 50,000 प्रकाश-वर्ष दूर है, तो हम समय में 50,000 प्रकाश वर्ष पीछे जाकर देखते हैं।'

'ये विचार इतना बड़ा है कि इसके लिए मेरा सिर बहुत छोटा है।'

'तो फिर हमारे लिए अन्तरिक्ष में देखने का एक ही तरीका रह जाता है, समय में पीछे देखना। हम यह कभी नहीं जान सकते कि **अब, इस समय** ब्रह्मांड कैसा है। हम सिर्फ यह जानते हैं कि तब यानी बहुत पहले यह कैसा था। जब हम ऐसे सितारे को देखते हैं जो हजारों प्रकाश-वर्ष दूर है, तो हम अन्तरिक्ष के इतिहास में हजारों वर्ष पीछे की ओर यात्रा कर रहे होते हैं।'

'इसे समझ पाना तो पूरी तरह से असम्भव है।'

'किन्तु जो कुछ भी हम देखते हैं, वह हमारी आँख में प्रकाश-लहरों के रूप में आता है। और इन प्रकाश-लहरों को अन्तरिक्ष में से होकर यात्रा करने में समय लगता है।

हम इसकी तुलना थंडर या गड़गड़ाहट से कर सकते हैं। हम हमेशा ही बिजली की कौंध देख लेने के बाद ही गड़गड़ाहट सुनते हैं। इसका कारण यह है कि ध्वनि-लहरें प्रकाश-लहरों की तुलना में बहुत धीमी चलती हैं। जब मैं गड़गड़ाहट का शोर सुनता हूँ तो मैं किसी ऐसी चीज की आवाज सुनता हूँ जो थोड़ी देर पहले घटित हुई है। सितारों के साथ भी यही बात है। जब मैं ऐसे सितारे को देखता हूँ, जो हजारों प्रकाश-वर्ष दूर है तो मैं ऐसी घटना के 'गड़गड़ाहट का शोर' देखता हूँ जो समय में हजारों प्रकाश वर्ष पहले की हुई थी।'

'हाँ, अब मैं समझी।'

'किन्तु यहाँ तक तो हम केवल अपनी आकाशगंगा की बात कर रहे हैं। खगोलशास्त्री कहते हैं कि ब्रह्मांड में हमारी जैसी 10,000 करोड़ आकाशगंगाएँ हैं, और हर आकाशगंगा में 10,000 करोड़ सितारे हैं। हम अपनी आकाशगंगा के सबसे निकटस्थ आकाशगंगा को **ऐंड्रोमेडा नेबुला** कहते हैं। यह हमारी आकाशगंगा से 200 करोड़ प्रकाश-वर्ष दूर है। इसका अर्थ हुआ कि इस आकाशगंगा को हम तक पहुँचने में 20 लाख प्रकाश वर्ष लगेंगे। तो हम जब आकाश में ऊपर ऐंड्रोमेडा नेबुला को देखते हैं तो हम समय में बीस लाख वर्ष पीछे देख रहे हैं। यदि इस नेबुला में कोई चतुर सितारे देखनेवाला हो—मैं केवल इतनी ही कल्पना कर सकता हूँ कि वह बस इसी समय अपने टेलीस्कोप को पृथ्वी की ओर लगाए हुए है—तो वह हमें नहीं देख सकेगा। यदि वह भाग्यशाली रहा, तो वह केवल कुछ चपटे चेहरेवाले नियंडरथलों को ही देख पाएगा।'

'यह तो अद्‌भुत है।'

'जिन सबसे सुदूर आकाशगंगाओं का हमें ज्ञान है, वे हमसे लगभग 1,000 करोड़ प्रकाश-वर्ष दूर हैं। जब हमें इन आकाशगंगाओं से संकेत मिलते हैं, तो हम ब्रह्मांड के इतिहास में 1,000 करोड़ वर्ष पीछे चले जाते हैं। यह हमारी सौर प्रणाली के अस्तित्व (जीवन) से लगभग दुगुना है।'

'आपकी यह बातें तो मेरा सिर चकरा रही हैं।'

'यद्यपि यह समझना बड़ा कठिन काम है कि समय में इतना पीछे चले जाने का क्या अर्थ है, फिर भी खगोलशास्त्रियों ने कुछ ऐसा ढूँढ़ निकाला है जिसका हमारे विश्व-चित्र के लिए अत्यन्त महत्त्व है।'

'क्या?'

'प्रकट रूप में कोई भी आकाशगंगा अन्तरिक्ष में वहाँ बनी नहीं रहती जहाँ यह (एक समय) है। सारी आकाशगंगाएँ एक-दूसरे से अत्यन्त तेज रफ्तार से दूर जा रही हैं। और वे जितनी ही हमसे दूर हो जाती हैं, उनकी रफ्तार उतनी ही तेज हो जाती है। इसका अर्थ हुआ कि आकाशगंगाओं के बीच की दूरी हर समय बढ़ रही है।'

'मैं इसे देखने की कोशिश कर रही हूँ।'

'यदि तुम्हारे पास गुब्बारा हो और तुम इस पर काले निशान लगा दो, तो जैसे-जैसे तुम गुब्बारे में हवा भरोगी यह काले निशान एक-दूसरे से दूर होते जाएँगे। ब्रह्मांड की आकशगंगाओं में यही हो रहा है। हम कहते हैं कि ब्रह्मांड बढ़ता जा रहा है।'

'इसमें ऐसा क्यों होता है?'

'अधिकांश खगोलशास्त्री बढ़ते हुए ब्रह्मांड के बारे में एक ही स्पष्टीकरण देते हैं : एक समय, 1500 करोड़ वर्ष पहले, ब्रह्मांड का सारा सार-तत्त्व अपेक्षाकृत छोटे स्थान पर जमा था। सार-तत्त्व इतना घना था कि गुरुत्व ने इसे भीषण रूप से गरम कर दिया। अन्त में यह इतना गरम हो गया और यह इतनी सख्ती से बँधा हुआ था कि इसमें विस्फोट हो गया। हम इस विस्फोट को **बिग बैंग** (बड़ा धमाका) कहते हैं।'

'मुझे तो इसके विचारमात्र से कँपकँपी आ जाती है।'

'बिग बैंग के कारण सारा सार-तत्त्व ब्रह्मांड में सभी दिशाओं में फैल गया, छिटक गया और जैसे ही यह क्रमिक रूप से ठंडा हुआ, इससे सितारे व आकाशगंगाएँ और चाँद एवं ग्रह बन गए...'

'किन्तु मैं सोच रही थी कि आप कह रहे थे कि ब्रह्मांड अभी भी बढ़ता जा रहा है?'

'हाँ, मैंने कहा था, और यह इसी करोड़ों वर्ष पहले हुए धमाके के कारण बढ़ता जा रहा है। ब्रह्मांड का समय-रहित भूगोल नहीं है। ब्रह्मांड एक घटना है, यह हो रहा है। ब्रह्मांड एक विस्फोट है। ब्रह्मांड में आकाशगंगाएँ अकल्पनीय रफ्तार से एक-दूसरे से दूर उड़ी जा रही हैं।'

'क्या वे सदैव ऐसा ही करती रहेंगी?'

'यह एक सम्भावना है। एक सम्भावना और भी है। तुम्हें याद होगा कि ऐल्बर्टो दो ताकतों की बात कर रहा था जिसके कारण ग्रह निरन्तर सूरज के चारों ओर चक्कर लगाते हैं?'

'क्या यह गुरुत्वाकर्षण और अक्रियमाणता नहीं है?'

'सही। और यही बात आकाशगंगाओं पर भी लागू होती है। हालाँकि ब्रह्मांड बढ़ता ही जाता है, गुरुत्वाकर्षण की शक्ति दूसरी दिशा में काम कर रही है। और एक दिन, कुछ करोड़ वर्षों में, गुरुत्वाकर्षण आकाशीय पिंडों को उस समय फिर एक जगह इकट्ठा कर देगा जिससे भयंकर विस्फोट की शक्ति कमजोर हो जाएगी। तब हम एक विपरीत दिशा का विस्फोट देखेंगे, तथाकथित अन्तः विस्फोट, किन्तु दूरियाँ इतनी ज्यादा हैं कि यह ऐसे होगा मानो किसी चल-चित्र को धीमी गति से चलाया जा रहा है। आप इसकी तुलना गुब्बारे की उस स्थिति से कर सकते हैं जब आप इसकी हवा निकालते हैं।'

'क्या फिर सभी आकाशगंगाएँ आपस में खिंचकर एक सख्त केन्द्रक हो जाएँगी?'

'हाँ, तुमने ठीक ही समझा है। किन्तु फिर क्या होगा?'

'उसके बाद फिर एक और बिग बैंग होगा, और ब्रह्मांड फिर बढ़ना शुरू हो जाएगा। क्योंकि वे पुराने प्राकृत के नियम काम कर रहे हैं। और फिर नए सितारे और आकाशगंगाएँ बनेंगी।'

'अच्छी सोच है। खगोलशास्त्री सोचते हैं कि ब्रह्मांड के भविष्य सम्बन्धी दो परिदृश्य हैं। या तो बह्मांड निरन्तर बढ़ता जाएगा जिससे कि आकाशगंगाएँ एक-दूसरे से दूर, और दूर होती चली जाएँगी या ब्रह्मांड फिर से संकुचित होना शुरू कर देगा। ब्रह्मांड का डील-डौल कितना भारी और बृहत् है, इससे यह निर्धारित होगा कि क्या होता है। और इसे जानने का अभी खगोलशास्त्रियों के पास कोई विधि या तरीका नहीं है।

'किन्तु **यदि** ब्रह्मांड इतना बृहत् डील-डौल वाला है कि यह फिर संकुचित होने लगता है, तो सम्भवतः यह पहले भी कई बार बढ़ और संकुचित हो चुका है।'

'यह तो एक बिलकुल स्पष्ट निष्कर्ष है। किन्तु इस बिन्दु पर पहुँचकर धारणाएँ विभक्त हो जाती हैं। ऐसा हो सकता है कि ब्रह्मांड का बढ़ना कोई ऐसी चीज है जो केवल इस एक बार ही हुई होगी। किन्तु यदि यह सारे अनन्त, शाश्वत रूप से बढ़ता ही बढ़ता जाता है तो यह प्रश्न और भी महत्त्वपूर्ण हो जाएगा कि यह सब कहाँ, किस समय शुरू हुआ।'

'हाँ, यह सारा सामान कहाँ से आया, जिसमें अचानक विस्फोट हो गया?'

'एक ईसाई के लिए, बिग बैंग को सृष्टि के वास्तविक क्षण के रूप में लेना स्पष्ट और सहज है। बाइबिल हमें बतलाती है कि ईश्वर ने कहा–'सब जगह प्रकाश हो जाए। तुम्हें सम्भवतः याद हो कि ऐल्बर्टो ने इतिहास के 'रेखावत्' होने सम्बन्धी ईसाई दृष्टिकोण का संकेत भी दिया था। सृष्टि के ईसाई मत के दृष्टिकोण से, यह कल्पना करना बेहतर होगा कि ब्रह्मांड निरन्तर बढ़ता जा रहा है।'

'क्या यह सच ही बढ़ रहा है?'

'पूरब में इतिहास का 'चक्रीय' दृष्टिकोण है। दूसरे शब्दों में, इतिहास स्वयं को शाश्वत रूप से दोहराता चलता है। भारत में, उदाहरण के लिए, एक प्राचीन धारणा है कि दुनिया निरन्तर खुलती और बन्द होती रहती है। और इस प्रकार यह ब्रह्मा के दिन और ब्रह्मा की रात्रि के बीच होती, चलती रहती है। यह विचार, निश्चय ही, सर्वश्रेष्ठ समन्वय इस चिन्तन में पाता है कि ब्रह्मांड एक शाश्वत प्रक्रिया के अन्तर्गत निरन्तर बढ़ता और संकुचित होता रहता है–ताकि यह फिर बढ़ सके। मेरे मन में विशाल ब्रह्मांडीय हृदय का एक मानस-चित्र है, जहाँ हृदय धड़कता है और धड़कता है और धड़कता है...'

'मैं सोचती हूँ दोनों ही धारणाएँ (सिद्धान्त) बराबर अकल्पनीय और बराबर चित्ताकर्षक हैं।'

'और इनकी तुलना शाश्वतता के उस बड़े विडम्बना भरे विस्मय से की जा सकती है जिसके बारे में सोफी एक बार अपने बाग में बैठी हुई सोच रही थी : या तो ब्रह्मांड सदैव ही बना रहा है—या यह अचानक शून्य से निकलकर बना...'

'आउच!'

हिल्डे ने माथे पर अपने हाथ थपथपाए।

'यह क्या था?'

'लगता है मुझे एक ततैए ने डंक मारा है!'

'सम्भवतः यह सुकरात था जो डंक मारकर तुम्हें जीवन में जाग्रत् करना चाहता था।'

सोफी और ऐल्बर्टो लाल कन्वर्टिबिल में बैठे मेजर द्वारा हिल्डे को ब्रह्मांड के बारे में बतलाई गई बातें सुन रहे थे।

'क्या यह बात तुम्हें सूझी कि हमारी भूमिकाएँ बिलकुल उलट गई हैं,' कुछ समय बाद ऐल्बर्टो ने पूछा।

'किस अर्थ में?'

'पहले तो ये हमें सुनते थे, और हम इन्हें देख नहीं सकते थे। अब हम उन्हें सुन रहे हैं और वे हमें नहीं देख सकते।'

'और यही सब कुछ नहीं है।'

'तुम किस चीज की ओर संकेत कर रही हो।'

'जब हमने शुरू किया, तब हम उस दूसरे यथार्थ को नहीं जानते थे जहाँ मेजर और हिल्डे का निवास था। अब वे हमारे निवास को नहीं जानते।'

'यह मीठा प्रतिशोध है।'

'किन्तु मेजर हमारी दुनिया में हस्तक्षेप कर सकता था?'

'हमारी दुनिया क्या थी? यह उसका हस्तक्षेप ही तो थी!'

'मैंने अभी भी यह आशा नहीं त्यागी है कि हम भी उनकी दुनिया में हस्तक्षेप कर सकते हैं।'

'किन्तु तुम जानती हो कि यह असम्भव है। याद करो सिंड्रेला में क्या हुआ? मैंने देखा तुम कोक की बोतल निकालने का प्रयास कर रही थीं।'

सोफी चुप थी। जब मेजर बिग बैंग (बड़े धमाके) का खुलासा कर रहा था, तो सोफी ने बाग के ऊपर एक नजर डाली। उस शब्द के अन्दर कोई चीज थी जिसने उसके दिमाग में विचार की एक धारा शुरू कर दी थी।

वह कार में इधर-उधर कुछ ढूँढ़ने, टटोलने लगी।

'तुम क्या कर रही हो?' ऐल्बर्टो ने पूछा।

'कुछ नहीं।'

उसने ग्लव कम्पार्टमेंट खोला और एक रिंच (पाना) वहाँ देखा। उसने दबोचकर इसे पकड़ लिया और कार से बाहर कूद गई। वह ग्लाइडर के पास तक गई और ठीक हिल्डे और उसके पिता के सामने खड़ी हो गई। पहले तो उसने हिल्डे का ध्यान आकृष्ट करने का प्रयास किया, किन्तु वह प्रयास पूरी तरह व्यर्थ रहा। फिर उसने वह पाना उसके सिर के ऊपर किया और इसे हिल्डे के माथे में दे मारा।

'आउच!' हिल्डे ने कहा।

फिर सोफी ने मेजर के भी माथे पर वार किया, किन्तु उसने कोई प्रतिक्रिया नहीं दिखलाई।

'यह क्या था?' उसने पूछा।

'सोचती हूँ मुझे ततैए ने काट लिया है।'

'यह सम्भवतः सुकरात था जो तुम्हें जीवन में लाने के लिए डंक मार रहा था।'

सोफी घास में लेट गई और ग्लाइडर को धकेलने का प्रयास किया। किन्तु यह गतिहीन बना रहा। या क्या यह इसे एक मिलीमीटर भी सरका सकी थी?

'बेहद ठंडी हवा आ रही है,' हिल्डे ने कहा।

'नहीं, ऐसा तो नहीं है। हवा तो बहुत हलकी है।'

'यह केवल वैसी नहीं है। कुछ है।'

'केवल हम दो और गरमियों की ठंडी रात।'

'नहीं, हवा में कुछ है।'

'और, यह क्या हो सकता है?'

'तुम्हें याद है—ऐल्बर्टो और उसकी गुप्त योजना।'

'मैं कैसे भूल सकता हूँ।'

'वे तो बस गार्डन पार्टी से गायब हो गए। ऐसा लगता है जैसे हवा में उड़ गए...'

'हाँ, किन्तु...'

'...हाँ, हवा में गायब हो गए।'

'कहानी को कहीं तो खत्म होना था। और बस यही वह चीज थी जो मैंने लिख दी।'

'वह तो था, हाँ, किन्तु वह नहीं जो बाद में हुआ। कल्पना करो, वे यहाँ हों...'

'क्या तुम इसमें विश्वास करती हो?'

'मैं इसे महसूस कर सकती हूँ, डैड।'

सोफी दौड़कर कार के पास वापस आ गई।

'बहुत बढ़िया,' ऐल्बर्टो ने थोड़ा ना-नुच करते हुए कहा। सोफी अपने हाथ में मजबूती से पाना पकड़े गाड़ी में चढ़ रही थी। 'तुममें तो असाधारण प्रतिभा हैं, सोफी। बस, प्रतीक्षा करो और देखो।'

मेजर ने हिल्डे को अपनी बाँहों में ले लिया।

'तुम लहरों का विस्मयकारी खेल देख रही हो?'

'हाँ, कल हमें पानी में नाव अवश्य उतारनी है।'

'किन्तु क्या तुम हवा में अजीब फुसफुसाहट सुन रही हो? देखो, अधसूखे पत्ते कैसे काँप रहे हैं?'

'ग्रह सजीव हैं...मालूम है तुम्हें...'

'तुमने लिखा था कि पंक्तियों के बीच में कुछ है।'

'हाँ, मैंने लिखा था।'

'शायद इस गार्डन में भी पंक्तियों के बीच में कुछ है।'

'प्रकृति पहेलियों से भरी पड़ी है। किन्तु हम तो आकाश के सितारों की बात कर रहे हैं।'

'शीघ्र ही सितारे पानी पर भी होंगे।'

'यह ठीक है। यह वह है जिसे तुम, जब छोटी थीं, तो बिना जले प्रकाश देने के बारे में कहा करती थीं। और एक अर्थ में तुम सही थीं। बिना जले प्रकाश देना और बाकी प्राणी उन तत्त्वों के बने हुए हैं जो एक समय एक सितारे में घुले-मिले थे।'

'हम भी?'

'हाँ, हम भी सितारों की धूल हैं।'

'यह तो आपने बहुत सुन्दर कहा।'

'जब रेडियो टेलीस्कोप करोड़ों प्रकाश-वर्ष दूर आकाशगंगाओं से प्रकाश को पकड़ सकेंगे, तब वे उस समय के ब्रह्मांड का नक्शा बना देंगे जैसा यह बिग बैंग (बड़े धमाके) के बाद आदिम समय में था। आकाश में हर चीज जो हम देखते हैं वह हजारों-लाखों वर्ष पहले के ब्रह्मांडीय जीवाश्मों से प्राप्त हुई हैं। खगोलशास्त्री केवल एक ही काम कर सकता है : अतीत के बारे में भविष्यवाणी (या अतीतवाणी)।'

'क्योंकि, इससे पहले कि उनका प्रकाश हम तक पहुँचे, समूहों में स्थित सितारे एक-दूसरे से दूर होते चले गए ठीक है न?'

'यहाँ तक कि तारा-समूह आज जैसे दिखाई देते हैं केवल दो हजार वर्ष पूर्व वे इससे बहुत भिन्न थे।'

'अच्छा, यह तो मुझे आज तक पता न था।'

'अगर रात साफ हो, तो हम ब्रह्मांड के इतिहास में लाखों, यहाँ तक कि करोड़ों वर्ष पीछे देख सकते हैं। इसलिए, एक रूप में, हम घर वापस आ रहे हैं।'

'मेरी तो समझ में नहीं आ रहा, आपका मतलब क्या है?'

'तुमने और मैंने भी बिग बैंग से शुरुआत की, क्योंकि ब्रह्मांड में समस्त सार-तत्त्व एक जैविक एकता है। एक बार अति-प्राचीन काल में सार-तत्त्व एक ऐसे बृहत् डीलडौलवाले भारी ढेले की तरह एक जगह जम गया कि एक पिनहैड का वजन भी करोड़ों टन होता था। 'आदिकालीन अणु' अतिविशाल गुरुत्वाकर्षण के कारण विस्फोट कर गया। यह कुछ ऐसा था जैसे कोई चीज टूटकर बिखर गई। जब हम ऊपर आकाश की ओर देखते हैं तो हम स्वयं अपने मूल स्थान वापस जाने का रास्ता खोज रहे होते हैं।'

'आपने भी क्या असाधारण बात कही है।'

'ब्रह्मांड में सारे सितारे और आकाशगंगाएँ एक ही समान सार-तत्त्व की बनी हैं। इसके कुछ हिस्से यहाँ, और कुछ हिस्से वहाँ, मिलकर ढेर बन गए। एक आकाशगंगा और इससे अगली, दूसरी आकाशगंगा के बीच करोड़ों प्रकाश-वर्ष हो सकते हैं। किन्तु इन सबका उद्गम समान है। सभी सितारों और सभी ग्रहों का परिवार एक ही है।'

'हाँ, मैं समझ रही हूँ।'

'किन्तु यह पार्थिव सार-तत्त्व क्या है? **वह क्या था** जिसमें करोड़ों वर्ष पहले विस्फोट हुआ? यह कहाँ से आया?'

'यही तो बड़ा सवाल है।'

'और एक ऐसा सवाल जो हम सभी के साथ गहरे रूप से जुड़ा है। क्योंकि हम स्वयं उस सार-तत्त्व के बने हैं। हम उस बड़ी आग की एक चिनगारी है जो अनेक करोड़ों वर्ष पहले लगी थी।'

'यह भी एक सुन्दर विचार है।'

'किन्तु हमें इन संख्याओं के महत्त्व को अतिशयोक्तिपूर्ण नहीं बनाना चाहिए। अपने हाथ में एक पत्थर पकड़ना ही पर्याप्त है। ब्रह्मांड तब भी उतना ही अज्ञेय होता जब यह सन्तरे के आकार के पत्थर के बराबर होता। तब भी यह सवाल उतना ही अभेद्य होता : यह पत्थर कहाँ से आया?'

सोफी तब लाल कन्वर्टिबिल में अचानक उठ खड़ी हुई, और खाड़ी पर दूर किसी चीज की ओर संकेत किया।

'मैं पतवार वाली नाव चलाना चाहती हूँ,' उसने कहा।

'यह बँधी हुई है। और हम कभी भी पतवार उठा नहीं सकेंगे।'

'कोशिश करके देखें? आखिरकार, यह मिडसमर ईव है।'

'चलो, कम-से-कम पानी के पास तक तो जा सकते हैं।'

वे कार से बाहर कूदकर आए और नीचे बाग की ओर दौड़े।

उन्होंने रस्से को ढीला करने की कोशिश की; यह धातु के छल्ले में मजबूत बँधा था। किन्तु वे इसका एक सिरा भी न उठा सके।

'यह तो ऐसा लगता है जैसे किसी ने कील गाड़ दी है,' ऐल्बर्टो ने कहा।

'हमारे पास खूब सारा समय है।'

'एक सच्चे दार्शनिक को कभी हिम्मत नहीं हारनी चाहिए। यदि हम बस इसे... इसे ढीला कर सकते...'

'अब और भी ज्यादा सितारे हैं,' हिल्डे ने कहा।

'हाँ, जब गरमियों की रात सबसे ज्यादा अँधियारी होती है।'

'किन्तु यह जाड़ों में ज्यादा चमकते-टिमटिमाते हैं। आपको लेबनान के लिए रवाना होने से पहले की रात याद है? यह वर्ष का नया दिन था।'

'यह उस दिन की बात है जब मैंने तुम्हारे लिए दर्शनशास्त्र पर पुस्तक लिखने का निर्णय लिया था। मैं क्रिश्चियन सैंड में एक बड़े-स्टोर में और पुस्तकालय में भी गया हूँ। किन्तु कहीं भी युवा लोगों के लिए कोई उचित पुस्तक नहीं मिली।'

'यह ऐसा है मानो हम सफेद खरगोश की फर के बारीक बालों के टिप पर बैठे हों।'

'मुझे पता नहीं प्रकाश-वर्षों की रात में वहाँ बाहर कोई है या नहीं।'

'पतवारवाली नाव अपने आप खुल गई।'

'हाँ, खुली तो है।'

'मैं इसे समझ नहीं पा रही। मैं नीचे गई थी, और आपके नीचे पहुँचने से बस थोड़ा ही पहले मैंने इसे चेक किया था।'

'अच्छा, तुमने चेक किया था?'

'यह मुझे उस समय की याद दिलाती है जब सोफी ने ऐल्बर्टो की नाव उधार ली थी। आपको याद है, वह झील में कैसे भटकती रही थी?'

'मुझे लगता है, इस बार भी वही यह कर रही है।'

'आगे बढ़ो और मेरा मजाक उड़ाओ। सारी शाम, मुझे ऐसा लगता रहा है कि यहाँ कोई है।'

'हममें से एक को तैरकर इस तक पहुँचना होगा।'

'डैड, हम दोनों चलेंगे।'

'सोफी का संसार' के बीसवीं जयन्ती संस्करण की भूमिका

क्या दार्शनिक प्रश्न अपरिवर्तनशील/परिवर्तनरहित यानी सदैव वही अथवा अभिन्न रहते हैं? इस प्रश्न का उत्तर 'हाँ' तथा 'नहीं' दोनों तरह से दिया जा सकता है। विश्व के स्वरूप तथा विश्व में हमारी भूमिका/स्थिति-स्थान सम्बन्धी मूलभूत प्रश्नों पर विचार करने की आवश्यकता हजारों वर्षों से हमें चिन्तन करने के लिए प्रोत्साहित तथा विवश करती रही है। हमारे विश्व के चरित्र में कुछ ऐसा है कि दार्शनिकों को इस विषय पर विचार करने की अनिवार्यता/आवश्यकता से निरन्तर जूझना पड़ा है। हम अपने अस्तित्व को लेकर सदैव चमत्कृत होते रहेंगे तथा इसके प्रति अपने विस्मय भाव-बोध से कभी भी बच नहीं सकेंगे।

हमारे परिवेश और जीवन में हो रहे आमूल महत्त्वपूर्ण परिवर्तनों से भी नए दार्शनिक प्रश्नों/समस्याओं का उद्‌भव होता है। इसका एक उदाहरण 'कृत्रिम बुद्धि तंत्र' (artificial intelligence) ही है। क्या कभी कोई रोबो (robot) मनुष्यों की भाँति सुचेतन या स्व-जागरूक हो सकेगा? हमारा मस्तिष्क किस तरह/कैसे क्रियाशील रहता है? किसी मनुष्य और मशीन में क्या अन्तर है? ऐसे ही कुछ उदाहरण प्राकृतिक विज्ञान से भी लिये जा सकते हैं। वनस्पति (पेड़-पौधे) और प्राणी/जीव कैसे अस्तित्व में आए? ये कौन से तत्त्वों से किस प्रकार निर्मित हुए? इस प्रकार के प्राचीन प्रश्नों के उत्तर लगभग प्राप्त होने के आगार पर हैं। आजकल हम अक्सर पूछते हैं कि बड़ा धमाका (Big Bang) क्या था और इससे हमारे अस्तित्व या जीवन के अस्तित्व में आने के लिए अनिवार्य परिस्थितियों की रचना या विकास कैसे हुआ? कहा जा सकता है कि हमारे समय का सर्वाधिक महत्त्वपूर्ण प्रश्न निस्सन्देह एवं अवश्य ही यह है : हम अपनी सभ्यता और अपने अस्तित्व के आधार या जड़ों को कैसे सुरक्षित रख सकते हैं यानी उसे कैसे बचा पाएँगे?

मुझसे अक्सर पूछा जाता है कि यदि मैं 'सोफी का संसार' आज लिखता तो मैं **ऐसा और क्या लिखता** जो मेरे लिए आज महत्त्वपूर्ण है और उसे पूरे ज़ोर से यानी स्पष्ट रूप से रेखांकित करना आवश्यक है। इसका उत्तर मैं स्पष्ट रूप से निस्सन्देह पूरे ऊँचे स्वर से 'हाँ' में देते हुए कहना चाहूँगा कि एकाग्रचित्त होकर मैं इस समस्या की विवेचना करना आवश्यक समझता हूँ कि हम अपने ग्रह पृथ्वी (planet earth) के साथ कैसे पेश आ रहे हैं?

बीस वर्ष पहले लिखी **'सोफी का संसार'** को आज इसे फिर से देखने पर मुझे अचरज हो रहा है कि मैंने इस पुस्तक में उपरोक्त प्रश्न को लगभग उठाया ही नहीं था यानी वास्तव में सम्बोधित ही नहीं किया था और इस जयन्ती संस्करण के समय मेरे लिए यह एक केन्द्रीय अथवा मूलभूत प्रश्न है। इस दृष्टि-परिवर्तन के पीछे सम्भवतया पिछले बीस वर्षों में जलवायु में हो रहे अप्रत्याशित संक्रमण (climate change) तथा जैविक-विविधता (bio-diversity) के महत्त्व के बारे में हमारी बढ़ रही जागरूकता और संवेदनशीलता है। इससे हमें अपने परिवेश और गतिविधियों की विवेचना के लिए एक बिलकुल नया दृष्टिकोण प्राप्त हुआ है।

नीतिशास्त्र के अध्ययन में हमारे लिए सर्वाधिक महत्त्वपूर्ण नियम यानी वह स्वर्णिम कसौटी है जिसे 'पारस्परिकता का सिद्धान्त' (reciprocity principle) के नाम से भी जाना जाता है। 'दूसरों के साथ ऐसा व्यवहार करो जैसा आप चाहते हैं कि दूसरे आपके साथ करें।' धीरे-धीरे समय बीतने के साथ हमने इस सिद्धान्त को जीवन के अनेक क्षेत्रों में लागू करना सीख लिया है। पिछली शताब्दी के सातवें और आठवें दशकों में लोगों ने यह देखना-समझना शुरू कर दिया था कि 'पारस्परिकता के सिद्धान्त' को राष्ट्रीय सीमाओं के आर-पार, भूमंडल के उत्तर और दक्षिण दोनों में ही, सभी जगह लागू करना आवश्यक और उपयोगी है।

परन्तु इस 'स्वर्णिम कसौटी' का उपयोग सिर्फ सार्वभौमिक अर्थात पूरे विश्व के लिए इस समय यानी वर्तमान के लिए ही नहीं, बल्कि इसे सार्वकालिक स्तर पर सदैव ध्यान में रखना और लागू करने के लिए तत्पर रहना आवश्यक और महत्त्वपूर्ण है। **आगामी पीढ़ियों के लिए भी वही करो जो आप चाहेंगे कि वे आपके लिए करते। यदि वे आप के पूर्वज और आप उनके वंशज या उत्तराधिकारी होते। यानी यदि उन्होंने हमसे पहले इस धरती पर अपने जीवन का निर्वाह किया होता।'**

यह इतना ही सरल है जैसे कि अपने पड़ोसी से वैसे ही प्रेम करो जैसा आप अपने आप से करते हैं। (Love thy neighbour as thy self.) जाहिर है कि 'पारस्परिकता का सिद्धान्त' आगामी पीढ़ियों तथा विश्व में रहनेवाले प्रत्येक प्राणी के प्रति हमारे व्यवहार का मार्गदर्शक होना चाहिए। आगामी पीढ़ियाँ भी तो हमारी तरह इनसान ही हैं।

इसलिए हमें इस धरती को इस तरह छोड़कर नहीं जाना चाहिए कि हमारे भोग-विलास और सुख की लालसाओं के कारण यह आनेवाली पीढ़ियों के लिए अपर्याप्त, अनुर्वर यानी जीवन के लिए अनुपयुक्त तथा अपुष्ट हो–एक ऐसी धरती जहाँ समुद्र में मछलियों की कमी, पीने के पानी का अभाव, खाने के लिए भोजन-रहित दारुण परिस्थितियाँ, वृष्टि-वनों का विनाश, जीवों और वनस्पतियों की कम प्रजातियाँ, ...कम सुन्दरता, कम विस्मय, कम वैभव, कम दीप्ति, कम प्रसन्नता।

बीसवीं शताब्दी ने हमें सिखाया है कि अपने मानवीय दायित्वों की पूर्ति के लिए हमें विश्व-स्तर पर ऐसे समझौतों और सहमतियों के पालन की आवश्यकता है जो राष्ट्रीय

सीमाओं को पार करते हुए सार्वभौमिक हों। इस दिशा में 1948 में संयुक्त राष्ट्रसंघ द्वारा 'मानवीय अधिकारों की विश्वव्यापक उद्घोषणा' (Universal Declaration of Human Rights) दर्शनशास्त्र और नीतिशास्त्र के लिए मानवीय सभ्यता के इतिहास में सबसे बड़ी विजय अथवा उपलब्धि कही जा सकती है। यह अधिकार हमें किसी उच्च शक्ति द्वारा प्रदान नहीं किए गए थे। वे किसी शून्य या रिक्तता से भी बाहर नहीं खींचे गए थे। इन अधिकारों की सार्वजनिक मान्यता अथवा स्वीकृति के परोक्ष में प्रगति/उन्नति तथा मानवीय श्रेष्ठता/दिव्यता की खोज को समर्पित शताब्दियों से चली आ रही एक लम्बी प्रक्रिया थी। इस उपलब्धि को उस दीर्घ प्रक्रिया में एक प्रकार से अर्द्धविराम नहीं बल्कि पूर्णविराम के चिन्ह के रूप में देखा जा सकता है।

इक्कीसवीं शताब्दी के प्रारम्भिक वर्षों में हमारे लिए शेष प्रश्न, सर्वाधिक महत्त्वपूर्ण प्रश्न, यह है कि कब तक हम इन अधिकारों पर अपना दावा अपने मूलभूत दायित्वों को स्वीकार किए बिना, यानी निभाए बिना, करते रहेंगे या कर सकेंगे। अब 'मानवीय दायित्वों की विश्वव्यापक उद्घोषणा' (Universal Declaration of Human Obligations) करने के लिए उपयुक्त समय आ गया है। व्यक्तियों के अधिकारों एवं स्वतंत्रता के बारे में सोचना व्यक्तियों तथा विशिष्ट (अलग-अलग) राज्यों के दायित्वों को गम्भीरता से निभाने का प्रण लिए बिना आज बिलकुल अर्थहीन है—कम-से-कम आगामी पीढ़ियों के अधिकारों की सुरक्षा के प्रति अपने दायित्वों को समझे तथा उत्तरदायी हुए बिना।

हमें इस क्षण मानव-निर्मित वातावरण-संक्रमण (Climate Change) के परिणामों का अनुभव अपनी पूरी प्रचंडता में हो रहा है। हालाँकि अधिकांश जनमत सर्वेक्षणों से यही दृष्टिगोचर हो रहा है कि विश्व की बहु-संख्या इन खतरों के बारे में कोई विशेष रुचि न लेकर लगभग उदासीन ही है। भविष्य में एक दिन ऐसा भी आ सकता है कि वैश्विक-तापवृद्धि (Global Warming) के दुष्परिणामों को नकारना या इनके बारे में आँखें मूँदना मानवीय इतिहास का सबसे बड़ा षड्यंत्र या विनाशकारी साजिश सिद्ध हो।

आज का समय सभी दृष्टियों से या सभी विधियों से अत्यन्त असाधारण अथवा अपवादिक (exceptional) समय है। एक दृष्टि से हमारी पीढ़ी वह विजयी पीढ़ी है जिसमें विश्व को अपनी छान-बीन से समझने और मानवीय-आनुवंशिक-जीवाणुओं (human genome) के मान-चित्रण की क्षमता है। दूसरी दृष्टि से देखें तो हमारी पीढ़ी ने प्राकृतिक पर्यावरण को अपार क्षति पहुँचाई है। मानवीय गतिविधियों से प्राकृतिक संसाधनों के क्षरण के साथ-साथ प्राकृतिक निवास-स्थलों (natural habitats) का विनाश हुआ है। हम अपने प्राकृतिक परिवेश को इतने बड़े स्तर पर परिवर्तित करने में व्यस्त हैं कि इस समय को हम एक नए भू-युग (geological era) का समय कह सकते हैं।

वनस्पति, जीवों, समुद्र, तेल तथा कोयले में कार्बन की विशाल मात्रा है। यह कार्बन ऑक्सीजन के साथ मिलकर हवा में फैलने की ललक में बेचैन रहती है। शुक्र और मंगल जैसे प्राणहीन ग्रहों में कार्बन डायाक्साइड की मात्रा धरती की तुलना में अपरिमित रूप

में अधिक है। यदि हमने कार्बन-डायाक्साइड की निरन्तर वृद्धि को नहीं रोका तो हमारी धरती भी इन्हीं ग्रहों जैसी हो जाएगी तथा जीवन असम्भव हो जाएगा। अठारहवीं शताब्दी के अन्तिम वर्षों से जीवाश्म-जनित इंधन (Fossil Fuels) का प्रलोभन अलादीन के चिराग के जिन्न जैसा है। इस प्रलोभन का दुष्परिणाम यह है कि अब हमारे लिए इस जिन्न को फिर से चिराग में बन्द कर पाना लगभग असम्भव सा हो गया है। अगर हम कार्बन-डायाक्साइड के अबाध प्रसार को नियन्त्रित नहीं कर पाए तो प्रकृति की विनाश-लीला का दंड सिर्फ हमें ही नहीं पूरी धरती को झेलना पड़ेगा। किसी एक देश या कुछ देशों द्वारा कोई कदम उठाने से कोई अन्तर नहीं पड़ेगा यदि सभी देश अपना दायित्व नहीं पहचानते।

पिछली कुछ सदियों से नार्वे के लोग अपनी दरिद्रता से ऊपर उठ सके हैं। यह इस संसार के कई और क्षेत्रों के बारे में भी कहा जा सकता है। परन्तु इस सम्पन्नता या समृद्धि से कार्बन-डायाक्साइड हवा में अप्रत्याशित तथा अभूतपूर्व स्तर पर बढ़ रही है। इससे हमारे लिए भयंकर विध्वंस की आपदाएँ उपस्थित हो सकती हैं।...

...यदि हमने जैविक विविधता (bio-diversity) को बचाना है तो हमें अपने सोचने और देखने, उत्पादन तथा उपभोग की गतिविधियों एवं जीवन-पद्धतियों में क्रान्तिकारी परिवर्तन लाने होंगे। आत्म-केन्द्रित, वर्तमान-केन्द्रित और उपभोग-केन्द्रित जीवन के बारे में अपनी सोच को वैसे ही साहस के साथ बदलना होगा जैसे कभी हमारे पूर्वजों ने धरती के चपटे होने के बारे में अपनी धारणा को बदला था। हमारा वर्तमान समय भविष्य से अधिक महत्त्वपूर्ण नहीं है। यह स्वाभाविक है कि हमें अपना समय सर्वाधिक महत्त्वपूर्ण प्रतीत होता है। परन्तु हम आगामी पीढ़ियों के प्रति असंवेदनशील होकर अपने समय को उनके समय से अधिक महत्त्व देते हुए अपना जीवन नहीं जी सकते। हमें भविष्य का भी उतना ही सम्मान करना चाहिए जितना हम अपने वर्तमान का करते हैं।

व्यक्तियों और व्यक्तियों तथा राष्ट्रों के पारस्परिक सम्बन्धों को लेकर हम अपनी प्राकृतिक अवस्था (natural state), जिसमें सर्वाधिक सशक्त और स्वस्थ ही जीवित बचते थे, से ऊपर उठ सके हैं। परन्तु पीढ़ियों के पारस्परिक सम्बन्धों के सन्दर्भ में स्थिति अभी भी अराजक ही है।

सभी को अपनी निष्ठानुसार आचरण की स्वतन्त्रता तथा अधिकार है। सभी को अधिकार है कि वे आशावान रहें कि हम अपने ग्रह को बचा सकेंगे। परन्तु इससे कोई प्रत्याभूति/आश्वस्ति (guarantee) नहीं मिल जाती कि हमें एक दिन अचानक ही कोई नया स्वर्ग या नई धरती हमारी प्रतीक्षा करती मिलेगी। यह अनापेक्षित है कि अप्राकृतिक शक्तियाँ कोई ऐसा निर्णायक दिन लेकर आएँगी परन्तु यह निश्चित है कि एक दिन हमारे वंशज हमारे बारे में अपना निर्णय देंगे।

वातावरण-संक्रमण (climate change) हमारे लालच का परिणाम है। जैविक-विविधता का विनाश भी हमारा लालच ही है। पर लालच कभी भी लालचियों को परेशान नहीं करता। इतिहास हमारा गवाह है।

सोफी का संसार

अगर हम 'पारस्परिकता के सिद्धान्त' के अनुसार अपना जीवन-यापन करें तो नवीनीकृत न किए जानेवाले संसाधनों का उपयोग इस विधि और मात्रानुसार करेंगे कि आगामी पीढ़ियों को भी उसी प्रकार की गुणवत्ता का जीवन उपलब्ध हो सकेगा जिसकी अपेक्षा हम आज अपने लिए कर रहे हैं।

किसी नैतिक प्रश्न का उत्तर देना कठिन नहीं है–उत्तर के अनुरूप अपनी जीवन-प्रणाली को बदलना कठिन है। परन्तु यदि हम अपने वंशजों/उत्तराधिकारियों को भूल जाते हैं तो वे हमें कभी विस्मृत नहीं कर पाएँगे।

हमें पारस्परिकता के सिद्धान्त का पालन कैसे और कहाँ तक करना है–इस प्रश्न का उत्तर इस पर निर्भर करता है कि हम अपनी अस्मिता (identity) को कैसे देखते या समझते हैं। मानव क्या है? मैं कौन हूँ? यदि मैं सिर्फ मैं ही होता–यानी, यह देह जो बैठी लिख रही है–तो मैं एक आशाहीन जीव होता। परन्तु मेरी अस्मिता मेरे शरीर के उथलेपन तथा क्षणभंगुरता से इन अर्थों में कहीं गहरी है कि सिर्फ देह की दैनिक अथवा तात्कालिक आवश्यकताओं/जरूरतों की क्षणिकता से ऊपर उठकर, पृथ्वी पर अपने क्षणिक प्रवास के समय से पार जाकर मैं अपने आपको एक विराट सत्ता या अस्तित्व का अभिन्न अन्तरंग अंश स्वीकार कर सकता हूँ जो मुझसे कहीं विशाल और महान है।

हमें अक्सर अपनी तात्कालिक/अल्पकालिक तथा स्थानीय परिस्थितियों में अपनी अस्मिता को स्थित करने का प्रलोभन आकर्षक प्रतीत होता है। अपने प्राकृतिक परिवेश में खतरों के शिकार हो जाने के भय से थककर भी हम चौकन्ने रहने के अभ्यस्त थे। इससे हमें आत्म-रक्षा तथा अपनों को बचाने की प्रवृत्ति का स्वभाव मिला। परन्तु हम में अभी अपने वंशजों तथा अन्य जीवों के प्रति इस प्रवृत्ति को अपनाने की कोई सम्भावना दिखाई नहीं देती।

अपने आनुवंशिक जीवाणुओं को प्राथमिकता देना हमारे प्राकृतिक स्वभाव में कहीं गहरे निहित है। परन्तु अपने से चार या आठ पीढ़ियों बाद के आनुवंशिक जीवाणुओं की रक्षा करना हमारी नैसर्गिक प्रवृत्ति नहीं है। ऐसा करना हमें सीखना होगा–उसी तरह जैसे हमें मानवाधिकारों का सम्मान करना सीखना पड़ा था।

जब से हमारी जीव-जाति (species) का उद्भव अफ्रीका में हुआ, हमनें विकास-वृक्ष पर अपनी शाखा की रक्षा हेतु बड़ी दृढ़ता से संघर्ष किया है। इस संघर्ष की सफलता का यही प्रमाण है कि हम अभी भी धरती पर विद्यमान हैं। परन्तु हममें से अनेक समुदाय इतने सम्पन्न और समृद्ध हो गए हैं कि हमने अपने जीवित बचे रहने के लिए आवश्यक आधार/जड़ों को ही नष्ट करने में संकोच करना छोड़ दिया है। हम इतने समृद्ध हो गए हैं कि हम सभी प्राणियों के लिए खतरा बन गए हैं।

हम चालाक, खोखले, दम्भी और कल्पना करने में इतने मौलिक हो गए हैं कि हमारे लिए यह भूलना आसान/सरल हो गया है कि हम वास्तव में नर-वानरों की एक उपजाति ही हैं। परन्तु क्या हम वास्तव में इतने चतुर हैं कि हम अपनी मौलिकता और

चतुराई का उपयोग भविष्य में धरती को बचाने के लिए अपने दायित्व को समझने और कार्यान्वित करने में लगाएँ?

अब हम सिर्फ एक-दूसरे के बारे में ही सोचकर सन्तुष्ट नहीं हो सकते हैं। हमारी धरती हमारी अस्मिता का एक अभिन्न अंग है। अगर हमारी नियति यही है कि हमारी उप-जाति (Species) का विनाश अवश्यंभावी है तो भी, हमारा दायित्व इस अद्‌भुत धरती और प्रकृति के प्रति समाप्त नहीं हो जाता।

आधुनिक विचार-परम्परा में यह माना जाता है कि हमारी रचना हमारे सांस्कृतिक और सामाजिक इतिहास की विरासतों के माध्यम से होती है, उस सभ्यता द्वारा जिसमें हम पनपते हैं। परन्तु हम अपने ग्रह के जैविक-इतिहास (biological history) द्वारा भी गढ़े जाते हैं। हमारी विरासत जैविक भी है और सांस्कृतिक भी। हम रीढ़ की हड्‌डीवाले (मेरुदंड) भी हैं और वानर भी।

हमारे उद्‌भव में करोड़ों वर्ष का समय लगा। एक मानव उप-जाति के अस्तित्व में आने के लिए करोड़ों वर्षों की विकास प्रक्रिया! पर क्या हम भविष्य में इस तीसरी सहस्राब्दी में जीवित बच सकेंगे?

समय क्या है? क्षितिज का छोर एक व्यक्ति के दृष्टिकोण से भी हो सकता है, तदोपरान्त परिवार के दृष्टिकोण तथा संस्कृति के दृष्टिकोण से भी। परन्तु भौमिकीय समय भी है—चतुष्पदीय जीवों से रेंगते हुए हमें मनुष्य बनने में 3500 लाख वर्षों का समय लगा। हमारा विश्व लगभग 13.7 करोड़ वर्ष पुराना है।

परन्तु वास्तव में समय के यह अन्तराल एक-दूसरे से इतने दूर नहीं हैं जितने प्रतीत होते हैं। इस विश्व को अपना एक सुखी संसार मानकर सुविधा महसूस करने में हमारे लिए उचित तर्क हैं। हमारे ग्रह की आयु पूरे विश्व की आयु का सिर्फ एक तिहाई है। और अन्य जीवों तथा हमारी जैविक उपजाति का समय सूर्य-व्यवस्था-चक्र का सिर्फ दशांश है जिसमें पृथ्वी पर जीवन का अस्तित्व प्रारम्भ हुआ। हम विश्व से अधिक असीम नहीं हैं। दूसरे शब्दों में कहें तो हमारी जड़ें और हमारे सम्बन्धों का ताना-बाना विश्व की आत्मा में कहीं गहरे बुना हुआ है।

हो सकता है कि समग्र विश्व में मनुष्य ही एक मात्र प्राणी हो जिसके पास वैश्विक चेतना है। हमें इस रहस्यमय विश्व का एक आश्चर्यजनक विस्मयपूर्ण परन्तु लड़खड़ाता हुआ आभास है कि हम इसके अभिन्न अंग हैं। इसलिए हमारा कर्तव्य सिर्फ यही नहीं है कि हम पृथ्वी को बचाने के लिए अपने वैश्विक दायित्व का निर्वाह करें बल्कि अपनी अस्मिता को इसी दायित्व में पहचानें।

—जॉस्टिन गार्डर, ओस्लो

❂❂❂